Johannes Mario Simmel, geboren 1924 in Wien, wurde 1948 durch seinen ersten Roman »Mich wundert, daß ich so fröhlich bin« bekannt. Mit seinen brillant erzählten zeit- und gesellschaftskritisch engagierten Romanen und Erzählungen hat sich Simmel international einen Namen gemacht. Seine Bücher sind in 26 Sprachen übersetzt und erreichten eine Auflage von mehr als 60 Millionen. Fast alle seine Romane wurden verfilmt.

Von Johannes Mario Simmel sind als Knaur-Taschenbücher erschienen:

»Es muß nicht immer Kaviar sein« (Band 29)
»Bis zur bitteren Neige« (Band 118)
»Liebe ist nur ein Wort« (Band 145)
»Lieb Vaterland, magst ruhig sein« (Band 209)
»Alle Menschen werden Brüder« (Band 262)
»Und Jimmy ging zum Regenbogen« (Band 397)
»Der Stoff, aus dem die Träume sind« (Band 437)
»Die Antwort kennt nur der Wind« (Band 481)
»Niemand ist eine Insel« (Band 553)
»Hurra – wir leben noch!« (Band 728)
»Zweiundzwanzig Zentimeter Zärtlichkeit« (Band 819)
»Wir heißen Euch hoffen« (Band 1058)
»Die Erde bleibt noch lange jung« (Band 1158)
»Bitte, laßt die Blumen leben« (Band 1393)
»Die im Dunkeln sieht man nicht« (Band 1570)

In der Reihe *Knaur Jugendbuch* sind von Johannes Mario Simmel erschienen:

»Ein Autobus, groß wie die Welt« (Band 643)
»Weinen streng verboten« (Band 652)

Vollständige Taschenbuchausgabe
© Droemersche Verlagsanstalt Th. Knaur Nachf., München
Umschlaggestaltung Atelier Blaumeiser
Gesamtherstellung Ebner Ulm
Printed in Germany 23
ISBN 3-426-00397-X

Johannes Mario Simmel:
Und Jimmy ging zum Regenbogen

Roman

Dieses Baums Blatt, der von Osten
Meinem Garten anvertraut,
Gibt geheimen Sinn zu kosten,
Wie's den Wissenden erbaut.

Ist es *ein* lebendig Wesen,
Das sich in sich selbst getrennt?
Sind es zwei, die sich erlesen,
Daß man sie als *eines* kennt?

Solche Frage zu erwidern,
Fand ich wohl den rechten Sinn:
Fühlst du nicht an meinen Liedern,
Daß ich eins und doppelt bin?

Goethe: Ginkgo biloba,
aus dem ›Westöstlichen Diwan‹.

Vers eins   Das Geheimnis

Dieses Baums Blatt, der von Osten
Meinem Garten anvertraut,
Gibt geheimen Sinn zu kosten,
Wie's den Wissenden erbaut.

1

Sie wollten unbedingt einen Kopfschuß. Deshalb hatten sie Clairon kommen lassen. Er war Spezialist für Kopfschüsse.

Ich weiß nicht, was Manuel Aranda getan hat, dachte Clairon. Das sagen sie einem ja nie. Ich weiß nur, daß sie Manuel Aranda tot haben wollen, und zwar schnell. Sobald das erledigt ist, darf ich wieder heim zu Janine. Janine war Clairons fünfjährige Tochter. Er liebte sie mehr als alles andere auf der Welt. Vor zwei Jahren war seine Frau gestorben. Er hatte auch seine Frau geliebt, aber nicht so sehr wie Janine. Bei dem kleinen Mädchen war er völlig von Sinnen. Tags zuvor hatte er in einem Spielwarengeschäft einen niedlichen scharlachroten Fuchs mit schwarz-weißer Schnauze gekauft, der eine Schnur besaß. Zog man an ihr, dann ertönte silberhell die Melodie einer kleinen eingebauten Spieluhr: ›Fuchs, du hast die Gans gestohlen!‹

Clairon brachte Janine stets Stofftiere oder Puppen mit, wenn er zurückkam. Sie besaß schon eine ganze Sammlung. Er dachte an das Kind und lächelte.

Sie hatten ihm Manuel Aranda gezeigt, als dieser das Hotel ›Ritz‹ am Kärntner-Ring verließ und in den gemieteten blauen Mercedes stieg; als er das Gerichtsmedizinische Institut in der Sensengasse betrat; auf verschiedenen Straßen; vor dem Sicherheitsbüro der Polizeidirektion in der Berggasse. Sie hatten ihm Fotografien und mit versteckten Kameras aufgenommene farbige 8-Millimeter-Filme gezeigt, denn er sollte in aller Ruhe Wuchs und Gestalt, Kopfform, Gangart, Bewegungen und Eigentümlichkeiten seines Mannes studieren. Die Bilder und die Filme waren mit dem gleichen Flugzeug eingetroffen wie Manuel Aranda. Derartiges Tempo, derartige Hektik und Nervosität hatte Clairon noch bei keiner seiner Missionen erlebt. Jede Stunde, die Manuel Aranda lebte, schien eine tödliche Gefahr darzustellen. Muß eine schlimme Sache sein, dachte Clairon. So verrückt haben sie noch nie gespielt.

Jetzt, im Januar, herrschte mörderische Hitze in Buenos Aires. Die Filme zeigten Manuel Aranda auf den Straßen seiner Heimatstadt stets mit Panama-Hüten. Auf den Straßen Wiens lief er stets mit einer Pelzmütze herum. Gewiß fror er ebenso wie Clairon. Der hatte sich auch eine Pelzmütze gekauft, gleich nach der Ankunft.

Kopfschuß bei bedecktem Kopf also. Mir soll's recht sein, dachte Clairon. Ich hatte schon andere Kunden mit Mützen. Auch solche mit Hüten oder Kappen, einen sogar mit Stahlhelm. Es klappte noch immer. Man muß ein wenig genauer arbeiten, das ist alles.

Als der blaue Mercedes in die vereiste Allee einbog, benötigte Clairon knappe eineinhalb Sekunden, dann hatte er die vordere Nummerntafel des Wagens im Fadenkreuz. Das Kennzeichen stimmte. Clairon las es bedächtig. Er war ein sehr bedächtiger Mann geworden, seit sie ihn zum Tod verurteilt hatten. Bedächtig und konservativ. Sieben Jahre schon bewohnte er dasselbe Haus in Anfa, einem der eleganten Villenviertel von Casablanca, die westlich des Parc Lyautey liegen und sich bis zum Meer hinunter ausdehnen. Sieben Jahre schon besuchte er die gleichen Restaurants, Friseursalons und immer das gleiche türkische Bad in dem noch von hohen Mauern umgebenen arabischen Altstadtteil Medina; hielt er dem gleichen Schneider, dem gleichen Hemdenmacher und dem gleichen Briefmarkenhändler die Treue; dem gleichen Zahnarzt, der gleichen Kirche und der gleichen Waffe – dem deutschen Modell 98 k, System Mauser, Kaliber 7,9 Millimeter, Patronenlänge 75 Millimeter, Gewehrlänge 1110 Millimeter, Ladestreifen mit fünf Schuß, aufgesetztes Zielfernrohr. Dieses inklusive wog die Waffe nur 4,2 Kilogramm, der Rückstoß war leicht, sanft konnte man fast schon sagen, das Repetieren ging blitzschnell, und Clairon hatte seine 98 k auf eine Entfernung von 150 Metern eingestellt. Der Lauf des Gewehrs ruhte neben dem linken Fuß eines weinenden Engels.

2

Zu diesem Zeitpunkt, um 14 Uhr 43 am 16. Januar 1969, einem Donnerstag, gab es in dem 1874 von der Gemeinde Wien eröffneten Zentralfriedhof auf einer Fläche von 2 459 508 Quadratmetern 329 627 Grabstätten. Clairon hatte die Verwaltung angerufen und sich erkundigt; er wollte wissen, wie groß der Ort war, an dem es geschehen sollte. Eine enorme Zahl von Gräbern hatte man seit der Jahrhundertwende bereits mehrfach wieder aufgelassen und zum zweiten-, dritten- oder viertenmal neu belegt. In einer Stunde würden es 329 629 Gräber sein, denn an diesem Nachmittag fanden, wie Clairon einer Informationstafel beim Hauptportal entnehmen konnte, noch zwei Beerdigungen statt, darunter die eines hohen Offiziers des österreichischen Bundesheeres. So hartgefroren war die Erde, daß man beim Ausschachten neuer Grabstätten Preßluftbohrer einsetzte.

Obwohl zum erstenmal hier, wußte Clairon praktisch alles über die phantastische Anlage. Er hatte sich mit Hilfe einer Broschüre und eines Taschenplans des Friedhofs, des geschwätzigen Verkäufers der beiden, nach Hinweisschildern und vor allem durch persönliche Inspektion informiert. Da er seinen eitlen, ins eigene Genie verliebten Auftraggebern stets mißtraute, informierte er sich vor jedem Unternehmen persönlich so genau wie möglich. Früher war Clairon Lehrer (Mathematik und Latein) gewesen. Er besaß ein ausgezeichnetes Gedächtnis für Menschen, Namen und Zahlen.

Daß Manuel Aranda an diesem Nachmittag das Grab besuchen wollte, wußte Clairon schon seit gestern. Um 16 Uhr 55 war da der Lautsprecher des Kurzwellensenders munter geworden, der sich in einem der zahlreichen Hinterzimmer des französischen Reisebüros ›Bon Voyage‹ befand. Das französische Reisebüro befand sich am unteren Ende des Schwarzenbergplatzes.

»J'appelle Olymp ... j'appelle Olymp ... Ici le numéro onze ...«

»Je vous entends, numéro onze. Parlez!«

Also hatte Nummer Elf zu sprechen begonnen, der Funkverkehr lief ausgezeichnet: »Aranda ist in das Hotel zurückgekommen. Er hat Nummer Null gesagt, daß er morgen zum Zentralfriedhof fahren will, und gebeten, ihm den Weg zu erklären.«

Sie hatten sich schnuckelig eingerichtet da in Wien. Sie besaßen ein gutes Hauptquartier hinter dem Reisebüro, eine erstaunliche Anzahl von Agenten und fünf Autos, in die gleichfalls Sender eingebaut worden waren. Alle Sender hatten Zerhacker und Entzerrer, für jeden Dritten war der Sprechverkehr nur unverständliches Gestammel. Der Wagen, den sie Clairon geben wollten, besaß ebenfalls eine solche Anlage.

»*Und der Schlüsselbund?*« hatte jener, der gerade den Sender der Zentrale bediente, aufgeregt gefragt. Es waren fünf Männer in dem fensterlosen Raum versammelt gewesen, auch der Chef, Jean Mercier, der das Reisebüro leitete, und er, Clairon. Mit Ausnahme von Clairon, der nicht wußte, um welchen Schlüsselbund es ging, hatten alle rechte Nervosität erkennen lassen.

»Der ist im Karton.«

»*Idiot! Wo ist der Karton?*«

»Na, im Leichenschauhaus natürlich ... in diesem Institut meine ich.«

»*Seid ihr ganz sicher?*«

Der Chef persönlich sprach jetzt ins Mikrophon. Jean Mercier war ein großer Mann mit blassem Gesicht, umschatteten Augen, langen Wimpern und graumeliertem Haar. Er führte die Wiener Zentrale seit fünf

Jahren. Sein Hobby waren schöne Frauen, und was Clairon so gehört hatte in der kurzen Zeit, bekam der Fünfundfünfzigjährige immer noch jede, die er wollte.

»Vollkommen sicher. Aranda hat sich bei Nummer Null eben noch darüber beschwert, daß sie den Karton nicht freigegeben haben. Er bekommt ihn nur zusammen mit dem Leichnam, und den Leichnam bekommt er erst morgen um zehn.« Die Männerstimme klang deutlich und klar aus dem Lautsprecher, in dem es leise knisterte. Komplizierter geht es nicht, dachte Clairon. Nummer Null, vermutlich ein Portier, kann nicht von seinem Arbeitsplatz fort. Also muß er alles, was er über Aranda erfährt, einem anderen Mann im Hotel sagen, der sich frei zu bewegen vermag. Wer ist das? Clairon wußte es nicht. Sie machten ein Mysterium aus allem. Dieser zweite Mann jedenfalls durfte nicht wagen, das Reisebüro einfach anzurufen. Er mußte in eine öffentliche Telefonzelle gehen und von dort einen dritten Mann verständigen. Der besaß einen Sender in seiner Wohnung und trat dann mit der Zentrale in Verbindung, die anders zu informieren strengstens verboten war.

»Aranda kann nicht Verdacht geschöpft und Nummer Null *belogen* haben?«

»*Chef!* Aranda wurde den ganzen Tag verfolgt. Jede Minute! Er kam *ohne* Karton aus dem Institut!«

»Und daß er den Schlüsselbund allein mitnahm und in der Tasche hat?«

»Unmöglich!«

»Sie wissen, was davon abhängt! Wenn er *jetzt* mit dem Schlüssel auftaucht, ist alles verloren.«

»Beruhigen Sie sich endlich, Chef. Bitte! Wir haben uns doch erkundigt! Die arbeiten nach Vorschrift dort. Nicht ein Stück, nicht einen Schnürsenkel hat Aranda mitnehmen dürfen. Schließlich basiert der ganze Plan auf dieser Vorschrift, oder?«

»Ja, das stimmt.« Mercier hatte seine Krawatte herabgezerrt.

»Also! Aranda erhält den Schlüsselbund morgen vormittag, aber danach muß er gleich zur Luftfracht-Expedition, damit die Leiche endlich verschwindet. Das dauert bestimmt bis Mittag, hat er gesagt. Er will ins Hotel zurückkommen, essen und zum Grab fahren.«

»Und wenn er *nicht* fährt? Dann *hat* er den Schlüssel! Wenn er dann sagt, los, aufmachen?«

»Nummer Null behauptet, Aranda will wirklich zum Friedhof. An den Schlüsselbund denkt er überhaupt nicht. Den hat er kaum zur Kenntnis genommen. *Er weiß doch gar nichts!* Nummer Null ist davon *überzeugt*, daß Aranda den Karton in sein Appartement bringen läßt und gar nicht anschaut. Jedenfalls nicht, bevor er zum Friedhof fährt. Das ist doch das Risiko, mit dem Sie von Anfang an gerechnet haben – die kurze Zeit zwischen dem Punkt, wo Aranda den Schlüsselbund erhält, und dem, wo er liquidiert wird.« Ich möchte wissen, was für Schlüssel das sind, die dieser Aranda hat oder nicht hat, war es Clairon durch den Kopf gegangen. Ach was, ich will es gar nicht wissen! Er war Merciers Blick begegnet. Der hatte gesagt: »Also muß es der Zentralfriedhof sein, klar?«

»Klar.«

»Von ihm darf Ihr Mann nicht zurückkehren.«

Clairon hatte nur genickt, Mercier hatte weiter in das Mikrophon gesprochen.

»Wo ist Aranda jetzt?«

»In seinem Appartement. Zum Friedhof kann er heute nicht mehr. Die lassen ab halb fünf niemanden hinein. Um fünf machen sie zu. Außerdem will er noch zu seiner Botschaft. Er braucht auch von dort Papiere für den Sarg.«

»Hallo, Nummer Drei... Nummer Drei, melden!«

»Hier ist Nummer Drei, Olymp.« Eine andere Männerstimme kam aus dem Lautsprecher.

»Habt ihr zugehört?«

»Ja, Chef.«

»Ihr könnt den Eingang des Hotels gut sehen?«

»Ja.«

»Kaffeehauseingang auch?«

»Auch, Chef.«

Das Hotel besaß ein großes Café.

»Wenn Aranda zur Botschaft fährt, folgt ihr ihm. Danach wohin immer. Und meldet es sofort. Die Arbeit geht weiter rund um die Uhr. In zwei Stunden löst euch Nummer Neun ab...«

Clairon hatte das Reisebüro verlassen und einen Taschenplan und eine Broschüre über den Zentralfriedhof gekauft. Er bewohnte während seines Wiener Aufenthalts jenes Hinterzimmer des ›Bon Voyage‹, in dem sie die Filme vorführten. Der Raum hatte auch kein Fenster, bloß eine Luke, und anstatt eines richtigen Bettes nur eine aufklappbare Armeepritsche. Clairon machte das nichts. Er war abgehärtet. Auf der Pritsche hatte er abends den Friedhofsplan und die Broschüre studiert und danach lange gebetet, wobei er Gott beteuerte, wie sehr er den Mord bereue, den er begehen werde, und innig um ein erfolgreiches Gelingen des Unternehmens bat. Das tat er immer. Er war ein Mörder mitten im Herzen des Christentums. Niemand, so hatte er bei Péguy gelesen, wisse um Dinge des Christentums besser Bescheid als ein Sünder.

Am nächsten Mittag, um zwölf Uhr bereits, war Clairon losgefahren. Er hatte sich über Funk gemeldet.

»Hallo, Olymp, ich bin jetzt am Rennweg, unterwegs zum Friedhof.«

»Sie haben massig Zeit, Nummer Eins. Aranda kam eben ins Hotel. Er hat noch nicht einmal gegessen.«

»Muß mir die Gegend da draußen ansehen«, antwortete Clairon.

Er sah sich die Gegend an, gründlich. Zuerst umkreiste er den riesigen Komplex des Zentralfriedhofs im Süden von Wien. Von der Simmeringer Hauptstraße bog er in den Weichseltalweg ein und fuhr diesen bis zur Station der Aspang-Bahn empor. Hier wandte er sich nach links, folgte den Gleisen der Ostbahn, die in einem mächtigen Bogen an der Rückseite des Friedhofs entlangführen, und kehrte zur Simmeringer Hauptstraße zurück.

Insgesamt, stellte Clairon fest, besitzt der Zentralfriedhof elf Tore. Acht von ihnen kommen allerdings nur kleineren, bewachten Eingängen rund um das Areal gleich. Die drei großen Portale befinden sich an der Vorderfront. Durch das mittlere, größte, gelangt man ins Zentrum der Katholischen Abteilung, die nahe dem Eingang zwei Aussegnungshallen und weiter entfernt eine dritte besitzt. Eine breite Auffahrt führt zur Dr. Karl Lueger-Kirche. Von ihr laufen nach einem geometrisch exakten Plan sternförmig die Hauptalleen mit alten Bäumen auseinander. Clairon bekreuzigte sich, während er an dem geöffneten Riesentor des Gotteshauses vorüberfuhr, dann meldete er sich wieder und gab seinen Standort bekannt.

Die Hauptalleen besitzen in großen Abständen Rondells, aus denen Chauseen in alle Richtungen streben. Am Rand der Rondells und vieler Chauseen stehen weiße kleine Gebäude. Clairon besichtigte zwei von ihnen. Es gibt eine Unmenge Bedürfnisanstalten auf dem Zentralfriedhof. Die Sternbahnen der Alleen und Chauseen werden geschnitten von einem komplizierten Netz quadratisch angelegter Straßen. Große Quadrate sind in kleinere unterteilt, in die ›Gruppen‹, durch welche, wieder in rechten Winkeln zueinander, unzählige Wege laufen. Die Gruppen hatte man stets mit einem Buchstaben und einer Zahl gekennzeichnet, die Unterteilungen desgleichen.

Ein Glück, daß ich mit Ketten fahre, dachte Clairon. Nach den katastrophalen Schneefällen der letzten Tage war es offenbar nur unter größten Anstrengungen gelungen, wenigstens die viele Kilometer langen Hauptalleen und -chauseen zu räumen. Die Nebenstraßen und alle Wege, die in den Gruppen von Abschnitt zu Abschnitt führten, versanken in halbmeterhohem Schnee. Räumpflüge hatten kleine Gebirge der weißen Bedrohung gegen die Ränder der Alleen geschoben, die kaum begehbar und schwierig befahrbar waren, denn die Streukolonnen kamen in ihrer Arbeit nicht nach.

»Olymp ruft Nummer Eins... Olymp ruft Nummer Eins...«

»Hier ist Nummer Eins, Olymp. Kommen Sie!«

»Aranda hat das Restaurant verlassen und ist in das Kaffeehaus hinübergegangen. Er trinkt seinen Kaffee dort. Jetzt Zeitvergleich, bitte, Nummer Eins!«

Clairon sah auf seine Armbanduhr.

»13 Uhr 34.«

»13 Uhr 34, richtig.«

Was für ein elendes Getue, jedesmal von neuem, dachte Clairon. Gott, habe ich das alles satt! Aber was soll ich machen? 1961 war ich bei der OAS, dieser ›Terrororganisation‹, wie man sie nannte. Nun gut, sehr fein ging es nicht zu bei uns. Was ich heute kann, habe ich damals gelernt. Schließlich war es auch nicht sehr fein, wie de Gaulle mit den französischen Siedlern in Algerien umsprang. Sie erwischten mich, als wir ein Kino in die Luft sprengten (ich liebe Kinder, ich hatte keine Ahnung, daß da gerade eine Kindervorstellung lief), und sie verurteilten mich zum Tode und führten mich zum Erschießen. Dann, als ich mit verbundenen Augen an der Wand stand, kam so ein Drecksack und sagte, sie würden mich nicht erschießen, wenn ich von nun an für sie arbeitete. Ich bin kein Held, dazu bin ich nicht blöde genug. Also sagte ich ›einverstanden‹, und seither arbeite ich für sie. Diesmal in Wien.

Die Saubande, dachte Clairon bitter. Wann werde ich sie jemals los? *Nie!* Nun ist auch meine Frau gestorben. Wenn ich nicht Janine hätte...

Der Gedanke an seine kleine Tochter richtete Clairon wieder auf. So schlecht ging es ihm eigentlich gar nicht. Das Kind, das Haus, ein gutes Einkommen. Sie hatten ihn pro forma als Leiter einer französischen Importfirma in Casablanca etabliert.

Seit Clairon auf dem Friedhof umherfuhr, waren ihm kaum zwei Dutzend Menschen und nur vier Autos begegnet. Gott sei Dank.

Unter der weißen Last aus dem Himmel waren schwere Äste, ja ganze Bäume gebrochen. In ungeheuren Mengen lagerte der Schnee auf Hekken, Büschen, Fliedersträuchern und dem Astwerk von Buchen, Ulmen, Trauerweiden, Platanen, Ahorn- und Kastanienbäumen, hohen Fichten und Zypressen, auf allen Gräbern, allen Grabsteinen, Schmiedeeisengittern und Miniaturkapellen. Büsten, allegorische Gestalten und Steinfiguren waren zu grotesken Gebilden geworden. Eine lebensgroße Trauernde aus Sandstein, die an einem Grabrand lehnte, sah aus wie im neunten Monat, ein lockiger Knabenkopf feixte besoffen. Der Schnee war der Herr des Friedhofs, und seine Höflinge waren die Krähen. Unzählig, zu Tausenden, hockten sie dicht nebeneinander in den Kronen der Bäume, groß, plump und scheußlich. Ihr heiseres lautes Geschrei erfüllte die Luft.

Ein Alptraum, ein Nachtmahr in Weiß, unheimlich und unwirklich, beklemmend und öde, ein schreckenerregendes Reich des Todes war der Wiener Zentralfriedhof an diesem 16. Januar. Entfernte Bäume, Wege oder Gräber sah Clairon plötzlich nicht mehr – feiner Eisnebel, der in der Luft hing, ließ sie verschwinden wie ein gespenstischer Zauberer. Dunkel und tief lagerte eine geschlossene, schneegeladene Wolkendecke über der trostlosen Erde. Das Licht war fahl. Clairon trat leicht auf das Gaspedal. Die Katholische Abteilung, die den meisten Raum einnimmt, wird links und rechts flankiert von der Neuen und der Alten Israelitischen Abteilung, deren Synagoge, im Krieg durch Bomben fast gänzlich zerstört, wiederaufgebaut worden war, wie er aus der Broschüre wußte. Östlich des katholischen Teils, zwischen ihn und den neuen israelitischen gebettet, erstreckt sich, vergleichsweise klein, die Evangelische Abteilung.

Die helfen mir nicht, dachte Clairon. Da sind überall hohe Mauern. Wenn es darauf ankommt, muß ich sehen, wie ich im katholischen Teil zu einem der Ausgänge gelange. Zu einem der kleinen Tore der Rückseite am besten. Was für ein Monstrum von einem Friedhof!

»Olymp ruft Nummer Eins ... Olymp ruft Nummer Eins ...«

Clairon meldete sich.

»Es ist jetzt fünf vor zwei. Arandas Wagen haben sie aus der Garage gebracht. Er kommt eben aus dem Hotel.«

»Gut«, sagte Clairon.

Er fuhr durch den Friedhof, auf dem er sich nun gut auskannte, bis vor eine alte große Platane jenes Rondells, das inmitten der Gruppen 56, 57, 58, 59, 71 und 72 liegt. Kein Mensch war hier, weit draußen in der Nähe der Friedhofsrückseite, zu sehen. Clairon rief die Zentrale und teilte mit: »Ich bin jetzt da und gehe auf Posten.«

»Gut, Nummer Eins. Nummer Zwei folgt Aranda. Wenn er wider Erwarten doch nicht zum Friedhof fährt, ruft Nummer Zwei Nummer Zwölf, und Nummer Zwölf fährt dann die Allee herunter, damit Sie informiert sind. Aber Aranda kommt bestimmt.«

»Hoffentlich«, sagte Clairon. Er schaltete den Sender ab, ebenso den Motor. Dann stieg er aus. Achtundvierzig Jahre alt war Clairon, aber er wirkte älter. Er hatte eine römische Nase in dem mageren Gesicht und schmale Lippen. Er trug einen wasserdichten Mantel aus erbsenfarbenem Popeline, der mit dickem Lammfell gefüttert war, die neue schwarze Pelzmütze, ein Wollhalstuch, Skihosen und Pelzstiefel. Die 98 k hielt er unter dem Mantel versteckt, während er nun vorsichtig die freigeräumte Allee zur Gruppe 73 hinabging – ein langes Stück Weg auf spiegelndem Eis. Erst als er sich anschickte, in die verschneite Gruppe 73 einzudringen, holte er zwei Filzlappen aus den Manteltaschen und band sie um die Stiefelsohlen. Danach sprang er über einen Schneewall am Rand der Straße. Aufmerksam betrachtete er die Gruppe 74, die durch eine andere freigeräumte Allee von seinem Abschnitt getrennt lag. Er entdeckte sofort, was er suchte. Sie hatten ihm genügend Fotografien jenes Grabes gezeigt.

Jenes Grab im Abschnitt F 74 stets im Auge behaltend, wählte Clairon nun das geeignetste seiner Gruppe aus – eine leichte Arbeit. Nach einigem Herumwaten war die ideale Position gefunden: Das Grab lag in der Abteilung L 73 und gehörte einer Familie Reitzenstein. Vier Tote ruhten bereits hier unter einem grauen Marmorquader, der fast so hoch wie Clairon war, zwei Männer und zwei Frauen. Clairon las die in den Stein gemeißelten, schwer vergoldeten und teilweise von Schnee verwehten Namen.

Über dem mächtigen Quader lagerte, gleichfalls aus grauem Marmor, ein etwa dreißig Zentimeter hoher Sockel, und auf diesem kniete, mit breit ausladenden Flügeln, ein grauer Marmorengel, welcher weinte. Dieser Engel war so groß wie ein normaler Erwachsener und trug ein wallendes Gewand und langes Haar, das ihm über den Rücken fiel. Die Hände hielt er vor das Gesicht geschlagen. Der Griff einer gesenkten Marmorfackel war an seiner rechten Hüfte befestigt, ihre Krone auf dem Sockel. Eine große Steinflamme loderte aus ihr empor. Die Fackelkrone befand sich an einem Ende des schweren Aufsatzes, der linke Fuß des Engels am andern. Auf der Vorderseite des Sockels waren in Großbuchstaben, gleichfalls schwer vergoldet, diese Worte zu lesen:

EST QUAEDAM FLERE VOLUPTAS

Clairon, vor dem monströsen Grab stehend, übersetzte die Inschrift gewohnheitsmäßig sogleich im richtigen Rhythmus: Irgendwie tut es wohl, sattsam sich auszuweinen.

Kurze Ergriffenheit erfaßte ihn, während er den Text für sich wiederholte und dabei die Drähte an die Lederhandschuhe anschloß. Es waren Spezialhandschuhe, die sich beheizen ließen. Die Drähte liefen unter Clairons Jackenärmeln bis zu zwei Batterien in den inneren Brusttaschen. Seine Finger mußten warm bleiben.

Der Engel trug eine Schneehaube von mindestens vierzig Zentimetern. Ebenso heftig verschneit waren seine Flügel, der Sockel, der Quader, das Grab. Clairon machte es sich hinter ihm bequem. Es war wirklich ein großartiger Platz. Von den Alleen her konnte niemand ihn sehen.

Unter dem Knie des abgewinkelten linken Beines ließ das geschürzte Gewand des Engels eine dreieckige Öffnung entstehen. Den Durchblick mußte Clairon erst säubern, denn natürlich war er zugeschneit. Desgleichen reinigte er ein etwa fünfzehn Zentimeter breites Stück Sockel zwischen der linken großen Zehe des Engels und jener Stelle, an der dessen rechtes Knie die andere Seite der Dreieck-Basis abschloß. Nun besaß Clairon eine Schießscharte für seine 98 k. Er schob den Lauf so ein, daß er als Fixierungspunkt die große Marmorzehe berührte. Die Mündung befand sich genau über dem goldenen U in dem Wort VOLUPTAS.

14 Uhr 43.

Ganz langsam bewegte sich der Lauf der 98 k, denn Clairon behielt den näherkommenden blauen Mercedes beharrlich im Fadenkreuz. Es war weit vom Hotel ›Ritz‹ am Ring bis hier heraus, er hatte lange auf Aranda warten müssen. Aber nun kam er wenigstens wirklich. Clairons Hände waren warm, doch sein Körper begann zu erstarren.

Zart hob er die Waffe an. Durch das Zielfernrohr glitt sein Blick von der Nummerntafel des Wagens über den Kühler und die Kühlerhaube bis zur Windschutzscheibe. Ihr Glas spiegelte so stark, daß Clairon überhaupt nichts erkennen konnte.

Der Mercedes fuhr im Schritt, der Glätte wegen zweifellos, und dann suchte Aranda gewiß den richtigen Weg, der von der Allee fort in die Gruppe 74 hinein und zu jenem Grab führte. Die kleinen Schilder hier waren alle im Schnee versunken. Aranda würde es schwer haben, und das war gut so. Der Lauf der 98 k wanderte weiter, Millimeter um Millimeter. Mit der Engelzehe als Drehpunkt ließ er sich leicht führen.

In der Ferne erklang wieder dumpfes Brausen.

Clairon hatte das, was nun kam, schon viele Male erlebt, seit er sich hier aufhielt. Kurz blickte er auf die Armbanduhr.

14 Uhr 45.

Diesmal ist es PAN AMERICAN 751 nach Rom, Beirut, Karatschi, Kalkutta und Hongkong, dachte er automatisch. Rollt eben an. Südöstlich, nicht allzuweit entfernt, liegt der internationale Großflughafen Schwechat. Alle startenden Maschinen überqueren den Friedhof. Ihr Lärm macht jedes andere Geräusch unhörbar, also auch das eines Schusses. Die Krähen verstummen, wenn die Flugzeuge über sie hinweggrasen. Daß die Ausflugschneise derart günstig lag, hatte sogar den hochgradig nervösen und ernsten Chef fröhlicher gestimmt. Im Reisebüro gab es Flugpläne. Clairons bemerkenswertes Gehirn speicherte seit gestern abend Zeiten und Flugziele, Typen und Gesellschaften aller Maschinen, die zwischen 12 und 17 Uhr an diesem Tag starteten und landeten. Das da zum Beispiel war eine Boeing 707. In einer Minute wird sie hier sein, dachte Clairon. Vielleicht ist Manuel Aranda dann schon aus seinem Wagen gestiegen. Enormes Glück natürlich, wenn es gleich beim ersten Versuch klappt. Näher kam der Mercedes, immer näher. Lauter schwoll das Toben der Düsen an, immer lauter. Ihr Dröhnen nahm beständig zu, es wurde ungeheuer stark, denn die niedere Wolkendecke wirkte wie eine Echokammer. Nun begann die Luft zu vibrieren, Clairon konnte es fühlen. Er preßte sich gegen die Rückseite des großen Grabsteins. Der vibrierte nicht. Von den Zweigen der Bäume, von den Grabhügeln stäubten Schneewolken auf, von den Ästen fielen ganze Brocken. Nun kam die Boeing, nun würde sie sofort über dem Friedhof sein. Man konnte sie nicht sehen, die Wolken hingen zu tief. Der Mercedes blieb stehen. Gott sei gepriesen, dachte Clairon.

Die unsichtbare Boeing röhrte, heulte und kreischte. Sie jaulte und donnerte und schien jeden Moment explodieren zu wollen. So wurde der Frieden dieser riesigen Stätte des Todes immer wieder zerstört, von halb sechs Uhr früh bis lange nach Mitternacht.

Dem weinenden Engel fiel ein Klumpen Schnee vom Haupt.

Clairons Augen verengten sich zu Schlitzen. Eine unmenschliche Ruhe, die er in solchen Momenten stets erlebte, überkam ihn. Da drüben, etwa 100 Meter entfernt, stand der Mercedes. Clairon hob den Lauf um eine Winzigkeit seitlich rechts empor und berücksichtigte dabei die geringere Entfernung. Jetzt sah er das Fenster des linken vorderen Wagenschlags im Zielfernrohr.

Steig aus, dachte Clairon. Steig nun schön aus, mein Freund. Nicht zu langsam, nicht zu schnell. Und bleib stehen, ein Augenblick genügt. Ich habe wahrhaft Glück, dachte Clairon, in zitternder Luft, im Höllenlärm der Düsen. Dieser Manuel Aranda, den ich nicht kenne, von dem ich nichts weiß, dieser Mann, den ich töten muß, wird es gleich hinter sich haben. Und ich auch. Komm heraus, Mann, dachte Clairon, komm nun heraus.

Der Wagenschlag öffnete sich. Eine Gestalt wurde sichtbar. Es war kein Mann. Es war eine Frau.

4

»Wie heißt die Tote?«

»Steinfeld.«

»*Valerie Steinfeld?*«

»Sie kennen den Namen?«

»Na, hören Sie! Hat doch oft genug in den Zeitungen gestanden. Ich hab alles gelesen. Im ›Kurier‹ und im ›Express‹ und in der ›Kronenzeitung‹. Eine unheimliche Geschichte ist das. Kein Mensch weiß ...«

»Wo liegt das Grab?« fragte Manuel Aranda ungeduldig. Er war groß und schlank und sah auf den Pförtner herab. Der Pförtner war klein und alt. Er trug eine dunkle Uniform, eine Tellerkappe und einen nikotinverfärbten Walroßschnurrbart. Er tat beim Haupteingang Dienst.

In der Mauer neben der rechten Portalseite befand sich eine Loge, die Tür stand offen. Aranda sah einen Tisch, zwei Stühle, ein Telefon, ein Wandbord mit vielen Schüsseln und Steckuhren für die Nachtwachleute. Auf dem Zementboden schmolz Schnee zu Dreck. Von der Decke hing eine kahle elektrische Birne herab und erhellte die Loge, deren Wände schwarz und grünlich verfärbt waren. Auf dem Tisch erblickte Aranda eine halbgeleerte Flasche Bier, daneben lagen Brot und Wurst. Teilchen von beiden fanden sich in des Pförtners gelblichem Schnurrbart.

»Sind Sie von der Polizei?« Der kleine Mann blinzelte Aranda an. Sein spitzes Gesicht war sehr weiß, die Ohren und die Nase waren gerötet, auch die Augen. Er sprach ein wenig schwerfällig. Aranda überlegte, ob sich wohl Bier in der Bierflasche befand.

»Nein«, sagte er. »Ich bin nicht von der Polizei.«

»Aber ein Ausländer sind Sie! So eine braune Haut! Und dann der Akzent. Obwohl der Herr sehr gut deutsch sprechen.« Der Pförtner legte den Kopf schief. »Vielleicht ein Verwandter von der Frau Steinfeld?«

»Auch kein Verwandter!« sagte Aranda sehr laut, während er die Fäuste in den Taschen seines Kamelhaarmantels ballte.

»Pardon«, brummte der Pförtner gekränkt. »Man interessiert sich halt. Gerade bei so einem Fall . . .«

»Das Grab! Wo liegt das Grab?«

»Ja, also *auswendig* weiß ich das leider nicht. Bestattet worden ist sie vorgestern, gelt?«

»Am Dienstag, ja.«

»Ich ruf die Verwaltung an, warten Sie.« Der Pförtner ging in die Loge. Manuel Aranda wartete. Im Ausschnitt des Kamelhaarmantels steckte ein breiter Kaschmirschal. Er trug halbhohe, pelzgefütterte Schuhe, Handschuhe, eine braune Persianermütze. Er fröstelte. In der Tat, tief sonnengebräunt war das ovale Gesicht. Aranda hatte graue Augen, eine ebenmäßige Nase und volle, in der Kälte bläulich verfärbte Lippen. Er machte den Eindruck eines Mannes, der vollkommen erschüttert und verwirrt, von Ängsten und Zorn erfüllt ist. Er war sechsundzwanzig Jahre alt.

In seiner Loge erregte sich der Pförtner lauthals am Telefon.

»Was ist denn das für ein Sauladen, den ihr da habt? Va – le – rie Stein – feld! Vorgestern! Ihr werdet doch, Gott behüte, noch wissen, wo die Steinfeld liegt!« Er streichelte seine Flasche.

Hysterisch klingelnd fuhr eine rot-weiße Straßenbahn die Simmeringer Hauptstraße hinab, an deren westlicher Seite sich, viele Kilometer lang, die hohe Mauer des Friedhofs erstreckt. Ein Pferdefuhrwerk war auf die Schienen geraten und schlidderte hin und her. Der Kutscher schlug die starken Rösser, die mit ihren Hufen auf dem eisigen Pflaster ausglitten. Funken stoben. Auch am Rand der Straße türmten sich Berge von Schnee, doch hier war er schmutzig, braun, grau und schwarz. Der Kutscher bekam sein schweres Gespann endlich von den Schienen. Die Tiere hielten, erschöpft keuchend.

Manuel Aranda fühlte, wie ihn eine Welle der Benommenheit überkam. Dieses Schwindelgefühl empfand er immer wieder, seit er in Wien war. Es ging stets rasch vorbei. Aber es vermittelte Aranda jedesmal das Gefühl größter Verlassenheit, Hilflosigkeit und ohnmächtiger Wut. Er kam sich vor wie ein Mensch nahe dem Ausbruch einer schweren Krankheit. Er mußte an einen Irrgarten denken, in den er weiter und weiter hineintaumelte, mit jeder neuen Minute, wie in einen endlosen Tunnel, in immer größere Finsternis und Kälte. Es war das Geheimnis, das ihn schwach und elend machte, dachte er, dieses Geheimnis . . .

Er wandte den Kopf, wobei sich sein Schwindelgefühl kurz, aber jäh verstärkte, und sah den blauen Mercedes, den er nach seiner Ankunft in Wien gemietet hatte und der wenige Schritte von ihm entfernt parkte. Rechts vom Haupttor, an der Friedhofsmauer, stand eine lange Reihe sauberer kleiner Hütten. Vor ihnen waren Kränze mit Natur- und Kunstblumen ausgebreitet, Gebinde, alle Arten von Kerzen, Kerzenhaltern, Windgläsern, Kupferkannen und Kupfertöpfen. Jenseits der Straße, in dunstverhangenen Feldern, lagen Gärtnereien. Den Besitzern gehörten wohl diese Geschäfte, die trotz Kälte und Winter geöffnet waren. Vermummte Männer und Frauen standen davor.

Der Portier erboste sich immer noch am Telefon.

»Eine Affenschande ist das! Der Herr wartet! Dann *suchen* Sie die Karteikarte. Die kann ja nicht verschwunden sein!«

Rasselnd, mit kreischenden Bremsen, kam nun ein Straßenbahnzug aus der Gegenrichtung vor dem Haupttor zum Stehen. Aranda las, was auf den Reklametafeln stand, welche Triebwagen und Anhänger an ihren Dächern trugen:

SCHWECHATER – RECHT HAT ER!

Die Bahn setzte sich ratternd wieder in Bewegung. Was ist SCHWECHATER? überlegte Aranda. Wie weit von Buenos Aires bin ich entfernt? Fliegen Sie zurück, hat der Hofrat gesagt. Aber ich fliege nicht zurück. Auf keinen Fall. Das habe ich ihm klargemacht. Da gab er dann nach. Ich muß wissen, wie es geschehen ist, warum sie es getan hat, wer ihr den Auftrag . . .

»Sie, Herr!«

Aranda drehte sich schnell um, und da waren wieder das Schwindelgefühl und die Angst, zu stürzen. Der alte, gutmütige Portier stand im Eingang seiner Loge.

»Ich hab Sie schon zweimal . . .« Er schluckte. »Ist Ihnen nicht gut? Sie schauen so blaß aus. Wollen Sie einen Schnaps?«

»Nein, danke. Nun?«

»Jetzt weiß ich es.« Der Pförtner blinzelte, seine geröteten Augen tränten. »Die Frau Steinfeld liegt im Abschnitt F 74. Wie sie begraben worden ist, vorgestern, da haben sie da sicherlich den Schnee weggeschaufelt, daß man hat gehen können. Aber was ist inzwischen heruntergekommen! Allein letzte Nacht! Da wird alles wieder dick zugeschneit sein, ganz bestimmt! F 74, das liegt aber ganz weit draußen, schon fast am anderen Ende. Laufen tun Sie da glatt eine halbe Stunde.«

»Ich habe einen Wagen. Darf man...«

»Nur auf den Hauptalleen! Kostet aber fünf Schilling.«

Aranda legte einen 20-Schilling-Schein in die ausgestreckte Hand des Mannes.

»Ich danke, Herr Baron!« Der Pförtner riß einen Zettel von einem Block. »Hinten sind die Gruppen aufgedruckt.« Er sprach Aranda jetzt direkt ins Gesicht. Also doch kein Bier in der Flasche, dachte dieser und trat etwas zurück. »Wenn Sie bei der 74er ankommen – entschuldigen Sie einen Moment, bittschön!« Des Pförtners Gesicht hatte sich plötzlich erhellt, während er an Aranda vorbeiblickte. Seine Stimme wurde heiter: »Endlich! Ich hab mir direkt schon Sorgen gemacht!«

»Zuerst konnte ich nicht rechtzeitig weg, und dann ist zwei Kilometer von hier plötzlich mein Wagen stehengeblieben«, sagte eine weibliche Stimme.

Manuel Aranda wandte den Kopf diesmal langsamer, um das Schwindelgefühl zu vermeiden. Hinter ihm stand eine Frau von etwa dreißig Jahren und seiner Größe. Aranda sah ein ebenmäßiges, ernstes Gesicht, eine kleine Nase und einen schönen Mund. Das Haar, das unter einem fest geknüpften Kopftuch hervorschaute, war kastanienbraun. Die junge Frau hatte zu viel Puder und Schminke aufgelegt. Sie trug eine sehr große dunkle Brille mit runden Fassungen. Ihre Augen blieben dadurch unsichtbar. Stiefel und Mantel waren aus Seehundfell.

»Guten Tag«, sagte die junge Frau. Aranda verbeugte sich stumm.

»Was war denn mit dem Auto?« forschte der Pförtner. Die junge Frau erfreute sich seiner Sympathie. Er empfand Verbundenheit mit ihr. Vor zwei Tagen war sie, unter einem Schwächeanfall taumelnd, in seine Loge gekommen und hatte um ein Glas Wasser gebeten. Sie wollte irgendein stärkendes Medikament schlucken, das sie bei sich trug, und während sie danach ein paar Minuten wartete, bis ihr besser wurde, hatte sie sich mit ihm unterhalten.

»Die Benzinpumpe«, antwortete sie jetzt. »Ihre Membran ist brüchig geworden in der Kälte. Also mußte ich den Wagen abschleppen lassen. Das dauert vielleicht eine Ewigkeit, bis jemand hier herauskommt! Dann habe ich die Elektrische genommen.« Die junge Frau hob die Schultern und wies mit dem Kinn zur anderen Straßenseite. »Aber jetzt hat der Steinmetz drüben geschlossen. Auf einer Tafel steht, man soll hier nachfragen.«

Der Rotnasige dienerte eifrig.

»Hat in die Stadt müssen, der Herr Ebelseder. Aber hat es mir herüberge-
bracht für den Fall, daß Sie doch noch kommen. Bezahlt haben Sie es
schon, sagt er.« Der Pförtner stockte. »Ja, nur zum Tragen ist es doch viel
zu schwer – den weiten Weg, meine ich.«

»Ich nehme ein Taxi. Da drüben stehen ein paar.«

»Das geht natürlich...« Des Pförtners zerfurchtes Gesicht erhellte sich
neuerlich. »Oder aber der Herr ist so freundlich und nimmt Sie mit. Der
will nämlich auch hin.«

»Wohin?« Die Stimme der jungen Frau klang plötzlich brüchig.

»Na, zu Ihrem Grab! Kurios ist das, also wirklich! Kennen sich die Herrschaften vielleicht?«

Die junge Frau musterte Manuel Aranda durch die dunklen Brillengläser.
»Nein«, sagte sie, doch ein banger Ton schwang in ihrer Stimme.

Plötzlich fühlte Aranda Erregung und Neugier.

»Sie sind Irene Waldegg«, sagte er.

»Woher wissen...« Sie brach ab. Er sah, wie sich der schöne Mund hart
schloß.

»Man hat mir Fotos gezeigt.«

»Die Polizei?«

»Wer sonst«, antwortete er kurz.

Sie starrte ihn an.

Er sagte aggressiv: »Ich bin Manuel Aranda. Der Name ist Ihnen doch
bekannt?«

»Ja«, sagte Irene Waldegg. Danach sahen sie einander an wie Feinde.

Dem Pförtner entging das.

»Da haben wir es!« freute er sich. »Jetzt kennen die Herrschaften sich
doch! Ich hab das Ding drinnen. Ich...«

Dreimal nacheinander, kurz und schnell, ertönte ein Hupsignal. Vor der
Einfahrt zum Friedhof hielt ein großer, weißer Lincoln mit blaugetönten
Fensterscheiben. Der Mann am Steuer hatte ein viereckiges Gesicht, ei-
nen breiten Unterkiefer, Sommersprossen, und sein blondes Haar war zu
einer Igelfrisur geschoren. Über die Stirn lief eine kurze, wulstige Narbe.
Der Mann trug einen rostbraunen Dufflecoat. Er winkte ungeduldig den
Pförtner herbei und hielt ihm einen Hundertschillingschein hin.

»Schnell«, sagte der Igelkopf. »Machen Sie schnell!« Er sprach mit amerikanischem Akzent. Seine Zähne waren groß, weiß und unregelmäßig, er
biß auf einem Kaugummi herum, während er wartete.

Irene Waldegg und Manuel Aranda sahen einander immer noch an. Menschen gingen an ihnen vorbei, sie bemerkten es nicht. Ein Flugzeug
dröhnte über ihre Köpfe hinweg, niedrig, knapp nach dem Start schon in
den Wolken, mit tobenden Düsen. Die Luft zitterte. Sie sahen sich an,

der junge Mann und die junge Frau. Der Lärm ließ nach. Die Frau sagte etwas.

»Wie bitte?« Er hatte nicht verstanden.

Sie wiederholte: »Ein seltsamer Ort für ein Zusammentreffen.«

»Ich habe ihn nicht gewählt.«

»Ich auch nicht«, sagte Irene Waldegg, und ihre Lippen zuckten plötzlich, als wollte sie weinen.

»Aber natürlich wußten Sie, daß ich in Wien bin.«

»Natürlich. Schauen Sie mich nicht so an!« rief sie erregt. »Ich habe keine Schuld daran!«

»Was weiß ich?« sagte Manuel Aranda.

»Was soll das heißen?« Ihre Stimme hob sich empört.

»Das soll heißen, daß ich gar nichts weiß«, antwortete er.

Irene Waldegg fragte heftig: »Warum haben Sie mich nicht angerufen? Warum sind Sie nicht zu mir gekommen? Wie lange halten Sie sich schon in Wien auf?«

»Zwei Tage.«

»Also! Warum nicht?«

»Ich hatte viel zu tun, um die Leiche freizubekommen. So viel Formalitäten. Ich habe noch keine Zeit gefunden.«

Endlich hatte der Pförtner gewechselt. Der Mann am Steuer des weißen Lincolns trat auf das Gaspedal. Sein Wagen schoß mit wimmernden Pneus in den Friedhof hinein.

»Zwölf Kilometer Höchstgeschwindigkeit!« schrie ihm der Pförtner empört nach. Er kam zurück. »Leute gibt's!« knurrte er. »Und keinen Groschen Trinkgeld. So, jetzt hol ich es Ihnen aber endlich, Fräulein.« Er verschwand in seiner Loge.

»Keine Zeit«, sagte die Frau mit den Seehundstiefeln und dem Seehundmantel bitter. »Aber Zeit, hier herauszukommen, die haben Sie.«

»Ich will das Grab sehen.«

»Warum?«

»Weil . . .« Er brach ab, verspürte wieder Schwäche, Einsamkeit, Trauer. »Ich will jetzt alles sehen, was damit zusammenhängt. Ich will jetzt mit allen Menschen reden, mit allen, die damit zu tun hatten.«

»Nur mit mir nicht!« Irene Waldeggs Stimme klang aggressiv.

»Ich wäre auch zu Ihnen gekommen«, antwortete er ebenso aggressiv.

»Verlassen Sie sich darauf!«

»Ich bin keine Verbrecherin«, sagte sie laut. »Sie waren bei der Polizei. Bei Hofrat Groll.«

»Ja. Und?«

»Und sagt Groll, daß ich eine Verbrecherin bin?«

»Nein.«

»Daß ich Schuld daran habe?«

»Nein.«

»Daß er mich verdächtigt?«

Verflucht, dachte Aranda, was soll das? Wer hat denn hier ein Recht auf einen solchen Ton? Sie oder ich? Ach, wir *beide!* Ich muß achtgeben, dachte Aranda, daß mein Haß mich nicht um meinen Verstand bringt. Er sprach ruhiger: »Der Hofrat sagte nicht das geringste gegen Sie. Aber trotzdem, Sie müssen doch verstehen...«

Irene Waldegg unterbrach ihn verbissen: »Ich verstehe schon. Aber trotzdem! Aber trotzdem kann man mir natürlich nicht trauen! Gerade mir nicht. Ich bin Apothekerin! Wie leicht komme ich an Gift heran! Ich bin belastet. Schwer belastet! Mit mir kann man nicht so einfach reden. Über mich muß man erst Erkundigungen einholen, mich bespitzeln lassen, sehen, ob ich nicht doch mitschuldig bin!«

»Das habe ich nicht gesagt!«

»Aber gedacht! Ich will Ihnen sagen, was *ich* denke. Ich denke, daß Ihr Betragen sehr ungehörig ist, Herr Aranda. Sie sind nicht der einzige, der einen schweren Verlust erlitten hat.«

Strahlend kam der Pförtner aus seiner Loge. Er lärmte geschwätzig: »Da hätten wir es, Fräulein! Alles in Ordnung? So, wie Sie es haben wollten? Ich find ja, er hat es sehr schön gemacht, der Herr Ebelseder, richtig künstlerisch! Und es wäre auch noch zur Bestattung fertig geworden, wenn Sie ihm rechtzeitig Bescheid gesagt hätten, sagt er.« Der Pförtner überreichte Irene Waldegg ein Gebilde aus Schmiedeeisen, das aussah wie ein leicht geöffneter Zirkel von etwa einem halben Meter Größe, mit einem breiten Querstab am spitzen Ende. Zwei Metallschenkel trafen sich oberhalb des Querstabes an der Kante eines kleinen Metallrahmens, hinter dem unter Glas schwarzumrandetes und schwarzbedrucktes Papier steckte. Der rotnasige, rotohrige Pförtner äußerte: »Das Holzkreuz auf dem Gab nehmen Sie einfach heraus, Fräulein, und werfen es in einen Abfallkorb. Stehen genug herum. Und das da müssen Sie in die Erde stoßen. Mit aller Kraft. So tief es geht. Nachher hält es schon ins Frühjahr, bis daß man den Stein setzen kann.«

Irene Waldegg nahm den großen schwarzen Zirkel mit beiden Händen. Aranda las, was auf dem Pate-Zettel stand:

VALERIE STEINFELD

6. MÄRZ 1904 – 9. JANUAR 1969

Darunter war noch ein Kreuz gedruckt.

»Eishart die Erde, natürlich. Aber jetzt, wo Sie den Herrn Bekannten getroffen haben, wird der Ihnen ja helfen. Ich meine...« Der Pförtner war irritiert. »Hab ich was Falsches gesagt? Soll ich doch lieber ein Taxi...«

»Nein!« Aranda sprach laut und schnell. »Kein Taxi.« Er wandte sich an Irene Waldegg. »Vergeben Sie mir mein Benehmen, bitte. Fahren wir zusammen. Ich... ich muß Sie vieles fragen...«

Sie stand stumm da, eine pathetische Gestalt mit dem Eisengebilde in den Händen und den großen, dunklen Gläsern vor den Augen. Endlich nickte sie.

Der Pförtner kam in Bewegung.

»Ich helfe Ihnen!«

Schnell nahm er Irene Waldegg die provisorische Grabtafel ab und eilte zu Arandas Wagen. Er schwankte, aber nur wenig. Die beiden jungen Menschen gingen ihm nach.

Der Pförtner verstaute den großen Zirkel im Fond des Mercedes. Aranda fragte Irene Waldegg: »Was für einen Wagen fahren Sie?«

»Auch einen Mercedes. Allerdings eine andere Type.«

»Wollen Sie dann nicht lieber ans Steuer? Ich finde mich hier doch nie zurecht.«

»Meinetwegen.« Irene Waldegg hob eine Hand nach der großen Brille, als wollte sie diese abnehmen, dann ließ sie die Hand wieder sinken und glitt hinter das Lenkrad des Mietwagens. Der Pförtner schloß den Schlag. Er folgte Aranda um den Mercedes herum zur anderen Seite.

»Alles in Ordnung mit dem Fräulein?« fragte er leise.

»Alles«, sagte Aranda.

»Ist ihr wohl sehr nahegegangen.«

»Natürlich.«

»Ja, der Tod«, sagte der Pförtner gemütvoll und steckte mit einer tiefen Verbeugung den zweiten Geldschein ein, den Aranda ihm reichte. Dann warf er die Wagentür zu und zog die Kappe. Dabei stellte sich heraus, daß er vollkommen kahl war.

Irene Waldegg fuhr langsam an.

Der Wagen rollte in die breite Allee hinein, die zur Dr. Karl Lueger-Kirche führt. Er holperte über Eisschwellen. Irene Waldegg sah starr geradeaus.

»Es muß einen Grund geben!« sagte Aranda.

»Es gibt keinen.«

»Wir kennen ihn nicht. Noch nicht! Hofrat Groll behauptet, Ihre Tante war geistig völlig normal.«

»Völlig!«

»Nun«, sagte Manuel Aranda, »dann muß es natürlich einen Grund dafür geben, warum Valerie Steinfeld meinen Vater vergiftet hat.«

5

Die Krähen schrien, die Krähen kreischten, die Krähen krächzten. »Nichts«, sagte Irene Waldegg, den Wagen langsam und vorsichtig lenkend. »Nichts, nichts gibt es! Man kann den Verstand verlieren, wenn man immer wieder daran denkt. Ich finde keine Erklärung, kein Motiv. Nicht das abwegigste, nicht das unwahrscheinlichste. Es ist alles ganz unwirklich...«

»Aber Valerie Steinfeld ist tot«, sagte Manuel Aranda. »Und mein Vater ist tot. Das ist nicht unwirklich. Das ist die Wirklichkeit! Valerie Steinfeld hat meinen Vater vergiftet. Dann hat sie selber Gift genommen. Nach Ansicht der Polizei gibt es darüber keinen noch so geringen Zweifel.«

Irene Waldegg sagte: »Der Hofrat Groll ist ein kluger, erfahrener Mann. Und es sind ausgesuchte Spezialisten, die mit ihm arbeiten. Hat Groll Ihnen ein Motiv nennen können? Einen Grund? Ach, Grund! Den kleinsten *Anhaltspunkt* nur?«

Vorsicht, dachte Aranda. Ich habe dem Hofrat mein Ehrenwort gegeben, darüber zu schweigen.

Aranda hatte sich in der kurzen Zeit seines Wiener Aufenthalts lange und mehrmals mit dem hohen Polizeibeamten unterhalten. Er wußte vieles über viele Menschen.

Ich weiß eine Menge, wovon du nichts ahnst, dachte Aranda, die junge Frau von der Seite betrachtend. Aber ich werde dir nichts davon verraten. Ich wäre ein Schuft, wenn ich es täte, denn der Hofrat vertraut mir. Ich vertraue dir nicht, ich wäre verrückt, wenn ich einem von euch vertraute! »Nein, nicht den kleinsten Anhaltspunkt«, log Manuel Aranda.

Irene Waldegg fuhr um den runden Platz vor der Kirche. Vom tiefverschneiten Dach und von allen Mauervorsprüngen hingen schwere Eiszapfen herab. Die junge Frau bog in eine Allee ein, die nach Südwesten führte.

»Seit wann kennen Sie den Hofrat Groll?« fragte Aranda.

»Seit... jenem Abend. Er ließ mich von seinen Männern holen und in die Buchhandlung bringen – damit ich meine Tante identifizierte, und zu einem ersten Verhör.« Irene Waldegg hob die Schultern. Sie schauderte. »Es war furchtbar. Die beiden sahen entsetzlich aus. Das Gift hatte...«

»Schon gut«, sagte er. »Aber Sie konnten Ihre Tante identifizieren.«

»Sofort.«

»Und meinen Vater?«

»Ich habe Ihren Vater nicht gekannt, Herr Aranda!«

»Sind Sie sicher?«

»Vollkommen sicher.« Wenn sie log, war sie die geborene Lügnerin.

»Hat Ihre Tante jemals seinen Namen erwähnt?«

»Niemals. Da bin ich auch ganz sicher. Ich sage Ihnen ja, es ist zum Verrücktwerden!« Ja, du sagst es, dachte er. Ein wenig zu häufig sagst du es. »Sie haben mit Frau Steinfeld zusammengelebt?« Aranda sah Irene Waldegg noch immer an. Ein schönes Gesicht. Ein offenes Gesicht. Aber ich kann die Augen nicht sehen, dachte er. Was für Augen hat diese Frau? »Ich glaube, ich hätte doch ein Taxi nehmen sollen«, sagte diese Frau ruhig.

»Was heißt das?«

»Das heißt, daß ich genug von diesen Fragen habe. Sie wissen doch genau Bescheid! Der Hofrat hat Ihnen doch alles gesagt! Meinen Sie, Sie könnten mich bei einer Lüge ertappen? Sie halten mich für schuldig, immer noch. Ich nahm Ihre Entschuldigung vorhin ernst – leider.«

So geht das nicht, dachte er. Diese Frau ist keine Idiotin. Ich, ich bin es, der sich wie ein Idiot benimmt. Er sagte: »Die Entschuldigung war ernst gemeint, wirklich. Ich bin nur völlig kopflos und ratlos. Ich . . . ich werde Ihnen sagen, was ich weiß, was der Hofrat mir erzählt hat! Sie *haben* mit Frau Steinfeld zusammengewohnt, Ihrer Tante, ja! In der Wohnung von Frau Steinfeld in der . . . den Straßennamen habe ich vergessen.«

»Gentzgasse.«

»Gentzgasse, richtig. Sie sind Apothekerin. Die Möven-Apotheke in der Lazarettgasse gehört Ihnen. Sie haben da zuerst bei Ihrem Onkel gearbeitet, und als der vor drei Jahren starb, erbten Sie das Geschäft.« Das ist der bessere Weg, dachte Aranda. Sie darf nicht von vornherein meine Feindin sein. Sonst komme ich niemals weiter. Sie sitzt schon nicht mehr so verkrampft da, ihr Gesicht ist schon etwas weicher geworden.

»Sie haben Spikes an den Rädern, nicht wahr?« fragte Irene Waldegg.

»Ja.« Er runzelte irritiert die Brauen und fuhr fort. »Frau Steinfeld war nicht Ihre einzige Verwandte. Das weiß ich auch. Ihre Eltern leben im Süden Österreichs, in . . .«

»Villach«, sagte sie. »Das liegt in Kärnten. Ich bin nach Wien gekommen, um hier zu studieren.«

»Ja, das hat mir der Hofrat erzählt. Und Frau Steinfeld hat in dieser Buchhandlung Landau in der Seilergasse gearbeitet.«

»Waren Sie schon dort?«

»Ich war noch bei niemandem. Keine Zeit, das sagte ich doch. Ich wollte heute noch hingehen. Aber zu allererst wollte ich das Grab von Frau Steinfeld sehen.«

Irene Waldegg sagte: »Den Buchhändler Martin Landau und seine Schwester hat der Hofrat auch gleich noch am Abend rufen lassen. Auch die beiden hatten Ihren Vater niemals zuvor gesehen und seinen Namen niemals zuvor von meiner Tante oder sonst jemandem gehört. Das ist Ihnen bekannt, nicht wahr?«

»Ja, das ist mir bekannt. Können wir ... können wir nicht ein wenig freundlicher miteinander sprechen, Fräulein Waldegg? Sie sehen doch, ich gebe mir Mühe, mich zu beherrschen, gerecht zu sein, freundlich ...«
Sie antwortete nicht. Aber sie nickte kurz.
»Ich weiß, daß Ihre Tante schon lange in dieser Buchhandlung gearbeitet hat. Wie lange? Das weiß ich nicht, wirklich nicht.«
»Eine Ewigkeit.« Zum erstenmal klang ihre Stimme weicher. »Sie war dort schon angestellt, als ich geboren wurde. Ich bin einunddreißig. Seit 1938 hat Valerie da gearbeitet.«
»Valerie?«
»Ich nannte sie nur Valerie. Sie hatte das lieber. Sie meinte, es macht sie jünger.« Irene Waldegg bog in eine neue Allee ein. Hier war kein Mensch mehr zu erblicken. Die neue Allee lief geradeaus. »Zuerst war Valerie als Verkäuferin angestellt, glaube ich, dann, nach dem Krieg, als Erste Verkäuferin, und seit zwölf Jahren als Prokuristin.«
»Und an dem Tag, an dem es passierte, was war da?«
Irene Waldegg schaltete einen Gang zurück, denn eine große Fläche Glatteis lag vor ihnen. Die junge Frau schwieg, und sofort flackerte wieder Mißtrauen, Argwohn in Aranda auf. Legte sie sich eine gute Lüge zurecht, endlich eine Lüge, wie?
»Nun!«
»An dem Tag, an dem es passierte ...« Irene Waldegg brach ab.
»Ja! Heute vor einer Woche!«
Sie sprach mit Mühe ruhig: »Wir gingen am Morgen gemeinsam aus dem Haus, Valerie und ich. Wir sind immer gemeinsam gegangen. Ich brachte sie mit dem Wagen in die Buchhandlung, bevor ich zur Apotheke fuhr.«
Sie bemerkte nicht, wie sie plötzlich in der Gegenwart sprach: »Das geht schon so, seit ich den Wagen besitze, jahrelang. Nur immer dann nicht, wenn ich Nachtdienst habe. Morgen zum Beispiel.«
»Morgen was?«
»Heute habe ich Nachtdienst. Da kann ich Valerie morgen früh nicht in die Buch ...« Irene Waldegg brach ab. »Schrecklich«, sagte sie. »Ich habe mich noch nicht daran gewöhnt, daß sie tot ist.« Sie fuhr sich mit einer Hand über die Stirn. Die Geste rührte Aranda. Diese Frau hat einen Menschen verloren – genau wie ich, dachte er. Sie ist verzweifelt – genau wie ich. Ratlos, verwirrt, angsterfüllt, zornerfüllt – wie ich. Nein, das ist kein Theater, das sie mir vorspielt. Vielleicht habe ich einen Menschen gefunden in dieser Stadt des Zwielichts, die eine der schönsten Städte der Welt ist, einen Menschen unter Millionen, dem ich doch vertrauen darf?
»Valerie war so lustig an dem Morgen«, sagte jener Mensch.
»Warum?«
»Sie hatte einen Farbfernseher gewonnen. Beim Preisausschreiben einer

Zeitung. Sie machte immer alle Preisausschreiben mit – solange ich zurückdenken kann. Sie sagte: Einmal hat jeder Mensch Glück.«

»Einmal hat jeder Mensch Glück«, wiederholte er laut. »Das hat Frau
Steinfeld bei einer anderen Gelegenheit auch gesagt. Bei einer ganz anderen Gelegenheit.«

Wieder schauderte sie.

»Ja, ich weiß.«

»Weiter«, sagte er. »Erzählen Sie weiter.«

Sie begann leise: »Niemals gewann sie etwas. Aber an diesem Tag – ich
meine, am Abend vorher, als sie heimkam – lag ein Brief von dieser Zeitung da. Eine Benachrichtigung, daß sie gewonnen hätte. Valerie sah so
gern fern . . .« Irene Waldegg sagte verloren: »Inzwischen ist der Apparat
gekommen. Ein sehr schönes Modell . . .« Wieder bog sie ab. Die Landschaft wurde immer gespenstischer, die Schneeberge zu beiden Seiten der
Allee wuchsen höher und höher an.

Aranda sagte: »Ihre Tante ist nicht mehr heimgekommen an jenem
Abend. Hat Sie das nicht beunruhigt?«

»Zuerst nicht. Sie kam häufig später – es war oft noch viel zu tun nach
Geschäftsschluß. Natürlich, als es neun wurde, machte ich mir Sorgen.
Das Wetter war so schlecht. Schneesturm. Ich dachte an einen Unfall. Und
ich wollte eben in der Buchhandlung anrufen, da klingelte es . . . Die Kriminalbeamten kamen, um mich zu holen.«

»Sie haben also nicht mehr mit Ihrer Tante telefoniert.«

»Nein.«

»Aber Valerie Steinfeld, die hat telefoniert.«

»Ja«, antwortete Irene Waldegg leise. »Ich habe das Gespräch gehört.«

»Ich auch«, sagte Manuel Aranda. »Dreimal.«

6

»*Getötet!* . . . Getötet habe ich ihn! . . . Kapsel . . . mit der Kapsel . . . da
liegt er jetzt! . . . Einmal . . . hat jeder Mensch Glück . . .«

Stammelnd erklang die Frauenstimme, lallend, Pausen lagen zwischen
den teils herausgeschrienen, teils geflüsterten Worten.

Der Hofrat Wolfgang Groll drückte auf eine Taste des Magnetophons, das
auf einem kleinen Tischchen stand. Die Bandteller hielten an. Aus dem
Lautsprecher des Geräts erklang nur das Summen des elektrischen
Stroms. Ein magisches Auge glühte grün.

Der Hofrat Groll sagte: »Das ist die Stimme von Frau Valerie Steinfeld.
Drei Zeugen haben sie wiedererkannt und sind bereit, das zu beschwören,
Herr Aranda.«

»Wie ist es zu dieser Aufnahme gekommen?« fragte Manuel. Er trug einen dunkelblauen Anzug, ein weißes Hemd und eine schwarze Krawatte. Seit eineinhalb Stunden saß er im Arbeitszimmer des Hofrats Groll vom Sicherheitsbüro der Polizeidirektion Wien. Groll, den Aranda aus zahlreichen Fernschreiben an die Polizeidirektion in Buenos Aires und von zwei Transatlantik-Telefonaten her kannte, war in den letzten eineinhalb Stunden noch einmal im Detail auf das rätselhafte Verbrechen eingegangen. Er hatte Aranda alles erzählt, was geschehen war. Er hatte die Namen der anderen Menschen genannt, die mit dem Fall – als Verwandte oder Zeugen – in Verbindung standen. Er hatte sie genau beschrieben. Dem Hofrat Groll war Manuel Aranda sofort sympathisch gewesen; er betrachtete den hektisch erregten und dabei todmüden jungen Menschen voller Besorgnis. Eine Uhr zeigte fast Mitternacht.

Um 21 Uhr 50 war Aranda in Wien gelandet. Ein Taxi hatte ihn zu dem Luxushotel ›Ritz‹ am Kärntner-Ring gebracht, in dem sein Vater abgestiegen war.

Die Eingangshalle des ›Ritz‹ erstrahlte im Licht von drei mächtigen Kristallüstern. Marmorsäulen glänzten, an den mit Palisanderholz verkleideten Wänden hingen alte Gobelins. Aus Marmorplatten bestand der Boden, auf dem kostbare Teppiche lagen. Hinter der Eingangshalle befand sich eine zweite, noch größere. Dort gab es Club-Garnituren, Schreibecken, weitere Lüster, Stehlampen mit schweren Seidenschirmen und ein Podium, auf dem ein Fünf-Mann-Orchester leise Evergreens spielte.

Links vom Eingang befand sich die Theke des Portiers, rechts die der Reception. Bei ihr arbeiteten drei Angestellte, auf der anderen Seite drei Portiers. Aranda, dessen Taxi wartete, ging zur Reception. Ein Mann von etwa fünfundvierzig Jahren eilte ihm entgegen.

»Señor Manuel Aranda?«

»Si.«

»Bienvenido en Viena, Señor Aranda!«

Aus dem offenen, großen Büro hinter der Reception kam ein älterer, schlanker Mann mit schlohweißem Haar heran. Seine Stimme war leise und ernst: »Buenas noches, Señor Aranda. Reciba mi mas sincera condolencia . . .«

»Danke. Ich spreche deutsch«, sagte Aranda. Daraufhin hießen ihn die beiden Herren noch einmal in deutscher Sprache herzlich in Wien willkommen und erlaubten sich, zu dem schweren Verlust, den er erlitten hatte, ihr Beileid auszusprechen. Der Jüngere war stellvertretender Receptionschef; als er sich vorstellte, hörte Aranda seinen Namen: »Pierre Lavoisier, mein Herr, zu Ihren Diensten.« Der Mann von der Reception stellte auch den Weißhaarigen vor, der in seinem eleganten schwarzen Anzug, der silbernen Krawatte, der Perle darin, dem weißen Hemd mit dem weichen Kragen und seiner vorbildlichen Haltung aussah, wie einem britischen Schneidermagazin entstiegen: »Graf Romath, unser Direktor.«

Eine Gruppe von Damen und Herren in Abendkleidung ging lachend an ihnen vorüber.

Graf Romath grüßte seine Gäste, sah andere Menschen näherkommen und bat: »Gehen wir zu mir, Herr Aranda. Nur einen Moment.« Er eilte schon voraus, dabei ein wenig trippelnd. Er war weit über sechzig. Sein Büro befand sich am Ende eines kurzen Ganges, hinter der Reception. Der Raum war mit großem Geschmack eingerichtet. Es gab auch hier eine Stehlampe neben einem antiken Rundtisch, brokatüberzogene Fauteuils, Chinabrücken über rotem Fußbodenvelours, schwere rote Damastvorhänge, ein Bild an der Wand, die brusthoch von Mahagonipaneelen verdeckt wurde.

Das Bild war eine großartige Kopie des ›Maskensoupers‹ von Adolph Menzel, Aranda kannte das Gemälde. In einem schiefergrauen, breiten alten Rahmen zeigte es, etwa 35 mal 40 Zentimeter groß, als Hauptfarben ein geisterhaftes Gold, viel brennendes Rot, leuchtendes Lila, Schwarz. Auf dem Schreibtisch des Büros stand eine schmale, hohe Kupferkanne. In ihr befanden sich Blüten, die an Orchideen erinnerten, weiß und bräunlich, mit leuchtend goldgelben Flecken.

»Es ist furchtbar, ganz furchtbar, mein Herr«, sagte der Graf, an seine Perle tupfend. »Niemand kann es fassen. Niemand weiß eine Erklärung.«

»Haben sie meinen Vater noch gesehen – nach dem Tod?« fragte Aranda.

»Ja. Ich . . . ich wurde in jene Buchhandlung gerufen, um Ihren Herrn Vater zu identifizieren. Er trug einen Paß bei sich. Aber sie brauchten jemanden, der ihn gekannt hatte. Ein wunderbarer Mensch, Ihr Herr Vater. Ein wirklicher Gentleman. Wir haben uns ein paarmal unterhalten . . .«

»Worüber?«

»Über Argentinien. Ich hatte Besitz drüben, wissen Sie. Vor dem Krieg habe ich fünf Jahre da gelebt.« Der Graf fuhr mit einer Hand durch das weiße Haar. »Wir erhielten Ihr Telegramm. Sie wollen also wirklich das Appartement Ihres Herrn Vaters?«

»Ja«, sagte Aranda. In diesem Büro überkam ihn zum erstenmal jenes Schwindelgefühl, das immer wiederkehren sollte.

»Ganz wie Sie wünschen, natürlich.« Der Graf spielte mit der Perle an seiner Krawatte. »Die Polizei hat das Appartement durchsucht. Es ist nichts beschlagnahmt worden. Wir haben nach der Untersuchung selbstverständlich alles wieder in Ordnung gebracht.«

»Dann lassen Sie bitte mein Gepäck hinaufbringen.«

»Gewiß.« Der Graf trat vor. »Darf ich mir erlauben, Sie zu begleiten und Ihnen das Appartement zu zeigen?«

»Ich fahre noch einmal weg.«

»Jetzt?« Die Brauen des Direktors hoben sich.

»Ja. Mein Taxi wartet. Ist es weit bis zur...« – Aranda zog einen Zettel aus der Tasche seines Kamelhaarmantels – »...Berggasse?«

»Berggasse?«

»Das Sicherheitsbüro. Ich habe bei der Zwischenlandung in Paris den Hofrat Groll angerufen. Er sagte, er würde mich gerne noch heute empfangen, auch wenn es spät werden sollte. Ich bat um eine Unterredung. Sie können sich vorstellen, daß ich so schnell wie möglich...«

»Natürlich«, sagte der Graf. »Ich fürchte nur, selbst der Hofrat steht vor einem Rätsel. Aber Ihr Wunsch ist völlig verständlich. Ich könnte an Ihrer Stelle auch nicht zu Bett gehen, ohne wenigstens... Eine Viertelstunde mit dem Wagen ist es bis zur Berggasse, verzeihen Sie.«

»Würden Sie wohl den Hofrat anrufen und ihm sagen, daß ich unterwegs bin?«

»Sie erledigen das gleich, Herr Lavoisier.«

»Ja, Herr Direktor.« Pierre Lavoisier ging zur Tür und öffnete sie für Manuel. »Darf ich bitten?«

Der Graf verbeugte sich noch einmal zum Abschied. Allein in seinem Zimmer, wartete er eine Minute, dann versperrte er die Tür, trat schnell zu dem Bild an der Wand, suchte und fand eine verborgene Feder an der unteren Rahmenseite, drückte auf sie, bis ein kleines Stück der breiten Leiste sich senkte und ein metallenes Päckchen von der Größe einer Zigarettenschachtel sichtbar wurde, das im hohlen Innern des Rahmenstückes lag. Der Miniatursender hatte eine Reichweite von 2000 Metern. Der Empfänger befand sich knappe 1000 Meter vom Zimmer des Grafen Romath entfernt, in einem Wagen in einer Nebenstraße.

Romath zog die Antenne aus dem Sender und sprach ruhig: »Calling Sunset... Calling Sunset... This is Able Peter, Able Peter...«

»Go ahead, Able Peter«, ertönte eine leise Männerstimme aus dem winzigen Lautsprecher des Senders.

Der Graf sprach weiter Englisch: »Der neue Gast fährt jetzt gleich mit einem Taxi, das vor dem Hoteleingang parkt, in die Berggasse, zu Hofrat Groll.«

»Danke, Able Peter. Over.«

»Over«, sagte Romath. Er legte den Sender in sein Versteck und drückte wieder auf die verborgene Feder. Das Leistenteil glitt hoch. Es war ein geschnitzter und gerippter Rahmen. Die Stellen, an denen man das bewegliche Stück herausgeschnitten hatte, konnte man auch bei genauem Hinsehen nicht erkennen. Der Graf Romath sperrte die Tür wieder auf. Dann stand er reglos in dem schönen Büro und betrachtete seine Fingernägel. Während dieser Zeit war Manuel Aranda von Lavoisier überhöflich und ernst zu dem wartenden Taxi geleitet worden, das sogleich abfuhr. Einer der fünf Pagen, die noch Dienst taten, hatte den beiden die Glastür des Eingangs geöffnet, ein großer Portier den Schlag des Taxis. Während der Portier im Freien blieb, kehrte der etwa zwanzigjährige, schlanke und gut aussehende Page, der eine graue Uniform trug, mit Lavoisier in die Empfangshalle zurück und verweilte nahe der Reception, hinter deren Theke Lavoisier nun trat und ein Telefonbuch öffnete.

»Armer Kerl, dieser Aranda«, sagte der Kollege, der neben ihm stand.

»Ja, es ist eine Tragödie«, antwortete Lavoisier, mit dem Finger eine Seite des Telefonbuchs hinabfahrend. Er murmelte: »Da haben wir es. Sicherheitsbüro, Bundespolizeidirektion Wien, Abteilung zwei, Berggasse, 34 55 11 . . .« Er zog einen Apparat heran und wählte. »Ein so höflicher Mensch«, sagte er dazu.

»Das war der Vater auch«, sagte der Kollege.

Lavoisier, am Telefon, verlangte den Hofrat Groll, der sich sofort meldete. Der stellvertretende Receptionschef erklärte, wer er war, und annoncierte Manuel Arandas Eintreffen in Bälde.

Der Page strich die Fransen eines Teppichs zurecht, dann ging er langsam an seinen müde umherstehenden Kameraden vorbei durch die ganze Halle bis zu einem entfernten Gang, der hinter der großen Garderobe lag und zu dem angrenzenden Kaffeehaus führte. Links gab es hier sechs öffentliche Fernsprechstellen. Sie waren in die mit rotem Damast verkleidete Wand eingebaut und gehörten eigentlich schon zu dem Kaffeehaus, aber das Kaffeehaus gehörte zum Hotel. Man konnte das ›Ritz‹ auch durch den Eingang des Cafés betreten oder verlassen.

Gegenüber den Zellen befanden sich zwei Türen, die zu Waschräumen und Toiletten für Damen und Herren führten. Der Page betrat die erste Zelle, warf einen Schilling in den Zahlschlitz und wählte. Er sprach leichten Wiener Dialekt: »Weigl hier. Er ist vor zwei Minuten abgefahren zum Sicherheitsbüro, Hofrat Groll, Berggasse.«

»Gut, daß du anrufst«, erklang eine akzentfreie Stimme aus der Hörermembran. »Die Idioten haben ihn doch tatsächlich auf dem Flughafen aus den Augen verloren.«

»Arschlöcher! Die Taxinummer ist W 471 546. Haben Sie? Ein schwarzer Mercedes 200 Diesel.«

Die Stimme am anderen Ende der Leitung wiederholte die Angaben.

»Ich melde es gleich weiter an die Zentrale. Wie geht es bei euch?«

»Alles prima. Der Receptionschef hat noch Urlaub. Lavoisier macht seinen Dienst mit. Und ich hab die Schicht von einem übernommen, der die Grippe hat. In zwei Tagen kommt der Receptionschef wieder! Bis dahin muß es passiert sein.«

»Bis dahin ist es längst passiert. Schluß jetzt. Servus.«

Als der Mercedes 200 Diesel mit der Nummer W 471 546 vor dem Gebäude des Sicherheitsbüros in der Berggasse hielt, nahm einer von zwei Männern in einem Opel-Kapitän, der in der Hahngasse, einer Seitengasse, parkte, ein Handmikrophon vor den Mund und sprach französisch:

»Olymp... Olymp... Hier ist Nummer Acht...«

»Ich höre Sie, Nummer Acht.«

»Das Taxi ist eben angekommen«, sagte der Mann mit dem Mikrophon. »Aranda steigt aus. Er zahlt... Er geht zum Haus... Er spricht mit dem Polizisten, der da Wache steht... Der Polizist läßt ihn eintreten... Jetzt ist er verschwunden.«

»Ihr bleibt, wo ihr seid. Wenn Aranda herauskommt – das kann lange dauern –, folgt ihr ihm. Alle Viertelstunde melden! Ende.«

»Ende«, sagte der Mann in dem Opel-Kapitän und legte das Mikrophon fort. Er zog eine Zigarette aus dem Päckchen, das sein Kollege ihm hinhielt.

»Was ist bloß los? Das war wieder der Chef persönlich. Arbeitet der auch rund um die Uhr?«

»Ja.«

»Aber das hat er doch noch nie getan! Weißt du, warum wir Alarm Eins wegen diesem Kerl haben?«

»B«, sagte der andere.

»Was?«

»B. Was heißt B, hm?«

»Bist du besoffen? Hast du heimlich eine Flasche...«

»Quatsch! B! Irgendwas muß es bedeuten, dieses B.«

»Hör mal...«

»Ich war in der Zentrale, als der erste Kurier aus Paris ankam! Ich habe nur ein paar Worte aufschnappen können, bevor er mit dem Chef verschwunden ist. Und der Kurier hat etwas von B gesagt.«

»Was von B?«

»Habe ich nicht verstanden. Aber B habe ich verstanden! Und daß es das Ärgste ist, was geschehen konnte.«

»Das Ärgste?«

»Das Ärgste, ja. B! Ich habe es ganz deutlich gehört. Was sagst du jetzt?«

Zwanzig Meter hinter ihnen parkte ein großer schwarzer amerikanischer Ford. Auch in ihm saßen zwei Männer. Einer von ihnen hatte in den letzten Minuten angestrengt an den Knöpfen eines Apparates von der Größe eines tragbaren Radios gedreht. Es war ein Gerät mit überempfindlichen Mikrophonen und fing Gespräche im Umkreis von dreißig Metern auf, auch wenn diese hinter dicken Mauern oder in Autos geführt wurden. Die Richtantenne mußte nur präzise eingestellt sein. Der Mann mit dem Gerät auf den Knien hob den Kopf, fluchte in schwer amerikanisch akzentuiertem Englisch und sagte dann: »Nichts zu machen.«

»Die haben alle ihre Wagen gesichert«, sagte der andere.

»Ich gebe es auf«, sagte der erste Mann. »Vielleicht gelingt es den Russen.«

»Sicher nicht.«

»Vielleicht doch. Das sind phantastische Burschen auf diesem Gebiet. Die haben noch bessere Instrumente als wir.«

»Auch die Russen werden nichts hören«, sagte der zweite Mann. »Nicht diesmal. Nicht bei einem B-Fall.«

Der erste Mann fluchte wieder, dann griff er nach einem Handmikrophon...

Das Treppenhaus des Sicherheitsbüros war altmodisch und durch Neonlicht-Röhren beleuchtet. Es gab eine Holztreppe, keinen Lift. Der Hofrat Groll hatte sein Büro im zweiten Stock. Vom Stiegenhaus mit seinen knarrenden Stufen führte eine Glastür in einen langen Korridor, der weiß gestrichen und ebenfalls von Neonlichtstäben erhellt war. Manuel Aranda ging den Korridor entlang, bis er die Tür fand, die er suchte. Sie trug in einem Blechrahmen eine bedruckte Karte. Er klopfte an, betrat ein Vorzimmer, in dem ein junger Mann an einer Schreibmaschine saß, und bat diesen, ihn bei dem Hofrat Groll anzumelden. Er wurde sofort empfangen. Eineinhalb Stunden berichtete der Hofrat Wolfgang Groll seinem späten Gast ausführlich über die Untersuchung der rätselhaften Ermordung von Manuel Arandas Vater. Er hatte eben begonnen, ein Tonband vorzuspielen, als er den Apparat auch schon wieder stoppte, weil Manuel fragte: »Wie kam es zu dieser Aufnahme?«

7

Arandas Stimme vibrierte. Groll betrachtete den jungen Mann, der so hektisch erregt und dabei todmüde war, voller Besorgnis. Eine Uhr zeigte fast Mitternacht. Der Hofrat antwortete betont ruhig: »Ihr Vater wurde vor fünf Tagen getötet, Herr Aranda, schon am neunten Januar. Am Abend dieses...«

»Ich wäre früher gekommen, wenn wir in Buenos Aires nicht bis gestern einen Streik des gesamten Flugsicherungspersonals gehabt hätten!«

»Das weiß ich doch. Bitte, bleiben Sie gefaßt. Am Abend dieses neunten Januar, zwischen 19 Uhr 24 und 19 Uhr 39, rief eine Frau viermal das Kommissariat Innere Stadt an.«

»Woher weiß man, daß es jedesmal dieselbe Frau war?«

»Die Anrufe kamen alle ins Wachzimmer. Stets hob der Diensthabende ab, der Wachkommandant Revierinspektor Kemal. Er erkannte die Stimme immer wieder, hat er ausgesagt. Es fiel ihm nicht schwer. Dieses Gestammel, diese Aufregung... Und dann sagte die Frau auch stets dasselbe: »Getötet! Getötet habe ich ihn!«

»Aber auf dem Tonband...«

»Die ersten drei Male sagte die Frau weiter nichts, Herr Aranda. Da legte sie immer bald wieder auf. Vielleicht aus Schwäche. Vielleicht verließ sie der Mut. Die Stimme klang immer verschmierter, hat der Revierinspektor Kemal ausgesagt. Tatsächlich wurde bei der Obduktion von Frau Steinfelds Leiche eine große Menge Alkohol festgestellt. Sie muß sich zwischen den Anrufen mehr und mehr betrunken haben.«

»Ich verstehe.«

»Dieser Revierinspektor Kemal ist ein guter Mann, ich kenne ihn. Er alarmierte den Technischen Dienst, Telefonüberwachung. Vom zweiten Anruf an bemühten sich Spezialisten, festzustellen, woher der Anruf kam. Der Revierinspektor schaltete auch ein Tonbandgerät ein, das mit dem Telefon gekoppelt ist. Als Frau Steinfeld dann um 19 Uhr 39 zum viertenmal anrief, ließ er das Band laufen. Es ist dieses Band hier.«

»Woher wußte der Revierinspektor, daß die Frau Valerie Steinfeld war?«

»Zur Zeit des Gesprächs wußte er es natürlich noch nicht. Ich spreche von Frau Steinfeld, weil wir, wie gesagt, drei Zeugen haben, die bereit sind, zu beeiden, daß dies die Stimme von Frau Steinfeld ist – den Besitzer der Buchhandlung, Martin Landau, seine Schwester Ottilie und die Nichte der Frau Steinfeld, Fräulein Irene Waldegg.«

»Beim viertenmal hängte diese Frau also nicht wieder ein.«

»Nein. Der vierte Anruf dauerte eine ganze Weile. Vermutlich war Frau Steinfeld da schon sehr betrunken und wußte nicht mehr recht, was sie tat. Sie wollte plötzlich reden, sie mußte reden. Der Revierinspektor reagierte geschickt und hielt sie am Apparat.«

Die Hälfte eines Fensters in Grolls Zimmer stand offen. Sie stand fast immer offen, denn der Hofrat hatte ein ständiges Bedürfnis nach frischer Luft. Schneeflocken sanken in der milchigen Dunkelheit vor dem Fenster in die Tiefe, landeten auf dem weißen Brett über der Zentralheizung, zerschmolzen...

Weil stets frische Luft hereinkam, wurde Grolls Zimmer im Winter stets überheizt, damit es nicht abkühlte. Der Hofrat hatte die Jacke ausgezogen und die Weste geöffnet. Der Krawattenknoten war herabgezogen, der Hemdkragen geöffnet. Die Hemdsärmel hatte Groll hochgekrempelt. Während er sprach, sog er von Zeit zu Zeit an einer ›Virginier‹ – einer langen, sehr dünnen und festen, typisch österreichischen Zigarre. Grolls Zimmer war mit hellen Büromöbeln aus Lärchenholz nüchtern und praktisch eingerichtet. Neben einem großen Schreibtisch, an dem der Hofrat saß, gab es einen zweiten, runden Tisch, um diesen fünf Stühle mit Lehnen, Aktenschränke und ein altes, brüchiges Ledersofa, das sehr deplaciert wirkte. Groll liebte dieses Sofa, er pflegte sich daraufzulegen, wenn er intensiv nachdachte. Das Möbelstück hatte ihn während der letzten fünfundzwanzig Jahre durch viele Büros begleitet. Nun saß Aranda darauf. Er öffnete und schloß unentwegt die Finger, seine Lider flatterten, er atmete und redete hastig. Dabei war es dem Hofrat bereits gelungen, ihn sehr zu beruhigen. Als er ankam, hatte Manuel vor Aufregung keinen ordentlichen Satz sprechen können. Groll beobachtete ihn ständig. Auf seinem Schreibtisch brannte eine helle Lampe. Der Hofrat hatte ihren Metallschirm herabgedrückt. Das Zimmer lag im Halbdunkel.

Wolfgang Groll war neunundfünfzig Jahre alt, beleibt und groß. Er hatte silbergraues Haar, das er nach hinten gekämmt trug, und ein breites Gesicht mit buschigen Brauen über grauen Augen, die stets klar und glänzend waren. Der Mund war groß. Groll lachte gerne und häufig. Als Folge einer schweren Kriegsverletzung besaß er praktisch nur noch eine arbeitende Lunge, und mitunter litt er an Kreislaufstörungen. Trotzdem gab es im ganzen Sicherheitsbüro keinen Menschen von seiner Energie. Jeden Morgen um 8 Uhr war er in seinem Zimmer. Er konnte Nächte hindurch arbeiten, er war anscheinend nicht zu ermüden.

In seiner Freizeit – dieser Mann brauchte wirklich kaum Schlaf – beschäftigte Groll sich mit naturwissenschaftlichen Arbeiten. Er hatte eigentlich Biologe werden wollen. In seiner großen Wohnung an der Porzellangasse besaß er eine riesige Bibliothek mit naturwissenschaftlichen, philosophischen und zeitgeschichtlichen Werken, Zettelkästen, ein eigenes Archiv, Enzyklopädien und spezielle Nachschlagewerke. Diese in vielen Jahren zusammengetragene Sammlung von alten und neuen Büchern, die er schon zu Lebzeiten der Wiener Nationalbibliothek vermacht hatte, umfaßte weit über 8000 Bände und war in drei Zimmern der Wohnung untergebracht.

Wenige Menschen wußten, daß Wolfgang Groll seit Jahren an einem Buch mit dem Titel ›Neuer Mensch im Neuen Kosmos‹ schrieb. Was er erträumte, das war ein gemeinverständliches Werk, in dem, unter Fortlassung aller Details, von der Summe dessen berichtet wurde, was die moderne Astronomie, Physik, Chemie, Astrophysik, Biologie, Molekularbiologie, Psychochemie und die unzähligen anderen modernen Spezialwissenschaften zur Schaffung eines *neuen* Kosmos (hoch und beständig stand Groll der alte ›Kosmos‹ des großen Alexander von Humboldt vor Augen!) für einen *neuen* Menschen geleistet hatten. Darüber und über die *Nutzanwendung* für den neuen Menschen, für sein Weltbild und sein Verhalten zu berichten, das war Wunsch und Ziel des einsamen

Kriminalisten, der zuerst von der Naturwissenschaft fasziniert gewesen war, sich später im besonderen für Biologie und seit vielen Jahren (tagein, tagaus in seinem Beruf) für Verhaltensforschung interessierte...

Sechs Semester hatte er hinter sich gebracht, als die Wirtschaftskrise und der Zusammenbruch des Unternehmens seines Vaters ihn 1931 zwangen, vom Studium Abschied zu nehmen. Er landete bei der Polizei. Doch seinen Traum verfolgte und behütete er ein Leben lang: Konnte er schon nicht Naturwissenschaftler werden, so blieb er doch den Naturwissenschaften treu. Sie brachten ihm, zusammen mit seiner beruflichen Arbeit, ein erfülltes Dasein.

Unter der Glasplatte des großen Schreibtisches in seinem Büro lag, auf grünem Löschpapier, das gepreßte, besonders schöne Blatt eines Ginkgo-Baumes. Um diesen geheimnisvollen Baum kreiste Grolls ganzes Leben und Denken. An allen bedeutungsvollen Stationen seines Daseins war er ihm begegnet, jenem Baum: Im Park von Schönbrunn, durch den er an dem Tage wanderte, da er den Entschluß faßte, Naturwissenschaftler zu werden; im Institutsgarten der Universität an dem Tage, da er sein Studium aufgeben mußte; in jenem alten Burggarten, in dem er seine Frau Olga kennenlernte, mit der er die glücklichste Ehe geführt hatte bis zu ihrem Tod vor neun Jahren; beim Eingang des Krankenhauses, in das er sie brachte und das sie nicht mehr verlassen sollte; am Tag ihrer Hochzeit; am Tag, da er Soldat wurde; vor dem ukrainischen Landsitz, der das Lazarett beherbergte, in welches man ihn nach seiner Verwundung brachte; im Park des Sanatoriums, wo er sich langsam und mühevoll von einer Thorakoplastik erholte, die Jahre später, 1947, notwendig geworden war und zwar eine Lungenhälfte ausschaltete, ihm, dem schon Todgeweihten, aber ein neues, sozusagen geschenktes zweites Leben beschert hatte, das in jenem Sanatorium, in jenem Park begann... immer wieder, an den seltsamsten Orten und immer zu einschneidenden Anlässen, war Groll einem oder mehreren Ginkgo-Bäumen begegnet.

Der Ginkgo-Baum (*Ginkgo biloba* KAEMPFER) kann bis dreißig Meter hoch werden. In der Jugend wächst er mit schmaler, kegelförmiger Krone, im Alter wird diese unregelmäßig und der Baum nicht selten breiter als hoch. Obwohl ein Verwandter der Nadelhölzer, sieht der Ginkgo-Baum doch aus wie ein Laubbaum, und er wirft im Herbst auch sein dann wunderbar goldgelb leuchtendes Laub ab.

In China und Japan wird der Baum, den man für den Sitz von Geistern hält, als heilig verehrt. Nach Europa gelangte der Ginkgo als erste ostasiatische Baumart um 1730. Seine dreieckigen oder fächerförmigen Blätter sind tief gelappt, der mittlere Einschnitt ist am tiefsten, er spaltet das Laub fast in zwei Hälften. Dadurch gelangte die seltsame Gewächsart zu ihrer Bezeichnung ›biloba‹, was zweilappig bedeutet.

Der Hofrat Wolfgang Groll hatte vor vielen Jahren damit begonnen, Blätter des Ginkgo-Baumes zu sammeln – die silbriggrünen des Sommers, die honiggelben des Herbstes. Er verwahrte sie zwischen den Seiten seiner Bücher, in seiner Brieftasche, in seinem Paß, unter Glas auf seinen Schreibtischen.

Natürlich kannte der Hofrat Goethes Gedicht ›Ginkgo biloba‹. Es war ein Liebesgedicht, aber es drückte auch aus, was Goethe immer wieder beschrieb: die Polarität des Universums, dieser Welt, allen Lebens, aller Formen des Existierenden.

Die *Polarität*, nicht den Dualismus! Der Dualismus trennt, zersetzt. Polarität, das ist die äußerste Verschiedenartigkeit eines dennoch nicht zu Trennenden, eines *eben dadurch* nicht zu Trennenden! Ohne die beiden Pole gäbe es niemals die *Einheit*.

Immer wieder hatte Goethe über solche Polaritäten nachgesonnen: Einatmen – Ausatmen. Gesundheit – Krankheit. Unglück – Glück. Systole – Diastole. Ebbe – Flut. Tag – Nacht. Mann – Weib. Muskeln dehnen – Muskeln strecken. Erde – Himmel. Leben – Tod. Dunkel – Licht. Negativ – Positiv. Gut – Böse.

Diese Polarität, zum Beispiel auf die Elektrizität angewandt, zeigte deutlich, woran Goethe gedacht hatte und was Groll beschäftigte – sein Leben lang: Wenn es nicht ein ›Positives‹ und ein ›Negatives‹ gab, dann gab es keine Spannung, keinen Strom. Beide mußten da sein, das Plus *und* das Minus, damit das *Ganze* da sein konnte! Oder wie, ein anderes Beispiel, war es mit dem Wunsch: ›Ich möchte immer so unendlich glücklich sein?‹ Ein unsinniges, unerfüllbares Verlangen. Man kann immer nur ganz kurze Zeit ›unendlich glücklich‹ sein, denn hätte man es länger oder immer sein können, so wäre man es nie gewesen. Erst durch das Unglück nimmt man das Glück wahr, entstehen Spannung und Gefälle, entsteht *die Ganzheit*.

8

»Selbstverständlich«, sagte der Hofrat Groll, »hat nun Revierinspektor Kemal beim vierten Anruf von Frau Steinfeld alles vermieden, was die Anruferin aus ihrer berauschten Rede-Erlösung hätte reißen und wieder in Panik stürzen können. Denn dann hätte sie wahrscheinlich den Hörer in die Gabel gelegt, wie schon dreimal zuvor. Hören Sie nun weiter, Herr Aranda. Die Männerstimme ist die des Revierinspektors.« Groll drückte auf eine Taste des Tonbandgeräts. Die Teller begannen zu kreisen, im Lautsprecher wurde es lebendig.

»Was für eine Kapsel?«

»Na, Zyankali natürlich... Und sowas ist bei der Polizei!... Ich habe mich beherrscht am Vormittag... mit aller Kraft...«

»Am Vormittag?«

»Da ist er... ist er gekommen, zum erstenmal...«

Manuel Aranda überfiel jene Benommenheit, jenes Schwindelgefühl. Er hielt sich an einer Lehne des alten, brüchigen Ledersofas fest, auf dem er saß. Unwirklich. Phantastisch. Grausig. Da erklang die Stimme einer Frau, die vor wenigen Stunden, am Nachmittag des 14. Januar, begraben worden war. Und die Stimme dieser Toten, Begrabenen, Nicht-mehr-Existenten, sprach von seinem Vater, der gleichfalls tot war, nicht mehr existent, der in einem Kühlfach im Keller des Gerichtsmedizinischen Instituts lag...

»Die große Mappe von Ehrlich...«

»Ehrlich?«

»Ja, Ehrlich!« schrie die Frauenstimme plötzlich schrill. »Alte Wiener Stiche... die wollte er haben... unbedingt...! Albert Ehrlich...«

»Ach so, natürlich. Albert Ehrlich.«

»Der Inspektor dachte an die Techniker«, sagte Groll leise. Sein rechter Zeigefinger strich auf der Glasplatte zärtlich die Umrisse des großen, grünlich-silbrigen Ginkgo-Blattes nach, die Rundungen, den tiefsten Einschnitt. »*Zeit!* Die Techniker brauchten Zeit, um die richtige Relaisverbindung zu finden.«

Aranda nickte. Mit aufheulender Sirene fuhr in der Tiefe ein Funkstreifenwagen davon.

»Alle die Menschen im Laden... ging nicht... wir hatten den Ehrlich natürlich... ich sage, nein, haben wir nicht... Kann den Ehrlich aber beschaffen, sage ich... Bis wann, fragt er... muß noch heute sein, morgen fliegt er weg...«

»Das stimmt!« Manuel Aranda sah auf. »Am zehnten Januar, zeitig, sollte mein Vater nach Paris fliegen und dort die Anschlußmaschine nach Buenos Aires nehmen. Der Kongreß hier war doch bereits am Siebten zu Ende!« Er starrte Groll an. »Warum ist er überhaupt nicht schon am Achten geflogen? Was hat er noch in Wien zu tun gehabt?«

»Ja, was?« sagte Groll. Er dachte: Wenn wir es herausfinden und es dir sagten, wie unglücklich wärest du dann? Grolls Finger strichen um die beiden Hälften des Ginkgo-Blattes. *Sind es zwei, die sich erlesen, daß man sie als eines kennt?* Uns alle kennt man nur als Eines, dachte Groll, und doch sind wir gespalten in eine Nachtseite, eine Tagseite. Du, junger Mann, kennst bisher nur die Tagseite deines Vaters. Die Nachtseite kennst du nicht. Du kannst dir nicht vorstellen, daß es sie gibt. Wie wirst du reagieren, wenn ich dir gut zurede? Ich muß mit größter Vorsicht operieren, dachte Groll und antwortete: »Ich weiß nicht, was Ihren Vater noch in Wien festhielt.«

Und das ist eine Lüge, dachte er.

Indessen hatte Valerie Steinfelds Stimme schon weitergesprochen: »... mußte es riskieren ... Soll noch einmal kommen, aber nicht vor sieben, sage ich zu ihm ...«

Die Stimme des Revierinspektors: »Nicht vor sieben? Sie schließen doch schon um halb!«

»Na eben deshalb, Herrgott!« Pause. Aus dem Lautsprecher ertönte ein Geräusch, wie es entsteht, wenn jemand ein Glas hastig vollgießt und trinkt. »Die Angestellten ... nie schnell genug können die weg ... immer schon fünf nach halb fort ...«

Aranda saß zusammengesunken da und starrte das Magnetophon auf dem Tischchen an.

Du armer Hund, dachte Groll. So jung. So hilflos. So verloren. Und ich kann dir nicht helfen. Niemand kann dir helfen, niemand wird dir helfen. Im Gegenteil, ach, im Gegenteil!

»... nur Martin und seine Schwester ... die bleiben oft noch eine Weile«, war Valerie Steinfelds Stimme fortgefahren. »Sage ich, sie sollen ruhig schon gehen, ich mache alles ... Tageslosung ... und so ... und sperre ab ...«

»Aha.«

»Aber dann wieder die Angst, daß er nicht kommt ...«

»Verstehe.«

»Fünf nach sieben ... kommt er dann ... voller Schnee ... natürlich herrlich für mich ...« Die Stimme gluckste. Valerie Steinfeld lachte betrunken. Es klang grausig. Die Stimme lacht, dachte Aranda, und die Frau, der die Stimme gehört hat, liegt schon unter der Erde.

»Wieso herrlich?«

»Er sollte es doch im Cognac kriegen ... wegen dem Geschmack ... und wegen der Magensäure ... alles genau überlegt ... Sage ich: Unbedingt Mantel ausziehen und etwas trinken ... Holen sich ja sonst den Tod! Den Tod – *hahaha!*«

Manuel Aranda richtete sich plötzlich auf. Sein Unterkiefer schob sich vor, er winkelte die Arme ab, ballte die Hände zu Fäusten und holte tief Atem.

Aggression, dachte Groll. Ausgelöst durch das Lachen. Angeboren ist das, nicht anerzogen. Lehrt uns die Verhaltensforschung. Ein Fall von Aggression, tausendmal habe ich das schon erlebt in diesem Zimmer. Es ist immer dasselbe. Seit der Eiszeithöhle hat der Mensch sich in der Substanz – der psychischen und physischen – nicht geändert. Was seither passiert ist, das war *kulturelle* Evolution, keine *natürliche.*

Die angeborenen Verhaltensweisen – immer noch dieselben.

Die Emotionen – immer noch die gleichen wie damals.

Und der Verstand? Ach je...

Aber, dachte Groll, dieser Manuel Aranda liebt seinen Vater, das sieht man nun deutlich. Deshalb die Aggressionshaltung. Aggression ist ja doch nicht nur etwas Böses, Negatives, sondern auch etwas Gutes, Positives! Indem ich mich *gegen* etwas auflehne, bin ich *für* etwas. Die Ambivalenz, die ewige Ambivalenz, dachte der Hofrat und strich die Umrisse des Ginkgo-Blattes nach. Goethes Polarität...

Während Manuel Aranda in seiner gereizten Pose verharrte, hatte Valerie Steinfelds Stimme weitergesprochen: »...Jetzt trinken wir einen, sage ich, und dann rufe ich Ihnen ein... ein Taxi... Er, begeistert: Charme, Wiener Charme!... Hand küßt er mir... Hallo... hallo... hören Sie mich?«

»Ganz deutlich. Und weiter?«

»Er schaut sich den Ehrlich an... ich gehe ins Teekammerl...«

»In das Teekammerl.«

»Gläser, die großen... die Flasche... und dann eine von den Kapseln... beten... Mach, lieber Gott, daß das Gift noch gut ist...«

Die Stimme des Inspektors: »Was war denn das für eine Kapsel?«

»Aus Glas... sind alle aus Glas... zugeschmolzen... Sie hat mir ja gesagt, daß zugeschmolzene Glaskapseln das Gift sogar Jahre... viele Jahre halten, ohne daß es sich zersetzen kann... hat mir auch eine Feile gegeben... falls ich das Zeug irgendwo reinschütten muß...«

»*Sie?*« Aranda sah zu dem Hofrat, der im Halbdunkel saß. »Wer ist *sie*?«

»Ich weiß nicht«, antwortete Groll.

»...feile eine Spitze ab...« lallt die Frauenstimme. Gleich darauf erklangen vier kurze, hohe Pfeiftöne.

»Was ist das?« fragte Aranda.

Groll drückte wieder auf die Taste und hielt das Band an.

»Der Inspektor hatte einen Zeichengeber an das Gerät angeschaltet. Ein Kollege legte ihm einen Zettel hin. Darauf stand mit Name und Adresse der Besitzer des Anschlusses, den die Frau benützte. Die Spezialisten hatten das richtige Relais gefunden. Der Anruf kam aus der Buchhandlung Landau in der Seilergasse. Eine Funkstreife mit Polizisten und Kriminalbeamten raste sofort los. Kemals Kollege verständigte von einem anderen Apparat aus uns hier, meine Mordkommission. Der Inspektor wollte das Gespräch natürlich immer noch so lang wie möglich weiterführen, um die Frau festzuhalten.«

Die Teller kreisten wieder.

»...das Zyankali in sein Glas... rufe ihn ins Teekammerl... Er ahnungslos... völlig ahnungslos... erkennt mich nicht... Bedankt sich noch einmal!« Valerie Steinfeld lachte wieder ihr schreckliches Lachen.

»Trinkt ... einen großen Schluck! Dann ... dann ...«

»Ja, ich verstehe. Und wer sind Sie? Von wo sprechen Sie?«

»Jetzt konnte Kemal es riskieren«, murmelte Groll.

»Ich ...« krächzte die Frauenstimme, »ich ...« Klick! machte es. Dann summte nur noch der Lautsprecher.

»Da hat sie den Hörer niedergelegt«, sagte der Hofrat. Er stand auf und stellte das Gerät ab. Dabei verstreute er Zigarrenasche über Hemd und Weste. »Ein paar Minuten später brachen die Polizisten der Funkstreife die Eingangstür der Buchhandlung auf.« Groll ging zu dem halb geöffneten Fenster.

Der Hofrat atmete tief die frische, eiskalte Luft ein. Ich bin hier der Verbindungsmann zur Staatspolizei, dachte er. Auch wenn ich schon mehr wüßte, als wir ahnen, dürfte ich dir nichts sagen, mein Junge, nicht das geringste. Und das, was ich schon weiß, darf ich dir erst recht nicht sagen, sie haben es mir verboten, die hohen Herren von der Staatspolizei.

Hohe und höchste Herren, dachte Groll, und hier sitzt ein kleiner Mann, er kommt von der andern Seite der Erde, keiner kennt ihn, ohne Schutz ist er, ohne Hilfe, allein. Groll dachte an die furchtbare Stärke der Starken, die gräßliche Größe der Großen, die schreckliche Hilflosigkeit der Hilflosen und daran, wie das alles zusammengehört, einander ergänzt, einander entstehen läßt. Er drehte sich um und sagte: »Die Polizisten fanden in einem kleinen Hinterzimmer der Buchhandlung, in diesem Teekammerl, wie es heißt, zwei Tote – Ihren Vater, Raphaelo Aranda, und Valerie Steinfeld. Sie muß, unmittelbar nachdem sie aufgelegt hatte, Zyankali genommen haben. Und zwar in einer Kapsel, die sie zerbiß. Als wir mit unserem Arzt eintrafen, fand er Glassplitter in ihrem Mund. Die beiden Leichen lagen ganz dicht nebeneinander auf dem Boden ...« Groll streifte Asche von seiner Virginier. »Ihre Hände«, sagte er und dachte an das Ginkgo-Blatt, »berührten einander.«

Manuel Aranda antwortete nicht.

»Es tut mir leid«, sagte Groll. »So war es. Möchten Sie vielleicht etwas trinken?«

»Nein, danke.«

»Whisky? Cognac? Slibowitz? Wodka?«

»Nein, wirklich nicht. Ich ... ich möchte ...«

»Was?«

»Ich möchte das Band noch einmal hören«, sagte Manuel Aranda.

9

»Ihr Vater war Chemiker, heißt es . . .?«

Irene Waldegg fuhr vorsichtig das Stück Allee zwischen den Gruppen 73 und 55 entlang. Beim letzten großen Rondell war ihr ein verlassener Wagen aufgefallen, der dort parkte.

»Chemiker, ja, und Biologe.« Manuel Aranda nickte. Sie sprachen jetzt wieder mit normalen Stimmen, leise und scheu, so, als schämten sie sich für ihr Betragen bei der Begegnung. »Er besaß eine Fabrik in Buenos Aires, die QUIMICA ARANDA.«

»Pharmazeutika?«

»Nein. Die QUIMICA ARANDA ist eine der Hauptherstellerinnen Argentiniens von Pflanzenschutz- und Insektenvernichtungsmitteln.«

»Also eine große Fabrik.«

»Sehr groß, ja. Deshalb wurde mein Vater auch als Vertreter seines Landes zu diesem Kongreß in Wien geladen. Pflanzenschutz-Experten aus der ganzen Welt trafen sich hier.«

Irene Waldegg fuhr über spiegelndes Eis. Es war nun sehr warm im Wagen.

»Sind Sie auch Chemiker?«

»Ich studiere noch. Letztes Semester. Aber ich habe natürlich schon in unseren Laboratorien gearbeitet – während der Ferien.«

Irene Waldegg bog in die Allee zwischen den Gruppen 73 und 74 ein. Sie fuhr langsam.

»Da vorne irgendwo ist es. Die Gruppe fängt hier an.«

»Der fünfte Weg, sagte der Pförtner.«

»Ja, der fünfte Weg. Schwer zu sehen bei dem Schnee. Vorgestern war wenigstens ein Pfad freigeschaufelt. Alles längst zugeweht.«

Aus der Ferne erklang ein leises Dröhnen, das rasch lauter wurde. Vom nahen Flughafen Schwechat war wieder einmal eine Maschine gestartet und schickte sich an, den Friedhof zu überfliegen.

»Das ist der zweite Weg . . .«

»Richtig«, sagte Aranda. »Ihre Tante – war sie einmal verheiratet?«

»Sie war es, ja. Ihr Mann ist noch während des Krieges gestorben.«

»Wo?«

»An der Front, glaube ich. Nach einer Verwundung. Ich weiß es nicht genau. Valerie hat nie gerne darüber gesprochen. Der dritte Weg . . .«

Das Dröhnen der anfliegenden Maschine war sehr laut geworden.

»Und Kinder hatte sie nicht?«

»Doch. Einen Sohn. Aber mit dem verstand sie sich nie. Leider. Der war bei Kriegsende noch keine zwanzig Jahre alt. Heinz hieß er, ich habe Fotos gesehen. Sieht nett aus auf den Fotos. Aber er vertrug sich nicht mit Valerie!« Irene Waldegg schrie jetzt beinahe, so laut war der Lärm des Flugzeugs geworden. »1947, als die großen Auswandererprogramme nach Kanada anliefen, hat er sich sofort gemeldet und ist fortgezogen. Ein Jahr später kam er dann bei einem Autounfall in Quebec ums Leben. Das war der vierte Weg. Und da vorne ist der fünfte!« Irene ließ den Mercedes ausrollen. Die Maschine war jetzt direkt über ihnen. Ihre Düsen röhrten, heulten und kreischten. Sie jaulten und donnerten und schienen das Flugzeug jeden Moment zur Explosion bringen zu wollen, als Irene den Wagen anhielt, die Handbremse zog und den Motor abstellte. Sie öffnete den Schlag an ihrer Seite und stieg aus.

Vater im Himmel, dachte Clairon. Er sah Irenes Kopf im Fadenkreuz der 98 k. Wer ist das Weib? Wie kommt es hierher? Da haben wir es, dachte Clairon erbittert. Verfluchte Klugscheißer! Was habt ihr jetzt für einen Salat angerichtet? Wo ist überhaupt Aranda? Der ist ja gar nicht da! Oder doch, da taucht er auf, *hinter* dem Wagen. Und was hat er in den Händen?

»Hier müssen wir hinein«, sagte Irene. »Tatsächlich alles wieder zugeschneit. Und wie!«

Manuel hob den großen Zirkel über den Schneewall am Straßenrand, der den Eingang zum fünften Weg der Gruppe 74 versperrte, steckte ihn in den Schnee und sprang über den Wall. Er versank sofort tief, streckte die Arme aus und half Irene. Sie sprang ungeschickt, glitt aus, und einen Moment hielt er sie fest in den Armen, damit sie nicht hinfiel. Ihre Gesichter berührten einander. Hastig machte sie sich los. Er trat einen Schritt zurück.

»Ich gehe vor, und Sie treten in meine Fußstapfen«, sagte er.

»Aber Ihre Schuhe...«

»Sind hoch genug. Ihre Stiefel haben glatte Sohlen. Ich will nicht, daß Sie noch wirklich stürzen. Seien sie vorsichtig. Und sagen Sie mir, wie ich gehen soll.«

»Zuerst geradeaus bis zu der großen Fichte da vorne, dann links.«

Was ist das für ein Ding, das Aranda da schleppt? überlegte Clairon. Der Lauf der 98 k war jetzt in Bewegung, er rieb sich an der Engelszehe. Clairon verfolgte das Paar aufmerksam. Nun sah er groß Irenes Rücken im Zielfernrohr, sah den grauschwarzen Seehundmantel, sah, Sekundenbruchteile lang, die eine oder die andere Schulter Arandas, einen kleinen Teil seiner Pelzmütze.

Immer noch donnerte die Boeing 707, doch ihr Lärm wurde schnell geringer. Die Krähen begannen wieder zu schreien.

Gütiger Gott, dachte Clairon, was mache ich jetzt? Diese junge Frau, wer immer das ist, verdeckt mir dauernd diesen Aranda. Natürlich könnte ich sie zuerst erledigen. Aber das darf ich nicht. Was geschieht, wenn Aranda sich dann sofort hinwirft oder hinter einen Grabstein springt? Wenn er

46

mir entkommt? Ich kann hier kein Schützenfest veranstalten. Ich muß unbedingt zuerst *ihn* treffen! *Er* ist mein Ziel, nicht die Frau. Die Frau erledige ich natürlich gleich hinterher, wenn es mit dem Repetieren so rasch klappt und sie nicht auch hinwirft oder versteckt. Ich darf kein Risiko eingehen. Junge, Junge, das ist vielleicht ein Mist. Na, es hilft nichts, ich muß Geduld haben und warten. Auch nicht unbedingt opportun, daß ich abdrücke, solange kein Flugzeug uns überfliegt und den Knall des Schusses verschluckt. Jetzt ist es – Blick auf die Armbanduhr – 14 Uhr 49. Um 15 Uhr 10 startet AIR FRANCE Flug 645 nach New York via Paris. Wollen wir warten und hoffen. Was sonst kann ich tun?

»Nach links! Ich helfe Ihnen tragen!«

»Nein, es geht sehr gut...«

»Unsinn!« Mit drei großen Schritten war Irene neben Manuel, gerade als er in einen tief verwehten Weg zwischen zwei Gräberreihen nach links einbog.

Ich werde verrückt, dachte Clairon. Nun verdeckt sie ihn *wieder!* Und *wie!* Irgend etwas für das Grab muß es sein, was sie da schleppen. Ist das eine beschissene Angelegenheit!

»Bei dem schwarzen Stein halb nach rechts«, sagte Irene. »Da vorne, zwischen den beiden Trauerweiden, da ist es.«

»Noch ein schönes Stück«, sagte er.

»Sie reden ausgezeichnet deutsch. Waren Sie schon einmal in Deutschland oder in Österreich?«

»Noch nie. Aber daheim haben wir auch immer deutsch gesprochen. Ich konnte es bereits als Kleinkind.«

»Stammen Ihre Eltern aus Deutschland?«

»Nein. Meine Mutter ist seit acht Jahren tot. Beide Eltern waren geborene Argentinier. Wie ich. Es ist drüben in vielen Familien üblich, zwei Sprachen zu sprechen. Französisch oder Deutsch meistens – oder Spanisch.«

Sie stapften Seite an Seite durch den Schnee.

»Einen Weg hatten sie hier freigelegt, einen schmalen Weg... und jetzt!«

»Wer war beim Begräbnis?« fragte Manuel.

»Meine Eltern... Sie kamen aus Villach. Martin Landau und seine Schwester.« Irene sah Manuel an. »Und eine fremde Frau.«

»Was heißt das – fremde Frau?«

»Keiner von uns kannte sie.«

»Seltsam.«

»Seltsam, ja. Wir sprachen noch darüber.«

»Wie sah sie aus, diese Frau?«

»Das weiß ich nicht. Sie war verschleiert.«

»Verschleiert?«

»Tief. Und sie weinte sehr. Sie kam mit einem Wagen und war schon da, als wir eintrafen. Und sie fuhr als erste wieder fort. Es war ... als ob sie nicht erkannt werden wollte ...«

»Eine alte Frau? Eine junge?«

»Schwer zu schätzen – mit dem schwarzen Schleier. Anfang vierzig, würde ich meinen.« Irene Waldegg blieb stehen und holte tief Atem. Auch er hielt an. »Nur einen Moment ...«

»Vielleicht sollten wir nicht sprechen.«

»Es sind bloß meine Stiefel. Sie werden so schwer ... Ja«, sagte Irene, »und dann war noch ich da, natürlich, und die drei Männer von dem Begräbnisinstitut. Wir fuhren hinter dem Totenauto her, Tilly Landau mit ihrem Bruder, ich mit meinen Eltern. Die Wagen parkten alle drüben auf der Allee ...«

»Also eins, zwei ... acht Menschen. Und ein Pfarrer«, sagte Manuel.

»Kein Pfarrer«, sagte Irene.

Es ist zum Jungekriegen, dachte Clairon. Da drüben steht er. Und dieses Weib dicht neben ihm. Dicht *vor* ihm. Verdeckt ihn völlig.

»Wieso kein Pfarrer?« fragte Manuel erstaunt.

»Selbstmord ...«

»Aber da findet man immer einen Ausweg ... Gemütsverwirrung ... Störung der Geistestätigkeit ...«

»Ja, so versuchte ich es auch. Nichts zu wollen. Sie hat doch ...« Irene schluckte. »Sie hat doch vorher Ihren ... vorher einen Mord begangen.«

»Natürlich«, murmelte er beklommen.

»Nur mit Schwierigkeiten erhielt ich die Erlaubnis für ein städtisches Begräbnis auf dem Zentralfriedhof.«

Sie stapften weiter durch den Schnee.

Clairon, hinter dem mächtigen Stein, unter dem großen Engel, trat von einem Fuß auf den andern. Er trug dicke Wollstrümpfe, aber nach all der Zeit begannen seine Zehen zu erstarren. Durch das Fernrohr beobachtete er das Paar, das sich immer weiter von ihm entfernte. Nichts zu machen, dachte Clairon. Die Frau verdeckt Aranda ununterbrochen. Ich muß Geduld haben. Wie oft habe ich schon Geduld haben müssen! Bekomme ich meine Chance vor 15 Uhr 10, riskiere ich es auch in der Stille. Dann heißt es eben schnell weg. Schöner wäre es natürlich, wenn ich es im Lärm der AIR FRANCE erledigen könnte. Um 15 Uhr 20 startet die SABENA. Und um 15 Uhr 30 eine SWISSAIR. Dazwischen, um 15 Uhr 25, soll eine BEA aus London landen. Ich weiß allerdings nicht, durch welchen Korridor sie kommt. Ich habe heute noch keine Maschine einfliegen gehört. Egal! Wenn es gar nicht anders geht, wenn sie schon wieder in den Wagen steigen wollen und ich habe keine Wahl, erschieße ich doch zuerst die Frau. Dann muß ich allerdings verflucht viel Glück haben, um Aranda richtig zu erwischen. Nun, dachte Clairon, wir wollen nicht gleich mit dem Ärgsten rechnen. Bisher hat Gott mir immer noch geholfen. Er wird es auch diesmal tun. Und mir vergeben. Das ist sein Beruf.

Irene Waldegg und Manuel Aranda standen vor Valerie Steinfelds Grab. Eine hohe Schneedecke hatte den Hügel zugedeckt. Sie stiegen beide auf ihn, Manuel bückte sich und zog ein schiefes, dünnes Holzkreuz aus der gefrorenen Erde. Danach steckte er die Spitzen des großen Zirkels in den knirschenden Schnee. Er fühlte, daß unter diesem große gefrorene Erdbrocken lagen, mit denen man das Grab zugeschüttet hatte.

So sieht das also aus, dachte Manuel, plötzlich ernüchtert und leidenschaftslos. Hier liegt die Frau, die meinen Vater ermordet hat. Ich wollte das Grab sehen, als erstes, unbedingt, heute noch. Ich habe mir weiß der Himmel was vorgestellt. Wie mir zumute sein, welche Empfindungen ich haben würde dabei. Ein Berg Erdschollen, vereist, unter Schnee, in einer Schneewüste. Das Grab dieser betagten Mörderin. Ich stehe auf ihm. Und was empfinde ich?

Nichts.

Nichts und nichts.

»Was immer sie getan hat – sie war der wunderbarste Mensch, den ich je gekannt habe...« Irene sprach mit dem Blick auf das Grab, für sich, nicht für ihn. Ihre Stimme war klanglos geworden. Sie redete wie in Trance. »...Valerie war so klug, nie konnte sie böse werden, alles verzieh sie immer sogleich, was man ihr auch antat. Für alles fand sie eine Entschuldigung, ein Motiv, eine Erklärung. ›Du mußt dich auch in die Lage des anderen versetzen‹ – wie oft habe ich das von ihr gehört...«

Aber auf dem Tonband, dachte Manuel, sind andere Worte dieser Frau festgehalten. Ganz andere Worte...

»Niemals hat sie gelogen. Sie war... so ehrlich. So ehrenhaft. Niemals hat sie mich im Stich gelassen. In all den Jahren, die wir zusammenlebten, gab es nie Streit, nie ein böses Wort... Die Reisen, die wir gemacht haben... an die Nordsee... nach Lugano... nach Capri... in die Normandie...«

Was für ein Nekrolog, dachte Manuel. Totenrede auf eine Mörderin.

»...Valerie... Ich... habe sie doch so geliebt...« Die Stimme sank zu einem Flüstern ab. »Mehr als alle anderen Menschen... Ja, sogar mehr als meine Mutter! Ich habe meine Mutter gerne, wirklich... Aber seit ich in Wien lebte, war *Valerie* meine Mutter... mehr als die wirkliche... und sie wurde es immer stärker, immer stärker...«

15 Uhr 01, dachte Clairon. Noch neun Minuten.

»Jetzt ist sie tot! Und ich bin allein, ganz allein. Was soll ich jetzt tun?« rief Irene mit der Stimme eines unglücklichen Kindes.

Manuel Aranda dachte plötzlich: Und ich? Wie war das mit mir, gestern vormittag?

10

»Ein Hemd.«
Wie habe ich dich geliebt! Deinen Humor, deine Freundlichkeit, deine
Weisheit, deine niemals aufdringliche Kameradschaft. Wie haben meine
Freunde mich um dich beneidet...
»Ein Unterhemd.«
Alles konnte ich dir anvertrauen, als kleiner Junge, und später als großer.
Für alles hattest du Verständnis. Stets hast du mir geholfen, wenn ich in
Schwierigkeiten steckte, als kleiner Junge, und dann als großer...
»Eine Krawatte.«
Immer warst du für deine Familie da, trotz deiner vielen Arbeit! Wenn
ich Ferien hatte, nahmst du dir frei, und wir fuhren nach Mar del Plata,
Mama, du und ich. In Mar del Plata hast du mir das Schwimmen beige-
bracht, und viele Jahre später sind wir beide da fischen gegangen, nur wir
zwei. In der Nähe der Küste haben wir Makrelen gefangen, oberseits blau,
unterseits silbrig mit dunklen Querbinden, und wunderschöne Meerbar-
ben. Und dann, als wir mit dem großen Kutter hinausfuhren auf die hohe
See und Schwertfische fingen, Riesen! Einer war fünf Meter lang und 360
Kilogramm schwer, und er zerschlug uns das halbe Boot...
»Zwei goldene Manschettenknöpfe. Eine goldene Krawattennadel.«
Zur Entenjagd bist du mit mir in die Hügel von Tandil gefahren, mein
erstes Gewehr bekam ich zum fünfzehnten Geburtstag, und bei Tandil
gingen wir beide durch die klare Luft und die wunderbare Landschaft der
Sierra zwischen dem Meer und der flachen Pampas.
»Ein Paar Socken mit Sockenhaltern.«
Der Mann, der da sprach, war ein Angestellter des Gerichtsmedizinischen
Instituts, hohlwangig, mit so dicken, funkelnden Brillengläsern, daß Ma-
nuel seine Augen nicht erkennen konnte. Er trug einen grauen Arbeits-
mantel und legte auf einen Tisch, was Manuels Vater im Augenblick des
Todes am Leib gehabt hatte, umständlich und genau, und er schrieb jedes
Stück namentlich in große Listen ein.
Der Mann mit dem grauen Kittel arbeitete im weißgekachelten Keller des
Instituts, wo es nach Lysol und anderen Desinfektionsmitteln stank. Hier
gab es keine Fenster. Elektrisches Licht brannte überall. Wenn Manuel
sich umdrehte, konnte er durch die offene Tür des Magazins über einen
langen Gang in eine riesige Halle blicken. Einige leere, hohe weiße Tische
standen da auf dem feuchten, spiegelnden Steinboden. In einer Wand gab
es viele stahlbeschlagene quadratische Türen. Sie verschlossen die Fächer,
in denen die Leichen aufbewahrt wurden. Hinter einer Tür lag noch immer Manuels Vater. Er durfte ihn nicht mehr sehen. (»Ja, was glauben
denn Sie, Herr? Da war doch eine Obduktion angeordnet. Ihr Herr Vater

wurde . . . er ist nicht mehr . . . also, Sie können ihn unter *keinen Umständen* sehen!«)

Ein wunderbares Haus hast du uns gebaut draußen in Olivos, dem schönsten Vorort von Buenos Aires, ganz nahe dem Rio de la Plata, am Strom. Wie groß ist dieses Haus, wie groß der Park, in dem ich mit dir Tennis und Kricket gespielt habe . . .

»Eine Brieftasche. Darin ein Reisepaß, fünf Fotos . . .«

Fotos von Mama und mir, ich weiß . . .

». . . ausländische Dokumente – was ist das?«

»Führerschein und Kennkarte.«

»Führerschein und Kennkarte . . .« Die Brillengläser des Grauen blitzten wie Brenngläser, grell, silbern. ». . . verschiedene Geldscheine . . .« Er zählte hüstelnd, wobei er zwei Finger mit den Lippen beleckte. »Das sind 25 860 Schilling in Noten, und in den Taschen vom Anzug und vom Mantel waren noch 1540 Schilling in Noten und 60 Groschen . . . Machen S' nicht so ein ungeduldiges Gesicht, lieber Herr, das muß alles seine Ordnung haben, das muß ich alles eintragen, und nachher müssen Sie mir die Listen unterschreiben, daß Sie auch alles gekriegt haben . . . Dann sind da 865 amerikanische Dollar in Noten und 74 500 Pesos, auch in Noten . . . Was ist das, bittschön?«

»Traveller-Schecks.«

»Aha. Möchten Sie sie bittschön zählen und mir sagen, wieviel es ist und wie man das schreibt?«

Ich bin nun reich. Aber alles, was ich besitze, hast *du* verdient, erschuftet, aufgebaut. Nun bist du tot. Nun gehört alles mir. Ich würde alles weggeben, alles, wenn du nur wieder lebendig werden könntest, du, der du da drüben hinter einer dieser Türen liegst, obduziert, tot seit fünf Tagen nun schon, es ist verboten, dich zu betrachten . . .

Manuel Aranda buchstabierte ›Traveller-Schecks‹.

Und es stank nach Lysol in der Magazin-Kammer, und irgendwo lief Wasser, stetig, ohne Ende, und Männer in Grau schoben eine hohe Bahre draußen auf dem Gang vorbei, darauf lag ein regloser Körper, von einem Laken verdeckt . . .

»Ein Schlüsselbund mit eins, zwei, drei . . . sechs Schlüsseln . . .«

Manuel Aranda war erst gegen vier Uhr früh von seinem Gespräch mit dem Hofrat Groll ins Hotel heimgekehrt. Um neun Uhr war er aus bleiernem Schlaf erwacht. Er badete, frühstückte und mietete einen Wagen, einen blauen Mercedes, denn er hatte viel vor in Wien. Zuerst mußte er die Leiche seines Vaters freibekommen. Also fuhr er gegen halb elf Uhr in die Sensengasse, nicht ahnend, daß es noch einen ganzen Tag dauern würde, bis sein Vater endlich eingesargt und zum Transport im Flugzeug bereit war.

(Und Clairon saß, mit zwei Männern, in dem Opel-Kapitän, der nachts zuvor in der Hahngasse vis-à-vis dem Sicherheitsbüro geparkt hatte, und die neuen Männer der neuen Schicht zeigten ihm diesen Manuel Aranda, wie er das ›Ritz‹ verließ, und sie folgten dem Mercedes und zeigten Clairon Manuel Aranda wiederum, wie er das Gerichtsmedizinische Institut betrat. Clairon war am frühen Morgen in Wien gelandet. Sie fuhren den ganzen Vormittag hinter Manuel Aranda her und zeigten Clairon seinen Mann immer wieder, und am Nachmittag zeigten sie ihm die Filme und die Fotografien, die aus Buenos Aires stammten und mit der gleichen Maschine eingetroffen waren wie Manuel.)

»Ein Taschentuch...«

Endlich war der Graue fertig. Den zusammengerollten Mantel, den Anzug, die Schuhe und alles andere hatte er in einen großen Karton gepackt, den er nun schloß und mehrfach mit starkem Kupferdraht sicherte. Die zusammengeflochtenen Enden der Drähte schützte er durch Bleiplomben, die er mit einer schweren Zange eindrückte. Sie trugen Aufschrift und Siegel des Instituts. Dann ließ er Manuel die Listen unterschreiben. Wasser strömte noch immer irgendwo, und andere Männer mit anderen hohen Bahren, auf denen verdeckte Körper lagen, passierten den nassen Gang.

Manuel gab dem Angestellten einen Geldschein, dann stand er, den Karton an einem Griff tragend, reglos da, sah die metallbeschlagenen Türen in der Wand des großen Saals an, und dachte: Neben Mama sollen sie dich begraben. Ich werde nicht dabeisein. Ich werde hier sein, in Wien. Und ich will hierbleiben, bis ich die Wahrheit kenne, das schwöre ich dir, Vater, den ich liebe, den ich immer lieben werde...

»Wenn der Herr sich jetzt in die Verwaltung hinauf bemühen wollen«, sagte der Graue, höflich hüstelnd. »Da wären noch Formalitäten zu erledigen.«

In der Verwaltung erwarteten sie ihn bereits. Sie waren alle sehr ernst und sehr höflich. Sie konnten nichts dafür, daß sein Vater ermordet worden war – sie hatten ihre Vorschriften.

Sie gaben Manuel Formulare, die er selber ausfüllen mußte. Dann setzte einer von ihnen sich an eine Schreibmaschine und begann, andere Formulare nach den Angaben von Manuel vollzutippen. Dabei stellte sich heraus, daß noch Dokumente von der Polizei fehlten. Ohne diese Dokumente durften sie die Leiche nicht freigeben. Es gab Streit. Manuel sah ein, daß Streit sinnlos war. Er fühlte sich so elend und zerschlagen wie noch nie im Leben.

»Jetzt fahren Sie schön in die Berggasse, und da lassen Sie sich das alles geben, was ich hier aufgeschrieben habe, und dann kommen Sie zu uns zurück. Aber bis drei Uhr. Nachher ist hier geschlossen. Nein, halt, der

Karton bleibt da, tut mir leid.«

»Aber...«

»*Vorschrift*, lieber Herr! Sie brauchen auch für die Übernahme des Eigentums ihres Vaters noch eine Vollmacht von der Polizei. Und weiter heißt es in der Vorschrift, daß wir das Eigentum *nur zusammen* mit dem Leichnam übergeben dürfen.«

»Also wann?«

»Ja, wenn Sie bis drei mit allen Papieren zurück sind, die noch fehlen, dann werden wir morgen früh alles für Sie bereit haben.«

»Morgen früh erst?«

»Was glauben Sie, was da noch zu erledigen ist. Ein passender Sarg muß her. Der Leichnam muß aus dem Kühlfach. Gar nicht so einfach. Wir brauchen noch einen zweiten, luftdichten Metallsarg für den Transport. Morgen früh um zehn, ja, da werden wir es geschafft haben. Jetzt fangen Sie nicht noch einmal an, Herr Aranda, wir tun nur unsere Pflicht. Schauen Sie lieber, daß Sie schnell in die Berggasse kommen.«

Also fuhr er in die Berggasse (und Clairon fuhr in dem Kapitän hinter ihm her), und die Beamten in der Berggasse erklärten, sie würden die Papiere bis zum nächsten Tag fertigstellen.

»Viertel eins. Seit zwölf kein Parteienverkehr mehr. Und nachmittags ist zu bei uns.«

Manuel regte sich auf. Er erhielt einen Verweis. Er verlor die Nerven und begann zu schreien, wobei er Mühe hatte, nicht zu weinen.

»Sie, also geschrien wird bei uns nicht, verstanden?«

Manuel wandte sich von dem Beamten ab und eilte zu Hofrat Groll. Der empfing ihn sofort. In seinem Vorzimmer saßen jetzt drei Sekretärinnen an Schreibmaschinen.

Groll war freundlich und ruhig wie immer. Er telefonierte.

»In zwanzig Minuten haben Sie alle Papiere«, sagte er danach.

»Ich danke Ihnen. Dann bin ich wenigstens morgen soweit. Die Sachen meines Vaters bekomme ich auch. Die will ich noch einmal ansehen. Ich kann sie ja mit dem Wagen abholen, den ich gemietet habe.«

Na also, dachte Groll. Genau, wie ich mir das vorstellte. Nur gut, daß ich schon mit Hanseder telefoniert habe, und daß Hanseder zu den Vernünftigen gehört. Der Ministerialrat Franz Hanseder, leitender Beamter der Staatspolizei, war ein alter Freund Grolls. Er hatte sich den Bitten und Bedenken des Hofrats gegenüber verständnisvoll gezeigt.

Obwohl er die Antwort kannte, fragte Groll: »Wozu brauchen Sie einen Wagen in Wien?«

Manuel sagte: »Sie haben mir erklärt, daß der Fall für Sie abgeschlossen ist, Herr Hofrat.«

»Und ich habe Ihnen auch erklärt, warum. Wenn, wie hier, außer Zweifel steht, wer in einem Mordfall der Mörder war, und wenn dieser Mörder nach der Tat Selbstmord begangen hat...«

»...findet nach Paragraph 224 des österreichischen Strafgesetzbuchs keine weitere Untersuchung statt«, unterbrach Manuel schnell.

»So schreibt das Gesetz es vor.«

»Und warum der Mord geschehen ist, das interessiert nicht! Der Fall ist abgeschlossen.«

»Das habe ich nicht gesagt. Ich habe gesagt, daß wir nach dem Gesetz keine Berechtigung haben...«

»Ich werde in Wien bleiben, bis ich weiß, warum diese Frau meinen Vater getötet hat!« schrie Manuel plötzlich los. »Und ich werde mich von niemanden behindern lassen! Es gibt hier eine argentinische Botschaft. Wenn Sie mir Schwierigkeiten machen, werde ich mich an die wenden!«

Groll sah ihn an. Der junge Mann war dunkelrot im Gesicht. Der ›Rote Zorn‹, dachte Groll. Ohne daß es ihm überhaupt noch bewußt wurde, registrierte er dieses Symptom immer wieder bei seinen freiwilligen oder unfreiwilligen Besuchern. Und ohne daß es ihm überhaupt noch bewußt wurde, erinnerte er sich jedesmal an die uralten Mechanismen des Farbenwechsels im Zustand der Wut, wie sie dem Menschen von seinen Ahnen aus grauer Vorzeit überkommen sind.

Der ›Rote Zorn‹ ist nicht der gefährlichste, dachte der Hofrat. Ruhig sagte er: »*Ich* werde Ihnen keine Schwierigkeiten machen.«

»Warum betonen Sie das *ich*? Wer denn?« Manuels Stimme bebte. »*Wer denn, Herr Hofrat?*«

Groll dachte: Wenigstens versuchen muß ich es noch einmal. Er sagte, ohne Manuel anzusehen: »Fliegen Sie nach Hause, lieber Herr Aranda. Bringen Sie Ihren toten Vater in die Heimat und versuchen Sie, das Schreckliche, das geschehen ist, zu überwinden und zu vergessen.«

»Ich soll vergessen, daß man meinen Vater ermordet hat?«

»Ich habe es nicht so gemeint«, murmelte Groll. »Ich habe gemeint, vergessen Sie, daß hier etwas Unbegreifliches geschehen ist...«

Das ist ja jämmerlich, dachte er. Na also, und da wäre das zweite Symptom, das zweite Warnzeichen, ich habe darauf gewartet! Der junge Mann ist plötzlich kreidebleich geworden. Jetzt kann er jeden Moment *explodieren!*

Der ›Weiße Zorn‹ ist seit Urzeiten der gefährlichere. Keine Veränderung seit damals, dachte Groll. Und dabei unser aller Hybris, weil wir meinen, durch einzelne erlernte technische Fähigkeiten und Fertigkeiten eine Weiterentwicklung vollbracht zu haben. Weiterentwicklung, großer Gott, dachte Groll.

Aranda flüsterte (jetzt flüsterte er): »Das verlangen Sie wirklich von mir? Herr Hofrat! Sie wissen etwas, und Sie sagen es mir nicht! Was ist es?

Reden Sie! Sehen Sie mich an!«

Gut, dachte Groll, du sollst es wissen. Hanseder hat es mir erlaubt, es zu sagen. Und so weit, wie es mit dir schon ist, *mußt* du es wissen, armer Kerl, und zwar schnell – in deinem Zustand. Groll sagte: »Sie bringen sich in Gefahr, wenn Sie selber Nachforschungen anstellen, Herr Aranda.«

Kalkweiß, dachte er. Also rapider Gegenschlag! »Auch für uns ist der Tod ihres Vaters zuerst ein Geheimnis gewesen.«

»Und jetzt?«

(Wie er die Fäuste ballt. Auch die sind kalkweiß, die Knöchel treten stark hervor. Was hat sich geändert seit Jahrmillionen? Nichts.)

»Jetzt«, sagte Groll, »wissen wir zumindest eines: Mächte waren an Ihrem Vater interessiert – Mächte, die in unserem Land ihre Fehden austragen.«

»Sie meinen . . . *Spionage?* Aber das ist doch lächerlich!«

»Das ist gar nicht lächerlich. Vertreter mehrerer Nationen standen mit Ihrem Vater in Kontakt«, sagte der Hofrat laut.

»Sie glauben, daß mein Vater in eine Geheimdienstgeschichte verwickelt war?« Auf einmal sprach Manuel wieder ganz ruhig.

»Ja.«

»Aber das ist doch absurd! Mein Vater war ein normaler Chemiker und Biologe!«

»Ja«, sagte Groll.

»Ein normaler Geschäftsmann!«

»Ja«, sagte Groll.

»Ein Wissenschaftler, der sich mit der harmlosesten Sache von der Welt beschäftigte! Mit Pflanzenschutzmitteln! Mit Schädlingsbekämpfungsmitteln!«

»Ja«, sagte Groll.

»Warum sagen Sie immer ja?«

»Weil ich Ihnen recht gebe«, antwortete Groll, holte ein langes, flaches Lederetui hervor und entnahm ihm eine Virginier, die er umständlich präparierte und ansteckte.

Manuel Aranda setzte sich, wie zu Tode erschöpft. Er sagte leise: »Es ist Ihnen doch klar, daß ich nach dem, was Sie mir eben eröffnet haben, unter *gar keinen* Umständen heimfliegen werde!«

»Unter gar keinen Umständen.« Groll nickte und blies eine blaue Rauchwolke aus. »Ich habe es Ihnen nur eröffnet, weil ich sah, daß Sie auch so unter gar keinen Umständen heimgeflogen wären, daß Sie auf *jeden Fall* Nachforschungen anstellen würden. Nun sind Sie gewarnt, wenigstens gewarnt.« Man kann den Jungen nicht einfach in den Tod schicken, dachte Groll. Das habe ich auch Hanseder gesagt. Manuel Aranda muß wissen, worauf er sich einläßt, was ihn erwartet.

»Herr Hofrat«, sagte Manuel, unruhig atmend, »welche Macht, welcher Geheimdienst, welche Organisation kann Interesse daran gehabt haben, meinen Vater umzubringen? Sagen Sie es mir, ich bitte Sie! Ich flehe Sie an!«

»Ich weiß es nicht«, antwortete Groll und dachte: Hier ist Schluß. Ich habe Hanseder versprochen, daß hier Schluß ist.

»Sie wissen etwas! Sie wissen etwas!«

»Nein, Herr Aranda.«

»Was kann mein Vater denn *getan* haben, was kann er *gewußt* haben, daß er umgebracht wurde?«

»Ich weiß es nicht«, sagte Groll und dachte: Eine halbe Lüge. Ich weiß es wirklich nicht. Nicht *genau*.

»Ich glaube, daß Sie mich belügen! Ich glaube, daß Sie viel mehr wissen, als Sie mir sagen! Ich glaube...« Manuel brach ab. »Verzeihen Sie«, sagte er und senkte den Kopf. »Ich bin vollkommen durcheinander. Überreizt. Ungerecht. Bitte, verzeihen Sie. Natürlich würden Sie mir alles sagen, wenn Sie mehr wüßten.«

»Natürlich«, antwortete Groll mit unbewegtem Gesicht. Manchmal, dachte er, gibt es Situationen, da hasse ich meinen Beruf.

»Aber daß diese alte Frau Steinfeld es getan hat... *Sie* kann doch nicht im Auftrag eines... oder doch? *Oder doch?*«

»Warum nicht?« meinte Groll. Ich vermag es mir so wenig vorzustellen wie du, dachte er. Aber habe ich eine *andere* Erklärung?

»Ja, warum nicht?«

»Herr Aranda«, sagte der Hofrat. »Wien ist eine sehr große Stadt...«

»Nicht so groß wie Buenos Aires!«

»Nein, das nicht. Aber es ist auch nicht die Stadt, wie die Welt sie zu kennen glaubt...« Groll setzte sich an seinen Schreibtisch, er blickte abwesend auf das Ginkgo-Blatt.

»Was soll das heißen?«

»Es gibt eine helle Seite dieser Stadt«, sagte der Hofrat, die eine Hälfte des Blattes mit einer Hand bedeckend, »und es gibt eine dunkle.« Er bedeckte die andere Hälfte. »Das ist seit den Türkenkriegen so. Länger – seit die Römer hier waren. Viele, viele Jahrhunderte ist dieses Wien Frontstadt gewesen, ist hier gekämpft worden, heimlich oder offen. Und eine Frontstadt ist Wien geblieben, Frontstadt... Die Vergangenheit – bei uns wurde sie Gegenwart. Es hat sich nichts geändert.« Abwechselnd bedeckte seine Hand die Blatthälften. »Ost und West«, murmelte er. »Die Roten und die Schwarzen... diese Weltanschauung und jene... Kämpfe wurden hier ausgetragen, länger, als das Christentum währt...«

»Zwischen Gut und Böse, jaja«, murmelte Manuel ungeduldig.

»Sagen Sie nicht jaja, junger Mann! Gut und Böse gehören zusammen.«

Die Hand strich über die eine Blatthälfte, dann über die andere. »Wer könnte das besser beurteilen als ein Mann in meinem Beruf? Wie oft ist für den einen böse, was für den anderen gut ist? Wieso *gibt* es überhaupt das Böse auf unserer Welt, wenn *Gott* doch gut ist? Nun, weil wir ihn nur so überhaupt existieren lassen können – *mit* dem Bösen...« Er bemerkte Manuels Blick und räusperte sich. »Gut und Böse«, sagte er laut, »was immer das ist, *jawohl!* Im Kampf miteinander über dieser Nahtstelle der Welt, genannt Wien...« Er zog an seiner Zigarre, er streichelte das Blatt. Manuel betrachtete ihn verwundert. »Ich weiß, für den Ausländer ist Wien die Stadt der Blauen Donau, der Spanischen Hofreitschule, der großen Sammlungen und Museen! Die Stadt Schönbrunns, des Belvedere und des Praters! Die Stadt von Lanner und von Strauß, des Burgtheaters und der alten Paläste, der Gärten und der Lichter, die Stadt der Fröhlichkeit und des Leichtsinns, der Sänger und der Geiger, der Musik und des Weins draußen in Grinzing... Aber wissen Sie, von wie vielen Agenten ausländischer Mächte in Österreich wir positiv Kenntnis haben? Von fünfzigtausend. Das ist die *bekannte* Zahl. Die Dunkelziffer liegt natürlich höher. Agenten aus dem Osten, Agenten aus dem Westen, hier arbeiten sie, hier, in der lieblichen, singenden, klingenden Wienerstadt. Und wissen Sie, wie viele Beamte die Staatspolizei gegen sie zum Einsatz hat? Vierhundert!«

»*Wie viele?*«

»Vierhundert. Sie haben schon richtig gehört«, sagte Groll und dachte: *Und wie sicher sind diese vierhundert?* Wie viele Male hatten wir schon unsere Skandale...

Manuel Aranda rief: »Warum vierhundert? Warum nicht viertausend? Warum nicht vierzigtausend? Warum sorgen Sie hier nicht für Ordnung? Warum beenden Sie diesen Zustand nicht?«

»Herr Aranda, wir sind ein neutrales Land. Die Alliierten haben uns einen Staatsvertrag gegeben, und ihre Truppen haben unser Land verlassen. Was glauben Sie, wie lange es dauern würde, bis die Truppen zurückkämen? Wie lange wären wir wohl geliebt und geschätzt, wenn wir die Geschäfte der Alliierten störten, die sie auf diesem ihrem Spielplatz abwickeln? Österreich ist klein, sehr klein. Es war eine gute Idee von allen, uns auszuwählen. Wer so klein ist wie wir, hat keine Wahl. Wer so klein ist, muß schweigen.«

»Und Sie schweigen!«

»Selbstverständlich«, sagte der Hofrat Wolfgang Groll.

»Aus Angst!«

»Natürlich aus Angst«, sagte Groll. »Wenn die Verantwortlichen eines Landes, das so klein ist wie das unsere, nicht Angst hätten und diese Angst als eine reale, nur allzu berechtigte Gegebenheit in *alle* ihre Handlungen einkalkulierten, dann hätten sie keine Phantasie und kein Verantwortungsgefühl, dann wären sie unfähig und gefährlich, dann müßte man sie von ihren Positionen entfernen.« Er sah Manuel an und fragte lächelnd: »Erscheint Ihnen diese Einstellung feige oder verächtlich?«

»Nein«, sagte Manuel betroffen. »Nein!«

»Wir müssen immer so handeln, um das Schlimmste zu verhüten. Das ist das oberste Gesetz.«

»Was natürlich bedeutet, daß gewisse staatliche Stellen hier sich *doch* für den Tod meines Vaters interessieren.«

»Natürlich«, sagte Groll. »Aber keine dieser Stellen, niemand, auch ich nicht, darf Sie bei Ihren Nachforschungen offiziell unterstützen. Das verstehen Sie doch?«

»Ja.«

»Was nicht heißen soll«, murmelte der Hofrat, »daß ich nicht immer für Sie da bin.«

»Danke.«

»Ich habe keine Ahnung, was meine Hilfe wert sein wird. Aber Sie können immer zu mir kommen. Sie können mir alles erzählen. *Vielleicht* weiß ich Rat. *Vielleicht* weiß ich Hilfe. *Vielleicht*, Herr Aranda. Und jetzt geben Sie mir Ihr Ehrenwort, daß Sie keinem Menschen erzählen werden, was ich Ihnen anvertraut habe.«

»Ich gebe Ihnen mein Ehrenwort«, sagte Manuel und schüttelte die kühle, trockene Hand des Hofrats.

Das Telefon läutete.

Groll hob ab und sprach kurz. Dann sagte er: »Ihre Papiere sind fertig, Sie können sie abholen.«

»Ich danke Ihnen.«

Der beleibte Mann mit dem Silberhaar brachte Manuel zur Tür. Er legte ihm die Hand auf die Schulter. »Seien Sie vorsichtig.«

11

»Jetzt ist es fest genug«, sagte Manuel Aranda. Gemeinsam mit Irene Waldegg hatte er den schwarzen Zirkel, das provisorische Grabkreuz, in die harte Erde gestoßen. Es war ein schweres Stück Arbeit gewesen. Sie hatten sich rhythmisch wechselnd auf die Seiten der Querleiste gestemmt und so die Zirkelspitzen tiefer und tiefer gedrückt. Nun atmeten beide hastig. Aus der Ferne erklang wieder ein dumpfes Brausen, das lauter wurde. Die Krähen verstummten. Irene richtete sich auf. Dabei kam sie aus dem Gleichgewicht, glitt von dem Hügel herunter, schrie leise und erschrokken und streckte die Arme vor. Schnell packte Manuel zu. Im nächsten

Moment schlug Irenes Kopf gegen seine Brust, ihre dunkle Brille fiel in den Schnee. Er hielt sie fest, noch auf dem Hügel stehend.

Clairon blinzelte.

Zum erstenmal war Arandas Kopf frei.

Clairon hob den Lauf der 98 k an, bis er diesen Kopf im Fadenkreuz hatte. Langsam jetzt, dachte er, langsam. Da hast du deine Chance. Gott gibt sie dir. Versau sie nicht. Paß auf...

Das Donnern der gestarteten Maschine der AIR FRANCE wurde immer gewaltiger. Es war 15 Uhr 11. Wieder stäubte Schnee auf von Grabhügeln und Ästen, wieder fielen Klumpen von den Bäumen.

»Ich... ich...«, stammelte Irene Waldegg. Sie sah zu Manuel empor. Jetzt konnte er ihre Augen erkennen. Sie waren braun wie das Haar und gerötet und verschwollen vom vielen Weinen.

»Ruhig«, sagte Manuel, »bitte, beruhigen Sie sich.«

Ihr Körper sackte plötzlich durch, er mußte sie an sich pressen. Ihre Knie gaben nach.

»Mir ist so schlecht... Ich habe mich zusammengenommen... Ich... Ich... ich dachte, es würde schon gehen... aber jetzt... zum erstenmal habe ich jetzt gefühlt, daß sie nie... nie, nie, nie mehr da sein wird... Valerie! Valerie! Warum hast du das nur...«

Manuel konnte nicht länger verstehen, was sie stammelte, während Tränen aus ihren Augen strömten. Das Brausen der nahenden Boeing war zu laut geworden. So standen sie da, seine Arme um ihren Rücken, ihr Kopf an seiner Brust. Wie ein Liebespaar sahen sie aus, wie ein tragisches Liebespaar. Manuel blickte auf die Schluchzende herab. Er dachte: Nein, diese Frau hat keine Schuld.

Da kam sie angerast, die Maschine, auf ihrem weiten Weg nach Paris und New York, da kam sie, schon in den Wolken, mit tobenden, hämmernden, dröhnenden Düsenaggregaten.

Zu Schlitzen verengt hatten sich Clairons Augen. Da stand er, gegen den Mamorquader gepreßt, gefühllos, völlig gefühllos wie stets. Na also, dachte er. Wunderbar, dachte er. Großartig. Es könnte nicht besser sein. Manuel Arandas Kopf war völlig frei, Clairon sah das Profil genau im Zielfernrohr. Schläfenschuß, dachte er und orientierte sich nach Manuels rechtem Ohr, das unter der braunen Pelzmütze hervorlugte. Ja, Schläfenschuß. Jetzt klappt es. Es hat noch immer geklappt.

Mit atemraubendem Heulen brauste die Boeing über den Friedhof. Clairons Finger am Abzug der 98 k begann sich zu krümmen, mehr und mehr. Der Schuß war kaum zu hören. Ohne einen Laut stürzte Clairon in den Schnee. Er lag mit dem Gesicht nach unten, tot.

Der Mann in einer verriegelten Toilette der Bedürfnisanstalt am Rande
der Gruppe 55 stand auf der Brille des Klosetts. Der Lauf seiner Waffe
ragte noch aus der Luke, die sich unter der Decke des kleinen Raums befand. Es war eine amerikanische ›Springfield‹, Modell 03, Kaliber 7.62
Millimeter, Patronenlänge 75 Millimeter, Gewehrlänge 1250 Millimeter,
Magazin mit zehn Schuß, aufgesetztes Zielfernrohr. Dieses inklusive wog
das Gewehr nur 4,3 Kilogramm.

Der Mann trug einen rostbraunen Dufflecoat und schwere Schuhe, hatte
ein viereckiges Gesicht, einen breiten Unterkiefer, Sommersprossen und
eine kurze, wulstige Narbe, welche über die Stirn lief. Sein blondes Haar
war zu einer Igelfrisur geschoren, die dem gutmütigen alten Pförtner
beim Hauptportal aufgefallen war, als dieser Mann in einem großen weißen Lincoln ihm einen Hundertschillingschein zum Wechseln gab, um
danach wie ein Irrer, mit wimmernden Pneus, in den Friedhof hineinzu-
rasen. Der Mann hatte seine Geschwindigkeit sehr schnell auf die vorgeschriebenen zwölf Kilometer pro Stunde reduziert, denn an nichts lag ihm
weniger als daran, aufzufallen. Er war nur in außerordentlicher Eile gewesen. Zum Glück kannte er den Zentralfriedhof von früheren Besuchen
her.

Die Wangen dieses Mannes hatten sich gerötet. Er sah jünger aus, als er
war, nämlich einundvierzig. Er hatte den Koreakrieg mitgemacht. Am 25.
April 1951, nachts, während eines Angriffs der Nordkoreaner bei Mun-
san-ni, war sein Kompaniechef, ein gewisser Lieutenant Charles J. Dee-
ping, ums Leben gekommen – durch Kopfschuß. Die Kugel stammte aus
einem amerikanischen ›Springfield‹-Gewehr, Modell 03. Der Tat dringend verdächtig war der Sergeant First Class Howard Kane. Er wurde vor
ein Kriegsgericht gestellt, wegen Mordes aus niedrigen Beweggründen
(Rachsucht) für schuldig befunden und hingerichtet, stand in der Armee-
zeitung ›Stars and Stripes‹. Drei Tage, bevor es in der Zeitung stand,
befand sich der braunhaarige Howard Kane, dessen Gesicht mit Sommersprossen übersät war, in Washington, wo er einige etwas längere
Unterredungen hatte. Unmittelbar nach der letzten Unterredung reiste
er, anhanglos, nicht verheiratet, ehemals Schwachstromtechniker in Chi-
kago, nach New York, hieß David Parker, hatte Papiere auf diesen Namen
und nicht mehr gewelltes braunes, sondern kurzgeschorenes blondes
Haar. Seit jenem Tage bis zum heutigen übte er einen anderen Beruf aus.
Der ehemalige Sergeant First Class Howard Kane, seit langem der Ge-
schäftsreisende David Parker, warf einen letzten Blick durch das Zielfernrohr seiner ›Springfield‹. Die Kugel hatte Clairon in die rechte Schläfe getroffen, ehe er den Abzug seiner Waffe ganz durchdrücken konnte. Beim

Austritt auf der linken Schläfenseite war sein halbes Gesicht weggerissen worden. Das Kaliber 7.62 richtet enorme Verheerungen an. Aus dem, was von Clairons linker Gesichtshälfte übriggeblieben war, schoß Blut in den Schnee, David Parker sah sich Clairon genau an. Er hatte schon sehr viele tote Männer in seinem Leben gesehen.

Zufrieden stieg er von der Holzbrille des Klosetts herab, verbarg das Gewehr unter seinem Dufflecoat und verließ die Bedürfnisanstalt. Er ging schnell, während das Dröhnen der abfliegenden AIR-FRANCE-Maschine leiser und leiser wurde und die Krähen wieder zu schreien begannen, die Allee zwischen den Gruppen 55 und 56 ein Stück hinab zu dem großen Lincoln, der hier stand. Parker öffnete den Kofferraum und versteckte die ›Springfield‹ unter ein paar alten Lappen. Nachdem er den Kofferraum wieder versperrt hatte, setzte er sich hinter das Steuerrad, schaltete den Motor und einen eingebauten Sender ein, und während er zuerst ein Stück in Richtung Dr.-Karl-Lueger-Kirche fuhr, um dann nach rechts einzubiegen, nahm er ein Mikrophon zur Hand und sagte: »Calling Stardust... Calling Stardust... This is Charlie Baker, Charlie Baker, over.«

Aus dem Lautsprecher des Senders erklang eine Männerstimme: »Okay, Charlie Baker, this is Stardust, I can hear you. Over.«

Die Unterhaltung ging in englischer Sprache weiter.

»Erledigt«, sagte David Parker. »Tot.«

»Sicher?«

»Totsicher! Direkt in die Schläfe.« Parker fuhr über immer neue Alleen vorsichtig quer durch den Friedhof zu einer diagonalen Chaussee, die ihn in die Nähe des kleineren Tores III bringen sollte. Tor II, das Hauptportal, wollte er lieber nicht mehr benützen.

Parker sagte: »Ihr habt mich zu spät losgeschickt.« Er berichtete, was geschehen war, und schloß: »Ein Riesenmassel, was ich hatte! Als ich ankam, sah ich beim Eingang Manuel Aranda. Diese Waldegg war bei ihm. Weiß nicht wieso. Jedenfalls war die Frau diesem Clairon später dauernd im Weg, er konnte nicht auf Aranda schießen. Das habe ich sofort kapiert, als ich ihn endlich im Fernglas hatte. Junge, Junge, knapp ist das gegangen, kann ich nur sagen. Kaum war seine Birne schön in meinem Fadenkreuz, da muß die Frau sich gebückt haben oder sonst was, jedenfalls hatte Clairon plötzlich freie Sicht. Er wollte sich gerade an die Arbeit machen, als ich ihn erwischte. Zum Teufel, das nächste Mal schickt ihr mich aber früher los!«

»Wir haben es erst so spät erfahren. Tut mir leid.«

»Gehört alles zu des Tages Arbeit«, sagte David Parker. »Ich komme nicht mehr in die Stadt rein. Ich habe einen anderen Anzug und einen anderen Mantel...«

»...und andere Schuhe und einen Koffer voll Wäsche im Wagen«, klang die Stimme aus dem Lautsprecher eines starken Senders, dessen graugestrichener Kasten auf einem langen Chromstahltisch ruhte. Dieser Sender war, wie der im Lincoln von David Parker, mit Zerhacker und Entzerrer ausgestattet.

Der silberne Tisch stand in einem Raum, in dem sich neue Kotflügel, Autotürbleche, Scheinwerfer, Blinker, Rücklichter und Scheibenwischer befanden. Der Raum lag zu ebener Erde einer sehr langen und sehr hohen Halle. Wie in einer Miniatur-City sah es aus – große und kleinere Kisten türmten sich hier zu Gebäuden. Zwischen ihnen liefen schmale Straßen. Es war das Lagerhaus einer Firma, die sich AMERICAR nannte und Ersatzteile für fast alle amerikanischen Wagentypen liefern konnte. Zwischen den Kistenschluchten mühten sich Arbeiter mit Winden und Seilzügen. Elektrokarren fuhren hin und her.

Das Lagerhaus stand auf jener Seite des Hietzinger Kais, der die Fortsetzung der Westautobahn-Einfahrt bildet, nahe der Stadtbahnstation Ober-Sankt-Veit. Die U-Bahn läuft da unter dem Straßenniveau, aber offen. Eine Mauer trennt ihre Gleise von dem Bett des Wien-Flusses.

Der Geschäftsführer der AMERICAR hieß Gilbert Grant. Er war ein großer, schwerer und lebhafter Mann von zweiundfünfzig Jahren, mit roter Gesichtshaut und blauen Augen, die leicht tränten und von roten Äderchen durchzogen waren wie die eines Gewohnheitstrinkers.

Der Raum, in dem sich der Sender befand, besaß eine elektrisch gesteuerte Stahltür und war schalldicht. Fenster gab es nicht. Ein Ventilator sorgte für Frischluft. Die Arbeiter des Lagerhauses waren davon überzeugt, daß in jenem Raum, den nur Grant, seine amerikanischen Angestellten und seine gelegentlichen Gäste betreten durften, alle Geschäftsunterlagen, Scheckbücher und viel Bargeld untergebracht waren. Die Arbeiter wurden gut bezahlt und behandelt, sie kümmerten sich um nichts, was sie nichts anging. Gilbert Grant hatte sie daraufhin ausgesucht.

Zwei junge, schlaksige Amerikaner, welche den Sender bedienten, waren zur Seite getreten. Gilbert Grant saß vor dem Mikrophon. Elektrisches Licht einer starken Deckenlampe ließ sein pechschwarzes Haar glänzen. »Ist gut, Charlie Baker«, sagte er. »Fahr gleich raus zum Flughafen. Wann geht deine Maschine? Over.«

»In etwa zwei Stunden«, erklang David Parkers Stimme aus dem Lautsprecher. »Over.«

»Fein. Du läßt den Wagen auf dem dritten Parkplatz stehen, wie besprochen. Abgesperrt natürlich. Wir holen ihn abends ab. Vielen Dank und guten Flug! Das ist alles. Over.«

»Okay. Ich danke auch. Bis zum nächsten Mal also. Ende.«

»Ende«, sagte Gilbert Grant und lehnte sich auf einem elastischen Chromstahlstuhl zurück, wobei er diesen drehte. Seitlich neben ihm saß ein vierter Mann. Er war so groß wie Grant, etwas jünger, schlank und hatte ein aristokratisches Aussehen. Fedor Santarin war Präsident der ›Vereinigung für österreichisch-sowjetische Studentenfreundschaft‹, die ihren Sitz in einem alten Palais an der Wollzeile, nahe der Stephanskirche, im Stadtzentrum hatte. Grant und Santarin sprachen fließend Englisch, Französisch, Deutsch und Russisch. Höflicherweise in englischer Sprache sagte Santarin, der einen erstklassig geschnittenen Maßanzug trug – im Gegensatz zu dem leicht zerdrückten Konfektionsanzug Grants –, mit schiefem Lächeln: »Das war aber wirklich sehr knapp, lieber Freund.«

»Tja, ohne ein wenig Glück wären wir glatt verloren in diesem Beruf«, antwortete Gilbert Grant, den Knoten seiner allzu bunten Krawatte, die er zu einem blau-weiß karierten Hemd trug, hochziehend. »Ich habe mich am Mikrophon mächtig zusammengenommen. Mir ist ganz schlecht. Ich muß ein Schlückchen haben.« Er ging zu einem Wandschrank. Der Russe lächelte trist. Gilbert Grant mußte in regelmäßigen, ziemlich kurzen Abständen immer wieder ein Schlückchen haben, Fedor Santarin wußte das natürlich. Gilbert Grant war in der Tat ein Säufer. Er hielt es aus. Noch hält er es aus, dachte der Russe. Früher oder später wird er seinen Zusammenbruch kriegen. Schade, ich mag ihn. Wie oft und wie gut haben wir schon zusammengearbeitet.

»Ich brauche euch jetzt mal nicht, schaut euch draußen ein bißchen um«, sagte Grant, der so mächtig und aufgeschwemmt aussah wie Orson Welles, mit dem er große Ähnlichkeit aufwies, zu den beiden jungen Amerikanern.

»Ist gut, Mister Grant.«

Die beiden gingen zu der elektrisch gesteuerten Stahltür.

»Moment!« Fedor Santarin lächelte wieder. Er holte mit einer eleganten Bewegung – alle seine Bewegungen waren elegant, im Gegensatz zu den schwerfälligen seines Kollegen – eine längliche, hohe Goldkartonpackung aus einer Innentasche der Jacke seines tadellosen Anzugs. (Er ließ in Wien nur bei ›Knize‹ am Graben arbeiten.) Die Packung enthielt Spezial-Konfekt der berühmten Konditorei Demel. Santarin trug stets solche Packungen mit sich herum, und er liebte es, Süßigkeiten anzubieten. Nun öffnete er den tütenförmigen Karton und hielt ihn den jungen Männern hin. »Darf ich mir erlauben?«

Die beiden kannten das seit langem. Sie nahmen jeder zwei Stücke Konfekt, bedankten sich und verschwanden, nachdem sie die Stahltür durch Knopfdruck geöffnet hatten. Auf Schienen glitt die schwere Platte hinter ihnen wieder zurück und schloß sich lautlos. Grant hatte ein großes Glas gut zur Hälfte voll Bourbon geschüttet. Er nahm kein Wasser dazu, kippte das Glas, blies Luft aus und füllte es neuerlich halb. Dann setzte er sich auf eine Kiste, in der Autoscheinwerfer verpackt waren, und legte die Füße mit den klobigen Schuhen auf eine andere Kiste.

Wie ein dickköpfiger Bauer aus der Ukraine sieht er aus, dachte Santarin, der wie ein englischer Aristokrat aussah.

»Auf Clairon«, sagte Grant und hob sein Glas. »Er ruhe in Frieden.« Der Amerikaner nahm einen großen Schluck.

»Amen«, sagte der Russe und steckte ein Stückchen Konfekt in den Mund. Er spielte mit der goldenen Tüte. An der linken Hand trug er einen kostbaren Brillantring.

»Ich konnte es Parker natürlich nicht sagen. Auch den beiden Jungs nicht«, murmelte Grant.

»Natürlich nicht.« Fedor Santarin wählte ein Stückchen Nougat.

»Aber es ist schon eine verdammte Scheiße«, erklärte Grant zornig, »daß Parker den Clairon doch noch rechtzeitig gefunden hat und der nicht diesen Aranda erledigen konnte.«

»Machen Sie sich keine Vorwürfe, Gilbert. Wir haben Parker so spät losgeschickt, daß er nach menschlichem Ermessen keine Chance mehr hatte.«

»Er ist aber eben ein so verflucht guter Mann«, sagte der Amerikaner trübe. »Leider. Kein anderer hätte das geschafft.« Er rülpste und trank wieder. »Den Mund habe ich mir fusselig geredet bei meinen Bonzen. Weg mit Aranda! Nichts wie weg mit ihm, habe ich gesagt. Laßt uns selig sein, wenn die Franzosen uns das abnehmen! Loswerden müssen wir ihn auf alle Fälle. Aber nein, nichts zu machen. Diese Hurensöhne!« sagte Gilbert Grant erbittert. »Alles wissen sie immer besser.«

»Dasselbe bei mir«, sagte Santarin. »Angefleht habe ich meinen Führungsoffizier. Dieser Aranda ist eine ganz große Gefahr, sagte er mir. Nicht nur für die Franzosen. Für alle. Folge? Meine Bonzen haben sich mit Ihren Bonzen zusammengetan, Gilbert, und wir bekamen einen Anpfiff und die Order, Clairon zu erledigen, bevor er Aranda erledigt! Das nenne ich Logik, wie? Eine ganz große Gefahr – aber er muß um Himmels willen lebenbleiben!«

»Stardust, ich rufe Stardust, hier ist Noble George…« erklang eine Stimme aus dem Lautsprecher des eingeschalteten Senders.

Der Amerikaner glitt von seiner Kiste, ging mit dem Glas in der Hand zum Tisch und meldete sich.

»Ein weiterer Wagen mit Kriminalbeamten ist zum ›Ritz‹ gekommen, Stardust. Die Männer sind alle ins Hotel gegangen.«

»Wie viele Kriminalbeamte?«

»Drei.«

»Okay, fein. Bleibt auf Posten, Noble George. Ende.« Grant setzte sich auf den Tisch. »Da«, sagte er wütend. »Sie hören es! Alles läuft wie am Schnürchen. Genau wie gewünscht.«

»Genauso, wie wir es eingefädelt haben.«

»Ja, *wir!*« Grant stieß mit einem Zeigefinger nach dem Russen. »Wir zwei! *Wir* machen die Arbeit, nicht die Bonzen! War das vielleicht kein guter Plan? Die ganze Kripo ins Hotel. Alles fliegt auf. Und Clairon killt inzwischen Aranda. Hätten sie ihn bloß gelassen, die Scheißer! Dann nur noch eine kleine Vorsprache beim zuständigen hohen Herrn – von Ihrem und meinem Boß –, und die Österreicher hätten sich in die Hosen gemacht wie jedesmal, wenn unsere Bosse vorsprechen, und sie hätten das Zeug ausgeliefert oder vernichtet, und wir könnten den Fall abschließen. Aber nein, Gott verdamm' mich, Manuel Aranda darf nichts zustoßen, um Himmels willen, der muß unbedingt beschützt werden!« Er ahmte eine Stimme nach. »Sie sind mir persönlich haftbar dafür, daß Clairon rechtzeitig beseitigt wird.« Er glitt vom Tisch und ging zum Schrank, wo er sein Glas neuerlich füllte. »Das ist ein Befehl!« äffte er die andere Stimme nach, zweifellos die eines Vorgesetzten, den er haßte. »Befehl, mein Arsch.«

»Wenn wir uns bei einem B-Fall einem Befehl *direkt* widersetzt hätten, wäre das unser Ende gewesen, darauf können Sie Gift nehmen.«

»Gift ist gut!« Grant lachte böse. »Ist das ein Leben?« Er neigte zu Depressionen.

»Ein schönes nicht«, sagte Santarin, »aber ein ganz angenehmes. Wir kommen auch mit dem lebenden Aranda zurecht, Gilbert, Mut!« Er sah auf seine Schweizer Armbanduhr. »Noch Zeit. Aber bald werden wir zu mir in die Wollzeile fahren. Ich habe Nora Hill gebeten, hinzukommen. Wir müssen ihr genau erklären, was sie zu tun hat – jetzt, wo Aranda also weiterleben wird.«

»Nora Hill«, wiederholte Grant träumerisch. »Das ist eine Frau. Wenn wir die nicht hätten...«

»Wir haben sie aber, das Goldstück.« Santarin lächelte zufrieden.

14

Es hatte wieder zu schneien begonnen.
Das Licht verfiel.
In dem blauen Mercedes, der zwischen den Gruppen 73 und 74 parkte, saßen Irene Waldegg und Manuel Aranda. Der Motor lief, die Heizung war eingeschaltet, warme Luft rauschte. Knappe hundert Meter entfernt lag Clairons Leichnam. Schneeflocken sanken auf ihn, behutsam, stetig,

schwerelos. Bald würden sie ihn zugedeckt haben, ihn und das viele Blut um seinen zerschmetterten Kopf.

In einem Hinterzimmer des französischen Reisebüros ›Bon Voyage‹ versuchten mehrere Männer, nun schon sehr unruhig, Sprechkontakt mit Clairon aufzunehmen. Es kam zu keiner Verständigung.

»Etwas ist passiert«, sagte Jean Mercier, im Zustand mühsam unterdrückter Panik. »Clairon hätte sich längst melden müssen. Nummer Null auch! Längst, alle beide! Etwas ist passiert...«

Ein Mann beim Sender sagte: »Nummer Drei hat doch vorhin gemeldet, daß ein Wagen vor dem ›Ritz‹ gehalten hat und drei Männer in das Hotel gegangen sind, die Kriminalbeamte gewesen sein könnten.«

»Sein *könnten*! Sein *könnten*! Vielleicht waren die drei völlig harmlos? Nummer Drei hat auch schon die Nerven verloren! Wunder ist es keines! Kriminalbeamte – wieso denn? Die Sache war todsicher. Es konnte einfach nichts schiefgehen...« Mercier begann im Raum hin und her zu eilen. »Und es ist *doch* etwas schiefgegangen! Aber was? Aber wie? Diese Warterei macht mich verrückt!« Er sah einen Papiersack auf einem Tisch und blickte abwesend hinein. Ein niedlicher scharlachroter Spielzeug-Fuchs mit schwarz-weißer Schnauze lag darin...

Es hatte lange gedauert, bis Irene Waldegg ihre Fassung wiederfand. An Manuel geklammert, von ihm gestützt, hatte sie an Valerie Steinfelds Grab einen schweren Weinkrampf erlitten. Manuel ließ sie weinen, er wußte, er konnte nichts anderes tun. Er hielt sie fest in den Armen und strich über ihren Rücken, und sie schluchzte und bebte, und zweimal rief sie noch den Vornamen der Toten. Endlich ließ sie sich zu dem Mercedes zurückführen. In dem hohen Schnee wäre sie dabei fast gestürzt.

»Wo ist meine Brille?« fragte Irene nun, im Wagen.

»In meiner Tasche.«

»Bitte!«

Er reichte ihr die Brille, und sie setzte sie wieder auf.

»Ich kann so nicht herumlaufen. Meine Augen sind vollkommen verquollen. Sie haben es ja gesehen.«

»Ja«, sagte Manuel. Er berührte ihre Hand. Sie blickte ihn durch die dunklen Gläser an. »Wenn Sie wollen...«

»Wenn ich was will?«

»Wenn Sie wollen... ich meine, wenn es recht ist... das heißt...« Er kam ins Stottern. »Ich... ich habe Ihnen zuerst mißtraut... Ich... ich mißtraue allen Menschen hier, das ist doch nur natürlich, nicht wahr?« Sie nickte.

»Jetzt... jetzt mißtraue ich Ihnen nicht mehr. Ich bin sicher, Sie haben

Ihre Tante so geliebt wie ich meinen Vater. Ich ... ich glaube jetzt daran, daß sie *beide* gute Menschen waren ... Ihre Tante und mein Vater. Um so größer ist das Geheimnis ihres Todes.«

Irene schwieg.

Ich muß mit dem Hofrat Groll reden, dachte Manuel. Ich will ihm alles erklären. Er wird es verstehen, da bin ich sicher. Auch wenn er sich mein Ehrenwort hat geben lassen, daß ich nicht sprechen werde darüber. Er wird mir erlauben, diese junge Frau einzuweihen. Bis dahin will ich schweigen, natürlich. Manuel sagte: »Wollen wir zusammen versuchen, die Wahrheit zu finden?«

»Ja«, sagte Irene leise.

Er strich über ihren Arm.

Sie zog ihre Hand zurück und sah in die beginnende Dämmerung hinein. Es folgte eine lange Stille. Auch Manuel blickte nach vorn. Dann, plötzlich, fühlte er zart wieder ihre Finger auf den seinen. Er wandte nicht den Kopf, und auch sie bewegte den ihren nicht.

15

Das schwarze Fell des Baribal-Bären war an vielen Stellen schon erbärmlich schütter, an anderen gänzlich kahl. In den Pfoten hielt das knapp zwei Meter hohe, aufrecht stehende Tier einen großen Korb, und in diesem lagen bunte, fröhlich aussehende Bücher. Manuel Aranda nahm das oberste heraus. Es hieß DER GLÜCKLICHE LÖWE und zeigte auf dem Umschlag einen solchen, in leuchtenden Farben gezeichnet.

Der Riesenbär brummte, tief, laut und lange. Manuel legte das Buch in den Korb. Wieder brummte der Baribal. Wenn es stimmt, was der Hofrat mir erzählt hat, dachte Manuel, dann ist dieser Bär über hundert Jahre alt und besitzt an seinem Rücken eine kleine Kurbel, mit der sich ein Brumm-Mechanismus im Innern des ausgestopften Tieres aufziehen läßt. Seit über hundert Jahren wird dieser Mechanismus an jedem Geschäftsmorgen aufgezogen. Wie viele Kinderherzen hat er schon entzückt, dachte Manuel.

Der Baribal-Bär stand gleich neben der Eingangstür, die eine große Glasscheibe und an dieser einen uralten grünen Samtvorhang besaß und oben ein Glockenspiel, das, wenn die Tür geöffnet oder geschlossen wurde, silberhell, wohltönend und feierlich die Melodie der ersten beiden Zeilen eines Liedes ertönen ließ: ›Freut euch des Lebens, weil noch das Lämpchen glüht ...!‹

Dieses Glockenspiel erklang seit nunmehr 158 Jahren, denn es befand sich über dem Eingang zu einer der ältesten Buchhandlungen Wiens. Draußen auf der Straße, im Schneetreiben und im aufkommenden Sturm dieses Abends, hatte Manuel das breite Ladenschild mit den altmodischen Buchstaben gesehen:

BUCHHANDLUNG UND ANTIQUARIAT LANDAU, GEGRÜNDET 1811

Die Seilergasse war einmal, vor zehn Jahren noch, eine stille, verträumte Straße gewesen. Nun, da sie zur Gegen-Einbahn der parallel verlaufenden glitzernden, lichtersprühenden und eleganten Kärnterstraße gemacht worden war, brauste hier pausenlos der Verkehr, schoben sich Autos, Autobusse, Motorräder, Fahrräder, Lastwagen in einem nicht endenden Strom an dem alten Geschäft vorüber, ertönten Hupen und Klingeln, knatterten Motoren, erfüllten die Stimmen eiliger Menschen, die sich durch das Chaos der Wagen drängten, weil die bloß im Schrittempo vorankamen, und eine Kakophonie von Geräuschen die einstige Stille.
Neben der Buchhandlung befand sich auf der einen Seite eine Mode-Boutique, auf der anderen ein Teppichladen. Der gewaltige Lärm der Straße drang nur ganz gedämpft in den Verkaufsraum, der gewiß eine Länge von fünfzehn und eine Breite von zwölf Metern besaß und sehr hoch war.
»Grüß Gott. Der Herr wünschen?«
Manuel fuhr aus seinen Gedanken auf. Ein junges Mädchen stand vor ihm, eine Verkäuferin. Es waren noch zwei weitere im Laden, sah er, dazu ein jüngerer und ein älterer Verkäufer, und mehrere Kunden. Das Mädchen lächelte freundlich.
»Ich möchte Herrn Landau sprechen«, sagte Manuel. Er nannte seinen Namen.
»Herr Landau telefoniert gerade. Ich werde ihm sagen, daß Sie da sind. Einen Moment, bitte.«
Das Mädchen eilte fort.
Vom Zentralfriedhof hatte Manuel Irene Waldegg durch das Schneetreiben und den schon einsetzenden frühen Abendverkehr in ihre Apotheke an der Lazarettgasse gebracht.
Manuel sah sich im Verkaufsraum um. Vom Fußboden bis zu der Decke verbargen schwere, dunkle Eichenholzregale die Wände. Auf ihnen standen Bücher – in zwei Fronten neue, in zwei anderen antiquarische. Es gab mehrere mit abgeschabtem rotem Samt überzogene Riesenleitern, die hoch oben am Plafond in Eisenstangen hingen, und sich hin und her schieben ließen. Es gab alte hohe Stehpulte, auf denen man Bücher – Riesenfolianten oder Duodezbändchen – in Ruhe betrachten konnte, und zwei ebenso altertümliche Schaukelstühle.
Der Fußboden war aus langen, dunklen Bohlen gefügt. Im Lauf der vielen Jahre hatten hunderttausend Schuhe diese Bohlen ab- und krummgetre-

ten, an manchen Stellen waren sie bucklig geworden, als seien sie von Pestbeulen übersät. Auf einem Podest stand eine schwere, vernickelte Registrierkasse, ganz sicher auch schon ihre achtzig Jahre alt. Wie viele verschiedene Währungen waren in diesem Zeitraum von ihr gezählt worden . . .

»Martin Landau«, hatte der Hofrat berichtet, »hält es so, wie sein Vater und sein Großvater und sein Urgroßvater es gehalten haben: Er verändert nichts in seinem Geschäft, nur, wenn es unbedingt sein muß. Er liebt das Alte. Alles Neue, jede Veränderung beunruhigt ihn. Sie werden, wenn Sie die Buchhandlung besuchen, ein Stück längst versunkenes Wien entdecken, ein Museum der Vergangenheit. Natürlich macht die Art, in der Landau die Vergangenheit erhält, auch den Zauber seines Geschäftes aus – besonders für Ausländer. Ah, old Vienna!«

Ah, old Vienna!

Ja, dachte Manuel, es geht wirklich eine Verzauberung aus von dieser Buchhandlung, selbst von ihrer Beleuchtung! Große gelbliche Milchglaskugeln hingen an langen Bronzestäben und verbreiteten ein warmes, heimeliges Licht.

»Sie wollten mich sprechen, mein Herr?« sagte eine sanfte, leise Stimme. Manuel, dessen Blicke weiter durch die Buchhandlung gewandert waren, sah zur Seite. Hier stand ein Mann, der sich ängstlich verbeugte. »Ich bin Martin Landau«, sagte der Mann. Er war mittelgroß, hatte ein schmales, blasses Gelehrtengesicht, ergrautes Haar, langfingrige Hände und sehr kleine Füße.

Nach Angabe des Hofrats war Martin Landau sechsundsechzig Jahre alt. Er wirkte älter. Sehr schlank, mager beinahe, und tadellos, wenn auch seltsam altmodisch angezogen, hatte er sanfte, stets erschrocken aussehende graue Augen und machte einen übersensiblen Eindruck. Die linke Schulter hielt er ständig hochgezogen, den Kopf leicht nach links geneigt, und die blassen Lippen waren zu einem furchtsamen Lächeln verzogen.

»Dieser Mann«, hatte Groll gesagt, » *besteht* aus Angst, Sie werden es sehen. Er fürchtet sich vor allen realen und irrealen Dingen, vor seiner Umgebung, vor der Gegenwart, vor der Zukunft, vor fast allen Menschen. Das mit der Schulter, dem schiefen Kopf und dem ewigen Lächeln sind Ticks von ihm. Er hat noch mehr. Zum Beispiel wäscht er sich, wie eine Verkäuferin uns erzählte, bis zu zwanzigmal am Tag die Hände.«

»Ist er verrückt?«

»Nicht mehr als wir alle. Vielleicht ein wenig wunderlich. Er mußte seine Aussage unterschreiben. Da ließ er die Feder ohne jeden Druck über das Papier gleiten. Seine Schrift ist winzig klein, fast unleserlich. Er schreibt immer so, ich habe Briefe gesehen. Wenn er spricht, kann man ihn schwer verstehen, derart leise redet er – und derart undeutlich. Das soll er auch stets getan haben. Jetzt werden seine Angewohnheiten immer stärker. Bei allen Menschen ist das so, daß sich ihre Grundanlage im Alter mehr und mehr ausprägt.«

Nun ja, da stand also einer, der mit den Jahren noch viel mehr das geworden war, was er immer dargestellt hatte. Er rieb die Hände ineinander, während er Manuel, ängstlich lächelnd, ansah. Herr Landau brauchte nicht einmal mehr Wasser und Seife für seinen Tick, dachte Aranda und sagte halblaut: »Sie können sich gewiß denken, warum ich zu Ihnen komme. Mein Vater . . .«

Sofort unterbrach ihn Landau, indem er erregt murmelte: »Bitte, nicht hier. Sie sehen doch, immerhin . . . alle diese Leute. Wenn Sie mir folgen wollen . . .« Er eilte schon voraus, dabei seinen Kunden zunickend, sich verneigend, Hände reibend.

Manuel folgte ihm durch den Laden zu einem Gang in einer seitlichen Bücherwand, der zu den Magazinen führte. An den Seiten gab es Regale voller Taschenbücher. Manuel schritt weiter und sah nun links einen sehr großen Raum mit mächtigen Tischen, auf denen sich Büchergebirge stapelten. Sie stapelten sich auch auf dem Boden, manchmal zwei Meter hoch. Alle Wände waren von Büchern verdeckt. Der Gang führte weiter. Manuel blickte in einen zweiten Magazinraum. Hinter diesem befand sich ein dritter. Die Magazine waren, wie das Haus, uralt, sie glichen Gewölben, mit kleinen Rundbögen als Durchlässen, und großen, weit geschwungenen, welche die Decke stützten. Rechts beim Ende des kurzen Ganges befand sich eine Maueröffnung ohne Tür. Die Mauer war einen halben Meter dick und schwarz vor Alter. Hinter der Öffnung erblickte Manuel ein kleines Zimmer, in das Martin Landau lautlos hineingeeilt war.

»Bitte, treten Sie näher, Herr Aranda«, murmelte er leise und lächelnd, die Schulter hochgezogen, den Kopf schief gelegt.

Manuel erstarrte einen Moment, als er dieses Hinterzimmer sah.

Das ›Teekammerl‹, dachte er.

In diesem Teekammerl war vor einer Woche sein Vater ermordet worden.

16

Teekammerl . . .

Ein Hinterzimmer wie dieses gab es in vielen Geschäften. Hier konnte man telefonieren, Freunde empfangen, Kaffee kochen, sich während der Mittagspause ausruhen, Zeitung lesen, schlafen.

Das Teekammerl war recht vollgeräumt. Es besaß keine Fenster. Auch hier waren alle Wände von Regalen verdeckt, und Bücherrücken leuchteten im Schein einer alten, grünbeschirmten Leselampe, die auf einem alten Schreibtisch stand. Rot und blau, golden und braun, grün, silbern und weiß leuchteten sie.

Neben dem Schreibtisch stand ein altes Ledersofa, abgewetzt, mit Mulden, ein paar Kissen und eine zusammengelegte Decke darauf. Manuel dachte an das Sofa in Grolls Büro. Am Kopfende des Diwans stand ein Tischchen, darauf ein großer alter Radioapparat. Tatsächlich schien der einzige moderne Gegenstand, den Manuel erblicken konnte, ein niedriges, schwarzes Telefon auf dem vollgeräumten Schreibtisch zu sein. Das war dem verängstigten Mann wohl aufgezwungen worden, die Post hatte wahrscheinlich den alten Apparat einfach abmontiert.

Einen abgetretenen Teppich gab es im Teekammerl. Auf ihm hat mein Vater gelegen, dachte Manuel. In Krämpfen. Schaum vor dem Mund. Um sein Leben kämpfend – vergebens. Das Gift war stärker gewesen. Da lag mein Vater, da stehe jetzt ich, dachte Manuel. Er mußte sich an einem Bücherbord festhalten, denn das Schwindelgefühl war nun sehr heftig. Vor dem Schreibtisch stand ein alter Lehnstuhl. In ihm hat Valerie Steinfeld gesessen, dachte Manuel, während der kleine Raum sich sanft um ihn drehte; da saß sie, die Mörderin meines Vaters, trank Cognac und telefonierte mit der Polizei. Und dann nahm sie Gift. Und dann lag auch sie auf dem Teppich, neben meinem Vater ...

»Nehmen Sie doch Platz«, sagte Landau. Manuel setzte sich auf einen wackeligen Schaukelstuhl mit beschädigtem Bastgeflecht. Landau glitt in den Lehnstuhl vor dem Schreibtisch. Dieser Mann verursachte kaum Geräusche. »Oh, wie taktlos von mir! Hätte ich gleich tun müssen! Ich möchte Ihnen zu Ihrem furchtbaren Verlust mein aufrichtiges Mitgefühl aussprechen«, sagte Landau leise und fast ohne die Lippen zu bewegen, mit dem schiefen Kopf, mit dem ewigen Lächeln. Es sah gespenstisch aus. Manuel nickte nur.

»Wir können es alle immer noch nicht fassen«, sagte Landau. Er sprach sehr leise und undeutlich: »Ich habe Frau Steinfeld seit 1921 gekannt. Achtundvierzig Jahre immerhin, stellen Sie sich das vor. Ich dachte, ich würde sie kennen wie sonst nur meine Schwester. Und nun ... nun tut sie so etwas ... so etwas Entsetzliches, Sinnloses ...«

»Es kann nicht sinnlos gewesen sein«, sagte Manuel.

»Bitte?« Landau schrak zusammen.

»Frau Steinfeld war nicht verrückt. Also kann das, was sie tat, nicht sinnlos gewesen sein. Es muß einen Sinn gehabt haben. Aber welchen?«

»Das weiß ich nicht!« Martin Landau preßte plötzlich beide Ellbogen gegen die Platte des vollgeräumten Schreibtisches, der eine Rückwand mit zahlreichen Schubladen besaß. Auf dem Schreibtisch erblickte Manuel, während er wie gebannt die heftig zitternden schmalen Hände Landaus

betrachtete, eine Unmenge von Dingen: Verlagskataloge, ein Telefonbuch, eine alte Schreibmaschine, Briefe und Rechnungen, aufgespießt auf
einen antiken Dorn, einen Aschenbecher, Pfeifen, eine holländische Ta-
baksdose, geblich-weiß, mit verblichenen blauen Malereien, Bleistifte,
Radiergummis, Federhalter, ein Tintenglas mit Klappdeckel, ein Hufei-
sen, ein zu einem winzig kleinen Reh geformtes Stückchen Blei, ein seltsam verkrümmtes Stück Treibholz, ausgewaschen und hell, irgendwann
aus irgendeinem Meer gefischt, an irgendeinem Strand gefunden. Talismane müssen das sein, dachte Manuel. Es gab noch mehr: eine dunkle
kleine Ikone, einen wasserklaren Bergkristall, ein Stück Bernstein, darin
eingeschlossen ein Insekt sowie Blatt- und Blütenreste, einen kleinen
schwarzen Spielzeug-Stier, ein – es ist nicht zu fassen, dachte Manuel –
in völlig verblichenes Papier verpacktes Stück Seife, SUNLICHT stand darauf in grau-roter Schrift, ›1915‹ stand in graublauer Schrift an einer Ecke,
›15 Heller‹, an einer anderen; ›Gott mit Uns‹, stand am Rande. Eine Seife
aus dem Jahre 1915. Eine vierundfünfzig Jahre alte Seife.
Manuel dachte verblüfft: Dieses Stück SUNLICHT ist achtundzwanzig
Jahre älter als ich!

17

»Sie wissen nicht, welchen Sinn das hatte, was Frau Steinfeld tat. Aber
Sie haben doch gewiß darüber nachgedacht?«
»Natürlich.« Landaus Hände zitterten noch immer. Warum? dachte Ma-
nuel. Worte des Hofrats kamen ihm in Erinnerung. »Dieser Landau weiß
etwas. Sie wissen alle etwas. Aber sie sagen es nicht, sie sagen es nicht...«
Verflucht, dachte Manuel, er wird es mir sagen, dieser Neurotiker, dieser
alte Feigling. Und wenn ich ihm die Knochen brechen muß. Er wird reden.
»Natürlich, aha. Und?«
»Wir denken Tag und Nacht darüber nach, Herr Aranda. Immerhin...
Wir...«
»Wer ist wir?«
»Meine Schwester und ich. Wir wohnen zusammen, draußen in Hietzing.
Im Hause unserer Eltern. Nur wir beide... Und wir reden von nichts anderem und denken an nichts anderes mehr: Warum hat Valerie es wohl
getan? Immerhin... Wir finden keine Erklärung! Nicht die Spur einer
Erklärung, nicht den Schatten eines Verdachts...« Er blickte zu einem
alten Gasrechaud, der in einer Ecke stand. Neben dem Rechaud befand
sich ein Spülbecken mit Schutzblech und einem Wasserhahn aus Mes-
sing. Blech und Becken waren einmal weiß emailliert gewesen. Was nun
noch an Emaille vorhanden war, hatte alle Farben, nur nicht Weiß. Rost

war da und ein bißchen Grünspan am Gewinde des Wasserhahns. Schmutziges Geschirr lag im Becken. Altes, angebrochenes Geschirr stand auf einem Wandbord. Ein zweites Bord hing über dem Hahn, ein halbblinder Spiegel.

»Herr Landau, Sie sagten, Sie hätten Frau Steinfeld seit 1921 gekannt. Seit 1938 hat sie hier gearbeitet – einunddreißig Jahre lang. Und da haben Sie bei allem Nachdenken keine Vorstellung, warum sie tat, was sie tat, nicht den Schatten eines Verdachtes haben Sie und Ihre Schwester?«

»Nein, ich sage Ihnen doch, nein!« Landau flüsterte die Worte. »Denken Sie, ich würde es Ihnen nicht sagen, wenn ich etwas wüßte?«

»Ja. Ich denke, Sie würden es mir nicht sagen. Ich denke, Sie wissen sehr viel und sagen nichts. Warum nicht, Herr Landau?«

»Hören Sie, immerhin . . .«

»Warum belügen Sie mich? Warum haben Sie die Polizei belogen? Was verbergen Sie, Herr Landau?«

»Leiser! So seien Sie doch leiser! Immerhin . . . Man hört Sie ja im Verkaufsraum!« flehte der Buchhändler. Immer noch hing dieses hilflose Lächeln um seine Lippen, er bekam es nicht weg, er hatte zu lange hilflos gelächelt in seinem Leben, nun mußte er weiterlächeln bis zum Tod. »Ich verstehe ja Ihre Erregung, aber ich schwöre Ihnen, ich habe keine Ahnung!«

»Wenn Sie schwören, daß Sie keine Ahnung haben . . .«

18 Uhr 12 Minuten und 31 Sekunden war es in diesem Moment genau.

18

Genau um 18 Uhr 12 Minuten und 31 Sekunden begann dieser nur für Sender und Empfänger verständliche Funk-Sprech-Verkehr:

»Olymp, ich rufe Olymp, hier ist Nummer Acht. Bitte kommen.«

»Sprechen Sie, Nummer Acht. Wo befinden Sie sich?«

»Am Weichseltalweg, Chef. Neben der alten israelitischen Abteilung. Wir sind über ein paar Mauern wieder herausgeklettert. Genauso wie hinein.«

»Ihr habt Nummer Eins also nicht gefunden?«

»Nein, Chef. Wir haben gesucht, wo wir nur konnten. Mit Taschenlampen und Handscheinwerfern. Nichts. Dieser verfluchte Schnee! Hier schneit es wie irre. Keine Spur von Nummer Eins. Was sollen wir tun, Chef?«

»Suche abbrechen. Es gilt sofort Alarmstufe Rot – *für alle*. Etwas ist im ›Ritz‹ passiert. Wir wissen immer noch nicht, was. Nummer Null meldet sich nicht mehr.«

»Kann es ihn erwischt haben?«

»Ich weiß nicht, Herrgott, ich weiß nicht! Ihr müßt weg – augenblicklich. Viel zu gefährlich. Wenn Sie Nummer Eins entführt haben, werden wir das zu hören bekommen – hoffentlich. Wenn er liquidiert wurde, kann ihm keiner mehr helfen.«

»Und wenn er nur verwundet ist?«

»Dann hätte er gerufen, gestöhnt, was weiß ich. Liegt er tot da, ist er bis morgen früh tief eingeschneit. Es darf sich ab sofort niemand von uns mehr da draußen sehen lassen. Fahren Sie zurück in Richtung Zentrum. Bleiben Sie ständig auf Empfang. Alle Wagen sind im Einsatz. Rechnen Sie jeden Moment mit dem Schlimmsten.«

»Dem *Schlimmsten?*«

»Ja! Ja! Ja! Ich . . . ich tue es auch. Wir müssen jetzt die Nerven bewahren. Nerven bewahren . . . das müssen wir. Wir haben auch die Spur von Aranda verloren. Alle Wagen konzentrieren sich um das Gebiet des ›Ritz‹.«

»Verflucht, was für eine – verstanden, Olymp. Oh – wo ist der *Wagen* von Nummer Eins, Chef? Den haben wir auch nirgends finden können.«

»Nummer Drei hat ihn gefunden. Knapp vor siebzehn Uhr. Sie kamen eben noch mit beiden Autos aus dem Friedhof heraus, bevor er geschlossen wurde . . .«

19

18 Uhr 12 Minuten 32 Sekunden.

Manuel Aranda sprach seinen Satz weiter » . . . warum Valerie Steinfeld meinen Vater vergiftete, dann schwören Sie *falsch!*« Auf einmal packte ihn die wilde Wut über diesen Jämmerling. Er neigte sich vor. Landau wich in seinem Stuhl so weit zurück, wie er konnte. Manuel dachte: Ich muß weitermachen. Nicht lockerlassen jetzt. Er sprach Landau direkt ins Gesicht: »Sie wissen *alles* über Valerie Steinfeld.«

»Ich . . .«

»Sie kennen Ihr Leben! Sie wissen, was sie in ihrem Leben erfahren und getan hat. Oder wollen Sie das leugnen?«

»Nein! Das heißt ja! Ja, das will ich! Ich weiß es *nicht!* Valerie war meine Angestellte. Immerhin . . . ihr Privatleben ging mich nichts an.«

Manuel hetzte jetzt, schneller und schneller.

»Sie kannten sie doch schon, lange bevor sie Ihre Angestellte wurde. Siebzehn Jahre lang! Woher?«

»Sie . . . war eine unserer alten Stammkundinnen.«

»Kannten Sie auch ihren Mann?«

»Nein.«

»Siebzehn Jahre lang kam Frau Steinfeld als Kundin zu Ihnen – und niemals ihr Mann?«

»Doch, natürlich kam der auch manchmal... Aber... aber... das kann man doch nicht kennen nennen, immerhin!« Immerhin – das schien Landaus Lieblingswort zu sein.

»Sie lügen schon wieder! Sie waren miteinander befreundet!«

»Wer sagt das?«

»Ich!«

»Ach, Sie? Beweisen Sie mir das! Beweisen Sie es doch!« Landau verfärbte sich jetzt, sein Gesicht wurde gelblich, der Atem ging keuchend. Manuel gönnte ihm keine Ruhe.

»Warum hat Frau Steinfeld bei ihnen zu arbeiten begonnen?«

»Sie... sie... sie...«

»*Na!*«

»Sie wollte eben arbeiten!«

»War sie gelernte Buchhändlerin?«

»Nein...«

»Warum haben Sie sich die Mühe gemacht, ihr alles beizubringen? Warum haben Sie nicht eine Fachkraft engagiert?«

»Ich wollte ihr einen Gefallen tun!« Landau hielt sich eine zitternde Hand vor den Mund.

»Sie *bat* Sie also darum?«

»Nein... sie wollte nur gerne...«

»Was? Was wollte sie gerne?«

»In einer Buchhandlung arbeiten.«

»Weshalb? War ihr Mann arbeitslos?«

»Nein...«

»Welchen Beruf hatte er?«

»Ich... ich weiß nicht...«

Manuel stand auf. Landau stieß einen leisen Schrei aus. Manuel neigte sich über ihn.

»Sie wissen nicht, welchen Beruf Herr Steinfeld hatte?«

»Ja, doch, ich weiß es... Er war Sprecher... bei Radio Wien.«

»Und seine Frau ließ er bei ihnen arbeiten?«

»Ja! Ja!« Landau rang nach Luft. Ich kriege ihn soweit, dachte Manuel, ich kriege ihn soweit. Jetzt versuche ich es.

»In welcher dieser Schreibtischladen lagen die Giftkapseln?«

Er hatte tatsächlich Erfolg.

Keuchend wandte Landau sich seitwärts und wies auf die unterste linke Schublade des Aufbaus.

»Das wußten Sie also!«

Kläglich rief Landau: »Ich habe sie hundertmal, tausendmal, gebeten, die Kapseln wegzuwerfen! Sie hat es nicht getan...«

»Warum haben *Sie* es nicht getan?« rief Manuel, mit einem wilden Gefühl des Triumphes. Noch eine Minute, dachte er, noch eine Minute, und er bricht zusammen. »Warum nicht?« *Antworten Sie!*«

»Hören Sie, ich darf mich nicht aufregen. Wenn ich mich aufrege, bekomme ich einen Anfall. Ich verlange, daß Sie...«

»Warum haben Sie das Gift nicht weggeworfen?«

»Ich konnte doch nicht...«

»Warum nicht?«

»Das ist eine Lade mit einem komplizierten Schloß. Valerie nahm den Schlüssel und gab ihn nie mehr her... Immerhin...«

Manuel flüsterte, Landau an den Jackenaufschlägen packend: »Wie hieß die Frau, die Valerie Steinfeld das Gift gab?«

»Die Frau...«

»Ja! Ja, die Frau! Der Name! Los! Nennen Sie ihn, oder, bei Gott, ich schlage ihnen alle Zähne ein!«

»Nicht... Sie tun mir weh...«

»Ich werde ihnen noch mehr weh tun! *Der Name!*«

»Der... Name...« Landau wand sich auf seinem Stuhl. Manuel hielt ihn an den Jackenaufschlägen fest. Der alte Mann atmete ganz kurz, die Lippen verfärbten sich. »Ich kann nicht... ich darf nicht...«

»Sie dürfen den Namen nicht nennen?« flüsterte Manuel, halb von Sinnen vor Wut, tief über Landau geneigt. Im nächsten Moment fühlte er sich an der Schulter gepackt. Er taumelte gegen den Schaukelstuhl. Vor ihm stand eine Frau im Persianermantel. Sie war so groß wie Manuel und schien sehr kräftig zu sein. Auf ihrem grauen Haar saß eine Pelzkappe, Persianer mit Nerz verbrämt. Auch der Mantel hatte einen Nerzkragen. Das faltenlose Gesicht dieser älteren Frau war von Kälte gerötet. Manuel sah ausdrucksvolle Augen und einen schmallippigen Mund.

»Sie verschwinden hier auf der Stelle, oder ich rufe die Polizei«, sagte die Frau. Auf ihrer Kappe und den Schultern des Mantels lag Schnee, der schmolz. Sie trug schwarze Wildlederstiefel. Ihre Stimme klang entschlossen, befehlsgewohnt und selbstsicher.

»Guten Abend, Frau Landau«, sagte Manuel. Das muß sie sein, die Schwester, dachte er. Hergott, nun ist es doch mißglückt.

»Raus!« sagte Ottilie Landau.

Ihr Bruder, in seinem Lehnstuhl, stöhnte: »Das ist Herr Aranda, Tilly.«

»Ich weiß«, sagte sie grimmig. »Gretl draußen hat mir gesagt, wie er heißt. Ich komme gerade zurecht, scheint mir. Los, verschwinden Sie!«

»Frau Landau, hier geht es um Mord. Ich wäre an Ihrer Stelle vorsichtiger.«

»Kümmern Sie sich nicht darum, was Sie an meiner Stelle wären. Haben Sie schon einmal von Bedrohung und Hausfriedensbruch gehört?« Sie nahm die Pelzkappe ab, stieß Manuel beiseite und trat an den Schreibtisch, wo sie den Hörer des Telefons hob. »Mein Bruder ist herzkrank. Sehen Sie ihn an. Wenn ihm etwas zustößt, sind Sie daran schuld.« Ottilie Landau begann zu wählen.

Das ist sinnlos, dachte Manuel. Ich kann keinen Ärger mit der Polizei brauchen. Und ich bekomme Ärger. Diese Frau ruft die Polizei. Diese Frau wird alles tun, um ihren Bruder zu schützen, hat es wohl schon immer getan.

»Legen Sie den Hörer hin«, sagte Manuel. Er drehte sich um und verließ das Teekammerl. Durch den kurzen Gang ging er in den Verkaufsraum hinaus. Die Angestellten starrten ihn an. Es waren keine Kunden mehr im Laden. Manuel öffnete die Eingangstür – die sanfte Melodie erklang –, trat in das Schneetreiben hinaus und warf die Tür hinter sich zu. Wiederum ertönte das Glockenspiel. Er schlug den Kragen seines Mantels hoch. Die Pelzkappe hatte er im Wagen liegenlassen. Mit unvermindertem Getöse rollte der Abendverkehr durch die Seilergasse. Manuel fluchte auf spanisch und ging los, die Schultern vorgeneigt. Er stemmte sich gegen die stoßweise einfallenden eiskalten Böen.

In dem kleinen Hinterzimmer saß Martin Landau bleich und zitternd in seinem Sessel. Tilly füllte ein Glas mit Wasser, entnahm einer Schachtel, die auf dem Schreibtisch lag, zwei kleine rote Pillen und hielt sie dem Bruder hin.

»Nimm das«, sagte sie, und jetzt klangen in ihrer Stimme Mitleid und Mütterlichkeit. »Trink einen Schluck.«

Er folgte, gehorsam wie ein kleines Kind. Etwas Wasser lief über sein Kinn. Tilly wischte es mit dem Taschentuch fort.

»Ich hatte solche Angst«, jammerte er. »Ich dachte, jetzt und jetzt kriege ich meinen Anfall. Ich wußte nicht mehr richtig, was ich sagte. In meinem Schädel dröhnte es nur noch!«

»Du hast ihren Namen nicht verraten«, sagte sie und strich ihm über das schütter werdende Haar. »Er kann uns gar nichts anhaben. Gar nichts.«

»Du hast ihn nicht erlebt... Der gibt keine Ruhe...« Landaus Hände zitterten wieder. »Der nicht! Der bohrt und bohrt weiter. Oh, Tilly, warum habe ich damals nur nicht auf dich gehört? Du warst so dagegen...«

»Und wie!« meinte sie laut, voll Erbitterung.

»Aber dann hast du doch mitgemacht.«

»Es war unsere Pflicht. Wir mußten es tun, Martin. Doch ich sagte, erinnere dich selbst, es wird noch böse, böse Folgen haben.« Er nickte verzweifelt. Tilly sprach, während sie seinen Kopf wie den eines Sohnes gegen den Leib drückte: »Was geschehen ist, ist geschehen. Wir können

77

nichts rückgängig machen.« Sie streichelte ihn sanft, ihre Stimme wurde hart: »Laß doch den Lümmel bohren! Von uns erfährt er nicht, warum Valerie seinen Vater vergiftet hat. Das wissen wir nicht. Keinen Schimmer haben wir. Und wenn er noch hundertmal kommt! Und wenn sie alle noch hundertmal kommen! Nicht den allergeringsten Schimmer haben wir. Da können sie fragen, bis sie schwarz werden.«

»Ach, Tilly«, sagte der alte Mann weinerlich und legte einen Arm um ihre Hüfte. »Wenn ich dich nicht hätte, ich wäre verloren, vollkommen. *Verloren? Tot* wäre ich schon lange! Die hätten mich doch umgebracht, ganz bestimmt hätten die mich umgebracht, wenn du nicht gewesen wärst!«

20

»Herr Aranda, darf ich Sie bitten, mir zu folgen?«

Manuel hatte eben die strahlend erleuchtete Halle des ›Ritz‹ betreten, als auch schon ein Angestellter der Reception auf ihn zugeeilt war. In seinem Gesicht zuckte es. Er wirkte sehr bleich. Manuel, Schnee auf dem Mantel, Schnee im zerzausten Haar, noch voller Zorn auf die Geschwister Landau, musterte den Angestellten irritiert.

»Was ist jetzt wieder?«

»Nicht so laut, Herr Aranda. Ich bitte Sie, nicht so laut«, ächzte der Angestellte, während ein herbeigeeilter Page Manuel aus dem Mantel half und ihn zur Garderobe trug. Diesen Angestellten hatte Manuel schon ein paarmal gesehen, aber noch nie gesprochen. Ein zweiter Mann stand hinter der Theke. Er starrte Manuel an. Auch die Portiers starrten, alle drei. Ihre Gesichter waren sorgenvoll.

Die Eingangshalle lag fast leer da, die Halle dahinter war von Menschen erfüllt. Das kleine Orchester spielte gerade gefühlvoll und etwas zittrig ›Du hast Glück bei den Frau'n, Bel Ami‹. Der Angestellte hatte Manuels Ellbogen ergriffen und schob mit sanfter Gewalt.

»Rühren Sie mich nicht an. Ich mag das nicht.«

»Herr Aranda, ich bitte herzlich! Der Herr Direktor erwartet Sie in seinem Arbeitszimmer.«

Manuel zuckte die Schultern. Über die kostbaren Teppiche, mit denen die Halle ausgelegt war, an Marmorsäulen und wandfüllenden Gobelins vorbei, unter den Riesenlüstern, deren Gläser in allen Farben leuchteten, wanderte er neben dem Angestellten, einem jungen Mann mit Halbglatze, in den kurzen Gang hinter der Reception, welcher zum Zimmer des Direktors führte. Der Angestellte öffnete die äußere Hälfte einer Doppeltür und klopfte. Er öffnete die innere Hälfte und ließe Manuel in das Büro eintreten, das dieser schon kannte. Hinter dem antiken Schreibtisch erhob sich, weißhaarig und schlank, Graf Romath.

»Endlich!«

Der Angestellte verschwand, die Türen schlossen sich hinter ihm. »Seit dieses Haus steht, ist so etwas noch niemals vorgekommen, noch niemals! Wir sind in Ihrer Hand. Wenn Sie in begreiflicher Empörung nicht schweigen, ist unser Hotel erledigt!«

»Da haben Sie recht«, sagte der Hofrat Groll. Manuel drehte sich schnell um und fühlte neuerlich das widerwärtige Zerren des Schwindels. Der beleibte Kriminalist mit dem Silberhaar, der in einem brokatüberzogenen Sessel hinter der Tür gewartet hatte, stand nun auf. »Guten Abend, Herr Aranda. Ich habe mir schon die größten Sorgen um Sie gemacht. Wo waren Sie von heute vierzehn Uhr bis jetzt?«

»Ich verstehe nicht, was das...«

»Sagen Sie es!« Grolls Stimme hob sich.

Manuel zuckte die Achseln und sagte es.

Der Graf stöhnte. Groll meinte ausdruckslos: »Um ein Haar hätte es tadellos geklappt, und niemand wäre je in Verdacht geraten.«

Der Graf begann in seiner leicht trippelnden Art hin und her zu eilen – von den nun geschlossenen roten Damastvorhängen zu der Stehlampe mit dem Seidenschirm und wieder zurück. Er hustete. Er schien an einem Katarrh zu leiden.

»Herr Hofrat« sagte Manuel, »bitte, was ist geschehen?«

»Um das«, erklärte Groll, eine Virginier in Brand setzend und blaue Rauchwolken paffend, »zu beantworten, hm, muß ich, hm, selber eine Frage stellen, hm, hm.« Der Graf hustete verärgert und ostentativ. Groll sah ihn sanft an. Romath zuckte die Schultern und eilte weiter zwischen Fenster und Lampe hin und her. Groll betrachtete die Zigarre wohlgefällig. Er fuhr fort: »Als man Ihnen gestern in der Sensengasse alles aushändigte, was Ihr Vater am Leib trug, erhielten Sie da auch einen Schlüsselbund?«

»Nein. Oder ja, doch, natürlich! Er kam in den Karton, mit allen anderen Sachen.«

Der Graf hustete und stöhnte. Und eilte weiter hin und her.

»Wann bekamen Sie den Karton?«

»Heute früh um zehn. Zusammen mit dem Sarg.«

»Was machten Sie mit dem Karton?«

»Ich stellte ihn in den Kofferraum meines Wagens. Hören Sie, diese ganze...«

»Wie lange blieb der Karton im Kofferraum?« fragte Groll, ruhig und freundlich.

»Bis... bis ich von der Spedition zurück ins Hotel kam. Bis Mittag.«

»Und dann?«

»Dann bat ich einen Pagen, den Karton in mein Appartement zu bringen.
Ich fuhr nur schnell hinauf, um mir vor dem Essen die Hände zu waschen.«

»Und während Sie das taten, brachte der Page den Karton?«

»Nein. Ich war schon wieder auf dem Gang und dem Weg zum Lift, da
begegneten wir uns erst. Wollen Sie jetzt nicht endlich...«

»Sofort. Gingen Sie nach dem Essen, bevor Sie zum Zentralfriedhof fuhren, noch einmal in Ihr Appartement?«

»Nein. Nur in das Café nebenan. Mein Mantel hing in der Garderobe.«

»Demnach haben Sie den Karton mit den Sachen Ihres Vaters zuletzt kurz
vor Mittag gesehen. Auf dem Flur oben.«

»Ja!«

»Das ist das Ende«, stöhnte der Graf Romath hustend. »Das absolute
Ende...«

»Sehr geschickt gemacht«, meinte der Hofrat anerkennend, als hätte er
den Direktor überhaupt nicht gehört.

»Was ist mit dem Karton? Wurde er gestohlen?« rief Manuel.

»Er steht in Ihrem Salon. Die Plomben, mit denen die Kupferdrähte gesichert waren, sind entfernt, die Drähte geöffnet worden. Wenn alles nach
Plan gelaufen wäre, befänden sich längst wieder Plomben an den geschlossenen Drähten. Man hätte nie etwas gemerkt.«

»Was heißt: nie etwas gemerkt? Der Karton ist also geöffnet worden?«

»Ich glaube, das deutete ich gerade an«, sagte Groll. Er schien den Grafen
reizen zu wollen, denn er blies ihm eine Tabakwolke direkt ins Gesicht.
Der Hoteldirektor sah Groll bebend an, wandte sich ab und eilte zurück
zu den Damastvorhängen bei den Fenstern. Er murmelte, von Husten unterbrochen: »Wenn ich einen Verdacht... Verdacht gehabt hätte, mein
Gott, nur den... nur den kleinsten Verdacht...«

»Sie hatten aber keinen, wie?« Groll befeuchtete innig vertieft das Mundstück seiner Virginier.

Der Graf fuhr herum.

»Hören Sie, Herr Hofrat, falls Sie etwa sagen wollen, daß ich...«

»Ich will gar nichts sagen. Regen Sie sich jetzt nicht auf, Graf. Die Zeit,
sich aufzuregen, wird noch kommen«, meinte Groll, weiter provozierend.
Romath starrte den rundlichen Kriminalisten an. Dann murmelte er et-
was Unverständliches und begann wieder hin und her zu eilen. Wie ein
Tier im Zoo, hinter Gittern, dachte Groll. Typischer Streß. Sorge um das
Hotel allein kann das nicht sein. Ich werde noch darauf kommen, was den
Grafen so beunruhigt. Ich habe schon eine recht gute Vorstellung davon.
Manuel sagte wütend und laut: »Warum hat man den Karton geöffnet?
Herr Hofrat, bitte!«

»Man nahm etwas heraus, das benötigt wurde, lieber Herr Aranda.«

»Was?«

Groll griff in eine Jackentasche seines Flanellanzugs.

»Das da«, sagte er und legte einen Schlüsselbund auf den Schreibtisch des Direktors. Manuel blickte verständnislos von einem der Männer zum anderen. »Der Bund Ihres Vaters. Der, den Sie in der Sensengasse erhielten. Das ist er doch, wie?«

»Ja, das ist er. Ich erkenne ihn an dem lederüberzogenen Ring.«

»Es ist der Bund Ihres Vaters«, sagte Groll, »aber es gehören nicht alle Schlüssel zu ihm. Der da...«, er hielt einen bizarr gezackten kurzen Yale-Schlüssel in die Höhe, »...der da gehörte nicht zu ihm, Herr Aranda. Der gehört dem Hotel. Ich konnte eben noch verhindern, daß großes Unheil mit ihm angerichtet wurde.«

»Was heißt großes Unheil? Wieso sind Sie überhaupt hier? Wie kommen Sie hierher?«

»Ich«, sagte Groll, »erhielt den Anruf eines alten Bekannten...«

21

»Hier spricht Nora Hill.« Die Frauenstimme klang tief und fast heiser aus der Membran des Telefonhörers, den Groll an sein Ohr hielt.

»Küß die Hand, gnädige Frau. Das ist aber eine Freude! Endlich denken Sie wieder einmal an mich. Seit der Entführung dieses Jugoslawen im Oktober haben Sie nichts mehr von sich...«

»Hören Sie, Herr Hofrat, die Sache ist eilig. Sie kennen doch Manuel Aranda.«

»Ja. Und?« Groll sah auf seine Armbanduhr. Es war 13 Uhr 15.

»Aranda wird um zwei Uhr das ›Ritz‹ verlassen. Sehen Sie zu, daß Sie und ein paar Ihrer Beamten um diese Zeit in der Hotelhalle sind, und achten Sie auf das, was der stellvertretende Receptionschef dann tut.«

»Der stellvertretende...«

»Ja. Der Chef hat Urlaub. Sein Vertreter ist fünfundvierzig Jahre alt, schlank, groß und hat graumeliertes Haar. Ein Franzose. Pierre Lavoisier heißt er. Auffallend helle Augen. Wenn er in den Tresorraum geht, folgen Sie ihm unter allen Umständen!«

»Warum?«

»Das werden Sie schon sehen. Es hängt mit dem Fall Aranda zusammen. Auf das Innigste. Für heute nachmittag ist da der große Coup geplant.« Die Stimme der Frau, die Nora Hill hieß, klang sehr überlegen. »Wenn Sie – und vor allem die Staatspolizei – in dieser Sache weiterkommen wollen, tun Sie, was ich sage.«

»Gnädige Frau, Männer der Staatspolizei haben in letzter Zeit sehr häufig die Herren Gilbert Grant und Fedor Santarin bei Ihnen draußen vorfahren gesehen. Darf ich annehmen, daß Sie im Auftrag dieser beiden Herren sprechen?«

»Sie dürfen annehmen, was Sie wollen, Herr Hofrat. Haben wir in der Vergangenheit nicht immer ausgezeichnet zusammengearbeitet?«

»Ausgezeichnet«, bestätigte Groll.

»Haben Sie nicht immer die besten Informationen von mir bekommen?«

»Gewiß doch.« Groll räusperte sich. »Amerikaner und Russen arbeiten also auch wieder einmal zusammen. Muß eine wichtige Sache sein.«

»Eine außerordentlich wichtige.«

»Und der gemeinsame Gegner ist Frankreich?«

»Tun Sie nicht so unschuldig. Sie haben doch längst Ihre eigenen Vermutungen.«

»Vermutungen natürlich, gnädige Frau. Aber ich wollte gerne Gewißheit. Worum es geht, das ahnen Sie natürlich nicht.«

»Nein. Ehrlich! *Alles* erfahre ich auch nicht. Das ist Ihnen doch bekannt.«

»Das ist mir bekannt. Ich danke Ihnen sehr, gnädige Frau. Und falls ich wieder einmal etwas tun kann, Sie wissen ja – ich bin immer für Sie da.«

»Es gibt ein Mädchen, das ist in gewissen Schwierigkeiten.«

»Wieder Rauschgift?«

»Ja, leider.«

»Können die jungen Damen nicht ein wenig vorsichtiger sein?«

»In diesem Beruf? Ich will Sie jetzt nicht aufhalten, Herr Hofrat. Wenn ich Sie vielleicht morgen um diese Zeit anrufen dürfte...«

»Selbstverständlich, gnädige Frau. Und ich werde sehen, was sich machen läßt – wie immer. Küß die Hand.«

»Leben Sie wohl«, sagte Nora Hill.

Der Hofrat drückte die Gabel seines Telefons nieder, dann ließ er sie los und rief seinen Freund Hanseder bei der Staatspolizei an. Er berichtete von Nora Hills Hinweis. Es fiel ihm nicht gleich auf, daß der Ministerialrat Hanseder recht wortkarg blieb.

»...und das Hotel wird doch beschattet, hast du gesagt, seit Tagen...«

»Ja. Da parken immer Funkwagen«, antwortete Hanseder.

»Also müssen wir zu Fuß kommen! Durch die Lieferanteneingänge. Ich regle das noch mit dem Hoteldirektor. Eure Autos laßt ihr beim Künstlerhaus-Kino stehen. Was ist los mit dir, Franz? Sprache verloren?«

Der Mann von der Staatspolizei, der in einem großen Büro am Parkring saß, sagte langsam: »Tu mir einen Gefallen, Wolfgang, und mach das zunächst allein mit deinen Leuten. *Du* hast ja schließlich den Hinweis gekriegt. Könnte also durchaus in *dein* Ressort fallen.«

Groll grinste traurig.

»O du mein Österreich. Was für ein Zustand! Wir sollen immer mindestens so viel Angst wie Vaterlandsliebe haben. Schön, Franz, ich mache es allein. Aber später *müßt* ihr 'ran, da hilft euch nichts! Das *ist* euer Fall, nicht unser.«

»Du hast diesen Aranda doch so gern...«

»Fang nicht auch noch damit an! Ich sage ja, ich nehme dir die Drecksarbeit ab.«

»Alles Gute, Wolfgang.«

Groll knurrte nur, lachte dann unfroh und führte ein drittes Gespräch mit dem Grafen Romath, dem er sein Kommen annoncierte. Er bat um Hilfe und strikte Diskretion. Der Hoteldirektor war sehr erregt: »Sie werden doch unauffällig vorgehen, nicht wahr? Meine Gäste... der Ruf unseres Hauses... Ich *kann* mir nicht vorstellen, was hier geschehen soll! Aber natürlich helfe ich der Polizei... Das ist meine Pflicht...«

Sieben Minuten vor vierzehn Uhr saß Groll beim Eingang der großen Halle des ›Ritz‹ und las scheinbar die Zeitung. Vier unauffällige Männer, die vor ihm eingetroffen waren, saßen gleichfalls in tiefen Fauteuils, rauchten, betrachteten Magazine beim Zeitungsstand oder kauften Zigaretten.

Knapp vor zwei Uhr sah Groll dann Manuel Aranda vom Café her in die Halle kommen und seinen Schlüssel abgeben. Dieser verließ das Haus im Mantel und stieg in den blauen Mercedes, den ein Mechaniker vor den Hoteleingang gefahren hatte.

Fünf Minuten vergingen. Zehn Minuten vergingen. Lavoisier, den Groll nach Nora Hills Beschreibung sofort erkannt hatte, arbeitete hinter seiner Theke, zusammen mit zwei anderen Männern. Drei neue Gäste trafen ein. Lavoisier redete mit ihnen allen. Er machte einen völlig gleichmütigen Eindruck. Um 14 Uhr 26 sah der Hofrat einen gutaussehenden, großen Pagen, der ihm schon zuvor aufgefallen war, nach vorne schlendern und sich neben das offene Thekenende der Reception stellen. Etwas fiel ihm aus der Hand. Gleichzeitig bückten er und Lavoisier sich danach. Gleichzeitig erhoben sie sich wieder. Etwa zwei Minuten später ging Lavoisier in das große, offene Büro hinter der Reception und öffnete dort einen kleinen Wandschrank. Seine beiden Kollegen beachteten ihn nicht. Groll und seine vier Männer beobachteten ihn genau. Der Hofrat sah, daß in dem Schränkchen zahlreiche kleinere Yale-Schlüssel und ein einzelner, größerer mit einem langen Hals hingen. Diesen Steckschlüssel nahm Pierre Lavoisier voll Seelenruhe heraus und kam wieder nach vorn. Er sagte etwas Unhörbares zu seinen Kollegen, welche nickten, und ging dann auf einen Gang zu, welcher parallel zu jenem lief, an dem Romaths Büro lag.

Groll erhob sich langsam und wanderte gemächlich durch die Halle nach vorn. Er sah, daß Lavoisier in dem Gang gerade eine Reihe von Stufen hinunterstieg. Eine Tür wurde geöffnet, elektrisches Licht flammte in der Tiefe auf. Die Tür blieb angelehnt.

Danach ging alles sehr schnell. Zwei Männer, die sich in der großen Halle aufgehalten hatten, folgten Groll. Zwei andere Männer, beim Zeitungsstand, eilten plötzlich auf den grau uniformierten hübschen Pagen zu, der ihnen den Rücken wandte. Er fuhr herum, als sie seine Arme packten. Sein Gesicht hatte jetzt die Farbe der Uniform. Ohne ein Wort ließ er sich zu den Lifts hin abführen. Es waren nur wenige Gäste in der Halle, und diese bemerkten nichts.

Unterdessen hatte Groll die Tür am Fuße der kurzen Treppe erreicht und lautlos geöffnet. Er erblickte den Tresorraum des Hotels, in dessen Wände größere und kleinere Safes eingelassen waren. Hier brannte elektrisches Licht. Gebeugt stand Lavoisier vor einem großen Safe. Er hatte ihn mit dem Hauptschlüssel und einem Yale-Schlüssel, der an einem lederüberzogenen Bund hing, geöffnet und war eben im Begriff, einen flachen schwarzen Lederkoffer aus dem Stahlfach zu nehmen. Gute alte Nora Hill, dachte der Hofrat, während er laut sagte: »Oh, pardon!«

Der Franzose fuhr herum.

Den Koffer hielt er in der Linken. In der Rechten hielt er plötzlich eine Pistole, die er auf Groll richtete.

»Pfoten hoch!« sagte er flüsternd. »An die Wand . . . da hinüber . . .« Groll hob die Hände und machte ein paar langsame Schritte. »Schneller! Wird's bald? Oder willst du ein Loch in den Bauch?« Lavoisiers Atem kam keuchend. Der Hofrat trat schnell an die Rückwand des Raums, den Kopf gesenkt, die Augen niedergeschlagen, in sich zusammensinkend.

Die Waffe auf Groll gerichtet, bewegte Lavoisier sich, rückwärts gehend, zu der Tür. »Keine Bewegung, oder du bist ein toter Mann . . .«

Groll stand erstarrt.

Lavoisier griff mit der Hand, die das Köfferchen hielt, hinter sich nach der Türklinke, hörte ein Geräusch und wirbelte herum. Einer von Grolls Männern, die bei der Tür gewartet hatten, sprang vor und schlug Lavoisier wuchtig die Handkante gegen den Hals, dorthin, wo sich die Hauptschlagader befindet. Lavoisier krachte auf den Steinboden. Der Koffer fiel ihm aus der Hand, desgleichen die Pistole. Grolls Männer stürzten sich über ihn, hoben ihn halb hoch, und noch ehe Lavoisier wieder ganz bei Bewußtsein war, hatten sie seine Hände auf dem Rücken in eine Stahlfessel geschlossen. Sie rissen ihn empor. Einer zog seinen Mantel aus und hängte ihn dem arg Benommenen um die Schulter.

»Danke sehr«, sagte Groll. Er hob das schwarze Aktenköfferchen auf. »Bringt ihn zu den Lifts und fahrt in die Tiefgarage. Von da führt ihn hinauf in den Hof. Wir haben ein Lieferauto reingeschleust. Von einer Sektfirma. Der Page wird schon drinsitzen. Die beiden dürfen nicht miteinander in Kontakt treten. Nehmt einen zwischen euch nach vorn, sperrt den andern im Laderaum ein. Es sind noch Männer beim Wagen.«

»Ich verlange, daß augenblicklich meine Botschaft verständigt wird! Ich bin Franzose! Ich verlange einen Anwalt und einen Vertreter meiner Botschaft.«

Groll sah ihn nicht einmal an.

»Setzt ihn fest. Diebstahl und bewaffneter Widerstand gegen die Staatsgewalt. Den Pagen stecken wir wegen Beihilfe in Untersuchungshaft.«

Lavoisier fuhr auf.

»Das können Sie nicht! Sie haben keinen Haftbefehl!«

»Kriegen wir im Gefängnis. Sie sind beide auf frischer Tat ertappt worden. Und vergessen Sie Ihre Botschaft. Es ist ein rein kriminelles Vergehen, weshalb wir Sie festnehmen, kein politisches. Darum kommen Sie auch in das Polizeigefängnis in der Rossauer Kaserne.« Hoffentlich wird Hanseder beruhigt sein, dachte Groll. Weiter herunterspielen kann ich das nicht. Seine Leute müssen eben zur Rossauer Kaserne fahren und den Kerl da verhören. Sagen wird der nichts, ich kenne den Typ. Der Page schon eher. Der ist jung und hat Angst. Tat es nur für Geld, sicherlich. Dieser Lavoisier sieht mir aus wie einer von den verfluchten Überzeugungstätern. Leider weiß er natürlich mehr als der Page. »Schickt mir Horn und Gellert her«, sagte Groll. »Sie haben den Jungen in den Hof gebracht. Ihr beide fahrt mit ins Gefängnis. Wir sehen uns hier noch ein wenig um. Auf den Koffer werde jetzt ich achtgeben . . .«

22

». . . bis Herr Aranda zurückkommt. Niemand, nur er darf ihn öffnen, sagte ich«, berichtete der dicke Hofrat, an seiner Virginier ziehend. »Na, ich blieb hier. Lange genug haben Sie mich warten lassen.«

Manuel fragte aufgeregt: »Wo ist dieser Koffer?«

Mit einer für seine Leibesfülle erstaunlichen Schnelligkeit und Grazie bückte sich der Hofrat und hob hinter dem Schreibtisch einen flachen, kleinen Krokodillederkoffer hervor.

»Hier. Ich habe ihn nicht aus den Augen gelassen.«

Manuel sprang auf.

»Was ist darin?«

»Das werden wir bald feststellen.«

»Was heißt bald? Warum nicht sofort?«

»Lassen Sie mich zu Ende erzählen und . . . und noch etwas kontrollieren, Herr Aranda. Tun Sie, worum ich Sie bitte. Ich habe Gründe. Ja?«

Manuel hob die Schultern und ließ sie wieder fallen.

»Danke«, sagte Groll. »Nachdem Lavoisier und der Page weg waren, sah ich mich in Ihrem Appartement um. Später rief ich noch drei meiner Männer her. Sie parkten vor dem ›Ritz‹. Ich wollte, daß alle, die das Haus bewachen, sie auch sahen. Ich wollte, daß nicht noch mehr passierte, bevor Sie zurückkamen. Die Männer sind im Hotel. Wir haben die ganze Tat rekonstruiert. Der Page – Karl Weigl heißt er übrigens, ein Wiener – und Lavoisier sagen kein Wort, wie ich erwartet habe. Weigl heult aber bereits. Der wird heute noch speiben.«

»Was wird er?« fragte Manuel.

Groll grinste. »Auspacken. Spucken. Sagen, was er weiß. Bei uns heißt das Speiben. Verzeihen Sie den Fachausdruck. Leider wird er nicht sehr viel zu speiben haben. Vielleicht nennt er uns seinen Verbindungsmann zur französischen Zentrale.« Groll seufzte. »Den kennen wir schon seit Jahren.«

Sie waren nun allein in dem schönen Büro, das blauer Zigarrendunst erfüllte. Graf Romath hatte sich hustend entschuldigt. Groll stand vor dem antiken Schreibtisch und starrte auf das schmale, hohe Kupferkännchen mit den Blumen, die an Orchideen erinnerten. Weiß, bräunlich und mit goldgelben Flecken bedeckt waren ihre Blüten.

»Was ist *jetzt* los?« fragte Manuel, irritierter noch als zuvor. »Bitte, Herr Groll! Woran denken Sie?«

»An diese Inka-Lilie hier.«

»*Was?*«

»Das ist eine Inka-Lilie«, erklärte der Hofrat, in die Betrachtung der Blüten versunken. Er neigte sich vor. »Eine Alstroemeria aurantiaca. Wohl die Varietät ›aurea‹. Die soll dieses Goldgelb haben.«

»Herr Hofrat!«

»Ich bin ein Idiot«, sagte Groll. »Dieses helle Gold. Und nun sehe ich es vor mir...«

»Wovon sprechen Sie?«

»Ich habe so meine Ticks, wissen Sie. Farben, da bin ich ganz verrückt! Ich überlegte die ganze Zeit, wo er ihn versteckt hat. Fragen konnte ich ja nicht gut, wie? Also habe ich den Grafen mit dem Rauch meiner Virginier vergrault. Es war gedankenlos von ihm, gerade diese Inka-Lilien hier hinzustellen, sonst nichts. Aber ich, mit meinem Farbenfimmel... Jetzt wollen wir einmal sehen...« Groll ging zu der Kopie des ›Maskensoupers‹, die an der Wand hing und deren beherrschende Farbe ein geisterhaftes Gold, eine unwirkliche, leuchtende Helle war. Manuel sah ihm verständnislos zu. Groll klopfte, das Ohr an das Holz legend, mit einem Knöchel seiner Hand den Rahmen ab.

»Hm«, machte er. »Hm...« Er klopfte weiter. »Na also«, sagte er plötzlich. Mit beiden Händen begann er die Unterleiste des Rahmens abzutasten. Bald hatte er gefunden, was er suchte. Er drückte auf die verborgene Feder so lange, bis sich das genau eingepaßte Stück Rahmen senkte und dahinter, in einer kleinen Höhle, das Metallpäckchen sichtbar wurde, welches dort lag. Groll nahm es heraus und nickte zufrieden.

»Was ist das?«

»Ein Sender, Herr Aranda. Es mußte einfach einer hier sein.«

»Wieso?«

»Irgendwie mußte der Graf doch bekanntgeben, daß Sie um vierzehn Uhr das Haus verlassen würden. Telefon ist da ausgeschlossen. Viel zu riskant. Telefone werden abgehört.« Groll seufzte. »Hat keinen Sinn, daß *ich* das Ding in Betrieb nehme. Ich kenne die Rufzeichen nicht. Es wird sich niemand melden.«

»Sie meinen ... Das bedeutet, daß auch der Graf ...«

»Natürlich. Er wußte von Lavoisier. Er wußte von allem. Das erklärt seinen Streß.«

»Seinen was?«

»Nichts. Über ihn also wurde mein Bekannter verständigt, und der verständigte mich.«

»Wer ist dieser Bekannte?« fragte Manuel. Der Hofrat hatte vor Romath mit keinem Wort erwähnt, daß sein Informant eine Frau war.

»Jemand, der ein ... riskantes Geschäft betreibt. Sehr einträglich. Zu einträglich. Unter anderen Umständen säße er längst im Gefängnis. Aber wir sind in Wien. Wir haben uns arrangiert. Er gibt mir Informationen, und ich lasse ihn in Ruhe.«

»Dann arbeitet der Graf auch für die Amerikaner?«

»Für die Amerikaner *und* für die *Russen*. Interessant, nicht? Sie waren doch gewiß der Meinung, daß amerikanische und russische Geheimdienste nur *gegeneinander* arbeiten.«

»Ja ...«

»Ein großer Irrtum. Aber das weiß man wahrscheinlich auch nur aus langjähriger Praxis in Wien. Herr Aranda«, sagte der Hofrat, das Metallpäckchen wieder zurücklegend und das Versteck schließend, »wenn ich Ihnen einen Rat geben darf, bleiben Sie im ›Ritz‹, und erfüllen Sie den Wunsch des Grafen nach Diskretion. Hier sind Sie immer noch am sichersten aufgehoben. Hier haben Sie Amerikaner und Russen auf Ihrer Seite – wenn wir es geschickt anfangen.«

»Was heißt: geschickt anfangen?«

»Das erkläre ich Ihnen doch lieber woanders«, sagte Groll. »Ich weiß nicht, ob es hier Mikrophone gibt. Und *so sehr* sind Amerikaner und Russen auch nicht auf Ihrer Seite.« Er nahm das schwarze Köfferchen. »Kommen Sie mit.«

23

Der kleine schwarze Diplomatenkoffer stand auf der grünen Decke eines großen Billardtisches in einem der Spielzimmer des Cafés neben dem ›Ritz‹. Es gab im ganzen vier Tische. Von nebenan drang gedämpft Stimmengewirr. Groll war mit Manuel hierher gegangen, nachdem er den übernervösen Grafen Romath gebeten hatte, dafür zu sorgen, daß sie in dem Billardzimmer nicht gestört wurden...

»Herr Aranda bleibt in Ihrem Haus, Graf, und er wird kein Wort über das verlieren, was sich ereignet hat.«

»Oh, ist das auch wirklich wahr?«

»Ja.«

»Ich danke Ihnen... Ich danke Ihnen tausendmal... Sie können sich nicht vorstellen, was es für das Hotel bedeutet hätte...«

»Schon gut. Wenn Sie dem Geschäftsführer im Café Bescheid sagen wollten, Graf. Wir werden das Zimmer nicht lang in Anspruch nehmen.«

»Aber ich bitte Sie!«

»Und verzeihen Sie, daß ich bei Ihnen geraucht habe. Mit Ihrem Katarrh! Sie werden ein wenig lüften müssen...«

Groll reichte Manuel nun den lederüberzogenen Bund. »Bitte!«

Mit dem kleinsten Schlüssel öffnete Manuel das Köfferchen. Darin lagen, durch eine große Klammer zusammengehalten, zahlreiche Papierseiten. Groll hob sie hoch, betrachtete sie kurz und legte sie dann auf das grüne Tuch des Tisches, über dem altmodisch beschirmte, starke Lampen brannten.

Manuel starrte das oberste Blatt des Manuskripts an. Es war eng und gleichmäßig mit Buchstabengruppen in breiter Füllfederschrift bedeckt. Manuels Blick glitt über die ersten Gruppen. Er las:

EIQXS RFSTR LUCTX MNCRY EYBSX NLGZQ VTRKD RWRFT WHVEM GAJGX...

Groll las, über Manuels Schulter gebeugt, mit.

»Ein Code«, sagte Manuel.

»Ja, und ein verflucht unangenehmer, fürchte ich«, sagte der Hofrat und ließ eine weiße Kugel über den Tisch rollen. Sie stieß an eine gegenüberliegende Bande und kehrte zurück.

»Was meinen Sie?«

»Ich war während des Krieges Entzifferer – zwei Jahre lang. Natürlich kann ich mich irren, aber dies scheint mir ein sehr langer ›Cäsar‹ zu sein. Das ist ein Fachausdruck.«

»Ich weiß. Chiffrieren war eine Leidenschaft meines Vaters.«

»Ach, du lieber Gott.« Groll ließ die rote Kugel losschießen, die über zwei

Ecken zu ihm zurückkam. »Das ist ja fein. Er kannte sich also aus, wie?«
»Ja. Es machte ihm Spaß, mit einem Freund so zu verkehren. Sie schlossen Wetten ab, denn mein Vater verwendete mit Vorliebe Zitatencodes, also Codes...«
»...deren Schlüsselsatz ein Zitat ist, ich weiß. Das halten Sie für seine Schrift?«
»Unbedingt. Ich kenne diese verkehrt geschriebenen N's, die Balken-H's und die verkehrt geschriebenen M's.«
»Wenn es sich auch noch um einen Zitatencode handelt, dann ist er unlösbar, fast mit Gewißheit unlösbar, solange man das Zitat nicht kennt.«
Der Hofrat ließ eine weiße Kugel losrollen, diese traf die zweite weiße und kam auf die rote zurück.
Manuel blätterte unterdessen das Manuskript durch.
»Sechsunddreißig Seiten«, sagte er beklommen. »Eng beschrieben. Eine Riesenbotschaft. Er chiffrierte sehr schnell, mein Vater. Aber was sollen diese sechsunddreißig Seiten, diese Monstrearbeit?«
»Das, lieber Freund«, sagte der Hofrat, »ist das Geheimnis.«
»Was für ein Geheimnis?«
Groll räusperte sich, strich durch das silberne Haar und senkte die Stimme. »Ihr Vater«, sagte er, »war ein sehr vorsichtiger Mensch. Sie wissen jetzt schon so viel über Franzosen, Amerikaner und Russen – es war nicht zu vermeiden –, daß ich Sie weiter einweihen muß. Meine Freunde von der Staatspolizei werden das verstehen. Oder sie sollen mich gern haben. Hier geht es jetzt um Ihr Leben, um Ihre Sicherheit, Herr Aranda! Nach allem, was wir wissen – und wir wissen natürlich längst nicht alles –, hat Ihr Vater sich in Wien mit Franzosen, Russen und Amerikanern eingelassen, ohne Zweifel, um ihnen etwas zu verkaufen.«
»Was?«
Der Hofrat tippte auf das Manuskript.
»Das da?«
»Ja.«
»Aber weshalb liegt es dann noch hier – verschlüsselt?«
Groll hob eine Hand. »So, wie wir die Sache sehen, ist Ihr Vater mit den Amerikanern und den Russen handelseinig geworden. Die haben vermutlich bereits die Klarschrift dieses Manuskripts. Nur mit den Franzosen war es noch nicht soweit. Ihr Vater wollte sich absichern – hier die verschlüsselte Ware, hier Geld, hier der Dechiffrierschlüssel. So etwa.«
»Mein Vater war dann also sehr vorsichtig. Trotz allem nicht vorsichtig genug. Der Code hat ihn nicht davor beschützt, ermordet zu werden.«
»Nein.« Groll ließ andauernd Kugeln über den Tisch rollen. »Aber der Mord hat offensichtlich auch das Geschäft verhindert.«
»Das heißt, Sie glauben, daß der Mord von Amerikanern und Russen or-

ganisiert worden ist?«

»Ich glaube gar nichts. Ich denke jetzt nur an *Sie*, Herr Aranda. Nun haben *Sie* das Manuskript. Ich möchte nicht, daß auch *Sie* noch ermordet werden – von wem immer.«

»Aber Sie sagten doch, ich hätte jetzt Amerikaner und Russen auf meiner Seite – die stärkere Partei. Und deshalb sollte ich auch im ›Ritz‹ bleiben.«

»Ich habe gesagt, Sie hätten Amerikaner und Russen auf Ihrer Seite, wenn wir es *geschickt anfangen*«, erinnerte ihn Groll. »Das heißt nicht, daß diese Herren Ihre Freunde sind. Sie sind ebenso Ihre Todfeinde wie die Franzosen, davon bin ich überzeugt. Es wäre ihnen am liebsten, wenn Sie *und* dieses Manuskript verschwänden. Sie wollen, daß nichts an die Öffentlichkeit dringt. Es handelt sich – glauben Sie mir, Herr Aranda, wir haben auch unsere Leute, die ein wenig achtgeben auf das, was im Land passiert – um eine sehr wichtige, sehr böse und sehr gefährliche Sache.« Er setzte sich auf den Tischrand. »Und Sie sind nun das Rotkehlchen, das in ein fremdes Revier eingedrungen ist.«

»Was bin ich?«

Der Hofrat zuckte die Achseln.

»Konrad Lorenz, der große Naturwissenschaftler und Verhaltensforscher, er ist übrigens Wiener, hat einmal eine Geschichte erzählt – ich war dabei. Passen Sie auf. Lorenz sagte: Es gibt bestimmte auslösende Mechanismen. Das hat ein Engländer – warten Sie mal, ja, Lack hieß der – sehr hübsch demonstriert. Wenn in das Revier eines Rotkehlchens, eines Männchens, ein anderes Rotkehlchenmännchen eindringt, dann attakkiert der revierbeherrschende Vogel den neuen.«

»Und?«

»Augenblick! Der Forscher nahm zuerst ein ausgestopftes Rotkehlchen und setzte es hin. Es wurde angegriffen! Dann wurde dem ausgestopften Vogel der Kopf abgedreht. *Angegriffen!* Dann schnitt Lack ihm die Beine weg. *Angegriffen!* Er zupfte den Schwanz aus. *Angegriffen!* Endlich war nur noch die rote Brust da. *Angegriffen!* Zum Schluß nahm Lack eine ziegelrote Pappscheibe von der Größe einer Rotkehlchenbrust. *Und auch die wurde noch angegriffen!* Sie allein genügte schon zum Signal ›Feind! Angriff!‹« Groll glitt wieder vom Tisch, zog die Heftklammer aus dem Manuskript und begann die ersten zehn Blätter nebeneinander auf das hell beleuchtete grüne Tuch zu legen. »Sie«, sagte er dazu, »sind, ohne es zu wollen, als Rechtsnachfolger Ihres Vaters, gleich in *drei* fremde Reviere eingedrungen. Sie sind es – Sie können nichts dagegen tun. Aus diesem Grunde wird man – wir verhalten uns genauso, ach, ganz genauso wie die Rotkehlchen – mit allen Mitteln versuchen, Sie zu vertreiben, auszuschalten, gleich, wie Sie sich benehmen, gleich, welche Konzessionen Sie machen. *Sie* haben jetzt den roten Fleck auf der Brust. Und Ihre

Feinde werden nicht ruhen, bevor sie diesen roten Fleck – und wenn wir ihnen einen *Ersatzfleck* dafür bieten – beseitigt haben.« Während er sprach, hatte Groll eine kleine Minox-Kamera aus der Tasche gezogen und Seite um Seite fotografiert. Nach den ersten zehn Blättern nahm er die zweiten zehn. Er fotografierte sie alle. »Das muß zu unseren Spezialisten. Und zur Staatspolizei. Ich glaube nicht, daß wir den Code entziffern können. Aber ich habe eine Idee. Ich möchte wirklich nicht, daß Ihnen etwas zustößt. Es ... es täte mir sehr leid.«

Sie sahen sich an. Der Blick hielt.

»Danke«, sagte Manuel zuletzt, während Groll dachte: Wenn ich einen Jungen hätte, könnte er so alt sein wie dieser da ...

Als der Hofrat alle Blätter fotografiert hatte, ging er zu der großen Schiebetür des Billardzimmers, öffnete sie und sah in das Café hinaus. Er nickte kurz. Gleich darauf kam ein trauriger junger Mann mit dunklem Anzug und Hornbrille in den Raum. Groll schloß die Tür hinter ihm und stellte vor. Der junge traurige Mann hieß Schäfer.

»Passen Sie einmal auf, Schäfer«, sagte der Hofrat.

24

Kurze Zeit später, um 19 Uhr 43, verließen der Hofrat Wolfgang Groll und Manuel Aranda das ›Ritz‹ durch den Vordereingang. Der Hofrat trug den schwarzen Diplomatenkoffer. Rechts und links von ihm und Manuel gingen zwei große, kräftige Männer, die Hände in den Taschen, dauernd nach allen Seiten Ausschau haltend. Die vier marschierten durch das dichte Schneetreiben und den fauchenden Ostwind, der ihnen Schneekristalle ins Gesicht peitschte, zu dem großen Wagen, der vor dem Portal parkte. Sie stiegen ein. Ein Mann setzte sich hinter das Steuer, startete, umkreiste das Hotel, kam auf den Ring zurück und lenkte den Wagen in Richtung Parlament. Die Fahrbahnen waren teilweise schon sehr verweht, Schneepflüge rollten durch die Straßen, Autos rutschten auf Eis und Neuschnee. Der Verkehr war noch stark, die Wagen schlichen vorsichtig dahin. Ein Beamter saß neben dem Fahrer, Manuel neben dem Hofrat im Fond. Groll hielt den kleinen Koffer nun auf den Knien. Gesprochen wurde lange Zeit kein Wort. Wie große Perlenschnüre glitten die Kugellampen vorüber, die zu beiden Seiten des Rings, unter tiefverschneiten Bäumen, brannten. Das Naturhistorische Museum, das große Denkmal der Kaiserin Maria Theresia, in Schnee versunken. Das Kunsthistorische Museum. Das Heldentor, der Eingang zur Hofburg ...

»Sieht schön aus, nicht wahr?« sagte Groll.

Manuel nickte.

»Die eine Seite dieser Stadt. Die andere . . .« Groll brach ab. Er fragte den Fahrer: »Folgen sie uns?«

»Ja«, sagte der Mann. »Ein Chevrolet und ein Buick.«

»Gut«, sagte Groll. »Geben Sie acht, daß Sie die beiden nicht aus Versehen abhängen.«

»Ich passe schon auf.« Der Mann am Steuer bremste, denn die Lichtampel bei der Bellaria-Kreuzung sprang eben auf Gelb. Er wäre noch durchgekommen, aber die beiden Wagen, die ihn verfolgten, hätten halten müssen. Der Mann am Steuer sagte: »Sie haben stundenlang neben dem Hotel gewartet. Die Franzosen sitzen in dem Buick, ich habe einen von ihnen erkannt.«

»Dann fahren die anderen in dem Chevrolet«, sagte der Hofrat.

»Große, qualmende Scheiße«, sagte zur gleichen Zeit der Mann neben dem Fahrer des Buick in ein Handmikrophon. »Entschuldigen Sie, Chef. Aber es ist zum Kotzen. Wir sind jetzt bei der Bellaria. Wenn nicht noch ein Wunder geschieht, fahren sie mit dem Objekt ins Sicherheitsbüro.« Von krachenden Störungen unterbrochen kam Jean Merciers Stimme aus dem Lautsprecher des Buicks: »Verlieren Sie um Himmelswillen den Wagen nicht, Nummer Fünf. Ich muß genau wissen, wo das Objekt landet . . .« Er sprach abgehackt, atemlos. Und während er sprach, drehte er mit einer langsamen, brutalen Bewegung dem scharlachroten Spielzeugfuchs, der für ein kleines Mädchen namens Janine in Casablanca bestimmt gewesen war, den Kopf ab. Mercier stand jetzt der Schweiß auf der Stirn. Die drei anderen Männer im Hinterzimmer des längst geschlossenen französischen Reisebüros ›Bon Voyage‹ sahen tief besorgt aus. Nun fuhren sie zusammen. Mercier hatte die Schnur abgerissen, die an dem kleinen Fuchs hing. Silberhell und lieblich war die Musikuhr in Gang geraten: ›Fuchs, du hast die Gans gestohlen . . .‹

Das Licht der Ampel an der Bellaria wechselte auf Grün. Die Wagen fuhren weiter den Ring hinab, vorbei an dem tiefverschneiten Parlament. Die gelb leuchtenden Kandelaber vor dem festlich angestrahlten Burgtheater trugen hohe Schneehauben. Hinter dem Park gegenüber erhob sich, mächtig und breit, die ebenfalls angestrahlte Fassade des Rathauses. Dicht fielen jetzt die Flocken. Menschen bewegten sich so vorsichtig wie Autos und Straßenbahnen. Der Schnee dämpfte die Geräusche, es war unwirklich still inmitten all des Verkehrs. Der Wagen, in dem Manuel und Groll saßen, und die beiden Autos, die sie verfolgten, passierten die dunkle Universität und die Schottenringkreuzung und bogen alle drei nach links in die Währingerstraße ein.

Ein junger Mann in dem Chevrolet sprach russisch in ein Handmikrophon: »Ich rufe Lesskow . . . ich rufe Lesskow . . . Hier ist Gorki . . .«

Eine russische Stimme erklang aus dem Lautsprecher im Wagen: »Ich höre Sie, Gorki. Sprechen Sie!«

»Wir fahren jetzt die Währingerstraße hinauf, vermutlich zum Sicherheitsbüro. Der Koffer ist im Wagen.«

»Sehr gut«, sagte Fedor Santarin, Präsident der ›Vereinigung für österreichisch-sowjetische Studentenfreundschaft‹. Er saß, elegant gekleidet wie immer, neben Grant in einem nur mit besonderen Schlüsseln zu öffnenden Zimmer eines alten Barockpalais in der Wollzeile. Indirektes Licht schien warm und mild auf erlesene antike Möbel, edle Stiche an den Wänden mit den Seidentapeten, einen großen Teppich, der den ganzen Boden bedeckte, und einen modernen Kurzwellensender, der in eine der meterdicken Mauern eingebaut war.

Zwei dezent gekleidete Männer saßen an dem Metallkasten, einer vor dem Mikrophon.

»Bleiben Sie auf Empfang, Lesskow, bleiben Sie auf Empfang...« erklang die Lautsprecherstimme.

»Verstanden, Gorki«, sagte der Mann am Mikrophon.

»Nun«, sagte Santarin in englischer Sprache, »das funktioniert doch alles wundervoll, Gilbert, finden Sie nicht? Egal, wohin sie das Köfferchen bringen – die Franzosen bekommen es auf keinen Fall mehr. Und alles kann so weiterlaufen, wie wir es mit Nora Hill besprochen haben.«

»Unberufen!« Grant, der Ersatzteilhändler für amerikanische Autos, führte eine Hüftflasche zum Mund.

»Es ist natürlich ein großes Glück, daß Romath so ergeben für uns arbeitet«, fuhr Santarin fort, sorgsam ein Hosenbein hochziehend, um die Bügelfalte zu schonen. »Wir haben eigentlich, Heilige Mutter von Nowgorod, ich will mich nicht versündigen, *nur* tadellose Leute hier in Wien. Was für ein Segen, daß der Graf Romath kleine Jungen in den Hintern stößt. Zu kleine Jungen.«

»Und ihr habt etwas gegen Aristokraten!«

»Wieso? Tolstoi war auch ein Aristokrat. Und ein frommer Mann, wie ich!«

»Hallo, Lesskow, hallo, Lesskow, bitte kommen, hier ist Gorki.«

»Verstanden, Gorki. Was gibt's?«

»Wir haben uns geirrt«, klang eine russische Männerstimme aus dem Lautsprecher des Senders. »Aranda und der Hofrat fahren nicht zum Sicherheitsbüro. Sie sind bei der Nußdorfer Straße rechts eingebogen und fahren jetzt hinauf in Richtung Döbling, Sievering und die westlichen Vororte!«

25

Zu dieser Zeit verließ ein ernster Mann von etwa dreißig Jahren das Kaffeehaus des Hotels ›Ritz‹ und ging, den Hut in die Stirn gedrückt, den Mantelkragen hochgeschlagen, den Ring bis zur Oper hinauf, wo er in die Kärntnerstraße einbog. Durch das dichte Schneetreiben sah er eine Flut bunter Lichtreklamen funkeln. Der stets so traurige, hochbegabte und bei allen Kollegen im Sicherheitsbüro wohlgelittene Inspektor Ulrich Schäfer hatte eine junge Frau, die von Multipler Sklerose, einer unheilbaren Krankheit, befallen war und dem Tod entgegensiechte. Darum war Schäfer stets traurig.

Hinter ihm gingen in Abständen vier Männer auf beiden Seiten der Straße. Sie gehörten zu Schäfers Gruppe und ließen ihn nicht eine Sekunde aus den Augen.

Der Mann mit der todkranken Frau erreichte den Stock im Eisen am Stephansplatz und bog nach links in den Graben ein. Durch das diffuse Licht der vielen Lampen und des fallenden Schnees sah er die hohe Silhouette der Pestsäule vor sich. Menschen hasteten an ihm vorbei. Seine Bewacher folgten eilig.

Schäfer ging an der grell erleuchteten Auslage des Juweliers Heldwein vorüber, in der Brillanten funkelten und Gold und Edelsteine strahlten. Carlas Vater war auch Juwelier, dachte Schäfer traurig. Nach dem Tod seiner Frau verkaufte er das Geschäft und starb als wohlhabender Mann. Sein Vermögen wurde nun von Carlas Krankheit verschlungen. Das Sanatorium in Baden bei Wien, wo Carla lag, kostete Unsummen. Noch war Geld vorhanden, aber es würde nicht ewig reichen, nicht einmal mehr sehr lange.

Die Multiple Sklerose ist eine furchtbare Krankheit. Es kann Jahre dauern, bis ihr Opfer tot ist. Sie bringt ihre Opfer fast immer um, aber sie läßt sich entsetzlich Zeit damit. Was, wenn Carla länger lebt, als das Geld reicht? dachte der Inspektor Schäfer unglücklich.

Er bog in den Kohlmarkt ein und ging ihn bis zur halben Höhe empor. Auf der anderen Seite sah er die bereits geschlossene berühmte Konditorei Demel, in der Fedor Santarin Stammkunde war. Schäfers Bewacher blieben zurück. Er erreichte ein altes Haus, von der Zeit geschwärzt, mit einem großen grünen Tor, in das eine kleinere, offene Tür eingelassen war. Rechts vom Eingang befand sich ein Antiquitätenladen, links ein Wäschegeschäft. Über dem Portal las Schäfer etwas von einem ›Kaiserlich-Königlichen Hemdenmacher‹. Er trat in die breite Einfahrt des uralten Hauses, in der es kalt war und nach Rauch roch. Schnell ging er über Katzenkopfpflaster zum hinteren Ende der Einfahrt, wo ein ebensolches Tor den Weg in einen Innenhof versperrte. Rechts und links begannen hier

Aufgänge, schmale, ausgetretene Stein-Wendeltreppen. An den Wänden waren Tafeln mit Namen von Firmen, Ärzten und Anwälten befestigt. Schäfer benutzte den linken Aufgang und stieg bis zum zweiten Stock empor, wobei er, wie in vielen Wiener Häusern, an Treppenabsätzen mit den Aufschriften HOCHPARTERRE und MEZZANIN, Zwischenstockwerken also, vorüberkam.

Endlich stand er an einer Tür, die außer dem normalen noch ein Yale-Schloß und eine Messingtafel besaß. Diese besagte, daß sich hier die Kanzlei von Dr. Rudolf Stein und Dr. Heinrich Weber, Rechtsanwälten, befand.

Schäfer klingelte dreimal kurz, zweimal lang, dann noch einmal kurz. Sogleich kamen von der anderen Seite der Tür Schritte näher.

Eine Männerstimme fragte: »Wer ist da?«

»Inspektor Schäfer.«

»Werfen Sie Ihren Dienstausweis in den Briefkasten.«

Schäfer tat es.

Einige Sekunden verstrichen, dann erschien im ›Spion‹ der Tür ein menschliches Auge, das den Inspektor lange musterte. Ich kann diese Vorsicht verstehen, dachte Schäfer. Die Tür wurde umständlich aufgesperrt und geöffnet. In ihrem Rahmen stand ein großer, breitschultriger Mann mit grauem Haar, der eine wohlriechende Zigarre rauchte.

»Wo haben Sie es?« fragte er.

»Unter dem Hemd«, sagte Schäfer.

26

»Es wird ein Wein sein, und wir wer'n nimmer sein. 's wird schöne Madeln geb'n, und wir wer'n nimmer leb'n...«

Der Weinhauer Ernst Seelenmacher sang die Worte des alten Liedes mit gedämpfter Stimme. Er saß an einem kleinen Tischchen, auf dem eine Zither lag, und zupfte sanft die Saiten des Instruments. Seelenmacher trug einen grau-grünen Lodenanzug und ein weißes, am Hals offenes Hemd. Sein Gesicht war von Wind, Regen und Sonnenschein gegerbt, sein Haar kurz, dicht und grau. Ein großer, kräftiger Mann war Ernst Seelenmacher, sechzigjährig, kerngesund und rüstig. Mit Frau und zwei Töchtern führte er den kleinen ›Heurigen‹, das Ausschanklokal von neuem Wein, das in einem verborgenen Gäßchen Grinzings lag, abseits der großen und mondänen Heurigen.

Das Lokal bestand aus vier Räumen, alle weiß getüncht und durch bogenförmige Durchlässe miteinander verbunden. Seelenmachers Gäste saßen an alten Tischen, auf langen Bänken. Im Sommer saßen sie draußen im

Garten, unter mächtigen Kastanienbäumen.

Der Wein wurde in ›Hebern‹ serviert. Das sind Glaskugeln, die an Eisen-ständern hängen und in langen Röhren enden. Drückt man mit dem Trinkglasboden gegen einen Verschluß am Ende einer solchen dünnen Röhre, dann fließt Wein aus der Kugel.

Ernst Seelenmacher und Wolfgang Groll kannten einander seit vielen Jahren. Sie waren eng befreundet. Stundenlang unterhielten sie sich über die Erziehung und Veredelung von Weinsorten, über die vielen seltsamen Tiere in einem Weinberg. Seelenmacher sammelte mancherlei, das er in der fruchtbaren Erde des hügeligen Gutes fand – Versteinerungen, römi-sche Münzen, Reste von Schwertern, Scherben römischer Vasen und von Gefäßen mit eingekratzten Zeichen und Zeichnungen. Die Abdrücke und Fossilien schenkte der Weinhauer seinem Freund, alles andere behielt er selber. Seine Leidenschaft war das Studium der alten Römer, ihrer Ge-schichte, Kultur, Religion und Literatur, ihres Rechts. Er sprach und las fließend lateinisch, und lateinisch unterhielten sich die Freunde oft mit-einander. Seelenmacher war in einem Priesterseminar erzogen worden, denn als junger Mensch hatte er unbedingt Pfarrer werden wollen. Seine Eltern waren gestorben, er hatte den Besitz übernehmen müssen. Darin glichen die Freunde einander: Ihre Jugendträume waren nicht in Erfül-lung gegangen, und doch hatten sie beide niemals aufgehört, zu träumen.

Seelenmacher sang nur, wenn Gäste darum baten, meistens junge Ver-liebte. An diesem Abend, da Grinzing unter neuem Schnee versank, hat-ten ihn zwei alte Leute darum gebeten, ein Ehepaar. Die beiden saßen eng nebeneinander auf einer Bank, tranken, lauschten, hielten sich an den Händen und sahen den Weinhauer an.

Über dem Platz, an dem Seelenmacher spielte, befand sich oben in der Wand ein großes, halbkreisförmiges Fenster. Es reichte bis zum Boden eines mit antiken Bauernmöbeln eingerichteten Raums im ersten Stock, der dem Weinhauer als Büro diente. Auf einem breiten, mit Leitzordnern und Rechnungen bedeckten Eichenholztisch lag neben dem Telefon eine vergilbte lateinische Ausgabe von Senecas Tragödie ›Medea‹. Das Buch war aufgeschlagen . . .

»Sie haben alles verstanden, was ich Ihnen sagte?« fragte Hofrat Groll. Er stand bei einem offenen Fenster, das zum Garten hinausging.

Vor dem Heurigen parkte der Wagen, mit welchem er und Manuel hier-hergekommen waren. Zwei Kriminalbeamte saßen darin und starrten, wie ihr Chef, in das Schneetreiben dieser Nacht. Ein Stück das Gäßchen hinunter hielten ein Buick und ein Chevrolet.

Manuel saß hinter dem schweren Tisch.

»Ja«, sagte er. »Ich habe alles begriffen.«

Er blickte durch das halbrunde Fenster hinab auf Seelenmacher an der

Zither und das alte Ehepaar, das sich an der Hand hielt. Leise drangen Gesang und Musik zu ihm.

Groll hatte, nachdem sie eingetroffen waren, Manuel und Seelenmacher miteinander bekanntgemacht. Seelenmacher hatte Manuel zu einem Glas Wein eingeladen, während der Hofrat im Büro telefonierte. Danach war Manuel in den ersten Stock hinaufgestiegen.

Groll hatte gesagt: »Ich habe mit meinem Kollegen von der Staatspolizei gesprochen. Er billigt, was wir getan haben. Wie ich ist er der Meinung, daß unsere erste und wichtigste Aufgabe jetzt lautet: Alles tun, um Ihr Leben zu schützen. Mein Kollege hat eingesehen, daß es dazu notwendig ist, Ihnen noch mehr Informationen zu geben als bisher. Sie werden – nach allem, was ich Ihnen über die prekäre Situation unseres Landes auf diesem Sektor berichtet habe – sicherlich verstehen, daß man mir selbst jetzt noch verboten hat, Ihnen *alles* zu erzählen, was man weiß oder vermutet.«

»Ja, das verstehe ich.«

»Die Staatspolizei wird Ihnen auch weiterhin nicht helfen. Ich darf es nicht, denn für uns ist der Mord an Ihrem Vater nach dem Gesetz abgeschlossen.« Manuel nickte. »Dennoch unterstütze und informiere ich Sie, soweit ich das überhaupt kann. Aber natürlich bleibt da immer ein Rest. Ich werde Ihnen jetzt Namen nennen und Ratschläge geben. Die Ratschläge werden Sie erstaunen und verwirren. Glauben Sie mir, sie sind aufrichtig gemeint. Glauben Sie mir, sie haben ihre Bedeutung in dieser tragischen Angelegenheit, die sich um Ihren Vater dreht.« Manuel senkte den Kopf. Ja, so sieht das aus, dachte Groll. Ich fürchte, du wirst noch mehr tun als nur den Kopf senken, mein Junge, du wirst noch viele, viele Male verzweifelter sein über deinen Vater, je tiefer du – das läßt sich nun nicht mehr vermeiden – in diese Geschichte eindringst. »Was ich Ihnen sage«, erklärte Groll, »sind natürlich vertrauliche Mitteilungen ...« Er bemerkte, daß Manuel ihn unterbrechen wollte, und fuhr lächelnd fort: »... wobei Ihr Ehrenwort, alles für sich zu behalten, so aufgefaßt werden darf, daß Sie auch Fräulein Waldegg einweihen.«

»Woher wissen Sie, daß ich das ...«

»Sagen wollte?« Groll zuckte die Schultern. »Ich wollte es selber schon sagen, als Sie mir erzählten, Sie hätten Fräulein Waldegg getroffen. Ach nein, ich wollte es Ihnen bereits sagen, als wir uns das erste Mal trafen! Es wär mir klar, daß Sie einander begegnen würden.« Er blickte auf seine linke Hand, danach auf die rechte und murmelte: »Ein Mann ... und eine Frau ...« Laut sagte er: »Ich nenne Ihnen jetzt die Namen und gebe Ihnen die Beschreibungen des Russen, des Amerikaners und des Franzosen, mit denen Sie zu rechnen haben.« Er tat es. Danach fuhr er fort: »Diese Männer sind Ihre direkten Gegner. Die Leiter der Wiener Residenzen, wie

man das im Jargon dieser Herren nennt. Natürlich noch nicht die Gotts-
öbersten! Das ist eine komplizierte Stufenleiter. Jene Leute, so gefährlich
sie sind, erhalten alle Weisungen von Vorgesetzten. Die sind wieder anderen Vorgesetzten verantwortlich. So geht das zu. Unsere Freunde befinden sich durchaus auf höherer Ebene. Stolz sind sie und eifersüchtig
auf ihre Positionen. Die Minox mit den Aufnahmen vom Manuskript Ihres Vaters hat einer meiner Leute schon zur Staatspolizei gebracht. Ich
fürchte allerdings, auch die Spezialisten dort werden den Code nicht brechen können. Was Sie betrifft, so habe ich da einen Vorschlag...«
Groll hatte ihn unterbreitet. Manuel war einverstanden gewesen.
»Also gut«, sagte der Hofrat, nun vom Fenster zu dem Arbeitstisch kommend, »dann wollen wir beginnen.« Er zog das Telefon heran, wählte die
Nummer des Sicherheitsbüros und bat die Telefonistin, die sich meldete,
eine Konferenzschaltung herzustellen. Er nannte die Nummern des französischen Reisebüros ›Bon Voyage‹, der Ersatzteilfirma AMERICAR und der
›Vereinigung für österreichisch-sowjetische Studentenfreundschaft‹.
»Sagen Sie, Herr Manuel Aranda will Monsieur Mercier, Mister Grant
und den Genossen Santarin sprechen.«
Er wartete.
Die Telefonistin meldete sich: »Mister Grant ist nicht anwesend, heißt
es, Herr Hofrat.«
»Dann verbinden Sie nur mit den beiden anderen Nummern«, sagte Groll
in den Hörer. Und zu Manuel: »Grant hat angeblich sein Hauptquartier
verlassen. Fragen Sie Santarin, ob er bei ihm ist.«
Manuel nickte und nahm den Hörer.
Nach kurzer Zeit meldete sich eine ruhige, samtige Stimme: »Hier Santa-
rin...«
Fast gleichzeitig erklang eine andere, unruhige Stimme: »Ich bin Jean
Mercier. Was soll das heißen? Ich kenne Sie nicht, Herr...«
»Ja, ja, schon gut«, sagte Manuel Aranda. Seine Stimme war nun hart.
»Herr Santarin, ist Herr Grant bei Ihnen?«
»Gewiß ist er das, lieber Herr Aranda.«
»Haben Sie einen zweiten Hörer? Kann er mich verstehen?«
»Ja, lieber Herr Aranda.«
»Wollen Sie mir vielleicht sagen, was das Ganze bedeuten soll?« erklang
Merciers Stimme.
»Natürlich. Deshalb rufe ich ja an. Meine Herren, Sie werden sich ge-
wundert haben, warum ich so weit aus Wien heraus nach Grinzing gefah-
ren bin. Ihre Leute, die mir gefolgt sind, werden sich auch gewundert ha-
ben. Nun, ich habe es getan, um Zeit zu gewinnen.«
»Ich verstehe kein Wort«, rief der Franzose.
»Ach, seien Sie endlich ruhig, Mercier«, sagte Santarin. »Zeit wofür, lie-

ber Herr Aranda?«

»Sie wissen alle, was sich heute nachmittag im ›Ritz‹ ereignet hat. Sie wissen, daß der Koffer mit dem Manuskript meines Vaters in meinem Besitz ist.« Manuel sah zu Groll auf. Der nickte, als wollte er sagen: Gut so, weiter! Manuel fuhr fort: »Sie wissen – oder wissen nicht –, daß der Text des Manuskripts chiffriert ist. Herr Mercier weiß es bestimmt.«

»Keine Ahnung habe ich! Ich begreife nicht, warum ich mir das alles überhaupt anhöre!«

»Tja, warum, Herr Mercier? Nun, der Text ist zwar chiffriert, aber in dem Köfferchen habe ich auch den Code gefunden, den mein Vater benützt hat«, log Manuel, wie mit Groll besprochen. »Ich habe einen kleinen Teil des Textes entziffert. Ich weiß, worum es sich handelt – genausogut wie Sie.« Er sagte, was Groll ihm zu sagen empfohlen hatte: »Und ich weiß, daß es einen Weltskandal geben wird, wenn dieses Manuskript und Ihre Tätigkeit, meine Herren, bekannt werden.«

Danach schwieg Manuel.

Einer der Männer, die ihm zuhörten, atmete plötzlich schwer. Ich wette, das ist Mercier, dachte Manuel. Alles, was er nun sagte, hatte Groll ihm zu sagen geraten. Er weiß sicher viel mehr, als er mir verraten hat, dachte Manuel. Aber er muß schweigen, ich sehe es ein. Er meint es gut, er hat mich gern. Was immer mein Vater mit diesen Männern gemein hatte – ich werde es herausbekommen, *ich*! Manuel sagte: »Sie und die Regierungen, für die Sie arbeiten, wären vor der ganzen Welt in beispielloser Weise kompromittiert, wenn auch nur ein winziger Bruchteil der Transaktion, die Sie mit meinem Vater vorgenommen haben oder vornehmen wollten, bekannt würde.«

Es ist zum Verstandverlieren, dachte Manuel. Was für eine Transaktion kann das gewesen sein? Mein Vater hat in seinem Leben nichts Unehrenhaftes getan. Und doch muß hier in Wien etwas geschehen sein, das gemein ist, verbrecherisch, und von dem ich nichts ahne. Der Hofrat sagte es mir nicht. Er ahnt es zumindest, falls er es noch nicht weiß. Denn was er mir zu sagen empfohlen hat, das wirkt. Vater, dachte Manuel, Vater, den ich liebe, was hast du für Taten begangen?

Er zerbricht sich den Kopf über das wahre Gesicht seines Vaters, dachte Groll. So Gott will, wird er es nie kennenlernen...

»Es war töricht von Ihnen, den Hofrat und mich hierheraus verfolgen zu lassen«, fuhr Manuel fort.

»Wer hat Sie verfolgt? Wovon reden Sie eigentlich?«

»Zum Teufel, Mercier, halten Sie endlich den Mund!« sagte Santarin laut.

»Willst du dein Herz mir schenken, so fang es heimlich an...«, sang Seelenmacher in der Tiefe. Die beiden alten Leute saßen feierlich da, hielten

sich an der Hand und hoben nun die Gläser, um einander zuzutrinken.
»Sie sind der festen Überzeugung«, sagte Manuel, »daß österreichische
Behörden es aus politischen Gründen nicht riskieren dürfen, den Inhalt
des Manuskripts und die Begleitumstände des Todes meines Vaters publik
zu machen. Nun, österreichische Behörden dürfen das *tatsächlich* nicht
riskieren. *Ich aber, ich darf es!* Ich bin Argentinier, Privatmann, ich
brauche keine diplomatischen Rücksichten zu nehmen. Und ich *werde*
keine Rücksichten nehmen! Deshalb habe ich das Manuskript, zusammen
mit einem Bericht über alles, was geschehen ist, zu einem Anwalt schaffen
lassen. Der Überbringer ist Ihren Leuten entgangen. Sie haben nicht eben
die Umsichtigsten, meine Herren – Gott sei Dank! Bei diesem Anwalt
liegt das Manuskript nun. In einem Tresor mit einer siebenstelligen Zif-
fernkombination . . .«
Groll, der neben ihm stand, nickte wieder.
»Mit diesem Anwalt telefoniere ich täglich. Melde ich mich einmal länger
als vierundzwanzig Stunden nicht, dann hat er den Auftrag, das gesamte
Material der Schweizer Botschaft zu übermitteln, die es dann auf einer
internationalen Pressekonferenz bekanntgeben wird. Danach dürften die
Länder, die Sie vertreten, in der gesamten Weltöffentlichkeit verdammt
werden – von Ihnen selber ganz zu schweigen.«
Das war ebenfalls ein wörtlicher Satz von Groll.
Manuel hatte protestiert, als er ihn zum erstenmal vernahm.
»Aber das bedeutet doch, daß mein Vater in eine schmutzige Sache ver-
wickelt gewesen ist, in eine Ungeheuerlichkeit!«
»Wie die Dinge liegen, kann man das nicht ausschließen!«
»Ich glaube das nicht! Ich werde das nie glauben!«
»Vielleicht wurde Ihr Vater erpreßt, unter schwersten Druck gesetzt, wer
weiß das?« hatte Groll geantwortet.
Nun dachte Manuel: Die Männer, mit denen ich telefoniere, schweigen.
Also muß ich ins Schwarze getroffen haben mit Grolls Worten. Aber was
hat mein Vater wirklich getan? Was? Was? Er sagte, mit Mühe kalt und
hart: »Ich nehme an, es ist Ihnen allen klar, daß es nichts Schlimmeres
für Sie geben könnte, als wenn mir jetzt etwas zustößt.«
»Wirklich, Herr . . . *wie* war der Name? . . . Ich weiß nicht, warum ich mir
das noch immer anhöre«, erklang Merciers Stimme.
»Weshalb tun Sie es dann?« fragte Manuel eisig. »Hängen Sie doch auf.
Na los, hängen Sie auf!«
Die Verbindung blieb bestehen.
»Vielleicht könnte man zur Klärung dieses Mißverständnisses kommen,
wenn man sich einmal zusammensetzte«, sagte Mercier.
»Keine Lust«, antwortete Manuel. »Sie sind jetzt gewarnt, alle. Sie wis-
sen, was geschieht, wenn ich auch nur einen einzigen Tag meinen Anwalt

nicht anrufe.« Damit legte er den Hörer nieder.

»Ausgezeichnet«, sagte Groll.

Im Sendezimmer des französischen Reisebüros ›Bon Voyage‹ stand der bleiche, große Jean Mercier mit den umschatteten Augen und den langen Wimpern. Sein Gesicht wirkte grünlich. Drei Männer im Raum sahen ihn schweigend an.

»Der Kurier«, flüsterte Mercier, der um Jahre gealtert schien. »Holt den Kurier aus der Bar nebenan. Er muß sofort zum Chef, Bericht erstatten. Der muß uns jetzt sagen, was wir tun sollen – und das schnell!«

Einer der Männer eilte aus dem Raum.

In dem schönen, mit Barockmöbeln eingerichteten Privatzimmer seines Palais an der Wollzeile sagte Fedor Santarin zu Gilbert Grant: »Groll ist schlau. Und der Kleine ist auch nicht auf den Kopf gefallen.«

»Wenn Clairon ihn nur umgelegt hätte heute nachmittag!« knurrte der rotgesichtige Amerikaner verärgert. »Wenn sie uns nur hätten machen lassen, die Bonzen! Dann wäre das gottverdammte Manuskript jetzt tatsächlich bei der österreichischen Polizei, und wir müßten keine Sorgen mehr wegen einer Veröffentlichung oder so etwas haben. Verflucht noch einmal!« Er schlug auf den Tisch vor sich.

»Es wird auch so gehen. Genau wie wir es mit Nora Hill besprochen haben.«

»Aber wie lange kann das dauern?«

Santarin zuckte die Schultern.

»Und wenn Aranda wirklich etwas zustößt vorher? Dann lassen wir uns begraben!«

»Es darf ihm nichts zustoßen«, sagte der Russe langsam. »Wir müssen verhindern, daß Aranda nun auch nur ein Haar gekrümmt wird...«

In Grinzing draußen klopfte es an der Tür von Seelenmachers Büro.

»Herein!« rief Groll.

Der traurige junge Inspektor Schäfer mit der Hornbrille kam in den Raum, durch dessen weitgeöffnetes Fenster silberne Schneekristalle sanken.

»Alles erledigt?« fragte der Hofrat.

»Ja. Doktor Stein wartet auf Ihren Anruf, Herr Aranda. Sie müssen auch noch seinen Kompagnon Doktor Weber anrufen. Zu Hause. Hier sind alle Telefonnummern.« Schäfer gab Manuel eine kleine Karte. »Stein schlägt vor, daß Sie sich täglich zwischen 15 und 18 Uhr in der Kanzlei melden und ihn oder Weber verlangen. An Wochenenden rufen Sie eine der Privatnummern an. Sie nennen täglich ein anderes Kennwort als *viertes* Wort im *ersten* Satz, den Sie sprechen. Das Kennwort für heute abend ist ›Sauwetter‹. Stein wird Ihnen antworten. Achten Sie auf das *siebente* Wort in *seinem* ersten Satz. Das siebente Wort ist immer das Kennwort für den folgenden Tag. Stein und sein Sozius haben das verabredet, damit es zu keinen Komplikationen kommt. So kann niemand Ihre Stimme nachahmen und einen der Herren täuschen. Und selbstverständlich dürfen Sie immer nur aus einer öffentlichen Telefonzelle anrufen.«

»Gut gemacht, Schäfer«, sagte Groll. Der Inspektor nickte und ging aus dem Raum, beklommen und sorgenvoll wie immer.

»Was hat er?« fragte Manuel.

»Seine Frau ist sehr krank. Armer Hund. Rufen Sie meinen Freund Stein an, er wartet.«

Manuel sah auf die kleine Karte, wählte und vernahm gleich darauf eine Männerstimme: »Stein!«

Manuel sagte langsam: »Ist das ein Sauwetter heute abend, was Doktor? Hier spricht Manuel Aranda. Wie geht es Ihnen?«

Stein antwortete: »Ich fürchte sehr, ich bekomme eine Grippe, ich fühle mich ganz zerschlagen.« Er redete ebenfalls langsam und deutlich. Also *Grippe* ist das Wort für morgen, dachte Manuel. Sie sprachen noch kurz über einen fiktiven Gerichtsfall, dann verabschiedeten sie sich.

»Nun den Kompagnon«, sagte Groll.

Manuel rief den Anwalt Weber an. Die Prozedur wiederholte sich. Auch Weber fürchtete, die Grippe zu bekommen, und zwar derart, daß das Wort ›Grippe‹ an siebenter Stelle in seinem ersten Satz stand.

Als dieses Gespräch beendet war, füllte der Hofrat zwei schöne alte Weingläser aus einem dunklen Steinkrug, der auf einem geschnitzten Wandbord stand. Er sagte, während aus der Tiefe das leise Zitherspiel Seelenmachers erklang: »Ich glaube, nun haben wir alles getan, um zu verhindern, daß Sie das Schicksal Ihres Vaters ereilt.«

Sie tranken beide. Seelenmachers ›Grüner Veltliner‹ schmeckte fruchtig herb und kühl.

»Herr Hofrat«, sagte Manuel, »ich bin sehr glücklich, einen Mann wie Sie getroffen zu haben.«

»Sie können immer auf mich zählen, nun, wenn Sie sich daranmachen, die Wahrheit über den Tod Ihres Vaters zu finden.«

»Danke«, sagte Manuel und fühlte, wie eine große Traurigkeit in ihm aufstieg.

»Sie müssen das aber umsichtig anfangen. Zum Beispiel dürfen Sie sich niemals Ihre Trauer derart anmerken lassen wie jetzt vor mir. Nur Zorn soll man bei Ihnen fühlen, Sucht nach Vergeltung.«

Manuel leerte das große Glas in zwei Zügen.

»Ich finde die Wahrheit«, sagte er. »Ich finde heraus, warum Frau Steinfeld meinen Vater vergiftet hat. Alles finde ich heraus – alles über den

Mord, das verschlüsselte Manuskript und die Menschen, die in diese Geschichte verwickelt sind.« Er stockte. »Weshalb sehen Sie mich so an? Frau Steinfeld hat meinen Vater vergiftet, das steht fest! Glauben Sie etwa plötzlich, sie hätte keinen Grund dazu gehabt?«

»Es ist mir schrecklich, das zu sagen«, antwortete Groll langsam, »aber ich denke, sie hatte einen besonderen Grund für alles, was sie tat.«

27

Zu dieser Zeit lag Alphonse Louis Clairon in der Abteilung L 73 auf dem Wiener Zentralfriedhof schon unter einer Schneeschicht von neun Zentimeter Höhe. Die Boeing 707 der TWA, in welcher der blonde, stichelhaarige David Parker saß, der Clairons Leben jählings zu einem gewaltsamen Ende gebracht hatte, flog bereits über den Antlantik, der Neuen Welt entgegen.

Groll war in Grinzing von seiner Mordkommission angerufen worden. Man brauchte ihn dringend.

»Was ist passiert?«

»Hören Sie einmal, Herr Hofrat«, sagte ein Kriminalbeamter, der sich offenbar in einem Vernehmungszimmer befand. Aus der Membran von Grolls Telefonhörer erklang auf einmal Gebrüll, so laut und wüst, daß der Hofrat den Hörer vom Ohr nahm und auch Manuel die tobende Stimme eines anderen Beamten vernehmen konnte.

»Das Messer hat auf dem Tisch gelegen! Und da hast du es genommen und bist los auf ihn!«

Eine weibische, hohe Männerstimme jaulte: »Es war Notwehr! Er hat doch hingefaßt und mir die Hose aufknöpfen wollen, das alte Schwein!«

»Einen Dreck hat er!« schrie der Kriminalbeamte, der gewiß nicht lauter schreien konnte. »*Du*, du hast was von *ihm* gewollt! Seine Kröten! Du hast ihn absahnen wollen, du Lump! Und weil er dir nichts gegeben hat, hast du das Messer gepackt und ihn abgestochen wie eine Sau!«

»Ich komme gleich«, sagte Groll in den Hörer und legte auf. »Sie sehen«, meinte er zu Manuel, »wir haben auch nette, einfache und klare Morde in Wien...« Er nahm seinen Mantel. »Ich muß ins Geschäft. Kommen Sie mit. Mein Wagen bringt Sie zum Hotel.«

Manuel antwortete nicht.

»Was haben Sie?«

»Seien Sie nicht böse. Ich möchte noch ein wenig hier sitzenbleiben«, antwortete Manuel. »Glauben Sie, Ihr Freund erlaubt es?«

»Natürlich. Ist Ihnen nicht gut?«

»Doch. Es war nur... alles ein bißchen viel für mich. Ich möchte nachdenken ... und allein sein ...«

»Das verstehe ich«, sagte der Hofrat. »Wir sehen uns morgen. Bleiben Sie, solange Sie mögen. Seelenmacher wird Ihnen ein Taxi besorgen, wenn Sie heimfahren wollen.« Er schüttelte Manuel die Hand. »Kopf hoch«, sagte er.

»Jaja.«

»Das war eine dumme Bemerkung, ich weiß«, murmelte Groll. Er sah den jungen Mann hilflos an, legte ihm kurz die Hand auf die Schulter und verließ den Raum. Gleich darauf hörte Manuel einen Wagen fortfahren. Aus der Tiefe erklangen noch immer das Zitherspiel und der leise Gesang des Weinhauers.

Manuel trank sein Glas leer und füllte es wieder. Er sah zu dem kleinen, offenen Fenster und betrachtete die Schneeflocken, die herabsanken, bis ihm wieder schwindlig wurde. So viele Flocken, dachte er. So viele Geheimnisse. Eine Frau hat meinen Vater vergiftet. Mein Vater war in eine böse Affäre verwickelt. Damit muß ich mich abfinden. Vielleicht stellt sich heraus, daß ihn *trotz allem* keine Schuld traf, daß er ein *Opfer* war und kein Täter. Aber das verschlüsselte Manuskript. Was hat es zu bedeuten? *Kann* es überhaupt eine *gute* Bedeutung haben? Ich bin Chemiker. Ich habe eine exakte Wissenschaft studiert. Mir ist es nicht gegeben, mit Unsicherheiten, Rätseln und Zweifeln zu leben. Ich brauche Tatsachen, vernünftige Tatsachen, um all dies Dunkel aufzuhellen und zu klären. Habe ich nicht genug Tatsachen? Zwei Tote. Geheime Agenten. Eine Staatsaffäre, wenn Groll recht hat. Das Manuskript. Ja, das *sind* Tatsachen, die man *dennoch* nicht versteht! Verzweifelt dachte Manuel: Unser aller Existenz ist eine Tatsache. Aber sie wäre unbegreiflich, wenn wir nicht hier wären. Wir sind hier, und sie bleibt weiter unbegreiflich. Vater, dachte er, Vater, den ich liebe, darf ich noch glauben, daß du der wunderbare Mann warst, als der du mir immer erschienen bist?

»Sie war eine wunderbare Frau ...«

Das hatte Irene Waldegg von Valerie Steinfeld gesagt, heute nachmittag, vor dem verschneiten Grab.

Eine wunderbare Frau.

Und mein Vater war ein wunderbarer Mann.

Können wir beide recht haben? Täusche ich mich? Täuscht sich Irene? *Irene!*

Plötzlich mußte Manuel heftig an sie denken. Irene hat Nachtdienst heute, in der Apotheke. Ich will noch zu ihr fahren. Ich muß ihr erzählen, was geschehen ist. Ich muß mit ihr sprechen. Große Sehnsucht, Irene Waldegg wiederzusehen, erfüllte ihn, aber seine Glieder waren schwer wie Blei. Noch fünf Minuten, dachte er. Noch ein Glas Wein.

Als er den Krug hob, öffnete sich die Tür, und Seelenmacher kam herein.

Es war Manuel nicht aufgefallen, daß schon seit einiger Zeit kein Gesang und kein Zitherspiel mehr erklangen.

Der große Mann mit dem wettergegerbten Gesicht brachte einen Krug und Gläser mit. Er lächelte Manuel an, nickte und setzte sich zu ihm. Seelenmacher schwieg eine ganze Weile, dann sagte er: »Mein Freund hat mich gebeten, nach Ihnen zu schauen.« Er füllte die neuen Gläser aus dem neuen Krug. »Versuchen Sie einmal den«, sagte er. »Eine andere Sorte. Ich habe nur ganz wenig davon. Frühroter Veltliner.« Seelenmacher sprach langsam und einfach. »Sie haben einen großen Kummer, sagt mir mein Freund. Und großes Unglück ist Ihnen widerfahren. Sie sind verwirrt und verstört und traurig.«

Manuel nickte. Der neue Wein wärmte ihn und machte ihn benommen. Irene, dachte er, ich will zu Irene fahren. In ein paar Minuten. Noch ein paar Minuten will ich hierbleiben, im Frieden und in der Geborgenheit dieses Zimmers...

»Wolfgang – der Hofrat Groll – hat Ihnen erzählt, daß ich ein Priesterseminar besuchte und Pfarrer werden wollte, nicht wahr?«

Manuel nickte.

»Nun«, sagte Seelenmacher, »damals, vor langer Zeit, traf ich – mit Erlaubnis – immer wieder einen Rabbiner im Zweiten Bezirk. Wir diskutierten nächtelang in seiner Synagoge. Er erzählte mir eine chassidische Legende, die ich nie vergessen habe. Ich möchte sie gern Ihnen erzählen – vielleicht tröstet Sie die Geschichte. Wollen Sie sie hören?«

Manuel nickte.

Seelenmacher sagte, seine zerfurchten, großen und von schwerer Arbeit rauhen Hände betrachtend: »Nach dieser Legende gibt es, seit unsere Welt besteht, Gerechte und Ungerechte auf ihr. Manchmal mehr Gerechte, manchmal weniger. Immer aber und zu allen Zeiten gibt es mindestens sechsunddreißig von ihnen. Die muß es geben, denn sonst könnte unsere Welt keinen Tag lang weiterexistieren, sie würde untergehen in der eigenen Schuld...« Seelenmacher trank, und auch Manuel trank wieder von dem neuen Wein und sah zu dem silbernen Rieselvorhang der Flocken vor dem Fenster. »Die Sechsunddreißig sind nicht durch Rang oder Stellung gezeichnet. Sie verraten ihr Geheimnis nie. Vielleicht kennen sie es selbst nicht. Und trotzdem sind sie es, die in jeder neuen Generation unserem Leben seine Berechtigung geben und jeden Tag von neuem die Welt retten.«

Seelenmacher schwieg wie Manuel.

Nach einer langen Pause sagte er: »Die Sechsunddreißig lassen nicht zu, daß Unrecht besteht oder ungesühnt bleibt. Die Sechsunddreißig sorgen auch dafür, daß Sie wieder Frieden finden werden in der Kenntnis der Wahrheit.«

Das Telefon läutete.

Seelenmacher hob ab und meldete sich. Dann reichte er den Hörer zu Manuel.

»Für Sie. Eine Frau.«

»Wie heißt sie?«

»Sie nannte mir nicht ihren Namen. Sie sagte nur, es sei sehr dringend.«

Manuel nahm den Hörer und meldete sich: »Hier ist Aranda. Mit wem spreche ich? Was ist so dringend?«

Eine dunkle Frauenstimme ertönte: »Außerordentlich dringend ist es, Herr Aranda. Man hat mir gesagt, daß Sie in Grinzing sind.«

Die Autos, die uns folgten, dachte Manuel. Also warten sie noch immer. Er fragte: »Wer hat es Ihnen gesagt?«

»Es ist weit zu mir. Und kompliziert von Grinzing aus. Sie haben einen eigenen Wagen. Er steht vor dem Hotel, höre ich. Vom Hotel aus ist es einfacher. Ich erkläre Ihnen den Weg genau. Nehmen Sie ein Taxi zum ›Ritz‹ und dann Ihren Mercedes.«

»Wer sind Sie?«

»Sie werden es nicht bereuen, wenn Sie kommen. Ich habe Ihnen das anzubieten, was Sie suchen.«

»Hören Sie nicht? Ich frage, wer Sie sind!« rief Manuel.

»Mein Name«, erwiderte die tiefe, dunkle Stimme, »ist Nora Hill. Ich bin die Frau, von der Valerie Steinfeld die Zyankali-Kapseln bekam.«

28

»Yvonne war sehr böse. Sie muß bestraft werden. Wer von Ihnen will sie auspeitschen, meine Herren?« fragte Nora Hill mit rauher, tiefer Stimme. Sie sprach nicht besonders laut, und doch schienen ihre Worte zu hallen, so groß war die Stille in der kreisrunden Halle, die schwach von blauem Licht erhellt wurde. Manuel, den ein athletisch gebauter Mann im Smoking ins Haus gelassen hatte, wartete weit hinten, fast im Dunkeln. Nora Hill stand im Lichtkreis eines Scheinwerfers. Manuel wußte, daß es Nora Hill war. Der Athlet hatte erklärt: »Madame ist im Moment beschäftigt. Aber sie hat mir Ihr Kommen avisiert. Ich werde melden, daß Sie da sind. Bitte, warten Sie hier.«

Hier – das war ein antik eingerichteter kleiner Salon gewesen, in den der Athlet Manuel geführt hatte. Von draußen waren viele Geräusche und Musik hereingeklungen. Ihnen folgte plötzliche Stille und danach die harte, befehlende Stimme einer Frau. Manuel hatte die Bitte des Athleten mißachtet, seine Neugier war zu groß gewesen. Er wollte die beschäftigte Madame sehen. Leise verließ er den Salon und gelangte durch einen menschenleeren kurzen Gang in die Halle. Da erblickte er dann die Dame des Hauses ...

Neben Nora Hill stand, gleichfalls im gleißenden Lichtkegel des Scheinwerfers, ein junges Mädchen mit flammend rotem Haar. Nora Hills Abendkleid war knöchellang und aus Silberlamé. Sie hatte schwarzes Haar, schwarze, große Augen, einen großen Mund und war stark geschminkt. Eine faszinierende Frau, dachte Manuel. Wie alt? Vierzig, höchstens. An jedem Ohr trug Nora Hill einen großen tropfenförmigen Smaragd, ein Smaragdkollier mit vielen Steinen um den Hals und einen Smaragdring. Der Schmuck funkelte. Mit beiden Händen stützte Nora Hill sich auf die Griffe von zwei modernen Leichtmetallkrücken, deren gepolsterte Enden ihren Ellbogengelenken angepaßt waren.

In der rechten Hand hielt sie eine Peitsche. Die Peitsche hatte einen kurzen Stiel und zahlreiche dünne braune Riemen. Leder ist das wohl, dachte Manuel. Nun hob Nora Hill die rechte Hand samt der Krücke, stützte sich schwer auf die linke und ließ die Peitsche durch die Luft sausen. Die Riemen pfiffen.

»Also, meine Herren! Yvonne muß ihre Strafe bekommen. Auf der Stelle! Wer will, kann sie schlagen, bis sie ohnmächtig wird!«

Das Mädchen neben ihr war vollkommen nackt. Es versuchte, die Scham und die Brüste mit Armen und Händen zu verbergen.

»Hände weg!« sagte Nora Hill.

Das Mädchen zögerte.

Nora Hill schlug ihr klatschend die vielschwänzige Peitsche über den Rücken. Das Mädchen schrie auf.

»Hände weg!«

Yvonne ließ die Arme sinken. Nun stand sie völlig entblößt da. Das Dreieck ihrer Scham leuchtete rot wie das Kopfhaar.

»Sie werden sich doch nicht genieren! Vorwärts, meine Herren!« Nora Hill hob nie die Stimme. Sie lehnte den Krückstock, den sie zusammen mit der Peitsche hielt, gegen ein Fauteuil. Nun hatte sie die Rechte frei für die Peitsche. Die Linke stützte sich schwer auf die zweite Krücke.

In dem bläulich erhellten Halbdunkel der großen Halle, in die Nora Hill blickte, saßen mindestens zwanzig Männer und mindestens ein Dutzend Mädchen auf Lehnstühlen, auf Couches, an kleinen Tischen, vor Gläsern, Flaschen und Sektkübeln. Manuel sah wenig mehr als Silhouetten. Es waren junge und ältere Männer, in Abendkleidung, in Straßenanzügen. Manuel erkannte, daß die Mädchen alle jung und hübsch waren. Neben sehr hellhäutigen gab es auch dunklere Typen, ja eine Negerin. Die Mädchen saßen bei den Männern, auf ihren Knien. Wenige waren komplett angezogen. Die meisten befanden sich in verschiedenen Stadien der Entblößung, sie trugen nur Schuhe und mehr oder weniger Unterwäsche.

Nora Hill balancierte geschickt und mit langer Übung ihr Gleichgewicht auf dem einen Krückstock aus und schlug dem rothaarigen Mädchen dann die Riemen der Peitsche über den weißen Bauch. Yvonne hatte eine sehr helle Haut. Sie schrie wieder und krümmte sich. Sofort schlug Nora neuerlich zu, auf das Gesäß. Die Riemen knallten. Die Schläge klatschten.

»Na, was ist denn, meine Herren? Das macht doch Spaß! Was haben Sie bloß?« Nora Hill sprach ein sehr reines Deutsch, ohne jeden österreichischen Akzent, fiel Manuel plötzlich auf. »Will denn wirklich keiner von Ihnen Yvonne auspeitschen? Keiner?«

Es blieb still in der Halle. Manuel hörte jemanden in seiner Nähe hastig atmen.

»Dann muß Gloria es tun«, entschied Nora Hill. Sie sagte heiser und nicht eine Spur lauter: »Gloria!«

»Ja, Madame.«

Aus der Dunkelheit tauchte – Manuel sah nicht, woher – ein zweites Mädchen auf. Es war gleichfalls vollkommen nackt bis auf ein Paar weicher, eng anliegender Lederstiefel, die bis über die Knie reichten. Dieses Mädchen war ein dunkler Typ mit schwarzblauem Haar.

»Du wirst Yvonne peitschen, Gloria!«

»Ja, Madame.« Gloria knickste.

Nora Hill ließ sich in das Fauteuil gleiten. Ihre Bewegungen waren sehr geschickt. Die zweite Krücke behielt sie in der Hand. »Daß du mir richtig zuschlägst! Sonst bekommst du selbst deine Tracht! Zwölf Schläge!«

»Ja, Madame.«

»Yvonne zählt mit, verstanden?«

»Ja, Madame«, flüsterte das rothaarige Mädchen. Die Warzen seiner großen Brüste hatten breite, rosige Höfe.

Nora Hill stieß mit dem Krückstock heftig gegen den Boden.

»Das Seil!«

Von oben, aus der Dunkelheit der Hallenkuppel, kam ein Seil herabgeschwebt.

»Die Hände in die Höhe!« kommandierte die Frau in dem silbernen Kleid. Gloria fesselte Yvonnes emporgestreckte Hände so, daß diese sie hoch über dem Kopf halten mußte. Das Seil wurde mit einem Ruck angezogen. Yvonne stand nun auf Zehenspitzen.

Nora Hill stampfte mit dem Krückstock auf. »Zuerst den Rücken!«

Die Peitsche sauste durch die Luft.

Das gefesselte Mädchen schrie. Sein Körper schwankte und drehte sich leicht.

Zählen!«

»Eins . . .«

»Lauter!« Der Stock klopfte auf den Boden.

»*Eins!*« rief das blonde Mädchen.

»Weiter!« sagte Nora Hill. »Jetzt den Hintern!«

Iiii! pfiffen die Peitschenschnüre.

Yvonne schrie wieder.

In der Halle wurde es unruhig.

Der Stock klopfte befehlend.

»*Zählen!* Noch einmal sage ich es nicht!«

»Zwei...«, schluchzte Yvonne.

»Die Backen! Dazwischen! In die Ritze!«

Die Peitschenenden klatschten. Yvonne wand sich.

»Drei...«

Der Stock klopfte.

»Die Brüste!« kommandierte Nora Hill.

Der Schlag kam.

Yvonne schrie gellend auf.

»Na?«

»Vi... vier...«

»Noch einmal die Brüste!«

»Aaahhh!« Yvonne pendelte hin und her. Sie ächzte: »Fünf...«

»Und jetzt die Fut. Aber fest!« sagte Nora Hill.

Yvonne heulte auf. Die roten Haare flogen. Der Körper zuckte.

Manuel sah, daß der Athlet im Smoking zu Nora Hill getreten war und mit ihr flüsterte. Sie nickte kurz. Die Auspeitschung nahm ihren Fortgang.

»Der Bauch!«

»O Gott! Sechs...«

Manuel setzte sich. Diese Bestrafung rief in ihm ein Gemisch von Abscheu und Erregung hervor. Er ärgerte sich über die Erregung. Er starrte die offensichtlich an beiden Beinen gelähmte Nora Hill an. In was für einen Alptraum gerate ich hier? dachte er.

»Die Schenkel, vorne!«

»Ooooh!« schrie Yvonne.

Dieses Haus mußte von einem verrückten Architekten gebaut oder von einem verrückten reichen Mann in Auftrag gegeben worden sein. Es war nicht nur innen kreisrund, sondern auch außen. Zwei Stock hoch, sah es aus wie ein kunstvoller Turm. Alle Mauern waren, soweit Manuel das in dem Licht der Laternen, die in dem verschneiten Garten leuchteten, hatte erkennen können, mit gewundenen Jugendstil-Ornamenten aus Stein, aber auch mit blauen, roten und gelben Mosaikmustern verziert.

Nora Hills Haus lag im äußersten Westen der Stadt, fast unmittelbar vor der Mauer des Lainzer Tiergartens. Vom Ring immer westwärts fahrend, hatte Manuel ohne große Mühe hergefunden. Er war zahlreichen

Schneepflügen begegnet, auch an der Peripherie. Selbst die einsame Straße, die zu Nora Hills Villa emporstieg, war schon einmal freigeräumt worden.

Hier gab es sehr viel freies und noch unbebautes Gelände. Prächtige Villen standen in großen Gärten. Gleich hinter ihnen begann der Wald. Nora Hills Rundbau lag in einem alten, wilden Park. Ein hoher Zaun aus spitzen Eisenstäben umgab ihn von allen Seiten. Beim Tor stand ein Gärtnerhaus. Auf Manuels Läuten hin war ein vermummter Riese aus diesem Gebäude getreten und hatte ihn nach Namen und Begehr gefragt. Danach war er in das Häuschen zurückgeschlurft.

»Muß erst telefonieren.«

Er kam gleich darauf wieder und öffnete die Flügel des großen Tores.

»Immer geradeaus. Da vorne ist ein Parkplatz.«

Der Parkplatz war groß und von Schnee freigeräumt. Auf ihm standen Luxuswagen mit in- und ausländischen Nummern. Manuel zählte vierzehn Autos. Als er aus dem Mercedes stieg, warf ein fauchender Ostwind, der schmerzhaft Schneekristalle in sein Gesicht schleuderte, ihn fast um. Aus der Dunkelheit erklang das mächtige Brausen des Sturms in den Bäumen des Parks. Manuel hielt sich an seinem Wagen fest und sah die Rundmauer des phantastischen Hauses an, das von vielen alten, gelbverglasten Eisenlaternen mit hohen Schneehüten umgeben wurde. Hinter der Villa erblickte er mehrere kleine Gebäude. Wohnungen der Angestellten wahrscheinlich, dachte Manuel. Der Sturm raste, Äste ächzten und knarrten, die Luft war erfüllt von vielen Geräuschen. Schnee fiel noch immer, aber nicht mehr stark. Es war sehr kalt geworden. (Clairon, auf dem Zentralfriedhof, ruhte nun schon unter einer weißen, kalten Decke von elf Zentimeter Höhe. Man sah nichts mehr von seinem Leichnam.)

Der Park muß groß sein, dachte Manuel. Die letzte Villa, an der ich vorbeigefahren bin, liegt mindestens zwei Kilometer entfernt.

»Guten Abend, Herr Aranda.«

Manuel fuhr herum.

Hinter ihm stand ein Mann im Smoking, der aussah wie ein Freistilringer. Er hielt einen geöffneten Schirm.

»Darf ich mir erlauben, Sie zum Haus zu begleiten...«

Dieses Haus...

»Und wieder auf den Hintern!«

Huiiitt! pfiff die Peitsche. Der Atem der schwarzhaarigen Gloria mit den Lederstiefeln, die schlug, ging nun keuchend, ihre Brüste hoben und senkten sich, das Gesicht war verzerrt. Yvonne, an das Seil gefesselt, schrie wieder auf. Der Körper bäumte sich vor.

»Elf...«

»Und noch einmal der Bauch!« kommandierte Nora Hill, mit der Krücke stampfend. Die Enden der Peitsche flogen durch die Luft und klatschten laut, als sie die weiße Haut trafen.

Diesmal stöhnte das Mädchen am Seil nur noch.

»Zwölf...«

Dann sackte Yvonnes Kopf nach vorn, als sei sie ohnmächtig geworden. Manuel sah, schattenhaft, Bewegung auf den Fauteuils, auf den Sofas. Ein Geruchsgemisch von Zigaretten- und Zigarrenrauch, Parfüm, Erregung, Schweiß und Frauen hing schwer in der Luft.

»Hinaus mit ihr!« sagte Nora Hill.

Das Seil, das aus der Finsternis der Decke kam, senkte sich nun. Gleichzeitig glitt die rothaarige Yvonne zur Erde, wo sie zusammengekrümmt reglos liegenblieb. Die dunkle Gloria band ihre Fessel los. Yvonnes Arme fielen auf den Boden. Sie rührte sich nicht. Zwei Kellner in schwarzen Hosen, weißen Hemden und kurzen roten Jacken sprangen ins Licht und zerrten das nackte Mädchen zwischen sich fort – ins Dunkel. Gloria reckte sich mit weit gespreizten Beinen und vorgestrecktem Unterleib noch einmal. Als ein gelbes Licht anstelle des blauen aufflammte und die Halle heller erleuchtete, war auch sie verschwunden.

Männer wurden von halbnackten Mädchen umschlungen, betastet, geküßt, gestreichelt. Manuel sah jetzt, daß nicht nur sie, sondern auch die Männer verschiedenen Rassen angehörten.

In dem Moment, in dem das hellere gelbe Licht anging, trat ein hagerer Mann mit hohen slawischen Backenknochen und sehr bleicher Haut zu Manuel. Der Mann trug einen Smoking und hatte einen kleinen Schnurrbart. Sein schwarzes Haar glänzte vor Öl.

»Herr Aranda?«

»Ja.«

»Mein Name ist Enver Zagon«, sagte der Mann mit stark östlich gefärbtem Deutsch. Er redete gehetzt. »Ich muß Sie sprechen! Es geht um den Tod Ihres Vaters...«

»Was wissen Sie davon? Wer sind Sie?«

»Ich weiß, daß...« Der Fremde brach ab. »Geben Sie mir Feuer für meine Zigarette. Schnell!«

»Aber...«

»*Schnell!* Geht nicht jetzt. Später.«

Manuel riß ein Streichholz an, der Mann, der sich Enver Zagon nannte, neigte sich darüber, setzte eine Zigarette mit langem, breitgedrücktem Mundstück in Brand, verbeugte sich und ging zu seinem Sessel zurück, in dem er allein und abseits von den anderen gesessen hatte.

Manuel begriff nicht, was ihn plötzlich so in Angst versetzte. Er sah sehr unruhig durch die große Halle mit ihrem kunstvollen Holzmosaikboden, sah schon halb betrunkene Männer, die Mädchen in ihren Miedern, Hös-

chen, Seidenstrümpfen, die Kellner in ihren schwarz-rot-weißen Uniformen, die nun mit Sektkübeln, Gläsern und Flaschen hin und her eilten,
dann sah er sie, Nora Hill. Der kostbare Schmuck an ihrem kranken Körper blitzte, das silberne Kleid leuchtete rot, als sie mit schnellen, routi-
nierten Bewegungen ihrer beiden Krücken auf ihn zukam.
Diese Krücken verursachten jetzt fast kein Geräusch. Nora Hill stützte
sich mit aller Kraft auf sie, er konnte es an der Anspannung ihres glatten,
so jung wirkenden Gesichts erkennen. Ohne diese Krücken vermochte sie
offenbar keinen Schritt zu gehen. Dennoch brachte Nora Hill es fertig,
zu lächeln. Sie zeigte blendend weiße Zähne.
»Ich freue mich, daß Sie gekommen sind, Herr Aranda.« Ihre akzentfreie
Stimme, rauchig und tief, klang gleichmäßig und ruhig, keineswegs außer
Atem. Er verneigte sich. Sie hob die Hand mit der Krücke so weit, daß
seine Lippen ihre Haut berührten. Die Haut war kühl und trocken. Was
für schöne Hände sie hat, dachte er. Und was für Augen. Schöne Augen,
ja. Aber wieviel Menschenverachtung, Zynismus und Kälte spiegeln sich
in diesen schönen Augen!
»Eigentlich erwartete ich Sie draußen im Salon.«
»Ja, aber...«
»Aber Sie sind ein sehr neugieriger junger Mann, nun ja. So haben Sie
mich also gleich in Aktion gesehen... Dieser Mann, was wollte er von
Ihnen?«
»Welcher Mann?«
»Herr Aranda, bitte!« Jetzt klang die Stimme metallen.
»Oh, der! Gar nichts. Er wünschte Feuer für seine Zigarette.«
»Er würde nicht dazu kommen, sehr viele andere Wünsche zu äußern.«
Abrupt senkte Nora Hill die Stimme wieder, während sie mit einem
plötzlichen Ausdruck des Ekels, den Manuel noch oft auf diesem schönen
Gesicht sehen sollte, ihre Klienten betrachtete. »Schauen Sie sich das an.
Männer! Geil sind sie jetzt und halb verrückt nach meinen Mädchen. So
einfach geht das. Und dabei Theater, alles Theater.«
»Wie?«
»Yvonne hat nichts gespürt, nicht das geringste.«
»Aber die Peitsche...«
»Die Riemen sind aus weichem Nylon. Das tut nicht weh. Nicht die Spur.
Haben Sie Striemen gesehen? Blut?«
»Nein...«
Ein Engländer, sehr betrunken, ein Mädchen im Arm, schwankte an ih-
nen vorbei.
»Come on, baby, now I'll fuck you!«
»Sehen Sie? Es wirkt schon.« Nora Hills breite Lippen verzogen sich. »Je-
der Mensch ist ein Sadist. Jeder! Sie. Ich. Wir alle. Man spielt uns etwas

vor – wir reagieren. Nein, überhaupt nichts hat Yvonne gespürt. Und Sie
– und die anderen – haben nichts gemerkt, gar nichts! Nicht, daß kein
Blut floß, nicht, daß es keine Striemen gab! Was glauben Sie? Daß ich
es mir leisten kann, eines meiner Mädchen wirklich auspeitschen zu lassen? Yvonne ist das beste Hühnchen hier. Die wird noch gebraucht heute
abend. Wenn einer tatsächlich Blut sehen will – nun ja, kann er auch haben. Menschen – ah!«
»Sie verachten die Menschen?«
»Nicht einmal das mehr. Zu anstrengend. Es gibt nur zwei Arten von ihnen, wissen Sie, junger Mann: schlechte und dumme.« Sie lächelte wieder
ihr strahlendes Lächeln. »Die schlechten«, sagte Nora Hill, »sind mir lieber.«
›Strangers in the night‹, sang Frank Sinatras Stimme aus verborgenen
Lautsprechern.
»Gehen wir zu mir hinauf«, sagte Nora Hill. »Es wird ein längeres Gespräch werden.«
Damit schwang sie sich zwischen ihren Krückstöcken bereits schnell einer
breiten Treppe entgegen, welche an der kreisrunden Innenwand empor
zu einer Balustrade im ersten Stock führte. Manuel folgte ihr und mußte
sich beeilen dabei, so schnell kam Nora Hill, an beiden Beinen gelähmt,
vorwärts. Er drehte sich um und sah den hageren Mann, der ihn angesprochen hatte, in seinem Sessel. Der Mann mit den hohen Backenknochen blickte ihm tiefbesorgt nach.

29

»Schweine«, sagte Nora Hill. »Schmutzige, gierige Schweine. Das sind
die Menschen, so wie ich sie kennengelernt habe. Dabei schließe ich mich
selbst natürlich ein. Nebst Vater und Mutter.«
»Auch Ihre Eltern...«
»Und ob! Ich bin nicht von hier, das werden Sie schon an meiner Aussprache gemerkt haben, junger Mann. Ich wurde in Essen geboren. 1915.«
»1915? Aber dann sind Sie ja...«
»Vierundfünfzig. Ich habe mich gut gehalten, ich weiß. Mein Vater war
aktiver Offizier, meine Mutter Tänzerin in einem Varieté. Sie trieb es mit
jedem. Bis dieser Leutnant kam. Sie liebte ihn – äh! Er schwängerte sie.
Versprach, sie zu heiraten. Zu seiner grenzenlosen Erleichterung brach
gleich darauf der Erste Weltkrieg aus, und er verschwand für immer.
Mich brachte mein braves Mütterlein, kaum daß ich richtig auf der Welt
war, zu Bauern. Ich störte sie, nun, da sie wieder weiterhuren wollte. Als
ich fünf war, sagten mir die Bauersleute, daß sie gestorben war. Mit einer

schlichten Lues hatte sie sich ins Krankenhaus gelegt. Eine Lungenentzündung machte sie fertig. Als meine Pflegeeltern mir erzählten, die liebe Mami sei nun im Himmel, bekam ich einen Lachkrampf. Nein«, sagte Nora Hill, »niemals traf ich bis zu dieser Stunde einen Menschen, den ich lieben könnte, verehren könnte, von dem ich mir wünschen könnte, so zu sein wie er.« Ihre Stimme wurde leise. »Mit einer einzigen Ausnahme. Jemand ist da, den ich auch in dieser Stunde noch bewundere von ganzem Herzen, den ich verehre, zu dem ich aufblicke. Jemand, so, wie ich sein möchte und niemals sein werde.«

»Und wie heißt dieser Mensch?«

»Dieser Mensch«, sagte Nora Hill, »hieß Valerie Steinfeld.«

Die schöne Villenbesitzerin saß in einem chintzüberzogenen Sessel vor dem großen offenen Kamin, der sich in der Mitte eines antik eingerichteten Wohnraums befand. Er gehörte, wie Manuel festgestellt hatte, zu einem raffiniert gebauten großen Appartement mit Schlafzimmer, Umkleidezimmer, Badezimmer und Balkon. Es gab eine kleine Bar im Wohnraum, Bücherwände mit eingebautem Plattenspieler und Fernsehapparat.

Über dem etwas erhöhten Kamin befand sich eine gewaltige Esse, die allen Rauch einfing. Dicke Holzscheite waren von dem Athleten im Smoking, den Nora Hill Georg rief und der die Funktionen eines Dieners, Vertrauten und Chefs des Etablissements in ihrer Abwesenheit einzunehmen schien, übereinandergeschichtet worden. Das Feuer prasselte. Vorhänge bedeckten die großen Fenster. Zweige naher Bäume des Parks schleiften an ihnen, klopften gegen sie. Georg hatte einen Silberthermos mit Eiswürfeln, Gläsern, Siphonflaschen und eine Flasche Whisky serviert. Die Leichtmetallkrücken lagen rechts und links neben Nora im Sessel. Sie rauchte eine Zigarette, die in einer langen Silberspitze steckte. Ganz leise nur klangen von unten Gelächter und Musik, Stimmen und Rufe herauf. Es war ein sehr solide gebautes Haus. Nora Hill hatte es, nicht ohne Stolz, Manuel beim Heraufkommen ein wenig vorgeführt...

Die Steinbalustrade im ersten Stock – auf ihr lag noch das Seil, mit dem Yvonne gefesselt worden war – verlief gleichfalls kreisrund. Das Haus hatte einen gewaltigen Durchmesser.

»Ich zeige Ihnen ein paar der Zimmer«, sagte Nora Hill, eilig, energisch, ohne ein Zeichen von Scham vor Manuel auf ihren Krücken entlangschwingend. An den Wänden, zwischen Türen, erblickte Manuel große und kostbare Reproduktionen der neunundvierzig Stellungen des Pietro Aretino, gemalt von Giulio Romano. Über den Türen waren, wie in einem Hotel, halbkugelförmige kleine Milchglaslampen angebracht. Schnell und eilig öffnete Nora Hill einen Raum nach dem anderen. Was Manuel Aranda sah, verblüffte ihn durch Schönheit, Monstrosität oder Geschmack.

»Jedes Zimmer ist anders eingerichtet. Wir haben auch einen Swimming-pool und ein Kino – unten. Die Zimmer kosteten mich ein Vermögen. Sehen Sie, hier zum Beispiel, das chinesische...«

Es gab – die Führung ging weiter – auch ein in französischem Rokoko eingerichtetes Zimmer mit galanten Kupferstichen aus der Zeit. Es gab ein indisches, ein griechisches und ein Harems-Zimmer. Ein Raum war einer Klosterzelle nachgebildet, ein anderer einer Kerkerzelle, einer völlig in Schwarz gehalten. Manuel sah eine mittelalterliche Folterkammer samt Inventar und Stichen aus den Büchern des Marquis de Sade. Ein Zimmer hatte Spiegelwände und eine spiegelnde Decke. An zwei Türen schwang sich Nora Hill eilig vorüber. Die kleinen Milchglashalbkugeln über ihnen brannten.

»Es werden bald alle Zimmer besetzt sein«, sagte die Frau mit dem schönen Gesicht voller Menschenverachtung.

»Wo kommen diese Mädchen her?«

»Zum Teil wohnen sie hier, zum Teil in der Stadt. Wenn ich mehr oder eine bestimmte brauche, telefoniere ich. Ich bin an einigen Nachtlokalen beteiligt. Georg holt, was verlangt wird, mit dem Wagen.«

»Georg?«

»Der Diener. Mein Liebhaber – Sie dachten es sich natürlich. *Nicht?* Seltsam. Schon seit sechs Jahren. Er ist einer von den Schlechten. Mit einem Dummen könnte ich es auf die Dauer nicht ertragen. Bedient mich ganz hervorragend, wirklich. Und ist völlig verrückt nach mir. Freilich, er hat schon alles gehabt, so wie er aussieht und gebaut ist. Eine Gelähmte mit Geld hatte er noch nicht. Welch ein Reiz...«

Sie öffnete eine weitere Tür. Das Zimmer war in schwülstigstem Stil eingerichtet, vollgeräumt mit Möbeln der Jahrhundertwende. Ein großes Ölgemälde zeigte einen jungen Mann, der vor einem etwas älteren kniete. Beide waren nackt. Der Jüngere liebte den Älteren.

»Auch dafür ist gesorgt«, sagte Nora Hill. »Ich habe selten solche Kunden, aber ich habe sie. Und auch ein paar wirklich verläßliche Knaben. Das ist wichtig. Die meisten sind doch ein erpresserisches Gesindel. Die ich habe, nicht. Verdienen sehr viel bei mir. Das ist natürlich teurer als das andere. Knaben haben mir noch nie Verdruß bereitet. Mädchen schon häufig. Ach, aber wo gibt es einen Beruf ohne Ärger?«

Sie war weitergeeilt...

»Cheerio!«, sagte Nora Hill nun und hob das Glas. Sie saß vor dem prasselnden Feuer des Kamins, Manuel gegenüber. Beide tranken. Nora Hill sagte: »Also: Ich kannte Valerie Steinfeld. Ich kannte sie gut. Ich bin in der Lage, Ihnen zu erzählen, was sie getan hat. Es ist keine Geschichte aus Tausendundeiner Nacht. Es ist eine arge, lebensgefährliche Geschichte. Was haben Sie?«

»Wieso?«

»Ihr Blick. Sie dachten: Umsonst wird diese Frau mir nichts erzählen!«

Manuel zögerte. »Natürlich dachten Sie das. Und es stimmt auch.«

»Ich verstehe«, sagte Manuel und stellte sein Glas hin. Ein Stück Holz im Kamin krachte laut, es klang wie ein Schuß.

»Nein, Sie verstehen nicht, junger Freund. Keine Erpressung! Kein Geld! Ich habe genug. Auch nicht Ihre Dokumente.«

»Was für Dokumente?«

»Herr Aranda!« Sie sah ihn ironisch an.

»Sie wissen...«

»Natürlich. Aber ich sage Ihnen doch, ich will das Manuskript nicht haben.«

»Was denn?«

»Ich erzähle Ihnen alles, was ich von Valerie Steinfeld weiß. Ich helfe Ihnen, das Geheimnis um den Tod Ihres Vaters zu lüften. Sie müssen sich nicht...«

30

»...auf mich verlassen, das versteht sich. Sie werden heute nacht auch nicht Valerie Steinfelds ganze Geschichte zu hören bekommen. Nicht, weil ich Sie enervieren will. Sondern damit Sie Gelegenheit haben, Stück um Stück nachzuprüfen, ob ich Ihnen die Wahrheit erzähle.«

»Großartig macht sie das«, sagte Gilbert Grant.

»Unser Goldkind«, sagte Fedor Santarin und spielte mit seinem Brillantring.

Der Amerikaner und der Russe saßen in einem Zimmer, eingerichtet wie das eines kleinen Mädchens. Teddybären und Puppen lagen herum, desgleichen Spielzeug, niedliche Kleidchen, Baby-Doll-Nachthemden, bunte Haarschleifen und Kinderschuhe. Grant hatte die Füße auf einen Tisch gelegt. Die Hüftflasche voll Bourbon hielt er in der Hand. Von Zeit zu Zeit nahm er einen großen Schluck. Sein Gesicht war rot wie immer, die Augen tränten wie immer. Santarin hatte sich abends noch einmal rasiert. Er saß auf dem niederen Bettchen. Wieder sprach er höflicherweise englisch.

Grant wischte sich den Mund ab und fragte: »Aber wird sie es auch durchhalten?«

»Sie muß, Gilbert, seien Sie beruhigt. Mord verjährt in Österreich erst nach zwanzig Jahren. Wir haben noch viele Jahre Zeit.«

Unterdessen hatte Nora Hill, die drei Zimmer entfernt von den beiden saß, weitergesprochen. Ihre Stimme kam aus einem Lautsprecher. Der hing an einem Nagel, welcher auch ein Bild von Schneewittchen und den Sieben Zwergen am Kopfende des Bettchens trug.

». . . Sie sollen sich davon überzeugen, daß es die Wahrheit ist, die ich berichte.«

Manuel Arandas Stimme erklang: »Wie fange ich das an?«

»Indem Sie zu all den anderen Leuten gehen, die in diesen Fall verwickelt sind, und sie auffordern, *ihre* Geschichte zu erzählen.«

»Die erzählen nichts. Ich habe das schon versucht.«

»Oh«, sagte Nora Hills Stimme, »wenn Sie kommen und das wissen, was ich Ihnen heute abend berichten will, werden die Herrschaften reden, alle, verlassen Sie sich darauf.«

»Und das wird Zeit und Zeit kosten«, murrte Grant. »Falls Aranda jetzt etwas zustößt . . .«

»Ich habe Jean Mercier herbestellt.«

»*Hierher?*« Grant fuhr auf.

»Ja. Er kommt erst später. In einer Stunde etwa. Ich sagte ihm, daß wir nun zusammenhalten müssen, so grotesk das ist.«

»Erst wenn Sie die ganze Geschichte von mir erfahren und bei allen anderen Menschen nachgeprüft haben, werde ich einen Wunsch äußern«, erklärte Nora Hills dunkle Stimme. »Natürlich denken Sie an das B-Projekt, aber ich . . .«

»An was für ein Projekt?«

»*Da!*« Fedor Santarin, der mit einer Puppe spielte, richtete sich auf. »Ich verstehe nicht«, erklang Nora Hills Stimme.

»B-Projekt – was ist das?«

»Keine Ahnung.«

»Aber Sie sagten es doch eben!«

»Sie müssen sich verhört haben, junger Freund.«

»Bestimmt nicht! Und ich verstehe nicht . . .«

»Sie *haben* sich verhört. B-Projekt? Was soll das heißen?«

»Das weiß *ich* doch nicht!«

»Ach, nun lassen Sie das schon. Das ist ja albern!«

»Verzeihung. Was . . . was sagten Sie denn wirklich?«

»Keine Ahnung. Sie haben mich ganz nervös gemacht.«

»Ist sie nicht großartig!« Santarin strahlte. »Wie sie ihm das unterjubelt! Und er *hat* keine Ahnung! Das bedeutet, es ist so, wie ich sagte: Er hat uns belogen, er besitzt keinen Code-Schlüssel.«

»Vielleicht blufft er«, grunzte Grant.

»Nie! Das war echt! Er blufft, ja, indem er lügt. Den Mercier soll er ruhig bluffen. Der soll ruhig glauben, Aranda besitzt den Schlüssel. Ich habe es nie geglaubt. Sie zweifelten. Darum habe ich Nora gebeten, die Probe zu machen. Sind Sie jetzt überzeugt?«

»Ja«, sagte Grant.

»Was für eine Frau!« schwärmte Santarin.

»Was für ein Jammer, daß eine solche Frau ein Krüppel sein muß.« Grant seufzte sentimental.

»Jammer? Ein Glück! Es gibt nichts Klügeres als körperlich Deformierte«, sagte Santarin.

»Und was ist das für ein Wunsch?« fragte Manuels Stimme.

31

»Nicht einmal ein Wunsch, eine Bitte«, antwortete Nora Hill. »Unsere Gläser sind leer. Machen Sie zwei neue Drinks, seien Sie so nett, ja?« Er nickte.

»Und diese Bitte«, sagte sie, während er die schweren Whiskygläser füllte, »müssen Sie nicht einmal erfüllen. Sie können sie abschlagen.« Ich hoffe, das Mikrophon da oben an der Esse funktioniert wirklich, und Santarin und Grant hören alles, dachte sie. Was ich hier tue, ist von ihren höchsten Vorgesetzten in Washington und Moskau gutgeheißen worden. Santarin hatte die Idee. Er ist der Gerissenere von diesen beiden elenden Schweinen, die mich da erpressen. Was kann ich tun? Nichts. Nur das, was sie verlangen. Mord verjährt in Österreich erst nach zwanzig Jahren. Manuel schwieg und drehte sein Glas in den Händen. Wieder hörte er aus der Tiefe Stimmen und Musik.

»Wollen Sie meine Geschichte hören? Wollen Sie meinen Vorschlag akzeptieren?« fragte Nora Hill.

»Ja«, sagte Manuel. »Ich will hören, was Sie zu erzählen haben, wenn ich mit meiner Entscheidung, ob ich Ihnen am Ende die Bitte erfülle oder nicht, wirklich frei bin.«

»Einverstanden.«

Manuel fragte hastig: »Wann hat Valerie Steinfeld die Zyankali-Kapseln von Ihnen erhalten?«

Nora Hill führte die silberne Zigarettenspitze an den Mund und blies langsam Rauchringe aus.

»Vor sechsundzwanzig Jahren«, antwortete sie danach.

32

Am Montag, dem 4. Oktober 1942, kurz nach neun Uhr vormittags, betrat Nora Hill, vom Neuen Markt und dem Opernring her kommend, das obere Ende der stillen Seilergasse. Es war ein kalter, düsterer Tag, an dem es nicht richtig hell wurde. Nora Hill, eben aus dem Süden eingetroffen, fror, obwohl sie über einem maisfarbenen Wollkleid mit schwarzem Wildledergürtel einen Baby-Leopardenmantel und einen schwarzen Turban auf dem Kopf trug. Die Füße der schönen Beine steckten in italienischen Schuhen aus schwarzem Wildleder mit Keilabsätzen, eine schwarze Krokodillederhandtasche hing am rechten Unterarm. In der Tasche lag die Pistole, die Jack Cardiff ihr gegeben hatte. Am 24. Mai war Nora Hill siebenundzwanzig Jahre alt geworden.

Ihr Gang wirkte provozierend erotisch. Durch heftiges Make-up sah sie wie eine Ausländerin aus. (›Die deutsche Frau schminkt sich nicht!‹ predigte unablässig die Propaganda der Partei.) Nora Hill hatte sehr große, dunkle Augen mit langen Wimpern, einen großen Mund, den ein Lippenstift noch größer erscheinen ließ, und schwarzes, seidiges Haar, das unter dem Turban hervorlugte. Ihre Wildlederhandschuhe hatte sie vor kurzem ausgezogen. Die langen Fingernägel waren, wie der überzeichnete Mund, grellrot angestrichen. Am rechten Handgelenk trug Nora Hill ein breites Platinarmband mit großen Brillanten im Baguettenschnitt und, am zweiten äußeren Finger, einen ungewöhnlichen Ring, lückenlos mit roten, grünen, blauen und weißen Steinen besetzt. Alle Frauen, die Nora Hill begegneten, musterten sie feindselig, alle Männer gierig, alle drehten sich nach ihr um.

Glotzt nicht so! Die Aufforderung, mich derart zu kleiden und zu schminken, geht von Deutschen aus, dachte Nora Hill. Das hatte man ihr gleich zu Beginn, noch in Berlin, befohlen. Die Überlegung dahinter schien gar nicht so idiotisch: Im Ausland fiel eine elegante, schöne und mondän gekleidete Frau nicht übermäßig auf, und das war gut, in Deutschland fiel sie um so mehr auf, und das war noch besser, denn auf diese Weise konnte man einen Menschen wie Nora Hill sehr leicht beschatten und sehr schwer aus den Augen verlieren. Deshalb auch der Schmuck. Nora Hill hatte ihn aus Deutschland geschafft und in einem Lissabonner Banksafe deponiert, wo noch sehr viel mehr Schmuck lag. Nun waren das Armband und der Ring wieder in Deutschland, weil Jack Cardiff gesagt hatte: »Wenn du zu dieser Valerie Steinfeld gehst, dann mußt du so auffallend aussehen wie möglich! Damit du auch dem dämlichsten Gestapomann, der dich etwa verfolgen sollte, klarmachen kannst, daß du nicht eine solche Kriegsbemalung gewählt hättest, falls du an einem Verbrechen gegen das Regime beteiligt wärest...«

Zur Hölle mit dieser Valerie Steinfeld, dachte Nora Hill erbittert. Ich kenne sie nicht. Ich interessiere mich nicht für sie. Sie geht mich nichts an. Ich habe genug zu tun, um selber heil davonzukommen. Und da sagt Jack: »Du mußt zu ihr gehen. Du mußt ihr helfen. Ich bitte dich darum.«

Das ist ja das Niederträchtigste, dachte Nora Hill, daß ich natürlich **alles** tun würde, worum Jack mich bittet. Ich liebe ihn. Man sieht, wohin die Liebe führt...

Die Menschen, die Nora begegneten, seit sie in Wien gelandet war, erschienen ihr allesamt krank, traurig und mutlos. Das war jedesmal so, wenn sie aus dem Ausland zurückkam. Nach einigen Tagen verlor der Eindruck sich zum Teil. Unmittelbar nach einer Heimkehr deprimierte er Nora Hill besonders.

Die Häuser der Seilergasse zeigten an den Mauern, in Brusthöhe mit weißer oder gelber Ölfarbe hingeschmiert, Pfeile und Aufschriften wie RICHTUNG KAI oder RICHTUNG OPER, in Kniehöhe Abkürzungen LSR und NA, was ›Luftschutzraum‹ beziehungsweise ›Notausstieg‹ bedeutete. Die Wegweiser sollten im Katastrophenfall den über Trümmer dahinirrenden Menschen ungefähre Orientierung verschaffen und Rettungsarbeiten ermöglichen. Voraussetzung für die Wirksamkeit all dieser Hinweise war natürlich, daß sie nach einem Luftangriff noch existierten. Bisher war Wien nicht bombardiert worden.

ABSTIEG ZU DEN KATAKOMBEN stand neben einem Hauseingang. Die Katakomben, ein viele Jahrhunderte altes Labyrinth von Gängen, die fast den ganzen 1. Bezirk unterhöhlen, waren an manchen Stellen als Luftschutzräume freigegeben worden. Rechts vom Eingang befand sich ein Lederwarengeschäft, in dessen Auslage wenige billige Schaustücke aus schlechtem Material standen, und neben diesem Geschäft lag jenes, das Nora suchte. Über den halbhoch mit Holz verschalten Schaufenstern war eine lange, verwitterte Metalltafel angebracht, einstmals wohl hellgrün, jetzt schmutzig und dunkel, auf der in altmodischen, schadhaften Buchstaben stand:

BUCHHANDLUNG UND ANTIQUARIAT LANDAU, GEGRÜNDET 1811

Die Klinke der Eingangstür ließ sich nur schwer bewegen, sie war verrostet. Nora Hill drehte sich schnell um und musterte aufmerksam die Menschen in der kurzen Straße. Frauen. Kinder. Soldaten, wenige Zivilisten. Ein Mann auf einem Fahrrad keuchte vorbei, es war hinten hoch mit festgebundenen Kartons beladen. Nein, entschied Nora, niemand ist mir gefolgt. Der Mann mit Homburg und blauem Mantel, welcher der jungen Frau seit ihrer Ankunft auf dem Fliegerhorst Langenlebarn bei Wien gefolgt war, fuhr eben noch rechtzeitig hinter das Hauseck am Ende der Seilergasse zurück und sah auf die große Normaluhr in der Mitte des Neuen Marktes.

9 Uhr 06. Der Mann mit dem Homburg zündete eine Zigarette an. Er hatte das Gefühl, daß es länger dauern werde, was immer Nora Hill in

dieser Buchhandlung zu erledigen hatte. Er war ein Mann, den seine Gefühle fast nie trogen.

›Freut euch des Lebens, weil noch das Lämpchen glüht . . .‹ erklang silberhell die Glockenmelodie des alten Liedes, als Nora die Eingangstür öffnete und den Laden betrat. In der Buchhandlung brannte elektrisches Licht. An langen Messingstäben hingen Milchglaskugeln von der Decke herab. Soweit sie erleuchtet waren, sah man am Grund jeder Kugel Schatten – Schmutz, der sich da angesammelt hatte. Die Messingstäbe waren fleckig. Ein mächtiger Kachelofen stand im Verkaufsraum. Das Marienglas seiner Feuertür leuchtete rot.

Nora Hill schloß die in den Angeln quietschende und widerstrebende Tür – das Glockenspiel ertönte wieder –, wandte sich nach links und erblickte einen mindestens zwei Meter großen, hoch aufgerichteten schwarzen Bären, ausgestopft, mit abgeschabtem Fell. Es war ein Baribal-Bär der Art, die in Nordamerika lebt. Das prompte Rendezvous ließ Nora Hill zum erstenmal an diesem Morgen etwas besserer Stimmung werden.

33

Guter, geliebter Jack!
Einen Moment lang dachte Nora voll Rührung und Dankbarkeit an ihn. Ihre Erleichterung beim Anblick des ausgestopften Bären war außerordentlich groß. Jack Cardiff hatte ihr gesagt, daß da ein Baribal stehen würde.

»Der Bär hält einen Bücherkorb und hat einen Brummechanismus. Wenn du ein Buch aus dem Korb nimmst, wirst du ihn brummen hören«, hatte Jack Cardiff gesagt.

Wirklich, der Bär trug einen Korb zwischen den Pfoten. Wenige Bücher lagen darin. Nora nahm eines heraus. Der Bär brummte, tief und lange. Das Buch hieß ›Das wunderbare Leben des kleinen Jungen, der unser großer Führer wurde‹. Nora legte den Band zurück. Der triste Baribal mit dem schütteren Fell brummte abermals.

Noras Blick glitt durch den Verkaufsraum. Alles genauso, wie Jack es beschrieben hatte. Die Stehpulte; die Regale aus Eichenholz, an vielen Stellen leer; die hohen Leitern, samtüberzogen, an Eisenstangen befestigt, fahrbar; die Sessel; die zwei Schaukelstühle; die Registrierkasse aus Nikkel; der Fußboden mit seinen dunklen, langen Bohlen, abgetreten, an manchen Stellen bucklig geworden.

Es war kein Mensch im Laden außer Nora.
»Hallo!« rief sie.
Nichts regte sich.

»Hallo!« rief sie noch einmal lauter.

Aus einem Gang in einer der Bücherwände trat ein Mann mit blassem Gelehrtengesicht, schmalen schönen Händen und sehr kleinen Füßen. Er war gut angezogen, wenn auch seltsam altmodisch. Er hatte sanfte, graue Augen und wirkte übernervös. Das ist er auch, dachte Nora, von neuem beruhigt. Jack hat mir Martin Landau beschrieben. Genau beschrieben. Alles stimmt exakt. Die linke Schulter hält dieser Landau beständig leicht hochgezogen, den Kopf leicht nach links gelegt, die blassen Lippen sind zu einem ängstlichen Dauerlächeln verzogen, und am linken Jackenrevers trägt er das Parteiabzeichen.

»Auf diesen Landau mußt du besonders achten. Er ist der schwächste Punkt in unserem Plan.«

Das hatte Jack gesagt. Wenigstens verschwiegen hatte er nichts, gelogen hatte er nicht, um sie in Sicherheit zu wiegen. Nein, Jack log nicht. Niemals. Das war einer der Gründe, warum Nora ihn liebte. Ihr Wohlgefühl beim Anblick des Baribal-Bären war verschwunden. Immer tiefer sank ihre Stimmung, als Martin Landau nun langsam und geräuschlos näher trat. Er schluckte ein paarmal und brachte kein Wort heraus.

Das fängt ja gut an, dachte Nora. Ich muß jetzt schnellstens mich sichern. Ich muß wissen, ein wie großer Feigling dieser Landau ist. Sie sagte gleichfalls kein Wort, sondern sah dem Buchhändler starr in die Augen. Sofort wich er ihrem Blick aus. Himmel, dachte Nora. Der Mann wird bald mehr standhalten müssen als dem Blick von Frauenaugen. Wenn er nicht standhält, sieht es böse aus – nicht nur für ihn.

Dieser Mann, neununddreißig ist er, Jack sagte es, hat in seinem Leben noch keine Frau umarmt, dachte Nora. Das sehe ich. Dazu brauche ich keinen Jack. Dieser Mann geht auch mit neununddreißig brav nach Hause zu seinem Schwesterchen und spielt mit sich selbst. Diesem Mann brauchen sie gar keinen Gestapokerl zu schicken.

»Der schwächste Punkt in unserem Plan...«

Herrgott, dachte Nora, was stellt Jack sich vor? Wie soll man mit einem Mann wie Landau, mit einem solchen Waschlappen von Mann, nun einen Menschen retten? Verdammt, und ich kenne diesen Menschen überhaupt nicht! Was geht er mich an? Ich glaube, ich verschwinde, so schnell ich... Nein.

Jack.

Ich habe es Jack versprochen. Ich muß es tun. Jack würde auch alles tun, worum ich ihn bitte. Ist das eine elende Situation! Nichts zu wollen. Ich muß es riskieren. Ich habe immerhin schon einiges riskiert in meinem Leben. Also los!

Laut sagte Nora: »Guten Morgen!«

Landau zuckte zusammen, als hätte er einen Tritt erhalten. Er wich zwei

Schritte zurück. Sein rechter Arm fuhr hoch. Mit schiefem Kopf und schiefer Schulter erwiderte Martin Landau leise, verstört und undeutlich: »Heil Hitler!«

Na ja. Eben Herr Martin Landau. Parteigenosse Landau.

»Ich bin auf der Durchreise in Wien«, sagte Nora und sah, daß dieser elende Feigling schon wieder erschrak. Etwas Feines hatte Jack ihr da eingebrockt! »Ich suche ein bestimmtes Werk über griechische Mythologie, antiquarisch«, sagte sie.

Landaus Unterlippe begann zu beben.

Wenn das so weitergeht, dachte Nora, kippt er mir um, bevor ich die Frau überhaupt zu Gesicht bekomme. Was für ein trauriger Witz von einem Mann! Er wartet doch seit vier Jahren darauf, daß jemand kommt und ein bestimmtes Werk über griechische Mythologie verlangt. Es ist doch alles genau vereinbart worden, damals. Und ich habe erst *ganz allgemein* von griechischer Mythologie gesprochen. Das werden in den letzten vier Jahren vermutlich auch ein paar andere Menschen getan haben. Ist Herr Landau da jedesmal fast ohnmächtig hingeschlagen?

»Griechische Mythologie«, sagte Landau undeutlich. »Immerhin...«

»Ja«, sagte Nora und trat einen Schritt vor.

Er trat sofort wieder einen Schritt zurück, während er stotterte: »Tja, Mythologie, also da weiß ich nicht recht... Griechische Geschichte ist immerhin eine Menge da... Curtius, Meyer, Droysen... Auch griechische Kultur... Sprache, Musik...«

Nora blickte ihn fest an – er sah sofort über ihre Schulter – und sagte mit Betonung: »Ich brauche den ›Glauben der Hellenen‹.«

Daraufhin fiel er in sich zusammen und starrte auf seine Schuhe.

»*Nun!*« Sie redete immer lauter, sie wurde immer wütender in ihrer Hilflosigkeit und Angst vor dem, was ihr mit einem solchen Bundesgenossen möglicherweise bevorstand. »Haben Sie den ›Glauben der Hellenen‹?«

Er bewegte die Lippen, den Kopf gesenkt.

»Ich verstehe Sie nicht!«

Plötzlich riß er den Kopf empor und fauchte, als hätte er den Verstand verloren: »Ich habe gesagt, ich weiß es nicht!«

»Na, könnten Sie dann nicht einmal nachsehen?« Jetzt redete Nora sehr laut. Sie hätte Landau gern geohrfeigt. Auf der anderen Seite: So angenehm war die Situation, in der er sich befand, ja nun auch nicht. Man mußte gerecht sein.

Ein plötzlicher Schreck durchfuhr Nora. War die Frau überhaupt im Geschäft? Wenn nicht – was dann? Einen so feinen Plan hatten sie ausgeheckt, und wenn diese Frau nun nicht hier war, funktionierte er nicht. Was hieß: Nicht hier? Lebte diese Frau vielleicht überhaupt nicht mehr?

Nora überlegte blitzschnell: Im Telefonbuch habe ich nachgesehen, draußen, auf dem Flughafen. Ihren Namen fand ich da. Aber so ein Telefonbuch erscheint nur einmal im Jahr. Wenn diese Frau nun im letzten Jahr gestorben ist? Und wenn dieser Landau *deshalb* solche Panik zeigte? Er darf nicht wagen, das erste Wort zu sagen. Ich hätte es auch nicht gewagt. Der mutigste Mensch von der Welt hätte geschwiegen. Was soll ich anfangen, wenn diese Frau tot ist, wenn etwas geschah, wovon Jack nichts weiß?

»Selbstverständlich will ich nachsehen«, murmelte Landau unglücklich. »Darf ich bitten, mir zu folgen...« Er eilte voraus. »Hier durch den Gang... Wir räumen gerade um, wissen Sie... Ein Riesendurcheinander... In der stillen Zeit vor dem Weihnachtsgeschäft machen wir immerhin wenigstens etwas Ordnung... Ich war in den Magazinen, darum habe ich Sie nicht gleich gehört, Sie müssen verzeihen...«

Der Gang mündete in einen ersten Magazinraum. Hier brannte kein Licht. Rechts vom Durchgang befand sich der türlose Eingang zu einem kleinen, gemütlichen Stübchen, in dem, auf einem Schreibtisch, eine grünbeschirmte Lampe leuchtete. Ein überheizter Ofen bullerte. Das Licht der Stehlampe erhellte schwach die vorderste Ecke des Magazins. Auf großen Tischen, dem Fußboden, Regalen gab es hier Tausende von Büchern. Sie ruhten zum größten Teil in absoluter Dunkelheit.

STROM SPAREN! mahnte ein Plakat an der Wand.

Landau blieb stehen.

»Griechenland haben wir auch nach hinten geräumt... wird ja kaum noch verlangt... Sie müssen das Durcheinander entschuldigen... So viel Arbeit und so wenig Hilfe... Meine drei Sortimenter sind eingezogen... Ich habe nur noch einen... ist in den Magazinen...« Er rief: »Frau Steinfeld!« Und als er nicht sofort Antwort bekam, brüllte er hysterisch: »Frau Steinfeld, so machen Sie schon endlich!«

Nora lehnte sich gegen ein Bücherregal.

Valerie Steinfeld war also nicht tot.

Sie war hier.

Ich könnte diesen Kerl umbringen, dachte Nora Hill.

34

»Ich komme!« erklang eine helle, junge Stimme.

Aus dem bogenförmigen Durchgang zu einem weiteren Gewölbe, wo schwaches elektrisches Licht brannte, trat eine Frau in einem Kittel aus schwarzem Glanzstoff. Mechanisch drehte sie einen Schalter. Die trübe Beleuchtung hinter ihr erlosch. Nur der Schein der grünen Schreibtischlampe fiel auf die drei Menschen.

Schlank und mittelgroß war Valerie Steinfeld, Nora Hill hatte Fotografien von ihr gesehen. Dennoch erkannte sie die Frau nicht sofort wieder. Die Fotos waren vor Jahren gemacht worden. Auf allen Aufnahmen lachte Valerie Steinfeld, eine schöne junge Frau lachte glücklich und ausgelassen, ihr blondes Haar fiel in weichen Wellen über den Nacken und glänzte. Das tat es auch jetzt noch. Aber Valeries Gesicht hatte sich geändert.

Es sind die Augen, dachte Nora Hill, es ist der Mund. Diese blauen Augen, dieser volle Mund, sie haben seit Jahren nicht mehr gelacht, nicht mehr gelächelt. Sie sind noch immer schön, diese Augen, doch der Ausdruck, den sie zeigen, ist erschreckend. Diese Augen, dachte Nora Hill, sie können nicht mehr lachen. Sie können auch nicht mehr weinen. Valerie Steinfeld hat keine Tränen mehr.

Sehr abergläubisch, wie Nora war, wich sie, wo sie konnte, solchen Menschen aus. Sie wich den sehr Unglücklichen, den sehr Kranken und den sehr Verzweifelten aus. Sie bringen Unglück, daran glaubte Nora Hill. Sie suchte die Gesellschaft und Freundschaft der Reichen, der Glücklichen, der Mächtigen, der Sieger, nicht der Besiegten, die der Herrscher, nicht der Beherrschten.

»Bitte, Herr Landau?« Valerie Steinfeld sah den blassen Mann mit unbewegtem Gesicht an, nachdem sie mit ebenso unbewegtem Gesicht Nora kurz angesehen und den Kopf gesenkt hatte. Valerie besaß eine sehr blasse Haut.

»Diese Dame sucht...«, begann Landau mit zitternder Stimme, da ertönte draußen im Laden das Glockenspiel der Eingangstür.

Oh, die unendliche Erleichterung!

Landau dienerte, wobei das Licht der Lampe in der kleinen Kammer das Hakenkreuz auf seinem Parteiabzeichen aufblitzen ließ. »Verzeihen Sie, Fräulein. Kundschaft.« Er eilte davon. Beide Frauen lauschten kurz, wobei sie einander musterten. Valerie prüfend und ernst, Nora mit steigender Nervosität.

Achtunddreißig Jahre ist Valerie Steinfeld alt, dachte Nora Hill. Elf Jahre älter als ich. Ich halte ihren Blick schon aus, Herrgott, dieser Blick! Mit Mühe halte ich ihn aus. Jack, verzeih mir, ich bin hier im falschen Lager. Im ganz falschen. Keine Verzweifelten, keine Unglücklichen für mich. Ich muß sehen, daß ich diese Sache so schnell wie möglich hinter mich bringe. Dann verschwinde ich und sehe Valerie Steinfeld nie wieder. Es hat jeder genug mit seinem eigenen Leben zu tun. Ich interessiere mich nicht für dein Leben, dachte Nora, Valerie in die Augen starrend, ich will nicht daran teilhaben, nie, nie, nie!

»Ich suche den ›Glauben der Hellenen‹«, sagte Nora Hill.

»Aha«, sagte Valerie. Das war alles. Danach sah sie Nora weiter an, sachlich, höflich, absolut beherrscht.

Nora fühlte, wie sie wütend wurde, wütend auf sich selber, auf die Unlogik ihrer Empfindungen. Landau hatte sie für seine Feigheit verflucht. Valerie Steinfeld hätte sie dankbar sein müssen für solch beherrschte Haltung. Statt dessen fand sie diese Steinfeld unerträglich. Abgesehen von dem tiefernsten Gesicht war das leicht verstaubte Aschenputtel, das da vor ihr stand, auch noch sehr hübsch. Dies kam hinzu. Nie im Leben hatte Nora Hill eine Freundin besessen.

Bisher, dachte Nora, haben mich alle Weiber, mit denen ich zu tun hatte, entweder sofort verachtet oder sofort gefürchtet. Nun steht da eine vor mir, die tut scheinbar – scheinbar! – weder das eine noch das andere. Nun, dachte Nora, das wird sich ändern, meine Liebe, wenn ich dir alles gesagt habe, was ich zu sagen habe. Wollen sehen, ob du dich dann auch noch so beherrschen kannst.

»Verstehen Sie mich nicht?« fragte Valerie laut.

Sie hat etwas gesagt. Ich habe es nicht gehört, weil ich ihren Blick nicht mehr aushalten konnte und wegschauen mußte. Ich und vor einer anderen Frau wegschauen! Noch nie ist mir das passiert! Und ihre Stimme habe ich nicht gehört, weil ich so sehr mit meiner Aversion beschäftigt war.

»Ich sagte: Da gibt es zwei Werke. Das von Levy und das von Trockau.«
Nun sahen sie einander wieder in die Augen. Der nächste Dialog klang wie ein Frage- und Antwortspiel, und er war es ja auch.

»Das von Trockau natürlich«, sagte Nora. »Das von Levy ist doch verboten.«

»Ja, eben. Trockau«, sagte Valerie. »Da existiert die einbändige Ausgabe 1929...«

»Zweibändig.«

»Wie bitte?«

»Sie irren sich. Die erste Auflage war auch schon zweibändig. Ich brauche aber die zweite. 1931. Bearbeitet von Merian und Stähelin.«

Valerie Steinfeld trat langsam in die kleine Kammer und wandte Nora Hill den Rücken zu. Sie schien in den Regalen zu suchen. Den Eindruck mußte haben, wer hinter ihr stand. In Wirklichkeit hielt sie die Augen geschlossen. Ihre Hände umkrampften die Lehne eines alten Sessels vor einem vollgeräumten, alten Schreibtisch.

»Merian und Stähelin...«, sagte Valerie langsam. Der Rücken zuckte plötzlich. Nora bemerkte es. Ihr Selbstgefühl stieg wieder. Na also, dachte sie. Ein Übermensch bist du auch nicht. »Die wurden vor Monaten einmal bestellt«, fuhr Valerie gleichmütig fort. »Da habe ich sie nach vorn geholt und hier irgendwo bereitgelegt. Verkauft haben wir die Bücher dann doch nicht. Der Kunde kam nicht wieder. Aber wo sind die Bände nur?« Sie blickte, die Augen nun geöffnet, rundum.

Nora Hill trat hinter ihr in den kleinen Raum. Das ist also das ›Teekammerl‹, von dem Jack erzählte, dachte sie. Alles, wie er es geschildert hat. Der rostige Gasrechaud. Das angeschlagene Geschirr. Das Spülbecken. Rost und Grünspan am Wasserhahn. Das alte Ledersofa...

»Lassen Sie mich nachdenken«, sagte Valerie klanglos, die Bücherreihen entlangblickend. »Wo habe ich die Bände bloß hingestellt...«

Das Theater geht also weiter, dachte Nora. Es muß weitergehen. Theoretisch hätte auch ein Fremder nach dem ›Glauben der Hellenen‹ von Trokkau, Bearbeitung von Merian und Stähelin, fragen können. Vielleicht war das sogar schon einmal passiert, und Landau zitterte deshalb so vor Angst, obwohl er wußte, daß da immer noch Sicherungen eingebaut waren.

»Hier ist es nicht... hier auch nicht...«

Valerie hatte, zum Teil über Möbel gebeugt und auf Zehenspitzen, einzelne Bücher aus den Reihen gezogen. Nun blickte sie Nora an, als wollte sie sagen: Man kann die Sache beenden, sprich!

»Vielleicht auf dieser Seite?« sagte Nora.

Valerie tat, als suche sie weiter.

Nora sah sich noch einmal in der Kammer um. Der abgetretene Teppich, von dem Jack erzählt hat, da ist er. Der schadhafte Schaukelstuhl, da steht er. In der Ecke der alte Ofen, rotglühend an einer Stelle. Wie laut er kollert! Von diesem Tischchen hier hat Jack mir nichts erzählt. Und auch nichts von dem Radioapparat darauf. Ein ›Minerva 405‹. Nora kannte die Type. Sieben Röhren, 1940 auf den Markt gekommen, das Stärkste und Beste, was es im Moment gab. Natürlich, von dem Radioapparat hat Jack nichts wissen können, dachte sie. Mit so einem Modell vermag man gewiß mitten in der Stadt und sogar am Tage London zu hören...

»Also ich weiß wirklich nicht, wo ich noch suchen soll... Die Bände müssen da sein, sie sind nie abgeholt worden«, sagte Valerie.

»Aber auch hier ist nichts.«

Nun war es Zeit.

»Doch, doch«, sagte Nora.

»Wo?« Das kam schwach. Jetzt war Valerie am Ende ihrer Kraft.

Nora blickte lächelnd umher und antwortete nicht.

»Wo?« fragte Valerie zum zweitenmal. Ihre Stimme hatte plötzlich jede Sicherheit verloren, sie vibrierte. Nora sah in Valeries Augen. Nicht länger starr und mutig waren die, ach nein, jetzt flehten diese Augen, bettelten. Bitte, bitte...

Na also, dachte Nora.

Sie sagte langsam und sehr deutlich: »Die Bände stehen vor Ihnen. Im fünften Brett von oben, links neben dem Sofa. Es ist das zwölfte und das dreizehnte Buch, von der Ecke aus gezählt.« Mit einer schnellen Bewegung trat sie vor und zog zwei schwere Bücher aus dem bezeichneten Regal. »Da, Band eins, da, Band zwei«, sagte sie und sah Valerie wieder an. Diese erwiderte den Blick unheimlich ruhig. Ihre Augen waren jetzt nicht mehr so hell und strahlend blau wie eben noch, sie waren dunkler. Nora Hill dachte an einen Aprilhimmel voller Regen. Sie muß sehr unglücklich sein, diese Frau, dachte Nora. Ich hoffe nur, daß die Begegnung mit ihr nicht auch mir Unglück bringt. Nora legte einen Band auf das große Radio und blätterte in dem anderen. »Bearbeitet von Merian und Stähelin, 1931!«

»Das freut mich für Sie«, sagte Valerie völlig gleichmütig. »Darf ich einmal nach dem Preis sehen?«

Nora erstarrte.

Moment, Moment.

Irgend etwas habe ich falsch gemacht. Sie hat alles richtig gemacht. Aber ich...

»Warten Sie!« Nora griff nach Valeries Arm. In ihrer Verwirrung und in der Wärme des Raums wurde ihr plötzlich glühend heiß.

»Bitte?« Valerie hob die Augenbrauen.

Was ist hier bloß los? dachte Nora verzweifelt. Was habe ich nur... Dann fiel es ihr ein. Und im gleichen Moment, da es ihr einfiel, empfand sie zum erstenmal Bewunderung für diese Valerie Steinfeld.

Wütend auf sich und ihre Überheblichkeit, und wütend auf die Frau, für die sie Bewunderung empfand, öffnete Nora die Handtasche und holte ein Stück gelb-blau bedrucktes Papier hervor. Es war an einer Seite in bizarrer Zickzack-Linie abgerissen. Man las: HELLERS ZIT...

Valerie Steinfeld kniete nieder, zog die unterste linke Lade des Schreibtisches hervor und kramte da, während Nora dachte: *Zwei* Erkennungszeichen sind vereinbart, nicht nur eines! Das zweite habe ich vergessen. *Sie* hat es nicht vergessen – trotz der Aufregung dieser Begegnung.

Valerie hatte gefunden, was sie suchte. Sie erhob sich. In der Hand hielt sie gleichfalls ein Stück gelb-blau bedrucktes Papier. Beide Frauen strichen ihre Stücke glatt. Nora legte die eine Hälfte auf den vollgeräumten Schreibtisch. Ganz langsam schob Valerie ihre Hälfte heran. Die schönen Hände waren schmutzig vom Staub der Magazine. Sie bewegte ihr Papier so lange, bis die Rißstellen genau in die Rißstellen der anderen Hälfte paßten. Die Teile, die so kunstvoll getrennt worden waren, bildeten nun zusammen eine Bonbontüte. Jetzt konnte man alles lesen, was auf ihr stand: HELLERS ZITRONENDROPS – EINE KÖSTLICHKEIT!

»Verzeihen Sie«, sagte Valerie ruhig.

»Was heißt verzeihen? Meine Schuld. Und meinen Glückwunsch. Sie kann man nicht überrumpeln!«

»Hoffentlich nicht«, sagte Valerie still, dann öffnete sie die Tür des kleinen Ofens mit einem Stochereisen und warf beide Papiere in die Glut.
»Wie heißen Sie, Fräulein?«
»Hill, Nora Hill.«
Valerie schloß die Ofentür und setzte sich in einem plötzlichen Schwächeanfall schnell auf das alte Sofa, dessen Spiralfedern ächzten. Sie blickte
zu Nora auf. Jetzt leuchteten ihre Augen wie die eines jungen Mädchens,
das sich auf die Liebe freut. Ein Lächeln trat in das schöne Gesicht und
erhellte es strahlend gleich einem Sonnenaufgang. Mit erstickter Stimme
fragte Valerie Steinfeld: »Wie geht es ihm?«

35

»Als ich einst aus dieser Stadt auszog«, rief Adolf Hitler, »da trug ich in
mir genau dasselbe gläubige Bekenntnis, das mich heute erfüllt!«
Er stand, vor einem Bündel von Mikrophonen, auf dem Balkon des alten
Rathauses der Stadt Linz. Der Platz unter ihm, dicht mit Tausenden von
Menschen gefüllt, war in gleißendes Scheinwerferlicht getaucht. Hunderte von Fackeln brannten. Die Fenster aller Häuser waren erleuchtet.
Um diese zusätzliche Illumination hatte ein Rundfunksprecher gebeten,
der vor Hitlers Eintreffen die ungeheure Erregung der Massen, die über-
schäumende Freude der ins Reich heimgeholten Österreicher (»Ostmär-
ker« sagte er) schilderte, atemlos und hingerissen durch den Taumel des
Glücks, dessen Zeuge er war.
Dieser Bericht vom triumphalen Einzug des so groß und mächtig gewor-
denen Oberösterreichers wurde am Abend des 13. März 1938 über sämtliche österreichischen und deutschen Sender, auf Mittelwelle, Langwelle,
Kurzwelle und mit Richtstrahlern nach Übersee verbreitet. Aus Lautsprechern, die an allen großen Kreuzungen der Städte, auf Flugplätzen,
in allen Bahnhöfen, Werften, Montagehallen, Restaurants und den
Marktplätzen der kleinsten Dörfer angebracht worden waren, schallte
Hitlers Stimme durch das Großdeutsche Reich:
»Ermessen Sie meine innere Ergriffenheit, nach so langen Jahren dieses
gläubige Bekenntnis in Erfüllung gebracht zu haben!«
Der Wiener Westbahnhof glich einem riesigen Ameisenhaufen. Ge-
hetzte, hastende, drängende, hysterische, weinende und fluchende Menschen sah man am Abend dieses 13. März 1938 auf den Bahnhöfen Österreichs. Mit Glück konnte man noch aus dem Lande fliehen am Ende jenes
wunderbaren Frühlingstages mit seiner linden Luft und seinem nun
samtblauen Himmel.
Menschen! Menschen!

»... wenn die Vorsehung mich einst aus dieser Stadt heraus zur Führung des Reiches berief, dann muß sie mir damit einen Auftrag erteilt haben!« klang Hitlers Stimme, donnernd verstärkt, aus den vielen Lautsprechern des Westbahnhofs. Paul Steinfeld legte die Lippen an das Ohr seiner Frau, um sich verständlich zu machen.

»Der in Braunau geborene Führer und du«, sagte Paul Steinfeld.

»Das Beste, was Oberösterreich je hervorgebracht hat!«

Valerie, die seit Stunden gegen die Tränen kämpfte, sah ihren Mann mit flackernden Augen an. Fünfzehn Jahre waren sie verheiratet. Valerie wußte: Was ihr Mann da eben gesagt hatte, der traurig bittere Spaß eines Mannes, welcher um sein Leben fliehen mußte, war eine Liebeserklärung gewesen. Zärtlich strich sie über seine Hand. Er drückte die Lippen an ihr Ohr und küßte es. Sie standen neben einem abfahrtbereiten Zug, inmitten des Maelstroms schiebender, drängender, schreiender Menschen.

Paul Steinfeld winkte einem Mann zu, der um seinen Würstchenstand kämpfte. Der Mann nickte und begann sich mühselig einen Weg durch die Menge auf dem Perron zu bahnen.

»... und es kann«, tobte Hitlers Stimme, »nur der Auftrag gewesen sein, meine teure Heimat dem Deutschen Reich wiederzugeben!«

»Ein Volk, ein Reich, ein Führer! Ein Volk, ein Reich, ein Führer! Ein Volk, ein Reich, ein Führer!« Minutenlang dröhnte das Gebrüll der Linzer aus den Lautsprechern. Ganz dicht trat Valerie zu ihrem Mann. Ihre Körper preßten sich gegeneinander, wie sie es vor zwei Stunden noch getan hatten – in dem breiten Bett des stillen Schlafzimmers ihrer Wohnung in der Gentzgasse...

Sie waren allein gewesen. Sie hatten sich geliebt, verzweifelt und wild, das letzte Mal für lange Zeit, sie wußten es beide, obwohl sie es nicht sagten. Sie hatten sich geliebt und nicht gesprochen dabei, und dann hatten sie nebeneinander gelegen, auf dem Rücken, stumm, bis Paul Steinfeld sagte: »Wir müssen uns anziehen, mein Herz...«

Valerie trug ein Kostüm mit blau-weißem Pepitamuster und einen kleinen blauen Kappenhut auf dem blonden Haar, das unter dem Licht der vielen starken Hallenlampen golden leuchtete. In weichen Wellen fiel es in den Nacken. Valerie sah sehr jung aus, zierlich und schlank noch wie ein Mädchen mit ihren vierunddreißig Jahren. Die Haut war rein und weiß, die blauen Augen waren gebannt, erfüllt von Liebe und Trauer, auf ihren Mann gerichtet.

Paul Steinfeld trug einen braunen Zweireiher mit feinen Nadelstreifen in gedecktem Weiß. Er war groß und schlank. Das dichte Haar hatte die Farbe der Augen: schwarz. Seine Gesichtshaut war dunkel. Weit ragte eine Hakennase aus dem Profil hervor, hoch saßen die Backenknochen, die wie Knoten wirkten. Steinfelds Stirn war breit. Starke schwarze

Brauen bildeten aufwärts gerichtete Bögen, die dem schmalen Gesicht einen beständigen Ausdruck von Skepsis gaben. Steinfelds Stimme war tief, warm und angenehm.

»Heil Hitler, der Herr wünschen?« Der Mann mit dem fahrbaren Würstchenstand war herangekommen. Man konnte bei ihm auch Bier, Limonade, Brötchen, Süßigkeiten und kleine, aus Blech gestanzte Hakenkreuze zum Anstecken erhalten. Steinfeld kaufte eine große Packung Zitronendrops.

»...ich habe an diesen Auftrag geglaubt, habe für ihn gelebt und gekämpft, und ich glaube, ich habe ihn jetzt erfüllt!«

Das Gebrüll, das diesen Worten Hitlers folgte, war ungeheuerlich. Die Membranen der Lautsprecher klirrten.

»Führer, wir danken dir! Führer, wir danken dir! Führer, wir danken dir!«

Paul Steinfeld öffnete die Tüte vorsichtig und ließ den Inhalt in eine Tasche gleiten. Valerie sah ihm verständnislos zu, wie er danach das Papiersäckchen langsam in einer bizarren Zickzacklinie zu zwei Teilen riß. Er sprach wieder direkt in ihr Ohr, der Lärm war überwältigend: »Schau her. Die obere Hälfte behalte ich, die untere nimmst du. Wenn jemand kommt und sagt, er bringt Nachrichten von mir, muß er die obere Hälfte vorweisen. Und die muß genau zu deiner Hälfte passen. Heb das Papier gut auf.«

»Aber wir haben doch schon den ›Glauben der Hellenen‹ ausgemacht.«

»Sieg Heil! Sieg Heil! Sieg Heil!«

»*Ein* Erkennungszeichen ist nicht genug. Ich habe mir das eben noch einmal überlegt. Wer weiß, in welche Lage wir beide geraten. Wenn jemand kommt, mußt du ganz sicher sein. Genauso, wie ich ganz sicher sein muß.«

»Du?« Auch sie sprach immer in sein Ohr. Um sie herum drängten, stießen und brüllten Menschen. »Wieso du?«

»Es ist doch denkbar, daß du jemanden findest, der mich erreichen kann. Dem gibst du dein Papierstück mit.«

»Aber du hast dann nur *ein* Erkennungszeichen.«

»Ich bin dann in England, hoffentlich! Du bleibst hier. Du bist viel gefährdeter als ich. Nicht, bitte nicht, Valerie! Bitte, mein Herz, nicht weinen...«

»Ich will ja nicht weinen«, schluchzte sie. »Es...es hat ganz von selber angefangen...Ich kann nichts dafür...Es ist so schrecklich...Ich habe solche Angst um dich...«

Er legte beide Arme um sie.

Denkst du, ich habe keine Angst um dich, dachte er. Noch nie im Leben hatte ich solche Angst um einen Menschen wie um dich, meine Liebe, die zurückbleibt, allein und hilflos, der ich nicht helfen kann, der niemand helfen kann, dieser Mann von ›Gildemeester‹ hat es mir gesagt.

Die ›Organisation Gildemeester‹ brachte mit holländischem Geld und mutigen Helfern seit Jahren an Leib und Leben bedrohte Menschen vor den Nazis ins Ausland. Die Helfer besaßen Pässe, Visa- und Prägestempel, sie lieferten falsche Papiere über Nacht, wenn es sein mußte. In Paul Steinfelds Fall hatte es über Nacht sein müssen. Er war nicht nur einer der ersten Nachrichtensprecher von Radio Wien, er war auch viele Jahre lang Erster politischer Kommentator gewesen. Er stand auf den Verhaftungslisten der Nazis, das wußte die ›Organisation Gildemeester‹. Deshalb holte sie ihn nun aus dem Land, so schnell wie möglich.
Aber eben nur *ihn*...
»Für Ihre Frau und Ihren Sohn können wir leider nichts tun«, hatte der Mann gesagt. »Pässe sind Mangelware. So viele absolut Gefährdete müssen noch gerettet werden. Ihre Frau und Ihr Sohn sind nicht absolut gefährdet. Man wird sie ständig im Auge behalten, man wird Ihre Frau verhören, ihr den Paß abnehmen und alle Post beschlagnahmen, die aus dem Ausland kommt – aber man wird ihr zumindest vorerst nichts Schlimmes tun. Es ist bedauerlich, aber Sie können Ihre Frau nicht nachkommen lassen, auch den Jungen nicht. Die Nazis werden die beiden nie emigrieren lassen – immer in der Hoffnung, etwas zu erfahren, wenn Sie getrennt bleiben. Also seien Sie vorsichtig mit jeder Zeile, die Sie schreiben. Schreiben Sie am besten gar nicht. Schrecklich, ich weiß. Aber wir haben einfach nicht genug Pässe. Machen Sie das alles Ihrer Frau klar...«
Paul Steinfeld hatte es Valerie klargemacht.
Und nun, dachte er, sagt sie, daß sie Angst um mich hat. Um mich! Und ich darf ihr nicht zeigen, wie groß meine Angst um sie ist. Ich darf nicht zeigen, wie wenig Mut ich selbst besitze.
»Angst?« Steinfeld grinste. »Mir passiert schon nichts! Ubi bene, ibi patria. Übersetzt: Wo meine Beine sind, da ist mein Vaterland!«
Sie mußte unter Tränen lächeln.
Nun ist *mir* zum Heulen, dachte er, und flüsterte in ihr Ohr: »Du darfst das Lachen jetzt nicht verlernen! Ich will eine lachende Frau sehen, wenn ich wiederkomme!«
»Wenn...du... wiederkommst...«
Hitlers Stimme überschlug sich: »Mit heißem Herzen und fanatischer Entschlossenheit habe ich an meinem großen Ziel gearbeitet, die Ostmark, diesen blühenden Garten, heimzuholen in jene Gemeinschaft, in die sie seit undenklichen Zeiten gehört...«
Die Membranen der Lautsprecher klirrten wieder.
»Sieg Heil! Sieg Heil! Sieg Heil!«
»Natürlich komme ich wieder«, sagte Paul Steinfeld, immer in Valeries Ohr sprechend. »Was hast du denn gedacht? Bald komme ich wieder...«
Ja, bald? Werde ich jemals wiederkommen können? Es wird wieder Krieg

geben, dachte er. Ich bin dreiundvierzig. Als ich 1914 freiwillig in den Weltkrieg zog, da schrien sie alle, auch auf einem solchen Bahnhof: »Zu Weihnachten sind wir wieder zu Hause!« Zu Weihnachten zu Hause. Wie lange wird dieser neue Krieg dauern? Steinfeld sagte zärtlich: »Daß du mir also unter keinen Umständen das Lachen verlernst. Sonst lasse ich mich scheiden, verstanden?«

Valerie nickte lächelnd unter Tränen. Sie preßte ihren Körper noch einmal gegen den seinen.

»Gott der Allmächtige hat meinen Traum Wirklichkeit werden lassen! Und so kann ich vor der Geschichte...«

»Sieg Heil! Sieg Heil! Sieg Heil!«

Hitlers Stimme gelang es nicht mehr, den Jubel der Linzer zu übertönen. Die Lokomotive stieß einen langen, klagenden Schrei aus, einen zweiten, einen dritten – sie blieben unhörbar. Ein Schaffner riß Valerie aus den Armen ihres Mannes.

»Einsteigen! Sind Sie deppert, Herr? Wir fahren doch schon!«

Tatsächlich hatte der Zug sich bereits in Bewegung gesetzt. Der gereizte Schaffner half Steinfeld auf das Trittbrett des Waggons, der vorüberglitt, stieß ihn weiter, sprang nach und schlug die Tür zu. Im nächsten Moment hatte Steinfeld das Fenster heruntergezogen und streckte eine Hand nach Valerie aus. Sie packte sie und begann zu laufen. Nun haben wir uns nicht einmal mehr küssen können, dachte sie.

Der Bahnsteig war verstopft mit winkenden, schreienden, weinenden Menschen. Valerie prallte mit vielen zusammen, hart und schmerzhaft, sie strauchelte, sie wäre gestürzt und unter die Räder geraten, wenn Steinfelds große, starke Hand sie nicht gehalten, eisern festgehalten hätte.

»Und so kann ich vor der Geschichte melden...«

»Führer, befiehl, wir folgen dir! Führer, befiehl, wir folgen dir!«

Valerie sah, daß ihr Mann etwas schrie.

»Ich verstehe nicht!« schrie sie zurück.

Er neigte sich aus dem Fenster, jetzt brüllte er.

»Kein Wort kann ich verstehen!« rief sie verzweifelt. Der Zug rollte nun schon schneller, das Ende des Perrons kam in Sicht.

Paul Steinfeld schrie, so laut er konnte. Alles, was Valerie hörte, war: »...tun...«

»Was tun? Was«

»...vor der Geschichte melden: Meine geliebte Ostmark...«

»Heil! Heil! Heil! Heil!«

Valerie verlor einen Schuh. Steinfeld bemerkte es. Blitzschnell ließ er ihre Hand los. Knapp vor dem Ende des Bahnsteigs vermochte Valerie, zunächst wild taumelnd, das Gleichgewicht wiederzuerlangen. Als sie aufblickte, sah sie, daß ihr Mann, nun schon weit entfernt, immer noch winkte und schrie. Sie winkte zurück.

»Meine geliebte Ostmark ist heimgekehrt...«

»Sieg Heil! Sieg Heil! Sieg Heil!«

Der letzte Waggon glitt vorbei. Valerie sah ihren Mann nicht mehr. Der lange Zug ging in eine weite Kurve zwischen vielen Gleisen und weißen, roten und grünen Lichtern. Seine Schlußlaternen verschwanden.

Valerie humpelte zurück zu der Stelle, wo ihr Schuh lag. Sie bückte sich, um ihn anzuziehen.

»...heimgekehrt in das Reich der Deutschen!«

Rasendes Gebrüll setzte wieder ein.

»Ein Volk, ein Reich, ein Führer! Ein Volk, ein Reich, ein Führer!«

Valerie richtete sich auf. In der geschlossenen Linken hielt sie das abgerissene Stück Papier. Es bedrückte sie sehr, daß es ihr unmöglich gewesen war, zu verstehen, was ihr Mann zuletzt immer wieder geschrien hatte.

Es bedrückte sie die nächsten vier Jahre lang.

36

Der kleine Ofen im Teekammerl donnerte richtig.

»Es geht Ihrem Mann gut, Frau Steinfeld«, sagte Nora.

Valerie schloß kurz die Augen, senkte den Kopf und biß sich auf die Unterlippe. Als sie sprach, sah sie zu Boden und ihre Stimme war unsicher: »Vier Jahre... mehr als vier Jahre lang habe ich auf diese Stunde gewartet...« Sie hob den Kopf und sah ihre Besucherin mit blauen Augen an, die nun feucht und so erfüllt von Glück waren, daß Nora ganz elend wurde. »Ich danke Ihnen. Danke. Ich danke Ihnen...« Sie sagte immer wieder dasselbe. Und immer elender wurde Nora bei dem Gedanken, was sie dieser Frau noch zu berichten hatte. Ausgerechnet ich, dachte sie erbittert. Ich bin nicht geschaffen für so etwas. Zum Kotzen ist das alles.

»Warum sehen Sie mich so böse an?« fragte Valerie verständnislos.

Ich lasse mich gehen, dachte Nora, zornig auf sich selber, und antwortete: »Böse? Was für ein Unsinn! Weshalb sollte ich sie böse ansehen?«

»Oder geht es Paul doch nicht gut? Ist er krank? Seine Leber! Er hat doch immer mit seiner Leber zu tun gehabt! Bitte, sagen Sie mir die Wahrheit! Ich...«

»Hören Sie auf! Sie müssen mir glauben, was ich sage. Es ist die reine Wahrheit. Wenn Sie mir nicht glauben wollen...«

»Ich will, ich will!« Valerie wischte mit staubiger Hand eine Haarsträhne fort, die in die Stirn gefallen war. »Bitte, Fräulein Hill! Sie müssen das doch verstehen: Vier Jahre habe ich nichts gehört von ihm! Keine Zeile habe ich erhalten. Beschlagnahmt, sie werden alles beschlagnahmt haben, was er schrieb.«

»Sicherlich. Mußten Sie viel durchmachen?«

»Schön war es nicht. Hausdurchsuchungen. Verhör im Hotel ›Metropol‹, bei der Gestapo. Den Paß haben sie mir weggenommen, wie der Mann damals es prophezeit hat. Und immer wieder muß ich ins ›Metropol‹ kommen, und sie stellen Fragen, Fragen... Und ich weiß keine Antwort, ehrlich nicht! Das müssen die sogar merken, und da lassen sie mich immer wieder laufen... Wirklich getan haben sie mir nichts... dem Buben auch nicht...« Valerie fragte abrupt: »Woher wissen Sie von meinem Mann und mir?«

»Ich bin... im diplomatischen Dienst... als Kurier«, antwortete Nora. »Ich fliege zwischen Lissabon und Wien hin und her.«

»Ach, so ist das.«

»So ist das. Lissabon quillt über von Menschen wie mir, Männern und Frauen aller Nationalitäten...«

»Ja, davon habe ich gehört.«

»Nun also. In Lissabon hatte ich mit einem englischen Kollegen zu tun. Wir... befreundeten uns. Da erzählte er mir, daß er gerade Ihren Mann kennengelernt hat. In London. So kam die Verbindung zustande.« Valerie nickte.

»Sie lieben diesen Engländer, nicht?«

»Ja«, sagte Nora.

»Mein Gott, und wie soll das mit Ihnen werden?«

»Wir wollen heiraten, sobald der Krieg zu Ende ist. Kann uns hier bestimmt niemand hören?«

»Kein Mensch.«

Nora sagte, für einen Moment entrückt und glücklich: »Ja, Jack und ich werden heiraten. Und in England leben. Er hat da einen alten Landgasthof geerbt. An der Küste von Sussex. In der Nähe von Hastings. Ich habe Fotos gesehen. Riesige alte Bäume rundherum, an einer Landstraße mit lauter Pappeln...« Sie unterbrach sich: »Was interessiert Sie das? Es geht um Ihren Mann!« Valeries Blicke hingen an Noras Lippen. »Er wollte Ihnen schreiben. Aber das hat mein Freund ihm ausgeredet. Es wäre zu gefährlich gewesen für mich, einen solchen Brief nach Deutschland zu schmuggeln, nicht wahr?«

»Natürlich...«

»Also bin *ich* der Brief Ihres Mannes. Vertrauen Sie mir?«

»Ja«, sagte Valerie und fuhr mit dem schmutzigen Handrücken über die Augen. »Ich vertraue Ihnen.«

»Gut. Ihr Mann hat eine kleine Wohnung in London. 30, Eaton Mews South. Zuerst mußte er natürlich auf die Isle of Man – wie alle Flücht-

linge. Und dann benötigte er noch die Aufenthalts- und Arbeitsgenehmigung. Aber die bekam er schon vor drei Jahren. Sie brauchen Leute wie ihn. Ihr Mann ist Nachrichtensprecher im Deutschen Dienst der BBC.«
Valeries Gesicht wurde von einem Lächeln erhellt.
»Also doch! Also doch! Er hat es geschafft! Und ich habe seine Stimme wirklich erkannt!« Valerie preßte eine Hand an die Schläfe. »Ich wußte doch nichts von ihm. Nicht einmal, ob seine Flucht gelungen war ... So entsetzlich lange wußte ich überhaupt nichts. Ich sagte mir, daß er vielleicht als Radiosprecher in London arbeitet – *wenn* er London erreicht hat. Aber wie sollte ich das herauskriegen? Mit dem alten Radio bei mir zu Hause kann man BBC nur am Abend empfangen. Und da geht es nicht.«
»Wegen des Jungen.« Nora nickte.
»Wegen Heinz, ja. Dann kam endlich dieser ›Minerva 405‹ auf den Markt.« Valerie wies zu dem großen Radioapparat. »Gleich habe ich einen gekauft. Und ich habe gebetet: Laß mich seine Stimme hören, lieber Gott, laß mich doch seine Stimme hören, *bitte*! Es dauerte ein paar Tage. Dann hörte ich eine Stimme, die klang wie seine. Je öfter ich sie hörte, um so mehr klang sie wie Pauls Stimme. Zuletzt war ich schon ganz sicher – *fast*. Und glücklich. So glücklich! Und dazwischen immer wieder so verzweifelt. Denn vielleicht war es doch nicht seine Stimme. Aber nun weiß ich es: Sie ist es! Sie ist es! *Seine Stimme* ... Glauben Sie, daß ich überhaupt kaum begreife, was Paul spricht? Nur an ihn denken kann ich dann. Es ist, als ob er wieder bei mir wäre ...«
Nora sagte nervös: »Er wird wieder bei Ihnen sein, Frau Steinfeld.«
»Wann?«
»Wenn wir den Krieg verloren haben.«
Valerie sank zusammen.
»Was haben Sie? Glauben sie etwa, wir gewinnen diesen Krieg?«
»Nein, natürlich nicht. Aber wie lange kann es dauern, bis ihn verloren haben? Immer noch siegen wir.«
»Nicht mehr überall. Und gar nicht mehr lange.«
»Und dann? Die Nazis geben doch nicht auf, solange noch ein Stein auf dem anderen steht! Ob wir es überhaupt erleben?«
»Wir werden es erleben«, sagte Nora. Jetzt hatte sie Mitleid mit der einsamen Frau. Mein Gott, dachte sie, und was erwartet dich noch, was muß ich dir noch sagen, mir graut davor, mehr und mehr. »Natürlich werden wir es erleben! Ich gehe dann nach England mit meinem Freund, und Sie leben wieder mit Ihrem Mann zusammen. Sie hatten doch eine besonders glückliche Ehe, sagte man mir.«
Valerie nickte versonnen. »Besonders glücklich, ja. Alles haben wir zusammen getan. Reisen, Theater, Kino. Nicht einmal essen ist er allein gegangen, wenn ich krank war! Dann hat er auch nicht die Köchin für mich

sorgen lassen, dann kochte er selber! Gut. Das konnte er wunderbar!« Sie senkte die Stimme. »Und bis zum letzten Tag haben wir zusammen in einem Bett geschlafen. In *einem* Bett. All die vielen Jahre... Manchmal, nachts, da habe ich wahnsinnige Angst, daß es noch viele Jahre dauert. Dann bin ich eine alte Frau. Sie schütteln den Kopf, aber sehen Sie sich meine Augen an. Die Krähenfüße. Tränensäcke kriege ich auch schon.«

Tatsächlich, dachte Nora. Da sind Fältchen und Schatten unter den Augen, und Runzeln, feine, ganz feine. Wie lange werden sie noch so fein bleiben? In dem schlechten Licht draußen habe ich es nicht gesehen. Jetzt, da diese Frau sich vor die Lampe neigt, kann ich es deutlich erkennen...

Nora lachte.

»Aber das ist doch Unsinn, Frau Steinfeld! Das reden Sie sich ein! Jung und schön werden Sie aussehen, wenn Ihr Mann wiederkommt.«

»Wissen Sie, mein Paul, der hat nie eine andere angeschaut. Er hat gesagt, für ihn bin ich die Aufregendste von allen! Dabei war ich nie wirklich hübsch...«

»Sie sind *schön*, Frau Steinfeld«, sagte Nora, und immer größer wurde ihr Mitleid.

»Ach, hören sie auf! *Er! Er* hat gut ausgesehen! Was glauben Sie, was dem die Frauen nachgelaufen sind! Sein Charme! Der Mann hat einen Charme! Aber immer wollte er nur mich.« Valerie blinzelte vertraulich.

»In Wirklichkeit war er bloß so verrückt nach mir, weil ich ihn so amüsiert habe. Sie glauben nicht, was er gelacht hat über mich.«

»So komisch waren Sie?«

»Nie bewußt. Aber wenn ich etwas beurteilt oder mich empört habe, wenn ich meine Ansichten sagte – Gott, hat er da immer über mich lachen können! Bis heute weiß ich nicht genau, warum.«

»Und Herr Landau gestattet, daß Sie hier London hören?«

Valerie winkte ab.

»Der stirbt immer noch jedesmal. Am liebsten möchte er mich umbringen, solche Angst hat er. Es ist doch streng verboten, und er ist in der Partei.«

»Ja, das habe ich gesehen.«

»Nur aus Angst hineingegangen. Der beste Mensch von der Welt, der Martin... der Herr Landau. Wir kennen uns so gut und so lang, darum sage ich Martin. Wir duzen uns, wenn wir allein sind.«

»Das weiß ich auch.«

»Seine Schwester, die Tilly, die würde es mir ja verbieten. Er verrät mich aber nicht! Ich höre täglich die Mittagssendungen, wissen Sie. Ich koche für ihn und mich etwas hier im Teekammerl – oft bringe ich schon Vorgekochtes mit –, und dann treibe ich ihn an, schnell, schnell, damit ich den Anfang von der Sendung nicht verpasse. Über Mittag haben wir doch ge-

sperrt. Ich räume rasch ab und spüle die Teller, und dann nehme ich das
da« – Valerie wies zu einer großen, bunten Wolldecke, die auf dem alten
Sofa lag – »und setze mich ganz nahe an den Apparat, das da über dem
Radio und über dem Kopf, und dann höre ich London ... oft ... so oft höre
ich ihn ... das letzte Mal gestern ...«

»Wann?«

»Gestern. Am Abend. Ich bleibe auch häufig nach Geschäftsschluß da,
wenn er schon weg ist, der Martin. Noch klarer wird der Empfang dann.
Meine glücklichste Stunde ist das ... Ich sitze da, und seine Stimme ist
bei mir ... ganz nah ... ganz nah ...« Valeries Gesicht war plötzlich so
weich und schutzlos, daß es Nora das Herz zusammenkrampfte. »Sogar
an Sonntagen und an Feiertagen, zu Weihnachten und zu Ostern komme
ich her. Heinz ist doch noch so jung, den will ich nicht belasten ... Wenn
ich zu Mittag London höre, läuft mein armer Martin immer weg, rund
um den Häuserblock. Er will nicht dabei sein! Solche Angst hat er!«

»Gestern erst ...« wiederholte Nora Hill. Sie dachte: Diese Frau glaubt,
gestern die Stimme ihres Mannes gehört zu haben. Und dabei sagte mir
Jack noch, daß Paul Steinfeld in dieser Woche Urlaub hat. Es kann also
nicht seine Stimme gewesen sein.

»Sie wird natürlich glauben, genau die Stimme ihres Mannes zu erkennen«, hatte Jack Cardiff zu Nora gesagt. »Steinfeld nimmt das auch an.
Laß sie in dem Glauben, er wird sie glücklich machen. Auch wenn sie sich
irrt und irrt und irrt.«

»Aber wieso?«

»Nach dem, was Steinfeld mir erzählt hat«, hatte Jack Cardiff gesagt,
»werden die Sprecher zwar nicht auf einen bestimmten Tonfall gedrillt;
aber es ist ganz so wie in einer großen Familie: Die Stimmen werden einander ähnlich. Es hat sich ein ganz bestimmter Rhythmus entwickelt. Sogar die Sprecher drüben selbst können nicht mehr genau sagen, wer da
gerade redet. Stimmen kann man ohnedies schwer unterscheiden – und
dann noch am Radio, mit den Störsendern dazwischen. Vielleicht hatte
Frau Steinfeld auch schon manchmal Zweifel ...«

Ja, Zweifel hatte diese Frau manchmal gehabt – früher. Doch nun hörte
sie die Stimme des geliebten Mannes, sie war da ganz sicher. Es bedeutete
all ihr Glück, dieser Stimme zu lauschen.

Das also ist das Glück, dachte Nora Hill. So kann man es auch definieren.
Was für eine dreckige Welt. Und ich muß es ihr jetzt sagen. Schnell jetzt!

»Ich habe eine Nachricht für Sie, Frau Steinfeld.«

»Eine Nachricht?«

»Als sie damals Ihren Mann zum Westbahnhof brachten, da war dort
furchtbarer Lärm, nicht wahr?«

»Ja ...«

»Eine Hitler-Rede. Ihr Mann schrie Ihnen noch etwas zu, aber Sie verstanden es nicht.«

»Woher wissen Sie . . . ach so.«

»Ihr Mann hat es meinem Freund erzählt. Der hat es mir erzählt. Ihr Mann schrie: ›Du mußt alles tun, alles, alles, alles, um den Buben zu schützen!‹«

Valerie war hochgefahren. Ihr Gesicht wurde grau. Die Augen flackerten wieder.

»*Schützen?* Ist er denn in Gefahr, der Heinz?«

»Ja«, sagte Nora. Ich muß nun brutal sein, dachte sie. Ich kann es ihr nicht ersparen. Deshalb bin ich ja hier. Ich kann nicht ewig darum herumreden.

»Hören Sie, Fräulein Hill, der Bub ist alles, was ich habe! Wenn ihm etwas zustößt . . .«

»Es stößt ihm nichts zu.«

»Aber Sie sagen doch, er ist in Gefahr!«

»In Gefahr, ja, das ist er. Aber es wird ihm nicht das geringste passieren, wenn Sie genau tun, was ich empfehle – was Ihr Mann empfiehlt. Es handelt sich um eine reine Vorsichtsmaßnahme.«

»Was heißt Vorsichtsmaßnahme?«

Nora sagte leise: »Frau Steinfeld, Ihr Mann ist doch Jude. Sie sind Arierin, wie man so sagt. Also ist Ihr Sohn ein sogenannter Mischling Ersten Grades.« Plötzlich trat Schweiß auf ihre Stirn.

Jemand stand da draußen in dem dunklen Magazinraum.

Er war ganz leise durch die Finsternis herangekommen und stand erst seit ein paar Sekunden da. Nora hatte ein überfeines Gehör. Sie vernahm kurzen, hastigen Atem.

Von mir aus gesehen, steht er auf der rechten Seite des Eingangs in diese Kammer, also auf jener, die zu den Magazinen führt. Martin Landau ist im Laden, und der Laden liegt links. Ich habe den Eingang die ganze Zeit über nicht aus den Augen gelassen. Landau ist nicht vorübergegangen. Also kann es nicht Landau sein, der da jetzt auf der rechten, auf der Magazinseite steht und uns belauscht. Eine Falle, dachte Nora. Ich bin in eine Falle gelaufen. Wer immer da steht – er hat zumindest die letzten Sätze gehört, die wir gesprochen haben. Das genügt vollkommen. Es ist nicht die erste Falle, in die ich im Laufe meiner Karriere getappt bin, dachte Nora Hill – all dies und das Folgende in Sekundenschnelle –, aber dadurch wird die Sache nicht angenehmer. Nur bekannter. Ich weiß, wie ich mich zu verhalten habe. Sie bringen einem das Verhalten für solche Situationen bei der Ausbildung bei. In der Praxis erweist sich die Ausbildung dann meistens als kindisch. Man lernt nur durch Erfahrung. Wenn man nichts lernt, stirbt man. Ich lebe noch. Ich habe nicht die Absicht, mein Leben zu verlieren für die Familie Steinfeld, für irgendwen.

Noras Stimmung schlug wieder um. Vorbei das Mitleid, die Sentimentalität. Eiskalt dachte und handelte sie nun. Sie hatte sich geräuschlos erhoben, sobald sie die ersten Atemzüge von draußen vernahm. Valerie starrte sie an. Was ist, wenn dieser Herr Landau mich in seiner maßlosen Angst verraten hat? dachte Nora. Wenn er die Polizei verständigt hat, die Gestapo? Wenn da draußen, rechts von mir, einen Meter entfernt, so ein Saukerl steht, entschlossen, mich zu verhaften, die Steinfeld zu verhaften. Ach was, die Steinfeld – mich!

Mich wird man nicht verhaften, wenn es mir gelingt, hier herauszukommen. Nur bis zu meinem Chef Carl Flemming muß ich es schaffen. Der ist wirklich ein hohes Tier, seine Schwester hat den Adjutanten Kaltenbrunners geheiratet, und Kaltenbrunner hat Flemming gern. Wenn ich bis zu Flemming komme, diesem elenden Hund, dann bin ich vor der Gestapo sicher. Ich werde natürlich niemals zugeben, daß ich in dieser Buchhandlung war, und wenn die Steinfeld und Herr Landau und der Gestapokerl es hundertmal beschwören. Wenn es ein Dutzend Gestaposchweine beschwört!

Sie kommen doch immer in Paaren! Wo ist der andere? Wo? Ich erledige auch ihn noch. Und ich war nie hier, Schluß! Ob Flemming mir glaubt oder nicht, ist egal. Er wird mich auf alle Fälle schützen, denn er ist geil auf mich, Gott sei Dank so geil, daß er mich nicht verlieren möchte, um nichts in der Welt. Ich habe mir schon immer die richtigen Herren ausgesucht in diesem Dritten Reich. Sollte Herr Landau unschuldig sein und der Gestapokerl (oder die Gestapokerle, mein Gott!) mich verfolgt haben und heimlich durch einen Hintereingang in den Laden gekommen sein, dann ist das Pech für die Steinfeld und Herrn Landau. Ich könnte ihnen dann nicht helfen, und ich würde ihnen nicht helfen.

Das alles dachte Nora Hill, während sie ihren letzten Satz sprach. Sie öffnete dabei ihre Krokodilledertasche und entnahm ihr Jacks Pistole. Valerie Steinfeld sah sie entsetzt an, aber sie sagte kein Wort. Alles, was geschah, geschah viele Male schneller, als man es berichten kann. Die Pistole, die Jack Cardiff Nora mitgab, war eine automatische Smith & Wesson, Baujahr 1940, Kaliber 6.35. Nora fühlte sich plötzlich unendlich froh darüber, daß Jack ihr die Waffe praktisch aufgezwungen hatte. Diese Pistole sollte sie Flemming zeigen, ja, und nun mußte sie es sogar tun! Denn sie brachte nicht nur falsche Nachrichten, wie schon seit langem, sondern auch die frohe, wenn auch erlogene Botschaft, daß vermutlich ein britischer Agent mit ihr in Verbindung treten werde. Das hatte sich Jack Cardiff ausgedacht. Zu meinem Schutz, dachte Nora, die Pistole am Lauf packend, weil er mich liebt und so besorgt um mich ist.

»Du begibst dich zusätzlich in Gefahr mit dieser Mission«, hatte Jack gesagt, »und dann wollte ich schon längst, daß du eine Pistole in Deutschland hast.«

Die Walther, die man Nora jedesmal zur Verfügung stellte, wenn sie in Lissabon ankam, mußte sie vor dem Abflug (Munition war gezählt) beim Militärattaché der deutschen Botschaft wieder abliefern. Die Nazis wünschten nicht, daß außer ihnen Menschen mit Pistolen in Deutschland herumliefen.

Jack Cardiff hatte eine Lösung gefunden.

»Flemming erzählst du, der Agent sei ein Verräter, der ein britisches Netz auffliegen lassen will. Er wird dich irgendwann, an einem bestimmten Wochentag, in einem bestimmten Restaurant oder Café ansprechen. Suche dir Tag und Ort aus. Der Mann wird ein Erkennungszeichen verlangen. Und selber eines vorweisen. Dieselbe Waffe, dasselbe Kaliber, dasselbe Baujahr, die gleiche Seriennummer im Einschlagstempel und ein volles Magazin. Er wird freilich nie auftauchen, dieser Mann. Aber so hast du das Recht und sogar die Pflicht, in Deutschland eine Waffe bei dir zu tragen – ständig!«

Ich werde den Kerl da vor dem Durchbruch natürlich nicht erschießen, dachte Nora Hill. Nur niederschlagen. Mit der flachen Seite des Griffs. So wird man später nie beweisen können, daß meine Pistole das Werkzeug war.

Damit duckte sie sich und sprang vor. Valerie hatte das Licht draußen abgedreht, als sie in den kleinen Raum getreten waren. Infolgedessen konnte Nora nun kaum etwas erkennen – nur einen hellen Fleck, das Gesicht dieses Kerls.

Der weiße Fleck war das einzige, was Nora einen Anhalt bot. Sie ließ die Hand, die den Lauf von Jack Cardiffs Pistole hielt, vorsausen und schlug so fest zu, wie sie nur konnte, oben und seitlich. Sie wollte eine Stirnseite treffen. Die Stirnseiten waren das sicherste, das hatte sie schon zweimal festgestellt. Jetzt stellte sie es zum drittenmal fest. Der weiße Fleck rutschte weg. Etwas gurgelte. Stürzte. Der Kerl. Jemand schrie auf. Valerie Steinfeld. Danach war es totenstill.

Nora Hill rannte los, durch den Gang raste sie in den Verkaufsraum hinaus, die Pistole dabei noch in der Hand, eines zweiten Gegners gewärtig. Sie rannte so schnell, daß sie gegen den alten Bären beim Eingang stieß. Er schwankte. Nora Hill hatte die Tür erreicht und riß die Klinke herunter. Die Tür ließ sich nicht öffnen, so sehr Nora Hill an ihr rüttelte. Die Tür war versperrt.

37

»Was ist los, Georg? Ich habe gesagt, daß ich nicht gestört werden darf!«
Nora Hill hatte sich wütend im Sessel aufgerichtet und starrte ihren Lieb-

haber an, der nach kurzem Klopfen das Wohnzimmer des Appartements betreten und Noras Erzählung jäh unterbrochen hatte. Auch Manuel war hochgefahren.

Nora Hills Diener, Vertrauter und Vertreter drehte verlegen an einem Knopf seiner Smokingjacke.

»Es tut mir unendlich leid, gnädige Frau. Ich hätte nie gewagt, zu stören, aber der Fliegende Holländer ist da.«

Nora Hill legte ihre lange silberne Zigarettenspitze auf einen Aschenbecher, der am Rand des offenen Kamins stand.

»Du meine Güte«, sagte sie. »Der Fliegende Holländer. Den habe ich ganz vergessen. Wieder betrunken, was?«

»Und wie, gnädige Frau. Er randaliert. Ich habe alles versucht, um ihn . . .«

Der Athlet im Smoking konnte den Satz nicht zu Ende sprechen. Er wurde von einem großen Mann beiseite gestoßen, der ins Zimmer geschossen kam. Stimmen, Musik und Gesang klangen herein. Der große, starke Mann hatte blondes Haar und ein rosiges, rundes Gesicht. Er war tatsächlich sehr betrunken. Manuel erwartete dauernd, daß er stürzen würde, aber er bewegte sich behende und graziös.

»Madame, endlich!« Er hatte Nora erreicht, beugte sich vor und küßte ihr beide Hände. Selbst das warf ihn nicht um. Er schwankte bloß leise dabei. »Ich komme direkt aus Den Haag. Habe mich nur frisch gemacht und umgezogen. Und nun will dieser Kerl mich nicht zu Ihnen lassen, mich, einen so alten Stammgast . . .« Er richtete sich auf und warf Georg einen gehässigen Blick zu.

»Sie dürfen ihm nicht böse sein, mein Lieber.« Nora streichelte eine seiner rosigen Patschhände. »Ich habe hier eine Besprechung.« Sie wies auf Manuel. »Herr Aranda, Herr De Brakeleer.«

Der Mann, der De Brakeleer hieß, nahm von Manuel überhaupt keine Notiz.

»Haben Sie die neuen Federn? Sie sagten mir, Sie würden sie heute haben. Um Gottes willen, Madame, enttäuschen Sie mich nicht! Ich habe vor Aufregung während des Fluges getrunken. Wenn Sie jetzt sagen, daß Sie nicht . . .«

»Natürlich habe ich die neuen Federn.«

»Von einem *Paradiesvogel?*«

»Von einem Paradiesvogel. Die allerschönsten.«

De Brakeleer konnte sich vor Entzücken nicht fassen. Er klatschte in die Hände und tanzte ein bißchen.

»Paradiesvogel!« rief er. »Oh, oh, Paradiesvogel!«

»Ein Freund von mir hat die Federn geschickt.«

»Wo sind sie?« rief der rosige Holländer, außer sich.

»Georg wird sie Ihnen geben.« Nora sagte zu dem Diener: »Unten in dem großen Maria-Theresien-Schrank.«

De Brakeleer klatschte wieder in die Hände.

»Ich fühle es«, rief er, »oh, ich fühle es, heute wird es wunderbar.«

»Bestimmt«, sagte Nora. »Das Spiegelzimmer, wie immer?«

»Wie immer, natürlich!«

»Und Yvonne?«

»Auch wie immer, selbstverständlich!«

»Sagen Sie Yvonne Bescheid, Georg.«

»Ja, gnädige Frau.«

»Sie sind ein Engel, ein wahrer Engel, Madame. Tausend Dank.«

Nora gab Georg ein Zeichen. Der verbeugte sich vor De Brakeleer und geleitete ihn aus dem Wohnzimmer.

»Sie müssen die Störung entschuldigen.« Nora erhob sich und schwang, auf die beiden Krücken gestützt, zu der Bücherwand, in welche der Fernsehapparat eingebaut war. »Ich erzähle gleich weiter. Ich muß nur sehen, wie das abläuft. Einer meiner schwierigsten Kunden, dieser Fliegende Holländer.«

»Warum heißt er Fliegender Holländer?«

»Das werden Sie gleich verstehen«, sagte Nora, die kleinen Türen des Fernsehapparates öffnend. Manuel bemerkte, daß das Gerät sehr viele Knöpfe besaß.

»Zum Teufel mit dem Holländer«, sagte in dem Kinderzimmer Gilbert Grant. »Nora war so schön im Zug.«

»Sie darf ihr Geschäft nicht vernachlässigen«, meinte Fedor Santarin, der sich unter den Lautsprecher auf das Bett gelegt hatte. »Und wir haben Zeit. Wir müssen doch auf Mercier warten...«

Nora hatte den Apparat eingeschaltet und gleichzeitig auf einen der vielen Knöpfe gedrückt. Zu Manuels Überraschung erschien das Bild des Spiegelzimmers in einer Totalen, aus mittlerer Höhe aufgenommen.

»Sie haben... das ist ein Hausfernsehen?«

Nora stellte das Bild scharf ein.

»Was dachten Sie? Ein normaler Apparat? Meinen Sie, ich habe Zeit, mir ein Fernsehprogramm anzuschauen? In jedem Zimmer ist eine Ecke mit Dusche, Waschbecken und Bidet. Das haben Sie bemerkt, nicht wahr?« Sie sagte es nicht ohne Stolz.

»Ja.«

»Nun. Und genauso hat jedes Zimmer eine kleine Fernsehkamera eingebaut. Versteckt natürlich. Ziemlich komplizierte Anlage. Kostete auch eine Unsumme. Aber ich muß schließlich jederzeit wissen, was sich in den Zimmern abspielt, nicht wahr?« Sie dachte: Und einen Video-Recorder, hier, hinter dem Apparat, habe ich auch. Mit diesem tonbandähnlichen Gerät konnte jede Szene auf dem Schirm in Bild und Ton konserviert und beliebig oft mit einem Schmalfilm-Vorführgerät auf eine Leinwand projiziert werden. Aber das, dachte Nora, geht dich nichts an, mein Kleiner.

»Der Beruf der Mädchen ist nicht ohne Risiko«, sagte Nora. »Wenn sie sich bedroht fühlen, brauchen sie nur auf einen Knopf zu drücken. Dann leuchtet da drüben bei der Tafel ein Feld mit der Zimmernummer auf. Ich kann sofort den Apparat einschalten und, wenn nötig, Georg und noch ein paar Männer hinschicken.«

Manuel sah zur Fensterwand. Von einem Vorhang halb verdeckt erblickte er ein schwarzes Glaskästchen, wie es in den Kammern der Hotels für die Etagenkellner angebracht ist.

»So, da sind sie«, sagte Nora.

Manuel sah auf dem großen Bildschirm, daß die Tür des Spiegelzimmers sich öffnete und der Holländer hereinkam. Einen Arm hatte er um die rote Yvonne gelegt, die nun ein schwarzes Cocktailkleid trug. In der Hand hielt sie ein Büschel offenbar prächtig bunter Federn, jede gewiß einen halben Meter lang, sehr dünn und mit feinen Härchen.

»Heute«, erklang De Brakeleers Stimme, »mein Puttputtputt, werde ich dich bespringen, daß dir Hören und Sehen vergeht.«

»Ja, Liebling, ja«, sagte Yvonne. Sie verschwanden beide hinter einem Paravent.

»Dauert noch einen Moment, bis sie sich ausgezogen haben und er präpariert ist«, sagte Nora Hill. Sie schwang auf ihren Krücken zum Kamin, nahm die Zigarettenspitze und ihr Whiskyglas und kehrte zum Fernsehapparat zurück. »Nur ein paar Minuten, dann erzähle ich weiter.«

Der Bildschirm zeigte nun das leere Zimmer. Hinter dem Paravent ertönten undeutliche Stimmen.

»Wie sind Sie eigentlich Agentin geworden?« fragte Manuel.

Nora zuckte die Schultern.

»Bald nach dem Tod meiner Mutter verunglückten meine Pflegeeltern – ein Lastauto fuhr in ihren Heuwagen. Tot, beide. Ich kam in ein Fürsorgeheim. Da blieb ich sechs Jahre. Ich war außerordentlich frühreif und stark entwickelt. Der Leiter des Heims wurde völlig verrückt nach mir. Das heißt, ich legte es darauf an, daß er verrückt wurde. Als ich zwölf war, vergewaltigte er mich. Weil ich vergewaltigt werden wollte. Aber das hat er nie gemerkt. Natürlich erpreßte ich ihn. Er war verheiratet, drei Kinder. Der erste Mann, den ich erpreßte – klein, klein nur, er hatte kaum etwas. Er konnte bloß durchsetzen, daß ich nach Berlin kam und ein Stipendium im Cäcilien-Lyzeum erhielt. Er hatte eine Schwester in Berlin. Bei der durfte ich wohnen. Na, los, beeilt euch«, sagte sie in den Apparat.

»Und weiter?«

Nora trank, blies Rauchringe aus.

»Weiter! Mit fünfzehn war ich die Freundin eines Bankiers. Arthur von

Knichtlein. Ein ekliger Hund. Auch verheiratet. Den sahnte ich schon ordentlich ab. Eigene Wohnung, der erste Pelz, der erste Schmuck... Ich habe alle meine Männer abgesahnt... bis auf einen...«

»Jack Cardiff.«

»Jack Cardiff.« Sie nickte, rauchte und trank einen großen Schluck. »Der war der einzige. Aber sonst... Herr von Knichtlein hatte einen guten Freund im Innenministerium. Als ihn eines Tages der Schlag traf – den Knichtlein, es geschah in der Bank –, wurde ich schnell die Geliebte jenes Herrn aus dem Ministerium. Da war ich siebzehn. Und sehr schön, das kann ich sagen. Meine Liebhaber wechselte ich dauernd. Ich war bald schon *die* Sensation von Berlin. Und mit zweiundzwanzig bereits eine reiche Frau. Villenappartement im Grunewald, Auto, Bankkonto. Und Schmuck, Schmuck, Schmuck!« Nora lachte. »Das war eine Besessenheit von mir. Schmuck und Steine. Diamonds are a girl's best friend, Sie wissen ja. Ich machte das systematisch. Kapitalanlage. Die feinste, die es gibt. Steine verlieren nie ihren Wert, sie sind klein, man kann sie leicht verstecken, verschieben, mitnehmen, wenn man flüchten muß. 1942, als ich in diese Steinfeld-Affäre hineingezogen wurde, lag ein Vermögen, ein wirkliches Vermögen an Schmuck und Steinen in dem Banksafe in Lissabon.«

Phantastisch, dachte Manuel, die Frau auf den Krücken betrachtend, das alles ist phantastisch.

»Ich nahm die Männer, ließ sie fallen, reichte mich selber weiter – warum soll ich nicht darüber reden? Ich war die Königin des ganzen Auswärtigen Amtes. Als dann der Krieg begann und es ernst wurde – ich hätte womöglich noch in einer Fabrik arbeiten müssen! –, suchte ich mir den interessantesten Mann aus. Das war...«

»...dieser Herr Flemming, dessen Schwester...«

»...den Adjutanten von Kaltenbrunner geheiratet hatte, richtig. Herr Flemming schickte mich, als ich fünfundzwanzig war, zum erstenmal ins Ausland. Nach Lissabon. Als Kurier. Da arbeitete seine Dienststelle noch in Berlin. Später wurde das alles dezentralisiert, und wir landeten in Wien. Aber damals, als wir noch so schön siegten, flog ich immer von Berlin aus.« Nora lachte heiser. »Nun ja, solange wir schön siegten, arbeitete ich für die Deutschen. Dann, als wir nicht mehr ganz so schön siegten, wurde ich Doppelagentin.«

»Und 1942...«

»1942 traf ich Jack Cardiff. Wir verliebten uns. Von da an arbeitete ich nur noch für die Engländer und lieferte meinem Chef, Herrn Flemming, stets falsche Informationen oder wertlose richtige. Und Jack lieferte ich richtige und wichtige über Deutschland. Ich saß ja bei Flemming an der Quelle. Er war übrigens fast eine solche Kanone im Bett wie Jack, mein

Chef. Ich dachte immer, wenn es danach ginge, müßten wir den Krieg doch noch gewinnen. Alle waren entzückt von meiner Tüchtigkeit – die Nazis *und* die Engländer. Jack gab mir sehr raffinierte falsche Informationen. Weil Flemming mich offiziell auf ihn angesetzt hatte, konnte ich mich mit meinem Geliebten überall in Lissabon sehen lassen ...«

Hinter dem Paravent war Yvonne hervorgekommen, völlig nackt. Sie hüpfte in gebückter Haltung in das Zimmer hinein, wobei sie eine Henne nachahmte: »Gaaaa-gagagagaga-gaaaa! Gaaaa-gagagagaga-gaaaa!«

Manuel richtete sich auf.

Nun erschien der Holländer auf dem Bildschirm. Auch er war nackt, groß, massig, und in seinem Hintern steckte das ganze Büschel der prächtigsten Paradiesvogelfedern. Wie ein Hahn stampfte Willem de Brakeleer, stolz und mit den Armen rudernd, hinter Yvonne her, die ihm ihren Hintern hinhielt, mit den nackten Füßen auf dem Veloursboden scharrte und weiter gackerte.

»Kikeriki!« ließ de Brakeleer sich vernehmen. »Kikeriki!«

»Niedlich, wie?« sagte Nora. Sie drückte auf einen Knopf neben dem Fernsehgerät. Manuel bemerkte es nicht, denn sie stand vor dem Knopf, der den Video-Recorder in Tätigkeit setzte. Das Gerät würde nun fünfzehn Minuten laufen und aufzeichnen und sich dann von selbst abschalten. Nora Hill empfand ein Gefühl großer Befriedigung. Diese Aufzeichnung hat ein Kollege von euch bestellt, ihr Schweine, die ihr alles mitanhört, die ihr mich erpreßt, dachte sie. Das wißt ihr nicht. Ihr werdet es schon noch merken.

»Gaaaa-gagagagaga – gaaaa!« Yvonne scharrte und hüpfte mit herausgestrecktem Hintern. Hinter ihr her stolzierte Willem de Brakeleer, die herrlichen Federn am Steiß, heftig atmend, durchdringend krähend: »Kikeriki! Kikeriki!«

»Oft«, sagte Fedor Santarin versonnen, während er den Stimmen aus dem Lautsprecher lauschte, der über ihm hing, »möchte ich auch so pervers sein wie ihr im Westen. Es macht mich ganz nervös. Wir sind ein zu verflucht normales Volk, wir Russen.«

»Nicht traurig sein«, tröstete Grant. »Ihr habt doch einen internationalen Ruf im Vergewaltigen!«

»Ach, Vergewaltigen – das ist doch eine natürliche Sache!« Santarin seufzte.

Auf dem Fernsehschirm stelzte der Holländer weiter einher und stieß seine lauten Rufe aus. Yvonne, vor ihm, gackerte nun ununterbrochen. Jetzt kauerte sie sich auf ein Bett, den Rücken hoch in der Luft. De Brakeleer hüpfte an sie heran.

»Kikeriki!« schrie er, und es klang plötzlich unglücklich.

»Gaaaa-gagagagaga – gaaa!« antwortete Yvonne, hinter sich greifend.

Was sie in die Hand bekam, war nicht der Rede wert.

»Wieder nichts«, sagte Nora. »Warum trinkt er auch jedesmal vorher so viel!«

Auf dem Bildschirm sah Manuel, wie sich Yvonne mit Hand, Mund und Stimme bemühte, dem Holländer, der nun zornig stampfte, zu helfen.

»Gaaa-gagagagaga – gaaa!!!«

»Kikeriki! Verflucht! Aber es muß doch einmal gehen! Mach weiter! Fester!«

»*Gaaaa-gagagagaga – gaaa!*«

Es ging nicht.

»Man kann verzweifeln«, sagte Nora. »Der arme Kerl. Ich weiß nicht, wie oft er es schon versucht hat. Und mit was für Federn! Er will immer neue, schönere. Erst einmal kriegen! Ein Vermögen kostet ihn das.«

»Und kein Erfolg.«

»Sehen Sie ja. Bei den Reiherfedern hatte er eine Erektion – für eine halbe Minute. Dann war da wieder Pudding.« Nora Hill trank. »Schauen Sie doch bloß – Yvonne gibt sich solche Mühe. Und mehr Mühe kann sich eine Frau doch wirklich nicht geben, oder?«

»Nein, wirklich nicht.«

»Gaaa-gagagagaga – gaaaa!« ließ sich Yvonne, heftig beschäftigt, vernehmen. Gleich darauf fragte sie: »Was ist bloß, Burschi? Hast mich denn gar nicht lieb?«

»Kikeriki!« krähte der Holländer. Jetzt hatte er Tränen in den Augen. Wenn das nur alles schön in den Recorder kommt, dachte Nora und sagte: »Ich denke, es genügt.« Sie schaltete den Apparat ab und kehrte elegant und schnell auf ihren Krücken zum Kamin zurück, wo sie sich in ihren Sessel gleiten ließ. »Entschuldigen Sie die Unterbrechung. Aber Geschäft ist Geschäft. Wo war ich gerade, als – ach ja. Die Ladentür hatte jemand abgesperrt. Ich rüttelte an ihrer Klinke...«

38

Sie rüttelte an der Klinke der verschlossenen Tür. Sie begriff das nicht. Wieso war hier abgesperrt? Die Totenstille im Laden machte sie plötzlich furchtbar nervös. Sie fühlte Angst in sich emporschießen. Was war geschehen? Vorsichtig blickte Nora über den grünen Vorhang an der Glasscheibe der Tür hinweg nach draußen. Es war kein halbes Dutzend Menschen in der Seilergasse zu sehen.

Aber ich kann die Tür nicht einfach einschlagen, dachte Nora. Ich muß durch den zweiten Ausgang hinaus. Jenen, durch welchen der Kerl kam, den ich niederschlug. Es muß einen geben, zum Hof wahrscheinlich, hin-

ter den Magazinen. Der Kerl ist bestimmt noch nicht sehr aktionsfähig. Natürlich kann ein Kollege von ihm bei dem zweiten Ausgang warten. Schlimm. Aber ich muß es einfach riskieren. Raus! Nur raus hier!
Nora Hill rannte zu dem Gang in der Bücherwand wieder zurück. Im ersten Magazin brannte nun elektrisches Licht. Valerie Steinfeld kniete neben dem Mann, ihn halb verdeckend. Nora hielt die Pistole in der Hand – jetzt richtig. Ich komme hier weg, dachte sie. Ich komme hier weg! Wenn der Kerl am Ende noch ohnmächtig ist, geht das ganz schnell. Sie machte drei Schritte vorwärts. Martin Landau war nicht ohnmächtig. Martin Landau.
An ihn hatte Nora in den letzten Sekunden überhaupt nicht mehr gedacht. Da lag er auf dem staubigen Boden, die Augen geöffnet, leise stöhnend, ein Taschentuch an die rechte Schläfe gepreßt. Das Tuch war bereits durchtränkt, Blut tropfte auf die Erde, beschmutzte seinen Anzug. Nora Hill erschrak nicht, als sie sah, was sie angerichtet hatte, Landau tat ihr auch nicht leid. Sie wurde nur wütend.
»Was führen Sie hier für Idiotenspiele auf?« zischte sie ihn an.
Er hob den Blick.
»Sie . . . Sie . . .« begann Martin Landau.
»Haben Sie Verbandzeug?« fragte Nora, an Valerie gewandt.
»Im Teekammerl . . .«
»Holen Sie, was da ist.«
»Blut . . .« ächzte Landau. Er würgte. »Ich kann kein Blut sehen . . .«
»Wenn ich Ihren Schädel verbunden habe, werden Sie kein Blut mehr sehen. Es tut mir leid«, fügte sie freundlicher hinzu. »Aber weshalb schleichen Sie da herum? Wie sind Sie überhaupt auf diese Seite der Kammer gekommen?«
»Gestapo . . .«
»Was?«
Er schluckte Blut, das ihm in den Mund lief, und sah Nora an.
»Was, Gestapo? Reden Sie!«
»Ein Mann . . . Muß von der Gestapo sein . . . Ich habe immer wieder durch die Tür hinausgesehen, während Sie hier waren . . . Er stand da, die ganze Zeit . . . Und er ließ das Geschäft nicht aus den Augen . . .«
»Da steht kein Mensch«, sagte Nora.
»Es stand einer da.«
»Wo?«
»Drüben, schräg gegenüber, Ecke Neuer Markt . . .«
»Wie sah er aus?«
»Groß und schlank . . . blauer Mantel und blauer Homburg . . .«
»Ein Gestapomann mit einem Homburg? Haben Sie schon mal einen Gestapomann gesehen?«

Nora sprach noch ironisch. Aber da war plötzlich der Stachel des Zweifels in ihrem Herzen. Und wenn dieser Feigling doch nicht nur phantasiert? Und wenn ich wirklich beobachtet werde? Blauer Homburg ... vielleicht ist der Mann tatsächlich hinter mir her? *Und* bei der Gestapo? Blauer Homburg – dann trägt er eben *gerade* so einen Hut! Nicht superschlau werden. Vielleicht ist das auch jemand ganz anderer. Ich bin in Deutschland. Da bespitzelt jeder jeden. Wer weiß, wer das war? Wer weiß, wer das ist? Jetzt habe ich wieder Angst. Große Angst. Vielleicht kann dieser Landau überhaupt nichts dafür. Vielleicht sagt er die reine Wahrheit.

»Es tut mir leid«, murmelte Nora Hill eindringlich. »Verzeihen Sie mir. Bitte. Es tut mir wirklich leid.«

»Ich wollte Sie immerhin retten ... Das ist der Dank ... Ich habe ein schwaches Herz ... deshalb wurde ich auch nicht eingezogen ...«

Valerie kam mit einer blauen Blechschachtel, die ein rotes Kreuz in einem weißen Kreis trug. Nora öffnete den Deckel.

»Gut«, sagte sie. »Jetzt noch Wasser. Kaltes. Um das Blut wegzuwaschen.« Valerie eilte in das Teekammerl zurück. Nora stand auf. »Ich bin sofort da!«

Sie rannte in den Laden und zur Eingangstür. Die Augen unmittelbar über dem grünen Vorhangsaum, sah sie noch einmal aufmerksam die Seilergasse entlang, in jedes Haustor, das sie erblicken konnte, bis hinauf zur Ecke des Neuen Marktes. Sie lief zurück zu dem leise jammernden Landau, bei dem Valerie kniete, neben einer Schüssel mit Wasser.

»Richten Sie sich auf«, sagte Nora. Er folgte stöhnend. »Da ist kein Mann mit Homburg und blauem Mantel.«

»Doch.«

»Nein, Herrgott!« Die Angst! Die Angst ließ sie grob werden.

»Dann versteckt er sich. Ich habe es nicht mehr ausgehalten, dieses Herstarren von ihm. Darum habe ich die Tafel ›Komme gleich‹ hinter das Türglas gehängt und bin raus und habe hinter mir zugesperrt und ...«

»Nehmen Sie das Taschentuch weg!«

Er nahm es weg. Er hatte nur eine Platzwunde, aber eine ziemlich große. Nora begann, ordentlich Jod daraufzupinseln. Er jaulte laut auf vor Schmerz.

»Reißen Sie sich zusammen!«

»Und dann ... Was hast du dann gemacht, Martin?« fragte Valerie, bleich und leise.

»Ich bin die Seilergasse hinuntergegangen ... *au!*«

»Stellen Sie sich nicht so an! Und?«

»Und der Mann mit dem Homburg blieb stehen und schaute mir nach ... Ich ging um den Block und kam von der Spiegelgasse wieder zurück, durch den Hof und den Magazineingang ...«

»Warum hast du dich bloß so angeschlichen? Warum hast du nicht gehustet oder dich sonst bemerkbar gemacht?« fragte Valerie.

Nora hatte ein schlechtes Gewissen. Sie fühlte sich elend. Was habe ich da angerichtet, dachte sie beschämt. Und sofort: Wie komme ich jetzt weg? Wenn es stimmt, was Landau sagt, ist der Mann noch da, wer immer das ist. Wo? Er ist beim Eingang stehengeblieben, sagt Landau. Aber da sehe ich ihn nicht. Das beweist nichts. Er kann sehr leicht trotzdem da stehen, auf der anderen Straßenseite zum Beispiel. Oder der Mann ist Landau nachgegangen. In diesem Fall steht er beim Hintereingang oder in der Spiegelgasse.

Nora hörte voll Scham und Furcht, was Landau stammelte: »Ich war ganz außer mir vor Angst... Immerhin... Ich wußte nicht mehr, was ich tat... Ich dachte, wenn ihr mich plötzlich hört, dann fängst du an zu schreien, und der Mann draußen...«

»Sitzen Sie aufrecht.« Nora begann, Landau einen Stirnverband anzulegen. Er stöhnte laut.

»Weg! Weg! Weg!« schrie er plötzlich und trommelte mit beiden Fäusten auf den Boden.

»Martin... Martin, bitte... wir waren noch nicht fertig... Fräulein Hill muß mir noch etwas sagen, etwas ganz Wichtiges...«

»Aber nicht hier!«

»Eine Nachricht von Paul!«

»Dann geh mit ihr, verflucht!«

»Wohin? Wohin denn, Martin? Jetzt am hellen Tag!«

»Das ist mir egal!« Er schleuderte das blutige Handtuch fort, erhob sich torkelnd, taumelte in das Teekammerl hinein und ließ sich auf das Ledersofa fallen, dessen Spiralen krachten. »Aaah! Mein Kopf! Also was ist – gehen Sie endlich?« Er griff nach dem altmodischen Telefonhörer.

»Martin!« rief Valerie. »Du wirst doch nicht...«

»Und ob ich werde! Sofort werde ich! Ich lasse mir immerhin mein Leben nicht versauen wegen so einer!«

Nora und Valerie sahen sich an.

»Das hat keinen Sinn«, sagte Nora.

»Aber Sie können nicht... Sie müssen mir doch noch...« Valerie klammerte sich an sie. »Ich weiß etwas!« Valerie holte Atem. »Die Stephanskirche! Keine zwanzig Minuten von hier!«

»Stephanskirche, ja«, sagte Landau. Er nahm die Hand vom Hörer. »Geht da hin. Da wird jetzt kaum ein Mensch sein. Dunkel ist es auch. Über den Hof und die Spiegelgasse. Wenn ihr fort seid, gehe ich auch noch einmal herum und sperre vorn wieder auf. Und wenn der Mann mit dem Homburg kommt und nach euch fragt...«

»Der kommt nicht, seien Sie ruhig, Herr Landau.«

Nora war jetzt fest entschlossen, die beiden ihrem Schicksal zu überlassen. Sie hatte genug. Mehr als genug. Laß mich hier heil rauskommen, lieber Gott, dachte sie, verzeih, daß ich immer nur in solchen Lagen an dich denke, und hilf mir.

»Und wenn er immerhin doch kommt, dann erzähle ich ihm, daß ich gestürzt bin... und die Hausmeisterin von der Spiegelgasse mich verbunden hat... Nein, das geht doch alles nicht!« Landau war schon wieder völlig verzweifelt. »Und das Blut hier? Und wo bist du, Valerie? Und wo ist das Fräulein, wenn der Mann es kommen sah?«

Valerie sagte: »Leg dich hin, Martin. Mach vorläufig überhaupt nicht auf. Warte, bis ich zurück bin. Es wird nicht lange dauern. Dann können wir immer noch sagen, daß wir beide weg waren und daß du gestürzt bist und *ich* dich verbunden habe.«

»Ich hasse Sie«, flüsterte Martin Landau, die milden grauen Augen auf Nora Hill gerichtet. »Ich hasse Sie...«

Valerie sagte hastig: »Gehen Sie schon voraus. Hier... hier ist eine Taschenlampe, Sie wissen ja nicht, wo die Schalter sind! Durch die Magazine ganz nach hinten, es gibt nur einen Weg. Sie kennen sich aus in der Spiegelgasse?«

»Ja.«

»Setzen Sie sich in der Kirche irgendwohin, wo es sehr dunkel ist«, sagte Valerie beschwörend.

»Ja.«

»Ich komme in ein paar Minuten nach.«

»Ja«, sagte Nora Hill und ging. Vier große Gewölbe mußte sie durchqueren, die Pistole in der rechten, die Taschenlampe in der linken Hand. Die Krokodilledertasche hing am linken Unterarm. Nach Moder roch es, nach altem Leder. Und Bücher türmten sich zu Bergen. Nora leuchtete hin und her, sie fand den Weg nur mir Mühe. Dann, endlich, erreichte sie eine Eisentür. Sie knipste die Lampe aus und legte sie auf einen Tisch. Sie schob den Sicherungshebel der Pistole zurück. Jetzt hielt kalte Furcht sie gepackt, aber jetzt war sie auch völlig skrupellos. Lebend kriegen die mich nicht, dachte sie. Ich weiß, was mich erwartet, wenn die mich kriegen. Lieber Gott, bitte! Schweiß stand wieder auf ihrer Stirn. Sie drückte die Klinke der Eisentür nieder, schleuderte sie auf und preßte sich mit dem Rücken an die Mauer neben dem eisernen Türrahmen. Sie wandte den Kopf seitlich, sah ins Freie. Ein alter Hof voller Gerümpel. In der Mitte ein kahler Kastanienbaum. Kein Mensch. Stille.

Absolute Stille. Nora trat einen Schritt vor. Noch einen. Noch einen. Nun stand sie in der Türöffnung und überblickte den ganzen Hof. Er war verlassen.

Aber vielleicht verbirgt sich jemand hinter den Abfalltonnen, hinter dem

Gerümpel, dachte sie. Egal. Ich muß weg. Weg hier!

Sie trat aus der Tür, die Pistole immer noch in der Hand, halb versteckt unter der Tasche. Der zweite Schritt. Der dritte. Nichts. Ihre Knie waren weich wie Gelee, als sie den Hof überquerte. Sie erwartete jede Sekunde, angerufen zu werden. Dann mußte sie herumwirbeln und – nein, es war besser, dann zuerst zu tun, was der Mann forderte... Unsinn! Die Hände hoch, würde er fordern! Weg mit der Pistole! Fallen lassen! Nein, sie mußte sofort schießen. Und dann rennen, rennen...

Schritt. Schritt. Noch ein Schritt.

Nichts.

Als Nora die Hauseinfahrt erreichte, die zur Spiegelgasse führte, fühlte sie, daß ihr Rücken naß war von Schweiß. Niemand im Hof. Und in der Spiegelgasse? Sie trat schnell aus der Einfahrt. Nun war sie schon sicherer. Blick nach rechts, Blick nach links. Kein blauer Homburg, kein blauer Mantel. Wenige Passanten. Niemand kümmerte sich um sie.

Ich wußte es ja, dachte Nora und ließ die Pistole in die Tasche gleiten, Gespenster sieht dieser Landau, Gespenster! Nichts wie zu Carl Flemming jetzt. Zu Flemming und die ganze Geschichte vergessen. Ich bin doch nicht verrückt! Mein Leben riskieren für andere Menschen! Dieses Pärchen ist unzurechnungsfähig, wenigstens der Mann. Und die Frau – was geht sie mich an, was geht mich ihr Junge an?

Nora Hill begann mit schnellen, energischen Schritten die Spiegelgasse hinunterzugehen.

Ich habe die Schnauze voll, dachte sie. Auch Jack muß einsehen, daß ich da nichts mehr tun konnte. Schließlich liebt er mich und würde mich ungern verlieren. In die Stephanskirche – auch noch in den Dom! Ich gehe nicht in den Dom, Frau Steinfeld. Ich denke nicht daran. Nicht ums Verrecken will ich jetzt auch noch eine Sekunde mit dieser Sache zu tun haben. Stephanskirche – Sie werden mich da vergebens suchen, Frau Steinfeld. Tut mir leid. Tut mir furchtbar leid. Gehen Sie zum Teufel, Frau Steinfeld!

39

»Deus indulgentiarum Domine: da animae famuli tui Alois Zwerzina, cujus anniversarium depositionis diem commemoramus...«

Gedämpft tönte die Stimme des hageren alten Priesters aus der Katharinenkapelle hinaus in das mächtige Kirchenschiff des Stephansdomes. Die Katharinenkapelle ist einer von vielen Seitenaltären der Kathedrale. Grau ist das Mauerwerk des Doms, dunkel und düster war es in ihm. Nur wenige Kandelaber brannten. Das Friedrichsgrab war eingemauert worden. Die mittelalterlichen Glasfenster hinter dem Hauptaltar hatte man ebenso entfernt wie die wertvollsten Gemälde, Plastiken, Reliquien und Flügelaltäre von Sankt Stephan. Sie befanden sich an zahlreichen Orten des Großdeutschen Reiches, tief unter der Erde, in der trockenen Luft von Salzstollen, ›verlagert‹, wie das hieß. Bei einem Luftangriff konnte auch der Dom getroffen werden.

Schatten bewegten sich durch die riesige Kirche, Schuhe schlurften, Frauen und Männer wanderten umher, standen still, in Gebete versunken. Sie waren nur als Silhouetten zu erkennen.

Allein die Katharinenkapelle wurde warm erhellt vom Licht vieler Kerzen. Blumen lagen hier vor dem Altar, nach Weihrauch duftete es, und der hagere alte Priester, unterstützt von einem pickelgesichtigen, eifrigen Ministranten, betete vor einer schwarz gekleideten alten Frau, die in der ersten Bankreihe der Kapelle stand.

»... refrigerii sedem, quietis beatudinem ...«

Eine Messe ›In Anniversario Defunctorum‹ ist das, dachte Nora Hill, ich erinnere mich. Das war ein streng katholisches Heim, wo man mich erzogen und verführt hat. Messe zum Jahrestag des Todes eines Herrn Alois Zwerzina. Das da vorne ist gewiß seine Witwe, möglicherweise seine Schwester oder seine Mutter. Auf jeden Fall recht spät für eine solche Messe, der Priester muß schließlich nüchtern sein. Nun, vielleicht kommt sie von weit her, die kleine Frau, und vielleicht kennt sie die Herren von Sankt Stephan gut. Sie sieht wohlhabend aus. Vielleicht hat der Priester auch schon gefrühstückt.

»... et luminis claritatem ...«

Nora Hill saß in der letzten Bankreihe vor dem Seitenaltar, neben einer Säule, die gewiß zwei Meter Durchmesser hatte. Sie drückte sich an den kalten Stein. Hier, wo sie saß, war es fast dunkel.

»... per Dominum nostrum!«

Hell läutete der Ministrant ein Glöckchen.

Der Priester wandte sich dem Altar zu und kniete nieder, neben ihm der Junge. Die alte Frau kniete nieder. Nora zögerte, dann glitt auch sie vom Sitz.

Wieder das Glöckchen.

Automatisch tat Nora, was die alte Frau tat: Sie neigte tief den Kopf und bekreuzigte sich. Der Priester betete. Ich will verflucht sein, wenn ich sagen könnte, warum ich nun doch hergekommen bin, dachte Nora Hill. Noch als ich den Graben erreichte, war ich fest entschlossen, Valerie Steinfeld niemals wiederzusehen. Ich hatte mich schon nach links gewandt, um zu Carl Flemming zu eilen. Da, plötzlich, drehte ich mich um und lief hierher. Ich will verflucht sein, wenn ich nicht eine dusselige Gans bin, der nicht zu helfen ist, dachte Nora Hill zornig.

Die alte Frau und Nora Hill setzten sich wieder.

Weit entfernt, auf der andern Seite des Mittelgangs, im Schatten eines Baugerüsts, stand der Mann in dem blauen Mantel, reglos. Den blauen Homburg hatte er abgenommen. Seine Blicke waren unablässig auf Noras Rücken geheftet. Nun glitten sie seitlich. Eine zweite Frau, in einem grauen Stoffmantel, Kopftuch über dem Haar, die offenbar schon längere Zeit im Kirchenschiff umhergewandert war, hatte, wie es schien, endlich gefunden, was sie suchte. Leise und mit langsamen Schritten ging sie auf Nora Hill zu, glitt in deren Bankreihe, setzte sich dicht neben sie.

Der Mann im blauen Mantel hatte ein hageres, hungrig wirkendes Gesicht, stechende dunkle Augen, zusammengewachsene Brauen und kurz geschnittenes dunkles Haar. Er trat noch mehr in den Schatten des Gerüsts. Seine Augen verengten sich zu Schlitzen, als er sah, wie die beiden Frauen miteinander zu flüstern begannen.

40

Der Ministrant trug feierlich ein großes Meßbuch herbei und legte es aufgeschlagen vor den Priester hin. Dieser begann zu lesen: »In diebus illis: Vir fortissimus...«

»Gott sei Dank«, flüsterte Valerie. »Ich konnte Sie nicht finden... bin durch die ganze Kirche geirrt... hatte schon eine wahnsinnige Angst, daß Sie es sich überlegt haben und nicht mehr hierhergegangen sind, nach allem, was passiert ist. Aber nein, eine Frau wie Sie hält Wort! Wären Sie sonst überhaupt in die Buchhandlung gekommen? Sie sind ein guter Mensch.«

Nora wandte den Kopf. Wenn sie etwas haßte, dann waren es Leute, die ihr aus nächster Nähe direkt ins Gesicht sprachen. Hier ließ sich das nun nicht verhindern. Oh, merde, dachte Nora, warum bin ich bloß wirklich hierhergegangen, ich Idiotenweib, warum?

»...offeri pro peccatis mortuorum sacrificium, bene et religiose de resurrectione cogitans...«

»Was haben Sie mir noch zu sagen, Fräulein Hill?«

»Keinen *Namen!* Zuerst muß ich etwas wissen.«

»Natürlich. Bitte. Fragen Sie.«

Gräßlich, dachte Nora, jetzt in ihrer Furcht sieht sie aus wie ein geprügeltes Tier. Wo ist ihr Mut geblieben, ihre Selbstbeherrschung, ihre Überlegenheit? Ach, dachte Nora, wie wenig von all dem haben selbst die, die am meisten von all dem haben. Sie flüsterte: »Wie alt ist Ihr Sohn jetzt?«

»Er wird siebzehn im Mai.«

»Welche Schule besucht er?«

»Zuerst war er auf einem Realgymnasium. Der Direktor wollte seine Schule unbedingt rein arisch haben. Heinz war der einzige Mischling. Und kein guter Schüler. Da sagten sie mir, als er in der Vierten war, sie würden ihn entweder durchfallen lassen oder ihm ein halbwegs anständiges Zeugnis geben, wenn er das Realgymnasium verließe.«

»Und?«

»Und da sprach ich mit ihm und fragte, was er denn gerne werden würde – es gibt doch diese Fachschulen, nicht wahr?«

»... et quia considerabat, quod hi, qui cum pietate dormitionem acceperant ...«

»Ja.«

»Und da sagte er, er würde am liebsten Chemiker werden.«

»*Chemiker?*«

»Ja. Heilmittelchemiker. Dafür interessiert er sich brennend. Auf der Hohen Warte steht die Staatsschule für Chemie. Mit der Mittleren Reife kann man anfangen. Vier Jahre dauert jetzt im Krieg die Ausbildung, sonst sechs. Aber sie brauchen Betriebschemiker. Dringend. Arier dürfen im Anschluß an die Staatsschule auch die Universität besuchen. Alle bekommen ein Maturazeugnis und ein Diplom. Heinz darf ja nicht auf die Universität. Aber er kann schon in zweieinhalb Jahren als Chemie-Ingenieur arbeiten. Er ist auf einmal ein guter Schüler geworden. Einer der besten! Stellen Sie sich das vor! Keine Stänkereien, kein Ärger, alles geht glatt. Und als Betriebschemiker werde ich ihn dann schon bis zum Schluß durchbringen – hoffentlich!«

Nora neigte sich vor. »Und noch eine Frage. Sie ist ganz wichtig. Haßt Heinz seinen Vater?«

Valeries Kopf sank auf die Brust.

Der alte Priester las wieder aus dem großen Buch: »In illo tempore dixit Jesus turbis Judaeorum ...«

»*Na!*« drängte Nora.

»Er haßt ihn ganz furchtbar«, antwortete Valerie unglücklich, den Kopf weiter gesenkt. »Er wußte doch lange Zeit überhaupt nicht, daß er ein Mischling ist. Er war sogar in der Hitlerjugend.«

»*Was?*«

»Alle seine Freunde waren da. Er wollte auch so gerne dabeisein. Ich dachte, es ist sicherer so. Ging auch alles gut, bis sie in der Schule den kleinen Ariernachweis verlangten. Da mußte ich es Heinz dann sagen ...«

»Warum weinen Sie?«

»Ich erinnere mich ... an dem Tag, an dem sie ihn hinauswarfen aus der HJ ... da hat er seinen Vater verflucht ... Wir konnten ihn fast nicht beruhigen, die Agnes und ich. Agnes Peintinger – das war einmal seine Kinderfrau. Sie arbeitete schon vor seiner Geburt bei uns, und jetzt besorgt

155

sie den Haushalt.«

»Ich weiß alles von Agnes.«

»Mein Mann hat über sie gesprochen, natürlich! Ja, also kaum zu beruhigen war der Heinz. Und dann hat er mich beschimpft, daß ich einen Juden geheiratet habe . . .« Valerie bedeckte das Gesicht kurz mit beiden Händen. »Furchtbar war das, ganz furchtbar . . . Er kam sich wie ein Verbrecher vor . . . ausgestoßen und geächtet und ein Mensch letzter Klasse – alles durch meine Schuld! Die Agnes redete auf ihn ein, noch und noch, monatelang. Da hat er angefangen, mir zu vergeben, wenn auch noch immer nicht ganz, nein, nicht ganz . . . Aber seinen Vater, den haßt er wie die Pest . . . Ist das nicht schrecklich?«

»Schrecklich? Wunderbar ist das!«

41

Nackt, vollkommen nackt lag Nora Hill auf dem zerwühlten Bett, die Augen leuchtend, die Arme unter dem Kopf verschränkt. Das Bett war groß und stand im Schlafzimmer von Jack Cardiffs eleganter Wohnung an der breiten Avenida da Liberdade, nahe dem großen Praca do Marquês de Pombal, dem Platz, in dessen Mitte sich ein Denkmal des Marquês erhebt, der Leitender Minister König Josephs I. und ein großer Reformer gewesen ist. Sonne schien in den Raum, Geräusche von Autos und Menschen drangen aus der Tiefe empor, und es war sehr warm in Lissabon an diesem Nachmittag des 3. Oktober 1942. Am Abend startete Noras Flugzeug. Doch sie hatte noch Zeit, ein paar Stunden hatte sie noch Zeit. Ihre Koffer im Hotel ›Aviz‹, in dem sie immer abstieg, waren schon gepackt.

Aus dem Wohnzimmer kam Jack Cardiff. Er hatte einen grauseidenen Morgenrock angezogen und schob eine kleine Bar auf Rädern vor sich her. Nora sah ihn glücklich an, diesen schlanken, großen Mann mit dem sonnenverbrannten Gesicht und den hellen Augen, diesen Mann, in dessen Umarmung sie sich eben noch auf dem Bett gewälzt hatte, keuchend vor Lust und Gier. Sie liebte ihn, oh, sie liebte ihn, seine Stimme, seinen Körper, jede seiner Bewegungen! Lächelnd sah sie zu, wie er nun geschickt zwei Drinks bereitete – Gin-Tonic. Er reichte ihr ein Glas.

»Auf ein glückliches Wiedersehen, Darling«, sagte Jack Cardiff.

»Auf ein glückliches Wiedersehen«, antwortete Nora Hill. Nachdem sie getrunken hatte, sagte sie: »Jedesmal, wenn ich nach Deutschland zurück muß, habe ich Angst, schreckliche Angst, daß etwas geschieht, was uns trennt, auseinanderreißt . . .«

»Es geschieht nichts«, sagte er. »Ich bin auch immer traurig, wenn ich nach London muß, Darling, aber beide kommen wir immer wieder zueinander, und so wird es bleiben, bis dieser Krieg zu Ende ist.«

»Dann sind wir zusammen für immer«, flüsterte sie. »Du bist meine Liebe. Meine erste. Meine einzige. Du wirst meine einzige Liebe bleiben.«

»Und du die meine, Darling«, sagte Jack Cardiff. Er trat, das Glas in der Hand, in die offene Balkontür und sah auf die sonnenglänzende Avenida hinab, zu dem Denkmal des Marquês und weiter empor zu dem blühenden Parque Eduardo VII. dahinter. Der große Ziergarten lag auf einem allmählich ansteigenden Abhang. Zwischen Pinien und Korkeichen, Orangen-, Zitronen-, Oliven-, Granatäpfel- und Feigenbäumen erblickte Jack Cardiff die schimmernden Scheiben des Estufa Fria, in dem, wie in einem riesigen Kühlhaus, seltene Pflanzen, Büsche und Farne gedeihen. Zwischen den Beeten mit Krokussen, Narzissen, Lilien und Tulpen winden sich weiße, kiesbedeckte Wege. Kleine Brücken spannen sich über künstliche Bäche. Jack Cardiff sah den dunkelblauen, winzigen See und die blitzenden Wasserkaskaden. Jack Cardiff sagte, während er ein schweres goldenes Zigarettenetui aus der Tasche seines Morgenmantels nahm und zwei Zigaretten mit einem goldenen Feuerzeug in Brand setzte: »Du hast dir alles gemerkt, was mir für Herrn Flemming eingefallen ist?«

Er steckte Etui und Feuerzeug – Geschenke Noras – wieder ein.

Sie nickte, während er zum Bett kam, eine der beiden Zigaretten zwischen ihre Lippen steckte und danach ihre Brustwarzen küßte. Er setzte sich auf das Bett und streichelte sanft Noras Hüften.

»Alles ganz genau«, sagte Nora. Sie räkelte sich unter seinen Händen. Rommels rasender Vormarsch in Nordafrika war Ende Juni bei El-Alamein, hundert Kilometer südwestlich von Alexandria, vor starken britischen Stellungen zum Halten gekommen, ein Durchbruchversuch fehlgeschlagen. Jedermann wußte, daß ein Gegenangriff der Engländer unter General Montgomery unmittelbar bevorstand. Die Briten hatten in den vergangenen Wochen große Mengen von Soldaten, Panzern und Flugzeugen herangeschafft. Über diese Bewegungen, ihr Ausmaß und den rollenden Nachschub sowie über den Beginn der Gegenoffensive brachte Nora dem für den Raum Südeuropa und Afrika zuständigen Ministerialdirektor des Auswärtigen Amtes, Carl Flemming, nun eine Menge Mitteilungen und Zahlen mit. Ein Teil der unwichtigen war richtig, die wichtigen waren alle falsch, ebenso falsch wie Angaben über Vorbereitungen der Engländer und Amerikaner für eine Landung in Süditalien. Das Amt in Wien arbeitete getarnt, es firmierte unter dem nichtssagenden Titel ›Arbeitsstab Flemming‹.

»Ich habe Flemming eine Menge zu erzählen«, sagte Nora.

»Wenn es dann nicht eintrifft, haben wir eben unsere Pläne geändert. Und werden dann vielleicht die Absicht haben, auf Sizilien zu landen. Oder in Griechenland. Das kann noch lange so weitergehen«, sagte Cardiff.

»*Wird* es noch lange so weitergehen?«

»Ich fürchte, Darling. Sei nicht traurig. Der Tag kommt, an dem wir die Deutschen besiegt haben...«

»Was ist?« Nora sah den einzigen Mann, den sie je geliebt hatte, besorgt an. Eine gewisse Spannung in seiner Stimme, in seinem Gesicht beunruhigte sie. »Du hast etwas!«

In breiten Bahnen fiel das warme Licht der Nachmittagssonne durch das Schlafzimmer.

»Ja, Nora, ich habe noch etwas. Zuerst wollte ich es dir überhaupt nicht sagen. Aber ich habe es versprochen. Und so schob ich es auf – bis zur letzten Minute.«

»Warum?«

»Weil es dich vielleicht gefährdet.«

»Gefährdet bin ich seit Jahren. Sag es mir! Besonders, wenn du es versprochen hast! Ja, da, streichle da weiter. Langsam, ganz zart. Wem hast du es versprochen?«

»Paul Steinfeld«, sagte er.

»Was will Steinfeld?« fragte Nora. Jack hatte ihr von diesem emigrierten Österreicher, dem er in London begegnet war, erzählt, von seiner Frau Valerie, von seinem Sohn Heinz, von den großen Sorgen, die Steinfeld sich machte, weil er nicht wußte, wie es den beiden ging.

Cardiff trank wieder. »Vieles weißt du schon. Ich erkläre dir das Hauptproblem. Wenn es dir zu riskant erscheint, kannst du immer noch nein sagen. Ich werde dir wahrhaftig nicht böse sein.«

»Sprich«, sagte Nora. Sie hatte große, schöne Brüste, einen schlanken, ebenmäßigen Körper, lange Beine mit festen Schenkeln und makellos geschwungenen Waden. »Sprich. Und nimm die Hand nicht weg da, bitte.«

»Hör zu.« Er zog an seiner Zigarette. »Du weißt, die BBC hat phantastische Informationen. Besonders der Deutsche Dienst. Immer wieder bekommen diese Leute die neuesten Geschichten aus Deutschland heraus – es grenzt an Zauberei. Nun haben sie Berichte erhalten, die Steinfeld sehr beunruhigen. Er ist Volljude, wenn auch evangelisch getauft. Seine Frau ist Arierin. Herrgott, dieses Wort! Der Sohn, an dem Steinfelds ganzes Herz hängt, ist also ein Mischling Ersten Grades. Wäre sein Vater nur Halbjude, wäre er Mischling Zweiten Grades. Dann hätte Steinfeld nicht solche Angst um ihn...«

»Die Hand. Laß die Hand da liegen, bitte.«

»Bis vor kurzem haben die Nazis Mischlinge Ersten und Zweiten Grades ganz in Ruhe gelassen. Halbjuden durften Soldaten werden, studieren...«

»Nur bis Anfang dieses Jahres«, sagte Nora.

»Stimmt. Nur bis Anfang dieses Jahres. Dann kamen die ersten Maßnahmen. Die radikale Gruppe um Himmler begann sich gegen Goebbels durchzusetzen, der das ganze Problem auf die Zeit nach dem Endsieg verschieben wollte. Zuerst wurden die halbjüdischen Soldaten heimgeschickt. Dann folgten Schikanen aller Art. Sie steigerten sich. Aus lächerlichsten Anlässen wurden Mischlinge Ersten Grades – besonders solche mit jüdischen Vätern, mit *emigrierten* jüdischen Vätern! – verhaftet, eingesperrt, in Arbeitslager gesteckt. Und das, sagt Steinfeld, soll nun rasch immer schlimmer werden. Sie haben ihre Nachrichten. Er weiß, wovon er redet. Mit der ›Lösung nach dem Endsieg‹ ist es vorbei!«

»Und?« fragte Nora. Sie legte ihre Hand auf die von Cardiff und hielt sie fest.

Er rauchte nervös.

»Steinfeld sagt, die Nazis bereiten ein Gesetz vor, nach dem Mischlinge Ersten Grades – Bonzen und ihre Verwandten natürlich ausgenommen – Juden gleichgestellt werden sollen. Der Krieg geht langsam schief. Man braucht Ablenkung, Beunruhigung, neuen Terror. Natürlich hat das in den betroffenen Kreisen bereits eine Reaktion ausgelöst. Steinfeld erzählte, sie hätten Kenntnis davon, daß in Deutschland seit einiger Zeit Vaterschaftsprozesse geführt werden. Da tritt die Mutter eines Halbjuden, dessen Vater unerreichbar ist, vor Gericht und schwört, ihr Kind sei der ehebrecherischen Verbindung mit einem arischen Mann entsprungen. Der eigene Mann komme also nicht als Vater in Frage.«

Nora ließ Cardiffs Hand los. Sie hielt ihr Glas hin.

»Mach mir noch einen, bitte«, sagte sie, und, während er zwei weitere Gin-Tonics bereitete: »Davon habe ich noch nie gehört.«

»Die Beteiligten schweigen natürlich. Auch die Richter. Es soll nicht publik werden. BBC hat ein paar Dutzend konkrete Fälle katalogisiert. Hier bitte.«

»Danke, Jack.«

»Mud in your eye, Darling.«

»Mud in your eye.«

»Es gibt bereits Spezialisten unter den Anwälten. Denn so ein Prozeß ist kompliziert. Man muß einen Arier haben, der den Meineid schwört, der wirkliche Vater gewesen zu sein. Steinfeld denkt da an einen alten Freund, bei dem Frau Steinfeld jetzt arbeitet, an den Buchhändler Landau. Er ist der einzige, an den Steinfeld denken kann. Dann muß es Zeugen geben. Was da noch alles nötig ist! Ich sage dir ja, ohne Spezialanwalt geht das gar nicht. Steinfeld kennt einen Anwalt in Wien, persönlich, der dafür in Frage käme. Das ist ein Antinazi, wie er im Buch steht! Der würde die Sache sofort übernehmen...«

Nora ließ sich, das Glas in der Hand, langsam zurückgleiten.

Jack Cardiff fuhr fort: »Natürlich macht es vor Gericht einen guten Eindruck, wenn es da Zerwürfnisse zwischen Vater und Sohn gab, Zwistigkeiten, wenn der Junge den wirklichen Vater haßt. Steinfeld sagt, Heinz hat in den letzten Jahren bestimmt allerhand durchmachen müssen a conto seiner Abstammung. Steinfeld betet zu Gott, daß der Junge ihm die Schuld daran gibt, daß der Junge ihn haßt, so sehr wie möglich haßt. Du siehst, Darling, viele Menschen haben heute ihre schweren und großen Sorgen. Damit verglichen sind unsere klein.«

Nora griff nach seinem Arm.

»Was ist?«

»Leg deine Hand wieder da hin«, sagte Nora mit ihrer tiefen, heiseren Stimme. »Und erzähle mir alles. Alles. Ganz genau. Jede Kleinigkeit. Was ich wissen muß.«

»Du wirst es also tun?« fragte er, Freude und Stolz im Gesicht.

Sie nickte.

42

»... quia descendi de caelo, non ut faciliam voluntatem meam...« erklang die Stimme des alten Priesters in der Katharinenkapelle des kalten, dunklen Stephansdomes. Süßlich duftete Weihrauch, aufreizend Nora Hills Parfüm. Sie hatte Valerie Steinfeld alles erzählt, was Jack Cardiff ihr aufgetragen hatte; gehetzt erzählt, so kurz und komprimiert wie möglich. Auch eine dunkle Kirche war kein sicherer Ort. Nun sah sie die Frau an ihrer Seite an, und das Gefühl der Abneigung bei der ersten Begegnung überkam sie wieder angesichts dieses zusammengesunkenen Menschenbündels, das da vor sich hinstarrte, reglos.

»Und der Anwalt, zu dem Sie gehen sollen, heißt Forster. Otto Forster. Seine Kanzlei hat er in der Rotenturmstraße.«

Keine Antwort.

»Frau Steinfeld!«

Keine Antwort.

Nora stieß Valerie an.

Langsam hob diese den Kopf. Sie schien plötzlich um Jahre gealtert. Aber nun hatte Nora keine Zeit mehr für Mitgefühl, selbst wenn sie es verspürt hätte. Ihr Blick war auf Valeries Armbanduhr gefallen. 9 Uhr 40. Sie mußte zu Carl Flemming in dessen Büro Am Hof. Das wurde sonst lebensgefährlich für sie.

»Haben Sie alles verstanden?« flüsterte Nora gereizt.

Valerie nickte.

»Auch den Namen des Anwalts?«

»Doktor Otto Forster ... Rotenturmstraße.«

»Und Sie werden hingehen?«

Schweigen.

»Hören Sie, das alles ist kein Spaß. Auch für mich nicht...«

»Das weiß ich! Und ich danke Ihnen. Aber können Sie mich nicht verstehen? Das kam wie ein Blitz... wie ein Erdbeben...«

»...ut omne, quod dedit mihi...«

»Woher weiß Paul denn von solchen Prozessen, wenn ich nichts davon weiß?«

»Ich wußte auch nichts davon. Er ist besser informiert als wir. Meinen Sie, er würde das leichtfertig von Ihnen verlangen? Haben Sie vergessen, daß er auf den Listen der Nazis stand und ihnen entkommen ist? Haben Sie vergessen, was Sie selbst durchmachen mußten deswegen? Auf welche Mischlinge wird man zu allererst losgehen? Warum glauben Sie, drängt Ihr Mann so?«

»Mein Gott, können Sie das denn nicht verstehen? Ich bin wie vor den Kopf geschlagen. Sie kommen und sagen mir, ich soll einen Prozeß führen...«

»Ihr *Mann* sagt das. Ihr Mann bittet Sie darum. Ihr Mann **rechnet fest** damit, daß Sie tun, worum er Sie bittet.«

»Ach, aber er sitzt draußen, wir sitzen hier... Wenn es das Falsche ist, was ich tue... wenn ich den Heinz damit erst recht ins Unglück stürze... Ein so braver Bub ist das... nichts Unrechtes tut er...«

»Was das den Nazis egal ist!«

Wenn ich ein Wort, ein einziges Wort nur verstehen könnte, dachte der Mann im blauen Mantel, mit dem blauen Homburg in den Händen, der im Schatten des Baugerüstes stand.

»Sehen Sie mich nicht so böse an! Bitte, Fräulein! Ich...« Valerie rang nach Atem. »Ich muß es mir doch wenigstens überlegen... und mit dem Martin darüber reden... Es ist doch nichts passiert bisher, weil wir so ruhig und demütig waren...«

Nora Hill wollte aufstehen. Ich kann nicht mehr, dachte sie. Ich muß hier weg. Ich mag diese Frau nicht mehr sehen. Soll sie tun, was sie will. Mein Auftrag ist erledigt.

Sie fühlte, wie Valerie ihren Arm mit beiden Händen umklammerte und festhielt.

»Nicht... gehen Sie nicht so... Wenn *Sie* den Buben hätten... würden Sie da bedenkenlos zu diesem Doktor Forster laufen?«

»...qui videt Filium et credit in eum...«

»Überlegen Sie sich meinetwegen alles. Tun Sie es. Tun Sie es nicht. Es ist mir egal. Hören Sie, egal ist es mir!« zischte Nora Hill die graugesichtige Frau an und versuchte, sich freizumachen von dem eisernen Klammergriff der fremden Hände.

»Das ist doch ungeheuerlich... das ist doch... ja *unmenschlich* ist das, was Sie von mir verlangen... Ich soll hingehen und sagen... und es beschwören... und andere sollen es beschwören... und ich habe doch immer nur ihn geliebt, immer nur meinen Paul... *Er* ist der Vater von Heinz!«

»*Leise*, verflucht!«

»Natürlich ist er das«, flüsterte Valerie erstickt. »Ich habe meinen Mann nie betrogen... Wir haben uns geliebt... und da soll ich sagen, ich und Martin...«

Mit aller Kraft gelang es Nora, sich zu befreien.

»Lassen Sie mich durch. Ich gehe.«

»Aber wann kommen Sie wieder?«

»Überhaupt nicht. In sechs Wochen fliege ich nach Lissabon zurück. Vorher rufe ich an. Ich stelle die Fragen. Sie sagen nur ja oder nein.« Damit stand Nora auf, schob grob Valeries Beine beiseite und trat aus der Bankreihe. Sie sank leicht in die Knie, bekreuzigte sich und ging schnell zum Ausgang.

Valerie sah ihr nach. Dann holte sie mühsam Atem und blickte nach vorn, in das milde Licht der Kerzen auf dem Altar. Nichts regte sich mehr in ihrem Gesicht, es war wie aus Stein gehauen.

Auch über dich werde ich bald mehr wissen, dachte der Mann mit dem Homburg, der sie genau betrachtete. Dann machte er, daß er aus der Kirche kam. Er hatte es jetzt so eilig wie Nora Hill.

Valerie Steinfeld sah aus, als sei sie soeben gestorben.

43

»Auf den Schreibtisch!«

»Carl, du bist verrückt...«

»Total! Total verrückt nach dir! Zwei Monate habe ich dich nicht gesehen. Mach die Beine breit! Los, die Beine sollst du breit machen!«

»Aber mir ist das schrecklich... deine Leute... das ganze Sekretariat...«

»Die können mich doch alle! Die denken sich sowieso ihren Teil. Soll einer wagen, eine Miene zu verziehen! Nun komm schon, komm...« Der Leiter des ›Arbeitsstabes Flemming‹ ließ sich in einen Sessel fallen. Er packte Nora Hills Unterschenkel und preßte die Füße gegen die Lehnen. Sie saß jetzt vor ihm auf einem großen Schreibtisch, und sie trug noch Strümpfe, Halter, den schwarzen Turban und ihren Schmuck. Der Baby-Leopardenmantel, die Schuhe, das graue Wollkleid, die Krokodilledertasche und die Unterwäsche lagen wild verstreut in Flemmings Büro. Er hatte sie ihr fast vom Leib gerissen.

»Nicht... bitte nicht!«

»Sei ruhig... Du riechst herrlich... herrlich! Was ist das?«

Nora mußte gegen ihren Willen lachen.

»›Fleurs de Rocaille‹... von Caron...« Wenigstens erfrischen dürfen hatte sie sich in Flemmings Waschraum, als sie angekommen war. Das hatte er gestattet.

»Ein neues Parfüm... hattest du noch nie...«, keuchte er, während er seinen Kopf zwischen ihren Schenkeln vergrub. Ein neues Parfüm, stimmt, dachte Nora. Jack Cardiff hat es mir geschenkt. »Ja... ja, das ist wunderbar... gleich wird es auch für dich wunderbar sein...«

Nora fühlte, wie die Situation und das, was er tat, sie zu erregen begannen.

Ich bin eine Hure, dachte sie. Eine Hure bin ich. Gestern nachmittag lag ich noch in Jack Cardiffs Bett und jetzt... Eine Hure, na schön. Auch eine Hure hat einen Mann, den sie wirklich liebt. Ich liebe Jack. Den da, diesen Stier von einem Nazi, brauche ich, von ihm bin ich abhängig, er schützt mich, ich brauche Schutz. Natürlich ist er davon überzeugt, daß ich mit Jack schlafe. Er spricht nie davon. Vielleicht regt der Gedanke ihn auf. Auch Jack hat mich nie gefragt, was ich mit Flemming treibe. Ein schweigendes Übereinkommen ist das zwischen uns dreien. Moralisch? Aaaaahhh – *Moral!* Überleben, gut überleben, darauf kommt es jetzt an. Und dann bleibe ich bei Jack und bin ihm treu, für immer. Er ist schon ein Kerl, dieser Carl Flemming...

»Gut so?«

»Ja... ja... ein... bißchen... weiter oben...« Nora Hill atmete schneller. Flemmings Büro lag im dritten Stock eines alten Hauses Am Hof, schräg gegenüber dem Gebäude der Länderbank. Man hatte das Haus beschlagnahmt. Unten gab es noch ein paar Geschäfte. Der Aufgang zum Halbstock und zu einem Lift war mit hohem Drahtgitter gesichert. Kein Unbefugter kam durch diese Sperre.

Der ›Arbeitsstab Flemming‹ hatte drei Dutzend Angestellte verschiedener Rangstufen, die im Hause arbeiteten, und sehr viel mehr Agenten im Außendienst. Eine moderne Telefonanlage war installiert worden, als Flemming einzog, eine große Funkstation. Auf dem Dach reckten sich hohe Antennen. Die Funker saßen im obersten Stockwerk. Spezialisten werteten einlaufende Berichte aus, hielten Kontakt mit Berlin, hörten rund um die Uhr ausländische und geheime Sender ab, setzten Funksprüche an Kuriere unterwegs auf, die in der Chiffrierabteilung verschlüsselt und danach von einem starken Kurzwellensender ausgestrahlt wurden. Schreibmaschinen klapperten, Fernschreiber ratterten, auf den Gängen eilten Männer und Mädchen in Zivil hin und her...

»Mach so weiter... ja... so...« Nora Hill starrte über Flemming die

Wand hinter dem Schreibtisch an. Eine große Fotografie Hitlers hing dort. Des Führers ›stählerne‹ Augen blickten Nora entgegen. Sie stemmte die Füße gegen die Sessellehnen und die Handflächen hinter dem Oberkörper gegen die Schreibtischplatte. Dabei berührte sie Jacks Pistole, die sie Flemming gleich nach ihrer Ankunft gezeigt hatte, als sie ihr Alibi für diesen Morgen etablierte.

Das war vor einer Viertelstunde gewesen...

»...Cardiff hat mir diese Smith and Wesson gegeben... ein Erkennungszeichen für einen britischen Überläufer, der mit uns arbeiten will, wie Cardiff...«

»Herrgott, wo geht denn dieses Ding auf...« Flemming hörte kaum hin, er riß an dem durchlaufend geknöpften Wollkleid herum, bis sie ihm half. Sofort nach ihrem Eintreffen hatte er die schwere Doppeltür seines Büros versperrt und der Telefonzentrale mitgeteilt, daß er bis auf weiteres nicht zu sprechen sei.

»Jeden Montagmorgen zwischen neun und zehn soll ich im Café ›Pöchhacker‹ warten... da will der Mann hinkommen...« Gezerre an der Gürtelschnalle. »Oder er wird mich irgendwann auf der Straße ansprechen.« Mit zitternden Händen und gerötetem Gesicht öffnete der große, starke und gut aussehende Flemming einen Knopf des Kleides nach dem andern. Er war wie von Sinnen. »Darum habe ich mich von Albert auch nur bis zum Ring fahren lassen und ihn gebeten, dir zu sagen, daß ich später komme. Ich ging ins ›Pöchhacker‹... Albert hat es dir doch gesagt, wie?« Er murmelte atemlos etwas Unverständliches.

»Was?«

Das Kleid fiel zu Boden. Nora trat einen Schritt zur Seite. Flemming küßte sie wild, während seine Hände ihre Brüste hielten, die Warzen unter dem Seidenhemdchen streichelten. Sie trug keinen Büstenhalter.

»Hat mich angerufen, ja...«

»Wo ist er? Paß doch auf, du machst das Hemd kaputt!«

»Na und! Albert? Wartet unten, nehme ich an... fuhr noch Tanken und Öl wechseln, weil er Zeit hatte...« Flemming lachte. »Eine Menge Zeit hat der noch, bis er dich heimbringt... Daß du keinen Büstenhalter brauchst... Ich habe nie eine Frau mit so schönen Brüsten gesehen, nie... Ich liebe dich, Nora, ich liebe dich...«

Ich liebe dich! Die drei von gemeinem Mißbrauch am meisten entleerten Worte der Welt, dachte sie.

»Ich habe bis zehn Uhr fünfzehn gewartet... aber der Mann kam nicht... vielleicht kommt er nächsten Montag... oder irgendwann, irgendwo, ganz plötzlich...«

»Ja, vielleicht... Was ist das für ein Höschen? Lissabon, wie?«

»Ja.«

»So etwas können sie bei uns nicht machen... Herrgott, sieht das geil aus...« Er zog seine Jacke aus und warf sie auf einen Stuhl, er zerrte die Krawatte herunter, öffnete die Hose. »Schau her! Schau dir das an! Er hat auf dich gewartet. Alles für dich aufgehoben. Er war dir treu.« Wie treu? dachte Nora. So treu wie ich dir? Weniger? Noch weniger? »Du wirst es gleich merken... aber zuerst komm auf den Schreibtisch... zuerst das andere...«

»Carl...«

»Ich bin doch kein boche! Ich weiß, was man tun muß... In Frankreich hat einmal ein Mädchen gesagt, ich mache ›mi-mi comme un Parisien‹!« So war Nora Hill auf der Schreibtischplatte gelandet...

»Gut? Ist es gut?« Flemmings Atem flog.

»Ja... ja...«

»Noch? Soll ich noch, oder willst du jetzt...«

»Nein! Hör auf, sonst... komm... jetzt will ich...«

Er sprang auf, seine Hose glitt herab. Er drang in sie ein. Sie schlangen die Arme umeinander, Noras Schenkel schlossen sich hinter seinem Rükken. Sie wurde auf dem Schreibtisch hin und her gestoßen. Er hielt sie eisern fest, küßte ihre Schultern, ihre Brüste, sog an den Warzen.

»Jetzt!« stöhnte sie wild. »Jetzt... oh... oh...« Sie spielte nun kein Theater mehr. Schon ein Mann, dieser Carl Flemming, o ja, ein Mann war er, dieses Nazischwein.

Eineinhalb Stunden später fuhr Nora Hill heim. Sie wohnte in Flemmings Villa. Er hatte angekündigt, daß er schnellstens, sobald er aus dem Büro fort könne, nachkommen würde. Nora Hill saß im Fond von Flemmings Dienstwagen. Albert Carlson, sein Chauffeur, saß am Steuer. Er fuhr vorsichtig und gut, war vorbildlich höflich und redete nur, wenn Nora das Wort an ihn richtete. Sie verließen die Stadt und erreichten die Peripherie im Westen, beim Lainzer Tiergarten. Hier, in einem Park, lag die Villa, die Flemming bewohnte – ein mächtiger Rundbau, der aussah wie ein breiter Turm, mit gewundenen Steinornamenten im Jugendstil, aber auch mit blauen, roten und gelben Mosaikmustern verziert. Dieses Haus, das an ein Gebäude aus den Geschichten E. T. A. Hoffmanns erinnerte, hatte in den zwanziger Jahren ein exzentrischer Wiener Bankier bauen lassen. Der Bankier war schon 1937 emigriert, das Haus hatte von da an dauernd die Besitzer gewechselt, zuletzt war es vom Auswärtigen Amt gekauft worden. Für Flemming allein wäre es viel zu groß gewesen. Man hatte es ihm zugewiesen – und auch zahlreiches Personal –, denn hier übernachteten oder wohnten kürzere Zeit Kuriere, Agenten, Spitzel, Besucher aus Berlin und zwielichtige Gestalten verschiedener Nationalitäten.

Mit der größten Höflichkeit half Albert Carlson, der den ›Wanderer‹ auf der Kiesrampe vor dem Haupteingang zum Halten gebracht hatte, Nora Hill beim Aussteigen. Er trug eine graue Uniform mit Schirmkappe.

»Ich bringe sofort das Gepäck!«

Nora nickte und ging die drei Stufen zum Eingang empor. Sie brauchte nicht zu warten, die Tür öffnete sich sofort. Ein Diener verneigte sich – er war von dem Wachposten, der im Gärtnerhaus bei der Parkeinfahrt Dienst tat, telefonisch verständigt worden.

»Oh, ich freue mich, Sie wiederzusehen, Fräulein Hill!«

»Ich mich auch, Konrad.« Nora ging an ihm vorbei in die große kreisförmige Halle des Hauses hinein, in der antike Möbel standen. In der Mitte sprudelte ein Springbrunnen. Das Bassin beherbergte seltene Fische. Tageslicht fiel durch ein Glasdach.

Nora Hill stieg die ebenfalls runde Treppe zum ersten Stock empor. Hier lag ihr Appartement. Ein Bad, dachte sie, ein heißes langes Bad jetzt. Sie blieb einen Moment auf der Treppe stehen.

»Ist etwas, gnädiges Fräulein?« fragte der Diener, der ihr folgte.

»Nein, gar nichts«, antwortete Nora, weitergehend. Sie hatte gedacht: Ob diese Valerie Steinfeld sich doch noch entschließt, den Prozeß zu führen? Und wenn nicht? Wenn ihrem Sohn dann etwas geschieht? Und wenn sie den Prozeß führt, und es geschieht ihm auch etwas? Herrgott, dachte Nora nun, während sie über einen runden Gang auf ihr Appartement zuging, es ist schlimm für Valerie Steinfeld. Nur mit sehr viel Glück wird sie sich und ihren Jungen durchbringen. Ach, aber wer braucht nicht sehr viel Glück, dachte sie, plötzlich wieder gleichgültig.

Vor der Villa hatte der grau uniformierte Chauffeur zwei schwarze Krokodillederkoffer aus dem Gepäckraum des Wagens genommen. Ein blauer Mantel und ein blauer Homburg lagen im Kofferraum. Chauffeur Albert Carlson, ein Mann mit hagerem, hungrig wirkendem Gesicht, stechenden Augen und zusammengewachsenen Brauen, legte eine Decke über Hut und Mantel, dann sperrte er den Kofferraum ab. Schon gut, daß ich das immer dabei habe, wenn der Alte mich losschickt, um Nora Hill zu holen, dachte er. Ich habe ja gewußt, einmal erwische ich sie bei etwas. Nun ist es soweit. Noch nicht weit genug. Ich muß noch mehr wissen. Und dann ...

44

»Daß Albert mich mit diesem Mantel und diesem Homburg beschattete, ja, daß er überhaupt stets hinter mir her war, das wußte ich damals natürlich noch nicht«, sagte Nora Hill. »Das hat er mir erst später erzählt, viel später – der Dreckskerl.« Sie trank das Glas, das Manuel Aranda während ihres Berichtes noch zweimal gefüllt hatte, aus und zerdrückte eine Zigarette im Aschenbecher. Das Feuer des offenen Kamins brannte mit hohen, züngelnden Flammen. Funken sprühten, wenn ein Holzscheit brach.

»Ach, was heißt Dreckskerl – ein Mensch eben«, sagte die so jugendlich wirkende Mittfünfzigerin in dem silbernen Abendkleid.

Manuel fragte hastig: »Was geschah mit diesem Chauffeur? Was geschah überhaupt weiter?«

Nora Hill lächelte, ihr breiter Mund öffnete sich und zeigte die schönen Zähne.

»Hier, mein Freund, unterbreche ich.«

»Wieso? Hören Sie...«

»Es tut mir leid. Aber ich bin nun zu einem Punkt gekommen, der es erfordert, daß andere eine Lücke in meiner Erzählung füllen. Was mit mir in den nächsten sechs Wochen geschah, ist uninteressant. Mit Valerie Steinfeld geschah eine Menge, wovon ich bis zum heutigen Tag nichts weiß. Sie wollen doch die Geschichte Valerie Steinfelds – oder?«

»Natürlich!«

»Nun, die *ganze* Geschichte kenne ich auch nicht. Ich sagte Ihnen eingangs, dies ist kein Märchen aus Tausendundeiner Nacht. Es ist eine böse Geschichte. Auch andere Menschen haben wichtige Rollen in ihr gespielt. Diese Menschen sollen nun erzählen, was sie wissen – wie ich. Ich weiß noch einiges, und ich werde es Ihnen berichten – später. Zuerst müssen Sie herausfinden, was in jenen sechs Wochen geschah, die meiner Begegnung mit Valerie Steinfeld folgten. Es interessiert mich selber. Sehen Sie, ich habe Ihnen das Ende eines Wollknäuels in die Hand gegeben, das weit und wirr abgerollt ist. Sie müssen den Faden nun entlanggehen und ihn wieder zum Knäuel wickeln – nur so kommen Sie aus dem Labyrinth heraus, in das ich Sie geführt habe...«

»Großartig macht sie das«, sagte in dem Kleinmädchenzimmer Fedor Santarin.

»Yeah«, grunzte Gilbert Grant. »Großartig. Und was tun wir, bis Aranda die ganze Wahrheit zusammengesucht hat?«

»Er *muß* die ganze Wahrheit zusammensuchen, Gilbert, Sie Narr«, sagte der Russe ruhig. »Nur so wird er Noras Bitte erfüllen.«

In dem großen Wohnzimmer des Appartements sagte Manuel: »Was läßt Sie glauben, daß Valerie Steinfeld in diesen sechs Wochen viel erlebt hat?«

»Tatsachen«, sagte die Frau mit den gelähmten Beinen. »Bevor ich am sechzehnten November nach Lissabon flog, rief ich die Steinfeld an, wie verabredet. Wir trafen uns wieder in der Stephanskirche. Ja, sagte sie, nun habe sie sich doch entschlossen, den Prozeß zu führen. Sie sei auch schon bei diesem Doktor Forster gewesen. Die Sache laufe bereits.«

»Und sie sagte Ihnen nicht, was sie zu diesem Entschluß gebracht hatte?«

»Ich fragte sie. Sie wollte es nicht sagen. Ich bin ganz sicher, daß etwas Schwerwiegendes geschehen war. Sie hatte wahrscheinlich Angst, ihren Mann zu beunruhigen. Der sollte über mich und Jack Cardiff nur erfahren, daß sie tat, worum er sie ersucht hatte. Er sollte beruhigt sein.« Noras Blick glitt zur Seite. »Sie war eine großartige Frau«, sagte sie leise. »Der einzige Mensch in meinem Leben...« Nora goß sich selbst Whisky pur ein und trank hastig. »Sie müssen sehen, daß Sie Doktor Forster finden, mein Freund. Sie müssen mit Martin Landau reden. Dann komme wieder ich an die Reihe.« Sie lächelte nochmals und sah aus wie eine junge Frau. Aber ihr Lächeln war seltsam starr.

Grübelnd fragte Manuel: »Sie sagen, vor sechsundzwanzig Jahren hätten Sie Frau Steinfeld die Zyankali-Kapseln gegeben?«

»1943, im Sommer, ja. Die Situation war da schon viel gefährlicher geworden. Sie hatte mich darum gebeten. Ich verschaffte mir das Zyankali und gab es ihr. Wenn etwas passierte, dann wollte Valerie Steinfeld Gift für sich und den Jungen. Gutes, schnell wirkendes Gift, das unbegrenzt... entschuldigen Sie.«

Manuel schüttelte den Kopf.

»Nichts zu entschuldigen. Ich danke für Ihre Aufrichtigkeit. Aber...« Er hatte plötzlich Mühe, zu sprechen. »... aber warum brachte sie dann zuletzt meinen Vater und sich selber um mit diesen Kapseln?«

»Ich weiß es nicht, Herr Aranda.«

»Er war doch *Argentinier!* Er *kann* doch mit dieser Geschichte nichts zu tun gehabt haben! Oder?«

»Ein unsinniger Gedanke.«

»Nicht wahr?«

»Aber vielleicht doch nicht ganz so unsinnig.«

»Was heißt das?«

»Nichts, Herr Aranda. Sie wollen die Wahrheit finden. Es wird schwer sein.«

Manuel stützte den Kopf in die Hände.

»Sie sind nun noch viel verwirrter, als Sie es zuvor waren, natürlich. Und Sie werden weiter verwirrt werden, das ist sicher. Doch zuletzt werden Sie die Wahrheit kennen, die häßliche Wahrheit.«

»Wieso häßlich?«

»Die Wahrheit ist immer häßlich. Das wissen Sie doch – oder sind Sie noch zu jung dafür?«

Anstatt zu antworten, fragte er, aufstehend: »Und Herr Steinfeld? Und der Junge? Was wurde aus ihnen?«

Nora zuckte die Schultern.

»Ich war nach Kriegsende lange Zeit sehr krank. Es ist nämlich gerade damals passiert...«

Manuel blickte schnell auf die Krücken und wieder weg.

»Ich sah Frau Steinfeld erst Mitte März 1948 wieder. Da besuchte ich sie, in der Buchhandlung. Und fragte natürlich, wie sich die Dinge für sie entwickelt hätten. Wir waren vor Kriegsende oft zusammen gewesen – aber dann riß die Verbindung eben ab.«

»Und was hat sie gesagt?«

»Sie war sehr elend und traurig. Beinahe verwirrt. Sie erzählte mir, ihr Mann habe sich scheiden lassen, und ihr Sohn habe eine Einladung angenommen, in den Vereinigten Staaten zu studieren und zu arbeiten. Er würde in Los Angeles leben.«

Manuel sagte hilflos: »Jemandem andern... ihrer Nichte... erzählte Frau Steinfeld, ihr Mann sei im Krieg gefallen, und der Junge sei nach Kanada ausgewandert, weil sie sich nicht miteinander verstanden. Das zeigt, daß ihre Nichte von der ganzen Geschichte überhaupt nichts weiß. Frau Steinfeld hat sie belogen.«

»Vielleicht belog sie uns beide«, sagte Nora Hill.

»Aber warum?«

»Sie kann Gründe dafür gehabt haben.«

»Wenn es stimmt, was sie *Ihnen* erzählt hat, dann müßte man doch ihren Mann finden können, falls der noch lebt – oder zumindest den Jungen, diesen Heinz!« Manuel wurde lauter. »Wenn es stimmt, was sie Ihnen erzählt hat, dann bedeutet das doch jedenfalls, daß sie den Prozeß damals gewann!«

»Nicht unbedingt. Heinz kann auch so durchgekommen sein. Und es muß nicht stimmen, was sie mir erzählt hat. Sie war verwirrt, ich sagte es schon. Als ich sie fragte, wie der Prozeß geendet hätte, behauptete sie, er sei überhaupt nicht zu Ende geführt worden.« Nora hob eine Hand. »Es ist alles sehr geheimnisvoll, was damals geschah. Auch für mich heute noch.«

»Wenn der Junge in Amerika lebt – warum ist er dann nicht einmal jetzt nach Wien gekommen, nach dem Tod seiner Mutter?«

»Tja, warum nicht, Herr Aranda?« Nora Hill erhob sich, auf die Krücken gestützt. »Sie stehen am Anfang eines langen Weges. Ich will Ihnen helfen, soweit ich es vermag. Das letzte Rätsel müssen Sie selber lösen...«

»Erste Klasse«, sagte Fedor Santarin, ein künstliches Glied betrachtend, auf das Vergißmeinnicht-Blüten gemalt waren. Er hatte es aus einer Spielzeugkiste genommen. »Den bringt jetzt nichts mehr von der Verfolgung der Spur ab. Den hat das Jagdfieber gepackt – dank Nora. Trinken Sie einen Schluck auf ihr Wohl, Gilbert...«

»Es ist spät geworden«, sagte Nora zu Manuel. »Sie werden müde sein.«

»Ich muß fort«, sagte Manuel, dem in diesem Augenblick etwas eingefallen war.

Gemeinsam verließen sie das Appartement. An Manuels Seite schwang Nora Hill, fast graziös, auf ihren Krücken die Treppe in die Halle hinab, in der es nun sehr laut zuging. Neue Gäste waren gekommen. Sie tranken, redeten und tanzten mit den Mädchen. Jazz erklang aus Lautsprechern. Kellner eilten hin und her. Nora Hill grüßte nach verschiedenen Seiten. Manuel fühlte sich, als hätte er Fieber. Menschen stießen ihn an. Plötzlich stand der Diener Georg da. Er sagte Nora etwas ins Ohr. Sie nickte und wandte sich halb ab, um Georg ihrerseits etwas zu sagen. Im gleichen Moment verspürte Manuel eine Berührung. Er sah auf. Dicht neben ihm, in einem Nylon-Spitzencape, auf hochhackigen Schuhen, tanzte die rothaarige Yvonne mit einem Farbigen. Durch das Cape sah man ihren nackten Körper. Blitzschnell glitten Yvonnes Finger über Manuels Jacke. Dann verschwand das Mädchen schon wieder in der Menge. Manuel steckte eine Hand in die Tasche. Ein Zettel befand sich jetzt darin.

»Ich begleite Sie zum Ausgang«, sagte Nora Hill. Er fuhr herum. Sie sah ihn ernst an. Hat sie etwas gemerkt? überlegte er. Georg, der Diener, steuerte durch die Halle auf eine Tür zu, hinter der er verschwand.

»Der Schneefall hat aufgehört«, sagte Nora Hill, als Manuel in der Garderobe seinen Mantel anzog. Sie reichte Manuel eine Hand. »Sobald Sie mit den anderen gesprochen haben, besuchen Sie mich gleich wieder ...« Sie blieb in der offenen Eingangstür stehen und sah ihm nach, wie er zu seinem Wagen ging. Er drehte sich um und winkte. Nora Hill hob eine Krücke und winkte mit ihr zurück. Dann schloß sie die Tür und eilte schnell durch den Gang der Garderobe in die Halle und auf jene Tür zu, hinter der Georg verschwunden war. Sie öffnete die Tür und trat in ein prächtig orientalisch eingerichtetes Zimmer. Georg gab eben einem eleganten Mann mit blassem Gesicht, umschatteten Augen, langen Wimpern und graumeliertem Haar Feuer für seine Zigarette.

»Guten Abend, cher ami«, sagte Nora Hill.

»Madame«, sagte Jean Mercier, Chef des französischen Reisebüros ›Bon Voyage‹ in Wien, sich schnell erhebend und zu ihr tretend, »ich bin entzückt, Sie zu sehen.« Er verneigte sich tief und küßte ihre Hand. »Ist er fort?«

»Ja.«

»Ich sagte Georg, daß ich ihn nicht sehen will. Er soll nicht wissen, wie ich ausschaue ...«

»Das ist doch ganz klar. Sie können gehen, Georg.«

»Sehr wohl, Madame.« Der Diener verschwand.

Sofort fragte Mercier: »De Brakeleer ist gekommen?«

Nora nickte.

»Und?«

»Alles in bester Ordnung. Die Filmaufzeichnung muß tadellos geworden sein.«

»Wunderbar.« Mercier rieb sich die Hände.

»Die Aufzeichnung liegt in einer Recorder-Kassette. Ihre Kollegen erwarten Sie übrigens schon«, sagte Nora Hill.

»Mein Citroën steht direkt hinter der alten Kastanie, Madame. Hier sind die Schlüssel. Bitte legen Sie die Kassette in das Handschuhfach, sperren Sie ab und geben Sie mir die Schlüssel später zurück, wenn – oh!« Mercier hatte endlich Noras ironischen Blick bemerkt. »Wie konnte ich das vergessen.« Er entnahm seiner Brieftasche einen Scheck, den er ihr überreichte. Nora steckte ihn in den Ausschnitt des Kleides.

»Ich bin nur eine hilflose Frau«, sagte sie. »Ich darf kein Risiko eingehen. Das verstehen Sie doch, nicht wahr?«

»Gewiß.«

»Und deshalb werde ich mir erlauben, diesen Barscheck morgen vormittag erst einzulösen, bevor ich Ihnen die Aufzeichnung gebe. Am Nachmittag können Sie die Kassette holen.«

»Aber Madame . . .«

»Manche Leute kommen auf die seltsamsten Ideen. Zum Beispiel auf die, Schecks sperren zu lassen. Stellen Sie sich vor, so etwas gibt es. Ich muß wirklich achtgeben. Hier, Ihre Autoschlüssel, cher ami . . .«

Zu dieser Zeit fuhr Manuel Aranda schon durch eine stille, verschneite Villenstraße ostwärts, der Stadt entgegen. Es war kein Mensch zu erblicken. Manuel hielt und nahm aus der Tasche seiner Jacke den Zettel, den Yvonne dorthin gesteckt hatte. Er knipste die Lampe über dem Armaturenbrett an. In der nervösen, phantasievollen Schrift einer Intellektuellen waren diese Worte gekritzelt:

›Ich kann Ihnen vielleicht helfen. Habe bis Sonntag in der Villa Dienst, danach frei. Rufen Sie Sonntag gegen Mittag an. 86 57 41. Kommen Sie dann zu mir. Ihr Vater ist auch zu mir gekommen. Yvonne Werra.‹

45

»Aber du warst doch ihre Schwester! Du mußt doch wissen, ob es wahr ist oder nicht, mein Gott im Himmel! *Ist es wahr?*«

»Ich . . . Schau mal, Irene, versteh doch . . .«

»Was? Was? Was soll ich verstehen?«

»Dreißig Jahre ist das schon her . . . ein Dritteljahrhundert . . . alles längst zu Ende und vorbei . . . Und da sollten wir dir die Geschichte noch erzählen? Du warst doch so unglücklich, so aufgeregt, wir wollten dich nicht noch mehr aufregen...«

»Also, es ist wahr!«

Stille.

In der Telefonverbindung rauschte der Strom.

»*Es ist wahr!*« rief Irene Waldegg wild.

»Ja...« Die Antwort ihrer Mutter kam leise, unglücklich und stockend.

»Und warum habe ich nie etwas davon erfahren? Von dir oder von Vater oder von Valerie? Es ist ja heute schließlich kein Verbrechen mehr, daß sie mit einem Juden verheiratet war und einen Halbjuden zum Sohn hatte!«

»Ja, heute ist es kein Verbrechen! Aber damals...! Und damals warst du ein Kind, ein kleines Kind, du hättest das alles gar nicht verstanden.«

»Und später? Nach dem Krieg?«

»Da ging es nicht.«

»Warum nicht?«

»Valerie hat uns verboten, dir etwas zu erzählen, sie selber wollte nie darüber reden. Es war ein zu großer Schock für Valerie, alles, was sie erlebt hatte. Und immer fürchtete sie, daß ein solches Regime, daß solche Verfolgungen wiederkämen... Ihr ständiger Alptraum war das...«

»Wieso Alptraum? Was ist denn mit Heinz geschehen? Und mit Valeries Mann? Hat sie den Prozeß nun geführt oder nicht?«

»Ja...« Die ferne Stimme bebte.

»Und hat sie ihn gewonnen oder verloren?«

»Weder... weder noch... Er wurde nie zu Ende geführt...«

»Was heißt das nun wieder?«

»Schrei doch nicht so, ich bitte dich! Ich... Sehr schön, jetzt hast du auch noch Vater geweckt... Nichts, Hans, nichts Wichtiges. Irene ruft aus Wien an. Ich erkläre dir alles später. Geh wieder ins Bett...« Geflüstert: »Mein Gott, er hat doch schon einen Schlaganfall hinter sich...«

»Was geschah mit...«

»Du sollst nicht schreien! Jetzt habe ich aber genug! An all dem ist nur dieser elende Ausländer schuld, dieser Chemiker, dieser Aranda...«

»Sein Sohn hört mit, Mutter. Am zweiten Hörer.«

»Tut mir leid. Sie können nichts dafür, Herr Aranda. Ihr Vater war in eine sehr gefährliche Sache verstrickt... Valerie auch...«

»*Valerie auch?*«

»Ja, auch!« Die Stimme aus Villach wurde schrill. »Sie hatte Geheimnisse... vor dir... vor uns allen...«

»Mutter! Du glaubst ja selber nicht, was du sagst!«

Irenes Mutter sprach jetzt ungewöhnlich schnell. »Ich flehe dich an, Irene, bohr da nicht weiter herum, sonst geschieht neues Unglück... Herr Aranda, wenn Sie schon mithören: Ich bitte Sie, meine Tochter zu-

friedenzulassen und nicht mit Ihren Nachforschungen zu behelligen.«
»Ich *will* aber, daß er mich damit behelligt!« rief Irene. Sie saß, einen
weißen Kittel über dem Kleid, am Schreibtisch des Büros, das sich links
an den großen Verkaufsraum der Möven-Apotheke anschloß. Ein zum
Bett aufgeschlagenes Sofa stand darin. Der Verkaufsraum lag im Halbdunkel. An einer langen Wand glänzten große Flaschen und Tiegel,
leuchteten zu Hunderten bunte Medikamentenpackungen. Von der
Straße fiel Licht in die Apotheke. Es kam aus starken Lampen, die rund
um die Neubauten schräg gegenüber angebracht waren – mächtige Hochhäuser. Als Manuel um 1 Uhr 30 eingetroffen war, hatte er die modernen
Türme auf dem Areal des Allgemeinen Krankenhauses zum Himmel ra-
gen gesehen. Da drüben lag eine Großbaustelle. Er las auf einer Tafel, daß
hier ein Super-Klinikum entstand.
Manuel hatte Irene, die auch nachts die große dunkle Brille vor den verschwollenen, verweinten Augen trug, alles erzählt, was ihm widerfahren
war. Irene, ungeschminkt nun, blaß und müde, hatte mit steigender Erregung zugehört. Dann war sie nicht davon abzubringen gewesen, sofort
ihre Eltern in Villach anzurufen. Die Mutter hatte sich gemeldet. Die
Mutter, deren Stimme nun mehr und mehr Angst verriet, wie Manuel
grimmig konstatierte.
»Wozu? Du weißt doch schon alles... dank der Wühlerei von Herrn
Aranda!«
»Mutter, er hört...«
»...mit, ja, das hast du schon gesagt! Lassen Sie meine Tochter in Ruhe,
Herr Aranda! Es tut mir leid, was Ihrem Vater geschehen ist – aber wollen
Sie unbedingt das Andenken an eine Tote beschmutzen?«
»Was heißt beschmutzen?« rief Irene. »Sein Vater wurde von Valerie ge-
tötet. Da wird er wohl das Recht haben, Nachforschungen anzustellen!«
»O Gott«, stöhnte die Stimme aus Villach, »o Gott, was soll ich bloß sa-
gen?«
»Zum Beispiel, was mit Valeries Mann und mit Heinz passiert ist! Ich
habe schon einmal gefragt!«
Irenes Mutter antwortete schnell: »Heinz ist nach Kanada gegangen und
da umgekommen, und Paul Steinfeld hat sein Leben im Krieg verloren.«
»Er war doch in England!«
»Er... er kam... bei einem Luftangriff auf London kam er um... Valerie
war furchtbar unglücklich darüber... darum wollte sie nie davon spre-
chen... Verstehst du das nicht?«
»Nein, Mutter. Ich verstehe es nicht. Und ich werde keine Ruhe geben,
bis ich alles verstehe! Und auch...«
»Irene, mein Kleines, mein Liebling, bitte...«
»...Herr Aranda wird keine Ruhe geben vorher! Entschuldige, daß ich

dich aus dem Schlaf gerissen habe. Gute Nacht.« Irene Waldegg legte auf.
Unsicher holte sie eine Zigarette aus einer Packung. Manuel gab ihr
Feuer. Die junge Frau mit dem braunen Haar und dem schönen, ernsten
Gesicht stand auf und ging zu einem Waschbecken, wo sie einen Topf voll
Wasser füllte, und danach zu einer elektrischen Heizplatte. Mit fahrigen
Bewegungen begann sie zu hantieren.

»Ich hätte nicht kommen sollen«, sagte Manuel hilflos. »Aber ich dachte,
ich müßte Ihnen sofort alles erzählen...«

»Das mußten Sie auch! Ich bin schon wieder in Ordnung. Ich mache uns
jetzt starken Kaffee.«

»...und Sie sind doch genauso interessiert wie ich.«

»Natürlich! Ich danke für Ihr Vertrauen. Eines steht jetzt fest: Diese Nora
Hill hat Sie nicht belogen.«

»Das ist richtig. Bis zu dem Anruf jetzt wäre es immer noch möglich gewesen, daß sie mir irgendeine phantastische Geschichte präsentiert hat.
Nun, nachdem wir Ihre Mutter gehört haben, ist das nicht mehr möglich.
Frau Hill präsentierte Tatsachen. Aber können Sie sich wirklich vorstellen, daß Ihre Tante in einen Spionagefall verwickelt war – und derart
tief?«

Irene beschäftigte sich mit der Zubereitung des Kaffees. Die Zigarette
hing ihr in einem Mundwinkel, während sie sprach.

»Es ist die einzige Möglichkeit, die ich sehe. Sehen Sie eine andere? Ihr
Vater *kann* mit diesem Prozeß nichts zu tun gehabt haben! Er war auf
der anderen Seite der Welt, als all das hier geschah. Es ist *unmöglich*, daß
er Valerie damals etwas angetan hat...«

»Aber haben Sie denn jemals die geringsten Anzeichen dafür bemerkt,
daß Ihre Tante etwas mit Spionage zu tun hatte?«

»Nie.« Irene sah Manuel durch die dunklen Brillengläser an. In ihrem
blassen Gesicht zuckte es. »Niemals in all den Jahren. Die Vorstellung ist
auch phantastisch. Aber immer noch realistischer als die, daß Ihr Vater
vor dreißig Jahren in Buenos Aires etwas tat, wofür sich Valerie nun in
Wien gerächt hat...« Irene sank auf einen Stuhl. »Und ich glaubte, Valerie zu kennen. Ich muß wissen, was da passiert ist. Ich muß es wissen!
Ich finde keine Ruhe mehr...«

»Ich auch nicht«, sagte Manuel. Er stand auf, trat zu Irene und strich behutsam über ihren Rücken. »Ich werde morgen wieder mit Landau sprechen. Und dann muß ich diesen Forster, den Rechtsanwalt, finden. Hoffentlich lebt der noch. Wenn das alles nicht so lange her wäre, wenn nicht
so viel Zeit vergangen wäre seitdem...«

»Ich glaube, daß meine Mutter lügt«, sagte Irene abrupt.

»Ich glaube es auch«, sagte Manuel sehr verlegen.

Sie sahen einander ratlos an.

Ein Schneepflug ratterte draußen vorüber.

Manuel sagte nach einer Pause: »Chemiker wollte der Junge werden...
Mein Vater war auch Chemiker...«

»Ein Zufall«, sagte Irene. Der Kaffee war fertig. Sie holte eine Zuckerdose,
Kondensmilch, Geschirr. Sie goß zwei Tassen voll. »Übrigens – diese tief
verschleierte Frau, die zu Valeries Begräbnis kam und so weinte, hat angerufen.«

»Wann?«

»Gegen acht. Sie war sehr aufgeregt. Sie hatte schon im ›Ritz‹ angerufen,
aber Sie waren nicht da. Also versuchte sie es hier.«

»Was wollte sie? Wie heißt sie?«

»Bianca Barry. Die Frau eines Malers. Sie war eine Jugendfreundin von
Heinz, sagte sie. Und sie habe nun erfahren, daß wir versuchen, herauszufinden, was geschehen ist.«

»Von wem hat sie das erfahren?«

»Von Martin Landau. Er hat sie angerufen und gewarnt.«

»Gewarnt?«

»Vor uns. Besonders vor Ihnen. Wem damit gedient wäre, wenn nun alles
ans Licht käme, fragte Landau Frau Barry. Er habe mit seiner Schwester
gesprochen. Sie sei seiner Meinung. Und darum bat er Frau Barry, sich
so zu verhalten, wie er sich verhalten hat: Wenn Sie auftauchen – oder
ich –, dann soll sie uns abweisen, keinesfalls etwas erzählen...«

»Der nette Herr Landau.«

Irene zündete am Stummel ihrer Zigarette eine neue an. Hastig blies sie
den Tabakrauch aus.

»Frau Barry sprach in größter Eile. Ihr Mann sei gerade für kurze Zeit
nicht zu Hause, sagte sie. Aber er sei zu Hause gewesen, als Landau anrief.
Und er sei der gleichen Meinung wie sie: Wenn wir wissen wollen, was
damals geschah, dann muß man es uns sagen! Frau Barry hat nichts zu
verbergen, erklärte sie. Gleich darauf strafte sie sich selber Lügen.«

»Wieso?«

»Von dem Friedhofsbesuch wisse ihr Mann nichts. Darüber dürften wir
keinesfalls reden. Sie stotterte herum, sehr nervös. Eifersüchtig, ihr
Mann, immer schon gewesen. Hätte aber nicht den geringsten Grund. Nie
gehabt. In der Art. Ich bekam den Eindruck, daß sie liebend gerne tun
würde, worum Landau sie gebeten hat.«

»Und warum verhält sie sich dann so?«

»Weil ihr Mann doch daheim war, als Landau anrief! Jetzt kann sie nicht
anders. Wir sollen morgen vormittag zu ihr kommen. Alseggerstraße, ich
habe die Hausnummer. Elf Uhr. Ihr Mann wird auch da sein. Er hat sein
Atelier in der Villa. Ich sagte, wir würden kommen. Nach einem Nachtdienst habe ich immer den nächsten Vormittag frei und...

Die Glocke der Apotheke schrillte durchdringend.

Irene ging in den Verkaufsraum. Manuel hörte sie aufschreien. Er rannte ihr nach. Draußen vor der Tür, im Schnee und im Licht der Lampen der neuen Klinikbauten, lag ein Mann, reglos, mit verdrehten Gliedern, das Gesicht nach unten.

46

LOT ABER GING VON ZOAR HINAUF UND LIESS SICH
MIT SEINEN BEIDEN TÖCHTERN IM GEBIRGE NIEDER.
DENN ER HATTE ANGST, IN ZOAR ZU WOHNEN. SO
NAHMEN ER UND SEINE BEIDEN TÖCHTER WOHNUNG IN
EINER HÖHLE.

ERSTES BUCH MOSE, KAPITEL 19, 30

In großen Buchstaben standen die Worte auf der Leinwand, weiß, Untergrund schwarz. Nach einer Weile verschwand das Insert, und es folgten Bilder einer Höhenlandschaft und einer Höhle, vor der ein sehr alter Mann, mit langem Stab, weißem Haar und tatterigen Bewegungen, und zwei hübsche Mädchen, eine Blonde und eine Dunkle, sich häuslich einrichteten.

Ein weiterer Zwischentitel erschien:

DA SPRACH DIE ÄLTERE ZU DER JÜNGEREN:
»UNSER VATER IST ALT, EIN MANN IST NICHT DA, DER
MIT UNS VERKEHREN KÖNNTE, WIE ES IN ALLER WELT
BRAUCH IST. KOMM, WIR WOLLEN UNSEREN VATER
MIT WEIN BERAUSCHEN UND UNS DANN ZU IHM LEGEN,
DAMIT WIR VON IHM NACHKOMMEN ERHALTEN.«

ERSTES BUCH MOSE, KAPITEL 19, 31/32

Wilde Musik erklang, während der Stummfilm ablief. Ein Orchester tobte. Als der Zwischentitel verschwunden war, hatte sich die Situation geändert. Der alte Lot lag vor der Höhle auf dem Boden, schwer alkoholisiert. Leere Korbflaschen deuteten darauf hin, daß seine Töchter die Absicht der Älteren in die Tat umgesetzt hatten. Selber animiert, tanzten sie lasziv miteinander, dann begannen die Mädchen, sich ihrer Gewänder zu entledigen, bis sie nackt waren. Sie hatten üppige, schöne Körper. Aufpeitschend raste das Orchester. Die enthemmten Geschöpfe stürzten sich nun auf den Greis und rissen sein Gewand empor. Das monströse Glied eines jungen Mannes wurde sichtbar, noch im Ruhezustand. Lots Töchter spielten mit dem primären Geschlechtsmerkmal ihres Vaters, streichelten es, rieben es, und das Glied hob sich in einer gewaltigen Erektion. Lot kam zu sich. Er wollte Ruhe haben, aber die ließen seine Töchter ihm nicht. Die Blonde kniete nieder, wobei sie sich auf die Hände stemmte. Hoch streckte sie das Gesäß empor. Die Dunkle half Lot, sich aufzurichten. Sie schob ihn hinter ihre Schwester. Sein Gewand riß sie ihm vom Leib, wodurch deutlich wurde, daß es sich bei diesem Greis in der Tat um einen muskulösen jungen Mann handelte, der eine Perücke trug und auf uralt geschminkt war.

Zwischentitel:

> »ES MUSS SEIN, VATER! DENKE AN DIE NACHKOMMEN!
> WIR HABEN NUR DICH!«

Lot schien sich diesem Argument nicht verschließen zu können. Er nickte, packte die kniende Blonde in den Hüften, drängte sich zwischen ihre Unterschenkel und versuchte sein Bestes. Die nackte Dunkle assistierte. Es klappte noch nicht.

> »WARTE! ICH STÜTZE DICH!«

Die Dunkle stützte Lot wirklich. Und nun legte der Vater los wie ein Stier. In Nah- und Großaufnahmen zeigte die Kamera seine Tätigkeit und die lustverzerrten Gesichter der Partner. Lots Kiefer mahlten. Seine blonde Tochter wand sich, zuckte, biß in den Sandboden. Die Begleitmusik donnerte.

»Also wir sind uns einig«, sagte Fedor Santarin deutsch, wobei er den beiden anderen Männern eine geöffnete, längliche Tüte aus Goldkarton mit Demel-Konfekt hinhielt. Grant winkte ab und füllte sein Glas halb voll Bourbon. Ein Tischchen stand zwischen den tiefen Fauteuils, in denen die Männer saßen. Mercier nahm ein Stückchen Krokant. »Ab sofort arbeiten wir zusammen. Chef aller Operationen ist Grant. Sein Vertreter bin ich. Mein Vertreter sind Sie, Mercier.«

Lot war ungeheuer in Fahrt gekommen. Sein Körper flog, ebenso jener der vor ihm knienden jüngeren Tochter. Die ältere Tochter war unter ihren Leib gekrochen, befingerte sich und spielte mit den Brustwarzen der andern.

Es war dies schon der dritte Streifen, den die drei Männer sich in Noras Kino, groß wie der Vorführraum eines Filmverleihs und sehr elegant mit Teppichen und Sitzgarnituren eingerichtet, ansahen. Sie hatten sich hierher zurückgezogen gleich allen Besuchern des Etablissements, die wichtige Dinge besprechen und ganz sicher sein wollten, daß kein verstecktes Mikrophon sie belauschte. Zu jedem Film lief laute Begleitmusik von Schallplatten.

Alles bei Nora hatte seinen Preis. Das galt auch für die Benützung des Kinos, gleichgültig, zu welchem Zweck. Die Vorführung eines Streifens kostete 800 Schilling. Getränke wurden vorher serviert und extra berechnet. Der Film lief auf jeden Fall, ob man es wünschte oder nicht. Nora Hill bestand darauf. Bei ihr mußte alles aussehen wie in einem ordentlichen Privatbordell.

»Was ist los, Mercier?« fragte Santarin. »Haben Sie es sich wieder anders überlegt?«

Der Franzose war über die Maßen erbittert. Selbstverständlich, daran rührte kein Zweifel, hatten diese beiden Lumpen Clairon, seinen Spitzenmann, auf dem Gewissen. Clairon war tot, beseitigt worden auf die eine oder andere Weise, das stand für Mercier fest. Aber er konnte nicht darüber sprechen, konnte nicht anklagen, denn damit hätte er auch den Auftrag seines Spitzenmannes zugegeben. Er mußte also schweigen. Verflucht!

»He, Mercier!«

»Wie könnte ich es mir anders überlegen?« sagte der Franzose wütend. »Mir bleibt ja keine Wahl.«

»Eben«, sagte Gilbert Grant. Er war noch immer nicht betrunken, trotz all des Whiskys, den er im Verlauf des Tages zu sich genommen hatte. Er sprach nur betont deutlich und etwas langsamer. »Diesmal sitzen Sie in der Scheiße, Mercier. Gewöhnen Sie sich an den Gedanken.«

»Wenn ihr den Doktor Aranda nicht hättet umlegen lassen, bevor ich . . .«

»Hören Sie sofort damit auf!« unterbrach der Russe ihn scharf. »Und fangen Sie nie mehr damit an! Doktor Aranda ist tot. Wir sind mit ihm einig geworden. Sie nicht. Ihr Pech. Aber deshalb ist unsere Situation genausowenig rosig wie die Ihre.«

»Nun, etwas rosiger doch«, sagte Mercier. Die drei Agenten sprachen alle deutsch.

»Ja, solange der Sohn am Leben ist und die Dokumente im Tresor bleiben«, sagte Grant. »Wenn da etwas passiert, und die Papiere kommen wirklich der Öffentlichkeit zu Augen und Ohren, können wir alle drei einpacken. Das mag Ihnen ein Trost sein.«

Die Kamera fuhr langsam an die jüngere Tochter heran. Ihr Leib flog auf und nieder. Lot hielt das Gesäß umklammert. Sein Glied schob sich rhythmisch tief hinein und wieder weit heraus.

»SO IST ES GUT, VATER!«

»Wie heißt diese wüste Musik?« knurrte Grant.
»Mazeppa«, sagte Santarin.
»Wie?«

»Mazeppa! Sinfonische Dichtung Nummer sechs von Franz Liszt. Sie sind wirklich ein ungebildeter Mensch, Gilbert! Sie kennen Mazeppa nicht?«

»Keine Ahnung.«

Lot und seine Tochter schienen sich langsam dem Höhepunkt zu nähern. Die junge Frau schlug mit den Fäusten in den Sand, ihr Mund stand weit geöffnet, sie keuchte unter der wilden Bearbeitung durch den Vater. Die ältere Tochter , in großer Erregung, rieb sich und preßte abwechselnd die Brüste der Jüngeren, unter denen ihr Kopf lag, zusammen.

»Sie sind ein Barbar, Gilbert«, sagte der Russe. »Kennen Sie das Stück auch nicht, Mercier?«

»Nein. Ich bedaure...«

Lot hatte sich jetzt von hinten weit über den Rücken seiner jüngeren Tochter gelegt, er hielt sie an den Schultern gepackt, leckte ihren Nacken und streckte dann den Kopf wieder hoch empor, wie eine Maschine arbeitend.

»NOCH... NOCH... SO... JA... SO...«

»Der kultivierte Westen«, sagte Santarin. »Mazeppa war ein Kosakenhetman. Ein ukrainischer Nationalheld. Victor Hugo, Ihr Landsmann, Mercier, hat ein Gedicht über ihn geschrieben. Und Liszt hat es vertont.«

»Man kann nicht alles wissen«, sagte der Franzose gereizt.

Lot und die jüngere Tochter setzten nun zu einem gewaltigen Finish an. Trommeln dröhnten, Fanfaren schmetterten.

Auf der Leinwand war es soweit. Die Tochter erlebte ihren Orgasmus, Lot ejakulierte in ungeheuren Stößen, das Gesicht zur Grimasse verzogen.

»JETZT! JETZT! JETZT!«

Die Blonde sank erschöpft zu Boden, Lot fiel über sie. Die dunkle Tochter lag mit gegrätschten Beinen da und rieb sich wie toll.

Auch ›Mazeppa‹ hatte einen Höhepunkt erreicht.

Arrogant sagte Santarin: »Nora hat die Platte eigens mir zuliebe ausgesucht. Herbert von Karajan und die Berliner Philharmoniker. Sie hat doch eine so große Diskothek.«

»Und wie lange sollen die Papiere im Tresor bleiben?« fragte Mercier. »Für alle Ewigkeit?«

»Natürlich nicht. Wir... das heißt Santarin hat einen Plan.«

»Was für einen Plan?«

Der Russe neigte sich in seinem Sessel vor und sagte dem Franzosen etwas ins Ohr. Dessen Augen leuchteten.

»Gratuliere, das ist etwas!«

»Nicht wahr?« Santarin sah Grant kurz an.

»Aber bis dahin darf eben nichts passieren«, sagte dieser.

Die ältere Tochter preßte ihre Brüste und rutschte im Sand hin und her. Sie hielt die Beine weit gespreizt. Lot hatte sich von der Blonden gelöst und war schon wieder aktionsfähig. Die ältere Tochter schien sich vor Erregung nicht mehr halten zu können.

»MICH AUCH, VATER! MICH AUCH! MANCHE FRAUEN SIND UNFRUCHTBAR. WIR DÜRFEN KEIN RISIKO EINGEHEN.«

Vater Lot warf sich über die ältere Tochter. Die jüngere half ihm, sie führte das Glied ein. Der Alte begann von neuem wie ein Rasender zu stoßen. Die Dunkle hatte ein lebhafteres Temperament. Sie strampelte, hielt die Beine hoch in die Luft, schlug mit den Armen auf den Rücken ihres Vaters, biß ihn in die Schulter und bewegte sich wie eine Schlange unter seinem Körper.

»TIEFER, VATER! TIEFER! NOCH TIEFER!«

»Aber dann erhalte ich die Papiere ja nie«, sagte Mercier. Er hatte Champagner getrunken und war etwas beschwipst. Nur Santarin hatte keinen Tropfen Alkohol zu sich genommen.

»Natürlich nie«, sagte Santarin. Es entging ihm, daß Mercier für einen Moment dünn lächelte. »Diesmal sind eben wir zum Ziel gekommen, mein Lieber . . .«

Liszts Sinfonische Dichtung steigerte sich immer noch weiter. Ebenso der Film. Was die Dunkle trieb, war mit dem, was die Blonde getrieben hatte, nicht zu vergleichen. Die ältere Tochter tobte wie eine Wölfin – wie die Streicher des Orchesters.

»AH! ICH STERBE! ICH STERBE! WEITER! WEITER, VATER!«

Laut wurde an die Tür geklopft.

Santarin erhob sich und öffnete. Nora Hill schwang auf ihren Krücken herein.

Ein Mann im pelzgefütterten Ledermantel, mit vor Kälte gerötetem Gesicht, folgte ihr.

»Was ist los?« fragte Santarin den Mann im Ledermantel. Er sprach russisch.

»Wir haben einen Ruf von Gogol bekommen«, sagte der junge Russe, die Leinwand anstarrend wie eine Geistererscheinung. »Wir haben einen Ruf

von Gogol bekommen. Wir haben einen Ruf von...«
Santarin gab ihm einen Stoß.
»Schau da nicht hin, du Idiot!«
Nora hob eine Hand und winkte zur Vorführkabine hinauf. Der Film
brach ab, ebenso die Musik. In dem kleinen Kino flammte Licht auf. Grant
und Mercier traten zu den anderen.
»Was für einen Ruf? Wo seid ihr überhaupt?« fragte Santarin, jetzt
deutsch.
»Zwei Straßen von hier.« Der junge Mann sprach auch deutsch. »Gogol
ist Aranda nachgefahren, das wissen Sie, Genosse.«
»Ja. Und wohin fuhr der?«
»In den Neunten Bezirk.«
»In den... Da ist doch die Apotheke von dieser Waldegg!« rief Mercier.
»Ja«, sagte der junge Mann, »Gogol vermutet, daß er dahin will.«
»Na und?« fragte Grant.
»Gogol meldet, daß ihn ein grauer Skoda überholt hat, ihn und Aranda.
Nummer W 453 579. Das ist nach unserem Wissen der Wagen von diesem
Albanier...«
»Zagon?« rief Mercier aufgeregt.
»Ja, Zagon«, murmelte der immer noch verwirrte junge Mann.
»Gogol fährt allein hinter Aranda her, weil Genosse Santarin gesagt
hat...«
»Schon gut!«
Bereits zwischen dem zweiten und dritten Film waren Santarin und seine
Kollegen hinaus zu ihren Autos geeilt und hatten über Kurzwellensender
ihren Zentralen von der getroffenen Vereinbarung Mitteilung gemacht.
In dieser Nacht sollten die Sowjets Manuel ›beschützen‹.
Santarin sagte schnell: »Und Gogol vermutet – sicherlich zu Recht –, daß
Zagon auch unterwegs zu der Apotheke ist, wie?«
»Ja, Genosse.«
Der elegante Russe sah Nora an, und seine Stimme war auf einmal ganz
leise und sehr gefährlich: »Ich habe Ihnen doch gesagt, Madame, daß Za-
gon hier festgehalten werden soll, solange wir es für gut befinden. Sie er-
klärten, er sei mit einem Mädchen auf ein Zimmer gegangen, und das
Mädchen habe ihm ein Schlafmittel in den Cognac gegeben.«
»So schien es ja auch!« antwortete Nora aufgebracht. »Coco ging mit Za-
gon. Alles lief glatt – habe ich geglaubt. Als Ihr junger Mann hier mir
vom Pförtner gemeldet wurde, schaltete ich vorsichtshalber den Fernsehapparat ein, das türkische Zimmer. Ich kann nichts dafür, meine Herren!
So etwas ist bei mir noch nie passiert.«
»Was sahen Sie?« rief Grant wütend.
»Coco liegt auf dem Bett und schläft. Zagon ist verschwunden. Er muß

etwas vermutet und die Gläser vertauscht haben.«

»Aber wie ist er aus dem Haus gekommen?«

»Ein Fenster steht offen. Er wird sich an den Reliefs draußen festgehalten haben.«

»Und Zagons Wagen?«

»Den hatte er wahrscheinlich auf der Straße geparkt. Er mußte nur noch über die Mauer klettern. Wirklich, ich kann Ihnen nicht sagen, meine Herren...«

»Schon gut, Madame.« Santarin lächelte höflich. Dann wandte er sich an seine Kollegen: »Darüber besteht Einigkeit, wie?«

Die anderen nickten.

»Auf keinen Fall darf Zagon an Aranda heran. Wenn er es doch versucht, ist verabredet, was zu geschehen hat. Los, los, in eure Autos! Es müssen auch Wagen von euch zur Apotheke, und zwar schnellstens!« Santarin sagte zu dem jungen Mann im Ledermantel: »Verständige Gogol. Möven-Apotheke. Sofort. Die Jungen wissen, was sie zu tun haben, wenn sie den Albanier sehen. Sie bekommen noch Verstärkung. Sag ihnen das.«

»Ja, Genosse.«

»Hoffentlich ist es noch nicht zu spät«, murmelte Mercier.

»Vielleicht setzen wir uns endlich in Bewegung! Wie wäre das?« fragte Santarin.

Die vier Männer stürzten aus dem Vorführraum.

47

Irene Waldegg kam aus dem Büro zurückgeeilt. Sie hielt einen Yale-Schlüssel in der Hand und sperrte fahrig die Eingangstür der Apotheke auf. An Manuels Seite hastete sie ins Freie, hinaus in die Kälte. Die Straße lag verlassen, erhellt von den Lampen des neuen Klinikums. An den Straßenrändern parkten viele Wagen, in der Nähe Manuels blauer Mercedes.

»Ist er nur ohnmächtig oder...« Manuel, der sich über den Reglosen im Schnee neigte, sprach den Satz nicht zu Ende, denn der Mann sprang plötzlich auf und rannte so schnell er konnte in die Apotheke hinein.

Manuel hatte ihn wiedererkannt. Es war jener Mann, der ihn bei Nora Hill angeredet hatte und verstummt war, als die Chefin herankam.

»Das ist ja unglaublich!« Irene lief in den Laden zurück.

»Halt!« rief Manuel. Aber es war schon zu spät. Er sah, wie Irene plötzlich beide Arme hob. Er stürzte ihr nach. Als Silhouette vor der offenen Tür zum Büro stehend, sagte der Mann, der sich in den Schnee gelegt hatte, fließend deutsch, aber mit schwerem slawischen Akzent: »Sie auch, Herr

Aranda! Arme hoch, los!« Er hielt einen Revolver in der Hand und kam plötzlich heran. Irene wich zurück. Manuel hob die Arme. Im Moment war da nichts zu machen. Der Eindringling warf die Eingangstür zu, sperrte ab und winkte mit der Waffe.

»Ins Büro!«

Er trieb Irene und Manuel vor sich her. Nun sahen sie ihn genau – große, hagere Gestalt, die bleiche Haut, die hohen slawischen Backenknochen und den kleinen Schnurrbart. Das schwarze Haar des Mannes glänzte im Licht. Seine Smokingfliege saß schief, der Mantel war voller Schnee und Schmutz.

»Stehenbleiben!« Der Albanier tastete schnell über Manuels Anzug. Er suchte nach einer Waffe und fand keine. Zögernd sah er Irene an.

»Wo ist Ihre Pistole? Erzählen Sie keine Märchen. Sie haben eine, wenn Sie Nachtdienst machen. Also?«

»In dem Schränkchen neben dem Schreibtisch«, sagte Irene. »In der obersten Lade.« Sie starrte den Mann entsetzt an, während der schon die bezeichnete Schublade aufriß. Was er sah, stellte ihn zufrieden. »Setzen Sie sich an den Schreibtisch. Beide. Hände auf die Tischplatte!« Er winkte mit dem Revolver. Sie folgten ihm. Er drehte einen Stuhl um und setzte sich ebenfalls, die Ellbogen auf der Rückenlehne, die Waffe im Anschlag. »Ich tue Ihnen nichts, Ehrenwort. Ich muß nur vorsichtig sein. Versuchen Sie also keine Dummheiten.«

»Was wollen Sie?« fragte Irene. Ihre Stimme schwankte.

»Ich muß mit Herrn Aranda sprechen. Herr Aranda kennt mich schon.« Der Albanier verneigte sich leicht im Sitzen. »Ich bitte um Verzeihung für mein Benehmen, Fräulein Waldegg. Ich heiße Zagon, Enver Zagon.«

»Was fällt Ihnen ein, Herr Zagon? Was soll das Klingeln und das Liegen im Schnee, als wären Sie tot?«

»Hätten Sie sonst die Eingangstür aufgesperrt, Fräulein Waldegg? Sehen Sie! Kein Apotheker wird nachts die Tür für einen Fremden öffnen. Und ich mußte hereinkommen, unter allen Umständen. Im übrigen komme ich als Freund.«

»Dann stecken Sie erst einmal die Kanone weg«, sagte Manuel böse.

Zagon überlegte, danach ließ er den Revolver in eine Manteltasche gleiten.

»Was wollen Sie?« schrie Irene plötzlich wild.

»Ich will Herrn Aranda helfen, daß weiß er schon. Nicht wahr, ich sagte es Ihnen bei Frau Hill.«

»Ja. Sie wissen etwas über meinen Vater.«

Enver Zagon nickte.

»Alles.«

»Was alles?«

»Weiß ich. Damit Sie Vertrauen zu mir fassen, muß ich noch etwas erklären: Albanien führt einen erbitterten Kampf gegen die verbrecherische imperialistisch-revisionistische Verräterclique in der Sowjetunion, die alle Ziele des Marxismus-Leninismus verrät. Unsere Verbündeten sind die heldenmütigen Söhne der Volksrepublik China. Die Welt ist aufgeteilt zwischen Washington und Moskau. Nun . . .«

»Hören Sie, es ist fast zwei Uhr früh. Können Sie uns nicht mit diesem Gesabber verschonen, Herr Zagon?«

»Das ist kein Gesabber! Das ist eine Sache von Tod oder Leben. Die imperialistisch-revisionistische Renegatenclique in der Sowjetunion und die kapitalistisch-reaktionären Kriegsverbrecher und Arbeiterausbeuter in Amerika haben sich zusammengesetzt und Verträge und Abkommen geschlossen. Die beiden Supermächte verfahren mit allen anderen Völkern ganz nach ihrem Belieben. Sie müssen dabei nur eine Bedingung beachten – sich vorher immer heimlich miteinander abzustimmen.«

»Aber was hat das mit meinem Vater zu tun?« fragte Manuel wütend.

»Sofort. Manche Illusionisten meinen nun, daß diese Zweiteilung und Bevormundung der Welt Frieden und Ruhe garantieren. Sehen Sie Vietnam! Sehen Sie die Tschechoslowakei! Ruhe? Höchstens Totenruhe wie hier in Wien. Wie im Falle Ihres Vaters.« Enver Zagon zerrte am Kragen seines Smokinghemds. »Auch hier haben Amerikaner und Sowjets zusammengearbeitet. Auf das Innigste. Sie wissen, was sie von Ihrem Vater gemeinsam erwarben, ich muß es nicht erwähnen . . .« Ich wünschte, du würdest es erwähnen, dachte Manuel. ». . . und ich will es auch nicht, denn ich weiß nicht, wie weit diese Dame eingeweiht ist.«

»Vollkommen«, sagte Manuel.

»Trotzdem. Ich ziehe es vor, die Sache nicht beim Namen zu nennen. Sie wissen ja, wovon ich spreche.« Zagons Stimme sank zu einem Flüstern herab. »*Oder wissen Sie es etwa nicht?*«

Manuel erschrak und hoffte, daß man es nicht bemerkte. Ich muß dieses Theater mitspielen, dachte er und sagte: »Natürlich weiß ich es.«

»Gut. Sie haben die Dokumente Ihres Vaters gelesen. Kam Ihnen nicht das kalte Grauen, als Sie erkannten – entschuldigen Sie, wenn ich so spreche, aber Sie werden meine Erregung begreifen, Sie müssen selber genauso erregt sein –, was Ihr gewissenloser, skrupelloser, verbrecherischer, ja, verbrecherischer Vater mit Amerikanern und Sowjets für ein Geschäft abgeschlossen hat?«

Irenes Augen waren hinter der dunklen Brille erschrocken auf Manuel gerichtet. Der würgte, nickte und schwieg. Wenn ich eine Ahnung hätte, wovon dieser Mann redet, dachte er. Auch Groll hatte schon so ähnlich gesprochen – nicht derart wüst. Was hat mein Vater getan? Was hat mein Vater getan?

»Und es ist typisch, absolut typisch, daß er mit Amerikanern *und* Sowjets abschloß. Darauf beruht die Kumpanei dieser beiden Totengräber unserer Welt. Das Gleichgewicht des Schreckens zwischen ihnen muß gewahrt bleiben, immer, auf allen Gebieten. Warum sagen Sie nichts?«

»Ich höre Ihnen zu.«

»Sie finden keine Worte, das ist es! Sie sind erschüttert und entsetzt, ich kann das gut verstehen. Wenn Sie, Herr Aranda, dieses Verbrechen hinnehmen, wenn Sie es tolerieren, wenn Sie resignieren, wenn Sie aus Angst schweigen, dann sind Sie ein genauso großer Schuft wie Ihr Vater! Ein größerer noch! Unterbrechen Sie mich nicht! Ihr Vater hat bewußt Böses getan. Das ist schlimm. Sie *wissen*, daß er es tat. Wenn Sie nicht alles daransetzen, um gegen dieses Böse zu kämpfen, sind Sie schlimmer als er!«

Eine Pause folgte.

»Aber was hat Ihr Vater denn getan?« fragte Irene.

»Ah!« Zagon fuhr triumphierend auf, bevor Manuel antworten konnte. »Sie haben es ihr nicht gesagt! Sehr gut. Und sehr gut auch meine Vorsicht. Sie sind also schon in sich gegangen. Sie sind also auch wie wir der Meinung, daß Ihr Vater seinen Tod hier in Wien mehr als verdient hat!«

Verzeih mir, Vater, verzeih mir, dachte Manuel und nickte.

»Auch dieser Tod war typisch, nicht wahr? Man hat ihn gebraucht, man hat ihn beseitigt, bevor er auch noch die dritte Nation bedienen konnte, mit der er verhandelte. Sie wissen, welche...«

»Frankreich...«

»Richtig.«

»Und Amerikaner und Sowjets haben ihn deshalb...«

»...liquidieren lassen, natürlich. Der übliche Vorgang. Sie sehen, wie diese Gangstermächte arbeiten. Skrupel kennen sie nicht!«

Irene sagte zornig: »Wenn Sie behaupten, daß meine Tante Herrn Arandas Vater im Auftrag der Amerikaner und Sowjets...«

»Nicht. Nicht. Sie sind nicht informiert. Sie sollen es auch nicht sein. So leben Sie sicherer.« Zagon sah Manuel an. »Wo sind die Dokumente?«

»In einem Tresor. Bestens verwahrt.«

»Ausgezeichnet. Damit haben Sie diese beiden Verbrecherstaaten praktisch in der Hand. Damit haben Sie die einmalige Chance, ihnen die Masken von den Fratzen zu reißen.«

»Wie?«

»Indem Sie mit uns zusammenarbeiten.«

»Wer ist uns?«

»Die Albanische Volksrepublik und die Volksrepublik China. Wir beschützen Sie...«

»Das können Sie doch gar nicht.«

»Und ob wir das können! Sie sagen zu, wir holen die Dokumente unter stärkster Bewachung – in ein paar Stunden sind wir mit dem Flugzeug in Tirana. Und von Tirana aus geben Sie alles, was in Wien geschehen ist, und alle Originaldokumente über Radio und Television und durch die Presse der Weltöffentlichkeit bekannt! Es passiert Ihnen nichts, das garantieren wir! Die Völker werden sich voll Wut und Entsetzen gegen diese Beherrscher der Erde...«

Das Telefon läutete.

Irene machte eine Bewegung.

»Lassen Sie es läuten!«

»Aber das kann ich nicht! Das darf ich nicht! Ich habe Nachtdienst. Ich mache mich strafbar, wenn ich mich nicht melde. Vielleicht ist das ein Arzt... Vielleicht braucht jemand ganz dringend ein Medikament, das ich vorbereiten muß...«

»Sie lassen den Hörer auf der Gabel! Verflucht, dann machen Sie sich eben strafbar! Hier geht es um ganz andere Dinge. Ein Arzt! Und wenn das Amerikaner sind oder Russen, die mich suchen?«

»Und wenn es Ihre eigenen Leute sind, die eine wichtige Botschaft für Sie haben?« fragte Manuel.

Zagon zögerte.

»Gut«, sagte er zuletzt. »Heben Sie ab.«

Irene meldete sich. Gleich darauf gab sie den Hörer Zagon. »Für Sie.« Der Albaner lauschte. Dann redete er schnell und abgehackt in seiner Muttersprache. Nach kurzer Zeit schon warf er den Hörer in die Gabel und sprang auf. Nun hielt er wieder den Revolver in der Hand.

»Ich hatte recht!« Zagon rang nach Atem. »Amerikaner und Sowjets! *Und Franzosen!* Alle hinter mir her! Alle schon draußen eingetroffen, sagen meine Leute...« Er eilte in den milchig erhellten Verkaufsraum und preßte sich an die Wand neben der Eingangstür. So sah er hinaus. Er bemerkte, daß Manuel hinter ihn trat. »Vorsicht! Bleiben Sie stehen! Da... da... und da drüben... ich kenne ihre verfluchten Wagen! Vier sind es! Und mein Wagen steht auf der Rückseite des Blocks. Ich soll sofort verschwinden... Aber hier komme ich nicht hinaus!« Er lief in das Büro zurück, gefolgt von Manuel. »Geben Sie mir den Schlüssel zum Hinterausgang!« rief Zagon.

»Es gibt keinen Hinterausgang«, sagte Irene ruhig.

»Natürlich gibt es einen! Drüben, am Ende Ihres Labors! Erzählen Sie mir nichts! Zwei unserer Leute haben ihn gesehen... sie kamen als Lieferanten...«

»Wann?«

»Als der Fall akut wurde. Am Tag, nachdem Ihre Tante den Doktor Aranda vergiftete. Da sahen die beiden sich hier um. Ein Hinterausgang ist da, er führt zum Hof. Drüben liegt eine Autowerkstatt. Dort schlage ich ein paar Fenster ein und komme zu meinem Wagen.«

»Der Hinterausgang ist zugemauert worden«, sagte Irene.

»*Was?*« Zagons Gesicht wurde grau. »Wann? Warum?«

»In den letzten Tagen. Der Hausbesitzer baut dort Garagen.«

»Was ist mit den Fenstern zum Hof?«

»Alle vergittert«, sagte Irene.

»Zum Teufel... Was mache ich jetzt?«

»Das hätten Sie sich früher überlegen sollen«, sagte Manuel laut und wütend. Was er sich über seinen Vater hatte anhören müssen, war sehr viel für ihn gewesen, besonders, weil er nach allem, was er wußte, die Behauptung des Albaniers nicht mehr als bloße Rederei abtun konnte.

»Ich habe es mir überlegt!« Zagon hob den Kopf. »Ich kannte das Risiko. Ich habe es in Kauf genommen und alles so geschickt wie möglich angefangen.«

»Nicht geschickt genug«, sagte Manuel. »Was ist denn mit *Ihren* Leuten? Können die Ihnen nicht helfen?«

»Da sind auch welche draußen, natürlich. Aber was habe ich davon? Was habe ich von einer Schießerei? Sobald ich aus der Tür trete, geht es los. Und bevor jemand anderer getroffen wird, bin ich längst tot...«

»Bleiben Sie hier«, sagte Manuel. »Mir tut man nichts, dafür ist gesorgt. Wo ich bin, da sind auch Sie in Sicherheit.«

»Bin ich *nicht!* Ihnen wird man nichts tun... aber mir...«

»Beruhigen Sie sich«, sagte Manuel. »Was kann man Ihnen hier denn schon tun?«

»Das werden Sie gleich erleben. Das kann jede Minute losgehen.«

»Sie meinen eine Schießerei?«

»Was dachten Sie? Die kommen hier herein! Und wie! Die ganze Tür besteht aus Glas. Ein, zwei Schuß, und sie sind im Laden! Und noch ein, zwei Schuß, und ich bin erledigt!«

»Langsam, langsam«, sagte Irene. »Wien ist nicht Chicago.«

»Nein, nicht? Warten Sie doch ab!« Zagons Hand, die den Revolver hielt, zitterte plötzlich.

»Aber das ist doch Unsinn!« Irene regte sich auf. »Mitten in der Stadt! Wir sind ein neutrales Land.« Zagon lachte böse. »Wenn das wirklich so aussieht, dann gibt es nur eines – Polizei muß her!« Irene griff nach dem Telefon. Zagon stieß sie gegen eine Wand zurück.

»Kommt nicht in Frage!«

»*Keine Polizei?*«

Der Albanier sagte grimmig: »Was wollen Sie denn der erzählen?«

»Die Wahrheit natürlich!«

»Kennen Sie die österreichische Polizei? Die machen sich doch sofort in die Hosen! Die kommen, wenn sie überhaupt kommen, zu spät, oder sie fangen es so an, daß mich die Hunde doch erwischen. Ich bin ja nur ein kleiner Scheißalbanier für die!«

Manuel dachte an alles, was der Hofrat Groll ihm erklärt hatte.

»Sie haben recht«, sagte er.

»Ich habe...« Der Albanier sah ihn verblüfft an.

»Recht«, sagte Manuel. »So geht es auch nicht.«

»Dann gibt es doch nur eines: Die Dokumente!« rief Zagon.

»Was ist mit denen?«

»Wo sind sie?«

»Bei einem Anwalt.«

»Rufen Sie ihn an! Er muß die Dokumente in die albanische Botschaft schaffen! Sofort... jetzt, nachts... Er tut doch, was Sie sagen, wie? Er muß es tun!«

»Sie sind ja verrückt! Dann haben wir alle keinen Schutz mehr.«

»Aber mein Tod hätte Sinn! Die Welt würde...«

»Hören Sie auf«, sagte Manuel. »Sie machen mich krank.« Er holte ein kleines Notizbuch aus der Tasche und blätterte.

»Was wollen Sie?«

»Telefonieren.«

»Mit wem?«

»Doch mit der Polizei«, sagte Manuel. Im nächsten Moment preßte sich der Lauf des Revolvers gegen seinen Magen.

48

›Zwar vermag exakte Wissenschaft nichts über Gott auszusagen. Das wissen wir spätestens seit Immanuel Kant. Man kann aber, auf der Suche nach einer Weltanschauung die Grenze zwischen Wissenschaft und Ideologie überschreitend, zumindest folgenden Gedanken erwägen: daß Gott diese Welt hat entstehen lassen nicht als einen von Anfang an wohlgeordneten Kosmos, sondern als ein unendliches Spiel von Versuch und Irrtum, von Zufall und Notwendigkeit. Auch die Schönheit des Kolibris oder der Rose ist etwas Gewordenes – geworden, so lehrt es uns der Darwinismus, durch Mutation und Auslese. Das Universum (und in ihm alles Leben auf dieser Erde) als Gottes Spiel, das sich über die Jahrmillionen zum Kosmos ordnet – ist das nicht ein Gedanke, dem nachzuhängen sich lohnt?‹

Diese Worte standen, in winzig kleinen, präzisen Buchstaben auf einem weißen Blatt Papier, das vor dem Hofrat Wolfgang Groll lag. Vollgeräumt war der mächtige, antike Arbeitstisch mit Manuskripten und aufgeschlagenen Büchern. Eine alte Tischlampe, die einen beigefarbenen Pergamentschirm trug, beleuchtete das Durcheinander. Sonst lag das Arbeitszimmer der großen Wohnung des Hofrats in Dunkelheit. Alle Wände waren von Bücherregalen verdeckt. Ein Fenster stand halb offen. Frische, kalte Nachtluft strömte in den Raum. Ein alter Samowar stand auf einem Tischchen, ein Telefon auf einem anderen.

Groll hielt den Hörer ans Ohr.

Seit drei Minuten lauschte er Manuels Bericht. Von Zeit zu Zeit trank der Hofrat einen Schluck Tee. Er brauchte immer Unmengen von Tee, wenn er nachts arbeitete, und er arbeitete schon seit längerer Zeit. Der homosexuelle Mörder war nach einem Verhör von knapp zwei Stunden zusammengebrochen und hatte gestanden. Den Rest erledigten Grolls Kommissare. Er war heimgefahren und hatte es sich bequem gemacht. Pantoffeln. Ein alter Morgenmantel. Die Krawatte fort. So saß er nun da, ein Blatt des Manuskriptes zu dem Buch seines Lebens vor sich. Das Blatt trug die Seitenzahl 713. Es würden gewiß noch einmal so viele Seiten werden, bis das Werk vollendet war. Am schweren Fuß der alten Lampe lehnte ein kleiner, vergoldeter Rahmen. Unter ihm befand sich, von Glas bedeckt und geschützt, ein goldgelbes Ginkgo-Blatt. Groll hatte es stets vor Augen, wenn er in diesen Nachtstunden, die er liebte, hier saß und schrieb.

»... Herr Zagon rammte mir zuerst seinen Revolver in den Magen, als ich sagte, ich wollte die Polizei anrufen«, erklang Manuels Stimme. »Er hat kein Vertrauen zur österreichischen Polizei – aber das erzählte ich Ihnen schon.«

»Das erzählten Sie mir schon, Herr Aranda. Ein kluger Mann, Ihr Besucher.« Groll sah das gespaltene Ginkgo-Blatt an. Und immer, immer wieder in seinem Leben hatte dieses Blatt ihm etwas zu sagen, ›paßte‹ es zur Situation. Mit einem Zeigefinger strich Groll, das silbergraue Haar verwirrt, die Beine ausgestreckt, den massigen Leib vorgeschoben, die Umrisse des Blattes nach. Imperialistisch-revisionistische Renegatenclique – kapitalistisch-reaktionäre Kriegsverbrecher, dachte er. Die beiden großen Gegensätze in Koexistenz. Die äußerst verschiedenen Systeme – *eines*, auch jetzt und hier und in dieser Stadt und in dieser Nacht. Amerika und Rußland. Ost und West. *Sind es zwei, die sich erlesen, daß man sie als eines kennt?*

»Erst als ich Herrn Zagon von Ihnen erzählt hatte, stimmte er zu, daß ich telefonierte. Er kennt Sie natürlich...«

Groll dachte: Diese junge Frau, die Aranda nun immer wieder trifft. Die Gesetzmäßigkeit, die ewige Gesetzmäßigkeit, die Unentrinnbarkeit von dem allem. Exakter, vollkommener noch als Goethe es mit Sinn belegte, ist dieses Blatt Symbol, Urzeichen allen Lebens, alles Lebendigen. Der Mord an Arandas Vater, der Selbstmord Valerie Steinfelds, auch sie müs-

sen zusammenhängen, unbedingt, unlösbar verkettet miteinander, ich
weiß noch nicht wie, aber wir werden es einmal wissen. Valerie Steinfeld
und Raphaelo Aranda. War das *ein lebendig Wesen, das sich in sich selbst
getrennt* – und im Tode wieder vereint hat?
Groll hörte Manuels Stimme: »Was soll geschehen, Herr Hofrat? Was
können wir tun? Ich weiß, daß Sie wenig, so wenig tun können. Aber Herr
Zagon braucht Hilfe – *schnell!*«
Groll sagte: »Ich glaube, ich habe eine Lösung gefunden, eine österreichische Lösung...«

49

Mit zuckenden Blaulichtern und heulender Sirene bogen drei dunkel-
grüne Funkstreifenwagen, von der Spitalgasse kommend, in die Lazarettgasse ein. Sie schleuderten auf der schneebedeckten vereisten Straße.
Eine Ambulanz, gleichfalls mit Blaulicht und Sirene, folgte unmittelbar.
Die Autos hielten vor dem Eingang der Möven-Apotheke. Aus dem Ret-
tungswagen kletterten drei Männer, aus den Funkstreifenwagen kein
einziger.
In ein paar Fenstern der umliegenden Häuser flammte Licht auf, die Flü-
gel wurden geöffnet, Menschen erschienen als Silhouetten in den hellen
Vierecken. Erschrockene Stimmen erklangen.
Manuel, der mit Irene beim Eingang, jenseits der Glastür, gewartet hatte,
sperrte sie nun eilends auf.
»Doktor Bernard«, sagte einer der drei Männer aus der Ambulanz. »Poli-
zeiarzt. Sie haben das Kommissariat in der Boltzmanngasse angerufen
wegen dieses Mannes...«
»Ja.«
»Wo ist er?«
Manuel wies zu dem erleuchteten Büro.
Der Arzt, zwei Sanitäter in grauer Uniform – ältlich und mager der eine,
jung und untersetzt der andere, beide erbärmlich frierend – eilten in die
Apotheke und den kleinen Raum hinein. Hier kauerte, in der äußersten
Ecke, Enver Zagon auf dem Boden. Seine Augen rollten wild, seine
Brauen zuckten, Speichel troff aus seinem Mund. Nun streckte er abweh-
rend beide Hände vor sich in die Luft. Sie zitterten wie in einem schweren
Tremor. Der Hofrat Groll hatte Manuel am Telefon noch ein paar Rat-
schläge zur Weitergabe an Zagon erteilt... »Hilfe!« schrie der Albanier
gellend. »Hilfe! Hilfe! Hilfe!«
Die beiden Sanitäter eilten vor und hielten ihn an den Armen fest, der
Polizeiarzt kniete vor Zagon nieder und betrachtete ihn aufmerksam.

»Ruhig... Seien Sie ganz ruhig... Wir sind Ihre Freunde...«

»*Freunde?*« kreischte Zagon. (»Es dürfte sich gut machen, wenn er möglichst laut lärmt«, hatte Groll gesagt.) »Ihr und Freunde! Verkleidet habt ihr euch! Glaubt ihr, ich erkenne das nicht? Laßt mich! Laßt mich! Ich tue alles, was ihr wollt, aber laßt mich leben! Bringt mich nicht um...« Er wand sich im Griff der Pfleger, die Augen verdrehten sich.

»Sofort in die Psychiatrische mit dem Mann«, sagte der Polizeiarzt, sich erhebend. Die beiden Sanitäter zerrten den hageren Albanier mit Mühe hoch. Er wehrte sich verzweifelt, spuckte, trat und schrie. Es half ihm nichts. Der Polizeiarzt sagte zu Irene: »Ist das sein Revolver?«

»Ja.«

»Ein Riesenglück hatten Sie. Akute Psychose, der Mann. Wie gelangte er bloß hier rein?«

»Er läutete. Als ich nach vorn zur Tür kam, stand er da und preßte schon die Waffe an das Glas, direkt gegen mich. Er schrie in die Sprechanlage, daß er sofort schießt, wenn ich nicht öffne«, log Irene ruhig, während der tobende Zagon an ihr vorbeigeschleppt wurde. Sie sagte, was Groll zu sagen empfohlen hatte.

(»Für den Polizeiarzt wird das völlig genügen. Der überweist den Mann an die Nervenklinik, wenn er nur richtig tobt. Was glauben Sie, wie gerne bei uns einer dem anderen die Verantwortung zuschiebt!«

»Und was geschieht mit Zagon?« hatte Manuel gefragt.

»Ach, er wird gebadet und in ein Bett gelegt. Bis dahin soll er sich sehr beruhigen, sagen Sie ihm. Damit er nicht weiß Gott was für starkes Zeug gespritzt bekommt. Sie werden ihm irgend etwas Mildes geben. Und ihn dabehalten.«

»Wie lange?«

»So lange die Untersuchungen dauern. Wenn er gut simuliert, drei bis vier Tage. Sonst nur einen oder zwei. Aber damit ist er auch schon gerettet. Von der Klinik weg können ihn seine Leute direkt abholen und in Sicherheit bringen. Und alle sind gedeckt. Die Polizei, die Klinik, ich weiß überhaupt erst morgen von der Geschichte – eine österreichische Lösung, ich sagte es Ihnen ja...«)

Draußen in der Kälte hatten sich Menschen angesammelt, die sensationslüstern zusahen, wie der sich verzweifelt wehrende Mann im Smoking und schmutzigem Mantel nun von den Sanitätern umständlich in die Ambulanz gezerrt wurde. Zagon brüllte wieder gellend um Hilfe. Die Menschen starrten mit offenen Mündern, aus denen weiße Atemsäulen stiegen. Ein Mann, der einen Pyjama und darüber einen dicken Mantel trug, sprach einen der zwei Polizisten an, die mittlerweile, in Anbetracht der unter Kontrolle gebrachten Situation, aus ihren Funkstreifenwagen gestiegen waren. Der Mann wollte wissen, was vorging.

»Verrückter«, sagte der Polizist.

»Wohin kommt er?«

»Na, rüber in die Psychiatrische natürlich.«

Durchdringend begann irgendwo ein Baby zu plärren.

Ein Mann mit Dufflecoat, der sich unter den Neugierigen befand, ging ein Stück die Straße hinunter zu einem schwarzen Lincoln. Hinter dem Steuer saß ein Mann, der gleichfalls einen Dufflecoat trug.

»Scheiße«, sagte der erste Mann, setzte sich neben den zweiten und warf den Schlag zu. »Warte, bis alle verschwunden sind. Dann laß den Motor an und hau ab, ich muß das der Zentrale melden.«

Er sprach englisch mit amerikanischem Akzent.

Während die Ambulanz losfuhr und ihre Sirene wieder zu heulen begann, während die Polizisten in ihre Wagen kletterten, die gleichfalls starteten und dem Rettungsauto folgten, berichtete der Amerikaner seinem Kollegen, was er gehört hatte.

»Also ist er uns entwischt. Verdammtes Pech.«

Die Neugierigen verschwanden hinter Haustoren. Die Eingangstür der Apotheke war nun wieder geschlossen.

»Vorwärts, Joe, tritt auf den Stempel«, sagte der erste Amerikaner. Der Lincoln glitt aus der Parklücke und nahm schnell Fahrt auf. Ein anderer Wagen folgte. Ein dritter. Zwei blieben zurück . . .

50

»Und nun? Es stimmt, was Nora Hill erzählt! Und es stimmt, was dieser Albaner erzählt! Mein Vater hat mit Amerikanern und Russen ein Geschäft gemacht. Ein furchtbares Geschäft. Und ich weiß nicht, welches . . .« Manuel Aranda hatte sich auf den Rand des provisorischen Bettes sinken lassen. Er hielt den Kopf in beide Hände gestützt. »Mein Vater – ein Verbrecher!«

»Nicht«, sagte Irene, die neben ihm saß. »Wir dürfen jetzt nicht die Nerven verlieren. Das ist doch alles Unsinn.«

»Nein, das ist es nicht! Nicht mehr jetzt. Jetzt wissen wir schon zuviel, um noch an die Unschuld meines Vaters zu glauben.«

»Und an Valeries Unschuld«, sagte Irene leise.

Die Nachtglocke schrillte.

Irene fuhr zusammen.

»Nein! Nicht schon wieder! Nicht . . . nicht . . .«

»Ich sehe nach.« Manuel stand auf und ging geräuschlos, auf Zehenspitzen, in den Verkaufsraum. Er lehnte sich an die Wand neben der Tür. Er hatte Irenes Pistole mitgenommen. Nun schob er den Sicherungshebel herunter und trat einen Schritt seitlich vor. Draußen in der Kälte stand, außer Atem, keuchend und dick vermummt, ein vielleicht zwölfjähriger Junge. Er redete ungewöhnlich schnell in die Sprechanlage: »Hier, bitte, das Rezept.« Er schob es durch den Metallschlitz unter dem Glockenknopf. »Der Herr Doktor hat gesagt, die Mutter soll es sofort nehmen. Sie hat solche Bauchschmerzen. Sie schreit! Bitte, machen Sie schnell, Herr Apotheker. Sie hat so arge Schmerzen wie noch nie. Es ist schrecklich...« Manuel sah, daß dem kleinen Jungen dicke Tränen über die Wangen liefen.

Irene war herangekommen. Sie knipste einen Schalter herunter. Neonlichtröhren flammten im Verkaufsraum auf.

»Spasmocibalgin«, las Irene von dem Rezept ab, das Manuel ihr reichte. In die Sprechanlage sagte sie: »Warte einen Moment.« Sie eilte zu den Schubladen.

Manuel ging in das Büro zurück. Er fühlte sich taumelig vor Benommenheit, von einem Moment zum andern war das nun schon vertraute Gefühl wieder da. Er mußte sich an der Wand entlangtasten, sonst wäre er gestürzt. Schwer ließ er sich auf Irenes Bett fallen. Diese kam wenige Minuten später in das Büro zurück. Manuel Aranda schlief bereits so tief, daß er nicht erwachte, als sie ihn laut ansprach, als sie ihm Jacke und Schuhe auszog, den Hemdkragen öffnete, die Krawatte lockerte und ihn ganz auf das Bett legte. Er murmelte im Schlaf, aber sie konnte nichts verstehen. Irene deckte Manuel zu und trat hinter den Schreibtisch. Sie glitt auf den Sessel und drückte den Arm der Lampe herab, bis er fast die Tischplatte berührte und der kleine Raum in Dunkelheit versank.

Laut fühlte Irene ihr Herz pochen. Plötzlich packte sie wilde Angst. In Panik rang sie nach Atem. Ihre Gedanken überstürzten sich. Valerie und Manuels Vater – tot beide, Verbrecher beide. Die Aufregung der Mutter. Das Geheimnis. Der Albanier. Der Nachtmahr, dieser irrsinnige Nachtmahr, in den sie und Manuel geraten waren. Was wird weiter geschehen? Wie wird das alles enden?

Die junge Frau preßte beide Fäuste gegen die Schläfen.

Angst! Angst!

Noch nie im Leben hatte sie solche Angst empfunden wie nun. Sie wagte nicht, sich zu rühren.

Die Angst! Die Angst!

Irene ließ die Fäuste sinken, öffnete sie, lehnte sich zurück und starrte in die Dunkelheit des Büros. So plötzlich, wie sie gekommen war, verschwand die Angst. Irene saß erschöpft und ruhig hinter dem Schreibtisch. Sie war sehr glücklich darüber, Manuels Atem zu hören.

Vers zwei Die Frage

Ist es *ein* lebendig Wesen,
Das sich in sich selbst getrennt?
Sind es zwei, die sich erlesen,
Daß man sie als *eines* kennt?

1

Es war ein billiges Kuvert aus schlechtem, grauem Papier. Auf seiner Vorderseite stand in der unsauberen, wackeligen Schrift einer alten Schreibmaschine:

> An:
> Frau
> Valerie Steinfeld
> Gentzgasse 50 A
> WIEN XVIII., ÖSTERREICH

Darunter, unterstrichen: WENN VERZOGEN, BITTE NACHSENDEN! Auf der Rückseite des Kuverts, am oberen Längsrand: Absender: Daniel Steinfeld, Al. 17 Maja 7/51, Warschau.

Manuel Aranda drehte den Umschlag hin und her. Er sah Irene Waldegg an. Sie erwiderte seinen Blick mit schreckerfüllten Augen. Die Augen waren noch immer gerötet, aber nicht mehr verquollen, Irene trug an diesem Vormittag keine Brille. Sie war jedoch immer noch stark geschminkt, um ihr elendes, erschöpftes Aussehen zu verbergen. Ein schwarzes Jersey-Kostüm, in dessen Revers eine goldene Brosche steckte, hatte sie angezogen, durchbrochene schwarze Nylonstrümpfe, schwarze Spangenschuhe... Um halb acht Uhr früh war Manuel von ihr in der Apotheke geweckt worden. Er hatte bis dahin tief und fest geschlafen und beim Erwachen zunächst nicht gewußt, wo er sich befand. Irene war für kurze Zeit am Schreibtisch eingenickt. Die Nachtglocke hatte nicht mehr geläutet...

»Sie müssen aufstehen und gehen, bevor meine Angestellten kommen, Herr Aranda.«

Er hatte sich schlaftrunken erhoben, Schuhe und Jacke angezogen.

»Wenn Sie sich waschen wollen... Ich koche inzwischen noch einmal Kaffee...«

Er war sich über das unrasierte Gesicht gefahren und hatte den Kopf geschüttelt.

»Ich mache mich besser auf den Weg ins Hotel. Tut mir leid, ich bin ein-

195

fach eingeschlafen.«

»Ich war sehr . . . sehr froh darüber, daß Sie diese Nacht hier verbracht haben, Herr Aranda.«

Er hatte sie lange angesehen. Sie hatte die Brille abgenommen und seinen Blick erwidert.

»Um halb elf komme ich und hole Sie ab zu dieser Frau Barry.« Er war verlegen geworden.

»Gut.«

»Ich würde Sie gern noch nach Hause fahren. Ihr Wagen ist doch in Reparatur.«

»Das geht nicht. Ich muß warten, bis meine Leute da sind. Dann nehme ich die Straßenbahn. Es ist nicht weit . . .«

Manuel Aranda fuhr ins ›Ritz‹.

Sein Appartement dort war mit Stilmöbeln eingerichtet. In einer Ecke des Salons stand der gewaltsam geöffnete Karton, in dem sich alles befand, was Manuels Vater im Moment seines Todes auf dem Leib trug – alles mit Ausnahme des Safeschlüssels, der gestohlen worden war. Manuel glaubte, einen leichten Geruch nach Lysol zu verspüren, als er an dem Karton vorüber ins Badezimmer ging und den Heißwasserhahn der Wanne aufdrehte. Was mache ich mit den Sachen, überlegte er. Mit ihnen und all den anderen? Aufheben? Vor mir her heimschicken? Wegwerfen? Er kam zu keiner Entscheidung.

Nach dem Bad fühlte er sich besser. Er bestellte Frühstück und fand zu seinem Erstaunen, daß er Appetit hatte. Der starke Kaffee brachte ihn wieder ganz zu sich. Es war knapp nach dreiviertel neun, als das Telefon läutete. Manuel hob ab und vernahm eine weibliche Stimme, die ihm bekannt vorkam.

Die Stimme sprach gehetzt: »Herr Aranda? Gott sei Dank, daß ich Sie erreiche. Ihr Vater wohnte doch im ›Ritz‹. Da dachte ich, ich versuche es einmal, vielleicht wohnen Sie auch dort. Hier spricht Martha Waldegg, die Mutter von Irene.«

»Guten Morgen, Frau Waldegg. Was kann ich für Sie tun?«

»Das Gespräch heute nacht . . . als meine Tochter mich anrief . . . Sie haben ja mitgehört . . .«

»Ja.«

Die Stimme von Irenes Mutter kam nun stammelnd: »Das ist ein großes Unglück, das da geschehen ist, Herr Aranda . . . eine furchtbare Sache . . . und es kann noch viel mehr Unglück geschehen.«

»Frau Waldegg, pardon, mein Vater wurde ermordet – *von Ihrer Schwester!* Vielleicht denken Sie einmal daran.«

»Ich denke daran . . . dauernd . . . Ich wollte Sie nicht verletzen oder beleidigen, wahrhaftig nicht . . . Ich wollte Sie nur bitten, als eine Mutter, die

Angst um ihr Kind hat, forschen Sie nicht weiter...«

»Ist Ihnen klar, was Sie mir zumuten?«

»Gewiß. Und trotzdem tue ich es.«

»Was heißt Angst um Ihr Kind?«

»Das... Ich kann das jetzt nicht erklären... Ich bin von daheim fortge-
laufen, auf das nächste Postamt, damit mein Mann mich nicht hört...«

»Wieso haben Sie Angst um Irene?«

Daraufhin hörte Manuel, wie die Frau am anderen Ende der Leitung zu
schluchzen begann.

»Frau Waldegg, Sie wissen Bescheid über vieles, was Ihre Tochter und ich
nicht wissen... und andere Menschen auch nicht, zum Beispiel Ihr Mann.
Stimmt das?«

Schluchzen.

»Stimmt das, Frau Waldegg?«

»Ja... ja... Es wäre... Eine Katastrophe wäre es, wenn Irene und mein
Mann etwas davon erfahren würden... Hier steht das Glück einer Familie
auf dem Spiel, das Schicksal von drei Menschen...«

»Und Sie denken, nachdem Sie mir das gesagt haben, werde ich aufhören,
mich um die Sache zu kümmern?«

»Darum flehe ich Sie an!«

»Das ist absurd, Frau Waldegg. Ich werde alles tun, alles, hören Sie, um
die Wahrheit zu finden. Ich kann dabei auf niemanden Rücksicht nehmen
– auch nicht auf Sie.«

Nun weinte die Frau auf dem Postamt in Villach. Manuel ließ sie eine
ganze Weile weinen. Er wußte, daß sie wieder sprechen würde. Sie sprach,
endlich, von Schluchzen unterbrochen: »Also gut... Ich sehe Ihren
Standpunkt ein... Ich will Ihnen alles sagen... unter einer Bedingung...«

»Welcher?«

»Daß Sie Irene kein Wort von diesem Anruf erzählen! Nicht ein einziges
Wort!«

»Einverstanden«, sagte Manuel. Es muß wirklich eine schlimme Sache
sein, die Irenes Mutter da verheimlicht, dachte er.

»Danke. Und dann müssen Sie zu mir nach Villach kommen... und davon darf Irene nichts merken... Ich kann hier nicht weg... kommen
Sie... irgendwann nächste Woche...«

»Warum nicht früher?«

»Weil mein Mann nicht da sein darf, wenn Sie mich besuchen. Er muß
nächste Woche für einen Tag nach Wien... zu unserem Notar da... wir
haben ein Grundstück in Wien, das wir verkaufen wollen...«

»Wann fährt er?«

»Das ist noch nicht sicher. Ich rufe Sie rechtzeitig vorher an. Wenn Sie nicht im Hotel sind, hinterlasse ich eine Nachricht.«

»Gut Frau Waldegg. Ich warte also. Länger als eine Woche warte ich nicht. Dann komme ich ohne Anmeldung.« Sie schrie leise auf. »Tut mir leid. Ich will wissen, was mit Frau Steinfeld wirklich los war! Leben Sie wohl, Frau Waldegg.«

Es kam keine Antwort mehr. Aus dem Höhrer erklang plötzlich hemmungsloses Weinen. Dann war die Verbindung unterbrochen. Manuel saß reglos da und starrte den cremefarbenen Telefonapparat an. Langsam legte er den Hörer in die Gabel zurück.

2

»Herr Doktor Forster, hier spricht Manuel Aranda. Ich bin der Sohn von...«

»Ja, ich weiß. Ich habe über den Fall viel gelesen. Ihr Vater ist von dieser Frau Steinfeld vergiftet worden, nicht wahr?« Die Stimme klang alt und kultiviert. »Wie kommen Sie auf mich, Herr Aranda?«

»Sie haben vor vielen Jahren, 1942, die Vertretung von Frau Steinfeld in einem sehr ungewöhnlichen Prozeß übernommen.«

»Nicht von Frau Steinfeld. Von ihrem Sohn.«

»Aber...«

»Das ist etwas kompliziert. Ja, ich kannte beide, den Sohn und die Mutter. Und ich habe den Prozeß geführt. Es ist mir sehr nahegegangen, was damals geschah – obwohl ein Anwalt doch einiges gewöhnt ist, nicht wahr? Und als ich jetzt las, was Frau Steinfeld für ein Ende gefunden, was sie zuvor noch getan hat, war ich vollkommen entsetzt und begriff überhaupt nichts mehr. Ich nehme an, Sie wollen, daß ich Ihnen erzähle, was damals geschehen ist?«

»Wenn ich darum bitten dürfte, Herr Doktor. Ich hatte in Ihrer Kanzlei in der Rotenturmstraße angerufen, aber...«

»Die leitet schon seit elf Jahren mein Sohn. Ich habe mich vom Beruf zurückgezogen.«

»Ja, das sagte man mir. Und man gab mir Ihre Privatnummer und Ihre Adresse in der Sternwartestraße. Darf ich Sie da besuchen?«

»Gern, natürlich. Ich will Ihnen helfen, wo ich kann. Sie müssen einem alten Mann aber verzeihen. Mein Gedächtnis... Das ist schon so lange her... Ich muß die Akten einsehen.«

»Gibt es die noch?«

»Hoffentlich.«

»Bei Gericht? Kann ich vielleicht selber...«

»Im Justizpalast? Nein, Herr Aranda, da werden Sie kein Glück haben.

Niemand darf fremde Akten einsehen. Außerdem werden sie gar nicht mehr da sein, sondern in Leipzig. Wenn sie dort noch existieren.«

»In *Leipzig*? Wie kamen sie nach *Leipzig*?«

»Das muß ich Ihnen erklären . . . Nein, nein, ich meinte *meine* Akten. Die müßten im Archiv der Kanzlei liegen. Ich werde meinen Sohn anrufen und veranlassen, daß man sie aushebt. Wenn wir Glück haben, ist noch alles da. Aber das Heraussuchen wird bestimmt einen Tag dauern . . .«

»Ich wollte Sie nicht überfallen. Heute ist Freitag. Dürfte ich Sie vielleicht morgen besuchen?«

»Falls Sie nichts mehr von mir hören, haben wir die Akten gefunden. Kommen Sie doch zum Kaffee, um sechzehn Uhr. Bis dahin habe ich die Unterlagen auch durchgesehen und mein Gedächtnis aufgefrischt . . .«

3

»Herr Landau, ich bin . . .«

»Aranda! Sie sind Herr Aranda, ich kenne Ihre Stimme!« Der Buchhändler begann zu keuchen. »Was wollen Sie schon wieder?«

»Die Situation hat sich geändert. Von jetzt an lasse ich mich nicht mehr fortjagen. Von jetzt an werden Sie mir alles mitteilen, was Sie wissen – über Valerie Steinfeld und den Vaterschaftsprozeß, den sie geführt hat, und über . . .«

Landau jaulte auf: »Vaterschaftsprozeß?«

»Sie wissen genau, wovon ich rede.«

Landaus Stimme bebte: »Aber woher wissen Sie . . .?«

»Von Nora Hill.«

»O Gott.«

»Ja, o Gott. Ich weiß bereits sehr viel, Herr Landau. Auch, daß Sie Frau Barry angerufen und ihr nahegelegt haben, mir keinerlei Auskünfte zu geben. Hören Sie zu, Herr Landau: Wenn Sie das noch bei einem *einzigen* anderen Menschen versuchen, wenn Sie mir jetzt nicht *rückhaltlos* alles erzählen, will ich dafür sorgen, daß Sie in diese Affäre hineingezogen werden – und es ist, das haben Sie gewiß schon festgestellt, eine durchaus lebensgefährliche Affäre, auch jetzt noch, nachdem bereits zwei Menschen gestorben sind, die in sie verwickelt waren.« Angst muß man dem Ängstlichen machen, dachte Manuel, und fuhr fort: »Es könnte sehr leicht sein, daß Sie dann der dritte Tote sind. Nora Hill ist meine Verbündete geworden heute nacht. Sie wissen, was das für mich bedeutet – und für *Sie!*«

Das letzte war ein Pfeil ins Blaue.

Er traf.

Landau stotterte: »Drohen Sie mir doch nicht... mein Herz, Sie wissen, mein Herz... Ich will Ihnen ja erzählen, wie das alles war, immerhin, wenn Sie ohnedies schon davon gehört haben... aber *Tilly!*«

»Was, Tilly?«

»Meine Schwester... Wenn Sie hierherkommen, werden meine Angestellten ihr berichten, daß Sie da waren... und dann...«

»Was ist größer: Ihre Angst vor Ihrer Schwester oder Ihre Angst davor, ermordet zu werden wie mein Vater?«

»Ich... ich...«

Na also, dachte Manuel.

»Wir machen das anders«, sagte er. »Sie kommen zu mir, nicht ich zu Ihnen.«

»Ins ›Ritz‹?«

»Ja. In meinem Salon können wir ungestört sprechen.«

»Aber was sage ich im Geschäft? Ich muß doch immerhin einen Grund angeben, warum ich fortgehe...«

Eigentlich tut mir der arme Hund leid, dachte Manuel.

»*Bibliothek!*« rief Landau plötzlich

»Was?«

»Es werden uns dauernd private Bibliotheken zum Kauf angeboten... Das ginge... Ich könnte immerhin sagen, daß ich mir eine ansehen muß... Daran würde Tilly nichts finden, daran ist sie immerhin gewöhnt... Wenn ich nur wieder zurück bin vor halb sieben... Da kommt sie nämlich... Und wenn ich dann noch nicht zurück bin...«

»Sie werden zurück sein. Ich erwarte Sie heute nachmittag um fünfzehn Uhr.«

4

Das war vor eineinhalb Stunden gewesen.

Und nun stand Manuel bei Irene und drehte den billigen Umschlag des Briefes in der Hand.

Sie sah ihn ratlos an.

»Begreifen Sie das? Aus Warschau? Daniel Steinfeld? Wer ist das? Was hat das zu bedeuten?«

»Wann kam der Brief?«

»Mit der Morgenpost.«

Sie sprachen in dem antik eingerichteten Wohnzimmer. Nebenan ertönte ein Staubsauger. Eine ältere Frau mit Kopftuch und Schürze hatte Manuel die Eingangstür geöffnet. Die Wohnung war, soweit er das beurteilen konnte, sehr groß. Von einer getäfelten fensterlosen Halle gingen Türen in zahlreiche Räume. Die Fenster des Wohnzimmers sahen auf einen stillen, weiten Hof hinaus, in dem drei alte, kahle Kastanienbäume, hoch beladen mit Schnee, standen.

Valerie Steinfelds Wohnung befand sich im dritten Stock des dunklen, gepflegten Hauses mit dem uralten, quietschenden und ruckenden Fahrstuhl. Viele Bücher gab es im Wohnzimmer, wertvolle Schränke, Kommoden und Truhen, auf denen silberne Leuchter standen, eine Sitzgarnitur und mehrere hohe Stehlampen.

»Wie, bitte?«

Irene hatte etwas gesagt, er hatte es nicht gehört.

»Ich sagte: Es könnte ein Verwandter von Valerie sein, ein Verwandter ihres Mannes. Aber ich weiß nichts von solchen Verwandten. Ich glaubte immer, Paul Steinfeld hätte keine gehabt. Ich rufe meine Mutter an!«

»Nein!« Er packte ihren Arm. »Warten Sie. Wir wollen den Brief erst lesen, vielleicht wissen wir dann mehr.«

»Den Brief lesen? Aber er ist doch an Valerie adressiert!«

Nebenan brummte der Staubsauger, laut und monoton.

»Wollen Sie ihn deshalb zurückgehen lassen?«

»Wer immer den Brief geschrieben hat, ahnte nicht, daß Valerie tot ist!«

»Vielleicht hilft es uns gerade deshalb, zu wissen, was er ihr mitzuteilen hat!«

Sie sahen sich an.

Nach ein paar Sekunden sagte Irene: »Öffnen Sie den Umschlag.«

Manuel riß ihn auf. Er entfaltete das gelbliche, faserige Papier, das sich darin befand, und las laut vor, was, mit der defekten Maschine geschrieben, auf dem desolaten Bogen stand: »›Warschau, 6. Januar 1969‹ – da lebte Frau Steinfeld noch!« Irene nickte. Ihre Hände rieben sich ineinander. Er las weiter: »›Meine liebe Valerie. Verzeih, wenn ich mich nach dieser kleinen Unendlichkeit, in der wir nichts voneinander hörten, an Dich wende, und vergiß bitte, bitte‹ – noch einmal, gesperrt –, ›daß Dein Mann und ich uns nicht leiden konnten. Wären wir einander gute Brüder gewesen, wer weiß, wäre alles vielleicht anders gekommen . . .‹« Manuel ließ den Bogen sinken. »Paul Steinfeld hatte einen Bruder!«

»Einen Bruder! Meine Mutter mußte es wissen! Aller Wahrscheinlichkeit nach! Das geht zu weit! Das kann sie nicht machen mit mir! Ich will sie zur Rede stellen . . .«

Manuel dachte an das Telefongespräch, das er geführt hatte, und sagte eindringlich: »Hören Sie auf damit, *bitte!* Ihre Mutter verheimlicht etwas – das wissen wir. Nun gut. Wenn sie es verheimlichen will, dann wird sie es uns auch jetzt nicht sagen, vor allem, wenn Sie in einer derartigen Stimmung mit ihr telefonieren. Wir müssen allein dahinterkommen – wie hinter alles in dieser Geschichte.«

»Sie haben recht. Es hätte keinen Sinn. Meine eigene Mutter!«

»Wir wissen nicht, was sie verschweigt«, sagte Manuel hastig. Er las: »›...wäre alles vielleicht anders gekommen. Wahrscheinlich auch nicht, wenn ich noch einmal darüber nachdenke. Er ist tot, und seit 1948 ist unser persönlicher Kontakt ganz abgerissen. Ich weiß, daß Du mich immer gern gehabt hast, obwohl wir uns so selten sahen. Es ist...‹«

»Sahen? Das heißt, er war in Wien! Wann? Nur 1948? Er schreibt, daß sie einander öfter sahen, wenn auch selten... Wie kam er nach Warschau?« rief Irene.

»Vielleicht war Frau Steinfeld einige Male in Warschau und hat ihn dort gesehen.«

»Nein! Sie war nie...« Irene brach ab. »Oder doch? Ich weiß doch überhaupt nichts Wichtiges von ihr.«

Manuel nahm wieder den Brief. »›Es ist nun eine Situation eingetreten, an die ich nie geglaubt habe, und in der ich – erschrick nicht! – dringend Deine Hilfe brauche...‹«

»Mein Gott, und sie ist tot, tot, tot!« Irene fuhr sich mit der Hand über die Stirn.

»›Vielleicht kannst Du Dir schon vorstellen, worum es sich handelt. Ich weiß nicht, wie und ob überhaupt Nachrichten zu Euch gedrungen sind. Darum diese dringende Bitte: Ein guter Freund von mir, ein gewisser Jakob Roszek, trifft mit seiner Familie am Dienstag, dem 21. Januar, um 7.40 Uhr, mit dem ›Chopin-Expreß‹ auf dem Wiener Ostbahnhof ein. Er hat eine Frau und eine fünfzehnjährige Tochter, sehr hübsch. Roszek ist groß und stark, er trägt eine dicke Brille und hat ein sehr breites, sehr blasses Gesicht. Er wird eine Pelzmütze tragen, die Frau und die Tochter Pelzmäntel. Die Tochter hat blondes Haar, wie die Mutter und beide haben blaue Augen. Als Erkennungszeichen werden Mutter und Tochter weiße Seidenschals lose über dem Haar tragen, Roszek wird ein großes, dickes Buch, in Leder gebunden, unter dem Arm halten.‹ Klammer. ›Shakespeares Gesammelte Werke in polnischer Sprache‹. Klammer zu.«

Irene sank auf einen Stuhl, während Manuel weiterlas. Sie sah ihn jetzt unentwegt an.

»›Du wirst meinen Freund bestimmt erkennen, liebe Valerie, denn er wird so lange auf dem Perron stehenbleiben, bis er angesprochen wird. Und wenn etwas schiefgehen sollte, will er Dich über die Lautsprecheranlage des Bahnhofs ausrufen lassen. Bitte, sei unter allen Umständen‹ – unterstrichen – ›am Dienstag um 7.40 Uhr am Ostbahnhof und höre Dir an, was Roszek erzählt. Er wird Dir alles genau erklären. Indem ich Dir im voraus für Deine Güte danke, bin ich, liebe Valerie, immer Dein alter Daniel.‹« Manuel sah auf und in Irenes Augen. »Nicht«, sagte er hastig. »Weinen Sie nicht schon wieder, bitte!«

»Es ist so . . . so unheimlich . . . Was soll ich tun?«

»Zum Ostbahnhof fahren, natürlich«, antwortete Manuel. »Wir werden hören, was dieser Roszek zu sagen hat.«

»Sie wollen mit mir . . .«

»Natürlich. Wieso? Oh, entschuldigen Sie. Wollen Sie lieber allein . . .«

»Aber nein«, sagte Irene, und ihre Augen schimmerten feucht, »ich danke Ihnen, wenn Sie mich begleiten, ich danke Ihnen überhaupt dafür, daß Sie mir jetzt so beistehen, Herr Aranda.«

»Und ich danke Ihnen«, sagte er leise. Der Staubsauger brummte laut. »Das ist aber nicht Agnes«, sagte Manuel schnell und verlegen.

»Wie?«

»Die Frau nebenan. Die mir die Tür geöffnet hat. Das ist nicht Agnes Peintinger . . . oder?«

»Nein.« Irene sah ihn noch immer an. »Das ist Frau Körner. Sie kommt dreimal wöchentlich und macht die Wohnung sauber, schon seit vier Jahren.«

»Wieso? Ist Agnes Peintinger tot?«

»Nein«, sagte Irene. »Aber sie mußte vor vier Jahren in ein Altersheim ziehen. Sie konnte nicht mehr arbeiten und auch nicht für sich selber sorgen. Es geht ihr gut im Heim. Ich besuche sie regelmäßig, einmal in der Woche. Auch Valerie . . .« Irene brach ab.

»Agnes weiß noch gar nichts?«

»Nein.«

»Aber wie ist das möglich?«

»Sie weiß es nicht, sie wird es nie wissen, nie zur Kenntnis nehmen«, sagte Irene Waldegg. »Sie lebt, körperlich noch sehr gesund für Ihr Alter, glücklich und vergnügt – in einer anderen Welt.«

»Was heißt das?«

»Sie ist in diesen letzten vier Jahren senil geworden. Vollkommen. Deshalb war sie auch nicht bei dem Begräbnis. Weil sie nichts mehr begreift von dem, was um sie vorgeht.«

5

Sechzehn bunte Karussellpferde standen in den Zimmern, auf Gängen, auf Treppenabsätzen. Es gab vier Jahrmarktsorgeln, mindestens zwei Meter breit und ebenso hoch. Es gab menschengroße Panoptikumspuppen – eine Wasserleiche im Smoking, eine Blumenfrau (mit einem Korb voller Wachsblumen), einen Rauchfangkehrer, einen Metzger, einen Polizisten, einen Boy ebenso wie Bardamen und Strichmädchen, die allesamt in den verschiedensten Zimmern standen oder auf kostbaren Stühlen thronten.

Es gab Hunderte von wunderbaren Muscheln, Steinen und Trachtenpuppen aus der ganzen Welt in Wandregalen, die in allen Räumen und im Stiegenhaus angebracht waren. Neben Kostbarkeiten gab es herrlichen Kitsch: Nippesfiguren, Hunde, Katzen, Vögel, Schäferinnen aus Porzellan. Es gab eine Pfeifensammlung, eine Sammlung großer und kleiner Buddhas. Es gab, in Kästen geschützt, die phantastischsten Arrangements leuchtend bunter Schmetterlinge. Auf Tischen lagen mit den Augen kaum noch zu fassende Mengen von orangengroßen Glaskugeln voll seltsamen Inhalts.

Die Villa war sehr geräumig, zweistöckig, mit steilen Stiegen, verwirrend vielen Zimmern und schmalen Gängen, die vom Boden bis zur Decke durch Bücherregale verdeckt waren. In einem Zimmer stand ein riesiger Vogel Strauß aus Holz, weiß bemalt, mit rotem Schnabel. Es gab eine Sammlung alter Uhren, eine Sammlung von Flaschenschiffen, eine Sammlung von unheimlichen, grotesken, in schreienden Farben gedruckten Plakaten aus Frankreich, Amerika, Japan und Indien – Plakaten für Ausstellungen, Theaterpremieren, berühmte Stummfilme, Nachtlokale, das ›Grand Guignol‹. Es war ein Museum, durch das der Maler Roman Barry Irene und Manuel führte, ein Museum, wie man es nur erträumen konnte.

Roman Barry, ein großer, kräftiger Mann Mitte der Vierzig, hatte ein fröhliches, rotbackiges Gesicht und einen gestutzten Kinnbart, der so schwarz war wie sein kurzgeschorenes Haar. Er trug Cordsamthosen, Sandalen und ein graues, loses Flanellhemd. Seine Kleidung zeigte, wie seine Hände, vielerlei Farbspuren.

»Bianca kommt sofort, sie telefoniert mit meinem Kunsthändler. Alles Geschäftliche erledigt sie.«

Manuel war von diesem Haus, das sich, mächtig und hoch, am oberen Ende der steilen Alseggerstraße erhob, so entzückt, daß er sogar für kurze Zeit den Grund seines Besuches vergaß und nur all die Kostbarkeiten sah, mit denen die Villa zum Bersten vollgestopft war.

Der Maler Roman Barry redete munter weiter: »Das Haus habe ich als verfallenen alten Kasten gekauft und umgebaut. Wenn man denkt... Vor fünfzehn Jahren lebte ich mit Bianca noch in einer Hütte am Waldrand von Salmannsdorf! Kein Mensch wollte meine Bilder haben. Ich habe Kinderbücher illustriert. Davon lebten wir. Inzwischen haben Bianca und ich die ganze Welt besucht, dauernd waren wir auf Reisen, und von überall brachten wir etwas mit, Sie sehen ja...« Er wies auf eine Wand, die vollkommen mit afrikanischen Masken bedeckt war. »Kommen Sie in die gute Stube. Bianca hat ein paar Brötchen gemacht...«

In der ›guten Stube‹ standen echte Biedermeiermöbel um einen liebevoll gedeckten Tisch. Hier hingen an den Wänden Bilder, auf denen sich Menschen bewegten, tanzten, pflügten, hämmerten oder sägten, wenn man eine Spieluhr aufzog – und prompt erklang ein Lied dazu.

Die Tür öffnete sich, und Bianca Barry kam herein. Sie trug einen Sportrock und einen hochgeschlossenen Pullover, eine lange, dicke Korallenkette und einen Ring mit buntem Emailleschild darauf. Sie war nicht geschminkt, ihre Haut sehr hell, das Haar, sportlich kurz geschnitten, brünett, der Mund voll und rot, die Augen waren grau. Sie hatte die schlanke, schöne Gestalt einer jungen Frau. Auch sie war sogleich freundlich und herzlich. Die freie, ungezwungene Atmosphäre dieses Hauses und seiner Bewohner übertrug sich auf Irene und Manuel. Bald saßen sie an dem runden Tisch, knabberten Backwerk, aßen kleine Sandwiches und tranken Vermouth oder Campari-Soda. Roman Barry trank Wein und rauchte eine große, prächtige Savinelli-Pfeife.

»Also los, Bianca«, sagte er. »Die Herrschaften warten.«

Die Frau, die so jung aussah, neigte sich vor. »Gut. Fangen wir an. Ich bin dreiundvierzig...«

»Nein!« rief Irene.

»...und werde bald vierundvierzig sein. Mein Mann ist fünfundvierzig. Wir haben eine fünfzehnjährige Tochter, Barbara, die jetzt in der Schule ist. Wir sind seit neunzehn Jahren verheiratet. Und meine erste große Liebe war Heinz Steinfeld. Sie nehmen sich doch bitte, was Sie wollen – Brötchen, Getränke. Bei uns bedient sich jeder selber. Ja, Heinz...« Sie sah blinzelnd zu ihrem Mann. »Roman ist noch immer eifersüchtig auf Heinz.«

»Keine Spur«, sagte Barry.

»Jaja«, sagte Bianca. »Schon gut, mein Alter. Wenigstens haben wir keine Geheimnisse voreinander, was?«

»Gott sei Dank«, sagte der Maler und trank einen mächtigen Schluck Wein.

»Deshalb habe ich Sie hergebeten. Ich erzähle Ihnen, wie das damals passiert ist mit Heinz... Sechzehn war ich, du liebe Güte! Und er nur ein halbes Jahr älter als ich. Wir gingen schon zwei Jahre miteinander – so heißt das in Wien, Herr Aranda. Aber *wie* gingen wir miteinander! Mit welcher Unschuld! Ach, es war die unschuldigste Liebe der Welt, glaube ich...« Bianca schlug ein Bein über das andere, verschränkte die Finger vor einem Knie und lächelte. Sie sprach schnell und sicher. »Ich wohnte mit den Eltern drüben in Döbling, ganz in der Nähe der Hohen Warte. Da lag meine Schule, ein Mädchengymnasium. Und gleich nebenan – nur ein Zaun und ein paar Bäume standen dazwischen – lag die Staatsschule für Chemie, an der Heinz studierte.«

»Lag? Sie liegt noch immer da«, sagte Irene.

»Wiederaufgebaut, ganz neu, nach dem Krieg. Bomben fielen darauf, bei einem der letzten Luftangriffe. Sie war völlig zerstört. Unserm Lyzeum ist wie durch ein Wunder nichts geschehen. Noch ein Glas Campari, Fräulein Waldegg? Aber ja doch! Ich mache es Ihnen. Mit viel Soda, ich weiß... Aus unserm Klassenfenster konnte man direkt in das Laboratorium sehen, in dem Heinz arbeitete. Er hatte immer bis vier Uhr nachmittag Unterricht – weil sie doch täglich so viele Stunden praktisch im Labor arbeiten mußten. Unser Unterricht war spätestens um halb zwei zu Ende. Und dann, wenn Heinz sich im Labor aufhielt und nicht gerade Theorie im Hörsaal hatte, machten wir uns immer Zeichen von Fenster zu Fenster – heimlich und vorsichtig natürlich.«

»Als Mischling durfte er offiziell keine Freundin haben – war das so?«

»Ja, das war so. Außerdem...« Bianca stockte.

»Sag es ruhig«, murmelte ihr Mann. Er trank eine Menge Wein, und er rauchte ununterbrochen.

»Nun ja, da war noch ein anderer Junge, der mich verehrte, sehr verehrte. Von ihm wollte ich aber nichts wissen. Der Junge hieß... Peter Haber«, sagte Bianca, wieder lächelnd. »Furchtbar eifersüchtig, der Peter Haber, und wütend, weil ich eben mit Heinz ging. Haber spionierte uns nach. Wir trafen uns oft am Nachmittag und an Sonntagen und in den Ferien überhaupt! Wir paßten sehr auf und nahmen uns sehr in acht. Dachten wir. In Wirklichkeit waren wir leichtsinnig, schrecklich leichtsinnig... Kinder eben noch... Und so mußte es kommen, wie es dann gekommen ist... am 21. Oktober. Ich erinnere mich an das Datum noch so genau, weil ich am 19. Geburtstag habe. Ja, am 21. Oktober 1942 war das...«

6

Eine Kationen-Bestimmung nach dem Schwefelwasserstoffgang.

Das machte Heinz Steinfeld nun fast schon im Schlaf.

Die Flüssigkeit in der Eprouvette, die er von Professor Salzer erhalten hatte, enthielt gelöste Metallverbindungen. Heinz sollte feststellen, um welche Metalle es sich handelte.

Dieses Halbjahr endete im Februar 1943, heute war Mittwoch, der 21. Oktober 1942, ein sonniger und warmer Tag, und Heinz Steinfeld hatte bereits zwei Drittel aller vorgeschriebenen Übungen für das ganze Semester mit glänzendem Erfolg hinter sich gebracht.

Er nahm einen Kolben von einer Apparatur, verdünnte mit heißem Wasser, ließ es erkalten und filtrierte. Wenn er so weitermachte, war er morgen mit der Analyse fertig.

Halb zwei!

Langsam und scheinbar geistesabwesend schlenderte Heinz zu einem der großen Fenster und blickte in den milden Sonnenschein hinaus. Gegenüber, bei der Mädchenschule, war ein Fenster auf gleicher Höhe geöffnet. Bianca stand da. Sie trug die weiße Bluse mit dem Spitzenkragen, die er besonders liebte. Sein Herz schlug schneller, als er sah, wie das schöne Mädchen nun verstohlen und behutsam den Daumen der rechten Hand erdwärts drehte. Er tat dasselbe. Sie nickte einmal kurz, dann war sie verschwunden. Heinz wanderte an seinen mit Apparaturen und Gläsern vollgeräumten Arbeitsplatz zurück und stellte den Glaskolben mit dem Filtrat auf ein Asbestgitter über einem Dreifuß, unter dem ein Bunsenbrenner stand. Er zündete den Brenner nicht an.

»Ich gehe jetzt zum Leitner«, sagte er, an den Jungen gewendet, der neben ihm arbeitete. Ganz nahe gab es ein kleines Gasthaus, das für die Studenten der Chemie-Staatsschule einen täglichen Mittagstisch bereitete – gegen entsprechende Mengen von Lebensmittelmarken. Das Essen war eintönig und schlecht. Nicht sehr viele Schüler gingen ›zum Leitner‹. Heinz Steinfeld ging. Das Essen schmeckte ihm nicht, aber er war anspruchslos, und dann hatte er einen sehr wichtigen Grund für den angeblich täglichen Besuch des kleinen Lokals. So konnte er jederzeit um die Mittagsstunde oder danach das Laboratorium verlassen...

7

Aus dem Gebäude tretend, bog er links in eine stille Seitenstraße und ging diese hinauf bis zu dem Sportplatz mit dem hohen Drahtgitterzaun. Dabei drehte er sich gelegentlich um. Die Straße war menschenleer. Heinz hatte seinen weißen Labormantel nun ausgezogen und trug Kniestrümpfe, Halbschuhe, eine kurze Hose und eine Tweed-Jacke. Er hatte noch nie lange Hosen getragen. Er besaß gar keinen richtigen Anzug.

Heinz Steinfeld war ein hochgeschossener, magerer Junge. Er hatte das schmale Gesicht, die blauen Augen und das blonde Haar der Mutter. Und Sommersprossen. Er trug keine Krawatte, sondern einen Schillerkragen. Krawatten konnte er nicht leiden.

Mit dem linken Fuß stieß er einen Stein vor sich her, während er auf den Sportplatz zuging. Heinz besaß keinen wirklichen Freund in der Schule, aber viele Jungen hatten ihn gern und waren kameradschaftlich und freundlich zu ihm. Sie behandelten ihn wie ihresgleichen, obwohl sie alle wußten, daß sein Vater Jude war. Das hatte ein Lehrer, der ihn nicht leiden mochte, einmal vor der Klasse ausposaunt. Aber Heinz konnte sich im allgemeinen auch über die Lehrer nicht beklagen. Natürlich gab es ein paar Hundertfünfzigprozentige, die ihn übersahen, reizten oder von Zeit zu Zeit mit Bemerkungen demütigten. Nun, das war bei den Mitschülern dasselbe. Auch da gab es ein paar Stänkerer. Nichts Schlimmes, obwohl Heinz sich immer elend, hilflos und entehrt vorkam, wenn er attackiert wurde. Er konnte sich doch nicht wehren! Gerne und leicht hätte er seine gleichaltrigen Quälgeister ordentlich verprügelt – aber auf so etwas durfte er sich nicht einlassen. Das sagte ihm der Direktor der Anstalt, Professor Dr. Karl Friedjung, in aller Deutlichkeit.

»Es ist ein großes Privileg, daß wir Sie hier ausbilden, Steinfeld. Sie haben sich stets besonders korrekt zu benehmen. Ich werde keinerlei Unregelmäßigkeiten hinnehmen.«

Der alte Quatschkopf, dachte Heinz und kletterte durch ein Loch im Gitter des Zaunes. Dieser Sportplatz gehörte dem Institut und dem Mädchen-Lyzeum gemeinsam. Weit hinten, an seinem Ende, erstreckte sich Gesträuch und Unterholz, durch das Heinz nun schritt, und hinter diesem erhob sich eine baufällige Baracke, in der allerlei Werkzeug, eine Planierwalze, Geräte und Gerümpel jeder Art ruhten. Sie mußten schon seit einer Ewigkeit hier ruhen, denn sie waren allesamt verrottet und verrostet. Die kleine Hütte schien man ganz vergessen zu haben. Heinz hatte sie entdeckt – vor einem Jahr. Das Schloß der Eingangstür konnte man leicht mit einem Stück gebogenem Draht öffnen. Hierher kam niemals jemand. Wenn keine Klasse turnte, war man weit entfernt von allen Menschen. Und geturnt wurde nur am Vormittag. Das alles hatte Heinz beobachtet und wieder beobachtet, bevor er Bianca von der Baracke erzählte. Nun stieß er mit einem Schuh dreimal kurz, zweimal lang gegen das Holz der Tür und öffnete sie. Im nächsten Moment stand Bianca vor ihm – in der geliebten weißen Bluse, einem schwarzen Rock, einem schwarzen Jäckchen. Ihre Schulmappe lag auf einer Kiste. Heinz schloß die Tür hinter sich. Jetzt war es dämmrig in der Hütte. Licht fiel durch Ritzen und erblindete Scheiben. Es roch nach Leder, Erde, altem Holz.

»Servus, Heinz!« Bianca strahlte ihn an.

»Servus!« Sie schüttelten sich die Hände, wie Jungen es tun. »Ich habe mich beeilt, so sehr ich konnte... Bist du schon lange da?«

»Ein paar Minuten.« Sie sah ihn zärtlich an. »Ich habe es ja auch näher – von unserm Schulgarten aus...« Bianca setzte sich auf eine alte Bank.

»Komm zu mir. Da, ich habe dir etwas mitgebracht...« Sie hielt ihm einen großen, leuchtend roten Apfel hin.

Er wollte ihn nicht nehmen. Auf keinen Fall! Aber er mußte.

Zuletzt brachen sie ihn entzwei, jeder aß eine Hälfte. Irgend etwas bewegte Heinz, Bianca fühlte es. Sie war so groß wie er, und sie hatte den Körper einer erwachsenen Frau. Sanft zeichneten sich unter der Seidenbluse ihre Brüste ab. Er wird mir schon noch alles erzählen, er erzählt mir doch immer alles, dachte Bianca und fragte kauend: »Kennst du den Siegler und den Mach?«

Er nickte und sagte mit vollem Mund: »Vierter Jahrgang sind die schon. Was ist mit ihnen?«

»Die haben sich heute früh vor unserer Schule geprügelt.« Bianca strich über sein Haar und sah ihn an. »Die Pertramer hat zugeschaut. Die kennst du nicht. Eine besonders Hübsche aus der Siebenten. Richtig geprügelt.«

»Aber warum?«

»Na, wegen der Pertramer natürlich. Der Mach hat zuletzt aus der Nase geblutet und geheult. Ich finde das blöd, diese ewigen Prügeleien ... nur wer am stärksten ist! Als ob es danach ginge. Du wirst nie so ...« Sie streichelte jetzt seine Wange und rückte noch näher. Leise fragte sie: »Wenn du nach Amerika gehst, nimmst du mich dann auch bestimmt mit?«

»Ich kann nur nach Amerika gehen, wenn wir den Krieg verlieren.«

»Na, aber den verlieren wir doch – hast du selber gesagt!«

Er murmelte: »Man kann nicht gegen vier Fünftel der Welt einen Krieg gewinnen, das ist klar. Und schrecklich.«

»Schrecklich? Aber wenn wir gewinnen würden, könnten wir doch nie ...«

Sein Gesicht verzerrte sich jäh zu einer Fratze des Hasses.

»Eben! Dank meinem Vater, dem Saujuden!«

Sie rückte von ihm ab.

»Heinz!«

»Na, es ist doch wahr! Schau mich an! Was bin ich seinetwegen? Geduldet, gerade noch geduldet. Wir dürfen uns nicht öffentlich sehen lassen. Ich darf nicht auf die Uni. Ich muß das Maul halten, immer. Das verdanke ich ihm, diesem ...«

»Heinz! Ich geh weg, wenn du es noch einmal sagst. Du hast mir versprochen, daß du nie mehr so über deinen Vater redest. Er kann doch schließlich nichts dafür. Hat er sich seine Eltern aussuchen können?«

»Hat meine Mutter ihn heiraten müssen?« Heinz schleuderte den Apfelstrunk in eine Ecke. »Überhaupt keinen Instinkt hat die, kein Gefühl für das, was man einfach nicht tun darf! Und ich, ich bade es aus.«

Sie streichelte ihn wieder.

»Es geht doch ... So arg ist es doch nicht ... Viele sind auch sehr nett zu dir. Und schau, zum Beispiel mußt du nicht Soldat werden.«

»Ich wäre aber gern Soldat geworden!«

»Und ich wäre dann jeden Tag gestorben vor Angst um dich. Und ich will unbedingt leben mit dir!« Jetzt schmiegte sie sich an ihn, der verlegen und steif dasaß. »Weil du mir lieber bist als der Mach und der Siegler und alle anderen Jungen, die ich kenne, zusammen.« Sie sprach schnell weiter, um ihn von seinen düsteren Gedanken abzubringen. »In Physik hat uns der Hauswirth wieder Aufgaben diktiert, von denen verstehe ich kein einziges

Wort. Wenn wir uns am Nachmittag treffen, hilfst du mir, ja?«

»Na klar!«

»Weißt du, Heinz, manchmal denke ich, es wird nach dem Krieg nie mehr so schön wie jetzt. Jetzt habe ich dich ganz für mich allein.«

»Ja, und?«

»Später, in Amerika, werden andere Leute zwischen uns kommen.«

»Lächerlich!« rief er.

»Doch, doch. Du wirst ein großer Mann werden. Und dann werden dir alle Frauen nachlaufen. Und vielleicht gibt es in Amerika so schöne, daß ich mich schämen muß.«

Sehr ernsthaft sagte Heinz: »Bianca! Für mich wirst du immer die Schönste sein! Und ich habe dir doch erst vorige Woche mein Ehrenwort gegeben, daß ich dich heirate, sobald wir dürfen. Nie wird eine andere Frau zwischen uns treten. Wenn wir erst Kinder haben, schon gar nicht. Kinder binden.«

Sie betrachtete ihn voll Liebe. Nun war sie ganz nahe vor ihm.

»Ich habe dir doch vom Siegler und dem Mach und der Pertramer erzählt, nicht?«

»Ja. Und?«

»Sie haben sich angeblich geprügelt, weil der Mach gesehen hat, wie die Pertramer und der Siegler sich geküßt haben. Hast du das auch schon einmal getan?«

»*Was?*«

»Ein Mädchen geküßt«, sagte sie und sah ihm fest in die Augen.

»Noch nie!«

Daraufhin schlang sie die Arme um ihn und küßte ihn zärtlich auf den Mund. Er war einen Moment wie versteinert. Dann hob auch er die Arme und preßte sie an ihren Rücken. Der Kuß nahm kein Ende. Heinz ließ eine Hand herabgleiten und berührte Biancas Brust. Sie seufzte glücklich. Jetzt preßte er seine Lippen fest auf die ihren.

In diesem Moment flog die Tür der Baracke auf, und ein schlanker, großer Mann trat in den Raum. Hinter ihm stand ein Junge, der nun wegrannte. Bianca, die sich blitzschnell von Heinz löste, hatte ihn dennoch erkannt. Es war Peter Haber, ihr eifersüchtiger Verehrer.

Der hat uns das eingebrockt! schoß es Bianca durch den Kopf. Das ist der Direktor der Chemieschule, wie heißt er, Friedjung, er ist sehr streng, hat mir Heinz erzählt. Lieber Gott!

Professor Dr. Karl Friedjung, der am linken Revers seiner Jacke das Parteiabzeichen trug, kostete die Situation aus. Er schwieg, wippte auf den Zehen, die Hände in den Jackentaschen, und schwieg. Er schwieg mindestens zwei Minuten lang. Bianca sah Heinz an. Der sah auf den Boden.

»Nun«, sagte Friedjung zuletzt mit kalter, harter Stimme, »Sie haben mir nichts zu erklären, wie? Es hat Ihnen die Sprache verschlagen, was? Schön, sehr schön. Gratuliere, Steinfeld. Ein Mensch wie Sie, der es auf das peinlichste vermeiden sollte, unliebsam aufzufallen, ausgerechnet Sie... Und Sie, mein Fräulein, wie heißen Sie?«

Er nahm Block und Stift aus der Jacke.

Bianca nannte ihren Namen.

»Lyzeum nebenan?«

»Ja.«

»Klasse?«

»Sechs A.«

»Sie gehen jetzt nach Hause, Fräulein. Auf der Stelle. Ich werde der Leiterin Ihrer Schule umgehend Mitteilung machen. Und was Sie betrifft, Steinfeld, der gnadenhalber hier studieren durfte und unser Vertrauen derart schmählich mißbraucht hat, was Sie betrifft, Sie Lump, Sie Abschaum, so werde ich andere Maßnahmen ergreifen.«

»Herr Direktor«, begann Bianca verzweifelt, »bitte haben Sie ein Einsehen! Wir lieben uns und...«

»Sie lieben einander!« Friedjung mußte vor Entsetzen einen Schritt zurücktreten. »Ja, haben Sie denn keinen Funken Ehrgefühl im Leibe? Wissen Sie nicht, daß das, was Sie da treiben, an Rassenschande grenzt? Was heißt grenzt?« schrie er plötzlich los. »Es *ist* Rassenschande! Am hellichten Tag! Unfaßbar, so etwas! Und ich war blind! Ich habe Ihnen vertraut! Ich dachte, Sie würden sich eingliedern!«

»Wenn Peter Haber Sie nicht hierhergeführt hätte...« begann Bianca, doch Friedjung brüllte sie an: »Halten Sie den Mund! Der Junge hat nur seine Pflicht als guter Deutscher getan! Aber ich werde ein Exempel statuieren, Steinfeld, verlassen Sie sich drauf! Zittern und beben sollen Sie vor Angst und Schrecken! Los, Sie kommen mit mir ins Institut, packen alle Ihre Sachen, räumen Ihren Arbeitstisch und verlassen dann sofort die Schule! Sie dürfen das Institut nicht mehr betreten! Sie und eine Arierin... oder sind Sie auch keine?«

»Doch!«

»Unfaßbar! Und treibt Unzucht! Auf dem Institutsgelände! Das hat es noch nie gegeben! Und, Steinfeld, seien Sie versichert, das wird es auch nie wieder geben, du unverschämter, mieser kleiner Halbjud, du! Jetzt ist Schluß mit dir!«

8

Sie irrten durch die Stadt.
Sie wagten nicht, nach Hause zu gehen.

Vor jedem alten Mann, der ihnen nachsah, vor jeder Frau, die gegen sie stieß, hatten sie Angst, vor jedem Polizisten, jedem SA-Mann.

Zweieinhalb Millionen Menschen wohnten in Groß-Wien, und sie alle waren ihnen nun unheimlich, keinem konnten sie trauen, nein, keinem, denn jeder konnte ein Spitzel sein, ein Verfolger, ein Häscher, jeder konnte ihnen Böses tun. Zweieinhalb Millionen Menschen, und unter diesen zwei Halbwüchsige, die plötzlich wieder zu Kindern geworden waren – Kindern, die niemanden mehr hatten als einander.

Du unverschämter, mieser kleiner Halbjud, du! Jetzt ist Schluß mit dir! Was hat er damit gemeint, Bianca? Schluß mit mir? Was wird er tun? Was kann er tun? Ach, der kann alles tun, der kennt die höchsten Bonzen, ist ja selber ein hohes Tier, das dauernd nach Berlin fährt...

Warum fährt er nach Berlin?

Arbeitet an irgendeinem Projekt mit. Hat ein ganz großes Laboratorium im Institut. Hinter dem Mikrowaagen-Zimmer im ersten Stock. Da arbeitet er oft, auch noch nachts. Immer sind die Türen verschlossen. Aber ich habe Licht in den Fenstern gesehen, um Mitternacht war das einmal. Der braucht nur mit einem seiner Freunde zu telefonieren, und ich...

Hör auf! Bitte! Sag es nicht. Es muß nicht so sein. Vielleicht beruhigt er sich.

Der? Nie! Der hat auf so etwas doch nur gewartet!

O Gott, Heinz, mein Vater ist auch in der Partei. Was werden meine Eltern sagen? Ich muß es ihnen doch erzählen.

Und ich meiner Mutter. Meine Mutter ist allein. Deine hat noch ihren Mann. Mein Vater, der feige Jud...

Heinz!

Ausgerissen ist er! Geflohen! Im Stich gelassen hat er meine Mutter! Was heißt geflohen? Sollte er sich totschlagen lassen? Würdest du nicht auch fliehen, jetzt, wenn du könntest? Siehst du! Aber du kannst nicht. Ich auch nicht. Wir müssen nach Hause und...

Ich gehe nicht nach Hause! Ich traue mich nicht! Ich gehe nicht nach Hause...

Zehnmal, zwanzigmal wiederholte er diese und ähnliche Sätze in vielen Stunden des Herumirrens durch die große Stadt.

Sie trugen beide nur ihre Schulmappen. Heinz' Bücher und eine große Kiste, in die all das chemische Gerät gepackt war, das er, wie jeder Schüler, selber hatte kaufen müssen, waren von dem freundlichen, mitleidvollen Pedell des Instituts in Verwahrung genommen worden.

Von Döbling bis zum Ersten Bezirk. Vom Ersten Bezirk bis zum Prater. Vom Prater bis zur Friedensbrücke...

Ich kann nicht mehr, Heinz... mir tun die Füße so weh...

Sie gingen in ein kleines, dämmeriges Kaffeehaus. Nach einer Viertelstunde schon trieben Angst und Unruhe sie weiter. Zurück in den Neunten Bezirk. Ein Kino. Sie nahmen Karten für die billigsten Plätze und setzten sich auf knarrende Holzstühle und hielten einander an den Händen, den vor Aufregung heißen, feuchten Händen.

Ein lustiger Film lief, die Leute im Kino lachten sehr.

Sie verstanden überhaupt nicht, was auf der Leinwand vor sich ging. Sie tuschelten miteinander. Dieselben Sätze der Furcht, immer dieselben. Zuschauer wurden wütend, zischten sie zur Ruhe, schimpften.

Erneut in Panik, eilten sie auch aus dem Kino. Nun war die milde Sonne dieses Tages schon untergegangen. Dämmerung, Dunkelheit kamen schnell. Es wurde kalt, eisig kalt. Immer noch irrten sie weiter. Über den Ring bis zur Oper. Stadtauswärts, die endlose Wiedner Hauptstraße hinauf. Fünf Uhr wurde es. Sechs Uhr. Halb sieben. Bianca stolperte schweigend neben dem schweigenden Heinz einher. In der Nähe des Südbahnhofs lehnte sie sich plötzlich schwankend gegen eine Hauswand.

Mir ist so schlecht... Ich glaube, ich muß brechen... Und ich kann nicht mehr laufen... Bitte, wir müssen nach Hause... Es ist mir egal, was geschieht... Ich kann nicht mehr... Sieh das ein, Heinz, sieh das doch ein...

Ich sehe es ja ein... Kannst du allein stehen?

Ja...

Da ist eine Telefonzelle. Ich... rufe meine Mutter an...

9

»Du Judenhure!« schrie Egmont Heizler. Er schlug seiner Tochter wuchtig ins Gesicht. Sie flog gegen den Schrank ihres Zimmers. Der Schlag brannte wie Feuer und trieb Bianca Tränen in die Augen. Wieder schlug Egmont Heizler, Philologe, Germanist, Verfasser wohlbekannter Werke über deutsche Literatur, Parteigenosse und, seiner wohltönenden Stimme und dramatischen Redebegabung wegen ›Gauredner‹, der Tochter ins Gesicht. »Du Saumensch! Keinen Funken Würde im Leib!«

»Aber seine Mutter hat doch angerufen!« stammelte Bianca. Sie war gerade heimgekehrt. »Heinz hat doch mit ihr gesprochen, und sie hat ihm gesagt, ich soll sofort nach Hause gehen, sie wird dich gleich anrufen und mit dir sprechen!«

Er lachte verächtlich. Sein Atem stank nach Schnaps.

»Ja, sie hat angerufen, diese... diese feine Dame! Unverschämte Person! Der habe ich vielleicht die Meinung gesagt!«

»Du hast mit ihr gestritten?«

»Gestritten? Gestritten ist gut! Der habe ich so Bescheid gestoßen, daß sie zuletzt kein Wort mehr herausbrachte, was, Mutti?«

»Ja, Vati«, bestätigte unglücklich eine kleine, graue Person, die sich hinter dem massigen Gatten halb verborgen hielt, klagend.

»Dein Magen...«

Egmont Heizler donnerte: »Sie und ich, wir haben jetzt eine Rechnung zu begleichen, habe ich ihr gesagt! Nicht nur Herr Direktor Friedjung und Sie! Nein, *auch Sie und ich!* Ihr Sohn hat meine Tochter verführt! Sie werden etwas erleben von mir! Sie können sich auf etwas...« – er rülpste laut – »...gefaßt machen, verehrte gnädige Frau!«

»Aber Heinz und ich haben doch nie...«

»Nenn nie mehr den Namen von diesem dreckigen Judenlümmel!«

»Er ist kein Jude! Er ist nur ein Mischling!«

Daraufhin erhielt sie die dritte Ohrfeige.

»Vati!« rief die Mutter. »Vati, bitte! Reg dich nicht so auf! Dein Magengeschwür!«

Doch der Registrator, Kritiker und Deuter des neueren deutschen Schrifttums dachte nicht an sein Magengeschwür. Wild schüttelte er das Haupt mit der Gerhart-Hauptmann-Mähne, während er, ziemlich betrunken, hochrot im teigigen Gesicht, brüllte: »Du wirst mir nicht widersprechen, du ehrvergessenes Ding! Du nicht!« Er trank schon seit einer ganzen Weile, der Gauredner Egmont Heizler, und er vertrug nicht viel. »Du hast deine Eltern hintergangen, du hast gelogen und betrogen! Heimlich hast du diesen dreckigen jüdischen Lumpen getroffen, wir wußten nichts davon! Nichts! Keinen blassen Schimmer hatten wir! Nicht wahr, Mutti?«

»Keine Ahnung«, echote die menschliche Maus kläglich.

»Das können wir beschwören! Und das *werden* wir beschwören, wenn es dazu kommt! Ich habe schon mit diesem Direktor Friedjung telefoniert und ihm zur Kenntnis gebracht, daß wir ahnungslos, völlig ahnungslos waren, und daß ich nun selbstverständlich die strengsten Maßnahmen ergreifen werde!«

»Du hast mit dem Friedjung...«

»Halt's Maul!«

»Vati...«

»Laß mich, Mutti! Du übersiehst ja nicht, was das für Folgen haben kann für uns! *Für mich!* Ein Gauredner hat ein Vorbild zu sein! In jeder Beziehung! Und seine Familie auch! Statt dessen – was tut dieses niederträchtige Luder?« Er hob wieder eine Hand, um zuzuschlagen. Bianca wich vor ihm zurück. Er trieb sie durch das Zimmer. »Dieses niederträchtige Luder besudelt unseren guten Namen! Während Millionen in einem heroischen Kampf um die Zukunft des Reiches stehen, knutscht sie sich mit einem Judenschwein, widersprich, und du fängst noch eine, einem Judenschwein, sage ich, in der widerlichsten, abstoßendsten Weise!«

»Wir haben doch nur...«

»Du sollst das Maul halten! Ich rede, verstanden? Deine Strafe erhältst du schon! Sie wird dir noch bekanntgegeben werden!« Biancas Vater war außer Atem gekommen, rang nach Luft, hielt sich an einem Tisch fest, fing sich, brüllte weiter: »Als erstes wirst du uns jetzt, deiner Mutter und mir, dein heiliges Ehrenwort als Deutsche geben, daß du diesen Saujuden nie mehr wiedersehen wirst! Niemals mehr, verstanden?«

Bianca zitterte, die Arme schützend vor das Gesicht gehoben. So hatte sie sich das alles vorgestellt, nun war es so gekommen. Schlimmer, als sie es sich vorgestellt hatte, noch schlimmer!

»Verstanden?«

»Ja...«

»Dein Ehrenwort! Vorwärts! Ich warte!« schrie ihr Vater, heftig schwankend. »Na, wird's bald?«

10

»...nun ja, und so gab ich natürlich dieses Ehrenwort«, berichtete Bianca Barry. Sie unterbrach sich, um einen Schluck Campari zu trinken. Ihr glattes, ungeschminktes Gesicht war während der Erzählung beherrscht und freundlich geblieben, die Stimme gleichmäßig. »Ach«, sagte sie nun, »wie lange ist das schon her, wie unendlich lange...«

Eine Pause entstand.

Manuel sah Bianca Barry an, die seinen Blick ruhig erwiderte. »Und was war vorher noch gewesen? Ich meine, bevor Sie sich von Heinz verabschiedeten?«

»Nun ja, seine Mutter sagte, sie wolle meinen Vater anrufen und beruhigen. Sie bestand darauf, daß wir jeder allein nach Hause fuhren. Wir folgten aufs Wort. Ich war so erschöpft, daß ich in der Straßenbahn einschlief und fast zu weit gefahren wäre. Sentimentaler Abschied? Natürlich. Wir gaben uns lange die Hand und sagten Lebewohl. Wir waren fest davon überzeugt, daß Heinz' Mutter einen Ausweg finden würde. Kinder waren wir eben noch, Kinder...« Bianca unterbrach sich wieder und griff nach einer Zigarette. Manuel gab ihr Feuer. »Danke.« Die Frau mit dem hochgeschlossenen Pullover und dem Sportrock war ernst geworden. »Wir klammerten uns an den Gedanken, Frau Steinfeld würde uns helfen, aber dann...«

»Ja?« fragte Manuel.

»Dann kam doch alles anders! Dank meinem Vater, diesem Fanatiker. Ich erzählte es Ihnen ja. Wochenlangen Hausarrest erhielt ich. Eine Ewigkeit wurde jeder meiner Schritte kontrolliert. Einmal gelang es mir, mit Heinz zu telefonieren. Er hatte seiner Mutter auch das Ehrenwort geben müssen, mich nicht zu treffen. Wir hatten beide wahnsinnige Angst... Mein Vater und dieser Friedjung setzten Himmel und Hölle in Bewegung. Ich bekam das zu spüren – mächtig. Schwerster Verweis in der Schule. Verlust des Dienstgrades im BDM. Ich war Mädelschaftsführerin gewesen.«

»Im ... wo?«

»Im ›Bund deutscher Mädel‹, Herr Aranda. Dem weiblichen Pendant der Hitlerjugend für Buben. Da wurde ich beschimpft, und man sagte mir, welche Strafen mich erwarteten, wenn ich noch einmal, und so weiter.«

»Was geschah mit Heinz?«

»Das wußte ich lange nicht. Niemand wußte es. Dann sagte ein Mädchen aus meiner Klasse, sie hätte ihn gesehen. Auf einem Fahrrad. Das Mädchen hatte ihn angesprochen. Er war sehr ängstlich gewesen. Arbeitete als Rollenpendler.«

»Als was?«

»Zwischen Kinos. Ein Film besteht aus ... aus acht oder zehn Rollen, glaube ich. Wenn mehrere Kinos denselben Film spielen, dann müssen diese Rollen, nachdem sie abgespult sind, ganz schnell von einem Kino zum andern gebracht werden. Damit eine Kopie in zwei Theatern laufen kann.«

»Und er kam nicht mehr an das Institut zurück?«

»*Nie mehr*«, sagte Bianca. »Dieser Friedjung verhinderte es, ermutigt und unterstützt von meinem feinen Vater.«

»Und Sie? Sie sahen sich nie mehr?« fragte Manuel.

Irene fühlte, daß Frau Barry nervös wurde, mehr und mehr, und daß sie krampfhaft versuchte, diese Nervosität zu verbergen.

»Doch ... *einmal* ... da hielt ich es einfach nicht mehr aus und wartete auf ihn in der Straße, durch die er jeden Abend, viele Male, radeln mußte.« Bianca senkte den Kopf. »Es war schrecklich ... Er sah blaß und elend aus. Sein Äußeres vernachlässigt. Richtig abgerissen. Im Monteuranzug, eine alte Lederjacke darüber. Wir grüßten uns und sprachen ein paar Worte. Klägliche Worte, nichtssagende, eilige. Ich hatte viel zu große Angst, normal und länger mit ihm zu reden oder ihn gar zu treffen. Mein Vater bedrohte mich noch immer. Der BDM bedrohte mich. Meine Lehrer bedrohten mich. Dieser andere Junge, Peter Haber, beschattete mich ununterbrochen ...«

Manuel hatte bemerkt, daß der bärtige Maler schon seit einiger Zeit mit ziemlich unglücklichem Gesicht an seiner Pfeife sog. Jetzt sagte er plötzlich laut: »Es tut mir leid ... Es tut mir furchtbar leid, wirklich!«

»Was?« fragte Manuel verblüfft.

»Meine Frau will mich schonen. Damit bin ich durchaus nicht einverstanden! Ich habe mich damals benommen wie ein Schwein. Einzige Ent-

schuldigung, wenn das überhaupt eine ist: Ich war so sehr in Bianca verliebt, daß ich gar nicht wußte, was ich tat. Einen Peter Haber hat es nie
gegeben, den Namen hat Bianca erfunden. *Ich*, ich war Peter Haber!«

11

In der Stille, die folgte, füllte Roman Barry, ohne zu fragen, alle Gläser
nach, und alle tranken schweigend. Erst nach einer langen Weile sagte
Bianca leise: »Sie verstehen nicht, daß ich Roman, ausgerechnet ihn, dann
geheiratet habe, nicht wahr?«
»Sie hatten gewiß Ihre Gründe«, meinte Manuel höflich.
»Viele Gründe, ja.« Bianca nickte. »Die Eltern tot, bei einem Luftangriff
umgekommen, unser Haus war zerstört. Heinz war tot.«
»*Was?*« fragten Manuel und Irene gleichzeitig.
»Tot, ja. Auch bei einem Luftangriff umgekommen.«
»Bei einem *Luftangriff?*«
»Hat mir seine Mutter selbst gesagt. Im Februar oder März 1945 ist das
passiert, ich weiß es nicht genau. Er war dienstverpflichtet als Hilfsarbei-
ter in einem Werk, das an der Donau lag. Dort fielen sehr viele Bom-
ben...«
Wieder sahen Manuel und Irene sich an. Was hatte Valerie Steinfeld alles
über ihren Jungen erzählt? Arbeit in Amerika? Tod in Kanada? Tod bei
einem Luftangriff? Was war Wahrheit, was Lüge? Warum hatte sie über-
haupt gelogen?
»Wann hat sie Ihnen das gesagt?«
»Dezember 45. Da kam ich nach Wien zurück. Ich wurde gleich nach dem
Abitur in einen Rüstungsbetrieb gesteckt, wie wir alle damals, und der
Betrieb wurde Mitte 44 verlagert – nach Oberösterreich. Ich war über ein
Jahr lang von Wien fort. Roman wieder...«
»Mich zogen sie sofort nach dem Examen ein«, sagte der Maler und sah
auf seine farbbeschmierten großen Hände. »Ich war doch eineinhalb Jahre
älter als Heinz – einmal durchgefallen. Also machte ich noch den ganzen
Schlamassel im Osten mit, bis zum Kampf um Berlin. Da erwischten mich
die Russen. Aus der Gefangenschaft kam ich 1949 heim. Auch meine Eltern waren tot. Ich suchte Bianca und fand sie endlich. Sie lebte damals
in einem Weekendhäuschen in Salmannsdorf, das ihrem Vater gehört
hatte. Sie gab Sprachunterricht. Davon lebte sie. Ich hatte in der Gefangenschaft angefangen zu malen. Die Chemie hatte ich vergessen. An der
Uni wäre ich nie angenommen worden, und als gewöhnlicher Betriebschemiker anderswo auch nicht. Ich hatte keine blasse Ahnung mehr. Und
keine Lust. Und da...«

Bianca warf den Kopf zurück. »Und da heirateten wir dann, 1950. Roman war ein anderer Mensch geworden, ein ganz anderer.«

»Weiß Gott«, sagte der. »Ich hatte meine Lektion gelernt. Dieses verfluchte Pack! Diese Nazipest! Wenn ich heute einen solchen Drecksack treffe, gibt es jedesmal einen Skandal.«

»Und wenn er etwas getrunken hat, eine Prügelei«, sagte Bianca.

Der Maler sagte: »Sehen Sie, es wird mir nachhängen bis an mein Lebensende, daß ich mich damals so gegen Heinz benahm. Ich habe ihm das Studium unmöglich gemacht, ich...«

»Rede keinen Unsinn«, sagte Bianca schnell. »*Friedjung* hat es ihm unmöglich gemacht!«

»*Ich, ich, ich* habe Friedjung zu dem Gartenschuppen gebracht! Mit mir hat alles angefangen! Und darum bin ich schuld daran, daß Heinz ein so elendes Leben führen mußte. Aber wenigstens bin ich nicht schuld an seinem Tod. Für eine amerikanische Bombe kann ich doch nichts – wie?«

»Das fragt er immer und immer wieder«, sagte Bianca leise.

»Nicht wahr, so ist es doch?« Roman Barrys Stimme klang flehentlich. Manuel nickte.

»So ist es, natürlich«, sagte Irene. »Außerdem waren auch Sie noch ein halbes Kind damals. Ich kann das alles gut verstehen. Sogar Ihre Heirat, als Sie einander dann wiedertrafen... zwei Menschen, jeder allein, jeder verloren...«

»Und der Direktor der Anstalt?« fragte Manuel. »Dieser Friedjung? Was wurde aus dem?«

»Keine Ahnung. Angeblich türmte der, als die Russen kamen«, sagte Barry. »Hat man uns wenigstens erzählt.«

Manuel blickte erstaunt auf und fragte: »Wohin?«

»In den Westen natürlich. Muß ziemlich viel Butter auf dem Kopf gehabt haben. Aber was er dann tat...«

Manuel wurde aufgeregt.

»Würden Sie ihn wiedererkennen?«

»Heute? Nach so vielen Jahren? Ich weiß nicht...«

»Hier!« Manuel hatte seine Brieftasche gezogen und ihr eine Fotografie entnommen. »Sehen Sie sich das Bild an, bitte!«

»Wer ist das? Ihr Vater?«

»Ja. Bitte, betrachten Sie die Fotografie genau. Ist das Karl Friedjung?« Das Ehepaar Barry senkte die Köpfe über dem Farbfoto. Es zeigte einen großen, leicht untersetzten Mann, lachend, mit sonnengebräuntem Gesicht, ganz in Weiß gekleidet, auf dem Deck einer kleinen Yacht. Raphaelo Aranda hielt eine Pfeife in der Hand. Sein Haar war grau und gelichtet. Er winkte.

»Die Aufnahme wurde voriges Jahr gemacht«, sagte Manuel. In seinem

Gesicht hatten sich hektische rote Flecken gebildet. »Bemerken Sie eine Ähnlichkeit? Ist er es? Könnte er es sein?«

»Ich habe Friedjung vor fünfundzwanzig Jahren zuletzt gesehen«, sagte Bianca hilflos. »Aber trotzdem: Nein, das ist er nicht!«

»Und Sie?« Manuel wandte sich an den Maler. »Sie waren in der Anstalt! Sie haben Friedjung viel öfter gesehen als Ihre Frau! Leider habe ich kein Foto von früher. Aber theoretisch könnte mein Vater Friedjung sein, es ginge aus mit den Zeiten. Wenn er bei Kriegsende nach Argentinien floh...«

»Wie alt sind Sie?« fragte der Maler.

»Sechsundzwanzig.«

»Also wurden Sie 1943 geboren. Falls Friedjung und dieser Mann identisch sind, dann müßten Sie ja noch hier geboren sein. Haben Sie keine Erinnerung?«

»Nicht die geringste. Und nach meinen Papieren wurde ich in Buenos Aires geboren – wie auch mein Vater und meine Mutter.«

»Es *könnte* Friedjung sein«, sagte Barry langsam. »Mit allen Vorbehalten. Fünfundzwanzig Jahre. Ein Foto. Wie sehr verändert sich ein Mensch in einem Vierteljahrhundert. Aber die Stirn... und die Nase... auch der Mund... er *könnte* es sein... könnte, könnte, könnte... doch er ist es unmöglich nach dem, was sie selber sagen.«

»Vielleicht sind alle Papiere, die er besaß, gefälscht?« Manuel hatte Mühe, zu sprechen. »Vielleicht...«

»Herr Aranda, bitte, regen Sie sich nicht so auf!«

»Wenn er es wirklich war – das alles ist phantastisch, ich weiß, ich weiß –, wenn er es wirklich war, dann hatte Frau Steinfeld doch einen guten Grund, ihn zu töten! Er hat ihren Jungen ins Unglück gestürzt! Er hat seine Aussichten, Chemiker zu werden, zerstört! Durch Friedjungs Schuld mußte Heinz als Rollenpendler arbeiten...«

»Auch in dieser Fabrik an der Donau!« Bianca nickte.

»Und dort kam er schließlich um! Dafür wird Frau Steinfeld auch Friedjung verantwortlich gemacht haben!« Manuel nahm das Foto, das Barry ihm reichte.

Irene fragte: »Wissen Sie, ob dieser Friedjung verheiratet war?«

»Nein, das weiß ich nicht«, sagte der Maler.

»Ich auch nicht«, sagte Bianca. Irene sah, wie ihre Nervosität stieg und stieg.

»Verwandte?«

»Keine Ahnung.« Barry blies eine Wolke von Tabakrauch von sich. Irene berührte Manuels Arm. Mit dem feinen Gefühl einer Frau für das, was in einer anderen Frau vorgeht, hatte sie bemerkt, daß Biancas Nervosität sich einem Ausbruch näherte. Irene sagte: »Nun müssen wir aber gehen.

Wir haben lange genug gestört.«

»Gestört? Ich bitte Sie! Bleiben Sie doch zum Essen! Lassen Sie uns noch weiter überlegen...« Barry brach ab, denn Irene war bereits aufgestanden, und auch Bianca hatte sich erhoben. »Tja, wenn Sie wirklich gehen wollen«, sagte der Maler. »Aber rufen Sie an, kommen Sie wieder, jederzeit. Falls Sie irgendeine Frage haben... falls wir Ihnen irgendwie helfen können...«

Er ging, an Manuels Seite, aus dem Zimmer. Die beiden Frauen hatten es schon verlassen und stiegen eine Treppe hinab, an deren Wänden Marionetten, chinesische Rollenbilder und Holzkästchen mit Hunderten von winzigen Krügen, Tassen und Gläsern, Murmeln und Talismanen hingen.

Bianca half Irene in den Breitschwanzpersianer, der über einem Schaukelpferd gelegen hatte. Dabei näherte sie ihren Mund einem Ohr Irenes und flüsterte hastig: »Ich muß Sie noch einmal sprechen... allein... ohne meinen Mann... Ich konnte vor ihm nicht die Wahrheit erzählen... Ja, ich habe gelogen... Es war alles ganz anders... Aber ich mußte Sie hierher bitten, damit er beruhigt ist... Sie hören von mir...«

»Wann?« flüsterte Irene.

Die Männer kamen die Treppe herab.

»Weiß noch nicht... kann schwer weg... rufe Sie an oder Herrn Aranda... Ich... ich liebe Heinz noch immer... Ich habe immer nur ihn geliebt...«

Die beiden Männer betraten die Garderobe.

Sofort lächelte Bianca Barry ihren Gatten wieder an – offen, fröhlich, voller Zuneigung und Herzlichkeit.

12

»Sie hat also gelogen!« Manuel fuhr die Herbeckstraße hinab, stadteinwärts. Er war, nach Irenes Bericht über Bianca Barrys letzte Sätze, sehr aufgeregt. »Hat sie *nur* gelogen?«

»Sehr viel auf jeden Fall, ich hatte schon beim Zuhören das Gefühl.«

»Und wir können nichts tun als warten, bis sie sich wieder meldet. *Wenn* sie sich meldet!«

Manuel erreichte die schmutzige Trasse der alten Vorortbahn und bog nach rechts. Sobald er einen Viadukt durchfahren hatte, sagte er gereizt: »Und der Mann? Ob er auch gelogen hat?«

»Man kann es nicht wissen. Sie meinen das, was er sagte, als Sie ihm das Bild Ihres Vaters zeigten?«

»Ja. Ich werde den Hofrat Groll anrufen. Vielleicht kann er feststellen lassen, was aus diesem Friedjung geworden ist. Oder wenigstens, ob er noch lebende Verwandte hat. Am Nachmittag besucht mich Martin Landau. Ich möchte Ihnen gern sofort berichten, was ich bei ihm herausbekomme. Darf ich... Könnten wir wohl miteinander zu Abend essen?«

Sie sah hinaus in den Sonnenschein und die Schneeschleier, die der Ostwind durch die Luft trug.

»Ich habe heute abend leider keine Zeit. Ich bin verabredet.«

»Schade.« Auf einmal fühlte Manuel sich grenzenlos enttäuscht und verlassen. Idiot, sagte er zu sich selber, was hast du gedacht? Daß eine schöne junge Frau keinen Freund hat?

»Sind Sie gekränkt? Meine Verabredung ist schon seit ein paar Tagen getroffen. Ich konnte doch nicht wissen...«

»Ich benehme mich wie ein Narr, verzeihen Sie«, sagte er. »Wie komme ich dazu, mich in Ihr Privatleben zu mischen?«

»Oh, Sie hätten Grund! Wir sind doch Gefährten geworden in dieser kurzen Zeit.«

»Durch die Umstände. Nur durch die Umstände. Hoffentlich ist Ihr Freund nicht böse darüber.«

»Das ist er nicht«, sagte Irene plötzlich kurz und kühl.

13

»Herr Aranda! Endlich! Ein Herr wartet in der Halle auf Sie – seit einer guten halben Stunde. Ich sagte ihm, ich wüßte nicht, wann Sie wiederkämen.« Graf Romath war Manuel entgegengeeilt, als dieser die erste Halle des ›Ritz‹ betreten hatte.

»Wo sitzt der Herr?«

»Drüben rechts in der Ecke.«

»Danke.« Manuel reichte einem Pagen seinen Mantel und ging schnell in die zweite Hotelhalle hinein. Aus einem Fauteuil erhob sich ein kleiner Mann mit behaarten Händen, schwarzem Kraushaar und olivenfarbener Haut.

»Guten Tag, Herr Aranda.« Der Kleine sprach fließend spanisch. »Mein Name ist Gomez. Ernesto Gomez.« Er holte einen Paß aus der Tasche. »Bitte...«

»Ich glaube Ihnen. Warum soll ich da noch Ihren Paß...«

»Weil ich eine Aufforderung zu überbringen habe und will, daß Sie ganz sicher sind, mit wem Sie es zu tun haben. Sie sehen, ich gehöre zur argentinischen Botschaft.«

»Das sehe ich. Wollen wir uns nicht setzen? Was darf ich Ihnen bestellen, Herr Gomez?« Auch Manuel sprach nun spanisch.

»Nichts, danke. Herr Aranda, wir fordern Sie in Ihrem eigensten Interesse auf, hier in Wien alle Recherchen sofort abzubrechen und nach Bouenos Aires zurückzukehren.«

»Moment«, sagte Manuel verblüfft. »Woher wissen Sie, daß ich hier in Wien Recherchen anstelle?«

»Wir wissen es.«

»Können Sie mich zwingen, heimzufliegen?«

»So, wie Sie sich bisher verhalten haben, nein.«

»Dann werde ich in Wien bleiben.«

Im Gesicht des kleinen Mannes regte sich nichts. Seine Stimme wurde leiser, als er erklärte: »In diesem Falle, Herr Aranda, sieht die Botschaft sich außerstande, Ihren Schutz zu übernehmen, geschweige denn zu garantieren, beziehungsweise Ihnen zu helfen, wenn Sie mit österreichischen oder anderen ausländischen Stellen oder Personen in Konflikt geraten.«

»Was ist los?« Manuel war, seit er Irene verlassen hatte, gereizt und aggresiv. »Was soll das? Wollen Sie mich einschüchtern?«

»Keineswegs.«

»Oder *liegt* der Botschaft daran, daß ich nicht herausfinde, was mein Vater hier getan hat?«

»Die Botschaft ist nur an Ihrem Wohlergehen interessiert. Ein anderes Interesse hat sie nicht.«

»Ich könnte mir aber durchaus ein anderes Interesse vorstellen – nach allem, was ich bereits herausgefunden habe!«

»Was Sie sich vorstellen können, ist eine Sache, auf die wir keinen Einfluß haben, Herr Aranda. Sie sprechen von Ihrem Vater. Auch ihn haben wir gewarnt – eindringlich und zu wiederholten Malen. Er schlug alle Warnungen in den Wind und zog es vor, mit seinem Leben zu spielen – so wie Sie jetzt. Ihr Vater – mein Beileid übrigens – verlor sein Leben hier in Wien. Das gleiche kann sehr leicht Ihnen widerfahren.«

Manuel packte den kleinen Mann am Arm.

Er fragte grob: »Wovon sprechen Sie? Was wissen Sie? Los, spucken Sie es schon aus! Warum nennen Sie mir nicht die wahren Gründe für Ihr Herkommen?«

Mit erstaunlicher Kraft machte der kleine Mann sich schnell frei und stand auf. Er verbeugte sich förmlich.

»Sie kennen die Antworten auf alle Ihre Fragen, Herr Aranda. Es ist Ihnen also nicht zu helfen. Bedauerlich. Guten Tag.« Damit ging er schon fort, in die vordere Halle hinaus und dort zur Garderobe. Er nahm seinen Mantel und seinen Hut und verließ das Hotel, ohne noch einmal zurückzusehen.

Manuel blickte ihm nach. Eine kurze Weile stand er reglos. Dann murmelte er einen halben Fluch und trat gleichfalls aus der Ecke.

Sollten sie doch alle zum Teufel gehen! Er würde den Weg aus diesem Labyrinth finden, von dem Nora Hill gesprochen hatte – wenn es sein mußte, ganz allein. Einer war da, auf den er sich stets verlassen konnte, einer wenigstens. Was habe ich doch immer noch für ein Glück, dachte Manuel, während er sich beeilte, an ein Telefon zu kommen. Als er im Salon seines Appartements den Hörer abhob und das Mädchen in der Zentrale bat, ihn mit dem Sicherheitsbüro zu verbinden, leuchtete auf dem Schaltbrett des großen Telefonapparates im Büro des Grafen Romath ein rotes Lämpchen auf. Der elegante Herr, in sein Zimmer zurückgekehrt, hob gleichfalls den Hörer ab und vernahm gerade, wie der Beamte in der Vermittlung des Sicherheitsbüros sich meldete.

Dann erklang Manuels Stimme, der seinen Namen nannte und den Hofrat Groll zu sprechen verlangte. Er wurde sofort verbunden. Der Graf Romath lehnte sich, Hörer am Ohr, im Sessel hinter dem Schreibtisch zurück und schloß die Augen. Er tat das immer, wenn er besonders konzentriert zuhörte, es war eine Angewohnheit von ihm.

14

»...und da sagt der Kröpelin, die Erika, seine jüngste Tochter, die hat ein Kind gekriegt, aber sie hat auf Teufel komm raus keine Ahnung, wer der Vater ist. Ich weiß nicht recht, was ich da sagen soll, und so murmle ich nur: ›Das ist traurig, Kröpelin, daß deine Tochter so ein Malheur gehabt hat, aber das kommt jetzt sehr häufig vor. Heute muß eben ein jeder sein Opfer bringen‹‹, erklang eine bieder-gutmütig gefärbte Männerstimme aus dem Lautsprecher des ›Minerva 405‹.

Die buntkarierte Wolldecke über dem Radio und ihrem Kopf, saß Valerie Steinfeld dicht vor dem Apparat, beide Hände an den Knöpfen des Gerätes. Leise, leise, das war zu laut! Und noch genauer einstellen! Über der Männerstimme lag der ständige Heulton zahlreicher deutscher Störsender, doch jetzt, am Abend, war der Empfang trotzdem sehr gut. Der Sprecher, der meisterhaft den scheinbar gehorsamen, harmlosen Tonfall eines kleinen Soldaten imitierte, redete weiter: »...und auch der Fritz Ziegenbart tröstet Kröpelin. ›Dafür‹, sagt er, ›haben wir den Hochkaukasus erobert!‹ Da starrt ihn der Kröpelin eine Sekunde lang an, als ob er etwas sagen wollte, aber er sagt gar nichts und reicht mir nur einen Brief. Und in dem Brief teilt ihm seine Frau mit, daß seinem Jungen beide Beine abgeschossen worden sind in Nordafrika. Und wie ich das vorgelesen habe, weiß ich überhaupt nicht mehr, was ich sagen kann, und der Fritz Ziegenbart murmelt nur verlegen vor sich hin: ›In Nordafrika, da stehen wir eisern bei El-Alamein...«‹

Valerie fühlte, wie die Hände feucht wurden und kalte Schauer über den Rücken liefen. Ihr Mann sprach da, Paul, ihr geliebter Paul – *das war seine Stimme!* Verstellt zwar war sie, die Stimme, absichtlich und hochbegabt verstellt, um den richtigen Tonfall des ›Gefreiten Adolf Hirnschal‹ zu treffen, eines geistigen Bruders des braven Soldaten Schwejk. Aber sie erkannte in dieser Stimme die ihres Mannes, ihres Mannes, nach dem sie sich sehnte mit jeder Faser ihres Körpers. Pauls Stimme, Pauls Stimme!*

Im hintersten Gewölbe der Buchhandlung fluchte Martin Landau leise und kraftlos vor sich hin. Voll Bitterkeit dachte er an das, was Valerie da im Teekammerl tat, obwohl sie wußte, wie sehr er darunter litt, obwohl sie wußte, daß er jetzt, am Abend und in der Dunkelheit dieses 21. Oktober 1942 nicht, wie sonst immer zu Mittag, um den Häuserblock laufen konnte, ohne Aufsehen zu erregen.

Dringende Briefe waren an diesem Abend zu erledigen gewesen an das Finanzamt, an die Reichsschrifttumskammer, an den ›Nationalsozialistischen Deutschen Buchhändlerverband‹, darum war Landau nach Geschäftsschluß mit Valerie noch im Laden geblieben. Er konnte nicht Maschineschreiben. Er hatte ihr die Briefe diktiert, einen nach dem andern. Fünf Minuten vor sieben Uhr hatte sie ihre Arbeit unterbrochen.

»Ich muß jetzt London hören, dann machen wir weiter.«

Er hatte gewußt: Sie *wird* London hören! Nichts und niemand – am wenigsten ich – kann sie davon abbringen.

Und so war Landau, angstgeschüttelt und zornig wie stets, so weit wie möglich von Valerie fortgeeilt und hatte sich auf einen Bücherstapel im letzten Magazin gesetzt, brummend zuerst, dann kläglich fluchend, Tränen der ohnmächtigen Empörung in den Augen, langsam vor Furcht erstarrend am ganzen Körper, während Valerie, unter ihrer Decke, das Morsesignal für ›V‹, das berühmte Fingerzeichen Churchills für ›Victory‹, das Motiv des ›Schicksals, das an die Pforte klopft‹ aus Beethovens Fünfter Symphonie, das Pausenzeichen ›ihres‹ Senders, und dann die Ansage hörte: »Hier spricht London! Hier spricht London! Hier spricht London!«

In dem nach Moder riechenden Gewölbe saß Landau und dachte voll Selbstmitleid: Verbieten sollte ich es ihr. Verbieten, jawohl! Aber ich bin eben immer viel zu gut.

---

*Es war *niemals* die Stimme von Paul Steinfeld. Recherchen des Verfassers beim Chief Librarian der British Broadcasting Corporation haben ergeben, daß alle ›Hirnschal‹-Briefe von einem geflüchteten deutschen Schauspieler verlesen wurden. Mit der Stimme dieses Schauspielers, der auch ständig als Nachrichtensprecher arbeitete, verwechselte Valerie Steinfeld beharrlich all die Kriegsjahre hindurch die Stimme ihres Mannes, die sie, seltsam genug, kein einziges Mal erkannte. Spezialisten nannten dem Verfasser zahlreiche einleuchtende Gründe technischer und psychologischer Art für dieses Phänomen.

Das war Martin Landau wirklich. Nicht viel zu gut, aber gut. Er war ein guter und ein schwacher Mensch. Ein sehr schwacher allerdings – ein Ästhet, ein Traumwandler!

Stundenlang konnte dieser Martin Landau beispielsweise von versunkenen Kulturen erzählen. Wenn man ihn aber am Ende eines Tages fragte, wie hoch der Umsatz gewesen sei, was er verkauft und eingenommen habe, dann errötete er sanft, hob die ohnedies ewig leicht gehobene linke Schulter noch etwas höher, legte den Kopf noch etwas schiefer, lächelte und rieb die Hände ineinander. Er hatte keine Ahnung.

Dazu war Valerie Steinfeld da. Die wußte einfach alles, sorgte für alles, kümmerte sich um alles, was das Geschäft anging. Und was sein Privatleben betraf, so war da Tilly, die sich aller persönlichen Dinge annahm, seine Anzüge in Ordnung hielt, Wäsche und Schuhe für ihn kaufte – im dritten Kriegsjahr nicht mehr einfach und auch nicht immer ganz legal – und die als Hausfrau in der mit Kunstschätzen angefüllten Villa in Hietzing waltete.

Martin Landaus Interesse an längst vergangenen Reichen und Kulturen war natürlich (jeder, der ihn etwas näher kannte, begriff das sofort) nur der Versuch einer Flucht vor allem, was ihn die Zeit, in der er lebte, unerbittlich mitzuerfahren zwang.

Und dabei hatte alles so erhebend begonnen. Denn immerhin...

Immerhin!

Das war Martin Landaus Lieblingswort.

Immerhin gab es, als Hitler nach Österreich kam, in dem kleinen Land mehr als 600 000 Arbeitslose, zehn Prozent der Bevölkerung. Immerhin kaufte kaum ein Mensch mehr Bücher, und das Geschäft ging elend. Immerhin regierte vielerorts der Pöbel die Straße, und es bestand die Gefahr, daß der Bolschewismus das Land überollte. Es wurden häufig sogar bereits Offiziere beschimpft! Immerhin war Österreich ein Teil des deutschen Sprachraums von alters her und sein ›Anschluß‹ an Deutschland ein Akt, den Martin Landau zuerst ehrlich und von Herzen begrüßte.

Er stand an der Ringstraße, als über diese die Männer der ›Österreichischen Legion‹ marschierten, nach Deutschland geflohene, nun heimkehrende Nationalsozialisten. Elegante neue Uniformen trugen sie, glänzende Stiefel, die Sturmriemen ihrer Kappen um das Kinn. So paradierten jene Männer, die – einer Überzeugung wegen, immerhin! – jahrelanges Exil ertragen hatten, nun mit ihren Schellenbäumen, Fahnen und Standarten, sangen das ›Wiener Jungarbeiterlied‹: »Es pfeift von allen Dächern, für heut die Arbeit aus«, und links zwei drei, und rechts zwei drei, und Zucht war da und Ordnung und Disziplin, und links zwei drei und des Jubels, zwei drei, der Erschütterung, zwei drei, und des Stolzes unter den dichtgedrängten Massen war kein Ende, »Die Fahne hoch, die Reihen

fest geschlossen...«, und gar manches Auge wurde feucht, zwei drei...
Auch Martin Landaus Auge, gewiß. Wer das nicht miterlebt hatte, sollte
schweigen, der konnte das nie verstehen, also durfte er auch nicht darüber
lästern. Nein, das konnte keiner nachempfinden, der nicht dabeigewesen
war, und auch nicht, daß man danach natürlich, halb hingerissen, halb
erschrocken vor so viel Macht und neuer Gewalt, eilends in die Partei eintrat, besten Glaubens, denn immerhin: Plötzlich gab es wieder Stärke,
Führung, Nationalstolz! Keine Bettler mehr auf den Straßen! Keinen
Hunger mehr unter dem Proletariat! Es gab kein Proletariat mehr! Nur
noch Volksgenossen!
Wenn einer Martin Landau damals gesagt hätte, was gleich danach geschehen sollte – er hätte nur gelacht. Und war doch einer der Dümmsten
nicht, war einer, der an das Edle und Gute glaubte, an den Beginn einer
neuen Zeit. Immerhin!
Oh, und dann der erste Schock, der erste grauenvolle Augenblick des Ent-
setzens, da er feststellen mußte, daß sein guter alter Freund Paul Steinfeld
zu Recht und eben noch zur rechten Zeit geflüchtet war. Als fünf Tage
nach Pauls Abfahrt der weltbekannte Kulturhistoriker Egon Friedell – er
hatte zu allem andern auch noch gleichfalls in der Gentzgasse gelebt, unweit den Steinfelds – aus dem Fenster in den Tod sprang, nachdem SA-
Leute sein Haus betreten hatten! Und der nächste Schock, der sogleich
folgte, als Martin Landau sah, wie alte Juden Straßen mit Lauge säubern
mußten, begafft und verhöhnt von Kindern, Bürgern, Wienern mit dem
bekannten goldenen Herzen, bespien, an Bart und Haaren gezerrt, getreten von SA-Leuten.
Du mein Gott!
Er hatte geweint, tagelang mußte er unvermittelt immer wieder in Tränen
ausbrechen danach, und Valerie und Tilly brachten es selbst gemeinsam
nicht fertig, ihn zu beruhigen. Nein, nein, das war zu entsetzlich. Und
es wurde noch entsetzlicher. Menschen verschwanden zu Tausenden in
Kerkern, in Lagern; es kam der Überfall Hitlers auf die Tschechoslowakei,
der Überfall auf Polen; es kam der Krieg. Und was mit den Juden weiter
geschah...
Aber was konnte man tun?
Wieder austreten aus der Partei?
Landau erschrak halb zu Tode, wenn er nur an die Konsequenzen dieser
Möglichkeit dachte. Austreten und sich selber einsperren, quälen, um-
bringen lassen? Das sollte ihm erst einer vormachen!
Und weiter ging der Alptraum, immer weiter.
Die Bücher, die verboten wurden!
Der Gelbe Stern!
Und die Tafeln beim Eingang von Cafés und Restaurants:

Und dann die ersten Berichte von Soldaten auf Heimaturlaub, geflüstert weitergegeben – über Massen-Geiselerschießungen, über Deportationen, über ›Vergasungen‹ und den Mord an Hunderttausenden in Konzentrationslagern, Konzentrationslagern, Konzentrationslagern, überall schien es nun Konzentrationslager zu geben, und was darin geschah, mußte grauenvoll sein!

Nein, er war schon lange kein Nationalsozialist mehr, der arme Martin Landau. Er half, in beständiger Furcht, wo er nur konnte. Daß er Valerie sofort, ganz am Anfang bereits, geholfen und sie angestellt hatte, das war selbstverständlich gewesen. Dagegen hatte nicht einmal Tilly etwas einzuwenden gehabt. 1921 schon war er Valerie begegnet – achtzehnjährig. Er hatte sich damals sehr für Kunstgeschichte interessiert, genau wie Valerie, die an Kursen der Volkshochschule teilnahm. Bei seinen häufigen Besuchen der Albertina, jenes Museums nahe der Oper, das eine weltberühmte Sammlung von Handzeichnungen und Graphiken enthält, war er Valerie immer wieder begegnet und hatte sich mit ihr befreundet, auf sehr scheue, gehemmte Art, die einzige, in der Martin Landau sich mit anderen Menschen befreunden konnte. Dann hatte Valerie Paul Steinfeld geheiratet, der damals politischer Redakteur einer großen Zeitung war. Zum Rundfunk kam er erst 1930. Valerie hatte die Männer miteinander bekannt gemacht, sie waren nun sehr häufig zusammengetroffen in der Wohnung der Steinfelds – es war noch nicht jene in der Gentzgasse –, Martin hatte die Geburt des Sohnes erlebt, seine Freundschaft war inniger und inniger geworden mit den Jahren.

Selbstverständlich, daß er da half, als die Not kam, 1938. Selbstverständlich, daß er auch – zitternd – anderen Menschen, Verfolgten, später half, wenn Valerie ihn darum bat, ihnen beizustehen. Immer mehr quälte Landau sich mit Selbstvorwürfen, immer nervöser, zerfahrener wurde er. Und ein richtiges Wrack war er, als dann Nora Hill erschien.

Ihr Besuch hatte ihn entsetzlich erschreckt. Noch mehr erschreckte ihn, was Valerie berichtete, nachdem sie aus der Stephanskirche und von dem Gespräch, das sie dort mit Nora Hill geführt hatte, zurückkehrte. Er atmete auf, als Valerie sagte: »Das tue ich nicht. Einen solchen Wahnsinnsprozeß führe ich nicht. *Niemals!*«

Niemals, Gott sei Dank.

Nichts sehen, nichts hören, nichts sagen – so zu leben bemühte sich Martin Landau nun, und darum duldete er auch nie, daß Valerie ihm erzählte, was sie im Radio erfahren hatte. Richtig tobsüchtig wurde er, als sie es einmal versuchte.

»Nein! Nein! Nein!« rief er da, mit sich überschlagender Stimme. »Ich

will es nicht hören! Immerhin schlimm genug, was alles passiert...«
Ganz und gar unlogisch war, was er da schrie, er wußte es, und darum
schrie er um so lauter: »Wie viele Verbrechen geschehen, wie grauenhaft
ist dieser Krieg! Wem wird man die Schuld geben zuletzt? Uns! Uns, die
wir niemandem etwas Böses getan haben, Valerie, mir... Millionen kleinen Leuten hier in der Heimat, und den armen Hunden, die an der Front
stehen und kämpfen! Kämpfen müssen gegen einen unerbittlichen Feind!
Wie viele fallen! Die Besten! Die Jüngsten! Für diesen Wahnsinn, ja,
Wahnsinn sage ich! Aber immerhin, das kann heute jeder sagen! Damals,
als es begann, da konnte es noch keiner erkennen...«
Da war ein großes Mitleid über Valerie gekommen, und sie hatte gesagt:
»Verzeih. Ich werde dir nie mehr etwas erzählen.«
Und sie versuchte es nie mehr...
»...ist damit zu Ende. Wir kommen wieder mit der zwölften Sendung
dieses Tages in deutscher Sprache um zwanzig Uhr auf den Langwellen
1600 und 1800 Meter, auf Mittelwelle im 285-, 340-, 398-, 415- und
450-Meterband, und auf Kurzwelle im 18-, 20-, 24-, 28-...«
Das Telefon rasselte.
Valerie fuhr zusammen. Während sie sich die Decke vom Kopf riß und
auf das alte Sofa warf, schaltete sie den Apparat ab.
Wieder klingelte der schwarze Metallkasten mit seiner verrosteten Gabel,
in der waagerecht ein schwerer altmodischer Hörer mit verrostetem
Sprechtrichter hing. Valerie meldete sich: »Buchhandlung Landau.«
Im nächsten Augenblick wurde sie von einer Wortflut ihres Sohnes über-
schwemmt: »Ich habe zu Haus angerufen, Mami, aber die Agnes hat gesagt, du bist noch nicht da... Es ist etwas Schreckliches passiert, es tut
mir so leid... Erwischt hat er uns... Sei nicht böse, bitte, sei nicht
böse...«
Valerie – sie trug einen Verkäuferinnenmantel aus schwarzem Glanzstoff
– ließ sich in den alten Sessel vor dem vollgeräumten Schreibtisch sinken.
»Stopp! Noch einmal, Heinz. Aber langsam und der Reihe nach.«
Er berichtete mit bebender Stimme, was vorgefallen war – halbwegs verständlich und chronologisch. Und schloß mit einem Schluchzen: »...da
haben wir uns dann nicht mehr nach Hause getraut!«
Valerie stützte den Kopf in eine Hand. Ich wußte es, dachte sie. Ich habe
es kommen sehen. Einmal passiert etwas. Immer habe ich es gefürchtet.
Nun ist es passiert.
»Das war ja ein Wahnsinn von euch! Ausgerechnet in der Hütte hinter
dem Turnplatz. Wo ich euch hundertmal gebeten habe, vorsichtig zu sein.
Ein Wahnsinn!«
»Ja, ja, ich weiß... aber wir haben uns immer da getroffen...«
»Allmächtiger!«

»...und nie ist etwas passiert! Es war dieser Roman Barry, du weißt schon. Der ist mir nach und hat dann den Direktor verständigt... Was wird der jetzt machen, Mami? Ich bin doch ein Halbjud!«

Sie zuckte zusammen wie unter einem Schlag. Aber sie schaffte es, daß ihre Stimme fest und ruhig klang: »Hör jetzt damit auf. Wirst du tun, was ich dir sage?«

»Ja, Mami, deshalb rufe ich ja an... Wir müssen etwas tun... Wir können nicht immer weiter durch Wien laufen... Der Bianca ist schon ganz schlecht... Und die Agnes hat gesagt, Biancas Mutter hat angerufen und gefragt, ob sie mit mir zusammen ist...«

»Ich werde sie anrufen, gleich. Und ihr alles erklären... vorsichtig, damit sie sich nicht zu sehr aufregt... Ich bringe das schon in Ordnung.«

»Ja, Mami? Ja? Glaubst du, du kannst das?«

»Wir reden darüber. Aber ihr müßt jetzt nach Hause, so schnell wie möglich. Weg von den Straßen. Bianca fährt heim, du fährst heim – jeder allein! Versprichst du mir das?«

»Ja... ja... aber...«

»Kein Aber. Zuerst heimfahren. Ich bin hier schon fertig und komme. Also beeile dich gefälligst!«

Martin Landau, bleich und verstört – er hatte das Telefon läuten gehört und danach Valeries Stimme –, trat fast lautlos in das Teekammerl. Valerie sah zu ihm auf und bemerkte seinen entsetzten Blick. Sie lächelte ihm tapfer zu. Aber das half nichts bei ihm.

»Heinz?« flüsterte er.

Sie nickte, während sie in den Hörer sagte: »Überlaßt alles mir, ich werde schon einen Weg finden.«

Martin Landau war zu dem Radioapparat gestürzt. Er stellte ihn schleunigst wieder auf die Wellenlänge des Reichssenders Wien ein.

»Also Schluß jetzt«, sagte Valerie und legte den Hörer in die fleckige Gabel.

Landau knurrte: »Wieder auf London gelassen! Wie oft soll ich dir noch sagen...«

»Ich hätte das schon verdreht!«

»Vergessen hättest du es!« rief er plötzlich mit dünner Stimme. »Weißt du, was uns blüht, *uns beiden*, wenn man uns je dabei erwischt? Weißt du...«

Valerie schrie ihn an: »Halt den Mund! Kannst du denn immer nur an dich denken, du Feigling?«

Er ließ sich vor Schreck und Verblüffung auf das alte Sofa fallen, dessen Spiralfedern laut krachten, und starrte Valerie mit offenem Mund an.

Sie strich ihm über das glanzlose Haar. »Entschuldige, bitte. Ich weiß nicht, was ich tue. Etwas mit Heinz ist passiert...«

15

»Sie berichtete mir die ganze Geschichte, und sie wurde ruhiger, während sie sprach«, sagte Martin Landau.

Es war 15 Uhr 35, und der Buchhändler saß, Manuel gegenüber, in einem Sessel des Salons. Zwischen ihnen stand ein fahrbarer Tisch, auf dem ein Ober zwei große Kannen Tee und eine kleine Platte Petits fours serviert hatte. Die Sonne schien noch immer an diesem 17. Januar 1969, schräg fielen ihre Strahlen auf eine honiggelbe Tapete, auf den honiggelben Velours und eine Chinabrücke, die bunt aufleuchtete. Aus der Tiefe drang gedämpft der Lärm des Verkehrs auf der Ringstraße durch die geschlossenen Fenster.

Landau war auf die Minute pünktlich gewesen. Manuel hatte eben (von einer Telefonzelle aus, wie ihm eingeschärft worden war) seinen verabredeten täglichen Anruf bei dem Anwalt Dr. Stein absolviert und sich solcherart als unversehrt gemeldet.

»Also doch keine Grippe, lieber Doktor...« (›Grippe‹ war das Erkennungswort für diesen Tag, das vierte Wort, das Manuel sprach.)

Sie hatten kurz geplaudert. Dann hatte sich der Anwalt verabschiedet. Das siebente Wort in seinem ersten Satz – das Kennwort für morgen – war ›Wochenende‹ gewesen.

Kaum hatte Manuel sein Appartement wieder erreicht, da meldete man ihm Landaus Eintreffen.

»Er möchte doch bitte heraufkommen...« Manuel war dem Buchhändler bis zum Lift entgegengegangen. Landau, schief die Schulter, schief der Kopf wie stets, entschuldigend lächelnd wie stets, hatte einen pelzgefütterten Mantel und einen seltsam altmodischen Hut getragen. Er war zunächst noch in Panik gewesen.

»Sie haben mich erpreßt! Das wissen Sie doch immerhin, nicht wahr? Sie sagten, wenn ich nicht komme, ziehen Sie mich in diese Spionagegeschichte hinein!«

»Das habe ich nicht gesagt. Woher wissen Sie überhaupt, daß es eine Spionagegeschichte ist?«

»Meinen Sie, ich habe grundlos solche Angst? Es *ist* eine Spionagegeschichte, davon sind wir überzeugt, Tilly und ich! Wer weiß, was für ein Doppelleben Valerie geführt hat. Darum wollten wir uns ja auf jeden Fall heraushalten...«

»Das ist jetzt leider nicht mehr möglich, Herr Landau. Nun müssen Sie schon vernünftig sein und tun, was ich will.«

»Ich bin ja hier! Aber das ist eine lange Geschichte. Heute kann ich Ihnen bestimmt nicht alles...«

»Sie kommen wieder. Hier sind Sie sicher. Hier werden wir uns unterhalten – bis ich alles weiß.«

»Wenn Tilly je erfährt...«

»Sie erfährt nichts, sofern Sie vernünftig sind. Was wollen Sie trinken?«

»Trinken?«

»Tee? Kaffee? Schokolade?«

»Oh. Ach so. Tee bitte.«

Nachdem der Tee gekommen war, hatte Landau sich etwas beruhigt und zu erzählen begonnen – über jenen Abend des 21. Oktober 1942, und über sich, hauptsächlich noch über sich. Er empfand das Bedürfnis, seine Haltung, sein Wesen und seine Reaktionen zu rechtfertigen, nicht als ein wirklicher Lump, als ein wirklicher Feigling dazustehen. Was er berichtete, beeindruckte Manuel. Landau wurde ihm plötzlich sympathischer. Ein Mensch. Ein armer, irrender, im Grunde anständiger Mensch. Jedenfalls sah es so aus...

»Wie spät ist es?«

»3 Uhr 37. Sie haben alle Zeit von der Welt. Nehmen Sie noch Petits fours...«

In seinem Büro stand der Graf Romath vor Adolph Menzels ›Maskensouper‹. Er hatte die Tür versperrt, danach das Leistenstückchen des Rahmens herabgedrückt und sprach nun in den Miniatursender, dessen Antenne herausgezogen war.

»Landau erzählt, was diese Steinfeld im Krieg erlebt hat – mit ihrem Sohn«, erklärte er gerade in englischer Sprache. Auf dem Schreibtisch, neben der Vase mit den Inka-Lilien und ihren gelblich-braunen Blüten, die goldgelb gefleckt waren, stand ein ganz kleiner schwarzer Lautsprecher, den man sofort in einer Anzugtasche verschwinden lassen konnte. Sein kurzes Kabel war durch eine Buchse mit dem großen Telefonapparat verbunden. Ein hochempfindliches Mikrophon in Manuels Salon befand sich über der oberen Leiste zum Schlafzimmer. Da hatte es ein Hauselektriker, der, wie Romath, für die Amerikaner arbeitete, schon am Tage vor der Ankunft von Manuels Vater installiert, ebenso den kleinen Lautsprecheranschluß im Büro des Grafen. Die Verbindung lief über einen Telefondraht. Niemand wußte davon – außer den Eingeweihten.

Eingeweiht in derlei schien auch der Hofrat Groll zu sein. Er hatte Manuel, als sie im Billardzimmer des Cafés ›Ritz‹ die Dokumente aus dem schwarzen Köfferchen nahmen, gesagt: »Sicherlich gibt es Abhöranlagen in Ihrem Appartement. Und sicherlich hat der Graf den Auftrag, Sie weiter schärfstens zu überwachen. Wenn Sie sich also oben mit jemandem unterhalten, denken Sie daran, daß der Direktor – oder jemand anderer – mithört. Dagegen läßt sich kaum etwas machen. Im ›Ritz‹ steht der Graf den Amerikanern und Russen zu Diensten – also der weitaus stärkeren Partei, die mit Ihrem Vater offensichtlich ins Geschäft gekommen ist. Ich rate Ihnen, zu bleiben. Nach dem Plan, der mir vorschwebt, wird Ihnen nichts zustoßen.«

Der Graf Romath hatte schon viele Gespräche abgehört, die im Salon des Appartements 432 geführt worden waren – Gespräche von Manuels Vater. Nun hörte er ein Gespräch des Sohnes ab...

»Okay, Able Peter«, erklang eine Stimme aus dem kleinen Sender. »Machen Sie weiter!« Die Stimme gehörte einem Mann, der seinen Wagen 1000 Meter vom Büro entfernt in einer Nebenstraße geparkt hatte.

»Aber das ist doch uninteressant...«

»Sie haben Ihren Auftrag – und Sie werden ihn erfüllen, verstanden?« Die Stimme klang scharf. »Oder haben Sie genug? Wollen Sie nicht mehr? Sagen Sie nur ein Wort, Able Peter...«

»Hören Sie auf, Sunset! Ihr habt mich in der Hand, das weiß ich.«

»Melden Sie sich wieder, wenn Landau gegangen ist oder wenn Sie etwas Wichtiges hören. Wir sind immer hier. Over.«

»Over«, sagte der Graf, drückte die Antenne in den Sender zurück und versteckte ihn wieder in dem Bilderrahmen. Er schloß die Tür auf und setzte sich an den Schreibtisch. Sein Gesicht war weiß wie sein Haar, und seine Lippen zitterten. Soll das ewig so weitergehen, dachte er verzweifelt, werden die mich nie mehr in Frieden lassen? Niemals mehr? Das halte ich nicht aus. Das kann ich nicht. Das will ich nicht. Ich will aber auch nicht ins Zuchthaus. Also was tue ich? Also schalte ich das Mikrophon wieder ein...

Er tat es, und es erklang Landaus Stimme. »...Valerie war gefaßt, jedenfalls hatte ich da noch den Eindruck. Außerordentlich gefaßt, wenn Sie bedenken, wie groß immerhin stets ihre Angst um den Jungen war. Sie rief Biancas Eltern an. Der Vater machte ihr eine schreckliche Szene. Tobte herum, beschimpfte sie! Valerie behielt die Fassung – es war kaum zu glauben. Immerhin hatten wir dann aber einen kleinen Streit...«

Die Stimme Manuel Arandas: »Streit?«

16

»Ich möchte, daß du mit mir fährst«, sagte Valerie Steinfeld.

»Aber warum?«

»Ich muß mit Heinz reden, er ist furchtbar aufgeregt. Dich hat er gern, du bist der Onkel Martin für ihn, der immer nett zu ihm war.«

»Na und?« rief Landau gereizt. »Was hat das damit zu tun?«

»Heinz wird sich leichter beruhigen, wenn du da bist und er seine Aggressionen nicht so direkt an mir abreagieren kann.«

»An dir?«

»Natürlich! Wer hat seinen Vater geheiratet?«

»Jetzt ist es fast acht Uhr. Wenn ich mit dir gehe, komme ich immerhin vor zehn nicht nach Hause. Und Tilly wird inzwischen verrückt vor Sorge!«

»Die rufst du natürlich an, jetzt gleich.«

»Nein, bitte, Valerie, laß mich da heraus! Laß mich heimgehen. Ich wüßte überhaupt nicht, was ich Heinz sagen soll. Du machst das viel besser allein. Ich...« Er holte erschrocken Luft. »Was tust du da?«

»Ich wähle eure Telefonnummer.«

»Nein!« Er sprang vor, schlug die Gabel hinunter und hielt sie fest. »Nein! Nein! Ich will nach Hause! Valerie, so laß mich doch nach Hause gehen!«

Sie stritten ein kurze Weile, dann sagte Landau erbittert: »Also gut, ich komme mit. Ich will es nicht. Das weißt du. Aber du bestehst immerhin darauf. Weil du auch weißt, daß ich dir nichts abschlagen kann.«

»Ja.« Valerie lächelte. »Natürlich darum.«

»Eine Gemeinheit ist das«, rief er betrübt. »Du nützt das aus, meine Schwäche.«

»Natürlich«, sagte Valerie wiederum. »Und nun ruf deine Schwester an.«

Er rief an. Er erklärte Ottilie, die ihn dauernd mit Fragen unterbrach, bis er vor Ärger und Aufregung stotterte, er werde später kommen und warum. Ottilie sprach so laut, daß Valerie ihre Stimme verstehen konnte: »Das paßt mir aber gar nicht, Martin! Überhaupt nicht paßt mir das!«

»Glaubst du, ich bin entzückt? Aber sie ist immerhin ein so alte Freundin von uns...«, sagte Landau, und zu Valerie gewandt, eine Hand über dem Sprechrohr, anklagend: »Da hörst du es!«

»Alte Freundin, bah! Heinz ist ihr Sohn, und wenn er etwas ausgefressen hat, dann ist das seine und ihre Sache!«

»So lang kennen wir uns«, stöhnte er kläglich.

Tillys Stimme wurde milder: »Also, meinetwegen geh mit Valerie. Aber du sagst nichts, du tust nichts, was dich in diese Sache hineinzieht, verstanden?«

»Freilich, Tilly, Freilich...«

»Du hältst dich da raus! Den Buben beruhigen, das ist das Äußerste! Sag Valerie, wenn sie es sich nicht mit mir verderben will, dann läßt sie dich sofort danach gehen und kümmert sich um ihre eigenen Angelegenheiten!«

»Sie hat es schon gehört, du schreist so.«

»Dann ist es ja gut. Und um halb zehn bist du hier. *Spätestens!*«

»Ja, Tilly, halb zehn. Servus.« Er legte den Hörer hin, stand bebend da und äußerte, Schulter hochgezogen, Kopf schief gelegt, mit aller Empörung, die er besaß, in der Stimme: »Zum Kotzen ist das!«

»Was?«

»Alles!« schrie der kleine, sanfte Mann auf. »Ihr seid mir alle zum Kotzen! Meine Schwester und du und dein Balg und diese ganze verfluchte Welt!«

»Natürlich, Martin«, sagte Valerie. »Und jetzt komm, zieh schön deinen Mantel an.«

17

»Hätte sie sich nicht überlegen können, wen sie heiratet? Hätte sie sich nicht überlegen können, mit wem sie ein Kind macht?«

»Heinzi! Heinzi! So darfst du nicht von deiner Mutter reden!«

»Darf ich nicht? So! Wer kann denn jetzt ausbaden, was sie angerichtet hat? Ich hab mir meinen Vater nicht aussuchen können! Ich laufe jetzt nur als Untermensch herum seinetwegen!«

»Heinzi! Das ist... ein Sünde ist das, wie du sprichst! Dein guter Vater! Der liebe gnädige Herr! Der beste Mensch von der Welt ist das immer gewesen...«

»Ach was! Ein verfluchter Jud ist er!«

»Halt den Mund, ja? Aber schnell! Ich hab deinen Vater schon gekannt, da warst du noch gar nicht geboren! Und ich sag dir, er ist ein wunderbarer Mann!«

Die lauten Stimmen waren bis in das stille Stiegenhaus zu hören, als Valerie mit Martin Landau aus dem alten, baufälligen Lift trat und ihre Wohnungstür aufschloß.

»Schön, sehr schön«, murmelte Landau, erbleichend.

»Das werden wir gleich haben«, sagte Valerie aufgebracht. Sie hängten ihre Mäntel schnell in der Garderobe auf und betraten dann das große Wohnzimmer, in dem Heinz mit Agnes Peintinger stritt.

Die Agnes, seit zwanzig Jahren Haushälterin bei Valerie, war eine kleine, resolute Frau von vierundvierzig Jahren. Sie stammte aus dem Mühlviertel. Als junges Mädchen war sie nach Wien gekommen und gleich zu den Steinfelds. Bei ihnen war sie geblieben, hatte ihnen die Treue gehalten in guten und nun in bösen Zeiten. Für Paul Steinfeld empfand sie herzliche Bewunderung. Die kleine Frau, die da in einem Hauskleid, eine Küchenschürze darüber, den zornroten Heinz anschrie, hatte ein Bäuerinnengesicht mit Entennase, breitem Mund und kleinen Augen, eine ungewöhnlich hohe Stirn und dunkles Haar, das schon grau wurde und im Nacken zu einem Knoten gefaßt war. Rauhe, rotgearbeitete Hände von erstaunlicher Größe hatte die Agnes und sehr kleine Füße. Trotz ihrer zierlichen Gestalt war sie außerordentlich kräftig und unermüdlich.

Ein ängstlich gehütetes Geheimnis umgab ihr Privatleben. Nie sprach sie offen über ein gewiß schreckliches Erlebnis, das sie, ein Mädchen noch, gehabt haben mußte, nur manchmal kam es zu Andeutungen. In all den vielen Jahren, die Valerie sie kannte, hatte die Agnes nie einen Freund gehabt, nie heiraten wollen. Sie war nun schon eine ältliche Jungfer geworden – mit einem Mann in der fernen Vergangenheit, der ihr, so ergaben jene gelegentlichen Andeutungen, Schlimmes angetan hatte. War sie vergewaltigt worden? Hatte sie ein Bauernjunge, ein Knecht, ein Großbauer zu seiner Geliebten gemacht und dann davongejagt, betrogen, im Stich gelassen?

Der Dorfpfarrer ihres Geburtsortes Leonfelden – das jedenfalls schien festzustehen – hatte die Agnes in der Zeit ihrer offenbar einzigen und so unglücklichen Liebesaffäre getröstet, ihr Mut zugesprochen, über das Schwerste hinweggeholfen, denn von Hochwürden Ignaz Pankrater sprach die kleine Frau immer wieder, er besaß ihr ganzes Vertrauen, ihr ganzes Herz.

Lange Jahre nach der Agnes und auf Umwegen, die sein vorgeschriebener Berufsweg diktiert hatte, war auch Ignaz Pankrater in Wien eingetroffen, um eine kleine Kirche im XVI. Bezirk – Ottakring, einer tristen Proletariergegend, in der nur arme Leute lebten – zu betreuen. Die Agnes war unendlich glücklich gewesen über sein Erscheinen, und ohne Zögern hatte sie die Kirche nahe der Gentzgasse verlassen. Regelmäßig besuchte sie seither Hochwürden Pankrater in seinem bescheidenen Gotteshaus, betete dort, beichtete dort, besuchte den Pfarrer privat und erzählte ihm von ihren Nöten, Befürchtungen und Sorgen. Und der nun schon neunundvierzigjährige ehemalige Landpfarrer, den es in die Stadt verschlagen hatte, spendete Rat und Trost, immer wieder ...

Valerie und Martin Landau standen jetzt im Wohnzimmer. Heinz starrte sie böse an. Die Anges rang ihre abgearbeiteten Hände.

»Daß Sie endlich da sind, gnä' Frau! Es ist schrecklich, ganz schrecklich, was der Heinzi alles sagt! Ich muß mich so aufregen, ich ...«

»Schon gut, Agnes. Hör mal, Heinz, hast du den Verstand verloren? Draußen im Stiegenhaus kann man dich hören!«

»Soll man doch! Soll man doch! Das ist mir scheißegal! Tag, Onkel Martin.«

»Du, wenn du nach allem, was du angestellt hast, jetzt auch noch frech bist, kannst du etwas erleben!« rief Valerie.

»Ja? Was denn? Was denn? Was kann ich denn noch erleben?« schrie Heinz. »Was denn noch?«

»Du sollst nicht so schreien«, sagte Valerie und zwang sich, es ruhig zu sagen. Sie dachte: Mein Gott, der arme Junge, was muß in ihm vorgehen, und sagte: »Jetzt wollen wir in Ruhe über alles reden. Onkel Martin ist eigens mitgekommen, um uns überlegen zu helfen, was wir am besten tun können.«

Heinz schrie in einem Paroxysmus von Wut und Verzweiflung: »Ich bin ein dreckiger Halbjud! Da kann man nichts tun! Da kann man überhaupt nichts tun! Da muß man das Maul halten und kuschen und warten, was die anderen tun! Sie werden schon was tun, die anderen! Mein feiner Vater . . .«

»Hör sofort damit auf!« rief Martin Landau unglücklich.

»Du hast wohl vergessen, wer an all dem wirklich schuld ist, was passiert ist!« sagte Valerie, nähertretend.

»Einen Dreck habe ich das vergessen!« schrie der Junge außer sich. »Ich denke an nichts anderes! Dein Mann, mein Vater, dieser Scheißjud ist schuld an allem!«

Im nächsten Moment schlug Valerie ihm ins Gesicht, so fest sie konnte. Er taumelte zurück. Rot brannte der Abdruck ihrer Hand auf seiner Wange. Aber er weinte nicht.

Keuchend standen Mutter und Sohn sich gegenüber.

»Herr Jesus im Himmel, was bist du bloß für ein Bub«, klagte die Agnes. »Wie kann ein Mensch nur so böse sein . . . so schrecklich böse! Deine arme Mutter . . . denkst du nicht auch an die? Was die für Kummer und Sorgen hat? Das ist dir gleich!«

Martin Landau, im Hintergrund, begann: »Also wirklich, Heinz, das ging immerhin zu weit! Du wirst dich sofort entschuldigen!«

Es klingelte.

Nun erstarrten sie alle, es war, als hätte man ein laufendes Filmband plötzlich angehalten.

Es klingelte wieder, ungeduldig, mehrmals.

»Ich gehe schon«, sagte Valerie. Die anderen blieben zurück, ohne sich anzusehen, ohne ein Wort zu sprechen. Von draußen klangen undeutlich Valeries Stimme und die eines Mannes herein.

Martin Landau dachte verzweifelt: Polizei. Bonzen. Gestapo. Aus. Alles aus. Und ich hier, mitten drin, mitten drin, o du mein Gott.

Die Wohnungstür fiel zu. Valeries Schritte kamen näher, sie betrat das Zimmer, ein Kuvert in der Hand.

»Expreßbrief«, sagte sie, während sie den Umschlag aufriß und einen Bogen Papier entfaltete. Er trug in der linken oberen Ecke den Namen und die Adresse der Chemie-Staatsschule, weiter unten und rechts das Datum, 21. Oktober 1942, und der Brieftext begann ohne Anrede. Valerie überflog ihn. Sie lehnte sich gegen die Tür.

»Was ist, gnä' Frau?« rief die Agnes.

»Wer schreibt da?« fragte Martin Landau, leise und unglücklich.

Klanglos las Valerie: »›Ich teile Ihnen mit, daß Ihr Sohn, der jüdische

Mischling Ersten Grades, Heinz Steinfeld, wegen schwerer sittlicher Verfehlungen sowie wegen Zersetzung des nationalsozialistischen Gemeinschaftsgeistes durch mich mit sofortiger Wirkung vom Unterricht suspendiert worden ist. Ich habe den Fall bereits zur Kenntnis des Herrn Gauleiters und Reichsstatthalters für Wien gebracht, der die entsprechenden Schritte gegen Ihren Sohn anordnen wird. Professor Doktor Karl Friedjung, Direktor.‹«

Nachdem Valerie das letzte Wort gelesen hatte, war es wieder totenstill im Raum. Niemand regte sich. Niemand sah den andern an. Die Agnes bewegte fast unmerklich die Lippen. Die Agnes betete.

18

Valerie ging, den Brief in der Hand langsam durch das Zimmer zu einem Fenster. Sie wandte allen den Rücken, während sie abwesend den Vorhang berührte. Hinter diesem war eine schwarze Papierrolle herabgelassen – die Verdunkelungsvorrichtung, wie an allen Fenstern der Stadt. Verdunkelt wegen feindlicher Flugzeuge war ganz Wien, war ganz Deutschland. Valerie hob die schwarze Papierrolle seitlich etwas an. Im Hof war es so finster, daß sie nicht einmal die nächsten Äste der drei großen, alten Kastanienbäume erblicken konnte. Dennoch starrte sie in diese Finsternis, mindestens eine Minute lang. Hinter ihr blieb es still, absolut still. Tief Atem holte Valerie, bevor sie sich umdrehte und mit fester Stimme sagte: »Nun gut, wenn es also keinen anderen Weg gibt! Du brauchst keine Angst zu haben, Heinz. Gar keine.« Sie mußte schlucken, bevor sie weitersprechen konnte. »Es wird nichts geschehen, überhaupt nichts.«

»Aber der Friedjung schreibt doch, daß er schon den Schirach verständigt hat!« Jetzt schrie Heinz nicht mehr. Jetzt saß er, klein, angsterfüllt und bleich, auf einer Truhe.

Valerie mußte wieder schlucken, sie mußte es nun dauernd.

»Schirach wird nichts unternehmen. Denn du bist kein Mischling.«

»Was?« flüsterte Heinz. »Was bin ich nicht?«

»Du bist kein jüdischer Mischling Ersten Grades.« Jedes Wort bereitete Valerie Mühe. Sie stemmte die Hände hinter sich auf das Fensterbrett, um Halt zu haben. Nun ist es soweit, daß ich es tun muß, dachte sie. Ja, nun muß ich es tun, und schnell.

»Aber wenn mein Vater doch Jude ist...«

»Der Mann, mit dem ich verheiratet bin, ist Jude«, sagte Valerie Steinfeld langsam, leicht würgend, mit jedem Wort ringend, »aber dieser Mann ist nicht dein Vater.«

»Jesus, Maria und Josef!« rief die Agnes.

Martin Landau ballte in ohnmächtigem Zorn die Fäuste. Sie hat mich überrumpelt, dachte er. Hereingelegt hat sie mich, betrogen! Das also schwebte ihr vor, als sie mich überredete, hierher zu kommen. Ist das eine Niedertracht, nein, ist das eine Gemeinheit!

Landau tat Valerie Unrecht: Sie hatte ihn nicht mit dieser Absicht herge-bracht, sie hatte wirklich nur gewünscht, einen Mann zur Seite zu haben, wenn sie mit ihrem Sohn sprach. Der Ausschlag, das zu tun, was sie nie tun wollte, war durch den Brief gekommen, diesen furchtbaren Brief des Direktors Friedjung.

Heinz hatte sich erhoben. Er starrte seine Mutter an. Er stotterte: »Nicht mein Vater... aber wieso... aber was heißt... aber das gibt es doch nicht!«

»Das gibt es«, sagte Valerie, und nun kam ihre Stimme plötzlich ruhig und ohne Mühe über die Lippen, flach jedoch, fremd und kalt, unmensch-lich fast, so wie ihr Gesicht plötzlich kalt, fremd und unmenschlich wirkte in seiner Starrheit. »Natürlich gibt es das, Heinz. Ich habe nie darüber gesprochen, weil es alles andere als angenehm für mich ist, darüber zu sprechen... Jetzt muß es sein. Ich habe meinen Mann betrogen.«

»Also immerhin...«, begann Landau erbittert.

»Sei still, Martin, ja?« Valerie sah ihn an. Er schwieg. Die Agnes bekreu-zigte sich. »Ich habe mich nie sehr gut mit meinem Mann verstanden. Ich habe ihn schon bald nach der Heirat mit einem andern betrogen. Dieser andere ist dein Vater, Heinz, nicht mein Mann. Und dieser andere ist Arier.« Valeries Worte kamen wie von einer Schallplatte. »Und darum bist du kein Mischling, darum bist auch du Arier, reiner Arier!« Nun mußte Valerie doch tief Luft holen, mühsam ging es, weh tat es in der Brust. »Und das werde ich jetzt öffentlich erklären. Vor Gericht. Du kannst dir denken, daß ich es vermeiden wollte, solange ich konnte. Aber nun tue ich es.«

Die drei Menschen vor ihr rührten sich nicht. Die Gesichter der Erwach-senen waren verstört oder verzerrt vor Schreck. In dem Gesicht des Jun-gen zuckte es. Er fragte atemlos: »Ist das auch wirklich wahr, Mami?«

»Das ist wirklich wahr, Heinz.«

»Aber... aber... aber wer ist dann mein Vater, mein wirklicher Vater?« Eine Sekunde verstrich, zwei Sekunden verstrichen, drei Sekunden ver-strichen. Heinz' Blick irrte hin und her.

»Wer, Mami, wer?«

»Kannst du es dir nicht denken?«

Der Junge stammelte: »Der... der Onkel Martin?«

Valerie nickte.

Heinz lief zu Landau. Er atmete schnell, in seinem Gesicht begann sich eine unendliche Glückseligkeit zu verbreiten.

»Wirklich? Wirklich, Onkel Martin?«

Das ist die größte Infamie, die man sich denken kann, dachte Landau. Er zitterte vor Wut und Schwäche, hin und her gerissen zwischen grenzenlosem Zorn, aber auch grenzenlosem Mitleid, als er diese feuchten, bittenden, fragenden Kinderaugen sah. Die allergrößte Infamie von der Welt! Wenigstens noch einmal reden mit mir hätte Valerie müssen vorher, mich fragen, ob ich auch einverstanden bin. Herrgott, was wird Tilly sagen, entsetzlich. Und wenn Valerie jetzt diesen Prozeß beginnt... Furchtbar, ganz furchtbar ist das! Warum muß mir das passieren? Womit habe ich so etwas verdient?

»*Onkel Martin, wirklich?*«

Und in dem Moment, da er wiederum die flehende Stimme des Jungen hörte, ging eine große Verwandlung mit dem ewig geduckten, verschreckten Martin Landau vor sich. Er reckte sich. Sein Gesicht wurde entschlossen und ernst. Seine Stimme klang fest und freundlich: »Ja, mein Junge, es ist wahr.«

»Lieber Gott im Himmel, steh uns bei!« murmelte die Agnes.

Plötzlich fühlte Landau sich von Heinz umarmt und auf beide Wangen geküßt. Er haßte es, wenn man ihn umarmte, er haßte es, wenn man ihn küßte, oh, was für eine Situation!

»Ich bin ja so froh!« rief Heinz. »So froh! Ich habe es gewußt! Immer, immer habe ich es gewußt!«

»Was?« fragte Martin Landau, zurückweichend, während Heinz ihn losließ.

»Daß da etwas nicht stimmen kann! Daß ich kein Halbjud sein kann! Daß ich ein Arier sein muß!« Heinz rannte zu Valerie. Er umarmte sie und küßte auch sie, viele Male. Dazu stammelte er: »Verzeih mir, Mami, bitte, verzeih mir, daß ich so geschrien hab... alles, was ich gesagt hab... Ich konnte doch nicht wissen... Oh, Mami, Mami, das ist der schönste Tag in meinem Leben! Ich danke dir, daß du es nun doch gesagt hast, daß du es jetzt vor Gericht sagen willst...«

Valerie war in Rage gekommen, ihr Atem ging schnell, die Worte überstürzten sich, es war, als wollte sie alles, was ihr das Herz zusammenpreßte, aussprechen, schnell, schnell, bevor sie es sich anders überlegte, auf daß ihre Handlung unwiderrufbar werde: »Und nicht nur dem Gericht werde ich es sagen, Heinz, auch diesem blödsinnigen Friedjung! Der soll sich wundern, der Idiot!«

»Der Idiot!« wiederholte Heinz, glücklich lachend. »Agnes, hörst du das alles, hörst du das? Ich bin kein Halbjud! Ich bin ein Arier! Und der Onkel Martin ist mein wirklicher Vater, nicht der Jude! Oh, Mami, Mami...«

Die Agnes betete leise.

»Das war also eine schlechte Ehe, die du geführt hast . . .«

Die Stimme Nora Hills klang in Valeries Ohren: »Ihr Mann hat geschrien, Sie sollen alles, alles, alles tun, um den Jungen zu schützen!«

»Eine schlechte Ehe, ja«, sagte Valerie.

»Ich habe es mir gedacht! Oft habe ich es gespürt. Nein, wirklich, Kinder spüren das! Und darum habe ich ihn ja auch nicht mögen, darum habe ich einen solchen Haß auf ihn, nicht? Weil er doch gar nicht mein Vater ist!«

Valerie hörte plötzlich geisterhaft ihre eigene Stimme: ». . . seinen Vater, den haßt er wie die Pest! Ist das nicht schrecklich?«

Und Nora Hills Stimme antwortete geisterhaft in Valeries Ohren: »Schrecklich? Wunderbar ist das!«

»Was hast du gesagt, Mami?«

Sie fuhr auf. Dicht, ganz dicht vor ihr waren Heinz' fragende Augen, sein befreites, seliges Gesicht.

»Ich . . . ich habe . . . Ja, das wird so sein, wie du sagst, Heinz. Natürlich, du hast ihn nie mögen, das hast du mir oft genug erzählt in den letzten Jahren . . .« In den letzten Jahren, dachte Valerie. Früher, da hatte er seinen Vater geliebt. »Das ist die Erklärung, freilich.«

»Und weiß er es?«

»Nein. Niemand hat es bis zu diesem Moment gewußt, nur Martin und ich.«

Heinz begann wieder zu lachen.

»Was hast du?«

»Er weiß es nicht!« Heinz lachte immer lauter. »Nie hat er es gewußt, der dumme Jud, und jetzt sitzt er in England und weiß nicht, daß ich es jetzt weiß! Gar nichts weiß er! Gar nichts! Ist das komisch! Ist das . . .« Er brach jäh ab. »Mir ist schlecht«, sagte er stammelnd. »Ich muß mich hinlegen . . .«

»Warte, ich bringe dich . . .«

»Nein, es geht schon! Ich hab dich lieb, Mami, so lieb!« Heinz stolperte von ihr fort zur Tür. Er kam an Landau vorbei. ». . . und dich, Onkel Martin . . .« Ein Schluchzen: ». . . *Vater!*« Er verschwand. Gleich darauf hörten die drei Zurückbleibenden die Tür seines Zimmers zufallen.

Valerie hielt den Blicken Landaus und der Agnes stand. Der schmächtige Buchhändler biß sich auf die Lippe, er sah aus, als wolle er jeden Moment in Tränen ausbrechen. Aber er schwieg. Nur die Fäuste hielt er wieder geballt.

Das Schweigen dauerte an.

»Agnes!« sagt Valerie schließlich.

»Ja, gnä' Frau?«

»Was haben Sie dazu zu sagen?«

240

Die Agnes zögerte. Dann sank ihre Stimme zu einem Flüstern herab.
»Das ist doch alles nicht wahr, gnä' Frau! Herr Landau, es ist nicht wahr,
gelt? Ich sag's immer, wie's ist, das wissen gnä' Frau. Und so sag ich jetzt:
Was die gnä' Frau da dem Heinz erzählt hat, das *kann* nicht wahr sein!
Die gnä' Frau und der gnä' Herr haben die beste Ehe von der Welt geführt,
ich weiß das, ich war doch dabei all die Jahr'! Nie werd ich das glauben!
Nie! Und es *ist* auch nicht wahr!«
»Nein«, antwortete Valerie, gleichfalls flüsternd, »nein, Agnes. Natürlich
ist es nicht wahr.«

19

Agnes Peintinger blinzelte. Sie schüttelte den Kopf. Sie kam näher. Sie
fragte leise: »Aber warum haben gnä' Frau es dann gesagt?«
»Ja«, rief Landau unbeherrscht, »wenn du immerhin...«
»Warte!«
Er verstummte unter Valeries Blick.
»Weil ich den Jungen retten will, Agnes, darum habe ich es gesagt. Weil
ich den Jungen retten *muß!*« Sie wies nach dem Brief, der auf einem Tisch
liegengeblieben war. »Schirach, der die geeigneten Schritte gegen meinen
Sohn anordnen wird!« Ihre Gestalt krümmte sich. Sie zeigte einen Mo-
ment lang die Zähne wie die Tiermutter, die um ihr Junges kämpft. »Habt
ihr das schon vergessen?«
»Ich...«, begann Martin Landau und wurde wieder unterbrochen.
»Dir danke ich, Martin. Sehr danke ich dir! Nie werde ich dir das vergessen.« Valerie sprach herzlich und sehr bewegt.
»Der arme Junge«, stammelte Martin verlegen. »Was soll man denn...«
»Ich muß diesen Prozeß jetzt führen, Agnes.« Valerie sprach schnell wei-
ter: »Nur so schütze ich Heinz vor den Nazis, diesen Mördern, nur so
bringe ich ihn noch durch! Glauben Sie, mir ist das eben leichtgefallen?
Und glauben Sie, mir wird das leichtfallen, was ich jetzt noch alles tun
und sagen muß? Aber es gibt keinen anderen Weg! Und mein Paul, Ihr
verehrter gnädiger Herr, der ist einverstanden mit dem, was ich mache!
Der will es sogar, schon lange will er es!«
»Woher wissen gnä' Frau das?« fragte die kleine Wirtschafterin sehr un-
ruhig.
»Ich habe Nachricht von ihm bekommen... aber nie darüber reden! Ich
werde es tun, und ihr zwei, ihr müßt mir dabei helfen!«
»Guter Gott«, murmelte Landau.
»Warum hast du denn gesagt, ja, du bist der richtige Vater?«
»Weil... wenn du schon... da gab es doch immerhin gar keine andere...

Herrgott, was hätte ich *denn* sagen sollen?« rief er.

»Unsinn! Du hast es gesagt, weil du ein guter Mensch bist. Und Sie, Agnes, Sie sind auch ein guter Mensch, das wissen wir alle. Sie werden mir helfen, nicht wahr?«

»Freilich, gnä' Frau, wenn gnä' Frau glauben, es muß sein, natürlich helfe ich, nur...« Die Agnes brach ab, seufzte und sah zu Boden.

»Nur was?«

Den Blick gesenkt, flüsterte die Agnes: »Wenn gnä' Frau einen Prozeß anfangen, werden die mich fragen vor Gericht?«

»Natürlich. Sie werden eine ganz wichtige Zeugin sein.«

»Und ich muß dann so antworten, daß es ausschaut, als ob die gnä' Frau wirklich den gnä' Herrn betrogen hat mit dem Herrn Landau?«

»Selbstverständlich! So müssen Sie antworten. Wir überlegen uns das alles, ich weiß auch schon einen Anwalt, zu dem gehe ich so bald wie möglich, und der wird mir sagen, was wir tun müssen, was wir sagen müssen. Keine Angst, Agnes, ganz genau werden Sie wissen, was die besten Antworten sind, noch bevor Sie gefragt werden. Warum schauen Sie immer auf den Boden?«

»Weil es nicht das ist«, flüsterte die Agnes.

»Was ist es denn?«

»Wenn ich das alles sag, dann sind das doch lauter Lügen!«

»Aber Sie belügen die Nazis, Agnes, Sie belügen diese gottlosen Schweine, um den Heinz zu retten. Das ist doch nicht richtiges Lügen. Das ist doch...«

Die Agnes hob langsam den Kopf, sie sagte sehr leise, sehr langsam und sehr ernst: »Ich bin nur ein dummer Trampel vom Land, gnä' Frau, aber das weiß ich: Es gibt nicht solche und solche Lügen vor dem Allmächtigen. Es gibt nur *die* Lüge!«

»Es gibt Notlügen!«

»Die werden mich doch alles beschwören lassen, gnä' Frau! Was war das? Die Tür vom Heinzi? Nein. Ich hör schon Gespenster. Die werden es mich doch beschwören lassen! Und *das* gibt es nicht, einen *Notmeineid!* Und ein Meineid ist eine Todsünde!«

»Agnes, seien Sie vernünftig! Es geht hier um ein Menschenleben! Und da wollen Sie mir nun doch nicht helfen?«

Die Agnes flüsterte betrübt: »Ich will! Ich will! Aber vorher muß ich mit meinem Geistlichen Herrn reden und ihm alles erzählen!«

Valerie flüsterte: »Also gut, gehen Sie zu Ihrem Pfarrer. Erzählen Sie ihm alles. Natürlich müssen Sie sich mit ihm aussprechen, wenn Sie allein nicht fertig werden mit dieser Sache.«

Die Agnes fuhr sich mit der Hand über die Augen. Leise sagte sie: »Sind das Zeiten, lieber Gott, sind das schreckliche Zeiten. Der Hitler, dieser

Hund! Und der gute gnädige Herr so weit weg...«

Mit einem Stöhnen wandte Martin Landau sich plötzlich ab.

»Was hast du?« fragte Valerie.

Er antwortete nicht.

»Martin, was ist?«

Stoßweise und schwer verständlich kamen seine Worte: »Und ich in der Partei... Und die Tilly... Ich... Jetzt trau *ich* mich nicht mehr nach Hause!«

20

Ottilie Landaus Stimme klang schrill vor Empörung: »Einmal läßt man dich aus den Augen, schon stellst du so etwas an! Was hast du dir dabei gedacht? In welch eine Geschichte willst du dich denn da einlassen? Martin, bist du noch normal?«

Fast eineinhalb Stunden hatten Martin Landau und Valerie Steinfeld benötigt, um die Gloriettegasse zu erreichen.

In der großen Diele der 1892 erbauten Villa, die immer noch in dem dunklen, massigen Stil der Vor-Jahrhundertwende eingerichtet war – genau, ganz genau wie zu Lebzeiten der Eltern –, hatte Valerie dann erzählt, weshalb sie so spät kamen. Tilly war elegant, aber nach einer Mode von vorgestern gekleidet. Sie hatte schwarzes, in der Mitte gescheiteltes Haar, ein schmales Gesicht, ausdrucksvolle dunkle Augen, eine etwas zu groß geratene, etwas zu spitze Nase und einen kleinen, sehr schmallippigen Mund. Heftiger und heftiger bewegt war sie unter dem großen Bild einer architektonisch getreuen Stadtansicht Wiens im Jahre 1758, vom Belvedere aus gesehen, hin und her geschritten.

Hatte schweigend gelauscht, die Tilly, war, nach Ende des Berichts, mit verschränkten Armen unter dem Gemälde stehengeblieben und erst nach einer kurzen Weile über ihren Bruder hergefallen, der beklommen und hilflos wie immer auf einem mit Leder überzogenen, hochlehnigen Stuhl hockte.

»...wenn Valerie sich mit den Nazis einlassen will – bitte, das ist ihre Sache! Es ist ihr Sohn. Sie muß wissen, was sie tut!«

»Ich weiß es auch«, rief Valerie erregt, weil Ottilie von ihr wie von einer nicht Anwesenden, in der dritten Person, sprach.

Tilly beachtete die Unterbrechung nicht.

»Aber ein Mann wie du? Ein Mann, der schon Angst hat, wenn es morgens um sieben läutet? Ja, kennst du denn überhaupt die Nazis wirklich, diese Saubande? Weißt du, was die mit dir machen?« Tilly lief wieder in der Diele auf und ab. »Ich bin wahrhaftig eine Anti-Nazi! Ich hasse dieses dreckige Pack! Aber«, fuhr sie fort, und ihre Stimme wurde plötzlich weich, »diesem Pack bist du doch nie gewachsen, nie im Leben, mein armer Martin! Wenn die dich bei einer einzigen Vernehmung scharf anfassen – und das werden sie, verlaß dich drauf! –, dann kippst du doch um, dann brichst du doch zusammen!«

»Ich werde nicht zusammenbrechen!« rief er trotzig und halbherzig, schrecklich halbherzig, die Schulter hochgezogen, den Kopf schief. »Ich muß Valerie jetzt helfen, das ist meine Pflicht! Sehr einfach, zu sagen, daß man die Nazis haßt – und nichts gegen die Nazis zu tun! Valerie ist immerhin unsere älteste Freundin, wir dürfen sie jetzt nicht im Stich lassen!« Er sah die älteste Freundin der Geschwister Landau an, als wollte er sagen: Da hast du es. Ich wußte ja, warum ich mich nicht nach Hause wagte.

»Valerie!« rief Tilly. »Valerie mit ihrem Wahnsinnsplan! Entschuldige, meine Liebe, aber niemals, hörst du, niemals kann das gutgehen, was du vorhast! Verbrecher sind die Nazis! Die größten Verbrecher der Geschichte! Mörder, Schweine, Schufte, Lumpen – aber eines sind sie nicht: *dumm!* Dumm sind die nicht! Und du, eine Frau allein, willst es mit dieser Brut aufnehmen?«

»Ja«, sagte Valerie.

»Dann wirst du Unglück bringen über dich und Heinz und alle, die da mitmachen!« rief Martins Schwester leidenschaftlich. »Unglück, Unglück, ich weiß es genau! Wie wird es enden? Was erwartet euch? Gefängnis, Zuchthaus, ⰍⰈ, der Galgen...«

»Galgen...«, stammelte ihr Bruder.

»Jawohl, vielleicht sogar der Galgen! Kennst du diese Pest? Weißt du, wie sie so etwas bestrafen, wenn sie euch erst einmal der Lüge überführt haben? Es tut mir leid, Valerie. Aber ich nehme nichts zurück, kein Wort. Ich bin verantwortlich für Martin, unserer Mutter habe ich versprochen, daß ich ihn beschütze, immer. Du kennst ihn. Du weißt, wie er ist.« Nun sprach sie, als sei ihr Bruder abwesend. »Weltfremd, hilflos ist er. Und du? Du nimmst keine Rücksicht darauf! Nicht die geringste Rücksicht nimmst du! Du reißt Martin mit hinein in diesen Irrsinn! Du bringst ihn dazu, einen Meineid zu schwören, zu lügen, du, du...«

Martin stand langsam auf. Er sagte, die Augen ins Leere gerichtet, ruhig und sehr deutlich: »Es wird keine Lüge sein, Tilly. Es wird kein Meineid sein. *Ich bin wirklich der Vater von Heinz.*«

Tilly taumelte gegen eine alte Kommode zurück.

»Was... was?« krächzte sie.

Es ist das Aufbegehren gegen eine lebenslange Bevormundung, dachte Valerie. Sie hat ihm nun einmal zu oft gesagt, daß er lebensuntüchtig, verloren und hilflos ist ohne ihren Schutz. Er will es nicht mehr hören.

Er will beweisen, was er tun kann – *ohne sie!* Welch ein Glück ich habe . . .

»Jawohl!« rief Martin Landau, plötzlich verblüffend sicher und entschlossen. »Jawohl, ich bin der Vater von Heinz! Ich habe Paul mit Valerie betrogen!«

»Du hast . . .« Tilly hielt sich eine Hand vor den Mund.

Triumphierend rief ihr Bruder: »*Betrogen!* Damals, in dem Jahr, bevor Heinz geboren wurde, war Paul doch dauernd verreist. Wir liebten uns schon lange . . .«

»*Du* hast Valerie geliebt?«

»Jawohl, das habe ich! Und sie mich. Wir wußten es, seit sie schwanger wurde, daß ich der Vater sein *mußte!* Valerie hatte immerhin die größte Mühe, Paul von seinem Argwohn abzubringen! Es ist ihr nie ganz gelungen. Bis zuletzt, bis zu seiner Emigration, hatte Paul Zweifel. Er hat sie oft ausgesprochen, ihr gegenüber . . .« Martin Landau improvisierte wild drauflos.

Beide Frauen starrten ihn nun an.

Mein Gott, dachte Valerie, mein Gott, wer kann sagen, daß er einen anderen Menschen kennt?

Martin schrie seiner entsetzten Schwester ins Gesicht: »Mein Sohn ist Heinz! Und das sage ich jetzt vor Gericht! Und das beschwöre ich jetzt, damit du es weißt! Und damit du noch etwas weißt: In dieser Sache lasse ich mir nicht das Geringste von dir vorschreiben, *nicht das Geringste!* Das bin ich Heinz schuldig! Diese Sache geht allein Valerie und mich und unsern Jungen an! Hast du verstanden?« Er schwieg erschöpft, aber mit einem Ausdruck wilder Entschlossenheit im Gesicht.

Ottilie Landau wurde blaß. Sie sah ihrem Bruder fest in die Augen. Er erwiderte den Blick ohne zu blinzeln. Endlich wandte Tilly den Kopf zur Seite. Sie konnte nicht fassen, was da geschehen war. Martin, dieser Angsthase, dieser Neurotiker, dieser ewig geängstigte Mann, der des Nachts schrie vor Furcht in seinen Träumen – *das* sollte Martin sein? Ihr Bruder war das, der da vor ihr stand?

»Martin . . .«, begann Valerie, doch er unterbrach sie streng: »Sei ruhig! Tilly mußte es einmal erfahren. Jetzt weiß sie es. Und jetzt weiß sie, was ich tun werde. Sie muß sich damit abfinden. Ich werde mit dir um unseren Sohn – *jawohl, um unseren Sohn!* – kämpfen. Kämpfen werde ich, bis wir gesiegt . . .« Er preßte plötzlich eine Hand an das Herz, taumelte zu seinem Stuhl zurück und ließ sich schwer darauffallen.

»Die Tropfen«, stöhnte er. »Schnell!«

Tilly rannte davon.

Valerie sprang auf und stützte den nach Atem Ringenden, der abgehackt flüsterte: »Keine Angst . . . auf . . . mich . . . kannst du . . . rechnen . . . eisern . . .«

21

»Ein Anfall eben«, sagte Martin Landau. »Ging vorüber, natürlich. Ich hatte schon so viele. Ich bin sicherlich bereits hundertmal fast gestorben. Man gewöhnt sich daran.« Er sah auf seine Armbanduhr. »Zehn nach fünf. Es tut mir leid, Herr Aranda, aber ich muß zurück in die Buchhandlung. Schnell. Sie wissen doch ... Tilly ...«

»Natürlich.« Manuel erhob sich mit ihm. Die Sonne war untergegangen, im Salon des Appartements wurde es dämmrig. Der Ostwind hatte nachgelassen. Vereinzelt fielen schon wieder Schneeflocken. »Ich danke Ihnen sehr, Herr Landau.«

»Keine Ursache. Das ist ein guter Treffpunkt«, sagte der kleine Buchhändler, während Manuel ihm in den Mantel half. »Ich komme wieder hierher und erzähle weiter.«

»Wann?«

»Tja, morgen ist Samstag, da geht es nicht. Sonntag auch nicht. Aber Montag immerhin! Montag, wieder um drei?«

»Sehr gut.« Manuel berührte die Schulter des zierlichen Mannes. »Ich muß mich bei Ihnen entschuldigen, Herr Landau.«

Der kicherte.

»Weil Sie mich für einen feigen Schwächling gehalten haben? Entschuldigen Sie sich nicht. Ich bin ein feiger Schwächling! Nur damals ... ja, das war immerhin die beste Zeit in meinem Leben, dieser Prozeß! Damals war ich einmal, *einmal* in meinem Leben anders!« Er sagte leise: »Valeries wegen ... und dann ... Wissen Sie, ich hatte plötzlich das Gefühl, daß ich mich so befreien konnte von meiner großen Schuld.«

»Schuld?«

»In der Partei zu sein. Nein, nein, widersprechen Sie nicht, es war immerhin schon so, wie Valerie sagte. Nicht Heil schreien und nicht flennen vor Begeisterung hätte man sollen am Anfang, dann wäre einem schon am Anfang klargeworden, was das für Menschen waren, was da auf uns zukam ...« Nach einer Pause fuhr er fort: »Valerie rief bereits am nächsten Tag diesen Doktor Forster an. Für den Samstag bestellte er sie. In der Zwischenzeit dachten wir uns eine Geschichte aus, Valerie und ich. Die hat sie dem Anwalt dann erzählt.« Landau lachte. »Gott, waren wir naiv!«

»Naiv?«

»Nicht die geringste Ahnung hatten wir, wie so ein Prozeß verlief. Nicht die geringste Ahnung hatten wir, was da auf uns zukam ... Aber ich muß jetzt fort, wirklich!«

»Gewiß. Sagen Sie mir noch eines: Hat Frau Steinfeld den Prozeß gewonnen oder verloren?«

Sehr hoch hob sich Landaus Schulter, sehr schief legte sich sein Kopf. Er antwortete sehr leise: »Sie hat ihn gewonnen *und* verloren.«

»Was heißt das?«

»Das kann ich Ihnen jetzt nicht erklären. Sie müssen sich schon die ganze Geschichte anhören.«

»Also gut. Aber etwas anderes werden Sie mir doch sagen können: Was ist mit Heinz geschehen?«

Wieder sehr leise antwortete Landau: »Er vertrug sich nicht mehr richtig mit seiner Mutter, es wurde immer schlimmer. Die Nazis überlebte er. Aber dann, 1947, starteten die Kanadier ein großes Einwandererprogramm. Und da meldete er sich sofort und ging nach Quebec. Ein Jahr später lief er in ein Auto hinein... Er war sofort tot.«

»Und Paul Steinfeld?«

»Der starb knapp nach Ende des Krieges, in England.«

Und wieder die Lügen, dachte Manuel. Jedesmal, wenn ich diese Frage stelle, belügt man mich. Warum? Werde ich jemals die Wahrheit erfahren?

»Wie traurig«, sagte Manuel.

Er brachte seinen Besucher bis zum Lift, dann kehrte er in den Salon zurück. Hier saß er lange, während es dunkel wurde im Raum, und dachte an seinen Vater.

Wenn sich mit Hilfe des Hofrats Groll herausstellte, daß es diesem Karl Friedjung, dem Direktor der Chemie-Staatsschule, wirklich gelungen war, bei Kriegsende unterzutauchen, wenn sich weiter beweisen ließ, daß dieser Karl Friedjung in Buenos Aires gelandet und den Namen Dr. Raphaelo Aranda angenommen hatte, dann war er, Manuel, der Sohn eines österreichischen Nazis, der den Anstoß zu jenem Verzweiflungsprozeß Valeries gegeben hatte.

Aber der Dr. Raphaelo Aranda war, das stand nun außer Zweifel, auch in eine Spionageaffäre verwickelt gewesen.

Warum hatte Valerie Steinfeld ihn getötet?

Aus politischen Motiven, selber verstrickt in die Affäre? Oder aus persönlichen – den Mann, der Unglück über ihr Leben gebracht hatte und der nun, durch einen Zufall, auf den sie ein Vierteljahrhundert gläubig gewartet hatte, noch einmal ihren Weg kreuzte, damit sie Rache nehmen konnte?

Oder mußte sein Vater aus beiden Gründen sterben?

Oder aus einem ganz anderen?

Gleichviel: Es war nicht mehr der wunderbare Mann, an den Manuel noch vor zwei Tagen im Keller des Gerichtsmedizinischen Instituts voll Trauer und Stolz gedacht hatte. Das würde er niemals wieder sein – falls nicht ein Mirakel geschah und sich alles, alles als falsch erwies, was Manuel bisher entdeckt hatte. Ach, aber ein solches Mirakel gibt es nicht, dachte er.

Zwei Tage! Zwei Tage haben genügt, lebenslange Bewunderung, Liebe und Vertrauen zu einem Menschen zu zerstören.

Manuel fühlte sich plötzlich todmüde, am Ende seiner Kraft.

Er dachte an Irene Waldegg und an den Freund, mit dem sie verabredet war, und dann dachte er schnell an etwas anderes, schaltete alle Lichter im Appartement ein und saß danach wieder reglos da, reglos...

Manuel Aranda blieb an diesem Abend im Hotel. Er aß im Speisesaal, verbrachte noch eine Stunde in der Bar, ging schließlich wieder nach oben, und als er lag, häuften sich neben seinem Bett Zeitungen, die er bestellt hatte, zu Bergen. Es waren sämtliche Blätter, die, zuerst als Aufmacher, später kleiner, Berichte über den rätselhaften Mord und Selbstmord in der Buchhandlung Landau veröffentlicht hatten. Manuel las sie alle. Er fand nicht einen Satz, nicht ein Wort, das ihn weitergebracht, das die Finsternis, durch die er seinen Weg entlang tappte, erhellt hätte, eine einzige Sekunde lang.

Knapp nach elf Uhr läutete das Telefon auf dem Nachttisch.

Groll meldete sich.

»Ja... ja, Herr Hofrat?«

Manuel fuhr in seinem Bett auf.

»Haben Sie schon geschlafen?«

»Nein.«

»Wir haben etwas gefunden, das Sie sehr interessieren dürfte.«

Manuel fragte atemlos: »Betrifft es Karl Friedjung?«

»Ja.«

»Sie wissen, wo er ist?«

»Wir wissen, wo er ist«, sagte der Hofrat Groll.

22

»Wo ist Friedjung?« fragte Manuel, außer Atem. Seinen Mantelkragen hochgeschlagen, stand er im Büro des Hofrats Groll, den er mit schnellem Händedruck begrüßt hatte. Ein dritter Mann, der eine Hornbrille trug und einen traurigen, mutlosen Eindruck machte, lehnte hinter Groll. Der Inspektor Ulrich Schäfer hielt Papiere in der Hand. Er hatte, bedrückt wie stets, Manuel zugenickt, als dieser hereingestürmt war.

»Sagen Sie es Herrn Aranda, Schäfer«, forderte Groll den tristen Inspektor, einen der fähigsten Männer seiner Abteilung, auf.

»Ettinghausenstraße eins«, erklärte Schäfer trübe. Er hatte am Nachmittag mit dem Chefarzt des Sanatoriums in Baden bei Wien telefoniert. Freitags fuhr er sonst immer hinaus und sah den Professor persönlich, heute war er zu beschäftigt gewesen. Die Stimme des Arztes hatte voll

jener Zuversicht geklungen, die Schäfer seit einer Ewigkeit kannte und
haßte: »Ihre Frau hat gerade eine schlechte Strähne. Das wird sich wieder
bessern, glauben Sie mir, Herr Inspektor. Sie wissen doch, die Multiple
Sklerose ist eine sehr schwere Krankheit. Wir müssen glücklich sein – es
grenzt an ein Wunder! –, daß ihre Frau noch die Kraft...« Er hatte sich
schnell verbessert: »...daß Ihre Frau die Kraft besitzt, so gegen sie anzu-
kämpfen. Zwei, drei Wochen, und sie hat die Krise überwunden.«
Ja, hatte Schäfer gedacht, zwei, drei Wochen, und Carla hat die Krise
überwunden und kann sich dann vielleicht nicht einmal mehr aufrichten
im Bett und sitzen ohne Stütze. Er war sehr unglücklich an diesem Abend.
Das alles konnte noch viele Monate, *Jahre* dauern, und das Geld ging zur
Neige. Was geschah, wenn er den teuren Aufenthalt Carlas nicht mehr
zu bezahlen vermochte?
»Ettinghausenstraße eins, wo ist das?« fragte Manuel hastig.
»Im Neunzehnten Bezirk. Beim Kaasgraben. Friedjungs Frau haben wir
Ettinghausenstraße elf gefunden. Ich war dort. Ich habe mit ihr gespro-
chen. Eine alte Dame. Zweiundsiebzig. Aber noch ganz gesund und mun-
ter«, sagte Schäfer bitter. Carla war achtundzwanzig.
»Und Friedjung...haben Sie mit dem auch gesprochen?« Manuels Worte
kamen abgehackt.
»Nein.«
»Warum nicht?«
»Weil man mit Toten nicht sprechen kann«, sagte der Hofrat Groll. »Zie-
hen Sie Ihren Mantel aus, Herr Aranda. Ja, werfen Sie ihn einfach auf
das Sofa.« Er rauchte wieder eine Virginier.
»*Er ist tot?*« Manuel sank auf einen Stuhl neben dem Schreibtisch.
»Ja.«
»Aber Sie sagten doch, er lebt Ettinghausenstraße eins!«
»Nein, das hat Inspektor Schäfer nicht gesagt. Er sagte, dort *sei* er.«
»Was heißt das?«
»Ettinghausenstraße eins ist die Adresse einer Kirche. Bei ihr liegt ein
Friedhof. Wegen Überfüllung seit langem geschlossen. Nur noch in den
Familiengräbern ist Platz. Die Friedjungs wohnen schon seit drei Genera-
tionen in der Ettinghausenstraße elf. Sie haben hinter der Kirche – ›Maria
Schmerzen‹ heißt sie – so ein Familiengrab. Deshalb konnte Frau Fried-
jung ihren Mann auch dort bestatten lassen, in ihrer unmittelbaren
Nähe.«
»Wann?« fragte Manuel.
»Wann, Schäfer?« fragte Groll.
Der traurige Inspektor blätterte in seinen Papieren.
»Am 27. Februar 1945«, sagte er dann.
»Am...« Manuel konnte nicht weitersprechen.

»Sie haben schon richtig gehört«, sagte Groll. Er hatte wieder seine Jacke ausgezogen, die Weste über dem Bauch geöffnet und den Krawattenknoten herabgezerrt. »Ich habe Schäfer mit der ganzen Sache beauftragt«, sagte der rundliche Hofrat und strich durch sein Silberhaar. »Ich wollte, daß Sie schnell und erschöpfend Auskunft erhalten und daß die Sache unter uns bleibt. Schäfer war im Einwohnermeldeamt – da fing er an –, er klapperte eine Masse falscher Friedjungs ab, bevor er die richtige Witwe fand, er war im Magistrat für den Neunzehnten Bezirk und ließ sich den Totenschein und die Eintragungen in den Registern zeigen, er sprach mit dem Pfarrer von ›Maria Schmerzen‹, und er hat mit einer Minox alle Daten fotografiert, überall beglaubigte Bescheinigungen verlangt – er war sehr fleißig.«

»Ich danke Ihnen«, sagte Manuel. Ihm war wirr im Kopf. Er hatte sich, bemerkte er jetzt, schon fast an den Gedanken gewöhnt, daß Friedjung vor Kriegsende nach Argentinien geflüchtet und sein Vater war. Idiot, sagte er nun zu sich selbst, idiotischer Idiot! Also doch ein reiner Spionagefall. Und Valerie Steinfeld tötete meinen Vater im Auftrag von – *von wem*? Amerikanern? Russen? Franzosen? Albaniern? Chinesen? Ich muß achtgeben, daß ich nicht verrückt werde!

»...25. Februar 1945, gegen Mittag, ein schwerer Angriff amerikanischer Bomber statt«, klang die Stimme Schäfers an Manuels Ohr. Er nahm sich zusammen. Der Inspektor breitete Papiere vor ihn auf den Schreibtisch, unter dessen großer Glasscheibe das plattgepreßte, grün-silberne Ginkgo-Blatt lag, wies auf mit Hand oder Maschine geschriebene Daten, Namen, Zeiten, Anmerkungen. »Besonders schwer betroffen wurden der Zweite, der Zwanzigste und der Einundzwanzigste Bezirk. Schäden entstanden auch in der Innenstadt und in den nordwestlichen Vororten. Die Staatsschule für Chemie wurde bei diesem Angriff völlig zerstört...«
Davon hatten die Barrys gesprochen, erinnerte Manuel sich.
»Es kamen fünfunddreißig Menschen ums Leben – achtundzwanzig Studenten, sieben Lehrer, darunter Karl Friedjung. Sie saßen alle in dem linken Luftschutzkeller des Gebäudes. Eine Bombe durchschlug das oberste Stockwerk, explodierte in der Mitte, und der linke Keller stürzte teilweise ein. Die Leichen wurden mühsam geborgen... Hier der Bericht der Rettungsmannschaft.«
»Das heben Sie heute noch auf?« Manuel starrte auf drei stark vergrößerte Fotografien von vergilbten Blättern.
»Es war ein öffentliches Gebäude. Da gibt es ein Archiv.« Schäfer sprach leise und beklommen. »Einhundertneunundzwanzig Lehrer und Studenten in dem andern, rechten Keller überlebten, zum Teil verletzt. Im linken Keller überlebte niemand. Die Leichen waren stark verstümmelt...«
»Wie konnte man ihre Identität nachweisen?«

»Durch ihre Personaldokumente, die sie bei sich trugen, und durch ihre Angehörigen. Hier, der polizeiliche Bericht, hier der Bericht des Notarztes. Aus dem polizeilichen Bericht geht hervor, daß Frau Friedjung ihren Mann identifizierte. Der betreffende Tote hatte auch seine Dokumente ... Ich fragte Frau Friedjung heute noch einmal. Sie war und ist ihrer Sache ganz sicher. Am 27. Februar 1945 wurde ihr Mann dann hinter der Kirche ›Maria Schmerzen‹ beigesetzt.«

»Was macht Frau Friedjung jetzt?«

»Sie hat die untere Etage der Villa vermietet. Und sie erhält eine Rente. 2115 Schilling und 30 Groschen. Hier, bitte.« Ein neues Papier. »Es sagten damals übrigens auch noch andere Lehrer und Studenten aus, daß dieser Tote Karl Friedjung, ihr Direktor, sei. Es gibt keinen Zweifel. Das ist eine Aufnahme des Grabes.«

Es war eine sehr gute Aufnahme. Man konnte sogar die kleinen Inschriften auf dem großen Stein lesen. Danach wurde Karl Friedjung am 2. April 1904 geboren. Das hieß, er war bei seinem Tode einundvierzig Jahre alt gewesen ...

Und mein Vater, dachte Manuel, wurde 1908 geboren. Am 25. August. Da haben wir immer seinen Geburtstag gefeiert. Natürlich, wenn er mit gefälschten Dokumenten lebte ... Hör auf! sagte Manuel zu sich. Hör sofort auf! Dein Vater war nicht Friedjung, daran ist nicht zu rütteln!

»Das wäre alles, Schäfer«, sagte Groll. »Ich danke Ihnen sehr für Ihre gute Arbeit. Gehen Sie nun nach Hause, Sie werden todmüde sein. Die Papiere lassen Sie hier, damit Herr Aranda sie in Ruhe ansehen kann.«

»Jawohl, Herr Hofrat.« Schäfer verabschiedete sich, höflich und traurig.

»Ich danke Ihnen auch«, sagte Manuel.

»Es freut mich, wenn ich helfen konnte«, antwortete der Inspektor.

»Das haben Sie. Wir dürfen jetzt eine Möglichkeit in diesem Fall mit Gewißheit ausschließen«, sagte Manuel, und der Hofrat nickte.

Inspektor Ulrich Schäfer verließ das Büro seines Chefs. Mit einem Volkswagen fuhr er heim. Er wohnte im Siebenten Bezirk, in der Seidengasse, ganz nahe der Neubaugasse. Zwei Drittel aller Häuser Wiens sind älter als hundert Jahre. Das Haus, in dem Schäfer wohnte, gehörte zu diesen ehrwürdigen, aber heillos unmodernen Gebäuden. Es war wenigstens noch gut erhalten. Aber es gab keinen Lift, keine Zentralheizung. Seit langer Zeit lebte Schäfer allein hier – ohne Carla ...

In dieser Nacht sperrte er die Wohnungstür auf, trat in die frostige Diele, bückte sich mechanisch nach der Post, die durch den Briefschlitz auf den Fußboden gefallen war, und sah sie durch. Rechnungen. Rechnungen. Von Fachärzten. Laboratorien für Blut- und Serumuntersuchungen, vom Sanatorium in Baden. (Er wagte gar nicht, sie gleich zu öffnen.) Der farbenprächtige Prospekt einer Gesellschaft, die höchst preiswerte Luxus-

Bungalows an der Costa Brava offerierte. Ein Bankauszug. Eine Vermählungsanzeige von Leuten, an die er sich nicht erinnerte. Und ein blaues, billiges Kuvert, das weder Adresse noch Briefmarke trug. Jemand mußte es durch den Schlitz geworfen haben. Schäfer überlegte kurz, dann riß er den Umschlag auf und entfaltete das graue, dünne Blatt Papier, welches sich darin befand.

Aus lauter ausgeschnittenen Zeitungsbuchstaben waren diese Worte auf den Bogen geklebt worden:

> sIE HaBeN SoRGeN eiNe krANke FrAU nICht
> mEhR vIel gELD wAs soLL werDEn? WiR
> HelFEN GErne weNN Sie unS heLFen Falls SIe
> an EINzeLheiTEn interessIERT sind laSSen Sie
> koMMenden DienStaG iM »KuRieR« uNtEr
> »VErschIEdenes« dieSE AnzeiGE erScheiNen:
>   orCHesterMusiKer erTeilt GeiGen-
>   UnTerRicht KomMt ins HaUs
>   ZuschRiFten Unter ›pAGaniNi 500‹
>   an Die ExpediTion.
> SiE hÖren dann WeiteREs von Uns WeNN sIE
> PoLIZEi oder eIneN dRitTen beNachrichtigEN
> werDEn SiE es sEhr bereUen.

Der Inspektor Ulrich Schäfer ging in Mantel und Hut, die Handschuhe noch an den Fingern, schnell in das große Wohnzimmer, machte Licht und hob den Hörer des Telefons, um Hofrat Groll anzurufen und ihm von dem anonymen Schreiben sofort Mitteilung zu machen. Er hatte drei Ziffern gewählt, da brach er ab, starrte den Brief an und ließ danach den Hörer langsam wieder sinken. Inspektor Schäfer stand im hellen Licht einer starken Deckenlampe reglos da und konnte, wie es schien, die Augen nicht mehr von dem Papier mit den aufgeklebten Buchstaben nehmen.

23

»... und das ist alles, was ich inzwischen herausbekommen habe«, schloß Manuel. Er hatte Groll, während Schäfer heimgefahren war, und noch lange Zeit weiter von seinen Erlebnissen berichtet. Groll hatte rauchend und schweigend zugehört. Schwer und massig saß er hinter seinem Schreibtisch. Es war 1 Uhr 15.

»Alles läuft also mehr und mehr auf die Annahme der Staatspolizei hinaus, daß Ihr Vater ausschließlich in einen Spionagefall verwickelt und ausschließlich deshalb ermordet worden ist«, sagte Groll nun.

»Von einer alten Frau?« rief Manuel. Er griff sich an die Stirn. »Ich kann das nicht begreifen! Ich kann das nicht glauben!«

»Es bleibt Ihnen kaum etwas anderes übrig«, sagte Groll. »Was Schäfer herausgefunden hat, ist hieb- und stichfest. Karl Friedjung ist 1945 ums Leben gekommen. Also kann ihn Frau Steinfeld nicht 1969 aus irgendwelchen Rachegefühlen vergiftet haben.«

»Aber was sie auf dem Tonband sagte ... daß sie so lange gewartet hat ... und all das andere ...«

»Sie war schwer betrunken, schwer erregt. Nicht zurechnungsfähig.«

»Es gibt da auch noch andere Dinge, Herr Hofrat! Das Benehmen ihrer Schwester zum Beispiel!«

Groll sagte: »Es kann durchaus sein, daß Frau Steinfeld ein Geheimnis *hatte* – die Schwester will es Ihnen ja nennen. Trotzdem, das sehe ich jetzt klar: Der Spionagefall und der Prozeß, den Frau Steinfeld geführt hat, das sind zwei völlig verschiedene Dinge. Sie haben nichts miteinander zu tun. Lassen Sie sich nicht irreführen. Der Prozeß – der liegt ein Vierteljahrhundert zurück. Weiß Gott, was davon noch in die Gegenwart reicht. Ich will gar nicht abstreiten, daß so etwas der Fall sein könnte. Aber hier haben wir nur Erzählungen und Geständnisse aus zweiter Hand – wer sagt uns, daß sie auch stimmen? Die Spionagegeschichte, das ist etwas anderes! Da haben wir *Tatsachen*, aus erster Hand! Diese Geschichte stimmt – und zwar ist sie so verlaufen, davon bin ich auch überzeugt, wie der Albaner sie Ihnen dargelegt hat.«

»Zagon! Was ist mit ihm? Den habe ich ganz vergessen!« rief Manuel. Er hatte auch vergessen, dem Hofrat Groll von dem Brief Daniel Steinfelds, Paul Steinfelds Bruder, zu erzählen, er war zu aufgeregt.

»Ich habe Zagon heute nachmittag besucht – in der Psychiatrie«, sagte Groll.

»Und?«

Der Hofrat zuckte die Schultern.

»Die Ärzte haben sich davon überzeugt, daß er simuliert. Morgen früh wird er entlassen. Ein Wagen der Botschaft – sie hat offiziell Polizeischutz angefordert und wird ihn auch erhalten – holt Zagon direkt von der Klinik ab und bringt ihn zum Flughafen.«

Manuel sagte: »Und das alles soll Zufall sein? Wie das ineinandergreift! Wie sich das dauernd ergänzt und kreuzt – die Geschichten über den Prozeß, die Geschichte dieses Spionagefalls! Was mir passiert, was Fräulein Waldegg passiert – Zufälle, Zufälle? So viele Zufälle gibt es nicht, Herr Hofrat!«

»Augenblick! Den Zufall, den verwechseln wir zu oft und zu gern mit dem völlig Regellosen. Aber der Zufall hat seine Gesetzmäßigkeiten, lieber

Herr Aranda.«

»Wo sind Gesetzmäßigkeiten hinter dem, was ich erlebe, was meinem Vater den Tod brachte, was Frau Steinfeld den Tod brachte?«

»Ich werde es Ihnen erklären«, sagte Groll freundlich. »Und zwar, denke ich, am Beispiel der Sterbetabellen der Lebensversicherungsgesellschaften.« Er beleckte den Zeigefinger und glättete ein Blatt der Virginier, das sich gelöst hatte. »In diesen Tabellen steht zum Exempel zu lesen, daß von den – sagen wir – im Jahre 1895 in Österreich Geborenen im Jahre 1969 – na, irgendeine Zahl! – 9532 sterben werden. Zufällig sterben werden. Und mit ein paar Menschen mehr oder weniger sterben dann tatsächlich so viele. Bloß, *wer* vom Jahrgang 1895 stirbt, ob der Huber oder der Platschek – das sagt die Tabelle nicht. Der Zufall wird von *statistischer Gesetzmäßigkeit* registriert.«

»Was hat das alles mit...«, begann Manuel.

»Warten Sie, noch einen Moment. Der Platschek, sagen wir einmal, stirbt nicht. Der Huber, sagen wir, stirbt – als einer von den 9532 Menschen seines Jahrgangs. *Aber:* Was der Familie Huber nun als schrecklicher Zufall erscheinen muß, nämlich, daß der Großvater von einem Auto überfahren wurde, das erweist sich, sobald es eingetreten ist und man die Ereignisse Schritt um Schritt *rückwärts* aufdröselt, als *eine Kette von Ursachen und Wirkungen.*«

»Das verstehe ich nicht.«

»Schauen Sie: Großvater Huber ist – immer alles angenommen – um 17 Uhr 35 aus dem Haus gegangen. Das tut er täglich, um seinen Freund Platschek zu treffen – in einem kleinen Wirtshaus, wo sie ihre ein, zwei Viertel trinken. Platschek ist Großvater Hubers Freund: Im Ersten Weltkrieg war er bei derselben Batterie. Zur gleichen Batterie kamen die beiden, weil sie vom gleichen Jahrgang sind und im gleichen Bezirk wohnten. Das wieder hat seine Ursache darin, daß auch ihre Eltern schon in der – na, zum Beispiel – in der Josefstadt gewohnt haben. Und nun kann man, wenn man Zeit und Lust hat, zurückverfolgen, warum die Eltern in der Josefstadt lebten – und so fort und fort, falls die Urkunden nicht schweigen, Jahrzehnt um Jahrzehnt, Jahrhundert um Jahrhundert.« Groll klopfte auf die Glasplatte. »Nicht anders ist es mit dem Autofahrer – nennen wir ihn Zauner –, der den tödlichen Unfall verursacht hat, indem er Großvater Huber überfuhr. Zauner raste um 16 Uhr 30 los, weil er mit seinem Mädchen verabredet war – und diese Bekanntschaft hat *wieder* ihre Geschichte, in der *eine* Ursache die Wirkung der *nächsten* war. Fangen Sie an, zu verstehen?«

»Ich glaube ja«, sagte Manuel.

»Schön. Und zu dem Unfall kam es, weil der verliebte junge Zauner sich verspätet hatte und zu schnell fuhr. Und er hatte sich verspätet, weil er zu lange im Büro saß. Und da saß er zu lange, weil sein Vorgesetzter noch etwas von ihm wollte, weil eine Reklamation eingegangen war, weil eine Lieferung sich verzögerte, weil, weil, weil. Deshalb *mußte* also Huber *sterben*, scheinbar durch einen unglücklichen Zufall, und sein Freund Platschek *durfte weiterleben*, scheinbar zufällig.«

Manuel sagte: »Ursache und Wirkung! Wenn dieses System ... wenn diese ...«

»Kausalketten.«

»Wenn diese Kausalketten sich immer anwenden lassen, dann hat also doch alles im Leben seine ›Bestimmung‹, wie manche Leute behaupten. Daß ich hier sitze und nicht in Buenos Aires; daß mein Vater tot ist; daß Valerie Steinfeld tot ist; daß ich Nora Hill kennengelernt habe; daß ich jetzt, anstelle meines Vaters, in einen Spionagefall verwickelt bin; daß Karl Friedjung im Luftschutzkeller gestorben ist; daß ich Sie kennengelernt habe; daß ich versuche, die Wahrheit zu finden ...«

»All das, und hunderttausend Dinge mehr, das sieht ganz nach ›Bestimmung‹ aus, ja«, sagte Groll.

»Und stimmt es nicht?«

»Nein, *so* stimmt es nicht. Heute wissen wir das – und zwar aus den Erkenntnissen der Atomphysik. Ein Gramm Radium zerfällt unter Alpha-, Beta- und Gammastrahlung derart, daß nach – ich glaube – 1580 Jahren nur noch ein halbes Gramm da ist. Dabei zerfällt eine ganz bestimmte Menge von Radium-Atomen. Aber *welches* Atom jeweils zerfällt, das wissen wir nicht. Hier geht es nicht anders zu als bei den Sterbetabellen: Zwar ist der Atomzerfall ebenso wie das Sterben kausal bedingt, aber *nicht determiniert*, sondern faßbar nur nach den statistischen Gesetzen der Wahrscheinlichkeit. Sie müssen also sehr genau unterscheiden zwischen *Kausalität* und *Determinismus!*«

Manuel sah Groll in einem Gemisch von Bewunderung und Erschrecken an, während er sagte: »Und wenn nun Ihr Großvater Huber an jenem Tag aus irgendeinem Grund *nicht* zum Dämmerschoppen gegangen wäre? Wenn mein Vater aus irgendeinem Grund am Abend des neunten Januar *nicht* in die Buchhandlung zurückgekehrt wäre, um sich das Buch abzuholen, das er bestellt hatte? Wenn er es gar nicht *bestellt* hätte? Wenn er ...«

Groll unterbrach: »Sie reden vom freien Willen.«

»Ja! Vom freien Willen! Den haben wir doch – oder?«

»Wir haben ihn«, sagte Groll, »aber mit dem freien Willen ist es nicht anders als mit dem Zufall.«

»Was heißt das?«

»Der menschliche Wille ist in der Tat frei.« Wieder fiel Asche auf Grolls Weste. Er bemerkte es nicht. »Das hat alles zum erstenmal der große

Physiker Max Planck erkannt und durchdacht. Sie kennen ihn natürlich, er hat mit seinen Forschungen über die Quantenphysik einen entscheidenden Beitrag zum Ende des deterministischen Weltbildes geliefert. *Ja*, sagte Planck, der menschliche Wille ist frei! In dem gleichen Augenblick aber, in dem eine Willensentscheidung *so* und nicht *anders* ausgefallen ist, kann ich *wiederum* eine Kausalkette nach rückwärts aufdröseln – und es stellt sich heraus, *warum* ich mich so und nicht anders entschieden habe!«

Nach einer Pause fragte Manuel: »Wird sich je herausstellen, warum mein Vater, warum Valerie Steinfeld, warum sie alle, wir alle, uns so und nicht anders entschieden haben – und entscheiden?«

»Es wird sich herausstellen«, antwortete Groll, die Zigarre ausdrückend. »Es *muß* sich herausstellen, wenn man genügend forscht. Womit ich nicht sagen will, daß es immer gut ist, zu sehr zu forschen. Nicht nur nicht gut – falsch und gefährlich kann es sein.«

»Wie in meinem Fall«, sagte Manuel mit erhobener Stimme.

Groll zuckte die Schultern.

»Wie in Ihrem Fall, ja. Warum sehen Sie mich so böse an? Sie haben sich ja schon entschieden, zu forschen, bis Sie die Wahrheit kennen! Die Weichen sind gestellt. Ihr freier Wille läßt Sie weitersuchen, Sie können nicht anders, Sie wollen nicht anders . . .«

»Nein, ich kann und will nicht anders!« rief Manuel.

»Ja«, sagte der Hofrat. »Ich sehe es, ich höre es. Aber Sie haben auch mich begriffen, nicht wahr?«

»Ich glaube.«

»Zufall und Notwendigkeit«, erklärte Groll, »freier Wille und Zwang – sie sind untrennbar verbunden zu einer Einheit in der Polarität . . .« Der untersetzte, bescheidene und einsame Chef der Mordkommission senkte den Kopf und blickte auf die Glasplatte seines Schreibtisches und das Blatt darunter mit einem Ausdruck, als fürchte er die Zukunft und alles, was sie noch bringen würde.

24

Die ›Thermopylae‹ wurde 1868 in Schottland gebaut und fuhr als Schnellsegler für den Tee-Handel auf der China-Route. Nun stand ihre Nachbildung auf einem Regal des Bastelzimmers, das sich der vierundsiebzigjährige Anwalt Dr. Forster in einer Turmstube seiner efeubewachsenen Villa eingerichtet hatte. Er bewohnte das obere Stockwerk, sein Sohn und dessen Familie lebten in den unteren beiden Etagen. Das Haus war groß, 1890 erbuat. Es stand in einem verwilderten Garten mit vielen uralten Bäumen. Bäume, alle schwer mit Schnee beladen, säumten auch die Ränder der Sternwartestraße, die im vornehmen, stillen Viertel des Wiener ›Cottage‹ lag.

Forster hatte Manuel zuerst in die helle Bastelstube geführt, welche Fenster nach allen Seiten und einen großen Arbeitstisch besaß. Die ›Thermopylae‹ war 91 Zentimeter lang und völlig originalgetreu im Maßstab 1:96 nachgebaut, Forster präsentierte sie voll Stolz. Er war ein imponierender großer, schlanker und für seine Jahre erstaunlich kräftiger Mann mit immer noch schönen Händen, einem schmalen Gesicht und grauen Augen. Nur noch ganz wenig kurzes, graues Haar hatte er auf dem Schädel, und er besaß nur noch ein Ohr, das linke. Die halbe rechte Gesichtshälfte war verwüstet, zerfleischt, schlecht vernarbt und rot. Forster mußte einen schweren Unfall erlitten haben. Dort, wo sich das rechte Ohr befunden hatte, sah man eine dicke, wulstig zugewachsene, zerklüftete Narbe. (»Ich höre sehr gut, Herr Aranda, solange ich nur mit *einem* Menschen rede und sonst keine Geräusche, Stimmen, Musik oder Lärm da sind. Wenn das der Fall ist, muß man allerdings links von mir sitzen ...«)

Der Anwalt trug einen grauen Flanellanzug, eine Weste mit buntem Schottenmuster, ein weißes Hemd, eine schwarze Strickkrawatte und schwarze Slipper. Er war richtig in Eifer geraten beim Vorzeigen seiner Schätze. Auf den Regalen stand mindestens ein Dutzend weiterer Schiffe, auf dem vollgeräumten Arbeitstisch war ein halb fertiges im Bau, wie in einer richtigen Werft aufgebockt.

»... hier baue ich gerade die ›Cutty Sark‹. Einer der größten Segler der Welt war das, ein besonders schönes Schiff! Schwarz der Rumpf, weiß die Segel!«

Es klopfte.

Eine dicke, rundgesichtige Haushälterin mit schwarzem Kleid und weißer Schürze trat ein.

»Herr Doktor, ich hab jetzt den Kaffee in Ihr Zimmer gebracht.«

»Wir kommen schon!« Der alte Anwalt mit dem fehlenden Ohr erklärte: »Unsere gute Anna! Ab und zu muß sie hier aufräumen. Zuerst war sie entsetzt. Jetzt hat sie mir verziehen.«

»Sind doch so schön, die Schiffe, die der Herr Doktor macht«, sagte die Anna errötend und verschwand.

Forster sah Manuel an.

»Schiffe macht der Herr Doktor, nur noch Schiffe. Seit Jahren. Ich weiß, was Sie denken«, murmelte er.

»Was denke ich?«

Der Anwalt lächelte.

»Er möchte fort, der alte Mann, denken Sie. Weit, weit fort von hier möchte er, aber das geht nicht mehr, und so baut er seine Traumschiffe, die einst so weit, weit fort von hier, ihre Bahn zogen. Stimmt's?«

»Ich ... nein, also wirklich, das habe ich nicht gedacht«, sagte Manuel, der genau das gedacht hatte.

»Aber ja doch, man sieht es Ihnen an. Und es ist auch richtig. Ich *möchte* weg von hier, schon lange, und immer mehr, je älter ich werde und je unmöglicher es ist.«

»Warum?«

»Diese Stadt«, sagte Forster. »Und diese Menschen. Ich habe meine Erfahrungen gemacht. Keine beglückenden. Eine herrliche Stadt ist Wien – wenn man weit weg von Wien sein kann. Dann hat man wahrscheinlich sogar Heimweh. Ich denke, ich hätte keines. Aber ich kann auch nicht weg. Gleich nach dem Krieg, da war es mir aus gesundheitlichen Gründen nicht möglich. Dann mußte ich die Kanzlei wieder auf die Beine bringen und Geld verdienen – eine Frau und einen großen Sohn hatte ich. So vergingen die Jahre. Meine Frau ist gestorben, der Sohn hat die Kanzlei übernommen, ich bin alt geworden. Nun, wenigstens kann ich meine Schiffe noch bauen, wenn ich schon nicht mehr fortfahren kann, fort, fort, weit fort von hier ...«

25

Ein Tisch in dem mit kostbaren Empiremöbeln eingerichteten Wohnzimmer war liebevoll gedeckt. Manuel betrachtete beklommen die so schrecklich entstellte rechte Gesichtshälfte Forsters, während der Anwalt Kaffee eingoß und die ›Mehlspeis‹ rühmte, die auf dem Tisch stand: »Das sind Topfenkolatschen, eine Spezialität der Anna. Hat sie eigens für uns gemacht. Bitte, greifen Sie zu!«

Von unten klangen plötzlich sehr gedämpft wilder Jazz und wilder Gesang herauf.

»Die Tochter meines Sohnes«, erklärte Forster. »Gibt eine kleine Party. Für lauter Beatles-Begeisterte. Ich bin ja auch begeistert von den Beatles. Sie?«

»Ich auch.«

»Großartig, was die machen, nicht?« sagte der Vierundsiebzigjährige. »Das ist ›Yellow Submarine‹!« Er lauschte eine Weile, dann nickte er und sagte noch einmal: »Großartig, wirklich. Jetzt wollen wir zuerst in Ruhe jausen, dann erzähle ich Ihnen, was Sie wissen wollen – den Anfang davon jedenfalls. Sie haben doch Zeit?«

»Gewiß«, sagte Manuel. Alle Zeit von der Welt, dachte er traurig. Am Vormittag war er in die Möven-Apotheke gefahren, um Irene zu sehen und ihr die letzten Ereignisse zu berichten. Sie war sehr nervös und in

Eile gewesen. Andauernd hatte sie aus ihrem kleinen Büro in den Verkaufsraum eilen und Kunden bedienen müssen, es herrschte Hochbetrieb an diesem Samstagvormittag. Irenes Augen waren wieder klar und groß, sie schminkte sich nicht mehr so sehr, aber sie machte einen außerordentlich irritierten Eindruck. Nach jeder Unterbrechung entschuldigte sie sich bei Manuel, doch er hatte das Gefühl, daß sie gar nicht richtig zuhörte und aufnahm, was er berichtete. Zuletzt war er von ihrer gereizten Stimmung angesteckt worden.

»Das ist hier wirklich nicht der rechte Ort! Wann kann ich Sie woanders sehen? Heute abend vielleicht?«

Sie schüttelte den Kopf.

»Es tut mir leid, aber da geht es wieder nicht.«

»Wieder Ihr Freund?«

»Es ist...« Sie zögerte. »Es ist mein Verlobter«, sagte sie dann ernst und langsam. »Wir müssen uns heute abend noch einmal treffen. Bitte, verstehen Sie, Herr Aranda...«

»Aber selbstverständlich«, antwortete er und fühlte eine Woge unlogischen Zornes in sich aufbranden. Warum, zum Teufel, sollte Irene keinen Verlobten haben? Eine junge, schöne Frau! Es wäre unnatürlich gewesen, hätte sie keinen gehabt.

»Nicht daß ich Sie nicht sehen *will*! Ich bin doch brennend interessiert an allem! Aber gerade heute abend...«

»Gewiß.«

»Wir *müssen* uns aber sehen!«

»Wann immer Sie Zeit haben.«

»Jetzt sind Sie böse.«

»Ich? Überhaupt nicht. Wie käme ich dazu?«

»Doch, Sie sind böse, ich sehe es! Aber es geht nicht heute abend, es geht wirklich nicht. Morgen abend vielleicht... Ich weiß es noch nicht... Sie könnten zu mir kommen. Da hätten wir Ruhe. Ich kann noch nichts sagen... Darf ich Sie anrufen?«

»Jederzeit, selbstverständlich«, hatte er gesagt. Gleich darauf war er gegangen. Die Verabschiedung war wieder kurz und förmlich ausgefallen. Vorsicht, hatte er gedacht, während er in seinen Wagen stieg, ich muß nüchtern und vernünftig bleiben. Nur keine Gefühlsduselei – von wegen gemeinsamem Verlust und so. Ein fremder Mensch bin ich für Irene Waldegg, aus, Punkt. Ich mache ja einen Narren aus mir, wenn ich mir da etwas anderes vorstelle...

Die Jause bei Dr. Forster war vorüber, Anna hatte den Tisch abgeräumt und eine Brokatdecke daraufgelegt. Der Anwalt mit der dicken Narbe dort, wo einmal sein rechtes Ohr gewesen, holte einen Aktenumschlag und setzte sich wieder.

»Hier, sehen Sie.« Er hielt Manuel die dünne Mappe hin. Auf ihr stand mit großen Tuschbuchstaben: VALERIE STEINFELD. Und darunter, kleiner: BEGONNEN: 24. OKTOBER 1942. Der Mappenumschlag war fleckig. An den Rändern hatte sich ein wenig Schimmel angesetzt. Manuel sah, daß unter dem Wort BEGONNEN noch etwas stand. Er verdrehte den Kopf und las: BEENDET. Danach folgte ein Doppelpunkt. Darauf folgte nichts mehr.

»Beendet – kein Datum?« sagte Manuel.

»Kein Datum, nein.« Forster drehte den Kopf ein wenig seitlich, so daß sein linkes Ohr nach vorn kam.

»Ist der Prozeß denn nicht beendet worden?«

»Nicht von mir«, sagte Forster. »Ich . . . ich war in der letzten Phase verhindert . . . Ja, verhindert ist der richtige Ausdruck. Die Sache kam in andere Hände. Über den Schluß kann ich Ihnen darum nichts erzählen. Aber sehr viel über die Sache. Was Sie hier sehen, ist ein kleiner Bruchteil meiner Unterlagen. Im Archiv der Kanzlei haben die Mädchen bisher leider nur diese Mappe gefunden und darin einige Dokumente. Der Rest muß in anderen Mappen des Falles Steinfeld sein – oder in den Mappen anderer Mandanten. Knapp nach Kriegsende sind Männer in die Kanzlei eingedrungen und haben Prozeßakten, die sie nun belasteten, gesucht und vernichtet. Von diesen Männern wurde natürlich gewaltiges Durcheinander in dem Archiv und der Ablage angerichtet. Die Sekretärinnen meines Sohnes suchen weiter, Herr Aranda. Wir werden in den nächsten Tagen, so Gott will, alles beisammen haben. Sie müssen eben wieder zu mir kommen . . .«

»Gerne.«

». . . denn ohne die Akten kann ich Ihnen nichts erzählen. Ich sagte ja schon: mein Gedächtnis! Nicht mehr das beste. Und dann die lange Zeit. Und was damals alles geschah. Nein, nein, ich brauche die Unterlagen. Aber wir werden sie finden. Und so bekommen Sie doch ein ziemlich vollständiges Bild . . .« Forster sah Manuel an. »Und wenn Sie genau Bescheid über alles wissen, wenn Ihnen alles klar ist, was geschehen ist und warum – dann fliegen Sie zurück nach Argentinien?«

»Ja, natürlich.«

»Beneidenswert«, murmelte der Anwalt. »Sie können Wien wieder verlassen . . .« Er räusperte sich. »Ich habe durchgelesen, was man mir bisher gebracht hat. Ich erinnere mich jetzt an Frau Steinfeld wieder sehr genau. Die arme Frau! Vollkommen verstört kam sie zu mir, ich sah es sofort, obwohl sie sich tapfer bemühte, einen mutigen und ruhigen Eindruck zu machen. Ich hatte gerade mehrere solche Fälle. Ich wußte, wie sich Mütter betragen. Ich empfand Mitleid mit ihnen allen. Die armen Frauen . . . und diese gottverfluchten Hunde!« Forsters Stimme wurde plötzlich laut und leidenschaftlich. »Hier, in dieser Märchenstadt, flogen die ersten Synagogen in die Luft! Im ganzen Großdeutschen Reich wurden hier die Judenverschleppungen am schnellsten und brutalsten organisiert. Bei uns hatte der Judenhaß immer schon die osteuropäische Pogrom-Richtung. 1938, da war diese herrliche Stadt ein Tollhaus! Haben Sie jemals Wochenschau-Aufnahmen der Szenen gesehen, die sich auf dem Heldenplatz abspielten, als Hitler ankam? Ich habe sie gesehen. Ich werde sie nie vergessen! Die Begeisterungsfähigkeit meiner Landsleute in Ehren – aber das grenzte effektiv bereits an Wahnsinn! Oh, die übelsten Faschisten gab es bei uns! Und es gibt sie noch immer!«

Manuel dachte: Dieser Mann redet voll Haß und voll Verzweiflung, und er ist ganz gewiß ein integrer, anständiger und kluger Mensch – wie der Hofrat Groll. Was muß Dr. Forster erlebt haben, um so über sein Land zu reden, um so voller Sehnsucht fort, weit fort sein zu wollen von hier? Er sah den Anwalt an. Die vielen Narben in dessen rechter Gesichtshälfte glühten.

»Es ist schon wieder gut. Aber immer, wenn so etwas...« – er wies auf die Mappe – »... wieder vor mir liegt, wenn ich mich erinnere...«
Er schlug den Umschlag auf.

»Beginnen wir also«, meinte Forster. »Das sind die ersten Unterlagen, wie gesagt. Hier, die allererste! Ich habe den Inhalt von Besprechungen mit Klienten stets sofort einer Sekretärin diktiert, noch in Gegenwart des Klienten.« Forster hob ein Blatt, das gelb vor Alter und eng beschrieben war mit den hohen Typen einer unmodernen Maschine. Er las: »24. Oktober 1942, 10 Uhr 30. Es erscheint Frau Valerie Steinfeld, geboren 6. März 1904 zu Linz, verheiratet, römisch-katholisch, wohnhaft Wien XVIII., Gentzgasse 50 A, und erklärt...«

26

»... daß ich meinen Mann vor vielen Jahren mit einem gewissen Martin Landau betrogen habe. Die Folge dieser Verbindung war ein Kind, mein Sohn Heinz. Ich möchte gerne, daß Sie die Vertretung übernehmen, Herr Doktor, wenn ich jetzt vor Gericht gehe und einen Vaterschaftsprozeß führe.« Valerie saß Dr. Otto Forster im Büro seiner großen Kanzlei am unteren Ende der Rotenturmstraße gegenüber. Man sah den Donaukanal, der sich durch die Stadt zieht, und eine von vielen Brücken. Es herrschte starker Verkehr auf der Marienbrücke an diesem Samstag vormittag. Eine schier endlose Wehrmachts-Kolonne passierte eine überlebensgroße Figur der Mutter Gottes, die aus Bronze gegossen war und matt glänzte. Soldaten mit ernsten, müden und verschlossenen Gesichtern saßen, dicht gedrängt, auf den Lastern.

Niemand hätte sich vorstellen können, daß alle Brücken über den Donaukanal knapp zweieinviertel Jahre später beim Kampf um Wien von zurückgehender ss ausnahmslos gesprengt werden sollten. Der große, schlanke Dr. Otto Forster mit dem schmalen Gesicht, den grauen Augen und den enganliegenden, wohlgeformten Ohren unterbrach durch eine rasche Bewegung einer seiner schönen Hände den Redestrom Valeries.

»Ihr Mann heißt *Paul Steinfeld?*«

»Ja.«

»Ich kannte einen Paul Steinfeld.« – Vorsicht! – »Ein, hm, alter Klient... arbeitete bei einer Zeitung. Danach war er lange Radiosprecher, glaube ich...«

»Das ist mein Mann«, sagte Valerie. Sie biß sich auf die Lippe, eben noch rechtzeitig, denn sie hatte hinzufügen wollen: Darum komme ich zu Ihnen, er schickt mich!

Das ging natürlich nicht.

Der Anwalt mußte glauben, daß das, was sie erzählte, der Wahrheit entsprach. Wie sollte er sonst ihre Vertretung übernehmen? Das hatte sie alles genau mit Martin durchgesprochen. Valerie saß sehr aufrecht. Sie trug ein braunes Kostüm, die Jacke mit betonten Schultern, und einen gerade modernen Glockenhut aus Filz der gleichen Farbe. Das blonde Haar quoll unter dem Hut hervor.

»Ihr Mann!« Forster, in seinem zweireihigen Anzug mit dem Fischgrätenmuster, richtete sich auf. »Wir kannten uns lange...«

»Mein Mann hat oft Ihren Namen genannt.« (Das war das Äußerste.)

»Er ist Jude, nicht wahr?«

Valerie mußte schlucken.

»Ja«, sagte sie dann. Und fügte – auch das war mit Martin besprochen – hinzu: »Einer der Gründe wahrscheinlich, warum wir schon fast von Anfang an in unserer Ehe nicht harmonierten. Ich wollte es ja nicht wahrhaben. Meine Eltern hatten es mir prophezeit! Sie sagten...«

Forster winkte ab.

»Was ist mit Ihrem Mann geschehen, gnädige Frau?«

»Er emigrierte nach England. Sofort nach dem Anschluß.«

»Ich verstehe.« Forsters Gesicht blieb unbewegt. Auch er mußte das gleiche Spiel wie Valerie spielen. Hinter ihm, an der Wand, hing ein großes Bild – eine Rötelzeichnung, darstellend junge Bacchanten in einem Weinberg. Der Anwalt zupfte an seinem rechten Ohr – das schien eine Angewohnheit von ihm zu sein. »Haben Sie Verbindung zu Ihrem Mann, gnädige Frau?«

»Jetzt? Im Krieg?«

»Nun ja, es ist unwahrscheinlich, aber es könnte doch möglich sein. Haben Sie?«

»Natürlich nicht!« (Mit Martin besprochen, alles besprochen.)

»Ich verstehe«, sagte Forster zum zweitenmal und dachte: Also wieder so ein Fall. Er fragte: »Und Ihr Mann? Ihm haben Sie gesagt, daß nicht er...«

»Der Vater von Heinz ist? Nein, das habe ich niemals zugegeben! Obwohl er mich immer wieder verdächtigte, ihn betrogen zu haben...« – natürlich, dachte Forster – »...und obwohl er mir immer wieder Szenen gemacht hat...«– na freilich, dachte Forster – »...habe ich es bis zuletzt energisch abgestritten!«

»Bis zuletzt, mhm.« Forster sah, daß Valerie vor Nervosität an einem kleinen Spitzentaschentuch zog und zerrte. Er half ihr – in diesem Fall war schnelles und direktes Handeln am Platz. »Das bedeutet, daß Ihr Sohn... wie alt übrigens?«

»Sechzehneinhalb.«

»... *kein* Mischling ist.«

»Deshalb will ich ja den Prozeß führen! Ich schäme mich so.« Wie ich das alles kenne, dachte Forster traurig. »Aber es muß sein. Jetzt muß es sein!«

»Warum muß es jetzt sein, gnädige Frau?« Forster sagte stets ›gnädige Frau‹ zu weiblichen Mandanten, er grüßte niemals mit ›Heil Hitler‹, auch seine Briefe unterschrieb er nicht so und auch nicht ›mit deutschem Gruß‹, sondern stets ›mit besten Empfehlungen‹ und ›Ihr ergebener‹ oder bei Frauen mit ›Handkuß, ergebenster‹.

Valerie war bereits voller Vertrauen zu diesem Mann, dessen Gesicht, dessen Stimme und dessen Augen aussahen, als hätten sie noch niemals das Gefühl der Angst verspürt. Sie berichtete, was Heinz in der Staatsschule für Chemie widerfahren war, und schloß: »Deshalb kann ich jetzt nicht weiter schweigen. Deshalb komme ich zu Ihnen. Es heißt, daß Sie auf solche Prozesse spezialisiert sind.«

»Heißt es das?« sagte Forster und dachte: Hat sich also auch schon herumgesprochen. Na, egal! Paul Steinfeld – was haben wir zusammen gelacht, was für Prozesse während seiner Zeitungszeit erlebt. Und jetzt sitzt seine Frau vor mir. Eine kleine Welt.

»Ja, das heißt es. Jedenfalls sagte es mir eine... eine Freundin. Und deshalb möchte ich Sie zum Vertreter haben. Es muß sein. Das finden Sie doch auch, nicht wahr?«

Er nickte.

»Ja, ich fürchte, gnädige Frau. Wenn Schirach bereits verständigt worden ist... Außerdem sind dauernd Pläne über die Behandlung von Mischlingen im Gespräch.«

Also doch, dachte Valerie. Also stimmt, was Nora Hill gesagt hat. Also weiß Paul mehr, als wir hier wissen.

»Solange der Prozeß läuft, ist Ihr Sohn aber geschützt.«

»Ja, das ist im Moment das Wichtigste. Sein Direktor, dieser Professor Friedjung, der ist nämlich...« Valerie brach ab, während sie ein zusammengefaltetes Blatt Papier aus einer Tasche der Kostümjacke zog. In der Bewegung erstarrte sie, als sei ihr etwas eingefallen, murmelte einige unverständliche Worte und schob das Papier zurück.

»Was ist mit Professor Friedjung, gnädige Frau?«

»Ach nichts... Ich dachte an etwas Unwesentliches... Völlig verrückt!« Forster sah sie grübelnd an. Was hatte diese Frau sagen wollen? Was war das für ein Papier? Er erfuhr es nicht.

Schnell sagte Valerie: »Nichts von Bedeutung... Geschützt, solange der Prozeß läuft, ja. Und dann? Wie groß sind die Chancen, daß man in einer solchen Sache gewinnt?«

»Das kommt auf mancherlei an.«

»Wie viele Prozesse haben sie schon gewonnen?«

»Einen«, sagte er. Und fügte, als er ihr Erschrecken sah, schnell hinzu: »Aber die anderen laufen noch, und das ist die Hauptsache.«

»Ich verstehe nicht...«

»Es sind immer ziemlich komplizierte Prozesse. Sie können nicht Bescheid wissen, gnädige Frau. Zunächst einmal sind nicht Sie es, die Klage erheben darf.«

»Nicht ich? Wer denn?«

Forster zupfte an seinem rechten Ohrläppchen – der Stelle, an der Manuel Aranda im Januar 1969 den unteren Rand einer großen, wulstigen Narbe erblicken sollte.

»Ihr Sohn allein darf klagen, gnädige Frau.«

»Heinz?«

»Ja, Heinz. Und zwar wird er in seiner Klage fordern, daß ihm, wegen blutsmäßiger Abstammung, die eheliche Geburt abgesprochen wird. So heißt das. Warten Sie, langsam! Da er noch minderjährig ist, braucht er einen Vormund. Dieser Vormund werden Sie sein. Sie müssen sofort zum Amtsgericht Währing gehen und sich zur Vormünderin Ihres Sohnes bestellen lassen. Denn nur als Vormünderin Ihres minderjährigen, klagenden Sohnes darf ich Sie vertreten.« Forster lachte absichtlich laut, als er Valeries betroffenes Gesicht sah. »Juristenkram! Es kommt noch schöner! Wie bei jedem Prozeß gibt es auch hier so etwas wie einen Staatsanwalt, der unser Gegner ist und zu erreichen versucht, daß die Klage abgewiesen wird. Obwohl er selber die ›beklagte Partei‹ darstellt.«

»Wer ist das?« Valerie zerrte an dem Spitzentuch.

»Ein anderer Anwalt«, sagte Forster. »In Juristendeutsch: ›Ein zur Verteidigung der ehelichen Geburt und der blutsmäßigen Abstammung vor Gericht zu bestellender Kurator‹.«

»Aber das ist doch verrückt! Das Gericht setzt einen Anwalt ein, der unter allen Umständen beweisen soll, daß Heinz der Sohn eines Juden und nicht, wie in Wahrheit, der Sohn eines Ariers ist?« Valerie bekam es mehr und mehr mit der Angst zu tun.

»Das ist gar nicht verrückt, gnädige Frau. Wenn da niemand wäre, der bezweifelt, widerspricht, die Rolle des Ungläubigen, des ›Feindes‹ übernimmt, dann wären diese Prozesse ein Kinderspiel, dann hätte man drei davon in einer Stunde erledigt – zur Zufriedenheit der Mütter.«

»Heinz *ist* der Sohn von einem Arier und nicht von meinem Mann!« rief Valerie. »Glauben Sie mir nicht?«

Forster zupfte an seinem Ohr.

»Wenn ich Ihnen nicht glaubte, könnte ich doch den Fall nicht übernehmen.« Er sah Valerie ausdruckslos an. »Genügt Ihnen das?«

Er glaubt mir natürlich nicht, aber er übernimmt den Fall, gerade deshalb, ich habe verstanden, dachte Valerie – ihre Stimmung schwankte unentwegt zwischen Verzweiflung und Hoffnung – und sagte: »Selbstverständlich genügt mir das, Herr Doktor.«

»Gut. Der Prozeß wird, sobald ich als Rechtsvertreter der Vormünderin des Jungen seine Klage eingebracht habe, im Justizpalast stattfinden. Vor einem Einzelrichter.«

»Einzelrichter? Gibt es mehrere für diese Fälle?«

»Ja, leider«, sagte Forster. »Und sie sind ganz verschieden. Wir wollen hoffen, daß wir Glück haben und auf einen sachlichen, klugen und erfahrenen Richter stoßen.« Er sprach jetzt mit Betonung, sie erfaßte sogleich, daß er seine Worte ›verkleiden‹ mußte: »Wer immer Vorsitzender ist – es steht Ihnen eine schwere Zeit bevor, gnädige Frau. Eine sehr schwere Zeit. Mit der Behauptung, Sie hätten ihren Mann betrogen, ist es natürlich nicht getan. Zunächst brauche ich von Ihnen eine ausführliche schriftliche Erklärung, die dann vor Gericht zur Grundlage des Falles gemacht wird.«

»Was für eine Erklärung?«

»Nun, über Ihre schlechte Ehe, die Sie gegen den Widerstand der Eltern geschlossen haben und die gleich von Anfang an unglücklich verlaufen ist. Ich vermute, es gab Streit, Zerwürfnisse, Szenen?«

»Ja«, sagte Valerie. In unserer ganzen Ehe hat es das niemals gegeben, dachte sie.

Forster nickte und sprach mit monotoner Stimme weiter. Ich muß der armen Person doch wenigstens ein paar Anhaltspunkte geben, dachte er. Wenn sie mir die Erklärung bringt, und sie genügt nicht, muß ich ihr beibringen, wie man sie besser schreibt. Er sagte: »Sie haben unglücklicherweise erst nach der Eheschließung festgestellt, daß Sie und Ihr Mann geistig überhaupt nicht zueinander paßten, wie?«

»Ja!« Valerie kam wieder in Fahrt. (Das hatte sie sich mit Martin Landau überlegt.) »Mein Mann dachte nur an seine Zeitung und an Politik, Politik, Politik!«

»Typisch«, sagte Forster und dachte: Sie begreift schon, na also. »Während Sie, gnädige Frau . . .«

»Während ich mich stets für künstlerische Dinge interessierte. Ich habe mich sehr intensiv mit Kunstgeschichte befaßt. Habe Kurse besucht. Auf sein Drängen gab ich das auf.«

»Nur mit großem Bedauern?«

»So ist es. Und er . . . er machte sich lustig über meine Interessen, er verhöhnte mich dafür!« rief Valerie.

Sie versteht, dachte Forster und sagte: »Die andere Rasse, da sehen Sie es wieder einmal, gnädige Frau. Ein krasser Materialist, Ihr Mann – so habe auch ich ihn noch in Erinnerung.« Sie sahen sich an, ohne mit der Wimper zu zucken. »Natürlich konnte das nicht gutgehen, als er Sie dann auch noch betrogen hat, schlecht behandelt, vernachlässigt . . . wie?«

Nie, nie hat Paul mich betrogen, dachte Valerie, immer hat er nur mich geliebt und ich ihn, aber nun geht es um den Buben, nun muß es sein! »Ja, dauernd diese Weibergeschichten«, murmelte sie. »Schrecklich war das.«

Sie wird ihr Taschentuch noch zerreißen, dachte Forster, und: Sie ist der Typ der klaren, sauberen, gesund empfindenden Frau, das sieht jeder. Ich werde ihr vielleicht am besten die Tour suggerieren, mit der ein Kollege in Frankfurt Erfolg hatte. Außerdem ist es wichtig zu wissen, was sie aushält, diese Frau, was man ihr zumuten kann. Er sagte: »Hat Ihr Mann Sie vielleicht betrogen, weil Sie – entschuldigen Sie, gnädige Frau, aber ich ich muß diese Frage stellen –, weil Sie ihm gewisse sexuelle Praktiken, widernatürliche natürlich, nicht gestatteten?«

Valerie schoß das Blut ins Gesicht. Sie konnte nicht antworten.

»Das Gericht wird noch viel intimere Dinge wissen wollen, gnädige Frau. Am besten, Sie bereiten sich gleich darauf vor. Sie sind eine Dame, die aus einem angesehenen, soliden Elternhaus kommt. Viele Fragen, die der Richter und der Kurator Ihnen stellen werden, wären auch für eine weniger ordentliche Frau als Sie beschämend, erniedrigend und peinigend. Aber es wird unerläßlich sein, daß Sie antworten – die Wahrheit natürlich«, sagte Forster, sein rechtes Ohr bearbeitend. »Die reine Wahrheit, immer. Denn Sie müssen damit rechnen, vereidigt zu werden. Das müssen alle Beteiligten. Und das sollten auch alle Beteiligten gleich von Anfang an wissen. Besonders der Vater des Kindes.« Er tat, als hätte sie seine Frage beantwortet: »Also widernatürliche sexuelle Wünsche, ich habe mir schon etwas Derartiges gedacht . . .«

Seine Stimme wurde leiser für Valeries Gehör, während sie dachte: So also bringt er mir bei, wie ich mich verhalten muß, was uns bevorsteht.

So bringt er mir bei, daß ich werde lügen, lügen, lügen müssen, meinen Paul mit Dreck bewerfen, verleumden, schlechtmachen, als ein Schwein hinstellen – und daß auch Martin Landau das tun muß. Er will sehen, ob ich durchhalte. Ich halte durch! Lieber Gott im Himmel, hilf mir jetzt, bitte. Es geschieht für den Buben, du weißt es. Hab Erbarmen. Paul will es. Laß alles gutgehen. Und mach, daß mir der Martin nicht zusammenbricht...

»Die Niederschrift, um die ich Sie gebeten habe, gnädige Frau, muß *präzise Angaben* enthalten: Namen, Orte, Gelegenheiten, Ereignisse. Alle diese Dinge müssen räumlich und zeitlich stimmen, was die Geburt des Jungen angeht. Und für alle diese Dinge brauchen wir Zeugen.«

»Ich habe eine Zeugin. Agnes Peintinger. Unsere Wirtschafterin. Sie war schon vor der Geburt meines Sohnes bei uns. Sie hat alles miterlebt. Sie wird meine Angaben bestätigen.« (Wenn Hochwürden Pankrater es ihr gestattet, dachte Valerie und fühlte, wie ihre Knie zu zittern begannen.)

»Eine Zeugin ist sehr wenig.«

»Da wäre noch die Schwester des Vaters. Die hat auch alles miterlebt... Aber die wird nicht aussagen.«

»Warum nicht?«

»Sie fürchtet sich... will nichts mit Gerichten zu tun haben... will in nichts hineingezogen werden...«

»Sehr bedauerlich. Aber verständlich. Völlig verständlich. So ein Prozeß ist gefährlich. Er kann – unter Umständen, wenn man bei krassen Lügen ertappt wird – *lebensgefährlich* werden, gnädige Frau.«

Valerie dachte: Wenn Martin das jetzt gehört hätte, daß es lebensgefährlich sein kann, was wäre dann, Allmächtiger, was wäre dann?

»Das Gericht darf auf Antrag des Kurators, also des Verteidigers der ehelichen Geburt, unseres Gegners, Zeugen vorladen und sie zur Aussage auffordern.«

»Tilly – ich meine die Schwester des Vaters – wird aber nicht aussagen!«

»Böse«, sagte Forster.

»Wieso böse?«

»Wenn sie von ihrem Recht der Aussageverweigerung Gebrauch macht, dann zieht das Gericht natürlich Schlüsse daraus. Es muß doch noch andere Zeugen geben, die bereit sind, Ihnen zu...« Fast hätte ich ›helfen‹ gesagt, dachte Forster, verärgert über sich selbst. »Ich meine: Ihnen bei diesem Prozeß durch eigene Wahrnehmungen zu bestätigen, daß Sie und der wirkliche Vater die Wahrheit sagen. Wir brauchen unbedingt noch jemanden.«

Valeries Gesicht war grau geworden. Ihre Hände öffneten und schlossen sich ununterbrochen, Forster bemerkte es. Nicht schön, dachte er, gar nicht schön. Aber was soll ich tun? Wegschicken die Frau? Mit dem Brief dieses Schweines von einem Direktor schon auf dem Tisch des Herrn Schirach? Was wird dann aus dem Jungen? Man muß es versuchen, versuchen muß man es immer und immer wieder im Kampf gegen diese verfluchte braune Pest.

Valerie blickte auf.

»1923, als wir heirateten, da herrschte solche Wohnungsnot in Wien! Da lebten wir über ein Jahr in Untermiete bei einer gewissen Frau Hermine Lippowski. In Dorbach draußen. Sie hatte uns eine Etage ihrer Villa abgetreten.«

»Würde Frau Lippowski Ihre Angaben als Zeugin bestätigen?«

»Das weiß ich nicht...«

Forster wurde plötzlich wütend.

»Wie haben Sie sich denn das vorgestellt, gnädige Frau? Sie kommen zu mir und sagen: mein Kind hat einen anderen Vater, los, jetzt weißt du es, sieh zu, daß es zum Arier erklärt wird! Was dachten Sie sich denn? Daß die Na... daß die Gerichte solche Prozesse gern sehen?«

Valerie sagte bebend: »Ich werde heute noch Frau Lippowski aufsuchen und mit ihr sprechen.«

»Das werden Sie, ja! Wir müssen so sicher wie möglich gehen. Wir müssen die größten Chancen haben zu gewinnen, bevor wir den Prozeß anfangen. Verzeihen Sie, daß ich laut wurde. Ich denke an Sie... und die Menschen, die Sie hineinziehen in diese Sache.«

»Ich begreife schon«, sagte Valerie leise.

»Nein. Sie begreifen leider immer noch nicht! Es ist das reine russische Roulette, so ein Prozeß – auch mit den besten Zeugenaussagen, auch wenn alles stimmt, auch wenn man einen verständnisvollen Richter bekommt!«

»Was geschieht denn noch?« stammelte Valerie.

»Es wird eine ausführliche, anthropologische Untersuchung geben«, sagte Forster. »Also Untersuchungen der körperlichen und seelischen Eigenschaften des Jungen, der Ihren und der des Vaters – im Sinne der Rassengesetze. Ferner eine Untersuchung des Herrn Steinfeld...«

»Aber der ist doch in England!«

»... auf Grund von Fotografien, soweit das möglich ist. Das Gericht wird Professoren als Gutachter einsetzen. Und dann kommt die Blutgruppenbestimmung. Von ihrem Ausgang hängt alles ab.«

»Ich verstehe nicht...« Valerie atmete schneller.

Etwas knirschte.

Nun hat sie ihr Tuch also zerrissen, dachte Forster und sagte: »Ruhig, gnädige Frau, ganz ruhig. Sehen Sie: Die Blutgruppe des Kindes hat bestimmte Blutgruppen der Eltern *zur Voraussetzung*. Das können verschiedene Gruppen sein.« Valerie hob den Kopf. »Aber nach den Mendelschen Regeln schließt die Kombination *gewisser* Blutgruppen bei den Eltern eine *bestimmte* Blutgruppe des Kindes *absolut aus.*« Valeries Kopf sank wieder. »Mit anderen Worten: Hat das Kind eine solche Gruppe, und haben Kindesmutter und angeblicher Kindesvater die gewissen anderen Gruppen, dann kann mit *Sicherheit* behauptet werden, daß der *vorgebliche* Kindesvater unter *keinen Umständen* der wirkliche Kindesvater ist.« Danach entstand eine Stille, die so groß war, daß durch die geschlossenen Fenster der grollende Lärm der schweren Wehrmachtslaster hereindrang, die immer noch über die Donaukanalbrücke rollten.

»Sie brauchen doch keine Angst zu haben, gnädige Frau. Sie sind doch ganz sicher, daß Ihr Mann nicht der Vater ihres Sohnes ist, sondern der Mann, dessen Namen Sie mir noch nennen müssen... oder?«

Valerie sagte eilig: »Ganz sicher!«

»Nun also!« Forster dachte: Arme Person. Verfluchtes Nazigesindel.« Dann wird das auch die Blutgruppenbestimmung ergeben.«

»Ich meine...« Valerie war ins Stammeln gekommen, ihr Gesicht hatte sich wieder blutrot gefärbt, ihre Augen flackerten. »Ich meine... so sicher ich eben sein kann...«

»Wieso? War da – entschuldigen Sie die Frage, gnädige Frau – war da noch *ein dritter Mann?*« Immer dasselbe Elend, dachte der Anwalt, immer dasselbe.

»Ja... nein... ja...« Valerie war jetzt den Tränen nahe. »Einmal war da noch ein Mann... Aber er kann es nicht gewesen sein... bestimmt nicht... Ich meine... Ich kann es mir nicht vorstellen... Doch, ich bin sicher, es war...«

Der Martin darf von dieser ganzen Blutgruppengeschichte überhaupt nichts hören, dachte Valerie entsetzt. Der kippt mir ja um. Ein Mann wie er! Und in der Partei!

»Wenn Sie nicht absolut sicher sind«, sagte Dr. Forster, »kann natürlich der Fall eintreten, daß *trotzdem* alles gutgeht, selbst falls der von Ihnen Angegebene – verzeihen Sie – doch nicht der Kindesvater sein sollte. Voraussetzung dafür: Der wirkliche Vater hat dieselbe Blutgruppe wie Ihr Mann – oder eine, die in Verbindung mit der Ihren die des Jungen möglich macht.«

»Sie wird möglich sein! Sie muß möglich sein!« Valerie fuhr hoch. »Trotzdem... Die lange Zeit, die man da wartet, die Nervenanspannung... Ist es... ist es nicht zu machen, daß wir *vor* dem Prozeß zu einem Arzt gehen und unsere Blutgruppen feststellen lassen? Nur zu unserer Beruhigung? Sie verstehen schon...«

»Ich verstehe schon«, sagte Forster traurig. »Nein, gnädige Frau, das ist nicht zu machen.«

»Aber wieso nicht?«

»Weil zu einer solchen Untersuchung ein serologisches Laboratorium gehört. Nach einer Bestimmung des Reichssippenhauptamtes haben alle Ärzte oder Institute, die solche Untersuchungen durchführen, diese sofort dem Reichssippenhauptamt zu melden – mit allen Namen und Einzelheiten. Und bei Prozessen wie dem von Ihnen angestrebten erkundigt sich das Gericht gleich zu Beginn beim Reichssippenhauptamt, ob schon eine Blutgruppenuntersuchung vorgenommen worden ist. Wenn ja, dann erblickt das Gericht darin... ich brauche nicht weiterzusprechen.«

»Nein«, sagte Valerie, »das brauchen Sie nicht.« Sie fragte mit sehr leiser Stimme. »Und wenn nun die Untersuchung ergibt, daß der, den ich für den Vater halte, daß der – wegen dieses anderen Mannes, ich kann es mir nicht vorstellen, aber ich muß es wissen –, daß der als Vater doch nicht in Frage kommt, was geschieht dann?«

»Dann«, sagte Forster, und das Herz tat ihm weh, »wäre allerdings eine sehr unangenehme Situation entstanden, die man *auch dann noch* in den Griff bekommen könnte, schwer zwar, aber doch, ja, ja, seien Sie beruhigt. Nur den Prozeß, den Prozeß hätten Sie dann natürlich verloren. Nun, also wie ist es? Ich mußte Ihnen das alles vorher sagen, Sie verstehen. Wollen Sie immer noch auf jeden Fall...« Er unterbrach sich selbst, denn das Telefon auf seinem Schreibtisch läutete. Er hob ab. »Ja?« Er rief erfreut: »Klever? Ich lasse ihn bitten, in das Konferenzzimmer zu gehen und ein wenig zu...« Er lauschte wieder. »Aber ich habe eine wichtige Besprechung! Eine halbe Stunde dauert das sicherlich noch...« Er hörte zu. »Na schön«, sagte er dann, »wenn das so ist... ich komme.« Er legte auf und erhob sich. »Verzeihen Sie bitte, gnädige Frau. Dringender Besuch, der nicht warten kann. Wollen Sie mich kurz entschuldigen?« Valerie gab keine Antwort.

27

Silbern prangte das Abzeichen des NSRB, des ›Nationalsozialistischen Rechtswahrerbundes‹, auf der braunen Amtswalter-Uniform Peter Klevers: ein senkrechtes Schwert, oben mit dem Hakenkreuz als Herzstück eines stilisierten Adlers; seine Schwingen bildeten gleichzeitig die Parierstange des Schwertes, unter ihnen, an den Krallen, hingen je eine Waagschale, und über dem Hakenkreuz befand sich der Adlerkopf. Parteigenosse Ministerialrat Dr. Peter Klever, ein großer Mann mit breitem Gesicht, kurzgeschnittenem, drahtigem Haar und buschigen Augenbrauen, sah in der Uniform mit dem schweren Koppel, der roten Hakenkreuzbinde am linken Ärmel, der wie für einen Reiter geschnittenen Hose und den schwarzen Schaftstiefeln noch mächtiger aus, als er ohnehin war.

»Otto!«

»Peter!«

Forster eilte durch den getäfelten Konferenzraum seiner Kanzlei, in dem ein langer Tisch und viele Stühle standen, auf den Besucher zu, der seine Tellerkappe abgenommen hatte, und schüttelte ihm herzlich die Hand. Danach klopften sie einander auf die Schultern. Klever – er sprach ein sehr preußisch gefärbtes Deutsch – strahlte.

»Mensch, was ich mich freue, dich wiederzusehen!«

»Und ich mich, Peter, und ich mich! Komm, setz dich...«

»Keine Zeit. Sagte ich doch schon im Sekretariat. Ein Wagen wartet unten auf mich. Ich komme direkt von der Bahn. Und in ihrer Dienststelle warten schon ein paar Brüder von der Wiener Anwaltskammer auf mich. Große Sitzung.«

Peter Klever war Anwalt gewesen wie Forster. Er hatte in Berlin, dann in Wien studiert. Als Mitglied des deutschen ›Sozialistischen Akademiker-Verbandes‹ war er gastweise in den österreichischen Verband gleichen Namens eingetreten und hatte da Forster kennengelernt. Sie waren gute Freunde geworden. 1933 wurde die deutsche, 1938 die österreichische Vereinigung verboten und aufgelöst. Doch im geheimen blieben die Kontakte bestehen, die Freundschaften der ehemaligen Verbandsmitglieder waren stärker und enger denn je. Einige von ihnen nahmen in voller Kenntnis der Folgen für die Zukunft wichtige Positionen in der Partei, Wirtschaft und Politik an, um ›drinnen‹ und stets über alles unterrichtet zu sein, um denen ›draußen‹ helfen zu können – schnell, sicher, so gut wie möglich. Unter jenen, die dies gewagt hatten, befand sich auch Peter Klever, der eine hohe Stelle in der Zentrale des ›Nationalsozialistischen Deutschen Rechtswahrerbundes‹ in Berlin besetzt hielt.

Der Ministerialrat sprach zynisch: »Deine Kollegen hier sind schon feine Schweine, Mensch! Ich gratuliere!«

»Sie lassen also nicht locker?«

»Locker?« Klever lachte böse. »Die Anwaltskammer Wien schickt uns dauernd Anzeigen, Denunziationen, Ansuchen auf Eröffnung eines Verfahrens gegen dich – mehr denn je!«

»Was ist jetzt los? Große Aufregung, weil ich diese Abstammungsprozesse führe?«

»Das ist der neueste Zirkus! Du wirst immer verdächtiger. Aber in der Hauptsache geht es natürlich immer noch um die Prozesse, die du vor 1938 geführt hast.«

Vor 1938 hatte Forster Kommunisten und Sozialisten verteidigt, die, noch in der Ära Schuschnigg, hochverräterischer und staatsfeindlicher Umtriebe angeklagt worden waren.

»Ich tue in Berlin, was ich kann, das darfst du mir glauben, mein Alter.

Aber die sind nun natürlich auch schon auf Hundert wegen der dauernden Hetze!« Klever schwitzte und wischte sich mit dem Handrücken die Stirn trocken. »Du hast eine Frau und einen Sohn, Otto! Du darfst es einfach nicht so weitertreiben hier. Du bist doch das rote Tuch für die ganzen Scheißer! Vaterschaftsprozesse! Laß es sein, ich flehe dich an! Sei still und leise, vertritt auch mal ein paar Nazis in ungefährlichen Sachen! Du mußt es tun! Du bist in Gefahr, Mensch! Versprichst du mir, vernünftig zu sein und wenigstens die Prozesse nicht mehr zu führen?«

Forster zupfte an seinem rechten Ohr, sah den alten Freund an und sagte lächelnd: »Ich verspreche es dir...«

»Zum Verzweifeln!« Der Berliner stöhnte.

»Wieso? Ich habe es doch versprochen!«

»Aber du hast gelächelt dabei! Und geblinzelt!«

»Wirklich? Ein Reflex«, sagte Forster. »Mir ist gar nicht zum Lächeln und Blinzeln zumute...«

Fünf Minuten später stand er allein im Konferenzraum. Klever hatte ihn verlassen. Er werde ihn auf dem laufenden halten und rechtzeitig warnen, hatte er versprochen. Und war, tief besorgt über die Halsstarrigkeit Forsters, fortgeeilt.

Der Anwalt verweilte ein paar Minuten in dem Raum mit dem großen Tisch und den vielen Stühlen. Ich habe eine Frau und einen Sohn, dachte er. Ich trage die Verantwortung für sie. Wenn mir etwas passiert, sind sie schutzlos. Ich solle diese Vaterschaftsprozesse sein lassen, sagt Peter, wenigstens die. Nicht immer wieder auffallen. Ruhig sein, bescheiden, sich ducken, nichts tun gegen die Barbarei. Wenn die Gestapo einmal eingreift – und *eine* Anzeige genügt da! –, dann bedeutet das die Vernichtung, das Ende von allem...

Großer Gott, ein Held bin ich auch nicht!

Diese Frau Steinfeld, die hat mir gerade noch gefehlt mit ihrem schiefen, wackeligen, natürlich erlogenen Fall. Wenn das alles wenigstens gut erlogen wäre. Aber die arme Frau hat doch keine Ahnung. Hilflos ist sie, ganz hilflos. Kann man, darf man einen solchen Menschen wegjagen, wenn er um Hilfe bittet?

Langsam ging Forster in sein Büro zurück.

Valerie blickte auf, als er eintrat. Sie hielt das zerrissene Taschentuch in der Hand.

»Nun«, sagte der Anwalt, plötzlich sehr müde und erschöpft, »haben Sie sich entschieden, gnädige Frau?«

Valerie antwortete mit zitternder Stimme: »Ich will den Prozeß führen. Unter allen Umständen. Warum sehen Sie mich so an? Wollen Sie die Sache nun doch nicht übernehmen?«

Der Anwalt setzte sich hinter den Schreibtisch.

Man *kann* einen solchen Menschen nicht wegjagen, dachte er. Man *darf* es nicht.

»Selbstverständlich übernehme ich die Sache«, sagte Dr. Otto Forster.

28

»Das ist alles, was ich einer meiner damaligen Sekretärinnen über den ersten Besuch der Frau Steinfeld in der Kanzlei dann noch in ihrer Anwesenheit diktiert habe«, sagte Dr. Otto Forster, siebenundzwanzig Jahre später, ein alter Mann, der Modellschiffe baute und sich fortsehnte aus Wien, weit, weit fort, zu Manuel Aranda. Die wulstige Narbe, die sich dort befand, wo einmal Forsters rechtes Ohr gewesen war, glänzte jetzt weiß wie Wachs. »Natürlich steht nichts von meinem Gespräch mit dem Doktor Klever in der Niederschrift hier. Und auch nichts über Frau Steinfelds Verzweiflung, als ich ihr von der Blutgruppenbestimmung erzählt habe.«

»Ganz klar.«

»Es ist mir wieder eingefallen, als ich mein Diktat von damals gelesen habe. Das ist immer so. Ein Anhaltspunkt – und alles kommt wieder.«

Manuel sagte: »Aber wie der Prozeß ausging, das wissen Sie nicht, Doktor?«

»Nein. Ich kam noch ins кz«, sagte Forster. »Nach dem zwanzigsten Juli 44 flog mein Freund Peter Klever auf, wurde verhaftet und hingerichtet. Verhaftet wurden auch alle seine Freunde . . . ich drei Wochen später.«

»Aber weshalb?«

»Das war damals so. Einen genauen Grund habe ich nie erfahren . . . Die Nazis bezogen sich einfach auf die alten Prozesse vor 38. Ich landete in Mauthausen.« Der Anwalt fuhr sich über die gräßlich zerfleischte, vernarbte und entstellte Gesichtshälfte und die Stelle, an der einmal sein rechtes Ohr gewesen war. »In Mauthausen passierte dann auch das. Ein bedauerlicher Unfall.«

»*Unfall?*«

Forster lachte bitter.

»Stellen Sie sich vor! Ein Wachhund drehte eines Abends durch, riß sich von seinem Führer los und stürzte sich auf mich. Der Posten versuchte noch, das Vieh zurückzureißen. Es gelang ihm nicht. Sie sehen ja . . . Im letzten Moment erschoß der ss-Mann den Hund. Wirklich im letzten Moment. Sonst würde ich nicht mehr leben. Danach entschuldigte der ss-Mann sich bei mir.«

»Er . . .«

»Tatsächlich! ›Tut mir leid, du Arschloch. Dabei hast du doch im Moment gar nichts angestellt‹, sagte er. Es war das letzte, was ich hörte, bevor ich das Bewußtsein verlor.« Forster hob die Achseln. »Jung und ziemlich blöde, der Posten. Was wollen Sie? Nicht einmal die ss hatte mehr das gute Personal von 1938. Es ging mir sehr dreckig damals. Ich war mehr tot als lebendig, als wir endlich befreit wurden.«

»Und Sie wissen auch nicht, was aus dem Sohn, was aus dem Vater wurde?«

»Nein, leider. Ich lag lange in einem Spital. Dann mußte ich sehr viel und sehr schwer arbeiten, um die Kanzlei wieder in Gang zu bringen und meine Familie zu versorgen. Wir waren bettelarm, als der Krieg zu Ende war. Im Haus hier wohnten fremde Menschen. Ehrlich: Ich dachte gar nicht mehr an Frau Steinfeld. Es tut mir leid, Herr Aranda«, sagte der alte Mann. »Wir – wir alle – vergessen eben zu leicht und leben nur unser eigenes Leben, und unsere Mitmenschen sind nicht unsere Brüder und Schwestern, wie sie es sein sollten...«

›Yeah! Yeah! Yeah!‹ erklangen die Stimmen der Beatles ein Stockwerk tiefer.

29

Yvonne nahm eine dünne, vergoldete Stecknadel aus Stahl mit breitem Kopf aus dem roten Samtkästchen und bohrte sie vorsichtig durch die schrumpelige Haut des Hodensackes, indem sie mit einem kleinen, gleichfalls vergoldeten Hämmerchen sanft auf die Nadelkuppe schlug. Es war schon die zweite Nadel. Der massige, nackte Mann auf der Streckbank der Folterkammer in Nora Hills Villa stöhnte auf.

»Oh! Oh! Oh! Die Schmerzen! Aber ich verrate nichts, keinen einzigen Kameraden!« Und mit normaler Stimme: »Weiter. Mach weiter!«

Yvonne trug ein durchsichtiges blaues Spitzentrikot, einen breiten, spitzen Strohhut und Sandalen. Ihre Augen hatte sie asiatisch schräg geschminkt. Yvonnes Klient trug Socken und Schuhe. Sie schlug gehorsam weiter. Die Nadel hatte die Haut durchstoßen und drang nun in ein mit rotem Samt bespanntes Brettchen ein, das unter dem Hodensack lag. Der Mann – Herr Direktor Pfitzner, so war er Yvonne vorgestellt worden – stöhnte wieder. Er spreizte die Beine noch weiter, sein Atem begann zu fliegen.

»Martere mich! Quäle mich! Aus mir bekommst du kein Wort heraus!« Und wieder normal: »Die nächste Nadel, schnell!«

Yvonne ergriff mechanisch die dritte Nadel. Sie war an diesem Samstagabend müde nach zwei Nächten Dienst, und sie ärgerte sich darüber, daß stets sie von Gästen wie diesem mit Sicherheit unter allen Mädchen ausgesucht wurde. Warum nicht einmal Coco oder Christine oder Isabell? dachte sie. Warum immer ich? Gut, ich werde am besten von allen bezahlt. Aber was zieht diese Kerle bloß so an? Immer ich, immer ich. Sie trieb die dritte Nadel durch die Haut in das Brettchen. Herr Direktor Pfitzner jaulte auf. Er hatte nun bereits eine stattliche Erektion.

»Ich bin kein Verräter, du verfluchte blaue Mao-Ameise!« schrie Pfitzner. Und flüsterte: »So herrlich war es noch nie!« Er hielt sich an den Lederschlaufen des Streckbettes fest. Seine Augen rollten, die Kiefer mahlten. Rotes Licht erhellte die Folterkammer mit ihrer Eisernen Jungfrau, ihren Blöcken, Spießen, Lanzen, Beilen, Ruten, Stöcken, Daumenschrauben, Vorrichtungen zum Aufhängen, Zangen, Bleikugeln, Peitschen und Ketten.

»Ich rede nicht, du gelbes Schlitzauge! Ich rede nicht! China, verrecke!« schrie Direktor Pfitzner.

»Halt's Maul, korrumpiertes westliches Schwein!« brüllte Yvonne ihn an und begann mit der vierten Nadel.

»Oh, wie sie wütet, wie sie mich martert!«

Bei der fünften oder sechsten Nadel wird es wohl soweit sein, dachte Yvonne, sachkundig das Glied betrachtend, das leicht zuckte.

Nora Hill hatte ihr Herrn Pfitzner besonders ans Herz gelegt: »Gib dir Mühe, Yvonne, ja, bitte? Besondere Mühe. Der Herr Direktor kommt zum erstenmal. Madeleine schickt ihn.« Madeleine war die Erste Barfrau eines der Lokale in der Innenstadt, aus denen Nora Hill ihre Mädchen zu holen pflegte, wenn Not am Mann war. »Ein Deutscher. Aus Frankfurt. Ganz wichtiger Bonze im Außenhandel. Er hat sich Madeleine anvertraut und erklärt, was er braucht. Er bringt alles mit, in einer Schatulle. Ein blaues Trikot hast du. Auch einen Sonnenhut aus Stroh.«

»Aber warum schon wieder ich, Madame?«

»Madeleine hat Herrn Direktor Pfitzner von dir erzählt, wie du aussiehst, wie du bist – da sagte er: Die und keine andere! Was soll ich machen? Ist doch leichte Arbeit, Yvonne, sei vernünftig. Ich habe auch noch eine Idee, ich glaube, der Herr Direktor wird begeistert sein...«

Und Nora hatte ihre Idee entwickelt.

Sie erinnerte Yvonne an einen Herrn aus Duisburg (Stahl), der vor einigen Monaten zu Besuch gewesen war. Dieser Herr hatte ein Köfferchen mitgebracht, es geöffnet und Yvonne (natürlich auch wieder Yvonne!) genaue Anweisungen gegeben.

»Das da ist die Uniform von einem weiblichen sowjetischen Hauptmann. Die ziehst du an. Hose, Stiefel, Bluse, Gürtel, Kappe, alles.«

»Wo hast du das her, Schatz?«

»Nenn mich nicht Schatz! Nenn mich faschistischer Bandit!«

»Wo hast du das her, du faschistischer Bandit?«

»Theaterkostümverleih. Hier ist eine Schallplatte. Das Deutschlandlied. Wir brauchen einen Plattenspieler.«

»Ist einer da, du Faschist.« Yvonne paßte sich schnell an.

»Großartig. Und hier, ein Rasiermesser. Ich ziehe mich nackt aus und lege mich auf dieses Prokrustesbett. Und dann . . .« Er hatte weitere Anweisungen gegeben.

Die Sache lief darauf hinaus, daß Yvonne ihn dauernd beschimpfen und dabei anspucken mußte. Mit dem Rasiermesser hatte sie feine, lange Linien über seine Brust zu ziehen. Das Blut quoll in dünnen Rinnsalen aus ihnen. Yvonnes Beschimpfungen wurden immer wüster und lauter, der Herr aus Duisburg (Stahl) regte sich mehr und mehr auf.

»Niemals«, rief er, »niemals werdet ihr Bolschewikenverbrecher siegen!« Darauf erhielt er – auf besonderen Wunsch – eine mächtige Ohrfeige von Yvonne, die danach weiter auf der völlig unbehaarten rosigen Brust des Herrn herumschnitt, sanft und vorsichtig. Es war nun schon eine ganze Menge Blut ausgetreten. Der Herr flüsterte: »Jetzt!«

Daraufhin drückte Yvonne auf einen Knopf und setzte so einen in die Wand der Folterkammer eingebauten Plattenspieler in Gang. Aus zwei Stereo-Lautsprechern an der Decke erklang schmetternd das Deutschlandlied, dessen Text Hoffmann von Fallersleben verfaßt und dessen Musik Joseph Haydn komponiert hatte. Von dieser Nationalhymne der Bundesrepublik, deren erste Strophe mit den Worten ›Deutschland, Deutschland über alles‹ begann, durfte seit dem verlorenen Krieg bei festlichen Anlässen nur noch die dritte Strophe gesungen werden, wennschon ihr Text der Bevölkerung weitgehend unbekannt war.

Der Herr aus Duisburg (Stahl) hatte eine alte Schallplatte – 78 Umdrehungen pro Minute – mitgebracht und um das Abspielen der ersten, nunmehr inopportunen Strophe gebeten.

Also intonierte ein großer gemischter Chor feierlich: ›Deutschland, Deutschland über alles, über alles in der Welt . . .‹ Im nächsten Moment schon war dem heroischen Herrn aus Duisburg (Stahl) ein phantastischer Erguß beschieden gewesen . . .

»Die Platte ist noch da«, hatte Nora Hill zu Yvonne gesagt. »Er hat sie damals vergessen. Herr Direktor Pfitzner kommt auch aus Deutschland. Frankfurt oder Duisburg, ist doch egal. Du bist für ihn eine Chinesin, die ihn foltert, das ist sein Wunsch. Ich denke, wir machen ihm eine besondere Freude, wenn du die Platte laufen läßt, sobald es fast soweit ist . . .«

Yvonne hatte die fünfte Nadel eingeschlagen.

Es kann sich nur noch um Sekunden handeln, dachte sie, eine aufmerksame Beobachterin.

»Kein Wort«, stöhnte der nackte und dickbäuchige Herr Direktor Pfitzner, »kein Wort bekommst du aus mir heraus! Ich verrate niemanden!«

»Und wie du alle verraten wirst, elender Imperialist! Scheißkerl! Kriegstreiber, verfluchter! Wo verbergen sich die Verbrecher der Konterrevolution? Los, sag es!« brüllte Yvonne ihn an. Die sechste Nadel schlug sie mit etwas mehr Gewalt durch den Sack. Er soll etwas haben für sein Geld, dachte sie, während Herr Direktor Pfitzner vor Wollust aufheulte.

Hoppla, jetzt aber!

Blitzschnell schaltete Yvonne den versteckten Plattenspieler ein, auf dem die zurückgebliebene Platte aus Duisburg lag. Unmittelbar darauf erklang es, schmetternd und inbrünstig, aus den beiden Lautsprechern: ›Deutschland, Deutschland über alles...‹

Na? dachte Yvonne, wieder Herrn Direktor Pfitzner zugewandt, na?

›...über alles in der Welt...‹

Ein tierisches Gebrüll erscholl.

Herr Direktor Pfitzner fuhr von seinem Lager empor. Dabei trat er Yvonne mit dem rechten Schuh voll in den Leib. Sie schrie auf, fiel hintenüber und bekam keine Luft, so weh tat ihr der Tritt. Der Strohhut war weit fortgeflogen.

›...wenn es stets zum Schutz und Trutze...‹

Herr Direktor Pfitzner hatte sich zu seiner ganzen, massige Größe erhoben. Wild standen ihm die Haare vom Kopf ab. Der Bauch schwang hin und her, ebenso das Brettchen zwischen seinen Beinen.

»Abstellen! Sofort abstellen, das verfluchte Lied!«

Herr Direktor Pfitzner tappte suchend hin und her. In seinem Zorn schleuderte er Morgensterne, Peitschen und Daumenschrauben durch den Raum. Er fand den Plattenspieler nicht, und zu den Lautsprechern hinauf kam er nicht, obwohl er ein paarmal Hochsprünge versuchte.

»Das Scheißlied! Abstellen! Abstellen! Wirst du wohl, du dreckige Hure!« Herr Direktor Pfitzner stürzte sich auf die am Boden liegenden Yvonne und traktierte sie weiter mit Fußtritten.

Sie schrie gellend.

Herr Direktor Pfitzner raste.

Was ist bloß danebengegangen? dachte Yvonne in Panik. Hat er den Verstand verloren? Herr Direktor Pfitzner riß sie hoch und schlug nun auf Yvonne ein. Sie taumelte gegen die Wand zurück. Er folgte, wild prügelnd und fluchend: »Verrat! Schweine! Unverschämtheit! Anzeigen! Anzeigen werde ich das! Da hast du, du Drecksau... und da... und da!«

›...Von der Maas bis an die Memel...‹ Das Lied erscholl donnernd immer weiter.

Yvonne war jetzt zu weit von dem Knopf entfernt, der den Plattenspieler abgestellt hätte. Blitzschnell drückte sie die Nottaste an der Wand. In Nora Hills Wohnzimmer und an vier anderen Orten im Haus fielen daraufhin in kleinen schwarzen Kästen Metallplättchen herab, welche die

Nummer des Zimmers sichtbar werden ließen, in dem Yvonne sich befand.

›... von der Etsch bis an den Belt ...‹ jubelten Frauenstimmen.

Herr Direktor Pfitzner riß Yvonne an den Haaren. Er drosch mit geballten Fäusten zu, egal, wohin er traf. Das blaue Spitzentrikot ging in Fetzen. Yvonne schrie. Yvonne versuchte zu flüchten. Er versperrte ihr den Weg. Seine Arme flogen wie Dreschflegel. Er brülle: »Hure, verfluchte! Willst du dich lustig machen über mich?« Er hatte nun auch Schmerzen. Das Brettchen zog. Dies kam hinzu.

»Ich ... aber wieso ...«

»Kusch! Lustig machen! Dir werde ich's geben!«

›... Deu-eutschland, Deu-eutschland über a-alles ...‹

Die Tür flog auf.

Georg, im Smoking, stürzte herein, gefolgt von einem Hausdiener. Sie sprangen den Rasenden von hinten an, drehten ihm geschickt die Arme auf den Rücken und stießen ihn zur Seite, fort von Yvonne, die schluchzend zu Boden sank.

»Laßt mich los, ihr Hunde! Loslassen ... ihr österreichischen Schweine!«

»Beruhigen Sie sich, Herr Direktor, bitte, beruhigen Sie sich«, rief Diener Georg, seinen Mann, ebenso wie der Hausdiener, eisern festhaltend. Er riß den einen Arm Pfitzners etwas hoch. Der Herr Direktor (Außenhandel) brüllte vor Schmerzen.

»Na, werden wir jetzt brav sein?« fragte Georg sanft.

Auf ihren Krücken schwang sich Nora Hill in den Raum, die Tür hinter sich zuwerfend. Sie trug ein nachtblaues langes Kleid und blitzenden Brillantschmuck an diesem Abend.

›... über a-alles in de-er Welt!‹ Der Höhepunkt der Hymne war erreicht. Schmetternd setzte das Orchester ein.

»Was ist hier vorgefallen?« rief Nora Hill. »Etwas nicht zu Ihrer Zufriedenheit?«

Der dicke Mann fuhr herum.

»*Zufriedenheit?*« schrie er, sich in den Griffen der beiden Männer windend, wodurch das Brettchen an seinen Hoden wieder stechend hin und her schaukelte, während sich der Penis schon längst wieder verschreckt gesenkt hatte. »Zufriedenheit? Ich lasse mich doch nicht verhöhnen!«

»Verhöhnen?« fragte Nora Hill verständnislos.

»Die Hymne! Die gottverdammte Hymne! Das haben Sie absichtlich getan! Sie wollten mich beleidigen!«

»Nichts lag uns ferner! Gewiß, wir haben die Hymne absichtlich für Sie bereitgestellt ...«

»Aha!«

»... aber nur, um Ihnen eine besondere Freude zu machen!«

»*Freude?*«

»Sie sind doch Deutscher. Aus Frankfurt. Und da dachten wir ...«

»Ja! Ja! Ja! Aus Frankfurt!« brüllte Herr Direktor Pfitzner wie von Sinnen, während das samtüberzogene Brettchen vor und zurück flog. »Aber aus *Frankfurt an der Oder!*«

30

»... aus der DDR. Und wir haben ihm die Hymne der Bundesrepublik vorgespielt, wir Idioten«, beendete Yvonne Werra ihren Bericht.

Manuel lachte.

»Ich würde ja auch lachen, wenn mir nicht alles noch so weh täte«, erklärte das schöne Mädchen mit dem flammend roten Haar kläglich. »Madame sagt, sie könnte sich selber stundenlang ohrfeigen. Nie wieder eine Hymne in ihrem Haus! Mit diesen elenden Hymnen fängt überhaupt jedes Unglück an.«

Yvonne lag auf einer breiten Couch in dem hypermodern eingerichteten Wohnzimmer ihres großen Appartements. Wie verabredet, hatte Manuel sie gegen Mittag angerufen, und Yvonne hatte ihn aufgefordert, sie zu besuchen, ohne noch etwas von ihrem Mißgeschick zu erzählen. Sie wohnte im achten Stock eines der neuen Hochhäuser, die an der Donau, direkt am Strom, errichtet worden waren.

»Aber hören Sie – das ist ja bei der *Reichsbrücke!*« Manuel hatte einen Stadtplan vor sich liegen gehabt, während er sprach.

»Ja, und? Mit Ihrem Wagen sind Sie in zwanzig Minuten hier.«

Auf sein Klingeln war Yvonne, im kurzen Morgenrock über einem Baby-Doll-Set, in der Wohnungstür aufgetaucht, zusammengekrümmt, eine Hand an den Leib gepreßt.

»Was haben Sie, um Gottes willen?«

»Kommen Sie herein. Ich muß liegen.« Sie war in das Wohnzimmer vorausgeeilt und wieder unter die Decke auf der Couch geschlüpft, nachdem sie den Morgenmantel ausgezogen hatte. »Alles nicht so schlimm. Tut nur noch weh. Morgen wird es auch nicht mehr weh tun, sagt der Doktor. Er war heute vormittag hier. Derselbe wie heute nacht.«

»Heute nacht?«

»Madames Hausarzt. Er ist immer zur Hand. Macht alles für sie und uns Mädchen. Alles, wenn Sie verstehen, was ich meine.«

»Ich verstehe. Aber was ist ...«

»Gleich. Ich erzähle es Ihnen gleich. Es hat mich ganz schön erwischt. Berufsrisiko. Hätte viel schlimmer ausgehen können, sagt der Doktor. Schauen Sie mal!« Sie hatte die Decke zurückgeschlagen, das Hemdchen hochgestreift und einen Umschlag von der rechten Leibseite hochgehoben. Manuel war zurückgefahren, als er die kuchentellergroße, schwarz, rot und grün verfärbte Stelle auf der weißen Haut erblickte – einen schweren Bluterguß.

»Wie ist das passiert?«

Daraufhin hatte Yvonne erzählt, wie das passiert war.

Nun reckte sie sich ächzend.

»Georg mußte Herrn Direktor Pfitzner doch tatsächlich noch zwei kleben, bevor der endlich wieder normal wurde. Ist das zu fassen? Inzwischen war Madame schon davongerannt, um den Doktor zu rufen. Er kommt immer gleich, ein Schatz. Untersuchte mich. Wegen des großen Blutergusses und der anderen, kleineren – ich habe welche am ganzen Körper, dieser Dreckskerl hat mich doch richtig verdroschen, nicht wahr? – befürchtete der Doktor, daß ich möglicherweise eine Leberruptur hätte. Sofort ins Bett. Feuchte Umschläge. Wenn es heute noch so gemein weh getan hätte wie gestern, hätte ich ins Spital müssen. Zum Glück ist es schon viel besser. Wenn ich keine Schmerzen mehr habe, oder nur geringe, darf ich morgen aufstehen. Also, mir ist ja wirklich schon allerhand passiert, aber so etwas noch nie. Georg brachte mich natürlich nachts noch im Wagen von Madame heim. Sie weiß übrigens nicht, daß Sie mich besuchen.«

»Das habe ich mir gedacht. Sonst hätten Sie mir kaum heimlich den Zettel zugesteckt. Ich nehme an, Frau Hill wünscht nicht, daß ihre Mädchen privat besucht werden.«

»Das stimmt. Aber in Ihrem Fall kommt noch etwas anderes dazu.« Yvonne verzog das Gesicht. »Verflixt, zieht das noch! Dieses Schwein von einem Masochisten!«

»Was kommt noch dazu?«

»Na, Ihr *Vater!* Vielleicht kann ich Ihnen weiterhelfen. Sehen Sie, ich schrieb schon, ihr Vater sei auch bei mir gewesen, in diesem Zimmer saß er.«

»Wann? Wie oft?«

»Viermal. Immer, wenn ich frei hatte. Das letzte Mal zwei Tage vor seinem Tod.«

»Wo haben Sie sich kennengelernt?«

»Im ›Ritz‹.«

»*Was?*« Manuel sah sie ungläubig an.

»Ja doch! Eines Abends – ich hatte gerade Dienstschluß und wollte heim – gab mir Madame einen Brief für Ihren Vater mit und bat mich, noch beim ›Ritz‹ vorbeizufahren.«

»Was war das für ein Brief?«

»Keine Ahnung. Ich sah nur, daß Madame ihn von diesem Amerikaner erhielt. Grant heißt er.«

»Ich kenne ihn. Der Stimme nach wenigstens. Ich habe einmal mit ihm telefoniert.«

»Also von dem bekam sie den Brief. Sie tuschelten miteinander, die beiden – und dieser Russe, Santarin.«

»Der ist mir auch ein Begriff. Aber warum sollten gerade Sie den Brief befördern?«

»Madame sagte, die Herren wünschten es so. Es sei eilig, und ich sei der unauffälligste Kurier. Da muß irgendein Geschäft im Gange gewesen sein, zwischen dem Amerikaner und dem Russen und Ihrem Vater.«

»Ja, es scheint so.«

»Ihr Vater ist *nie* hinausgekommen in die Villa! Ich weiß nicht, wo er sich mit den beiden Männern traf. Jedenfalls traf *ich* ihn im ›Ritz‹.« Yvonne lächelte. »Wir tranken etwas in der Bar und plauderten. Als er hörte, daß ich den nächsten Tag frei hätte, da fragte er, ob er mich besuchen dürfe.« Yvonne bemerkte Manuels Blick. »Er hat nie versucht... ich habe nie... wir haben nie zusammen geschlafen, das schwöre ich! Er hatte mich einfach gern. Und ich ihn auch. Er war ein interessanter Mensch. Und großzügiger als alle diese Kerle zusammen!« sagte Yvonne und sah betrübt aus. »Furchtbare Angst hatte er.«

Manuel wiederholte verblüfft: »*Angst?* Wovor?«

»Ermordet zu werden«, sagte Yvonne Werra.

31

»Das hat er Ihnen gesagt?« Manuel war aufgesprungen.

»Ja. Noch im ›Ritz‹. Flüsternd. Bevor er mich fragte, ob er mich besuchen dürfe. Er hat mir leid getan. Überhaupt keine Nerven mehr, Ihr Vater! Schreckhaft. Überreizt. Richtig... unter... unter Terror. Natürlich, sagte ich, dürfe er mich besuchen. Bei mir wurde er dann langsam ruhiger, gelöster, einmal sogar richtig fröhlich... Ich habe versucht, ihn abzulenken, auf andere Gedanken zu bringen, wissen Sie. Er muß sehr schwere Sorgen gehabt haben. Und dauernd diese Angst vor dem Tod.«

Manuel trat dicht an die Couch.

»Hat er gesagt, vor *wem* er sich fürchtet?«

»Nein. Nie. Ich habe ihn einmal gefragt. Er schüttelte nur den Kopf. Darüber könne er nicht sprechen. Aber er glaubte, daß er Wien nicht lebend verlassen würde. Das sagte er mehrmals.«

»Und Sie haben nichts unternommen?«

»Was hätte ich unternehmen sollen?«

»Die Polizei benachrichtigen!«

Yvonne Werra hob eine Hand.

»Ich habe niemanden benachrichtigt. Erstens hat er mich darum gebeten, keinem Menschen etwas von seiner Angst zu erzählen. Und dann...« Sie zögerte.

»Ja? Und dann?«

Yvonne sagte: »Sehen Sie, ich habe mit so vielen eigenartigen Männern zu tun. Ihr Vater war normal. Aber vielleicht doch nicht *ganz*, sagte ich mir. Vielleicht war das mit der Todesangst *sein* Tick. Dachte ich. Ich Idiotenweib! Ach, aber ich hätte ihn doch auch nicht retten können, wenn ich zur Polizei gelaufen wäre... oder?«

»Ich glaube nicht. Machen Sie sich keine Vorwürfe.« Manuel trat an ein Fenster. Tief unter ihm lag, breit, grau und schmutzig, der Strom. Träge floß er dahin. Bei der großen Hängebrücke gab es Kais. An ihnen lagen Schleppkähne vertäut. Autos und Menschen auf der Brücke waren winzig klein. Es schneite nicht an diesem Tag, die Sicht war klar. Manuel erblickte entfernt, im Norden, den Kahlenberg und den Leopoldsberg mit seiner buckeligen Nase. Nahe der Donau stand ein mächtiger Turm. Er trug, wie Manuel sah, hoch oben ein Rundrestaurant, das sich langsam drehte.

»Angst, ermordet zu werden«, sagte Manuel, gegen das Fenster.

»Ja, das wollte ich Ihnen erzählen. Vielleicht hilft es Ihnen. Sie versuchen doch herauszufinden, was geschah, nicht wahr?«

»Das tue ich.«

»Nun, eines steht fest: Ihr Vater rechnete mit einem Anschlag auf sein Leben.« Yvonne sprach reines Hochdeutsch, ohne jeden Akzent. »Er fürchtete ihn. Und als es dann passierte, kann es nicht unerwartet für ihn gekommen sein.«

»Aber wenn er sich fürchtete...« Manuel brach ab.

»Was?« fragte Yvonne, über der Decke den Verband auf ihren Bauch drückend.

»Nichts. Er wußte natürlich nicht, wo man ihn ermorden wollte und wie. Oder?«

»Er sagte einmal: Wenn es geschieht, dann werden sie es so einrichten, daß es ganz plötzlich kommt, an einem völlig unsinnigen Ort, daß es aussieht wie eine völlig unbegreifliche Tat.«

»Das hat er gesagt?«

»Ja. Und ich sagte, er sollte doch zur Polizei gehen! Ja, *das* habe ich ihm allerdings oft gesagt. Aber er lächelte nur darüber und meinte, die Polizei könne ihm nicht helfen. Niemand könne ihm helfen. Da glaubte ich natürlich erst recht an einen Tick...«

Manuel drehte sich um.

Er sah Yvonne stumm an.

Dann wanderte sein Blick durch den Raum.

Wahrhaftig, dachte er, ich werde von Büchern verfolgt, von Büchern gejagt! Auch bei Yvonne Werra gab es eine ganze Wand, die durch Bücherregale verkleidet war. Manuel trat näher. Wenig Belletristik, bemerkte er. Sehr viele Philosophen und politische, soziologische und gesellschaftskritische Werke.

Und daneben, seltsam genug, Lyrik! Englische, deutsche, französische, italienische Lyrikbände und Übertragungen aus dem Indischen und Japanischen, aus dem Russischen, Polnischen und Portugiesischen.

»Wie alt sind Sie, Yvonne?«

»So alt wie Sie, glaube ich – fünfundzwanzig.«

»Ich bin sechsundzwanzig.«

»Also fast so alt. Warum? Ach so. Ich nehme an, jetzt kommt die originelle Frage.«

»Welche Frage?«

»Was macht ein Mädchen wie Sie in einem Haus wie dem von Frau Hill? Wollten Sie doch fragen, nicht?«

Er nickte.

»Man muß das Establishment bekämpfen, indem man in seine Kreise eindringt und von ihm lernt und profitiert.«

»Was ist das für ein Unsinn?«

»Das ist gar kein Unsinn!« Sie richtete sich halb auf. »Au! Das habe ich auch Ihrem Vater erklärt. Er hat es verstanden.«

»Was?«

»Weshalb ich mein Philosophiestudium aufgegeben habe und zuerst Barfrau und dann ein Mädchen von Madame geworden bin.«

»Ich verstehe es nicht. Warum?«

»Ekel«, sagte Yvonne. »Ekel und Abscheu.«

»Wovor?«

»Vor unserer Gesellschaft. Dem Establishment. Ich habe einen Freund, ja? Schon seit vier Jahren. Der hat zuerst in Wien studiert. Hoch- und Tiefbau, Architektur. Jetzt ist er in München auf der TH. Robert und ich werden heiraten, sobald er sein Diplom hat und zu arbeiten beginnt. Er besucht mich einmal im Monat. Wenn er kann. Er hat wahnsinnig viel zu tun, als Mitglied des SDS.«

»Des was?«

»Des ›Sozialistischen Deutschen Studentenbundes‹.«

»Ach so«, sagte Manuel. »Ein zorniger, junger Mann, wie? Streiks und Demonstrationen und sit-ins und walk-outs und teach-ins und Rektoratsbesetzungen und Protestmärsche und Prügeleien, ich verstehe.«

»Sie brauchen sich gar nicht lustig zu machen! Robert...«

»Ich mache mich nicht lustig. Das ist keine deutsche oder österreichische Erfindung, Yvonne. Das gibt es überall, auch bei uns in Argentinien. Die

Jugend der ganzen Welt ist in Aufruhr.«

»Und sollte sie es nicht sein?« Yvonne setzte sich ganz auf und preßte eine Hand gegen die schmerzende Leber.

»Bleiben Sie liegen!«

Aber sie hörte nicht auf ihn. Leidenschaftlich rief Sie: »Sehen Sie sich diese Welt doch an! Ein Schweinestall! Ich will jetzt gar nicht von den Dingen reden, die die Studenten betreffen – von dem Bildungsnotstand, dem Skandal der Universitäten mit ihrem Muff aus tausend Jahren, der Diktatur der Professoren – nein, ich denke an die Diktatur der herrschenden Klassen, der Apparate, an die Unterdrückung jeder freiheitlichen Bewegung in der ganzen Welt, egal, ob es sich um Weiße oder Schwarze oder Rote oder Gelbe handelt! An den Terror der Machtzentren in Industrie, Wirtschaft, Kultur und Politik! An die Willkür der Massenmedien! Hier arbeitet Robert übrigens. In einer Basisgruppe ›Gedrucktes Wort‹.«

Yvonne hatte das alles hervorgesprudelt. Jetzt rang sie nach Luft. Bevor Manuel etwas sagen konnte, redete sie schon weiter. Sie redete eine Viertelstunde lang, ohne sich unterbrechen zu lassen.

Ich kann verstehen, dachte Manuel, daß dieses Mädchen meinen Vater interessiert hat. Und abgelenkt von seiner Todesangst.

Todesangst.

Er hatte sie also die ganze Zeit über in Wien. Er *erwartete* seine Ermordung! Das ist neu. Das ändert wiederum alles. Das bedeutet, daß er bei Valerie Steinfeld dann vor jenen Menschen trat, der den Tod für ihn bereithielt. Einen Tod, der – wie hatte Yvonne gesagt? – ganz plötzlich kam, an einem völlig unsinnigen Ort, damit es so aussah wie eine völlig unbegreifliche Tat!

So sieht es ja auch aus. Aber Valerie Steinfeld hat sich gleichfalls vergiftet. War das auch geplant? Kann man *so etwas* planen? Ist so etwas denkbar?

Denkbar! Langsam beginne ich, alles für denkbar zu halten in dieser Geschichte, grübelte Manuel.

»...wer ist es denn, der heute Macht hat in dieser Welt? Der Einfluß hat und Geld, der Kriege anzettelt und Katastrophen, der herrscht und unterdrückt und feilscht und betrügt und lügt und verrät und mordet und die Völker versklavt? Ich sehe es doch! Einen besseren Anschauungsunterricht als ich kann *niemand* haben!« Yvonne hatte sich in Feuer geredet. »Alle Regimes, die die Welt ins Unglück gestürzt haben – alle Kirchen, der Kommunismus, der Faschismus –, alle haben ihre Ziele durch die Tabuisierung der Sexualität erreicht! Jede Erektion war ein Sünde! Alle Triebe mußten im Dienst an der Partei oder im Heldentod für das Vaterland ausgetobt werden! Folge? Na, bitte! Impotente! Masochisten! Süchtige! Warme! Fetischisten! Verkorkst, verkommen, verbittert, böse! Eine Horde von Geisteskranken, die bei lebendigem Leib verfaulen – Madames

Gäste! Diplomaten! Bankiers! Militärs! Künstler! Psychiater! Industrie-
kapitäne! Kirchenherren! Agenten! Doppel-, Drei- und Vierfachagen-
ten! Intellektuelle und Demagogen! Politiker! Die ganze führende
Schicht! Was Sie wollen! Und das läßt sich peitschen und stechen und
schlagen und auf die Brust machen und an den Füßen aufhängen! Das
steckt sich Federn in den Hintern und muß gekratzt und geritzt und gekit-
zelt und bespien werden! Und verlangt nach ›Kapuzen‹ und ›Sägen‹ und
›Fünferpyramiden‹ und ›Igel und Hase‹ und ›Sandmännchen‹ und ›Was-
serfrauen‹ und...«

»Wonach?« fragte Manuel verblüfft.

»Nach... ach, was soll ich Ihnen das alles erklären! Immer dieselben
komplizierten Sauereien. Anders ist das Gesindel doch nicht glücklich zu
machen! Unsere Gesellschaft – voilà! Bei Madame erlebe ich sie, Abend
für Abend!« Yvonne schwieg, schwer atmend.

»Von dem, was Sie erleben, leben Sie aber sehr gut und müssen nicht
schwer arbeiten wie andere Mädchen und haben ein Auto und eine schöne
Wohnung...«

»Und ich gebe die Hälfte von allem, was ich verdiene, dem SDS!« rief
Yvonne.

»Donnerwetter«, sagte Manuel. Er ließ sich auf einen Hocker fallen und
mußte wider Willen lachen.

Yvonne hatte Humor. Sie lachte mit, bis ihre Leber weh tat.

»Aua!« sagte sie. »Na ja, komisch ist es schon. Wahnsinnig komisch. Das
ganze Leben.« Sie wurde ernst. »Sie haben jetzt genauso gelacht wie ihr
Vater. Den amüsierte das enorm, als ich ihm davon erzählte. Und weil
ich merkte, daß es ihn ablenkt, habe ich natürlich immer mehr erzählt,
und ich habe auch übertrieben... weil es ihm doch solchen Spaß machte!«

»Yvonne«, sagte Manuel, »Sie sind ein gutes Mädchen.«

»Ach was«, sagte Yvonne. »Hören Sie damit bloß auf.« Sie lächelte plötzlich und sagte: »Danke.«

Manuel lächelte gleichfalls und sah sich wieder die Bücherwand an.

»Ach ja, und dann die Gedichte«, sagte Yvonne. »Ich liebe Gedichte. Ihr
Vater liebte sie auch.«

»Ich weiß.«

»Er war ganz begeistert, als er sah, wie viel Lyrik ich besitze. Ich mußte
ihm oft Gedichte vorlesen.«

»Was für Gedichte?«

»Alle möglichen. Durcheinander. Klassisch und modern. Er saß da drüben
in dem Lehnstuhl und trank Whisky, und ich saß hier auf der Couch oder
auf dem Boden und las ihm vor, was ich besonders gern habe. Ich kann
Englisch und Französisch und Italienisch – er konnte diese Sprachen auch.
Spanisch kann ich nur schlecht. Wir hatten so ein Spielchen...«

»Was für ein Spielchen?«

»Ich las in der Originalsprache, und dann versuchten wir, das Gedicht ins Deutsche zu übersetzen. Wer die schönere Übersetzung zustande brachte. Das war nett. Nur einmal . . .«

»Ja?«

»Ach, eine Lächerlichkeit. Nichts von Bedeutung.«

»Was wollten Sie sagen, Yvonne?«

»Wirklich, Herr Aranda, es ist unwichtig.«

»Sagen Sie es trotzdem!«

»Na schön.« Sie legte sich zurück. »Ich habe Kipling gern. Nicht gerade seine nationalistischen Gedichte – aber alle anderen.«

»Ich auch«, sagte Manuel. »Und mein Vater liebte Kipling.«

Yvonne nickte.

»Ich habe ihm darum auch viel von Kipling vorgelesen. Englisch. ›The Ballad of East and West‹. ›Gentlemen-Rankers‹ – Sie wissen ja: ›Verdammt in alle Ewigkeit‹! ›Mandalay‹. ›Bolivar‹. ›Tommy‹. ›Tomlinson‹. Und so weiter. Und da bekamen wir einmal eine kleine Auseinandersetzung. Ich erinnere mich nur daran, weil es das einzige Mal war, daß ich Ihren Vater verärgert sah, aufgebracht, erregt . . . ja, tatsächlich, erregt!«

»Bei welcher Gelegenheit war das?« fragte Manuel, und er bemühte sich, die eigene Erregung zu verbergen, die ihn plötzlich übermannte.

»Ach, wegen ein paar Zeilen aus ›Das Licht erlosch‹. Gleich am Anfang. Sie kennen sie vielleicht: ›Und Jimmy . . .‹«

»Im Moment erinnere ich mich nicht . . .«

»Aber ja doch!« Yvonne zitierte: »»And Jimmy went to the rainbow's foot, because he was five and an man. And that's how it all began, my dears, and that's how it all began‹. – Na?«

»Und? Und was geschah da?«

Yvonne zuckte die Schultern.

»Lächerlich, ich sage Ihnen, lächerlich das Ganze! Wir wollten diese Strophe übersetzen. Ich übersetzte so: ›Und Jimmy ging *nach* dem Regenbogen, weil er schon fünf war und ein Mann. Und so fing alles an, meine Lieben, und so fing alles an.‹«

Manuel fühlte sein Herz klopfen, hastig und heftig. Er setzte sich auf den Couchrand.

»Und mein Vater?«

»Der übersetzte: ›Und Jimmy ging *zum* Regenbogen‹. Und darüber diskutierten wir dann. Ich meine: Man kann doch nicht zum Regenbogen gehen, nicht wahr? Der Regenbogen – das ist das Schöne, die Wahrheit, die Gerechtigkeit, allgemeine Vernunft, allgemeines Glück, allgemeiner Frieden – all das niemals zu Erreichende eben. Also schrieb Kipling wörtlich: ›Und Jimmy ging *zum Fuß* des Regenbogens‹. *Zum Fuß!* Ich versuchte, das nachzuempfinden, indem ich sagte: Er ging *nach* dem Regenbogen‹. *Nach!* Aber Ihr Vater, der sagte ›*zum* Regenbogen‹. Und das kam mir nicht richtig vor ... Ich weiß nicht, ob Sie mich verstehen!«

»Ich verstehe sehr gut.« Wie laut mein Herz pocht, dachte Manuel. Ob sie es hört? Komme ich jetzt weiter? Komme ich jetzt endlich ein Stück weiter auf meinem Weg? »Und darüber gerieten Sie also aneinander.«

»Es war einfach ridikül! Und auch gar nicht ernst – von meiner Seite wenigstens. Ihr Vater – komisch, Ihr Vater, der nahm es ernst. Ganz sonderbar ist das, ja ... Richtig aufgeregt hat er sich. ›*Nach* dem Regenbogen ist unschön! Holprig! Zu lang!‹ behauptete er.«

»Er sagte: ›Zu lang‹? Diesen Satz sagte er?«

»Wieso? Was meinen Sie? Ich verstehe nicht ...«

»Er sagte: ›Nach dem Regenbogen‹ ist zu lang?‹«

»Ja!«

»Sind Sie ganz sicher?«

»Ganz sicher! Ich höre ihn noch! Aber weshalb ist das wichtig? Sie sehen auf einmal so blaß aus, Herr Aranda. Ist Ihnen nicht gut?«

32

Das Café war groß, alt und schmutzig.

Es hieß ›Eldorado‹ und lag in der Praterstraße. Hier verkehrten Falschspieler, Huren und ihre Zuhälter, männliche und weibliche Säufer, alt, heruntergekommen, erbarmungswürdig, Obdachlose und Berufsverbrecher. Fast allnächtlich fanden Razzien statt.

Manuel war bis zum ›Eldorado‹ gefahren, ein langes Stück Weg von Yvonnes Wohnung fort, obwohl er gleich bei ihrem Haus und später immer wieder Telefonzellen gesehen hatte. Er wollte Yvonne so wenig wie möglich gefährden. Aber er mußte den Hofrat Groll sprechen.

»Wünschen, der Herr?«

Kaum war Manuel in das dämmrige Lokal eingetreten, da stand schon ein Riese von Kellner vor ihm, stiernackig, pockengesichtig, in einer fleckigen weißen Jacke und einem schmuddeligen Hemd. Zwei Vorderzähne fehlten. Es war plötzlich ganz still geworden in dem gutbesuchten Café. Die Huren, Zuhälter und Süffel starrten Manuel an. Die Zuhälter hatten Karten sinken lassen, die Huren Illustrierte und Groschenhefte. Das schien ihr Sonntagnachmittagsvergnügen zu sein: hier mit ihren Kerls zu sitzen. Die Louis und die Huren waren fein gekleidet. Die Süffel waren besoffen. Das waren sie immer, sonntags und wochentags. Das Café schloß nur von vier bis sechs Uhr morgens.

»Einen Cognac und telefonieren.«

»Da hinten ist die Zelle«, sagte der Boxer-Kellner. Er begleitete Manuel in den Gang zu den Toiletten. »Französischen?«

»Was?«

»Cognac.«

»Meinetwegen.« Manuel verschwand in der Zelle, in der es nach Zigarettenrauch und Urin stank.

Eine junge Hure stand automatisch auf und fuhr sich mit den Händen über die Hüften.

»Was hast du denn, Lucy-Baby?« fragte ihr Kerl am Nebentisch.

»Na, du siehst doch. Ein Freier...«

Der Louis strich ihr zärtlich über den Hintern.

»Setz dich, Herzerl. Heute nachmittag brauchst du keinen drüberlassen. Warst die ganze Woche so brav – bei dem Dreckswetter.«

Lucy-Baby setzte sich. Sie war gerührt.

»Das ist aber lieb von dir, Schorsch!«

»Und morgen fahren wir zum Gerngroß nach Mariahilf und kaufen das Kleid, das rote, was dir so gefällt.«

Lucy-Baby war den Tränen nahe.

»Wirklich? Du... du bist so gut zu mir, Schorschilein!«

»Nur gerecht. Fleiß muß belohnt werden«, sagte Schorschilein.

»Ich tu es doch gern, für dich...«

»Bei dem feinen Pinkel hättest du sowieso keine Chance«, sagte ein kahlköpfiger Süffel, der an einem Tischchen aus falschem Marmor saß, ein Weinglas vor sich auf der fleckigen Platte.

»Du leck mich am Arsch«, sagte Lucy-Baby hoheitsvoll.

»Richtig. Halt's Maul, Tschecherant«, sagte Schorschilein und knallte vier Karten auf den Tisch. »Bube, Dame, König, As. Gemma scheißen, die Herren!«

Die anderen Spieler äußerten teils Unmut, teils Bewunderung.

»...Praterstraße, Café ›Eldorado‹. Da ging er hinein. Over.« Der Mann mit dem Handmikrophon, der in dem weißen Chevrolet saß und diese Worte sprach, trug einen Dufflecoat. Sein Wagen parkte ein Stück von Manuels Mercedes entfernt auf der verlassenen Straße. An diesem Tag hatten die Amerikaner die Bewachung Manuels übernommen.

»Okay, Eagle Master«, kam eine Stimme aus dem Lautsprecher des Chevrolets. Sie gehörte einem Mann im Senderaum der Zentrale am Hietzinger Kai. »Kann einer von euch mal an dem Lokal vorbeigehen und sehen, was er macht?«

Der Mann mit dem Mikrophon sah zu seinem Kollegen am Steuer, während er anwortete: »Charley war schon da. Unser Freund telefoniert. Moment! Jetzt kommt er heraus! Steigt in seinen Wagen. Fährt los. Wir folgen!«

»Okay, Eagle Master. Meldet euch bald wieder. Over.«
Eagle Master meldete sich in der Tat bald wieder: »Stardust, ich rufe Stardust . . .«
»Ich höre, Eagle Master.«
»Aranda ist zum Sicherheitsbüro gefahren. Er geht eben hinein. Jetzt! Sonntagnachmittag! Er muß irgend etwas herausgefunden haben. Verständigen Sie auf alle Fälle den Chef, Stardust. Wir bleiben hier und warten auf Aranda.«
»In Ordnung, Eagle Master. Bleiben Sie auf Empfang. Over . . .«
Eine Minute später läutete im Schlafzimmer von Gilbert Grants großer Wohnung, einer Villenetage in einer stillen, verschneiten Straße Hietzings, das Telefon. Der massige Amerikaner, der aussah wie ein Zwilling von Orson Welles, schlief noch – laut schnarchend, mit offenem Mund. Er hatte den Abend und einen großen Teil der vergangenen Nacht in Gesellschaft Fedor Santarins und zweier ihnen vorgesetzter Nachrichtenoffiziere verbracht, denen sie Bericht über alles Vorgefallene erstatten mußten. Das Treffen hatte in Santarins Wohnung stattgefunden, die sich direkt an die Büros der ›Vereinigung für österreichisch-sowjetische Studentenfreundschaft‹ in dem schönen Barockpalais an der Wollzeile anschloß. Santarins und Grants Verbindungsmänner, die bereits einer anderen, höheren Kaste angehörten und sich entsprechend hochmütig betrugen, waren dem Amerikaner derart auf die Nerven gegangen, daß er noch mehr als sonst getrunken hatte. Da tat man die ganze Drecksarbeit, so clever und so gut man konnte, und dann kamen diese Schweine und erteilten Worte des Lobes und des Tadels, Zensuren, Weisungen, neue Anordnungen aus. ›Danke‹ – das war ein Wort, das man von diesen Hunden *niemals* zu hören bekam, und wenn man die Sache noch so prima machte! Santarin, der hatte bessere Nerven. Der überspielte alles mit Zynismus und blieb gleichgültig. Zuletzt hatte er Grant noch nach Hause gebracht . . .
Nun fuhr der schwammige Amerikaner im Bett auf und griff nach dem Telefonhörer. Ihm war schwindlig. Ihm war schlecht. Er hatte auch noch zwei Pulver genommen, denn er war so wütend und erregt gewesen, daß er nicht hatte einschlafen können. Er mußte sich zweimal schleimig räuspern, ehe er überhaupt sprechen konnte. Auch sein Telefon besaß – wie das Santarins – einen Zerhacker und einen Entzerrer. Schweigend hörte Grant dem Bericht des Mannes aus der Zentrale an.
»Ist gut, ich komme rüber«, sagte er zuletzt. Er legte auf und telefonierte noch etwas benommen mit Santarin.
Der Russe, soigniert wie immer, sagte: »Die kleine Yvonne wird unserem Freund etwas erzählt haben.«
»Klar. Aber was?« Auf seinem Bett fuhr Grant sich durch das wirre Haar.

»Ich habe das Gefühl, wir werden es bald wissen. Ich komme zu Ihnen, in die AMERICAR. Was für ein Glück, daß *Sie* heute unseren Freund bewachen.«

»Wieso?«

»Ihr Alkoholspiegel hat noch nicht die nötige Höhe, wie? Auf diese Weise erfährt doch Mercier nichts von der Sache! Was geht das alles die Franzosen an, hm? Glauben Sie, Mercier versucht nicht, uns zu hintergehen, wo er nur kann – trotz der Vereinbarung, die wir geschlossen haben?«

Fedor Santarin war ein außerordentlich kluger Mensch.

33

»Es ist das richtige Zitat!« Der Hofrat Groll kam Manuel entgegengeeilt, als dieser das stille Büro betrat. Er half ihm aus dem Mantel. »Trotz eines kleinen Gedächtnisfehlers, merkwürdigerweise bei Ihrem Herrn Vater *und* bei der guten Yvonne. Richtig heißt es nämlich statt ›Jimmy‹ ›Teddy‹ – aber das weiß ich nur, weil ich habe nachschauen lassen. Für uns ist natürlich einzig und allein ›Jimmy‹ richtig ... Trans hat mich eben angerufen.«

»Wer?«

»Trans – so heißt die Chiffrierabteilung der Staatspolizei. Abkürzung von translatio – Übersetzung.«

»Und?«

Der silberhaarige Kriminalist war außerordentlich bedrückt und unruhig. Er überspielte seinen Zustand, indem er scheinbare Freude geradezu outrierte. Wäre Manuel nicht so erregt gewesen, er hätte merken müssen, daß Groll etwas hinausschieben, nicht gleich sagen, am liebsten gar nicht sagen wollte – und doch wußte, daß dies unmöglich war. Nun mußte er, natürlich *er!*, Manuel informieren. Er wollte es wenigstens langsam tun, Schritt um Schritt, so behutsam wie möglich.

»Die Kollegen am Parkring drüben dechiffrieren den Gesamttext. Sie haben Tabellen dazu, Maschinen, einen Computer ...« Groll führte Manuel an den Schreibtisch. Dort lagen die Fotokopien der Manuskriptseiten, die im Tresor des Anwalts Stein verschlossen waren. Der Hofrat schob seinen Stuhl heran. Er dachte: Dieser Junge ist psychisch labil. Wie wird er reagieren? Alles ist möglich, Verzweiflung und Apathie ebenso wie blinder Haß und Aggression. Aggression und Haß gegen jene, die den Vater in diese Geschichte verwickelt haben. Großer Gott, also gegen Amerikaner, Sowjets und Franzosen! Wenn der Junge jetzt aber auch nur *einmal* falsch reagiert, ist er erledigt. Diese Leute kennen kein Erbarmen. Aranda befindet sich in akuter Lebensgefahr!

»Setzen Sie sich, Manuel – Sie haben doch nichts dagegen, wenn ich Sie Manuel nenne?«

»Natürlich nicht...«

»Schön. Nun, also, ich erkläre Ihnen das System. Solange wir den Klartext von Trans nicht haben, können wir genausogut... Ich meine, während wir warten müssen...« Jetzt stottere ich auch noch, dachte Groll erbittert.

»Erklären Sie mir das System, Herr Hofrat«, sagte Manuel.

Groll fuhr sich mit einer Hand über die Stirn.

»Was haben Sie?«

»Etwas Kopfweh. Der Schnee. Also: Wie ich vermute, ist es ein ›Cäsar‹. Ein fünfundzwanzigfacher ›Cäsar‹, angewendet nach der Substitutionsmethode. Groll nahm ein Blatt Papier und einen Bleistift. »Ich mache uns hier nur eine primitive Skizze, damit Sie die Methode begreifen. Zuerst schreibe ich das Zitat auf, das dem Code zugrunde liegt...«

Der rundliche Hofrat schrieb:

UND JIMMY GING ZUM REGENBOGEN

»Jetzt setzen wir unter jeden Buchstaben die Zahl, die ihm zukommt, wenn wir das gewöhnliche Alphabet mit seiner Buchstaben*folge* zur Vorlage nehmen. Welcher Buchstabe kommt dem A am *nächsten*? Denn ein richtiges A haben wir ja in dem Satz überhaupt nicht.«

»Aber ein B in ›Regenbogen‹!«

»Richtig. Also schreiben wir unter das B in ›Regenbogen‹ die Zahl 1. Welcher Buchstabe kommt nach der Alphabet-Reihenfolge nun als nächster?«

»Das D in ›Und‹!«

»Also eine 2 unter das D. Nächster Buchstabe?«

»E. In ›Regenbogen‹.«

»Gut.«

»Da gibt es gleich drei E's!«

»Eben. Sonst wäre der Code ja auch leicht zu brechen. Ihr Vater hat die einzelnen E's in der Reihenfolge ihres Vorkommens beziffert, sagte mir Trans am Telefon. So weit waren sie schon, daß sie das wußten.« Ich gewinne Zeit, dachte Groll, aber wieviel? Und dann? Und in ein paar Minuten? Was wird dann sein? Er sagte: »Auf die gleiche Weise verfuhr Ihr Vater mit allen Buchstaben, die mehrfach vorhanden sind. Also: Erstes E 3, zweites E 4, drittes E 5. Weiter! Als nächster Buchstabe in der Alphabetfolge käme das G. Da haben wir sogar vier in dem Satz! Der Reihe nach: 6, 7, 8 und 9...«

Sie arbeiteten weiter, bis die Skizze des Hofrats so aussah:

U	N	D	J	I	M	M	Y	G	I	N	G	Z	U	M
22	16	2	12	10	13	14	24	6	11	17	7	25	23	15

R	E	G	E	N	B	O	G	E	N
21	3	8	4	18	1	20	9	5	19

Groll sagte: »Nun schreiben wir einmal den Anfang des *verschlüsselten* Textes Ihres Vaters *unter* die Zahlen.«
Er notierte:

U	N	D	J	I	M	M	Y	G	I	N	G	Z	U	M
22	16	2	12	10	13	14	24	6	11	17	7	25	23	15
E	I	Q	X	S	R	F	S	T	R	L	U	C	T	X

R	E	G	E	N	B	O	G	E	N
21	3	8	4	18	1	20	9	5	19
M	N	C	R	Y	E	Y	B	S	X

»Aber der verschlüsselte Text läuft doch weiter und weiter«, sagte Manuel. »Viele Seiten lang!«
»Stimmt. Doch der Jimmy-Satz ist der Code-Schlüssel. Wenn man zu seinem Ende kommt, fängt man immer wieder von vorn an. Wie ich jetzt . . .«
Groll schrieb:

U	N	D	J	I	M	M	Y	G	I	N	G	Z	U	M
22	16	2	12	10	13	14	24	6	11	17	7	25	23	15
N	L	G	Z	Q	V	T	R	K	D	R	W	R	F	T

R	E	G	E	N	B	O	G	E	N
21	3	8	4	18	1	20	9	5	19
W	H	V	E	M	G	A	J	G	X

»Wie gesagt, ich erkläre es *ganz* primitiv«, sagte Groll. »Jetzt müßte man mit dem Jimmy-Zitat *wieder* von vorn anfangen, nicht wahr? Die Buchstaben des Zitats kann man übrigens weglassen. Wichtig sind nur die *Zahlen.* Unter die müßte man die Code-Buchstaben, die folgen, notieren. Aber das genügt schon.«
»Herr Hofrat, können Sie mir nicht gleich sagen, wie der Klartext lautet?« drängte Manuel.
»Das weiß ich doch selbst noch nicht«, log Groll. »Wir wollen ihn gerade finden! Wenigstens den Anfang.« Und der wird reichen, großer Gott,

dachte er. »Es geht bei uns natürlich unendlich viel langsamer als bei Trans. Die haben Tabellen. Die haben den Computer, ich sagte es schon. Auch Ihr Vater hat eine Tabelle gehabt, um schnell arbeiten zu können. Er wird sie weggeworfen haben, als er fertig war.«

»Herr Hofrat, *bitte!*«

»Ja, natürlich . . . Also: Nun schreiben wir noch das gesamte Alphabet auf, fortlaufend. Zweimal hintereinander. Das wird auch genügen, denke ich.« Er notierte:

A B C D E F G H I J K L M N O P Q R S T U V W X Y Z A B
C D E F G H I J K L M N O P Q R S T U V W X Y Z

»Nun lassen Sie uns sehen. Der erste Buchstabe im *Chiffretext* ist ein E. Der erste Buchstabe im *Zitat*, das dem Chiffretext zugrunde liegt, ist ein U. Unter dem U steht 22. Ihr Vater hat nun den ersten Buchstaben des ersten Wortes, das er chiffrieren wollte, im *Alphabet* gesucht und 22 Buchstaben weitergezählt. Dabei kam er zu dem E in seinem *Chiffriertext.* *Wir* müssen es *umgekehrt* machen. Wir müssen uns aus unseren zwei Alphabeten ein E heraussuchen – das zweite würde ich vorschlagen, denn 22 Buchstaben zurück sind ein weiter Weg – und *rückwärts* zählen, zweiundzwanzigmal. Also: D, C, B, A, Z, Y . . . I! I ist unser erster *Klarbuchstabe.*«

Groll schrieb: I

»Der nächste Buchstabe in dem *verschlüsselten* Text – die Anordnungen zu Fünfergruppen sind nur als weitere Erschwerung der Entschlüsselung gedacht, wie die mehrfach vorkommenden gleichen Buchstaben im Zitat –, der nächste Buchstabe ist ein I. Sehen wir im Zitat nach. Welche Zahl steht unter *seinem* zweiten Buchstaben? Dem N in ›Und‹?«

»Darunter steht 16!«

»Das heißt, von dem Buchstaben, den er verschlüsseln wollte, mußte Ihr Vater im Alphabet 16 Buchstaben weiterzählen. Dabei kam er zu einem I. Wir müssen nun von dem I 16 Buchstaben zurückzählen. Dabei kommen wir« – Groll tippte mit dem Bleistift schnell die Reihe vom zweiten I in der Alphabetentwicklung zurück – »zu einem S.«

Er schrieb S.

Sie arbeiteten weiter. Nach sieben Minuten hatten sie diesen Klartext dechiffriert:

ISOLIERUNG UND WIRKUNG DES NERVENGIFTES AP SIEBEN

34

Stille.

Absolute Stille.

Überhaupt keine Reaktion.

Mechanisch die wenigen Bewegungen, starr der Blick.

Genauso habe ich mir das vorgestellt, dachte der Hofrat, Manuel aufmerksam betrachtend. Jetzt sieht er langsam Licht. Jetzt wird ihm alles klar. Und es ist wahrscheinlich sogar eine gewisse Erleichterung für ihn, wenigstens klarzusehen! *Vorläufig* noch eine Erleichterung! Warten wir ab. Warten wir ab...

Natürlich kannte ich schon den Anfang des Textes, wußte ich bereits, worum es ging, als der Junge kam. Die Männer von Trans sagten ihn mir. Ich habe derartiges erwartet. Von Anfang an. Seit ich wußte, daß Russen, Amerikaner und Franzosen mit dem Vater dieses Jungen verhandelten. Seit ich wußte, daß der Vater eine der größten Fabriken für Schädlingsbekämpfungsmittel in Argentinien besaß. Auch für Hanseder und die Staatspolizei ist dies nun keine große Überraschung mehr. Sie alle tippten wie ich. Darum habe ich ja gleich am Anfang dieser verfluchten Geschichte versucht, den Jungen von seiner Jagd abzubringen.

»Selbstverständlich dachte ich schon daran, daß es sich um so etwas handeln könnte«, sagte Manuel mit flacher, ausdrucksloser Stimme, den Kopf ruckartig bewegend, die Augen starr. »Er war schießlich Chemiker und Biologe, mein Vater. Schädlingsvernichtung... Ich dachte... Aber ich konnte es mir einfach nicht *vorstellen!* Ich glaubte, alles über ihn und seine Arbeit, über unser Werk zu wissen... Ich...« Er neigte sich vor.

»Weiter!«

»Das dauert ewig, bei unserer Methode! Trans schickt in spätestens zwei Stunden einen Kurier mit dem ganzen Text!«

»Und was machen wir in den zwei Stunden, Herr Hofrat? Hier sitzen und warten?«

Jetzt hat es ohnehin keinen Sinn mehr, dachte Groll, daß ich den Jungen vor irgend etwas bewahren will. Wir werden also losfahren. Sicherlich besser gleich als später. Groll kannte auch schon die nächsten Worte des Manuskripts. Trotzdem dechiffrierte er sie zusammen mit Manuel.

AUFGABESCHEIN IN KUVERT AN MICH SELBST ADRESSIERT UND POSTE RESTANTE POSTAMT 119 GESCHICKT

»Was für einen Aufgabeschein?« fragte Manuel langsam. Er sah Groll direkt ins Gesicht, aber dieser hatte das Gefühl, daß der Junge ihn trotzdem nicht wirklich zur Kenntnis nahm.

»Das weiß ich nicht«, sagte der Hofrat. »Nach allem, was wir herausgebracht haben, verkaufte Ihr Vater dieses ... dieses Produkt an Russen und Amerikaner. Das verschlüsselte Manuskript hat er für seinen dritten Partner angefertigt, für die Franzosen.«

»Aber warum?« Immer noch die modulationslose Stimme, immer noch der starre Blick.

»Vielleicht ist er mit ihnen nicht so einfach handelseinig geworden. Vielleicht mißtraute er ihnen. Ich denke folgendes: Die Franzosen wollten erst Ware, dann zahlen. Das war ein zu großes Risiko für Ihren Vater, der, wie diese Yvonne Ihnen erzählt hat, in beständiger Todesangst lebte. Kein Wunder bei dem, was er tat! Russen und Amerikaner hätten unter allen Umständen vesucht, einen Verkauf an die Franzosen zu verhindern, wenn ihnen diese Absicht Ihres Vaters bekannt gewesen wäre. Und sie war ihnen bekannt, es sieht ganz so aus.«

»Und der Verkauf wurde verhindert. Mein Vater wurde ermordet.«

»Ja. Wenn ich auch nicht weiß, ob ...« Groll brach ab. Sinnlos jetzt, dachte er. »Auf jeden Fall wollte Ihr Vater am Freitagmorgen heimfliegen, das wissen wir. Am Donnerstag wurde er vergiftet. Ich stelle mir vor: Wäre er nicht vergiftet worden, dann hätte er das chiffrierte Manuskript vor seinem Abflug den Franzosen übergeben, um dann in dem für ihn viele Male sicheren Buenos Aires zu warten, bis die Franzosen tatsächlich bezahlten. Im Besitz des Geldes, hätte er ihnen den Schlüssel zum Code verraten und bei einem Notar eine Vollmacht hinterlassen, den postlagernden Brief zu beheben, den er an sich selber schickte und der nun im Postamt 119 liegt. Er wollte unbedingt fort aus Wien, Ihr Vater. Der Boden war ihm hier zu heiß geworden. Wo ist sein Paß?«

»Im Hotel.«

»Wir fahren da vorbei und holen ihn. Und mein Freund Hanseder soll inzwischen versuchen, den Leiter des Postamts zu erreichen. Damit wir den Brief bekommen. Heute ist Sonntag, das Amt geschlossen. Es liegt weit draußen in der Pötzleinsdorferstraße.«

35

Das Kuvert war mit dem Wappen des ›Ritz‹ geziert. Der mißgelaunte Leiter des kleinen, alten Vorstadtpostamts, ein erstaunlich junger Mann, überreichte es ihnen nach einem kurzen Blick auf ihre Ausweispapiere. Hanseder hatten den empörten Beamten durch seine Leute buchstäblich aus dem Ehebett holen lassen.

Manuel öffnete das Kuvert. Ein hellblauer Zettel lag darin. In großen schwarzen Ziffern trug er die Nummer 11 568, die Druckschrift GEPÄCK-

AUFBEWAHRUNG WIEN WESTBAHNHOF sowie einen leicht verwischten Gummi-Datumstempel vom 2. Januar 1969.

»An diesem Tag ist mein Vater in Wien angekommen!« Manuels Stimme klang stumpf. »Und noch am gleichen Tag trug er etwas zur Gepäckaufbewahrung...«

»Also zum Westbahnhof«, sagte Groll.

Ihre Schritte klopften laut auf dem defekten Holzboden des kleinen Postamts, als sie es verließen. Manuel ging neben dem Hofrat, der – es war eisig kalt, Ostwind heulte und trieb Schneeschlieren vor sich her – eine Baskenmütze über dem silbergrauen Haar trug. Manuel hatte seine Pelzkappe auf.

Groll setzte sich an das Steuer des großen Dienstwagens, mit dem sie gekommen waren, Manuel nahm neben ihm Platz. Sie fuhren den weiten Weg zum Gürtel zurück und über diesen bis zur Mariahilferstraße und zum Bahnhof. Sie fuhren ohne Begleitschutz. Groll hatte eine Pistole bei sich. Aber er war überzeugt, daß nichts geschehen würde. Das hatte er auch Manuel gesagt: »Es war eine gute Idee von mir, die Herrschaften alle wissen zu lassen, daß das Originalmanuskript Ihres Vaters bei einem Anwalt liegt und sofort veröffentlicht wird, wenn Ihnen das Geringste zustößt. Die sind jetzt alle mächtig besorgt um Ihr Wohlergehen.«

Während er den verödeten Gürtel entlangfuhr – einer Gespensterstadt glich Wien an diesem düsteren Januarsonntag –, sah Groll ein paarmal in den Rückspiegel.

»Brav, brav Ihre Beschützer«, sagte er. »Drehen Sie sich um. Der weiße Chevrolet.«

»Woher wissen Sie, daß es gerade dieser Wagen ist?«

»Er hatte vor dem Sicherheitsbüro geparkt. Folgt uns seither.«

Groll schaltete einen Gang zurück und trat fest auf das Gaspedal. Sein Wagen schoß vor. Auch der Chevrolet beschleunigte sofort die Fahrt. »Na?« sagte Groll.

Manuel anwortete nicht...

In der riesigen Halle des Westbahnhofs hielten sich, der Wärme wegen, einige Stromer auf, verkommen aussehende, unrasierte Männer in Lumpen. Sie hockten auf den Bänken im oberen Hallenteil, schliefen oder tranken aus Flaschen. Nur wenige Reisende waren zu sehen.

Der Gepäckschalter befand sich zwischen einem großen Zeitungsstand und einen ebenso großen Delikatessenladen. Hier standen ein paar Menschen.

Groll drehte sich scheinbar gelangweilt um. Durch eine der großen Glastüren war ein Mann im Dufflecoat getreten, der nun, da er Grolls Blick auf sich ruhen fühlte, zu einer Tabak-Trafik schlenderte und Zigaretten kaufte. Na also, dachte der Hofrat.

»So, hier der Herr, bittschön.« Der Beamte war aus dem Kofferlabyrinth mit einer flachen, viereckigen Schachtel von etwa fünfzig mal fünfzig Zentimetern aufgetaucht. Die Schachtel hatte man mit Kupferdraht und Plomben gesichert. Der Mann sah auf den Datumstempel des Aufgabescheins.

»Seit dem zweiten Januar da. Heute ist der neunzehnte. Das macht...« Der Mann rechnete mit Lippen, die sich lautlos bewegten. ... Neunzig Schilling! Viel Geld, ja. Aber das liegt ja auch so lange bei uns. Und pro Tag kostet es ...«

»Schon gut.« Manuel bezahlte. Er hob den Karton auf und war überrascht von dem Gewicht. »Was kann da drin sein?«

»Kommen Sie in den Wagen. Ich habe eine Kneifzange. Wir werden es gleich sehen«, sagte Groll.

Der Mann im Dufflecoat saß neben seinem Kollegen in dem weißen Chevrolet, der auf dem großen Parkplatz vor dem Bahnhof stand, als Manuel und Groll ins Freie traten und auf den Wagen des Hofrats zugingen. Der Mann im Dufflecoat sprach in ein Handmikrophon: »Sie haben einen Karton bei der Gepäckaufbewahrung abgeholt...« Er beschrieb ihn. »Sie steigen in Grolls Wagen. Sie fahren los. Wir folgen ihnen. Over.«

»Okay, Eagle Master«, sagte Gilbert Grant, der vor dem Kurzwellensender in dem fensterlosen Büro am Ende des gewaltigen Ersatzteillagers seiner Firma AMERICAR saß. Neonlicht fiel auf ihn und den elegant wie stets gekleideten Fedor Santarin. Draußen in der Halle war es unheimlich still. Heute wurde nicht gearbeitet.

Grant, der mittlerweile ein mächtiges Frühstück verzehrt und sich wieder erholt hatte, sah den Russen aus rotgeäderten Augen an. »Schwarzer Karton, flach und anscheinend schwer. *Unseren* Karton hat Aranda aus der Gepäckaufbewahrung im Schwechater Flughafen geholt. Wetten, es ist dasselbe drin?«

»Natürlich ist dasselbe drin«, sagte der Russe. »Aber wir haben unseren Karton und alles andere *erhalten*, nachdem wir mit Aranda – Gott sei seiner Seele gnädig – zu einem Abschluß gekommen waren. Die Franzosen schafften das nicht mehr. Doktor Aranda verstarb – welch Jammer – zu früh für sie. Darum bekam Mercier auch nie *seinen* schwarzen Karton.«

»Aber was ist da passiert? Wieso holt der Sohn das Ding erst heute?« Der Russe zog die Hose an den Bügelfalten hoch, bevor er sich auf eine Kiste mit verpackten Autoscheinwerfern setzte.

»Ich bin immer der Ansicht gewesen, daß der junge Aranda geblufft hat.«
»Was heißt das? Sie meinen, er hat das Manuskript seines Vaters gar nicht?«

»Unsinn. Gilbert, Sie saufen langsam Ihr Gehirn weich! Natürlich *hat* er das Manuskript. Wie er uns sagte. Bei einem Anwalt verwahrt. Aber

den Schlüssel zum Dechiffrieren, *den* hatte er bis heute nicht, obwohl er
es behauptete!«
»Woher wollen Sie das wissen?«
»Meine Überzeugung.«
»Wenn er ihn aber jetzt hat...«
»*Jetzt* hat er ihn, da können Sie Gift drauf nehmen!«
»... dann muß er ihn bei Yvonne gefunden haben.«
»Sehr wahrscheinlich.«
»Aber wie? Was weiß Yvonne? Ist sie eingeweiht?«
»Gilbert, wirklich! Natürlich ist sie *nicht* eingeweiht. Der Alte war doch
kein Idiot.«
»Aber wie hat der Sohn dann bei ihr...«
»Das weiß ich nicht. Glück. Zufall. Uninteressant. Jetzt hat er den Schlüs-
sel. Uns kann das egal sein. Für uns ändert es nicht das Geringste. Auch
nicht, daß er jetzt den Karton hat, weil er den Code dechiffrieren konnte
und vermutlich gleich zu Beginn etwas über den Karton im Manuskript
steht.«
»Wir werden Yvonne...«
»Wir werden Yvonne in Ruhe lassen, aber *absolut!* Das Letzte, was wir
jetzt brauchen, ist der kleinste Zwischenfall. Mercier hat dem jungen
Aranda damals am Telefon jedes Wort geglaubt. Gott sei Dank. Hoffentlich tut er es noch immer.«

36

Dr. Raphaelo Aranda sprach mit angenehmer, ruhiger und tiefer Stimme.
Er sprach in fast akzentfreiem Englisch. Die Stimme eines Toten ertönte,
dozierend, klar, überdeutlich fast. Manuel saß reglos, die Hände auf den
Knien. Schon einmal hatte er die Stimme eines Menschen vernommen,
der tot war – Valerie Steinfelds Stimme. Und, wie um ihn immer und immer wieder darauf hinzuweisen, darauf hinzustoßen, daß diese beiden,
sein Vater und Valerie Steinfeld, zusammengehörten, untrennbar und
unlösbar, daß sie eins waren, auch noch im Tode, über den Tod hinaus
eins, eins, eins, erklang nun die Stimme von Manuels Vater.
»Wir wissen«, sagte diese wohlklingende Stimme, »daß bakteriologische
und chemische Waffen unendlich wirksamer sind als selbst Wasserstoff-
bomben. Zum einen können alle B- und C-Waffen ohne besondere Kosten
hergestellt werden; zum andern bringen insbesondere B-Waffen mit einem Bruchteil des Risikos und einem Bruchteil des Aufwands eine millio-
nen- und milliardenfach größere Erfolgsquote. Im Falle des von uns ent-
wickelten Nervengiftes AP Sieben kann man getrost von einer

trilliardenfachen Quote sprechen ...«

Auf der silbernen Kinoleinwand des kleinen Vorführraums im Keller des Sicherheitsbüros erschien eine Graphik. Ein 16-Millimeter-Farbfilm lief ab. Er war mit Magnetton versehen. Die große Rolle hatte sich in dem schwarzen Karton befunden, der Groll und Manuel auf dem Westbahnhof ausgehändigt worden war.

»Wie hat mein Vater das nach Wien gebracht?« hatte Manuel gefragt, als er, noch im Wagen, die Filmrolle erblickte.

Groll hatte aus dem Fenster gesehen.

»Jemand von der argentinischen Botschaft war bei Ihnen, nicht wahr? Die Herren sind besorgt. Es gibt diplomatische Kuriere. Was sie befördern, wird nicht geöffnet und beim Zoll nicht untersucht. Ich könnte mir vorstellen, daß Ihr Vater ...«

»Ach so.«

»Er wird ja wohl noch eine zweite Kopie des Films gebraucht haben.«

»Eine zweite?«

»Nun ja, für die Amerikaner und Russen«, hatte Groll gesagt.

Die Stimme des Dr. Raphaelo Aranda erklang, freundlich und bestimmt. Sie erläuterte die Graphik des Films: »Um alles menschliche, tierische und pflanzliche Leben auf der Fläche eines Quadratkilometers Erde zu vernichten, braucht man nach den Berechnungen des Mikrobiologen Professor Meselson von der Harvard-Universität rein quantitativ ...« – ein Stab fuhr die Graphik ab – »... von dem amerikanischen Nervengift Sarin – zehn Tonnen. Es bildet sich da eine giftige Wolke in einer Höhe von hundert Metern ...« Weiter glitt der Stab über die schwarzen Linien auf gelbem Grund. Weiter ertönte die Stimme von Manuels Vater: »Bei einer Wasserstoffbombe – ein Kilogramm. Bei giftigen Bakterien – ein Zehntelgramm. Bei giftigen Viren – ein Tausendstelgramm ...« Die Stimme hob sich: »Bei unserem neuen Kampfstoff AP Sieben benötigt man – *nicht mehr als ein halbes Tausendstelgramm* ...«

Manuel stöhnte.

Die Starre weicht, dachte Groll. Er sah den jungen Menschen besorgt an. Und ich kann dir nicht helfen, dachte er, ich kann dir nicht helfen. Niemand kann das. Die Filmapparatur stand zwischen ihnen auf einem festen Tisch. Vor dem Eingang des schalldichten Kellerraumes hatte der Hofrat zwei Beamte postiert. Weitere hielten sich im Stiegenhaus und beim Tor des Sicherheitsbüros auf. Im Widerschein der Leinwand sah Groll, daß Schweißtropfen auf Manuels Stirn traten.

Die Graphik verschwand.

Das Bild eines weiß und silbern blinkenden Laboratoriums erschien. Gestalten in orangeroten Schutzanzügen, Schutzstiefeln, Schutzhandschuhen, Kapuzen und Gasmasken bewegten sich gespenstisch darin. Mitten im Raum stand ein Zuchtstier, dessen Beine mit Ketten festgehalten wurden. Einer der Gespenstermänner preßte eine hohle Halbkugel aus Gummi mit der aufgeschnittenen Seite gegen Maul und Nüstern des Tieres. Von der Halbkugel lief ein Schlauch zu einem Gerät, an dem ein zweiter Gespenstermann einen Schalter betätigte. Im nächsten Moment brach der Stier zusammen. Aus seinem Maul, das nun wieder frei war, troff Schaum. Die Augen, weit aufgerissen, zeigten nur Weißes. Das Tier war tot.

Die Stimme von Manuels Vater kommentierte sachlich und freundlich: »Der Stier atmete fünfhundert Kubikzentimeter Luft ein, in denen sich nur zehn Moleküle AP Sieben befanden. Das Einatmen des Kampfstoffes bewirkt augenblicklichen Kreislaufstillstand und damit den sofortigen Tod...«

Ein Beben ging durch Manuels Körper.

Die Bilder auf der Leinwand wechselten. Sie zeigten Luftschleusen, Ultraviolettleuchten zum Sterilisieren der Luft, andere Laboratorien, wobei die Filmstimme des Vaters erklang: »...infolgedessen ist AP Sieben das ideale Aerosol – ein Mittel, das in staubfeiner Tröpfchenform der Größenordnung von einem Mikron, also einem Tausendstel Millimeter Durchmesser, aus Flugzeugen, Raketen oder Ballons abgesprüht werden kann. Tröpfchen von solcher Kleinheit durchdringen in Sekundenbruchteilen die Alveolen der Lunge, wie diese Sprühversuche zeigen...«

Die Aufnahmen waren gestochen scharf.

Käfige mit Hunden, Vögeln, Meerschweinchen, Kaninchen, Aquarien mit Fischen.

Kameras fuhren über diese Behausungen hin. Alle Tiere waren gesund und munter.

Die Kameras fuhren auf ihren Schienenwegen zurück.

In den Käfigen und Aquarien lagen sämtliche Tiere tot, verendet.

Die Filmstimme des Vaters: »...aber nicht nur durch Einatmen, auch durch Berührung mit der Haut tötet AP Sieben in weniger als fünf Sekunden jedes Lebewesen...«

Jetzt erschien im Bild ein Schimpanse, gleichfalls gefesselt. Ein völlig vermummter Mann ließ aus einer Pipette mit haardünner Öffnung – Großaufnahme – den kaum sichtbaren Tropfen einer farblosen Flüssigkeit auf den Rücken des Tieres fallen. Der Schimpanse zuckte zusammen, sein Körper verkrampfte sich gräßlich. Er brach in die Knie, seinen Leib schüttelten Zuckungen – ganz kurz nur. Dann war auch dieses Tier tot.

»...andere Sprühversuche beweisen, daß AP Sieben mit der gleichen Perfektion und Schnelligkeit auf alle Pflanzen wirkt...«

Neue Aufnahme.

Bäume, Gras, Blumen und Getreide in großen Glashallen.

Von einem Moment zum andern waren die leuchtenden Farben verschwunden, die Bäume entlaubt, die Blumen, das Gras und das Getreide verwelkt, in sich zusammengesunken, schwarz...

»AP Sieben ist kälte- und hitzebeständig... und deshalb unter jeder Gegebenheit einsetzbar...

Bilder immer neuer Räume erschienen auf der Leinwand, immer neuer Tiere im Augenblick ihres blitzschnellen Todes. Immer neue vermummte Gestalten und blitzende Apparaturen waren zu sehen...

Aufnahmen durch ein Mikroskop. Man sah winzige kugelförmige Gebilde.

»... das ist der Bazillus *Clostridium venenatissimum*. Über die Methoden seiner Zucht und der Isolierung seines Toxins soll hier nicht gesprochen werden...«

»Nein, darüber werden wir alles in dem entschlüsselten Bericht lesen«, sagte Groll. »*Clostridium* – das ist die Gruppe äußerst bösartiger Bakterien, zu denen die Erreger von Wundstarrkrampf und Gasbrand gehören. Und ›*venenatissimum*‹ sagt alles: ›der giftigste‹ Bazillus!«

»... an dieser Stelle nur soviel: Wir entdeckten den Erreger bei einer kleinen Nagetierart Argentiniens. Nach Isolierung seines Toxins testeten wir sämtliche bekannten Schutz- und Gegenmittel. Es gibt bislang kein solches Schutz- oder Gegenmittel. Alle Impfstoffe bleiben wirkungslos...«

Andere Räume, steril, blitzend, sauber, mit Affen und Ziegen gefüllt – eben noch lebend, im nächsten Moment tot.

»Dies sind Versuchstiere, die mit *stärksten* Antistoffen geimpft wurden. Sie sehen: Keines dieser Mittel schützt im geringsten gegen AP Sieben...«

»Wo wurden diese Aufnahmen gemacht?« fragte Groll. »Das müssen doch geheime Laboratorien sein... gewiß in einem Sperrgebiet... Haben Sie eine Ahnung, Manuel, wo dieses Gebiet liegen könnte?«

Auf der Leinwand starben Tiere, große Tiere, kleine Tiere. In kleinen Räumen. In großen Räumen. Einzeln. In Massen. Es war, als liefe ein Film über ein Auschwitz der Tiere ab.

»Ich... ich habe keine Ahnung...«

»Sie haben mir mal erzählt, Ihr Vater sei oft auf Reisen gewesen.«

»Ja, das stimmt.«

»Reisen wohin?«

»Ich weiß es nicht... zu Zweigwerken unserer Fabrik, dachte ich immer. Er blieb nie lange weg...«

Als Begleitung all des Gräßlichen ertönte weiter die Stimme von Manuels Vater: »... feste Oberfläche der Erde beträgt 149 Millionen Quadratkilometer. Für den theoretischen Fall einer Ausrottung alles menschlichen, tierischen und pflanzlichen Lebens auf dem gesamten Festland würden rund fünfundsiebzig Kilogramm des konzentrierten Kampfstoffes genügen...«

Manuel rang nach Luft.

»Könnten es Auslandsreisen gewesen sein?« fragte Groll.

Manuel sagte etwas. Groll verstand nicht.

»Wie?«

»Ich... ich glaube nicht...«

»Was haben Sie?«

Groll sah, daß Manuel plötzlich beide Hände vor das Gesicht schlug, und hörte, wie er laut aufschluchzte.

Dann stammelte er: »Unfaßbar... ein Monstrum... ein Ungeheuer... Ich bin der Sohn eines Verbrechers...« Neuerliches Schluchzen. Manuel hob das Gesicht, er starrte Groll an. Seine Stimme zitterte: *»Aber wie muß mein Vater gelitten haben!«*

»Was heißt das?«

»Wer hat ihn gequält? Wer hat ihn verfolgt? Wer hat ihn erpreßt zu all dem?« rief Manuel mit sich überschlagender, zuletzt versagender Stimme. Er keuchte und schluchzte, Tränen rannen über sein Gesicht, Groll sah es im Widerschein der Leinwand.

Der Junge will die Wahrheit immer noch nicht wahrhaben, dachte Groll erschüttert. Er wehrt sich gegen sie. Es ist, trotz allem, sein Vater – der ›Verbrecher‹, das ›Monstrum‹. Er hört die Stimme seines Vaters, er, der Sohn, er, bei dem ich jetzt davor zittere, daß er in einer Panikreaktion das eigene Leben aufs Spiel setzt.

All das habe ich gefürchtet. All das wollte ich verhindern. Es ist mir nicht gelungen.

Nun wären wir soweit.

37

Schwarze Pest. Pocken. Milzbrand. Gehirngrippe. Ruhr. Gasbrand. Gelbfieber. Rotz. Wundstarrkrampf. Typhus. Papageienkrankheit. Fleischvergiftung. Fleckfieber. Bangsche Krankheit. Q-Fieber... rund 160 furchtbare Erkrankungen werden in den Laboratorien des Ostens und des Westens für die Menschheit vorbereitet. Das wußte der Hofrat Groll ebenso wie Manuel Aranda. Sie mußten nicht darüber reden. 30 Gramm des Q-Fieber-Erregers beispielsweise, so hatte man errechnet, könnten 28 Milliarden Menschen infizieren.

Zwei Fingerhüte voll Botulinus-Toxin, einem Gift, mit dem AP Sieben nahe verwandt sein mußte, würden ausreichen, um die Bevölkerung halb

Europas zu töten, weniger als ein Pfund genügte demnach für die Vernichtung der Bevölkerung der ganzen Erde. Doch das war eine theoretisch errechnete Zahl. Und gegen dieses Toxin hatte man einen Impfstoff gefunden. Gegen AP Sieben aber gab es – und daß mußte Raphaelo Aranda glauben – kein Serum, gab es keine Abwehr...

Und überall auf der Welt sucht man nach solchen Bakterien, Viren, Toxinen, nach ›B-Waffen‹, und stellt sie her.

Und überall auf der Welt arbeitet man an chemischen Kampfstoffen, die man verschämt ›C-Waffen‹ nennt.

Im Osten und Westen werden Giftgase fabriziert, die unendlich wirksamer sind als etwa das im Ersten Weltkrieg eingesetzte Senfgas: Die farb- und geruchlosen Stoffe bleiben unbemerkt.

Es werden Nervengase produziert und auch bereits ausprobiert – im Jemen zum Beispiel durch die Ägypter, in Vietnam zum Beispiel durch die Amerikaner –, Nervengase, die eine ganze Skala von Wirkungen auslösen können: von Bewußtseinsstörungen über Lähmungen bis zum Tod.

Es werden hergestellt – und auch bereits, in Vietnam zum Beispiel, ausprobiert – Erntevernichtungsmittel, etwa Pflanzenhormone oder gewisse Pilzarten, die über weite Landstriche hinweg die Vegetation vertilgen und den Boden unfruchtbar machen.

Der Hofrat Groll wußte das. Manuel Aranda wußte das.

Beiden war bekannt, was Professor Edward M. Backett, Sozialmediziner an der englischen Universität Aberdeen, gesagt hatte: »Es ist heut jedem, der dazu entschlossen ist, möglich, die Menschheit zu vernichten.«

Oh, und Professor Backett ahnte nichts von der Existenz des Kampfstoffes AP Sieben, den Manuel Arandas Vater und seine Mitarbeiter heimlich in verborgenen Laboratorien entwickelt hatten. Nein, er ahnte nichts von dem Kampfstoff AP Sieben, dessen Geheimnisse der Dr. Raphaelo Aranda in Wien soeben an Amerikaner und Sowjets verkauft hatte: an beide Mächte, ein glattes Geschäft, das auf der ebenso verbreiteten wie mörderischen Lehre vom Gleichgewicht des Schreckens basierte, welches angeblich allein den Weltfrieden erhalten konnte.

Der untersetzte Hofrat mit dem silbernen Haar und Manuel Aranda saßen nun wieder in Grolls stillem Büro. Vor den Fenstern, von denen eines halb geöffnet war, sanken Schneeflocken zur Erde. Schweigend lasen die Männer zwei Kopien des dechiffrierten Manuskripts, die ein Kurier der Staatspolizei gebracht und Groll übergeben hatte. Manuel saß nahe neben dem Hofrat, am Schreibtisch. Die starke Tischlampe brannte. Im Zimmer war es dunkel und warm. Keiner der Männer sprach ein Wort.

Von Zeit zu Zeit sah der Hofrat Groll besorgt den jungen Mann an. Doch Manuel hatte sich nach dem Ausbruch im Filmvorführraum des Sicherheitsbüros mit äußerster Anstrengung aller Kräfte gefangen, und sein

Gesicht war nun erschreckend unbewegt und ausdruckslos. Das begann den Hofrat zu ängstigen. Der Junge darf nicht in dieser Starre verharren!, dachte er und las schaudernd weiter. Er verstand genug von Biologie und bakteriologischer Kriegsführung, um zu begreifen: Alles, was es bisher auf diesem Gebiet gab, war lächerlich, verglichen mit den Auswirkungen von AP Sieben...

Und das will etwas heißen, überlegte Groll, wenn man zum Beispiel daran denkt, was die bekanntesten amerikanischen Nervengifte GA, GB und GD anrichten, deren Grundlagen, wie die der meisten Nervengifte, schon während des Zweiten Weltkrieges bei den IG-Farben-Werken entwickelt worden sind.

GB ist viermal giftiger als GA und wirkt dreißigmal schneller tödlich. Es erweist sich in kleinsten Mengen als hochtoxisch. Die Symptome beginnen mit Schnupfen, Augenstechen und Erbrechen und enden mit Konvulsionen und Tod nach spätestens zwei Minuten. GD hat ähnliche Eigenschaften, nur verfliegt es langsamer und bleibt deshalb länger wirksam. GA, GB, GD – alles nichts im Vergleich mit AP Sieben! dachte Groll. Er sah wieder zu Manuel. Der las und bewegte keinen Muskel seines Gesichts. Auch Groll las weiter. Was hier, entschlüsselt, in dürren Worten stand, das war noch viel schlimmer, als der Film anzusehen gewesen war...

Die beiden Supermächte arbeiten fieberhaft an B- und C-Waffen, dachte Groll. Seit 1961 hat Amerika den Etat für die Entwicklung solcher Kampfmittel verfünffacht. 1967 – nun, da er mit dem Fall Aranda beschäftigt war, hatte Groll sein Gedächtnis durch die Lektüre alter Zeitschriften und Handbücher seiner großen Bibliothek aufgefrischt – erreichte das Jahresbudget der amerikanischen Kriegsgiftforschung und -herstellung 920 Millionen Dollar. 400 Millionen zahlte das Pentagon für Entlaubungs-Chemikalien, die den Dschungel Vietnams lichten sollten. Vor einem Monat erst hatte die US-Luftwaffe zu demselben Zweck 200 Millionen angefordert.

Die Amerikaner besaßen, für 75 Millionen Dollar unweit Washingtons erbaut, Fort Detrick, eine ›zentrale Forschungsstätte‹. Die Engländer experimentierten hauptsächlich in Porton Down. Rußland und die Ostblockstaaten hielten ihre Laboratorien besser geheim. Der geflüchtete westdeutsche Mikrobiologe Ehrenfried Petras erklärte 1968 im ostdeutschen Fernsehen, daß auch die Bundesrepublik über Auftrag der Amerikaner an der Entwicklung neuer B- und C-Kampfstoffe beteiligt sei, daß die Amerikaner solche Aufträge an *viele* Länder vergeben würden.

Im Osten war das ebenso. Die Russen standen den Amerikanern um nichts nach! Etwa ein Sechstel der Munition bei den Sowjetverbänden am Eisernen Vorhang war, wie der amerikanische Geheimdienst meldete, mit chemischem Kampfstoff gefüllt.

Natürlich gab es Pannen.
Trotz aller Vorsichtsmaßnahmen ereigneten sich allein im Sperrbezirk von Fort Detrick seit 1950 750 Unfälle. Mindestens vier Forscher starben an den zu Kriegszwecken ersonnenen Infektionen – zwei von ihnen an Milzbrand. Einen mühsam vertuschten Skandal gab es, als ein zweiundzwanzigjähriger Soldat, der in der Anlage Dienst tat, plötzlich elend an Lungenpest zugrunde ging. In München kam es 1967 zu einer rätselhaften Q-Fieber-Epidemie. Im US-Staat Utah fand man auf einem einsamen Weidegelände 6500 tote Schafe – Opfer eines aus einer nahen Forschungsstätte entwichenen Nervengiftes, hingeweht vom Wind zu den Tieren ...
Manuel hatte gestöhnt.
Doch nun wendete er eine Seite und las weiter, wie erstarrt, ohne Leben, das sonnengebräunte Gesicht grau. Auch Groll las. Was hier in Worten und Zahlen eines Wissenschaftlers stand, das war – ja, die Apokalypse war das, wahrhaftig, die Geheime Offenbarung des heiligen Apostels Johannes ...
›... Von diesen drei Plagen wurde der dritte Teil der Menschen getötet, vom Feuer und Rauch und Schwefel ... Die übrigen Menschen aber, die nicht getötet wurden durch diese Plagen, bekehrten sich nicht von den Werken ihrer Hände ... Sie bekehrten sich auch nicht von ihren Mordtaten und von ihren Zaubereien, auch nicht von ihrer Unzucht und ihren Diebereien ...‹
Fünftausend Wissenschaftler, dachte Groll, darunter siebzehn Nobelpreisträger, haben eine Petition an Präsident Johnson unterzeichnet, in der ein Verzicht auf den Einsatz dieser neuartigen Waffen verlangt wird. Man hat ihre Forderungen nicht erfüllt ...
›... und ich sah einen anderen mächtigen Engel vom Himmel herabsteigen; er war in eine Wolke gehüllt, über seinem Haupte hatte er den Regenbogen. Sein Antlitz war wie die Sonne, und seine Beine wie Feuersäulen. In seiner Hand hatte er ein geöffnetes Büchlein. Er setzte seinen rechten Fuß auf das Meer und rief mit lauter Stimme, so wie ein Löwe brüllt. Und nachdem er gesprochen hatte, erhoben die sieben Donner ihre Stimmen ...‹
In einigen kommunistischen Staaten, dachte Groll, voller Entsetzen immer weiterlesend, sind vor einiger Zeit Millionen Menschen geimpft worden, ohne es zu wissen. Das hat mir Hanseder erzählt. Während sie in Kinos oder Versammlungssälen saßen, atmeten sie Stoffe ein, die scheinbar zur Verbesserung der Luft versprüht wurden. Und während sie Zeitungen lasen, drang ihnen durch die Berührung der Seiten mit den Fingern ein chemisches Mittel unter die Haut, das sie gegen eine Vielzahl von Seuchen immun machen sollte ...

›...als die sieben Donner geschrien hatten, wollte ich schreiben. Da hörte ich eine Stimme vom Himmel zu mir sagen: Versiegle, was die sieben Donner gesprochen haben, und schreibe es nicht auf!‹

Er hat es aufgeschrieben, dieser Dr. Raphaelo Aranda, dachte Groll, er *hat* es aufgeschrieben. Es ist zu spät. Zu spät.

Immun sollten jene Millionen Menschen werden gegen Viren und Bakterien, die ein potentieller Gegner verbreiten konnte. Nun, bei Dr. Raphaelo Arandas AP Sieben gab es noch keine Immunität, noch keine Rettung, gab es nur Tod und Verderben, Verderben und Tod...

›...der Engel aber, den ich stehen sah, auf dem Meer und auf dem Land, hob seine rechte Hand zum Himmel und schwur bei dem, der in alle Ewigkeit lebt, der den Himmel geschaffen hat und was darin ist, und die Erde und was auf ihr ist, und das Meer, und was in ihm ist: »Nun wird keine Zeit mehr sein...«‹

O Gott, dachte Groll: 75 Kilo des AP-Sieben-Konzentrats, und es wird kein menschliches, tierisches oder pflanzliches Wesen mehr auf dieser Welt geben, es wird diese Welt nicht mehr geben. Das ›Doomsday poison‹, das Gift des Jüngsten Tages, es ist gefunden, es existiert, das Geheimnis seiner Herstellung ist verraten worden an die beiden mächtigsten Staaten der Welt...

›...sondern in den Tagen der Stimme des siebenten Engels, wenn er zu posaunen beginnt, wird vollendet werden das Geheimnis Gottes...‹

Groll blickte zu Manuel und sah, daß dieser die Blätter seines Manuskriptes hatte sinken lassen und mit zuckendem Gesicht in die Dunkelheit des Raums und zu einem der Fenster blickte, vor dem der Schnee zur Erde sank.

Manuel flüsterte heiser: »Das halte ich nicht aus... *das halte ich nicht aus!* Ich bin sein Sohn... der Sohn dieses Schweins... Mein Leben ist ruiniert... Ich kann nicht weiterleben...«

Und wenn er nun nicht Amok läuft, sondern Selbstmord begeht? dachte Groll. Ich muß ihn in der Hand behalten, diesen Jungen, ich muß ihn behüten und beschützen vor sich selber und vor anderen. Behüten und beschützen! Wenn ich das nur kann, mein Gott, wenn ich das nur kann. Er sagte: »Jetzt wissen wir wenigstens, was geschehen ist, Manuel... Und wir werden herausfinden, warum Valerie Steinfeld deinen Vater getötet hat...« Er bemerkte nicht, daß er ›deinen‹ sagte. »...Dein Vater hat gebüßt für seine Taten... Es gibt nichts auf der Welt, keine Äußerung eines menschlichen Wesens, die nicht bei genauer Betrachtung aller Lebensumstände eine Erklärung findet...«

»Ja!« Manuel richtete sich auf. »Ja! Ja! Und ich muß sie finden, diese Erklärung, auf alle Fälle! Ich fliege heim. Es wird sich doch jetzt, wo ich das alles weiß, in Buenos Aires etwas finden lassen... Ich muß zurück!«

38

»Kikeriki! Verflucht! Aber es muß doch einmal gehen! Mach weiter! Fester!«

Nackt kauerte die rothaarige Yvonne auf dem Bett. Mit Hand und Mund bemühte sie sich, Herrn Willem de Brakeleer, der rosig, massig, gleichfalls nackt und mit einem Büschel prächtiger Paradiesvogelfedern im Hintern vor ihr stand und zornig aufstampfte, zu helfen.

»Gaaa–gagagagagaga – gaaa!« ließ sich Yvonne, heftigst beschäftigt, vernehmen. Gleich darauf fragte sie: »Was ist bloß, Burschi? Hast mich denn gar nicht lieb?«

»Kikeriki!« schrie de Brakeleer. Jetzt hatte er Tränen in den Augen, die Video-Recorder-Aufzeichnung zeigte es ganz deutlich. Nora Hills Hausfernsehanlage funktionierte ausgezeichnet. Der Holländer trampelte vor Wut, Yvonne saugte und streichelte und kniff – es war alles vergebens. Das letzte Bild verschwand von der Filmleinwand, die sofort darauf blendend hell wurde. Jean Mercier schaltete den Vorführapparat ab und das Deckenlicht in dem fensterlosen Hinterzimmer des luxuriösen Reisebüros ›Bon Voyage‹ ein. Der Franzose schlief kaum noch. Er hatte einen mächtigen Rüffel von seinen Vorgesetzten erhalten, die er beständig verfluchte. Was konnte er dafür, daß alles so schiefgelaufen war, daß diese Valerie Steinfeld den Doktor Raphaelo Aranda vergiftete, bevor man geschäftseinig wurde? Der Doktor hatte einen unverschämt hohen Betrag gefordert. Der war von Merciers Vorgesetzten abgelehnt worden. Drükken, befahlen sie Mercier, drücken! Mercier hatte versucht, die offensichtliche Panik, in welcher der Argentinier lebte, auszunützen, um ihn zu drücken.

Es wäre mir auch gelungen, dachte Mercier immer wieder bitter. Aber da griff diese Steinfeld ein. Und jetzt bin ich schuld an allem. Sollen sich meine Bonzen doch bei Santarin und Grant beschweren, daß die ihnen die Tour vermasselt haben! Ich habe getan, was möglich war. Schon im eigensten Interesse.

Im eigensten Interesse hatte Jean Mercier seit 1940 getan, was möglich war. Damals nahmen sich die Deutschen des jüngsten Majors im ›Deuxième Bureau‹, den sie verhaftet hatten, an. Sie mußten ihn nur drei Tage foltern, dann hatten sie einen ergebenen neuen Mitarbeiter gewonnen, der in den folgenden Jahren Landsleute verriet, Verschwörungen aufdeckte und Resistance-Ringe sprengen half. Mercier war ein getreuer Diener der Deutschen. Er mußte immer an die drei Tage im Keller denken, und er besaß eine Frau, die er sehr liebte.

Für das, was er getan hatte, wurde er 1945 wieder verhaftet und gefoltert, von Franzosen diesmal. Seine Frau erschossen ein paar Patrioten in ihrer

Küche. Mercier wurde nicht erschossen. Er war ein zu wertvoller Mann.
Und er konnte Schmerzen nicht ertragen. So wurde er Agent für Frankreich – auf Zeit, vierundzwanzig Jahre nun schon war er das, eingesetzt
an den verschiedensten Orten, zuletzt in Wien. Wenn er noch fünf Jahre
gut arbeitete, hatte er Anspruch auf eine kleine Pension und konnte sich
zur Ruhe setzen. Wenn er nicht gut arbeitete, würde er das Leben verlieren – sehr qualvoll, das sagten sie ihm immer wieder...

Es war lange Zeit sehr still in dem Hinterzimmer. Außer Mercier und De
Brakeleer befanden sich hier noch zwei stämmige, schweigsame Franzosen, die an einer Wand lehnten und Zigaretten rauchten. Mercier hatte
sie zu dieser Besprechung hinzugebeten. Man konnte nie wissen, was ein
Mann in seiner Aufregung anstellte.

Willem de Brakeleer stellte gar nichts an.

Er saß da wie ein sehr toter Riesenfisch mit blondem Haar. Sein Münd-
chen stand kreisrund offen. Die Augen waren aus den Höhlen getreten,
die rosigen Patschhände lagen gleich Flossenenden auf den dicken Knien.
Er trug einen Anzug, der ihm zu klein war und sich über der mächtigen
Figur spannte.

Eine Uhr neben der Leinwand zeigte die Zeit: 18 Uhr 43.

Der Holländer verzog das Gesicht plötzlich. Er sagte – französisch – voller
Selbstmitleid: »Nie, nie, nie hätte ich gedacht, daß Madame Hill sich zu
einer solchen Gemeinheit hergibt.«

»Oh!« Mercier winkte ab. »Da sind Sie aber in einem großen Irrtum be-
fangen, Monsieur. Madame Hill hat mit diesem Film nicht das Geringste
zu tun. Sie weiß nichts von ihm. Sie wäre außer sich, wenn sie wüßte,
daß wir ihn angefertigt haben.«

»Sie weiß nichts...«

»Sie hat keine Ahnung.« Mercier war ein Mann der Prinzipien: Eine Frau,
die einem geholfen hatte, verriet man nicht. »Keinen Schimmer einer
Ahnung! Wofür halten Sie Madame? War sie nicht immer entgegen-
kommend? Freundlich? Hat sie nicht alles getan, was in ihren Kräften
stand, um Sie glücklich zu machen?«

»Sie schwören, daß Madame nichts mit diesem... Film zu tun hat?«

»Ich schwöre es beim Leben meiner Mutter«, sagte Mercier. Seine Mutter
war seit dreißig Jahren tot. Er hob die Brauen. »Es war gar nicht leicht,
die automatische Anlage zu installieren, ohne daß Madame etwas merkte.
Wir brauchten einige Nächte dazu. Und die Hilfe eines Mädchens natürlich.«

»Yvonne!«

»Nein, nicht Yvonne. Das schwöre ich Ihnen auch. Ein anderes Mädchen.
Sie kennen es gar nicht. Glauben Sie, Yvonne hätte sich für so etwas her-
gegeben?«

Der Holländer schüttelte gramvoll den Kopf.

»Aber warum?« stöhnte er.

Der eine Bulle an der Wand lachte kurz.

»Tja, warum, Monsieur. Sehen Sie, wir beide befinden uns in einer unangenehmen Situation.«

»Wieso?«

»Sie sind Generalvertreter einer englischen Firma, die Kampfflugzeuge, vor allem Jagdbomber, herstellt. Sie verdienen hervorragend. Man würde Sie natürlich von einem Tag zum andern feuern, wenn dieser Film – in mehreren Kopien – Ihren internationalen Geschäftspartnern und Ihrer Firma, der . . .« – Mercier nannte einen Namen – ». . . zugeschickt würde. Sind Sie meiner Meinung?«

De Brakeleer ächzte laut.

»Was habe ich Ihnen getan? Ich kenne Sie überhaupt nicht. Warum wollen Sie mich vernichten?«

Der eine Bulle an der Wand lachte wieder. Er hatte Sinn für Komik. Merciers Stimme wurde sanft, fast schnurrend.

»Ich will Sie nicht vernichten. Ich will Sie um einen Gefallen ersuchen. Monsieur, Sie haben einmal bei der Polizei gearbeitet. Sie hatten einen hohen Posten. Sie waren – auf Interpol-Ebene – Chef der Einbruchsbekämpfung in den Niederlanden.«

»Woher wissen Sie . . .«

»Wir haben uns natürlich über Sie erkundigt, Monsieur. Wir suchten einen Mann wie Sie. Nur Sie können uns helfen. Sie haben Ihre Position vor fünf Jahren aufgegeben, weil Sie bei . . .« – er nannte wieder den Namen der Flugzeugwerke – ». . . ein Vielfaches verdienten. Aber Sie stehen noch mit Ihren alten Kollegen in Verbindung, und Sie kennen sich im Metier noch aus. Sie wissen, wer wer ist.«

»Das ist eine Agentengeschichte, was? Sie sind ein französischer Agent!«

»Wie kommen Sie auf diese Idee, Monsieur? Bitte, sagen Sie so etwas nicht. Nie mehr. Zu niemandem. Sonst gehen Kopien des Films sofort . . .«

»Schon gut, schon gut. Also Sie sind kein Agent. Und was fehlt Ihnen?«

»Ein Film«, sagte Jean Mercier.

»Noch ein Film?«

»Es handelt sich um eine komplizierte Geschichte. Monsieur De Brakeleer.« Traurig sagte Mercier: »Viele Filme spielen in ihr eine Rolle. Filme aller möglichen Art. Dieser Art . . .« – er wies zu dem Vorführgerät – ». . . und anderer. Außer einem Film fehlt mir auch noch ein Manuskript. Das Manuskript liegt bei einem Anwalt. In einem Tresor mit einer siebenstelligen Nummernkombination.«

»*Siebenstellig!*« wiederholte De Brakeleer erschrocken.

»Angeblich siebenstellig. Ein Problem, ein großes Problem. Der Film liegt auch in diesem Tresor. Wenn er nicht darin liegt, dann gibt das Manuskript Auskunft darüber, wo er zu finden ist. Aber ich kann natürlich nicht einen Tresor mit einer siebenstelligen Kombination öffnen. Niemand, den ich kenne, kann das. Trotzdem muß es geschehen, Monsieur. Sehr bald.«

»Ach so!« Der Holländer wurde plötzlich dunkelrot im Gesicht. »Und Sie meinen, *ich* würde Fachleute kennen, die...«

»Das meine ich, ja.«

»Aber das ist doch verrückt! Selbst wenn ich von einem solchen Mann wüßte – was könnte ich ihm sagen?«

»Daß er nach Wien kommen und den Tresor öffnen soll, ganz einfach. Er kann dafür jeden Betrag haben, den er fordert. Ich bezahle. Die Hälfte im voraus, die Hälfte sofort nach Ende der Arbeit. Nun?«

»Sie erpressen mich!« klagte De Brakeleer.

Der erste Bulle verschluckte sich fast vor Lachen. Der zweite ließ laut einen fahren und lachte gleichfalls.

»Den hatte ich schon lange auf der Pfanne«, sagte er. »Der Dicke fördert meine Gesundheit.«

Mercier sagte nichts und sah De Brakeleer nur lächelnd an. Dummköpfe und Schufte, dachte er. Schufte und Dummköpfe. Wenn ich es erlebe, gehe ich in irgendein Nest an der Côte d'Azur. Ein Fischerdorf. Ich liebe die Riviera.

De Brakeleer murmelte: »Siebenstellig... Das ist ja Irrsinn! Soweit ich weiß, kommt überhaupt nur ein einziger Mann in Frage, der einen solchen Tresor schafft...«

»Na, wunderbar!«

»... aber dieser Mann hat sich vor vier Jahren zur Ruhe gesetzt. Er ist nicht mehr im Milieu. Er arbeitet nicht mehr. Ein Deutscher. Lebt in Bremen. Reicher Mann.«

»Man ist nie reich genug. Er wird eben noch einmal arbeiten. Für viel, sehr viel Geld. Sie werden ihn überzeugen. Appellieren Sie an seinen künstlerischen Ehrgeiz! Tun Sie, was Sie für richtig halten. In drei Tagen spätestens muß dieser Mann seine Bereitschaft erklären, sonst...«

»Hören Sie doch endlich auf, mir zu drohen! Glauben Sie, ich werde jetzt *nicht* tun, was ich nur kann? Mein Gott! Und alles nur, weil ich...« De Brakeleer brach ab und stützte den schweren Kopf in die Patschhände. Er war sehr unglücklich. Endlich hob er den Kopf wieder. »So, wie Sie sich das vorstellen, geht das nicht, Monsieur! Dieser Spezialist muß wissen, um was für einen Tresor es sich handelt, bevor er seinen Plan entwirft, bevor er sich an die Arbeit macht. Das ist schwieriger als eine Gehirnoperation...«

»Ich weiß.«

»Der Spezialist muß die Type des Tresors kennen, die Herstellerfirma, wegen der Eigenheiten jeder einzelnen Firma, er muß wissen, wie der Tresor steht, ob er eingebaut ist, welche Warnanlagen er besitzt, in welcher Straße und in welchem Haus und in welchem Stockwerk die Anwaltskanzlei liegt... er braucht Details...«

»Darum fahren Sie jetzt schon zu ihm. Ihr Mann soll Ihnen genau sagen, was er wissen muß. Ich werde ihm die Informationen beschaffen, die er benötigt, Fotos, Lagepläne, alles«, sagte Mercier und dachte. Heute ist Sonntagabend. Wenn der Inspektor Schäfer morgen das Inserat im ›Kurier‹ aufgibt, das wir ihm vorgeschrieben haben, dann erscheint es übermorgen. Und am Mittwoch können wir schon mit Schäfer einig sein. Mercier war davon überzeugt, daß der Inspektor die Adresse des Anwalts, zu dem er das Manuskript getragen hatte, verraten würde – gegen viel Geld natürlich. Mercier hatte sich von den Bonzen Vollmachten geben lassen. Daß Schäfer das Manuskript befördert hatte, wußte Mercier dank eines Mannes, den er im Sicherheitsbüro ständig bezahlte. Der Mann kostete wenig, er war ein kleiner Beamter, der nie viel meldete. Nur diesmal eben hatte er von Schäfers Botengang erfahren und sein Wissen Mercier noch am Donnerstagabend mitgeteilt. Man konnte die Menschen entweder erpressen oder bezahlen. Eines von beidem ging immer. Daran glaubte Mercier fest. Die sich nicht erpressen ließen, weil es kein Material gegen sie gab, ließen sich bezahlen. Alle. Ausnahmslos. Es kam nur auf den Preis an. Was für ein Glück, dachte Mercier, daß Schäfers Frau Multiple Sklerose hat und ihm das Geld für das Sanatorium ausgeht. Er sagte: »Sie sprechen mit Ihrem Spezialisten. Sie überzeugen ihn.«

»Aber wenn ich das nicht kann...«, jammerte De Brakeleer.

»Das wäre böse für Sie. Sie müssen sich Mühe geben, mein Bester. Dann werden Sie es schon können. Sie kehren nach Wien zurück und erhalten alle benötigten Informationen. Danach fliegen Sie noch einmal zu Ihrem Genie. Und wenn er alles weiß, was er wissen muß, kommt er sofort her...«

39

Es war wärmer geworden gegen Abend, und nun schneite es wieder heftig in dicken, weichen Flocken. Der Wind hatte sich gelegt. Die Stadt versank weiter und weiter in Schnee. Das Fehlen des gewöhnlichen Verkehrslärms an diesem Sonntag ließ, im Verein mit dem unendlichen Fallen der Flocken, eine riesige, unwirkliche Stille entstehen, so, als sei diese Stadt fast gänzlich ausgestorben, eine gewaltige Ansammlung von Häusern, Hütten, Gebäuden, Palästen, Kirchen und Lichtern, die allein deshalb hinter den Fenstern brannten, weil die Menschen durch den Tod überrascht und daran gehindert worden waren, sie zu löschen.

Der Weinhauer Ernst Seelenmacher hatte sechs Gäste in seinem kleinen Heurigen. Er trug einen grau-grünen Lodenanzug und ein weißes, am Hals offenes Hemd, wie immer. Er saß an dem Tischchen mit der Zither, und er spielte langsame, traurige Weisen. Er sang nicht an diesem Abend. Sein von Wind und Regen gegerbtes Gesicht trug einen entrückten Ausdruck. Er war mit den Gedanken weit fort. Sein Freund, der Hofrat Wolfgang Groll, hatte angerufen und gesagt, daß Manuel Aranda kommen werde: Der junge Mann befinde sich in einem gefährlichen Gemütszustand. Er habe eben zur Kenntnis nehmen müssen, daß sein Vater ein skrupelloser, verbrecherischer Mensch gewesen war.

Gegen neun Uhr war Manuel auch wirklich erschienen – in Begleitung einer jungen Frau, die gleichfalls ernst und bedrückt wirkte.

»Er hat sich von hier aus noch mit der Nichte dieser Valerie Steinfeld verabredet«, hatte Groll seinem Freund am Telefon gesagt. »Sie werden irgendwo essen, und dann will der Junge bei dir etwas trinken. Er sagte, dein Wein habe ihm damals so gut getan. Und die junge Frau erklärte, sie wolle den Abend nicht zu Hause verbringen. Sei nett zu den beiden. Paß ein bißchen auf sie auf – vor allem, daß der Junge nicht zuviel trinkt. Der braucht jetzt einen klaren Kopf. Ich würde mich wahrscheinlich volllaufen lassen, wenn ich an seiner Stelle wäre...«

Manuel Aranda und Irene Waldegg saßen allein in einem der vier kleinen Räume, die alle weiß gekalkt und durch Bogengänge miteinander verbunden waren. Ein leerer Weinheber und Gläser standen vor ihnen. Irenes Augen waren an diesem Abend sehr groß und seltsam feucht. Ihr braunes Haar glänzte im Licht. Sie trug ein graues Kostüm, einen violetten, hochgeschlossenen Pullover, und sie war etwas geschminkt. Die blassen Wangen schienen rosig, die blutleeren Lippen zinnoberrot zu sein. Die beiden Menschen saßen nebeneinander auf einer Holzbank und lauschten dem Spiel Seelenmachers.

Von Zeit zu Zeit, nach Perioden des Schweigens, begann Manuel immer wieder hektisch zu reden. Das ging seit Stunden, seit er Irene abgeholt hatte. Beim Abendessen in einem Lokal in Währing war das so gewesen, im Auto unterwegs, hier, beim Wein. Jetzt hatte Manuel sich gefangen – äußerlich. Er konnte ruhig und zusammenhängend sprechen, ohne Hysterie, ohne laut zu werden.

Ein junges, hübsches Mädchen in einem Dirndl kam, nahm den leeren Weinheber vom Tisch und stellte einen neuen hin.

»Herr Seelenmacher läßt schön grüßen«, sagte sie dazu lächelnd. »Er hat gesehen, daß Sie nichts mehr zu trinken haben.«

»Danke!« Manuel blickte durch den Bogengang in den Nebenraum. Seelenmacher nickte und lächelte. Auch Manuel nickte. Er füllte die Gläser neu und trank Seelenmacher zu. Der Weinhauer hob, ohne das Spiel zu unterbrechen, sein Glas.

Manuel sah Irene an, lange und so, als hätte er sie noch nie gesehen. Sie erwiderte seinen Blick ernst. Ihre Stimme klang unsicher, als sie sagte: »Sie fliegen also zurück. Wann...?«

»Morgen abend. 23 Uhr 40. Es gäbe die Möglichkeit, schon am Vormittag zu fliegen. Aber ich muß noch auf Cayetano warten.«

»Wer ist das?«

»Der Generaldirektor der QUIMICA ARANDA. Vertrauter und Stellvertreter meines Vaters. Ein Freund. Auch meiner. Habe ich stets geglaubt. Hoffe ich noch immer. Er hat die Leitung der Geschäfte übernommen und sich um alles gekümmert ... auch um das Begräbnis meines Vaters ... Ich war ja nicht da ...« Manuel trank hastig. »Wir haben häufig miteinander telefoniert in den letzten Nächten. Da ist es drüben Tag ... Er sagte, er werde schnellstens nach Wien kommen. Er bringt zwei unserer Anwälte mit.«

»Warum?« fragte Irene.

»Nun, ich wollte doch in Wien bleiben! Ich wollte herausfinden, warum Ihre Tante meinen Vater ...« Manuel brach ab. Ein Schweigen folgte. Er sprach mühsam weiter: »Es war dringend nötig, daß ich mit Cayetano redete. Das Werk muß schließlich weiterarbeiten. Die Besitzverhältnisse müssen geklärt werden. Ich bin der Erbe. Mit den beiden Anwälten hätten wir auf der argentinischen Botschaft alles erledigen können, die Umschreibung der Fabrik auf mich, alle Formalitäten ... Cayetano hätte drüben als mein Vertreter weitergearbeitet. Und ich hätte bleiben können.«

»Aber jetzt wissen Sie, was Ihr Vater getan hat, und müssen zurück.«

»Ja. Cayetano und die Anwälte landen morgen mittag in Wien. Sie werden mit mir heimfliegen. Ich will sie nicht unterwegs alarmieren. Vor allem, weil ich annehmen muß, daß Cayetano von der Geschichte wußte ...« Manuel preßte beide Hände gegen den Kopf. Irene sah ihn mitleidig an. Er schien das zu fühlen, denn er ließ die Hände sinken und sagte mit Mühe: »Der Wein ist gut, nicht wahr?« Dann fragte er leise: »Darf ich ... darf ich Sie nun, vor dem Abschied, Irene nennen?«

»Ja, Manuel«, sagte sie. Und hastig. »Das ist ein schönes Lied.«

Er winkte das hübsche Mädchen im Dirndl herbei. »Der Herr wünschen?«

»Dieses Lied, das Herr Seelenmacher spielt – ich habe es schon einmal hier gehört.«

Das Mädchen sagte: »Er spielt es oft, der Herr Chef. Es ist gar keine Heurigenmusik. Aber sein Lieblingslied. Von Bach, glaube ich.«

»Würden Sie ihn fragen, ob er es für uns auch singen will?«

»Gerne.« Das Mädchen ging zu Seelenmacher und sprach mit ihm. Der

Weinhauer nickte herüber, zupfte ein paar Übergangsakkorde und begann die zarte, wehmütige Melodie von neuem. Nun sang er, leise und mit tiefer Stimme: »Willst du dein Herz mir schenken, so fang es heimlich an – daß unser beider Denken niemand erraten kann...«

Manuel und Irene saßen ganz still. Sie sahen sich nicht an.

Seelenmacher sang die zweite Strophe: »Die Liebe muß bei beiden allzeit verschwiegen sein. Drum schließ die größten Freuden in deinem Herzen ein...«

»Die größten Freuden«, sagte Manuel. Er starrte auf die Holzplatte des Tisches. »Die größten Freuden...«

»Es wird vorübergehen«, sagte Irene. »Alles geht vorüber. Als Valerie tot war, da dachte ich, die Welt müßte zu Ende sein. Sie ist es nicht.«

Er hob den Kopf.

»Das Geheimnis wurde verraten. Amerikaner und Russen kennen es. Genügt das nicht?«

»Sie werden dafür sorgen, daß es nicht auch noch andere Länder kennenlernen. Sie werden...«

»Jajaja«, sagte er verzweifelt. »Ich werde! Ich werde! Und was erreiche ich damit? Natürlich muß ich es tun. Sofort. Schnellstens. Der Staat muß mir helfen dabei. Er wird mir helfen. Mein Land kann es nicht riskieren, in einen Weltskandal verwickelt zu werden. Aber mein Vater war nicht allein! Die Männer in diesem geheimen Werk – ich ahne noch nicht einmal, wo es ist –, die mit ihm arbeiteten... so etwas ist immer Teamarbeit... Alle diese Männer wissen Bescheid. Was macht man mit *ihnen*? Kann man sie töten, damit sie auch bestimmt schweigen? Kann man sie einsperren für den Rest ihres Lebens? Man kann es nicht! Wie viele von ihnen haben wohl auch schon verraten, was sie wissen?« Er sah völlig hilflos aus. »Ich bin zu jung, Irene... zu jung für all das, was passiert... Ich bin allein... ich weiß nicht, was nun werden soll... Ich weiß nur, daß ich nach Hause muß, um zu versuchen, noch Schlimmeres zu verhindern, als mein gottverfluchter Vater schon angerichtet hat...«

Er sah aus wie ein Schüler in diesem Moment, und Irene hatte Angst, daß er in Tränen ausbrechen würde. Seine Unterlippe zitterte. Er hielt das Glas mit beiden Händen, als er trank. Auch die Hände zitterten.

Irene sagte: »Dieser Cayetano wird Ihnen helfen.«

»Und wenn nicht? Wenn er mit meinem Vater unter einer Decke gesteckt hat?«

»Das glaube ich nicht.«

»Warum nicht?«

»Warum hat Ihr Vater seine Geschäfte in Wien abgewickelt?« Er starrte sie an, das Glas noch in den Händen.

»Ja, das ist richtig...«

Sie sprach schnell weiter: »Warum hat er es nicht von Buenos Aires aus erledigt? Nein! Heimlich und mit allen Vorsichtsmaßnahmen hat er es *hier* getan. Das muß doch einen Grund haben. Und vielleicht ist der Grund der, daß Cayetano eben nichts davon ahnte...«

»Ja, das wäre möglich. Möglich wäre es...«

»Vielleicht war Ihr Vater der einzige, der über alles Bescheid wußte. Vielleicht... Ich meine, Sie sagten doch selber, das sei immer eine Teamarbeit... Die Mitarbeiter, die Ihr Vater hatte, die kennen vielleicht jeder nur *ihr* Gebiet des Projekts... ein kleines Teilgebiet...«

Er wurde lebhaft.

»Dann muß ich erst recht schnellstens heim!«

»Aber Ihre Sicherheit!« Irene schrak auf. Der Gedanke war ihr plötzlich gekommen. »Wie wollen Sie sich schützen?«

»Das Material bleibt bei dem Anwalt.«

»Sie können ihn doch nicht täglich von drüben anrufen – in alle Ewigkeit!«

»Ich werde ihm vor meinem Abflug mitteilen, daß ich nicht mehr anrufe. Wenn mir etwas passiert, wird er davon erfahren. Dann ist es immer noch Zeit, das Material der Öffentlichkeit zu übergeben.«

»Und wenn er es *nicht* erfährt?« Nun war Irenes Stimme unruhig. »Wenn Ihnen etwas zustößt drüben... und es wird vertuscht... so geschickt, daß man hier glaubt, es ginge Ihnen gut...«

»Der Hofrat Groll meint, das ist unmöglich, weil ich mich sofort mit den Behörden in Verbindung setzen werde. Ich bleibe ja auch deshalb noch hier bis morgen nacht: Sobald Cayetano da ist, gehe ich mit ihm zur Botschaft und erstatte Strafanzeige gegen meinen Vater und das Werk. Die Botschaft *muß* das zur Kenntnis nehmen. Der Staat auch...« Manuels Stimme war immer leiser geworden.

»Hoffentlich«, sagte Irene, noch leiser. Sie sahen sich an.

»...daß unser beider Denken niemand erraten kann«, erklang die Stimme Ernst Seelenmachers. Er hatte das Lied ein zweites Mal gesungen, jetzt erst bemerkten sie es.

40

Zu dieser Zeit – 21 Uhr 55 – übergab ein Inspektor des Sicherheitsbüros dem Anwalt Dr. Stein in der Halle von dessen Villa in Döbling einen schwarzen, flachen Karton.

Der Inspektor Alfred Kernmayr war Dr. Stein telefonisch durch Groll angekündigt worden, als Manuel sich, wie täglich, bei dem Anwalt gemeldet hatte.

»Da ist ein Karton, der muß unbedingt sofort in den Tresor, Doktor. Tut mir leid, daß ich Sie damit heute, am Sonntag, überfalle, aber es ist äußerst wichtig.«

»Lieber Hofrat, ich bringe ihn gern in die Stadt. Nur im Moment geht es nicht. Wir haben Gäste. Ich fahre, sobald die weg sind.«

»Gut«, hatte Groll gesagt. »Ich wollte Ihnen ja am liebsten wieder meinen alten Schäfer schicken, aber der ist heute bei seiner kranken Frau. So bringt Inspektor Kernmayr den Karton. Er wird sich ausweisen. Und ich danke Ihnen.«

In der mit Kupferdraht gesicherten Schachtel lag auf der Filmrolle eine Durchschrift des dechiffrierten Manuskripts von Manuels Vater. Die andere Kopie hatte Groll verbrannt. Er hatte auch mit seinem Freund Hanseder von der Staatspolizei telefoniert. Der war nur zu einverstanden damit gewesen, daß der Film schnellstens in den Tresor Dr. Steins kam.

»Wir haben den Klartext. Damit müssen wir vorsichtig genug sein. Der Film gehört dem jungen Mann«, sagte Hanseder. »Er wird jetzt hoffentlich nicht die Nerven verlieren und alles an die große Glocke hängen?«

»Nein, davon habe ich ihn abgebracht. Schwer. Er ist völlig außer sich.«

»Kann ich mir denken.«

»Der hat sich mächtig verändert in ein paar Stunden, Franz. Der ist in ein paar Stunden ein paar Jahre älter geworden! Wie besessen. Manisch. Er fliegt morgen nacht heim, um dort nach dem Rechten zu sehen, aber er wird mehr denn je versuchen, die ganze Wahrheit herauszubekommen.«

»Wird er sie je herausbekommen?«

»Ich weiß es nicht. Er spielt mit seinem Leben, das ist ihm klar.«

»Und Jimmy ging zum Regenbogen«, murmelte Hanseder.

»Tun wir das nicht alle?« fragte Groll. »Wollen wir nicht alle – für uns, für andere – das Unmögliche?«

Nachdem der Inspektor Kernmayr den Karton übergeben hatte, fuhr der Anwalt Stein, gefolgt und bewacht von sechs Beamten in drei Autos des Sicherheitsbüros, durch das Schneetreiben zu seiner Kanzlei auf dem Kohlmarkt. Er verwahrte den Karton in dem riesigen Tresor seines Sprechzimmers, wo dieser in die Mauer eingebaut war und eine halbe Wandseite einnahm. Dreißig Minuten später war Stein wieder daheim. Seine Frau kannte ihn gut und lange. Er führte eine glückliche Ehe. Seine Frau fragte nicht, warum er fortgefahren war und was das alles zu bedeuten hatte. Sie wußte: Ihr Mann und der Hofrat Groll waren befreundet. Stein tat oft seltsame Dinge, nachdem er mit Groll gesprochen hatte.

»Wenn das so weiterschneit, bricht morgen früh der ganze Verkehr im Land zusammen«, sagte der Anwalt.

»Ja, Liebling, es schneit wirklich sehr stark«, antwortete seine Frau.

41

»Was haben Sie?« Manuel starrte Irene an.

»Einen Schwips. Endlich!«

»Unsinn! Was haben Sie getan? Was sagten Sie eben?«

»Nichts Besonderes . . .« Irene lehnte sich zurück. »Geben Sie mir eine Zigarette? Danke . . .« Sie blies eine Wolke Tabakrauch aus. »Ich hätte gar nichts davon erzählt. Aber da Sie mich nach meinem Verlobten fragten . . .«

»Ja, ich fragte nach ihm, weil . . . weil . . . Ich dachte plötzlich, er könnte es ungehörig finden, daß wir hier zusammensitzen . . . Ich wollte nicht . . . und da sagten Sie . . .«

»Ich sagte, daß ich ihn hinausgeworfen habe«, erklärte Irene ruhig. »Ich verstehe nicht . . . Sie sind verlobt . . .«

»Nicht mehr. Ich war es, ja, fast ein Jahr. Und ich kannte diesen Mann fast drei Jahre. Ich *glaubte*, ihn zu kennen! Ich habe mich getäuscht.« Irene sog hastig an der Zigarette. Ihre Stimme zitterte jetzt etwas. »Ich war sehr verliebt in ihn . . . ich . . . ja, ich liebte ihn! Heuer wollten wir heiraten.« Irene hob eine Hand. »Schluß. Aus. Vorbei. Es tut schon gar nicht mehr weh . . .«

»Was hat dieser Mann Ihnen angetan?«

Irene lachte kurz.

»Er ist Staatsanwalt. Sehr ehrgeizig. Sehr erfolgreich. Erstklassige Familie, Alter Herr einer einflußreichen Studentenverbindung. Es fing schon an, als Valerie Ihren Vater und dann sich vergiftete.«

»Was fing da an?«

»Er bekam den Schrecken seines Lebens! Man wußte, daß wir verlobt waren. Der Skandal! Ich – die Nichte einer Mörderin und Selbstmörderin. In einen völlig undurchsichtigen Kriminalfall verwickelt. Zuerst selber unter Verdacht gewesen. Da meinte mein Freund, er könne mich ein paar Tage nicht sehen. Bis sich alles beruhigt hat.« Sie sprach lächelnd, aber ihre Augen wurden feuchter. »Es beruhigte sich nur nichts. Im Gegenteil. *Sie* tauchten auf. Mein Freund konnte sich ausrechnen, daß diese Geschichte noch lange nicht zu Ende war. So trafen wir uns am Freitagabend, er wollte mit mir sprechen. Er schlug vor, daß wir uns nicht sehen, bis alles *wirklich* vorbei ist. Er muß schließlich auf seine Stellung Rücksicht nehmen. Und auf seine Familie. Natürlich liebt er mich wahnsinnig . . .« – Irene lachte, nun schon leicht betrunken – ». . . aber eben der Ruf, der gute Ruf, nicht wahr? Ich sollte mir alles bis Samstag überlegen. Da wollte er mich wieder treffen. Er traf mich auch. Und als ich ihm sagte, was ich von ihm hielt, wurde er böse, sehr böse! Das war eine . . . eine häßliche Begegnung.« Irene hob ihr Glas. Manuel füllte es, und sie trank wieder.

»Ich sagte ihm, daß ich erwartet hätte, er würde gerade in dieser Situation zu mir stehen. Eine vorläufige Trennung lehnte ich ab. Er wand und drehte sich. Er kam mit tausendundeinem Grund dafür, warum wir uns trennen *müßten*, bis Gras über die Sache gewachsen sei. Und plötzlich... kennen Sie das, Manuel?... plötzlich bemerkte ich, daß ich ihn überhaupt nicht liebte... daß da ein fremder Mann vor mir saß... ein abstoßender, eitler, hochmütiger, unbarmherziger, karrierebesessener Mann... kein Mann für mich... und da warf ich ihn hinaus...« Sie drückte ihre Zigarette aus und lachte unsicher. »Deshalb konnte ich Sie nicht sehen an diesen beiden Abenden. Nun wissen Sie es. Nun ist es vorüber. Schauen Sie, ich habe Ihnen also auch noch eine Geschichte zu erzählen gehabt.«

»Keine schöne.«

»Nun, das ist die Ihre ebenfalls nicht.«

»Irene...«, begann er.

»Ja?«

»Nichts...« Er senkte verlegen den Kopf.

»Schon gut«, sagte Irene Waldegg. »Schon gut. Es ist schon alles gut, Manuel.«

»Nichts ist gut!« sagte er.

»Nein, natürlich nicht«, sagte Irene.

Und danach saßen sie schweigend nebeneinander und blickten auf ihre Gläser, lange Zeit. Sie schreckten zusammen, als sie Seelenmachers Stimme hörten.

»Ich will nicht stören. Aber Sie schauen so unglücklich aus, alle beide, da habe ich mir gedacht, ich muß mit Ihnen reden. Mein Freund Groll hat mir gesagt, daß Sie große Sorgen haben, Herr Aranda, und uns verlassen wollen.«

»Ich will nicht, weiß Gott... aber ich *muß*!«

Ernst Seelenmacher hielt einen Krug und drei neue Gläser in den Händen. »Darf ich mich zu Ihnen setzen?«

»Gerne. Aber Ihre Gäste...«

»Sind schon alle gegangen... Als Sie das erste Mal hier waren, da befanden Sie sich in einer ähnlichen Situation, Herr Aranda. Oben in meinem Arbeitszimmer, erinnern Sie sich?«

Manuel nickte.

»Und ich brachte Ihnen eine ähnliche Weinsorte – Frühroten Veltliner. Und wir tranken zusammen.«

»Ja«, sagte Manuel, »und Sie erzählten mir, daß Sie ein Priesterseminar besucht haben und eigentlich Pfarrer werden wollten. Und von Ihrer Freundschaft mit jenem Rabbiner. Und die Geschichte von den sechsunddreißig Gerechten, ohne welche die Welt keinen einzigen Tag bestehen könnte, und die es immer gibt.«

»Immer«, sagte Seelenmacher und goß die neuen Gläser voll. »Sie zweifeln daran?«

»Ja, sehr.«

»Es *ist* so... Sie sind unglücklich, alle beide. Sie sind ratlos, alle beide. Ich weiß, welches Unglück Ihnen widerfahren ist, Herr Aranda. Sie irren umher, Sie vermuten Zusammenhänge, aber Sie finden keine. Sie glauben nicht an Zufall, aber Sie sehen auch keine Gesetzmäßigkeit. Die Zeit wird kommen, da werden Sie sehen, daß eine – nun, keine Gesetzmäßigkeit, aber daß doch das Gesetz des *Schicksals* hinter allem steht, was geschehen ist, weil wir alle Menschen sind, hineinverstrickt in die Menschenwelt. Darf ich Ihnen noch eine Geschichte meines alten Freundes, des Rabbiners, erzählen?«

»Ja, bitte«, sagte Irene.

Ernst Seelenmacher sah auf seine großen, rauhen Hände. Er sah sich in dem Raum dieses Weinhauerhauses um, in dem schon vor mehr als vierhundert Jahren Menschen Schutz vor anderen Menschen gesucht und gefunden hatten.

»Diese Geschichte«, sagte Seelenmacher, »hat Martin Buber aufgeschrieben. Danach nahm im zaristischen Rußland der berühmte Rabbi Elimelekh einmal das Sabbatmahl zusammen mit seinen Schülern ein. Ein Diener stellte die Suppenschüssel vor ihn hin. Der Rabbi ergriff sie so ungeschickt, daß sie umfiel und die Suppe über den ganzen Tisch rann. Ein Schüler namens Mendel – er wurde später Rabbi von Rymanow – rief entsetzt: ›Was tun Sie bloß? Man wird uns alle in den Kerker werfen!‹ Die anderen Schüler lächelten über diese albernen Worte. Sie hätten laut herausgelacht – nur die Anwesenheit des Rabbi hinderte sie daran. Dieser lächelte nicht. Er nickte dem jungen Mendel zu und sagte ernst: ›Fürchte nichts, mein Sohn.‹«

»Ja«, sagte Manuel. »Und?«

»Einige Zeit später wurde bekannt, daß dem Zaren an eben diesem Samstag ein Gesetz vorgelegt worden war, das schwere Bestrafungen der Juden in ganz Rußland vorsah. Der Zar sollte nur noch unterschreiben. Immer wieder griff er zur Feder, aber immer wieder wurde er durch ein wichtiges oder triviales Ereignis gestört. Schließlich unterzeichnete er das Gesetz. Dann faßte er nach der Büchse, um Streusand auf die Urkunde zu klopfen, doch in seiner Nervosität nahm er statt dessen das Tintenglas und schüttete den gesamten Inhalt über das Dokument. Danach zerriß er es und verbot seinen Ministern, ihm einen solchen Erlaß noch einmal vorzulegen.« Seelenmacher sagte leise: »Der Rabbi Elimelekh war weit, weit vom Zaren entfernt, als er die Suppenschüssel umstürzte. Ein anscheinend sinnloser Vorfall, und zur gleichen Zeit ein Vorfall von historischer Bedeutung – gehörten sie nicht trotzdem zusammen in das Webmuster des

Lebens? Provozierte der eine nicht den anderen? Waren sie nicht in Wahrheit nur *eine* Sache? Es gibt keine anderen Zufälle als magische«, sagte Seelenmacher. »Und diese hängen magisch miteinander zusammen...«

Danach war es still, und keiner der drei sah den anderen an, und draußen fiel der Schnee, geräuschlos, unaufhörlich, unerschöpflich, Gebieter über Stadt und Land, während zur gleichen Zeit ein kleines Mädchen namens Janine Clairon in einer Villa in Anfa, dem exklusiven Viertel von Casablanca, glücklich lächelnd träumte, es laufe über den Rasen des Gartens dem geliebten Vater entgegen, der endlich von seiner Reise heimgekehrt war.

42

Manuel hielt vor dem Haus in der Gentzgasse, schaltete die Scheinwerfer auf Standlicht und die Scheibenwischer aus. Irene und er sahen durch die Windschutzscheibe in das schwere Flockentreiben. Der Motor pochte leise, es war warm im Wagen.

»Das ist also der Abschied«, sagte er.

»Vielleicht könnte ich morgen noch zum Flughafen kommen? Mein Auto ist wieder repariert. Ich...«

»Nein.« Manuel schüttelte den Kopf. »Der Hofrat Groll hat davon abgeraten. Auch in Schwechat werden natürlich Agenten sein. Vielleicht fliegen sogar einige mit. Sie sollten da nicht mit mir auftauchen, sagte Groll. Tagsüber müssen Sie in der Apotheke arbeiten. Zu Mittag kommt Cayetano. Ich fürchte, wir sehen uns jetzt zum letztenmal.« Wie pathetisch das klingt, dachte er.

»Sie werden nicht mehr nach Wien zurückkommen?« fragte Irene nach einer Weile. Die Scheiben des Wagens waren schon fast ganz zugeschneit.

»Aber ja... das heißt, vielleicht... später... Ich weiß ja nicht, was mich daheim erwartet.«

Sie wandte sich ihm mit einem jähen Ruck zu.

»Also dann, Manuel...«

»Ich habe noch eine Bitte«, sagte er scheu. »Kein Kuß, nein. Das wäre... wäre absurd, nicht wahr? Was ich gern haben möchte, das ist eine Fotografie von Ihnen.«

»Wozu?«

»Damit ich immer weiß, wie Sie aussehen.«

»Und was hätten Sie davon?«

Es war nun so dunkel im Wagen, daß er nur ihre Silhouette erkennen konnte.

»Ich... ich weiß nicht... Ich hätte eben gerne ein Bild.«

»Valerie hat eine große Schatulle, in der liegen alle unsere Fotos. Natürlich können Sie eines von mir haben.«

»Darf ich mit hinaufkommen?«

»Ja«, sagte sie.

»Danke.« Er schaltete den Motor ab. Durch hohen Schnee wateten sie zum Hauseingang. Der alte Aufzug zitterte und ächzte, als sie mit ihm emporfuhren. Irene sperrte die Wohnungstür auf. Sie ging voraus in das zentral gelegene große Zimmer und drehte alle Lichter an. Die Vorhänge waren noch nicht geschlossen, und Manuel sah die Schneeflocken in ihrer unendlichen Zahl, wie sie, beleuchtet vom Lampenlicht, im Hof zu Boden sanken.

»Hier«, sagte Irene. Sie stand vor einer Bücherwand und versuchte, ein großes Kästchen aus Mahagoniholz zwischen zwei schweren Bänden herauszuziehen.

»Ich helfe Ihnen!« Er eilte zu ihr, kam aber zu spät. Mit einem Ruck war das Kästchen plötzlich in Bewegung geraten, Irenes Händen entglitten und zu Boden gefallen. Der Deckel flog auf. Ein Strom von Fotografien, großen und kleinen, ergoß sich über den Teppich.

»Das habe ich ja fein gemacht!« Irene kniete nieder, sie las die Bilder auf. Er kauerte sich neben sie, um zu helfen. Fotos, Fotos sammelte er ein. Er suchte eines von Irene. Aber er fand keines unter denen, die er in die Hand nahm. Männer, Frauen, eine Frau...

»Das ist ein Bild Ihrer Tante, nicht wahr?«

Sie blickte auf und nickte.

Er hatte noch nie eine Fotografie Valerie Steinfelds gesehen, aber so, wie dieses Porträt sie zeigte, hatte er sie sich vorgestellt: ein ovales Gesicht, helle Augen, sehr helles Haar, vielleicht bleich geworden, vielleicht bleich getönt, die Haut noch glatt, der Mund groß und vollippig, die Nase klein, die Ohren anliegend und gut sichtbar unter der kurzen, sorgfältig geschnittenen Frisur. Valerie Steinfelds Gesicht war ernst auf diesem Bild, verschlossen und beherrscht. Sie hatte direkt in das Objektiv der Kamera gesehen.

»Ja, das ist Valerie. Vor ein oder zwei Jahren...«

Er blickte das Foto noch immer an.

Valerie Steinfeld. Ein Mensch mit einem Geheimnis. So sah sie auf dem Bild auch aus. Sie hatte es mit ins Grab genommen, ihr Geheimnis...

Manuel hob weitere Fotos auf. Da war Valerie wieder – Jahrzehnte jünger, blond, lachend, glücklich, an der Seite eines großen, dunklen, lachenden Mannes. Und da, und da, immer wieder sie und dieser Mann – Paul Steinfeld sicherlich. Und da waren Fotos eines Jungen, sicherlich des Sohnes. Hier war ein Bild von Martin Landau – gewiß zwanzig Jahre alt...

»Was ist das?«

»Was?«

Irene hielt ein Blatt Papier in den Händen, das sie auseinandergefaltet hatte. Gelblich, alt und brüchig war dieses Papier, breit bedeckt mit Schriftzügen.

»Pasteur 1870...«, las Irene verständnislos. »Das habe ich noch nie gesehen. Wie kommt das hier herein? Es muß ganz unten gelegen haben... Ich hatte das Kästchen eine Ewigkeit nicht in den Händen...«

»Zeigen Sie doch!« Manuel hatte einen Blick auf das alte Papier geworfen, und plötzlich klopfte sein Herz rasend. Er riß Irene das Blatt fast aus der Hand.

Dies stand darauf in dicker Bleistiftschrift:

Pasteur 1870: Seidenraupenseuche
Erreger: Mikroben
Was ist mit Insekten?
Kommen auch filtrierbare *Viren* als Erreger in Frage?
Wenn ja: Insekten-Kalamitäten (Nonnenfalter, Forl-Eule usw.)!
Die gleiche Prüfung bei schädlichen Nagern (vgl. Hundestaupe, Maul- und Klauenseuche usw.)
Literatur!

UND/ODER

Bakterielle *Toxine*
(Tetanus! Ransom 1898: Motorische Nerven!)
Schädlingsbekämpfung?
Spezifische Wirkung?
Literatur!

Manuel fühlte plötzlich, seit langer Zeit wieder einmal, wie ihm schwindlig wurde. Der Raum drehte sich um ihn. Er ließ sich auf den Teppich sinken und starrte Irene an. Sie hatte über eine Schulter mitgelesen, laut. Ihr Gesicht war bleich, riesengroß wirkten die Augen.

»Verstehen Sie das?« fragte Irene. »Wo kommt das her? Und da ist von Viren die Rede, von Toxinen... wieso... Was bedeutet das alles...?«

Er sagte: »Das bedeutet, daß wir noch gar nichts wissen, gar nichts. Was mache ich jetzt? Was mache ich jetzt bloß?«

»Wie meinen Sie das?«

»Jetzt kann ich nicht mehr heimfliegen. Jetzt muß ich unter allen Umständen hierbleiben. Hier, hier in Wien.«

»Wieso... warum...?«

»Weil das da – und es gibt nicht den geringsten Zweifel, ich erkenne die Balken-H's, die verkehrt geschriebenen M's, die verkehrt geschriebenen N's! –, weil das mein Vater geschrieben hat«, sagte Manuel Aranda.

43

Majestätisch und mitreißend ertönten die ›Fidelio‹-Trompeten.
Langsam wurde die Musik etwas leiser.
Eine Männerstimme erklang! »Die Freiheit marschiert!«
Laut jubelten die Trompeten auf.
Eine zweite Männerstimme: »Mit den Heeren der Verbündeten in Europa und Afrika!«
Weiter die Trompeten, gedämpft.
Die erste Stimme: »Mit den alliierten Fliegern am Himmel Deutschlands und Italiens!«
Trompeten.
Die zweite Männerstimme: »Mit den Millionen Unterdrückter, die auf ihre Stunde warten!«
Trompeten.
Die erste Stimme: »Mit den Heeren der Arbeiter, die aus freiem Willen ihre Waffen schmieden in der Alten und der Neuen Welt!«
Die zweite Stimme: »Die Freiheit marschiert!«
Begeisternd, das Herz bewegend, setzten nun wieder voll die Trompeten ein, die Musik der marschierenden Freiheit...
Die erste Männerstimme erklang, während die Trompeten etwas leiser wurden: »Und das ist das Ende unserer Radio-Wochenschau. Vergessen Sie nicht, wir kommen wieder nächste Woche um die gleiche Zeit. Hören Sie unseren Ruf...«
Die zweite Stimme: *»Erwachendes Deutschland!«*
Die erste Stimme: »Denken Sie daran...«
Die zweite Stimme: *Es kommt der Tag!«*
Die erste Stimme: »Denn England greift an – und mit uns die jungen Völker!«
Und da waren sie noch einmal, triumphierend, wunderbar: die jubelnden Trompeten...
Valerie Steinfeld lauschte mit einem glücklichen Lächeln. Die erste Männerstimme, die zuletzt noch einmal erklungen war, das war Pauls Stimme. Die Stimme Pauls! Sie hatte sie wiedergehört. Er sprach stets in dieser ›Radio-Wochenschau‹, die immer an Samstagen von der BBC ausgestrahlt wurde. Ja, auch in dieser Sendung hatte er gesprochen. Fast jeden Abend hörte Valerie seine Stimme. Er mußte einer der wichtigsten

Sprecher sein, dachte Valerie, während sie den ›Minerva 405‹ abschaltete und die Wellenlänge des Reichssenders Wien einstellte, wonach sie endlich die schwere Decke abstreifte, die über sie und den Apparat gebreitet war. Wie immer hatte Valerie auch an diesem Abend eine fremde Stimme für die ihres Mannes gehalten, den sie, *wenn* er wirklich redete, niemals erkannte.

Jetzt stand sie von dem alten Sofa auf, öffnete die Tür des Kanonenofens und schüttete aus einem hohen, viereckigen Blechkübel kleine, graue Kohlestücke von minderer Qualität nach. Es gab nichts anderes mehr. Die schlechte Kohle brannte und wärmte, das war die Hauptsache. Wenn gute Kohle natürlich auch viel länger brannte und besser wärmte. Ein Funkenregen sprühte aus der Klappe. Der Ofen begann zu bullern. Valerie schloß die Metalltür und stellte den Kübel hin. Sie trug noch das braune Kostüm mit der breit wattierten Jacke, das sie am Vormittag bei Dr. Forster getragen hatte, und eine Bluse darunter. Aus dem Teekammerl trat sie in das erste Magazin hinaus und rief: »Martin! Jetzt kannst du kommen!«

Danach ging sie in den kleinen, vollgeräumten Raum zurück, in dem nur die grünbeschirmte Schreibtischlampe brannte, und hob einen Kessel, dessen Wasser zu kochen begonnen hatte, vom Gasrechaud. Sie brühte eine Kanne Tee auf und holte Tassen, Löffel und eine Flasche mit Weinbrandverschnitt aus dem Geschirrkästchen, das an der Wand hing.

Aus der Tiefe der Verliese tauchte Martin Landau auf, in Mantel und Hut, den Kragen hochgeschlagen. Er legte ab und rieb sich die Hände.

»Eine Saukälte hat es da hinten«, sagte er. »Tee, Gott sei Dank!«

»Muß noch einen Moment ziehen.«

Um halb sieben Uhr hatten sie das Geschäft geschlossen, alle Lichter im Laden gelöscht, die Tagesabrechnung gemacht. Dann war es Zeit für Valerie gewesen, London zu hören, und wie immer, wenn sie das tat, war Martin Landau verschwunden, in das hinterste Magazin. Kohle wurde knapp. Das Wochenende stand bevor. Man hatte die Öfen in den Gewölben schon zu Mittag ausgehen lassen. Darum war Martin in Hut und Mantel verschwunden. Sogar einen Schal hatte er sich um den Hals gewunden. Nun nahm er ihn ab und warf ihn auf den alten Diwan. Als er sich bewegte, blitzte das Parteiabzeichen auf, das am linken Revers seines Zweireihers steckte. Der zarte, scheue Mann war urplötzlich verändert. Er wirkte energisch und ungeduldig. Es schien, als seien eine schwere Last und eine große Bedrückung von ihm abgefallen seit drei Tagen. Seit drei Tagen war Martin Landau ein anderer Mensch. Er sprach lauter und deutlicher. Er wusch nicht mehr so häufig seine Hände mit unsichtbarer Seife, und er sagte viel seltener ›immerhin‹. Ihm fiel das gar nicht auf. Valerie bemerkte es genau, und sie war sehr glücklich über diese Verwandlung. Daß er immer noch davonlief, wenn sie London hörte, war klar. So weit würde er sich niemals verändern.

»Los, los, fangen wir an!« Landau suchte nach Papier und Bleistiften auf dem vollgeräumten Schreibtisch, rückte die alte Remington beiseite, schob die vielen Talismane fort. »Wenn du am Montag wieder beim Anwalt sein sollst, mußt du das schon mitbringen! Und morgen müssen wir an die ganzen Kirchen und Standesämter schreiben wegen der Dokumente für dich und mich. Von mir haben sie nur den kleinen Ariernachweis verlangt, seinerzeit. Der Doktor Forster sagt, wir brauchen den Nachweis bis zu den Urgroßeltern?«

»Bis zu den Urgroßeltern. Jetzt wird der Tee gut sein.« Valerie goß die Tassen voll. »Zwei Tabletten Süßstoff?«

»Ja, bitte. Wie ich diesen Süßstoff hasse, dieses widerliche Dreckszeug!«

»Was sollen wir machen? Zucker gibt es auf Karten nur so wenig. Und du willst alles doch immer unbedingt süß.«

»Aber der Nachgeschmack, den der Mist hat! Gieß wenigstens einen ordentlichen Schuß von dem Fusel rein! Herrgott, habe ich gefroren da hinten!« Das sagte er ohne jede Anklage, er lächelte Valerie an dabei. Er verlor kein Wort des Ärgers über ihr Beharren darauf, die Sendung der BBC zu hören. (Er sah nur schnell nach, ob der Skalenzeiger des Radios richtig stand.) Und Valerie quälte ihn mit keinem Wort darüber, was sie gehört hatte. Sie erwiderte sein Lächeln. Sie hatte Mühe dabei, denn ihr war gar nicht mehr geheuer zumute nach allem, was sie an diesem Tag erfahren und gelernt hatte. Mehr und mehr wurde es Valerie bewußt, worauf sie sich da einließ. Ich muß mich darauf einlassen, dachte sie, nun schon in Fanatismus verfallen, immer wieder, ich *muß*! Und Martin durfte von ihrer Furcht, ihrer Bedrückung nichts merken. Er wurde so furchtbar leicht mutlos. Valerie zwang sich zu Gleichmut. Nur Martin nicht aufschrecken aus seiner Euphorie, um alles in der Welt ihm nur nicht seinen Optimismus, seinen Elan rauben durch ein unbedachtes Wort!

»Guter, alter Martin«, sagte sie und strich ihm über das glanzlose Haar. Er zuckte zusammen. Er konnte und konnte sich nicht daran gewöhnen, von anderen berührt oder gestreichelt zu werden, schon gar nicht von Frauen.

Valerie setzte sich.

»Wir machen erst einen Entwurf, und dann schreibst du die endgültige Fassung in die Maschine«, sagte Landau. Er hielt die Teetasse mit beiden Händen, um diese zu wärmen, und trank einen großen Schluck, wobei er sich den Mund verbrühte. »Au!« Schnell stellte er die Tasse hin. Einen Moment verzog er das Gesicht, als wollte er weinen, dann hatte er sich gefaßt und sagte, seine Lippen betastend, männlich-rauh: »Verflucht noch mal!«

»Wie fange ich an?«

»Gleich in medias res gehen. Schreib!... Ich, Valerie Steinfeld, geborene Kremser, geboren am...«

»Zweimal geboren.«

»Egal! Du schreibst ja keinen Roman. Geboren am 6. März 1904 in Linz... hast du?«

»...in Linz...« Valerie stenographierte.

Landau lehnte sich zurück, hielt die Jackenaufschläge fest und wölbte die schmale Brust nach vorn. Sein blasses Gesicht hatte sich gerötet. Die Stimme klang plötzlich wie die eines Offiziers.

»Gut. Wann hast du geheiratet? In der Dorotheerkirche, ich weiß, ich war ja dabei. Aber wann? 1923 im Oktober, nicht?«

»Am 5. Oktober 1923. Willst du das schon in den ersten Satz reinbringen?«

»Medias in res! Also: Geboren am 6. März 1904 in Linz, habe ich am 5. Oktober 1923 in der Dorotheerkirche zu Wien den Juden... nein, warte, das ist zu dick!«

»Finde ich auch.« Valerie nippte an ihrer Tasse. »Jetzt geht es. Jetzt kannst du trinken.«

Er trank und schüttelte sich.

»An diesen Süßstoff gewöhne ich mich nie! Nein, das mache ich anders...« *Ich!* Ich sagt er, dachte Valerie, plötzlich glücklich. Die Freiheit marschiert...

»So mache ich das: In der Dorotheerkirche zu Wien gegen den Widerstand meiner Familie... Das ist besser, was?«

»Sehr gut, Martin!«

»... Widerstand meiner Familie Paul Steinfeld, geboren am...«

»11. Juni 1895...«

»... geheiratet. Punkt. Meine Eltern, die mich sehr liebten, befürchteten, daß ich an der Seite eines jüdischen und, wie sie es sahen, haltlosen und nicht seriösen Mannes, der ihnen von der ersten Begegnung an so unsympathisch erschien, wie er ihnen erschien, kein Glück finden würde... Jetzt haut es hin, wie? Dezent, aber immerhin! Du redest nicht direkt böse über Paul, man sieht, wie du dir Mühe gibst, objektiv zu berichten. Streng die Wahrheit, ohne Übertreibung, ohne Untertreibung, was du eben sagen mußt. Den Eltern sofort unsympathisch, das ist wichtig! Und daß sie grundsätzlich gegen Juden waren. Und daß Paul sie auch gleich nicht leiden konnte. Schon einmal eine sehr vorbelastete Ausgangsposition. Deine Eltern sind beide lange tot, also kannst du es ruhig beschwören. Was schaust du mich so an?«

Sie hatte ihn tatsächlich angeschaut, voll grenzenlosem Staunen darüber, wie dieser Hypochonder, dieser Angsthase sich veränderte, mehr und mehr.

»Weil du das so gut machst. Wirklich, prima, Martin!«

»Na ja, immerhin...« (ganz konnte er es doch nicht vergessen, dieses Wort) »...immerhin, das ist gar nicht so einfach. Auf den richtigen Ton kommt es an! Schreib weiter. Bald schon mußte ich erkennen... hm, hm... erkennen, wie recht meine guten... nein, streich das ›guten‹!... wie recht meine Eltern gehabt hatten, als sie meine Ehe mit Paul Steinfeld verhindern wollten.«

»...verhindern wollten.«

»... mit den Millionen Unterdrückter, die auf ihre Stunde warten...«

»Trotzdem... jetzt paß auf, Valerie, Schatz.« ›Schatz‹ — er hatte ›Schatz‹ gesagt! Noch nie hatte er so etwas gewagt, noch *nie!* »Paß auf, wie ich das jetzt drehe. Psychologie. Ist doch die Grundlage von dem ganzen Prozeß. Wir müssen klar psychologisch denken. Du warst mit Paul unglücklich und hast ihn dann mit mir betrogen. Aber *er,* er muß dich geliebt haben! Sonst hätte er dich doch gar nicht geheiratet! Sonst wäre er später auch nicht mißtrauisch und eifersüchtig geworden auf mich — habe ich recht?«

»Völlig, Martin.«

»Also dann, bitte: Obwohl Paul Steinfeld mich liebte, war ich unglücklich, weil er mein Wesen und ich das seine nicht verstand... Da haben die Brüder genau den Quatsch, den sie wollen!« Martin Landau strahlte Valerie an wie ein seliges Kind. Er hatte die Daumen in die Westenausschnitte gesteckt. »Hm... Paul hat dich doch Anfang 1924 nach Dresden fahren lassen, nicht?«

»Ja. Zum Kokoschka. Der war da Professor an der Akademie, und ich habe unbedingt wenigstens eine Weile lang bei ihm Unterricht nehmen wollen. Ich war doch so verrückt mit Malerei. Ich habe an der Volkshochschule noch Kunstgeschichte gehört, bis ich schwanger geworden bin. Gott, war das rührend vom Paul damals! Nur weil du doch so furchtbar gern den Kokoschka erleben willst, lasse ich dich fahren, hat er gesagt. Aber nicht lange. Höchstens einen Monat. Länger halte ich es nicht aus ohne dich!«

»Genau daran denke ich. Schreib, Schatz: Bereits im April 1924 trennte ich mich nach einer Reihe schwerer Zerwürfnisse von Steinfeld und fuhr nach Dresden, wo ich wegen meines großen Interesses für Kunstgeschichte Unterricht bei Oskar Kokoschka nehmen wollte. Verflucht.«

»Was ist?«

Er sagte zornig: »Kokoschka ist doch verboten. Entartete Kunst. Das geht nicht. Wer war denn damals noch in Dresden an der Akademie? Laß mich nachdenken... Flechner! Großartig! Heinrich Flechner! So ein richtiger naturalistischer Scheißkerl!« Valerie zuckte zusammen. Das Wort hatte sie noch niemals von Martin Landau gehört. Langsam wurde der Mann ihr unheimlich. »Der ist dann bei den Nazis ein ganz großes Tier geworden, einer von den Lieblingsmalern des Führers! Und zum Glück ist er 1940 verreckt. Zum *Flechner* wolltest du natürlich! Streich den Kokoschka. Unterricht bei Heinrich ... nein, bei *Professor* Heinrich Flechner nehmen wollte.« Landau öffnete die Flasche, goß einen weiteren Schuß Weinbrandverschnitt in seine Tasse, trank und diktierte, wobei er mit einem Finger den Takt schlug: »Aber schon nach kurzer Zeit kam Paul Steinfeld mir nachgereist und bettelte und beschwor mich, zu ihm zurückzukehren ... Jetzt machen wir wieder was Schönes, Schatz: Ich hatte nicht die Kraft, mich ihm zu widersetzen, und ich hatte nicht den Mut zu einer Scheidung nach so kurzer Zeit. Ich war erst zwanzig Jahre alt und völlig hilflos. Zu meinen Eltern zurückzukehren, schämte ich mich, denn ich hatte sie im Bösen verlassen ... Gut, wie? Du hast dich geschämt, ein so junges Mädchen noch, das gegen den Willen seiner wohlmeinenden Eltern ... begreift jeder! Deine Ehe war von Anfang an ein Martyrium, das du tapfer ertragen hast – auch ein bißchen aus Hilflosigkeit und Dummheit, ja, *arische* Dummheit, nicht diese widerliche jüdische Chuzpe, die hast du eben nicht! Schreib: Paul Steinfeld war ein außerordentlich dominierender – nein, um Gottes willen, ein Jude und dominierend! Streichen! – ein außerordentlich *geschickter* Mann, wenn es darum ging, sich andere Menschen gefügig zu machen.«

... mit den Heeren der Arbeiter, die aus freiem Willen ihre Waffen schmieden in der Alten und der Neuen Welt ...

Landau goß seine Tasse halb voll Tee, halb voll Weinbrandverschnitt und warf angeekelt ein Stückchen Süßstoff in die Mischung.

»Wenn ich einen sitzen habe – ich vertrage doch überhaupt nichts –, kommen mir die besten Ideen«, erklärte er dazu. »Jetzt wird es nämlich kitzlig.«

»Jetzt kommst du«, sagte Valerie.

»Eben. Also, schreiben wir mal: Ich kehrte nach Wien zurück und nahm die eheliche Gemeinschaft wieder auf. Eine Zeit der Ruhe folgte. Das hatte – so drehen wir das! – zwei Gründe: Erstens war Paul Steinfeld sehr häufig und lange von Wien abwesend und auf Reisen. Zweitens lebte in den langen Zeiträumen meines Alleinseins wieder die Freundschaft zu einem Mann auf, den ich schon vor Paul Steinfeld, in den Räumen der Wiener Albertina, kennengelernt hatte. Es handelte sich um Martin Landau, geboren am 12. November 1903 in Wien, in dessen Buchhandlung ich heute angestellt bin ...«

Valerie war plötzlich in Fahrt geraten, sie stenographierte und redete dabei: »Wir kamen über die Handzeichnungen Rembrandts ins Gespräch und begegneten uns häufig in den Ausstellungsräumen wieder. Diese Bekanntschaft, die zunächst nur ein Austausch rein geistiger und künstlerischer Interessen war, gestaltete sich bald zu einer echten Freundschaft . . .«

»Moment! Freundschaft, die in den Hintergrund trat, als ich Paul Steinfeld kennenlernte und mich in ihn verliebte . . . Jetzt kippen wir die Sache wieder um! . . . In der Zeit, in der ich nach meiner erzwungenen Versöhnung mit Paul Steinfeld – Versöhnung in Anführungszeichen – nun so oft und so lange allein in Wien leben mußte, begegneten Landau und ich einander wieder häufiger, die alte Freundschaft wurde stärker denn je, und in meiner Hilflosigkeit und ehelichen Enttäuschung durch Paul Steinfeld, der meine künstlerischen Interessen nicht nur nicht verstand, sondern sogar ständig verspottete und verhöhnte . . . Ja, schreib das, es ist wichtig!«

». . . verspottete und verhöhnte . . .«

. . . die Freiheit marschiert . . .

Ich muß es tun. Ich muß es tun. Heinz muß gerettet werden. Auch Paul will das.

». . . wurde aus einer so lange Zeit rein platonischen Freundschaft nun eine intime Beziehung, wobei uns – da hast du es! – die häufige Abwesenheit Paul Steinfelds zugute kam . . . Tut mir leid, Schatz, aber das muß nun immerhin alles gesagt werden.«

Valerie sah Landau an. Der hatte einen roten Kopf bekommen und hüstelte verlegen. Jetzt wusch er auch wieder symbolisch seine Hände. Es nahm ihn doch mit, was er da zusammenlog.

Valerie erwiderte, gleichfalls mit gerötetem Gesicht: »Schon gut. Natürlich muß das alles rein. Und auch das, was der Doktor Forster dazu noch gesagt hat.« Sie zog ihre Kostümjacke aus. »Mir ist auf einmal so heiß.«

»Warte, ich hänge sie über einen Bügel!« Landau sprang auf. Als er die Jacke schwungvoll nahm, fiel ein zusammengefaltetes Blatt Papier aus einer der Taschen auf den alten, verzogenen Dielenboden.

Er bückte sich.

»Gib her!« Valeries Stimme klang erregt. Auch sie hatte sich erhoben. Er stotterte: »Aber was denn . . . wie schaust du denn aus?« Er faltete das Papier auseinander und las verständnislos und laut: »Pasteur 1870: Seidenraupenseuche . . .«

44

». . . Erreger Mikroben . . .«

»Einen Moment, Herr Landau.« Manuel mußte schlucken, bevor er weitersprechen konnte. Der schmächtige, zarte Buchhändler saß ihm im Salon seines Hotelappartements gegenüber. Er war, wie vereinbart, pünktlich um 15 Uhr wieder erschienen. Man schrieb Montag, den 20. Januar. Landau hatte fließend erzählt, bis er von Manuel heftig unterbrochen worden war.

»›Erreger Mikroben‹. *Das stand auf dem Papier?*«

»So ähnlich jedenfalls, ja. Etwas über Pasteur und Viren und Bakterien bestimmt! Kann sein, daß es anders formuliert war. Ich erinnere mich an den Text noch ziemlich gut, ich las ihn nämlich noch einmal, weil Valerie sich so aufregte und das Papier sofort zurückhaben wollte und mir nicht sagte, woher sie es hatte und was es bedeutete. Eine richtige Szene gab es, sie war ganz hysterisch! Also, ich verstand kein Wort. Heute noch nicht... Was haben Sie? Sie sind ja ganz außer sich!«

»Alles in Ordnung.« Manuel bekam zu wenig Luft. Er versuchte, richtig durchzuatmen. Es gelang ihm nicht. »Das ist lange her... siebenundzwanzig Jahre... würden Sie das Papier wiedererkennen... das Papier... und die Schrift?«

»Das Papier vielleicht nicht, immerhin, siebenundzwanzig Jahre, Sie sagen es selber... Aber den Text sicherlich... Pasteur... Mikroben... so komische Sätze... Und dann die Schrift! Die Schrift...«

»Was war mit der?«

»An die erinnere ich mich noch ganz genau! Ganz sonderbar war die! So eigenwillig! Die H's... und die M's... mit den Rundungen nach unten und den Spitzen nach oben...« Landau fuhr zurück, denn Manuel hatte seine Brieftasche aus der Jacke gezogen und blitzschnell einen zusammengelegten Bogen Papier entfaltet. Es war jenes Papier, welches er seit dieser Nacht besaß – gefunden in Valerie Steinfelds Fotoschatulle. Er fragte heiser: »Ist es das?« Daraufhin kam etwa so lange keine Antwort, wie man braucht, um bis zehn zu zählen. Landau saß da, als sei er hypnotisiert, und als sei er hypnotisiert, so starrte er das alte Papier an. Schließlich stotterte er: »Woher haben Sie... wo ist das her? Wie... wie kommen Sie... zu dem da?«

»Das erkläre ich Ihnen später. Ist das der gleiche Bogen, der damals, vor siebenundzwanzig Jahren, Frau Steinfeld aus der Jackentasche fiel? Ist es die gleiche Schrift?«

Martin Landau flüsterte: »Ja, das ist die gleiche Schrift... Das ist das gleiche Papier...«

»Sind Sie sicher?«

»Absolut!«

»Können Sie sich erklären, wie dieses Papier in den Besitz von Frau Steinfeld kam?«

»Nein, natürlich nicht. Sie hat es mir ja auch damals nicht gesagt...«

»Oder wieso sie es gerade an diesem Tag bei sich trug?«

»Keine Ahnung. Keine Ahnung, Herr Aranda! Ich erzähle Ihnen von einer Geschichte, die so lange her ist, vergangen und vorbei, und da halten
Sie mir plötzlich dieses Papier hin...«
Manuel sagte leidenschaftlich: »Es ist eben nichts vergangen und vorbei.
Jetzt gibt es keinen Zweifel mehr! Hier, dieser Bogen ist der Beweis dafür,
daß Valerie Steinfeld...« Er brach ab. Das war unmöglich. Er konnte so
nicht reden mit diesem Martin Landau, der ja nicht wußte, was geschehen
war, worum es ging. Wild schlug Manuels Herz. Die Spur! Er war der
richtigen Spur gefolgt von Anbeginn! Und diese Spur führte zu Valerie
Steinfeld, immer wieder, immer wieder zu ihr, so phantastisch das alles
auch schien.
»Beweis wofür, Herr Aranda?« flüsterte Landau. Er war erschrocken, aber
er war auch neugierig.
»Das kann ich Ihnen nicht sagen, leider.«
»Hängt es... mit Ihrem Vater zusammen?«
»Ja.«
»Oh. Und dieses Papier? Woher haben Sie dieses Papier?«
Manuel erklärte es dem nervösen Buchhändler. Während er sprach,
dachte er: Cayetano müßte längst da sein. Ich habe in Schwechat angerufen. Verspätung, hieß es. Ankunftszeit ungewiß. Der Schnee. Was mache
ich? So wie die Dinge jetzt aussehen, muß ich doch in Wien bleiben! Kann
ich doch nicht einfach die Suche hier abbrechen, die ganz bestimmt die
Lösung bringt. Immer näher rückt sie, immer näher! Aber darf ich hierbleiben? Ja. Nein. Doch, ja! Verbirgt sich die größte Gefahr nicht tatsächlich in Wien anstatt in Argentinien? Es sieht so aus, es sieht verflucht so
aus. Ja, ich muß hierbleiben. Wenn ich bloß wüßte...
In diesem Moment fiel Manuel etwas ganz anderes ein.
Warum ist mir das nicht früher eingefallen? dachte er erbittert. Warum
habe ich Landau nicht längst danach gefragt? Ich bin zu jung, zu jung für
das alles. Ich überblicke es nicht...
Aber ich muß Klarheit finden! Ich muß die Situation beherrschen! Meine
Jugend darf keine Rolle spielen! Wenn ich das Rätsel um die Verbrechen
meines Vaters nicht löse, wer wird es dann tun?
Manuel fragte: »Herr Landau, wissen Sie, ob Herr Steinfeld einen Bruder
hatte?«
Landau nickte. »Natürlich weiß ich das. Er hatte einen Bruder, ja, den Da-
niel.«
»Sie kannten ihn persönlich?«
»Kaum. Wir haben uns zwei-, dreimal getroffen. Paul und er mochten
sich nicht.«
»Warum nicht?«
»Das kann ich nicht sagen. Ich weiß es nicht. Die Brüder sahen sich nur

selten, obwohl Daniel in Wien lebte.«

»Hier in Wien?«

»Ja. Er ist allerdings schon 1937 emigriert...«

»Wohin?«

»Nach Prag. Er hat einen Lehrauftrag bekommen an der Universität dort.«

»Universität...« Manuel hörte seine eigene Stimme wie die eines anderen, eines lallenden Idioten.

»Er hat doch auch hier an der Universität gearbeitet. Professor war er.«

»Wo?«

»Am Chemischen Institut.«

Manuels Finger verkrampften sich in die Lehnen seines Sessels.

»*Wo?*«

»Am Chemischen Institut in der Währingerstraße«, antwortete Martin Landau, sein Gegenüber erschrocken betrachtend. »Was ist mit Ihnen, Herr Aranda? Was haben Sie bloß?«

»Nichts... nichts... Paul Steinfelds Bruder war Chemiker?«

»Ja, Professor für Chemie. Das hat er...«

45

»...gelehrt. Chemie. Wenn ich nicht irre, Biochemie«, erklang Martin Landaus Stimme aus dem kleinen, hochempfindlichen Lautsprecher, der, an das Telefon angeschlossen, auf dem Schreibtisch im kostbar eingerichteten Büro des Grafen Romath stand. In der schmalen Kupferkanne befanden sich nun Orchideen – es waren drei violette, phantastisch gelappte Exemplare der Gattung *Sobralia macrantha*.

Romath hielt den Kopf in eine Hand gestützt. Er sah elend aus. Das Gesicht trug einen zugleich trotzigen, angewiderten und verzweifelten Ausdruck.

Manuels Stimme erklang aus dem kleinen Lautsprecher: »Wie lange hat Daniel Steinfeld in Wien gelesen?«

»Viele Jahre, nehme ich an.«

»Und sicherlich hat er auch wissenschaftlich gearbeitet... im Laboratorium, an irgendwelchen Versuchen...«

»Ja.«

»Woher wissen Sie das?«

»Valerie hat es mir einmal gesagt. Ich verstehe nichts von Chemie. Ich weiß nicht, was er machte, womit er experimentierte. Irgendwie hatte es mit Insekten zu tun...«

»Mit Insekten?«

»Ja ... mit der Bekämpfung von Insekten ... Ich glaube, er suchte Mittel zur Bekämpfung von Schädlingen, wenn ich das richtig in Erinnerung habe ... «

»Mittel zur Bekämpfung von Schädlingen!«

»Oh, das Papier ... «

In diesem Moment ertönte, leiser, eine Stimme in englischer Sprache aus dem Lautsprecher.

»Able Peter, Able Peter, hier ist Sunset. Kommen Sie. Over.«

Der Graf zuckte zusammen wie unter einem Peitschenhieb. Sein Gesicht verfärbte sich dunkel. Die Kiefer preßten sich aufeinander. Das Gespräch, das er hinter der verschlossenen Tür seines Büros belauschte, ging weiter, aber er verstand den Sinn der Worte plötzlich nicht mehr.

»Able Peter ... Able Peter ... kommen Sie sofort. Over!«

Der Graf erhob sich. Langsam ging er zu Adolph Menzels ›Maskensouper‹ und holte aus dem Versteck im Rahmen des Bildes den Miniatursender, dessen Antenne er herauszog. Er meldete sich bei den beiden Amerikanern, die in einem Wagen hinter dem ›Ritz‹ saßen.

»Na endlich, Able Peter!« Die Stimme aus dem Sender klang drohend. »Sehr freundlich von Ihnen, sich an das Gerät zu bemühen, wenn wir Sie rufen.« Die Besatzung des Streifenwagens nahe dem Hotel konnte Romath immer erreichen, sobald dieser das Abhörgerät in Manuels Salon benützte, indem sie sich mit Hilfe eines Spezialgeräts in die Telefonleitung schaltete. »Was ist los? Worüber reden die beiden?«

Nein, dachte der Graf. Nein, sie können mich nicht behandeln wie einen Hund. Ich lasse mir das nicht mehr bieten. Was geschieht, wenn ich ihnen sage, was sich da oben in dem Appartement gerade abspielt, auf welche neue Spur Manuel Aranda gekommen ist? Was werden diese Schweine tun? Die kennen keine Rücksicht. Die kennen nur Gewalt und Terror. Gegen alle. Auch gegen mich. Aber das ist mir jetzt egal! *Ich will nicht immer wieder mit daran schuld sein!*

»Landau erzählt, wie er und diese Valerie Steinfeld 1942 den Prozeß um die Abstammung des Jungen vorbereiteten.«

»Sonst nichts?«

»Was heißt das?«

»Heißt, was es heißt! Also?«

»Sonst nichts«, antwortete der Graf.

»Sind Sie ganz sicher?« Die Stimme klang lauernd, heimtückisch.

»Glauben Sie mir nicht?«

»Nein.«

»Hören Sie ... «

»Halten Sie das Maul, Able Peter! Gestern am Nachmittag läßt Aranda bei Ihnen plötzlich einen Platz für die Maschine nach Buenos Aires heute abend um 23 Uhr 40 buchen. Für sich und drei Kerle. Sagt, daß die Kerle, die er erwartet, nur ganz kurz im ›Ritz‹ bleiben und ihre Zimmer gleich wieder frei sein werden. Dann kommt er heim und läßt alle Buchungen streichen. *Warum?*«

»Ich weiß nicht...«

»Er weiß es nicht, Joe. Der Süße weiß es nicht. Weil sich für Aranda ein neuer Gesichtspunkt ergeben, weil er etwas gefunden hat! *Was*, Able Peter, *was?*«

»Ich... ich weiß es doch nicht!«

»Sie wissen es, Sie Schwein!«

»Wie reden Sie...«

»Ruhig! Natürlich wissen Sie es. Wir wissen es schließlich auch. Das Ganze war nur ein Test von uns. Weil wir Ihnen nämlich schon seit einiger Zeit nicht mehr trauen...«

»Hören Sie, ich schwöre Ihnen...« Test? dachte Romath, verstummend. Das ist eine Falle. Die wissen nichts, nichts!

»... und weil wir Ihnen nicht mehr trauen, haben Sie einen Kollegen im Hotel bekommen, der Aranda auch abhört. Und Ihr Kollege, der weiß, was der junge Herr herausgefunden hat, er hat es ihn sagen hören!«

Bluff? dachte Romath verzweifelt. Bluffen die? Einen Kollegen, der auch die Gespräche abhört? Das gibt es nicht. Das müßte ich wissen. *Muß* ich es wissen? O Gott...

»Jetzt steht Ihr großes Maul endlich still, wie? Wir haben eine Nachricht für Sie. Der Chef ist ungehalten. Recht ungehalten.«

»Ich...«

»Kusch. Sie haben heute ab 23 Uhr frei im Hotel. Sie kommen auf jeden Fall um Mitternacht – *pünktlich* um Mitternacht! – in die Wohnung des Chefs. Verstanden?«

»Ja...«

»Das ist alles, Able Peter. Ende.«

Es klickte in dem Sender, dann war die Verbindung tot.

Der Graf stand reglos, er schien nicht einmal zu atmen. Sein Gesicht war jetzt schmutzig weiß. Zwei Minuten verstrichen so.

Aus dem kleinen Gerät auf Romaths Schreibtisch erklang die Stimme Landaus. Plötzlich verstand der Graf, was Landau sagte: »...gab ihr das Papier zurück. Ich bekam von Valerie ebensowenig eine Erklärung dafür, was es bedeutete, wie jetzt von Ihnen.«

»Ich sagte Ihnen doch, ich weiß es auch nicht... *noch nicht!*«

»Nun ja...« Landaus Stimme hatte einen leicht beleidigten Ton.

»Was heißt nun ja?« fragte Manuels Stimme.

»Nun ja, immerhin, das ist alles so unheimlich, nicht wahr? Vielleicht denken Sie, gewisse Dinge dürften Sie mir nicht erklären.«

»Unsinn! Ich weiß es wirklich nicht, Herr Landau. Erzählen Sie, was dann geschah, bitte.«

»Schön. Also, nach dem Zwischenfall mit dem Zettel war Valerie bald wieder beruhigt. Wir machten weiter. Sie hatte doch verlangt, daß auch das noch in ihre Erklärung aufgenommen werden sollte, was der Anwalt gesagt hatte, nicht wahr? Ich begriff nicht gleich und fragte: ›Was der Doktor Forster dir gesagt hat?‹ Und sie antwortete sehr verlegen: ›Na, ich habe es...‹«

46

»...dir doch erzählt, zu Mittag.« Valerie strich über ihre Bluse. Sie sah zu dem bullernden Ofen in der Ecke des Teekammerls.

»Ach so! Hm. Immerhin. Ja, natürlich, das muß hier auch noch mit hinein...« Martin Landau stand auf, nahm ein Wasserglas vom Wandregal und füllte es mit dem schlechten Weinbrand. Er trank, schüttelte sich. Dann legte er Valerie eine Hand auf die Schulter.

»Wir müssen es tun. Sonst hat das alles keinen Sinn. Aber es sind *Lügen*, Valerie, *Lügen!* Es hat nichts zu bedeuten für deine Liebe zu Paul, für meine Freundschaft zu ihm, überhaupt nichts. Er würde dasselbe sagen. Also, schreib: Mein Eheleben litt zudem schwer darunter, daß Paul Steinfeld und ich uns nicht nur in geistiger, sondern auch in geschlechtlicher Beziehung nicht verstanden...«

Valerie nahm Landau das Glas aus der Hand, trank hastig und diktierte sich selber dann laut: »Abgesehen von der allerersten Zeit unserer Intimität vor der Eheschließung und danach, zwang mich Paul Steinfeld...«

»Unsinn. Was heißt zwingen? Dazu kann man keine Frau zwingen. Du hast das über dich ergehen lassen, weil du ohnedies schon so verzweifelt warst und geglaubt hast, dein Leben ist verpfuscht. Und du bist ihm ja auch deshalb so schnell nach Dresden ausgerückt.«

»Also, wie formuliert man so etwas? Wirklich, Martin, das ist schrecklich...«

»Sachlich. Ganz sachlich bleiben. Es berührt dich überhaupt nicht. Es ist eine Lüge, die dich nicht berührt, Schatz. Trink noch einen Schluck. So ist es brav. Das formuliert man so: Abgesehen von der allerersten Zeit und so weiter und so weiter... *bevorzugte* – verstehst du? *Bevorzugte!* Das ist wichtig. Er muß auch *normal* mit dir verkehrt haben, sonst hätte er nicht eine Minute lang geglaubt, daß Heinz sein Sohn ist...«

»Ja. Ja, natürlich. Weiter, Martin, *weiter!*«

»Bevorzugte Paul Steinfeld eine besondere Art von Verkehr, die...«
Landau kam ins Stottern. »...die... die mich nur... nur quälte und...

und nicht ... nicht befriedigte ... und mich schwer abstieß ... puh!« Er ließ sich auf den alten Diwan fallen. »Muß sein«, sagte er. »Muß einfach sein, Schatz, es hilft nichts.«

»Das sage ich ja selber.« Valerie schrieb. Sie hob den Kopf: »Aber ich schäme mich so, ich ...«

»Natürlich schämst du dich! Und *das* muß auch noch hinein! ... Scham, Verzweiflung, meine jugendliche Unerfahrenheit und die Erkenntnis, daß ich die Liebe meiner Eltern zu mir schwer verletzt, wenn nicht zunichte gemacht hatte, als ich Paul Steinfeld ... gegen ihren so eindringlichen Wunsch ... heiratete – ah, und *noch etwas!* –, sowie im Zusammenhang mit der damaligen allgemeinen Zügellosigkeit und dem Verfall von Sitte und Moral ließen mich selber haltlos werden und Trost bei Martin Landau suchen.«

»Pfui Teufel«, sagte Valerie. »Wenn man das liest, kann einem schlecht werden.«

»Wenn dir nicht schlecht würde, hätten wir es schlecht geschrieben«, antwortete Landau, absichtlich grob.

... denken Sie daran: Es kommt der Tag! ...

Wenn er nur kommt, wenn er nur wirklich kommt, bald kommt, wenn wir ihn nur alle erleben, diesen Tag, wenn wir ihn überleben, oh!, dachte Valerie.

»Weiter!« Landau neigte sich vor. »In dieser Zeit habe ich den Weg zu Martin Landau gewählt und, ich gestehe es – obwohl mir diese Erklärung und dieses Eingeständnis als das Schwerste erscheinen, was ich in meinem Leben ertragen hatte –, häufige geschlechtliche Kontakte mit ihm gehabt. Jetzt einen Moment. Wann wurde Heinz geboren?«

»Am 27. Mai 1926.«

»Neun Monate zurück. April. März. Februar. Januar. Dezember ... August 1925.«

»Mein Gott, August 1925. Da war Paul mit mir auf Ischia in Urlaub! Furchtbar heiß war es, aber schön, so schön ...«

»Valerie!« Er hatte die Stimme ärgerlich gehoben. »Bitte, immerhin muß das hier stimmen. Er kann nicht mit dir zu dieser Zeit auf Ischia gewesen sein. Sonst hätten wir beide doch nicht ... Im Gegenteil, er war wieder dauernd verreist und nur ein-, zweimal in Wien, kurze Zeit – denn wenn er gar nicht dagewesen wäre, hätte er doch auch nie geglaubt, daß es sein Sohn ist!«

»O Gott.«

»Nichts da, o Gott! Schreib: Besonders häufig war mein Mann in den Jahren 1924 und 1925 verreist. In dieser Zeit kam es daher zu zahlreichen intimen Vereinigungen mit Martin Landau. Schau nicht so, schreib!« Sie schrieb.

»Paul Steinfeld und ich lebten damals...«

...denn England greift an – und mit uns die jungen Völker!

»Wohnungsnot, Martin!« rief Valerie.

»Ich denke schon daran... Lebten damals, als die Wohnungsnot in Wien noch sehr groß war, am Stadtrand, in Dornbach, bei einer gewissen Hermine Lippowski zur Miete in einer kleinen Villenetage, wo Martin Landau und ich uns unauffällig – warum schreibst du denn nicht weiter?«

Valerie sagte kaum hörbar: »Die Lippowski...«

»Wir müssen sie erwähnen. Ganz bestimmt wird man sie als Zeugin vernehmen.«

Valerie ließ sich in dem alten Lehnsessel zurücksinken und starrte ins Leere.

»Ich habe Angst, Martin«, flüsterte sie. »Ich habe solche entsetzliche Angst...«

47

»Da sind Sie ja! Pünktlich auf die Minute! Nein, was ich mich freue, Sie wiederzusehen, Frau Steinfeld! Grüß Gott, grüß Gott! Bitte, treten Sie ein!« rief Hermine Lippowski. Sie war durch den verwilderten, kahlen Garten vor ihrem Haus geeilt und hatte das Tor geöffnet. Valerie immer noch die Hand schüttelnd, zog sie diese über einen schmalen Schotterweg vorwärts.

Das war vor sechs Stunden gewesen, um 15 Uhr an diesem Samstagnachmittag.

Nach dem Besuch bei dem Anwalt Forster hatte Valerie sich beeilt, in die Buchhandlung zurückzukommen und Martin Landau alles zu berichten, was sie nun wußte.

Danach suchte sie im Telefonbuch die Nummer ihrer ehemaligen Hauswirtin.

»Hoffentlich lebt sie noch. Immerhin, das ist schon neunzehn Jahre her, daß ihr da eingezogen seid«, sagte Landau.

»Warum soll sie nicht mehr leben? Die war damals doch höchstens vierzig.«

»Und wenn sie umgezogen ist? Wenn sie kein Telefon hat?«

»Dann gibt es immer noch das Einwohnermeldeverzeichnis, in dem ich – da! Da ist sie! Lippowski, Hermine, XVII., Luchtengasse 137! Das war unsere Adresse! Das muß die richtige Lippowski sein!«

Es war in der Tat die richtige Hermine Lippowski, und als Valerie ihr sagte, daß sie dringend mit ihr sprechen müsse, schlug die Angerufene sofort vor, sich noch am gleichen Tag zu treffen: »Sagen wir um drei, bei mir?«

Und so läutete Valerie denn pünktlich um drei Uhr am Gartenzaun des kleinen, zweistöckigen Hauses draußen am Stadtrand, in Dornbach. Und Hermine Lippowski kam persönlich, um das Tor zu öffnen, wobei sie Valerie herzlich begrüßte. Leider sei sie fast ganz auf sich allein angewiesen, klagte Hermine Lippowski, an Valeries Seite durch den traurigen Garten gehend. »Alles muß man selber machen. Ich habe nur eine Bedienerin, die zweimal wöchentlich kommt, eine faule, unsaubere Person, aber was soll man tun, man muß froh sein, wenn man heutzutage überhaupt noch eine Kraft findet, nicht wahr, es wird immer schlimmer, man könnte glatt verzweifeln . . . «

Valerie lauschte benommen. Sie war erschrocken über das Maß, in dem Frau Lippowski sich verändert hatte. Schön war sie auch vor neunzehn Jahren nicht gewesen. Aber doch zierlich und schlank, mit einem herb wirkenden Gesicht (›apart‹ nannte man das), schwarzem Haar, schwarzen Augen und einer melodischen Stimme.

Jetzt war die Lippowski bei ihrer Kleinheit rund wie eine Kugel geworden, das Haar, ungepflegt und strähnig, stand ihr aschgrau vom Kopf ab, die Augen waren erloschen, halb verdeckt von den Lidern, der Mund war schmallippig und fest geschlossen, das Gesicht faltig. Valerie hatte rasch überlegt: Wenn diese Frau 1923 etwa vierzig Jahre alt gewesen war, dann konnte sie noch keine sechzig sein. Sie sah aber aus, als wäre sie schon über siebzig . . .

In der guten Stube ihrer Wohnung im Erdgeschoß servierte Frau Lippowski Tee und dazu alte, harte Kekse. Die gute Stube war noch genauso scheußlich eingerichtet und vollgestopft, wie Valerie sie in Erinnerung hatte. Hier schien die Zeit stehengeblieben zu sein.

Aus der Wohnung im ersten Stock ertönten lautes Kindergebrüll und eine Frauenstimme, dann fielen Gegenstände um.

Hermine Lippowski sah sich sogleich zu neuen Klagen veranlaßt: »Da hören Sie es! Umsiedler! Volksdeutsche! Hat man mir eingewiesen. Zwei kleine Kinder und ein Säugling. Das Geplärre und der Krach Tag und Nacht, es ist zum Verrücktwerden. Natürlich hätte ich auf alle Fälle vermietet, ich brauche das Geld. Ich hatte ein so nettes, ruhiges Ehepaar – ganz wie Sie und Ihr Mann damals. Aber nein, die Volksdeutschen haben sie mir geschickt vom Wohnungsamt. Habe ich nehmen müssen. Glauben Sie, diese Leute nehmen Rücksicht, irgend jemand nimmt heute noch Rücksicht? Da, jetzt fängt das verdammte Balg auch noch an!«

Tatsächlich erklang Wehgeschrei eines Babys durch die Decke.

Frau Lippowski stampfte mit dem Fuß auf vor Wut. Dann lächelte sie verzerrt.

»Ich habe noch gar nicht gefragt, wie es Ihnen geht! Ihnen und Ihrem lieben Mann und dem Heinzi.«

»Ich habe Sorgen, Frau Lippowski. Große Sorgen. Darum komme ich zu Ihnen.«

»Sorgen? Erzählen Sie. Erzählen Sie mir alles.«

Der Säugling brüllte weiter, die Kinder tobten, und Valerie berichtete stockend zuerst, fließend dann, zuletzt wieder stockend, denn eine immer größere Beklemmung hatte sich ihrer bemächtigt. Das waren ihre Schlußworte: »Und wenn man Sie jetzt vor Gericht befragt, Frau Lippowski, dann möchte ich Sie herzlich bitten, so auszusagen, wie ich es Ihnen geschildert habe.«

»Daß ich den Herrn Landau so oft habe kommen sehen, besonders wenn Ihr Mann verreist war, und daß Ihr Mann und Sie immer gestritten und eine ganz schlechte Ehe geführt haben?«

»Ja.«

Die Frau mit dem wirren Haar saß reglos, ohne zu antworten.

»Frau Lippowski, bitte! Sie wissen doch jetzt, worum es geht. Zu Ihnen kann ich doch Vertrauen haben. Sie haben mir einmal selber erzählt, daß Sie mit einem Juden verheiratet gewesen sind, der im Ersten Weltkrieg, 1918 noch, gefallen ist. Sie müssen doch Verständnis haben für meine Situation. Sie erinnern sich bestimmt noch gut an meinen Mann.«

»Ich erinnere mich noch gut an Ihren Mann.«

»Und Sie verstehen meine Lage?«

»Ich verstehe Ihre Lage, ja, Frau Steinfeld. Ich verstehe sie ausgezeichnet.«

»Also darf ich damit rechnen, daß Sie in meinem Sinne aussagen?«

»Nein«, sagte Hermine Lippowski, »nein, und tausendmal nein.«

Valerie suchte nach Worten. Sie redete auf die dicke Frau ein, sie bat, sie bettelte, sie flehte.

Es half nichts.

»Nein«, sagte Hermine Lippowski, die ein schwarzes, hochgeschlossenes und altmodisches Kleid mit funkelnden schwarzen Glasknöpfen und alte, hohe Stiefeletten trug. »Nein, Frau Steinfeld. Mit mir können Sie nicht rechnen. Ich werde nicht für Sie aussagen.«

»Haben Sie Skrupel, zu lügen? Die müssen Sie nicht haben. Ich habe meinen Mann wirklich betrogen! Unsere Ehe *war* schlecht! Sie *müssen* unsere Streitereien doch gehört haben! Und Herrn Landau zu mir kommen gesehen!«

Über ihnen klatschten Ohrfeigen. Ein Junge heulte los.

»Ich habe keine Streitereien gehört. Nie. Soviel ich weiß, haben Sie eine sehr glückliche Ehe geführt. Und Herr Landau war niemals mehr als Ihr Freund – und der Freund Ihres Mannes.« Das dicke schwarze Ungetüm hob eine fleischige Hand. »Was noch nichts zu bedeuten hätte. Nicht das geringste hätte das zu bedeuten. Ich bin keine Nazisse. Ich bin Monarchistin. Es wäre mir ein Vergnügen, das Gesindel nach Strich und Faden anzulügen.«

»Ja, aber was ist es dann?«

»Ihr Mann ist Jude«, sagte die alte Frau, und nun trat ein Ausdruck von irrem Haß in ihre erloschenen Augen. »Jude ist Ihr Mann. Das habe ich nicht gewußt bis heute. Auf dem Meldezettel damals hat er geschrieben: evangelisch!«

»Ja, er war getauft... seine Eltern auch schon.«

»Aber trotzdem Jude! Hätte ich eine Ahnung, nur die leiseste Ahnung gehabt, ich hätte Sie nie bei mir aufgenommen, Frau Steinfeld! Nie, nie, nie hätte ich Sie bei mir wohnen lassen!«

»Aber... aber warum nicht?«

Die schwarzgekleidete, fettleibige Person antwortete leidenschaftlich: »Weil ich Juden hasse. Deshalb, Frau Steinfeld.«

»Sie...«

»Ich hasse die Juden, jawohl! Mehr als alles andere! In diesem einen Punkt denke ich so wie die Nazis. Aber der Antisemitismus ist älter als die Nazis, jahrtausendealt! Sechstausend Jahre! Und mit Recht! Die Juden, das ist der Abschaum der Menschheit! Das Letzte vom Letzten. Das Verlogenste und Gemeinste und Verkommenste und Gewissenloseste und Schmutzigste! Ja, ja, starren Sie mich nur an!« Die Lippowski schlug mit einer Faust auf den Tisch. »Es gibt nichts Dreckigeres als die Juden! Nichts Verantwortungsloseres! Nichts Abstoßenderes! Nein, wirklich nichts Abstoßenderes!«

Über ihnen schrien jetzt Mutter und Kinder, das Baby plärrte.

»Frau Lippowski... Frau Lippowski...« Trotz Verblüffung und Schrekken war Valerie ein Einfall gekommen. »Schauen Sie, eben deshalb war ja auch meine Ehe so schlecht! Weil ich einen Juden geheiratet habe. Was glauben Sie, wie ich gelitten habe...«

Hermine Lippowski war ruhiger geworden, unheimlich ruhig, als sie endlich sagte: »Erzählen Sie mir nichts, Frau Steinfeld. Sie glauben, die alte Lippowski, die wohnt am Ende der Welt und hat von nichts eine Ahnung. Da irren Sie sich aber. Die alte Lippowski hat zufällig schon eine Ahnung, gerade in so einem Fall wie dem Ihren. Sie kennt nämlich eine Frau in München, die versucht dasselbe.«

»Dasselbe? Was versuche ich denn?«

»Den Staat zu betrügen. Das Gericht zu betrügen. Einen Lügenprozeß zu führen, weil Sie Angst haben um Ihren Heinzi!«

Valerie sah die Lippowski fest an und sagte entschlossen: »Was reden Sie denn da? Das ist doch Irrsinn!«

»Das ist die Wahrheit!«

»Nein, ist sie nicht! Ich führe den Prozeß, weil es sich so verhält, wie ich es Ihnen geschildert habe. Herr Landau ist bereit, zu beschwören, daß es sich so verhält.«

»*Seine* Sache! Er muß wissen, was er tut.«

»Ich habe ein sehr schweres Leben geführt, Frau Lippowski, das können Sie mir glauben. Ich habe immer und immer gehofft, daß meine Ehe doch noch gut wird. Das Kind war mir ein so großer Trost. Und zu dem Kind war auch mein Mann nett, bis zuletzt.« Valerie holte Atem, sie schrie nun beinahe: »Aber jetzt, wo er einfach auf und davon ist und mich hier hat sitzenlassen mit dem Buben, jetzt im Krieg, wo jeder wissen muß, wo er hingehört, wo jeder kämpfen und arbeiten muß, so sehr er kann, damit wir diesen Krieg gewinnen . . .« – ich bin verrückt, völlig verrückt bin ich! – ». . . jetzt, wo sie den Heinz aus der Schule geworfen haben . . .«

»*Da!*« Wie ein Raubvogel schoß der schwere, kleine Körper der Lippowski auf dem alten abgewetzten Lehnstuhl vor. »Nun haben Sie sich verraten! Wie ich gesagt habe: Ihren Buben wollen Sie retten, deshalb fangen Sie das alles an und bringen die Leute dazu, daß sie lügen und Meineide schwören – damit dem Heinzi nichts passiert, dem lieben Heinzi, der auch ein Jud ist!«

Der Lärm im ersten Stock ging immer weiter.

Valerie holte Atem. Sinnlos, dachte sie. Die Alte ist verrückt.

»Entschuldigen Sie also die Störung, Frau Lippowski. Nein, nein, bemühen Sie sich nicht. Ich finde schon den Weg. Ich kenne mich ja noch aus in diesem Haus.« Sie ging zur Tür. Plötzlich sauste etwas wie eine große Kugel an ihr vorüber – die Lippowski. Sie knallte mit dem Rücken gegen die Tür und versperrte Valerie den Weg. Sie sprach jetzt erregt, das Gesicht verzerrt.

»Meinetwegen gehen Sie! Aber eines will ich Ihnen noch sagen!«

»Lassen Sie mich durch!«

»Erst hören Sie mich an! Ich habe selber einen Juden zum Mann gehabt!«

»Ja, eben. Und er ist gefallen im Ersten Weltkrieg. Es ist mir unbegreiflich, daß gerade jemand wie Sie darum so über Juden sprechen kann. Ich verstehe das einfach nicht. Ich . . .«

Die dicke Frau packte Valerie, ehe diese zurückweichen konnte, an beiden Armen. Ihre Stimme überschlug sich.

»Warum ich so reden kann? Gerade *weil* ich verheiratet gewesen bin mit einem Juden!«

»Gerade weil . . .«

»Ich habe Sie angelogen!«

»Angelogen?«

»*Ja! Ja! Ja!* Mein Mann ist *nicht* gefallen 1918. Der hat ihn schön überlebt, den Krieg! In der Heimat! Unabkömmlich. Hat es sich gerichtet. *Reich* geworden ist er bis 1918. Und *nach* 1918 erst recht, der dreckige Schieber! Was glauben Sie, was der zusammengerafft hat in der Inflation! Siebzehn Jahre waren wir verheiratet!« Die Lippowski hielt Valerie eisern fest. Es war unglaublich, welche Kräfte diese kleine, fette Frau besaß. »Siebzehn Jahre! Die besten Jahre meines Lebens habe ich ihm gegeben! Und er? 1922, da kommt er plötzlich und sagt, er will sich scheiden lassen.«

»Scheiden lassen...«

»Ja, und eine heiraten, die neunzehn Jahre jünger ist als ich, dreiundzwanzig Jahre jünger als er! Seine Sekretärin! Ein Jahr ist das schon gegangen mit den beiden, jetzt war sie schwanger, jetzt hat er es eilig gehabt mit dem Heiraten!«

»Sie hätten sich doch weigern können, in eine Scheidung einzuwilligen!«

»Habe ich ja auch! Aber da sind seine Anwälte über mich hergefallen – Juden natürlich –, und die haben mich bedroht und eingeschüchtert und vollkommen verrückt gemacht, daß er mich auf alle Fälle verlassen wird, mein Mann, weil ich ihn auch betrogen habe, und daß er deshalb Klage erheben wird...«

»*Haben* Sie ihn denn betrogen?«

»Lächerlich! Ein ganz kleines Gschpusi, 1912, mit einem Offizier... Das kann man doch nicht vergleichen! Aber in meiner Angst, daß ich schuldig geschieden werde und völlig mittellos dastehe, habe ich Ja und Amen gesagt zu allem, und er hat sie heiraten können, die geile, junge Judensau!«

»Sie war eine *Jüdin?*«

»Eine Jüdin, klar! Dieses Pack heiratet doch am liebsten in der eigenen Mischpoche!« Der Säugling im ersten Stock schrie durchdringend. »Mir hat er das Haus da gekauft, der feine Herr, erschachert, ganz billig, in der Inflation, ich sage es ja, was hat der damals für Häuser gekauft! Und zu monatlichen Alimenten ist er verurteilt worden – lächerliche Summen bei seinem Reichtum! Abgeschoben hat er mich hier heraus nach Dornbach... Und weil mich hier keiner gekannt hat, habe ich die Geschichte von seinem Tod im Krieg und unserer großen Liebe erfunden... damit niemand etwas von meiner Schande erfährt... nach siebzehn Jahren Ehe auf und davon mit einer anderen!« Hermine Lippowski hob eine Faust gegen die Decke. »Aber Gott ist gerecht! So etwas läßt er nicht durchgehen, ah, nein! Es hat ihm kein Glück gebracht, dem Viktor, wie er sich an mir versündigt hat, nein, kein Glück!«

»Wieso? Ist Ihr Mann...«

»1938, ja! Als einer von den ersten! Sie haben ihn gerade noch vor der Flucht erwischt. Und auch sein Vermögen. Die Judensau hat sich schon vorher umgebracht, und den Judenbuben dazu. Gleich im März noch. Fort

mit Schaden! Auch an ihr hat Gott mich gerächt!«
»Und Ihr Mann?«
»Ist in ein Lager gekommen, habe ich gehört... Die räumen ordentlich
auf, die Nazis, das muß man ihnen lassen...!«

48

»Ich habe Angst, Martin, ich habe solche Angst...«, flüsterte Valerie
nun, am Abend, im Teekammerl der Buchhandlung. »Diese Lippowski ist
halb irre vor Haß und Kränkung und Alleinsein... Weiß Gott, was die
anrichten wird, wenn sie als Zeugin aussagt! Der Doktor Forster wird sie
bestimmt nicht anfordern, aber der Kurator, das Gericht, du sagst es ja
selber!«
Mit einem Ruck erhob Landau sich, goß wieder das Glas voll Weinbrandverschnitt, trank und sagte mit fester Stimme: »Mach dich nicht verrückt,
Schatz. Soll die Alte doch sagen, es ist alles nicht wahr, sie weiß von
nichts! Der Forster wird sie schon in die Zange nehmen. Da ich dauernd
bei euch draußen war in dieser Zeit, daß *muß* sie zugeben! Das *stimmt!*
Und Lärm bei Streitereien? Na, dann hat sie eben keinen gehört. Der Forster kann sicherlich auch so gemein sein wie sie! Er kann, zum Beispiel,
erwähnen, daß sie mit einem Juden verheiratet war. Ob ihr das so angenehm sein wird?«
»Trink nicht so viel. Du verträgst doch nichts, und wir sind noch nicht
fertig. Es ist gar nicht schön, wie das aussieht.«
»Ein Glück, daß ich in der Partei bin«, sagte er grinsend. (Nur Valerie
wieder Mut machen!) »Wenn ein Parteimitglied schwört, dann ist das ein
ganz anderer Schwur, als wenn ein gewöhnlicher Volksgenosse die Finger
hebt.«
»Ich rede nicht von dir. Ich rede von unseren *Zeugen!* Deine Schwester...«
»Die Tilly wird erklären, sie weiß von überhaupt nichts, hat sie doch sel-
ber gesagt! Na schön, wir haben es ja auch nicht an die große Glocke ge-
hängt, unser Verhältnis!«
»Aber eine Zeugin *für* uns ist sie damit auch nicht. Und bei der Agnes
wissen wir noch nicht, was ihr Pfarrer sagen wird.«
»Daß sie lügen darf, natürlich!«
»Du bist ein Optimist, weil du einen sitzen hast! Vielleicht sagt er ihr,
Meineid ist *in jedem Fall* eine Todsünde. Was dann?«
Die Agnes Peintinger hatte ihren Hochwürdigen Herrn, den Pfarrer
Ignaz Pankrater, noch nicht aufsuchen können, denn dieser war für fünf
Tage verreist.

Martin Landau setzte sich, betont forsch.

»Dann muß es eben ohne Zeugen gehen! Wir können nicht warten, bis wir wissen, was die Agnes tun wird. Am Montag soll das hier beim Anwalt sein. Nimm dich zusammen. Wo sind wir stehengeblieben?«

»...lebten damals ...Miete ...gewissen Lippowski ...wo Martin Landau und ich uns unauffällig...«

»...treffen konnten«, diktierte er. »Na los, schreib!«

Sie schrieb.

Er fuhr fort: »Als ich feststellte, daß ich von Martin Landau ein Kind erwartete, sagte ich es diesem sofort. Er war entschlossen, mit Paul Steinfeld zu reden und ihm die Wahrheit zu erzählen. Punkt. Hm. Er... er...«

Landau trank wieder und polterte lauthals: »Himmelarschundzwirn, ist das kompliziert!«

Valerie war wieder in Schwung gekommen, sie sprach, während sie stenographierte: »Er wollte unter allen Umständen erreichen, daß Steinfeld sich scheiden ließ und das Kind als das seine, Landaus, anerkannt wurde. Er liebte mich und wollte mich sofort heiraten, doch ein Anwalt belehrte uns, daß ein geschiedener Ehepartner nach österreichischem Recht nicht die Person heiraten dürfe, mit der er den Ehebruch begangen hatte...«

»Woher weißt du denn das?« Landau horchte auf.

»Das hat mir der Doktor Forster erklärt. Grundsätzlich hätte die Behörde dann doch noch einen Dispens erteilen können, und eine neue Eheschließung wäre möglich gewesen, aber davon, sagt der Doktor Forster, müssen wir ja nichts gewußt haben. Das alles hat er mir durch die Blume erklärt – indirekt natürlich...«

»Natürlich. Prima Anwalt, den Paul uns da empfohlen hat«, sagte Landau, sehr beeindruckt.

»Ich wäre also«, schrieb und sprach Valerie, »schuldhaft geschieden worden und hätte ein uneheliches Kind gehabt, ohne die Möglichkeit, dessen Vater zu heiraten. Vor dieser Situation schrak ich zurück. Mit meinen Eltern war ich inzwischen ganz zerfallen, ich hatte so viel Leid über die beiden alten Leute gebracht...«

»...und mein eigenes Leben zerstört...«, assistierte Landau.

»...zerstört und korrumpiert – Gedankenstrich –, nun sollte nicht auch noch das Kind unter meinen Verfehlungen leiden. Ich wollte an der Seite Paul Steinfelds ausharren und alles ertragen, was mir diese Verbindung an Leid bescherte, so entsetzlich bitter das auch war – Gedankenstrich –, um des Kindes willen... Paul Steinfeld nahm die Nachricht von einer Schwangerschaft verärgert auf, denn er wollte am liebsten kein Kind. Für eine Schwangerschaftsunterbrechung, die er vorschlug...«

»Das ist hervorragend! Echt jüdisch!« kommentierte Landau. (Mut, Mut, Valerie Mut machen!)

». . . war es zu spät. Deshalb fand er sich mit den Tatsachen ab, kümmerte sich im Laufe der Jahre aber so wenig wie möglich um meinen Sohn und stand ihm stets ablehnend gegenüber. Dasselbe Gefühl der instinktmäßigen Abneigung brachte mein Sohn, als er älter wurde, in immer stärkerem Maße auch Paul Steinfeld entgegen, während er sich mehr und mehr zu Martin Landau hingezogen fühlte . . . den ich schon vor der Geburt des Kindes möglichst häufig einlud, um wenigstens so oft es ging in seiner Gesellschaft sein zu können . . .«

»Paul muß natürlich Verdacht geschöpft haben!«

»Das kommt jetzt . . . Paul Steinfeld akzeptierte Martin Landau nie ganz. Er war mißtrauisch und äußerte häufig den Verdacht, nicht der Vater von Heinz zu sein. Er machte mir unentwegt Eifersuchtsszenen, auch in Verbindung mit den verschiedensten Männern, die bei uns verkehrten, wobei er ständig auf seine ihm dubios erscheinende Vaterschaft anspielte . . . In dieser Weise führten wir viele Jahre hindurch eine Ehe, die nur eine Farce einer solchen war – Paul Steinfeld ging seinem Leben nach, ich dem meinen. Gemeinsam mit Martin Landau arbeitete ich an Volkshochschulen . . .«

»Das haben wir wirklich getan! Valerie, es *kann* gar nichts schiefgehen!«

». . . wo wir Vorträge hielten und Kurse für Kunstinteressierte veranstalteten. So baute ich mir eine eigene Welt auf, in deren Mittelpunkt mein geliebter Junge stand . . .« Der Bleistift flog über das Papier. »Es war eine Erlösung für mich, als Paul Steinfeld 1938 über Nacht floh, obwohl er mich praktisch mittellos zurückließ . . . In dieser Situation . . . erwies sich Martin Landau als treuer Freund . . . Er bot mir sofort eine Stelle in seiner Buchhandlung an, und er wollte nun, nach dem Umbruch, auch eine Legitimierung unseres Sohnes betreiben, aber ich lehnte ab . . .«

»Warum?« fragte Landau.

»Die Bedingungen für Heinz waren damals günstig«, sprach und stenographierte Valerie. »Er war Ariern gleichgestellt, und ich hoffte, ihn durchzubringen, ohne die Vergangenheit aufrollen und den schweren Weg dieser Prozeßführung gehen zu müssen. Ich hoffte, den begabten Jungen einer guten Berufsausbildung zuführen und ihn zu einem wertvollen Mitglied der Gemeinschaft machen zu können . . .« Valerie schrieb immer schneller. »Die Entwicklung verlief jedoch ungünstig und verhinderte meine Pläne. So habe ich mich entschlossen, die schon 1938 von Martin Landau gewünschte Legitimierung meines Sohnes Heinz jetzt zu beantragen . . .«

Der Bleistift entglitt Valeries Hand. Die Hand fiel herab. Ein Beben ging durch ihren Körper, dann saß sie steif und starr da, ohne sich zu bewegen. Mit blicklosen Augen sah sie die vielen kleinen Schubladen des alten Schreibtisches an.

»Valerie!« Landau trat besorgt neben sie. Er schüttelte leicht ihre Schulter. Er redete hastig auf die Reglose ein: »Nicht, Valerie, nicht... bitte... Das ist doch alles großartig... Paul wäre begeistert... Er hätte es nicht so hingekriegt... Ich auch nicht... Nicht einmal der Doktor Forster... Der wird entzückt sein... *Valerie*... Valerie, sag etwas, bitte!«
Doch Valerie Steinfeld sagte kein einziges Wort, kein einziges Wort.

49

Der Schreibtisch des Teekammerls, das alte Sofa und der Fußboden waren von Papieren und Urkunden bedeckt. Urkunden und Papiere lagen auf dem Radioapparat, dem Schaukelstuhl, dem Gasrechaud. Es war einen Tag später, Sonntagabend. Valerie und Landau arbeiteten seit dem Vormittag. Sie schrieben hier und nicht bei Valerie, damit diese, wie jeden Sonntag, BBC hören konnte. Sie hatten um 13 Uhr der Sendung aus London gelauscht und danach mitgebrachten ›Eintopf‹ aufgewärmt, den beide stehend, die Teller in der Hand, gegessen hatten. Anschließend waren sie gleich wieder an die Arbeit gegangen.
Es war eine mühselige Beschäftigung. Sie mußten den lückenlosen ›Großen Ariernachweis‹ für sich erbringen.
Bei Paul Steinfeld verlangte das Gericht Klarheit darüber, daß er, seine Eltern und Großeltern ›Bluts‹- und ›Geltungsjuden‹ waren. Zum Glück hatten die Eltern ihren Sohn evangelisch taufen lassen und waren selber konvertiert, aus rein beruflichen Gründen. In Preußen gab es vor der Jahrhundertwende einen Numerus clausus für jüdische Anwälte. Paul Steinfelds Eltern stammten aus Preußen, und sein Vater war Anwalt gewesen. Zum Glück – denn die Urkunden verstorbener Juden hätten sich nach der Zerstörung sämtlicher Synagogen im Dritten Reich schwerlich noch auftreiben lassen. So konnte man sich an evangelische Pfarrämter wenden.
Die meisten Dokumente besaß Martin Landau schon von seiner Bewerbung um die Parteimitgliedschaft her. Valerie verfügte nur über jene Papiere, die Heinz einst in der Schule hatte vorlegen müssen – um danach aus der Hitler-Jugend gefeuert zu werden. Bereits die Taufscheine ihrer Großeltern besaß Valerie nicht. Sie war gezwungen gewesen, zusammen mit Landau, anhand der wenigen vorliegenden Papiere und eines großen vorgedruckten Formulars zurückzurechnen, zu überlegen und Pfarr- und Standesämter in eigener Sache anzuschreiben.
Dieses Formular war ein dicker Bogen von 60 mal 40 Zentimeter Größe, angefüllt mit liegenden und stehenden Rechtecken, Zeichen und Worten in jener gotischen Schrifttype, die das Dritte Reich so bevorzugte.

Am Kopf dieses Papieres, das Gedeih oder Verderb, Leben oder Tod, Glück oder Leid bescherte in jenen Jahren, stand groß und massig das Wort

Ahnentafel

»Dieser Pavel Matic, dein zweiter Urgroßvater mütterlicherseits«, dozierte Valerie, auf eine Urkunde klopfend, »hat deine zweite Urgroßmutter mütterlicherseits am 25. September 1772 geheiratet. Steht hier auf dem Geburtsschein deiner *Großmutter* mütterlicherseits. Geheiratet in Prag. In der alten Carl-Borromäus-Kirche. In dieser Kirche ist dein Urgroßvater auch *getauft* worden. Steht auch noch hier. Wann, steht nicht hier.«

»Na ja, na und?« fragte Landau irritiert. »Werden wir eben an diese Carl-Borromäus-Kirche in Prag schreiben und um einen Taufschein von meinem Urgroßvater bitten!«

»Und ihn nicht bekommen«, sagte Valerie.

»Wie?«

Sie sah ihn unruhig an.

»Was hast du denn? Nun rede schon!«

»Martin, sei mir nicht böse... Ich hätte nicht davon gesprochen... Du weißt, ich erzähle dir nie etwas...«

»Ich verstehe kein Wort.«

Sie blickte zu dem Radioapparat.

»BBC?« fragte er, auffahrend.

Sie nickte.

»Was haben die gemeldet?«

»Ich weiß es einfach so, ja?«

»Vom Londoner Rundfunk!«

»Ich weiß es, hör schon auf! Du mußt es dir leider anhören. Du erinnerst dich doch noch daran, wie die Tschechen den Heydrich umgebracht haben, nicht?«

Er nickte.

Reinhard Heydrich, Chef der Sicherheitspolizei des SD, stellvertretender Chef der Gestapo, dieser achtunddreißigjährige, langnasige, eiskalt blickende Erfinder der ›Endlösung‹, hatte sich, unermüdlich mehr und mehr Macht an sich raffend, zum amtierenden ›Reichsprotektor für Böhmen und Mähren‹ machen lassen. Am Vormittag des 29. Mai 1942 fuhr er im offenen Wagen von seinem Landsitz nach Prag zum Hradschin, seinem Amtssitz. Eine Bombe wurde in den Wagen geworfen. Die Täter waren zwei Angehörige der Freien Tschechischen Armee in England, Jan Kubis und Josef Gabcik, die ein RAF-Flugzeug ins Land gebracht hatte und die mit dem Fallschirm abgesprungen waren. Unterstützt wurden die beiden von der tschechischen Widerstandsbewegung.

Heydrich starb am 4. Juni. Die Deutschen nahmen furchtbare Rache. Am meisten hatten Juden zu leiden, von denen man viele Tausende sofort in Vernichtungslagern umbrachte. Umgebracht wurden, nach einem Gestapobericht, auf der Stelle auch 1331 Tschechen, darunter 201 Frauen. Das nahe Prag gelegene Dorf Lidice erlangte Weltberühmtheit: Die Deutschen erschossen alle männlichen Bewohner, trennten Frauen und Kinder, verschleppten diese, steckten jene in Lager und machten Lidice buchstäblich dem Erdboden gleich.

Die Attentäter Kubis und Gabcik wurden von Mitgliedern der Untergrundbewegung in Sicherheit gebracht. Priester der Carl-Borromäus-Kirche in Prag versteckten sie. Daraufhin belagerte die ss die alte Kirche, ebenso das Pfarrhaus nebenan, und die Attentäter sowie 120 Männer der Widerstandsbewegung, die gleichfalls in der Kirche waren, wurden ausnahmslos getötet.

»... die ss legte Brand und verwüstete die Kirche und vor allem das Pfarrhaus. Da verbrannte fast alles. Ganz sicherlich existieren die alten Taufbücher nicht mehr«, erzählte Valerie stockend.

Martin Landau sprach lange Zeit kein Wort.

Endlich flüsterte er: »Diese Schweine ... diese verfluchten Schweine ... Also *nicht* an die Kirche schreiben?«

Lebhaft antwortete Valerie: »Aber ja doch! *Natürlich* an die Kirche schreiben! Das war eine Aktion, die geheimgehalten wurde. Wenn wir, in Wien, davon wissen, dann wird man sagen, die wissen davon durch den Londoner Rundfunk.«

»Welchen Sinn hat es aber dann ...«

»Unsere Sicherheit! Wir müssen uns ganz dumm stellen!« Valerie seufzte. »Ich habe dir ja gesagt, mit diesem Pavel Matic werden wir noch unser Kreuz haben. Ganz dumm stellen und zuerst an die Carl-Borromäus-Kirche schreiben. Die werden antworten, sie können uns nicht helfen. Vielleicht hatten sie die alten Taufbücher irgendwo verlagert. Das wäre Glück! Sonst müssen wir versuchen, herauszufinden, wo dieser Pavel Matic gestorben ist und wann und wer den Sterbeschein ausgestellt hat. Auf dem Sterbeschein muß das Datum und der Ort der Taufe angegeben sein ...«

Landau ließ sich in den Schaukelstuhl sinken und fluchte laut.

»Hör auf«, Valerie. »Es geht nicht anders. Und wir schaffen es schon.« Sie drückte seine Hand. »Wirst sehen, in ein paar Wochen haben wir alles, was wir brauchen.«

Valerie irrte sich.

Noch dreizehn Monate später sollten drei Dokumente fehlen, noch dreizehn Monate später sollten sie flehende Briefe an Pfarreien, Standesämter und Friedhofsverwaltungen schreiben mit der Bitte um beglaubigte Abschriften von Dokumenten, die sie benötigten, damit sie die arische Abstammung irgendwelcher Menschen beweisen konnten, die seit 150, 160 oder 180 Jahren tot waren.

Sie arbeiteten den ganzen Nachmittag. Valerie trieb zur Eile an. Sie hatte die Verzweiflung von gestern überwunden, ihr Gesicht war von Energie, Kraft, ja Rücksichtslosigkeit gezeichnet. Sie tippte Brief um Brief. Weiter! Weiter! Sie mußten weiterkommen! Es war keine Zeit zu verlieren!

Um viertel neun Uhr abends fuhr sie plötzlich hoch.

»Was ist los«? rief Landau erschrocken.

»Nachrichten um acht. Ganz vergessen. Sonntag abend spricht immer Paul. Wir machen eine Pause, ja? Sei lieb Martin...« Sie sah ihn lächelnd an.

»Immer dasselbe«, knurrte er. Aber er nahm seinen Wintermantel, seinen Hut und seinen Schal und verschwand in den kalten Magazingewölben.

Valerie räumte schnell den ›Minerva 405‹ frei, schaltete ihn ein, setzte sich vor den Apparat, warf die Wolldecke über ihn und sich und drehte an dem Skalenknopf, bis sie die richtige Wellenlänge eingestellt hatte. Die Sendung lief bereits, und es war nicht die Stimme, die sie für jene Paul Steinfelds hielt und die niemals Paul Steinfelds Stimme war – es war die tönende Stimme Thomas Manns, der die neueste seiner in regelmäßigen Abständen ausgestrahlten Ansprachen an die ›Deutschen Hörer‹ verlas.

»...Jetzt ist man bei der Vernichtung, dem maniakalischen Entschluß zur völligen Austilgung der europäischen Judenschaft angelangt. ›Es ist unser Ziel‹, hat Goebbels in einer Radio-Rede gesagt, ›die Juden auszurotten. Ob wir siegen oder geschlagen werden, wir müssen und werden dieses Ziel erreichen. Sollten die deutschen Heere zum Rückzug gezwungen werden, so werden sie auf ihrem Weg den letzten Juden von der Erde vertilgen.‹ – Kein vernunftbegabtes Wesen kann sich in den Gedankengang dieser verjauchten Gehirne versetzen. Wozu? fragt man sich. Warum? Wem ist damit gedient? Wird irgend jemand es besser haben, wenn die Juden vernichtet sind? Hat der unselige Lügenbold sich am Ende selber eingeredet, der Krieg sei vom ›Weltjudentum‹ angezettelt worden, es sei ein Judenkrieg und werde für und gegen die Juden geführt? Glaubt er, das ›Weltjudentum‹ werde vor Schrecken den Krieg gegen die Nazis untersagen, wenn es erfährt, daß deren Untergang den Untergang des letzten Juden in Europa bedeuten wird? Die Niederlage hält Gundolfs mißratener Sohn nachgerade für möglich. Aber nicht allein werden die Nazis zur Hölle fahren, sie werden Juden mitnehmen. Sie können nicht ohne Juden sein. Es ist tiefempfundene Schicksalsgemeinschaft. Ich glaube freilich, daß die zurückflutenden deutschen Heere an anderes zu denken

haben als an Pogrome. Aber bis sie geschlagen sind, ist es irrsinniger Ernst
mit der Ausrottung der Juden. Das Ghetto von Warschau, wo fünfhun-
derttausend Juden aus Polen, Österreich, Tschechoslowakien und
Deutschland in zwei Dutzende elende Straßen zusammengepfercht worden sind, ist nichts als eine Hunger-, Pest- und Todesgrube, aus der Lei-
chengeruch steigt. Fünfundsechzigtausend Menschen sind dort in *einem*
Jahr, dem vorigen, gestorben. Nach den Informationen der polnischen
Exilregierung sind alles in allem bereits jetzt siebenhunderttausend Juden
von der Gestapo ermordet oder zu Tode gequält worden, wovon siebzig-
tausend allein auf die Region von Minsk in Polen entfallen. *Wißt ihr
Deutsche das? Und wie findet ihr es ...?*«

50

»Ich glaube Ihnen kein Wort«, sagte Dr. Karl Friedjung mit böser, kalter
Stimme. Er saß hinter einem großen Arbeitstisch in seinem Empfangs-
zimmer im ersten Stock der Staatschule für Chemie auf der Hohen Warte.
Der Novembertag war trüb, es regnete in dichten, heftigen Schlieren.
Wind trug sie wie Schleier vor sich her. »Kein einziges Wort glaube ich
Ihnen, Frau Steinfeld, das wollen wir gleich einmal festhalten, ja?«
Valerie biß sich auf die Lippe. Sie saß dem Direktor der Anstalt gegenüber
auf einem unbequemen, harten Stuhl. Neben ihr saß der große, schlanke
Dr. Forster. Valerie trug ein blaues, zweiteiliges Kleid mit Faltenrock, die
Männer trugen zweireihige Anzüge mit den damals modernen, besonders
breiten, wattierten Schultern. Friedjungs Empfangszimmer war groß und
spartanisch eingerichtet – kein Teppich, billige Möbel aus hellem Holz,
Bücherwände, Aktenschränke. Durch ein mächtiges Fenster blickte man
auf den verlassenen Sportplatz, der zum großen Teil unter Wasser stand.
Die Bäume hatten das letzte Laub verloren, ihr Holz glänzte schwarz. Eine
Tür des Raums war halb geöffnet. Man sah in Friedjungs privates Labora-
torium.
»Aber ich sage die Wahrheit! Herr Direktor, ich ...«
Friedjung winkte verächtlich ab.
»Lügen! Nichts als Lügen. Wenn ich gewußt hätte, daß Sie mir mit so
etwas kommen, hätte ich Sie überhaupt nicht empfangen!« Sein schmales
Gesicht war blaß und wutverzerrt.
Warum ist dieser Mann derartig wütend? überlegte Forster, während er,
an seinem rechten Ohr zupfend, ruhig einwarf: »Sie hätten uns empfan-
gen müssen, Herr Direktor.«
»Meinen Sie!«
»Ich bin überzeugt davon. Wir haben in dieser Angelegenheit nämlich

auch bereits den Herrn Gauleiter aufgesucht. Er empfing uns ohne weiteres. Und ohne eine derartige Reaktion, Herr Direktor.«

»Sie waren beim Gauleiter . . .«

»Gewiß.« Dreckskerl, verfluchter, dachte Forster. Nazischwein, elendes. Er lächelte höflich. »Es gehört zu meinen Pflichten, den Herrn Gauleiter und Sie persönlich davon zu verständigen, daß ich in meiner Eigenschaft als Rechtsfreund der Frau Steinfeld beim Landgericht Wien Klagebegehren des Inhalts eingebracht habe, daß Heinz Steinfeld nicht jüdischer Mischling Ersten Grades ist, sondern von durchwegs arischen Elternteilen abstammt. Die Klage hat die Nummer 25 Cg 4/42.«

»Die Nummer interessiert mich nicht! Das ist doch alles ein einziger jüdischer Dreh!«

Forster stand auf, er sagte: »Herr Direktor, ich bin zugelassener Anwalt. Ich bin Arier wie Sie. Sie werden sich für diese letzten Worte entschuldigen, oder ich werde eine Beleidigungsklage gegen Sie erheben.«

Das wirkte. Friedjung verzog das Gesicht zu einem häßlichen Grinsen. »War nicht so gemeint. Also gut, Herr Doktor, ich entschuldige mich bei Ihnen, ja? Bei *Ihnen!* Und nun setzen Sie sich wieder.«

Forster setzte sich wortlos.

Eine Klingel schrillte draußen im Haus. Gleich darauf flogen Türen auf, und viele jugendliche Stimmen erklangen. Man hörte Schritte, Gelächter, Geschrei. Eine Pause hatte gerade begonnen.

Valerie sagte mit fester Stimme: »Der Herr Gauleiter hat uns zugesichert, daß, solange dieser Prozeß läuft, keinerlei Schritte gegen meinen Sohn unternommen werden. Das sollen wir auch Ihnen mitteilen.«

Friedjung ballte die Fäuste auf der Tischplatte. Er schien – Valerie berichtete dem nicht anwesenden Martin Landau später, was sich in der Staatsschule für Chemie ereignet hatte – kaum fähig, seine Erregung zu beherrschen.

Ist das nur ein Choleriker? dachte Forster unruhig. Oder was regt diesen Mann so auf, wenn Valerie Steinfeld spricht, wenn er sie bloß ansieht? Sind die beiden schon einmal aneinandergeraten? Gibt es da ein Zerwürfnis zwischen ihnen? Forster nahm sich vor, seine Mandantin danach zu fragen.

Friedjung sagte, jetzt mit gepreßter Stimme: »Keinerlei Schritte, ja? Gut. Sehr gut. Ausgezeichnet. Hervorragend ausgedacht.«

»Herr Direktor, bitte!« Überwertigkeitskomplexe, dachte Forster. Der Lump. Der Supermensch. Herrenrasse. So sieht das aus. »Es ist genau, wie Frau Steinfeld sagt. Jedes Verfahren gegen Heinz ruht bis zum Abschluß des Prozesses.«

Draußen, auf den Gängen, lachten Jungen laut.

»Wie lange wird der Prozeß dauern?«

»Das ist völlig unbestimmt. Vielleicht lange...«

»Ah, ja?«

»...vielleicht ist er schon sehr bald beendet. In einem für Heinz positiven Sinn, der die Wahrheit ein für allemal festlegt.«

»Welche Wahrheit?«

»Daß er Arier ist.« Forster und Valerie waren in den letzten drei Wochen häufig zusammengewesen, sie hatten alle Einzelheiten genau durchgesprochen, gemeinsam das Klagebegehren aufgesetzt, und Valerie befand sich in einem Zustand, den man fast manisch-depressiv nennen konnte: Einmal war sie euphorisch und sah alles in glücklicher Weise sich lösen, gleich darauf befiel sie Angst, und sie hatte furchtbare Träume. Immer wieder aber war es in diesen Wochen Forster gewesen, der ihr neuen Mut gegeben hatte.

»*Arier!*« schrie Friedjung plötzlich los, so heftig, saß selbst Forster zusammenfuhr. »Ich will Ihnen mal was sagen, Frau Steinfeld! Ihr Sohn *ist* kein Arier! Ihr Sohn ist ein jüdischer Mischling!«

»Herr Direktor, zum letztenmal...« rief Forster.

»Ach, Sie! Sie sollten sich schämen, so etwas zu verteidigen! Meinetwegen beschweren Sie sich doch beim Gauleiter! Er kennt mich!« Friedjung schrie weiter, über den Schreibtisch geneigt, Valerie direkt ins Gesicht: »Ich kann nicht verhindern, daß jetzt gemauschelt und das Recht verdreht werden wird. Nein, das kann ich nicht! Aber eines kann ich, denn hier bin *ich* der Herr, Frau Steinfeld, ja? Nehmen Sie gefälligst zur Kenntnis: Was sich Ihr Sohn erlaubt hat, das ist unverzeihlich, ja? Das vergebe ich ihm nie! Die Würde dieses Hauses verbietet es.« Leise wurde die Stimme, noch weiter neigte Friedjung sich über den Tisch. »Sie führen also jetzt einen Abstammungsprozeß, ja? Wir werden sehen, was dabei herauskommt. Es hängt natürlich auch vom Zufall ab, ja, und von dem Glück, das Sie bei diesem Lügenwerk haben...«

»Herr Direktor!« Forster sprang wieder auf.

»...und ob Sie eine gute Lügnerin sind, ja, oder eine schlechte, ja, und ob man Ihnen Ihre Lügen glaubt!« (Warum ist dieser Mann nur so erregt, so außer sich? grübelte Forster): »Ihnen sage ich, Frau Steinfeld: Der Judenbengel...«

»Jetzt ist es aber genug!« schrie Forster. Vielleicht hilft schreien, dachte er. Es half nicht.

»Genug? Dann gehen Sie doch. Das hier ist *mein* Büro, ja? Hier sage ich, was ich denke. Und ich sage: Der Judenbengel kommt mir nicht mehr an mein Institut – und wenn Sie noch so gut lügen, und wenn Sie noch so viel Glück haben, und wenn Sie das Gericht betrügen und diesen Prozeß gewinnen! Er kommt mir nicht mehr ins Haus, haben Sie das verstanden, ja?«

Friedjung keuchte. Er sah noch bleicher aus und ließ sich in seinen Sessel fallen. Forster sah, daß Valeries Hände zitterten, daß sich ihre Lippen bläulich verfärbt hatten. Er ergriff ihren Arm.

»Kommen Sie, gnädige Frau. Jedes weitere Wort an diesen Herrn ist vergeudet. Ich werde Sie und mich vor seinem Betragen zu schützen wissen.« (Ach, wie denn? dachte Forster. Dieser Mann ist ja nicht zurechnungsfähig! Was gibt es bloß zwischen ihm und Frau Steinfeld? Auch der wildeste Nazi würde sich nicht so aufführen.) Forster warf einen Blick zurück. Dr. Karl Friedjung saß hinter dem großen Arbeitstisch und starrte Valerie, die gleichfalls zurücksah, mit einem Ausdruck pathologischen Hasses an. Er keuchte noch immer. Sein Mund war halb geöffnet. Und seine Hände waren so fest geballt, daß die Knöchel weiß unter der Haut hervortraten.

Im Vorzimmer, wo zwei Sekretärinnen auf ihren Maschinen eifrig tippten, half Forster Valerie in den Mantel. Er zog seinen an, nahm die Regenschirme und seinen Hut, grüßte kurz und verließ mit Valerie den Raum.

Die Gänge des Hauses und die breite Treppe waren erfüllt von plaudernden, rufenden und fröhlich herumrennenden Jungen in weißen Mänteln. Es roch nach Chemikalien im ganzen Institut. Vor dem Eingang blieb Forster stehen. Während er seinen Schirm aufspannte, fragte er: »Haben Sie eine Erklärung für dieses wahnwitzige Benehmen des Herrn Friedjung, gnädige Frau?«

Valeries Gesicht war ausdruckslos.

»Keine Erklärung.«

»Aber das war doch nicht normal! Gnädige Frau!«

Valerie sagte: »Er ist eben so ein Mensch. Ein Mensch zum Fürchten. Ich . . . ich fürchte mich schrecklich vor ihm, Herr Doktor.«

»Aber warum?«

»Weil er so ist . . . weil er immer so war . . «

»Was heißt immer?«

»Seit ich ihn kenne.«

»Und seit wann kennen Sie ihn?«

»Wie meinen Sie . . .« Valerie fuhr herum. Ihre Augen flackerten. »Seit Heinz mit ihm zu tun hat, natürlich. Was dachten Sie?«

Zwecklos, dachte Forster. Entweder sie sagt die Wahrheit, oder sie will mir etwas verschweigen. Das wäre schlimm. Aber tun kann ich nichts dagegen. Er meinte, einen Arm um ihre Schulter legend: »Nun beruhigen Sie sich. Dieser feine Herr hat zum Glück in unserem Prozeß nicht das Geringste zu sagen. Kommen Sie, schnell, da sehe ich eine Straßenbahn!« Sie eilten beide unter ihren Schirmen durch den eisigen Regen und den böigen Wind zur nahen Haltestelle.

Warum sagt Valerie Steinfeld mir nicht die Wahrheit? grübelte Forster, während er durch Pfützen lief, die hoch aufspritzten. Warum nicht? Er war davon überzeugt, daß sie ihm etwas verschwieg, er hatte ein feines Gefühl für so etwas. Und, dachte er, sie wird mir die Wahrheit nicht gestehen, ich werde sie nie erfahren.

51

»Was war, Mami? Was hat er gesagt?«
Mit diesen Worten kam Heinz Steinfeld in das große Wohnzimmer gestürzt. Sein schwarzer, dicker Gummiregenmantel triefte, durchnäßt waren der Monteuranzug, den er darunter trug, und die schweren Schuhe, dreckbespritzt war die ganze Kleidung. Aus dem blonden Haar flossen Regentropfen über das schmale Gesicht mit den Sommersprossen.
Es war 23 Uhr 30 an diesem selben Novembertag, und es regnete noch immer. Heinz hatte eine Arbeitsverpflichtung als Rollenpendler annehmen müssen, das Arbeitsamt hatte sehr schnell reagiert. Nun verließ er täglich die Wohnung um 15 Uhr und kam nie vor 23 Uhr 30 heim. Oft wurde es später. Die Kinos, zwischen denen er die Filmrollen hin und her transportierte, lagen im VI. Bezirk, in Mariahilf, er hatte also auch noch einen langen Weg zu seinen Arbeitsstätten. Gewöhnlich war Heinz zu müde, um noch etwas zu essen, wenn er endlich nach Hause kam. In dieser Nacht jedoch war er fieberhaft erregt. Sein Gesicht, naß und erschöpft, leuchtete auf, als er sah, daß außer Valerie auch noch Martin Landau anwesend war.
»Guten Tag, Vater!«
»Tag, mein Junge«, sagte Martin Landau mit unsicherer Stimme. »Nun rede schon, Mami! Der hat Augen gemacht, der Friedjung, wie du mit dem Anwalt angerückt bist, was?«
Valerie saß, im Hausmantel, auf einer Couch.
»Ja«, sagte sie und lächelte, »der hat Augen gemacht, Heinz! Das war vielleicht eine Überraschung für den!«
»So hat er sich das nicht vorgestellt, was?« Heinz lachte.
Martin Landau fuhr sich mit der Hand über die Stirn. Valerie hatte ihn gebeten, an diesem Abend bei ihr zu bleiben, bis Heinz heimkehrte. Sie besaß nicht den Mut, ihn allein zu erwarten.
»Nein, so hat er sich das nicht vorgestellt. Zieh dich doch aus, Heinz, du bist ja völlig durchnäßt. In der Küche steht warmes Essen im Rohr. Die Agnes hat dir was Feines gemacht. Sie schläft schon. Komm, wir gehen in die Küche.
»Gleich, Mami, gleich.« Heinz war sehr aufgeregt. »Ich habe es ja gewußt,

daß er kuschen wird, wenn du mit dem Anwalt anrückst! Der feige Hund. Ganz klein ist er geworden, was?«

»Ja, Heinz.« Valerie lächelte noch immer.

»Das ist doch klar, daß ich weiterstudieren darf, sobald wir den Prozeß gewonnen haben, nicht?«

»Das ist *völlig* klar«, sagte Valerie. »Darüber haben wir natürlich gesprochen. Friedjung war...« Sie mußte Atem holen.

Heinz bemerkte nicht, daß es eine Unterbrechung aus Schwäche war. Er sah nicht, wie seine Mutter sich an der Lehne der Couch festhielt.

»Ganz schön durcheinander, was?« Heinz lachte laut. »Ach, prima! Das gönne ich dem Drecksack! Das hat er nicht erwartet! Der hätte sich überlegt, mich rauszufeuern, wenn er gewußt hätte, daß wir jetzt vor Gericht gehen.«

Martin Landau sah, daß Valerie nicht sprechen konnte. Lächeln konnte sie noch.

Martin Landau sagte: »Ja, mein Junge. Der hätte sich das gründlich überlegt. Ist ihm irrsinnig unangenehm, die Sache, sagt deine Mutter. Na, der Anwalt hat ihm ordentlich Zunder gegeben, das kannst du dir ja vorstellen, nicht?«

»Und wie!« Um Heinz bildete sich auf dem Fußboden eine Pfütze. Niemand bemerkte sie. »Der dämliche Hund! Das wird ein Tag werden, wenn ich wieder zurückkomme in das Institut! Als Arier! Was, Mami?«

Valerie nickte. Sie lächelte noch immer.

»Ich danke dir ja so, daß du dich zu dem Prozeß entschlossen hast... und auch dir, Vater... Natürlich ist das nicht angenehm für euch beide, verstehe ich vollkommen...«

»Es geht doch um dich«, sagte Landau. »Was heißt da nicht angenehm?«

»... aber wenn es vorüber ist, werden wir alle glücklich sein, so glücklich! Ich bin es jetzt schon! Jetzt schon!«

Martin Landau sagte langsam: »Es wird freilich eine Weile dauern, Heinz. Vielleicht eine lange Weile. Von heute auf morgen gewinnt man einen solchen Prozeß nicht.«

»Weiß ich doch!« rief der Junge. »Meinetwegen soll der Prozeß dauern, so lange er will! Daß ich kein Halbjud bin, das wissen jetzt alle! Der Friedjung, der Gauleiter, das Gericht! Das ist das Wichtigste! Was hast du denn, Vater?«

»Dein neuer Beruf... Ich habe gerade denken müssen, wie schwer das für dich ist...«

»*Schwer?* Überhaupt nicht! Zuerst, ja... oder bei einem solchen Sauwetter wie heute... Da ist es natürlich nicht gerade angenehm! Aber ich habe mich daran gewöhnt, ganz schnell! Und wenn ich auch spät nach Hause komme – ich kann doch lange schlafen! Das konnte ich früher nicht! Man trifft so interessante Leute, weißt du? Und während man auf die Rollen wartet, sieht man auch immer ein Stück Film... immer dasselbe Stück von jeder Rolle... nie den ganzen Film... komisch, nicht? Nein, deshalb brauchst du dir keine Gedanken zu machen!« Heinz lief, verdreckt und naß, wie er war, schnell zu Landau und zu seiner Mutter. Er umarmte und küßte beide. »Ich danke euch! Ich danke euch! Ach, ich danke euch so!« rief er. Dann kam er ein wenig zu sich. »Ich zieh mir rasch etwas Trockenes an. Jetzt habe ich sogar noch Hunger! Und ich bin gar nicht müde! Kommt ihr beide in die Küche, wenn ich esse? Ich will ganz genau hören, wie das war bei dem Schwein, dem Friedjung!«

»Wir kommen«, sagte Valerie. Ihr Lächeln war eingefroren. Heinz warf ihr eine Kußhand zu und verschwand.

Eine lange Stille folgte.

Dann sagte Landau: »Wir durften ihm nicht die Wahrheit sagen.«

»Nein, das durften wir nicht.« Nun war Valeries Lächeln verschwunden. Nun sah sie zu Tode erschöpft aus. »Wer weiß, wie lange dieser Prozeß dauert? Wer weiß, was geschieht mit uns allen, mit der ganzen Welt? Solange Heinz glaubt, daß er wieder studieren darf, ist er glücklich. Das muß er sein. Er darf nicht verzweifelt sein, wenn er vor Gericht kommt«, sagte Valerie. Sie sprach abgehackt. »Der Bub muß Hoffnung haben, Hoffnung. Und wenn wir den Prozeß gewinnen, dann werde ich diesen Friedjung *zwingen*, ihn wieder im Institut aufzunehmen...« Wie willst du so einen Mann zwingen?, dachte Landau, aber er schwieg und nickte. »Das sind alles Sorgen von morgen. Jetzt müssen wir eines nach dem anderen erledigen. Zuerst kommt der Prozeß. Der ist das Allerwichtigste. Und wir werden ihn gewinnen...«

»Toi, toi, toi!« Landau klopfte dreimal gegen Holz.

Valerie stand auf. Mit einer Stimme, die Landau vollkommen fremd, mechanisch und ohne jede menschliche Schwingung vorkam, sagte sie: »Sehen wir nach Heinz. Er wird schon in der Küche sein.«

Er war nicht in der Küche.

Sie fanden ihn in seinem Zimmer, ausgezogen bis auf ein Unterhemd und eine Unterhose. Die nassen Kleidungsstücke lagen verstreut umher. Heinz war in seinem Bett auf den Rücken gesunken. Er schlief. Die Müdigkeit, mit der er sich jede Nacht heimschleppte, hatte ihn übermannt.

»Der arme Kerl«, sagte Landau.

Valerie war zum Bett geeilt. Sie zog die Decke unter dem Körper ihres Sohnes hervor und breitete sie über ihn. Martin trat näher. Heinz lag mit dem Kopf auf einem Kissen. Sein Haar und sein Gesicht waren immer noch regennaß. Er schnarchte zweimal. Er schlief sehr tief. Dann sagte er etwas im Schlaf, mit einem glücklichen Ausdruck im Gesicht.

»Goldene Stadt...«

»Was?« Landau neigte sich mit Valerie über den Jungen. »Was redet er?«
Der Schlafende sprach undeutlich: »Golden ... die Stadt ... die Stadt ...
aus Gold ... diese Stadt ...«
Martin richtete sich auf.
»›Die goldene Stadt‹ – der neue Film von Veit Harlan! Mit der Söder-
baum! Er läuft jetzt in den Kinos.«
»Und Heinz fährt die Rollen hin und her«, flüsterte Valerie. »Bis in den
Schlaf hinein verfolgt ihn das ...« Sie küßte ihren Sohn zart, dann ging
sie mit Landau auf Zehenspitzen zur Tür und knipste das Licht aus. Der
Junge bewegte sich. Die beiden Erwachsenen blieben in dem dunklen
Zimmer stehen, Valerie eine Hand auf der Türklinke.
»Gold«, sagte Heinz Steinfeld im Schlaf. »Eine ... ganze ... Stadt ...
aus ... Gold ...«

52

Das Telefon läutete.
Martin Landau zuckte in seinem Sessel zusammen, ein verängstigter,
kranker, alter Mann. Er machte eine hilflose Gebärde, als wollte er sagen:
Sehen Sie, mich kann schon ein Telefon halb zu Tode erschrecken.
Manuel erhob sich und ging über den honiggelben Velours und die China-
brücken zu einem Tischchen, auf dem das Telefon stand. »Hallo?«
»Sie werden aus Paris verlangt, Herr Aranda, einen Augenblick, bitte«,
sagte eine Mädchenstimme. Es knisterte und knatterte in der Leitung. Als
die Verbindung gleich darauf zustande kam, war sie sehr schlecht. Manuel
verstand nur mit Anstrengung. Aber er erkannte sogleich die Männer-
stimme, die spanisch sprach.
»Cayetano!«
»Endlich! Fast fünf Stunden warte ich schon auf dieses Gespräch.« Der
Erste Direktor und Vertreter von Manuels Vater in der QUIMICA ARANDA
hatte eine laute, nervöse Art zu reden. »Mein lieber Manuel« – er kannte
den Sohn seines Chefs seit dessen Kindheit –, »wir sitzen hier fest.«
»Wo hier?«
»Orly. Ein Schneesturm. Du machst dir keine Vorstellung. Es schneite
schon, als wir zwischenlandeten – und gleich darauf ging die Welt unter!
Der Flughafen ist geschlossen. Keine Maschine kann starten oder landen.
Du solltest sehen, wie das hier ausschaut – die wissen nicht, wohin mit
den Passagieren! Ich rufe an, damit du dir keine Sorgen machst. Wir sind
okay – die Anwälte und ich. Aber wir müssen warten, bis der Sturm vor-
über ist und man die Pisten geräumt hat.«
»Wie lange wird es dauern?« Manuel fühlte ein Ziehen in der Herzge-

gend. Cayetano und die Anwälte in Paris festgehalten. Die Entdeckung des Papiers mit den Notizen in der Handschrift seines Vaters. Streichung aller Buchungen für diese Nacht. War das schon eine Ahnung gewesen? Sollte, mußte, würde er nun doch in Wien bleiben? Er mußte! Mit jeder Stunde erfuhr er hier mehr, was Valerie und seinen Vater so geheimnisvoll verband. Hätte er heute nachmittag nicht diesen schmalbrüstigen Buchhändler angehört, der für kurze Zeit seines Lebens ein Mann, tapfer und ohne Furcht gewesen war, bevor er sich wieder in das zurückverwandelt hatte, was seine wirkliche Wesensart war, er hätte nicht erfahren, daß dieser Martin Landau das Papier mit den Viren- und Toxin-Vermutungen seines Vaters in Valerie Steinfelds Besitz gesehen hatte – 1942 ...

»Sie sagen, es wird bis morgen früh dauern. Die Aussichten sind ungünstig. Der Sturm wird mit jeder Minute ärger. So etwas haben sie angeblich in Paris noch nie erlebt.«

»Machen Sie sich keine Sorgen. Wenn Sie hier sind, sind Sie hier.«

»Hast du wegen der Ermordung deines Vaters schon etwas ...«

»Ja. Nicht am Telefon. Ich erwarte Sie also irgendwann morgen.« Manuel verabschiedete sich und legte den Hörer nieder.

»Entschuldigen Sie ...«

»Keine Ursache. Es ist spät geworden. Ich muß ohnedies gehen. Natürlich komme ich wieder, aber immerhin, Sie verstehen, Tilly ...«

»Herr Landau, sagen Sie mir bitte noch eines: Hat sich jemals herausgestellt, weshalb dieser Direktor Friedjung derartig brutal und niederträchtig mit Valerie Steinfeld sprach?«

»Nie, nein.«

»Sie hat auch keine Erklärung dafür gegeben?«

»Sie hatte keine. Ich meine: Sie *sagte*, sie hätte keine.«

»Sie glauben, sie verschwieg etwas?«

»Ich weiß es nicht. Immerhin, sehen Sie, es gab furchtbar rabiate Nazis. Vielleicht war dieser Friedjung einer von ihnen. Valerie behauptete es jedenfalls.«

»Vor Ihnen und Doktor Forster?«

»Ja. Wir fragten sie ein paarmal im Lauf der Zeit. Immer dasselbe. Sie war maßlos erbittert über Friedjung. Aber mir scheint heute, wenn ich zurückdenke, daß sie es war, weil er *nicht grundlos* so bösartig reagierte. Nein, nicht grundlos.«

Wieder läutete das Telefon.

Manuel zuckte die Schultern und ging an den Apparat. Er erkannte die tiefe, fast heisere Frauenstimme sofort.

»Guten Tag, gnädige Frau.«

»Sie sind nicht allein?« fragte Nora Hill.

»Nein. Was kann ich für Sie tun?«

Er hörte ihr dunkles Lachen.

»Ich habe seit Tagen nichts von Ihnen gehört, mein Freund. Da macht man sich Sorgen. Geht es Ihnen gut!«

»Danke, ja.«

»Sie haben viel erfahren mittlerweile, nehme ich an.«

»Das kann man behaupten.«

»Meine Prophezeiung war also richtig. Ich habe Ihnen nun etwas Interessantes zu zeigen. Eine Überraschung.«

»Sie haben eine Überraschung?«

»Ja, bin ich nicht die gewesen, die den Anfang gemacht hat? Wollen Sie mich besuchen?«

»Natürlich! Wann darf ich...«

»Einen Moment. Haben Sie Traveller-Schecks?«

»Traveller-Schecks?«.

»Traveller-Schecks.«

»Ja«, sagte er verblüfft.

»Über größere Beträge?«

»Ja«, sagte er zum zweitenmal.

»Bringen Sie mit, was Sie haben. Die Überraschung kostete nämlich Geld. Fünftausend Dollar. Aber ich denke, sie ist ihr Geld wert.«

»Fünftausend Dollar?«

»Heute abend zehn Uhr?«

»Gut. Aber hören Sie...«

»Ich freue mich. Also bis dann, mein Freund«, sagte Nora Hill. Die Verbindung war unterbrochen.

Nora Hill...

Manuel stand versunken beim Fenster.

Zufall, daß sie gerade jetzt anrief? Absicht? Geplant? Sie war doch auch in diese Sache verstrickt. Lockte sie ihn in eine Falle? Unsinn, alle Beteiligten wußten ja vom Manuskript seines Vaters im Tresor des Anwalts. Was für eine Überraschung?

53

Die Bar des Hotels ›Ritz‹ lag einen Meter höher als der Boden der zweiten großen Innenhalle. Man mußte ein paar Stufen emporsteigen, um die Bar zu betreten. Die Stufen waren breit, der Eingang war in die rechte Seitenwand der Halle gebrochen, die außerdem vier große, unverglaste Fensteröffnungen aufwies. Mit ihren Mahagoni-Paneelen, Stilmöbeln, großen Teppichen und vielen kleinen Appliken, welche jetzt, am Abend, brannten, machte die Bar einen behaglichen und feudal-altmodischen Eindruck

– wie das ganze ›Ritz‹. Über den Paneelen wurden die Wände von Delfter Kacheln verdeckt. Die Theke war hoch, die Hocker davor waren mit rotem Samt überzogen, auch die Stühle und Sofas in den kleinen Logen, die durch mannshohe Holzwände voneinander getrennt wurden. Flaschen hinter der Theke standen auf Regalen in einem flachen Glasschrank mit vielen Türchen. Hinter den Flaschen befand sich ein Spiegel. In der Halle draußen spielte das Fünf-Mann-Orchester, lauter ältere Herren, wie jeden Abend seine Evergreens, sehr dezent, etwas unsicher und etwas falsch. Gerade war ›Charmaine‹ an der Reihe.

Vor dem Abendessen, dem Theater oder dem Ausgehen nahmen viele Gäste in der Bar noch einen Drink. An der Theke unterhielt sich laut eine Gruppe amerikanischer Geschäftsleute. Einer führte das große Wort. Die anderen lachten dienstbeflissen über seine Scherze. Alle Logen waren besetzt. Die Tische trugen Platten aus Kacheln der gleichen Art wie die der Wände. Der Chefmixer und seine drei Gehilfen hatten Hochbetrieb.

»Ich bin sehr froh, daß Sie meine Einladung zum Abendessen angenommen haben, Irene«, sagte Manuel. Er saß neben der jungen Frau mit dem kastanienbraunen Haar und den gleichfarbigen Augen in einer Eckloge. Sie trug ein Kleid aus schwarzem Seiden-Jersey, das mit phantastischen Mustern in Grau und Gold bedruckt war. Irene sah sehr schön aus an diesem Abend. Sie hatte den ersten schlimmen Schock der Ereignisse überwunden. Alle Männer, die an der Loge vorbeigingen, drehten sich nach ihr um.

Irene antwortete leise: »Und ich bin sehr froh, daß Sie noch nicht heimfliegen.« Sie zögerte, dann: »Wann werden Sie nun abreisen?«

»Das weiß ich noch nicht. Nach dem, was wir in der Foto-Schatulle entdeckten . . . und was Landau mir erzählte . . .«

»Ja?« Das kam ein wenig atemlos.

»Nun, ich meine, danach hat sich doch vieles geändert! Die Lage sieht völlig anders aus. Ich möchte, wenn es irgendwie geht, hierbleiben. Jetzt glaube ich plötzlich, daß ich doch hier schneller und besser an mein Ziel komme als in Buenos Aires. Aber ich will natürlich Cayetano hören. Und auch, was mir diese Nora Hill zu sagen hat.«

»Sie muß eine faszinierende Frau sein, nicht wahr, trotz ihrer . . .« Irene brach ab.

»Was für ein Unsinn«, sagte Manuel, der fühlte, wie ihm warm wurde. »Wenn jemand faszinierend ist, dann . . .« Verlegen sprach er seinen Satz gleichfalls nicht zu Ende. Sie sahen einander an, und nun lächelte Irene zum erstenmal. Sie öffnete ihre Abendtasche.

»Ich habe Ihnen ja etwas mitgebracht . . .«

»Guten Abend, meine Herrschaften«, erklang in diesem Moment die Stimme des Grafen Romath. Manuel sah auf, Irene ließ das Täschchen sinken. Der Mann mit dem schlohweißen Haar und dem schwarzen Anzug verbeugte sich tief, als Manuel ihn Irene vorstellte. Romath sah heiter und sorglos aus. Niemand wäre auf den Gedanken gekommen, diesem Mann stünde noch ein unheimliches mitternächtliches Rendezvous bevor. Es war Romath von Kindheit an beigebracht worden, daß es nichts Wichtigers im Leben gab, als sich wie ein Gentleman zu betragen, was immer auch geschah. Er machte Irene Komplimente über ihr Aussehen und das Kleid, vergewisserte sich, daß alles in Ordnung war, und sagte dann: »Alles Gute, Herr Aranda. Alles, alles Gute.«

»Danke. Aber ich fliege noch nicht – wir sehen uns gewiß noch«, sagte Manuel.

»So meinte ich es nicht.«

»Wie denn?«

»Sie haben doch – die gnädige Frau ist ja selbst in den Fall verwickelt, also natürlich informiert –, Sie haben doch so viele Sorgen. Mögen sie bald verschwinden. Mögen Sie einmal wieder froh und unbeschwert sein – beide«, sagte der Graf, verneigte sich und ging weiter mit kleinen, leicht trippelnden Altmännerschritten.

»Er ist nett, nicht wahr?« sagte Irene.

»Ja.« Manuel blickte Romath nach. Dabei fiel sein Blick auf einen Pagen, der eben die Bar betrat. Der Junge hielt einen Stock, an dessen oberem Ende eine schwarze Schiefertafel befestigt war. Mit weißen Buchstaben stand darauf: TELEFON FÜR – und darunter, in Kreideschrift: Herrn Manuel Aranda.

Er erhob sich.

»Verzeihen Sie!« Manuel trat aus der Loge.

»Herr Aranda? Zelle fünf«, sagte der Page.

Manuel eilte durch die Halle zu dem Gang, der in das Café hinüberführte; hier befand sich die Reihe der Telefonzellen. Er betrat Nummer fünf. Der Apparat schrillte. Manuel hob ab.

»Ja? Hier ist Aranda.«

»Gott sei Dank, Sie sind im Hotel. Ich habe Glück. Hier ist Martha Waldegg. Kann ich sprechen? Sind Sie allein?«

»Ja. Guten Abend, Frau Waldegg«, sagte Manuel.

»Mein Mann ist bei Freunden. Ich bin zu Hause. Man kann durchwählen nach Wien. So findet mein Mann keinen Beleg bei der Telefonrechnung. Haben Sie Irene gesehen?«

»Einige Male. Sie sitzt in der Bar. Wir wollen zusammen essen.«

»Um Gottes willen! Sie darf nicht wissen, daß ich . . . Herr Aranda, Sie haben mir versprochen . . .«

»Ich sage ihr kein Wort. Und ich habe ihr auch kein Wort gesagt. Sie rufen an, vermute ich, weil ich Sie nun besuchen darf.«

»Ja.«

»Wann?«

»Übermorgen. Mittwoch. Da fährt mein Mann in der Früh nach Wien und kommt erst am Donnerstag wieder. Das Grundstück, ich erzählte Ihnen davon....«

»Ich erinnere mich. Also Mittwoch, gut. Um wieviel Uhr?«

»Sie können nicht mit dem Wagen fahren – über den Semmering und die Berge. Da liegt zuviel Schnee. Sie müssen die Bahn nehmen.«

»In Ordnung.«

»Haben Sie Papier und einen Bleistift?«

Beides lag auf einem schmalen Bord unter dem Apparat.

»Ja.«

»Also, Sie fahren vom Südbahnhof aus. Der liegt direkt neben dem Ostbahnhof. Ein Riesenneubau. Am besten nehmen Sie den ›Venetia-Expreß‹. Der fährt um 8 Uhr 05 in Wien ab und ist um 13 Uhr 29 in Villach. Dann geht ein Zug ab Villach um 16 Uhr 26. Da sind Sie um 22 Uhr 05 wieder in Wien. Geben Sie Irene eine Erklärung... daß Sie geschäftlich einen Tag weg müssen, zum Beispiel.«

»In Ordnung. Niemand wird etwas erfahren. Ich erzähle allen irgendeine Geschichte.«

»Danke, Herr Aranda! Drei Stunden Aufenthalt haben Sie. Wenn man eine Stunde für die Taxifahrt zu unserem Haus und zurück zum Bahnhof rechnet, bleiben immer noch zwei Stunden. Zeit genug! Ich kann Ihnen alles erzählen. Notieren Sie sich die Adresse: Fliederstraße 143. Unsere Villa liegt ziemlich einsam. Meiner Haushälterin habe ich freigegeben, wir werden ganz allein sein.«

»Also dann bis Mittwoch nachmittag, Frau Waldegg.«

Als Manuel durch die Halle in die Bar zurückging, wischte er sich mit einem Taschentuch die Stirn trocken. In der Zelle war es heiß gewesen. Und die Einladung von Irenes Mutter hatte ihn aufgeregt. Er kam weiter, Schritt um Schritt, mehr und mehr Licht fiel in die Dunkelheit, durch die er zuerst getappt war.

›La vie en rose‹ spielte das Orchester der rührenden alten Herren nun. Irene sah Manuel entgegen.

»Cayetano. Aus Paris«, sagte er, sich setzend. »Schneesturm, ärger denn je. An einen Abflug ist nicht mehr zu denken. Er hofft, daß er es morgen schaffen wird.« Manuel bemerkte, wie Irene etwas auf der Tischplatte mit der Hand verdeckte. »Was ist das?«

»Was ich Ihnen mitgebracht habe«, sagte Sie.

Es war ein Foto von ihr, ein Farbfoto, und es zeigte nur Irenes Kopf. Sie lachte. Die braunen Augen und das braune Haar leuchteten, die schönen Zähne glänzten.

»Oh!«

»Sie wollten doch ein Bild von mir. Und heute nacht haben wir das dann in unserer Aufregung vergessen.«

»Danke, Irene.« Er empfand leichte Bedrückung. Vor ein paar Minuten habe ich mit deiner Mutter telefoniert, dachte er. Und versprochen, dir nichts davon zu sagen. Manuel kam sich plötzlich vor wie ein Betrüger, ein Verräter. Er sagte: »Sie müssen aber etwas auf die Rückseite schreiben!«

»Es steht schon da«, sagte Irene.

Er drehte das Foto um und las:

Es war kein Zufall, daß der Rabbi die Suppenschüssel umwarf. Daran glaubt der Weinhauer Seelenmacher. Ich glaube auch daran.

Irene Waldegg

54

Die Bauernstube hatte einen Boden aus breiten Dielen. Bunt bemalte große Möbel standen im Raum, am Fenster hingen karierte Vorhänge, an den Wänden zwei Bilder – das eine zeigte einen röhrenden Hirsch, das andere hohe Berge im Alpenglühen.

In der Mitte des Zimmers stand Yvonne Werra. Sie trug ein Hüftmieder, grobe Wollstrümpfe und Holzpantinen. In der rechten Hand hielt sie einen dicken Strick. Neben ihr stand eine Ziege, einen großen Eimer vor sich, aus dem das Tier von Zeit zu Zeit durstig trank. Und hinter der Ziege, halb über sie geneigt, stand ein schlanker, kräftiger Mann, der nur einen Tirolerhut trug. Seine nackte Haut war sehr weiß. Der Mann hatte dunkles Haar, dunkle Augen, und sein Gesicht war vor Erregung verzerrt. Er coitierte die Ziege, die sich das ruhig gefallen ließ und von Zeit zu Zeit vergnügt meckerte.

Der Mann keuchte.

Yvonne schlug mit großer Heftigkeit den Strick über seinen Rücken. Das war keine Nylonpeitsche. Die Schläge taten weh, sollten weh tun. Dunkle Striemen bildeten sich auf der weißen Haut des Mannes.

In der Ecke des Raums gab es einen Kachelofen und eine Bank. Auf ihr stand ein Tonbandgerät. Es lief. Ein gemischtes Quartett sang und jodelte.

»Auf der Alm, da gibt's ka Sünd...«

Die Ziege neigte den Kopf und trank aus dem Eimer.

Yvonne schlug wieder.

»Fest!« keuchte der Mann. »Noch fester! Ja, so... so...«

Sein Leib flog. Das Tier ließ alles ungerührt mit sich geschehen.

Yvonne schrie den Mann an: »Schamst du dich gar nicht, du Saubazi, du elendiger? Gestern erst hab ich dich mit der Ente erwischt! Wirst aufhören jetzt?«

»Nein... nein... ich höre nicht auf«, stammelte der Mann.

»Du Scheißkerl! Die arme Ziege! Aber das sag ich dem Herrn Pfarrer! Eingesperrt gehörst, du Lump! Du gehst mir ja noch auf die Rösser!«

Das Quartett jodelte fröhlich.

Die Ziege meckerte fröhlich.

Der Mann ächzte: »Rösser... ah, was, Rösser! So eine Ziege ist mir das Liebste von der Welt...«

»Du verkommener Sauhund! Da hast du! Und da! Und da!«

Der Strick klatschte wieder auf den kräftigen, weißen Rücken. Der Mann mit dem Tirolerhut jaulte auf und starrte gierig Yvonnes nackten Unterleib an.

»Ich denke, das genügt«, sagte Nora Hill. Sie schaltete den in die Bücherwand ihres Wohnzimmers eingebauten Fernsehapparat ab. Das Bild der Bauernstube verschwand, die Jodler verstummten. »Ich bin wirklich immer bereit, Ihnen etwas Kurzweiliges zu bieten. Und ich wollte, daß Sie sich den Herrn ansehen. Wer weiß, ob es für Sie nicht noch einmal wichtig sein wird, ihn zu kennen.«

Manuel hatte Irene nach dem Abendessen im ›Ritz‹ heimgebracht und war dann hier heraus zu Nora Hill gefahren. Sie trug an diesem Abend ein fußlanges Kleid aus Goldbrokat mit aufgedruckten Blumen und Blättern und einen Ring mit einem großen Solitär. Ihr schwarzes Haar war an einer Seite hochgekämmt, man sah das rechte kleine Ohr. In ihm steckte ein zweiter Solitär des gleichen Umfangs.

Auf den Leichtmetallkrücken schwang die Frau mit den gelähmten Beinen zu ihrem Sessel bei dem offenen Kamin zurück, der mitten im großen Wohnzimmer ihres Appartements stand. Mächtige Holzscheite brannten.

»Was heißt, wer weiß, ob es für mich nicht noch einmal wichtig sein wird? Wer ist dieser Mann?« fragte Manuel.

»Immer mit der Ruhe. Ich sagte Ihnen doch, ich hätte eine Überraschung. Machen Sie uns zuerst zwei neue Drinks, lieber Freund.«

Nora Hill sah Manuel aufmerksam zu, wie dieser die Gläser an der Bar auf Rädern, welche neben ihm stand, mit Whisky, Eiswürfeln und Sodawasser füllte. Das Feuer prasselte im Kamin.

»Danke.« Nora Hill nahm ihr Glas. Heute abend hatte sie eine überlange goldene Zigarettenspitze. Sie blies ein paar Rauchringe. »Arme Yvonne«, sagte sie mit ihrer tiefen Stimme. »Sie kommt wirklich ein bißchen oft an solche Herren. Sind alle ganz verrückt nach ihr. Heute kann sie nicht nackt arbeiten. Ein kleiner Unfall vor zwei Tagen. Und noch blaue Flecken am Leib. Deshalb das Korsett.«

»Unfall?«

»Berufsrisiko! Passiert immer wieder etwas. Nichts Interessantes. Interessant ist der Mann, den ich Ihnen zeigte. Ein alter Stammkunde. Seit drei Jahren. So lange haben wir Emma.«

»Wen?«

»Die Ziege. Sie heißt Emma. Hinter der Villa gibt es einen Stall in einem der kleinen Häuser. Wir besitzen auch Gänse und Kaninchen und Hühner. Sogar einen Esel, Hugo. Man braucht einiges in diesem Gewerbe. Emma haben wir gekauft, als dieser Herr den Wunsch nach einer Ziege äußerte. Er sagte, er würde immer wieder kommen, und er bezahlt phantastisch. Was wollen Sie? Er ist – vielleicht haben Sie es gesehen – sehr zart gebaut. Darum ... Wenn ihn also nur Emma glücklich machen kann, nicht wahr?«

»Gewiß, gewiß.«

»Alle sind glücklich – der Herr, wir, sogar Emma.«

»Die auch?«

»Die auch. Emma trinkt so gerne Bier. Es gibt nichts Schöneres für sie! Immer, wenn sie benützt wird, stellen wir einen ganzen Eimer voll Bier vor sie hin. Sie sahen es ja gerade.«

»Wird sie nicht betrunken?« erkundigte sich Manuel höflich.

»Total betrunken zuletzt. Aber sie ist dann besonders fröhlich und guter Dinge und läßt Herrn Penkovic praktisch alles tun, was der mit ihr tun will.«

»Wie heißt der Kerl?«

»Vasiliu Penkovic. So nennt er sich jedenfalls. Angeblich Rumäne. Aus Temesvar. Verdient viel Geld.«

»Womit?«

»Spezialaufträge. Er arbeitet für Ost und West. Eine Art Privatdetektiv. Beschäftigt sich hauptsächlich mit der Beobachtung und Bespitzelung von Menschen. Herr Penkovic ist ein Künstler auf seinem Gebiet. Bei mir verkehrt doch wirklich die große Welt. Viele Herren haben sich, wenn Not am Mann war, schon an Vasiliu Penkovic gewandt. Er hat sie alle hervorragend bedient.

Im Moment allerdings scheint es ihm schlecht zu gehen.«

»Woraus schließen Sie das?«

»Er bot mir etwas zum Kauf an, was jemand bei ihm bestellt hatte. Es ist sonst nicht seine Art, solche Doppelgeschäfte zu machen. Er muß also ziemlich dringend Geld brauchen. Und er ist gut informiert, wie immer. Er wußte, als er mich besuchte, zum Beispiel, daß ich Sie kenne. Er zeigte mir, was er zu verkaufen hatte, weil er der Ansicht war, daß es für Sie wertvoll ist. Ich war der gleichen Ansicht, und also kaufte ich. Deshalb bat ich Sie, Traveller-Schecks über einen Betrag von fünftausend Dollar mitzubringen. Sie haben sie doch mitgebracht, mein Freund?«

»Ja. Aber ich weiß nicht, ob das, was Sie da liebenswürdigerweise gleich für mich gekauft haben – warum eigentlich?«

»Weil Penkovic nicht mit Ihnen persönlich verhandeln will.«

»Da sind Sie aber ein Risiko eingegangen.«

»Das glaube ich nicht, mein Freund.«

»Fünftausend Dollar sind eine Menge Geld. Dafür kann man schon etwas verlangen!«

»Sie bekommen auch etwas! Ich bin sicher, daß ich nicht voreilig gehandelt habe. Penkovic ist teuer. Aber er liefert gute Ware.«

»Kann ich sie sehen?« Nora erhob sich, turnte auf den Krücken zu einem kleine Sekretär, entnahm ihm einen Umschlag und kam zu Manuel zurück. »Hier, bitte.«

Er öffnete das Kuvert.

Sechs Farbfotos fielen heraus.

Sie zeigten stets die gleichen drei Menschen – auf der Straße, in einem einsamen Steinbruch, am Rande eines Waldes, immer in eifrige Gespräche vertieft. Die Fotos mußten im Sommer aufgenommen worden sein, in hellem Sonnenschein. Die drei trugen leichte Kleidung. Zwei von ihnen kannte Manuel, den dritten nicht. Der dritte war untersetzt, hatte eine Glatze und Basedowaugen. Von den anderen beiden war der eine ein Mann, der zweite eine Frau.

Der zweite Mann hatte einen olivenfarbenen Teint, schwarz behaarte Hände und schwarzes Kraushaar. Es war jener kleine Ernesto Gomez, Mitglied der argentinischen Botschaft, der Manuel im ›Ritz‹ besucht und fast drohend aufgefordert hatte, seine Nachforschungen in Wien unverzüglich einzustellen und nach Buenos Aires heimzukehren.

Die Frau endlich – Manuel erkannte auch sie sofort, er hatte genügend Aufnahmen von ihr in der vergangenen Nacht gesehen – war Valerie Steinfeld.

55

»Valerie Steinfeld und Ernesto Gomez von der argentinischen Botschaft!«

»Richtig, mein Freund.«

»Und der zweite Mann?«

»Wenn man Herrn Penkovic glauben will, und warum sollte man das nicht, dann ist der zweite Mann ein gewisser Thomas Meerswald. Ein merkwürdiger Mensch. Er...«

»Wieso merkwürdig? Was macht er?«

»Lassen Sie mich doch ausreden! Mein Gott, sind Sie ungeduldig! Die Aufnahmen wurden im Sommer 1966 gemacht, sagte Penkovic. Damals war dieser Meerswald gerade einmal in Wien.«

»Wieso gerade einmal? Wo ist er gewöhnlich?«

»Penkovic sagte, Meerswald hätte zur Zeit, da die Aufnahmen entstanden, eine Fabrik in der Nähe von Wien gehabt – mit Büros in der City. Aber er sei selten anzutreffen gewesen, denn er befand sich andauernd auf Reisen, vor allem durch Südamerika, und da besonders durch Argentinien. Das ist doch merkwürdig – oder?«

»Ja. Und was für eine Fabrik war das, von der Penkovic sprach?

»Er sagte, Herr Meerswald würde Pflanzenschutzmittel herstellen.«

»Was?«

»Pflanzenschutzmittel.«

»Aber das ist . . . das ist doch . . .«

»Beruhigen Sie sich, Herr Aranda. Trinken Sie noch etwas. Habe ich zuviel versprochen? Sehen Sie. Nora Hill verspricht nie zuviel. Sind fünftausend Dollar zuviel bezahlt für diese Bilder? Sie sind nicht zuviel bezahlt für diese Bilder. Und deshalb seien Sie jetzt so freundlich und holen erst einmal Ihr Heft mit den Traveller-Schecks hervor. Sie haben doch gewiß Schecks in jeder vorgedruckten Höhe, nicht wahr? Fünfzig Dollar, hundert, fünfhundert, tausend Dollar auch?«

»Was bedeutet das? Was hatte Valerie Steinfeld mit diesen beiden Männern zu tun?«

»Tausend Dollar auch?«

»Die steckte ja bis zum Hals in der Affäre! Das wird ja immer schlimmer!«

»Herr Aranda!«

»Ja, Tausender auch.«

»Nehmen Sie fünf Tausender-Schecks und schreiben Sie zum zweitenmal Ihre Unterschrift darauf. Ich habe Sie gerne. Wirklich. Ich wollte nur Traveller-Schecks haben, weil Sie die nicht mehr sperren lassen können, wenn ich sie einmal in der Hand halte und meiner Bank präsentiere . . .«

»Unglaublich«, sagte Fedor Santarin. Er lachte bewundernd, während er seinen Brillantring an einem Ärmel rieb. »Nicht zu fassen. Nora, das Goldkind! Penkovic sagte mir, daß er ihr die Fotos für viertausend Dollar verkauft hat. Die erstaunlichste Frau, die ich kenne.«

»Warum erledigt sie eigentlich solche Geschichten für Sie, Santarin?« fragte Jean Mercier.

»Oh, aus reiner Gefälligkeit. Ich tue ihr auch eine, wissen Sie«, sagte der Russe lächelnd. Er saß mit dem Franzosen in dem Zimmer, das wie für ein kleines Mädchen eingerichtet war, zwischen Puppen, Baby-Doll-Hemdchen und Kinderunterwäsche.

Ein Mikrophon an der Esse des Kamins in Noras Wohnzimmer übertrug das Gespräch von Manuel Aranda hierher, wo die Worte aus einem Lautsprecher kamen. Der Nagel, an dem er hing, hielt auch ein Bild Schneewittchens und der Sieben Zwerge. Das Bild befand sich am Kopfende des Bettes, auf dem Fedor Santarin wieder Platz genommen hatte.

»Die Fotos haben mächtig gewirkt«, sagte Jean Mercier. Er saß auf einem kleinen roten Holzsessel. »Die geben ihm den Rest. Sollte er die Absicht gehabt haben, seinen Rückflug nur zu verschieben, dann wird ihn das jetzt dazu bringen, ganz in Wien zu bleiben. Santarin, Sie sind ein Schuft, aber Sie sind auch ein Genie.«

»Ich weiß«, sagte der Russe. Er öffnete ein Märchenbuch, das auf dem Nachttisch neben dem Bettchen lag. Das Buch war eine Attrappe und hohl. Ein Sortiment der verschiedensten Kondome befand sich darin. Der Russe nahm eines, rollte es zwischen zwei Fingern ab und blies es wie einen Luftballon auf. Dann hielt er die Öffnung zu, damit die Luft nicht entweichen konnte und betrachtete die Inschrift auf dem Präservativ. Sie lautete: I LOVE YOU.

»Niedlich«, sagte Santarin. Was sich in Noras Zimmer abspielte, entsprach genau seinem Plan, und Mercier und Grant wußten das. Santarin, der Penkovic seit langer Zeit kannte, hatte den Rumänen mit den Fotos zu Nora geschickt und ihm befohlen, viertausend Dollar für sie zu verlangen. Und Nora war von Santarin angewiesen worden, die Fotos zu diesem Preis zu kaufen, danach umgehend Manuel Aranda in Kenntnis zu setzen und ihm jene Geschichte zu erzählen, die sie gerade erzählt hatte.

»Sie sagen Aranda, Sie hätten die Fotos für ihn gekauft und lassen sich das Geld zurückgeben. Ich schieße Ihnen die viertausend Dollar vor. Sie geben mir den Betrag zurück, sobald Sie ihn von Aranda haben.«

»Und wenn er nicht kauft?«

»Er kauft, seien Sie ganz beruhigt«, hatte Santarin gesagt.

»Viertausend Dollar – so viel Geld?«

»Die Fotos *müssen* so viel Geld kosten, damit sie Aranda besonders wichtig erscheinen. Menschen sind komisch.«

»Wozu wurden die Bilder gemacht? Das sind doch Kopien. Warum haben Sie Penkovic vor zwei Jahren diese Valerie Steinfeld beschatten lassen? Und was versprechen Sie sich jetzt von der ganzen Sache?« hatte Nora gefragt.

»Nicht«, hatte Santarin gesagt.

»Was, nicht?«

»Nicht so viele Fragen stellen, bitte. Penkovic stellt auch keine. Sie tun, was ich ihnen sage, und das ist alles. Verstehen wir uns?«

»Wir verstehen uns«, hatte Nora geantwortet.

»Madame, ich danke Ihnen.« Santarin hatte ihr die Hand geküßt...

»Ja«, sagte der Russe jetzt, auf dem Kinderbett, während er langsam die Luft aus dem Schutzmittel entweichen ließ und es dann wegwarf, »ich denke, nun wird Aranda bleiben. Die Gefahr ist gebannt. Sie waren ganz hübsch aufgeregt bei dem Gedanken, er könnte Wien verlassen, wie, Mercier?«

»Na, Sie und Grant vielleicht nicht?«

»Grant und ich auch«, gab Santarin zu. Er holte die längliche Konfekt-Tüte aus seinem grauen Anzug und offerierte dem bleichen Mercier Bonbons. Der wählte umständlich.

Der Russe sagte, während Mercier kaute: »Ganz am Anfang dieser Geschichte, als Aranda das Manuskript seines Vaters fand, da bestand natürlich *auch* die Gefahr einer sofortigen Abreise. Man hätte sie mit Gewalt unterbunden, nicht wahr, Mercier? Nanu, verschlucken Sie sich nicht. Was haben Sie denn?«

»Sie sind schon ein Schwein«, sagte Mercier. Natürlich hast du und Grant Clairon umlegen lassen, bevor der Aranda umlegen konnte, dachte er.

»Ein kluges Schwein«, sagte Santarin. »Aber Aranda ist nicht abgeflogen. Er blieb. Er hat uns allen doch damals schon am Telefon gesagt, daß er bleibt, bis das Geheimnis enträtselt ist. Also habe ich den Plan gemacht, nach dem wir jetzt vorgehen. Und alles klappte glänzend.«

»Bis Sonntagabend. Da bestellte Aranda plötzlich die Flugkarte. Was war da los?«

»Tja, was?« Natürlich werde ich dir nicht erzählen, daß Aranda erst am Sonntag den Film sah, der zu dem Manuskript gehört, dachte Santarin. Der Film kann auch nicht ausschlaggebend gewesen sein. Keinesfalls. Es ist schon so, wie ich immer angenommen habe: Der junge Mann wußte am Anfang nicht, was in dem Manuskript stand. Erst am Sonntag offenbar, nach dem Besuch bei Yvonne, hatte er den Code-Schlüssel. Das Manuskript wurde dechiffriert. Gut, wollen wir einmal annehmen, daß das Gewissen des jungen Aranda sich daraufhin allzu stürmisch meldete, daß er kopflos heim wollte, um das Wichtigste zu retten, zu vernichten, zu verhindern – aber dann muß *noch etwas* geschehen sein, was ihn von diesem Entschluß wieder abgebracht hat. Und was das war, das weiß nicht einmal ich. Mir fiel sofort Penkovic ein. »Wir werden auch noch herausbekommen, was Aranda so durcheinandergebracht hat«, sagte Santarin zuversichtlich.

»Wenn *Sie* sich dahinterklemmen«, sagte Mercier höflich. Man kann auch zu klug sein, dachte er, ebenfalls zuversichtlich. Du, mein Lieber, hast dafür gesorgt, daß der junge Herr nun mit größter Wahrscheinlichkeit in Wien bleiben wird. Das heißt, daß das Manuskript und der Film seines Vaters in dem Tresor des Anwalts bleiben werden. Herr De Brakeleer ist schon nach Bremen geflogen, um mit seinem Meisterschränker zu reden. Und heute vormittag hat der Inspektor Ulrich Schäfer die Annonce aufgegeben, die morgen im ›Kurier‹ erscheinen wird. Einer meiner Leute war in der Inseratenannahme und wartete, bis Schäfer kam. Der hat genau den Text über den Geigenlehrer aufgegeben, den wir ihm vorschrieben. Sobald das Inserat erschienen ist, werden wir uns mit ihm in Verbindung setzen. Haltet mich nur alle für einen Idioten, etwas Besseres kann mir gar nicht geschehen.

»Nun den letzten Scheck, dann haben wir es überstanden«, ertönte Noras Stimme.

»Das sind die tausend Dollar, die sie einsteckt«, sagte der Russe. »Noch ein Stückchen Konfekt? Zieren Sie sich nicht! Nougat ist am besten.« Und *ob* ich herausbekommen werde, was Aranda so durcheinandergebracht hat, dachte Santarin. Heute nacht noch. Wenn der Graf Romath zu Gilbert Grant kommt. Ich werde auch da sein, ich bleibe nur noch hier, um zu sehen, ob alles glatt läuft, dann verschwinde ich. Dieser Romath wird ausspucken, was er weiß, oder er wird tun, was ich ihm befehle. Aber was geht das dich an, du französisches Fünfgroschen-Hirn?

»Bei Gelegenheit geben Sie mir übrigens zweitausend Dollar«, sagte der Russe. »Wir arbeiten doch jetzt zusammen. Unkosten werden geteilt.«

»Natürlich«, sagte Mercier und dachte: So sieht also der einzige wirkliche Idealist unter uns Dreien aus. Der Franzose wußte einiges über Fedor Santarin. Der Russe hatte nicht nur während des ganzen Krieges gegen Hitler an der Front gestanden, er hatte auch seine Frau, seine Mutter, seine Kinder, er hatte alle Angehörigen verloren. Er war freiwillig Agent geworden. Ein einsamer Fanatiker, der sich zynisch und überlegen gab und in dessen Gehirn ein Gedanke brannte wie ein unauslöschliches Feuer: *Nie, nie, nie wieder soll mein Land überfallen werden können!* Voilà, ein anständiger Mensch, dachte Mercier. Man muß ihn eigentlich bewundern. Ach, zum Teufel mit anständigen Menschen in unserem Metier. Das sind die ärgsten!

»Wenn dieser Meerswald Pflanzenschutzmittel herstellt – war er da auch auf dem Kongreß?« erklang die Stimme Manuels.

»Danke für die Schecks, mein Freund. Auf dem Kongreß?« Noras Stimme hob sich zweifelnd. »Das weiß ich nicht. Sein Betrieb hat zwar Verbindungen in die ganze Welt, aber er ist nicht einer von den wirklich großen, wissen Sie. Ihnen war der Name ja auch unbekannt, nicht wahr?«

»Ja. Madame, kann ich... darf ich...«

»Was denn?«

»Ich müßte telefonieren, aber...«

»Aber Sie haben Angst, Ihr Gespräch könnte abgehört werden, wie?«

»Nora! Nora!« sagte Santarin entzückt. Er blies noch ein Präservativ auf, mit dem Text CHERIE, JE T'AIME. Der Russe lachte. »Schauen Sie, Mercier!

Ob die das in allen Sprachen haben? Was für ein Haus!« Er starrte in das Schachtel-Märchenbuch. »Wo sind wohl die für sowjetische Gäste? Ah, da hätten wir schon eines!«

»Natürlich habe ich Angst«, erwiderte Manuels Stimme dazwischen. »Warum eigentlich? Es kann sich bestimmt jeder denken, wen ich anrufen will!«

In ihrem großen Wohnzimmer streckte Nora Hill den zierlichen Körper auf dem bequemen Sessel.

»Ihren Hofrat, natürlich.«

»Ja. Also könnte ich doch eigentlich ruhig...«

»Ruhig. Da steht der Apparat. 3 45 5 11.«

»Was ist das?«

»Die Nummer des Sicherheitsbüros. Oder wollten Sie ihn schon zu Hause anrufen? Es ist noch nicht einmal halb elf.«

»Sie haben recht.«

Eine halbe Minute später erklang Grolls Stimme aus dem Hörer: »Guten Abend, Manuel. Sie wollen mich sprechen?«

»Dringend, Herr Hofrat. Kennen Sie einen gewissen Thomas Meerswald?«

»Gewiß. Wie kommen Sie auf den?«

»Und einen gewissen Vasiliu Penkovic?«

»Diesen Dreckskerl, freilich! Sagen Sie, Manuel...«

»Was wissen Sie über die beiden?«

»Nicht am Telefon. Wo sind Sie überhaupt?«

»Bei Frau Hill.«

Nach einer kurzen Stille der Verblüffung lachte Groll.

»Herr Hofrat! Ich habe noch eine Entdeckung gemacht! Wann können wir uns sehen?« fragte Manuel. Die sechs Fotos lagen vor ihm auf dem Rauchtischchen. Das Telefon stand daneben. »Ich komme sofort zu Ihnen. Ich...«

»Das geht nicht. Wir haben seit heute früh einen Liebespaar-Mörder im Verhör. Ich kann noch nicht weg. Aber bis zwölf bricht der garantiert zusammen. Wenn es wirklich so dringend ist...«

»Das ist es!«

»...dann kommen Sie nach Mitternacht in meine Wohnung. Porzellangasse, Nummer...«

»Ich weiß, ich komme. Und ich danke Ihnen, Herr Hofrat.«

»Aber rufen Sie vorher aus einer Zelle an. Ich muß die Haustür für Sie aufsperren.«

»Ich rufe noch einmal an.« Manuel legte auf und nahm seine Brieftasche, um die sechs Fotografien hineinzulegen. Dabei glitt der gefaltete Bogen, den er in Valerie Steinfelds Schatulle gefunden hatte, auf das Tischchen.

Er griff schnell danach, doch Nora war schneller.

»Was ist denn das für ein altes Papier?«

»Geben Sie es sofort zurück!«

Nora öffnete den Bogen halb und las laut: »Pasteur 1870: Seidenraupenseuche ...«

In dem Kleinmädchenzimmer fuhr Santarin aus dem Bett hoch.

»*Da!* Ich habe Nora gesagt, sie sollte auf alles achten, was Aranda bei sich trägt!«

»*Bitte*, Madame, geben Sie es mir zurück!« klang Manuels Stimme, laut und heftig. Danach ertönten Schritte.

»Au! Was haben Sie denn? Ich gebe es Ihnen ja schon. Sie waren sehr grob zu mir ...«

»Entschuldigen Sie. Es tut mir leid.«

Wieder erklangen Schritte.

»Pasteur 1870, Seidenraupenseuche ... altes Papier ... ob es *das* ist?« fragte Mercier, der aufgesprungen war.

»Durchaus möglich.« Santarin nickte. »Wenn Nora nachher zu Ihnen kommt, lassen Sie sich dieses Papier genau schildern.«

»Natürlich.«

»Heute bewacht ihr Aranda. Sie gehen dann sofort zu einem Ihrer Streifenwagen draußen. Ihre Leute sollen zu Grants Wohnung fahren und ihm alle Einzelheiten bekanntgeben.«

»Wieso zu Grants Wohnung?«

»Weil ich auch da sein werde. Ich muß schnellstens Bescheid wissen über alles. Ich habe noch eine kleine Unterredung heute nacht.«

»Mit wem?«

»Das erzähle ich Ihnen morgen. Tun Sie, was ich sage!«

»Ja, freilich, gewiß«, stammelte Mercier, erschrocken über Santarins ungewöhnliche Schärfe. Idealisten, dachte er. Das Ärgste! In Noras Zimmer erhob sich Manuel.

»Sie wollen doch nicht schon gehen?«

»Ich ...«

»Wohin? Gerade erst halb elf. Was machen Sie bis Mitternacht?«

»Ich weiß nicht, ich ... Das alles regt mich so auf ... Sie verstehen gewiß ... Diese Valerie Steinfeld ... Mehr und mehr rückt diese Frau in den Mittelpunkt ...«

»Dann werde ich Ihnen am besten ein Stück meiner Geschichte weitererzählen – und damit ein Stück weiter in Valerie Steinfelds Geschichte. Was halten Sie davon? Wenn Sie schon da sind ... Und ich sagte Ihnen doch, daß ich Ihnen alles berichten will, was ich mit Valerie Steinfeld erlebt habe, was ich von ihr weiß ...«

Manuel setzte sich wieder.

»Bitte, erzählen Sie.«

»Gut.« Nora lächelte. »Allerdings habe ich nur bis halb zwölf Zeit. Dann kommt dringender Besuch, und Sie werden mich entschuldigen müssen.«

»Natürlich. Ich fahre dann ja zu Groll.« Manuel steckte die Brieftasche ein. Die sechs Fotografien ruhten nun neben dem Bild, das Irene ihm geschenkt hatte.

»Also, ich habe meinem Freund in Lissabon erzählt, was in Wien geschehen war . . .«

56

». . . mein Gott, ist dieser arme Teufel, der Paul Steinfeld, glücklich gewesen, zu hören, daß es seiner Frau und dem Jungen gut geht und daß sie den Prozeß begonnen haben. Nach Dienstschluß, spät, ging er mit mir noch aus und betrank sich«, sagte Jack Cardiff.

»Ihr habt euch beide betrunken«, sagte Nora lächelnd.

»Wir beide – natürlich. Ich habe den Mann gern, wirklich gern. Ein feiner Kerl. Laß uns nur hoffen, daß weiter alles glatt geht. Inzwischen ist Steinfelds Euphorie natürlich längst wieder abgeklungen. Als ich London verließ, brachte er mich zum Flughafen. Er sieht schrecklich schlecht aus. Aber sag das nicht seiner Frau!« bat Jack Cardiff.

»Natürlich nicht«, antwortete Nora.

»Überhaupt nichts von seinen Ängsten und Sorgen.«

»Kein Wort.«

»Sie würde sonst wieder unruhig werden.«

»Ja. Und sie muß jetzt ruhig sein. Ganz ruhig.«

Dieses Gespräch fand in der Nacht zum 13. Dezember 1942 statt, am Strand von Estoril, dem berühmten Kurort, der 24 Kilometer von Lissabon entfernt liegt. Vollmond beleuchtete die Landschaft, ließ die Wellen mit ihren Schaumkronen blitzen und erhellte den feinen, weißen Sand, den mit Palmen umgebenen Prachtbau des Spielcasinos oben auf dem Hügel, die Fassaden der Luxushotels, die maurischen Villen in ihren riesigen Gärten, den Golfplatz, die alten Palmen und die dunklen Pinienwälder. Aus den Fenstern aller Häuser flutete der Schein strahlender Lichter. Im übrigen Europa waren sie schon lange ausgegangen.

In einiger Entfernung lag das alte Fischerdorf Cascais. Mondlicht fiel auf die Männer, die ausfuhren zum Nachtfang, lautlos, winzige Silhouetten in winzigen Booten.

Der braungebrannte, helläugige Jack Cardiff war bereits vor drei Tagen aus London zurückgekehrt. Seit dem 17. November hatte Nora auf ihn gewartet und voll Sehnsucht und Ungeduld all jene Missionen ausgeführt, die ihr in Wien von ihrem Chef Carl Flemming und in Lissabon von der deutschen Botschaft aufgetragen worden waren. Drei Tage hatte sie dann das Wiedersehen mit Jack gefeiert. Was für Tage! Sie waren nicht aus Cardiffs Wohnung an der Avenida da Liberdade gekommen und selten aus seinem breiten Bett. Heute abend endlich hatten sie beschlossen zum erstenmal auszugehen. Sie waren mit Cardiffs Wagen nach Estoril gefahren, sie hatten im Casino Roulette gespielt und beide gewonnen, sie hatten in dem angeschlossenen Restaurant gegessen, Wein getrunken und waren schließlich zu dem weißen Sandstrand hinuntergewandert.

Der Bademeister war längst nicht mehr da, die Kabinen waren versperrt gewesen. Sie hatten im Freien ihre Badeanzüge angezogen und waren weit hinausgeschwommen. Wieder auf dem verlassenen Strand, hatten sie einander geliebt ...

Jack Cardiff trug ein Tuch um die Lenden, Nora eine Badejacke um die Schultern. Und nun, endlich, hatte er ihr von seiner Begegnung mit Paul Steinfeld erzählt.

Nora richtete sich plötzlich auf, zog die Beine an den Leib und ließ den feinen Sand durch die Zehen rieseln.

»Was hast du, Darling?«

»Steinfeld«, sagte sie. »Jetzt erst reden wir über ihn. Ist es nicht schrecklich, wie rücksichtslos man wird, wenn man glücklich ist?«

»Grauenhaft«, bestätigte er und öffnete ein Lederköfferchen, in dem sich, zwischen Zwingen, eine Flasche Whisky, ein Siphon und ein Thermos mit Eiswürfeln befanden. Zwei Gläser, für die es ebenfalls Zwingen gab, standen neben ihnen im Sand. Jack machte Drinks.

»Mud in your eye.«

»Mud in your eye«, sagte Nora.

Sie tranken.

»Ach, Jack!« Sie legte einen Arm um seine Schulter und streichelte mit ihrem Fuß sein Bein. »Wenn wir nur niemals dafür werden zahlen müssen.«

»Wofür?«

»Daß wir so glücklich miteinander sind.«

Er trank, dann zündete er zwei Zigaretten an, eine für Nora, eine für sich. »Teutonisches Weltschmerz-Gefühl! Ist es der natürliche Zustand des Menschen, unglücklich zu sein?«

»Nicht reden«, flüsterte sie. »Nicht darüber reden. Ich bin auch schon ruhig. Es ist nur so wunderbar ... es wird immer wunderbarer ... jedesmal mehr ...«

Sie sahen beide zu einem weit ins Wasser hinausragenden Steg aus schweren Holzbohlen, der vor ihnen lag und von dessen Ende man schon in beträchtliche Tiefe springen konnte. Auch der Steg glänzte im Mondlicht. Aus der Ferne erklang Musik – eine sentimentale Melodie. Nora legte ihren Arm fester um Cardiffs Schulter. Sie saßen lange so da, schweigend.

»Woran denkst du?« fragte Nora zuletzt.

»Ach, an gar nichts.«

»Doch, sag es!«

»An Whisky«, sagte Cardiff. »Was für eine herrliche Erfindung er ist.«

»Unsinn. Nun sag es schon!«

»Weißt du, es ist zu komisch, ich...«

»Du hast gebetet, ja?«

»Ja«, sagte er.

»Ich auch«, sagte Nora. »Worum hast du gebetet, Jack?«

»Nein, sag du es zuerst.« Er nahm ihr Glas, warf seinen Zigarettenstummel hinüber zu dem Bohlensteg, machte zwei neue Drinks und klirrte heftig mit den Eiswürfeln dabei.

»Ich habe den lieben Gott gebeten, daß er uns diesen Krieg überleben läßt«, sagte Nora. »Und daß wir uns immer weiter so lieben wie heute – auch nachher, im Frieden, in unserem alten Gasthof in Sussex...«

Er nickte.

»Der alte Gasthof. Ich war einmal mit Steinfeld dort und habe ihm alles gezeigt. Das Fachwerk, die Wirtsstube, alle Zimmer, die Pappeln rund um den Gasthof. Er war begeistert. So etwas Schönes hat er noch nie gesehen, sagte er.«

»Ich habe auch für Steinfeld gebetet und für seine Frau und für den Jungen und für die Agnes, und daß wir alle Glück haben mögen, Glück genug, um davonzukommen. Und du? Worum hast du gebetet, Jack?«

»Um genau dasselbe«, sagte er. »Um all das, worum du gebetet hast, Darling, und noch darum, daß wir immer genug Geld haben, um genug Whisky zu kaufen.«

»Ist das wirklich wahr?«

»Ja.«

»Wir haben um dieselben Dinge gebetet«, sagte Nora. »Ganz genau dieselben. Ist das nicht seltsam, Jack?«

»Ich finde, es wäre seltsam, wenn jeder von uns um etwas anderes gebetet hätte. Hier, Darling, dein Glas. Auf daß Gott unsere Gebete auch erhören möge. Wir wollen noch ein paarmal so beten, ja?«

»Ja.«

»Solange der Vorrat reicht«, sagte Jack Cardiff.

Sie tranken.

»Wir sind schon eine komische Rasse, wir Menschen, wie?«, sagte Cardiff.

»Steinfeld ist nicht gesund, weißt du. Seine Frau hat solche Angst, daß

er sich aufregt. Aufregungen sind Gift für ihn. Ich habe auch noch gebetet, daß er keine Aufregungen mehr hat. Ob der liebe Gott es gehört hat?
So viele Menschen beten jetzt zu ihm.«

»Die Gebete jener, die sich lieben, hört der alte Mann mit dem weißen
Bart immer.«

»Dann sorgt er auch dafür, daß sie immer genug Whisky haben«, sagte
Nora.

Cardiff hob einen Finger.

»Nur wenn sie sich so sehr lieben wie wir«, sagte er. »Er muß das Zeug
einteilen, Darling, weißt du. Und es gibt solche und solche Lieben.«

»Und wir haben eine solche?«

»Ja«, sagte Jack Cardiff, »wir zwei, wir haben eine solche.«

57

Am 7. April 1766 gab Kaiser Joseph II. ein 5 365 000 Quadratmeter um-
fassendes Gebiet von Auen und Auwäldern nahe der Donau, das bis dahin
den Habsburgern als Jagdrevier gedient hatte, für die Bevölkerung frei,
›um dorten zu reiten, zu fahren und daselbst sich mit erlaubten Unterhal-
tungen zu ergötzen‹.

Schausteller, Wirte, Kaffeesieder, Lebzelter und Kuchenbäcker siedelten
sich sofort in großer Zahl an. Am Pfingstsonntag 1852 wurde der ›Wur-
stel-Prater‹ eröffnet, 1945 bei schweren Kämpfen zwischen ss und vor-
rückender Roter Armee völlig zerstört und erst nach Jahren vollständig
wiederaufgebaut. Zuletzt gab es wieder die Geister-, Grotten-, Berg- und
Talbahnen, die Liliputbahn, welche durch die Auen fuhr, Restaurants und
Trinkhallen, Kasperl- und Marionettentheater, Schießbuden und Schau-
buden, Lachkabinette, Luftschaukeln, Hippodrome, Kinos, Varietés, Ka-
russells, das Pratermuseum, Tierschauen, sogar noch ein paar Zauberer,
Neonreklamen, tobende Nervenkitzel-Attraktionen und das Riesenrad,
welches, 1945 durch Brand und Bomben fast völlig vernichtet, sich, zur
Gänze erneuert, bereits 1946 wieder drehte.

Es drehte sich auch am frühen Nachmittag des 17. Januar 1943, einem
sonnigen, kalten Tag. Schnee lag seit Wochen über dem Land. Laut Verordnung hatte das Riesenrad auch bei Eis und Schnee in Aktion zu bleiben, ebenso wie alle Vergnügungsbetriebe gehalten waren, das Jahr durch
zu arbeiten.

Soldaten saßen in den Kabinen des Riesenrades, Mütter mit Kindern,
Verwundete mit Krücken oder dicken Verbänden, Krankenschwestern,
junge Mädchen, Angehörige. Die Kinder jubelten. Die Erwachsenen hatten ernste, blasse Gesichter, und sie lächelten bloß manchmal, wenn sie

miteinander sprachen.

In einem Waggon des betagten Riesenrades saßen nur zwei Frauen dicht nebeneinander auf einer Bank. Nora Hill war es durch großes Trinkgeld gelungen, den Angestellten an der Sperre vor dem Einstieg in die Kabine zu bestechen. Sie trug an diesem Tag einen rasierten Bibermantel, der blaugrau schimmerte, einen aufgeschlagenen Filzhut, beige wie ihr zweiteiliges Jackenkleid, braune Schuhe und eine braune Eidechsenledertasche. Sie war so auffällig geschminkt wie immer, und an ihrem rechten Gelenk blitzte das breite Platinarmband mit den großen Brillanten. In der Handtasche lag die automatische Smith & Wesson, die Jack Cardiff Nora vor Monaten gegeben hatte, damit sie immer eine Waffe bei sich tragen konnte, weshalb sie ihrem Chef Carl Flemming die erfundene Geschichte von dem britischen Überläufer erzählen mußte, der sie im Café Pöchhakker ansprechen und diese Pistole als Erkennungszeichen verlangen würde. Der Überläufer war natürlich nicht erschienen, obwohl Nora sich pro forma regelmäßig von dem schweigsamen Albert Carlson, Flemmings Chauffeur, in jenes Café, das knapp außerhalb des Rings, an der verlängerten Kärntnerstraße lag, bringen und zwei Stunden später wieder abholen ließ.

Heute war sie mit Stadtbahn und Straßenbahnen in die Stadt gefahren, um zu ihrer Schneiderin zu gehen und noch andere Dinge zu erledigen, wie sie Flemming gesagt hatte. Sie brauchte den Wagen nicht, sie konnte sehr gut auch wieder mit Straßenbahnen und Stadtbahn in die große, vielzimmerige Villa am Rande des Lainzer Tiergartens zurückkehren. Nora Hill war seit einer Woche in Wien. Diesmal hatte sie Zeit vergehen lassen, bevor sie Valerie Steinfeld anrief und sich mit ihr verabredete.

»Riesenrad. Morgen. 14 Uhr 30. Bei der Kasse.«

Valerie war pünktlich gewesen. Sie trug einen Breitschwanzpersianer – Pauls Weihnachtsgeschenk 1937! –, einen kleinen schwarzen Hut und darunter ein schwarzes Kostüm. Sie war glücklich, Nora wiederzusehen. Kaum hatte sich das Rad in Bewegung gesetzt, fragte Valerie natürlich nach ihrem Mann.

»Es geht ihm ausgezeichnet, er ist sehr glücklich über Ihren Entschluß, den Prozeß zu führen, und er schickt Ihnen all seine Liebe.«

Licht fiel blendend durch die Fenster der Kabine und ließ Valeries blondes Haar aufleuchten, das unter dem Hut hervorquoll.

»Und er ist gesund?«

»Vollkommen.«

»Seine Leber?«

»In Ordnung. Machen sie sich keine Sorgen. Er hat viele gute Freunde, die sich um ihn kümmern.«

»Das ist schön. Davor habe ich nämlich Angst gehabt, daß er sehr einsam sein wird in London.«

Die Kabine, groß wie ein Straßenbahnwagen, war nun bereits ziemlich hoch gestiegen. Häuser in der Tiefe, Menschen und Straßen wurden kleiner und kleiner. Immer neue kamen ins Bild, Kirchen, der Donaukanal, der Strom, die Brücken über ihn. Die Kabine bewegte sich lautlos. Mächtige Eisenträger des Rades glitten an den Fenstern vorüber.

»Wann fliegen Sie wieder nach Lissabon?«

»Ende des Monats. Ihr Mann ist natürlich begierig zu erfahren, wie der Prozeß angefangen hat. Geht alles gut?«

Valerie sah Nora an.

»Könnte nicht besser gehen!« sagte sie strahlend.

»Und was macht Heinz?«

»Der ist begeistert!«

»Ich habe es Ihnen im voraus gesagt. Weil er den Vater haßt.«

»Ja«, sagte Valerie. Sie fuhr schnell fort: »Nach dem Krieg wird das natürlich anders werden, der Bub ist nur verhetzt. Ein guter Bub! Wenn wir erst alle wieder glücklich zusammen sind, wird er seinen Vater gern haben wie früher, wie vor 38. Ganz bestimmt! Das soll Ihr Freund meinem Mann sagen, bitte.«

»Gewiß.«

»Und daß Heinz ein ausgezeichneter Schüler ist«, fuhr Valerie mit betont fröhlicher Stimme fort. »Und daß der Direktor ihn jetzt *besonders freundlich* behandelt, seit er weiß, daß ich den Prozeß begonnen habe.«

»Er *weiß* das?«

Valerie nickte eifrig.

»Ich habe ihn besucht, mit dem Doktor Forster. Ein wunderbarer Anwalt übrigens! Und ihn informiert. Ich war auch beim Gauleiter. Na, die haben Augen gemacht! Und von einer Höflichkeit waren sie!« Valerie lachte wieder herzlich. »Besonders der Friedjung, der Direktor der Chemieschule! Küß die Hand vorn, gnädige Frau, und küß die Hand hinten! Er hat so etwas direkt erwartet, sagte er. Er hat sich nie vorstellen können, daß Heinz kein Arier ist. Dafür turnt er zu gut!«

»*Das hat er gesagt?*« Nora beobachtete Valerie aufmerksam.

»Ja!« Ohne jede Hemmung sprach die schlanke Frau mit den blauen Augen. Ist das Erregung, Freude, das diese Augen feucht glänzen läßt? überlegte Nora. »Der Direktor behandelt Heinz wie ein rohes Ei! Solange der Prozeß läuft, und der kann lange laufen, sagt Forster, wird dem Buben nicht das Geringste geschehen. Endlich muß ich mir keine Sorgen mehr machen. Es war eine wunderbare Idee von meinem Mann.«

»Mein Freund wird ihm alles erzählen. Es freut mich für Sie, daß alles so gut geht, Frau Steinfeld«, sagte Nora. Nun war der Waggon schon sehr hoch gestiegen. Wie Spielzeug sah alles in der Tiefe aus, die Berge des

Wienerwaldes, die weiße Weite hinter der Donau waren zu erblicken.

»Und was ist mit Herrn Landau?«

»Oh, Martin!« Valerie lachte. »Der ist wie verwandelt! Mutig auf einmal, tapfer, frech, ja richtig frech! Den haben wir alle verkannt. Der leidet jetzt nur darunter, daß er in der Partei ist. Darum hat er sich geradezu auf diesen Prozeß gestürzt! Genauso wie die Zeugen, die wir brauchen! Seine Schwester haßt die Nazis! Die wird natürlich alles beschwören, was nötig ist! *Und* die Agnes Peintinger! *Und* die Frau Lippowski...«

»Wer?«

»Bei der haben wir gewohnt, als Heinz geboren wurde. Eine alte Dame. Aber so etwas von mutig! Und wie ich Ihnen helfen werde, Frau Steinfeld, hat sie gesagt. Ich war selber mit einem Juden verheiratet, einer Seele von einem Menschen! Auf mich können Sie sich verlassen! Ja, das hat sie gesagt. Alle halten zu mir und zum Paul! Das muß er wissen!«

Immer noch stieg die Kabine aufwärts, immer mehr Sonnenschein durchflutete sie.

Valerie öffnete ihre Handtasche und kramte darin. Sie sagte: »Das ist wirklich ein idealer Treffpunkt. Kein Mensch kann uns hier belauschen. Und ich will Ihnen alles zeigen. Sehen Sie! Durchschläge, die ich vom Doktor Forster bekommen habe. So fing es an. Das war die Klage, die er eingereicht hat...« Sie gab Nora einige dünne Papiere.

Nora überflog die Seiten.

›An das Landgericht Wien I., Justizpalast... Klagende Partei: mj. Heinz Steinfeld... mit Beschluß des Amtsgerichtes Währing 6 G 503/42 vom 26. 11. 1942, vertreten durch seine Mutter Valerie Steinfeld... diese vertreten durch Rechtsanwalt Dr. Otto Forster, Wien I., Rotenturmstraße 143 (Vollmacht vom 24. 10. 1942)... Beklagte Partei: Ein zur Verteidigung der ehel. Geburt und blutmäßigen Abstammung zu bestellender Kurator... KLAGE wegen Bestreitung der ehel. Geburt und wegen blutmäßiger Abstammung... Streitwert RM 2500...‹

»Da haben wir die ganze Wahrheit auf den Kopf gestellt und behauptet, daß ich immer schon eine schlechte Ehe geführt habe... Aber das hat der Paul doch wollen! Wenn er das lesen könnte, er würde lachen müssen!« sagte Valerie und lachte selber wieder. Sie wies mit dem Finger. »Hier, zum Beispiel...›Die Verschiedenheit im Wesen der beiden Ehegatten‹... Da kommen viele solche Sachen vor! Großartig, nicht?«

»Großartig«, sagte Nora. Sie bemerkte, daß Valeries Hände zitterten. Valerie bemerkte, daß Nora es bemerkte. Sie lachte wieder. »Aufgeregt, ich bin so aufgeregt, weil alles so gut geht! Der Richter, den wir kriegen, ist auch ein Antinazi, sagt Forster. Kann man überhaupt so viel Glück haben?«

Nun hielt die Kabine am höchsten Punkt ihrer Bahn an, leicht schaukelnd.

Jede Kabine hielt hier fünf Minuten lang. Die Millionenstadt lag in der Tiefe, Menschen waren nicht mehr zu sehen, die Häuser winzig klein, die Berge des Wienerwaldes sanfte Hügel, die Donau war ein Bächlein.

Ein Lautsprecher schaltete sich ein.

Metallisch, leiernd, von einer Platte oder Walze, erklang eine ölige Männerstimme. Sie ertönte in jedem Waggon, der den Zenit der Bahn erreicht hatte.

»Das Wiener Riesenrad, ein Wahrzeichen der Hauptstadt der Ostmark und ein Symbol für den weltberühmten Prater, bildet mit seiner weithin sichtbaren Silhouette einen besonderen Anziehungspunkt für alle Besucher Wiens. Man war nicht in Wien, wenn man nicht mit dem Riesenrad gefahren ist...«

»Ich muß Ihnen gratulieren«, sagte Nora, während die Stimme leierte. »Ach, mir! Natürlich bin ich auch sehr froh... aber Paul! Paul wird erst froh sein, nicht wahr? Wann fliegt Ihr Freund wieder nach London?«

»Bald nach meiner Rückkehr.«

»Mein Gott, er soll Paul nur alles genau erzählen! Wie gut alles geht... nichts vergessen... Sie dürfen auch nichts vergessen!«

»Kein Wort«, sagte Nora und las, die Seiten überfliegend: ›... Paul Steinfeld vereinigte nicht nur im Wesen, sondern auch dem Äußeren nach in sich in leicht erkennbarer Weise die typischen Merkmale der jüdischen Rasse... Beweis: zahlreiche vorzulegende Fotografien, Aussagen von Zeugen...‹

»... Das Wiener Riesenrad wurde 1896 von dem englischen Ingenieur Walter Basset errichtet. Die von demselben Konstrukteur gebauten Riesenräder in Chicago, London, Blackpool und Paris wurden bald abgetragen und verschrottet. Nicht so das Wiener Riesenrad...«

›... Der Kläger ist von allen diesen Merkmalen völlig frei, so daß... als über jeden Zweifel erhaben angesehen werden muß, daß er... nicht aus dem ehelichen Verkehr mit dem Ehegatten... sondern aus dem Verkehr... mit Martin Landau stammt...‹

Valerie reichte Nora weitere Papiere.

»Dann ist die erste Tagsatzung gekommen. Das hat bis zum 18. Dezember gedauert... Ich war gar nicht dort, Forster hat mir geschrieben...«

Nora las:

›... findet beim Landgericht am 18. Dezember 1942 statt. Zum Kurator wurde Rechtsanwalt Dr. Hubert Kummer bestellt... ein rein formeller Termin, bei dem Ihre Anwesenheit nicht erforderlich ist... Mit Handkuß, ergebener Dr. Otto Forster...‹

Die Lautsprecherstimme hatte unterdessen weitergeredet.

»... der Durchmesser des Rades beträgt 61 Meter, der höchste Punkt über dem Boden 64 Meter und 75 Zentimeter. Das Rad...«

»Und hier!« Valerie gab Nora einen neuen Bogen.

Diese las.

›. . . wurde dem Kurator Dr. Kummer bei der ersten Tagsatzung eine Frist bis zum 15. Januar 1943 zur Erstattung der Klagebeantwortung erteilt . . .‹

Immer noch schaukelte die Kabine sanft auf der Höhe des Rades, immer noch erklang die Lautsprecherstimme.

»... die Achsenmitte befindet sich 34 Komma 2 Meter über dem Boden. Die Tragkonstruktion aus acht Pylonen wiegt 165 Komma 2 Tonnen...«

Valerie sagte mit strahlendem Gesicht: »Und der Kurator, der Doktor Kummer, ist auch ein Antinazi, hat Forster mir erzählt. Unglaublich, nicht?«

»Ja«, sagte Nora. »Unglaublich. Ein Wunder fast.«

Valerie kramte wieder in ihrer Tasche.

»Bei der ersten Tagsatzung hat Forster den Richter zum erstenmal gesehen, einen gewissen Doktor Gloggnigg. Und er hat mir erzählt, daß er den schon kennt aus anderen Prozessen . . . ein alter Sozi! Hier, bitte, noch ein Brief von Forster . . .«

Nora las:

›. . . 15. Januar 1943 . . . Sehr geehrte gnädige Frau . . . Klagebeantwortung des Kurators nunmehr eingelangt . . . hat das Gericht die mündliche Streitverhandlung für den 20. März 1943, 10 Uhr, Justizpalast, III. Stock, Saal XXIX, anberaumt . . .‹

Valerie sagte atemlos: »Merken Sie, wie die das verschleppen? Streitverhandlung erst am 20. März! Das sind hervorragende Zeichen, sagt Forster. Sind es doch auch, nicht wahr?«

Nora nickte und las:

›. . . die Klagebeantwortung des Kurators ist – wie zu erwarten war – rein formell gehalten und enthält keine erwähnenswerten Gesichtspunkte . . . Mit Handkuß, ergebener . . .‹

»... das Riesenrad dreht sich mit einer Geschwindigkeit von Null Komma 75 Metern in der Sekunde. Wir hoffen, daß Ihnen diese Fahrt noch lange in schöner Erinnerung bleiben wird. Heil Hitler!«

Der Lautsprecher schaltete mit einem lauten Knacken ab.

Gleich darauf setzte sich die Kabine, sanft schaukelnd, ganz langsam wieder in Bewegung.

»Von der Klagebeantwortung des Kurators hat mir der Doktor Forster ebenfalls einen Durchschlag geschickt«, sagte Valerie. »Hier . . .«

Nora nahm einen Briefbogen.

›. . . gewärtige ich zunächst die Vorlage der Urkunden, auf welche sich die Klage beruft, die jedoch derselben nicht angeschlossen gewesen sind . . . Die diesem vermutlichen Urkundeninhalt widersprechende Behauptung, der Kläger sei nicht von Paul Steinfeld, sondern von Martin Landau gezeugt worden, bestreite ich so lange, als nicht der ordnungsgemäße Nachweis für diese Behauptung erbracht wird, welchen Nachweis der Kläger zu führen hat...‹

»Nur das Geschwätz, das er halt schreiben hat müssen, sagt der Doktor Forster«, erklärte Valerie nervös, weil sie sah, daß Nora das letzte Schriftstück weniger rasch überflog als die anderen. »Brauchen Sie gar nicht zu Ende zu lesen!«

»Ich will aber«, sagte Nora.

›... behalte mir vor, gegebenenfalls, je nach schließlicher Gestaltung der Beweisanträge des Klägers, den Antrag auf anthropologische und erbbiologische Untersuchung des Klägers und Begutachtung durch Sachverständige darüber zu stellen, daß die Merkmale der Abstammung von dem nichtarischen Erzeuger vorliegen, bzw. ausgeschlossen sind... Im Hinblick auf die von mir als Kurator bei der ersten Tagsatzung grundsätzlich geltend gemachte Bestreitung beantrage ich im übrigen die kostenpflichtige Abweisung des Klagebegehrens...‹

Das sieht nun gar nicht schön aus, dachte Nora und sagte: »Aber da steht...«

»Ja, ja, ja! Ich bin zuerst auch erschrocken. Doch dann hat Forster mir gesagt, diesen Satz hat der Kurator einfach schreiben *müssen* – um sich zu *schützen!*« Valerie zuckte die Achseln, lachte und verstaute die Papiere wieder in ihrer Tasche. »Hier muß sich doch dauernd einer vor dem andern schützen, nicht wahr? Hat überhaupt nichts zu bedeuten.«

Nun wurden die Spielzeughäuser wieder größer, nun erschienen wieder Menschen auf den Straßen.

Nora sah die scheinbar so frohgemute Valerie an.

»Und wenn man eine Blutgruppenuntersuchung macht?«

»Dann macht man sie eben!«

»Sie sind so optimistisch. Die Blutgruppenuntersuchung kann doch alles zerstören.«

»Kann sie nicht«, sagte Valerie lachend, indessen die Menschen, die Häuser, Kirchen und Straßenbahnen größer und größer wurden, indessen die Erde zu ihnen heraufzusteigen schien.

»Wieso nicht?«

»Forster kennt einen Arzt mit einem serologischen Laboratorium. Wir haben zur Sicherheit unsere Blutgruppen *schon überprüfen lassen*, der Martin, der Heinz und ich! Der Arzt ist absolut zuverlässig. Der sagt kein Wort«, log Valerie fließend. »Da besteht überhaupt keine Gefahr! Und es ist nach diesem Untersuchungsergebnis *möglich*, daß Martin Landau der Vater ist!«

»Großartig«, sagte Nora beeindruckt.

»Bitte nehmen Sie das!« Valerie drückte Nora einen sehr kleinen Gegenstand in die Hand.

Es war ein Reh aus Blei, kaum so groß wie ein Pfennigstück. »1937, zu Silvester, da waren wir eingeladen ... zweieinhalb Monate, bevor er weg mußte, der Paul. Nach Mitternacht haben wir Knallbonbons gezogen. In einem, an dem Paul und ich zogen, war das da ... ein kleines Reh. Wir haben uns so gefreut darüber, denn mein Mann hat mich immer Rehlein genannt, wissen Sie? Weil ich so schlank war. Er hat gesagt, es wird uns Glück bringen, dieses kleine Reh, ich soll es aufheben. Ich, *ich* habe schon Glück hier! Ich möchte, daß es *ihn* jetzt beschützt!« Valerie sprach plötzlich wie ein verlegenes junges Mädchen. »*Er* soll es jetzt haben. Bitte, nehmen Sie es mit nach Lissabon! Und von Lissabon soll Ihr Freund es nach London bringen. Zu Paul. Wollen Sie ...?«

»Natürlich«, sagte Nora Hill und steckte das Stückchen geformtes Blei ein.

Groß waren die Häuser, die Menschen, die Straßen inzwischen wieder geworden.

Nora erhob sich.

»Wir werden uns nicht mehr sehen. Ich melde mich wieder, wenn ich zurück bin. Zuerst steige ich aus der Gondel. Sie folgen und bleiben noch ein paar Minuten hier. Wir kennen uns nicht.«

»Ich danke Ihnen, Fräulein Hill. Ihnen und Ihrem Freund. Der liebe Gott wird Ihnen beiden Ihre Güte vergelten.«

Der Waggon stand still.

Ein Angestellter schloß die gläserne Schiebetür auf. Ohne sich umzublicken ging Nora Hill schnell durch den Schnee zum Praterstern und dem Tegetthoffdenkmal. Dort hielten Straßenbahnen.

Es waren jetzt mehr Menschen beim Rad. Valerie wurde gestoßen, als sie langsam, wie träumend, die Kabine verließ.

»Na! Bewegen S' Ihnen vielleicht!«

Valerie lächelte noch immer. Sie ging in eine andere Richtung als Nora, ein Stück weiter in den Prater hinein.

Sie ging immer langsamer. Das Lächeln war nun von ihrem Gesicht gewischt. Sie taumelte plötzlich. Mit letzter Kraft erreichte sie eine verschneite Bank und ließ sich schwer darauf fallen.

Sie war atemlos wie nach einer übermenschlichen Anstrengung. Der Mund stand offen. Die Lippen waren blutleer. Valeries Hände zitterten, ihr ganzer Körper bebte. Sie saß auf der verschneiten Bank und fühlte plötzlich Schweiß über ihren Rücken rinnen, trotz der Kälte. Alles, was sie denken konnte, war: Paul. Er muß beruhigt sein. Ich mußte lügen. Hoffentlich habe ich gut gelogen. Hoffentlich ist Paul beruhigt. Ach Paul, mein Geliebter. Das Reh ist nun unterwegs zu dir ...

58

»Herein!« sagte Nora laut. Sie hatte vor einer Minute das große Wohnzimmer ihres Appartements im ersten Stock des skurrilen, kreisrund gebauten Hauses am Lainzer Tiergarten betreten. Nun klopfte es. »Herein!«
rief Nora noch einmal. Es war 16 Uhr 40, und es dämmerte schon. Fast
zwei Stunden hatte Nora für die Heimfahrt benötigt.

Die Tür zum Wohnzimmer mit dem breiten Kamin, in welchem ein fröhliches Feuer brannte, öffnete sich. Chauffeur Albert Carlson trat ein.
Elektrisches Licht brannte bereits und ließ Carlsons hageres, hungrig
wirkendes Gesicht mit den stechenden Augen und den zusammengewachsenen Brauen fahl und gespenstisch wie einen Totenschädel erscheinen.

»Ah, Carlson. Was gibt's?« Nora warf ihren Mantel über einen Sessel.
Der Chauffeur trug Zivil. Er starrte sie schweigend an.

»Carlson! Was wollen Sie?«

»Dich«, sagte er heiser.

Sie sah ihn gleichmütig an.

»Haben Sie den Verstand verloren? Scheren Sie sich raus! Los!«

»Aber ich denke doch nicht daran«, sagte Carlson, näherkommend.

Nora hatte schnelle Reaktionen. Sie fuhr herum und griff nach einem Telefonhörer. Ehe sie abheben konnte, hatte er ihr auf die Hand geschlagen.

»Das läßt du sein, kapiert?«

»Ich wollte ...«

»Die Torwache beim Parkeingang anrufen, ja.«

»Nein, Konrad.« Konrad war der Diener.

»Der ist nicht da, Puppe.« Er stand jetzt dicht neben ihr. Sie wollte zurückweichen, doch er hielt eisern ihre Hand fest. »Es ist überhaupt niemand da. Das ganze Personal hat Ausgang bis Mitternacht. Der Chef
kommt erst spät. Ich soll ihn abholen um neun. Nur die Torwache ist da
– und das Tor ist weit weg. Wir haben Zeit genug ... Kein Mensch ist im
Haus ... nur wir zwei ...«

Seine Augen hatten einen glasigen Ausdruck.

Nora war immer weiter vor ihm zurückgewichen. Jetzt stieß sie gegen
eine Wand. Er legte eine Hand auf ihre Brust.

»Lassen Sie das, oder ich schreie!«

»Schrei doch.« Carlson grinste. »Schrei doch, du Hure! So laut du willst!
Hört dich kein Mensch bis zum Parktor.«

»Nehmen Sie die Hand weg!«

Als Antwort riß er das Oberteil des braunen Jackenkleides auf. Nur ein
schwarzes Seidenhemd bedeckte noch Noras Brüste. Sie zeichneten sich
deutlich durch den dünnen Stoff ab.

»Das ist ja eine Wucht!« Er streichelte und kniff beide Brüste über der schwarzen Seide. »Warum immer nur für den Chef? Warum nicht auch für mich?« Er preßte seinen Körper gegen den ihren, sie fühlte seine Erregung.

»Sie... Sie... ich werde das Herrn Flemming erzählen...«

»Einen Dreck wirst du erzählen, du Nutte. Weißt du noch, wie du diese Steinfeld zum erstenmal getroffen hast? In der Buchhandlung, dann in der Stephanskirche?« Er fuhr dauernd mit einer Hand über ihre Brüste, mit der anderen hielt er ihren Arm fest. Sie erstarrte vor Schrecken. »Kannst dich noch genau erinnern, was?«

»Keine Ahnung...«

»Keine Ahnung, sagt sie! Hast mich also wirklich nicht gesehen?«

»Sie waren das? Das war nicht nur...« Nora biß sich auf die Lippe.

»Einbildung von diesem Buchhändler, wolltest du sagen, wie?« Er lachte, und wieder traf sie sein Atem. »Jetzt hast du dich aber schön verquatscht. Nein, das war keine Einbildung! Den blauen Mantel und den Homburg habe ich immer getragen, wenn ich hinter dir her war...« Er kniff eine Brustwarze.

Sie schrie leise auf.

»Immer?«

»Immer, ja«, sagte Carlson. »Seit einem Jahr.«

»Aber warum?«

»Weil ich dich ficken will. Halt bloß das Maul, ja? Damals wußte ich noch nicht genug. Inzwischen habe ich mich erkundigt über diese Steinfeld. Bin auch ihr nach. Zu einem Anwalt namens Forster. Aufs Amtsgericht in Währing. Da habe ich dämlich getan und ein paar Fragen gestellt. Führt einen Prozeß, die Dame. Abstammung von ihrem Balg. Daß das kein Halbjud ist. Der Steinfeld, ihr Mann, ist nämlich ein Jud. Sitzt in England.«

»Das ist nicht wahr!«

»Klar ist es wahr. Habe meine Freunde. Hier und dort. Auch im Justizpalast. Und wo warst du heute? Im Prater! Wieder mit der Steinfeld. Allein im Waggon wart ihr, und gequatscht habt ihr, die ganze Zeit...«

»Das ist doch Irrsinn!«

»Gar kein Irrsinn. Du bist dauernd in Lissabon. Dorthin kann er Nachrichten kommen lassen, der Jud. Die kriegst du. Gibst sie hier in Wien weiter. Der Rückweg ist derselbe. Hat mich eine Weile gekostet, bis ich das alles zusammen hatte. Jetzt ist es soweit. Zieh dich aus.«

»Was... was?«

»Los! Genug gequatscht! Ich will dich jetzt haben. Ich muß dich haben. Ich bin verrückt nach dir. Seit dem ersten Tag. Du, du hast mich behandelt wie Dreck, als wäre ich überhaupt kein Mann...«

»Das ist nicht wahr!«

»...aber jetzt sieht alles anders aus. Ich halte auch das Maul, wenn du mich drüber läßt. Sonst erzähle ich dem Chef alles. So schnell, wie du dann im KZ bist, ist noch keiner reingekommen. Vorwärts!«

KZ? dachte Nora in fieberhafter Eile. Vielleicht. Vielleicht auch nicht, denn Flemming liebt mich und vielleicht läßt er *dich* hochgehen, du Schwein. *Aber Valerie Steinfeld!* Wenn Flemming erfährt, was sie vor hat, ist *sie* in Gefahr, sie und ihr Sohn und Martin Landau. Fremde Leute für Flemming. Auf die wird er keine Rücksicht nehmen! Und wenn er herausbekommt, daß Jack die Verbindung nach London ist, läßt er mich nicht mehr nach Lissabon. Ach was, dachte Nora, die fünf Minuten. Soll der Scheißkerl doch haben, was er will. Es geht um zu viel.

»Bitte, bedienen Sie sich«, sagte Nora Hill verächtlich.

Im nächsten Moment schlug Carlson ihr wuchtig ins Gesicht.

Sie schrie auf vor Schmerz.

»Schrei! Ja, schrei! Das habe ich gerne! Ich bediene mich, du hochmütiges Aas. Aber so, wie ich will... ich hab meine eigene Tour...«

Carlson streckte die Hand aus. Mit einem Ruck riß er Nora den Rock vom Leib. Er starrte die graubestrumpften Beine, das schwarze Höschen an. Wieder griff er zu. Jetzt keuchte er.

»Was soll denn das?« protestierte Nora. »Ich lasse dich ja... ich tue alles... ich...«

Er schlug sie wieder ins Gesicht, auf die andere Wange diesmal. Der Schlag brannte. Der Mann geriet schnell außer sich. Noras Entsetzen wuchs. Ein Irrer... ein Irrer...

»*Hilfe!*« schrie Nora. Sie machte den Versuch, zu entkommen, zur Schlafzimmertür zu rennen. Sie hatte Angst um ihr Leben. Die Angst war stärker als alle Überlegung. Er stellte ihr ein Bein. Hart schlug sie auf den Boden.

Mit zwei Sätzen war Carlson bei der Eingangstür und sperrte ab. Er sprang zu Nora zurück.

»Sei doch vernünftig«, flehte sie. »Du kannst mich ja haben...«

Carlson beugte sich vor und schlug mit beiden Fäusten in Noras Bauch.

»Das ist der Anfang von meiner Tour, verstehst du?«

Nora hatte jede Überlegung vergessen, wilde Panik hielt sie gepackt vor diesem Mann mit dem wirren Haar, den glasigen Augen und dem schweißbedeckten Gesicht.

»*Hilfe!*« schrie sie. »*Hilfe! Hilfe!*«

»Schrei! Schrei! Schrei weiter!« Er zerrte an dem schwarzen Hemd. Es riß knirschend. Wie hypnotisiert starrte Carlson auf die weißen Brüste, die sich mit Noras keuchendem Atem hoben und senkten. »Verrückt... verrückt hast du mich machen wollen mit deinem feinen Getue, du

Hure... Ich bin verrückt nach dir, ja... wirst gleich sehen, wie verrückt...«

»Aber ich lasse dich doch... warum tust du mir weh?«

»Weil es mir Spaß macht... das ist meine Tour...« Er zerrte seine Hose herunter und stürzte sich auf Nora, die sich verzweifelt wehrte, als er die Hände um ihren Hals legte.

»Nicht... nicht... ich...«

»Sehr schön, sehr schön...« Carlson war in Raserei geraten. Blitzschnell löste er seine Seidenkrawatte, schlang sie um Noras Hals und drehte sie zu einem Knebel zusammen. Nora würgte, bekam keine Luft, bäumte sich auf. Er lockerte die Krawatte.

»Davon hab ich geträumt... So will ich es... Hab's an mir selbst probiert... Hinterläßt keine Spuren, die Seide... das ist das Feine...« Er zog mit einer Hand ihr Höschen über die Schenkel. Auch das Höschen riß.

»Bitte... bitte... komm her... tue es... aber nicht...«

Der Knebel drehte sich wieder zu. Schwer fiel Carlson auf Noras nackten Leib, wobei seine Ellenbogen ihre Oberarme trafen, so daß sie diese nicht bewegen konnte. Sie lagen auf einem dicken Teppich vor dem Kamin.

»Mach die Beine breit!«

Sie wand sich unter ihm.

»Wirst... du... die... Beine... spreizen... du... Aas?« Carlson drehte den Knebel zu. Nora rang nach Luft. Sie bekam keine. Der Mund stand weit offen. Der Kopf flog hin und her. Sie öffnete die Schenkel.

Im nächsten Moment war er in ihr, brutal, rücksichtslos. Schmerz ließ sie röcheln. Carlson geriet völlig außer sich.

»So... ja, so... so will ich es haben... so ist es gut... so habe ich es mir vorgestellt. Das machen wir von jetzt an immer so... Jetzt werde ich dir zeigen... dir zeigen... was ein Mann ist!« Er stieß heisere Laute aus. Immer wieder drehte er den Knebel zu. Dann bäumte sich jedesmal Noras Körper auf, die Spitzen der Brüste reckten sich Carlson entgegen, während Nora um ihr Leben kämpfte. Je erregter Carlson wurde, desto öfter zog er die Krawatte zusammen.

Nora fühlte, wie eine Ohnmacht näher kam. Ihr Schoß brannte wie Feuer. Der Mann geriet in ein wahres Delirium. Seine Stöße waren die einer unbarmherzigen Maschine.

»Ah... jetzt!«

Nora bewegte sich nicht mehr. Sie hatte das Bewußtsein verloren. Als sie wieder zu sich kam, war sie allein. Sie besaß keine Vorstellung davon, wie lange sie so auf dem Boden gelegen hatte, nackt, besudelt, mit verdrehten Gliedern. Es war dunkel im Raum, nur das Kaminfeuer erleuchtete ihn. Vorsichtig richtete Nora sich auf. Als sie versuchte, einen Schritt zu machen, fiel sie um.

Erst nach einer Weile hatte sie genügend Kraft, um durch den Wohnraum in ihr Schlafzimmer zu taumeln und das elektrische Licht anzudrehen. In einem Spiegel betrachtete sie sich. Ihr Gesicht war kreideweiß, das Make-up verschmiert. Sie hob den Kopf, um den Hals sehen zu können. Keine Spur, wie Carlson gesagt hatte. Nackt, mit herabhängenden Strümpfen, ohne Schuhe, stand Nora da. Sie ließ sich auf ihr Bett fallen. Keuchend starrte sie zur Deckenlampe empor.

»Und das machen wir jetzt immer so!«

Sie fuhr zusammen.

Sie hatte Carlsons Stimme gehört, deutlich, ganz deutlich!

Entsetzt sah sie zur Tür.

Da war niemand.

Einbildung. Angst.

Aber er war da, er war im Haus. Oder holte er schon Flemming ab? Dann mußte sie sich waschen, schminken, umziehen, die zerrissenen Kleidungsstücke verstecken, damit Flemming nichts merkte, wenn er kam. Sie erhob sich halb...

»Und das machen wir jetzt immer so!«

Die Worte klangen in ihren Ohren. Sie preßte beide Hände an den Kopf. Todesangst habe ich durchlitten, gräßliche Todesangst. Wenn ich mich ergebe, wenn ich nichts gegen Carlson unternehme, wird er es wirklich wieder und wieder mit mir tun auf ›seine Tour‹. Und wenn er einmal in der Ekstase den Knebel zu fest und zu lange anzieht?

Das halte ich nicht aus. Nicht ein einziges Mal mehr.

Aber was soll ich tun? Wenn ich mich wehre, verrät er mich. Und was geschieht dann mit all diesen Menschen? Nora vergrub den Kopf in den Händen, die nackten Arme auf die nackten Knie gestützt. Sie überlegte verzweifelt...

Als Carl Flemming, groß, stark, gut aussehend, mit kurzgeschnittenem, drahtigem Haar, das an den Schläfen schon ergraute, eineinhalb Stunden später nach Hause kam, eilte er sofort in den ersten Stock, klopfte an Noras Tür und trat schnell ein. Sie saß beim flackernden Kaminfeuer, rauchte und hielt ein Glas in der Hand.

»Mein Herz...« Der Chef des Wiener ›Arbeitsstabes Flemming‹ des Berliner Auswärtigen Amtes eilte auf Nora zu und küßte sie zärtlich. »Entschuldige, es hat lange gedauert heute. Ich mußte in der Stadt essen...«

»Carl.«

Ihre Stimme ließ ihn aufhorchen.

»Was hast du?«

»Ich muß dir etwas erzählen. Setz dich, bitte.«

»Was, jetzt gleich?«

»Jetzt gleich, ja«, sagte Nora Hill, trank ihr Glas aus und stellte es fort.

»Was gibt's, Nora? Was mußt du mir sagen?« Er sank neben ihr in einen Sessel.

»Eine Menge«, antwortete Nora Hill. »Es handelt sich um eine gewisse Valerie Steinfeld ...«

59

»Was haben Sie Flemming erzählt?« Manuel starrte die Frau mit den gelähmten Beinen, die ihm gegenübersaß, verblüfft an.

»*Alles*«, sagte Nora Hill. Sie hob ihre Zigarettenspitze, sog den Rauch ein und blies ihn durch die Nase wieder aus. »Nach reiflicher Überlegung schien es mir der beste Weg. Ich erzählte ihm die ganze Geschichte. Hier. In diesem Raum. Vor diesem Kamin.«

»Sie haben Valerie Steinfeld verraten?«

»Das sage ich doch. Valerie Steinfeld und Martin Landau, den ganzen Plan des Prozesses ... alles.«

»Und Flemming? Wie reagierte er? Was geschah danach?«

Es klopfte.

»Ja!« Nora Hill sah zur Tür.

Georg, seit langer Zeit Noras Geliebter, Vertrauter und Vertreter, trat ein. Sein Smoking war tadellos gebügelt wie immer und seine plissierte Hemdbrust makellos rein.

»Ich bitte um Verzeihung, Madame, aber es ist schon fünfzehn Minuten vor zwölf. Der Herr wartet seit einer halben Stunde. Er läßt sagen, daß er Madame dringend bittet, zu kommen.«

»Was, schon dreiviertel?« Nora machte ein erschrockenes Gesicht. »Wie die Zeit vergeht, wenn man erzählt! Man vergißt ganz die Gegenwart, nicht wahr, Herr Aranda?« Nora Hill hatte die Gegenwart, während sie erzählte, keinen Augenblick vergessen. Unterhalb des breiten Randes aus Lapislazuli-Steinchen, der den Kamin umgab, befand sich neben Noras Sessel ein Klingelknopf. Durch Druck auf ihn konnte sie jederzeit Georg herbeirufen. Er hatte auf den Ruf gewartet an diesem Abend. Und Nora hatte den Knopf gedrückt, als sie Manuel gerade berichtete, wie Carl Flemming an jenem Abend vor sechsundzwanzig Jahren in denselben Raum getreten war, in dem sie sich nun befanden.

»Sagen Sie dem Herrn, ich bitte um Verzeihung und komme sofort, Georg.«

»Gewiß, Madame.«

»Und bringen Sie Herrn Aranda zu seinem Wagen.«

»Ja, Madame.«

»Aber hören Sie ... Sie können doch nicht gerade jetzt ...« Manuel war aufgesprungen.

Nora griff nach den Krücken und erhob sich.

»Es tut mir leid, mein Freund.«

»Bitte, erzählen Sie mir wenigstens, was geschehen ist, nachdem Sie Flemming alles gebeichtet hatten!«

»Ich muß diese Unterhaltung jetzt wirklich abbrechen. Ich sagte Ihnen doch, ich erwarte heute noch wichtigen Besuch – erinnern Sie sich nicht?«

»*Bitte!* Bitte, noch fünf Minuten!«

»Ausgeschlossen. Wissen Sie, wer der Mann ist? Ich sage es Ihnen, weil ich sicher bin, daß Sie mich nicht verraten werden. Ein Steuerfahnder ...«

»Steuerfahnder?«

»Ich habe eine Betriebsprüfung.«

»*Hier?*«

»In einem anderen Teil meiner Betriebe – in den Bars. Hier könnte ich keine bekommen.«

Diener Georg beeilte sich, zu erklären: »Prostitution ist nämlich in Österreich steuerfrei. Entscheidung des Verwaltungsgerichtshofs!«

»Ja«, sagte Nora, »tatsächlich. Nach dem Gerichtsscheid bringt Prostitution eine ›Abnützung und Wertminderung des eigenen Körpers‹ mit sich. Abgaben an das Finanzamt kämen also einer Doppelbesteuerung gleich. Und die wäre natürlich unstatthaft. So weit, so schön. Aber in den Bars stimmt einiges nicht, wie Sie sich denken können. Zum Glück ist der Prüfer ein verständnisvoller Mann, nicht wahr, Georg?«

»Sehr verständnisvoll, Madame. Deshalb kommt er jetzt auch hierher.«

»Wir müssen eben sehen, wie wir gewisse Dinge zurechtbiegen ... Sie verstehen ... Georg ...«

Der Diener berührte Manuels Arm.

»Lassen Sie mich los!« Manuel schlug nach ihm.

Georg packte den Arm plötzlich hart.

»Nicht, Herr«, sagte er lächelnd. »Tun Sie das nicht. Kommen Sie, ich bringe Sie hinunter.«

»Madame ... Madame, *etwas* Zeit wird das doch noch haben, bitte ...«

»Leider nicht, mein Freund. Ich darf den Beamten nicht länger warten lassen. Und es wird stundenlang dauern. Dabei muß dieser Mann morgen früh ganz zeitig im Amt sein. Wir haben Probleme von ziemlichem Ausmaß zu bewältigen. Sie entschuldigen – es geht um sehr viel Geld ...«

»Madame ...«

»*Nein.* Machen Sie mich nicht ärgerlich, Herr Aranda! Ich sage doch: Kommen Sie wieder. Ich habe noch viel zu erzählen. Und vergessen Sie Ihren Hofrat nicht. Der wartet ab zwölf auf Sie. Es ist fast Mitternacht. Sie kommen ohnedies zu spät. Sie könnten gar nicht mehr hierbleiben, auch wenn ich Zeit hätte. Schließlich sind die Fotos doch im Moment wichtiger als alles andere – oder?«

Manuel gab auf.

»Sie haben recht.«

»Aber Sie rufen an! Sie kommen wieder!«

»Bestimmt.«

»Gut.« Sie reichte ihm eine kühle, trockene Hand. Er küßte sie.

»Mein Herr«, sagte Georg.

»Machen Sie sich keine Mühe! Ich kenne mich hier schon aus.«

»Nein, nein, ich begleite Sie selbstverständlich. Madame wünscht es so.«
Die beiden Männer sahen einander an. Georg lächelte unerschütterlich.
Manuel zuckte die Schultern. An der Seite des Dieners verließ er den
Raum, nachdem er sich vor Nora verneigt hatte.

Sie wartete einen Moment, dann schwang sie auf ihren Krücken in den
Gang mit den vielen Türen und den neunundvierzig Stellungen des Giulio
Romano hinaus. Manuel und Georg verschwanden eben hinter einer Bie-
gung vor der Treppe, die in die Halle hinabführte. Musik, Stimmen und
Gelächter drangen zu Nora herauf.

Sie wartete wieder einige Sekunden, dann schwang sie den Gang hinab.
Die Lämpchen über manchen Türen brannten, auch die über der des
›Kleinmädchen-Zimmers‹, das Nora betrat, ohne anzuklopfen.

Jean Mercier erhob sich aus dem roten Sesselchen.

Nora warf die Tür hinter sich zu.

»Großartig, Madame, ganz großartig!« rief der Franzose.

»Santarin schon fort?«

»Er ist erst vor einer halben Stunde gegangen. Bis dahin haben wir beide
alles gehört, was Sie dem jungen Aranda erzählten. Santarin läßt sich
herzlich bedanken. Er ist so zufrieden wie ich. Aber daß Sie Ihre Erzählung gerade an dieser Stelle unterbrochen haben, das war die Spitze!
Herrlich! Und *ob* Aranda nun wiederkommt!«

»Ja, davon bin ich auch überzeugt«, sagte Nora Hill und dachte: Wenn
ich bloß nicht so sehr in der Hand dieser gottverfluchten Hunde wäre. Sie
fragte lächelnd: »Hat Ihnen der Film mit dem Fliegenden Holländer geholfen?«

»Außerordentlich, Madame. Ich bin Ihnen sehr verbunden für Ihre
Hilfe ... Und nun verraten Sie mir bitte noch schnell, was für ein Papier
das ist, das Aranda bei sich trägt. Alt ... Pasteur ... Seidenraupenseuche ... Santarin bittet Sie, es nun mir zu sagen ... Er hat das alles mit Ihnen besprochen, nicht wahr?«

»Ja.« Nora seufzte. »Also passen Sie auf ...«

60

Der Hofrat Wolfgang Groll trug seinen alten Morgenmantel und Pantoffel. Die Krawatte hatte er abgelegt, das Hemd geöffnet. Er stand vor dem
summenden Samowar in seiner Bibliothek und füllte zwei Tassen mit
Tee. Eine stellte er auf den Schreibtisch, auf dem sich Bücher und Manuskripte häuften, die andere reichte er Manuel, der in einem tiefen Fauteuil
saß.

»Zucker . . . Zitrone . . .«

Der beleibte Kriminalist mit dem silbernen Haar, der, wie es schien, keine
Ermüdung kannte, eilte hin und her, öffnete den Flügel eines Fensters und
kehrte schließlich in seinen geschnitzten hohen Lehnstuhl hinter dem
Schreibtisch zurück.

Am Fuß der Bronzelampe lehnte der kleine vergoldete Rahmen, in dem
sich, unter Glas, ein goldgelbes Ginkgo-Blatt befand.

Im Lichtkegel lagen das Papier mit der Handschrift von Manuels Vater
und davor die sechs Farbfotos, die Manuel von Nora Hill gekauft hatte.
Groll nahm die Zigarre aus dem Mund, schlürfte Tee, rauchte wieder und
biß sich auf die Lippe.

»Na!« sagte Manuel.

Es schien, als schreckte der Hofrat tief aus Gedanken auf.

»Jetzt haben Sie aber wirklich Zeit genug gehabt«, meinte Manuel.

»Zeit wozu?«

»Nachzudenken, was Sie mir zu all dem zu sagen haben. Oder ist Ihnen
das so sehr in die Glieder gefahren?«

»Ja«, sagte Groll, »das ist es. Wie dieser Bogen zu Frau Steinfeld gekommen sein kann, das weiß ich nicht. Dazu kann ich überhaupt nichts sagen.
Das ist . . . unheimlich ist das! Und in Verein mit den Fotos . . .«

»Ja? Ja?«

»Es gibt Fälle, die man nicht lösen kann. Ich fürchte, das ist so ein Fall.«

»Aber wieso? Ich finde, wir kommen einer Lösung näher und näher!«

Groll seufzte.

»Sie kennen die drei Menschen auf den Fotos! Das haben Sie selber vorhin
gesagt – oder nicht?«

Groll seufzte wieder.

»Das habe ich gesagt. Und nach Ihrer Beschreibung ist der Mann, den Sie
bei Nora Hill in . . . in Aktion sahen, auch Vasiliu Penkovic.«

»Und warum hat er die Fotos aufgenommen?«

»Ich habe keine Erklärung dafür . . . keine stichhaltige.«

»Dann fragen Sie diesen Penkovic doch! Lassen Sie ihn kommen.«

»Das geht leider nicht«, sagte der Hofrat trist.

»Warum nicht?«

»Penkovic hat sich in unserem Land schon einiges geleistet, das dringend aufklärungsbedürftig war – und noch ist. Denn immer, wenn man ihm an den Kragen wollte, bekam das Innenministerium von den Sowjets einen Wink. Höflich, verstehen Sie? Eine Bitte, nur ein kleiner Wunsch. Man möge Herrn Penkovic doch in Ruhe lassen. Wenn man es nicht täte, könnte die Sowjetunion das als einen unfreundlichen Akt ansehen.«

»Und so wird man Herrn Penkovic also immer weiter in Ruhe lassen!«

»Manuel...« Groll strich sich durch das Haar. »Nach allem, was Sie bisher mit unseren Behörden erlebt haben und was ich Ihnen über die Situation Österreichs erzählte – glauben Sie, daß irgend jemand es wagen würde, vorsätzlich die Sowjets zu verärgern? Nein«, sagte Groll, »das ist das Verfluchte an dieser Geschichte! Ich kenne Penkovic gut. Affären um Fotos, die er aufgenommen hat und die dann irgend jemandem zugespielt wurden, gab es schon ein paarmal. Wir haben uns mit Herrn Penkovic unterhalten, ihn höflich gebeten, uns zu *helfen*.«

»Und?«

»Er mußte immer herzlich um Entschuldigung bitten: Er hatte keine Ahnung, wovon wir redeten. Was wir mit ziemlicher Sicherheit wissen: Penkovic übernimmt – er ist ein glänzender Mann für so etwas – häufig Aufträge von sowjetischer Seite, Leute zu beschatten und zu fotografieren« – Groll wies auf die Bilder – »wie hier. Nur hat er diesmal auch noch ein zweites Geschäft daraus gemacht.«

»Welches Interesse hatten die Sowjets daran, diese drei Menschen zu beschatten?«

»Nun, vielleicht wollten sie herausbekommen, ob die Amerikaner Entwicklungsaufträge für B- und C-Waffen erteilt hatten. Vielleicht waren sie auch schon weiter und verdächtigten Ihren Vater, von sich aus zu experimentieren. Immerhin *wußten* sie es zuletzt, und Ihr Vater verkaufte seine Erfindung an Sowjets *und* Amerikaner...«

»Ich verstehe kein Wort«, sagte Manuel.

»Sie werden gleich verstehen. Dieser Gesandtschaftsattaché Ernesto Gomez arbeitete seit langer Zeit mit Thomas Meerswald zusammen, das wissen wir.«

»Was heißt das! Sie arbeiteten zusammen?«

»Meerswald gelang es, Gomez für sich zu gewinnen. Vielleicht gab er ihm Geld. Vielleicht ist Gomez ein Idealist. Auf alle Fälle ist er eine Ausnahme. Denn sonst weiß ich nichts darüber, daß argentinische Vertretungen im Ausland derlei Dinge untersuchen.«

»*Was?*«

»Sehen Sie: Es gibt eine ganze Menge deutscher Betriebe in Argentinien mit hochqualifizierten Spezialisten! Vielleicht gibt es darunter auch getarnte Rüstungsbetriebe. Ich weiß es nicht. Jedenfalls halten sich, das ist bekannt, in diesen Betrieben zahlreiche Nazi-Kriegsverbrecher verborgen. Gomez hat Meerswald geholfen, solche Nester aufzustöbern.«

»Warum? Was konnte Meerswald tun?«

»Meerswald war ein Fanatiker.« Groll betrachtete den untersetzten Mann mit den Basedow-Augen und der Glatze auf einem der Fotos. »Er hatte eine Fabrik für Insektenbekämpfungsmittel in Wien. Aber die diente ihm nur als Tarnung.«

»Verstehe ich wieder nicht!«

»Meerswald war in Wirklichkeit einer der größten Jäger gesuchter Personen und verborgener Produktionsstätten für Massenvernichtungsmittel in ganz Südamerika. Er hatte ein Dokumentationszentrum in seinem Stadtbüro aufgebaut. Angeblich in Geschäften, in Wahrheit aber immer auf der Jagd, war er dauernd unterwegs in der ganzen Welt. Er hatte viele Mitarbeiter. Aber alle heißen Spuren verfolgte er selber.«

»Warum reden Sie in der Vergangenheitsform von ihm?«

Der Hofrat strich um die Linien des Ginkgo-Blattes.

»Weil er tot ist.«

»*Tot?*«

»Man fand ihn am Morgen des vierundzwanzigsten November 1966 erschossen im Zimmer seines Hotels in Buenos Aires. Der Täter wurde nie entdeckt. Am gleichen Tag explodierte hier im Dokumentationszentrum eine Brandbombe. Das Büro und alle Unterlagen wurden völlig eingeäschert, ein Panzerschrank glühte durch. Es war das perfekte Verbrechen – in zwei Teilen, auf zwei Kontinenten. Auch hier in Wien haben wir nie eine Spur gefunden«, sagte der Hofrat Groll.

61

Und der Schnee fiel vor dem halb geöffneten Fenster, lautlos, weiter, weiter, ohne Ende.

Groll erhob sich und füllte die Teetassen nach.

»Nun? Werden Sie langsam meiner Meinung, daß dies ein Fall ist, den man nicht lösen kann?«

»Nicht lösen?« Manuels Augen glühten, sein Gesicht war weiß. »Und ob ich ihn lösen werde! Jetzt erst recht! Jetzt bringt mich nichts mehr davon ab!«

»Ja, Jimmy«, sagte Groll leise.

»Was? Ach – lassen Sie das doch!« Manuels Worte überstürzten sich. »Es gibt nur eine Erklärung dafür, daß Valerie auch auf diesen Bildern ist! Sie war eingeweiht! Vielleicht eine Mitarbeiterin Meerswalds! Vielleicht wußte sie sogar, was mein Vater tat – schließlich hat sie ihn zuletzt getötet. Es sieht also ganz so aus!«

»Eine Sache kann so aussehen und doch ganz anders sein«, sagte Groll.

»Valerie Steinfeld – eine Frau! – tötet Ihren Vater, weil der ein Nervengift herstellt? Manuel!«

»Haben Sie eine andere Erklärung?«

»Eben nicht.«

»Also!«

»Wenn Valerie Steinfeld etwas gewußt hätte, dann hätte auch Gomez es gewußt – und Ihr Vater wäre von den Behörden in *Argentinien* zur Rechenschaft gezogen worden und nicht von einer alten Frau hier in Wien. Das ist doch Irrsinn!«

»Diese Fotos sind kein Irrsinn! Man kann Neutralität auch übertreiben, Herr Hofrat! Wenn Ihnen schon die Aktivitäten von Gomez und Meerswald bekannt waren, warum haben Sie dann Valerie Steinfeld nicht im November 1966, als Meerswald ermordet wurde...« Manuel brach ab.

»Valerie Steinfeld verhört?« fragte Groll. »Sie haben Ihre Frage schon selber beantwortet, nicht wahr? Weil wir damals noch keine Ahnung hatten, daß sie mit beiden Männern in Verbindung stand. Das erfahre ich heute nacht – durch diese Fotos. Und jetzt können wir Valerie Steinfeld nicht mehr fragen.«

»Mein gottverfluchter Vater«, sagte Manuel. Die Tasse, die er in der Hand hielt, klirrte gegen die Untertasse. Er starrte den Kriminalisten an. »Warum?« fragte er. »Warum, Herr Hofrat? *Warum?* Warum hat Nora Hill von Meerswald so gesprochen, als ob er noch lebt?«

»Wahrscheinlich mußte sie lügen. Auch sie wird unter Druck stehen, ganz bestimmt, schon lange.«

»Warum...« Manuel sah Groll hilflos an. »Warum die Lügen... der Terror... die Erpressung... das Gift? Warum die Toten? Warum müssen Menschen einander töten? Ermorden und vernichten – seit Jahrtausenden? Immer perfekter, immer skrupelloser? Warum?«

Groll strich über ein loses Deckblatt der Virginier.

»Beim Menschen«, sagte er, »gelten nicht die gleichen Tötungshemmungen wie bei allen Tieren, die in sozialen Verbänden zusammenleben.«

»Aber weshalb nicht?«

»Ich will es Ihnen zu erklären versuchen, Manuel...« Groll hielt den dünnen Rahmen der Glasscheibe, unter der sich das Ginkgo-Blatt befand, als wolle er sich auf etwas stützen. »Bei den Tieren ist es doch so, nicht wahr: Kommt es zum Kampf mit einem Artgenossen – etwa um ein Weibchen oder um den Besitz eines Reviers –, dann ist schließlich einer der Überlegene...«

»Ja. Und er könnte den andern umbringen! Die Waffen dazu – Zähne, Krallen, Gehörn – besitzt er!« Manuel richtete sich auf. »Aber er tut es nicht!«

Groll nickte.

»Er tut es nicht. Der Unterlegene flieht entweder und wird eine Weile verfolgt – oder er streckt, falls er nicht fliehen kann, die Waffen, mit einer Demuts-, einer Unterwerfungsgeste. Beim Hund kann man das oft genug sehen. Wie unter seinen Vorfahren, den Wölfen, üblich, wirft sich der Besiegte auf den Rücken und bietet dem Sieger die ungeschützte Bauchseite. Mit dem Erfolg, daß beim Sieger automatisch eine instinktive, also eine angeborene Hemmung einklinkt: Er *kann* einfach nicht zubeißen.« Groll redete eindringlicher. »Natürlich gibt es gelegentlich Unglücksfälle. Ein Hirsch forkelt einen andern zu Tode. Aber das sind Ausnahmen. Auch bei Hundebeißereien gibt es Todesfälle. Das kommt daher, daß solche Hunde, wie es oft bei Haustieren geschieht, diesen oder jenen Instinkt – in unserem Fall den der Tötungshemmung – verloren haben.«

»Und warum ist es beim Menschen anders?« rief Manuel. »Warum hat Valerie Steinfeld meinen Vater umgebracht? Warum ist Meerswald umgebracht worden? Warum hat mein Vater den Tod der ganzen Weltbevölkerung vorbereitet und ermöglicht – ohne Skrupel, ohne Gewissen?«

»Das hat mancherlei Gründe, unter anderem auch schlicht biologische.« Groll trank wieder. Er trank viel Tee, wenn er nachts schrieb, arbeitete, sprach. »Es fing damit an, daß der Mensch, im Gegensatz zu seinen Affenverwandten, nicht mit den Zähnen kämpft, sondern mit den Händen. Nur Kleinkinder beißen in Angriff und Abwehr. Solange der Mensch noch mit den Händen zupackte oder zuschlug, war kaum mit Todesfällen zu rechnen. Schlimmstenfalls ging es zu wie in einem Krimi, in dem Gangster und Polizisten sich prügeln. Dann aber kamen die Vormenschen auf die Idee, mit Knüppeln und Steinen auf tierische Feinde oder Beute loszugehen – und anschließend aufeinander.« Asche fiel über Grolls Schlafrock, er bemerkte es nicht. »Knüppel und Stein waren der Anfang der Fernwaffen – vom Pfeil und vom Speer über das Gewehr bis zur Fliegerbombe und zur Interkontinentalrakete, zur Bakterienbombe und zum abgesprühten Bazillengift. Die Gegner rückten immer weiter auseinander! Die Beschwichtigungs- oder Unterwerfungsgeste – die geöffnete, unbewaffnet erhobene Hand, die man dem Feind zukehrte – ist längst überhaupt nicht mehr zu sehen!«

»Das genügt mir nicht. Ich...«

»Warten Sie! Die Hauptsache aber ist, daß wir Menschen – wie jene Hunde, die ihre Gegner umbringen – im Lauf unserer Entwicklung eine ganze Reihe von Instinkten *verloren* haben, weil wir uns sozusagen zu Haustieren unserer selbst machten – und zu dem, was da verschwunden ist, gehört wohl auch die instinktive Tötungshemmung! Indem unser Großhirn die stammesgeschichtlich älteren Hirnteile buchstäblich überwuchert hat, indem es uns die tödlichsten Waffen hat erfinden lassen, sind gleichzeitig jene angeborenen Mechanismen geschrumpft, die ihren Sitz im Zwischenhirn hatten. Und zu ihnen gehörte das alte Gesetz: Du sollst nicht deinesgleichen töten. Kain, lieber Manuel, steckt in jedem von uns. Genügt Ihnen das?«

Manuel nickte.

»Ja, das genügt mir.« Er sprach langsam und sehr deutlich. »Jetzt begreife ich mich selber. Jetzt weiß ich, warum ich nicht aufhören werde, diesen Fall zu verfolgen, auch wenn er unlösbar ist, wie Sie glauben. Nun bin ich der Jäger, der Menschenjäger bin ich nun! Je mehr mich abstößt, was mein Vater getan hat, desto stärker zieht es mich an.«

Das seltsam gespaltene Blatt betrachtend, dachte Groll an zwei Sätze Goethes in dessen ›Campagne in Frankreich‹: ›Ich hatte mir aus Kants Naturwissenschaft nicht entgehen lassen, daß Anziehungs- und Zurückstoßungskraft zum Wesen der Materie gehören und keine von der anderen im Begriff der Materie getrennt werden könne. Daraus ging mir die *Urpolarität* aller Wesen hervor, welche die unendliche Mannigfaltigkeit der Erscheinungen durchdringt und belebt...‹

62

Eine Stunde zuvor...

»Ein Bogen altes Papier«, sagte Fedor Santarin.

»Schon brüchig und gelb«, sagte Gilbert Grant.

»Mit der Hand beschrieben.«

»Erste Zeile: ›Pasteur 1870, Seidenraupenseuche‹!«

»Zweite Zeile: ›Erreger Mikroben‹.«

»Dann etwas von Insekten.«

»Und von bakteriellen Toxinen und Schädlingsbekämpfung – oder so ähnlich.«

Grant und Santarin beschrieben das Papier in Manuel Arandas Brieftasche so genau, wie Nora Hill es Jean Mercier hatte beschreiben können, wie dieser es der Besatzung eines seiner Streifenwagen beschrieben hatte, wie ein Mann der Besatzung es Gilbert Grant beschrieb – knapp vor Mitternacht.

»Nein«, sagte der Graf Romath. »Ich habe nie von diesem Papier gehört. Aranda hat nicht mit Landau darüber gesprochen.«

»Sie lügen, Sie alter Päderast«, sagte Grant schwerzüngig. Sein Gesicht war sehr rot, rot waren die Äderchen in den Säuferaugen. Er hielt ein Glas mit Bourbon in der Hand.

»Ich sage die Wahrheit.« Romath tastete nach der Perle an seiner Krawatte. Nein, dachte er, nein. Ich habe genug.

»Graf«, sagte Santarin, charmant lächelnd, »warum streiten Sie es ab? Sie haben doch schon am Nachmittag gehört: Es ist noch ein zweiter Mann im Hotel. Und dieser Mann erklärt, daß Aranda und Landau sehr wohl über jenes Papier sprachen. *Ausführlich.*«

»Wenn er es erklärt, warum fragen Sie dann noch mich?« Ich wußte ja, es ist Bluff, gar nichts wissen die, dachte Romath.

Die drei Männer saßen im Wohnzimmer von Gilbert Grants hypermodern eingerichteter Villenetage in Hietzing. Große Unordnung herrschte. Zeitungen, Magazine und Kleidungsstücke lagen herum. Flaschen, Gläser und ein Eiskübel standen teils auf dem Tisch, teils auf dem Fußboden, Aschenbecher quollen über.

»Weil unser Mann nicht alles gehört hat. Nur einen Bruchteil. Er wurde gestört. *Sie* haben in Ihrem Büro Ruhe gehabt, *alles* zu hören, Graf!« Santarin zupfte an dem Seidentüchlein in der Brusttasche seiner Jacke. Die Wahrheit sah so aus: Der Hauselektriker, der die Abhöranlage installiert hatte, ein williger, billiger und geschickter Arbeiter mit einer schlicht kriminellen Veranlagung, der stets unter Geldnöten litt (er spielte Roulett in Baden), hatte sich tatsächlich häufig in die Leitung eingeschaltet, wenn Manuel Besuch empfing. Der Mann durfte es nie lange tun, es wäre aufgefallen. Er reparierte in diesen Tagen eine kompliziert verlegte Lichtleitung im Vorraum der Telefonzentrale. Wenn die Mädchen viel zu tun hatten, konnte er unbemerkt einen Kopfhörer ans Ohr pressen und für kurze Zeit Gespräche in Manuels Appartement belauschen. Er tat das im Auftrag Grants, der den Auftrag wiederum auf Anregung Santarins erteilt hatte. Santarin traute keinem Menschen auf der Welt. Er mißtraute sogar sich selbst.

Der Hauselektriker, Alfons Nemec mit Namen, sollte den Grafen und dessen Berichte an den Funkwagen überwachen. Er hatte etwas von einem alten Papier und einer Seidenraupenseuche aufgeschnappt und auch die erregten Worte Landaus mitbekommen. Nemec war sofort ins Freie geeilt und hatte das Gehörte, auf einen Zettel geschrieben, dem Mann am Steuer des weißen Chevrolets gereicht, der hinter dem Hotel parkte. Damit war Grants Zentrale informiert, so kam es, daß Romath aufgefordert wurde, seinen Chef zu besuchen...

Aber es war immer noch zu wenig, was Grant und Santarin wußten. Sie mußten mehr wissen, *alles*. Der Russe wurde noch höflicher.

»Sie antworten nicht, Graf. Ich nehme an, Sie überlegen, was wichtiger ist: das Geld, das Aranda Ihnen bezahlt, damit Sie uns nicht richtig informieren – oder die Freiheit. Was für eine Überlegung! Die Freiheit ist natürlich wichtiger, lieber Graf, immer.«

»Ich bekomme kein Geld von Aranda! Ich schweige, weil ich auf Ihre Verdächtigungen nichts mehr erwidern werde.«

»Und ob Sie werden!« Grant goß sein Glas wieder voll. »*Bitten*, erwidern zu dürfen, werden Sie, Sie Scheißkerl!« Der Amerikaner ließ ein Stückchen Eis auf den Teppich fallen, seine Hände waren unsicher. Er wies zu einem Schrank. »Da drin liegen die Aussagen von zwei Pagen, beide unter sechzehn, mit denen Sie es getrieben haben, Sie Schwein.«

»Nicht zu vergessen die Aussage des dritten Jungen«, sagte Santarin freundlich. »Der Lehrling in der Blumenhandlung des ›Ritz‹.«

»Der süße Blumen-Karli«, sagte Grant. »So hieß er doch bei Ihnen, nicht wahr? Erst vierzehneinhalb, damals, tck, tck, tck.«

»Die drei Knaben arbeiten inzwischen in anderen Hotels«, sagte Santarin, unerschütterlich liebenswürdig. »Aber sie sind noch in Wien. Sie werden von den kleinen Engeln erpreßt, Graf. Sie bezahlen die kleinen Engel.«

»Ja, mit unserm Geld«, sagte Grant, etwas lallend. »Wir geben es Ihnen. Wenn wir es nicht mehr Ihnen geben, sondern den drei Kleinen direkt und noch eine Prämie dazu, dann gehen sie sofort zur Polizei, erstatten Anzeige und beschwören, daß Sie versucht haben, mit Geld ihr Stillschweigen zu erkaufen.«

»Sie stellten aber dem Blumen-Karli immer noch nach«, sagte Santarin, in seiner Konfekttüte fischend, »und das arme Kind ertrug das einfach nicht mehr! Das arme Kind besprach sich mit den anderen armen Kindern, und gemeinsam kamen sie zu der Ansicht, daß man Sie einfach anzeigen *muß*.«

Romath ballte die Fäuste.

»Es ist zu schlimm«, sagte Santarin, »daß Sie der Polizei bereits seit Jahrzehnten als abwegig bekannt sind.«

»Ein Verfahren«, sagte Grant, »wurde 1963 durch größte Bemühungen Ihrer guten Anwälte niedergeschlagen, weil sie es so drehen konnten, daß es aussah, als würden Sie von ein paar Minderjährigen erpreßt.«

»Jetzt wird es wieder so aussehen«, meinte Santarin milde, »aber man wird es Ihnen nicht mehr glauben.«

»Diesmal wird man Sie verurteilen«, sagte Grant. »Sie kommen als recht alter Herr ins Zuchthaus. Vielleicht beenden Sie Ihren Lebensabend dort. Wird ein feiner Skandal werden. Direktor eines Wiener Luxushotels. Letzter Sproß einer der bekanntesten Familien Österreichs. Uraltes Geschlecht von Hinterladern!« Er schrie Romath an: »Sie tun, was wir Ihnen jetzt sagen, oder Sie gehen hoch, kapiert?«

Romath fuhr zusammen.

»Nicht doch«, sagte Santarin. »Sie dürfen den Grafen nicht so erschrecken, Gilbert. Sehen Sie, ihm ist ganz schlecht. Etwas zu trinken, Graf?«

»Nein... Was... was wollen Sie von mir?«

»Das Papier«, sagte Santarin.

»Wie soll ich das herbeischaffen?«

»Ah, auf einmal wissen Sie von ihm!« rief Grant.

»Weil *Sie* von ihm sprachen...«

»Wenn Sie frech werden, kriegen Sie ein paar in die Fresse!« Grant hob einen Arm.

»*Gilbert!*« sagte der Russe streng. Er wandte sich an den Grafen. »Aranda trägt das Papier noch in seiner Brieftasche. Er wird heute spät heimkommen. Sie fahren jetzt gleich ins ›Ritz‹ zurück. Hier. Nehmen Sie das da.« Der Russe legte ein Glasröhrchen, welches mit winzigen silbernen Kügelchen gefüllt war, auf den Tisch.

»Was ist das?«

»Ein außerordentlich starkes Schlafmittel, das den Vorzug hat, dennoch recht ungefährlich zu sein. Sobald es seine Wirkung getan hat, ist es im Körper nicht mehr nachzuweisen.«

»Aber...«

»Sie haben uns berichtet, daß Aranda vor dem Schlafengehen immer noch einen Whisky aufs Zimmer bestellt – stimmt's?«

»Das stimmt...«

»Wo bestellt er den Whisky?«

»Beim Etagenkellner.«

»Großartig. Dann werden Sie zunächst warten, bis Aranda im Hotel ist. Anschließend gehen Sie in die Remise des Etagenkellners im vierten Stock – da wohnt Aranda – und veranstalten eine unangesagte Überprüfung. So etwas ist doch üblich, wie?«

»Ja, gewiß...«

»Sie prüfen so lange, bis Aranda seinen Drink verlangt. Wenn der Kellner dann den Whisky eingegossen hat, lenken Sie ihn ab...«

»Wie?«

»Irgendwie, zum Teufel! Sie fragen etwas. Sie beanstanden etwas. Sie lassen etwas fallen. Der Kellner muß das Glas nur einen Moment aus den Augen lassen. In diesem Moment werfen Sie sechs bis acht von diesen Kügelchen in das Whiskyglas. Sie schmelzen sofort. Das ist alles. Eineinhalb oder zwei Stunden später, wenn Sie sicher sein können, daß er tief schläft, gehen Sie in Arandas Appartement...«

»Das kann ich doch nicht! Die Eingangstür wird versperrt sein, der Schlüssel innen stecken!«

»Wir haben Ihnen gesagt, daß Sie das Nebenappartement nicht vermieten dürfen. Es ist doch leer, nicht wahr?«

»Ja.«

»Na also.« Santarin nahm noch ein Stück Konfekt. Der Brillantring an seiner Hand blitzte rot, grün und weiß, als er die Hand bewegte. »Aranda schläft bei offenem Fenster, das wissen wir. Sie kommen von draußen, über die Balkone. Keinerlei Schwierigkeit. Er wird schlafen, als wäre er tot. Sie holen das Papier – Sie wissen ja jetzt, wie es aussieht, was darauf steht. Sie haben Zeit. Auch wenn der Bogen nicht mehr in der Brieftasche ist – dann suchen Sie ihn eben. In aller Ruhe. Es kann überhaupt nichts passieren. Morgen früh bringen Sie das Papier hierher.«

Romath saß reglos.

»Sie wollen nicht?«

»Was bleibt mir übrig? Sie haben mich in der Hand«, sagte der weißhaarige Hoteldirektor und sah den Russen ausdruckslos an.

»Ich wußte ja, Sie nehmen Vernunft an, lieber Graf.«

»Vernunft, ja«, sagte Romath. Er steckte das Glasröhrchen ein. »Nun möchte ich doch etwas trinken!«

Grant lachte dröhnend und machte einen Drink, den er dem Grafen reichte. Der trank gierig.

»Noch einen, bitte«, sagte er.

»Nein, nein, Sie müssen Auto fahren. Die Straßen sind in einem verheerenden Zustand«, sagte Santarin.

»Aber ich brauche noch ...«

»Haben Sie nichts im Büro?«

»Nein. Und in die Bar kann ich nicht gehen oder mir etwas bringen lassen. Das würde auffallen. Ich trinke sonst auch nicht.«

»Hier.« Grant überreichte dem Grafen eine volle Flasche, die er aus einer Wandbar nahm. »Kleine Geschenke erhalten die Freundschaft.«

»Ich danke Ihnen.«

»Verschwinden Sie, los!« sagte der Amerikaner unvermittelt brutal. »Keine Zeit zu verlieren. Nun hauen Sie schon ab!«

»Gilbert, bitte!« Santarin verzog schmerzlich das Gesicht. Er entschuldigte sich für den Amerikaner, begleitete den Grafen in den Vorraum, half ihm in den Mantel und wünschte ihm alles Gute. Im Stiegenhaus wartete er, bis Romath die Eingangstür erreicht hatte. Dann drückte er auf den elektrischen Öffner. Die Tür fiel wieder ins Schloß. Bald darauf startete ein Wagen.

Santarin ging in Grants Wohnung zurück. Der massige Amerikaner lag in einem Sessel, die dicken Beine von sich gestreckt, ein Glas in der Hand. Er sagte mühsam: »Jetzt wird es klappen, verflucht noch mal.«

»Hoffentlich.« Santarin sah seinen Kollegen ernst an. »Dieses elende Saufen! Sie gehen noch drauf dabei! Es ist schrecklich für mich, Ihren Verfall miterleben zu müssen.«

»Ich kann es nicht lassen, das wissen Sie doch.«

»Dann müssen Sie eine Kur machen.«

»Ich kann das alles aber nur noch mit Whisky aushalten.«

»Wieso? Was ist denn passiert?«

»Die Menschen«, sagte Grant lallend. »Die Menschen tun mir leid.«

»Das ist doch besoffener Quatsch!«

»Nein, Fedor, nein...« Der Amerikaner hatte Tränen in den Augen.

»Sie und die Menschen leid tun«, sagte Santarin. »Das ist ja ein Witz. Als sie in Chicago bei diesem Syndikat Geldeintreiber waren und Kunden, die nicht zahlen wollten, halbtot schlugen, taten Ihnen da die Menschen leid?«

»Nein, das stimmt... Da war ich aber auch viel jünger...«

»Und später! In Los Angeles! Als Sie bei dieser Bande der große Planer waren! Als Sie bei jenem Bankeinbruch den Nachtwächter erschossen...«

»Es ist ein Unglücksfall gewesen, Fedor. Ich wollte den Mann nicht erschießen. Nur in die Knie treffen, damit er nicht zur Alarmanlage rennen konnte. Ich...«

»Ja, ja, ja, das kenne ich alles auswendig. Er starb aber an dem Magenschuß. Er hatte Frau und Kinder. Und hat er Ihnen leid getan? Einen Dreck hat er Ihnen leid getan! Es sind Ihnen nie die geringsten Schuldgefühle gekommen, ich habe Sie oft genug gefragt! Als die Kerle dann an Sie herantraten und Ihnen den kleinen Vorschlag machten, nahmen Sie da nicht sofort an – mit Freuden, um Ihre Haut zu retten? Antworten Sie!«

»Doch, ja...« stöhnte Grant.

»Und wurden Sie nicht plötzlich Hauptzeuge der Anklage und kamen frei? Na ja. Und dann... Haben Sie seither nicht dreiundzwanzig Jahre lang prima für die Kerle gearbeitet? Haben Ihnen dreiundzwanzig Jahre lang die Menschen leid getan, die durch Ihre Schuld draufgingen?«

»Ja, sie haben mir leid getan. Zuerst nicht. Überhaupt nicht. Aber dann, so vor sechs, sieben Jahren, da fing es an. Da fing ich auch an zu saufen. Und es wurde immer schlimmer, immer schlimmer! Jetzt ist es ganz schlimm geworden! Clairon. Romath. Aranda. Nicht nur die tun mir leid, Fedor, nicht nur die! Alle Menschen! Denn wir arbeiten doch gegen die Menschen, nicht wahr? *Gegen* alle! Nicht *für* einen einzigen. Und das bringt mich um, wenn ich nüchtern daran denke.«

»Großer Gott«, sagte Santarin, ehrlich erschüttert. »Das ist allerdings böse.«

»Hier, bei diesem Fall, ist es am schlimmsten«, flüsterte Grant. Er warf mit einer jähen Bewegung sein Glas an eine Wand, wo es klirrend zerbrach und der Whisky über die Tapete lief, und schrie: »AP Sieben! Das haben *wir* auf dem Gewissen! Das haben *wir* geschafft! Wir, wir – und keine Ausrede auf Befehle oder Vorgesetzte! –, *wir* haben den Militärs den Tod für alle Menschen auf der Welt in die Hände gegeben!«

»Sie wären ja ein Sicherheitsrisiko, Gilbert, wenn es Sie wirklich so erwischt hat!«

»Und Sie haben sich überlegt, daß Sie das sofort meinen Leuten melden müssen.«

»Ja.«

»Und werden Sie es tun?«

»Nein.«

»Warum nicht? Deshalb habe ich es Ihnen doch gesagt! Damit das aufhört, damit das endlich einmal aufhört!«

»Es soll aber nicht aufhören. Ich will keinen neuen Mitarbeiter. Ich habe Sie gern, Gilbert. Wir verstehen uns. Und einen solchen Freund, einen solchen Kollegen soll ich als untragbar melden? Nein!«

»Dann werde ich es selber tun!«

»Nie werden Sie das tun. Nie im Leben. Sie wissen, was mit Ihnen passiert, wenn Sie auch nur einmal absichtlich schlecht arbeiten und einen Fall versauen, geschweige denn, wenn Sie sich selber anzeigen. Um das auf sich zu nehmen, sind Sie doch viel zu feig.«

Grant starrte den Russen an.

»Bei Gott«, sagte er, »Sie haben recht.«

Zu dieser Zeit erreichte der Graf Romath sein Haus in der Defreggergasse, die in einem Villenviertel südlich des Fasangartens und der Maria-Theresien-Kaserne lag. Er bewohnte den Bungalow, den er erst vor fünf Jahren bezogen hatte, allein. Eine Frau, die morgens kam und nachmittags heimging, versorgte ihn. An den Bungalow angebaut war eine Garage. Es schneite heftig, als Romath den Wagen hineinsteuerte.

Er fühlte schon eine deutliche Wirkung.

Nachdem er aus der Villenstraße, in der Grant wohnte, auf die Lainzer Straße herausgefahren war, hatte er bereits angehalten, aus dem Handschuhfach des Autos einen Kunststoffbecher genommen, den halben Inhalt des Röhrchens in diesen geschüttet und den Becher danach mit Whisky vollgegossen. Er hatte gesehen, wie die silbrigen Kügelchen sich tatsächlich sofort lösten, und den Becherinhalt dann hinuntergestürzt, wonach er das Röhrchen in ein Kanalgitter warf und wieder trank, aus der Flasche. Er war weitergefahren und hatte immer weitergetrunken – in der Fasangartengasse, in der Wattmanngasse, in der Feldkellergasse. Hier hatte er Flasche und Becher weit fort in den tiefen Schnee eines unbebauten Grundstücks geschleudert. Es mußte wie ein Unfall aussehen, das war das Wichtigste.

Nun löschte er das elektrische Licht in der Garage. Die Scheinwerfer seines Wagens brannten, der Motor pochte leise. Romath ging zu dem Metalltor, das hochgeklappt war, und zog es herunter. Es schnappte ein. Braves Tor, dachte er. Liebes Tor, dachte er. Schließt gut. Es wird bestimmt genügen. Er fühlte, wie der viele ungewohnte Whisky, den er hinuntergestürzt hatte, und das Schlafmittel stärker und stärker wirkten. Er setzte sich hinter das Steuerrad, kurbelte das Fenster an seiner Seite herab und sah zum Rückspiegel auf. In der Garage waren die emporsteigenden weißen Auspuffgase deutlich zu erkennen. Der Graf Romath löschte die Scheinwerfer und lauschte dem Pochen des Motors. Er saß nun völlig im Dunkeln. Und er wurde rapide schläfriger und willenloser. Kohlenmonoxid kann das noch nicht sein, dachte er. Es ist dieses Schlafmittel. Wirklich ein starkes.

Wie klug von mir, daß ich den Sender hinter dem ›Maskensouper‹ in meinem Büro aus der Nische genommen habe, bevor ich das Hotel verließ. Das Mikrophon über der oberen Leiste der Tür zum Salon in Arandas Appartement holte ich auch noch, nachdem der und diese junge Frau fortgefahren waren. Und schließlich habe ich den Lautsprecher mitgenommen, den kleinen, den man an mein Telefon anschließen konnte. Alles habe ich mitgenommen, als ich losfuhr. Bei der Brücke über den Wien-Fluß vor dem Schloß Schönbrunn war das Wasser nicht zugefroren und tief. Wenn die Sachen überhaupt gefunden werden, dann erst im Frühjahr oder im Sommer, falls der Fluß austrocknet. Manchmal trocknet er aus. Aber bis dahin ist noch lange Zeit. Kein Mensch wird mit dem verrosteten Zeug mehr etwas anzufangen wissen. Vielleicht wird es auch mitgeschwemmt und bleibt an einer Stelle liegen, wo der Wien-Fluß unterirdisch fließt. Das war ich dem Hotel schuldig! Das Wiener ›Ritz‹ ist ein internationaler Begriff. Er darf nicht unter einem Skandal leiden.

Der Graf hob einen Arm und stützte ihn auf das Lenkrad. Dabei fühlte er, daß der Arm bereits schwer war wie Blei. Der Graf Romath lächelte ein wenig.

Es geht großartig, dachte er. So einfach. In einer Stunde ist alles vorbei. Welch ein Glück, daß Santarin mir das Schlafmittel gab und Grant den Whisky. Mehr Glück kann man unter den Umständen wirklich nicht verlangen.

63

»Ja, das war eine schwere Zeit damals bei den Nazis, aber gut ist zum Schluß doch noch alles gegangen, nichts ist geschehen! Verloren haben wir den Krieg, wie noch kein anderes Volk auf der Welt einen Krieg verloren hat, der Hitler war weg, und der gnä' Herr hat zurückkommen können aus London! Waren wir da alle glücklich! Und jetzt leben der gnä' Herr und die gnä' Frau wieder zusammen, beide arbeiten, die gnä' Frau in ihrer Buchhandlung, der gnä' Herr im Radio, und was haben wir alle für eine Freude mit dem Heinzi! Was ist das für ein berühmter Mann geworden! Professor an der Universität und hält Vorträge in der ganzen Welt, und alle verehren ihn und reißen sich darum, daß sie seine Schüler sein können!«

Die Agnes Peintinger hatte sehr schnell gesprochen, mit einem Gesicht, das von kindlicher Freude erfüllt war – das runzelige, lederne Gesicht einer alten Frau. Jetzt klatschte sie in die großen, knochigen Hände und lachte Manuel Aranda an. Sie war noch kleiner, als er sie sich vorgestellt hatte, und sie sah in der Tat aus wie das, was sie wieder geworden war: ein Kind.

»Das ist nett, Agnes, daß Sie Herrn Aranda alles so schön erzählen«, sagte Irene Waldegg. »Er interessiert sich sehr dafür, was damals passiert ist. Können Sie nachdenken und ihm noch ein bißchen mehr erzählen – über den Prozeß, zum Beispiel?«

Die Agnes lachte.

»Der Prozeß, ja, du lieber Herrgott! Hereingelegt haben wir die Lackeln, aber wie! An etwas Genaues erinnere ich mich nicht nach der langen Zeit, obwohl ich mich sonst sehr gut erinnern kann! Sie haben es gedreht und gewendet, aber zum Schluß haben sie sagen müssen, ja, der Heinzi ist ein reiner Arier... 1950 war das ... nein, 1951, jetzt weiß ich es wieder genau, im Sommer.«

Es war 9 Uhr 30 am Dienstag, dem 21. Januar.

Um 6 Uhr 45 früh hatte Manuel – es schneite noch immer – Irene in der Gentzgasse abgeholt und war mit ihr vorsichtig durch freigeräumte glatte Straßen und von Schnee verwehte Seitengassen zum Ostbahnhof gefahren, um den ihnen unbekannten Jakob Roszek abzuholen, der, wie Paul Steinfelds Bruder Daniel geschrieben hatte, an diesem Tag mit dem ›Chopin-Expreß‹ in Wien eintreffen und eine wichtige Nachricht überbringen würde. Es war eisig kalt auf den Bahnsteigen gewesen, Wind hatte in die mächtige Halle gepfiffen, und auf einer großen Tafel waren die durch die katastrophalen Schneefälle bedingten Zugverspätungen angegeben gewesen.

Der ›Chopin-Expreß‹ hatte eine voraussichtliche Ankunftszeit um 13 Uhr 45 – also in sechs Stunden.

»Wir können hier nicht so lange warten«, hatte Irene gesagt. »Dienstags besuchten Valerie oder ich immer die Agnes im Altersheim. Wollen wir zu ihr?«

Sie waren hingefahren.

Das Heim lag in einer stillen Seitengasse der Josefstädter Straße. Unterwegs hatte Manuel auf Irenes Bitte noch vor einem Spielwarengeschäft gehalten.

»Agnes liebt Stofftiere. Sie hat schon eine ganze Sammlung. Wir wollen ihr ein neues Tier mitbringen.«

Sie hatten ein kleines Zebra gekauft.

Die Agnes hielt es nun mit beiden Händen fest und sah es entzückt an. Sie hatte schon wieder völlig vergessen, wovon gerade gesprochen worden war.

»*Ein Zebra!*« Die Agnes hob es hoch, drückte das weiche Fell an die Wange. Sie eilte vom Rand des Bettes zu einer Persilschachtel neben einem Schrank. Sie kauerte sich nieder und begann, ungestüm wie ein Kind, Stofftiere über die Schulter zu werfen – einen Elefanten, ein Krokodil, ein Schaf, Enten, Raben, Affen, Hasen und Giraffen, größere und kleinere Tiere. Der Boden bedeckte sich. Die Agnes jubelte mit hoher, dünner Stimme: »Ist das nicht schön? Gefällt es Ihnen, Herr?«

»Sehr schön«, sagte Manuel. Er sah hilflos von Irene, welche die Schultern zuckte, zu dem kleinen, stämmigen Mann, der neben der Agnes stand. Hochwürden Ignaz Pankrater war sechsundsiebzig Jahre alt, aber er sah nicht älter als sechsundsechzig aus – wie ein zäher Bauer, ein Mann mit grauem Haar, das er kurz geschnitten in einer Igelfrisur trug, blitzenden kleinen Äuglein, dem gleichen breiten Gesicht wie die Agnes, der gleichen breiten Nase, dem großen Mund, den schweren Händen. Man hatte Hochwürden Ignaz Pankrater eine Wohnung im Gemeindehaus neben der schönen Barockkirche Maria Treu in der Piaristengasse zugewiesen, und weil die Piaristengasse ganz nahe bei dem Altersheim lag, besuchte der kleine Pfarrer die Agnes ein paarmal in der Woche – so auch heute. Irene und Manuel hatten ihn in dem mit alten Möbeln vollgeräumten, überheizten Zimmer angetroffen, wo es nach Äpfeln roch. (Sie lagen auf dem Schrank der Agnes.) Irene hatte dem Pfarrer, den sie gut kannte, erklärt, wer Aranda war. Pankrater hatte sein Beileid geäußert – in der rauhen, kehligen Sprechweise seiner Heimat – und dann dem Bericht der Agnes schweigend gelauscht.

»Die gnä' Frau ist mit dem gnä' Herrn auf Besuch in Amerika«, erklärte die alte Köchin nun, auf den Knien, die vielen Tiere hin und her schiebend, an Aranda gewandt.

»In Amerika?«

»Ja. In Kanada. Sie machen da Besuche.«

»Woher wissen Sie denn das, Agnes?« fragte Irene.

»Na, das letzte Mal, wie die gnä' Frau mich besucht hat, da hat sie sich doch verabschiedet und gesagt hat sie, Agnes, jetzt komm ich ein paar Wochen lang nicht, vielleicht auch noch länger, denn ich fahr' mit meinem Mann nach Australien.«

»Ach so«, sagte Irene. »Ja, natürlich.«

»Deshalb kommen doch jetzt Sie, Fräulein Irene! So lieb ist das, daß ihr euch immer weiter um mich kümmert's! Ich möcht ja auch gern einmal in die Gentzgasse kommen, aber ich trau mich einfach nicht mehr auf die Gasse. Die Autos und die Straßenbahnen und die vielen Menschen, wissen Sie?« Die Agnes blickte Manuel an, der nickte. »Die Frau Schwester Oberin sagt immer, ich soll auch nicht in die Stadt, wenn ich so eine Heidenangst hab. Hier geht es mir doch gut, das Fräulein Irene ist da, die gnä' Frau kommt, Hochwürden kommt.« Die Agnes gluckste vor Vergnügen über einen plötzlichen Einfall. »Soll ich, Fräulein Irene? Damit Ihr Herr Bekannter sieht, was für wunderschöne Tiere ich hab?«

»Ja«, sagte Irene, »das ist eine gute Idee. Bauen Sie den Tiergarten auf, Agnes.«

Die Agnes tat verschämt wie ein kleines Kind.

»Da müßt's ihr aber hinausgehen derweil! Bis ich euch rufe!«

»Dann warten wir also draußen auf dem Gang«, sagte Pankrater. Die drei Besucher verließen das Zimmer.

Der Gang war lang und hatte viele Fenster, einen Steinplattenboden und zahlreiche bunte Tischchen mit bunten Stühlen.

»Setzen wir uns da hin«, sagte Pankrater. Alte Frauen und Männer, teils in Morgenröcken, manche von Schwestern gestützt, schlurften an ihnen vorbei, betrachteten sie neugierig, grüßten.

»Viele kennen mich hier«, sagte Pankrater, gleichfalls grüßend.

Der alte Pfarrer offerierte kleine, billige Zigarren.

»Nein, danke«, sagte Manuel.

»Zigaretten habe ich leider nicht. Ich darf doch, Fräulein Waldegg?« »Natürlich!«

Ignaz Pankrater setzte einen Stumpen in Brand, der schrecklich roch, nickte mit seinem quadratischen, harten Schädel und sagte: »Sie sind hergekommen, weil Sie gehofft haben, von dem Fräulein Agnes etwas über den Prozeß damals zu erfahren, Herr Aranda.«

»Ja, Herr Pfarrer.«

»Damit ist es leider nichts. Altersschwachsinn in der mildesten und barmherzigsten Form. Sie ist glücklich, sie erkennt auch noch ein paar Menschen, aber sie bringt alles durcheinander und erinnert sich an nichts mehr – Sie haben es ja gehört.« Manuel nickte. »Ihre ganze Freude sind die Tiere. Eine Gnade Gottes, dieses Alles-Vergessen-Können. Ich wünschte oft, mir wäre sie auch widerfahren.« Der alte Pfarrer blies eine stechend riechende Tabakwolke aus. »Aber mein Gedächtnis ist intakt. Ich muß mich erinnern . . . an alles . . . an die ganze furchtbare Zeit. Was habe ich für Leid miterlebt damals. Von was für Unglück hörte ich. Und ich kann es nicht vergessen. Nichts davon. Ja, ja, ich weiß, was Sie mich fragen wollen, Herr Aranda. Natürlich erinnere ich mich auch noch an diesen Prozeß und daran, wie das Fräulein Agnes zu mir gekommen ist. Im Beichtstuhl hat sie mir alles berichten wollen – stellen Sie sich das vor! In der leeren Kirche! Wenn das jemand gehört hätte . . . Ich habe sie gleich unterbrochen und ihr gesagt, das ist nicht der rechte Ort, sie soll am

Abend wiederkommen, in meine Sprechstunde. Möglichst spät, damit sie eine von den Letzten ist und ich Zeit für sie habe. Es sind so viel Unglückliche und Verzweifelte zu mir gekommen damals. Alle wollten Rat und Hilfe – von mir, einem kleinen Pfarrer in einer kleinen Kirche in Ottakring. Arme Leute, gute Leute, Frauen vor allem. Nun ja, und dann, spät am Abend, ist sie also in meiner Wohnung erschienen, das Fräulein Agnes. Ich habe sie als Letzte drangenommen und mir alles genau erzählen lassen...«

64

Die Agnes redete und redete.

Ignaz Pankrater saß ihr in seinem Arbeitszimmer gegenüber an einem länglichen Tisch. Regen trommelte laut gegen die Scheiben der Fenster. Die Verdunkelungs-Rouleaus waren herabgelassen.

»...in dem Prozeß komm ich natürlich als Zeugin dran. Ich will alles so sagen, wie es die gnä' Frau mir sagt. Wir müssen doch den Heinzi retten. Aber es ist alles eine Lüge, was die mich werden beschwören lassen, Hochwürden! Und Meineid ist doch eine Todsünde! Was soll ich denn jetzt bloß machen? Helfen Sie mir, ich bitt Sie, sagen Sie mir, ob ich es tun darf! Sie waren immer mein Beichtvater, Hochwürden. Sie kennen mich, seit ich ein junges Mädel war, seit... seit damals... Da haben Sie mir auch so geholfen! Sie wissen, ich tue nichts Schlechtes, aber wenn ich sterb, dann möcht ich auch in den Himmel kommen dafür und nicht in die ewige Verdammnis...« Die Agnes sprach weiter und weiter. »Wenn ich nicht lüg, wenn ich die Wahrheit sag, dann schad ich dem Heinzi! Dann passiert dem noch was! Und das könnt ich mir nie verzeihen, nie...«

Ihre Stimme wurde leiser und leiser für Ignaz Pankrater. Er dachte verbissen: Was wäre das Normale in einem solchen Fall? Ich würde den Weg des ›forum externum‹ gehen. Das heißt: Ich würde die Agnes um zwei Tage Geduld bitten und dem Wiener Generalvikar den Fall vortragen mit dem Ersuchen, mir eine Weisung zu erteilen. Der Generalvikar – ich kenne ihn, ein anständiger Mensch – würde seinerseits den Fall dem Erzbischof von Wien unterbreiten, dem Kardinal Innitzer. Den kenne ich auch. Das war ein begeisterter Nazi.

Ja, ein Nazi war der Innitzer!

Wäre er keiner, er würde dem Generalvikar sagen: Rufen Sie diesen Pfarrer. Erklären Sie ihm, daß ich hier eine Ausnahme machen darf. Wir leben in einem Unrechtsstaat. Da hat ein Meineid nicht die übliche Bedeutung. Er soll der Frau den Rat geben, das Gericht zu belügen und die Lügen zu beschwören und ihr sagen, daß das keine Sünde ist. Ich, der Kirchenfürst von Wien, übernehme die Verantwortung. So würde ein anständiger Erzbischof handeln. Der Innitzer, der hat die Hakenkreuzfahne an den Stephansdom hängen lassen 1938, als die Nazis gekommen sind. Jetzt denkt er vielleicht anders. Aber wer weiß das?

Ich kann also den Weg des ›forum externum‹ nicht gehen, überlegte der kleine Pfarrer aus Leonfelden, den es in die große Stadt Wien verschlagen hatte, ach nein, das muß *meine* Entscheidung sein, *ich* muß sie auf mich nehmen und vor Gott verantworten.

Voll Bitterkeit dachte Pankrater: Wie furchtbar sind die wahrhaft Gläubigen. Und wie glücklich muß ich sein, daß es sie gibt, immer noch gibt. Also eine Entscheidung in ›forum internum‹.

Er sagte: »Was ist ein Eid, Fräulein Agnes?«

Die Agnes schnurrte die Worte nur so herunter: »Ein Eid, das ist die Anrufung Gottes des Allmächtigen zum Zeugen für die Wahrheit einer Aussage, oder die Ehrlichkeit einer Zusage, oder die Anrufung des Allmächtigen zum Rächer eines falschen oder gebrochenen Eides. – Das ist ja gerade das, wovor ich solche Angst habe. Ich . . .«

»Fräulein Agnes! Was Sie da gesagt haben, ist richtig. In *normalen* Zeiten, in denen wirklich *Gott* als der Allmächtige gilt und verehrt wird – und nicht ein Menschenpopanz, eine Partei, eine unmenschliche Weltanschauung, das Böse.«

»Aber man darf doch *nie* lügen, *nie* meineidig werden!«

»Gott will nicht, daß das Böse mächtiger wird als das Gute. Darum siegt das Gute ja zuletzt immer – wenn es manchmal auch lange dauert. Und darum müssen wir uns gegen das Böse stellen, Fräulein Agnes. Wir müssen das Gute unterstützen. Jeder von uns, so sehr er kann. Und darum, Fräulein Agnes, ist Gutes tun in Ihrem Fall *wichtiger* als der Eid, ist die Rettung einer Familie oder eines Menschenlebens *wichtiger* als ein Meineid.«

»Das heißt . . .«

»Das heißt, daß Sie lügen dürfen. Ich erteile Ihnen hiermit die Erlaubnis. Ich, Ihr Beichtvater! Ich spreche Sie frei von den Folgen eines Meineids. *Es ist kein Meineid* – in diesem Fall, Fräulein Agnes. Nicht in dieser Zeit. Nicht vor diesen Leuten. Sie *müssen* falsch aussagen. Es ist *notwendig*.«

»Ach, Hochwürden, Hochwürden!« Die Agnes sprang auf, und ehe Pankrater es verhindern konnte, hatte sie seine Hand geküßt. Er zog sie schnell zurück.

»Fräulein Agnes! Das dürfen Sie doch nicht!«

»Aber wenn ich so glücklich bin! Und wie glücklich wird erst die gnä' Frau sein!«

»Leise«, sagte der kleine Pfarrer. »Leise, Fräulein Agnes. Und vorsichtig.

Es ist gefährlich, was Sie und Frau Steinfeld und Herr Landau da tun, lebensgefährlich ist es – auch für Sie.«

»Für mich auch?« Die Agnes erschrak.

Ignaz Pankrater dachte: Wozu bin ich Pfarrer, wenn ich jetzt nicht alles tue, um zu helfen?

Ignaz Pankrater sagte: »Ja, gefährlich, Fräulein Agnes, falls das Gericht – es wird nicht so sein, bestimmt nicht, aber es könnte theoretisch so sein – Sie überführt, einen Meineid geleistet zu haben. Darauf stehen hohe Strafen.«

»Sehr hohe?« fragte die Agnes ängstlich.

»Sehr hohe. Und darum: *Wenn* dieser Fall eintreten sollte – er wird nicht eintreten (hoffentlich, dachte Pankrater, hoffentlich!) –, dann erklären Sie dem Gericht, daß *ich* Sie zum Meineid *aufgefordert* habe.«

»Daß Sie . . .« Die Agnes plumpste erschrocken auf ihren Stuhl zurück. »Das würde ich niemals tun!«

»Das *müssen* Sie dann tun! Einer muß die Verantwortung tragen in dieser Sache. Sie haben sich um Rat an mich gewandt. Ich habe Ihnen geraten. Also trage ich die Verantwortung. Mit mir . . .« Er stockte ein wenig und dachte: Ein Held bin ich auch nicht. Wenn wir doch alle mutiger wären, Herr im Himmel. Aber wenn wir alle mutiger wären, dann hätte diese Heimsuchung nie über uns kommen können. Er fuhr fort: »Mit mir werden sich diese Herren nicht so leicht anlegen wie mit Ihnen.« Ach, genauso leicht, dachte er, aber das darf mich nicht beeinflussen. »Ich habe Ihnen den Rat und den Auftrag gegeben, das erklären Sie, wenn etwas schiefgeht. Und das schwören Sie mir jetzt, daß Sie das erklären werden, Fräulein Agnes, vor dem Kruzifix und den brennenden Kerzen schwören Sie es mir, eher lasse ich Sie nicht gehen, haben Sie verstanden?«

65

»Sie hat sich lange gewehrt, aber dann hat sie es mir geschworen – vor dem Kruzifix und den brennenden Kerzen«, sagte der alte, kleine Pfarrer und drückte den Stummel seiner stinkenden Zigarre in einem Aschenbecher aus.

Über den endlosen Gang des Altersheims schlurften Männer und Frauen, gebückt, krumm, manche auf Schwestern gestützt.

»Sie sind ein großartiger Mann, Herr Pfarrer«, sagte Manuel endlich.

»Unsinn«, sagte Pankrater. »Was hätte ich denn tun sollen? Hätten Sie anders entschieden an meiner Stelle? Na also.«

»Aber ich bin kein Pfarrer . . .«

»Ein Mensch«, sagte Pankrater. »Sie sind ein Mensch. Und das war auch ich in erster Linie für Fräulein Agnes – ein Leben lang fast. Der Mensch, dem sie am meisten vertraute. Ich konnte sie doch nicht enttäuschen.«

»Herr Pfarrer«, fragte Irene, »wissen Sie, wie der Prozeß ausging? Was aus dem Jungen wurde?«

Der kleine Mann mit den klobigen Landschuhen schüttelte den Kopf.

»Leider nein. Im Herbst 1943 – da war noch nichts entschieden in diesem Prozeß – hätten sie mich um ein Haar verhaftet. Wegen meiner Predigten. Ich habe den Mund sehr voll genommen auf der Kanzel, wissen Sie. Die Gestapo wollte mich abholen. Zum Glück erfuhren wir rechtzeitig davon. Meine Vorgesetzten brachten mich in letzter Minute aus Wien heraus. Ich habe versteckt gelebt im Salzburgischen, bei Hallein. 1945 ist da der Pfarrer gestorben. Ich habe seine Stelle angenommen. Meine Kirche in Ottakring draußen war ausgebombt. Nichts zu tun für mich in Wien. So viele Arbeit gab es in Hallein – allein die Flüchtlinge, Sie machen sich keine Vorstellung! Ich schäme mich, es zu sagen, aber ich habe das Fräulein Agnes damals vergessen gehabt, völlig vergessen.«

»Aber sie hat Sie doch nicht vergessen!« rief Manuel.

»Sie hat mich gesucht, überall, jahrelang. Aber sie konnte mich nicht finden. Da hat sie resigniert, besonders, als die Kirche in Ottakring wieder-aufgebaut worden ist und ein anderer Pfarrer sie übernahm. Da hat das Fräulein Agnes mich auch nicht weiter gesucht. Sie dachte, ich sei tot, hat sie mir erzählt, als wir uns endlich wiedersahen.«

»Wann war das?«

»Erst vor zwei Jahren. Ich arbeitete lange in Hallein. Dann wurde ich pensioniert, habe noch in einer anderen Salzburger Pfarrei ausgeholfen und bin endlich hier, in der Piaristengasse, gelandet. Als ich wieder in Wien war, erinnerte ich mich auch an das Fräulein Agnes. Und ich fand sie. Aber da war sie schon fast in dem Zustand, in dem sie heute ist. Sie konnte mir nichts mehr erzählen. Nur wirres Zeug, wie Ihnen vorhin, Herr Aranda. Ich versuchte, mit Frau Steinfeld in Kontakt zu treten. Doch die bat mich sehr höflich, von einem Besuch abzusehen.« Pankrater hob die Hände und ließ sie wieder sinken. »Ein Geheimnis, das alles. Ein schreckliches Geheimnis, das seine Wurzeln hat in der entsetzlichen Zeit, von der Narren meinen, daß sie endgültig hinter uns liegt ...«

Forsters Worte gingen Manuel durch den Sinn. Er sagte: »Sie meinen das nicht?«

»Nein, Herr Aranda. Der Ungeist des Dritten Reiches, der Hochmut, die Intoleranz, die Gemeinheit, der Sadismus Hitlers und seiner Genossen, das alles ist noch lebendig hier drinnen!« Er klopfte gegen seine Brust. »Das kann zum Ausbruch kommen jederzeit – in einer andern Form, in einem andern Land, überall auf der Welt. Denn wir alle sind nur Menschen, und wir alle haben Hitler in uns – zu allen Zeiten.«

Er schwieg wieder, dann sagte er lächelnd: »Als das Fräulein Agnes erfuhr, daß ich in der Piaristengasse wohne, suchte sie sich *dieses* Altersheim aus, weil es so nahe liegt.«
Die Tür, vor der sie saßen, flog auf.
In ihrem Rahmen stand, klein, strahlend, zerbrechlich, die Agnes und rief mit glücklicher, hoher Stimme: »Jetzt bitte hereinkommen! Mein Tiergarten ist fertig! Das Zebra steht genau in der Mitte!«

66

»Dreieinhalb Millionen Juden gab es vor dem Krieg in Polen«, sagte Jakob Roszek. »Als die Vernichtungsaktionen Hitlers und der Krieg vorbei waren, lebten von diesen dreieinhalb Millionen noch fünfundzwanzigtausend. 1967, nach dem Sechstagekrieg der Israelis gegen die Araber, flammte der Antisemitismus in Polen wieder auf. Es war ein staatlich geschürter und gelenkter, systematischer Antisemitismus, mit dem Ziel der Vertreibung der letzten noch lebenden Juden. Im vergangenen Jahr haben rund zehntausend von ihnen die Heimat verlassen und sind auf dem Weg über Österreich nach Israel ausgewandert. Heuer werden es bestimmt mindestens wieder so viele sein. Wir haben das Ende der fast tausendjährigen Geschichte des polnischen Judentums erreicht.« Jakob Roszek rauchte hastig eine amerikanische Zigarette, die Aranda ihm angeboten hatte. Es war schon die vierte. Die fremde Zigarette, die Möglichkeit, frei zu reden, wirkten wie Rauschgift auf den großen Mann mit der starken Brille und dem sehr breiten, sehr blassen Gesicht.
Seine Frau saß still und in sich zusammengesunken neben ihm. Sie hatte in der letzten halben Stunde kaum zehn Worte gesprochen. Ihre Tochter, ein schönes junges Mädchen mit blondem Haar und blauen Augen, war die einzige an dem Tisch im Restaurant des Wiener Ostbahnhofs, eines riesigen grauen Betonbaus, die aufgeregt und hungrig ein großes Mittagessen verzehrte. Mit staunenden Blicken nahm sie das Bild der fremden Menschen, der fremden Welt, in die sie geraten war, auf. Roszek bemerkte, daß Manuel das junge Mädchen betrachtete. Er sagte: »Für Ljuba ist das alles etwas Neues. Meine Frau und ich kennen es schon. Für uns ist es das zweite Mal.«
»Sie sprechen deutsch wie ein Wiener«, sagte Irene.
»Ich stamme aus Wien! Meine Frau auch. Wir flüchteten nach Prag, als Hitler kam. Von Prag flüchteten wir nach Polen. In Polen landeten wir in derselben Untergrundbewegung. Da lernten wir uns kennen. Später waren wir bei den Partisanen. Da trafen wir Daniel Steinfeld. Auch er war über Prag nach Polen gekommen. Wir hatten unglaubliches Glück, alle

drei. Wir überlebten«, sagte Roszek nach einer Pause.

Es war 14 Uhr 20, und es schneite immer noch.

Etwas mehr als sechs Stunden verspätet, hatte der ›Chopin-Expreß‹ endlich den Ostbahnhof erreicht – mit vereisten Fenstern, mächtige Eiszapfen an den Wagendächern und den Unterseiten der Waggons.

Eine Gruppe von rund dreißig Juden, meist älteren Leuten, war aus einem Waggon gestiegen und von zwei wartenden Männern in Empfang genommen worden.

Irene und Manuel erkannten Jakob Roszek sofort nach der Beschreibung, die Daniel Steinfeld von ihm gegeben hatte, und an dem dicken Buch, das er unter dem Arm hielt – Shakespeares Gesammelte Werke in polnischer Sprache. Mutter und Tochter trugen, wie von Daniel Steinfeld angekündigt, Pelzmäntel und weiße Seidenschals um das Haar...

»Herr Roszek!« Manuel eilte auf den Mann mit der dicken Brille zu, der inmitten der Gruppe von Juden stand, die hilflos und überwältigt von dem, was ihnen widerfuhr, in dem nun wieder heftigen Flockentreiben verharrten, Koffer, Aktentaschen und Bündel vor sich im Schnee.

Einer der beiden Männer, welche die Ankommenden erwartet hatten, stieß Manuel zurück.

»Was wollen Sie?«

»Was wollen *Sie*?« Manuel war wütend. »Wer sind Sie überhaupt?«

»Wir sind von der ›Jewish Agency‹«, sagte der zweite Mann.

»Wir tun nur unsere Pflicht. Bitte stören Sie uns nicht.«

»Ich muß mit Herrn Roszek sprechen!«

»Das geht nicht«, sagte der erste Mann gereizt.

»Wieso nicht?«

»Weil die ganze Gruppe von uns geschlossen sofort in ein Sammellager gebracht wird. Wien ist nur die Transit-Station. Es geht weiter nach Italien, und von Italien nach Israel.«

»Da! Sehen Sie, was Sie anrichten!« sagte der zweite Mann. »Die Leute sind doch halb zu Tode geängstigt.«

Tatsächlich hatten Kinder und ein paar alte Frauen zu weinen begonnen, Familienangehörige drängten sich zusammen, viele Menschen sprachen auf einmal, wichen vor Irene und Manuel zurück, riefen laut und angstvoll in deutscher und polnischer Sprache nach Hilfe und der Polizei.

»Mein Gott, ich hatte doch keine Ahnung...«, stammelte Manuel.

»Natürlich. Sie hatten keine Ahnung. Kein Mensch hat eine Ahnung«, sagte der erste Vertreter der ›Jewish Agency‹, während der zweite sich bemühte, die Aufgeregten zu beruhigen.

Jakob Roszek drängte sich vor. Auf einmal stand er dicht vor Manuel und Irene.

»Wer sind Sie?«

»Sie sollen doch hier erwartet werden, Herr Roszek«, sagte Irene.

»Ja, aber nicht von zwei jungen Leuten, sondern von einer älteren Frau! Valerie Steinfeld heißt sie.«

»Valerie Steinfeld konnte nicht kommen«, antwortete Irene, erstaunlich gefaßt. »Ich bin ihre Nichte. Wir erhielten den Brief von Daniel Steinfeld.«

»Was ist geschehen?«

»Das wollen wir Ihnen ja erzählen.«

»Sie stören. Sie halten uns auf. Gehen Sie doch, bitte! Sie können Herrn Roszek später besuchen. Im Lager. Geben Sie ihm Ihre Adresse und Telefonnummer«, sagte der zweite Mann von der ›Jewish Agency‹, jetzt freundlicher, aber sehr nervös.

»Wir wollen Herrn Roszek gleich sprechen«, beharrte Manuel.

»Unmöglich! Ein Bus wartet draußen. Wir müssen alle gemeinsam ins Lager bringen. Herr Roszek hat doch keine Personalpapiere und kein Geld.«

»Wieso keine Personalpapiere?«

»Die haben ihm österreichische Beamte an der Grenze abgenommen und uns hier zu treuen Händen überreicht. Damit kein Emigrant sich selbständig macht und etwa schwarz in Österreich zu bleiben versucht«, sagte der erste Mann von der ›Jewish Agency‹ bitter.

Manuel zog seinen Paß aus der Tasche.

»Hier, nehmen Sie das. Lassen Sie Herrn Roszek und seine Familie mit uns sprechen. Es ist wirklich dringend! Ich habe einen Wagen. Ich verspreche Ihnen, ich bringe die Familie ins Lager. Sie werden keine Schwierigkeiten haben.«

»Nein, das geht ... Sie sind ja Argentinier!«

»Haben Sie nicht den Namen der Frau verstanden, die Herr Roszek hier erwartete?«

»Stein – irgendwas.«

»*Steinfeld*. Valerie Steinfeld! Sie leben doch in Wien – oder? Sagt Ihnen der Name nichts? Lesen Sie keine Zeitungen?«

»Zeitungen? Was ist los?« rief Roszek.

»*Die* Valerie Steinfeld?« fragte der erste Mann von der ›Jewish Agency‹, plötzlich alarmiert.

»Ja, *die* Valerie Steinfeld!« sagte Manuel. »Telefonieren Sie mit dem Hofrat Groll vom Sicherheitsbüro! Er kennt mich, und er kennt den Fall. Er wird Ihnen alles erklären. Er wird in Ihrem Auffanglager anrufen ...«

»Was ist mit Valerie Steinfeld?« rief Roszek.

»Sie ist tot«, sagte Manuel, während eine heftige Bö die Gruppe in Schneestaub hüllte. »Sie hat meinen Vater vergiftet und danach Selbstmord begangen.«

»Gütiger Gott im Himmel«, stammelte Roszek. »Aber wieso... aber warum...«

Der erste Mann von der ›Jewish Agency‹ nahm Manuel am Arm.

»Kommen Sie«, sagte er, »wir telefonieren.« Er wandte sich an seinen Kollegen. »Geh du mit den anderen und dem ganzen Gepäck schon zum Bus.«

Zehn Minuten später saß die Familie Roszek vor Irene und Manuel im Restaurant des Bahnhofs. Sie hatte die Erlaubnis erhalten, zurückzubleiben unter der Voraussetzung, daß Manuel sie in das Lager brachte.

Irene und Manuel berichteten abwechselnd, was sich ereignet hatte. Roszek und seine Frau waren sehr erschrocken. Sie konnten nichts essen, sie bestellten bloß Kaffee. Das junge Mädchen hatte Appetit. Es verzehrte ein großes Menu. Ljuba sprach schlecht Deutsch und verstand nur einen kleinen Teil der Konversation. Sie stellte keine Fragen. Sie aß und sah staunend immer wieder um sich, als wäre sie auf einem anderen Planeten gelandet...

67

Nach dem Sechstagekrieg (erzählte Jakob Roszek) verurteilten die Ostblockstaaten, allen voran die Sowjetunion, Israel als ›Aggressor‹. Diplomatische Beziehungen wurden abgebrochen, Botschaften, Gesandtschaften und Konsulate geschlossen. Überall kam es zu antijüdischen Demonstrationen. In Polen wuchsen sich diese Demonstrationen zu einer unerbittlichen ›Säuberungsaktion‹ aus.

»Die Leute flogen aus ihren Stellungen«, berichtete Roszek, »vielen wurden noch Scheinprozesse wegen angeblicher staatsfeindlicher Tätigkeit gemacht – und mehr und mehr Juden, viele davon eben noch in höchsten und wichtigsten Positionen, sahen sich vor dem Nichts, vor dem Ende einer Existenzmöglichkeit in Polen. Es gab nur noch eines für sie: auswandern...«

In diesem Stadium schaltete sich die israelische Hilfsorganisation ›Jewish Agency‹ ein. Sie entrichtete die Kosten für jene Reise ohne Wiederkehr – allerdings nicht an die Juden, sondern an den polnischen Staat. Es waren große Beträge. Jeder Jude, der Polen verlassen wollte, mußte zunächst fünftausend Zloty bezahlen.

»Fünftausend Zloty sind ungefähr fünftausend westdeutsche Mark oder dreißigtausend österreichische Schillinge«, berichtete Jakob Roszek in dem großen, fast leeren Restaurant des Wiener Ostbahnhofs, indessen seine Frau auf das Tischtuch starrte, indessen seine Tochter, wie berauscht, aß und um sich schaute, um sich schaute und aß. »Fest steht, daß jeder auswandernde Jude – und meine Frau, ich und Daniel Steinfeld sind gleich nach dem Krieg mit Orden behängt und wegen unserer Verdienste im Untergrund und bei den Partisanen ehrenhalber zu polnischen Staatsbürgern erklärt worden –, daß jeder Jude, der auswandert, seine Wohnung tadellos instandsetzen muß für den nächsten Mieter. Fest steht, daß man nur ganz wenig Gepäck haben darf. Nicht mitnehmen darf man Zeugnisse, Diplome, Arbeitsbestätigungen, Bücher, die man selber geschrieben hat, oder Manuskripte. Darauf stehen, wenn man es doch versucht und erwischt wird, hohe Strafen. Für die Wiener sind wir Transitgäste, die fremdenpolizeilich nicht behandelt werden. Oder nur dann, wenn einer von uns hier um politisches Asyl ansucht«, erzählte Jakob Roszek, mit ruhiger Stimme, aber hastig und übernervös rauchend. »Das tun allerdings ganz wenige. Die meisten wollen wirklich nach Israel. Wie wir.«

»Da unten kann doch jeden Moment ein neuer Krieg losbrechen!« rief Manuel. »Die Araber haben sehr viel mehr Waffen als das letzte Mal.«

»Das wissen wir«, sagte Roszek.

»Und trotzdem?«

»Und trotzdem«, sagte Roszek. »Wo sollen wir denn hin ohne Angst, daß uns dasselbe passiert wie in Polen? Welches Land läßt Juden denn gern herein? In Israel können wir wenigstens nicht ausgewiesen werden.«

Eine heisere, erkältete Stimme gab aus Lautsprechern gelegentlich die Abfahrt oder die Ankunft von Zügen, aber meistens nur immer weitere und größere Verspätungen von Zügen bekannt.

Irene fragte: »Und Daniel Steinfeld? Was ist mit ihm? Was sollte meine Tante für ihn tun?«

»Ihre Tante ... wenn er eine Ahnung gehabt hätte ... wenn er wüßte ... eine furchtbare Geschichte ist das, die da passiert ist ...«

»Es ist auch eine furchtbare Geschichte, die Ihnen passiert«, sagte Irene.

Sie ist überraschend hart geworden in der kurzen Zeit, dachte Manuel. Er blickte sie an. Irene legte eine Hand auf seine Schulter.

»Daniel ... ja, also sehen Sie, Daniel ist nicht gesund. Er kann noch arbeiten fast wie ein Gesunder, aber er verträgt nur eine ganz strenge Diät. Er hat eben eine Leberentzündung überstanden ... zwanzig Kilo abgenommen dabei ... und nun befürchtet er, daß er diese strenge Diät im Lager nicht bekommen kann. Hier sitzt man angeblich manchmal wochenlang fest! Das würde er nicht durchhalten. Sie machen Ausnahmen – in Krankheitsfällen, oder wenn der Flüchtling Verwandte in Wien besitzt. Dann hat er sich nur täglich bei der ›Jewish Agency‹ zu melden. Aber das muß man von Wien aus beantragen, von Warschau aus geht es nicht.«

»Sie meinen, Daniel Steinfeld wollte bei meiner Tante wohnen. Und die sollte vor seiner Ankunft die Erlaubnis dafür hier einholen.«

»Ja. Aber Ihre Tante ist nun tot ... Das weiß er nicht. Da gibt es eine alte Köchin, hat Daniel mir gesagt, die könnte für ihn das Diätessen machen.«

»Die alte Köchin ist seit vier Jahren in einem Altersheim.« Jetzt blickte auch Jakob Roszek, wie seine Frau, auf das Tischtuch. Schnell fuhr Irene fort: »Aber ich habe eine andere Frau, die für ihn kochen kann! Und natürlich kann er bei mir wohnen! Ich werde sofort um die Erlaubnis bitten und ihm schreiben ...«

Roszek hob den Kopf wieder.

»Danke. Ich danke Ihnen an Daniels Stelle, Fräulein!«

»Wann will er kommen?«

»Er wartet nur auf Ihre Nachricht. Er ist reisefertig. Sobald er liest, daß er privat untergebracht werden kann, fährt er los, am selben Tag. Er steht auf der Liste.«

»Ich rede noch heute mit den Leuten von der ›Jewish Agency‹«, sagte Irene, »und telegrafiere sofort. Wie alt ist Daniel Steinfeld?«

»Neunundsechzig.«

»Und da will er noch...« Manuel brach beschämt ab.

»Er *muß*! Und er will auch, er hat genug, er kann da nicht mehr atmen!« sagte Roszek. In seinem breiten, teigigen Gesicht zuckte es. »Keiner von uns kann das mehr. Ich bin einundsechzig – auch kein Springinsfeld, nicht? Aber was soll man tun?« Roszek sprach, wie es schien, leichthin, doch nun merkte man, wie sehr er sich um Haltung bemühte. »Seit 1947 habe ich meine Zeitung gemacht... Gutes Blatt, wirklich. Viel Freude habe ich daran gehabt...« Er strich verloren über den dicken Band mit Shakespeares gesammelten Werken. »Will sehen, ob ich sie in Tel Aviv nicht weiterführen kann.« Er blickte Irene und Manuel lächelnd an, lächelnd mit dem Wissen um vieltausend Jahre Vertreibung, Verfolgung, Schmerz, Qual und Flucht.

»Und Daniel Steinfeld?« fragte Irene. »Was macht der?«

»Der war Chemiker, Biochemiker«, sagte Roszek. »Universitätsprofessor. Ein eigenes Institut haben sie ihm gebaut – auf dem Land vor der Stadt. Da hat er gearbeitet, monatelang manchmal. Dann war er wieder in Warschau. Ein berühmter Wissenschaftler bei uns, ein gefeierter Mann – bis zum September 1967. Da haben sie ihn hinausgeworfen. Er hat die Universität nicht mehr betreten dürfen, und nicht mehr sein Institut. Staatsfeindliche Tätigkeit haben sie ihm vorgeworfen. Als Zionist im Dienst Israels. Und als Agent der Amerikaner! Sie haben ihm den Prozeß gemacht. Es ist ihm nichts passiert. Freispruch zuletzt. Nur noch kränker ist er natürlich geworden durch all die Aufregungen. Die Anklage, er sei ein amerikanischer Agent, die wurde gegen ihn übrigens erhoben, weil er einen Freund hatte, der weit in der Welt herumkam, auch in Amerika.«

»Was war das für ein Freund?«

»Kein Pole. Ein Wiener, wie wir alle. Der Mann hat ihn oft besucht in den vergangenen Jahren, sie haben an irgend etwas zusammen gearbeitet, ich weiß nicht, an was. 1966 ist sein Freund, dieser Thomas Meerswald, ums Leben gekommen. 1966! Und 1968 bezeichnete die Staatsanwaltschaft ihn als Spion. Er sei der Kontaktmann Daniels zu den Amerikanern gewesen – was machen Sie denn für Gesichter? Großer Gott im Himmel, was ist los? Ich habe doch nur gesagt, daß Daniel mit diesem Thomas Meerswald zusammengearbeitet hat und deshalb so große Schwierigkeiten bekam!«

68

Etwa 900 Kilometer südwestlich von Buenos Aires liegt, in der Provinz La Pampa und am Nordwestrand einer großen Salzseepfanne, der Ort La Copelina. Knapp 15 000 Menschen wohnen hier. Die nächste Bahnlinie in der wustenhaft trockenen Gegend läuft 300 Kilometer entfernt. Nur zwei schlechte Straßen führen von La Copelina nach Puelches und La Cautiva, armen, trostlosen Städten am träge dahinfließenden Rio Salado. Der Salzsee hat eine Länge von 80 Kilometern.

1952 wurde es an seinem Südostende lebendig. Innerhalb eines Jahres entstanden Fabrikgebäude, Hallen, große flache Gebäude und eine Betonpiste, auf der auch Transportmaschinen landen konnten. Die Firma QUIMICA ARANDA errichtete hier ein Zweigwerk, nachdem, wie man in La Copelina hörte, Wissenschaftler das Salz des Sees untersucht und herausgefunden hatten, daß sich in seinem südöstlichen Teil riesige Mengen gewisser Substanzen befanden, die zur Herstellung bestimmter Schädlingsbekämpfungsmittel hervorragend geeignet waren. Die Regierung hatte der QUIMICA ARANDA die Erlaubnis zur Ausbeutung der praktisch unerschöpflichen Vorkommen erteilt.

Da die hier hergestellten Chemikalien auch für Menschen giftig waren, wurde das gesamte Betriebsgelände mit hohen Stacheldrahtzäunen umgeben, Wachen und Hundeführer patrouillierten Tag und Nacht, es gab Scheinwerfer auf Türmen, und alle Sicherheitsbestimmungen waren sehr streng. Die Einwohner von La Copelina zeigten sich einerseits erfreut über die neue Industrie, denn sie brachte der Stadt Dauergäste – Angehörige der Chemiker und Ingenieure, die am Südostende des Sees arbeiteten –, Steuern und eine Blüte des Geschäftslebens und des Gaststättengewerbes; auf der anderen Seite waren den primitiven Eingeborenen das seltsame Werk, die brausenden Flugzeuge, der Lärm der Maschinen, der bei ungünstigem Wind bis in den Ort drang, unheimlich. Weitaus stärker jedoch war der Enthusiasmus über den wirtschaftlichen Aufschwung. Die

Kinder der Chemiker und Techniker gingen in La Copelina zur Schule, die man eigens für sie errichtet hatte, sie wohnten mit ihren Müttern in neu erbauten Bungalows, und zu den Wochenenden kamen die Männer stets vom südöstlichen Seeufer herauf, wo sie die Woche über in Baracken lebten. Es arbeiteten nur Männer in der Fabrik – insgesamt 253.

Und dann kam das Furchtbare.

Am Dienstag, dem 14. Januar 1969, gegen die Mittagsstunde, bebte unter La Copelina die Erde, und der Lärm gewaltiger Detonationen erfüllte die Luft. Voll Panik stürzten die Bewohner ins Freie. Sie sahen, weit entfernt, am Südostende des Salzsees mächtige schwarze Wolken, dort, wo sich die Fabrikanlagen befanden, und in diesen orangefarbene Feuerbrünste. Die Menschen hatten sich noch nicht von ihrem Entsetzen erholt, da bebte die Erde neuerlich, und weitere dunkle Rauchpilze schossen hoch. Brände wüteten nun schon das ganze Ende des Sees entlang. Es sah aus, als brenne die kahle, harte Erde. Und die schwarzen Wolken stiegen wie riesige Türme zu dem blauen, strahlenden Himmel empor.

Polizei, Feuerwehr, Freiwillige und verzweifelte Angehörige der Männer, die in dem Werk gearbeitet hatten...

69

»... machten sich sofort auf zur Unglücksstätte. Sie brauchten für den Weg fast zwei Stunden. Als sie endlich eintrafen, konnten sie an die Anlagen nicht näher als zwei Kilometer heran, denn hier brannte immer noch alles, die Luft war von Qualm und Rauch verpestet, und die Temperaturen, die durch das Großfeuer entstanden waren, hatten enorme Höhen erreicht«, berichtete Juan Cayetano.

Er saß, Manuel gegenüber, an einem Tischchen in der kreisrunden gläsernen Espresso-Bar auf dem Cobenzl. Unter ihnen lief die freigeräumte Höhenstraße, über deren Serpentinen sie den Berg heraufgekommen waren. Von ihrem Platz aus sahen sie ganz Wien, ein Meer von Häusern, Palästen, Kuppeln und Kirchen, die Donau, ihre Brücken, das Land dahinter. Am Morgen hatte der Schneefall aufgehört, zwei Stunden später war die geschlossene Wolkendecke zerrissen. Jetzt, gegen 16 Uhr, ließ eine schon tief im Westen stehende Sonne Millionen Fenster der leuchtenden Stadt glühend aufstrahlen. Bei klarer Sicht war der Anblick von hier oben stets überwältigend. Darum blieb das Espresso auch das ganze Jahr geöffnet, während die angeschlossenen Großbetriebe – Restaurants und Bars, die sich über ein weites Gelände erstreckten – im Winter schlossen.

»Das ist am vierzehnten passiert«, sagte Manuel, der Cayetano mit steigender Erregung gelauscht hatte. »Am dreizehnten bin ich abgeflogen.

Heute schreiben wir den einundzwanzigsten. Warum haben Sie mich nicht angerufen und mir das alles längst erzählt? Warum haben Sie nichts gesagt, als Sie von Paris aus mit mir sprachen?«

»Es war mir verboten«, sagte Cayetano, ein großer, schwerer Mann in den Fünfzigern, mit dunklen Tränensäcken. Er fror in dem überheizten Lokal. Cayetano war gegen Mittag gelandet und hatte mit den beiden Anwälten, die ihn begleiteten, im ›Ritz‹ auf Manuel gewartet. Dieser war erst am Nachmittag erschienen. Er hatte noch die Familie Roszek in das Lager der ›Jewish Agency‹ bringen müssen. Irene war mit der Straßenbahn zur Möven-Apotheke gefahren. Manuel hatte die Anwälte um Entschuldigung gebeten und sich mit Cayetano sofort auf den Weg hierherauf gemacht, nachdem er zu seiner Verblüffung dem Hofrat Groll begegnet war . . .

»Was machen Sie im ›Ritz‹?«

Der rundliche Mann hatte seine Virginier gemustert und den silberhaarigen Kopf gewiegt.

»Graf Romath ist einem Unglück zum Opfer gefallen.«

»*Was?*«

»Leise.«

»Aber wie . . .«

Groll berichtete schnell, was Romaths Putzfrau an diesem Morgen entdeckt hatte, als sie zur Arbeit kam.

»Vielleicht war es wirklich ein Unfall?«

»Die Beamten, die den Fall untersuchen, sind davon überzeugt.«

»Sie nicht?«

»Ich nicht. Gar nicht. Deshalb habe ich mich hier ein wenig umgesehen. Der Sender, den der Graf in seinem Büro hatte, ist verschwunden. Der Receptionschef – der Dienstälteste hier – hat provisorisch die Leitung des Hotels übernommen. Alle sind sehr betroffen oder tun so. Und man hat mich händeringend gebeten, kein Aufsehen zu erregen. Sie wollen es unbedingt bei dem Unglücksfall bleiben lassen – verständlich.«

Dieses Gespräch fand in der vorderen Halle statt, gleich nachdem Manuel ins Hotel gekommen war. Sie unterhielten sich flüsternd miteinander.

»Sie glauben an *Mord?*«

»Nein.«

»Woran dann?«

»Selbstmord«, antwortete Groll. »Ich kannte den Grafen lange. Er war ein . . . er hatte seine Besonderheiten. Und er war in Ihren Fall verwickelt, das wissen wir. Ich könnte mir gut vorstellen, daß man etwas von ihm verlangt hat, was er nicht zu tun bereit war. Dank seiner Veranlagung konnte man ihn erpressen. Es blieb ihm kein anderer Ausweg. Um das Hotel und seinen Namen zu schützen, inszenierte er einen Selbstmord, der genau wie ein Unfall aussah ... so etwa.«

»Mein Gott!«

»Unterhalten Sie sich ab sofort mit niemandem mehr über unseren Fall in Ihrem Appartement oder überhaupt im Hotel«, sagte Groll. »Sie werden mir recht geben, wenn ich meine, daß das nun zu gefährlich ist. Unsere Freunde wissen sicher auch längst Bescheid.«

Das stimmte. Santarin und Grant waren durch den Hauselektriker Nemec informiert worden. Der Russe hatte sich trotz aller Verärgerung beeindruckt von der Tat des Aristokraten gezeigt, Grant nur geflucht. Sie benötigten Ersatz für Romath – und wo war der so schnell zu beschaffen?

»Noch etwas«, sagte Groll. »Tragen Sie die Fotografien dieses Penkovic und den Zettel aus Valerie Steinfelds Fotoschatulle bei sich?«

»Ja.«

»Geben Sie mir alles. Ich stecke es in ein Kuvert und schicke es an Doktor Stein. Er soll es auch in den Tresor legen.«

»Sie meinen, daß man von dem Grafen verlangt hat, diese Sachen zu stehlen?«

»So etwas Ähnliches muß es gewesen sein«, hatte Groll geantwortet und die Fotografien und das vergilbte Papier in Empfang genommen. »Ihre Freunde warten schon auf Sie. Fahren Sie mit dem Vertreter Ihres Vaters weg, wenn Sie jetzt mit ihm sprechen.«

»Wohin?«

»Irgendwohin. Auf den Cobenzl, zum Beispiel. Da gibt es eine sehr hübsche Espresso-Bar. Der Weg ist nicht zu verfehlen.«

»Um neunzehn Uhr habe ich mit meinem Botschafter ein Treffen vereinbart.«

»Zeit genug also ...«

So war Manuel mit Cayetano auf dem Cobenzl gelandet und hatte sich angehört, was geschehen war.

»Verboten?« sagte er jetzt zu Cayetano. »Wer hat es Ihnen verboten?«

»Unsere Staatspolizei. Wir haben seit der Katastrophe Beamte in der Zentrale sitzen. Ich bin verhört worden, wir alle wurden verhört. Da ist der Teufel los, kann ich dir sagen, Manuel.«

»Aber wieso?«

»Laß mich weitererzählen. Die Leute aus La Copelina konnten nichts ausrichten. Nicht das Geringste. Vollkommen hilflos standen sie vor dem höllischen Flammenmeer. Wie die Untersuchung später ergab, waren Bomben mit Napalmfüllung und Zeitzünder explodiert – in solcher Anordnung und Reihenfolge, daß nichts, aber auch nichts von dem Werk übrigbleiben konnte.«

»Weiter! Weiter!«

Cayetano sagte: »Von La Copelina aus alarmierten die Leute Buenos

Aires. Man rief mich an. Das Innenministerium schaltete sich sofort ein, ebenso das Verteidigungsministerium.«

»Das Verteidigungsministerium? Ich begreife nicht...«

»Ich hatte es alarmiert.«

»*Sie?* Aber warum?«

»Du kannst dir wirklich nicht denken, warum?«

»Nein!« rief Manuel, sehr verwirrt.

»Hm...« Cayetano starrte auf die Tischplatte. »Nun ja«, sagte er nach einer Pause. »Dann ist also wirklich alles so, wie ich dachte.«

»Was dachten Sie?«

»Der Reihe nach. Ich erzähle es dir gleich. Die Regierung nahm die Sache verflucht ernst.«

»Aber weshalb...«

»Laß mich reden! Drei Transall-Transporter mit ausgesuchten hohen Beamten und Offizieren, Brandspezialisten, Kriminalbeamten und Regierungsvertretern flogen los. Ich mußte mitfliegen. Es war das erste Mal, daß ich nach La Copelina kam.«

Ist das auch wahr? dachte Manuel. Ist das auch wirklich wahr? Du, der Stellvertreter meines Vaters, warst nie in La Copelina? Bei La Copelina lag das Entwicklungszentrum für AP Sieben, davon bin ich überzeugt. Völlig überzeugt. Zerstört wurde es gewiß in trautem Übereinkommen von Amerikanern und Sowjets. Die hatten, was sie wollten. Mein Vater war tot. Nun mußten alle Zeugen und Mitarbeiter, alle Mitwisser verschwinden. Das ganze Werk mußte verschwinden! Keine Hinweise, kein Verrat mehr. Man soll nicht sagen, daß die Herrschaften zimperlich sind...

Unterdessen hatte Cayetano weitergesprochen: »Wir kamen gegen siebzehn Uhr an. Das Gelände brannte immer noch. Du kannst dir nicht vorstellen, bis zu welchem Grad es verwüstet war. Nur die Landepiste hatte nichts abbekommen. Sie liegt zu weit entfernt. Spezialisten löschten die Flammen. Eine Untersuchung war erst am nächsten Morgen möglich. Die Leute in dem zerstörten Werk waren alle tot. Ohne Ausnahme. Verbrannt und verkohlt bis zur Unkenntlichkeit. Man brauchte Tage, um sie zu identifizieren. Napalm! Wir mußten mit Gasmasken arbeiten, dieser Gestank – unerträglich. Und dann noch die Tierkadaver...«

Na also, dachte Manuel mit trauriger Genugtuung.

»Versuchstiere?«

Cayetano verzog das Gesicht.

»Versuchstiere, ja. Pferde, Kühe, Ochsen, Affen, Schweine... verreckt in ihren Ställen und Käfigen. Das ganze Werk ein einziger zusammengeschmolzener Trümmerhaufen...« Ja, dachte Manuel. Napalm. Hitze genug, um auch die letzte Mikrobe, das letzte Gift zu vernichten. Napalm

– eine gute Idee. Saubere Arbeit.

»Hör mal«, sagte der schwere Mann. »Ich sehe, du willst mir kein Vertrauen schenken.«

»Wirklich, Cayetano, ich...«

»Sei ruhig. Ich weiß nicht, was du inzwischen in Wien herausgefunden hast. Du sagst es mir nicht. Gut, dann will ich es dir sagen!«

»Sie?«

»Ja.« Cayetano legte eine Faust auf den Tisch. »Ich. Du hast herausgefunden, daß dein Vater mit B-Waffen experimentiert hat. Daß er eine Erfindung mit nach Wien brachte und sie hier den Vertretern anderer Mächte zum Kauf anbot...«

»Woher wissen Sie das?«

»Das weiß ich von den verfluchten Kerlen aus dem Verteidigungsministerium, die mir in den letzten Tagen nicht von der Seite gewichen sind! Und die wieder wissen es aus Wien! Die Botschaft hält sie auf dem laufenden über das, was du hier treibst! Ich kann dich verstehen, Manuel. Es ist schlimm für dich, dir sagen zu müssen, daß dein Vater ein Verbrecher war, ein Schuft, ein Schwein... Das ist auch für mich schlimm. Aber es ist die Wahrheit!«

»Und woher will denn unser Verteidigungsministerium wissen, was mein Vater gemacht hat?« fragte Manuel schnell. Cayetano war jetzt sehr aufgeregt. Vielleicht verriet er etwas.

»Woher?« Der schwere Mann klopfte mit der Faust auf die Tischplatte. »Dein Vater, die QUIMICA ARANDA, bekam seinerzeit von unserem Verteidigungsministerium den Geheimauftrag, einen möglichst wirkungsvollen B-Kampfstoff zu entwickeln!«

Manuel starrte Cayetano an. Er schluckte schwer und würgte ein paar Worte hervor: »Das... Verteidigungsministerium hat ihm... den Auftrag... gegeben?«

»Ja! Nur er und ich und die Chemiker und Techniker in La Copelina waren informiert. Und alle waren wir auf absolutes Stillschweigen vereidigt worden. Argentinien hat keine Atomwaffen...«

»Cayetano, ich *schwöre* Ihnen, ich habe bis zu dieser Minute nichts von dem Auftrag geahnt!«

»*Das* glaube ich! Aber daß dein Vater hier, in Wien, sein eigenes Geschäft mit dem Auftrag machen wollte, das hast du herausbekommen – lüg mich nicht an!«

»Ich lüge Sie nicht an, Cayetano«, sagte Manuel. »Ja, das habe ich herausbekommen...«

»...die frühen Fotografen haben ihn gelehrt – und er wiederum hat die Fotografen gelehrt –, welche überraschenden Wirkungen man durch die Wahl eines engen Bildausschnitts, den Blickwinkel steil von oben herab, wie hier bei dieser Tänzerin, oder auch von unten herauf, gewinnen kann. Sehen Sie sich die unübertrefflich kultivierte Komposition an...!« Der schlanke, große Mann mit dem mächtigen Kopf und den scharfen Augen des Chirurgen verharrte reglos vor einem Bild, das auf einem Dreifuß stand. Auch seine schönen, kraftvollen Hände erinnerten an die eines Operateurs. Hätte dieser Mann nicht einen überkorrekten dunklen Anzug getragen, sondern einen am Hals hochgeschlossenen weißen Kittel, Gummihandschuhe und eine weiße Kappe auf dem grauen Haar – er wäre gewiß einem Sauerbruch oder einem Billroth ähnlich gewesen. Schon in den Zuchthäusern, woselbst dieser Mann elf Jahre seines Lebens verbracht hatte, war er von seinen Mitgefangenen immer ›der Professor‹ genannt worden. Tatsächlich hatte sein schwerer Beruf das Einfühlungsvermögen, die Behutsamkeit, die Konzentriertheit, die Ruhe und die absolute Meisterschaft des genialen Chirurgen von Anton Sirus verlangt.

Aus dem Rheinland stammend, lebte er seit 1965 in Bremen, einundsechzigjährig nun, ein schwerreicher Mann, ja, das konnte man sagen, ein Mann, der sein Geld für sich arbeiten ließ oder es in den Werken von Malern der berühmten ›Französischen Schule‹ anlegte. Anton Sirus war ein Verehrer der schönen Künste, und seine größte Liebe galt den Impressionisten.

Er hatte eine imposante Villa an der Findorff-Allee erworben, die den alten, exklusiven Bürgerpark entlanglief. Aus den Fenstern des ersten Stocks konnte man den Emma-See mit seinen vielfach geschlungenen Armen erblicken, das Wildgehege und die Tiere dann, den Eichenhain, die Meierei und, weit entfernt, die Rückfront des Parkhotels.

Seine Nachbarn wußten nichts von Anton Sirus. Sie hielten ihn für einen höchst erfolgreichen, properen Handelsmann, der sich zur Ruhe gesetzt hatte und sein Leben genoß – in Reichtum und Luxus, mit ausgesuchtem Personal und großem Bentley, mit Golfspiel, Reisen und mit seiner wundervollen Gemäldesammlung.

Die Bilder hingen an den Wänden eines gewaltigen Raumes im ersten Stock. Sirus hatte aus drei Zimmern eines machen lassen, das durch komplizierteste Alarmanlagen gesichert war. Hier gab es Werke von Cézanne, Picasso (aus dessen ›Blauer Periode‹), Degas, Modigliani, Gauguin, Renoir und Toulouse-Lautrec. Einige bequeme Lehnstühle standen auf dem riesigen Teppich. Die Fenster waren groß und ließen viel Licht in den Raum. Jedes Gemälde konnte zudem in raffinierter Weise einzeln elektrisch angestrahlt werden. Mehrere Stunden des Tages verbrachte der Ex-Zuchthäusler, steinreiche Mann und immer noch begnadetste Schränker Europas hier, versunken in der Betrachtung seiner Schätze, die er ständig vermehrte.

Am Vormittag des 21. Januar 1969 war er aus London zurückgekehrt. Auf einer Auktion des berühmten Kunsthauses Christie's hatte er die Tänzerin von Degas, die nun auf dem Dreifuß stand, am 16. Januar zu einem unerhörten Preis ersteigert. Der Transport des Bildes nach Deutschland, welchen er persönlich überwachte, hatte ihn Zeit und viel Geduld gekostet.

Anton Sirus bestand sozusagen aus Geduld – im Gegensatz zu dem rosigen, blonden und dicken Willem De Brakeleer, der in einem der Lehnstühle saß und seine Nervosität kaum mehr zügeln konnte. Der ›Professor‹ verbreitete sich seit mehr als einer Stunde über Degas. Er war noch in London gewesen, als De Brakeleer in Bremen eintraf. Der Holländer hatte warten müssen. Dann war Sirus heimgekehrt. In Erinnerung an ihre bewegte Vergangenheit hatte er den Holländer zum Tee geladen, bei welcher Gelegenheit De Brakeleer seine Mission erledigen und Merciers Angebot unterbreiten konnte. Ernst, mit undurchdringlicher Miene, hatte der ›Professor‹ seinen Tee getrunken und zugehört. Doch anstatt auf die Anfrage einzugehen, war der Meisterschränker und Kunstenthusiast aufgestanden und mit De Brakeleer in sein ›Museum‹ gegangen, wo er den neuen Degas präsentierte. Der Holländer hatte nicht gewagt, Sirus' Reden zu unterbrechen. Nun, endlich, faßte er sich ein Herz.

»Professor ...« Auch die niederländische Polizei, auch Interpol, auch De Brakeleer hatten Anton Sirus jahrzehntelang mit diesem Spitznamen geehrt.

»Ja, was ist, Baas?« Sirus sah den Holländer verträumt an, langsam kehrte er aus seiner wunderbaren Welt der Kunst in die Wirklichkeit zurück. In alter, liebevoller Gewohnheit sprach er De Brakeleer immer noch so an, wie dieser von Kollegen und Kriminellen stets respektvoll tituliert worden war, mit dem holländischen Wort für ›Meister‹.

»Ich teile Ihre Begeisterung, Professor. Wirklich unvergleichlich, dieses Gemälde. Aber können wir ... ich meine ... wollen Sie sich nicht endlich zu meinem Vorschlag äußern?«

»Nein«, sagte Sirus.

»Was, nein?«

»Ihr Vorschlag interessiert mich nicht, Baas.«

De Brakeleer wurde es richtig übel. O Gott, dachte er. Wenn ich ihn nicht herumkriege ... Der verfluchte Film ... Mercier schickt ihn der Flugzeugfirma ... Ich bin meinen Job los ...

Der rosige Holländer zwang sich zu einem Lächeln. »Sagen Sie nicht gleich Nein! Wie ich schon bemerkte, spielt Geld bei dieser Sache keine Rolle. Sie können verlangen, was Sie wollen...«

»Ich habe genug Geld. Ich brauche nichts.«

»Unsinn. Jeder Mensch braucht Geld!« De Brakeleer war den Tränen nahe.

»Ich nicht. Wirklich nicht. Ich habe in meinem Leben lange und schwer gearbeitet. Und ich bin nicht mehr im Gewerbe, das wissen Sie doch, mein lieber Baas.«

»Herr Sirus... Professor... Ich bitte Sie! Sie sind der einzige Mann, der für eine solche Sache in Frage kommt! Sie erhalten jede Unterstützung! Sie müssen nur sagen, was Sie brauchen – es wird beschafft. Sie haben jeden Schutz. Tun Sie es, ich flehe Sie an. Mir zuliebe! Erinnern Sie sich an 1947? Die Volksbank in Den Haag? Ich wußte, daß Sie es waren, ich wußte es!«

»Gar nichts wußten Sie, Baas.«

»Aber ja doch!«

»Und warum haben Sie mich dann nicht verhaften lassen?«

»Weil... Ich... Sehen Sie, Professor, ich empfand damals solche Bewunderung für Sie... für Ihr Genie... und ich...«

»Ach, hören Sie auf! Das ist doch Gefasel. Einen Dreck wußten Sie.« Sirus setzte sich gleichfalls. Er legte die Spitzen der schönen Finger aneinander und stützte das Kinn darauf. »Sie werden erpreßt, Baas, wie?«

De Brakeleer nickte nur.

»Schlimm?«

»Sehr schlimm.«

»Hm. Und Ihre Freunde brauchen das, was in dem Tresor liegt, sehr dringend?«

»Außerordentlich dringend, Professor!« De Brakeleer fühlte neue Hoffnung. »Die gehen auf jede Bedingung ein! Auf jede.«

»Sind Sie da ganz sicher?«

»Absolut sicher!«

»Nun gut«, sagte Sirus. »Wir werden sehen, ob Sie recht haben.«

»Wie? Wie?« De Brakeleer zitterte vor Erregung.

»Was mich an Monet so fasziniert«, sagte Sirus, »das ist seine einzigartige Begabung, Atmosphäre durch das Licht, durch die Spiele des Nebels, der Sonne und des Wassers zu schaffen... Da gibt es ein Bild von ihm – ›Die Mohnblumen‹. 1873 entstanden. Nach diesen ›Mohnblumen‹ bin ich verrückt. Ich träume von ihnen! Ich muß sie haben! Ich muß sie haben, Baas, verstehen Sie mich?«

»Aber ja doch, natürlich!« De Brakeleers Worte überstürzten sich. »Sie wünschen das Bild – wunderbar! Sie werden es bekommen!«

»Langsam«, sagte Sirus. »Es muß doch einen Grund haben, daß ich das

Bild noch nicht besitze, wenn ich es so sehr liebe, wie?«

»Ja...« De Brakeleers Hochgefühl sank wieder.

»Ich kann es nicht bekommen. Um keinen Preis. Ich habe schon alles versucht. Nichts zu machen. Das Bild hängt in Paris, im Musée de l'Impressionisme. Unverkäuflich.« Sirus' Stimme hob sich etwas. »Aber ich verliere noch den Verstand, wenn ich die ›Mohnblumen‹ nicht habe. Und das ist Ihre Chance!« Er sprach wieder mit seiner normalen, leisen und kultivierten Stimme. »Die Franzosen schicken Sie, nicht wahr?«

»Das sagte ich doch. Die Franzosen wollen unbedingt...«

»Sie wollen unbedingt, ja, ja. Wenn die Franzosen mich wirklich unbedingt wollen, Herr De Brakeleer, dann sollen sie dafür sorgen, daß mir das Musée de l'Impressionisme die ›Mohnblumen‹ verkauft! Ich zahle. Ich zahle, was man verlangt. Aber man muß mich kaufen lassen, verstehen Sie? Man muß das Bild freigeben!«

»Und wenn man es freigibt... dann wären Sie bereit...«

Mit verhaltener Bewegtheit sprach Anton Sirus: »Dann würde ich noch einmal an die Arbeit gehen, ja. Das wäre es mir wert...«

71

»Wir müssen uns bei Ihnen entschuldigen, Herr Cayetano – es blieb den Herren keine andere Wahl.«

»Entschuldigen? Ich verstehe nicht...«

»Die Untersuchungsbeamten in Buenos Aires haben Ihnen nicht die Wahrheit gesagt. Auch die Vertreter der Ministerien nicht. Sie wurden absichtlich belogen und falsch informiert – im Interesse der Ermittlungen«, sagte der argentinische Botschafter. Er hatte ein zerfurchtes Gesicht, eckige Kinnbacken, stahlgraue Augen, und er gehörte zu einer der ältesten und vornehmsten Familien seines Landes. Obwohl er sich hervorragend beherrschte, zeigte er doch Zeichen von Spannung und Nervosität – wie alle Anwesenden in dem großen Salon des Wiener Botschaftsgebäudes. Die Ausnahme war Manuel Aranda. Den hatte plötzlich eine eisige Ruhe ergriffen.

Rund um einen niedrigen Rauchtisch saßen links von Manuel der massige Cayetano, rechts der kleine Botschaftsattaché Ernesto Gomez mit dem schwarzen Kraushaar und der olivenfarbenen Haut. Manuel gegenüber saß der Botschafter, flankiert von den beiden Anwälten, die mit Cayetano eingetroffen waren – dem persönlichen Rechtsvertreter Raphaelo Arandas und dem Syndikus der QUIMICA ARANDA.

Die Besprechung, die nach wenigen allgemeinen Worten und mechanischen Kondolationen begonnen hatte, war durch die Erklärung des Botschafters schnell zum Thema gekommen...

»Sie werden sofort verstehen, Herr Cayetano. Doktor Aranda sagte Ihnen, er habe einen Geheimauftrag über die Herstellung von B-Waffen von unserem Verteidigungsministerium erhalten.«

»Richtig.«

»Sie und alle seine wissenschaftlichen Mitarbeiter an dem Projekt wurden zu absolutem Stillschweigen darüber vereidigt.«

»Ja! Von zwei hohen Beamten des Ministeriums...« Cayetano unterbrach seinen Satz. »Ich habe in den letzten Tagen immer wieder gefordert, den beiden gegenübergestellt zu werden! Man hat meine Bitte nicht erfüllt. Warum nicht?«

»Weil diese beiden Männer – Verräter, wie wir nun annehmen müssen – spurlos verschwunden sind.«

Cayetano sagte atemlos: »Das bedeutet...«

»Das bedeutet, daß natürlich weder das Verteidigungsministerium noch irgendeine andere Stelle unserer Regierung den Doktor Aranda *jemals* mit einem solchen Geheimauftrag betraut hat. Wir stellen keine A-, B- oder C-Waffen her, und wir haben auch nicht die Absicht, das zu tun. Im Bunde mit seinen beiden zweifellos hoch bestochenen Komplicen spielte Doktor Aranda Ihnen allen dieses Theater vor, damit Sie ruhig und nicht durch Skrupel belastet an einer Sache mitarbeiten sollten, die Doktor Aranda – und er allein, das erkläre ich hier namens meiner Regierung! – voranzutreiben entschlossen war.«

Mein Vater hat also alle belogen und betrogen, sogar die nächsten Mitarbeiter, nur so war er in der Lage, seine Erfindung zu machen, dachte Manuel, und es erstaunte ihn, wie gelassen er blieb. Er glaubte, was der Botschafter sagte. Dieser hätte sich gehütet zu behaupten, daß es zwei korrupte Beamte im argentinischen Verteidigungsministerium gab. Er hätte meinen Vater allein beschuldigt und nicht seine Regierung in diese Sache hineingezogen, dachte Manuel. Aber der Umstand, daß man mich hier in Wien ungeschoren weiterforschen läßt, scheint doch darauf schließen zu lassen, daß der Botschafter und die Behörden daheim immer noch keine Ahnung vom ganzen Ausmaß der Erfindung besitzen, die mein Vater gemacht und verkauft hat!

»Ich nehme an, Ihre privaten Nachforschungen hier in Wien haben Sie zu Erkenntnissen gebracht, die nur das bestätigen, was Seine Exzellenz sagt?« Der kleine Gomez sah Manuel aggressiv an.

Aggressiv antwortete Manuel, während er dachte, daß dieser Ernesto Gomez ein anständiger und tapferer Verbündeter im zuletzt offensichtlich vergeblichen Kampf des Thomas Meerswald gewesen war: »Weil Sie das annehmen, haben Sie mich im ›Ritz‹ aufgesucht, nicht wahr? Und mich ersucht, meine Nachforschungen abzubrechen und heimzukehren, wie?«

»Ich tat es, weil ich dazu den Auftrag erhalten hatte«, antwortete der kleine Mann verbissen.

»Auftrag von wem?«

»Von seiner Exzellenz, dem Herrn Botschafter.«

»Und ich hatte ihn von unserem Innenministerium erhalten«, sagte der Botschafter.

»Was bewog das Innenministerium zu diesem Schritt?«

»Die Ergebnisse der Untersuchungen, die in Buenos Aires geführt wurden, Herr Aranda.« Der Botschafter hob den Kopf. »Sie ergaben die völlige Ahnungslosigkeit und Gutgläubigkeit des Herrn Cayetano. Die Untersuchungen laufen jedoch noch. Wir wissen längst nicht alles.« Aha, dachte Manuel. »Es sind geheime Untersuchungen. Was ich hier mitteile, erkläre ich unter der Voraussetzung, daß keiner der Anwesenden einem anderen Menschen gegenüber auch nur Andeutungen macht.«

Groll schweigt, dachte Manuel. Der wird mich nie verraten, was ich ihm auch erzähle, nie! Sie wissen also noch nichts von der wirklichen Tragödie, genau wie ich es vermutete. Er sagte: »Ihr Attaché hat mich bei seinem Besuch gewarnt. Sie könnten nicht für mein Leben garantieren, wenn ich in Wien bliebe, erklärte er. Das taten Sie doch, Herr Gomez, nicht wahr?«

»Sicherlich.«

»Im Auftrag Seiner Exzellenz?«

»Sicherlich.«

»Sie sagten, man habe meinen Vater gewarnt. Und der habe nicht auf die Warnungen gehört. Warnten auch Sie ihn?«

»Nein. Das war ich«, sagte der Botschafter.

»Sie, Exzellenz?« Manuel hob die Brauen. »Wie kamen Sie dazu?«

»Beobachtungen hatten ergeben, daß Ihr Vater sich mit den verschiedensten Agenten traf.«

»Wer beobachtete ihn?«

»Einige unserer Leute. Unter Anweisung von Herrn Gomez. Er ist für derlei zuständig.«

»Aha.«

»Was heißt aha?« Der kleine Mann brauste auf. »Wenn Sie etwa der Ansicht sind, daß ich etwas anderes als meine Pflicht tat...«

»Beruhigen Sie sich, bitte.« Cayetano sprach plötzlich. Sein sorgenvolles Gesicht war dunkel. »Sagten Sie Pflicht?«

»Ja!« Gomez nickte heftig. »Die Ankunft Ihres Vaters wurde uns avisiert – vom Innenministerium. Er war eine Person, gegen die man offenbar bereits gewisse Verdachtsmomente gesammelt hatte. Wir wurden gebeten, Doktor Aranda im Auge zu behalten und ihn zu warnen, falls er mit Agenten in Kontakt trat. Nun, er tat es. Ich berichtete Seiner Exzellenz.«

»Und ich sprach daraufhin mit Ihrem Vater. Erfolglos«, sagte der Botschafter zu Manuel.

»So erfolglos wie ich mit Ihnen«, sagte Gomez, bösartig jetzt.

Manuel ging darauf nicht ein. Er fragte: »In welcher Weise haben Sie meinen Vater gewarnt, Exzellenz?«

»In der vom Innenministerium formulierten. Ich sagte Ihrem Vater, daß wir Grund hätten, ihm gegenüber mißtrauisch zu sein, und daß wir ihn dringend aufforderten, Wien zu verlassen und heimzukehren, weil er sich hier in großer Gefahr befinde.«

»Und mein Vater?«

»Weigerte sich, lachte mich aus, berief sich auf seine Rechte als freier Bürger, stritt jede unerlaubte Tätigkeit ab.«

Er lachte den Botschafter aus, dachte Manuel. Aber Yvonne hat mir erzählt, daß er Angst, Todesangst hatte, die ganze Zeit über in Wien. Todesangst vor wem? Nur vor seinen Geschäftspartnern? Oder auch vor den eigenen Landsleuten?

»Wenn Sie also nach wie vor bei Ihrem Entschluß bleiben, in Wien weitere Nachforschungen anzustellen, und wenn Sie entschlossen sind, nicht mit uns zu kooperieren...«, begann der Botschafter.

»Wer spricht davon? Ich habe Ihnen nur nicht mehr zu sagen!«

»...dann wollen wir dieses Kapitel abschließen«, erklärte der Botschafter eilig und nun auch sehr nervös, wie es Manuel schien. »Wir können Sie nicht zwingen.«

»Und auch nicht hindern.« Es war das erste Mal, daß der Syndikus der QUIMICA ARANDA sprach. Er nickte Manuel zu.

»Vorläufig nicht«, sagte Gomez böse.

»Was an uns liegt, so werden wir alles tun, um zu vereiteln, daß Sie es jemals können«, sagte der Syndikus. »Ganz gleich, was der Vater dieses Herrn verbrochen haben könnte – wir kennen keine Sippenhaft, und ein Mensch ist so lange vor dem Gesetz unschuldig, bis ihm seine Schuld nachgewiesen wird. Diese Aufgabe liegt bei der Regierung. Man weise diesem jungen Mann das geringste Vergehen nach!«

»Wie ich schon sagte...« Der Botschafter winkte ab. »Wir beschließen dieses Kapitel und kommen zu den Angelegenheiten, die jetzt hier, auf der Botschaft, geregelt werden müssen. Da wäre zunächst die Testamentseröffnung. Wenn ich bitten dürfte...«

Der persönliche Anwalt von Manuels Vater entnahm seiner Mappe einen versiegelten Umschlag, den er vor aller Augen öffnete. Das Testament brachte keine Überraschung. Manuel war Universalerbe. In seinem Letzten Willen legte der Vater ihm ans Herz, auf eine noch zu begrenzende Reihe von Jahren Cayetano als Generalbevollmächtigten der QUIMICA ARANDA einzusetzen. Es folgten Anordnungen über die Kapitalplanung, die Entwicklung der einzelnen Zweigwerke und die allgemeine Geschäftspolitik der Firma.

Die Spannung ließ nach, während der Anwalt das umfangreiche Testament verlas. Zuletzt sagte Manuel: »Ich bin einverstanden mit allen Punkten. Insbesondere freue ich mich, Herrn Cayetano zum Generalbevollmächtigten ernennen zu dürfen – mit sofortiger Wirkung.«

Es überraschte ihn zu sehen, daß dem großen, starken Mann plötzlich Tränen in den Augen standen. Cayetano umarmte Manuel impulsiv und küßte ihn auf die Wangen.

»Danke für dein Vertrauen, mein Junge«, flüsterte er. »Ich werde dich nicht enttäuschen...«

Und wenn du es dennoch tust, wird es mich nicht mehr erschüttern, dachte Manuel und erschrak über diesen Gedanken. Mißtraute er bereits wirklich *jedem?* Cayetano war einer der Menschen, die er am längsten im Leben kannte, ein Freund. Ich muß mich zusammennehmen, dachte Manuel.

Er hörte die anderen Männer wie aus weiter Ferne reden, während er verloren und einsam Cayetano betrachtete, der eifrig und energisch diskutierte. Von Verträgen war die Rede, von Vollmachten, von den verschiedensten Dokumenten, welche die beiden Anwälte am nächsten Tag, gemeinsam mit der Rechtsabteilung der Botschaft, vorbereiten wollten und die Manuel dann unterschreiben mußte.

»...bis morgen abend alles vorbereitet haben, Herr Aranda«, klang endlich, nun wieder deutlich, die Stimme des Syndikus an sein Ohr.

Ich traue Cayetano, ja, ich traue ihm, dachte Manuel.

»Gut«, sagte er. »Dann will ich die Papiere morgen abend durchlesen und gleich, oder übermorgen, unterschreiben...«

Bald danach brach die Gesellschaft auf. Die Verabschiedung war höflich-frostig.

In das ›Ritz‹ zurückgekehrt, zog Manuel Juan Cayetano zur Seite.

»Wollen Sie mir einen Gefallen tun?«

»Gerne, natürlich. Was gibt es?«

»Sagen Sie es auch den Anwälten, zur Sicherheit. Wenn morgen jemand nach mir fragt, bin ich in der Botschaft. Das hinterlasse ich im Hotel. Wenn Sie angesprochen werden sollten, es ist unwahrscheinlich, aber es könnte sein...«

»Sie denken an diese junge Dame, Irene Waldegg?«

»Ja.« Manuel nickte. »Besonders an sie. Ihr müssen Sie auch sagen, ich sei in der Botschaft. Es wird bis spät abends dauern.«

»Was?«

»Meine Reise. Ich muß morgen verreisen, nach Villach, und Irene Waldegg darf das nicht wissen.«

72

»Du bist sicher?«

»Ganz sicher. Mir ist andauernd schlecht. Zum drittenmal ist meine Periode ausgeblieben. Meine Brüste werden größer und härter. Und Schwindelanfälle habe ich auch schon. Ein zweites Kind, Martha! Ich habe eine Todesangst vor diesem zweiten Kind! Ich *darf* es nicht haben!«

»Aber es gibt bestimmt keinen Arzt, der dir helfen würde. Die müssen sich jetzt doch an ganz strenge Vorschriften halten!«

»Das weiß ich.«

»Hast du jemand davon erzählt – der Agnes meine ich, oder diesem Martin Landau?«

»Kein Wort. Ich bin auch heute zu dir gefahren, am Sonntag, damit Martin nicht mißtrauisch wird. Agnes und Heinz habe ich gesagt, du hättest etwas mit mir zu besprechen...«

Dieser Dialog zwischen Valerie Steinfeld und ihrer Schwester Martha Waldegg fand am Nachmittag des 17. Juni 1938 im Wohnzimmer der kleinen, kaisergelb gestrichenen Villa an der Fliederstraße in Villach statt. Hinter dem Haus lag ein großer, verwilderter Garten mit Obstbäumen und vielen Blumen, die bunt leuchtend blühten. Sommer, tiefer Sommer ruhte über dem Land, die Sonne brannte, an den Horizonten flimmerte die Luft über den dunklen Bergwäldern, von denen die Stadt umgeben war. Das Haus, um die Jahrhundertwende gebaut, hatte Marthas Mann, der Berufsoffizier Hans Waldegg, von seinen Eltern geerbt. Der Major Waldegg war bald nach dem ›Anschluß‹ Österreichs als Kommandeur einer Einheit in eine Garnison bei Berlin versetzt worden, seine Frau seit zwei Monaten allein.

Die Villa befand sich im Westen der Stadt, nahe den berühmten Heilquellen von Warmbad Villach. Schon den Römern war die gesundmachende Kraft der heißen Sprudel, die hier aus der Erde schossen, bekannt gewesen.

Das Waldeggsche Haus lag sehr abgeschieden, die Fliederstraße war still, kaum jemals fuhr dort ein Auto, die nächsten Villen standen entfernt. Eine Frau kam in der Woche während des Tages, um Martha zu helfen. Heute, am Sonntag, hatte sie frei. Martha und Valerie waren allein. Die Schwestern, beide zierlich gewachsen, sahen sich außerordentlich ähnlich. Beide hatten leuchtend blondes Haar, blaue Augen und eine helle, schöne Haut. Martha war zwei Jahre jünger als Valerie.

Die Fenster des Wohnzimmers standen offen. Bienen summten draußen im Gras. Eine Lokomotive pfiff, lange und klagend. Nördlich verlief eine Eisenbahnlinie.

»Lieber Gott im Himmel«, sagte Martha leise. Sie starrte die Schwester unentwegt an.

»Es geht nicht«, sagte Valerie. »*Es geht nicht, Martha!* Vor zwei Wochen habe ich Heinz die Dokumente für den Ariernachweis geben müssen – sein Klassenlehrer hat gedrängt und gedrängt. Ich mußte dem Buben sagen, daß Paul Jude ist – und er also ein Mischling. Du weißt, was ich daraufhin mitgemacht habe...«

»Du hast es mir geschrieben.«

»Aufgeführt wie ein Wahnsinniger hat sich der Bub! Schrecklich! Ganz furchtbar war das! Geheult und geschrien hat er! Angespuckt hat er mich! Denn ich, ich bin doch an allem schuld in seinen Augen, nicht wahr? Und vor zwei Tagen haben sie ihn aus der HJ geworfen...«

»Das auch noch!«

»Natürlich. War doch zu erwarten. Alles ging wieder los, viel schlimmer als das erste Mal! Er hat mich verflucht und Paul verflucht und getobt und sich nicht beruhigen lassen. Er spricht kein Wort mit mir seither.« Valerie ergriff einen Arm der Schwester. »Nachts liegt er in seinem Bett und weint, stundenlang... die Agnes und ich haben es gehört! Und von Paul weiß ich nicht einmal, ob er durchgekommen ist, ob er noch lebt!«

»Arme Valerie...«

»Zwei Kinder... in dieser Zeit! Jeden Tag können die Nazis etwas unternehmen gegen Mischlinge... sie behandeln wie Juden, wer weiß? Und ich bin allein! Ich muß sehen, daß ich Heinz durchbringe! Aber wenn ich jetzt noch ein Kind bekomme... das ist unmöglich, Martha! Das ist unmöglich!« Valerie holte keuchend Atem. »Es muß passiert sein, bevor Paul geflohen ist... an diesem Nachmittag, ehe ich ihn zum Westbahnhof brachte... Ich hatte noch so ein Gefühl...« Valeries Nägel gruben sich in den Arm der Schwester. »Hilf mir jetzt! Bitte, bitte, hilf mir!«

»Wie?«

Valerie sprach beschwörend und gleichzeitig gehetzt: »Elf Jahre bist du verheiratet. Ihr habt keine Kinder, obwohl ihr sie euch so wünscht. Dein Mann ist sehr traurig darüber. Das hat er mir gesagt! Das hast du mir gesagt! Dein Mann ist nicht da. Er wird auch nicht so bald aus Berlin zurückkommen. Keinesfalls vor Ende des Jahres. Und das würde genügen, Martha, das würde genügen.«

»Du meinst... du würdest...«, stammelte die Schwester.

»*Ich muß!* Ich muß doch! Bitte, Martha, hilf mir! Du... du hilfst doch auch dir! Denk nur, wie glücklich Hans wäre, wenn du ein Kind bekommst, endlich ein Kind – nach all der Zeit...«

»Natürlich«, sagte Martha, »würde er glücklich sein. Ich würde auch glücklich sein mit einem Kind. Aber du... Valerie... du... es wäre doch *deines!* Glaubst du, daß du das aushalten könntest?«

Valerie nickte stumm.

Martha Waldegg stand abrupt auf. Sie trat an das Fenster. Ein goldgelber reifer Apfel fiel eben von einem Baum und rollte ein Stück die Wiese hinab. Die Bienen summten, die Blumen dufteten, in der Ferne stießen die Puffer der rangierenden Waggons gegeneinander.

»Wahnsinn«, sagte Martha mit erstickter Stimme. »Wahnsinn. Aber dann wieder... wenn ich denke...«

»Ja?« fragte Valerie. »Ja?«

»...wie Hans sich freuen würde... und ich... ein Kind... Unsere Ehe wäre wieder so wie früher, wie ganz am Anfang...«

»Nun, also!«

»Aber – ich denke jetzt einmal gar nicht an dich, Valerie –, aber da gibt es so viele Schwierigkeiten... Wir brauchen einen Arzt...«

»Du hast doch einen! Den alten Doktor Orlam! Zu dem gehst du, seit du verheiratet bist! Der weiß alles über deine Ehe! Und ein Nazi ist er auch nicht, hast du mir gesagt...«

»Nein, ein Nazi ist er nicht. Im Gegenteil. Aber trotzdem... trotzdem! Valerie, denk, was er riskiert!«

»Er hat Schweigepflicht. Wir reden mit ihm. Nein sagen kann er noch immer! Los, ruf ihn an!«

»Jetzt, am Sonntag?«

»Ich muß doch nach Wien zurück. Sag ihm, es ist dringend. Bitte, Martha...«

Ein langes Schweigen folgte.

»Nein«, sagte Martha zuletzt, den Blick auf den blühenden Garten gerichtet. »Nein, es geht nicht. Das kann man nicht tun. So sehr ich und Hans uns ein Kind wünschen. So schön es wäre. Es geht nicht, Valerie. So etwas ist unmöglich.«

73

»Es besteht kein Zweifel«, sagte der Dr. Josef Orlam zwei Stunden später in dem stillen Ordinationszimmer seiner Praxis. Er war ein älterer Mann mit gütigen Augen, einer Nickelbrille, die ihm ständig auf die Nasenspitze rutschte, und schmalen Händen, die schon viele Hunderte von Kindern zur Welt gebracht hatten. »Nicht der geringste Zweifel. Sie sind schwanger, Frau Steinfeld. Im dritten Monat.«

Er hatte Valerie untersucht. Nun saß sie, wieder angezogen, neben Martha vor Orlams Schreibtisch. Die Schwestern hatten sich dem erfahrenen Arzt vollkommen anvertraut, gleich nachdem sie eingetroffen waren. Orlam hatte vorgeneigt, ohne ein Zeichen von Erschrecken oder Abwehr, gelauscht. Er wohnte im Stadtzentrum, am Nikolaiplatz, gegenüber der

Kirche. Wenn man aus dem Fenster des Ordinationszimmers blickte, sah man das träge Wasser der Drau und, zum Eingang des Platzes führend, die Brücke über den Fluß. Platz und Brücke waren sonntäglich leer. Der Arzt lebte allein. Heute, am Feiertag, hatte er auch keine Sprechstundenhilfe, und seine Haushälterin war zu Bekannten gefahren.

Valerie fragte mit geradezu unnatürlicher Ruhe: »Wären Sie bereit, uns bei meinem Plan zu helfen, Herr Doktor?«

»Frau Steinfeld«, sagte Orlam, »ich habe Angst, daß Sie sich das alles zu einfach vorstellen.«

»Zu einfach für Sie?«

»Nein, für *Sie*«, sagte Orlam. »Wenn Sie Ihr Vorhaben durchführen, dann wird Ihr Kind nach dem Gesetz und der Taufe, aber vor allem nach einer ganz strengen persönlichen Verpflichtung, der *Sie* sich unterwerfen müssen, das Kind Ihrer Schwester sein!«

»Das ist mir klar.«

»Ich fürchte, das ist Ihnen noch nicht klar.« Der Arzt knöpfte verstört seinen weißen Kittel auf und zu. »*Jetzt* wollen Sie es so. Aber warten Sie noch eine Weile, eine kleine Weile – bis die Muttergefühle in Ihnen richtig erwachen – wie bei jeder Frau, die ein Kind erwartet. Was wird dann sein? Und erst, wenn das Kind *geboren* ist! Wissen Sie, wie stark Ihre Liebe, Ihre Sehnsucht und Ihr Verlangen nach dem eigenen Kind *dann* sein werden? Was Sie *dann* werden tun wollen und nicht werden tun *dürfen*, ohne daß es eine Katastrophe gibt? Wissen Sie...«

»Herr Doktor«, unterbrach ihn Valerie, und ihre Stimme hob sich mehr und mehr, während sie weitersprach, »Sie haben recht, ich weiß es nicht. Ich kann es mir vielleicht nicht einmal vorstellen. Aber ich weiß, was es heißt, in Angst zu leben tagein und tagaus, ohne Hoffnung auf ein Ende! Zur Gestapo gerufen und bedroht und geängstigt und angebrüllt zu werden, jede Woche, jede Woche, immer weiter! Einen Mann verloren zu haben, der vielleicht tot ist, den ich vielleicht nie wiedersehe!« Jetzt schrie sie. »Und schon ein Kind zu haben, das der Willkür dieser Leute ausgeliefert ist, und um dieses Kind zittern zu müssen, jede Stunde, Tag und Nacht! *Das weiß ich!* Und alles, was mich erwartet, wenn ich meinen Plan ausführe, kann nicht so schlimm sein, kann mich nicht so quälen wie das, was ich schon jetzt aushalten muß! Dieses ungeborene Wesen soll nicht auch noch leiden müssen! Es soll in Frieden aufwachsen dürfen!«

»Sie sind ein gejagter Mensch, ein Mensch in Panik, ohne Schutz...«

»Können Sie das vielleicht ändern, Herr Doktor?« Valerie schüttelte den Kopf. »Nein, das können Sie nicht. Niemand kann das. Deshalb sitze ich hier vor Ihnen und frage Sie: Wollen Sie uns helfen?«

Sie bemerkte, daß ihre Schwester die Hände gefaltet hatte.

»Ich will Ihnen helfen«, sagte der alte Arzt nach einer Pause. Er sah Valerie in die Augen. Sie erwiderte den Blick ruhig. »Aber ich kann Ihnen nur eine bestimmte Strecke Ihres Weges weit helfen. Die kürzeste, Frau Steinfeld.«

»Die wichtigste«, sagte Valerie. »Nur ... Villach ist eine kleine Stadt. Erschwert das nicht Ihre Hilfe?«

Orlam schob seine Nickelbrille empor. Sie glitt sogleich wieder herab. »Ja und nein«, sagte er. »Natürlich werden wir vorsichtig sein müssen. Andererseits wissen die Leute hier, wo fast jeder jeden kennt, daß Frau Waldegg seit vielen Jahren zu mir kommt und alles versucht, um ein Kind zu empfangen. Und daß ich alles versucht habe, um ihr dabei zu helfen. Das käme uns nun zugute. Ich habe eben Erfolg gehabt mit meiner Behandlung, nicht wahr? Frau Waldegg wäre eben endlich schwanger, ich würde das konstatieren, sie würde es herumerzählen, regelmäßig weiter zu mir kommen ... Sie wohnt ziemlich einsam, das ist auch gut ... Ich würde ihr sagen, wie sich eine Schwangere benimmt ...«

Plötzlich schien Martha vergessen zu haben, was hier vorbereitet wurde. »Wenn Sie uns wirklich helfen wollen, Herr Doktor, dann schreibe ich morgen meinem Mann, daß ich ein Kind erwarte – nein, nein, keine Sorge, die lassen ihn nicht weg von seiner Einheit. Da geht es zu wie verrückt. Er ist für viele Monate unabkömmlich, hat er mir geschrieben. Höchstens nach der Geburt des Kindes werden sie ihm ein paar Tage Urlaub geben, stelle ich mir vor ...«

»Ich würde etwa im Oktober nach Villach kommen und bei meiner Schwester wohnen, um ihr beistehen zu können in der Zeit vor der Geburt«, sagte Valerie. »In Wien ist das alles zu regeln. Das haben wir schon besprochen, Martha und ich. Sie könnten mich draußen in der Fliederstraße untersuchen, Herr Doktor – offiziell natürlich meine Schwester. Der Weg in die Stadt wäre ihr dann eben schon zu beschwerlich. Sie haben einen Wagen. Und eine Entbindung zu Hause – das ließe sich doch auch machen, nicht wahr?«

»Wenn mir jemand assistiert ...«

»Ich bin sehr kräftig«, sagte Valerie schnell. »Man sieht es mir nicht an. Mein erstes Kind habe ich ganz leicht und ohne Komplikationen zur Welt gebracht. Nach vier Tagen lief ich schon wieder herum. Zur Not wird es auch schon nach drei oder zwei Tagen gehen. Martha kann Ihnen assistieren. Niemand wird etwas merken ... Was ist? Wollen Sie doch nicht, Herr Doktor?« Er antwortete nicht. »Herr Doktor, bitte! Sie haben doch schon zugesagt!«

Der Dr. Josef Orlam antwortete langsam: »Ich halte mein Wort auch. Ich sympathisiere mit allen Schwachen und Hilflosen. Wahrscheinlich, weil ich selber hilflos und schwach bin. Ich kann nicht viel für Sie tun.«

»Sie können unendlich viel tun!« rief Valerie.

Orlam zuckte die Schultern.

»Nach Ihnen sehen, das Kind entbinden – was ist das für jemanden, der es sein Leben lang getan hat? Und dann kann ich noch den Geburtsschein ausstellen und durch meine Unterschrift bestätigen, daß Ihre Schwester ein Kind bekommen hat. Damit aber ist meine Macht zu Ende. Schon zu den Behörden gehen müssen *Sie*, Frau Waldegg. Und lügen vor Ihrem Mann müssen *Sie*. Jetzt schon! Und mit der Lüge leben müssen *Sie beide*, meine Damen – *immer weiter!* Es gibt dann kein Zurück mehr.«

74

Der Major Hans Waldegg war selig vor Freude, als er den Brief seiner Frau erhielt, in dem diese ihm mitteilte, daß sie schwanger sei. Er versuchte, Urlaub zu bekommen, jedoch wurde sein Ansuchen abgelehnt. Daraufhin begann der Major Waldegg, ein rechtschaffener, etwas einfältiger Mensch aus gutbürgerlicher Familie, der sich niemals um Politik kümmerte, sondern nur um seinen Beruf, den auch schon Vater und Großvater ausgeübt hatten, seiner geliebten Frau jeden zweiten Tag zu schreiben, und sehr viele Briefe erreichten auch ihn.

Alles gehe seinen guten Gang, schrieb Martha Waldegg. Dr. Orlam sei außerordentlich zufrieden. Sie befolge alle seine Anordnungen auf das gewissenhafteste. Mit der Geburt des Kindes rechne sie für Dezember. Ihre Schwester Valerie habe jetzt bereits versprochen, Anfang Oktober nach Villach zu kommen und bei ihr zu bleiben bis zur Niederkunft.

Das rührte den Major Waldegg, denn er wußte um Valeries Schicksal, und sie tat ihm leid. Waldegg schrieb auch Valerie Briefe, in denen er immer wieder seine Dankbarkeit aussprach.

Diese Briefe ließ Valerie daheim herumliegen, so daß die Agnes und ihr Sohn sie lesen konnten, und sie zeigte sie Martin und Ottilie Landau. Natürlich verstanden die beiden, daß sie der Schwester beistehen wollte und mußte, und so übersiedelte Valerie Anfang Oktober. Sie war da bereits im sechsten Monat, aber man sah ihrem schlanken Körper die Schwangerschaft nicht an. Genauso war es bei Heinz gewesen – erst in den letzten beiden Monaten vor der Geburt hatte Valeries Leibesumfang zugenommen.

Sie verließ Wien und die Buchhandlung Landau, Heinz blieb in der Obhut der Agnes zurück. Es war ein trauriger Abschied, denn Heinz, mittlerweile ein wenig ruhiger geworden, zeigte sich der Mutter gegenüber immer noch feindselig und verschlossen. Mit schwerem Herzen fuhr Valerie nach Villach . . .

Regelmäßig erschien Dr. Orlam in der einsamen Fliederstraße und untersuchte scheinbar Martha Waldegg (die nun schon ein Kissen – Polster sagt man in Österreich dazu – unter dem Rock trug), tatsächlich jedoch Valerie, deren Bauch sich langsam rundete, was sie mit Hilfe einer veränderten Garderobe und dadurch verbarg, daß sie kaum noch das Grundstück verließ und in Begleitung ihrer Schwester täglich stundenlang in dem nun kahlen Garten, hinter dem die Züge rollten und die Lokomotiven pfiffen, spazierenging. Sie solle sich viel Bewegung machen, hatte Dr. Orlam gesagt.

Im November provozierte Martha dann einen wohlüberlegten Streit mit der Putzfrau, sie beschuldigte die Person ungerecht, was zur Folge hatte, daß die Putzfrau fristlos kündigte. Nun waren die Schwestern allein.

In der Nacht des 8. Dezember 1938 setzten bei Valerie die Wehen ein. Martha rief telefonisch Dr. Orlam herbei. Am frühen Morgen des 9. Dezember schon hatte Valerie, ohne jede Komplikation wiederum, ihrem zweiten Kind das Leben geschenkt. Sie war in guter körperlicher Verfassung, ebenso das Baby. Drei Tage verbrachte Valerie im Bett, ständig besucht von dem alten Arzt, der zu seiner Verwunderung feststellte, daß sie einen gelösteren und fröhlicheren Eindruck machte als Martha, die nun die Rolle der Mutter des Kindes übernehmen mußte.

Am 12. Dezember telefonierte Martha mit ihrem Mann und sagte ihm, daß sie ein Mädchen geboren habe. Dr. Orlam schickte ein Telegramm des gleichen Inhalts und seine Glückwünsche. Er hatte auch das Problem des Stillens mittlerweile erledigt. Das Neugeborene wurde mit fremder Muttermilch genährt, die eine Frauenklinik täglich lieferte, Valeries Milchvorräte ließ Dr. Orlam durch ständige kühle Umschläge zurückgehen. Und Martha, so konstatierte er einfach, besaß nicht genügend dieser Vorräte, um das Kind selber zu nähren.

Am 17. Dezember traf Hans Waldegg in Villach ein. Er hatte Urlaub über Weihnachten erhalten. Der Major fand eine fröhliche Valerie vor und eine ernste Martha, die im Bett lag, ein laut schreiendes Baby im Arm hielt und in Tränen ausbrach, als er neben dem Bett in die Knie fiel und sie küßte, wieder und wieder, wobei er flüsterte: »Danke ... Ich danke dir, meine Liebste ...«

Im dämmrigen Hintergrund des Zimmers verharrte reglos, mit einem Lächeln auf den Lippen, Valerie Steinfeld.

Dieses Lächeln war auch noch auf ihrem Gesicht zu sehen, als sie – man hatte die gesetzlichen Formalitäten in aller Eile erledigt – am 21. Dezember 1938 in der Kirche zu Sankt Nikolai (laut rauschte die nahe, hoch angeschwollene Drau) vor den Pfarrer trat, der bei Beginn der Taufe, also vor Eintritt des Kindes in das Reich des Lichtes und des Lebens, noch eine violette Stola trug. Im Arm hielt Valerie das gut gegen die Kälte geschützte Baby. Der Major trug Uniform, seine Frau ein schwarzes Kostüm, ein schwarzes Hütchen und einen grauen Waschbärmantel, den Waldegg ihr zum Geschenk gemacht hatte.

»Der Friede sei mit euch«, sprach der Pfarrer. »Wie soll dieses Kind heißen?«

Draußen donnerte der Fluß, eiskalt pfiff der Nordwind.

»Dieses Kind soll Irene heißen«, antwortete Valerie mit klarer, lauter Stimme. Der Major Waldegg und seine Frau hatten den Namen gewählt. Es war ein Name, den auch drei Heilige trugen.

Der Pfarrer sprach: »Irene, was begehrst du von der Kirche Gottes?«

Valerie hörte, wie Martha, die hinter ihr stand, unterdrückt zu schluchzen begann und wie ihr Mann zärtlich und tröstend auf sie einsprach. Valerie antwortete, und ihre Stimme klang gleich einer Glocke aus Glas: »Den Glauben.«

»Was gewährt dir der Glaube?«

Valerie erwiderte: »Das ewige Leben.«

»Willst du also«, fragte der Pfarrer, »zum Leben eingehen, so halte die Gebote. Du sollst den Herrn, deinen Gott, lieben aus deinem ganzen Herzen und aus deiner ganzen Seele und aus deinem ganzen Gemüte und deinen Nächsten wie dich selber.«

Auch du sollst es nie erfahren, Paul, geliebter Paul, dachte Valerie, niemand soll es wissen außer mir und Martha und dem Doktor Orlam und Gott, wenn es wirklich einen Gott gibt, nein, niemand soll es wissen.

»Empfange das Zeichen des Kreuzes auf die Stirn und auf das Herz«, sprach der Priester. Er sprach laut, um die brausende Drau zu übertönen. »Ergreife den Glauben an die himmlische Lehre und wandle so, daß du ein Tempel Gottes sein kannst ...«

Immer noch schluchzte Martha Waldegg. Und noch immer stand auf Valeries Lippen das geheimnisvolle Lächeln – das gleiche wie bei jener unbekannten Selbstmörderin, die man einst in Paris aus der Seine zog.

Vers drei **Der Sinn**

Solche Frage zu erwidern,
Fand ich wohl den rechten Sinn:
Fühlst du nicht an meinen Liedern,
Daß ich eins und doppelt bin?

1

Die beiden Männer hatten das Abteil Erster Klasse wenige Minuten vor dem Zeitpunkt betreten, zu dem der ›Venetia-Expreß‹ Villach verließ. Sturm war aufgekommen und heulte nun um den Zug, rüttelte an den Waggons, ächzte, knatterte, pfiff und jaulte. Mächtige Schneeflügel stäubten zu beiden Seiten des Expreß empor. Die Nacht hatte begonnen. In dem Abteil brannte die Deckenbeleuchtung. Der Zug war mit fünfzig Minuten Verspätung in Villach eingetroffen.

Während Manuel auf die Ankunft des ›Venetia-Expreß‹ gewartet hatte, war er in das Bahnhofspostamt gegangen, um Wien anzurufen und sich bei Dr. Stein zu melden.

Als der Zug dann endlich einlief und zum Halten kam, stieg Manuel Aranda in einen Wagen Erster Klasse – den siebenten vom Ende des Zuges gezählt – und setzte sich in ein leeres Abteil. Fast unmittelbar darauf erschienen die beiden Männer.

»Ist hier noch Platz?« fragte der erste Mann.

Manuel, der beim Fenster saß, nickte.

»Dann sind wir so frei«, sagte der erste Mann. Wie sein Kollege und wie Manuel hatte er kein Gepäck. Die beiden Reisenden zogen ihre schweren Wintermäntel aus und nahmen die Hüte ab. Es waren große, kräftige Männer – höchstens Mitte der Dreißig. Der eine hatte braunes, der andere schwarzes Haar.

»Guten Abend, Herr Aranda«, sagte der Braunhaarige mit einer kleinen Verneigung. Er lächelte. »Erschrecken Sie nicht. Das hier...« – er wies auf seinen Begleiter – »...ist Inspektor Gamitz. Ich bin Inspektor Frohner. Beide vom Sicherheitsbüro Wien.«

»Habe die Ehre«, sagte der Schwarzhaarige, der Gamitz hieß. Die Männer wiesen Metallmarken vor.

»Sicherheitsbüro?« Manuel hob die Brauen.

»Wir sind schon mit Ihnen nach Villach heruntergefahren heute früh«, sagte Frohner. »Sie haben uns nicht bemerkt?«

»Nein...«

»Wir waren auf dem Gang draußen und im Nebenabteil«, sagte Gamitz.
»So wenig Aufsehen wie möglich, hat der Herr Hofrat uns eingeschärft.«
»Der Hofrat Groll?«
»Ja.«
»Ich habe ihm erzählt, daß ich heute nach Villach fahren wollte...«
»Na eben! Da hat er uns dann abkommandiert.«
»Aber warum?«
»Zu Ihrem Schutz«, sagte Gamitz.
»Damit Ihnen ja nichts zustößt«, sagte Frohner. »In Wien passen wir ja auch ein bissel auf Sie auf.« Er lächelte wieder. »Andere Kollegen. Haben Sie auch noch nicht gemerkt?«
»Nein.«
»Tja, der Herr Hofrat hat das so angeordnet. Er ist besorgt um Sie, wissen Sie.«
Guter alter Groll, dachte Manuel abwesend. Seine Gedanken waren noch immer bei Martha Waldegg.
»Na, und jetzt, wo es Nacht wird und Sie allein sitzen in dem Abteil, da haben wir gedacht, es ist besser, wir kommen zu Ihnen. Es inkommodiert Sie doch nicht?«
»Überhaupt nicht.«
»Sehr schön«, sagte Frohner. Er setzte sich und entfaltete eine Zeitung. »Sie sollen sich durch uns nicht gestört fühlen.«
Der Zug ruckte an.
Bald fuhr er schnell. Villach blieb zurück. Manuel sah aus dem Fenster. Streckenlampen flogen vorbei. Im Augenblick schneite es nicht, doch der Sturm wurde immer ärger. Entfernt wanderten Autoscheinwerfer über Landstraßen, und noch weiter fort, schwächer und verloren, blinkten Lichter aus den Fenstern einsamer Gehöfte...
»Dank dir schön«, sagte Frohner plötzlich.
Manuel sah in das Abteil.
Frohner hatte eben eine Zigarette aus einem Päckchen genommen, das Gamitz ihm hinhielt. Der rauchte selber. »Oh«, sagte Frohner höflich, »entschuldigen Sie. Herrgott, und das war jetzt die letzte in der Packung!«
»Warten Sie, Herr Aranda. Ich habe noch welche.« Gamitz griff in seine Jackentasche.
»Wirklich, das ist sehr liebenswürdig, aber ich...«
»Hier, bitte, bedienen Sie sich. Österreichische Marke!« Gamitz nannte einen Namen. »Sind ausgezeichnet. Werden Ihnen schmecken. Bitte – sonst können wir auch nicht rauchen!«
»Nun also dann – vielen Dank.« Manuel griff nach dem neuen Päckchen, das Gamitz geöffnet hatte. Frohner knipste ein Feuerzeug an.
»Gut, wie?« fragte er, Manuel mit einem Lächeln betrachtend.

»Ausgezeichnet«, sagte Manuel. Die Zigarette schmeckte würzig und
herb. Er inhalierte den Rauch und blies ihn durch die Nase wieder aus.
»Ich lasse das Päckchen am Fensterbrett liegen«, sagte Gamitz höflich,
»Bedienen Sie sich, bitte.« Er holte ein schmales Buch hervor und streckte
die Beine aus. Frohner hob wieder seine Zeitung. Die beiden Männer begannen zu lesen.
Manuel zog an der Zigarette. Er sah in die Nacht, zu den vorüberfliegen-
den Lichtern und den Schneewirbeln hinaus, die der Zug hochriß. Der
fuhr jetzt sehr schnell. Das Fenster spiegelte. Manuel erblickte sein Gesicht. Der Waggon rüttelte plötzlich heftig, als der Zug über Weichen
schoß. Die Lokomotive stieß einen langen Schrei aus. Auch in dem stillen,
altmodisch eingerichteten Zimmer, in dem Manuel mit Martha Waldegg
gesprochen hatte, war immer wieder das Pfeifen von Lokomotiven auf der
nahen Bahnstrecke und das Rollen von Rädern zu hören gewesen...
»Jetzt wissen Sie alles, Herr Aranda...« Die Stimme der Dreiundsechzig-
jährigen hatte belegt geklungen. »Jetzt kennen Sie das Geheimnis. Mein
Mann und ich, wir lieben Irene! Für Hans ist sie sein Ein und Alles. Es
würde ihm das Herz brechen, wenn er nach all den Jahren noch hinter
den Betrug käme. Darum war ich so voller panischer Angst. Können Sie
das nun verstehen?«
»Ja«, hatte Manuel gesagt.
»Ich habe Ihnen voller Vertrauen alles erzählt, Herr Aranda. Bitte ent-
täuschen Sie dieses Vertrauen nicht. Mein Mann und Irene sollen nie die
Wahrheit erfahren – das war auch Valeries Wunsch.«
Manuel blickte seine Gastgeberin an, seltsam beschämt.
»Ich werde Irene niemals ein Wort verraten«, sagte er. »Das verspreche
ich.«
»Danke... Ich danke Ihnen von Herzen... Sehen Sie, ich hatte auch viel
Kummer in den letzten Jahren mit ihr...«
»Kummer?«
»Nun ja... Je weiter Irene heranwuchs, desto mehr begann ich den Be-
trug vor mir zu verdrängen. Schließlich fühlte ich für sie wirklich wie für
ein eigenes Kind... Mein Mann sowieso... Und Valerie hielt sich an un-
ser Abkommen...«
»Danach wollte ich gerade fragen«, sagte Manuel. Jetzt rollten wieder Räder, jetzt heulte wieder eine Sirene auf dem entfernten Bahndamm, jen-
seits vieler kahler, tiefverschneiter Gärten. »Frau Steinfeld hat nicht den
Versuch gemacht, Irene nach dem Krieg als ihr Kind zurückzuholen?«
»Nie! Sie kannten meine Schwester nicht. Die brach kein Versprechen,
das sie gegeben hatte, die konnte nichts Schlechtes tun...«
Sie konnte nichts Schlechtes tun, dachte Manuel. Meinen Vater hat sie
vergiftet. Und wenn er hundertmal den Tod verdiente für das, was er tat

– wer gab Valerie Steinfeld das Recht, ihm das Leben zu nehmen? Gott etwa? Ach, lassen wir bloß Gott aus dem Spiel in dieser verfluchten Geschichte!

Valerie Steinfeld!

Immer noch tappe ich im dunkeln, dachte Manuel. Trotz allem, was ich nun weiß. Noch kenne ich nicht die Wahrheit. Werde ich sie kennen – jemals? Stockend sagte er: »Es muß doch eine furchtbare seelische Belastung für Frau Steinfeld gewesen sein, ihr Kind als das Kind einer anderen aufwachsen zu sehen.«

»Es war die größte seelische Belastung für sie, mir das Kind überhaupt zu geben«, antwortete die zierliche Martha Waldegg. »Aber sie hatte eine übermenschliche Selbstbeherrschung. Sie konnte immer ihre Gefühle verbergen. Nur in ihrem Innern... in ihrem Innern muß es furchtbar ausgesehen haben, sicherlich... damals, am Anfang, bei der Geburt, in den Jahren danach... Doch sie zeigte es nie, kein einziges Mal! Nie verlor sie ein Wort der Klage. Immer war sie fröhlich, wenn sie mit meiner – mit ihrer – Tochter zusammentraf, hier oder in Wien. Sie ließ sich nichts anmerken. Sie wahrte unser Geheimnis bis zum Tod. Bis zu diesem grausigen, unbegreiflichen Ende.«

»Es ist auch für Sie unbegreiflich?«

»Vollkommen, Herr Aranda. Absolut! Mein Mann und ich, wir waren wie erschlagen, als wir davon erfuhren. Es gibt einfach keine Erklärung!«

»Sie sagten vorhin, Sie hätten viel Kummer gehabt in den letzten Jahren, gnädige Frau. Wieso?«

Martha Waldegg machte eine hilflose Bewegung.

»Das Leben! Niemanden trifft die Schuld daran... Valerie ganz bestimmt nicht... Aber sehen Sie, als Irene achtzehn war und nach Wien ging, um zu studieren, da zog sie zu Valerie... und bei Valerie blieb sie dann all die Jahre, als sie in der Apotheke arbeitete, als sie das Geschäft übernahm. Die Apotheke hatte ihrem Onkel gehört, dem Bruder meines Mannes. Seine Frau war immer krank gewesen. Bei ihm hatte Irene nicht wohnen können. Sie liebte Valerie! Ich... ich wurde eifersüchtig! Es ist grotesk, ich weiß... Nun wendete sich alles vollkommen... Die beiden machten zusammen Ferien, sie verreisten... Irene kam seltener und seltener zu uns... Ihr Zuhause war mehr und mehr Wien, die Gentzgasse, Valerie... Und wir wurden ihr fremder und fremder...«

Manuel erinnerte sich an die Worte, die Irene auf dem Zentralfriedhof gesprochen hatte an dem Tage, da sie einander kennenlernten: »Valerie... Ich habe sie doch so geliebt! Mehr als alle anderen Menschen... Ja, sogar mehr als meine Mutter! Ich habe meine Mutter gern, wirklich... Aber seit ich in Wien lebte, war *Valerie* meine Mutter... mehr als die wirkliche... und sie wurde es immer stärker, immer stärker...«

Martha Waldegg hatte den Kopf abgewandt und fuhr sich über die Augen. Er fragte schnell: »Und dieser Prozeß... wie ging der aus?«

»Überhaupt nicht.« Martha Waldegg hatte sich gefaßt. Sie blickte Manuel an.

»Was heißt das?«

»Er war bei Kriegsende noch nicht beendet. Er wurde nie beendet.«

»Das sagte Ihnen Ihre Schwester?«

»Ja, Herr Aranda. Als ich sie endlich wiedersah nach dem Krieg, im Februar 1946, da sagte sie es mir.«

»Im Februar 1946? Ich verstehe nicht...«

»Im Sommer 44 wurde mein Mann verwundet. Sehr schwer. Er lag in einem Lazarett bei Breslau. Lange sah es so aus, als ob er sterben müßte. Ich bekam die Erlaubnis, ihn zu besuchen – Frauen von Offizieren erhielten eine solche Erlaubnis damals noch.«

»Sie fuhren mit dem Kind – fast sechs Jahre war es damals, nicht wahr? – also nach Breslau?«

»Ja. Wir fanden ein Zimmer in Untermiete. Und ich blieb bei meinem Mann. Langsam, ganz langsam besserte sich sein Zustand. Die Front kam immer näher. Wir hatten dauernd Luftangriffe. Die Postverbindung zu Valerie riß ab, Briefe gingen verloren... Und dann, Februar 1945, mußten wir hinaus auf die Straßen, denn die Russen kamen. In einem Treck fuhren wir westwärts, dann nordwärts... immer beschossen von Tieffliegern... in eisiger Kälte... in Schneestürmen... die kleine Irene... mein immer noch schwerkranker Mann... Zuletzt landeten wir in Lüneburg. Da mußte Hans sofort wieder in eine Klinik – die Strapazen waren zu groß für ihn gewesen. Er erlitt einen Totalzusammenbruch. Die alten Wunden begannen zu eitern. Neue Operationen waren nötig. Das ganze Jahr 45 lag mein Mann in der Klinik. Ich arbeitete dort als Putzfrau...«

»Konnten Sie denn nicht nach Österreich zurück?«

»Mein Mann war erst Ende des Jahres soweit, daß er die lange Reise riskieren durfte. Sie wissen ja nicht, wie man damals reiste! Und wieder im Winter... Wir kamen über Wien...«

»Da sahen Sie dann Ihre Schwester endlich.«

»Ja, da sah ich sie. Ein Gespenst, mehr tot als lebendig, erschütternd, Herr Aranda! Richtig verwirrt kam Valerie mir vor. Was hatte sie mitgemacht! Ihr Mann, den sie so liebte, war bei einem Luftangriff auf London ums Leben gekommen – ein britischer Offizier hatte ihr im Sommer 45 die Nachricht gebracht. Ihr Mann, mit dem sie nach dem Krieg wieder zusammenleben und glücklich sein wollte! Aber nicht nur das. Heinz...«

»Ja?« Manuel richtete sich auf.

»Eine ganz böse Sache. Dieser elende Prozeß hatte ihn der Mutter entfremdet.«

»Wieso?«

»Ich weiß es nicht genau. Es war zu Zerwürfnissen gekommen, zu Streit. Er hatte ihr dauernd Vorwürfe gemacht... Es war nicht möglich, von Valerie eine klare Schilderung zu erhalten. Sie wog knapp fünfzig Kilo und schien dauernd am Umkippen. Jedenfalls war ihr der Sohn, den sie mit so viel Mühe durch die Nazizeit gebracht hatte, davongelaufen.«

»Davongelaufen?«

»Irgendwohin aufs Land. Er arbeitete bei Bauern. Er wollte nicht mehr bei der Mutter wohnen. Und er wartete nur darauf, daß die Kanadier Auswanderer ins Land ließen. Nun, 1947 ist er dann ja auch ausgewandert... und ein Jahr später umgekommen in Quebec, bei einem Autounfall... Wenn jemand ein schweres Leben geführt hat, dann war es Valerie! Und nun dieses Ende... dieses furchtbare Ende! Was für ein Geheimnis schleppte Valerie *noch* mit sich herum? Was kann es gewesen sein? Was, Herr Aranda, was?«

Ja, was...

Manuel preßte die Stirn gegen die kalte Fensterscheibe des Zugabteils. Er fühlte sich plötzlich todmüde, völlig erschöpft. Nur mit Mühe saß er aufrecht. Vor seinen Augen flimmerten Lichter in der Finsternis. Die Achsen der Räder schlugen gehetzt und laut.

Was ist los mit mir? dachte Manuel. Ich kann nicht mehr richtig sehen, nicht mehr richtig hören, mir ist so unheimlich. Die Luft im Abteil, die zu warme Luft. Ich will auf den Gang hinausgehen. Da werde ich mich besser fühlen, da werde ich...

Ohne einen Laut sackte Manuel Aranda zusammen.

Im nächsten Moment schon war Frohner aufgesprungen und hatte den Reglosen an den Schultern gepackt, um zu verhindern, daß er auf den Boden kippte.

Der schwarzhaarige Gamitz zog schnell die Rollvorhänge an den Abteilfenstern, die zum Gang sahen, herab und befestigte sie, dann trat er zu Frohner, hob Manuels Kopf und drückte eines der geschlossenen Augenlider hoch.

»Der ist bedient«, sagte Gamitz zufrieden.

»Noch neun Minuten bis Klagenfurt«, sagte Frohner. »Klappt wie am Schnürchen. Los, hilf mir.« Er hatte Manuels Kamelhaarmantel vom Haken genommen. Die beiden Männer richteten den Bewußtlosen halb auf, hielten ihn fest und mühten sich, seine schlenkernden Arme in die Mantelärmel zu bringen.

»Diese Zigaretten sind erste Klasse«, sagte Gamitz. »Wirken in so kurzer Zeit. Die haben uns schon was Feines gegeben.«

»Sind ja keine Idioten«, sagte Frohner. »Er hat aber auch brav sofort eine genommen.«

»Wo ist der Stummel?«

»Im Aschenbecher.«

Frohner fischte das Ende heraus und steckte es in die Packung mit den präparierten Zigaretten, die er vor Manuel hingelegt hatte. Dann öffnete er kurz das Fenster und warf die Packung hinaus. »Die nächsten Stunden schlummert der jetzt selig«, sagte er dazu. »Setzen wir ihn dahin. So. Und den Vorhang vors Gesicht. Er schläft, wenn ihn draußen wer im Vorbeigehen sieht.« Gamitz ließ die Rouleaus an den Gangfenstern wieder hochschnellen. Danach setzte er sich neben den reglosen Manuel. »In Klagenfurt nehmen wir ihn zwischen uns und schleppen ihn raus. Total besoffen, so muß er aussehen. Lachen und Witze machen, kapiert?«

»Ja«, sagte Frohner. »Wo ist das Auto?«

»Wartet vor dem Bahnhof. Überhaupt keine Affäre mehr.«

Nach kurzer Zeit verlangsamte der Zug sein Tempo. Viele Lichter huschten vorüber. Die beiden Männer zogen ihre Mäntel an und setzten ihre Hüte auf. Gamitz nahm den Vorhang wieder von Manuels Gesicht. Auf dem Gang draußen war niemand.

»Jetzt können wir, denke ich«, sagte Gamitz. Er drückte Manuel die braune Pelzmütze auf das Haar. Gemeinsam mit Frohner hob er den Betäubten hoch, der sinnlos vor sich hinlallte. Jeder Mann schlang sich einen Arm Manuels um die Schulter. Gamitz packte den Griff der Abteiltür, um sie zu öffnen. Im nächsten Moment stand ein junger, großer Mann, der einen Dufflecoat trug, in ihrem Rahmen. Er hielt eine schwere Pistole in der Hand.

»Was soll...«, begann Gamitz.

»Zurück«, sagte der Mann mit der Pistole. Er sprach schwer akzentuiertes Deutsch. »Sofort zurück! Den Mann auf die Bank.«

Frohners rechte Faust fuhr hoch. Er versuchte, dem Eindringling die Waffe aus der Hand zu schlagen. Der Mann im Dufflecoat trat ihn mit voller Wucht in den Bauch. Frohner jaulte auf, ließ Manuels Arm los und ging zu Boden. Gamitz fiel mit seiner Last auf die Sitze. Entsetzt sah er, wie ein zweiter Mann – er trug einen pelzgefütterten Ledermantel und gleichfalls eine Pistole in der Hand – das Abteil betrat und die Rouleaus wieder herabzog.

»Wir müssen hier aussteigen«, stammelte Gamitz. »Diesem Mann ist schlecht... zu viel getrunken...«

»Zu viel getrunken, Scheiße«, sagte der junge Mann im Ledermantel. Er sprach gleichfalls mit Akzent, es klang aber anders. »Arme hoch!« Gamitz hob gehorsam die Hände.

»Steh auf!« sagte der Mann im Ledermantel.

Gamitz stand auf.

Manuel sank der Länge nach auf die Bank.

Der Mann im Ledermantel durchsuchte Gamitz nach Waffen. Er fand einen Revolver in einem Gürtelhalfter, zog ihn heraus und steckte ihn ein.

»Hinsetzen! Hände oben lassen!« befahl er.

Sein Begleiter hatte inzwischen den Mann, der sich Frohner nannte, hochgerissen und gegen das Fenster gestoßen.

»Ich kann nicht... kann nicht stehen...«, jammerte Frohner.

»Halt dich am Griff fest! Los!«

Auch bei Frohner fand sich eine Waffe.

Der Zug ratterte über Weichen und fuhr langsam in den Bahnhof Klagenfurt ein.

2

›Frag nicht, warum ich gehe‹, spielte das kleine Salonorchester, als Manuel die getäfelte Bar des ›Ritz‹ betrat. In der Loge, in der sie schon einmal mit ihm gesessen hatte, erblickte er Irene Waldegg. Verlegen sah sie ihm entgegen. Die großen braunen Augen schimmerten unter dem Licht der Wandbeleuchtung, das kastanienbraune Haar schien Irene wie in breiten, weichen Wellen über den Nacken auf die Schultern zu fließen.

Manuel hatte Nachrichten beim Portier vorgefunden, als er das ›Ritz‹ betrat. Eine Notiz Cayetanos bezog sich auf Irene. Manuel hatte gewußt, daß sie in der Bar sitzen würde. Und dennoch war es nun ein Schock, sie zu sehen, obwohl die Tatsache ihrer Anwesenheit ihn mit Freude erfüllte. Irene!

Valerie Steinfelds Tochter!

Seit heute nachmittag wußte Manuel es, und er würde es nie vergessen, solange er lebte. Die junge Frau, die ihm da mit einem schüchternen Lächeln entgegenblickte, die wußte nichts davon, die sollte es nie erfahren, nein, nie. Ob es sie erschüttern würde? überlegte er, während er auf Irene zuging. Ob es sie vielleicht im Gegenteil mit Freude und Stolz erfüllt hätte, wenn sie es wüßte? »Guten Abend, Irene!« Er neigte sich über ihre Hand und küßte sie. »Wirklich, das ist eine wunderbare Überraschung.«

»Sie sind mir nicht böse?«

»Böse? Na, hören Sie!«

»Es ist fast halb zwölf... Bis jetzt haben Sie gearbeitet. Ihr Direktor hat mir erzählt, daß Sie den ganzen Tag in Ihrer Botschaft zugebracht haben, daß Sie länger geblieben sind als er.«

Das hatte Cayetano in seiner Notiz hinterlassen. Er war im Hotel gewesen, als Irene um 22 Uhr kam. Er hatte ihr erzählt, auch er, Cayetano, und die beiden Anwälte in seiner Gesellschaft müßten noch einmal in die Botschaft zurück.

»Es ist alles sehr wichtig und eilig, nicht wahr?« fragte Irene nun.

»Ja, sehr. Cayetano soll zurück nach Buenos Aires. Und es gibt wahrhaftig eine Menge zu regeln...« Hoffentlich haben sie alles in meiner Abwesenheit vorbereitet, dachte Manuel. Jetzt ist Cayetano mit den Anwälten sicher noch in ein Nachtlokal gegangen, wie ich ihn kenne.

»Ich habe am Nachmittag und am Abend hier angerufen«, sagte Irene.

»Sie waren nicht da. Ich hätte noch einmal anrufen können, später, aber...« Sie brach plötzlich ab.

»Aber?«

»Ich... ich hatte keine Ruhe. Es ist zu lächerlich! Ich zog mich an und fuhr hierher, denn ich wollte Sie unbedingt heute noch sehen! Einen ganzen Tag lang haben wir uns nicht gesehen. Das machte mich so nervös. Ich bin sonst nicht so, wirklich nicht. Aber heute... und bei Ihnen...« Irene senkte den Blick. »Ich bin eine dumme Gans«, sagte sie leise. »Ich... ich hatte auf einmal das Gefühl, daß Sie in Gefahr wären... daß etwas passiert sei...«

Er sah sie unentwegt an, und sein Herz schlug jetzt heftig. Wir sind im Begriff, uns ineinander zu verlieben, dachte er. Oder wir lieben uns schon. Ich liebe die Tochter der Mörderin meines Vaters. Sie liebt den Sohn des Mannes, den ihre Mutter ermordet hat. Was für eine Situation...

Manuel, der sich neben Irene gesetzt hatte, sagte: »Mir ging es genauso. Ich hatte den ganzen Tag nur einen Gedanken: Sie heute noch zu sehen, heute noch zu Ihnen zu fahren, Sie zu besuchen, wenn Sie es erlaubten...«

»Wirklich?« Sie hob den Kopf. Ihre Augen waren sehr groß.

»Wirklich«, sagte er und überlegte: Es ist wahr, es ist wirklich wahr. Sobald ich wieder zu mir kam und denken konnte, dachte ich das...

Er war erst zwei Stunden, nachdem er die Besinnung verloren hatte, wieder zu sich gekommen – auf dem breitgeklappten Bett eines Schlafwagenabteils. Ein Mann, den er noch nie gesehen hatte, saß am Fußende des Bettes.

Manuel fuhr zurück.

»Nicht doch«, sagte der Mann. »Seien Sie ganz ruhig, Herr Aranda. Ich bin Kommissar Lauter von der Kripo Klagenfurt. Hier ist mein Ausweis. Sehen Sie ihn gut an.« Er hielt ein Zellophanetui vor Manuels Gesicht. »Und hier ist meine Dienstmarke. Sie hätten sich *beides* zeigen lassen sollen von den Lumpen. Um ein Haar wäre ihr Plan geglückt – wenn man uns nicht rechtzeitig verständigt hätte.«

»Verständigt? Wer hat Sie verständigt?«

»Das wissen wir nicht. Ein Ausländer auf jeden Fall. Er hat so gesprochen.«

»Gesprochen?«

»Er hat uns angerufen.«

»Wann? Wo?«

Lauter, ein älterer, gemütlicher Mann, berichtete.

Die Direktion der Kriminalpolizei Klagenfurt war an diesem Nachmittag telefonisch alarmiert worden. Eine fremdländisch klingende Stimme hatte mitgeteilt, daß zwei Männer versuchen würden, Manuel Aranda, der sich mit dem ›Venetia-Expreß‹ auf der Fahrt von Villach nach Wien über Klagenfurt befand, zu entführen. Daraufhin war Lauter mit einigen Beamten zum Bahnhof gerast und, als der ›Venetia-Expreß‹ einlief, in den siebenten Wagen von hinten gestürzt – der unbekannte Anrufer hatte genau erklärt, wo Manuel zu finden sein werde.

»Er muß von Villach aus angerufen haben, bevor der Zug abgefahren ist. Er hat uns sogar Ihr Abteil genannt . . .«

In dem bezeichneten Abteil hatten Lauter und seine Beamten den zusammengebrochenen Manuel und zwei Männer vorgefunden, welche zwei andere Männer mit Pistolen in Schach hielten. Alle waren zur Bahnpolizei gebracht worden. Der Expreß mußte warten. Ein Arzt untersuchte Manuel und gab ihm eine Injektion. Auch ein dritter Mann, der vor dem Bahnhofsgebäude in einem Wagen saß – auf ihn hatte der anonyme Anrufer ebenfalls aufmerksam gemacht – wurde festgenommen . . .

»Wo sind die drei jetzt?«

»Vorne, im Dienstabteil, Herr Aranda. Drei meiner Leute bewachen sie. Der Amerikaner . . .«

»Was für ein Amerikaner?«

»Einer von den beiden Männern, die diese falschen Kriminalbeamten in Schach gehalten haben. Der andere war Russe. Sie haben uns ihre Pässe gezeigt. Der Amerikaner hat verlangt, daß wir unbedingt sofort den Herrn Hofrat Groll anrufen. Wir haben es getan, und er hat gesagt, wir sollen die drei Brüder nach Wien bringen, er kommt zum Bahnhof, sie in Empfang zu nehmen. Dieser Amerikaner und dieser Russe, die haben erklärt, daß sie Freunde von Ihnen sind. Legen Sie sich zurück, Herr Aranda. Locker, ganz locker.«

»Freunde . . .«

»Irgendwelche Geheimdienstler natürlich! Bei uns in Österreich wimmelt es von solchen Leuten, ich könnte Ihnen Geschichten erzählen . . . Auf jeden Fall haben sie Ihnen aber wirklich geholfen. Der Herr Hofrat hat gesagt, er übernimmt die drei Brüder. Das ist eine Wiener Affäre. Der Mann, der angerufen hat, hat Ihren Namen genannt! Wir wissen Bescheid über den Fall Aranda . . . ich meine, wir wissen, was in den Zeitungen gestanden hat . . .«

»Wo sind dieser Amerikaner und dieser Russe?«

Der Kommissar pfiff durch die Zähne.

»Verschwunden! In dem großen Durcheinander in der Wachstube von der Bahnpolizei. Da waren so viele Leute. Ich habe mit Wien telefoniert. Beamte sind raus und rein gekommen. Auf einmal haben wir gemerkt: Der Russe und der Amerikaner sind nicht mehr da! Ich habe es dem Herrn Hofrat am Telefon berichtet. Wissen Sie, was der gesagt hat? Genauso hat er sich das vorgestellt, hat er gesagt!« Ein hohles Brausen ertönte plötzlich. »Keine Angst, das ist ein Tunnel, ein ziemlich langer. Wir sind schon am Semmering...«

Der ›Venetia-Expreß‹ war mit einer Verspätung von 55 Minuten in Wien eingetroffen. Groll, in einem schweren Wintermantel, die Baskenmütze auf dem silbergrauen Haar, hatte mit mehreren Beamten wirklich auf dem Bahnsteig gewartet, Manuel begrüßt und die drei Verhafteten gemustert, die, aneinandergefesselt, aus dem Dienstwagen geführt wurden.

»Ach, alte Bekannte...« Groll nickte freudlos. »Bringt sie ins Sicherheitsbüro, ich komme gleich nach.«

»Das ist eine Gemeinheit! Wir haben doch gar nichts gemacht! Dieser Ami und der Russ...« Der Mann, der sich Gamitz genannt hatte, schwieg plötzlich, denn Groll war sehr dicht an ihn herangetreten und sagte sehr leise: »Kusch, Ferdl.«

Seine Beamten kümmerten sich um alles Weitere. Groll brachte Manuel in einem Dienstwagen zum ›Ritz‹. Sie saßen im Fond. Ein Beamter chauffierte. Als der Wagen die Prinz-Eugen-Straße hinabrollte, sagte Groll verbissen: »Zum Kotzen ist das!«

»Was?« Manuel sah ihn an.

»Alles! Die Zustände in unserm Land! Dauernd war zu erwarten, daß Ihnen etwas passiert – aber ich konnte Sie nicht bewachen lassen. Ich habe Ihnen gleich am Anfang gesagt: Von Behördenseite haben Sie mit keiner Hilfe zu rechnen, erinnern Sie sich?«

»Genau. Und ich habe gesagt, das ist mir egal.«

»Ach, Manuel...« Der Hofrat wirkte erschöpft an diesem Abend. Er schraubte ein Röhrchen auf und schluckte einige Pillen.

»Was ist?«

»Das Wetter macht mir ein bißchen zu schaffen.«

»Nein, Sie wollten etwas anderes sagen.«

Der Hofrat murmelte: »Ich wollte sagen, daß ich seit unserer ersten Begegnung immer Angst um Sie habe, Tag und Nacht...«

»Es ist doch gutgegangen – dank meinen Freunden! Solange das Material im Tresor liegt, passiert mir schon nichts! Ich werde eben von anderen Leuten bewacht – dauernd.«

»Ein Trost«, knurrte Groll. Dann fragte er: »Was war bei dieser Frau Waldegg?«

»Das ist eine lange Geschichte...«

»Na schön. Ich setze Sie im Hotel ab. Sie werden Ihren Herrn Cayetano sehen wollen, wie?«

»Ja, das muß ich wohl.«

»Wenn Sie sich nicht zu müde fühlen, kommen Sie später noch in die Berggasse und erzählen mir alles.«

»In die Berggasse?«

»Ich werde wohl eine ganze Weile mit diesen drei Kerlen zu tun haben, bis ich weiß, wer hinter ihnen steht«, hatte der Hofrat Groll gesagt...

»Guten Abend, Herr Aranda.« Der Chefmixer der Bar verneigte sich. »Was darf ich Ihnen bringen?«

»Was haben Sie getrunken, Irene?«

»Cognac.«

»Dann zwei Cognacs, bitte.«

»Sehr wohl, Herr Aranda.« Der Mixer eilte fort, lächelnd und geschäftig. Alle Angestellten lächeln und sind geschäftig, dachte Manuel. Keiner verliert ein Wort darüber, daß Graf Romath gestorben ist. Sie würden gewiß vor den Gästen auch kein Wort verlieren und lächelnd geschäftig und höflich sein, wenn ich gestorben wäre oder ein anderer Gast. Es kommen immer neue Gäste. Es wird ein neuer Direktor kommen. Auch der Skandal um den stellvertretenden Receptions-Chef Lavoisier und um diesen Pagen ist vertuscht worden. Wirklich ein vorbildlich geführtes Hotel, das ›Ritz‹...

»Bianca Barry hat angerufen«, sagte Irene.

»Bianca Barry...«

»Die Frau des Malers. Jugendfreundin von Heinz. Die mir sagte, daß sie vor ihrem Mann lauter Lügen erzählt hätte!«

»Ach so, ja!«

»Sie versuchte es wieder zuerst hier – vergebens.«

Die Bar war leer, nur an der Theke saßen zwei Paare. Sanft und sentimental drang die Musik des kleinen Orchesters aus der Halle herein. Manuel dachte: Der Mund. Die Nase. Die Ohren. Valerie Steinfeld hat auf den Fotos eine ganz ähnlich geformte Nase, ähnliche Ohren, einen ähnlichen Mund gezeigt. Ob Irene das nie bemerkt hat? Phantastisch, es ist phantastisch. Die Tochter Valerie und Paul Steinfelds, hier sitzt sie, neben mir, spricht mit mir, lächelt mich an, ist hergekommen, weil sie mich heute unbedingt noch sehen wollte...

»Manuel!«

»Ja?« Er schrak auf.

»Warum starren Sie mich so an?«

»Sie... Sie sind so schön, Irene. Schöner als jede andere Frau, die ich bisher gesehen habe.«

»Ach, hören Sie auf! Es gibt viele schöne Mädchen in Argentinien. Gewiß kannten Sie eine Menge.«

»Nicht eine Menge . . . ein paar . . . aber keine war so wie Sie, nein, keine!«
Sie blickte auf den Kacheltisch.

»Diese Bianca Barry . . .«

»Ja?«

»Sie will uns wiedersehen und die Wahrheit erzählen, sagte sie.«

»Wann will sie uns sehen?«

»Morgen nachmittag. Da hat sie Zeit. Ihr Mann fährt in der Früh nach Linz, zur Eröffnung irgendeiner Galerie. Er kommt erst spät abends heim.«

»Morgen nachmittag, das ist gut. Ich habe noch mit Cayetano und den Anwälten zu tun. Und dann fand ich eine Nachricht beim Portier. Forster hat angerufen. Er erwartet mich morgen um elf.«
Der Chefmixer brachte die beiden Cognacs.

»Ich trinke auf die schönste Frau der Welt«, sagte Manuel.

»Sie sollen nicht so reden!«

»Auf die schönste Frau der Welt«, wiederholte er und sah sie an, wobei er leicht ihr Kinn hob. »Auf daß sie wieder einmal glücklich sein möge und lachen kann – und ich mit ihr.«

»Nein«, sagte Irene. »Wir trinken auf Valerie. Daß sie glücklich sein möge dort, wo immer sie jetzt ist.«

»Auf Valerie also«, sagte Manuel.
Sie tranken.

»Wo will diese Bianca Barry uns treffen?« fragte Manuel danach.

»Beim Haupteingang des Zentralfriedhofs«, sagte Irene.

»Was bedeutet das? Was will sie dort?«

»Das weiß ich nicht. Ich fragte sie, aber sie sagte, sie sei in Eile, sie höre ihren Mann kommen und müsse Schluß machen.«

»Beim Haupteingang des Zentralfriedhofs . . .«, murmelte Manuel verblüfft.

»Um fünfzehn Uhr.«
Er sah Irene unentwegt an.
Valeries Tochter. Valeries Tochter.
Der Gedanke erfüllte ihn ganz, hämmerte in seinem Schädel.
Valeries Tochter.

»Beim Haupteingang, da sind wir einander zum erstenmal begegnet«, sagte er.

»Vor sieben Tagen. Sieben Tage ist das erst her«, sagte Irene.

»Acht. Beinahe schon acht. Ich mißtraute Ihnen.«

»Sie haßten mich!«

»O nein.«

»O doch!«

»Acht Tage ... sie kommen mir vor wie acht Jahre«, sagte er. »Es ist, als würde ich Sie schon acht Jahre kennen, Irene. Geht es Ihnen nicht ebenso?«

Sie sah ihn stumm an, dann nickte sie kurz.

»Hören Sie!« Er richtete sich auf. »Das Orchester ... das Klavier, meine ich ...«

Langsam, melodisch und leise spielte der alte Mann am Flügel, draußen in der Halle: ›Willst du dein Herz mir schenken ...‹

Durch eines der großen Fenster in der Wand der Bar blickte der Pianist Manuel und Irene an und neigte lächelnd den Kopf. Die anderen vier Musiker, die ihre Instrumente hatten sinken lassen, verneigten sich gleichfalls.

»Unser Lied«, sagte Irene.

»Charlie!« rief Manuel halblaut.

Der Mixer stand sofort neben ihm. Auch er lächelte.

»Was der Herr Wawra spielt, gelt?«

»Ja. Woher ...«

»Das ist ganz komisch«, sagte Mixer Charlie. »Er hat es mir erzählt, der Herr Wawra ... der Pianist.«

»Was?«

»Sein Erlebnis. Heute vormittag war er am Graben. Dort gibt es ein großes Musikaliengeschäft. Die sind spezialisiert auf alte Noten. Er sammelt, der Herr Wawra, wissen Sie. Und wie er so herumkramt und ein Verkäufer mit ihm redet, da mischt sich ein Mann ein, der auch in alten Notenblättern wühlt. Dem Gespräch hat er entnommen, daß der Herr Wawra hier im Hotel arbeitet. Und da sucht dieser Mann – Namen hat er keinen genannt – die Noten zu dem Lied heraus, das der Herr Wawra jetzt spielt, und der sagte: ›Bitte, spielen Sie dieses Lied manchmal, wenn Sie einen Gast des Hotels, einen gewissen Herrn Manuel Aranda, mit einer jungen Dame zusammensitzen sehen, die braunes Haar und braune Augen hat.‹ Der Mann hat Sie dem Herrn Wawra ganz genau beschrieben, gnädiges Fräulein. Er muß Sie kennen!«

»Ja, er kennt uns«, sagte Manuel.

Charlie verbeugte sich und ging an die Theke zurück.

Der Pianist begann das Lied noch einmal.

Manuel legte eine Hand auf eine Hand Irenes.

Sie legte ihre zweite Hand auf seine.

Der alte Mann draußen am Flügel spielte langsam und auf ein Notenblatt blickend die Melodie weiter, und Manuel wünschte, daß sie nie zu Ende gehen möge, und Irene wünschte das gleiche, und beide wußten, was der andere dachte, aber sie sprachen nun nicht mehr, kein Wort, lange Zeit.

»Valerie Steinfeld ... eine außergewöhnliche Frau auf jeden Fall«, sagte der Hofrat Groll. Er ging in seinem Büro auf und ab, denn er hatte, mit seiner halben Lunge, leichte Atembeschwerden, besonders beim Sitzen. Die starke Schreibtischlampe brannte, ein Fenster stand halb offen, die Zentralheizungskörper glühten. Es war alles wie immer. Auf Wien fielen seit einer Stunde wieder Unmengen von Schnee. Es war fast zwei Uhr früh. Manuel hatte Irene heimgebracht und danach das Sicherheitsbüro aufgesucht. Er wollte wissen, wie das Verhör der drei Männer verlaufen war.

»Erzähle ich Ihnen gleich«, hatte Groll gesagt. »Schäfer nimmt noch das Protokoll auf. Erzählen Sie mir inzwischen, was Sie in Villach erfahren haben.«

Also hatte Manuel von seinem Gespräch mit Martha Waldegg berichtet, während Groll in dem großen Büro auf und ab schritt. Als Manuel endlich schwieg, war der Hofrat beim Fenster stehengeblieben, um in das Schneetreiben hinauszusehen. Dann hatte er seine Wanderung wieder aufgenommen und von Valerie Steinfeld zu sprechen begonnen.

»... je mehr ich von ihr erfahre, um so mehr bewundere ich die Person.« Groll blieb stehen und schluckte Pillen. »Ihnen geht es auch so, trotz allem, wie?«

»Ja«, sagte Manuel. »Mir geht es auch so.« Er sah, daß Groll seine Krawatte herabzog und den Hemdkragen öffnete.

»Ist Ihnen sehr schlecht?«

»Na, wohl fühle ich mich gerade nicht. Keine Angst. Habe ich häufig bei solchem Wetter. Da drückt das Zwerchfell gegen das Herz. Und davon bekommt man peinliche Gefühle.« Groll griff in die Tasche, holte ein Fläschchen Underberg hervor, schraubte es auf und trank. »Trage ich immer bei mir!« Er rülpste kräftig. »Verzeihung, aber das muß sein. Jetzt wird mir gleich wohler werden. Noch einmal! Tut mir leid. Ah!« Er ließ sich in seinen Schreibtischsessel fallen und atmete tief. »Schon leichter. Wenn Ihnen hier mal flau wird – gleich sagen. Ich habe immer auch ein Fläschchen für Sie!«

»Hören Sie, Herr Hofrat, sollten Sie nicht ausspannen ... sich krank schreiben lassen?«

»Und wer macht den Kram hier? Kommt gar nicht in Frage«, sagte Groll. »Außerdem: krank schreiben lassen, ins Bett legen – also das ist das letzte! Da *wird* man ja erst richtig krank! Nein, nein, jetzt geht es mir schon wieder prächtig! Schauen Sie mich nicht so ängstlich an, mein Junge. Sie haben völlig recht: Ihre Irene – Sie erlauben doch, daß ich mich so ausdrücke. Sie werden ja schon rot, wenn Sie nur von ihr sprechen –,

Ihre Irene soll davon nichts erfahren.«

Es klopfte, und Inspektor Schäfer trat ein.

»Verzeihung, ich wußte nicht...«

»Wir haben auf Sie gewartet! Sie kennen sich ja.« Groll winkte den jungen Mann mit der Hornbrille näher. »Zeigen Sie einmal her...« Er nahm Schäfer einige Blätter ab und überflog den Schreibmaschinentext. »Na also«, sagte er dann zufrieden. »Schön haben sie geschrieben, alle drei. Ab in die Rossauer Kaserne. Ich habe mit Hanseder telefoniert. Die Staatspolizei kümmert sich um die Brüder. Bei uns bleibt alles still. Keine Aussendung an die Presse, keine Fragen beantworten, die Staatspolizei will das nicht.«

»Wie immer«, sagte Schäfer.

»Wie immer, ja. Was sollen wir machen?«

»Nichts«, sagte Schäfer. »Wie immer.«

»Wir werden uns mit den Chinesen anlegen. So schauen wir aus«, sagte Groll.

»Mit den Chinesen?« Manuel stand auf. »Was haben Chinesen in der Geschichte zu tun?«

»Sie waren die Auftraggeber«, sagte der Hofrat. »Es gibt eine rotchinesische Handelsmission in Wien. Die Kerle, die Sie im Zug betäubten, heißen natürlich nicht Frohner und Gamitz. Für Sie uninteressant, wie sie wirklich heißen. Die beiden und der Chauffeur, der vor dem Bahnhof in Klagenfurt wartete, sind alte Bekannte von uns. Gehören zu einer Bande, die sich auf so etwas spezialisiert hat.«

»Auf was?«

»Derartige Überfälle. Entführungen. Einschüchterungen. Einbrüche. Beschaffung von Material«, sagte Groll. »Verdammt noch mal, dieser Underberg, der tut wirklich Wunder. Ich fühle mich wieder ganz in Ordnung! Setzen Sie sich doch, Manuel. Den Albaniern mißlang ihr Plan. Nun haben es ihre großen Brüder versucht. Völlig logisch. Und gar nicht phantastisch – bei uns in Wien. Was, Schäfer?«

»Nein, Herr Hofrat«, sagte der traurige junge Mann. Bei seinem letzten Besuch in dem Sanatorium vor Baden hatten die Ärzte ihm von einer leichten Besserung bei Carla berichten können. Leichte Besserung, das bedeutete doch nur, daß es noch länger dauern würde, bis Carla, seine geliebte Frau, tot war. Das bedeutete, daß er für diese längere Zeit noch mehr würde zahlen müssen, weiter, immer weiter. Schäfer fügte mechanisch hinzu: »Die Kerle haben für jeden gearbeitet, der ihre Dienste wollte, Herr Aranda. Ost oder West – das war ihnen egal.«

»Und sie hatten zu tun!« Der Hofrat schlug auf die Tischplatte. »Kamen kaum nach! Davon können ganze Banden leben bei uns, Manuel. Ich habe Ihnen ja die Wiener Situation erklärt. Wir wußten oft, daß die Kerle wieder einmal ihre Finger im Spiel hatten. Aber bisher konnten wir es ihnen nie nachweisen.«

»Diesmal schon«, sagte Schäfer.

»Diesmal schon, ja.« Groll nickte. »Sie haben eingesehen, daß Leugnen keinen Sinn hat. Ich wurde nämlich von Ihrem Freund Santarin angerufen. Tüchtiger Mann! Seine Leute und amerikanische Agenten verfolgten alle Operationen der Bande. Die Chinesen müssen von den Albanern erfahren haben, daß Sie täglich Ihren Anwalt anrufen. Sie sollten im Zug betäubt und verschleppt werden.«

»In die Berge«, sagte Schäfer. »Auf eine einsame Alm. Santarin konnte sogar genau sagen, wo die liegt.«

»Wir haben uns mit dem Bundesheer in Verbindung gesetzt. Kriminalbeamte flogen in einem Hubschrauber von Aigen im Ennstal aus los, während Sie noch in diesem Schlafwagen schlummerten. Es stimmte. In der Almhütte war alles für Ihren Empfang vorbereitet... Essen, Unterkunft... Wir haben noch zwei Männer da oben verhaftet. Die verquatschten sich, aber gründlich! Als wir unseren drei Kerlen ihre Aussagen vorhielten, gaben sie auf. Von den Chinesen haben sie keine Hilfe zu erwarten, das wissen sie. Die Chinesen kennen sie nicht mehr.«

»Und was geschieht nun?«

Groll grunzte verächtlich.

»Was schon? Beinahe fast gar nichts! Die Staatspolizei dreht die drei jetzt natürlich um.«

»Was tut sie?«

»Sie läßt sie als V-Männer arbeiten, für uns!« Groll grinste. »Wien, Wien, nur du allein. Hier geht es immer noch zu wie in Metternichs Zeiten. Wir arbeiten mit Konfidenten, ständig.« Groll sah auf die Papiere. »Es wäre Ihnen nichts zugestoßen, da oben auf der Alm. Sie sollten nur ein paar Tage festgehalten werden.«

»Aber warum – *ach so!*«

»Schon kapiert, ja? Damit Sie ein paar Tage den Doktor Stein nicht anrufen konnten und dieser dann, wie verabredet, seinen Tresor öffnen und Ihr Eigentum der Schweizer Botschaft zur Publikation übergeben würde, weil er – wie wir – hätte annehmen müssen, Ihnen sei etwas zugestoßen.«

»Glauben Sie, das ist die Wahrheit?«

»Die Hütte war geradezu mit Komfort auf Ihren Empfang vorbereitet! Was, Schäfer?«

»Ja, Herr Hofrat.« Geld. Ich brauche Geld. Carla muß im Sanatorium bleiben. Das Inserat – ob sich da wirklich jemand melden wird? Was er von mir will? Ob ich es tun kann und Geld bekomme, viel Geld? Für viel Geld täte ich jetzt schon fast alles. »So etwas kann sich wiederholen«, sagte Schäfer.

»Das ist mir klar.« Manuel starrte vor sich hin. »Ich werde besser aufpassen! Aber ich gebe nicht auf! Ich gebe nicht auf!«

»Natürlich nicht...« Groll seufzte. »Und da wir sicher sein können, daß sich heute und jetzt alle Herrschaften um dieses schöne Gebäude versammelt haben, um festzustellen, wie lange Sie bei mir bleiben und was Sie dann tun, wollen wir es wenigstens einmal zu einer kleinen Demonstration kommen lassen. Schäfer!«

»Herr Hofrat?«

»Sie gehen möglichst auffällig mit Herrn Aranda aus dem Haus und fahren mit ihm zum ›Ritz‹. Wie seine Leibwache. Machen Sie ein bißchen Theater, Sie verstehen schon. Auch noch vor dem Hotelportal. Ein ganzer Geleitzug wird euch folgen. Die Burschen sollen den *Eindruck* bekommen, daß wir Österreicher uns zumindest jetzt um Ihr Wohlergehen kümmern, Manuel. Ich werde auch tatsächlich ab und zu einen Beamten für Sie absetzen«, sagte Groll. »Das nehme ich auf meine Kappe! Heute nacht ist es besonders wichtig. Sie machen das schon, Schäfer.«

»Natürlich, Herr Hofrat.«

»Dann nehmen Sie sich ein Taxi, kommen hierher zurück und fahren mit Ihrem vw heim. Das war wirklich eines langen Tages Reise in die Nacht. Ich bin zu Hause, falls noch etwas los ist. Aber auf Sie kann ich mich ja verlassen, Schäfer.«

»Gewiß, Herr Hofrat, das können Sie.«

4

Ulrich Schäfer hatte ein ›bißchen Theater‹ gemacht, wie von Groll verlangt. Er war vor dem Portal des ›Ritz‹ noch neben Manuel stehengeblieben, hatte den Ring hinauf und hinunter geblickt und dabei tatsächlich mehrere Wagen entdeckt, die ihnen gefolgt waren und nun in den Seitenbahnen der Ringstraße, hinter Bäumen, parkten. Nichts regte sich. Manuel und Schäfer standen im grellen Licht des Hoteleingangs. Sie schüttelten einander die Hände. Manuel ging in das ›Ritz‹ hinein. Schäfer schlug den Mantelkragen hoch, wobei er eine Portion Schnee in den Nakken bekam – es schneite heftig –, und eilte zu einem entfernten Taxistand. Ein einsamer Wagen wartete dort. Ehe er ihn erreichte, rollte ein anderes Taxi auf der Seitenfahrbahn an ihm vorbei. Schäfer pfiff. Er wollte aus der Kälte und dem Schneetreiben. Wozu sollte er noch bis zu dem Droschkenstnd laufen?

Das Taxi, das ihn überholt hatte, hielt. Der Fahrer, ein Mann mit Schiebermütze, breit und massig, neigte sich nach hinten und öffnete den rechten Schlag. Schäfer stieg ein.

»Berggasse. Sicherheitsbüro«, sagte er.

Der Chauffeur manövrierte seinen Wagen bei der nächsten Querstraße auf den Ring hinaus und fuhr diesen entlang, in Richtung Rathaus und Burgtheater. Das Schneetreiben war so heftig, daß er sehr langsam, mit Abblendlicht, fahren mußte. Man sah kaum zehn Schritte weit.

Der Chauffeur drückte auf einen Knopf des Armaturenbretts.

Schäfer zuckte zusammen, als gleich darauf im Fond aus einem kleinen Lautsprecher an der Seitenwand eine französisch akzentuierte Stimme ertönte: »Guten Tag, Herr Inspektor Schäfer. Sie haben unseren Rat befolgt und im ›Kurier‹ ein Inserat aufgegeben, das wir Ihnen vorschrieben...«

»Was ist das?« rief Schäfer.

Der Chauffeur reagierte überhaupt nicht. Er schien taub zu sein. Konzentriert beobachtete er die Fahrbahn und antwortete nicht.

Aus dem Lautsprecher erklangen diese Worte: »Es tut uns sehr leid, daß Ihre Frau so krank ist. Sie braucht die Pflege im Sanatorium. Das wissen Sie.« Schäfer schluckte. Das Taxi kroch durch das wüste Schneetreiben an der Kreuzung Mariahilferstraße vorüber. Der Chauffeur tat, als höre er kein Wort. »Wir bieten Ihnen zweihunderttausend Schilling für eine kleine Gefälligkeit. Am Abend des sechzehnten Januar haben Sie eine Reihe von Dokumenten aus dem Hotel ›Ritz‹ zu einem Anwalt gebracht.« Schäfer ballte die Fäuste. »Das wissen wir. Wir wissen nicht, welcher Anwalt das war. Sie werden uns seine genaue Adresse mitteilen. Schreiben Sie die auf ein Stück Papier. Mit der Hand. Darunter schreiben Sie: Hunderttausend Schilling erhalten. Datum und Ihre Unterschrift. Wir beobachten Sie ständig. Bei der ersten Gelegenheit wird ein Mann Ihnen hunderttausend Schilling überreichen – keine Angst, niemand wird es sehen. Sie können das Geld nachzählen, bevor Sie dem Mann Ihre Information geben. Sobald wir uns davon überzeugt haben, daß Sie den richtigen Namen und die richtige Adresse aufgeschrieben haben, erhalten Sie die restlichen hunderttausend Schilling auf die gleiche Weise innerhalb von höchstens zehn Tagen. Sie werden auch diesen Betrag quittieren. Wir warnen Sie, uns falsche Informationen zu geben – wir haben das Papier mit Ihrer Handschrift. Es ginge dann sofort an Ihren Vorgesetzten. Das ist alles.«

Die Stimme verstummte. Der Chauffeur schaltete das Tonband ab. Er fuhr jetzt am Parlament vorüber. Ein Räumwagen ratterte heran und den Ring hinab. Inspektor Schäfer saß reglos im Fond. Sein Gesicht war völlig ausdruckslos. Sie erreichten das Burgtheater. Der Chauffeur fuhr noch langsamer. Er fragte, ohne sich umzudrehen, mit erkälteter Stimme: »Also was ist?«

Starr in die weißen Wirbel blickend, die auf die Windschutzscheibe zuflogen, fragte Schäfer: »Haben Sie die erste Rate bei sich?«

Der Chauffeur schaltete den rechten Winker ein, fuhr beim Café Landt-mann wieder in die rechte Seitenbahn der Ringstraße und hielt knapp vor der Schreyrgasse. Er knipste das Licht im Fond an und reichte ein Kuvert nach hinten. Schäfer riß es auf. Noten lagen darin.

»Zählen Sie nach«, sagte der Chauffeur.

Schäfer zählte. Es waren hundert Tausendschillingscheine, alte und neue. Schäfers Hände begannen plötzlich wie in einem Krampf zu zittern. Das Geld wäre fast auf den nassen, schmutzigen Wagenboden gefallen. Schä-fer konnte nur denken: Ich muß es tun. Ich habe so etwas erwartet. Es trifft mich nicht unvorbereitet. Ich bringe Carla in grauenvolles Elend, noch größeres Leid, noch ärgere Qual, wenn ich es nicht tue. Carla, meine Carla . . .

»Was ist? Stimmt's nicht?« fragte der Chauffeur.

»Doch . . .«

Daraufhin reichte der Chauffeur, ohne sich umzudrehen, ein Blatt Papier und einen Kugelschreiber nach hinten.

»Neben Ihnen liegt ein großes Buch. Nehmen Sie es als Unterlage«, sagte er. »Und schreiben Sie deutlich.«

Schäfer mußte eine kurze Weile warten, bis das Zittern seiner Hände nachgelassen hatte.

Dann schrieb er:

Dr. Rudolf Stein. Kohlmarkt 11

Und darunter:

100 000 Schilling erhalten
Ulrich Schäfer
23. Januar 1969

Er reichte Papier und Kugelschreiber nach vorn. Der Chauffeur nahm beides, betrachtete kurz das Blatt und knipste die Wagenbeleuchtung ab.

»In Ordnung«, sagte er. »Steigen Sie aus.«

»Was?«

»Aussteigen. Ich fahre Sie nicht weiter. Da vorn an der Schottenring-Kreuzung finden Sie ein anderes Taxi. Na los, wird's?«

Schäfer stieg aus.

Das Taxi, dessen Chauffeur alle Lichter ausgeschaltet hatte, fuhr los und verschwand sofort in dem dichten Schneetreiben.

Der Inspektor Schäfer stand reglos am Straßenrand. Er bemerkte, daß er immer noch den Umschlag mit dem Geld in der Hand hielt und steckte ihn ein.

»Es geschehen oft Wunder, lieber Herr Schäfer. Es kommt zu einem Stillstand der Erkrankung, ja zu partieller Besserung. Der Patient kann dann noch lange Zeit leben, sehr lange Zeit . . . und wer weiß, vielleicht findet man in dieser Zeit ein Mittel gegen die Krankheit. Jeden Tag werden neue Wundermittel gefunden, jeden Tag . . .« Die Stimme des Arztes, der mit ihm gesprochen hatte, klang in Schäfers Ohren.

Ich kann nur hoffen, sie halten Wort und geben mir die restlichen 100 000 Schilling, dachte er.

5

»Die Mädchen in der Kanzlei haben einen weiteren Teil des Aktes gefunden«, sagte der Dr. Otto Forster. »Noch immer nicht alles, aber wir bekommen schon noch alles zusammen . . .«

Manuel, der dem alten Mann in dessen Wohnzimmer gegenübersaß, unterdrückte ein Gähnen.

Manuel war sehr spät ins Bett gekommen und sehr früh aufgestanden. Er hatte schon um halb acht Uhr mit Cayetano und den Anwälten zusammen im Salon seines Appartements gesessen und alle Schriftstücke durchgearbeitet, welche er kennen mußte, und er war auch noch einmal in der Rechtsabteilung der argentinischen Botschaft gewesen, um dort Urkunden und Vollmachten zu unterzeichnen. Weder der Botschafter noch der kleine Gomez hatten sich sehen lassen . . .

Der Anwalt Dr. Otto Forster sagte: »Hier habe ich endlich die Abschrift des Stenographie-Protokolls der ersten Streitverhandlung. Am 20. März 1943 fand die statt. 10 Uhr, Justizpalast, dritter Stock, Saal 29 – das war nur ein größeres Zimmer, ich erinnere mich jetzt. Öffentliche Verhandlung. Aber niemand interessierte sich dafür. Die Zuhörerbänke standen leer. Es gab nur einen Richter und eine Stenographin. An die erinnere ich mich noch gut. Herta Bohnen hieß sie, da steht es. Und der Richter hieß Gloggnigg, Fritz Gloggnigg. Einer der wüstesten Nazis, die damals im Justizpalast saßen!«

»Aber Valerie Steinfeld erzählte einer Bekannten, mit der ich mich nun auch unterhalten habe, der Richter sei ein alter Sozialdemokrat gewesen, den Sie schon lange und gut kannten! Und dieser Kurator Kummer, der sei gleichfalls ein Antinazi gewesen. Deshalb wurde auch der Termin derart spät angesetzt. So viel Glück hätten Sie gehabt!«

Forster lachte kurz.

»Glück! Diese Bekannte – ist das Frau Hill, von der Sie mir erzählten, daß sie die Verbindung nach London hergestellt hat?«

»Ja.«

»Nun, dann hat die arme Frau Steinfeld sie tapfer angelogen, um ihren

Mann nicht zu beunruhigen.« Forster lachte wieder. »Der Termin wurde so spät angesetzt, weil die Gerichte damals irrsinnig überlastet waren, aus keinem anderen Grund. Sozialdemokrat und Antinazi! Du lieber Gott! Dieser Kurator Kummer war ein Opportunist, Parteigenosse, bis 1938 Winkeladvokat, dann plötzlich erfolgreich und besser situiert – verdankte dem Dritten Reich seine Karriere! Und der Richter – dieser Doktor Gloggnigg, das war ein richtiger Sadist. Hier! Sie müssen sich nur einmal das Protokoll anschauen...«

6

»Also Ihr Mann bevorzugte eine besondere Art des Verkehrs?«
»Ja.«
»Die Sie quälte und nicht befriedigte.«
»Ja.«
»Ich lese Ihnen nur Ihre eigene Aussage vor. Danach hat diese Art des Verkehrs mit Ihrem Ehegatten, dem Paul Israel Steinfeld, Sie schwer abgestoßen. Das steht auf Seite drei der Erklärung von Frau Steinfeld, meine Herren, oben.«
»Herr Vorsitzender...«
»Einen Moment, Herr Rechtsanwalt! Jetzt frage *ich!*«
»Sicherlich, aber...«
»Aber was? Das scheint mir doch einer der Angelpunkte für das Verhalten von Frau Steinfeld zu sein. Nicht wahr, Herr Doktor Kummer?«
»Vollkommen Ihrer Ansicht, Herr Vorsitzender! Absolut...«
»Nun denn, also. Ich finde das reichlich vage – ›besondere Art des Verkehrs‹. Wollen Sie sich präziser fassen, wenn ich bitten dürfte, Frau Steinfeld.«
»Mein Gott, das ist für mich...«
»Sie stehen hier vor Gericht! Sie müssen die reine Wahrheit sagen. Sie selber haben dieses Verfahren angestrengt. Meine Fragen dienen der Wahrheitsfindung. Oder meinen Sie etwa, ich stelle sie zum *Vergnügen?*«
»Natürlich nicht.«
»Dann äußern Sie sich deutlicher.«
»Eine anormale Art des Verkehrs...«
»Anormal. Anormal ist vieles. Genauer!«
»Er... mein Mann... er wählte nicht den normalen Weg, er...«
»Jetzt langt es mir aber, Frau Steinfeld! Wenn Sie nicht direkt reden wollen, dann muß ich direkt fragen. Also: Bevorzugte der Paul Israel Steinfeld einen Verkehr durch den After?«

»Herr Vorsitzender, ich bitte doch höflichst, zu überlegen, ob man meine Mandantin nicht etwas schonender befragen könnte!« Forster springt wieder auf, erregt zupft er an seinem rechten Ohr.

»Herr Rechtsanwalt, ich glaube, das müssen Sie schon mir überlassen. Ich bin so schonend, wie es nur geht. Sie wollen mich doch nicht etwa an der Aufhellung von Tatbeständen hindern?«

»Natürlich nicht, Herr Vorsitzender.«

»Außerdem – wir sind hier alle keine kleinen Kinder mehr. Es wird wohl niemand unter den Anwesenden seelische Schäden davontragen durch eine solche Befragung.«

»He, he«, keckert der Kurator Dr. Hubert Kummer.

Du verfluchter Hund, denkt Forster, der den Vorsitzenden, den Landgerichtsdirektor Dr. Fritz Gloggnigg, anstarrt. Die Zähne sollte man dir einschlagen dafür, wie du jetzt diese arme Frau quälst, die da vor dir steht, bleich und bebend. Und du, dreckiger Speichellecker von einem Nichts, den die Zeit hochgeschwemmt hat, denkt er und wendet den Kopf ruckartig zu dem Kurator Dr. Hubert Kummer, der noch immer feixt, du bist begeistert, du kannst dich gar nicht fassen vor Entzücken über diesen Menschenquäler von einem Richter – ach, wenn ich dir doch in die Visage hauen könnte! Ich habe ja befürchtet, daß das so zugehen wird. Hoffentlich hält Frau Steinfeld durch. Bleich ist sie wie Wachs.

»Wollen Sie endlich wieder Platz nehmen, Herr Rechtsanwalt?«

Forster setzt sich auf einen harten, einfachen Stuhl und massiert sein Ohr. Die drei langen Bänke des Zuhörerraums, der, durch eine Barriere abgetrennt, menschenleer daliegt, sind aus demselben dunklen Holz wie die Stühle und die beiden großen Tische für Forster und Kummer. Die Anwälte sitzen einander gegenüber. Hinter Forster befinden sich drei große Fenster. Frühlingssonne, warm und grell, fällt in den Raum. Es ist ein schöner Tag – für andere Menschen. Neben Forster steht ein leerer Stuhl. Hier sitzt Valerie, wenn sie nicht gerade verhört wird, wie jetzt. Jetzt hat sie den Platz neben Forster an dem mit Akten und Büchern vollgeräumten Tisch verlassen und steht vor dem Richtertisch, der sich erhöht auf einem Podium befindet. Landgerichtsdirektor Dr. Gloggnigg, groß, untersetzt, mit braunem Haar und kalten, glitzernden Augen, thront über Valerie. An einer Querseite des breiten Tisches arbeitet die farblose, junge Stenographin Herta Bohnen, das fahle Haar zu einem Knoten hochgefaßt, ungeschminkt, mit stumpfem Blick und dumpfem Gesichtsausdruck, kaum je aufblickend, scheinbar (und vermutlich wirklich, denkt Forster) unbeteiligt, gelangweilt, gefühllos und uninteressiert.

Den Wandschmuck hinter Richter Gloggnigg bildet ein großes Hitlerbild unter Glas.

Der Landgerichtsdirektor neigt sich zu Valerie vor. Er betrachtet sie wie der Forscher ein Versuchskaninchen, das Glitzern in seinen Augen wird stärker.

»Frau Steinfeld, ich habe Ihnen eine Frage gestellt. Würden Sie wohl die Güte haben, zu antworten?«

»Nicht durch den After«, antwortete Valerie, plötzlich völlig ruhig. Ihr Gesicht ist weiß, die Lippen sind bläulich. Valerie trägt ein dunkelblaues Kostüm und Schuhe mit Keilabsätzen. Der Boden schwankt unter ihr, so fühlt es sich an, aber sie weiß, daß er nicht schwankt. Sie ballt beide Hände zu Fäusten, so fest, daß sich die Fingernägel ins Fleisch bohren. Es ist das Beruhigungsmittel, das jetzt wirkt, denkt sie. Ich habe zu viel genommen. Was für ein Glück, daß ich zu viel genommen habe. Alles weicht vor mir zurück, ich höre leiser, ich sehe kleiner, meine Glieder sind schwer, mein Körper reagiert träge. Aber mein Kopf ist klar, ganz klar. Ich halte durch, Paul, ich halte schon durch...

»Darf man erfahren, wie der besondere Verkehr dann ablief?« Richter Gloggnigg neigt sich, die Finger verschränkt, die Unterarme auf Fotos, Urkunden und Ahnentafeln, noch weiter vor. Kurator Dr. Kummer scharrt mit den Schuhen. Die tranige Stenographin hebt plötzlich den Kopf und sieht Valerie fischig an.

Das bin gar nicht ich, die da steht und redet, denkt Valerie, das bin gar nicht ich. Ein fremder Mensch ist das, dem ich meine Stimme leihe, damit er tut, was den Buben retten soll. Sie sagt monoton: »Er hat den Verkehr in der Regel in der Form vollzogen, daß er sein Glied zwischen meine Schenkel steckte, aber nicht in... in...«

»Na!« rügt Gloggnigg.

»Herr Vorsitzender, ich bitte dringendst...«, beginnt Forster, aufspringend.

»Unterbrechen Sie die Dame nicht, Herr Rechtsanwalt«, sagt Gloggnigg mit lebensgefährlicher Liebenswürdigkeit. »Sie kommt schon allein zurecht. Also, Frau Steinfeld. Aber nicht in die...«

»Aber nicht in meine Scheide steckte«, sagte Valerie. Die teiggesichtige Stenographin Bohnen glotzt sie an. Forster sieht, daß Valerie leicht schwankt.

»Darf Frau Steinfeld sich setzen, Herr Vorsitzender? Ich fürchte, es ist ihr nicht gut!« Forster hat den leeren Stuhl ergriffen.

»Einen Moment.« Gloggnigg fragt überhöflich: »Ist Ihnen tatsächlich nicht gut, Frau Steinfeld?«

Valerie sieht ihn an. Gloggnigg erwidert den Blick, nun ernst und scheinbar besorgt.

»Nein«, sagt Valerie. »Kein Stuhl, danke. Ich kann sehr gut stehen.«

»Da hören Sie es, Herr Rechtsanwalt«, sagt Gloggnigg. »Ich bitte mir aus, daß Sie nicht andauernd die Einvernahme stören.« Und zu der jungen

Stenographin, die sich gerade lange und heftig an der Hüfte kratzt: »Haben Sie alles?«

»Ja, Herr Vorsitzender.«

»Sehen Sie, wir kommen weiter.« Gloggnigg blickt wieder auf Valerie herab. »So verkehrte Ihr Gatte Paul Israel Steinfeld also mit Ihnen.«

Vorsicht, denkt Forster. Wir haben das alles durchgesprochen. Sie darf jetzt keinen Fehler machen.

»Auch anders«, sagte Valerie.

»Nämlich wie?«

»Normal. Nur brach er vorzeitig ab.«

»Coitus interruptus?«

»Ja.«

Der Kurator wird munter: »Sie erlauben, Herr Vorsitzender, eine Zwischenfrage?«

»Bitte, Herr Doktor?«

»Frau Steinfeld, wenn es sich wirklich so verhält, wie Sie es schildern...«

»Es verhält sich genauso«, sagt Valerie. Ihre Lippen sind nun graublau. »...dann kann Ihr Mann Paul Israel Steinfeld ja niemals auch nur einen Moment wirklich geglaubt haben, daß Ihr Sohn Heinz von ihm gezeugt wurde.« Kummer sagt lauernd: »In Ihrer schriftlichen Aussage nun, Frau Steinfeld, erklären Sie auf... Seite fünf..., daß Ihr Mann zwar später Zweifel an der Vaterschaft des Jungen zum Ausdruck brachte – aber nirgends lese ich ein Wort darüber, daß er sie von vornherein bestritt! Wie erklären Sie das?«

»Mein Mann verkehrte am liebsten in der geschilderten Art mit mir...« Voller Sorge sieht Forster, daß Valeries Schläfen eingefallen sind. Bläuliche Adern pulsieren dort. »...aber nicht *nur*.«

»Das bedeutet, daß Sie eine Zeugung des Sohnes durch den Paul Israel Steinfeld also nicht *ausschließen* können!« schlägt Gloggnigg blitzschnell zu.

»Mein Mann jedenfalls glaubte es nicht ausschließen zu können, Herr Richter. Ich habe in meiner schriftlichen Aussage genau erläutert, wie sich das abspielte.«

Gott sei Dank, denkt Forster. Sie hat nichts vergessen.

7

»Herr Landau, wir haben nun Ihre Aussage gehört. Sie bestehen also darauf, daß Sie der Vater des Heinz Steinfeld sind.«

»Ich bestehe darauf!« Der schwächliche Buchhändler, der einen dunklen

Anzug trägt, reckt die Brust heraus und hebt den Kopf, wobei er das Kinn vorschiebt. Er redet laut, aggressiv und schnell. Noch nie hat Valerie ihren alten Freund so erlebt. Sie sitzt jetzt wieder neben Forster. Ihre Hände sind eiskalt, ihr Kopf glüht.

Landau sagt mit lauter Stimme: »Darüber hinaus verlange ich, daß ich von Gerichts wegen endlich als gesetzlicher Vater des Buben legitimiert werde!«

Gloggnigg, der schon während der Aussage dieses so streitbaren schmächtigen Mannes über die Frechheit, ja, das mußte man schon Frechheit nennen, wie dieser Kerl sich benimmt, wütend geworden ist, donnert: »Treiben Sie es nicht zu weit, Herr Landau! Sie haben überhaupt nichts zu verlangen. Sie werden hier als Zeuge einvernommen. Für Ihre Privatwünsche sind wir nicht zuständig. Es ist auch ein wenig zu früh für sie, finde ich.«

Der Kurator kichert wieder dienstbeflissen.

»Wir wollen doch lieber erst einmal den Ausgang des Prozesses abwarten, wie?«

Martin Landau wirft den Kopf zurück.

»Was ist da abzuwarten? Ich denke doch, die Sache liegt sonnenklar!«

»Sie haben hier keine Ansichten zu äußern, Herr Landau. So sonnenklar liegt die Sache wahrlich nicht. Das ist nicht der erste Prozeß dieser Art, den ich führe.« Gloggnigg überkommt mehr und mehr die Wut. »Bei den anderen Prozessen stellte sich regelmäßig heraus, daß die Geschichten, die mir aufgetischt wurden, von A bis Z erlogen waren!«

»Also, das ist ...«

»Was ist das? Wie schaut denn dieser Fall aus? Ihre eigene Schwester, vom Herrn Kurator als Zeugin benannt, schickt uns ein ärztliches Attest, daß sie nicht kommen kann, weil man ihr gestern zwei Zähne gezogen hat!«

»Na und? Sie liegt mit starken Schmerzen im Bett!«

»Die Vorladung erhielt Ihre Frau Schwester bereits vor vierzehn Tagen. *Da* war keine Zeit, zum Zahnarzt zu gehen, was?«

»Die Vereiterung wurde ganz rasch katastrophal.«

»Behaupten *Sie*! Glauben Sie nur nicht, daß Ihre Schwester damit um eine Zeugenaussage herumkommt.«

»Das habe ich ihr auch gesagt!« Martin denkt: Natürlich hat Tilly sich die Zähne absichtlich erst gestern ziehen lassen und mir ein Attest mitgegeben. Sie wollte nicht herkommen. Ich habe ja gewußt, daß ihr das nichts nützen wird. Herrgott, dann soll sie halt später aussagen, daß sie keine Ahnung hatte, so wie sie es mir dauernd angedroht hat. Und schon!

»Das haben Sie ihr gesagt?« Gloggnigg legt den Kopf schief.

»Herr Vorsitzender!« Alle im Saal, selbst die fade Stenographin, zucken zusammen, denn Martin Landau hat die beiden Worte wild herausgeschrien. Er schreit weiter: »Ich bin Parteigenosse! Wollen Sie insinuieren, daß ein Parteigenosse lügt?«

Richter Gloggnigg muß sich zweimal räuspern, bevor er sprechen kann. »Hier wird nicht geschrien, verstanden, Herr Landau?«

»Ihre Haltung erregt mich derart!« erklärt Landau. »Sie sind, so muß ich befürchten, voreingenommen...«

»Ich bin überhaupt nicht voreingenommen!«

»Das ist ja lächerlich!« kräht der Kurator hinter seinem Tisch.

»Und Sie auch!« Landau fährt zu ihm herum. Ein anderer Mensch, ein Mensch, den sie nicht kennt, steht da vor Valerie. Sie reibt sich die Augen. Dieser andere Mensch bellt: »Das fällt mir schon die ganze Zeit auf! Ich stehe hier als ein Vertreter und Schützer guten deutschen Blutes...«

»Herr Landau!« ruft der Richter. »Sie haben keine Reden zu halten!« Doch Landau ist jetzt in Rage: »...in meiner Eigenschaft als überzeugter Nationalsozialist, dem die Reinheit der Rasse über alles steht! Ihnen scheint der Ernst dieses Falles noch nicht aufgegangen zu sein...«

»Zeuge Landau, mäßigen Sie sich!«

»Ich werde mich *nicht* mäßigen! Ich werde an höherer Stelle in Berlin mitteilen, wie Sie beide andauernd versuchen, mich zu beeinflussen und einzuschüchtern...«

»Das hat kein Mensch getan!« Gloggnigg hebt beide Hände. (Berlin... der Kerl ist imstande und macht Stunk!)

»Natürlich haben Sie es getan!« schreit Martin Landau kriegerisch. Er fühlt, wie das Blut schneller durch seinen Körper fließt, warm und pulsierend. Er fühlt sich stark, frei und glücklich, ohne die geringste Angst – zum erstenmal in seinem Leben! »Und Sie beschuldigen einen Parteigenossen der Lüge!«

»Das tun wir nicht!«

»Doch tun Sie es!«

Forsters Mund hat sich fest geschlossen. Voll grimmiger Genugtuung sieht er, daß der Kurator Dr. Kummer plötzlich am Kragen seines schwarzen Talars zerrt. Ich kenne diesen Dreckskerl, denkt Forster, diesen Radfahrer. Dem wird es jetzt mulmig.

»Herr Landau, Sie müssen sich beruhigen, Sie sind zu aufgeregt«, säuselt Kummer. Tatsächlich, denkt Forster, an seinem Ohr zupfend, nur mit Mut und Brüllen kommt man diesen Schweinen bei! »Sie mißverstehen uns. Wir sind an der Wahrheitsfindung in diesem Fall genauso interessiert wie Sie. Seien Sie überzeugt, daß ich und der Herr Vorsitzende – ich meine: der Herr Vorsitzende und ich – keinerlei vorgefaßte Meinungen oder Vorurteile haben...« (Berlin, denkt auch Kummer. Krach mit Bonzen. Wo ich mir alles so schön aufgebaut habe...)

»Sieht mir aber gar nicht so aus!« antwortet Landau dem Kurator und gibt ihm einen gehässigen Blick. »Ich jedenfalls werde hier in einer Weise behandelt, die ich mir nicht länger gefallen lasse!«

Böse trompetet daraufhin Richter Gloggnigg: »Schluß damit! Sie haben die Würde des Gerichtes zu wahren, Herr Landau. Ich habe Sie zu Beginn Ihrer Vernehmung davon in Kenntnis gesetzt, daß Sie als Zeuge damit rechnen müssen, vereidigt zu werden, und daß Sie deshalb die reine Wahrheit zu sagen haben.«

»Jawohl, und?« kräht Landau.

»Und nach Ihrem jetzigen stürmischen Auftritt und ungebührlichen Verhalten *werde* ich Sie vereidigen«, sagt Gloggnigg, leise und heimtük-kisch, steht auf und nimmt sein Barett. »Heben Sie die rechte Hand. Ich spreche Ihnen die Eidesformel vor, Sie sprechen mir nur die letzten Worte nach.«

»Aber gerne, Herr Direktor!« Landau hebt eine Hand.

Alle sind aufgestanden.

Gloggnigg leiert: »Ich schwöre bei Gott, dem Allmächtigen und Allwis-senden, daß ich nach bestem Wissen und Gewissen die reine Wahrheit gesagt, nichts hinzugefügt und nichts verschwiegen habe. Ich schwöre es, so wahr mir Gott helfe.«

»Ich schwöre es, so wahr mir Gott helfe«, wiederholt Martin Landau laut.

8

Den ersten richtigen Anzug mit langen Hosen trägt Heinz. Seine Mutter hat einen alten Schneider gefunden, der einen der von Paul Steinfeld zu-rückgelassenen Anzüge änderte: dunkelgrau, mit breitwattierten Schul-tern. Ein weißes Hemd und eine blaue Krawatte trägt Heinz, dem ge-schlossene Hemden und Krawatten ein Greuel sind. Aufrecht und hochgeschossen ist er, das blonde Haar, die blauen Augen und das schmale Gesicht der Mutter hat er, die Haut voller Sommersprossen. Stramm und tadellos die Haltung. Laut und deutlich die Stimme, höflich, eifrig, lei-denschaftlich, plötzlich wild.

Da steht er vor dem Richtertisch, die Hände an der Hosennaht, mein Bub, mein kleiner Heinz, den ich geboren und großgezogen und behütet habe und weiter behüten muß, da steht er und gibt Rede und Antwort – dem Richter, dem Kurator, dem Dr. Forster.

Da steht er und sagt: »Nein, Herr Direktor, ich habe meinen Vater nie leiden können. Und er mich auch nicht.«

Und sagt: »Er ist mir immer fremd gewesen, mein Vater. Ich habe immer gespürt, er versteht mich nicht, und er mag mich nicht. Und ich habe ihn auch nicht verstanden. Er hat so viele Sachen gesagt, die ich nicht begrif-

fen habe, oder, wenn ich sie begriffen habe, dann haben sie mich abgestoßen.«

»Abgestoßen? Wieso?«

»Weil er so zynisch geredet hat. So zersetzend. Über alles hat er nur seine
Witze gemacht. Alles hat er in den Dreck gezogen.«

»Was denn zum Beispiel?«

»Zum Beispiel die Heimat, Herr Direktor. Und dann Begriffe wie Glauben
und Treue und Ehre und Kameradschaft...«

Ach, Heinz, Heinz, wie gut hast du dich mit Paul verstanden, früher, als
Kind, als Junge, bis die Nazis kamen! Wie viele Stunden habt ihr debat-
tiert, wie hast du ihn bewundert, wie hat er dir alles erklärt, dir immer
neue Bücher gebracht, Geschichten erzählt, wie stolz warst du darauf,
wenn er im Radio gesprochen hat! Und jetzt ist da nur noch Haß in dir.
Furchtbar...

»Wunderbar«, flüstert der Doktor Forster. »Der Bub macht sogar auf die
beiden Kerle Eindruck.«

Das tut er.

Ein erstaunlicher Junge, findet Gloggnigg, der selber einen Sohn hat. Das
könnte ja direkt sein Bruder sein, wie der ausschaut, wie der spricht, die
Haltung, die Würde...

»Nein, Herr Richter, ich habe nicht gewußt, daß mein Vater – dieser
Mann meine ich –, daß der Jude ist. Das habe ich erst erfahren, als ich
in der Schule den kleinen Ariernachweis erbringen mußte. Da hat es mir
meine Mutter gesagt. Ich war sehr unglücklich, jawohl... Weil ich Juden
hasse... Sie sind das größte Gift unter den Völkern... Nein, daran glaube
ich fest... In der Hitlerjugend? Einer von den besten und eifrigsten war
ich, das kann mein Fähnleinführer bezeugen... Der schlimmste Tag? Als
ich erfuhr, daß mein Vater Jude ist natürlich... Da habe ich auch begriffen, warum wir uns nie verstanden haben...«

Weiter, Heinz, weiter, mehr so...

»Herrn Landau? Mit *dem* habe ich mich *immer* verstanden! Mit dem
habe ich *reden* können! Das war ein guter Deutscher, ein wirklich anständiger Mensch... Der glücklichste Tag in meinem Leben? Als meine Mutter mir gesagt hat, daß Herr Landau mein Vater ist und nicht der andere... dieser Jude...«

Der Kurator Dr. Hubert Kummer, der denkt: Aus jetzt die Packelei mit
dem Richter. Der soll sehen, wie er allein weiterkommt. Ich muß mich
korrekt verhalten, streng korrekt. Fehlte noch, daß hier etwas schiefläuft
und ich einen Rüffel bekomme, eine Rüge, einen Verweis, etwas Schlimmeres. Wo ich endlich die große Kanzlei und die Wohnung von diesem
Dr. Blaustein, der in meinem Bezirk alles an sich gerissen hatte, endgültig
überschrieben erhielt. Nach der Arisierung haben mich die Kollegen, die

lieben, immer wieder angegriffen deshalb, und es hat vier Jahre gedauert, bis ich mir alles aufgebaut habe. Vorsichtig also jetzt. Ist ja ein prächtiger Junge. Muß man anständig behandeln. Auch gegen die Mutter muß ich höflich sein. Da habe ich mich hinreißen lassen. Und *wenn* sie lügt! Und *wenn* das da ein Halbjud ist! Aber hat er Glück, und die Untersuchungen fallen günstig für ihn aus? Nein, nein, das kann ich mir nicht leisten.

»Sie hassen also Ihren Vater, Herr Steinfeld?«

»Meinen *sogenannten* Vater! Jawohl, den hasse ich, Herr Direktor. Mehr als alles andere auf der Welt hasse ich ihn!«

Ja, gut so, Heinz, gut so, weiter so. O Gott...

»Wenn ich hören würde, daß er tot ist? *Überhaupt nichts* würde ich empfinden! Er ist doch nicht mein Vater! Herr Landau ist doch mein Vater!«

Wie düster dieser Landau mich anstarrt, denkt der Kurator Kummer unruhig. Der brütet auf Rache. Ich muß da sofort etwas tun.

»Herr Vorsitzender, wenn ich mir die Bemerkung erlauben darf... Wir haben nun alle Beteiligten vor uns... den Paul Israel Steinfeld nur in Form von Fotos... Aber die Fotos zeigen nach meinem Dafürhalten zahlreiche unverkennbare Eigenarten der jüdischen Rasse. Der junge Mann da, Herr Vorsitzender, scheint mir von diesen Eigenarten absolut frei zu sein. Absolut... Ich möchte unter diesen Umständen den Antrag stellen, erbbiologische und anthropologische Sachverständige herbeizuziehen und...«

»Diese Entscheidung treffe immer noch ich, Herr Doktor, nicht wahr? Ich leite die Verhandlung.«

Rechtsanwalt im Dritten Reich! Ein feiner Beruf! Wenn sie einem wenigstens immer genau sagen würden, wie sie es gern haben wollen, was für einem Recht man das Wort reden soll...

»Ich wollte wirklich nicht vorgreifen, Herr Vorsitzender, aber ich denke doch, ich werde den Antrag stellen...«

Jetzt lächelt mich diese Steinfeld zum erstenmal an. Zurücklächeln, los! Was lächeln die so? denkt der Landgerichtsdirektor Gloggnigg. Weiß der Kummer, dieser Scheißer, vielleicht mehr als ich? Ist der schon sicher, wie die Untersuchungen ausgehen werden? Dann wäre ich der Blamierte, wenn ich hier weiter herumbrülle. Das ist natürlich eine einzige Komödie, die man mir hier vorspielt, aber der Junge sieht wirklich arisch aus, und wenn nun auch noch die Blutgruppen stimmen...

»Herr Steinfeld, bitte nehmen Sie Platz.«

»Jawohl, Herr Direktor.« Die Hacken klappt er zusammen, der Junge, zur Zeugenbank marschiert er. Ernst sieht er dabei seine Mutter an. Und die denkt: ›Bitte‹ hat das Vieh gesagt, Paul, ›bitte‹! Zu unserem Buben! ›Bitte nehmen Sie Platz!‹ Paul, Paul, halt uns die Daumen jetzt, geliebter Paul...

»...also das war die Hölle, Herr Direktor, die reinste Hölle, ich schwör es Ihnen! Krach bei Tag und Krach bei Nacht, wenn er zu Hause war, der Herr Steinfeld! Er ist nämlich oft wochenlang weggeblieben, auch wenn er nicht verreist gewesen ist ... Andere Frauen hat der gehabt, immer andere Frauen, das kann ich beschwören!«

Die Agnes trägt ihr feinstes schwarzes Kleid, einen Kapotthut auf dem Haar, den Mantel hat sie ausgezogen, sie ist hochgradig erregt, munter, sie möchte am liebsten andauernd reden.

»Warum sind Sie denn in einem solchen Haushalt geblieben, Zeugin?«

»No, wegen der guten gnä' Frau und wegen dem Heinzi, dem Kleinen. Die haben mich doch gebraucht. Haben doch sonst niemanden gehabt als mich und den lieben Herrn Landau. Wenn wir nicht gewesen wären, meiner Seel, ich glaub, das Leben hätt die gnä' Frau sich genommen vor Gram, so verzweifelt war die manchmal, das kann ich beschwören, Herr Direktor.«

»Wußten Sie, daß es eine intime Beziehung zwischen Frau Steinfeld und Herrn Landau gab?«

»Ja, das kann ich auch beschwören!«

»Hören Sie endlich mit diesem ewigen Beschwören auf. Was soll denn das? Beantworten Sie meine Frage!«

»Ich sag doch, ich kann es beschwören...«

»Zeugin Peintinger!«

»...weil es mir die gnä' Frau anvertraut hat in ihrer Verzweiflung...«

»Wann hat sie sich Ihnen anvertraut, Zeugin?«

»Gleich nach der Geburt, wie der Herr Steinfeld angefangen hat, sie zu beschimpfen, daß es nicht sein Bub ist und daß sie was hat mit dem Herrn Landau. Also, meine Herren, ich schwöre Ihnen, damals hat die gnä' Frau es mir gesagt!«

Ich lasse mich doch nicht hochnehmen von dieser Gesellschaft, denkt Doktor Gloggnigg und poltert los: »Schon wieder wollen Sie schwören, Zeugin!«

»Ja, Herr Direktor! Entschuldigen bitte... aber ich will wirklich...«

»Aha. Und weshalb?«

»No, damit Sie mir glauben, Herr Direktor! Es ist doch wichtig, daß Sie mir glauben! Ich erzähl Ihnen von den ganzen Krachs und Zerwürfnissen und wie froh die gnä' Frau war, daß das Dritte Reich gekommen ist und der Herr Steinfeld hat flüchten müssen... Mich hat er auch immer behandelt wie den letzten Dreck. Arbeiter und Angestellte, die waren einfach Dreck für ihn, kein soziales Gefühl, verstehen Sie, Herr Direktor, Herr Rechtsanwalt? Ich schwör Ihnen, jüdisch, echt jüdisch...«

»Zeugin Peintinger!«

»...während der Herr Landau... so lieb und gut... ein wirklicher Herr... und immer freundlich! Und wie hat der Bub ihn gern gehabt, schon als ganz kleines Kind... und die gnä' Frau, wie hat sie sich immer gefreut, wenn der Herr Landau gekommen ist, und er ist oft gekommen, der einzige Trost in ihrer unglücklichen Ehe war er für die gnä' Frau, das schwöre ich gerne...«

»Fräulein Peintinger, ich...«

»Sie lassen mich schwören, ja?«

»Nein«, sagt Gloggnigg langsam.

»*Was?*«

»Ich lasse Sie nicht schwören.«

»Warum mußte sie auch so übertreiben?« flüstert Forster Valerie ins Ohr. »Was ist los mit ihr?«

Valerie flüstert: »Ihr Pfarrer, Sie wissen doch...«

Forster nickt.

»Na ja, und jetzt will sie eben *unbedingt!*«

»Unangenehm. Sehr unangenehm. Und als nächste diese Lippowski... Nicht, gnädige Frau, bleiben Sie ruhig! Alles wird gutgehen. Ich sehe doch, daß der Kummer schon kalte Füße hat. Der stellt bestimmt seine Anträge, und wir sind einen Riesenschritt weiter...«

Indessen haben sich die Agnes und Richter Gloggnigg unterhalten, gereizt, alle beide.

»Aber ich verstehe nicht, warum Sie mich nicht vereidigen wollen, Herr Direktor! Nur so können Sie doch sicher sein, daß ich *wirklich* die Wahrheit sag! Und die Wahrheit müssen Sie doch kennen, nicht?«

»Ja, die muß ich kennen! Aber die erfahre ich nicht, wenn ich *Sie* vereidige! *Sie* sind doch imstande und schwören einen Meineid!«

»Ich einen Meineid? *Niemals!* Warum sollte ich...«

»Um Ihrer lieben gnädigen Frau zu helfen und dem lieben Heinzi.« Es ist stärker als der Landgerichtsdirektor Gloggnigg, heiße Wut flackert in ihm hoch. »Das ist doch alles abgesprochen und ausgedacht und ausgetüftelt und Theater!«

»Wenn ich mir gestatten dürfte, Herr Vorsitzender...«

»Unterbrechen Sie mich nicht, Herr Doktor Kummer!«

»Verzeihung...«

»Ich sehe doch, ob einer lügt oder nicht! Und hier wird nur gelogen! *Nur!*«

»Herr Direktor, das verbitte ich mir! Ich als Parteigenosse...«

Martin Landau ist aufgesprungen.

Gloggnigg winkt ab.

»Sie meine ich nicht...«

»Wen denn, Herr Direktor?«

Jetzt ist Forster aufgesprungen.

»Sie wissen genau, wen, Herr Rechtsanwalt! Treiben Sie es nicht zu weit! Ich warne Sie! Es ist in ganz Wien bekannt, daß gerade Sie es auf das peinlichste vermeiden sollten, derartige Lügenprozesse zu führen!«

»Herr Vorsitzender!« ruft Forster. »Das ist eine unglaubliche Äußerung! Ich werde mich beim Herrn Präsidenten beschweren!«

»Beschweren Sie sich meinetwegen! Weit werden Sie nicht kommen. Himmeldonnerwetter noch einmal, ich will doch da sehen...«

»Aber zum Schluß darf ich schwören, ja?« ruft die Agnes.

»Gar nichts dürfen Sie!«

»Doch! Ich will! Ich muß! Sie werden mir die Worte vorsprechen, Herr Direktor, und ich...«

Gloggnigg gerät außer sich: »Nein! Nein! Nein! Eine Zeugin wie Sie vereidige ich nicht, haben Sie verstanden?«

»Herr Vorsitzender, ich gebe zu bedenken...«

»Herr Doktor Kummer, bitte!«

»Pardon!«

»Schwören... beschwören...«

»Zeugin, nehmen Sie sich gefälligst zusammen!«

Tja, das ist leicht gesagt! Wo der Geistliche Herr der Agnes doch das Lügen erlaubt hat! Nach all den Alpträumen, den Bedenken, der Angst besitzt sie die Erlaubnis zu lügen, und nun will man sie nicht lügen lassen – nein, das ist *zu* ungerecht!

Die Agnes beruhigt sich nur langsam. Sie sagt weiter aus. Und lügt und lügt und lügt und hofft, daß der Richter ein Herz haben und sie ihre Lügen doch noch beschwören lassen wird.

Aber der denkt nicht daran.

Die Zeugin Agnes Peintinger bleibt unvereidigt.

10

Alle sind dunkel gekleidet, auch die dicke Hermine Lippowski, die nun vor dem Richtertisch steht, das strähnige Haar schlecht frisiert, schlecht die runzeligen Wangen gepudert, zu viel Rouge aufgelegt, mit schwarzen Ringen unter den Augen, gebeugt, mühselig atmend, ein Wrack, sechzig ist sie noch nicht, man hält sie für mindestens siebzig.

Hermine Lippowski hat niemanden angesehen, als sie hereinkam, und nun sieht sie nur den Richter Gloggnigg an, nur ihn, und auch ihn nicht immer. Pfeifend kommt ihr Atem. Ganz still ist es geworden im Saal. Die Personalien sind verlesen, die Zeugin ist über die Bedeutung des Eides aufgeklärt worden, Valerie und Forster und Martin Landau durchbohren ihren Rücken mit Blicken, denn diese Zeugin wird nun alles wieder kaputtschlagen, was bisher erreicht worden ist, diese Hexe, diese verfluchte!

»Frau Lippowski, die Eheleute Steinfeld haben bei Ihnen gewohnt«, beginnt der Richter.

»Haben sie, ja«, sagt das schwarze Ungeheuer.

»Von wann bis wann?«

»Von November 1923 bis Oktober 1928.«

»Sie erinnern sich noch gut an Ihre Mieter?«

»Ich erinnere mich noch gut an sie, ja.« Valeries Hände ballen sich wieder zu Fäusten, ihre Lippen verfärben sich wieder, Forster sieht es mit Sorge. »An die beiden und an das Baby, das dann kam, und an das Fräulein Peintinger ... an alle erinnere ich mich ... so lange ist das schon her .... hier sieht man sich wieder ...« Keuchendes Atemholen. »Ich bin ja nur froh, daß ich jetzt vielleicht wenigstens noch helfen kann.«

Valerie zuckt zusammen, sie sieht Forster an. Der schließt und öffnet schnell die Augen. Ruhig jetzt, ganz ruhig.

»Helfen? Wie meinen Sie das, Zeugin? Wie helfen? Wem?«

»Der armen Frau Steinfeld«, sagt das Ungeheuer, ohne den Kopf zu wenden, das Haar steht schon wieder vom Kopf ab, der Atem geht rasselnd. »Es dreht sich doch um ihren Mann, nicht wahr?«

»Ja. Und um den Sohn.«

Die Lippowski nickt grimmig.

»Und um den Sohn. Was hat die Frau Steinfeld mitmachen müssen wegen dem Heinzi! Er soll jetzt auch hören, was ich zu sagen habe, über seinen Vater, diesen Lumpen, diesen elenden.«

Danach ist es wieder still im Raum, so still, daß man die Lippowski laut keuchen hört. Noch jemand atmet hastig und schnell. Forster berührt Valeries Arm.

»Elenden Lumpen?« fragt Richter Gloggnigg.

»Sie haben mich schon richtig verstanden, Herr Direktor«, pfeift die dicke Alte. »Das war ein ganz bösartiger, aalglatter Herumtreiber, der seine Frau bloß gequält und gepeinigt hat. Hör es, Heinzi! Das Fräulein Peintinger wird es ja auch schon gesagt haben, und du weißt ja auch sicherlich längst, daß er nicht wirklich dein Vater war, sondern daß der Herr Landau dein Vater ist, gelt?«

»Ja«, sagt Heinz.

Es klingt so laut, daß wieder alle zusammenfahren.

»Sprechen Sie zu mir, Zeugin! Nicht sein Vater? Der Herr Landau sein Vater? Woher wollen Sie das denn wissen?«

»Die arme Frau Steinfeld hat sich mir anvertraut in ihrer Not, als er noch ganz klein war, der Heinzi, und als er es so toll getrieben hat, ihr Mann, mit anderen Weibern! Und ihr hat er Vorwürfe gemacht und sie beschimpft, ich habe es doch gehört durch die Decke, in meine Wohnung hinunter, ununterbrochen Krach, ununterbrochen das Gebrüll von dem Mann und das Weinen von der unglücklichen Frau.« Die Haut ihres Gesichtes nimmt den Puder nicht an, unausgeschlafen, ungepflegt, scheußlich sieht sie aus, aber Valerie, Forster, die Agnes und Martin Landau, sie alle haben Mühe, ruhig sitzen zu bleiben und nicht nach vorne zu stürzen und sie zu umarmen und zu küssen und zu streicheln, diese Hermine Lippowski, die nun einem stirnrunzelnden Richter Gloggnigg berichtet, was für ein Teufel der Paul Israel Steinfeld gewesen ist, und wie *sie* Valerie Steinfeld und Martin Landau sozusagen richtig zusammengebracht hat mit Andeutungen und Reden und indem sie beide Augen zudrückte, als er dann immer kam, wenn Paul Steinfeld fort war, besonders damals, im Sommer 1925, als es passiert sein muß, daß Martin Landau die Frau Steinfeld geschwängert hat, der Mann war doch verreist, monatelang, mit zwei, drei ganz kurzen Besuchen dazwischen.

»Zeugin Lippowski, was Sie da sagen, das können Sie auf Ihren Eid nehmen?«

»Selbstverständlich, Herr Direktor.«

Und alle stehen auf, und Gloggnigg spricht die Formel, und Hermine Lippowski, die Valerie vor wenigen Monaten ins Gesicht geschrien hat, daß sie nicht den kleinen Finger für sie krumm machen würde, wiederholt die letzten Worte des Richters: »Ich schwöre es, so wahr mir Gott helfe!«

Danach, entlassen, setzt sie sich an das äußerste Ende der Zeugenbank, so weit wie möglich entfernt von den anderen. Ihre Hände hängen herab, zusammengesackt sitzt sie da, mit tragischem Gesichtsausdruck starrt sie auf den Boden.

Und die Zeugen neben ihr, Forster, Valerie, sehen sie an, kurz, scheu, erschrocken.

Was ist mit dieser Frau geschehen?

Was?

Richter Gloggnigg wühlt, plötzlich von Sodbrennen und Gereiztheit befallen, in den vielen Papieren, die vor ihm liegen.

»Unvollständig ... die Ahnentafeln sind ja noch absolut unvollständig«, knurrt er.

»Wir haben die Dokumente noch nicht erhalten, Herr Vorsitzender.« Forster steht auf. »Sie werden nachgereicht, sobald sie in unseren Händen sind.«

»Wenn wir sie dann noch brauchen«, knurrt Gloggnigg.

Es klopft.

»Herein!« ruft der Richter böse. Diese Sache läuft nicht so, wie er es sich dachte. Gar nicht so ...

Die Tür öffnet sich. Da steht, groß und kräftig, in einem Frühjahrsmantel mit Pelzkragen, einen breitkrempigen Hut auf dem Kopf, dunkeläugig, schmallippig, ein Taschentuch an die rechte, geschwollene Wange gepreßt, Ottilie Landau.

»Tilly!« ruft ihr Bruder. Er springt auf.

»Setz dich«, sagt sie. Und laut und etwas undeutlich zu Gloggnigg: »Ich bin Frau Landau. Ich habe eine Vorladung zu diesem Abstammungsprozeß erhalten. Ein Gerichtsdiener draußen hat mir gesagt, ich soll nicht lange warten, sondern mich gleich melden.«

Der Kurator Kummer glotzt.

Valerie starrt Tilly an.

Alle starren Tilly an, nur Hermine Lippowski nicht. Die nimmt überhaupt keine Notiz mehr von dem, was um sie her vorgeht.

»Aber Sie haben doch eine ärztliche Entschuldigung geschickt.« Selbst Gloggnigg ist um seine Überheblichkeit gebracht. »Sie sind doch krank. Sie konnten doch angeblich nicht kommen.«

»Es fiel mir sehr schwer, Herr Richter«, erklärt Tilly. »Ich hatte noch große Schmerzen heute morgen. Aber dann schluckte ich Pulver, und es wurde besser. Ich sagte mir, daß ich herkommen müsse.« Sie blickt ihren Bruder an, der erschauert. »Es ist eine *zu* wichtige Angelegenheit. Ich *muß* da meine Aussage machen.«

»Verflucht noch mal!« flüstert Forster.

Valerie sieht Tilly Landau mit schreckgeweiteten Augen an.

Aus, denkt sie. Alles aus. Diese Tilly ist eine Fanatikerin. Die erzählt jetzt die ganze Wahrheit und beschwört sie auch noch...

11

»Das ist auch wirklich die Wahrheit, Frau Landau?« fragt Richter Gloggnigg.

»Ich kann nichts anderes sagen, Herr Direktor. So war es.« Tilly Landau steht hoch und aufrecht vor dem Richtertisch, das Taschentuch immer an die Wange gepreßt.

»Ihr Bruder hat...«

»Mir alles gebeichtet, jawohl.«

»Wann? Sagen Sie es noch einmal!«

»Im Frühherbst 1925, als positiv feststand, daß Frau Steinfeld schwanger war. Da ist er zu mir gekommen und hat gesagt, er sei ihr Geliebter, schon lange, und nun sei er auch der Vater ihres ungeborenen Kindes.«

»Und Sie, was haben Sie gesagt?« Gloggnigg ist schwer verärgert.

»Ich war entsetzt!« behauptet Tilly Landau. »Einmal überhaupt – ich habe vielleicht etwas altmodische Moralbegriffe. Und ich konnte Valerie Steinfeld nie leiden.«

»Und trotzdem kommen Sie heute hierher, obwohl Sie krank sind, und sagen für sie aus – in ihrem Sinn?«

»Nicht für *sie*, Herr Richter! Für meinen *Bruder!* Ich will nicht, daß Sie ihn für einen Lügner halten. Das ist er nicht. Er ist unfähig zu lügen. Aber er ist ein wenig weltfremd, ängstlich...«

»Na, *den* Eindruck hatten wir hier gerade nicht, Frau Landau!«

»Nein? Es ist aber so, Herr Richter. Ich kenne meinen Bruder wahrhaftig... ja, richtig, natürlich!«

»Wie bitte?«

»Ich kann mir schon denken, warum er sich zusammengenommen hat und hier so forsch aufgetreten ist, wie er nur kann!«

»Warum?«

»Hat er nicht gesagt, daß er unbedingt als Vater des Buben anerkannt werden will bei dieser Gelegenheit?«

»Ja, allerdings, das hat er...«

»Sehen Sie! Davon hat er mir doch auch vorgefaselt die ganzen Jahre hindurch, immer wieder, immer wieder... Sein größter Wunsch war das!«

»Frau Landau – und Sie sind bereit, Ihre Aussage vollinhaltlich zu beeiden?«

»Selbstverständlich, Herr Richter. Das kann ich alles beschwören.«

12

»... in Würdigung der Sachlage und der Aussagen der obgenannten Zeugen sowie über den ausdrücklichen Antrag des Kurators Doktor Hubert Kummer verfügt das Gericht über die Zulassung des Beweises... kommen Sie mit, Fräulein?« fragt Gloggnigg, der rasch und böse diktiert hat.

»...Zulassung des Beweises«, wiederholt das gelangweilte, stumpfsinnige Wesen an der Schmalseite seines Tisches, die Stenographin Herta Bohnen, sich mit einer Hand den Nacken kratzend.

»...den auch der Klagevertreter Doktor Otto Forster verlangte...« Ich darf mich nicht einfach über all diese Aussagen hinwegsetzen, denkt Gloggnigg. Sonst bekomme ich Ärger mit dem Präsidenten.

»...erstens: über die rassische Einordnung und über die Frage, ob und inwieweit es ausgeschlossen werden kann, daß der Kläger Heinz Steinfeld von Paul Israel Steinfeld gezeugt wurde, indem eine anthropologisch-erbbiologische Untersuchung durchgeführt wird...«

Valerie sieht Forster an. Der lächelt und nickt und zupft an seinem Ohr.

»...zweitens: durch eine Blutgruppenuntersuchung darüber, ob eine

Zeugung des Klägers durch Martin Landau eindeutig *auszuschließen* – haben Sie, Fräulein?«

»Eindeutig auszuschließen«, sagt die gelangweilte Stenographin.

»...auszuschließen ist. Punkt. Absatz.« (Gegen so viele beeidete positive Aussagen kann ich nichts machen. Jetzt ist mir auch noch der Scheißer, dieser Kummer in den Rücken gefallen. Gibt welche, die nennen mich einen Bluthund. Ich muß achtgeben. Bin zur Beförderung vorgesehen. In Berlin schätzt man mich sehr. Immer korrekt jetzt. Ich werde einen ganz scharfen Sachverständigen nehmen. Dann sind die Herrschaften sowieso erledigt. Und mir kann keiner etwas nachsagen.) »Zum Sachverständigen zu Punkt eins wird ss-Sturmbannführer Privatdozent Doktor Kratochwil vom Anthropologischen Institut der Universität Wien...«

(Das ist der *Schärfste!* Die werden sich wundern!) »...zu Punkt zwei ein Arzt des Gerichtsmedizinischen Instituts der Universität Wien, Vorstand Professor Doktor Schmalenacker, bestellt...«

13

Die Sonne schien hell, Menschen hasteten an der kleinen Gruppe vorüber, die den Justizpalast verließ. Straßenbahnen sausten klingelnd über die Museumstraße, Radfahrer, Wehrmachtsautos.

»Ich bin ja so glücklich! So glücklich! Das ist doch prima gegangen, Mami, nicht?« Heinz Steinfeld zog die Krawatte herab und öffnete den Kragen, der ihn lange genug gequält hatte. »Jetzt noch die Untersuchungen, und dann...«

»Nicht hier«, sagte Forster schnell. »Kommen Sie.« Damit ging er bereits eilig auf einen nahen kleinen und noch ziemlich kahlen Park zu, der sich neben dem Justizpalast, gegenüber dem Auerspergpalais befand. Valerie und Martin Landau sahen sich plötzlich mit der schwarz gekleideten Hermine Lippowski allein.

»Ich danke Ihnen von ganzem Herzen«, sagte Valerie.

»Und auch ich«, sagte Landau, noch übererregt von der Verhandlung.

»Sie müssen mir nicht danken«, antwortete die Lippowski, mühsam Atem holend, stockend. »Ich habe eine Nachricht bekommen. Gestern. Durch Freunde. Aus dem kz Sachsenhausen...«

»Mein Gott – Ihr Mann?« fragte Valerie.

»Mein Mann, ja«, sagte das fette Ungeheuer und starrte Valerie aus verschwollenen Augen an. »Tot. Ermordet haben sie ihn, diese Bestien. Meinen Mann. Ich habe einen einzigen Menschen im Leben geliebt – ihn! Auch noch, als er mich verlassen hat... heute noch... immer werde ich ihn lieben... immer weiter! Es ist mir klargeworden wie in einem Blitzstrahl gestern. Deshalb habe ich für Sie und Ihren Mann und Ihren Sohn falsch geschworen, Frau Steinfeld. Sie haben Glück gehabt durch mein Unglück...« Damit nickte Hermine Lippowski noch einmal kurz und verloren mit dem schrecklichen Kopf und schlurfte dann davon, grußlos, ohne sich umzudrehen, eingesponnen in das Gewebe ihres großen Schmerzes.

Valerie starrte ihr nach.

»Glück für dich, sie hat es gesagt. So viel Glück, Valerie! Ach, aber...« Landau brach ab.

»Was aber?«

»Die Blutgruppenuntersuchung... wenn die nun ergibt – wie hat der Richter das formuliert?–, daß eine Zeugung durch mich eindeutig auszuschließen ist... Das klingt schon so negativ! Ich bin in der Partei, Valerie! Jetzt habe ich geschworen... Was geschieht mit mir, wenn da etwas passiert, was?«

»Wir werden auch da Glück haben. Es wird gar nichts geschehen«, sagte Valerie schnell. Sie hängte sich bei Landau ein. »Komm, wir müssen zu den andern.« Herr im Himmel, dachte sie, was ist, wenn die Blutgruppen wirklich nicht stimmen?

Martin Landau ließ sich führen wie ein kleiner Junge. In dem Park, den Splittergräben durchzogen, die man in Erwartung von Luftangriffen angelegt hatte, blühten Primeln, Schneeglöckchen und Krokusse, wenige, weit verstreut. Unter einem Baum, an dessen Ästen schon frische, grüne Blattspitzen zu sehen waren, warteten die anderen auf Martin und Valerie. Sie sahen den beiden entgegen, und ihre Gesichter waren ernst. Nur Heinz strahlte.

»Was habt ihr denn?« fragte Valerie, die zufrieden fühlte, wie eine immer größere Müdigkeit sie überkam. Das Beruhigungsmittel – nun erst begann es mit Macht zu wirken! »Ich glaube, wir können uns nur alle gratulieren!«

Die Agnes begann plötzlich zu schluchzen.

»Er hat mich nicht schwören lassen, der Kerl«, rief sie unglücklich. »Nicht und nicht hat er mich schwören lassen – und ich hab doch so gewartet darauf! Die anderen, die haben dürfen! Warum ich nicht, Herr Rechtsanwalt?«

»Sie waren dem Richter suspekt, Sie haben...«

»Ich war ihm was?«

»Sie haben zu oft davon geredet, daß Sie beschwören können, was Sie sagen. Das hätten Sie nicht tun dürfen.«

»Zu oft gesagt? Da haben Sie wohl recht, Herr Rechtsanwalt. Und jetzt ist es zu spät!«

»Wer weiß«, sagte Forster.

»Wieso?« Die Agnes horchte auf. »Glauben Sie, daß ich noch einmal drankomm?«

»Wer weiß«, sagte Forster wieder. Er wollte Agnes Peintinger trösten. Es gelang ihm auch.

»Ja, dann...!« Die Agnes wischte sich die Tränen fort. »Dann fang ich es aber gescheiter an, ich blöde Kuh!«

Valerie und Landau hatten Ottilie etwas beiseite gezogen. Martins Schwester zeigte ein unwirsches Gesicht.

»Was ist? Ich muß schnell heim. Der Wind... Die Schmerzen fangen wieder an.«

»Das vergesse ich dir nie!«, sagte Valerie.

»Aber ich verstehe das nicht!« rief Martin. »Du hast doch nicht wollen! Du hast doch gesagt, kein Wort sagst du für uns aus!«

»Ich habe heute nacht nicht schlafen können... nicht nur wegen der Zahnschmerzen... ich habe dauernd an Valerie denken müssen«, sagte Tilly, das Tuch an der Wange.

»Und?« drängte Martin.

»Und am Morgen, da habe ich mir gesagt, ich kann das einfach nicht tun, erklären, daß ich von nichts weiß. Da habe ich mir gesagt, es ist Christenpflicht, der Valerie zu helfen, und dem Heinzi...«

»Ach, Tilly, du bist wunderbar!« rief Landau.

»Ich bin gar nicht wunderbar«, sagte seine Schwester mit schmalen Lippen und wieder so verschlossen wie zuvor. »Ich habe es getan. Nun läuft das also alles, nun geht das seinen Weg. Aber ich fürchte, es wird keinen guten Weg gehen...«

»Tilly!«

»Nein, keinen guten Weg, Martin. Diese Wahnsinnsgeschichte *kann* nicht gutgehen! Sie wird ein böses Ende nehmen, ihr werdet es sehen. Aber ihr habt es ja nicht anders gewollt...« Damit eilte Ottilie Landau, ohne sich von jemandem zu verabschieden, aus dem Park zur nahen Straßenbahn.

Valerie und Martin sahen ihr nach, dann blickten sie einander stumm an. Forster trat zu ihnen. Er sagte: »Wenn Sie mich in den nächsten Tagen einmal aufsuchen wollten, gnädige Frau? Damit wir die nächsten Schritte besprechen können...« Er küßte ihr die Hand und verabschiedete sich auch von Landau. Er hatte eine dringende Verabredung.

»Warum ist der so sonderbar?« fragte Martin ängstlich.

»Ein Anwalt. Die sind eben so. Wir haben den besten, den es gibt«, antwortete Valerie und hörte die Stimme der Agnes: »Ich fahr mit dem Heinzi nach Hause zum Essen, gnä' Frau! Hab was Feines vorgekocht für heute! Ich sag nicht was, Sie kriegen es am Abend, als Überraschung! Zur Feier des Tages hab ich es gemacht!«

»Und wenn das hier schiefgegangen wäre, Agnes?« fragte Landau.

»Konnte doch nicht schiefgehen!« rief Heinz lachend.

Die Agnes sagte leise: »Nein, konnte nicht. Der Herrgott hält seine Hand über alle braven Leut, wo in Not gekommen sind, das sagt mein Herr Hochwürden. Und vielleicht darf ich doch noch schwören, sagt der Herr Rechtsanwalt ... Komm jetzt, Heinzi. Die Mami und dein Vater müssen ins Geschäft zurück.«

Valerie sah zu der Normaluhr an der nahen Kreuzung. Plötzlich war sie aufgeregt.

»Schnell, Martin! Es ist schon zwanzig vor eins!«

»Na und? Wir haben doch geschlossen bis – ach so«, sagte er gottergeben.

BBC. Natürlich wollte sie um 13 Uhr wieder BBC hören!

Ja, das wollte Valerie – noch nie hatte sie es so sehr gewollt! Es war, als wünschte sie die Stimme ihres Mannes – hoffentlich sprach er in der 13-Uhr-Sendung! – zu hören, um so mit ihm verbunden zu sein, als könnte sie ihm durch geheimnisvolle Kräfte über viele Hunderte von Kilometern hinweg dann mitteilen, daß alles gutging.

Sie hörte die Stimme, die sie stets für jene ihres Mannes hielt. Unter der Decke, das Ohr an den Lautsprecher des Radios gepreßt, vernahm sie diese Stimme, dieweilen Martin Landau seine gewohnten Runden um den Häuserblock machte. Die Sendung lief schon seit einiger Zeit, als Valerie endlich an ihren Apparat kam, die Nachrichten waren bereits verlesen. Eine Uhr tickte, und Valerie lauschte der Stimme: »Hören Sie das Ticken dieser Uhr? Hören Sie in Ihrem Zimmer Ihre eigene Uhr die Sekunden ticken? Eins, zwei, drei ... sechs, sieben. Jede siebente Sekunde stirbt ein deutscher Soldat in Rußland ...«

Mit aller Kraft, mit zusammengezogenen Brauen und gefurchter Stirn, dachte Valerie: Sei ohne Sorge, Paul, alles geht gut ...

»... Nach verläßlichen Berichten sind allein in den ersten vier Monaten des russischen Feldzugs über eine Million Deutsche gefallen. Jede Woche achtzigtausend. Jede Stunde fünfhundert. Wofür? Für verwüstete Erde? ...«

Das kleine Reh ... es bringt uns Glück ... uns allen ...

»... Für wen? Für Adolf Hitler? Wofür? Für Machtwahn? ...«

Dieser Richter war ein ganz böser Hund, aber er hat sich dem einfach nicht verschließen können, was wir vorgebracht haben, was die Zeugen beschworen haben ...

»... Jede siebente Sekunde ... Stunde um Stunde ... Tag und Nacht ... Tag und Nacht jede siebente Sekunde ...«

Valeries Kopf glitt an der Wand des Apparates herab auf die Tischplatte. Sie seufzte noch einmal lange und glücklich. Dann bewegte sie sich nicht mehr.

Als Martin Landau eine Viertelstunde später in den Laden zurückkehrte, fand er Valerie so vor – unter der Decke, den Kopf auf der Tischplatte, in tiefem Schlaf. Der Apparat lief. Ein tschechischer Ansager verlas gerade Nachrichten. Landau stellte das Radio schnell ab und drehte an den Skalenknöpfen, dann bettete er Valerie behutsam auf das alte Sofa und deckte sie vorsichtig zu.

So ist auch einmal der Heinz eingeschlafen, dachte er beklommen, damals, in jener Nacht, in der alles begann. Martin Landau blickte Valerie Steinfeld an. Ein seliges Lächeln erhellte ihr Gesicht...

14

»...wie das eines ganz jungen Mädchens, erzählte mir Herr Landau, ich erinnere mich jetzt wieder daran«, sagte der alte Rechtsanwalt Dr. Otto Forster im obersten Stock seiner Villa an der Sternwartestraße zu Manuel. Er legte die Papiere, in denen er geblättert hatte, auf den Tisch.

»Martin Landau hatte den Mut, Ihnen zu erzählen, daß seine Angestellte im Geschäft London hörte?«

»Mut! Einmal, als wir uns schon sehr gut kannten und er mir vertraute, war er dabei, als Valerie sagte, sie höre BBC. Da erzählte er dann, wie er sie an diesem ersten Gerichtstag gefunden hatte.« Der Mann, dem ein Wachhund in einem Konzentrationslager die rechte Gesichtshälfte zerfleischt und das rechte Ohr abgebissen hatte, blickte ein Papier an und lachte. »Wie ordentlich es damals zuging bei den Gerichten!« Manuel las, am Ende des in Maschinenschrift übertragenen Stenogrammprotokolls:

Ende: 12 Uhr 30
Dauer: 5 halbe Stunden
Gebühr: RM 21.40
2 Ausfertigungen: RM 4.80 (je RM 2.40)
Zusammen: RM 26.20

»Das hat dieser Trampel getippt, Gloggniggs Stenographin, das Fräulein Bohnen«, sagte Forster. »Ich sehe sie manchmal. Drei große Kinder hat sie. Frau Senatspräsidentin ist sie.«

»Nein!«

»Wenn ich es Ihnen sage! Sie wohnt nur drei Straßen von hier, oben beim Türkenschanzpark. 1945, im August, hat sie geheiratet. Einen sehr netten, anständigen Richter...«

»Herr Doktor, Sie sind damals eher ernst gewesen, obwohl die Verhandlung doch glänzend verlief. Warum?«

»Weil ich wußte, daß es jetzt kein Zurück mehr gab. Eine paradoxe Reaktion. Nun war alles in Fluß. Wenn etwas schiefging, waren die Folgen nicht absehbar – für keinen von uns.«

»Und wie verliefen die Untersuchungen?«

»Das weiß ich eben nicht mehr genau. Irgendwann im Mai wohl fanden sie statt.«

»Erst im Mai – so spät?«

»Wie ich Ihnen schon sagte – alle Ämter und Behörden waren hoffnungslos überfordert in jeder Zeit. Unmassen von Arbeit, der größte Teil der Männer bei der Wehrmacht ... Die Blutgruppenuntersuchung erfolgte, glaube ich, etwas früher. Sicherlich weiß Herr Landau noch, was damals passiert ist und wann. Ich erinnere mich nur, daß die nächste Verhandlung ein neuer Richter führte – nicht mehr dieser Gloggnigg.«

»Wieso nicht Gloggnigg?«

»Der wurde bald nach dem ersten Termin befördert und nach Berlin versetzt. Soll dort noch sehr gewütet haben.«

»Wissen Sie etwas über seinen weiteren Weg?«

»Verschwunden nach Kriegsende. Tot vielleicht. Vielleicht untergetaucht. Ich habe nie mehr etwas von ihm gehört.«

Rasch zog Manuel die Fotografie seines Vaters aus der Brieftasche und legte sie Forster hin. Er hatte das Bild auch Nora Hill und Martin Landau gezeigt. Sie hatten erklärt, nie einem Mann begegnet zu sein, der Manuels Vater ähnelte, so wie er auf dem Foto zu sehen war. Manuel fuhr fort, das Bild zu präsentieren. Er war entschlossen, jede noch so kleine Chance wahrzunehmen.

»Das ist Ihr Vater?« fragte Forster.

»Ja. Erinnert Sie das Bild an jemanden, den Sie im Krieg hier kannten – an diesen sadistischen Gloggnigg zum Beispiel?«

Forster betrachtete das Foto genau.

»Warum sagen Sie nichts?«

»Es ist zum Verrücktwerden«, murmelte der Anwalt. »Ich habe dieses Gesicht schon einmal gesehen ...«

»*Was?*«

»... aber es ist nicht Gloggnigg, da bin ich ganz sicher.«

»An wen erinnerte Sie mein Vater dann?«

Forster überlegte lange. Endlich reichte er das Bild kopfschüttelnd zurück.

»Es tut mir leid, ich weiß es nicht.«

»Aber Sie fühlen sich an jemanden erinnert, den Sie kannten?«

»Ja«, sagte Forster. »Ja ... das tue ich bestimmt ...«

»An wen, Doktor? An wen? Denken Sie nach, bitte!«

»Und wenn Sie mich totschlagen«, sagte Forster, »ich habe keine Ahnung mehr.«

WARSCHAU + 22 + 1 + 2030 UHR + +
IRENE WALDEGG GENTZGASSE 50 A + WIEN 18 + OESTERREICH + + HERZ-
LICHEN DANK FÜR SCHNELLE HILFE UND TELEGRAMM + FREUE MICH SEHR
BEI IHNEN WOHNEN ZU DUERFEN + EINTREFFE MIT CHOPINEXPRESS 27. JA-
NUAR + GRUSS DANIEL STEINFELD + + +

16

Bianca Barry trug einen hellen, sportlich geschnittenen Nerz, helle Stiefel
und ein Tuch um das Haar. Sie stand am Straßenrand vor dem großen
Tor 11, dem Hauptportal des Zentralfriedhofs. Es schneite nicht an diesem Nachmittag, aber die Wolken, die den Himmel bedeckten, waren
dunkel, und ein eisiger Ostwind wehte.
»Das ist sie«, sagte Irene. Sie saß neben Manuel, der den blauen Mercedes
lenkte, und sie trug gleichfalls Stiefel, ein Kopftuch und ihren Breitschwanzpersianer.
»Pünktlich wie wir«, sagte Manuel. Es war genau 15 Uhr an diesem Donnerstag, dem 23. Januar. Manuel trat auf die Bremse und ließ den Wagen
vor der Frau des Malers ausrollen. Sie öffnete schnell den Schlag hinter
Irene und glitt in den Fond.
»Guten Tag«, sagte Bianca Barry hastig. »Fahren Sie gleich weiter, bitte.«
»Wohin?«
»Immer geradeaus.« Bianca reichte Irene, die sich halb umgedreht hatte,
die Hand. »Es hat Sie gewiß erstaunt, daß ich Sie gerade hier treffen
wollte, aber der Zentralfriedhof liegt auf dem Weg...«
»Weg wohin?« fragte Manuel.
»Nach... Ich will Ihnen etwas zeigen... Es ist noch weit dahin. Die Stra-
ßenbahn, der Einundsiebziger, hat eine Station weiter Endhaltestelle – bei
Tor drei. Dort sind aber kaum Menschen, man fällt mehr auf als beim
Hauptportal. Darum bin ich schon hier ausgestiegen. Hier ist immer et-
was los.«
»Und Ihr Wagen?« fragte Irene. »Zum Begräbnis sind Sie doch in Ihrem
Wagen gekommen?«
»Mit dem ist Roman nach Linz gefahren. Zu dieser Galerieeröffnung. Wir
haben nur ein Auto. Damals, als Ihre Tante begraben wurde, war Roman
für zwei Tage nach Zürich geflogen. Da konnte ich den Wagen benützen.«

Der Mann neben dem Fahrer des grauen Peugeot, der Manuels Mercedes
in großem Abstand folgte, sprach russisch in ein Handmikrophon: »Less-

kow... Ich rufe Lesskow... Hier ist Tolstoi...«

»Wir hören euch, Tolstoi«, ertönte eine Stimme aus einem Lautsprecher unter dem Armaturenbrett. Heute hatten die Sowjets die Bewachung Manuels übernommen. »Was ist los?«

»Sie fahren weiter Richtung Flughafen...«

»Ihr folgt ihnen, Tolstoi. Wohin sie auch fahren. Bei dem geringsten Zwischenfall gebt ihr sofort Alarm und greift ein...«

»Verstanden, Lesskow, Ende.«

In Manuels Wagen hatte Bianca Barry eine Zigarette angezündet. Sie rauchte nervös.

»Nun beruhigen Sie sich aber«, sagte Irene. »Ihr Mann ist doch nicht in Wien!«

»Sie wissen nicht, wie eifersüchtig er ist. Vielleicht hat er jemanden beauftragt, mich zu beobachten...«

»Unsinn!«

»Ja, natürlich Unsinn. Ich habe sehr achtgegeben. Niemand ist mir gefolgt. Diese ganze Geschichte hat mich nur so sehr aufgeregt. Und dann kamen auch noch Sie, und ich mußte Ihnen etwas vorlügen. Glauben Sie mir, ich habe den Tag herbeigesehnt, an dem ich Sie wiedersehen konnte, um die Wahrheit zu erzählen über Heinz und mich...«

»Manuel war durch die Mitte des kleinen Ortes Schwechat, der umgeben von Industrieanlagen lag, gefahren und erhöhte nun auf einer breiten, neuen Straße, welche schnurgerade lief, die Geschwindigkeit. Das Gelände war flach. Plötzlich ertönte ein donnerndes Brausen. Manuel zog den Kopf ein und blickte kurz nach oben. Sehr groß, in geringer Höhe, flog eine Maschine über die Straße hinweg, Sekunden vor dem Aufsetzen.

»Da drüben liegt der Flughafen«, sagte Bianca. Manuel sah, im Schnee, Hallen, parkende Maschinen und Hangars. Die landende Maschine verschwand hinter einem Schneeberg.

»Immer noch weiter?« fragte Manuel.

»Ja.« Bianca war ruhiger geworden. »Das, was ich Ihnen zeigen will, liegt noch ein ganzes Stück entfernt. Der Ort... Es klingt pathetisch und lächerlich... Für mich ist er unvergeßlich geblieben, dieser Ort! Sie sind die ersten, denen ich erzähle, was dort geschah. Es ist eine Geschichte, die mich und Heinz angeht, nur uns zwei! Nie werde ich sie vergessen. Ihnen will ich sie verraten. Sie haben von dem Prozeß gehört, der damals geführt wurde. Sie sollen wissen, was Heinz und ich in dieser Zeit taten, was... was an jenem Ort geschah... Aber ich muß der Reihe nach erzählen. Das passierte erst im Sommer 1943. Vorher, Ende 1942 und im Winter 1943, zum Jahresanfang, da war noch alles in Ordnung, da war alles noch wunderbar...«

»Ein gesegnetes Weihnachtsfest wünsche ich dir, Heinz!«

»Und ich dir, Bianca!«

»Und daß alles gutgeht!«

»Bestimmt geht alles gut. Die nächsten Weihnachten feiern wir richtig. Da kommst du zu mir, oder vielleicht komme ich zu euch. Da ist dann längst alles vorbei und der Prozeß zu Ende, und ich bin Arier, und dein Vater wird nicht mehr böse auf mich sein!«

Diese Worte wurden gegen 19 Uhr 15 am 20. Dezember 1942 geflüstert, ja, geflüstert, von Mund zu Mund. So dicht standen Bianca und Heinz unter den Arkaden der uralten Minoritenkirche. Hier, in fast völliger Finsternis, durch keinen Menschen gestört, trafen Bianca und Heinz einander seit mehr als einem Monat dreimal wöchentlich, stets um dieselbe Zeit.

Zwei Zufälle waren ihnen zu Hilfe gekommen.

Heinz Steinfeld war als Rollenpendler vom Sechsten in den Neunten und Ersten Bezirk versetzt worden. Die Kinos im Sechsten Bezirk gehörten der gleichen Verleihkette an wie jene, in denen er nun arbeitete. Eine reine Austauschmaßnahme hatte das für seine Arbeitgeber bedeutet – für ihn das Glück! Denn Bianca war, wohl als Ermunterung und Lohn für scheinbar so einwandfreies Betragen, aber auch, damit man sie noch mehr unter Kontrolle hatte, von der Leiterin ihrer BDM-Gruppe zu einem Schulungskurs für Mädelscharführerinnen geschickt worden. Mädelschaftsführerin war sie schon gewesen, als man sie degradierte. Nun sollte sie plötzlich noch weiter befördert werden. Drei Monate dauerte der Lehrgang. (Biancas Vater hatte seine Beziehungen spielen lassen. Der Gauredner Egmont Heizler tat alles, um die Schmach zu tilgen, die seine Tochter ihm angetan hatte.) Die Abende fanden in einem alten Palais an der Herrengasse nahe der Freyung statt. Bianca konnte bei den schlechten Verkehrsverhältnissen immer wenigstens zehn Minuten erübrigen, um in die finsteren Arkaden der Minoritenkirche zu eilen, Heinz die Fahrt von einem Kino im Ersten zu einem Kino im nahen Neunten Bezirk, gerade bevor Biancas Schulungskurs begann, für dieselbe Zeit unterbrechen. Er fuhr vorher und nachher nur um so schneller. Das alte Rad mit den grauen Schachteln der Filmrollen, die er transportierte, begleitete ihn stets in die Finsternis der Arkaden.

Bis es zu diesem wundervollen Zusammentreffen von Umständen gekommen war, hatte Biancas beste Freundin, der sie vertrauen konnte, Heinz regelmäßig an einer bestimmten Stelle im Sechsten Bezirk zu bestimmter Zeit einen Brief Biancas übergeben, und er wiederum hatte der Freundin einen für Bianca bestimmten Brief in die Hand gedrückt. Jeden zweiten Tag traf er mit der Freundin zusammen, eine Menge Briefe wurden geschrieben, voll Liebe und mit Rührung, Herzklopfen und Angst wurden sie gelesen und danach stets sofort vernichtet. Nur kurze Zeit war die persönliche Verbindung abgerissen gewesen. Nun bestand sie wieder, enger denn je zuvor.

Diese Minuten, die Bianca und Heinz dreimal wöchentlich unter jenen Arkaden verbrachten, in Dunkelheit, Kälte, oft in Regen, waren für sie die schönsten und kostbarsten. Sie flüsterten sich Treueschwüre und Liebesbeteuerungen ins Ohr, sie umarmten, küßten und streichelten einander.

»Hier ist mein Geschenk für dich«, flüsterte Heinz und reichte Bianca ein kleines Päckchen.

»Und hier das meine...« Sie gab ihm ein größeres Päckchen.

»Nicht jetzt aufmachen, später!«

»Die Klage ist schon eingereicht«, verkündete Heinz glücklich.

»Und du glaubst...«

»Was denn? Du nicht? Natürlich geht jetzt alles gut! Ich bin nur wütend darüber, daß meine Mutter diesen Prozeß nicht früher geführt hat.«

»Deine Mutter hat es schwer, Heinz...«

»Ja, sicherlich. Ich bin ja schon ruhig. Ach, Bianca, daß wir uns jetzt immer sehen können! Jede Nacht vor dem Einschlafen schaue ich das Foto von dir an, das du mir geschickt hast.«

»Das tue ich auch, Heinz. Mit dem Foto von dir. Ich habe es gut versteckt, immer.«

»Ich auch, natürlich.«

»Wenn ich nicht zu Hause bin, trage ich es bei mir...«

»Das ist leichtsinnig! Wenn es dir aus der Tasche fällt...«

»Es fällt mir nicht aus der Tasche. Willst du wissen, wo ich es habe?«

»Ja... ja...« Er preßte sich enger an sie, er spürte ihren heißen Atem im Gesicht, als sie sprach.

»Greif in meine Bluse... in die linke Hälfte vom Büstenhalter... ja... da... oh, Heinz...«

Die Minoritenkirche liegt an der Rückfront des Bundeskanzleramtes, das sich am Ballhausplatz befindet und damals Sitz des Reichsstatthalters war. Hier sieht man einen Teil des ältesten Wien – winzige Gäßchen, schöne Palais mit seltsamen Gestalten aus verwittertem Stein an den Fassaden. Die Kirche war im Lauf der Jahrhunderte zum Teil zerstört worden. Ein Eck des Daches fehlte, ebenso der oberste Teil des Turms, der bei einer Türkenbelagerung abgeschossen worden war. In die Wände des Arkadenganges hatten ungezählte Verliebte ihre Namen oder ihre Initialen in den Stein gekratzt. Auch Heinz hatte das getan. Da, wo sie nun standen, gab es in Kopfhöhe ein primitives Herz, darin die Buchstaben B. H. und

H. S., darunter die Jahreszahl 1941, danach einen waagerechten Pfeil, und dieser deutete auf eine kleine liegende 8 – das mathematische Zeichen für ›Unendlich‹. 1941 hatten sie einander kennengelernt, und bis in die Unendlichkeit hinein wollten sie einander lieben.

Heinz streichelte Biancas Brustwarze. Sie stöhnte leise, und ihre Hände wühlten in seinem blonden, kurzgeschnittenen Haar.

»Nicht, tu das nicht, Heinz . . . bitte, nicht . . . Ja, ja . . . tu es weiter . . .«

»Ich halte das nicht mehr aus, Bianca, ich will . . .«

»Ich doch auch! Wenn du mich nur anrührst, werde ich halb verrückt!«

»Wann, Bianca, wann?«

»Der Winter geht vorüber . . . Wenn es wieder Frühling wird . . . Wenn es warm ist . . .«

»Ja, ja . . .«

»Dann, Heinz, dann . . .«

»Ich muß weg.«

»Ich auch.«

»Vor dem Heiligen Abend sehen wir uns nun nicht mehr – du hast ja keinen Schulungsabend mehr.«

»Nein, aber am achtundzwanzigsten wieder.«

»Ich werde hier sein wie immer. Und, Bianca, am Heiligen Abend, um diese Zeit, da gehe ich noch einmal aus dem Haus und schaue in den Himmel . . . Tu das auch . . . Vielleicht ist es klar, und es sind Sterne da . . .«

»Ja, Heinz . . . Dann werden wir dieselben Sterne sehen und aneinander denken . . .«

»Und wenn nur Wolken da sind, sehen wir dieselben Wolken.«

»Lieber Himmel, liebe Wolken, liebe Sterne, lieber Heinz . . .«

Sie umarmten und küßten einander noch einmal lange. Dann hastete Bianca fort, und Heinz wandte sein schwer bepacktes Fahrrad und schob es nach der anderen Richtung durch die Arkaden. Jetzt mußte er sich beeilen! Er sauste wie ein Rennfahrer über die abendlich verdunkelten Straßen zu dem Kino im Neunten Bezirk. Er schaffte es rechtzeitig wie immer. Der Vorführer in seiner Kabine nahm ihm die Kartons ab.

»Warte ein paar Minuten, dann geb ich dir die nächsten zwei Rollen. Die eine ist noch nicht ganz abgelaufen.« Aus dem Kinosaal klangen die Stimmen von Schauspielern. Der linke Vorführapparat arbeitete summend. In die rechte Maschine legte der ältere Mann einen neuen Akt ein.

Heinz setzte sich auf eine kleine Bank und öffnete das Päckchen, das Bianca ihm geschenkt hatte. Ein grauer, dicker Wollschal mit Fransen, ein paar dicke, graue Wollhandschuhe lagen darin, ein Tannenzweig und ein Kuvert. Heinz riß es auf, nahm den Briefbogen heraus und las: ›Mein Liebster! Du bist doch immer nachts unterwegs, und da ist es so kalt. Darum bekommst Du diese Geschenke. Ich habe sie selber gestrickt –

heimlich, zu Hause, vor dem Einschlafen. Der Schal war ja leicht, aber die Finger der Handschuhe! Dazu habe ich schon meine ganze Liebe gebraucht. Fröhliche Weihnachten, geliebter Heinz, Deine treue Bianca.‹ Und darunter: ›P. S. In großer Sehnsucht.‹

Zu dieser Zeit saß Bianca Heizler in einem Saal des alten Palais an der Herrengasse. Drei Dutzend Mädchen saßen um sie herum. Vorn, an der Stirnseite des Saals, vor einer herabhängenden Hakenkreuzfahne und einer Hitlerbüste aus Gips, stand ein älteres Mädchen auf einem Podest und deklamierte voller Begeisterung ein Gedicht aus einem ledergebundenen Band: »Mein Führer, sieh, wir wissen um die Stunden, in denen du hart an der Bürde trägst – in denen du auf unsre tiefen Wunden die liebevollen Vaterhände legst und noch nicht weißt: wie wirst du uns gesunden...«

Bianca saß seitlich. Vorsichtig und langsam öffnete sie das kleine Päckchen, das Heinz ihr gegeben hatte. Eine Schachtel lag darin. Bianca hob den Deckel ab. In gelbe Watte gebettet erblickte sie einen Silberring, der eine Emailleplatte trug wie einen flachen Stein. Die Platte zeigte eine phantastisch gezeichnete Schmelze in Rot, Grün, Weiß, Gelb, Schwarz, Blau und Lila.

Eine kleine Karte lag in der Schachtel. Bianca las, vorgeneigt, was Heinz dazugeschrieben hatte, während die Leiterin des Kurses weiter die Hymne an den Führer vortrug: »...darum ist unsere Liebe auch so groß, darum bist, Führer, du der Anfang und das Ende...«

›Meine geliebte Bianca! Diesen Ring haben wir doch vor ein paar Monaten in dem Geschäft gesehen, und er hat Dir so gefallen. Also habe ich ihn damals schon angezahlt und jetzt endlich abgestottert...‹

Wo hatte er das Geld her? überlegte Bianca. Ach, er wird es sich zusammengespart haben von seinem lächerlichen Lohn...

»...wir glauben dir, treu und bedingungslos...«, trompetete die BDM-Führerin vorne, unter der Fahne.

›...Heb den Ring auf, versteck ihn, ich weiß, jetzt kannst Du ihn höchstens tragen, wenn wir uns treffen. Aber noch etwas Geduld, nur noch etwas Geduld, und Du wirst ihn immer tragen können, solange Du mich so liebst wie Dich Dein Heinz.‹

»...und unser Werk des Geistes und der Hände ist die Gestaltung unseres Dankes bloß!« endete die BDM-Führerin.

Mit einem Lächeln schob Bianca Heizler den Ring auf einen Finger der linken Hand...

». . . und ich trage ihn noch immer, das ist er«, sagte Bianca Barry, 27 Jahre später, während sie ihre linke Hand hochhielt. Manuel wandte kurz den Blick von der Straße, über welche der Schnee wehte, Irene betrachtete den Ring länger.

Manuel bemerkte, daß die Straße schmäler wurde. Häuser tauchten auf, der Eingang einer Ortschaft. Ein Schild: FISCHAMEND. Eine Brücke über einen zugefrorenen Bach. Gleich dahinter ein Tor durch einen hohen Turm mit Zinnen und Fenstern und einer Haubenkuppel.

»Jetzt sind wir gleich da«, sagte Bianca. Manuel hatte das Tor passiert.

»Halten Sie da drüben.«

Sie befanden sich auf einem großen, langgestreckten Platz, der von niedrigen Häusern gesäumt wurde. Die Hauptstraße führte durch den Ort weiter. Manuel bog nach rechts und blieb stehen.

»Steigen wir aus«, sagte Bianca.

Sie traten ins Freie. Die Luft war hier sehr rein und schneidend kalt. Als Manuel den Wagenschlag an seiner Seite absperrte, kam ein grauer Peugeot, in dem zwei Männer saßen, durch die Turmeinfahrt gerollt und fuhr den großen Platz ein Stück weiter hinauf, bevor auch er hielt. Niemand stieg aus.

Eine Falle? überlegte Manuel kurz. Oder war das einer jener Wagen, die ihm immer folgten?

»Das ist ein uralter Ort«, sagte Bianca. »Der Turm da entstand im elften Jahrhundert.«

Irene wies auf ein sauber und gepflegt aussehendes kleines, einstöckiges Gebäude. In geschwungenen weißen Neonleuchtbuchstaben war über den unteren Fenstern das Wort MERZENDORFER zu lesen. Das Haus hatte eine große geöffnete Einfahrt. Man sah einen verschneiten Hof, in dem alte Bäume standen.

»Ein berühmtes Feinschmeckerlokal für Fischliebhaber«, erklärte Irene. »Im Sommer sitzt man im Freien, unter den Kastanienbäumen, unter Blumenranken, die sich an Drähten entlangziehen. Der Ziehbrunnen da links, der ist gewiß auch uralt. Wollten Sie hierher mit uns, Frau Barry?«

Die Frau des Malers hörte nicht. Sie starrte ein Haus in der Mitte des Platzes an. Dort gab es ein ›Kolonialwarengeschäft‹.

»Frau Barry!«

Sie wandte den Blick nur langsam von dem Geschäft fort.

»Ja, bitte?«

»Ich sagte, wollten Sie mit uns zum ›Merzendorfer‹. . .«

»Nein. Hierher, auf diesen Platz. Und dann noch ein Stück weiter.« Sie wies mit der ausgestreckten Hand nach Norden. »Da hinten ist die Station

der Hainburger Bahn. Und hinter der Bahn gibt es eine Fabrik für Lacke. Ziemlich große Fabrik. Wurde nach dem Krieg neu aufgebaut. Im Frühsommer 43 haben sie Heinz da dienstverpflichtet. Als Hilfsarbeiter.«
»*Hilfsarbeiter?* Aber er verstand doch etwas von Chemie!«
»Nicht von organischer. Oder zu wenig. Er schuftete hier wie die Zwangsarbeiter, wie die Gefangenen.«
»*Hier?*« Manuel sah Bianca an. »Aber das ist doch...«
»Weit weg von der Gentzgasse, bei Gott! Heinz mußte jeden Morgen um fünf Uhr aufstehen und mit Straßenbahn, Stadtbahn und Hainburger Bahn fahren. Die Lage war damals schon kritisch. Nach Stalingrad forderte Goebbels den Totalen Krieg. Auch Frauen mußten in die Fabriken. Und niemand konnte sich aussuchen, wohin er gesteckt wurde.«
Der Peugeot stand immer noch reglos, mit abgestelltem Motor. Die beiden Männer am Steuer sahen die drei Menschen an, nur Manuel bemerkte es.
Irene fragte: »Ist das die Fabrik gewesen, in der...«
»Ja«, sagte Bianca Barry, »diese Fabrik, jetzt neu aufgebaut, wurde bei einem der schweren Angriffe auf das Industriegebiet hier und weiter oben bei Schwechat getroffen und flog in die Luft. Da drüben...« – wieder wies sie mit der Hand – »...ist Heinz ums Leben gekommen. Aber um Ihnen das zu sagen und zu zeigen, habe ich Sie natürlich nicht hergebracht. Kommen Sie mit mir. Sie werden gleich alles verstehen«, sagte Bianca Barry, einen letzten Blick auf das ›Kolonialwarengeschäft‹ werfend. Sie ging voraus, die Hauptstraße hinauf, zwischen den niederen Häusern weiter. »Entschuldigen Sie mich einen Moment«, sagte Manuel. »Ich muß telefonieren.«
Damit betrat er schon die Einfahrt zu dem Restaurant ›Merzendorfer‹. Er rief zweimal, bevor ein Kellner erschien. Um diese Zeit des Tages war es hier still. Manuel äußerte seinen Wunsch, der Kellner führte ihn in ein kleines Büro, in dem ein Telefonapparat stand, und ließ ihn allein.
Hofrat Wolfgang Groll meldete sich sofort, nachdem der Beamte in der Telefonzentrale des Sicherheitsbüros die Verbindung hergestellt hatte. Manuel sagte, wo er sich befand und in welcher Gesellschaft.
Groll unterbrach ihn: »Und ein grauer Peugeot mit zwei Männern ist Ihnen gefolgt.«
»Woher wissen...«
»Unser Freund Santarin hat angerufen und mich beruhigt. Das sind seine Leute. Die passen auf Sie auf. Wir können ja leider niemanden ständig zu Ihrem Schutz...«
»Ja, ja, ich weiß. Und es war sicher Santarin?«
»Sicher«, sagte Groll. »Ich rief zurück. Was machen Sie da unten, Manuel? Was will diese Bianca Barry Ihnen zeigen?«

»Keine Ahnung. Ich erzähle es Ihnen, wenn ich nach Wien zurückkomme...«

19

Weiß, weiß, weiß war alles in der bizarren Au-Landschaft: die uralten Bäume, die Weidenstrünke, das dichte Unterholz; die zugefrorenen Altwassertümpel; die Sumpfwiesen zu beiden Seiten der breiten, freigeräumten Allee, die von der Hauptstraße in Fischamend fort zur Donau führte. Erstarrt war diese Welt, unheimlich und faszinierend. Hier wehte kein Wind.

Sie gingen nebeneinander, Bianca in der Mitte. Die Frau in dem hellen Nerzmantel sah sich um, wie man sich, träumend, auf einer Straße umsieht, die zurück in die Jugend führt.

»Sie haben die Allee freigeräumt«, sagte Bianca. »Viele Gäste vom ›Merzendorfer‹ machen einen Spaziergang hinunter zum Wasser. Und die Fischer kommen mit ihren Motorrädern vom Strom herauf. Damals gingen sie noch zu Fuß, die alten Männer, die hier hausten. Es ist alles noch wie damals, alles... Und ich erkenne alles wieder... jeden Baum, jeden Tümpel, die Büsche..«

Über Bianca hinweg sahen Irene und Manuel einander an. Sie bemerkte es nicht. Mehr und mehr versank sie in Erinnerung.

»Ich war schon lange nicht hier... bestimmt zwei Jahre. Früher bin ich oft hergekommen. Und ich ging immer diese Straße hinunter zum Strom...«

Die Bäume wurden niedriger, das Unterholz wurde dichter. Die zwei Russen aus dem Peugeot waren am Anfang der Allee stehengeblieben und sahen den drei Menschen nach, die sich mehr und mehr von ihnen entfernten.

»Damals«, sagte Bianca, »war es Sommer. Anfang Juni 1943. Schon irre heiß. An diesem Sonntag hatte Heinz drüben im Werk Luftschutzdienst. Mit ein paar anderen. Eine Routinesache, jeder kam immer wieder dran. Es gab noch keine Luftangriffe auf Wien. Die Männer hatten nichts zu tun, es machte nichts, wenn einer einmal wegging...«

Wir müssen ganz nahe am Wasser sein, dachte Manuel. Er konnte es riechen.

»Heinz und ich fanden das herrlich. Als mein Kursus in der Herrengasse beendet war, hatten wir immer neue Treffpunkte gesucht und gefunden – in Stadtbahnunterführungen, einsamen Parks, Kirchen. Und immer neue Ausreden und Alibis. Meine Freundin half mir sehr, auf sie konnte ich mich verlassen. Inge hieß sie. Inge Pagel. Sie half mir auch damals und hier ...«

»Wie?« fragte Irene.

»Ich war früher im Sommer mit Heinz immer nach Klosterneuburg hinauf an die Donau gefahren«, sagte Bianca. Und erklärend an Manuel gewandt: »Nördlich von Wien. Mein Vater hatte in diesem Juni 43 gerade
eine große Vortragsreise, quer durch Österreich. Ich war mit Mutter allein. Ich sagte, Inge und ich würden nach Klosterneuburg fahren an jenem
Sonntag. Inge hatte auch einen Freund. Mit dem fuhr sie wirklich hinauf.
Ich nahm die Hainburger Bahn und fuhr hierher ... In einem Monat begannen meine Ferien! Dann konnte ich Heinz öfter hier treffen, viel öfter ... Er würde dann eben mehr Luftschutzdienst haben an Sonntagen
– den von anderen Arbeitern übernehmen! Oder ich konnte auf ihn warten, um fünf Uhr war er mit der Arbeit fertig. Zu Hause wollte er erzählen, daß er Überstunden machen mußte. Es war alles schon geplant. Aber
dieser sechste Juni, dieser Sonntag, das war das erste Mal. Ich kam gegen
zehn Uhr an. Heinz erwartete mich nicht am Bahnhof, sondern hier in
dieser Allee, er hatte mir den Weg genau erklärt. Niemand sollte uns sehen. Und da gingen wir dann, Hand in Hand, heiß war es, ein wunder-
schöner Tag, keine Wolke am Himmel ... Als wir zum Strom kamen, lag
da das Boot eines Fischers, angebunden an einem Pflock ... Mein Gott«,
sagte Bianca, »schauen Sie doch, da liegt wieder ein Boot ...«

Sie waren nun durch gefrorenes Schilf geschritten und standen am Ufer
der Donau, deren Wasser grau, träge und langsam vorbeifloß. Man sah
nicht den ganzen Strom, denn direkt gegenüber, keine zwanzig Meter
entfernt, erstreckte sich eine lange, mit Gebüschen und Bäumen bewach-
sene schmale Insel. Auch sie war völlig weiß und in Schnee versunken.

»Wir nahmen das Boot und ruderten hinüber«, sagte Bianca, und ihre
Stimme klang atemlos, und ihre grauen Augen waren nun dunkel. »Keinen Menschen sahen wir, nicht einen einzigen. Die Luft glühte ... Ich war
so aufgeregt wie noch nie in meinem Leben. Und Heinz war es auch, genauso aufgeregt wie ich ...«

20

Knirschend glitt der alte Kahn ein Stück den Strand der Insel empor.
Heinz sprang an Land und half Bianca beim Aussteigen. Sie hielt vorsichtig eine Tasche, in welcher sich der Tagesproviant, den ihre Mutter bereitet hatte, und ihr Badeanzug befanden. Bianca trug ein blaues, ärmelloses
Kleid, Heinz kurze Hosen, Sandalen und ein weißes Hemd. Eine Badehose
hatte er in der Hand. Nun zog er das Boot weit auf den Sandboden der
Insel. Saftig grün leuchteten das Gras und die Blätter des Unterholzes,

silbern und hell die Blätter der alten Bäume. Bianca sah, jenseits der kleinen Insel, den breiten Strom, das andere Ufer, Auwälder, Schornsteine und Fabriken, weit, weit fort das alles, im glitzernden Sonnenglast dieses Tages.

»Komm, wir gehen da hinüber«, sagte Heinz. Er schritt durch den Sand voraus auf eine Stelle mit hohem Gras zu. Sie folgte ihm, und ihr Herz schlug bis zum Hals.

»Hier ist es schön. Ganz weich... und keiner kann uns sehen vom Ufer...« Er trampelte eine Stelle glatt. Dann richtete er sich auf. Sie stand dicht vor ihm. Ihr Blick suchte den seinen. Er errötete.

»Was ist? Wir wollen doch schwimmen... oder nicht?«

»Doch, natürlich. Nur...«

»Nur was?«

»Du mußt dich umdrehen, wenn ich mich ausziehe.«

»Ja«, sagte Heinz. Während er schon sein Hemd aufknöpfte, wandte er ihr den Rücken. Er zog das Hemd über den Kopf. Er streifte die Hose ab, die Unterhose, die Sandalen.

Bianca entkleidete sich gleichfalls. Sie bemerkte, daß ihre Hände zitterten, als sie den Büstenhalter öffnete, als sie das Höschen herabzog, ihre Schuhe abstreifte. Laut fühlte sie ihr Herz klopfen, so laut! Mit einem jähen Entschluß drehte sie sich um. Im gleichen Moment wandte auch Heinz sich ihr zu. Sie standen einander gegenüber, völlig nackt, von der Sonne beschienen. Sie sahen einander mit flackernden Augen an. Dann glitt sein Blick über ihre vollen Brüste tiefer, den ganzen Körper hinab. Auch sie betrachtete ihn, bemerkte seine Erregung. Ein heftiger Schauer durchrieselte ihren Körper.

»Schön...«, stammelte Heinz. »So schön bist du...«

Er streckte die Arme aus und zog sie an sich. Sie fühlte seinen Leib. Ihre Knie gaben nach. Sie schlang die Arme um ihn.

»Bianca...«

»Du...« Mit ihm sank sie in das Gras. Sie lag auf dem Rücken, er über ihr. Sie flüsterte: »Ich... habe Angst... ich habe doch noch nie... es soll weh tun...«

»Es tut nicht weh...«

»Woher weißt du das? Hast du schon einmal...«

»Nein... Es ist auch für mich das erste Mal... Das weißt du doch... Ich liebe doch nur dich... Vorher hat es keine gegeben.«

»Dann wird es doch weh tun... Heinz... bitte, Heinz...«

»Willst du es denn nicht?«

»Ich will es genauso wie du...«

»Keine Angst«, sagte er, ihre Brüste streichelnd. »Gar keine Angst, Bianca, Liebes, Liebling... Ich habe gelesen, wie man das machen muß...

Ich weiß es genau... Wenn man vorsichtig ist... und es langsam tut...
Wir haben Zeit... den ganzen Tag haben wir Zeit..« Sie bemerkte, daß
er etwas aus einer Papierhülle nahm.

»Was machst du?«

»Wir müssen doch vorsichtig sein, Bianca... Ich passe auf... Ich passe
sehr auf... Gib die Hände da weg... Sei locker... ganz locker... Ich tu
dir nicht weh... bestimmt nicht...«

Sie seufzte tief, schloß die Augen und ließ sich zurücksinken. Er begann
den ganzen Körper mit Küssen zu bedecken, die Lippen, die Lider, die
Stirn, die Schultern, die Arme, die Brüste, den Leib, die Scham. Er drückte
ihre Schenkel auseinander und kniete zwischen ihnen nieder. Er küßte sie
dort.

»Heinz, Heinz...«

»Laß dir Zeit... Und hab keine Angst... Ich weiß, was man tun muß...
Es stand alles in diesem Buch...« Er verstummte und erregte sie weiter,
behutsam und sanft.

Plötzlich öffnete Bianca weit die Augen.

»Komm jetzt!«

Er glitt über sie. Bianca wand sich und stöhnte ein wenig, als er sie nahm.
Sie stöhnte noch einmal, gleich darauf. Erschrocken hielt er inne.

»Tut es doch weh... sehr? Soll ich...«

»Nein... nein...« Sie preßte ihn an sich. »Es ist schon vorbei. Du hast
es herrlich gemacht... Es tut schon nicht mehr weh... langsam... Mach
langsam weiter, ganz langsam... Jetzt wird es wunderbar... ganz wunderbar... O ja, ja, ja...«

Bianca hatte den Kopf seitlich gedreht. Sein Kopf lag an ihrem Hals. Sie
sah den tiefblauen Himmel, sehr groß ein paar Gräser über sich, sonst
nichts. Und sie fühlte, wie tief in ihrem Innern etwas zu klopfen, wie etwas zu drängen begann, sie hatte das Gefühl, zu schweben, zu fliegen,
es war, als zöge sich ihr ganzes Bewußtsein auf eine Stelle zusammen,
mehr, mehr, immer mehr. Und dann kam es – sie wußte nicht, was mit
ihr geschah, noch nie hatte sie so etwas erlebt, etwas so Unerhörtes. Sie
legte die Schenkel um seine Hüften, sie preßte ihre Arme gegen seinen
Rücken.

»Ja, ja... genauso mach weiter... ganz genauso...«

Er antwortete nicht. Seine Bewegungen blieben dieselben.

»Jetzt gleich... gleich... da... da!« Sie schrie laut auf. Er preßte seinen
Mund auf den ihren, als sie sich zu verströmen begann. Es nahm kein
Ende. Da war es wieder. Und wieder. Und noch einmal. Wenn ich jetzt
sterben würde, dachte Bianca, ich wäre der glücklichste Mensch von der
Welt. So schön ist das also. So unbeschreiblich schön. Und ich hatte solche
Angst davor, solche Angst. Ach, Heinz, Heinz, mein Geliebter...

21

So begann es.

Und es ging weiter, mit Unterbrechungen, in denen sie still lagen und sich ansahen, mit Pausen, in denen sie – nackt – ins Wasser liefen.

Sie saßen ganz dicht nebeneinander, ihr Kopf an seinem, und sie sahen auf des Wasser des Stroms, das in der Sonne glänzte. Sie küßten sich. Von neuem stieg Erregung in ihnen hoch. Sie sanken ins Gras. Und sie waren glückselig, beide.

Dann lagen sie wieder nebeneinander, momentan entspannt, sie rauchten, sie redeten leise...

»Diesen Tag werde ich nicht vergessen, und wenn ich hundert Jahre alt werde...«

»Ich auch nicht, Bianca, ich auch nicht...«

»Niemand hätte so wie du...«

»Niemand liebt dich so wie ich...« Er neigte sich über sie. »Es geht alles, wie wir es uns gewünscht haben. Jetzt kann es nicht mehr lange dauern...«

»Aber die Untersuchungen«, murmelte sie, ermattet, mit geschlossenen Augen. Die Sonne stand nun bereits tief. Ihr Kopf lag in seinem Schoß. »Die waren doch schon. Wir haben die Ergebnisse nur noch nicht.« Heinz sprach glücklich. »Das kann gar nicht mehr lange dauern, und wir werden benachrichtigt. Dann noch eine Gerichtsverhandlung, und ich bin frei! Frei, Bianca... ein Arier wie die anderen... Wieder ins Institut darf ich... Wir werden uns zeigen können, öffentlich, überall... kein Verstecken mehr... Alle Jungen werden mich beneiden...«

Bianca fühlte plötzlich eine Woge der Erregung in sich aufsteigen.

»Und alle Mädchen mich...« Sie wandte den Kopf, um sich noch enger an ihn zu schmiegen. Sein Körper reagierte sofort. Er sagte atemlos: »Bianca... du...«

Halb zehn Uhr abends und schon dunkel war es, als sie sich endlich anzogen. Der Mond schien, die Sterne leuchteten, die Luft war immer noch warm. Er half ihr in die Kleider, sie ihm. Sie küßten und streichelten sich dabei. Langsam gingen sie über den Sand der Insel zu der Stelle, an welcher das Boot lag. Sie hatten die Arme umeinandergelegt. Plötzlich bemerkte Heinz etwas.

»Psst!«

Er legte einen Finger auf den Mund, duckte sich und rannte dann los. Beim Boot, das sah Bianca im Licht des Mondes, kniete ein Mensch, der gerade versuchte, den Kahn ins Wasser zu schieben. Er kam nicht mehr dazu, denn Heinz stürzte sich auf den Überraschten und riß ihn zu Boden. Bianca lief.

Heinz! Heinz! Wenn Heinz etwas geschah...

Heinz geschah nichts. Der Mensch, den er umgerannt hatte, lag auf dem Rücken – ein kleiner, magerer Mann mit ausgemergeltem Gesicht. In den dunklen Augen stand Todesangst. Sein Haar war kurz geschoren, die Wangen waren eingefallen, spitz standen die Knochen hervor. Bleich und unrasiert war das armselige Gesicht, schmutzig waren die grün-grauen Fetzen, die der Mann am Leib trug. Ja, Fetzen waren das nur noch – eine Hose, eine Jacke, ein Hemd ohne Kragen darunter, Stiefel mit Sohlen voller Löcher. Der Mann hatte einen ebenso zerrissenen Mantel und einen schmierigen Brotbeutel in den Kahn gelegt.

Heinz kniete über ihm.

Der Mann sprach verzweifelt, er konnte nur wenige Brocken deutsch:

»Nichts tun... bitte... ich gut... Herr... mich lassen... mich lassen, bitte...«

»Heinz! Wer ist das?« Bianca war herangekommen.

»Frau... mir helfen... ich gut... arm... schwach... Mann mir weh-tun...« Heinz hatte den Liegenden an einem Arm gepackt. »Ah! Nicht... nicht...« Der Mann rollte auf den Rücken, die Jacke rutschte hoch. Auf seinem Hemd standen mit weißer Ölfarbe die Buchstaben su.

»Ein Kriegsgefangener!« Bianca preßte die Hände an die Brust. »Ein Russe!«

»Ja.« Seine Stimme, eben noch so zärtlich, war nun kalt. »Ausgerissen. Geflohen. Hat sich hier versteckt...«

»O Gott, hier... auf der Insel...«

»Geschlafen...« Der halb verhungerte Mann sprach gegen den Boden, keuchend, undeutlich. Heinz hielt seinen Arm eisern fest.

»Ganzen Tag... in Busch...«

»Lüg nicht, du Schwein!«

Bianca fuhr zusammen. Es war ihr, als hörte sie einen fremden Menschen reden, nicht Heinz.

»Geschlafen... gelaufen in Nacht... immer nur Nacht laufen, verste-hen... Tag zu gefährlich...« Der Mann stöhnte auf. »Fuß...«

»Was ist mit dem Fuß?« Heinz sah, daß in dem einen Stiefel ein Brettchen steckte, das mit einem Tuch am Bein festgebunden war.

»Nicht gut... krank... treten auf Stein... fallen...«

»Verstaucht oder geprellt«, sagte Heinz. »Du bist geflohen, stimmt das?«

»Ja... ja... bitte, Herr...«

»Wo?«

»Steyr... großes Lager dort... Fabrik...«

»Wie lange bist du schon unterwegs?«

»Wochen... zwei... Kameraden kaputt... hat Polizei... verstehen? Nur mich nicht...«

Heinz antwortete nicht. Schnell durchsuchte er die Taschen des Liegenden.

»Keine Waffen«, sagte er, nachdem er auch noch in den Brotbeutel gesehen hatte. Er ließ den Russen los. Der rollte herum und richtete sich auf.

Er saß nun. In seinen dunklen Augen glomm ein irres Feuer: Angst, Angst, Angst!

»Wie bist du auf die Insel gekommen?« fragte Heinz. Seine Stimme, dachte Bianca wieder, seine Stimme! Sie ist ganz anders, er ist ganz anders, ein fremder Mensch kniet da vor mir. Heinz. Mein Geliebter. Was ist geschehen?

»Ich schwimmen.«

»Mit dem Fuß? Lüg nicht!«

»Nicht lügen... mit Fuß, ja... mich verstecken, verstehen?«

»Und jetzt, wo es wieder Nacht ist, hast du das Boot nehmen und abhauen wollen!« Heinz neigte sich weit vor. »Aber nicht zu diesem Ufer! Nicht den Weg zurück natürlich. Nein, hinüber zum Nordufer! Und von dort dann weiter, was? Ins Protektorat. Ist ja ganz nahe. Die Tschechen würden dich verstehen... und verstecken...«

»Nein, nein, ich...«

Heinz schlug den Russen ins Gesicht.

»Heinz!« rief Bianca entsetzt.

»Sei ruhig!« zischte er.

»Ich nach Hause... Frau und Kinder... drei Kinder... nicht wissen, ob kaputt... Krieg nix gut...« Mit einer jähen Bewegung erhob sich der Russe. Kniend umklammerte er Biancas Beine. Er sah zu ihr auf, Tränen in dem zerfurchten Gesicht. »Bitte, Frau, bitte, sagen Mann, er mich lassen...«

Bianca versuchte sich freizumachen. Der Russe hielt ihre Beine eisern fest. Er zitterte, sie konnte es spüren.

»So weit ich schon... und jetzt... gute Frau... guter Mann... mich lassen gehen, ja?«

»Ja«, sagte Bianca mit erstickter Stimme.

»Danke... danke... spassiba...« Eine russische Wortflut brach los. Der Kriegsgefangene küßte Biancas Hände. Er kniete immer noch vor ihr, das verletzte Bein häßlich abgewinkelt.

»Loslassen!« Heinz riß die Hände des Russen fort. Der fiel seitlich in den Sand. Er hob die Arme schützend vor das Gesicht. Heinz sprang auf. »Komm Bianca!«

»Was wird aus ihm?«

»Das wirst du schon sehen...«

Er schob das Boot ins Wasser.

Der Russe begann laut in seiner Muttersprache zu reden, mit gefalteten Händen.

»Steig ein!« schrie Heinz Bianca an.

»Aber der Mann...«

»Der bleibt hier!«

»Wie kommt er von der Insel fort?«

»Überhaupt nicht!«

»Was?«

»Los, los, komm schon!« Heinz zerrte Bianca ins Boot. Danach stieß er mit einem Fluch den Russen zurück, der sich ihm auf den Knien genähert hatte. Der Russe fiel kraftlos wieder um. »Du siehst ja, der hat überhaupt keine Kraft mehr. Zu diesem Ufer zurückschwimmen, das wird er auch nicht mehr können. Und wenn doch, dann kommt er nicht weit. Ohne Boot über den Strom kommt der nie!«

»Herr... Herr... bitte...«

Heinz schob den Kahn so heftig an, daß Bianca auf den Sitz im Heck fiel. Er sprang nach und begann sogleich zu rudern. Der kleine Russe stand am Rand der Insel, seine Arme hingen herab, sein Kopf war gesenkt, Bianca hörte ihn schluchzen.

»Wir haben seinen Mantel... und seinen Brotbeutel...«, rief Bianca.

»Natürlich. Das muß so sein. Den nehmen wir mit!«

»Mit wohin?«

»Zur Gendarmerie.« Heinz ruderte verbissen. Seine Stimme klang abgehackt. »Schau mich nicht so an, Bianca! Ich tue nur meine Pflicht!«

Die Ruder tauchten tief ins Wasser. Bianca blickte zurück. Auf der Insel stand noch immer der Russe. Mit einer Bewegung der absoluten Hoffnungslosigkeit ließ er sich nun langsam sinken, fiel, in Zeitlupe sozusagen, blieb liegen auf dem weißen Sand, ein hilfloses, ausgeliefertes, elendes Bündel Mensch.

22

Die Allee vom Ufer nach Fischamend sah im Mondlicht unwirklich und phantastisch aus. Sie leuchtete. Es leuchteten die Altwassertümpel, in denen Frösche quakten. Es leuchteten die Äste und Zweige und Blätter der alten Weiden, Linden, Kastanien, und die weißen Stämme der Birken in den Auwäldern.

Heinz ging schnell. Er trug den zerrissenen Mantel und den Brotbeutel des Russen. Auch der Mantel zeigte die Ölfarbenbuchstaben SU. Bianca hatte Mühe, Schritt zu halten.

Sie redete hastig: »Du wirst es nicht tun, Heinz...«

»Natürlich werde ich es tun!«

»Bitte, nein! Der Mann ist verletzt... halb verhungert...«

»Wir führen Krieg mit Rußland! Einen Krieg auf Tod und Leben! Hast du das vergessen?«

»Aber du... aber du...«

»Was, aber ich?« Er blieb stehen und sah sie so zornig an, daß sie zu zittern begann. »Aber ich Halbjud – wolltest du das sagen, ja? Ich Halbjud habe es nötig? Das hast du sagen wollen, wie?«

»Nein, Heinz, nein! Lieber, guter Heinz, nie habe ich das sagen wollen, nie!« rief sie verzweifelt.

»Nein, nie?« Er musterte sie mit schmalen Lippen. War das der Mensch, in dessen Armen sie gelegen hatte, stundenlang, immer wieder, der erste Mann in ihrem Leben? War das Heinz, den sie so liebte? O Gott, was war geschehen? »Dann ist es ja gut. Ich bin nämlich kein Halbjud! Ich bin ein Arier wie du – kein Untermensch wie der dort!« Er wies mit dem Kinn den Weg zurück. Er sagte, plötzlich leise, mit durchdringender, bebender Stimme: »Und ich gehe den Weg, den ich zu gehen habe!«

»Was für einen Weg?«

»Den *geraden!* Wenn meine Mutter schon ihr Leben ruiniert hat, weil sie diesen geraden Weg nicht gegangen ist – mir passiert das nicht! Mir nicht, Bianca! Es gibt nur einen ehrenhaften und richtigen Weg jetzt – zur Gendarmerie!«

Damit eilte er weiter.

Sie lief ihm nach.

Zwei Kilometer lang war die Straße. Zwei Kilometer lang bat, bettelte und flehte Bianca Heinz an, seinen Sinn zu ändern. Er antwortete bald schon nicht einmal mehr auf ihre Worte. Aufrecht, den Kopf zurückgeworfen, marschierte er Fischamend zu.

Die ersten Häuser. Die Hauptstraße. Ende der Au-Allee.

Heinz bog in Richtung Marktplatz ein. Bianca eilte immer an seiner Seite. Immer noch versuchte sie, ihn umzustimmen.

»Wenn du mich liebst, tust du es nicht... Der arme Hund ist doch erledigt, wenn sie ihn erwischen... Und sie erwischen ihn – der kann doch nicht weiter, ohne Boot, mit seinem Fuß... Heinz! Heinz, hörst du denn nicht? Die stellen ihn an die Wand! Die bringen ihn um!«

»Quatsch nicht!«

»Wie redest du denn... Natürlich bringen sie ihn um!«

»Und wenn schon! Was machen denn seine Leute mit unseren Soldaten?«

Leer lag die Hauptstraße, kein Mensch war zu sehen. Nun erreichten sie den Marktplatz. Er war leer und verdunkelt. Nur über dem Eingang zu einem Geschäft, dessen Auslage vernagelt war, brannte eine blaue Lampe. Das war das Gebäude, in dem sich der Gendarmerieposten befand, Heinz wußte es, und er hatte es Bianca gesagt. Das Gebäude hatte einem Juden gehört. Aus dem Lebensmittelgeschäft zur ebenen Erde war eine Wachstube geworden. Streifen mit Hunden kamen und gingen. Sie bewachten die Industrieanlagen und die Umgebung der Flakstellungen hier, durchstreiften die Auen.

»Heinz!« Bianca hatte ihn am Arm gepackt. »Tu es nicht!«

Er sah sie an, schmal die Augen, schmal der Mund.

»Natürlich tue ich es! Und kein Mensch wird mich daran hindern! Keiner! Auch du nicht! Oder?«

»Wie kann ich es? Wie kann ich dich hindern, Heinz? Der arme Kerl auf der Insel... Ich muß immerzu daran denken, was aus ihm wird... Heinz... Heinz!«

»Ich tue nur, was jeder gute Deutsche tun muß.«

»*Heinz! Bitte! Bitte, Heinz!* Was für ein Tag war das... Wir lieben uns doch... Wir lieben uns doch so sehr... und heute... gerade heute...«

»Glaubst du vielleicht, ich bin ein Schuft, ein Verräter? Glaubst du, ich lasse den Kerl da laufen? Morgen ist sein Bein besser, und er schwimmt ans Ufer und holt sich das Boot und haut ab... Nein! Nein!«

»Wenn du hineingehst, Heinz, wenn du da hineingehst...« Bianca mußte unterbrechen und keuchend Atem holen.

»Ja? Ja? Was ist dann?«

»*Dann kann ich dich nicht mehr lieben!*« rief sie im Paroxysmus der Verzweiflung. Es war die ärgste Drohung, die ihr einfiel. Eine Drohung, niemals ernst gemeint, dachte sie verzweifelt. Aber vielleicht glaubt er, sie *ist* ernst gemeint, vielleicht... Er sieht mich an... anders als früher. Er öffnet den Mund, er will sprechen, er bekommt kein Wort heraus. Er schluckt.

Heinz sagte heiser, sich mehrmals räuspernd, während es in seinem Gesicht zuckte: »Also gut. Dann mußt du wählen.«

»*Was?* Was muß ich wählen?«

»*Zwischen dem Russen und mir.*«

»Das verstehe ich nicht.«

»Ganz einfach.« Heinz stand jetzt hoch aufgerichtet. »Ich gehe da hinein und zeige den Russen an – dann bleibt zwischen uns alles, wie es ist, für immer. Oder...«

»Oder?«

»Oder der Russe ist dir wichtiger. Gut, dann gehe ich nicht da hinein. Dann habe ich ihn nicht gesehen...«

»Heinz! Heinz!«

»*Aber dann gehe ich von dir fort! Jetzt in dieser Minute. Zurück ins Werk. Dann ist es aus zwischen uns...*«

»Heinz! Bist du verrückt geworden?«

»Überhaupt nicht. Dann ist es aus. Wenn du *das* von mir verlangst – gut, ich will es tun. Aber lieben kann ich dich dann nicht mehr. Leben kann ich dann nicht mehr mit dir. Zu tun haben will ich dann nichts mehr mit dir...«

Sie sahen sich an, nah, ganz nah.

»Nun?«

Fast unhörbar flüsterte Bianca: *»Geh nicht hinein, Heinz.«*

Ohne ein Wort reichte er ihr den alten, schmutzigen Mantel und den Brotbeutel des Russen. Ohne ein Wort drehte er sich um und ging den Platz hinauf, in Richtung seiner Fabrik.

»Heinz!« rief sie, leise und überwältigt. »Heinz! Heinz, bitte...« Sie stand nun allein auf dem harten Erdboden, vor dem Haus mit der blauen Lampe.

Bianca sah immer noch Heinz nach. Jetzt verschwand er schon in der Dunkelheit. Nur das Geräusch seiner Schritte war noch zu hören, und auch dieses wurde schnell leiser...

23

»Das war das letzte Mal, daß ich Heinz in meinem Leben gesehen habe«, sagte Bianca Barry, sechsundzwanzig Jahre später an derselben Stelle des Marktplatzes von Fischamend stehend. »Nie mehr, nein, nie mehr sah ich ihn wieder...«

Manuel und Irene, die neben ihr standen, schwiegen.

Endlich blickte Bianca sie wieder an.

»Da drüben war die Gendarmerie untergebracht«, sagte sie. »Dort, wo jetzt das Kolonialwarengeschäft ist. Oft kam ich hierher, schon seit den ersten Jahren nach dem Krieg. Ich bin immer zum Strom hinuntergegangen und habe zur Insel geschaut, zu unserer Insel. Dort war ich nie mehr...«

»Und Heinz hat niemals mehr versucht, mit Ihnen in Verbindung zu treten?« fragte Irene.

»Niemals, nein.« In Biancas Stimme klang seltsamer Stolz. »Ich habe alles versucht, alles! Meine Freundin hat ihm Briefe über Briefe gebracht, in denen ich um ein Rendezvous gebettelt, gefleht habe. Er ist niemals erschienen. Meine Freundin hat versucht, mit ihm vernünftig zu sprechen, ihn umzustimmen – auch vergebens. Er hat mich damals vor die Wahl gestellt. Ich habe gewählt. Das ist alles. Er hat sich an die Spielregeln gehalten.«

»Aber das ist doch...«, begann Manuel und brach ab, als er Irenes Blick bemerkte.

»Was ist das?« fragte Bianca.

»Nichts.« Manuel fröstelte plötzlich. Es wurde dämmrig.

»Damals, in jener Nacht«, sagte Bianca, »da stand ich noch zehn Minuten hier, auf diesem Fleck. Ich konnte mich nicht rühren. Dann lief ich zum Bahnhof. Immer noch mit dem Russenmantel und der Brottasche. Der letzte Zug nach Wien war abgefahren. Ich mußte zu Fuß gehen.«

»Was, von hier bis nach Wien?«

»Ja«, sagte Bianca. »Über fünf Stunden war ich unterwegs. Irgendwo hinter Schwechat habe ich den Mantel und den Beutel weggeworfen. Mutter war halbtot vor Angst, als ich endlich ankam. Ich mußte ihr die Wahrheit sagen – wenigstens, daß ich Heinz *getroffen* hatte. Meine Freundin konnte mir da nicht mehr helfen.«

»Und?«

»Nichts und«, sagte Bianca. »Mein Vater war ja verreist, zum Glück. Und Mutter hatte fürchterliche Angst vor ihm. Eine schwache, hilflose Person. Sie weinte bloß, und sie ließ mich schwören, daß ich Heinz nun nicht mehr sehen würde. Ich schwor. Mir war alles so egal, so egal. Ich konnte nicht mehr. Meine Füße bluteten. Ich war vollkommen erschöpft. Mein Vater hat nie etwas erfahren...«

Wieder folgte ein Schweigen.

Dann sagte Bianca: »Verstehen Sie jetzt, warum ich Sie hierher geführt habe? Daß ich Ihnen die Insel zeigen wollte, wenn ich Ihnen meine Geschichte mit Heinz erzählte?«

»Ja«, sagte Irene.

»Es war der wichtigste und der schönste und der schrecklichste Tag für mich«, sagte Bianca. »Jetzt kennen Sie mein Geheimnis. Es hat nur einen Mann gegeben, den ich ohne alle Grenzen, besinnungslos und bedingungslos liebte. Sie sollten sehen, wo es geschehen ist, damals, an jenem Sonntag im Juni, Sie sollten es sehen. Es hilft Ihnen nicht weiter, Herr Aranda, bei Ihrer Suche, nicht wahr?«

»Es hilft mir sehr weiter«, sagte er hilflos und erschüttert über diese junge Frau. »Ich verstehe jetzt alles, was damals geschah, viel besser... die Verzweiflungen... und die Glückseligkeiten...«

Bianca sagte: »Es war wundervoll, wie er sich benahm, damals, so wundervoll, nicht wahr?«

Manuel konnte nur nicken, aber Irene sagte laut: »Ja.«

»Die Wahl, vor die er mich stellte... Er war ein einzigartiger Mensch... und niemals, niemals«, sagte Bianca, »werde ich einen anderen Menschen so bewundern, so verehren, so lieben können wie ihn, nein, niemals. Heinz ist mein Vorbild und meine Sehnsucht und mein ganzer Lebensinhalt geworden, mein ewiger Geliebter...«

24

Zu dieser Zeit lauschte der Anwalt Dr. Rudolf Stein gerade der bewegten Klage einer gewissen Victoria Rayo. Seine achtundzwanzigjährige, sehr attraktive und elegante Besucherin, Wienerin, erzählte dem Anwalt, an den sie sich, wie sie sagte, wegen seiner großen Erfahrung in solchen Fällen gewandt hatte, diese Geschichte: Fünf Jahre lang war sie die Freundin und Verlobte eines überaus vermögenden Fabrikanten in Innsbruck gewesen. Während dieses Zeitraums hatte sich der um viele Jahre ältere Mann zwei schweren Tumor-Operationen unterziehen müssen, was eine Heirat immer wieder verzögerte. Victoria Rayo sollte jedoch, so hatte ihr Freund feierlich versprochen, im Falle seines Todes die Haupterbin sein, eine Schwester, mit der er in Feindschaft lebte, nur ihren Pflichtteil erhalten. Eine Woche zuvor, am Abend ehe er sich in das Krankenhaus begab – eine neuerliche Operation war notwendig geworden –, hatte der reiche Mann angeblich der Schwester, die ebenfalls in Innsbruck lebte, ein Testament in die Schreibmaschine diktiert und es dann mit fast gelähmter rechter Hand mühsam unterzeichnet. Das Testament war durchaus in dem versprochenen Sinn abgefaßt gewesen, jedoch hatte der Kranke es unbegreiflicherweise verabsäumt, das nicht handgeschriebene Dokument von zwei Zeugen unterschreiben zu lassen. Solches erschien bei einem gewieften Geschäftsmann höchst ungewöhnlich, fand Victoria Rayo.

Ihr Freund starb während der Operation. Unmittelbar nach dem Begräbnis holte die Schwester heimlich das Testament aus dem Haus und brachte es zum Bezirksgericht, wo es denn auch sofort für ungültig und die Schwester zur Universalerbin erklärt worden war. Gegen diese Entscheidung erhob Steins Besucherin Klage. Sie sprach den Verdacht aus, die Schwester selber habe das Testament verfaßt und mit einer hingekrakelten Unterschrift versehen. So weit hatte Victoria Rayo ihren Fall erläutert, als plötzlich von draußen, aus dem Sekretariat der Kanzlei, das Geschrei mehrerer Mädchen und das Toben einer Männerstimme durch die gepolsterte Bürotür drangen. Dieses Büro war sehr groß, alte Möbel standen darin, die schweren Vorhänge der Fenster, die auf den Kohlmarkt hinausgingen, waren geschlossen, elektrisches Licht brannte und ließ die silbergraue, mannshohe Tür des Tresors, der hinter dem Schreibtisch des Dr. Stein in die Mauer eingelassen war, mild schimmern, das verchromte große Rad der Panzerplatte aufleuchten.

»Entschuldigen Sie, gnädiges Fräulein. Ich muß sehen, was da los ist ... Es dauert nur einen Moment ...« Stein eilte aus dem Büro und schloß die Doppeltür hinter sich. Im Sekretariat, in dem vier Mädchen arbeiteten, wütete ein riesiger Betrunkener. Er jagte hinter den kreischenden Sekretärinnen her, fegte Akten und Papiere von Tischen, hob und zertrümmerte einen Stuhl und warf sich mit einem heiseren Aufschrei auf Stein, als er dessen ansichtig wurde.

»Du Schwein, du hast mir mein Geld gestohlen!« brüllte er.

Stein, überrumpelt durch die plötzliche Attacke, stürzte. Der Betrunkene, der nach Schnaps stank, als wären seine Kleider mit Fusel getränkt, fiel über ihn und versuchte, Stein zu schlagen und zu würgen. Dabei fluchte und brüllte er unentwegt weiter. Sein übler Atem traf des Anwalts Gesicht. Aus einer anderen Tür kam der Kompagnon Weber. Die Mädchen schrien laut um Hilfe. Eines von ihnen versuchte, die Polizei zu alarmieren. Mit einem Anlauf stürzte der jüngere Weber sich auf den Betrunkenen, der Riesenkräfte entwickelte. Nun rollten die drei Männer auf dem Boden umher. Der Telefonapparat, von dem aus das Mädchen die Funkstreife rufen wollte, krachte zu Boden und brach entzwei. Hausbewohner kamen herbeigeeilt und versuchten, ungeschickt und einander behindernd, den Anwälten zu helfen. Das Chaos war vollkommen...

Währenddessen hatte die elegante junge Dame, die sich Victoria Rayo nannte, eine Kamera mit aufgestecktem Blitzlichtwürfel aus der Handtasche genommen. Ruhig und schnell begann sie das Büro und den Tresor zu fotografieren, indessen von draußen Kampfeslärm, das Fluchen der Männer und das Kreischen der Mädchen zu ihr schollen.

Als der erste Blitzlichtwürfel nach vier Aufnahmen verbraucht war, steckte ihn die Dame in eine Kostümtasche, der sie einen neuen entnahm. Sie ging jetzt dicht an die Tresortür heran und fotografierte sie von allen Seiten, insbesondere den kegelstumpfförmigen Einstellknopf über dem großen Chromrad und den Kreis aus Zahlen und feinen Strichen, welcher jenen Konus umgab, sowie das Schild der Herstellerfirma, das sich, nahe dem Boden, in der unteren linken Ecke der Tresorwand befand und Angaben über Herstellungsjahr, Typenbezeichnung, Seriennummer und ähnliches eingestanzt trug.

Draußen wurde es plötzlich ruhiger.

Victoria Rayo erhob sich ohne Eile, nahm wieder Platz, steckte die Kamera ein, entzündete sich noch eine Zigarette, damit man den Geruch der abgebrannten Blitzlichter nicht wahrnehmen konnte, und kreuzte die schönen Beine.

Im Sekretariat hatten sich Weber und Stein erhoben. Der betrunkene Riese war ihnen plötzlich entwischt und, indem er sich einen Weg durch die Menge der Gaffer schlug, blitzschnell aus der Eingangstür der Kanzlei gestürzt.

»Wie ist der Kerl hereingekommen?« fragte Stein, das Haar glättend und seine Krawatte hochziehend.

»Einfach so. Wie er jetzt raus ist«, sagte eines der verstörten Mädchen.

»Tür aufgerissen und auf uns los! Der eine Apparat ist hin. Aber wir haben noch den zweiten. Sollen wir nicht doch die Polizei...«

»Das hättet ihr früher tun müssen!« rief Dr. Stein wütend. »Jetzt erwischen sie den Burschen nie mehr. Wieso konnte er denn überhaupt in den Vorraum?«

»Es hat geklingelt. Da habe ich auf den Knopf für den elektrischen Türöffner gedrückt – ganz automatisch. Das mache ich doch hundertmal am Tag«, sagte ein anderes Mädchen. Stein sah sie brütend an, dann nickte er. »So was kommt eben einmal vor«, sagte er und ging in sein Büro zurück, wo er sich bei Victoria Rayo entschuldigte und erklärte, was vorgefallen sei.

»Das ist bisher noch nie passiert. Kein Grund zur Aufregung, gnädiges Fräulein. Schon wieder alles in Ordnung«, sagte Stein. »Tja, Ihr Fall... Ich möchte keine falschen Hoffnungen erwecken. Groß sind die Chancen nicht! Aber es gibt noch verschiedene Möglichkeiten, die doch Erfolg versprechen, wenn...«

»Ja, wenn?«

»Wenn ich mit dem Bezirksgericht in Innsbruck korrespondiert habe. Eventuell muß ich einen Kollegen einschalten. Doch ich warne Sie, gnädiges Fräulein: Solche Sachen dauern lange.«

»Das weiß ich. Aber Klaus hat mir doch sein Ehrenwort gegeben, daß ich...« Victoria Rayo begann zu schluchzen.

»Beruhigen Sie sich, bitte! Es ist noch gar nichts entschieden. Schlimmstenfalls kann man versuchen, einen Vergleich mit der Schwester zu schließen. Aber das alles wird seine Zeit dauern, ich sage es noch einmal... Wir wollen jetzt nur ein ganz kurzes Protokoll aufnehmen. Wo kann ich Sie in der nächsten Zeit erreichen?«

»Ich muß nach Innsbruck, meine Sachen aus der Villa holen. Ich will nach Wien zurück. In fünf, sechs Tagen bin ich gewiß wieder hier...«

»Vorher werde ich kaum etwas erreicht haben. Das Wochenende steht bevor.«

»Wann immer Sie mich brauchen, ich komme sofort«, sagte die junge Dame. Sie hatte nicht die geringste Absicht, noch einmal diese Kanzlei aufzusuchen.

Heute abend, um 23 Uhr 20, bin ich schon wieder in Graz, dachte die Frau, die sich Victoria Rayo nannte. Diese Kamera ist wunderbar, sie hat noch nie versagt. Mercier wird zufrieden sein.

25

»Vor grauen Jahren lebt' ein Mann im Osten, der einen Ring von unschätzbarem Wert aus lieber Hand besaß...« Ernst Deutsch – zwei Monate später, am 22. März 1969, sollte er, achtundsiebzigjährig, an Herz-schwäche sterben – spielte seine berühmteste und bewegendste Rolle. Als ›Nathan der Weise‹ war er auf der Scheibe des Farbfernsehgerätes zu se-hen, das Valerie Steinfeld beim Preisausschreiben einer Zeitung, unmit-telbar vor ihrem Tode, gewonnen hatte. Der moderne Apparat stand auf einer alten Truhe des Wohnzimmers. Zurückgelehnt in einem breiten, ausladenden Sofa mit Rückenlehne und Armstützen saßen Irene und Ma-nuel und lauschten den Worten des großen Menschendarstellers.

»... der Stein war ein Opal, der hundert schöne Farben spielte, und hatte die geheime Kraft, vor Gott und Menschen angenehm zu machen, wer in dieser Zuversicht ihn trug...«

Nachdem Manuel Bianca Barry von Fischamend nach Wien zurückge-bracht hatte, war er mit Irene in die Gentzgasse gefahren. Gemeinsam hatten sie ein Abendessen bereitet, den Tisch im Speisezimmer gedeckt, bei Kerzenlicht gegessen.

Von schwerer Krankheit und hohem Alter gezeichnet war Deutschs edles Gesicht, von einer unheimlichen, schon jenseitigen, jeden Betrachter bannenden Atmosphäre umgeben war sein Nathan, der, über alle Technik des Fernsehens siegend, den Geist edelsten Menschentums ausstrahlte und verkündete, ganz besonders nun, in der berühmten Szene des Stük-kes, in welcher Sultan Saladin den weisen Nathan fragt, welche Religion denn die beste sei – die des Muselmannes, des Juden oder des Christen. Worauf Nathan mit einer Parabel antwortet, mit der Geschichte des Rin-ges...

»... Was Wunder, daß ihn der Mann im Osten darum nie vom Finger ließ; und die Verfügung traf, auf ewig ihn bei seinem Hause zu erhalten? Nämlich so: Der Vater ließ den Ring von seinen Söhnen dem geliebte-sten; und setzte fest, daß dieser wiederum den Ring von seinen Söhnen dem vermache, der ihm der liebste sei... So kam nun dieser Ring von Sohn zu Sohn auf einen Vater endlich von drei Söhnen, die alle drei ihm gleich gehorsam waren, die alle drei er folglich gleich zu lieben sich nicht entbrechen konnte. Zu Zeit schien ihm bald der, bald dieser, bald der dritte... würdiger des Ringes, den er denn auch einem jeden die fromme Schwachheit hatte zu versprechen. Das ging nun so, solang es ging. Al-lein, es kam zum Sterben, und der gute Vater kömmt in Verlegenheit...«

Manuel dachte: Wie wunderschön Irene ist und, ohne es zu wissen, selber zutiefst betroffen von den Worten des großen Dichters. Aber ach, wer hat je auf Nathans Weisheit, die Tausende von Jahren älter ist als er, gehört und nach ihr gehandelt?

Der Weise hatte seine Parabel weitergesponnen: Dem sterbenden Vater der drei Söhne war ein Einfall gekommen. Heimlich ließ er einen Künstler rufen und bestellte bei diesem zwei weitere Ringe, dem echten völlig

gleich. Der Künstler vollbrachte ein Meisterwerk.

»...da er ihm die Ringe bringt, kann selbst der Vater seinen Musterring
nicht unterscheiden. Froh und freudig ruft er seine Söhne, jeden insbesondre. Gibt jedem insbesondre seinen Segen – und seinen Ring – und
stirbt. Du hörst doch, Sultan?«

»Ich hör', ich höre! Komm mit deinem Märchen nur bald zu Ende.
Wird's?«

»Ich bin zu Ende.« Ernst Deutsch hob den Blick. »Denn was noch folgt,
versteht sich ja von selbst. Kaum war der Vater tot, so kömmt ein jeder
mit seinem Ring, und jeder will der Fürst des Hauses sein. Man untersucht, man zankt, man klagt. Umsonst: Der rechte Ring war nicht erweis-
lich...« Deutsch machte eine lange Pause, er sah den Sultan an. »...fast
so unerweislich, als uns itzt – der rechte Glaube... Die Söhne verklagen
sich; und jeder schwur dem Richter, unmittelbar aus seines Vaters Hand
den Ring zu haben...«

Irene fühlte Manuels Blick. Sie dachte: So kurz kennen wir uns erst. Auf
uns beiden lasten Schmerz und Ruhelosigkeit, das Geheimnis. Wir sind
die Erben dieses Geheimnisses, das Valerie und Manuels Vater verbunden
haben muß. Wir werden keinen Frieden finden, ehe wir es kennen. Und
dennoch, trotz dieser Situation – noch nie fühlte ich mich einem Mann
so sehr verwandt und vertraut wie Manuel. Noch nie hatte ich so sehr
das Gefühl, daheim zu sein in seiner Gegenwart. Bei keinem Mann, den
ich kannte. Nicht bei meinen Eltern. Bei Valerie, ja, bei ihr schon – doch
anders, völlig anders. Was würde ich tun, wenn dieser Mann, den ich so
kurz erst kenne, mich bittet, seine Frau zu werden? Welch ein Wahnsinn,
dachte Irene sofort. Ach, aber wenn er mich dennoch fragte...

Nathan erzählte nun von dem Richter, den die drei Söhne anriefen. Zuerst
war dieser ungehalten. Aber dann...

»...doch halt! Ich höre ja, der rechte Ring besitzt die Wunderkraft, beliebt zu machen; vor Gott und Menschen angenehm. Das muß entscheiden! Denn die falschen Ringe werden doch das nicht können! – Nun, wen
lieben zwei von euch am meisten? Macht, sagt an! – Ihr schweigt? Die
Ringe wirken nur zurück und nicht nach außen? Jeder liebt sich selber
nur am meisten? – Oh, so seid ihr alle drei betrogene Betrüger! Eure
Ringe sind alle drei nicht echt. Der echte Ring vermutlich ging verloren.
Den Verlust zu bergen, zu ersetzen, ließ der Vater die drei für einen machen...«

Manuel dachte: Ich kannte schöne Frauen in Buenos Aires. Natürlich war
ich beliebt. Der reiche Junge. Sohn eines großen Unternehmers. Ich hatte
Glück bei Frauen. Hauptsächlich deshalb, ich mache mir nichts vor. Wie
hießen diese Frauen, wie sahen sie aus? Ich weiß es kaum noch. Ich weiß
nur eines: Keine war wie Irene, die Tochter der Mörderin meines Vaters!

Sie, die nie wissen wird, daß ihre Mutter eine Mörderin war. Ihr, ausgerechnet ihr mußte ich begegnen. Wenn ich sie fragte, ob sie mit mir kommen, ob sie mich heiraten möchte – würde sie mit Nein antworten? Ach, mit Nein, gewiß. Das alles ist doch Wahnsinn. Wieso eigentlich? Wahnsinn, weshalb? Darf ich sie fragen? Ich weiß es nicht, ich weiß es nicht...

Der Richter, hatte Ernst Deutsch dem Sultan erzählt, wollte die drei Söhne fortschicken, doch dann gab er ihnen noch einen Rat...

»...mein Rat ist aber der: Ihr nehmt die Sache völlig wie sie liegt. Hat von euch jeder seinen Ring von seinem Vater: So glaube jeder sicher seinen Ring den echten. – Möglich: daß der Vater nun die Tyrannei des *einen* Rings nicht länger in seinem Hause dulden wollte! Und gewiß, daß er euch alle drei geliebt, und gleich geliebt...«

Wenn er mich fragte, dachte Irene, wenn er mich doch fragte! Ja, ich würde mit ihm gehen! Alles hier aufgeben. Die Apotheke verkaufen oder verpachten. Mich hält nichts mehr. Oder doch? Die Eltern?

»Wohlan!« ertönte die Stimme Nathans, der vom Rat des Richters erzählte. »Es eifre jeder seiner unbestochnen, von Vorurteilen freien Liebe nach! Es strebe von euch jeder um die Wette, die Kraft des Steins in seinem Ring an Tag zu legen! Komme dieser Kraft mit Sanftmut, mit herzlicher Verträglichkeit, mit Wohltun, mit innigster Ergebenheit in Gott zu Hilf'!...«

Ich würde meine Eltern verlassen, dachte Irene, um mit Manuel gehen zu können. Die alte Agnes hat ihren Geistlichen Herrn. Meine Eltern haben einander. Ob er mich fragt?

Ob ich es wagen darf, sie zu fragen? dachte Manuel.

»...und wenn sich dann der Steine Kräfte bei euren Kindes-Kindeskindern äußern: So lad' ich über tausend tausend Jahre sie wiederum vor diesen Stuhl. Da wird ein weis'rer Mann auf diesem Stuhle sitzen als ich und sprechen. – Geht! – So sagte der bescheidne Richter...«

Irene wandte plötzlich den Kopf und sah Manuel an.

»Wunderbar«, sagte sie. »Nicht wahr?«

»Ja«, sagte er atemlos, »ganz wunderbar.«

Danach blickten sie beide schnell nach vorne zu der Mattscheibe, und sie sprachen nicht miteinander, sie sahen sich nur immer wieder von der Seite an. Aber als Lessings ›Dramatisches Gedicht‹ zu Ende war, verriet keiner dem andern einen einzigen seiner Gedanken. Sie waren plötzlich beide sehr verlegen. Manuel verabschiedete sich bald. Irene begleitete ihn hinunter, denn sie mußte das Haustor aufschließen. Es schneite noch immer.

Das Licht im Stiegenhaus erlosch.

Wird er mich küssen? dachte Irene.

Ich möchte sie so gerne küssen, dachte Manuel. Aber ich wage es nicht.

»Gute Nacht, Irene«, sagte er.

»Gute Nacht, Manuel«, antwortete sie.

26

»Sie machen sich keine Vorstellung davon, was die bei der anthropologischen Untersuchung aufführten! Was die alles untersuchten! Die irrwit-
zigsten Messungen nahmen sie vor! Und ein gewaltiges Instrumentarium
gab es ...« Martin Landau holte Atem. »Vorgeschrieben vom Reichssippenhauptamt, in Erlassen und Paragraphen und Weisungen festgelegt für
Untersuchungen zur Rassenbestimmung, für Vaterschaftsprozesse, Abstammungsprozesse, Klärung der Frage, ob ein Mensch im Zweifelsfalle
zur nordischen, arischen Herrenrasse gehörte oder zu einer minderwerti-
gen Rasse von Sklavenvölkern, Untermenschen, Tiermenschen, die eben
noch geeignet waren für schwerste Arbeit oder ausgemerzt werden mußten vom Antlitz der Erde – nach dem Willen von so fetten Schweinen wie
dem Pornographen und Judenhasser Streicher, dem aufgeschwemmten,
versoffenen Doktor Ley, dem kleinen Doktor Goebbels mit seinem Klump-
fuß, dem morphiumsüchtigen Göring, dem halbirren Heß, immerhin
dem Stellvertreter des Führers, von Quadratschädeln mit Specknacken,
Psychopathen, Drüsengestörten, pervertierten Kleinbürgern wie Himmler und menschlichen Karikaturen wie Rosenberg und Ribbentrop!«

»Wären sie nicht so entartet und mißgestaltet gewesen, hätten sie wohl
nicht mit solch furchtbarem Fanatismus ihren Traum von der herrlichen
blonden, blauäugigen Superrasse geträumt«, sagte Manuel Aranda.

Er saß mit dem Buchhändler an einem Fenstertischchen des Glaspavillons
auf dem Cobenzl.

Manuel hatte Juan Cayetano und die beiden Anwälte nach Schwechat
zum Flughafen gebracht. Sie waren in der Mittagsmaschine abgeflogen.
Alles war geregelt, Cayetano konnte, mit sämtlichen Vollmachten versehen, das Werk nun weiterführen.

Zum Abschied hatten die Männer einander umarmt.

»Paß auf dich auf, Junge ...« Cayetano war bewegt gewesen.

Manuel hatte im Flughafenrestaurant gegessen und war dann zum Cobenzl hinaufgefahren, wo er sich mit Landau verabredet hatte. Denn gemäß der Warnung Grolls vermied er nun in seinem Appartement im
›Ritz‹ wichtige Gespräche oder Telefonate.

Der Buchhändler war mit dem neuen Treffpunkt einverstanden gewesen.

»Wenn Sie noch zum Flughafen müssen, dann nehme ich die Straßenbahn und einen Bus, der da hinauffährt. Sonst wird es zu spät. Sie müssen
mich aber in die Stadt zurückbringen, damit ich rechtzeitig im Laden bin.

Sie wissen doch, Tilly...«

»Selbstverständlich«, hatte Manuel gesagt.

Nun aß Landau bereits das zweite Stück Cremetorte und berichtete von den Untersuchungen, die das Gericht nach der ersten Verhandlung angeordnet hatte. Er trank Kaffee wie Manuel, der, an Bianca Barrys Erzählung denkend, fragte: »Diese anthropologische Untersuchung – wann fand die statt?«

»Im Mai 43. Am zehnten. Kann auch der elfte oder der zwölfte gewesen sein, ich erinnere mich nicht genau daran. Heiß war es, furchtbar heiß. Damals kam der Sommer sehr früh.«

Ja, das hatte Bianca auch gesagt...

»Und die Blutgruppenuntersuchung? Wann wurde die vorgenommen?«

»Etwa eine Woche danach.« Landau wischte sich den fettigen Mund ab und legte die Kuchengabel fort. »Sie sind erstaunt, daß so viel Zeit zwischen der Verhandlung und den Untersuchungen verging? Vor allem war das dem Doktor Forster zu verdanken. Der trödelte herum mit der Beantwortung aller Briefe und Eingaben. Der wollte den Prozeß so lange wie möglich führen, verstehen Sie? Daß wir diesen Krieg nicht gewinnen würden, das war Mitte 43 nur noch Idioten nicht klar. Und dann dauerte es Wochen, bis die Institute ihre Berichte an das Gericht und an Forster schickten.«

Das bedeutet, dachte Manuel, daß Heinz Steinfeld bei seinem großen Erlebnis mit Bianca auf jener Donauinsel und danach bei jenem anderen, erschreckenden mit dem geflohenen russischen Gefangenen die Untersuchungen schon hinter sich hatte, ohne die Ergebnisse zu kennen. So erklärte sich seine euphorische Stimmung...

»Wir wurden der Reihe nach aufgerufen«, berichtete Landau. »Heinz kam zuerst dran. Es dauerte endlos. Valerie und ich saßen in einem großen Wartezimmer. Sie war furchtbar nervös, das können Sie sich vorstellen, nicht wahr? Außer uns beiden warteten noch zwei Menschen. Sehr höflich. Sie flüsterten miteinander. Ab und zu lächelten sie uns an. Und trotzdem kam es ihretwegen fast zu einer Katastrophe.«

»Weshalb?«

»Da saß also zunächst eine junge Frau, fast ein Mädchen noch, sehr schlank, hübsch, groß, brünettes Haar, helle Augen...«

...und neben ihr saß, trotz der Hitze in einem korrekten schwarzen Anzug mit Weste, ein Japaner. Er war mindestens zwei Köpfe kleiner als das Mädchen neben ihm, sehr zierlich und von zartem Körperbau. In seinem olivenfarbenen Gesicht mit den hohen Wangenknochen sah man, hinter einer runden Stahlbrille, schräg gestellte dunkle Augen. Der kleine Herr hatte schwarzes, glänzendes Haar. Einen schwarzen Hut hielt er auf den Knien, in zierlichen, olivfarbenen Händchen. Er hatte beim Hereinkommen mit einer tiefen Verbeugung gegrüßt und gelächelt. Ergebenheit und Höflichkeit durch weitere Verbeugungen zum Ausdruck bringend, hatte er – wie Valerie und Landau vor ihm – einer jungen Assistentin im weißen Mantel zwei Vorladungen überreicht. Die Assistentin war verschwunden. Vor einer guten Stunde hatte sich das ereignet. Der japanische Herr – sein Alter konnte man nicht bestimmen, vielleicht war er fünfundzwanzig, vielleicht war er vierzig – lächelte zwar immer noch, wenn er zufällig zu Valerie und Landau herübersah, aber er schien Sorgen zu haben. Und sorgenvoll flüsterte er mit der um so viel größer wirkenden jungen Frau. Valerie trug ein leichtes Sommerkleid, Landau einen hellen Anzug. Er beobachtete seine Freundin unglücklich. Sie wurde immer nervöser, rutschte auf der Bank herum, schlug andauernd ein Knie über das andere und betupfte die schweißfeuchte Stirn mit einem Taschentuch. Sie denkt an Heinz, natürlich, überlegte Landau. An Heinz, der hinter einer dieser Türen halbnackt oder nackt vor ss-Doktoren und ss-Dozenten steht und gewogen, gemessen, abgezirkelt und vom Kopf bis zu den Füßen begutachtet wird . . .

Mehrmals versuchte Landau, ein Gespräch in Gang zu bringen, aber Valerie antwortete nicht. Ihr Gesicht war bleich, sie konnte die Hände nicht ruhig halten. Nun, nach mehr als einer Stunde, sagte sie gleichermaßen angsterfüllt und zornig: »Wie lange brauchen die denn noch? Das ist ja zum Verrücktwerden . . .«

» Valerie!« Landau konnte sie eben noch zum Schweigen bringen, als eine Tür aufflog und ein sehr großer, starker Mann in das Wartezimmer trat. Er hatte millimeterkurz geschnittenes blondes Haar, Schmisse in dem kantigen Gesicht, und er trug einen weißen Ärztemantel. Man sah jedoch auch eine schwarze Uniformhose, Schaftstiefel und den Kragen eines Braunhemds mit schwarzem Schlips.

Dieser Arzt nahm von Valerie und Landau keinerlei Notiz, sondern wandte sich sofort an den kleinen Japaner.

»Herr Yoshida . . .«

Der Japaner sprang auf und verneigte sich lächelnd. Seine Begleiterin sah plötzlich ängstlich aus.

»Zu Ihren Diensten«, sagte Herr Yoshida sanft.

Der andere stellte sich vor: »ss-Sturmbannführer Doktor Kratochwil, Heil Hitler!«

»ss-Sturmbannführer Kratochwil? Sie sind der Leiter des Instituts!« Der kleine Japaner sprach mit schwerem Akzent deutsch.

Valerie und Landau hörten gespannt zu.

»Der kommissarische Leiter, jawohl.« Privatdozent Dr. Odilo Kratochwil hatte eine abgehackte, markige Art zu reden. Er hielt zwei Papiere in der Hand. »Kam heute später. Dringende Sitzung im Gauhaus. Finde Ihre Vorladungen auf meinem Schreibtisch. Schweinerei. Wahnsinnige Schweinerei!«

»Schweinerei, ich bitte, wieso?« flüsterte Herr Yoshida.

Kratochwil wippte ein paarmal in den Knien.

»Haben ein paar Kerle wieder Mist gemacht. Schon zusammengestaucht worden von mir. Ihre Vorladung erhielten Sie über die Adresse des japanischen Generalkonsulats?«

»Ja, Herr Sturmbannführer. Da arbeite ich nicht nur, da wohne ich auch. Fräulein Wiesner erhielt ihre Vorladung am gleichen Tag. Wir sind sehr besorgt. Nach einer so langen Verlobungszeit ... Wir haben sie den Behörden doch gemeldet ... Niemand hat etwas einzuwenden gehabt ... Das Aufgebot ist bestellt ... Und da sollen wir nun zuerst noch untersucht werden ...«

Valeries Lippen waren nur ein Strich, ihre Augen halb geschlossen.

»Das ist es ja!« polterte Odilo Kratochwil, der so nonchalant Uniform und Arztmantel kombinierte. »Sie werden vorgeladen, weil ein vertrottelter Übereifriger auf dem Standesamt uns benachrichtigt hat und weil es bei uns – Gott sei's geklagt! – eben auch ein paar Idioten gibt, die nicht wissen, was sie unseren Verbündeten in diesem Weltenkampf schuldig sind!«

»Ich verstehe nicht ...«

»Herr Yoshida, und Sie, gnädiges Fräulein, Sie wurden zu Unrecht vorgeladen! Sie benötigen kein Rassengutachten, um zu heiraten! Erlaß des Führers! Die heroische japanische Rasse ist der nordisch-arischen völlig ebenbürtig und gleichgestellt!«

Die junge Frau sprang auf.

»Dann dürfen wir also heiraten?«

»Natürlich dürfen Sie heiraten!« Sturmbannführer Kratochwil verneigte sich charmant.

Valeries Hände ballten sich zu Fäusten. Landau sah es entsetzt.

Die beiden dürfen heiraten! hetzten Valeries Gedanken. Der kleine, schlitzäugige Japaner und die große deutsche Frau. Heiraten dürfen die! Und mein Heinz, den haben sie aus der Schule geworfen, der muß jeden Morgen um fünf Uhr aus dem Bett und als Hilfsarbeiter schuften, bloß weil er ein arisches Mädchen geküßt hat.

»... alte Samurai-Tradition, stolze Heldenrasse ...«, hörte sie den Kerl im weißen Mantel, diesen uniformierten Menschenschinder, sagen, während ihre Gedanken weiterjagten: Der kleine Japaner kann ja nichts dafür!

Aber was sind das für Rassengesetze? Was ist das für ein verbrecherischer Betrug, das alles? Weil Japan in diesem Krieg an unserer Seite kämpft, sind die Japaner also so fein wie die feinsten Arier! Und wenn sie hundertmal einer anderen Welt angehören, eine andere Kultur haben, vollkommen anders aussehen als wir, und wenn sie im letzten Weltkrieg noch *gegen* uns gekämpft haben!

»...Stahlachse Tokio–Berlin–Rom...« Kratochwil dienerte jetzt vor Herrn Yoshida und dessen Verlobter.

Das ist ungeheuerlich! dachte Valerie bebend. Wie der Dreckskerl dem Japaner nun auch noch hineinkriecht! Damit er nur ja keine Unannehmlichkeiten mit höheren Bonzen kriegt! Wie die beiden sich voreinander verneigen! *Mein* Paul, der hat im Ersten Weltkrieg das Eiserne Kreuz bekommen aus deutscher Hand – für Tapferkeit vor dem Feind. Und was ist er heute? Ein dreckiger Jude, den sie umgebracht hätten, wenn er nicht geflüchtet wäre.

»Hahaha!« dröhnte der ss-Sturmbannführer, blutrot liefen die Schmisse in seinem zerhackten Gesicht an, während er Herrn Yoshida die Hand schüttelte und ihm auf die zierliche Schulter klopfte. »Also dann, nichts für ungut.« Er wandte sich an die junge Frau. »Und Ihnen wünsche ich alles Glück der Erde für Ihren Ehebund, Fräulein Wiesner.«

»Also, das ist doch...«, begann Valerie, schneeweiß im Gesicht, am ganzen Körper zitternd vor Wut. Blitzschnell packte Landau ihren Arm und preßte ihn, so fest er konnte. Der Schmerz brachte Valerie halbwegs zu sich. Sie stöhnte auf: »Au!«

Der Mann mit dem Ärztemantel über der Uniform fuhr herum. Seine Augen waren tückisch.

»Gibt's was?«

»Nichts, nichts«, stammelte Landau.

»Frau Steinfeld, nicht wahr?« Die Stimme des ss-Sturmbannführers wurde scharf. »Sie sagten etwas! Ich hörte es! Was war es denn? Ein Einwand etwa?«

»Um Gottes willen!« rief Landau.

»Was denn sonst? Ich möchte es wissen! Los, Frau Steinfeld, was denn sonst?« hetzte Kratochwil.

Valerie antwortete, mit letzter Anstrengung, beherrscht: »Ich sagte nur, daß wir schon fast eineinhalb Stunden warten.«

»Werden noch viel länger warten müssen. Ihr Sohn ist noch nicht fertig. Wir arbeiten gründlich hier. Bitte höflichst, sich in Geduld zu fassen, Frau Steinfeld. *Allerhöflichst!*« Kratochwil blickte Valerie verächtlich an, dann wandte er sich wieder Yoshida zu: »Alles Gute, mein Lieber! Kenne Japan nicht, leider. Soll aber auf große Studienreise gehen nach dem End-
' Bis dahin – Heil Hitler!« Kratochwil riß eine Hand empor.

»Heil Hitler!« sagte Herr Yoshida.

»Heil Hitler!« sagte Fräulein Wiesner.

Auch sie hatten die Arme gehoben.

Glücklich lächelnd verließen sie den Warteraum. Sturmbannführer Odilo Kratochwil sah ihnen zufrieden nach. Valerie und Landau würdigte er keines Blickes. Er verschwand hinter der Tür, die er krachend hinter sich zuwarf.

»Diese Hunde«, flüsterte Valerie. »Hunde! Hunde! Hunde!«

28

»Um halb fünf waren wir alle drei dann endlich untersucht und durften gehen«, erzählte Martin Landau. Er hatte während seines Berichtes noch eine Portion Kaffee bestellt – mit viel Schlagsahne. »Heinz war bester Laune, Valerie einem Zusammenbruch nahe. Ich auch. Diese Kerle hatten uns alle behandelt wie ihr Chef. Heinz schien das nicht wahrzunehmen. Der letzte Dreck waren wir für die. Sogar ich, mit meinem Parteiabzeichen!«

»Und man sagte kein Wort über die Untersuchung?«

»Natürlich nicht. Die redeten kaum mit uns. Nur wenn es unbedingt erforderlich war. Heben Sie den Arm, drehen Sie den Kopf, ausatmen, einatmen – mehr nicht. Da war die junge Ärztin in der Sensengasse viel freundlicher!«

»Die junge Ärztin wo?«

»Im Gerichtsmedizinischen Institut. Was haben Sie denn? Warum schauen Sie so – ach, weil Ihr Vater auch dort...«

»Ja«, sagte Manuel, »weil mein Vater auch dort...« Im Kreis, dachte er, nun hat diese Geschichte sich völlig im Kreis gedreht, nun ist er geschlossen. Geschlossen um ein Geheimnis...

»Die Blutabnahme für die Gruppenbestimmung ging ganz schnell«, erzählte Landau weiter. »Sie nahmen uns das Blut aus den Fingerspitzen...« Er fuhr entsetzt herum, denn jemand hatte ihn an der Schulter gepackt. Es war seine Schwester. Sie trug wieder ihren Persianermantel, der mit Nerz verbrämt war, und die mit Nerz verbrämte Persianerkappe.

»Hab ich dich endlich erwischt!« sagte sie leise.

»Wer hat dir verraten...«

»Niemand«, sagte Tilly Landau. »Aber es ist mir in den letzten Tagen aufgefallen, daß du am Abend manchmal so nervös warst, wenn ich dich abholte. Und dann das Gerede von dieser Bibliothek, die du kaufen wolltest. Ich habe im Geschäft gefragt. Kein Mensch hat gewußt, wo diese Bibliothek ist, du hast keine Adresse genannt. Da habe ich heute aufgepaßt.

Und gesehen, wie du aus der Buchhandlung fortgegangen bist. Ich hatte den Wagen dabei.«

»Gnädige Frau«, sagte Manuel, sich erhebend, »bitte, verzeihen Sie mir! Ich bin an allem schuld! Ich habe Ihren Bruder genötigt, gezwungen, geängstigt, damit er ...«

»Ihnen von Valerie und uns und der Vergangenheit erzählte, das habe ich mir gedacht«, sagte Tilly Landau schnell. »Bis zur Sieveringer Kreuzung konnte ich der Straßenbahn nachfahren. Dann habe ich dich aus den Augen verloren, Martin. Aber ich habe mir gesagt, du mußt hier draußen irgendwo mit diesem Herrn zusammentreffen, und so war ich in Sievering in ein paar Lokalen, und über die Höhenstraße bin ich dann hierhergekommen. Martin, Martin, was hast du mir versprochen?«

»Tilly, du hörst doch, Herr Aranda sagt selber ...«

»Das habe ich gehört. Warum hast du es mir nicht sofort erzählt? Nötigen? Erpressen? Drohen? Dem hätte ich was erzählt! Der hätte was erlebt! Der wird noch jetzt was erleben, das lasse ich mir nicht gefallen, daß einer einfach in unser Privatleben eindringt! Ich werde ...«

»Gar nichts werden Sie«, sagte Manuel, der Tilly endgültig unerträglich fand.

»Nein? Na, das wollen wir erst einmal sehen! Los!« Sie zerrte ihren Bruder hoch. »Schluß jetzt hier! Wir beide sprechen uns noch, Herr Aranda!« Panik klang in ihrer Stimme auf, als sie sich an den Bruder wandte. »Hast du alles vergessen, was ich sagte? Willst du unbedingt auch draufgehen bei dieser Geschichte?«

»Draufgehen ...«, stammelte Landau.

»Bewacht werdet ihr, damit du es nur weißt ... Zwei Kerle in einem Riesenwagen draußen ... auf dem Parkplatz ... Sie hatten Ferngläser an den Augen, als ich kam. Und dann nahm einer einen Telefonhörer, während ich ausstieg, und sprach über Funk ...«

»Über Funk ...« Martin Landau wurde blaß. »Oh, Tilly, wenn die mir etwas tun ...«

»Spät fällt dir das ein, sehr spät!«

Gäste hatten sich umgedreht, alarmiert durch die lauten Stimmen. »Wir gehen los!«

Landau machte eine traurige Bewegung mit den Händen, als wollte er sagen: Was kann ich tun?

Manuel stand schweigend da. Sein Gesicht war rot vor Zorn. Aber, dachte er, was kann *ich* tun? Überhaupt nichts. Er sah zu, wie Tilly ihren Bruder durch das Lokal zerrte. Da, auf einmal, drehte der kleine Mann sich um und rief laut und trotzig zu Manuel zurück: »Das Ergebnis der Blutgruppenuntersuchung wurde Mitte Juni bekanntgegeben!«

»Und?« rief Manuel.

Wieder starrten die Gäste.
»Halt den Mund!« zischte Tilly.
Doch diesmal gehorchte ihr Bruder nicht.
»Verheerend:« rief er schnell. »Die Gruppen schlossen meine Vaterschaft aus! Hundertprozentig! Alles war zu Ende!«

29

»Alles ist zu Ende«, sagte Valerie Steinfeld.
Sie trug ihren schwarzen Verkäuferinnenmantel aus Glanzstoff und sah elend aus. Bleich war das Gesicht, unter den Augen lagen tiefe Schatten, sie sprach hoffnungslos. »Was soll jetzt geschehen? Bei der nächsten Verhandlung wird die Klage abgewiesen werden. Dann ist Heinz endgültig als Mischling gestempelt. Was werden sie mit ihm tun? Und was soll mein Mann erfahren? Davor habe ich ganz furchtbare Angst. Etwas müssen wir ihm doch mitteilen, Fräulein Hill. Aber was? Die Wahrheit ...«
»Langsam«, sagte Nora Hill. »Ruhig, Frau Steinfeld. Das Ergebnis der Blutgruppenuntersuchung ist Ihrem Anwalt bekanntgegeben worden – wann?«
»Vor fünf Tagen«, sagte Valerie. »Am sechzehnten Juni.«
»An dem Tag kam ich gerade wieder aus Lissabon zurück.« Nora trug ein zweiteiliges Sommerkleid aus weißem Leinen. Die beiden Frauen saßen in dem Teekammerl der Buchhandlung Landau, in dem es angenehm kühl war trotz der unbarmherzigen Hitze, die seit Tagen über Wien lag. Elektrisches Licht der grünen Schreibtischlampe brannte. Direkt unter ihr lag das winzige Reh aus Blei, das Valerie im Januar Nora Hill gegeben hatte, damit sie es nach Lissabon beförderte, damit Jack Cardiff es weiter nach London beförderte, damit Paul Steinfeld einen Talisman besaß, der ihm Glück brachte. Mittlerweile hatte der Glücksbringer den weiten Rückweg angetreten und war nach Wien und zu Valerie heimgekehrt. Paul Steinfeld hatte zu Jack Cardiff gesagt: »Meine Frau braucht jetzt auch Glück.«
»Sie wird es Ihnen wieder schicken, das kleine Reh. Es wird dauernd unterwegs sein«, hatte Cardiff gesagt.
»Ein hübscher Gedanke«, hatte Paul Steinfeld erwidert ...
Nun strich Valerie mit einem Finger über das kleine Stückchen geformtes Blei.
»Paul muß etwas geahnt haben ... Er hatte schon immer einen so unheimlichen Instinkt ... Mein Gott, was soll jetzt geschehen?«
»Weiß es Heinz bereits?« fragte Nora.
»Nein. Aber natürlich muß er es erfahren. Ich schiebe es hinaus und hinaus ... Ich habe einfach nicht den Mut ... Die Agnes weiß es ... Die hat

tagelang gebrochen vor Aufregung und im Bett liegen müssen. Aussehen tut sie wie ein Gespenst.« Im Verkaufsraum ertönte silberhell das Glockenspiel der Ladentür. »Und erst der arme Martin«, fuhr Valerie fort, während man leise und undeutlich Stimmen von draußen vernahm. »Der fürchtet sich zu Tode. Keine Nacht kann er mehr schlafen. Seine Schwester weiß auch noch nichts, er hat es ihr nicht gesagt, aus Angst. Aber sie bohrt und bohrt, er wird es ihr auch sagen müssen... und dann! Was die Tilly dann aufführen wird! Und was dem Martin passieren wird! In der Partei! Ich bin schuld! Ich habe alle diese Leute – die Frau Lippowski, die weiß auch noch nichts – hineingezogen in den Fall. Meinetwegen haben sie falsch geschworen! Was wird das nun für Folgen haben – für sie alle? Fräulein Hill, der Richter ist ein ganz wilder Nazi, der Kurator ein charakterloses Subjekt, ich habe Sie angelogen damals, im Riesenrad...«

»Ja, das fürchtete ich schon.«

»Nur, um Paul zu beruhigen! Jetzt... jetzt weiß ich nicht mehr, was ich tun soll...« Valerie hob den Kopf und sah Nora an.

»Was sagt Forster?«

»Der gute Doktor Forster... Er will einen Ausweg finden... Er überlegt sich etwas... Ich soll ruhig sein... und Martin auch... wir alle... Das ist das Wichtigste jetzt, daß wir nicht die Nerven verlieren...«

Nora Hill richtete sich auf.

»Sie dürfen wirklich nicht die Nerven verlieren, Frau Steinfeld!«

»Das sagen Sie so! Aber an meiner Stelle...«

»Ich vermag mich sehr gut an Ihre Stelle zu versetzen! Es muß einen Ausweg geben. Es gibt immer einen.«

»Hier nicht.«

»Doch! Wir kennen ihn nur noch nicht. Wir haben ihn noch nicht gefunden. Der Ausweg hat gar nichts dagegen, daß wir ihn finden.« Nora lachte mit Anstrengung. »Das kleine Reh wird Ihnen Glück bringen, passen Sie auf! Wir finden den Ausweg!«

»Wie denn?« fragte Valerie verzweifelt. »Wenn die Untersuchung doch eine Vaterschaft Martin Landaus eindeutig ausgeschlossen hat. *Eindeutig!* Fräulein Hill, das ist eine exakte Untersuchung, da gibt es keinen Irrtum, keinen Fehler, kein Versehen!«

Nora legte eine Hand auf Valeries Hand.

»Lassen Sie mir Zeit. Ein paar Tage. Ich muß mit meinem Freund reden. Dieser Carl Flemming ist ein ganz außerordentlich gescheiter Mann...«

30

»Halt! Moment!«

Manuel hatte sich aus seinem tiefen Sessel neben dem Kamin in Nora Hills Wohnzimmer erhoben. »Jetzt verstehe ich überhaupt nichts mehr! Carl Flemming? Sie haben Frau Steinfeld gesagt, daß Sie damals ausgerechnet mit Flemming, Ihrem Chef, diesem Nazi, über einen Ausweg nachdenken wollten?«

»Ja.«

»Aber wie konnten... Ich meine, das war doch Irrsinn...«

»Gar kein Irrsinn, lieber Freund.« Nora Hill trug einen cremefarbenen Abend-Hosenanzug aus leichter Seide, mit großen Blumen und Blättern in Grün und Rosa bedruckt und tief dekolletiert. Die Hosen waren, besonders unten, sehr weit geschnitten. Nora hatte ihren Smaragdschmuck angelegt.

Eine alte Uhr an der Wand zeigte die Zeit: 22 Uhr 35. Nach seinem so jäh unterbrochenen Gespräch mit Martin Landau war Manuel zuerst in die Möven-Apotheke gefahren, um Irene zu sehen. Von ihr aus hatte er Nora Hill angerufen und sie gebeten, noch am gleichen Abend kommen zu dürfen. Sie war einverstanden gewesen.

»Ich freue mich immer, Sie zu sehen, lieber Freund...«

Manuel hatte anschließend den Hofrat Groll im Sicherheitsbüro besucht. Nach einem späten Abendessen im ›Ritz‹ war er zu Nora Hills Villa hinausgefahren. Viele Autos parkten vor dem phantastischen Rundbau. Es herrschte großer Betrieb an diesem Abend. Nora Hill war mit Manuel in ihr Appartement gegangen und hatte, da er gleich vom negativen Ausgang der Blutgruppenuntersuchung sprach, auch sofort über ihr Treffen mit der ratlosen Valerie Steinfeld berichtet, bis er sie unterbrach.

Nun meinte die schöne Frau mit den gelähmten Beinen sanft: »Als Sie das letzte Mal hier waren – wir mußten unser Gespräch unterbrechen, der Steuerprüfer wartete, Sie erinnern sich...«

»Ja, ja...«

»...da sagte ich Ihnen doch, daß Flemmings Chauffeur mich hier, in diesem Zimmer, vergewaltigte und daß ich, als Flemming dann heimkam, ihm in meiner Angst alles erzählte – das von Valerie Steinfeld und das, was Carlson gemacht hatte, nicht wahr?«

»Ja, das sagten Sie mir.«

»Sie waren entsetzt über meinen Verrat, lieber Freund. Sie konnten mich nicht begreifen.« Nora lächelte. »Ich hatte mir das alles wohl überlegt. Ich kannte Flemming. Er war ein Nazi, ein Karrierist, aber er war kein Narr. Nein, wahrhaftig nicht.«

»Was wollen Sie damit sagen?« fragte Manuel.

»Setzen Sie sich zuerst wieder, Sie machen mich ganz nervös.«

»Madame, bitte!«

»Ich erzähle ja schon weiter, lieber Freund. Nun, an jenem Januarabend hörte Carl Flemming sich alles, was ich ihm berichtete, schweigend an. Er trank, und ich trank – so wie wir beide heute trinken, in demselben Zimmer, sechsundzwanzig Jahre später. Und als ich endlich fertig war, stand er auf...«

31

... und ging einige Minuten, ohne ein Wort zu sprechen, vor dem Kamin, in dem ein fröhliches Feuer prasselte, hin und her, mit länglichem, markant geschnittenem Gesicht, klugen und zugleich leidenschaftlichen Augen, buschigen schwarzen Brauen und kurzgeschnittenem schwarzem, hartem Haar.

Nora betrachtete ihn gespannt. Sein Schweigen begann ihr neue Furcht zu bereiten. War es doch falsch gewesen...? Sie zündete eine Zigarette an.

Der Leiter des ›Arbeitsstabes Flemming‹ lehnte sich an jene Bücherwand, in deren Mitte Manuel Aranda sechsundzwanzig Jahre später den eingebauten Apparat eines Hausfernsehens erblicken sollte, betrachtete Nora brütend und begann die ›Marseillaise‹ zu pfeifen.

»Carl! Sag etwas!«

Flemming hörte zu pfeifen auf und zuckte die Schultern.

»Wir haben zwei Probleme zu lösen, Liebling. Ein leichtes und ein schwereres. Das schwerere ist mein Chauffeur.«

Nora sah ihn an, und ein Gefühl widerwilliger Bewunderung für diesen Mann erfüllte sie.

»Was machen wir mit Carlson?« fragte sie.

»Langsam. Reden wir zuerst von dem leichten Problem. Ich liebe dich viel zu sehr, als daß ich dir Vorwürfe machen könnte. Es bedeutete auch nur Zeitverschwendung. Und Zeit haben wir jetzt nicht zu verschwenden. Irgend etwas Ähnliches traute ich dir stets zu. Du bist der Typ für derlei. Und für mehr. Zum Beispiel für eine Doppelagentin.«

»Carl! Du denkst doch nicht im Ernst...«

»Nun, früher oder später muß man es in Erwägung ziehen, Liebling...« Flemming ergriff ihre rechte Hand und küßte die Innenseite. »Wenn man bedenkt, wie wenige brauchbare Informationen du bringst – und wie viele unbrauchbare, falsche – von diesem Jack Cardiff...«

»Cardiff ist wirklich auf unserer Seite!« rief sie. »Er verrät sein Land und will Deutschland helfen – aus Überzeugung! Er kann doch nichts dafür, wenn das Material, das er liefert, nicht immer richtig und brauchbar ist!«

»Kann er nichts dafür?« Flemming lächelte freundlich.

»Er tut, was er kann! Vielleicht wird er beobachtet, steht längst unter Verdacht...« Nora phantasierte wild drauflos. »Sie geben ihm vielleicht absichtlich falsche Nachrichten... Wer weiß, in welcher Gefahr er schwebt...«

»Aber Liebling«, sagte Flemming kopfschüttelnd. »Eine einzige kleine Bemerkung von mir, eine völlig *verständliche* Bemerkung – und du benimmst dich, als ob... man könnte fast glauben, du liebst diesen Cardiff.«

»Ich...«

»Schluß damit. Du liebst ihn nicht, ich weiß. Du liebst mich.« Nora starrte Flemming an. Meinte er, was er sagte? Ahnte er die Wahrheit? Kannte er sie längst? Bis an das Ende ihrer Verbindung sollte dieser Mann für Nora ein Rätsel bleiben. Nie durchschaute sie ihn ganz. »Natürlich bist du *keine* Doppelagentin. Du arbeitest nur für mich, nur für Deutschland. Und du weißt so gut wie ich, daß Deutschland diesen Krieg jetzt schon verloren hat – wenn er, sinnlos und mörderisch, alles zerstörend, vielleicht auch noch ein oder zwei Jahre weitergehen wird, bis wir beim Ende mit Schrecken angekommen sind. Ich sitze ja an der Quelle. Ich mache mir nichts vor. Die Zeit nach dem Kriegsende wird für mich nicht angenehm werden – wenn ich sie erlebe.«

»Für mich auch nicht«, sagte sie, schnell und hilflos.

»Ach, für dich...« Er lachte kurz. »Du bist eine Frau. Bei Frauen ist das anders. Die Sieger lieben die Frauen. Und die Frauen lieben die Sieger. Außerdem ist deine Position mit meiner nicht zu vergleichen. Ich habe mich viel mehr exponiert – leider. Nichts zu machen. Der Ehrgeiz, Liebling, der Ehrgeiz! Jetzt bin ich sein Opfer. Es ist nötig, an die Zukunft zu denken, gute Taten zu tun – wie du zum Beispiel.«

»Ich?«

»Nun, in dieser Steinfeld-Geschichte.« Er nahm auch eine Zigarette. »Da tust du doch tapfer viel Gutes. Das wird man dir später hoch anrechnen. Deshalb möchte ich es dir gleichtun.«

»Das heißt...«

»Daß du auf meine Verschwiegenheit, meine Sympathie und meine Mitarbeit rechnen kannst.« Er verzog den Mund. »Keine Gefühlsausbrüche, bitte. Du verstehst jetzt, warum ich so großmütig bin. Ich muß versuchen, es auch noch in anderen Fällen zu sein. Damit ich Freunde habe, wenn man mich anklagt, wenn ich vor einem alliierten Gericht stehe. Das wäre natürlich die Voraussetzung: daß Frau Steinfeld dann ausführlich und dankbar erklärt, wie wunderbar ich mich in ihrem Fall benommen habe. Ich stelle mir vor, sie wird das tun, wie?«

»Natürlich, Carl, natürlich...«

Nora nickte.

Schon ein Kerl, dieser Carl Flemming, schon ein Kerl, dachte sie.

»Nun zum größeren Problem, mein Liebling: Carlson, das verfluchte Schwein.«

»Er ist nicht normal, Carl! Er muß geisteskrank sein...«

»Nicht eben beruhigend, wenn du recht hast. Und ich fürchte, du hast recht«, sagte Flemming. »Was soll mit ihm geschehen? Ich kann ihn zur Rede stellen. Anzeigen. Verhaften lassen. An die Front, in eine Strafkompanie bringen lassen kann ich ihn auch noch. Die Beziehungen habe ich. Sogar KZ könnte ich ihm besorgen – Kaltenbrunner wäre mir sicher gern behilflich. Aber«, sagte Flemming, »das alles ist zu gefährlich. Viel zu gefährlich. Denn dieser Hundsfott würde überall erzählen, daß du in der Steinfeld-Geschichte steckst und daß ich dich decke.« Flemming begann wieder zu pfeifen und umherzuwandern, kam dann plötzlich zu Nora und küßte sie auf die Stirn. »Geh schlafen, Liebling. Ich muß über diese Sache nachdenken...« Er küßte sie noch einmal. Danach verließ er das Zimmer.

32

»Carl Flemming hatte sein Appartement auf der anderen Seite des Hauses«, sagte Nora Hill. »Nach dem Kriege wurde hier alles umgebaut.«
Die Frau in dem leuchtend bunten Hosenanzug erhob sich geschmeidig und schwang auf ihren Krücken behende zu dem Fernsehapparat. Sie drückte zwei Knöpfe.

»Ich zeige Ihnen einmal, wie sein früheres Arbeitszimmer heute aussieht. Muß ohnedies einmal nachschauen, was die Trauergemeinde macht.« Harmoniumspiel ertönte, während die Mattscheibe sich langsam erhellte.

»Na, Gott sei Dank, alles in Ordnung, keine Nervenzusammenbrüche, keine hysterischen Anfälle.«

Manuel erblickte den großen, völlig in Schwarz gehaltenen Raum, den Nora ihm bei dem Rundgang anläßlich seines ersten Besuches kurz präsentiert hatte. Silberne Kandelaber mit hohen, brennenden Kerzen standen in diesem Zimmer, große Vasen mit weißen Lilien. An einer Seitenwand erblickte Manuel ein liebevoll aufgebautes kaltes Buffet.

Ungefähr ein Dutzend Frauen saßen auf schwarzen Stühlen. Sie trugen alle Trauer – schwarze Kleider, Schuhe, Strümpfe, lange Handschuhe, kleine Hütchen, manche mit kurzen Schleiern. Einige hatten dunkle Sonnenbrillen aufgesetzt. Schmerzerfüllt waren die Gesichter der eleganten Versammlung. Eine sehr dicke Dame saß vor einem kleinen Harmonium und ließ die erstaunlich schlanken Finger über die Tasten gleiten.

»Merci, chérie, für die Stunden, chérie«, sagte Nora Hill ernst.

»Bitte?«

»Das war sein Lieblingslied«, erklärte Nora überschattet, während die dicke Dame am Harmonium weiterspielte und eine andere Dame laut zu schluchzen begann.

»Lieblingslied von wem?« fragte Manuel.

»Von Zigaretten-Wolfi.«

»Zigaretten-Wolfi?«

»Er war bei mir angestellt. Nicht nur als Zigarettenboy. Er half den Mixern, er half in der Küche, er war unerhört fleißig. Sie haben ihn nicht mehr gesehen. Er lag schon seit ein paar Wochen in der Klinik, als Sie zum erstenmal kamen. Gestorben, der arme Kerl. Heute war das Begräbnis auf dem Hietzinger Friedhof. Georg ging hin – für mich. In diesem Schnee kann ich mich nur schwer bewegen. Georg sagt, es war unerhört feierlich. Blumen und Kränze zu Bergen. Auch einen Knabenchor gab es. Der sang: ›So nimm denn meine Hände‹...« Nora wies auf die Mattscheibe. »Das da sind die erschütterten Hinterbliebenen. Waren alle beim Begräbnis. Jetzt gedenken sie hier noch einmal des Verblichenen.«

»Das sind nur Frauen«, sagte Manuel erstaunt.

»Das sind nur Männer«, sagte Nora.

Wie?«

»Nur Männer. Alles anständige Transvestiten. Zigaretten-Wolfis intimste Freunde. Ich sage doch, er war *unendlich* fleißig. Mit einundzwanzig mußte er sterben. Schrecklich. Schweres Unterleibsleiden...«

»Das sind *Männer?«*

»Aber gewiß. Der am Harmonium, der Dicke, ist ›Fette Ente‹. So wird er genannt.«

»Warum?«

»Er läuft sonst immer mit grünen Filzhüten herum. Und Enteriche haben doch grüne Köpfe. Ein ausgezeichneter Gynäkologe...«

Fette Ente begann ein neues Musikstück – ›Ave Maria‹.

Das Schluchzen wurde lauter. Ein als Frau verkleideter Mann gebärdete sich wie von Sinnen. Er weinte so laut, daß er manchmal das Spiel der Fetten Ente übertönte, wand sich wie in Krämpfen und drohte zusammenzusinken. Andere Trauergäste bemühten sich zärtlich um ihn, stützten seine Schultern, streichelten sein tränenverheertes Gesicht.

»Chinchilla«, sagte Nora. »Hat Zigaretten-Wolfi am meisten geliebt. Leidet entsetzlich unter dem Verlust.«

»Chinchilla?«

»Ein sehr bekannter Pelzhändler.«

Chinchilla war nicht zu beruhigen.

»Der arme Kerl«, sagte Nora. Chinchillas Gesicht war verwüstet, Maskara und Schminke vermischten sich mit Puder.

»Oh!« rief Chinchilla, »oh, Wolfi, Wolfi, mein Wolfi...«
Die Damen, die alle Herren waren, zeigten Erschütterung.
Mit tiefer Inbrunst spielte Fette Ente weiter ›Ave Maria‹...
»Das also war damals Carl Flemmings Arbeitszimmer in seinem Appartement«, sagte Nora, den Apparat abschaltend.

33

In Carl Flemmings Appartement gab es viele Kostbarkeiten – antike Möbel, Gobelins, Ikonen, alte Teppiche und eine große Vitrine mit einer Sammlung von chinesischem Porzellan aus der Ming-Epoche.
Der Schreibtisch besaß einen Flügel, dessen Tür durch ein Spezialschloß gesichert war. Flemming öffnete es mit einem Yale-Schlüssel und entnahm ihm eine Reihe von Dokumenten. Er schaltete die starke Lampe auf dem Schreibtisch ein und holte aus der Jackentasche eine Kleinstkamera. Neun Dokumente schob Flemming unter den hellen Lichtkegel und fotografierte sie. Er tat alles mit größter Ruhe und Gelassenheit.
Nachdem er die Dokumente fotografiert hatte, legte er sie wieder in ihre Fächer und bückte sich. Ganz unten in dem Seitenflügel lag eine kleine Schachtel. Flemming öffnete sie. Auf Watte gebettet ruhten in der Schachtel viele Glaskapseln. Flemming gab einzelne oft seinen Auslandsagenten mit. Nun wählte er eine, schloß die Schachtel und versperrte das Yale-Schloß. Die Kapsel und die Kamera steckte er ein, dann griff er zum Telefonhörer des Hausapparates und wählte eine zweistellige Nummer. Nach einer Weile meldete sich die verschlafene Stimme Carlsons.
»Tut mir leid, mein Lieber, daß ich Sie so spät noch stören muß.« Flemming sprach freundlich. »Aber es geht nicht anders. Ziehen Sie sich an. Dringender Anruf. Einer unserer Leute fliegt nach Athen. Ich muß ihm noch Akten bringen.«
»In Ordnung, Chef.« Carlsons Stimme klang unruhig.
Flemmings Gesicht war ausdruckslos, als er sagte: »Kommen sie zu mir rauf. Eine ganze Menge Akten. Auch ein paar Ordner. Sie müssen mir tragen helfen.«
»Jawohl, Chef. Ich komme, so schnell ich kann.«
»Gut«, sagte Flemming. Er legte auf, ging zu einer großen Wandbar und entnahm ihr zwei Gläser und eine Flasche Cognac. Er holte die Kapsel hervor, zerbrach sie sehr vorsichtig und ließ ihren Inhalt – feinkörniges Pulver – in ein Schwenkglas rieseln. Mit einer Schere zerkleinerte er dann ebenso vorsichtig die beiden Kapselteile weiter, bis es nur noch feine Splitter waren. Auch diese ließ er in das Glas fallen.
Er ging in sein Badezimmer, wo er sich gründlich die Hände wusch und

danach auch noch die Schere, die er, in das Arbeitszimmer zurückgekehrt, wieder auf den Schreibtisch legte. Aus einem Regal nahm er einige Leitz-Ordner und stapelte sie auf einen Stuhl. Er war noch damit beschäftigt, als es klopfte.

»Herein!« rief Flemming.

Carlson, in Chauffeur-Livree, trat zögernd ein. Seine stechenden Augen verrieten große, mühsam unterdrückte Angst.

»Kommen Sie schon rein!« rief Flemming, scheinbar mit den Ordnern auf dem Stuhl beschäftigt.

Wie ein Tier, das jederzeit zur Flucht bereit ist, so trat der Chauffeur näher. Er dachte an das, was sich vor wenigen Stunden ereignet hatte. War Flemming inzwischen mit dieser Hure zusammengewesen? Hatte sie ihm trotz aller Drohungen etwas erzählt? Viel erzählt? Wenn ja, was hatte Flemming dann jetzt vor? Heiß schoß Furcht in Carlson hoch. Er beleckte die trockenen Lippen.

Flemming drehte sich um und sah ihn lächelnd an.

»So, da wäre das ganze Zeug.« Er musterte Carlson. »Was ist los mit Ihnen?«

»Nichts, Chef, nichts... Ich... Mir ist nicht ganz gut...« Carlson war sich immer noch nicht sicher.

»Nicht gut? Dann trinken wir aber einen vor der Fahrt!« Flemming ging zur Bar und goß Cognac in die beiden Gläser, welche er etwas abseits gestellt hatte. Die pulverförmige Substanz in dem einen Glas löste sich auf, Splitter der Kapsel waren nicht zu sehen.

»Sehr liebenswürdig, Chef...« Also sie hat nichts erzählt, die süße Hure, dachte Carlson. Natürlich nicht. Ist ja nicht wahnsinnig. Setzt doch nicht ihr Leben aufs Spiel. Schon alles in Ordnung. Der Alte weiß nichts. »Aber wenn ich fahren muß...«

»Was denn!« Flemming hielt Carlson ein Glas hin. »Von dem Schluck werden Sie ja nicht gleich besoffen sein! Prost!«

»Ihr Wohl, Chef«, sagte Chauffeur Albert Carlson.

Es waren die letzten Worte, die er in seinem Leben sprach. Nachdem er den Inhalt des Glases in einem mächtigen Schluck hinuntergekippt hatte (sehr gut, dachte Flemming, so hat er nun auch die Splitter im Mund), ging alles sehr schnell. Carlsons Gesicht wurde grünlich-weiß, seine Lippen verfärbten sich bläulich, er ächzte, griff sich an den Hals und begann zu taumeln. Das Glas fiel aus seiner Hand. Er stürzte auf den Teppich. Hier begann ein kurzer, schrecklicher Todeskampf. Carlsons Körper verdrehte und verrenkte sich völlig, Schaum quoll aus seinem Mund, die Augen traten aus den Höhlen, er röchelte.

Flemming stand an den Schreibtisch gelehnt. Ruhig zündete er eine Zigarette an, griff wieder nach seinem Glas und trank zufrieden. Er sah dem

Mann zu, der vor ihm unter gräßlichen Schmerzen starb. Ihre Augen begegneten sich. Flemming lächelte. Im Augenblick seines Todes erkannte Chauffeur Carlson die Wahrheit. Er streckte eine Hand aus und richtete sich etwas auf. Die Anstrengung war zu groß. Im nächsten Moment brach er zusammen und lag still. Er war tot. Ein Geruch nach bitteren Mandeln begann sich im Raum zu verbreiten.

Pfeifend trat Flemming neben den Mann, den er soeben ermordet hatte, und nahm das Glas, das nicht zerbrochen war, weil Carlson es auf den weichen Teppich hatte fallen lassen. Flemming untersuchte das Glas genau. Einzelne Splitter der Kapsel klebten an seiner Innenseite. Noch einmal ging Flemming ins Badezimmer, fischte die Splitter Stück um Stück heraus und spülte sie fort. Dann wusch er sich neuerlich die Hände, kehrte in das Arbeitszimmer zurück und legte das Glas dort nieder, wo es hingefallen war. Er holte die Kamera hervor, wischte sie sorgfältig mit einem Taschentuch ab und preßte einige Finger des Toten auf das Metall des Fotoapparats. Danach förderte er aus der Brusttasche seiner Jacke ein Duplikat des Yale-Schlüssels für seinen Schreibtisch zutage und drückte Carlsons Finger auch gegen ihn. Er berührte die beiden Gegenstände nicht mehr mit bloßen Händen, sondern hielt sie in das Taschentuch geschlagen. Schnell verließ er das Arbeitszimmer und eilte durch das runde Stiegenhaus der stillen Villa nach unten.

Im Souterrain lag Carlsons Zimmer. Flemming drückte die Türklinke mit dem Ellbogen. In einer Hand hielt er die in das Taschentuch eingeschlagene Kamera und den Schlüssel. Mit einem zweiten Tuch drehte er den Lichtschalter an, sah sich kurz suchend um und stieg dann auf Carlsons Bett, dessen Kopfende beim vergitterten Fenster stand. Die Vorhänge waren zugezogen. Sie hingen an Laufschienen, die durch eine mit Stoff überzogene Schabracke verborgen waren. Zwischen Decke und Schabracke gab es einen kleinen Spalt. In ihn schob Flemming vorsichtig, immer ein Taschentuch benützend, die Kamera und den Duplikat-Schlüssel. Er sprang vom Bett, löschte das Licht und schloß die Tür von außen mit dem Ellbogen. Die Taschentücher steckte er ein, während er zu seinem Arbeitszimmer im ersten Stock zurückeilte. Über den Toten hinweg trat er an den Schreibtisch, trank einen Schluck aus seinem Glas und wählte dann auf dem normalen Telefon eine Stadtnummer.

Es meldete sich die Vermittlung der Gestapo-Zentrale im Hotel ›Metropol‹ am Morzinplatz.

»Flemming.« Der große, breitschultrige Mann sprach nun schroff. »Wer ist ranghöchster Diensthabender?«

»Standartenführer Englert.«

»Verbinden Sie mich. Es ist dringend.«

»Jawohl!«

Gleich darauf meldete sich der Standartenführer.

»Horst? Gut, daß du Dienst hast.«

»Was ist los?«

»Mein Chauffeur Carlson.«

»Ich verstehe nicht...«

»Hatte den Kerl schon lange in Verdacht. Konnte aber nie etwas Konkretes angeben. Heute fand ich wieder geheime Papiere anders in meinem Schreibtisch, als ich sie hineingelegt hatte. Kam erst spät heim. Rief den Hund zu mir rauf. Sagte, wir müßten noch mal wegfahren. Bluff. Nicht beunruhigen, du verstehst...«

»Ja. Und?«

»Gab ihm was zu trinken. Dann sagte ich es ihm auf den Kopf zu. Er leugnete. Ich sagte, ich wollte sein Zimmer durchsuchen. Mit Leuten von euch. Da tat er es dann.«

»Was?«

»Steckte blitzschnell etwas in den Mund und zerbiß es. Eine halbe Minute später war er tot. Zyankali. Stinkt hier nur so nach Blausäure. Kommt sofort heraus. Ich erwarte euch...«

34

»Und das hat Flemming Ihnen *erzählt?*« Manuel Aranda sah Nora Hill erstaunt an.

»Ja.« Die Frau in dem dekolletierten Hosenanzug nickte. Das Kaminfeuer ließ die großen Smaragde in ihren Ohren aufglühen. »Natürlich nicht sofort. Ich wurde wach – ich war tatsächlich eingeschlafen nach all den Aufregungen –, als die Gestapoleute kamen. Sie brachten auch die Mordkommission der Kriminalpolizei. Das war gegen Mitternacht. Angestellte und Hausgäste kehrten gerade heim, einer nach dem andern. Großes Durcheinander! Untersuchungen! In Carlsons Zimmer wurden der Yale-Schlüssel und die Kamera entdeckt.«

»Fand niemand, daß das ein ziemlich primitives Versteck war?«

Nora schüttelte den Kopf.

»Alle waren der Ansicht, daß Carlson die beiden Gegenstände nur provisorisch verborgen hatte, in Eile, als Flemming ihn zu sich rief; daß er gewiß ein viel besseres Versteck besessen hatte, aber an dieses in der kurzen Zeit nicht mehr herangekommen war. Die Kamera und den zweiten Schlüssel zum Schreibtisch trug er eben bei sich, weil er an diesem Abend, an dem das Haus fast leer war, wieder fotografiert hatte. Ganz logisch, nicht wahr? Flemming suggerierte diese Version behutsam seinem Freund Englert von der Gestapo – und vor der Gestapo wieder hatte die Kriminalpolizei Respekt. Der Amtsarzt stellte Tod durch Zyankali fest. Spione führten bei ihren Aufträgen oft Giftkapseln mit sich. Das war durchaus üblich. Splitter fanden sich im Mund Carlsons. Nachts noch wurde der Film der Kamera entwickelt und zeigte die Dokumente, die Flemming fotografiert hatte. Dazu Carlsons Fingerabdrücke auf der Kamera, Flemmings Behauptung, er habe den Chauffeur schon lange verdächtigt ... Es stimmte alles zusammen ...«

In dem Kleinmädchenzimmer saßen in dieser Nacht Santarin, Grant und Mercier. Sie hörten das Gespräch in Noras Wohnzimmer. Die Lautsprecherübertragung bestand noch immer, das Kleinmädchenzimmer war bis auf weiteres nicht zu mieten.

Santarin, er trug einen silbern glänzenden grauen Anzug, sagte: »Ein, höchstens zwei Besuche noch, und Nora kann zur Sache kommen.«

»Ja.« Grant, die Hüftflasche in der Hand, angetrunken wie stets, nickte. »Dann wären wir soweit.«

Aus dem Lautsprecher über dem buntbemalten Bett, auf dem Santarin sich ausgestreckt hatte und Konfekt aß, ertönte die Stimme Noras: »Wir wurden alle verhört – natürlich hatten wir nichts zu sagen. Mich fragte man besonders lange. Ich war doch am Nachmittag mit Carlson allein im Haus gewesen.«

Manuels Stimme: »Und?«

»Und nichts. Ich hatte mich zu Bett gelegt, weil ich mich nicht wohl fühlte, erklärte ich. Flemming sei kurz zu mir gekommen und dann in sein Appartement hinübergegangen. Ich sage Ihnen, alles stimmte. Englert und Flemming duzten sich. Sie waren Freunde. Es kam nie der Schatten eines Verdachts auf. In den nächsten Tagen versuchte man festzustellen, was Carlson alles verraten hatte, an wen, wie lange er schon spionierte, wo er überall fotografiert hatte – er konnte sich ja auch in der Stadt, im ›Arbeitsstab‹, frei bewegen ... Alle diese Untersuchungen verliefen im Sand, man fand nichts. Aber man blieb überzeugt, daß Carlson wirklich ein Agent gewesen war – Beweis: sein Selbstmord!«

Santarin sagte, die Konfekttüte aus Goldkarton hin und her drehend: »Was er weder von Nora noch sonst jemandem hier erfahren kann, dürfte Aranda von Daniel Steinfeld hören. Der kommt am Montag, das haben wir eruiert.« Santarin sah zu Mercier. »Einer unserer Freunde sitzt in dem Postamt, von dem aus Irene Waldegg ein Telegramm aus Warschau zugestellt wurde.«

»Gratuliere«, sagte Mercier. Er dachte: Am Montagmittag kommt auch Herr Anton Sirus aus Bremen, du Scheißkerl, der du so verliebt bist in die eigene Schlauheit. Am Dienstagfrüh fliegt er mit der ersten Maschine zurück. Wenn er den Tresor wirklich öffnen kann – und er wird es können, er hat es De Brakeleer gesagt, nachdem dieser ihm heute alle Unterlagen brachte, der Holländer hat mich angerufen –, dann habe ich Montagnacht das, was ich aus diesem Tresor haben will. Was werdet ihr dann tun, du, russischer Schönling, und du, versoffenes amerikanisches Schwein? Herrgott, diese Bürokratie! Schwerer, als Anton Sirus zu heuern, war es, das französische Kultusministerium so weit zu kriegen, daß das Musée de l'Impressionisme Monets ›Mohnblumen‹ zum Verkauf freigab – Sirus' Bedingung. Wir sind eben eine uralte Kulturnation. Die aber auch die beste B-Waffe der Welt haben will . . .

In ihrem Wohnzimmer sagte Nora Hill: »Zur ersten Frage: Flemming gestand mir alles, als sich die Aufregung etwas gelegt hatte. Da waren wir abends wieder einmal allein. Ich fragte ihn nur ganz kurz, denn ich war meiner Sache völlig sicher. Er gab sofort alles zu.«

»Er muß großes Vertrauen gehabt haben«, sagte Manuel.

»Vertrauen!« Nora lachte. »Die Hosen hatte er schon voll, ich erzählte es Ihnen doch. Und er haßte Carlson über dessen Tod hinaus für das, was der mit mir getan hatte, denn er liebte mich doch so sehr!« Wieder lachte Nora, diesmal klang es traurig und zugleich böse. »Die Liebe«, sagte sie. »Eine Himmelsmacht eben. Ich habe übrigens niemandem bis zum heutigen Tag diese Geschichte erzählt – auch Cardiff nie.«

»Und Frau Steinfeld?«

»Frau Steinfeld? Ach so, Sie meinen, weil Flemming ja doch erklärt hatte, schweigen und ihr helfen zu wollen, wenn sie nach dem Krieg tüchtig zu seinen Gunsten aussagte?«

»Ja.«

»Nun, Frau Steinfeld teilte ich genau das mit. Und daß Flemmings Chauffeur sich vergiftet hätte. Mit einer Zyankalikapsel.«

»Warum taten Sie das? Ich nehme doch an, die Sache wurde geheimgehalten.«

»Natürlich wurde sie das. Derartige Dinge schwieg man tot. Ich sagte es Frau Steinfeld, weil sie immer noch solche Angst hatte, daß ich beobachtet würde – von dem Mann im blauen Mantel mit dem Homburg. Da meinte Flemming, es sei das beste, ihr zu erzählen, daß Carlson dieser Mann gewesen war. Und daß sie nun keine Angst mehr zu haben brauchte. Das beruhigte sie dann auch. Und sie vertraute von da an ganz mir und dem, was Flemming sagte.«

»Was sagte er denn?«

»Zunächst gab er nur Ratschläge – ich berichtete ihm dauernd alles, was sich zutrug. Aber wirklich aktiv wurde er erst, nachdem Frau Steinfeld mir berichtet hatte, die Blutgruppenuntersuchung sei negativ ausgegangen, Martin Landau könne nicht der Vater sein. Das erzählte ich Flemming sofort, hier, in diesem Raum. Ein schöner Sommerabend war das, es blieb lange hell . . .«

... und der Himmel wurde langsam, ganz langsam, blaßblau, rosa, dunkelrot im Westen. Schwarz, als Silhouetten, standen die Wipfel der hohen, alten Bäume vor den Fenstern von Noras Wohnzimmer. Die Flügel waren weit geöffnet. Nach der Hitze des Tages kam kühle Luft herein. Im Park sang eine Nachtigall.

Schweigend hatte Flemming Noras Worten über die unglückliche Wendung des Prozesses gelauscht. Er rauchte Pfeife. Lange saß er nachdenklich da, dann trat er an ein Fenster und blickte in die Dämmerung hinaus. Nora wartete geduldig.

Schließlich drehte der große Mann sich um.

»Ich sehe nur einen Weg«, sagte er, »der vielleicht – *vielleicht* – Erfolg haben könnte.«

»Ja?« Solange Nora Flemming kannte, empfand sie Haß und Bewunderung zugleich für diesen Mann.

»Kein leichter Weg. Auch kein sicherer. Man braucht gute Nerven, um ihn zu gehen. Die Nerven von Frau Steinfeld sind schon reichlich strapaziert, wie?«

»Reichlich. Aber um den Jungen zu retten, hält sie jede Belastung aus! Sie will nur eines: den Jungen durchbringen. Nun sag mir, was du dir überlegt hast. Woran denkst du?«

»An einen Toten«, antwortete Flemming.

»Woran?«

»Der Vater muß tot sein.«

»Ich verstehe nicht...«

»Der angebliche Vater dieses Jungen«, sagte er leise und geduldig. Süß sang eine Nachtigall im Park. »Frau Steinfeld wird hoffentlich einen Mann gekannt haben – gut gekannt, etwa wie Landau –, der schon gestorben ist. Einen Arier. Es sterben viele Leute jetzt, nicht wahr? An der Front zum Beispiel. Obwohl es andererseits vielleicht besser wäre, wenn dieser Mann schon länger nicht mehr lebte. Aber die Zeugen müßten ihn noch alle gekannt haben – oder andere Zeugen jedenfalls... ich meine: Leute, die bereit sind, vor Gericht so auszusagen wie die ersten Zeugen... Dieselben Zeugen wären die besten, versteht sich...« Er sah den Rauchwolken nach. Agenten brachten ihm aus dem neutralen Ausland englischen Pfeifentabak.

»Ein toter Vater«, sagte Nora atemlos. »Du bist großartig. Das ist die Lösung! Einen toten Mann kann man nicht mehr anthropologisch untersuchen! Von einem toten Mann kann man keine Blutgruppenuntersuchung mehr machen!«

»Ich weiß nicht, ob das Gericht ebenso begeistert sein wird wie du.«

»Ich will Frau Steinfeld sofort anrufen! Morgen gehe ich zu ihr in die
Buchhandlung!«

»Ich weiß nicht einmal, ob Frau Steinfeld so begeistert sein wird, Liebling«, sagte Flemming. »Sie und ihre Freunde und Bekannten. Ob die
mitmachen. Ob es überhaupt jemanden gibt, der in Frage kommt, einen
passenden Toten. Und was Herr Landau sagt...«

»Den wird sie herumkriegen!« Nora suchte schon in einem Telefonbuch
Valeries Anschlußnummer in der Gentzgasse. »Diese Frau kriegt alle
noch einmal herum! Da ist es! B 32 4 56.« Sie begann zu wählen...

36

»Diesen Vorschlag hat dir Nora Hill gemacht?« fragte Ottilie Landau. Sie
sah blaß und erschöpft aus, die etwas zu spitze Nase trat noch auffälliger
hervor, die Wangen waren eingefallen, die schmalen Lippen blutleer. Ottilie Landau konnte Hitze nur schlecht ertragen, und es war unmenschlich
heiß gewesen an diesem 23. Juni 1943. Selbst der Abend brachte keine
Abkühlung – schon gar nicht in der Innenstadt. Die Hitze war bereits in
das Teekammerl der geschlossenen Buchhandlung gedrungen und hatte
sich hier festgesetzt, unbarmherzig, nicht mehr zu vertreiben, nun, da
sich einmal die meterdicken Mauern erwärmt hatten. Es sind auch zu viele
Menschen hier, dachte Tilly, ihr Gesicht mit einem leicht verblichenen
Spitzentaschentuch abtupfend. Valerie, Martin, Agnes, ich. Wir haben
kaum Platz...

»Ja. Nora Hill kam her und meinte, das sei das beste.« Valerie hatte dunkle
Ringe unter den Augen, das Haar hing ihr in ein paar Strähnen herab.
Nur dem alten Freund Martin hatte sie verraten, daß die Idee von Flem-
ming stammte, daß dieser nun auf ihrer Seite stand – aus Gründen seiner
Rückversicherung. »Ich finde den Vorschlag ausgezeichnet – unter den
Umständen, meine ich.«

»Unter den Umständen!« Martin Landau, der in dem defekten Schaukelstuhl saß, produzierte ein jämmerliches Lachen. Er hielt seit ein paar Tagen wieder den Kopf schief und die Schulter hochgezogen, auch im Sitzen.
»Unter den Umständen halte ich *jeden* Vorschlag für ausgezeichnet, der
verhindert, daß ich wegen Meineids angeklagt werde!«

An diesem Abend fand Valerie bei Tilly Unterstützung.

»Na, darauf läuft es doch hinaus!« rief diese.

»Worauf?«

»Wenn wir dem Gericht einen neuen Vater präsentieren, bist du entlastet!«

Martin Landau hatte eine Nacht zuvor, von schrecklichen Träumen gequält, laut im Schlaf geschrien, die Wahrheit über das negative Ergebnis der Blutgruppenuntersuchung herausgestammelt. Tilly, erschrocken herbeigeeilt, hatte alles vernommen und den Bruder geweckt. Er war zusammengebrochen. Weinend gab er der Schwester zu, was dieser nie zweifelhaft erschienen war – nämlich, daß ihn keinesfalls intime Beziehungen mit Valerie verbunden hatten. Seine Worte waren von einer schweigsamen Tilly gehört worden. Nun wußte also auch sie Bescheid . . .

»Wieso bin ich dann entlastet?« fragte Martin Landau jetzt.

»Herrgott! Schließlich *kann* Valerie ihren Mann ja mit noch einem Mann betrogen haben, nicht nur mit dir!« Tilly benahm sich, als sei ihr die neue Entwicklung hochwillkommen. Dabei war sie voll Zorn zu der Buchhandlung gefahren, wohin Valerie alle gebeten hatte. Erleichtert dachte sie jetzt: Ich habe geglaubt, Valerie will uns noch tiefer hineinreißen in diesen Irrsinn, jetzt, wo es schiefgegangen ist – besonders Martin. Aber nein, sie hat ja einen Vorschlag, der die Sache von uns wegzieht!

»Natürlich kann die gnä' Frau auch mit mehr Männern . . .« Die kleine Agnes Peintinger, die auf dem alten Sofa saß, brach erschrocken ab. »Bitte um Entschuldigung, gnä' Frau! Wir wissen alle, daß es nicht so war. Aber sie muß doch weitergehen, die Geschichte, wenn wir dem Heinzi helfen wollen. Und es ist doch ein Riesenglück, daß wir so einen Toten haben, nicht?« Die Agnes sah sich strahlend um. Als sie die verschlossenen Gesichter der anderen bemerkte, wurde auch sie ernst. »Ich meine . . . Wir denken doch alle an denselben Herrn, nicht? Der war doch auch so oft draußen bei uns in Dornbach . . . sogar ein Freund vom Herrn Landau! Also, ich tät auf der Stelle schwören, daß er sich *sehr* gut verstanden hat mit der gnä' Frau und daß er sie oft besucht hat, wenn der gnä' Herr verreist war!«

»Ich würde das auch beschwören – um Martin zu helfen. Und dir, Valerie«, sagte Tilly.

»Und Frau Lippowski?« fragte Martin Landau, mit schiefem Kopf. »Immerhin. Ob die noch einmal . . . ?«

»Ich fahre morgen zu ihr. Ich bin sicher. Jetzt, nachdem sie ihren Mann umgebracht haben – und nach dem, wie sie sich das letzte Mal benahm!« Valerie sprach schnell.

»Dann wären wir ja alle wieder zusammen«, sagte Tilly. »Was meint der Doktor Forster dazu?«

»Der hat sich das angehört, ohne eine Miene zu verziehen. Er muß doch so tun, als ob er mir alles glaubt. Aber er ist einverstanden, das hat er mir zu verstehen gegeben, indirekt. Und dann ist ja auch noch das anthropologische Gutachten gekommen.«

»Was?« rief Landau. »Wann ist es eingetroffen?«

Alle sahen Valerie an.

»Heute. Bei ihm.«

»Und? Und?« rief die Agnes.

»Vier Seiten, aus denen selbst Forster nicht schlau wird«, sagte Valerie. »Aber dann, bei der Zusammenfassung, da steht es schwarz auf weiß!« Sie holte einen Zettel hervor. »Ich habe es wörtlich abgeschrieben.« Sie las: »›Das rassische Erscheinungsbild des Klägers‹ – also das ist der Heinz – ›läßt keinerlei Merkmale erkennen, aus denen auf eine jüdische Abstammung geschlossen werden könnte, obwohl‹ – *obwohl*, hört euch das an! – ›obwohl der gesetzliche Vater des Klägers auf den vorgelegten Fotografien jüdische Züge *in besonders reichem Maße zeigt!*‹«

Ein Schweigen folgte.

Dann sagte Landau: »Himmelarschundzwirn.«

»Martin!« rief Tilly entsetzt.

»Es ist zum Verrücktwerden! Ein erstklassiges Gutachten! Sieht aus wie ein reiner Arier, der Heinz! Wir wären durch, wir hätten den Prozeß gewonnen, wenn nur nicht diese gottverfluchte Blutgruppenbestimmung gewesen wäre.«

»Gegen die können wir nichts tun«, sagte Valerie. »Aber das Gericht muß *anerkennen*, was das anthropologische Gutachten sagt. Waren schließlich ss-Ärzte, die es gemacht haben! Das erleichtert alles ungemein, wenn ich nun sage, ich habe mich eben geirrt, und nicht Martin ist der Vater, sondern Ludwig Orwin.« Valerie sprach etwas langsamer, sie formulierte schon: »Ludwig Orwin, der bekannte Bildhauer, auch ein Jugendfreund von mir... Seine Werke stehen in vielen deutschen Museen, in Parks, vor öffentlichen Gebäuden... bekannter Künstler... ging bei uns ein und aus... Martin und er waren befreundet...«

»Und haben beide mit dir geschlafen«, sagte Landau trübe.

Seine Schwester sah ihn nur ironisch an, aber sie schwieg.

»Ja«, sagte Valerie, »ich habe mit euch beiden geschlafen. Ihr habt es nicht gewußt voneinander. Ich wollte eure Freundschaft nicht zerstören.«

»Ausgerechnet Ludwig Orwin. Immerhin war der wirklich mein Freund«, murmelte Martin Landau.

»Nimm dich zusammen!« Tilly fauchte ihn richtig an. »Wir haben keinen anderen!«

Die Agnes sagte bange: »Schrecklich wird das sein für die gnä' Frau, wenn sie das dem Gericht erzählen muß.«

»Mir macht es nichts«, sagte Valerie, ohne jemanden anzusehen. »Die halten mich sowieso für den letzten Dreck.« Sie warf den Kopf zurück. »Der arme Ludwig kam schon 1934 bei dem Eisenbahnunglück vor Hamburg ums Leben! Also, das ist eine ganz unheimlich gescheite Frau, diese Nora Hill!« (Ihren Freund Carl Flemming meine ich in Wahrheit, dachte Valerie.)

»Wenn das Gericht – immerhin – diese zweite Version aber ablehnt?«
fragte Landau.

»Es wird sie nicht ablehnen! Es darf sie nicht ablehnen!«

»Wunschdenken! Darf nicht! Dieser elende Nazirichter! Der darf nicht?
Das möchte ich einmal sehen! Eine besondere Freude wird es für ihn sein,
zu sagen, jetzt ist Schluß, weiter anlügen lasse ich mich nicht!«

»Wir haben den Doktor Forster!« sagte Valerie. »Wir haben diesen Kurator, der das erste Mal schon halb auf unserer Seite war!«

»Jetzt wird er es kaum mehr sein«, stöhnte Landau.

»Inzwischen kriegen wir mehr und mehr Prügel – an allen Fronten. Und
ob er auf unserer Seite sein wird, der Feigling!« rief Valerie und überlegte: Wunschdenken, Martin hat recht, das alles wünsche ich mir nur.

»Was ist los mit dir? Bisher warst du so mutig. Und nun, auf einmal...«

»Ich war nie mutig«, sagte der zierliche Mann leise. »Ich habe mich nur
wahnsinnig zusammengerissen. Jetzt... jetzt komme ich mir vor wie ein
Luftballon, dem die Luft ausgeht.«

»Du wirst dir noch ganz anders vorkommen, wenn du jetzt nicht mit-
spielst und die Partei dir auf den Hals rückt mit deinem Meineid«, sagte
Tilly scharf.

Er zuckte zusammen.

»Ja«, stotterte er, »ja, das ist wahr... Ich... habe ja überhaupt keine
Wahl... Ich muß weiter mitmachen...«

»Und mit Überzeugung und mit Gefühl«, sagte Tilly drohend.

Aus Angst um ihren Bruder ist sie meine Verbündete geworden, dachte
Valerie.

»Also auf mich kannst du rechnen«, sagte Tilly. »Und auf den Martin
auch. Den bearbeite ich schon noch, verlaß dich drauf. Wir müssen vor
der nächsten Verhandlung natürlich noch alles genau besprechen.«

37

»...du kannst dir sicherlich vorstellen, wie schwer es mir fällt, das alles
zu erzählen, mein Junge«, sagte Valerie, mühsam nach Worten suchend.
»Aber nun hat die Untersuchung ergeben, daß Onkel Landau nicht dein
Vater sein kann – also muß es Ludwig Orwin sein. Du erinnerst dich doch
noch an den Onkel Ludwig? Er hat dir immer Spielzeug mitgebracht, und
Märchen vorgelesen hat er dir auch, als du noch ganz klein warst...«

Heinz Steinfeld antwortete nicht. Er saß, in einem Pyjama, auf dem Rand
seines Bettes und sah die nackten Füße an. Sein Gesicht war völlig ausdruckslos, fand Valerie, die neben ihm saß. Heinz ging stets bald nach seiner Heimkehr zu Bett – er mußte sehr früh aufstehen, um rechtzeitig in

die Fabrik zu kommen.

»Erinnerst du dich nicht an den Onkel Ludwig?« Valeries Stimme klang drängend.

»Doch, doch, ich erinnere mich an ihn«, sagte Heinz, ohne aufzublicken.

»Du mußt gar keine Angst haben! Wir werden den Prozeß weiterführen, ich werde das, was ich dir erzählt habe...«

»Dem Gericht erzählen.« Es klang harmlos, doch sie sah ihn gespannt an. Er wich ihrem Blick hartnäckig aus.

»Dem Gericht erzählen, natürlich!« Valerie griff sich an den Hals. »Onkel Martin ist so vor den Kopf gestoßen wie du, seit ich ihm gesagt habe, daß ich auch mit... mit Onkel Ludwig... Aber du weißt nicht, wie meine Ehe war, Heinz... Niemand weiß das wirklich... eine Hölle, ja, eine Hölle!«

»Du mußt nicht so schreien, Mami«, sagte Heinz. Jetzt betrachtete er seine Fingernägel. »Und dich nicht so aufregen.«

»Natürlich muß ich das!« Valerie hatte das Gefühl, daß sie jeden Augenblick in Tränen ausbrechen würde. Aber ach, dachte sie, ich kann ja nicht mehr weinen. Ich wünschte, ich könnte es noch, so wie früher. Ich habe das Weinen verlernt. »Onkel Martin und Onkel Ludwig... Die besten Freunde waren sie... Und ich habe sie beide hintergangen...«

»Und deinen Mann auch.« Plötzlich war die Stimme des Jungen hart.

»Was heißt das? Freilich den auch!«

Nun sah er sie an, kühl, sachlich.

»Was hast du, Heinz? Glaubst du mir etwa nicht?«

Er fragte langsam: »Du hast ihn ganz sicher betrogen, deinen Mann, ja?«

»Ja! Ja!«

»Das kannst du beschwören – bei meinem Leben, nicht vor irgendeinem Richter? Bei meinem Leben?«

Valerie antwortete mit fester Stimme: »Bei deinem Leben, ja, Heinz.« Er sah sie immer weiter an, sie hielt seinen Blick kaum aus, aber sie zwang sich, ihn zu ertragen. Nun habe ich beim Leben meines Jungen falsch geschworen, dachte sie.

»Na ja«, sagte Heinz.

»Was heißt das nun wieder? Was hast du denn?«

»Ach weißt du, Mami, ich bin ja kein Idiot. Und wenn man kein Idiot ist, dann fragt man sich in einer solchen Situation natürlich: Lügt die Frau« (›die Frau‹ sagt er von mir, dachte Valerie entsetzt) »nicht und schwört jeden Meineid, nur weil sie ihren Sohn, der einfach ein Halbjud ist, zum Arier machen will? Das ist doch verständlich, daß man sich das fragt! Jeder Richter wird sich das fragen.«

»Aber so ist es nicht«, rief Valerie. »So ist es nicht, Heinz, ich habe es dir doch geschworen!«

»Nicht«, sagte er leise.

»Was nicht?«

»Du sollst nicht so schreien. Und dich nicht so aufregen.«

»Ich muß mich aufregen! Glaubst du etwa, für mich ist es eine Kleinigkeit, jetzt so vor dir dazustehen? Deine Mutter, die nicht einmal sagen konnte, welcher dein Vater ist! In was für eine seelische Lage bringe ich denn dich? Was mußt du denn jetzt von mir denken?«

Seine Lippen bewegten sich kaum, als er sprach, und seine Stimme klang für Valerie wie die eines fremden Menschen.

Heinz sagte: »Was ich von dir denke, darüber will ich nicht reden.«

»Heinz!«

»Nein. Ich will nicht.«

»Warum nicht?«

»Weil es keine Rolle spielt«, antwortete er.

»Keine Rolle? Aber für mich spielt es eine Rolle!«

»Für mich nicht. Für mich spielt eine einzige Sache auf der Welt eine Rolle. Alles andere ist mir egal.«

»Wovon sprichst du?«

»Von dem Juden. Ich bin nicht sein Sohn. Das hast du beschworen. Der Onkel Martin ist nicht mein Vater, der Onkel Ludwig ist es also. Meinetwegen. Gut, daß ihr das so rasch herausgefunden habt. Ich hätte mich sonst noch an den Onkel Martin als Vater gewöhnt. Kleiner Irrtum. Kann vorkommen. Irren ist menschlich.« So muß ein ss-Führer sprechen, dachte Valerie entsetzt, ein Himmler, ein Kaltenbrunner! Und es ist mein Junge, der so spricht, mein Junge! Schaudernd hörte sie, was Heinz noch sagte: »Die einzige Sache auf der Welt, die für mich eine Rolle spielt, ist, daß der Jud nicht mein Vater ist, *daß ich ein Arier bin!*«

38

»Dies war also die Reaktion Ihres Sohnes«, sagte Nora Hill drei Tage später im Teekammerl der Buchhandlung. Es war gerade Mittagspause. Martin Landau machte seinen Spaziergang um den Block. Valerie saß am Schreibtisch. Sie hatte der jungen Frau alles erzählt, was geschehen war. Nun nickte sie.

»Ja, das ist seine Reaktion gewesen. Danach sagte er nur noch, daß er jetzt schlafen müsse, es sei schon spät . . .«

Nora Hill trug an diesem heißen Tag ein kornblumenblaues Kleid aus leichter Seide, weiße Handschuhe, weiße Schuhe und einen großen, breitkrempigen weißen Hut.

»Das ist alles sehr schwer für Sie, Frau Steinfeld . . .«

»Es geht schon.« Valerie strich über ihren Verkäuferinnenmantel. »Es muß gehen. Es wird gehen!«

Nora klopfte auf Holz.

»Nein, nein, wirklich! Das anthropologische Gutachten ist hervorragend! Alle sind bereit, noch einmal als Zeugen auszusagen, auch die Frau Lippowski. Den Doktor Forster sehe ich morgen wieder. Ich habe bei meinem allerersten Besuch in seiner Kanzlei von einem zweiten Mann geredet, sagt er, es steht im Protokoll, er hat nachgeschaut.«

»Wieso? Hatten Sie damals selber schon die Idee . . .?«

»Nein! Das war nur Panik, soweit ich mich erinnere. Er erschreckte mich mit der Möglichkeit, daß sich Herrn Landaus Vaterschaft als unmöglich erwies – da habe ich auf alle Fälle von einem anderen Mann geredet, wissen Sie? Instinkt muß das gewesen sein . . . Jetzt ist es ein Segen, sagt der Doktor, denn dieses erste Protokoll hat er seinerzeit dem Gericht zur Verfügung gestellt, darauf kann er sich nun berufen . . . Nein, nein, mit mir brauchen Sie kein Mitleid zu haben. Es geht mir . . . großartig geht es mir, denn jetzt habe ich doch neue Hoffnung!« Valerie neigte sich vor. »Ach, etwas ganz Wichtiges, Fräulein Hill! Wann fliegen Sie wieder nach Lissabon?«

»Bald schon diesmal, in zehn Tagen. Wir sehen uns natürlich noch. Herr Flemming will genau informiert sein. Vielleicht hat er auch noch einen Einfall oder kann einen Rat geben oder mit seinen Beziehungen etwas anfangen. Da muß er natürlich sehr vorsichtig sein. Und Sie dürfen ihn nie verraten!«

»Nie!« Valerie hob zwei Finger wie ein Kind. »Aber nach dem Krieg werde ich mich dankbar zeigen, darauf kann er sich verlassen.«

»Darauf verläßt er sich auch. Etwas ganz Wichtiges wollten Sie mir noch sagen, Frau Steinfeld?«

»Ja. Eigentlich sind es zwei Sachen. Erstens: Bitte erzählen Sie Ihrem Freund, hier in Wien geht alles sehr langsam, aber ausgezeichnet. Die Blutgruppenbestimmung hat eine Vaterschaft von Herrn Landau *möglich* gemacht! Wie zu erwarten gewesen ist. Bitte, Fräulein Hill – Sie werden lügen, ja?« Plötzlich fühlte Nora ihre Hände von den eiskalten Händen Valeries gepackt. »Selbst Ihr Freund darf die Wahrheit nicht kennen! Damit er sich nicht vor meinem Mann verspricht. Pauls Gesundheit! Wenn der sich aufregt . . . Mein Gott, krank werden würde er bestimmt! Sie sagen Ihrem Freund, es dauert alles lange, aber es geht uns allen gut . . . das tun Sie doch, nicht wahr?«

»Ja«, sagte Nora Hill, erfüllt von Mitleid, »das werde ich tun, Frau Steinfeld. Und was war die zweite Sache?«

»Die zweite Sache . . .«, Valerie holte Atem. »Herrn Flemmings Chauffeur hat sich doch mit Zyankali vergiftet . . .«

»Und?«

»Und Sie haben mir gesagt, daß Agenten und... und solche Leute alle diese Kapseln haben, daß das gar nicht ungewöhnlich ist.«

»Ja, sicherlich.«

»Dann hat Herr Flemming doch bestimmt auch Gift! Streiten Sie es nicht ab! Ganz gewiß hat er auch etwas!«

»Ich streite es ja gar nicht ab. Seien Sie nicht so laut!«

Valerie flüsterte: »Ich möchte ihn bitten, *herzlichst* bitten, daß er mir durch Sie zwei von seinen Kapseln schickt...«

»Sie wollen doch nicht – um Gottes willen, Frau Steinfeld!«

»Nein, nein, wo denken sie hin! Nur für den Notfall... für den äußersten Notfall...« Valeries flüsternde Stimme hetzte. »Es weiß doch niemand, was noch alles kommt! Und dann sind Sie oder Herr Flemming vielleicht nicht da, um zu helfen... und sie holen uns... den Heinz und mich... ich weiß nicht, wohin... ich meine, ich weiß es *genau!* Und Sie wissen es auch! Ich... ich will dann nicht noch gequält werden... und ich will nicht, daß sie den Heinz quälen... Er ist doch noch ein Kind...« Valerie griff wieder nach Noras Händen. »Ich verspreche Ihnen, ich werde die Kapseln nur benützen, wenn es *absolut* notwendig ist! Wird er mir zwei geben, der Herr Flemming? Glauben Sie das?«

»Ich glaube schon«, sagte Nora Hill erschüttert.

»Das ist ein guter Mensch«, murmelte Valerie. »Wahrhaftig, ein guter Mensch...«

39

Drei rostrote Eichkätzchen mit dunklen Schwänzen. Zwei graubraune. Und zwei schwarze. Sie saßen auf einem freigeschaufelten Weg des Türkenschanzparks, am Rande eines der kleinen, zugefrorenen Seen, und sie knabberten Haselnüsse, die sie zwischen ihren winzigen Pfoten hielten. Aufrecht saßen sie da, die dichtbehaarten Schwänze elegant aufgestellt, ganz zahm, ganz nahe vor Irene und Manuel, die sie fütterten. Sie hatten die Nüsse in kleinen Säckchen aus einem der Automaten im Park gezogen. Es war Samstag, der 25. Januar, gegen halb drei Uhr nachmittag.

Manuel hatte den Vormittag bei dem Hofrat Groll verbracht und ihm von seinem Gespräch mit Nora Hill in der Nacht zuvor erzählt. Sie war nicht in der Lage gewesen zu sagen, wie der Prozeß mit dem vorgeblichen zweiten, verstorbenen Kindsvater weitergegangen war, und hatte ihre Erzählungen deshalb hier wieder einmal unterbrechen müssen...

»Aber der Anwalt weiß sicher Bescheid, lieber Freund.«

»Ich bin mit ihm verabredet, morgen nachmittag.«

»Sehen Sie. Und wenn Sie Bescheid wissen, kommen Sie wieder zu mir ...« So war das Gespräch mit Nora beendet worden.

»Eines noch«, hatte Manuel dann später zu Groll gesagt.

»Ja?«

»Die Giftkapseln ... Frau Hill hat es mir erzählt: Flemming gab sie ihr, als sie ihn darum bat, und sie gab sie Frau Steinfeld. Die bewahrte sie auf. Sechsundzwanzig Jahre lang bewahrte sie die Zyankalikapseln auf! Bis in dieses Jahr, in diesen Monat, bis zum neunten Januar ... Ja, Herr Hofrat, das Gift, mit dem Frau Steinfeld meinen Vater und sich selber tötete, stammte von Flemming.«

»Also wäre auch das endlich geklärt«, meinte der Hofrat, am Samstagvormittag, in seinem Büro. Mit einem Finger umfuhr der schwere Mann das silbrig-grüne Ginkgo-Blatt, das unter Glas auf seinem Schreibtisch lag. Die Fingerkuppe glitt vom Stiel aufwärts den ganzen Blattumriß entlang und wieder zum Stiel zurück.

»Aber warum hat sich Frau Steinfeld all die Jahre hindurch geweigert, das Gift wegzuwerfen? Warum hob sie es auf? *Für meinen Vater?* Herr Hofrat!«

»Das wissen wir nicht«, sagte Groll.

»Das wissen wir *noch* nicht! Ich finde es heraus! Ich finde alles heraus, wie Sie sehen, Herr Hofrat! Auch das Letzte ...«

»Sicherlich«, hatte Groll, das Blatt umfahrend, geantwortet.

Die Möven-Apotheke schloß am frühen Samstagnachmittag. Manuel hatte Irene zu einem Mittagessen im ›Ritz‹ abgeholt – schon um zwölf Uhr –, danach waren sie hier heraus, zu dem großen Park gefahren und hatten den Wagen in der Gregor-Mendel-Straße stehen lassen.

Sie machten einen weiten Spaziergang. Es war sehr kalt an diesem Tag, windstill, und es schneite nicht. Irene trug ihren Seehundmantel und die Seehundstiefel, Manuel seinen Kamelhaarmantel und die Pelzmütze. Er hatte auch Irene alles erzählt, beim Essen, während der Fahrten. Im Park gingen sie schweigend nebeneinander. Und weit hinter ihnen schritten zwei Männer, die Hände in den Taschen, und blieben stehen, wenn die beiden stehenblieben, und gingen weiter, wenn die beiden weitergingen. Heute bewachten Franzosen Manuel Aranda ...

Bei dem kleinen See hatte Irene dann die Eichkätzchen erblickt. Zuerst waren zwei der possierlichen Tierchen über die weiten Schneeflächen der Wiesen gehüpft gekommen, dann drei, nun waren es sieben. Sie knabberten um die Wette.

Manuel sah Irene an, während er eine neue Handvoll Haselnüsse auf den Weg warf.

»Woran denken Sie?«

»An den Jungen«, sagte sie.

An ihren Bruder, überlegte er. An ihren Bruder, von dem sie, wenn ich es verhindern kann, niemals wissen wird, daß es ihr Bruder war. Wie seltsam, daß sie nach allem, was ich erzählt habe, nun über ihn nachsinnt. Seltsam?

»Und was meinen Sie?« fragte er.

»Daß er ein schreckliches Schicksal hatte«, sagte Irene.

»Schreckliches Schicksal?« wiederholte er überrascht. »Wenn hier jemand zu bemitleiden ist, dann, finde ich, die Mutter! Sie hat am meisten gelitten! Bedenken Sie, wie weh ihr das Verhalten des Jungen getan haben muß, als er so mit ihr redete. Man könnte direkt fragen: War ein solcher Mensch das alles wert – das Leid, die Lügen, die Aufregungen, die ganze Mühe?«

»Nein, so kann man *nicht* fragen!« sagte Irene heftig.

»Und sein Verhalten gegen Bianca? Und was er damals mit diesem geflohenen Russen tun wollte, bloß weil er sich schon so sehr als ›deutscher Mensch‹ fühlte?«

»Das eben nenne ich ein schreckliches Schicksal.« Irene warf Nüsse vor die Eichhörnchen, die es nicht im mindesten störte, daß die beiden Menschen sich unterhielten.

»Schrecklich – wieso?«

»Die Seele, der Charakter dieses Jungen wurden doch verbogen, alle seine Gefühle waren wirr und pervertiert zuletzt . . . Er wollte unbedingt so sein wie die anderen, wie die ›guten‹ Deutschen, ja, die ›anständigen‹ Deutschen, wie die . . .«

»Unbedingt dabeisein wollte er bei dem Establishment, das genauso unsinnig war wie alle anderen auch«, sagte er zornig, während er sofort dachte: Ach, Irene ist seine Schwester! Die Schwester verteidigt den Bruder. Ohne eine Ahnung zu haben. Automatisch nimmt sie seine Partei . . .

»Ja, bei dem Establishment der Arier dabeisein!« sagte Irene. »Was, glauben Sie, haben die Nazis mit dem Idealismus, dem Glauben, dem Mut, der Ehrlichkeit dieser Halbwüchsigen angefangen? Wer die Jugend hat, hat die Zukunft. Das war ihre Parole. Das ist die Parole aller Diktaturen! So sein dürfen wie das Ideal, das man ihnen vorzeichnete – das wollten die jungen Leute damals. Was verlangen Sie von einem Siebzehnjährigen, den man ausgestoßen, verfemt, geächtet hat? Kritische Vernunft? Überlegenheit? Widerstand gegen das Regime und Liebe zum Vater, der ihm in seinen Augen alles Unglück beschert hat, das er zu erleiden hatte?«

»Aber . . .«, begann Manuel, doch sie unterbrach ihn: »Warten Sie! Ich sage, daß ich Heinz *verstehe!* Er handelte so, wie er unter den Umständen handeln *mußte!* Wissen Sie, daß es unzählige Fälle gab, in denen Kinder ihre Eltern angezeigt haben, wenn sie zum Beispiel London hörten oder über Hitler schimpften – nur weil der verehrte Lehrer, die verehrte Lehrerin ihnen gesagt hatten, sie müßten wachsam sein und jeden anzeigen, der gegen den Staat ist? Wissen Sie, was der Faschismus in den Seelen der besten und wertvollsten jungen Menschen angerichtet hat? Was sie dann taten – aus Hingabe an eine geliebte, grauenvoll böse Sache?«

Ihr Bruder, dachte Manuel. Sie verteidigt ihren Bruder, indem sie von einer ganzen Jugend spricht.

»Sie waren nicht hier! Sie haben so etwas nie erlebt! Sie können es sich nicht vorstellen!« rief Irene.

»Das hat man mir schon ein paarmal gesagt. Darf ich nun auch etwas sagen?«

»Sie haben keine Ahnung, wie... Was wollen Sie sagen?«

Er legte einen Arm um ihre Schulter und zog sie dicht an sich.

»Ich liebe dich«, sagte Manuel Aranda so leise, als dürften es nicht einmal die Eichhörnchen hören.

Sie antwortete nicht, aber als er seine Lippen auf die ihren legte, öffneten sie sich, und ihr Mund wurde weich und wunderbar. Plötzlich umarmte auch sie ihn. Der Kuß dauerte.

Sieben Eichhörnchen saßen vor dem reglosen Menschenpaar und sahen es erstaunt an. Die kleinen Tiere hatten blanke Augen.

40

Der Anwalt Dr. Otto Forster erschien Manuel in geradezu beängstigender Weise verändert. Sein entstelltes Gesicht war rosig und stark durchblutet, er bewegte sich voller Elan, er sprach schnell und lebhaft, seine Augen strahlten. Die Jause hatte Haushälterin Anna diesmal auf einem Tisch in dem mit Schiffsmodellen und Werkzeugen vollgeräumten Arbeitsraum serviert, wo es nach Leim und Farben roch. Auf einem anderen Tisch lag ein großer Stapel Akten.

»Jetzt habe ich... nehmen Sie noch ein Stück Streuselkuchen, Herr Aranda, er ist großartig... jetzt habe ich endlich den größten Teil der Unterlagen beisammen, und da sagen Sie mir, daß Sie mittlerweile schon so viel von Frau Hill und Herrn Landau erfahren haben. Die sind schneller gewesen als ich!«

»Vieles weiß ich aber immer noch nicht.«

»Dann war unsere Mühe nicht ganz umsonst.« Forster lachte. »Glauben Sie nicht, daß es mir nicht auffällt, wie Sie mich anstarren, Herr Aranda! Ich bin so aufgeregt... so durcheinander... Ich habe bestimmt einen Blutdruck von zweihundert!«

»Aber was ist denn geschehen?«

»Was ist geschehen!« Forster rieb sich die Hände, er strahlte. »Mrs. Demant ist gestorben! Auf den Bahamas. Die Witwe des Warenhauskönigs

Demant! Diamant hat er eigentlich geheißen, ein Wiener, ich half ihm 1938 noch raus. Und auch sein Vermögen brachte ich in Sicherheit. Die Demants besaßen keine Verwandten mehr. Nun hat mich die Frau im Testament als Universalerben eingesetzt. Verrückt, wie? Kann man das glauben? Man *muß* es glauben, es ist so!«

»Dann sind Sie jetzt ja ein reicher Mann!«

»Bin ich, ja. Ein sehr reicher Mann. Natürlich kann ich mich um die Geschäfte nicht kümmern. Das konnte auch Mrs. Demant nicht. Sie hatte ihre Bevollmächtigten. Werde auch ich haben.«

»Sie wollen auf die Bahamas?« Manuel hatte erst jetzt begriffen.

»Freilich!« Forster strahlte. »Das ist doch das Wunderbare! Das Märchenhafte! Ich kann fort, fort aus Wien! Mein Traum... jetzt geht er doch noch in Erfüllung!« Er lehnte sich über den Tisch und sah Manuel von unten an. »Auf einmal glaube ich wieder an den lieben Gott! Ich weiß natürlich nicht, ob ich in dem Riesenbesitz der Demants wohnen werde. Vielleicht ist er zu groß für mich. Wahrscheinlich. Dann verkaufe ich ihn eben und nehme mir ein kleines Haus. Auf den Bahamas, Herr Aranda, auf den Bahamas!«

»Und Ihre Familie... Ich meine, was sagt die dazu?«

»Die freut sich mit mir! Nicht nur über das viele Geld. Auch darüber, daß ich nun doch noch fort kann, fort aus dieser Stadt! Natürlich reise ich mit dem Schiff...« Forster blinzelte.

»Und Sie werden kein Heimweh haben?«

»Heimweh? Nach *Wien?*«

»Ich freue mich mit Ihnen«, sagte Manuel.

Wenige Minuten später saßen sie an dem anderen Tisch mit den vielen Akten. Forster blätterte in ihnen...

»Jetzt haben wir das alles gefunden, sehen Sie... den Bescheid über die Blutgruppenbestimmung... das anthropologische Gutachten...« Er schob Manuel gelb gewordene Papiere hin. Der las flüchtig einzelne Sätze.

»Ein erstklassiges Gutachten! Der Junge wurde geradezu als nordischer Paradegoj eingestuft! Starke Ähnlichkeiten zur Kindsmutter und dem angeblichen Kindsvater, Herrn Landau, erkannten die Herren Ärzte – diese Idioten!« sagte Forster. »Und keinerlei Ähnlichkeiten zu den stark jüdischen Rassenmerkmalen im Gesicht des gesetzlichen Vaters, von dem sie nur Fotos hatten...« Der Anwalt seufzte. »Ein Traumgutachten! Um so vernichtender die Blutgruppenuntersuchung.«

»Frau Steinfeld erzählte Ihnen, sie habe auch noch mit einem zweiten Mann geschlechtliche Beziehungen gehabt...«

»Ja, das tat sie.«

»Sie hatten erwartet, daß Frau Steinfeld etwas Derartiges erzählen würde, wenn die Blutgruppen nicht stimmten?«

»Freilich. Sehen Sie, ich mußte damals an zweierlei denken: Erstens, der Junge sollte gut durch den Krieg gebracht werden. Also bestand meine Aufgabe zunächst einmal darin, diesen Prozeß unter allen Umständen weiterzuschleppen. So lange wie möglich hatte ich eine *definitive* Entscheidung zu verhindern. Das war Punkt eins. Punkt zwei: Ich mußte sehen, daß die Zeugen, allen voran Herr Landau, nun nicht zu Schaden kamen. Die waren in gar keiner schönen Situation damals. Zum Glück hatten sie diesen Bluthund Gloggnigg nach Berlin versetzt, ich erzählte es Ihnen. Der neue Richter hieß Arnold ...« Forster kramte in den vielen Papieren, die vor ihm lagen. Manuel hielt eine Hand an den Mund. So roch er noch immer den Duft eines Parfums, schwach, aber süß. Er hatte plötzlich irrsinniges Verlangen nach Irene, er sah und hörte und fühlte in Sekunden alles noch einmal – den einsamen Park, den zugefrorenen See, die Eichhörnchen, das Gespräch über Heinz, die Umarmung, den Kuß ...

»... war dieser Arnold, ein ganz Ergebener, Übereifriger, stets voll Angst, er könnte etwas falsch machen«, erreichte Forsters Stimme wieder Manuels Bewußtsein. »Und ebenfalls zum Glück war damals, im Juli 1943, wieder einmal mein Freund Peter Klever aus Berlin zu Besuch hier. Natürlich trafen wir uns. Natürlich machte er mir wieder Vorwürfe für mein Verhalten, das die Wiener Anwaltskammer mehr und mehr in Zorn versetzte, und natürlich half er mir dann zuletzt doch wieder, der gute Peter ...«

41

»Es ist mir eine besondere Freude, Ihnen mitteilen zu können, wie zufrieden man mit Ihrer Arbeit in Berlin ist, Herr Landgerichtsdirektor. Sie ersetzen Ihren Vorgänger, den Kollegen Gloggnigg, vollkommen, tatsächlich vollkommen!« Ministerialrat Dr. Peter Klever verzog sein breites Gesicht zu einem Lächeln, die buschigen Augenbrauen tanzten. Der schwere, große Mann, der in Uniform und Schaftstiefeln, die Tellermütze auf den Knien, vor dem rundlichen, rosigen und kleinen Landgerichtsdirektor Dr. Engelbert Arnold in dessen Arbeitszimmer im Justizpalast saß, besuchte anläßlich seiner Wiener Aufenthalte routinemäßig alle neuen, ihm noch unbekannten Richter. Das gehörte zu seinem Auftrag. Dieses Gespräch gehörte nicht zu seinem Auftrag. Was er sagte, stimmte auch nicht. In Berlin war die Tätigkeit des Landgerichtsdirektors Arnold noch keinem Menschen angenehm oder unangenehm aufgefallen. Klever belog den an einen menschlichen Pudding erinnernden Arnold auf Bitten seines Freundes Forster. Wohl war ihm nicht dabei. Aber natürlich werde ich

Otto immer helfen, immer wieder, ich Rindvieh, dachte der Mann, der etwas mehr als ein Jahr später, nach dem mißglückten Attentat auf Hitler, in bestialischer Weise gehenkt werden sollte.

Der Menschen-Pudding strahlte entzückt.

»Man tut, was man kann, Herr Ministerialrat! Ich gebe mir alle Mühe, meinen großartigen Vorgänger zu ersetzen – leicht ist das nicht. Darum freut mich eine solche Mitteilung besonders!«

»Was man an Ihnen am meisten schätzt, das ist Ihre absolute Integrität«, erklärte Klever. »In einem Rechtsstaat wie dem unseren muß jede Seite eines Falles beleuchtet und überprüft werden. Genauestens! Wir dürfen uns nicht nachsagen lassen, die deutsche Justiz handle leichtfertig oder liebedienerisch der Partei gegenüber. Das auf keinen Fall, Herr Arnold!«

»Auf keinen Fall, gewiß. Meine Devise. Ich bin in der Partei, selbstverständlich. Ein getreuer Gefolgsmann des Führers. Gerade deshalb achte ich peinlichst auf Anstand und Sauberkeit in meinen Fällen – und wenn sie noch so dubios erscheinen: Kein Urteil, bevor wirklich auch dem *aller* Wahrscheinlichkeit nach Schuldigen die letzte Chance gegeben wurde, seine Unschuld zu beweisen.«

»Bravo! Das ist der rechte Geist«, sagte Klever mit seinem starken preußischen Akzent, während er dachte: Du elendes, kleines Arschloch, du.

»Wie ich höre, haben Sie auch mit Abstammungsprozessen zu tun...«

»Jawohl, Herr Ministerialrat. Mit einigen. Sie erwähnen das, weil das ein besonders heikles Gebiet ist, nicht wahr?«

Jetzt wären wir also glücklich gelandet, dachte Klever und sagte: »Besonders heikel, sehr richtig, mein Lieber. Ich komme im ganzen Reich herum...«

»Gewiß!«

»...und im ganzen Reich werden solche Prozesse geführt...«

»Gewiß!«

»...nicht in Massen, aber doch, aber doch! Sie können sich nicht vorstellen, mit welcher Leichtfertigkeit da manchmal vorgegangen wird. In bester Absicht natürlich! Die Richter vermuten, daß es sich um Schwindelprozesse handelt, in denen Mütter versuchen, ihre halbjüdischen Bälger zu Ariern zu machen. Aber das ist *nicht immer* der Fall! Durchaus nicht immer, wie wir feststellen konnten! Ein Freund – Reichssippenhauptmann – sagte mir, daß man hier besonders aufpassen und wirklich den *letzten Zweifel* beseitigen muß, ehe man ein Urteil fällt.« Ich habe keinen Freund im Reichssippenhauptamt, dachte Klever. Herrgott, Otto wird doch noch auf die Schnauze fallen mit diesen Geschichten. Zum Verzweifeln! Und er läßt nicht mit sich reden. »Denn es *kann* immer wirklich ein Arier sein, der da vor Ihnen steht, Parteigenosse Arnold! Es *kann* immer sein, daß die Mutter und die Zeugen die Wahrheit erzählen – wenn die Geschichten, die man hört, manchmal auch noch so phantastisch klingen. Und nichts wünscht das Reichssippenhauptamt weniger als eine Fehlentscheidung, als ein Urteil, das einen arischen, wertvollen Menschen hinabstößt in den Sumpf des Judentums. Gerade diese Prozesse, lieber Peegee Arnold, werden mit der größten Aufmerksamkeit verfolgt!«

»Sehr freundlich von Ihnen, mir das zu sagen, Herr Ministerialrat.« Richter Arnold dienerte im Sitzen. »Wirklich sehr freundlich. Man muß doch schließlich wissen, worauf die Herren in Berlin besonderen Wert legen. Ich, hier in Wien, nur ein kleiner Landgerichtsdirektor...«

»Keine falsche Bescheidenheit! Wien ist die zweite Stadt im Reich! Und von wegen kleiner Landgerichtsdirektor – ich habe da etwas läuten gehört, daß ein Oberlandesgerichtsrat ins Haus steht!«

»Tatsächlich?« Arnolds runder, kleiner Mund öffnete sich. Ein Mund wie ein – na ja, dachte Klever, während er lächelnd sagte: »Bleibt aber unter uns...«

»Selbstverständlich, Herr Ministerialrat!«

»Weiß nicht, wann das beschlossen wird... kann noch eine Weile dauern...« Muß ich in Berlin durchsetzen, dachte Klever. Gott behüte, eine Beförderung! Das bringe ich noch fertig. »Aber wenn Sie so weitermachen, mein Guter, wenn Sie so weitermachen...«

42

»Ja, so hat mein alter Freund den neuen Richter also präpariert«, sagte Forster. »Das war vielleicht eine Flasche, dieser Arnold! Die erste Verhandlung nach Erstellung der Gutachten unter seinem Vorsitz fand erst am zehnten September 1943 statt.«

»So spät?«

»Gerichtsferien!«

Forster reichte Manuel mehrere zusammengeklammerte Papiere.

»Das Sitzungsprotokoll. Wieder ausgefertigt von dieser teiggesichtigen, gelangweilten Bohnen. Sie blieb uns erhalten, die Bohnen«, sagte Forster. »Hier, schauen Sie einmal: ›Aufruf zur Sache: 9 Uhr 35...‹«

Manuel las: ›Wegen Richterwechsels wird die Verhandlung gemäß § 412 neu durchgeführt. Die gefaßten Beweisstücke werden wiederholt, die Ergebnisse der bisherigen Verhandlung an Hand der Akten und die Ergebnisse der angeordneten Untersuchungen an Hand der Gutachten verlesen, im Einverständnis mit den Parteien...‹

43

»Tja«, sagt Landgerichtsdirektor Engelbert Arnold, die Würstchenfinger
ineinanderflechtend und Valerie fixierend, »damit dürfte der Fall wohl
klar liegen, Frau Steinfeld. Herr Landau kann nicht der Vater Ihres Sohnes sein. Über gesicherte wissenschaftliche Untersuchungsergebnisse
vermag sich niemand hinwegzusetzen.«

Er thront auf dem Stuhl, auf dem bei der ersten Verhandlung noch der
Dr. Gloggnigg gethront hat, wir sind im gleichen Saal 29, im dritten Stock
des Justizpalastes. Heute fällt das Licht einer milden Herbstsonne durch
die Fenster.

Neben dem rosigen Arnold hockt – während sie schreibt, bohrt sie kurz
in der Nase – die schlampige Stenographin Bohnen, stumpf und dumpf
der Gesichtsausdruck, aber eine Arierin, eine Arierin, denkt Valerie, die
an der Seite Dr. Forsters hinter dem Tisch rechts vom Richter sitzt. Gegenüber sitzt der Kurator Dr. Kummer.

Valerie – sie trägt ein braunes Kostüm – ist heute als einzige Beteiligte
in diesem Prozeß geladen worden, denn es geht bei der Sitzung ja nur um
das Ergebnis der Beweisaufnahme, und da diese vernichtend ausfiel, wird
man den Fall sofort mit einer Abweisung der Klage beenden können, so
jedenfalls beurteilt Richter Arnold die Sache.

Kurator Kummer hat draußen auf dem Gang einen schlanken, schwächli-
chen Mann gesehen. Saß vor der Tür zu Saal 29, der Mann. Als erwarte
er, irgendwann aufgerufen zu werden. Der Anblick dieses Menschen, der
ihn an irgend jemanden erinnerte, machte Kummer vorsichtig. Langsam,
langsam, man kann nie wissen, nie ...

»Frau Steinfeld!« sagt Arnold, da er von der starr dasitzenden Valerie
keine Antwort erhalten hat.

»Ich ...«, beginnt sie nun, als sich neben ihr Forster zu seiner ganzen
Größe erhebt. Er spricht betont gleichmütig: »Ich setze das Gericht davon
in Kenntnis, daß meine Mandantin mich nach Erhalt der Blutgruppenbe-
scheide aufsuchte und mir die Mitteilung machte, sie hätte in der fragli-
chen Zeit vor der Geburt ihres Sohnes auch noch Beziehungen zu einem
andern Mann unterhalten.«

Der Landgerichtsdirektor Arnold denkt: Natürlich eine Lüge. Aber etwas
Neues. Das hatte ich noch nicht. Vorsicht, Vorsicht. Nicht hinreißen lassen. Korrekt und sachlich bleiben. Was hat der Klever, dieser Piefke, gesagt? Im Reichssippenhauptamt legen sie auf solche Prozesse den größten
Wert.

Der Kurator Kummer denkt: Ich habe ja gewußt, dieser Forster führt noch
etwas im Schilde. Trick natürlich. Aber ein gerissener Kerl. Was mir das
persönlich scheißegal ist, ob der Bub ein Arier ist oder nicht, oder ob er

durch einen Trick einer wird oder auf ehrliche Weise! Es sieht scheußlich aus an den Fronten. Das geht schief, es muß schiefgehen. Und wenn ich jetzt noch sehr das Maul aufreiße – was wird nachher aus mir? Immer mit der Ruhe. Wegen einem kleinen Halbjuden werde ich mir nicht die Zukunft vermasseln.

Der rosige Vorsitzende erkundigt sich höflich: »Um welchen zweiten Mann handelt es sich, Herr Rechtsanwalt?«

»Um Herrn Ludwig Orwin, Herr Vorsitzender.«

»Orwin? Orwin? Da war doch ein Bildhauer, der hieß...«

»Das ist der Mann, Herr Vorsitzender.«

»Aber der ist lange tot!«

Forster sieht Arnold unbewegt an.

»Er kam 1934 bei einem Eisenbahnunglück vor Hamburg ums Leben, am vierundzwanzigsten August.«

Püh! denkt der Vorsitzende. Wenn das nicht die Wahrheit ist, dann ist es eine prima Erfindung.

Donnerwetter, denkt der Kurator, ein Einfall, muß man zugeben.

»Herr Orwin wurde am fünften Januar 1894 geboren«, sagt Forster, ein Blatt konsultierend. »Er lernte meine Mandantin später als Herr Landau kennen – nur einige Monate später –, ebenfalls, als sie ein Museum besuchte, und auch er wurde anschließend ein sehr guter Freund von ihr, der häufig bei dem Ehepaar Steinfeld eingeladen war.«

»Frau Steinfeld, wollen Sie einmal vortreten, bitte?« (Immer an den Ministerialrat Klever, diesen Piefke, denken. Sie loben mich und meine Verhandlungsführung über den grünen Klee in Berlin. Also Ruhe und Höflichkeit. Ein Oberlandesgerichtsrat steht ins Haus, Herrschaften!)

Valerie ist vor den Richtertisch getreten. Diesmal hat sie nicht so viele Beruhigungsmittel genommen. Sie sieht blaß aus. Tiefe Schatten liegen unter den Augen, die so glanzlos sind wie die hellen Haare. Hielt man Valerie früher stets für jünger, als sie war – nun schätzte jeder sie im Gegenteil älter ein, als sie ist. Eine verblühte, verhärmte und traurige Frau, die sich mit großer Kraftanstrengung um Haltung bemüht...

In der linken Hand hält Valerie das kleine bleierne Glücks-Reh aus dem Knallbonbon, das schon zweimal die Strecke Wien–Madrid–Lissabon–London geflogen war.

»Frau Steinfeld«, sagt der Vorsitzende, väterlich geradezu, findet er selber, »das wäre also Ihre neue Einlassung?«

»Ja, Herr Direktor.«

»Sie wissen, daß Sie uns hier die Wahrheit und nur die Wahrheit sagen müssen.«

»Ich weiß es.«

»Warum haben Sie dann bisher nichts von Ihren intimen Beziehungen zu diesem Herrn Orwin berichtet?«

»Ich war der festen Überzeugung, daß Herr Landau der Vater meines Sohnes ist!«

»Aber Sie hatten doch, nach eigener Angabe, auch mit Herrn Orwin Kontakte.«

Unheimlich, wie ruhig ich bin, denkt Valerie und sagt: »Das stimmt. Einige Monate lang, sehr intensiv, 1924 war das, im Herbst. Dann, als mein Mann – ich meine Paul Steinfeld – 1925 so lange verreist war, kam es im August 1925 noch einmal zu Intimitäten . . .«

»Einmal?« ruft der Kurator dazwischen. Etwas muß man schließlich tun, sonst heißt es wieder, man vernachlässigt seine Pflicht.

»Dreimal«, antwortet Valerie. »Mit Herrn Landau war der Verkehr viel häufiger. Wir waren auch nicht vorsichtig. Das war Orwin allerdings auch nicht immer. Deshalb hatte ich fest geglaubt, meinen Sohn mit Martin Landau gezeugt zu haben, und deshalb . . .« Sie bricht ab und starrt den Richter Arnold an, bis der tatsächlich rot wird.

Forster steht auf.

»Herr Vorsitzender, ich bitte zu bedenken, wie furchtbar beschämend das alles für meine Mandantin ist!«

»Das sehe ich vollkommen ein, Herr Rechtsanwalt.« Arnolds Stimme wird samtweich. »Aber schließlich hat *sie* diesen Prozeß angestrengt. Wir müssen die Wahrheit finden, nicht wahr? Darum geht es doch vor allem Ihnen, Frau Steinfeld, wie?«

»Ja«, sagt Valerie. »Selbstverständlich. Ich sehe auch ein, daß ich das alles gleich hätte angeben müssen. Ich habe es aus Scham unterlassen. Aber nun bleibt mir kein anderer Weg mehr. Ich bitte das Gericht um Verzeihung dafür, daß ich unvollständige Angaben gemacht habe. *Unvollständige* – nicht *unwahre.*«

»Sie werden mir recht geben, Frau Steinfeld, wenn ich sage, daß uns das vor eine völlig neue Situation stellt!« ruft der Kurator.

Valerie nickt.

Der rosige Arnold sieht den Kurator an und bemerkt: »Da wir nun aber einmal Kenntnis davon haben, müssen wir uns mit dieser neuen Situation auseinandersetzen, Herr Doktor, gelt?«

»Natürlich, Herr Vorsitzender, natürlich. Ich meinte nur . . . praktisch muß jetzt alles von vorn anfangen.«

»Dann muß es eben von vorn anfangen. Die Frau Steinfeld gibt neue Tatsachen bekannt, und ich bin der Ansicht, daß wir die – insbesondere nach dem so positiven anthropologischen Gutachten – zu würdigen und zu prüfen haben.« Er wendet sich an Valerie und spricht wieder mit seiner Gütiger-Vater-Stimme: »Nun machen Sie nicht ein so furchtbar unglückliches Gesicht. Bei diesen Prozessen sind wir noch ganz andere Sa-

chen gewöhnt. Das alles ist menschlich... menschlich, hrm, hrm... Sie
erklären also, daß Sie im... wann war das?... ah, ich sehe schon, im August 1925 sowohl mit Herrn Landau wie auch mit Herrn Orwin verkehrt
haben – mit dem einen häufig, mit dem anderen nur dreimal. Ist das so
richtig?«
»Ja, Herr Direktor.«
»Weiß Herr Landau etwas davon?«
Wieder steht Forster auf.
»Ich habe mir erlaubt, Herrn Landau herzubitten, damit er gleich befragt
werden kann. Er wartet draußen.«
Also dieser Landau ist das, der da draußen sitzt! denkt der Kurator. Jetzt
erinnere ich mich wieder. Wie gut, daß ich das Maul gehalten habe, wahrhaftig. Besonders bei diesem neuen Vorsitzenden. Das scheint ja eine ganz
weiche Zwetschke zu sein.
»Sehr aufmerksam von Ihnen, Herr Verteidiger«, sagt die weiche
Zwetschke. »Wenn auch nicht einwandfrei... vom rechtlichen Stand-
punkt... Aber weil er schon einmal da ist... Nein, nein, warten Sie, Frau
Steinfeld. *So* schnell geht das nun auch wieder nicht! Ich vereidige Sie
jetzt zum zweitenmal. Sie heben die rechte Hand und sprechen mir nur
die letzten Worte nach...«
Alle stehen auf.
Valerie hebt die rechte Hand.
Ganz heiß geworden ist das winzige Reh in ihrer Linken.

44

Valerie hat die Augen kurz geschlossen, als ich an ihr vorbeigegangen bin,
denkt Martin Landau, vor dem Richter stehend. Das heißt, daß soweit alles gut läuft. Es muß weiter gut laufen jetzt! Natürlich Valeries und
Heinz' wegen. Aber auch meinetwegen, verflucht! Ich muß an mich denken! Wenn die den Orwin nicht schlucken und der Prozeß nicht weitergeht und dieser Drecksskerl von einem Kurator, ich kann seine Visage gar
nicht anschauen, jetzt mit Meineid und einem Verfahren gegen mich an-
fängt – Himmel, was wird dann? Was macht die Partei mit so einem wie
mir? Von Gefängnis hat die Tilly damals, bevor alles begann, gesprochen,
von Zuchthaus, кz, vom... ja... ja, vom *Galgen!* O Gott, o Gott...
»Herr Landau!«
Der schmale Mann zuckt zusammen. Heute hat er nicht den Schneid und
die Angriffslust der ersten Verhandlung. Heute ist er abwesend, verschreckt. Valerie sieht es mit Gram.
»Verzeihung, Herr Direktor!«

»Ich habe gefragt: Es war Ihnen also bekannt, daß Frau Steinfeld nicht nur zu Ihnen, sondern auch zu Herrn Orwin in intimen Beziehungen stand?«

Ach, Valerie, was hast du angerichtet!

»Das war mir bekannt, ja, Herr Direktor.« Wie schrecklich. »Ich habe allerdings erst nach der Geburt des Jungen davon erfahren. In einem vertraulichen Gespräch zwischen Ludwig und mir.«

»Ludwig, das war Herr Orwin?«

»Ja. Er und ich, wir hatten uns richtig angefreundet, Herr Direktor. Und als nun Heinz geboren wurde, da war ich sehr glücklich und stolz... Ich wollte doch, daß Frau Steinfeld sich scheiden läßt und mich heiratet und ich den Jungen als mein Kind anerkenne... Na, und einmal, da war ich in Ludwigs Atelier, und wir tranken eine ganze Menge... Ich vertrage kaum etwas... Und da habe ich ihm dann die Wahrheit gesagt über mich und Valerie... Frau Steinfeld.«

»Und?«

»Und da hat der Ludwig – der Herr Orwin sich furchtbar aufgeregt und mir gesagt, daß auch er ein Verhältnis mit Frau Steinfeld hat.«

»Hat oder hatte?« fragt Arnold schnell.

»Nein, nein, *hatte!* Ein *intensives* Verhältnis jedenfalls. Sie waren immer noch eng befreundet, aber Orwin hatte Ende 1925 eine junge Frau kennengelernt und sich sehr in sie verliebt... Diese Beziehung dauerte nicht lange, doch die intimen Beziehungen zu Frau Steinfeld waren abgebrochen – nach dieser Aussprache mit mir zog sich Orwin zurück. Es war auch das Ende unserer Freundschaft, Herr Direktor.« (Galgen, hat die Tilly gesagt, *Galgen!*)

»Haben Sie beide Frau Steinfeld nun zur Rede gestellt?«

»Ja, Herr Direktor.«

»Und?«

»Sie weinte sehr und... und... und gab zu, daß sie mit uns beiden verkehrt hatte.«

»*Sie* zogen sich aber *nicht* von ihr zurück.«

»Nein!« Landau wird lebhaft. »Ich litt freilich lange Zeit sehr, aber ich hatte Frau Steinfeld zu gern... Ich war viel einsamer als Orwin... Ich fand so schwer Kontakt zu Menschen... Orwin war da ganz anders... Und dann gab es das kleine Kind... Ich redete mir immer weiter ein, es sei von mir... Bis jetzt der Bescheid gekommen ist, habe ich es mir eingeredet! Nun muß ich mich damit abfinden: Heinz ist nicht mein Sohn, er ist der Sohn von Ludwig Orwin...«

»Tja«, sagt Richter Engelbert Arnold nach einer Pause, in der er inniglich an den Piefke Klever, das Reichssippenhauptamt, seine Beförderung und den Stein gedacht hat, den er da bei den Bonzen in Berlin wegen seiner

großartigen Verhandlungsart im Brett hat, »dann...« Jetzt ist es totenstill im Saal. Valeries Faust krampft sich um das Stückchen Blei. »...dann
wollen wir auch Sie vereidigen, Herr Landau...«

45

»Und so ging diese Verhandlung zu Ende«, sagte Dr. Otto Forster nun,
sechsundzwanzig Jahre später, im Bastelzimmer der tiefverschneiten
Villa an der Sternwartestraße und reichte Manuel einige weitere Seiten.
Er wies auf das letzte Blatt. »Hier, bitte.«
Manuel las:
›Beschluß:
1.) Zu einer neuen Verhandlung, die für den 10. November 1943, 9 Uhr
30, in Saal 29 des Justizpalastes anberaumt wird, sind als Zeugen zu laden:
Hermine Lippowski, Agnes Peintinger und Ottilie Landau;
2.) Der klagenden Partei wird aufgetragen, Lichtbilder von und alle Dokumente zur Erstellung eines großen Ariernachweises für Ludwig Orwin
dem Gericht ehebaldigst, jedoch nicht später als bis zum 30. Oktober
1943, zur Verfügung zu stellen;
3.) Die Lichtbilder werden dem Anthropologischen Institut übermittelt,
und ss-Sturmbannführer Privatdoz. Dr. Kratochwil wird mit einer neu-
erlichen Untersuchung beauftragt; diese soll ein Gutachten darüber erbringen, inwieweit es wahrscheinlich ist, daß der verstorbene Ludwig Orwin als Erzeuger des Klägers Heinz Steinfeld in Frage kommt...‹
Manuel reichte Forster die Papiere zurück.
»Frau Steinfeld hatte also erreicht, daß der Prozeß weiterging«, sagte er.
»Das hatte sie erreicht.« Forster nickte. »Bei der Vernehmung der Zeugen
lief alles ebenfalls glatt. Mit dem Fräulein Peintinger passierte beinahe etwas – das muß ich Ihnen noch erzählen, ich erinnere mich dunkel daran.
Mein Sohn hat angerufen, er ist heute nachmittag in der Kanzlei und
sucht persönlich nach den letzten Akten. Er meint, er findet sie gewiß.
Wenn Sie morgen zu mir kommen wollen... Ich meine, Sie möchten
doch schnell Bescheid wissen, nicht wahr?«
»Ja«, sagte Manuel. »Und Sie, Sie werden schon am Montag losziehen
wollen und Ihre Abreise vorbereiten, denke ich.«
Forster lächelte.
»Was ich mich freue – Sie können es sich nicht vorstellen! Also sagen wir:
Morgen um halb elf?«
»Sehr gut.«
»Dann erzähle ich Ihnen das Ende der Geschichte – soweit ich es erlebt
habe. Ich erlebte es nicht ganz, denn im Juli 44 wurde ich ja verhaftet,

und da lief der Prozeß immer noch.«

»Immer noch?«

»*Das* weiß ich bestimmt! Und noch etwas weiß ich: Er lief, obwohl das zweite anthropologische Gutachten verheerend, absolut negativ ausfiel . . .«

46

»Herr Aranda?«

»Ja?« Manuel saß im Salon seines Appartements. Er hatte gerade mit Nora Hill telefoniert und sie gebeten, ihn noch heute abend zu empfangen. Sobald er den Hörer in die Gabel gelegt hatte, klingelte das Telefon. »Hier spricht Ottilie Landau«, sagte die Stimme verlegen – bisher hatte Manuel sie stets nur befehlend, hart und aggressiv vernommen. »Ich möchte mich bei Ihnen entschuldigen, Herr Aranda. Für mein Benehmen gestern nachmittag auf dem Cobenzl. Für mein Benehmen überhaupt . . .«

Er antwortete nicht. Was soll das? dachte er.

». . . müssen doch verstehen, Herr Aranda! Ich habe Angst, große Angst. Das ist eine so unheimliche Geschichte! Aber nun habe ich lange mit Martin geredet und eingesehen, daß man Ihnen helfen muß, die Wahrheit herauszufinden. Sie sind doch unschuldig an dem allen. Sie können doch nichts dafür! Und da habe ich mich entschlossen, Ihnen zu erzählen, was noch geschah.«

»Sie?«

»Ja. Ich bin nicht so, wie die Leute sagen. Alle halten mich für eiskalt und herzlos. Das stimmt nicht, Herr Aranda! Ich muß nur auf meinen Bruder achtgeben. Er ist so hilflos, er wäre verloren ohne mich. Ich komme zu Ihnen und erzähle, was ich weiß.«

Manuel dachte: Alles dreht sich, dreht sich immer wieder in dieser Affäre

»Nein«, sagte er, »wir sollen uns lieber nicht hier im Hotel unterhalten. Ich bin auch heute abend verabredet.«

»Was ist dann mit morgen?«

»Das wollte ich vorschlagen. Morgen nachmittag – geht das? Sagen wir um vier Uhr? Wieder am Cobenzl, in der Espresso-Bar?«

»Ausgezeichnet«, sagte Ottilie Landau. »Ich werde da sein.«

Zwei Stunden später saß Manuel dann im Wohnzimmer von Nora Hills Appartement. Es schneite wieder heftig, Sturm war aufgekommen, und Noras Haus füllten an diesem Samstagabend laute, lärmende Gäste. Auf dem Parkplatz standen viele Wagen. Gelächter, Stimmen und Musik drangen bis in das Wohnzimmer. Nora saß in ihrem Sessel neben dem Kamin, Manuel saß ihr gegenüber, er sah sie halb durch die Flammen des knisternden Feuers, und sie tranken beide Whisky. Manuel dachte, daß er mit Nora Hill, seit er sie kannte, so gesprochen hatte, immer am gleichen Ort, immer vor dem Kamin, immer mit der kleinen Bar in der Nähe. Und immer hatten Noras Krücken an dem Kaminrand gelehnt...

»Ich weiß«, sagte die so erstaunlich jung gebliebene alternde Frau, »Flemmings Idee funktionierte. Der Prozeß wurde noch einmal begonnen. Das hat Frau Steinfeld mir erzählt, als ich wieder aus Lissabon nach Wien zurückkam.«

»Sie haben Ihrem Freund wirklich nicht die Wahrheit gesagt?«

»Niemals. Denn er hätte sich vielleicht vor Paul Steinfeld versprechen können, nicht wahr? Nein, nein, ich verhielt mich so, wie ich es mit Frau Steinfeld verabredet hatte. Jack glaubte mir, und Paul Steinfeld glaubte ihm auch.« Nora trug an diesem Abend ein bodenlanges Abendkleid aus schwarzer Seide, tief ausgeschnitten, und ihren Brillantschmuck. Während der ganzen Unterhaltung klangen von draußen Musik und Stimmen herein. »1944 gab es dann ja die Katastrophe mit dem vernichtenden anthropologischen Gutachten.«

»Davon habe ich gehört. Aber der Prozeß ging trotzdem weiter!«

»Trotzdem, ja.« Nora nickte. »Der Fall war praktisch bereits abgewiesen, da fand Forster einen neuen Dreh.«

»Was für einen Dreh?«

»Das habe ich nicht mehr in Erinnerung. Kann er es Ihnen nicht erzählen?«

»Ich bin morgen wieder bei ihm.«

»Gut. Der Prozeß lief noch, als die Invasion begann, immer weiter, immer weiter. Im August 1944 flog ich das letzte Mal nach Lissabon. Flemming – damals schon längst nicht mehr der tolle Kerl von einst –, Flemming sagte mir, er würde dafür sorgen, daß ich diesmal lange in Lissabon zu tun hätte.«

»Wie lange?«

»Bis der Krieg verloren war. Ich sollte nicht mehr zurückkommen. Er mußte ja in seinem ›Arbeitsstab‹ bleiben! Aber mich wollte er schützen. Seine Idee war: Ich sollte in Lissabon warten. Er hatte noch einer Menge Leute ähnlich geholfen wie Frau Steinfeld, er rechnete sich aus, daß alle für ihn sprechen würden, falls er nicht flüchten konnte und es zu einem Prozeß kam. Wenn er in Sicherheit war, wollte er endlich heiraten. Er liebte mich bis zuletzt wie ein Verrückter. Vielleicht war er ein Verrückter...«

»Was ist aus ihm geworden?« fragte Manuel.

»Die Russen nahmen ihn sofort hoch, 1945, im April. Er wurde aus Wien weggebracht – weit weg, in die Sowjetunion. Ich habe mich später bei meinen... meinen russischen Kunden hier erkundigt. Sie sagten, Flemming habe noch zwei Jahre in einem Lager gelebt, dann sei er erschossen worden. Er hatte also umsonst manch Gutes getan – Frau Steinfeld und alle die anderen kamen nie dazu, für ihn auszusagen.« Nora zuckte die Schultern. »Pech!« Von draußen klang lautes Gelächter in den stillen Raum. »Ein Italiener«, sagte Nora.

»Wie bitte?«

»Da ist ein Italiener unten, der hat ein neues Spiel mitgebracht. Jeder Gast schildert den komischsten Coitus seines Lebens. Ich habe ein Weilchen zugehört, bevor Sie kamen. Um weiterzuerzählen: In Lissabon hatte keiner von der deutschen Botschaft Lust, noch heimzukehren. Die ließen mich völlig in Ruhe. Auch dort ging schon alles drunter und drüber. Ich hatte eine herrliche Zeit mit Jack... monatelang... Zweimal mußte er dazwischen nach London. Er konnte Steinfeld beruhigen. Der Prozeß lief und lief, es war kein Ende abzusehen. Bald mußte der Krieg vorüber sein, und dann wollte ich zu Jack nach England ziehen. Darüber sprachen wir auch in jener Nacht... der zwölfte Februar 1945 war das... und warm, ganz warm war es am Strand von Estoril...«

47

Sterne funkelten, Vollmond leuchtete, die Schaumkronen der trägen Wellen schimmerten wie die Lichter in den Luxusvillen oberhalb des Strandes und die Kandelaber des Spielcasinos.

Sehr hell war der feine Sand des Ufers, schwarz glänzte der lange Steg, der, auf schweren Bohlen ruhend, weit in das Wasser hinausführte. Jack Cardiff und Nora Hill waren, wie so oft, wieder einmal nach Estoril gefahren. Sie hatten gegessen, ein wenig Roulett gespielt und waren dann zum Strand hinuntergegangen, wo sie sich umzogen und in dem bewegten Wasser schwammen.

Nun saßen sie am Ufer, Jack Cardiffs Lederköfferchen zwischen sich. Aus ihm hatten sie Gläser geholt, Eiswürfel aus einem Thermos, hatten Whisky bereitet, und Nora sprach leise und sehnsüchtig von dem gemeinsamen Leben, das vor ihnen lag.

»Weißt du, daß ich von dem alten Gasthof schon träume? Wirklich, Jack! Immer wieder! Er schaut gewiß ganz anders aus, aber ich sehe das Haus, die Bäume ringsherum, die großen Pappeln...«

»Ja, Darling«, sagte der braungebrannte, helläugige Jack Cardiff. Er blickte, von einer seltsamen Unruhe erfaßt, in die Runde, betrachtete die maurischen Villen in ihren Gärten, das Fischerdorf Cascais, alte Palmen, riesige Pinienwälder. Er machte zwei neue Drinks. Dann zündete er zwei Zigaretten an und reichte eine Nora. Sie nahm sie und lächelte ihn an.

»Wir werden es so einrichten, wie es uns gefällt, ja?«

»Ja, Darling.«

»Bei den Bauern in der Umgebung finden wir bestimmt wundervolle alte Möbel... Einen erstklassigen Koch brauchen wir natürlich! Wenn es sich erst einmal herumgesprochen hat, wie gut man bei uns essen kann, wie abgelegen der Gasthof liegt...«

»Mud in your eye, Darling«, sagte Jack Cardiff.

Sie tranken beide.

»Wann, glaubst du, wird der Krieg zu Ende sein?«

»In zwei, drei Monaten – höchstens.«

»Dann sind wir im Mai schon dort! Schon im Mai! Ach, Jack! Und wir haben genügend Geld! Du heiratest eine reiche Frau! Mein ganzer Schmuck, meine Goldstücke, die Pelzmäntel, die Steine – ich habe all das hierhergeschafft! Um Geld brauchen wir uns keine Gedanken zu machen! Und wenn es zwei Jahre dauert, bis unser Gasthof etwas abwirft, und wenn es drei Jahre dauert...«

»Nora...« Es entging ihr, daß seine Stimme heiser war.

»Ja?«

»Ich muß dir etwas sagen.«

»Na, dann sag es doch!«

»Ich hätte es dir längst sagen müssen... sofort... Ich... ich bin ein Schwein, Nora.«

»Ist das ein Witz?«

»Leider nein.«

»Aber dann...«

»Ich habe dir nicht die Wahrheit gesagt.« Cardiff sprach mühsam. »Ich habe dich belogen – von Anfang an.«

»Belogen – aber wie?« Sie stellte ihr Glas in den Sand.

»Ich kann nicht mit dir nach England gehen und dich heiraten.«

»Du... aber warum nicht? Bitte, rede nicht so! Du machst doch deine Witze!«

»Nora, ich... bin verheiratet, seit neun Jahren, und ich habe zwei Kinder«, sagte Cardiff. Danach trank er sein Glas aus und füllte es wieder. Nora sah ihm dabei zu. Das war jetzt purer Whisky.

»Mir auch«, sagte sie. »Auch pur.«

»Es ist unverzeihlich, was ich getan habe... Aber als ich dich sah, da war ich völlig verrückt nach dir... Ich wollte es dir immer sagen, wirklich, Nora... Immer wieder wollte ich es dir sagen... und immer wieder hatte ich nicht den Mut... Es war eine so schöne Zeit...«

»Ja, nicht wahr«, sagte Nora. »Eine wunderschöne Zeit. Mud in your, eye, Darling.«

»Sprich nicht so, bitte! Und trink nicht so schnell!«

»Ich bin aber durstig. Los, gib mir noch etwas! Mehr! Viel mehr! Mach das Glas voll! Geizig warst du doch wenigstens nie!«

»Nora, bitte!«

»Kein Geizhals. Nur ein Lügner. Ein Lügner aus Liebe. Das muß man anerkennen.« Nora trank kleine Schlucke des reinen Whiskys, während sie sprach. »Das muß man dir hoch anrechnen. Und auch, daß du mir jetzt doch noch die Wahrheit sagst. Es muß ja wohl sein, aber du hättest dich auch einfach aus dem Staub machen können ... Nein, nein, du benimmst dich wie ein Gentleman.«

»Nora, wirklich, du trinkst zuviel ...«

»Ich werde noch viel mehr trinken. Auf eine so frohe Botschaft hin! Das will doch begossen werden. Deine Frau, die weiß nichts von mir, was?«

»Nein. Schau mal, Nora, ich ...«

»Ist sie hübsch?«

»Ich ... bitte ...«

»Also ja.«

»Sie sieht ganz anders aus als du!« rief er.

»Natürlich sieht sie anders aus. Das war ja gerade das Reizvolle. Eine Blondine, wie? Deine Augen! Ich habe es erraten! Wie aufregend. Eine Blonde in London, eine Schwarze in Lissabon.«

»Nora, laß das endlich! Glaub mir doch, ich habe den Kopf verloren. Ich schwöre dir, daß ich dich aufrichtig ...«

»Wenn du das sagst, dann zerschlage ich das Glas auf deinem Kopf, Jack. Und es ist ein schweres Glas. Das wir noch einmal füllen wollen ...«

»Nein!«

»Aber ja!«

Sie kämpften kurz um die Flasche, dann hatte Nora wieder ein volles Glas Whisky.

»Süße Kinder, sicherlich«, sagte sie. »Ich trinke auf die süßen Kinder ... und auf die süße blonde Frau ... und auf eure süße, glückliche Zukunft!«

Cardiff sah sie hilflos an. »Mach nicht solche Kuhaugen, Jack. Ich veranstalte keine Szene. Es ist schon alles wieder okay. Kleiner Schreck in der Abendstunde. Mit einer beschissenen Deutschen kann man so was doch jederzeit machen. Schließlich führt ihr Krieg gegen uns! C'est la guerre, voilà!«

»Nora, bitte, bitte! Wir können doch Freunde bleiben ...«

»Aber ja, süße Freunde ...«

»... und ich bin immer da ... Wenn ich etwas für dich tun kann ...«

»Das kannst du.«

»Was kann ich?«

»Etwas für mich tun!«

»Was?«

»Jetzt mit mir noch einmal schwimmen gehen«, rief sie, aufspringend.

»Nein! Laß das! Du hast zuviel getrunken!«

»Ich will schwimmen! Und du, du tust alles für mich, also schwimmst du auch mit mir!«

Er versuchte, sie an einem Bein festzuhalten, aber sie entkam ihm und lief schon auf den Bohlensteg zu und diesen entlang.

»Nora!« schrie er, ihr nachrennend.

Sie hatte das Ende des langen Stegs erreicht. Kopfüber sprang sie in das dort schon tiefe Wasser. Sekunden später sprang Cardiff ihr nach. Er versuchte, sie zu erreichen.

»Komm zurück!« schrie er. »Komm aus dem Wasser! Nora, sei vernünftig, verflucht!«

Ihr Lachen schallte zu ihm. Sie kraulte jetzt, so schnell sie konnte, wobei sie sich dauernd nach Cardiff umsah und weiterlachte. Sie schwamm in einem großen Kreis. Er war knapp hinter ihr. Sie hatte tatsächlich zu schnell und zuviel getrunken, jetzt fühlte sie es plötzlich heftig. Sie verlor die Orientierung, ihr Atem wurde kurz, Wasser und Himmel drehten sich vor ihren Augen. Aber sie kraulte wild weiter, direkt auf den Steg zu.

»Nora!« brüllte Cardiff. »Paß auf!«

Sie blickte geradeaus und sah die schwarzen, massigen Pfosten und die Bretter des Stegs unmittelbar vor sich. Indem sie die Hände hochriß, erreichte sie die Bohlenenden. Mit der Kraft ihrer Trunkenheit zog sie sich empor, erhob sich und begann, schwankend, über die glatten Hölzer davonzulaufen.

»Nora! Nora, bleib stehen!«

Cardiff hatte gleichfalls den Steg erklommen. Sie hörte, wie er ihr nachrannte. Sie drehte sich um. Dabei verlor sie das Gleichgewicht und stürzte. Mit voller Wucht schlug ihr Rücken auf den Steg. Nora fühlte einen wütenden Schmerz in der Wirbelsäule, dann verlor sie das Bewußtsein.

Die Sterne und der Mond waren das erste, was sie sah, als sie wieder zu sich kam. Dann sah sie, neben sich, Jack Cardiff und merkte, daß sie auf dem Bohlensteg lag.

»Hallo«, sagte Nora schwach.

»Ist etwas? Hast du dich verletzt?«

Sie drehte sich jäh zur Seite um und spie eine Menge Wasser aus, das nach Whisky schmeckte. Dann bewegte sie ihre Glieder und tastete den Körper ab.

»Nichts«, sagte sie. »Alles in Ordnung.« Sie berührte den Rücken und schrie leise. »Jesus, da tut es weh!« Cardiff neigte sich über sie. »Eine Wunde?«

»Ich sehe nichts . . .«

»Na also«, sagte Nora. »Glück gehabt. *Wieder* Glück. Donnerwetter, ist das ein Abend. Ich habe Glück, Glück, Glück ...«

48

Am nächsten Morgen wurde Nora Hill mit dem Frühstück ein Brief auf ihr Zimmer im Hotel ›Aviz‹ gebracht. Der Brief stammte von Jack Cardiff. Er schrieb, wenn Nora diese Zeilen läse, sei er schon in einem Flugzeug auf dem Weg nach London, er müsse dringendst heim zu seiner Dienststelle und darum die erste Frühmaschine nehmen. Er glaube nicht, schrieb Jack Cardiff, daß er noch einmal nach Lissabon zurückkehren könne. Er bat Nora herzlich, ihm zu verzeihen. Nie werde er sie vergessen können. Nora las den Brief zweimal, dann zerriß sie ihn in kleine Stücke. Ihr Rücken schmerzte kaum noch. Sie dachte, daß sie sich umbringen wollte, aber sie hatte sehr großen Hunger, und so frühstückte sie zuerst. Nach dem Frühstück wollte sie sich nicht mehr umbringen. Es erschien ihr plötzlich sinnlos, so etwas zu tun. Alles erschien Nora Hill von diesem Tage an sinnlos.

In den wenigen Monaten, die noch bis zum Kriegsende verstrichen, wurde Nora Hill eine stadtbekannte Erscheinung. Sie hatte zahlreiche, hemmungslose, hektische Affären, die ebenso abrupt begannen wie endeten. Sie war auf jeder Party zu sehen. Sie tanzte und trank bis in den Morgen. Wenn ein Mann ihr gefiel, ging sie mit ihm. Es geschah, daß sie, neben einem solchen Mann in einem fremden Bett aufwachend, den Namen ihres neuesten Geliebten nicht kannte. Sinnlos, sinnlos war alles geworden. Sinnlos erschien Nora auch die hohe britische Auszeichnung, die der Botschafter Seiner Majestät ihr für Verdienste um die Vereinigten Königreiche dann Ende Mai überreichte. Sinnlos erschien es Nora, länger in Lissabon zu bleiben. Der britische Botschafter, ein älterer Herr, der sie verehrte, brachte es umgehend fertig, daß man ihr einen Platz in einem Kurierflugzeug der ›Royal Air Force‹ reservierte, das nach Wien flog, denn Nora wollte nach Wien. Offiziere, die von dort kamen, berichteten ihr, daß die Sowjets Carl Flemming verhaftet und in die Sowjetunion gebracht hätten. Nach menschlichem Ermessen kehrte er nie mehr zurück. Um so besser! Nora wollte allein sein, allein in einer Stadt, in der sie nichts an Jack Cardiff erinnerte.

Ihre Maschine startete gegen Mittag des 6. Juni 1945.

Als Nora Hill sich am Morgen dieses Tages aus ihrem Bett erheben und ins Badezimmer gehen wollte, stellte sie zu ihrem Entsetzen fest, daß die Beine vor Schwäche einknickten. Sie konnte sie kaum bewegen. Drei Tage später war Noras Körper gelähmt – von den Hüften bis zu den Zehen.

49

Zwischen 1945 und 1947 nahmen die besten Spezialisten in Lissabon, Rom und Paris an Nora Hill insgesamt elf schwere Operationen vor. Ein ganzes Jahr verbrachte sie in der Pariser Privatklinik des französischen Neurologen Professor Fleury, denn es stand von Anfang an fest, daß man die Lähmung auf Verletzungen zurückführen mußte, die sie sich zugezogen hatte, als sie am Strand von Estoril auf die Holzbohlen des Landestegs geschlagen war.

Die elf Operationen blieben ohne jeden Erfolg. Nora Hill konnte nicht stehen, sie konnte ihre Beine nicht um einen einzigen Zentimeter von der Stelle bewegen. Damit sie nicht die ganze Zeit über liegen mußte, erhielt sie einen besonders konstruierten Rollstuhl. In ihm vermochte sie zu sitzen. Die Schwester, die sie in jenen zwei Jahren betreute – eine junge Französin –, schob das Wägelchen auf den Balkon von Noras Krankenzimmer, wenn das Wetter schön war. In späteren Monaten wurde Nora von der jungen Schwester durch den Park der Klinik gefahren. Sie war eine unglaublich geduldige und fügsame Patientin.

Nach der elften Operation sagte Professor Fleury, ein Mann mit weißem Haar und weißem Stutzbart, zu ihr: »Es hat keinen Sinn, Mademoiselle. Sie müssen die Wahrheit hören, ich weiß, Sie werden sie ertragen können. Wir haben alles Menschenmögliche versucht. Die Wahrheit ist . . .«

»Daß ich nie mehr werde gehen können«, sagte Nora Hill ruhig, ihn unterbrechend.

Professor Fleury nickte.

50

Nora Hill nahm den endgültigen Bescheid in Gelassenheit hin. Mit einer für jedermann erstaunlichen Verbissenheit begann sie im Sommer 1947, nach vorhergegangenen Massagen jeder Art, sich auf ein Leben mit Krücken vorzubereiten. Sie übte täglich viele Stunden, bis zur Erschöpfung. Nur Krücken kamen für sie in Frage – jede andere Stützung der Beine schied infolge der weitreichenden Nervenlähmungen aus.

Zum Jahresende 1947 war Nora Hill so weit, daß sie sich bereits ohne Hilfe auf ihren Krücken fortbewegen konnte. Noch immer besaß sie große Vermögenswerte an Schmuck, noch immer war sie eine reiche Frau. In Paris ließ sie sich eine neue, nun notwendige Garderobe, bestehend aus eigens für sie entworfenen Hosenanzügen jeder Art, anfertigen. Die britische Botschaft hier kümmerte sich in der gleichen intensiven Art um sie wie jene in Lissabon. Sie war doch eine Frau, die im Krieg ihr Leben für Großbritannien eingesetzt hatte! Am 3. Januar 1948 flog sie mit einer englischen Militärmaschine nach Wien.

Die Villa nahe dem Lainzer Tiergarten hatten britische Offiziere requiriert. Sie fiel unter den Sammelbegriff ›Deutsches Eigentum‹ und gehörte damit dem österreichischen Staat. Alle Offiziere waren auf Nora Hills Ankunft vorbereitet worden. Die Heimkehrende fand ihr Appartement im ersten Stock so vor, wie sie es zweieinhalb Jahre zuvor verlassen hatte. Die Engländer stellten ihr einen Jeep und einen Sergeanten als Fahrer zur Verfügung. Nora Hill erhielt, nach Verhandlungen britischer Militärs mit den österreichischen Behörden, die Erlaubnis, das seltsam rund gebaute Haus als Eigentum zu erwerben.

Nun gehörte die Villa ihr!

Die englischen Offiziere blieben noch bis 1950 Noras Gäste, mit denen sie Feste feierte und viele interessante Gespräche führte. Sie wurde Schwarzmarktkönigin Wiens. Sie handelte mit deutschem Armeegut, Schrott, Marvel-Zigaretten, auch mit Menschen. Aus jener Zeit stammten ihre ersten Verbindungen zu verschiedenen Geheimdiensten. 1950 bereits hatte Nora Hill ihr großes Vermögen vervielfacht. Und sie besaß feste Vorstellungen von der Zukunft...

Bald nachdem sie die Villa erworben hatte, entsann Nora sich Valerie Steinfelds, und am 17. März 1948 ließ sie sich in die verelendete, schmutzige und triste Stadt, durch eine zum Teil ausgebombte Kärntnerstraße, die, einmal Luxusboulevard von Wien, nun der Hauptstraße eines polnischen Dorfes glich, zur Seilergasse und der Buchhandlung Landau fahren. Sie bat den Sergeanten am Steuer, zu warten, dann schwang sie, in einem kanadischen Nerz, schmuckbehangen, in langen Seidenhosen, auf Leichtmetallkrücken, dem alten Laden mit seinem verwitterten Blechschild über dem Eingang entgegen. Silberhell erklang die Melodie des Glockenspiels über der Tür.

›Freut euch des Lebens...‹

51

Da stand der Bär mit dem Bücherkorb in den Vorderpfoten. Der Korb war leer. Nora blickte sich um, auf den Krücken balancierend. Licht brannte wie einst in den von der hohen Decke herabhängenden Milchglaskugeln. Die Hälfte der Regale war leer. Nora erblickte nur wenige neue Bücher, die meisten waren antiquarisch. Aus dem seitlichen Eingang zu den hinteren Lagerräumen, an den Nora sich genau erinnerte, trat, schäbig gekleidet, abgemagert und noch schwächlicher geworden, den Kopf schief gelegt, die linke Schulter hochgezogen, Martin Landau. Er sprach so leise, und er war wieder so schreckhaft, wie Nora Hill ihn von ihrer ersten Begegnung in Erinnerung hatte.

»Guten Tag, gnädige Frau...«

»Guten Tag, Herr Landau. Erkennen Sie mich nicht?«

»Fräulein Hill!« Landau griff sich an das Herz. »Mein Gott, wie freue ich mich! Wir haben schon geglaubt, es ist Ihnen etwas passiert...«

»Ein wenig ist mir passiert.«

»Ja, das sehe ich. Furchtbar. Wie...« Er brach ab.

»Ein Unfall«, sagte Nora schnell. »Sonst geht es mir ausgezeichnet.« Sie hielt ihm die Hand hin, die er schüttelte. Seine Hand war eiskalt. »Und wie geht es Ihnen?«

»Oh, danke. Wir haben überlebt, nicht wahr? Immerhin... die Hauptsache. Wir dürfen nicht klagen. Wenn es erst wieder genug Bücher gibt...«

»Wo ist Frau Steinfeld?«

Martin Landau sah zur Seite.

»Im Teekammerl. Schreibt einen Brief, ich habe gerade diktiert. Ich werde sie sofort holen...«

»Nein, ich möchte zu ihr gehen«, sagte Nora. »Ich darf doch?«

»Aber natürlich... Ich dachte nur... immerhin...« Sein Blick glitt wieder zu den Krücken.

»Schauen Sie, das funktioniert schon ausgezeichnet mit ihnen!« Nora Hill schwang schnell über die verzogenen Bohlen des Bodens. Er sah ihr nach, bleich, verhungert und ängstlich.

»Mein Gott«, murmelte er, »mein Gott...«

Nora Hill passierte den schmalen Gang, in dem während des Krieges antiquarische Kriminalromane gestanden hatten. Jetzt waren die Regale leer, voll Staub und Spinnweben. Aus dem Teekammerl drang der Schein der grünbeschirmten Lampe.

»Frau Steinfeld!« rief Nora.

»Ja«, sagte eine klanglose, müde Stimme.

Im nächsten Moment erreichte Nora das Teekammerl und sah Valerie, die vor dem Schreibtisch saß und sich umgedreht hatte. Sie trug einen Verkäuferinnenmantel – wie damals, dachte Nora, wie damals –, und auch sie war blaß gleich Landau und machte einen sehr gealterten Eindruck. Das blonde Haar hatte sie hochgekämmt. Es leuchtete nicht mehr. Die einst so strahlenden blauen Augen waren glanzlos geworden.

»Ich bin Nora Hill, Frau Steinfeld!«

»Natürlich, Fräulein Hill. Ich habe Sie gleich erkannt. Wie schön, daß Sie uns einmal besuchen. Bitte, nehmen Sie Platz.« Valerie hatte sich erhoben. Auch ihre Hand war eiskalt, bemerkte Nora. Vorsichtig, aber schnell ließ sie sich in den defekten Schaukelstuhl gleiten. Erst als sie saß, nahm auch Valerie wieder Platz. Ihr Blick war nicht allein stumpf, er war seltsam starr und beständig leicht über die rechte Schulter Noras gerichtet. Die mageren Hände verschränkte Valerie im Schoß. Sie lächelte. Wie eine Blinde wirkt sie, dachte Nora plötzlich, ja, wie eine Blinde.

Valerie fragte ernst: »Ist das bei einem Luftangriff passiert?«

»Nein, bei einer anderen Gelegenheit.«

»Schrecklich.«

»Es gibt viel Schlimmeres«, sagte Nora, sich umsehend. Alles war noch genauso, wie sie es in Erinnerung hatte. Der rostige Gasrechaud. Das Spülbecken mit dem verfärbten, abgesplitterten Emaille. Das angeschlagene Geschirr. Der halbblinde Spiegel. Die alte Remington, in der ein Bogen schlechtes Papier steckte. Das alte Sofa. Der große Radioapparat. Die vielen Talismane auf dem vollgeräumten Schreibtisch.

Nora griff in ihre Manteltasche.

»Ich bringe Ihnen etwas mit, Frau Steinfeld! Sie werden es sicherlich schon vermißt haben!«

Nora legte das kleine Reh aus Blei auf den Schreibtisch. Valerie betrachtete es ohne Ausdruck. Sie sagte kein Wort.

Es irritierte Nora, daß Valerie nur sprach, wenn man sie etwas fragte.

»Und Ihnen?« fragte sie. »Wie ist es Ihnen ergangen?«

»Es war eine schwere Zeit«, sagte Valerie mit jener modulationslosen Stimme. »Nun ist sie vorüber . . .« Die Daumen der im Schoß verschränkten Hände bewegten sich umeinander.

»Der Prozeß! Ihr Junge! Was ist mit ihm? Wir haben uns so lange nicht gesehen, Frau Steinfeld! Nun reden Sie doch!«

Valerie antwortete leise: »Heinz ist nicht mehr da.«

Nora erschrak.

»Ist er . . .«

»Nein, er ist nicht tot, Fräulein Hill«, antwortete Valerie, die aussah und dasaß und redete wie eine Wachsfigur mit eingebauter Sprechwalze. »Er lebt. In Los Angeles.«

»Wie kommt er nach Amerika?«

»Er hat eine Einladung erhalten, dort zu studieren. Sie erinnern sich doch, daß er Chemiker werden wollte, nicht wahr?«

»Ja, natürlich. Wann ist er . . .«

»Schon vor einem Jahr hat er mich verlassen. Wir hatten nur noch Streit, wissen Sie.« Valerie sah Nora während des ganzen Gesprächs kein einziges Mal direkt an, sie blickte immer an ihr vorbei. Und die Daumen der Finger drehten sich unablässig.

»Streit? Weshalb?«

»Ich bin schuld. Ich habe ihn zu streng behandelt. Dieser Prozeß hat mich so hart gemacht. Ich bin nicht mehr die Frau, die Sie in Erinnerung haben. Heinz hielt es nicht mehr aus bei mir. Ein guter Junge. Ich habe Fehler gemacht, schwere Fehler. Ich sehe es ein. Es hat mich natürlich trotzdem sehr getroffen, daß mein Mann sich hat scheiden lassen.«

»Ihr Mann hat...«

»Ja, Fräulein Hill. Gleich nach Kriegsende. Er ist inzwischen längst wieder verheiratet – in London. Eine junge Frau... jünger als ich. Er hat sie während des Krieges kennengelernt. Es geht ihm gut. Manchmal schreibt er mir. Ich darf ihm nicht böse sein. Eine so lange Trennung, nicht wahr?«

»Aber...«

»Doch, doch. Die Zeit! Der Krieg hätte nicht so lange dauern dürfen. Sie haben ja auch nicht den Mann geheiratet, den Sie liebten.«

»Woher wissen Sie...«

»Wären Sie sonst hier? Er hat Sie verlassen, stimmt's?«

Nora Hill nickte.

»Die Männer verlassen die Frauen. Die Frauen verlassen die Männer. Einer verläßt immer den andern. Früher oder später.«

»Großer Gott, Frau Steinfeld, das ist... das ist...«

»Ja, bitte?«

»Nach allem, was Sie mitgemacht haben – für seinen Sohn, auch für ihn! Und da läßt er sich scheiden!«

»Wenn er doch eine andere liebt«, sagte Valerie. Sie wandte plötzlich den Kopf, sah das kleine Reh an und nahm das Stückchen Blei in die Hand. Nachdem sie es kurz betrachtet hatte, legte sie es mit einem irren Lächeln wieder fort und verschränkte die Finger im Schoß. »Paul weiß bestimmt überhaupt nicht mehr, wie ich aussehe.«

»Aber der Prozeß! Wie kann Ihr Sohn Sie verlassen, wie kann Ihr Mann sich scheiden lassen nach einem solchen Prozeß?« rief Nora.

Schneller drehten sich die Daumen Valeries.

»Der Prozeß«, sagte sie. »Der wurde nie zu Ende geführt, der lief bei Kriegsende noch... Jetzt ist das ja alles vorbei und unwichtig und uninteressant... Wollen Sie eine Tasse Tee?«

»Wirklich, Frau Steinfeld...«

»Nein, nein!« Valerie sprang auf. Sie öffnete ein Wandschränkchen. »Vom Schwarzen Markt! Echter russischer! Wird Ihnen schmecken, Fräulein Hill. Zucker haben wir auch wieder, richtigen, nicht diesen widerlichen Süßstoff. Es ist doch Frieden, nicht?«

»Wie bitte?«

Valerie drehte sich um. Jetzt sah sie Nora zum erstenmal an. In ihren Augen stand ein Ausdruck von panischer Furcht. Sie wiederholte bebend: »Frieden ist jetzt. Das stimmt doch. Nicht wahr, das stimmt doch. Oder nicht?«

»Unheimlich«, sagte Manuel Aranda.

»Ja, unheimlich war dieser ganze Besuch«, antwortete Nora Hill.

Aus der Halle, wo man sich drollige Anekdoten über den Beischlaf erzählte, klang wieder Gelächter in das Wohnzimmer. »Ich trank Tee mit
ihr. Landau kam dazu. Er redete kaum ein Wort. Wir saßen da und
schwiegen uns an.«

»Hatten Sie das Gefühl, daß Frau Steinfeld geistesgestört war?«

»Nicht geistesgestört. Verwirrt. Das war auch Landau. Nicht so sehr.
Schließlich, sagte ich mir, hatte die Frau ein schweres Los getroffen. Beim
Abschied luden sie mich ein, wiederzukommen. Ich lud sie zu mir ein.
Aber ich bin sicher, sie fühlten dasselbe wie ich: Das waren reine Höflich-
keiten. Im Grunde war ich den beiden völlig fremd, ja unangenehm geworden. Und um ehrlich zu sein: Mir ging es ebenso. Sie meldeten sich
auch niemals. Und ich kehrte nie mehr in die Buchhandlung zurück.«

»Das heißt, damals sahen Sie die beiden zum letztenmal?«

»Ja, Herr Aranda, das heißt es.« Nora Hill lächelte und zeigte die schönen
Zähne. »Damit bin ich am Ende meiner Geschichte.«

»Aber es ist nicht das Ende *meiner* Geschichte! Ich sehe noch immer nicht
die Wahrheit!«

»Natürlich nicht. Sie müssen noch einmal mit Doktor Forster reden. Und
dann kommt doch dieser Daniel Steinfeld, Paul Steinfelds Bruder, haben
Sie mir erzählt. Der wird gewiß auch etwas zu berichten haben. Wann
trifft er ein?«

»Montag.«

»Nun, lassen Sie sich Zeit, lieber Freund.« Wieder das Gelächter aus der
Halle. »Wie die sich amüsieren! Wenn Sie die Wahrheit wirklich kennen,
dann halten Sie aber auch Ihr Versprechen und kommen zu mir, damit
ich meinen kleinen Wunsch äußern kann. Sie wissen doch noch – das war
die Voraussetzung, unter der ich zu erzählen begann und Sie auf die richtige Spur führte!«

»Ich weiß«, sagte Manuel.

»Sie werden bestimmt kommen?«

»Bestimmt, Madame . . .«

»Das geht doch wundervoll«, sagte Grant in dem Kleinmädchenzimmer.
Diesmal lag er auf dem Bett, und Santarin saß auf einem kleinen Stuhl.

»Genauso wie Sie es sich vorgestellt haben, Fedor.«

»Sie sollen dann meinen Wunsch erfüllen – Sie müssen nicht. Niemand
kann Sie zwingen«, klang Nora Hills Stimme aus dem Lautsprecher über
dem Bett.

»Madame, was ich tun kann, will ich gerne tun, sobald ich wirklich alles weiß«, antwortete Manuels Stimme.

»Was er tun kann, will er gerne tun!« Grant sah Santarin strahlend an.

»Wir wollen es hoffen«, sagte der Russe. »Sie haben das Nötige veranlaßt, Gilbert?«

»Natürlich, Fedor«, sagte der Amerikaner.

53

Es schneite in großen Flocken, als Manuel am Sonntag, dem 26. Januar 1969, pünktlich um halb elf Uhr vormittags am Gartentor der Villa in der Sternwartestraße läutete. Ein Summer ertönte, das Tor sprang auf. Manuel ging über den verwehten Kiesweg auf das Haus zu, dessen Eingangstür sich öffnete.

Anna, Forsters dicke, rundgesichtige Haushälterin, wurde sichtbar. Sie trug ihr schwarzes Kleid, aber nicht ihre weiße Schürze.

»Ja...?« Anna machte einen vollkommen verstörten Eindruck. »Sie wünschen?«

»Ich bin Manuel Aranda. Sie kennen mich doch! Herr Doktor Forster erwartet mich. Guten Morgen, Frau Anna.«

Die Frau brach in Tränen aus.

»Frau Anna! Ist etwas geschehen?«

»Der alte gnädige Herr...«

»Was ist mit ihm?«

»Tot ist er!« rief die Anna.

Manuel trat einen Schritt zurück.

»Aber... Ich war doch gestern nachmittag bei ihm... Da ging es ihm glänzend... Er freute sich so auf seine große Reise... Er wollte doch auf die Bahamas...«

»Das ist es ja«, schluchzte die Haushälterin. »Das ist es ja, sagt der Arzt. Er muß sich zu sehr aufgeregt haben. Sein Blutdruck... das Herz... Er war doch nicht gesund... Die Freude hat ihn umgebracht, die zu große Freude...«

»Wie ist es geschehen?« fragte Manuel, den seit langer Zeit wieder jenes jähe Schwindelgefühl packte.

»In der Nacht... im Schlaf... Das Herz ist einfach stehengeblieben... Er kann es gar nicht bemerkt haben... Heute früh, als er nicht zum Frühstück kam, habe ich bei ihm geklopft und dann in sein Schlafzimmer gesehen... Er hat ganz friedlich im Bett gelegen... und gelächelt hat er... glücklich gelächelt...«

»Haben Sie Ludwig Orwin oft gesehen, Zeugin Peintinger?«
»No freilich, Herr Direktor, immer wieder. Der Herr Orwin, Gott hab ihn selig, ist doch dauernd zur gnä' Frau gekommen, wenn der gnä' Herr verreist war oder nicht zu Haus.«
»Der gnä' Herr, das ist Paul Steinfeld?«
»Wer denn sonst?«
»Unterlassen Sie diesen Ton, Zeugin. Was haben Sie überhaupt? Warum reden Sie so laut? Warum sind Sie so rot im Gesicht? Ist Ihnen nicht gut?«
»Mir ist ganz gut, Herr Direktor«, sagte die Agnes Peintinger. Die resolute Frau mit dem breiten Bäuerinnengesicht und der Entennase, dem großen Mund und den kleinen Augen stand in einem grauen Kostüm vor dem Tisch des Landgerichtsdirektors Dr. Engelbert Arnold. Von Zeit zu Zeit schwankte sie, kaum merklich. Und sie sprach tatsächlich sehr laut. Es war der Vormittag des 10. November 1943, ein trüber Herbsttag. Im Saal 29 des Justizpalastes führte Richter Arnold die von ihm anberaumte neue Verhandlung durch. Hermine Lippowski und Ottilie Landau waren bereits vernommen und vereidigt worden. Sie saßen vor der Barriere zum Zuhörerraum, der auch heute leer war. Die beiden Frauen hatten ausgesagt, daß ihnen Valerie Steinfelds Freundschaft zu dem 1934 verstorbenen Bildhauer Ludwig Orwin bekannt gewesen sei und daß Valerie Steinfeld ihnen erzählt habe, Martin Landau und Ludwig Orwin seien um ihretwegen in einen heftigen Eifersuchtsstreit geraten, der diese Freundschaft beendete.
Kurator Kummer stellte kaum Fragen. Sein erster Eindruck war schon richtig gewesen! Dieser Kollege Forster scheute vor nichts zurück. Eine ausgeklügelte Operation mit dem Ziel, den Jungen trotz der negativen Blutgruppenuntersuchung zum Arier durchzupauken. Und sie würde Erfolg haben, Kummer fühlte das. Also halt den Mund, Hubert, ermahnte er sich, denk an die Zukunft.
Ähnlichen Gedanken hing auch der Vorsitzende, der rosige, rundliche Landgerichtsdirektor Dr. Engelbert Arnold, nach. Immer wieder mußte er an den Besuch dieses Ministerialrats Klever, dieses Piefkes aus Berlin, denken. Allein, die Zeugin, die da vor ihm stand, machte ihn von Sekunde zu Sekunde nervöser.
»Herr Landau kam aber auch zu Besuch, wenn Frau Steinfeld allein war?«
»Beide sind sie gekommen. Nicht auf einmal, natürlich. Abwechselnd«, trompetete die Agnes. Ihre Augen schwammen ein wenig.
»Wer kam öfter?«
»Das weiß ich nicht mehr. Der Herr Orwin. Nein, der Herr Landau. Nein, der Herr Orwin.«

»Zeugin!«

»Von welcher Zeit reden Sie denn, Herr Direktor?«

»Vom Sommer 1925.«

»Da ist der Herr Landau öfter gekommen. Aber der Herr Orwin war auch da, immer wieder, das weiß ich genau!«

»Was geschah, wenn der Herr Orwin zu Besuch kam?«

»Dasselbe, was geschah, wenn der Herr Landau gekommen ist.«

»Nämlich?«

»Herr Direktor, das können Sie sich doch denken!«

Arnold nahm sich enorm zusammen.

»Sie sollen meine Frage beantworten, Zeugin Peintinger!«

»Da kann ich Ihnen nur sagen, was ich glaube, daß geschehen ist!«

»Sie sollen nicht sagen, was Sie *glauben*, sondern was Sie *wissen*, verstanden?«

»Ja, Herr Direktor!«

»Warum benimmt sie sich bloß derartig?« flüsterte Forster Valerie zu. »Wenn sie sich weiter so aufführt, können wir in Schwierigkeiten kommen. Die Frau war doch sonst immer vernünftig...«

Unterdessen hatte Arnold gefragt: »Also, was *wissen* Sie?«

»Ich weiß, daß die gnä' Frau mich jedesmal weggeschickt hat, wenn der Herr Orwin oder der Herr Landau gekommen ist! Sie hat gesagt, sie macht selber den Kaffee. Dabei wäre das doch meine Sache gewesen, nicht, Herr Direktor? Aber nein, ich hab fort müssen, egal, ob es geregnet hat oder ob es schön war. Wenn es schön war, bin ich spazierengegangen bis zur Waldmeierei und hab da stundenlang gesessen...«

»Stundenlang?«

»Die gnä' Frau hat gesagt, ich soll drei oder vier Stunden wegbleiben.«

Die Agnes wurde sehr laut. »Bei Sonne war das ja in Ordnung. Aber bei Kälte oder Regen! Ist mir nur ein Kino geblieben. Wissen Sie, wie weit weg das erste Kino von uns draußen war? Das Bioskop-Zentral? Und die haben ja nicht andauernd das Programm gewechselt, nicht? Und dann hat es ein paar Tage hintereinander geregnet. So habe ich manche Filme zweimal gesehen...«

»Wollen Sie sich über das Gericht lustig machen?«

»Gott soll mich davor bewahren, Herr Direktor. Wie kommen S' bloß auf so eine Idee?«

»Himmel!« flüsterte Valerie. »Sie hat getrunken!«

»*Was?*« Forster war entsetzt.

»Ich erkenne das an ihrem Herumgerede. Eine schwere Zunge hat sie auch. Heute früh hat sie getrunken, vor Aufregung wahrscheinlich. Ich bin ganz sicher...«

»Fein«, sagte Forster grimmig und leise.

»Was war, wenn Sie von Ihren Ausflügen heimkamen, Zeugin? Beantworten Sie *nur* meine Frage, haben Sie mich verstanden?«

»Natürlich habe ich Sie verstanden, Herr Direktor. Also, wenn ich nach Hause gekommen bin, dann war die gnä' Frau . . .« Die Agnes wandte den Kopf, schwankte dabei heftiger und sah mit leicht glasigen Augen Valerie an. »Entschuldigen, gnä' Frau, aber ich muß doch hier die Wahrheit sagen . . .«

»Zeugin Peintinger, zum letztenmal! Sehen Sie mich an, wenn Sie sprechen, lassen Sie diese Nebenbemerkungen!«

»Zu Befehl, Herr Direktor. Die gnä' Frau war dann oft im Morgenmantel.

»Im Morgenmantel?«

»Morgenmantel und Unterwäsche. Und zweimal bin ich in das Schlafzimmer gekommen, da war das Bett ganz zerwühlt. Die gnä' Frau hat gesagt, ihr war nicht gut, sie hat sich hinlegen müssen.«

»Zeugin, ist das auch wirklich wahr?«

»Die heilige Wahrheit, Herr Direktor!« Die Agnes schluckte. »Sehen Sie, ich verehr die gnä' Frau, wirklich, sie ist die beste gnä' Frau, die es gibt. Aber eben der Trieb . . .«

Valerie starrt die Agnes mit offenem Mund an.

Forster zupfte an seinem Ohr, als wollte er es abreißen.

»Was für ein Trieb, Zeugin?«

»Herr Direktor verstehen schon!« Die Agnes tat verschämt. »Die arme Gnädige. Sie kann ja nichts dafür.«

»Wofür?«

»No, für ihre Veranlagung. Mir, Herr Direktor, tun alle Frauen leid, die eine solche Veranlagung haben, daß sie das so brauchen . . .«

»Zeugin!«

». . . aber was sollen sie machen? Der Trieb ist stärker! Ich, Herr Direktor, ich bin ja so froh, daß mich das in meinem Leben nie belastet hat. Das kann ich meinem Schöpfer verdanken!« Die Agnes war wieder sehr laut geworden.

»Zeugin, schreien Sie hier nicht so!« Richter Arnold atmete heftig. »Wollen Sie damit sagen, daß Ihre Brotgeberin nymphomanische Züge aufwies?«

»Was für Züge?«

»Daß sie andauernd Männerbekanntschaften suchte und fand?«

»Andauernd nicht. Aber das, was ich erlebt hab, das war doch schon ganz schön, nicht? Der gnä' Herr, und der Herr Landau, und der Herr Orwin . . .« Wieder sah die Agnes zu Valerie. »Bitt um Vergebung, gnä' Frau, aber die Wahrheit muß heraus, nicht?«

»Ja, die muß heraus«, rief Landgerichtsdirektor Arnold. Jetzt hatte er genug von dieser Zeugin. Wenn es stimmte, was dieses offenbar geistig beschränkte Wesen hier bekanntgab, dann konnte man tatsächlich nicht sagen, wer der Vater dieses Jungen war – der Gatte oder der Liebhaber Orwin oder noch ein anderer Mann... Da taten sich ja Abgründe auf!

»Zeugin Peintinger, Sie sind bereit, diese Aussage auf Ihren Eid zu nehmen?«

Ein Strahlen ging über das Gesicht der Agnes. Jetzt hätten wir es erreicht, Hochwürden, dachte sie.

»Freilich, Herr Direktor!« Und etwas später sprach sie dann, ganz zart, schwankend, ernst und feierlich, mit erhobener Hand die Schlußformel nach.

»Ich schwöre es, so wahr mir Gott helfe!«

55

»Ihr Gesicht war richtig verklärt bei dem Schwur, sagte mir Valerie später«, berichtete Ottilie Landau. Sie saß mit Manuel an einem Fenster des großen, runden Espressos auf dem Cobenzl und erzählte seit einer halben Stunde.

Manuel, noch sehr erschüttert durch den plötzlichen Tod Forsters, hörte die Frau mit dem harten Gesicht und den schmalen Lippen, die elegant, aber unmodern gekleidet war, wie aus einiger Entfernung sprechen. Er war benommen, und er hatte Kopfweh. Forster ist tot, dachte er. Die Stadt, die er verlassen wollte, hat ihn nicht freigegeben.

Manuel hatte Tilly Landau von Forsters Ende erzählt. Sie war sehr erschrocken gewesen. Ihre Stimme klang – zum erstenmal, seit Manuel sie kannte – nun weich, warm und fraulich...

»Es ging also alles gut. Jetzt sollte ein neues Gutachten erstellt werden. Wir hatten wieder eine Runde gewonnen. Und Zeit, Zeit! Nach der Verhandlung machte Valerie der Agnes natürlich Vorwürfe. Die sagte, mein Gott, war sie vergnügt: ›Ja, ich hab was getrunken! Ich hab mir gesagt, diesmal *muß* der Richter mich schwören lassen! Ohne den Schnaps hätte ich solche Sachen über die gnä' Frau nie herausgebracht. So war mir alles wurscht. Und hat es nicht gewirkt? Ich hab schwören dürfen! Schwören dürfen hab ich!‹« Tilly Landau sagte: »Das hat sie sich doch so gewünscht, nicht wahr?«

Manuel nickte.

»Und also«, fuhr Tilly fort, »schleppte der Prozeß sich weiter. Bis Ende Oktober schon hätte Valerie den großen Ariernachweis für Orwin erbringen und alle Fotos von ihm, die sie sammeln konnte, dem Gericht vorlegen sollen. Fotos gab es eine Menge – Orwin war ein ziemlich berühmter Mann gewesen –, nur ein paar Dokumente ließen und ließen sich nicht auftreiben. Erst im Januar 44 hatte sie endlich alles beisammen. Dann ging das ganze Material an das Anthropologische Institut. Und erst im Mai gab es wieder eine Verhandlung.«

»Mit dem katastrophalen Gutachten«, sagte Manuel.

»Woher wissen – ach so, Doktor Forster! Mein Gott, der arme Kerl. Schrecklich ist das. Aber so einen Tod wünsche ich mir auch«, sagte Tilly.

»Er kann doch überhaupt nicht gelitten haben, oder?«

»Nein«, sagte Manuel und dachte: Im Sterben nicht, im Leben schon, viel und lange.

»Ja«, fuhr Tilly fort, »das Gutachten war verheerend. Vermutlich haben die ss-Ärzte sich gesagt: Unser so *positives* erstes Gutachten war ausschlaggebend dafür, daß dieser Prozeß überhaupt weitergeführt wird. Das wollen wir jetzt verhindern.«

»Und es gelang ihnen?«

»Es gab zwei weitere Verhandlungen. Ich war bei beiden, als Zuhörerin. Die arme Valerie! Es sah sehr schlecht für sie aus, was der Doktor Forster auch anfing. Ich habe sogar das Gefühl, daß der Richter ihr gern geholfen hätte, aber er traute sich nicht. Er hatte Angst vor diesem ss-Bonzen, dem Leiter des Instituts, er hieß, warten Sie...«

»Kratochwil«, sagte Manuel.

»Ja, Kratochwil, richtig! Den ließ der Richter auf Verlangen Forsters zur zweiten Verhandlung persönlich erscheinen. Forster verwickelte Kratochwil in wilde Streitgespräche – bis der ss-Kerl richtig heimtückisch wurde und die ganze Geschichte lebensgefährlich für den guten Doktor Forster. Der Richter schloß die Verhandlung. Das Urteil sollte schriftlich ergehen«, sagte Tilly.

»Der Richter ließ sich Zeit damit – vielleicht auch, um zu helfen. Die Zeit, nicht wahr, die Zeit...«

»Ja«, sagte Manuel.

»So kam das Urteil erst Anfang Juni. Es war ein paar Schreibmaschinenseiten lang. Die Klage wurde darin abgewiesen. Valerie brach uns fast zusammen, aber der Doktor Forster sagte: ›Jetzt gehen wir in die Revision vor das Reichsgericht in Leipzig!‹«

»In Leipzig...« Manuel fiel ein, daß Forster bei ihrem ersten Telefonat gesagt hatte, die Akten des Gerichts befänden sich, wenn sie überhaupt noch existierten, in Leipzig.

»Das war das höchste deutsche Gericht. Und die Revisionsanträge aller Abstammungsprozesse mußten dort eingereicht werden – nach einer Verordnung von Anfang 44. Zuerst war ein solcher Revisionsantrag vom örtlichen Gericht zu genehmigen. In Valeries Fall geschah das Ende Juni. Ich sagte, der Richter wollte uns helfen! Danach mußte Forster innerhalb von vierzehn Tagen Revision einlegen. Er hat sicherlich seine Unterlagen darüber für heute vorbereitet gehabt...« Tilly sah in die Schneewirbel hinaus. »Da liegen sie nun in seinem Zimmer... Und er ist tot... Ich erinnere mich auch noch an das Revisionsbegehren. Valerie war dabei, als Forster es aufsetzte, und sie erzählte Martin und mir davon. Es war unglaublich, was Forster da noch einmal riskierte...«

56

Am 7. Juni 1944, zwei Monate bevor er verhaftet und in ein Konzentrationslager gebracht werden sollte, saß Dr. Otto Forster hinter dem Schreibtisch im Arbeitszimmer seiner Kanzlei am unteren Ende der Rotenturmstraße. Ihm gegenüber saß, erschöpft und verstört, Valerie Steinfeld. Forster sprach in ein Diktaphon, wobei er in Akten blätterte: »... erhebe ich, Heinz Steinfeld, in offener Frist Revision an das Reichsgericht. Das erstrichterliche Urteil wird mit Ausnahme des Kostenanspruchs, der unberührt bleibt, seinem ganzen Umfang nach angefochten...« Der Anwalt sah auf, zupfte sein rechtes Ohr, schaltete das Gerät ab und sagte: »Nun machen Sie nicht so ein Gesicht, gnädige Frau!«
»Ach, Herr Doktor, wenn Sie wüßten, wie ich mich fühle. Das wird doch auch wieder umsonst sein!«
»Abwarten! Noch ist Polen nicht verloren. Im Gegenteil!« Forster blätterte in einem dicken Buch, murmelte vor sich hin, schaltete das Diktaphon wieder ein und sprach weiter: »Als Revisionsgründe mache ich geltend... Erstens: Mangelhaftigkeit des unterinstanzlichen Verfahrens, Klammer, Paragraph 503. Zahl 2 Zivilprozeßordnung, Klammer zu, und zweitens: unrichtige rechtliche Beurteilung, Klammer, Paragraph 503, Zahl 14 Zivilprozeßordnung, Klammer zu... Ad eins: Die Mangelhaftigkeit des Verfahrens ist darin zu erblicken, daß der Herr Erstrichter zwei sehr wesentliche Anträge des Klägers, die eine Klärung des noch nicht zur Entscheidungsreife gelangten Sachverhaltes zu erbringen geeignet gewesen wären, abgewiesen hat, nämlich – a – die Hinzuziehung eines zweiten Sachverständigen und – b – die persönliche anthropologisch-erbbiologische Untersuchung des gesetzlichen Vaters des Klägers...«
»Um Gottes willen, Herr Doktor«, rief Valerie, während Forster blitzschnell das Mikrophon mit einer Hand bedeckte, »wieder sagen Sie so etwas! Das ist ja Wahnsinn! Mein Mann ist doch in England!«
»Das ist kein Wahnsinn«, sagte Forster ungerührt. »Das ist ganz ernst gemeint.« Er gab das Mikrophon frei und sprach: »...des Klägers, zu welchem Zwecke allenfalls eine vorläufige Aussetzung des Verfahrens zu beschließen gewesen wäre, Punkt.« Forster pfiff leise, zog an seinem Ohr und fuhr dann fort: »Ad a: Die Zivilprozeßordnung sieht die Erbringung

des Beweises durch ein Gutachten von Sachverständigen vor, wenn Fragen zur Entscheidung anliegen, zu deren Beantwortung es besonderer Fachkenntnisse bedarf, die außerhalb des Beurteilungsvermögens des nur juristisch fachlich gebildeten Richters liegen...«

Valerie sagte: »Sie sind meine letzte Hoffnung, Herr Doktor...«

»Psst«, machte Forster. Er diktierte: »Wenn der Laie also auch nicht für sich in Anspruch nehmen kann, in einer Materie zu entscheiden, die einem speziellen Fachwissen vorbehalten bleiben muß, kann doch verlangt werden, daß die Untersuchungsergebnisse, zu denen der Sachverständige kommt, und die Folgerungen, die er daraus zieht, auch für den Laien verständlich, logisch und schlüssig sind...« Forster sprach fließend, ohne Pausen. Er schaltete das Gerät ab, als er sah, daß Valerie den Mund öffnete.

»Sie legen sich mit diesem Kratochwil an, Herr Doktor!« rief Valerie. »Einen ss-Sturmbannführer!«

»Natürlich. Ich lege mich mit allen an«, sagte Forster ernst. »Sie auch, gnädige Frau. Schon seit wir diesen Prozeß begonnen haben. Merken Sie das erst jetzt?... Dieser Forderung«, sprach er weiter in sein Diktaphon, »trägt das vorliegende Sachverständigengutachten, dem das angefochtene Urteil unter gänzlichen Verzicht auf eigene Gedankengänge...«

»Herr Doktor, um Himmels willen, Sie gehen zu weit!«

»Jetzt können wir gar nicht weit genug gehen, gnädige Frau... Gedankengänge kritiklos folgt, keine Rechnung. Unvollständig, unlogisch sowie einer vernünftigen Begründung ermangelnd erscheinen insbesondere nachstehende Ausführungen des Gutachtens: Der Sachverständige sieht in den – Gedankenstrich – durchwegs kleinformatigen – Gedankenstrich – Amateuraufnahmen des gesetzlichen Vaters eine für seine Untersuchungen brauchbare Vergleichsbasis, während er mehr als ein Dutzend große, deutliche Porträtaufnahmen des angeblichen Vaters Ludwig Orwin als – in Anführungsstrichen – ›wenig verwendbar‹ abtut...«

»Herr Doktor, ich habe solche Angst...«

»Das Recht ist doch auf Ihrer Seite. Es wird siegen!« sagte Forster völlig ernst und würdig. Er diktierte weiter: »In Punkt vier seiner abschließenden Folgerungen muß der Sachverständige zugeben, daß der Kläger keinerlei Merkmale zeigt, die auf eine jüdische Abstammung schließen lassen, jedoch will er mit dieser Feststellung nicht die Vaterschaft des gesetzlichen jüdischen Vaters ausschließen. Schon dies hätte einer plausiblen Erklärung bedurft, die das Gutachten, das sich mit einer solchen apodiktischen Behauptung begnügt, indessen vermissen läßt... Einverstanden, gnädige Frau?«

»Natürlich. Aber was wird das für Folgen haben?«

»Das werden wir ja sehen.« Forster verzog keine Miene. »Herr Kratochwil

hat sich beklagenswert angreifbar ausgedrückt. Weiter . . .« Forster überlegte kurz. »Ad b«, fuhr er dann fort. »Auf die Frage des Klagevertreters
mußte der Sachverständige zugeben, daß er sein Gutachten hätte besser
fundieren können, wenn auch Gelegenheit zur anthropologisch-erbbio-
logischen Untersuchung des gesetzlichen Vaters bestanden hätte . . . Jetzt
kommt es, gnädige Frau! . . . Wenn auf Grund dieses Zugeständnisses der
Klagevertreter den Auftrag gestellt hat, mit der Entscheidung in der Sache
zuzuwarten, bis sich nach dem Endsieg die Gelegenheit ergeben würde,
Paul Israel Steinfeld zu einer solchen Untersuchung stellig zu machen,
konnte der Herr Erstrichter über diesen Antrag nicht hinweggehen, ohne
das Verfahren an einem schweren Mangel leiden zu lassen.«
»Wie Sie das vor Gericht gesagt haben, das mit der Untersuchung nach
dem Endsieg, da habe ich geglaubt, ich werde ohnmächtig«, erklärte Valerie.
»Ich stellte doch nur einen absolut logischen Antrag«, meinte Forster,
scheinbar erstaunt. Er beherrschte sich völlig. Ernst fuhr er im Diktat
fort: »Die Tatsache, daß es nicht möglich ist, einen begründet beantragten
Beweis innerhalb einer bestimmten Frist durchzuführen, darf, besonders
in Fällen, in denen weit mehr als nur private Interessen auf dem Spiele
stehen, nicht dazu führen, daß sich der Richter über dieses oft – und in
diesem Fall gewiß – prozeßentscheidende Faktum einfach hinwegsetzt.«
Auf einmal fühlte Valerie neue Hoffnung, neuen Mut.
Forster bemerkte es.
»Nun, geht es Ihnen schon besser?«
Valerie konnte nur nicken.
»So ist es recht«, sagte Forster. »Wir werden dem Recht zum Sieg verhel-
fen. Seien Sie ganz ohne Sorge . . .« Er diktierte: »Besonders kraß erscheint der hier gerügte Verfahrensmangel im Lichte der vom Herrn Erstrichter spontan . . .« Forster blätterte in den Akten und sprach weiter:
». . . Klammer, Protokoll c. z. 30, Seite 5 Mitte, Klammer zu, spontan vor-
genommenen Feststellung, daß der Kläger jüdische Merkmale nicht auf-
weist und daß auch im Gespräch mit ihm nichts darauf hindeutet, was
man als jüdisch bezeichnen könnte . . .« Der Anwalt hielt das Mikrophon
zu: »Gott sei Dank war der Richter ein sehr vorsichtiger Mensch . . .«
(Mein Freund Klever hat ihn dazu gemacht, dachte er.)
»Der Kurator hielt sich auch sehr zurück, nicht?«
»Danke für den Hinweis!« Forster diktierte: »Wie erheblich die von der
Revision gerügten Verfahrensmängel sein müssen, geht schließlich daraus hervor, daß selbst der Herr Kurator, der zu dem Kläger prozessual
doch eine kontradiktorische Stellung einnehmen muß, im Bewußtsein
seiner Verpflichtung, an der Wahrheitsfindung mitzuwirken . . . äh . . .
sich den vom Klagevertreter gestellten Beweisanträgen stets angeschlos-

sen hat...«

Valerie sagte sehr leise: »In Ihrem Beruf kann man aber einfach auch alles machen!«

»Alles?« sagte Forster. »Leider nein. Aber doch eine ganze Menge... Käme Ad zwei: Unrichtige rechtliche Beurteilung... Der Irrtum des Herrn Erstrichters liegt darin, daß er den Charakter des vorliegenden Rechtsstreites verkennt oder ihm nicht Rechnung trägt. Wenn auch in das Gewand eines Zivilprozesses mit weitestem Spielraum für den Willen der Parteien gekleidet, ist dieses Verfahren doch unbedingt *offizieller* Art...«

»Wunderbar!« rief Valerie.

Forster lächelte ihr zu, während er sprach: »In einem normalen Zivilprozeß wird der Richter zweifellos, wenn eine Partei ihr Vorbringen nicht genügend erhärtet hat und auch nicht in der Lage oder willens ist, weitere Beweise zur Präzisierung ihres Standpunktes zu beantragen, mit der Entscheidung zuungunsten dieser Partei vorgehen müssen... In einem Rechtsstreit, in dem die subjektiv aus privaten Interessen verfolgten Belange jedoch auch von eminenter öffentlich-rechtlicher Wichtigkeit sind...«

»Das ist das Beste! Das Allerbeste!« rief Valerie.

»...muß der Richter den Fall von einem anderen Gesichtspunkt betrachten, nämlich von dem der unbedingten Erforschung der objektiven Wahrheit, selbst ohne oder gar gegen etwaige Anträge der Parteien... Augenblick, erschrecken Sie nicht, das muß auch sein... Die Gerichte stehen klägerischen Vorbringen in Prozessen wie diesem begreiflicherweise vorsichtig, ja sogar mit einem gewissen Mißtrauen gegenüber... Dies aus dem Gedankengang, daß es unbedingt gegen das öffentliche Interesse wäre, wenn etwa durch eine zu laxe Beurteilung des Prozeßmaterials Abstammungsbewerbern zu Unrecht eine ihnen nicht gebührende günstigere rassische Einordnung zuerkannt würde...«

»Das ist schon dreimal herumgedreht!« flüsterte Valerie, zwischen Furcht und Optimismus schwankend.

»Ob angesichts des Umstandes«, fuhr Forster unerschütterlich fort, »daß auch der beste Richter Irrtümern unterworfen bleibt, es als ein größeres Übel zu betrachten ist, wenn eine günstigere rassische Entscheidung zu Unrecht erfolgt, oder ob es ein größeres Übel ist, einem tatsächlich reinblütigen Abstammungsbewerber wegen der Beweisschwierigkeiten, auf die er trifft, die Zuerkennung seiner Deutschblütigkeit zu versagen, muß der Erwägung des Reichsgerichtes mit allem Nachdruck anheimgestellt werden...«

Erschöpft, mit bleiernen Gliedern wie jeden Abend, stieg Heinz Steinfeld gegen 19 Uhr am 11. September 1944 an der Haltestelle Währinger-straße-Martinstraße aus dem 41er und ging das kurze Stück bis zur Gentzgasse hinüber. Seit einer Stunde war für Wien Voralarm gegeben, die Sirenen hatten geheult, aber die Bomber flogen nicht weiter auf die Stadt zu. Sie kreisten über verschiedenen Punkten.

Der Herbst kam früh in diesem Jahr, es dämmerte schon stark, und ein kühler Wind wehte. Heinz trug ausgebeulte Hosen, eine fleckige Jacke und seine alte Aktentasche, in der er einen Thermos und seine Früh-stücksbrote beförderte. Er ging mit den schlurfenden Schritten und vor-geneigten Schultern eines Arbeiters. Als er die Wohnungstür aufsperrte, hörte er aus dem großen Mittelzimmer Stimmen. Er ging weiter, trat ein und sah seine Mutter, die Geschwister Landau und die Agnes. Bei seinem Anblick verstummten sie alle. Und alle sahen ihn an.

Im Radio, einem sogenannten ›Volksempfänger‹, tickte die Uhr des Luft-schutzsenders.

»Guten Abend«, sagte Heinz.

Sofort darauf war er von Menschen umringt, die ihn umarmten und an sich drückten. Seine Mutter und die Agnes küßten ihn.

»Mein Bub«, sagte Valerie, »mein Bub...«

»Was ist denn hier los?« Heinz war plötzlich ganz munter. »Ist was aus Leipzig gekommen?«

Seine Mutter hielt ihm ein Blatt Papier hin.

»Ja, Heinz, ja! Der Doktor Burkhardt hat geschrieben.« Dr. Burkhardt war ein Anwalt in Leipzig, den Forster bei Einreichung des Revisionsbe-gehrens gebeten hatte, ihn zu vertreten. Valeries Stimme klang unsicher, sie machte dauernd kleine Pausen beim Sprechen. Ihre Augen leuchteten.

»Und hier!« Sie hielt dem Sohn ein zweites Papier hin. »Vom Reichs-gericht.«

»Die Entscheidung?« fragte Heinz.

»Ja!« rief Martin Landau. »Die Entscheidung ist da!«

»Und?«

Tilly Landau sagte: »Du siehst doch – einen Kuchen hat die Agnes gebak-ken, wir haben zwei Flaschen Wein mitgebracht! Heute müssen wir fei-ern!«

»Also hat das Reichsgericht...« Heinz stockte.

»Ja«, sagte Valerie mit bebender Stimme. »Das Reichsgericht hat das Wiener Urteil verworfen. Die fünf Richter des Leipziger Senats haben ein neues Urteil gefällt. Danach bist du Arier. Wir haben den Prozeß gewon-nen!«

»Heinzi!« rief die Agnes. »Heinzi! Ist das nicht herrlich?«

Der magere Junge mit den Sommersprossen auf der blassen Haut des schmalen, erschöpften Gesichts antwortete nicht. Sein Blick ging plötzlich durch die Menschen vor ihm hindurch, weit, weit fort in die Ferne. Die Uhr des Luftschutzsenders tickte monoton. Ohne jemanden anzusehen, sagte Heinz mit ruhiger Stimme: »Endlich.«

Landau hatte eine Weinflasche entkorkt und Gläser gefüllt. Er reichte sie ringsum.

»Jetzt wollen wir auf den glücklichen Ausgang trinken!« sagte Martin Landau. Valerie betrachtete ihren Sohn ernst. Der war gar nicht richtig anwesend, fand sie. Alle stießen die Gläser gegeneinander und tranken einander zu.

Die Uhren des Luftschutzbefehlsstandes verstummte. Eine Männerstimme meldete sich: »Achtung, Achtung. Die feindlichen Bomberverbände sind aus den Bereichen 23, 24 und 45 ausgeflogen und haben den Großraum Wien verlassen. Sie fliegen mit Nordkurs weiter nach Prag. Für Wien wird Entwarnung gegeben.«

In die letzten Worte hinein heulten schon die Sirenen – einen langgezogenen Dauerton.

Heinz sagte, und jetzt lächelte er: »Lange genug hat es gedauert. Nun wird es sehr schnell gehen.«

»Was, Heinzi?« fragte die Agnes.

»Meine Einberufung«, sagte der Junge. »Gemustert bin ich schon lange. Damals haben sie mich zurückgestellt. Nicht zur Verwendung! Damit ist es vorbei!« Er lachte glücklich. Er sah niemanden an, und deshalb bemerkte er nicht, wie die Erwachsenen ihn anstarrten, erschrocken, entsetzt, von neuer Angst gepackt. Er sagte: »Ich warte aber nicht, bis sie mich holen. Morgen schon melde ich mich freiwillig – zur Waffen-ss!«

Ein Glas fiel auf den Boden und zerbrach. Valerie hatte es fallen lassen. Sie sank in einen Sessel, während aus dem Radio eine andere Männerstimme ertönte: »Hier ist der Reichssender Wien. Wir setzen unser Unterhaltungskonzert fort. Sie hören einen bunten Melodienreigen von Paul Lincke, Walter Kollo und Nico Dostal . . .«

Ein Walzer erklang.

»Wo willst du dich freiwillig melden?« fragte Martin Landau mit krächzender Stimme.

»Bei der Waffen-ss! Ich will in einen Elite-Verband!« sagte Heinz, unvermittelt scharf. »Jetzt geht es um alles bei uns, das ist euch doch klar. Jeder muß sein Äußerstes geben. Die Waffen-ss – das war schon immer mein Traum. Hast du etwas dagegen, Onkel Martin?«

»Ich? Aber wieso? Ich dachte nur . . .«

»Na also«, sagte Heinz. »Ich danke dir noch einmal für alles, Mami.«

Valerie gab keine Antwort. Sie starrte auf die Scherben des zerbrochenen Glases und den Wein, der in den Teppich sickerte.

»Jesus, Maria und Josef«, stammelte die Agnes und bekreuzigte sich.

»Waffen-ss!« sagte Manuel Aranda entsetzt.

Tilly Landau nickte.

»Mit dem Buben war nicht mehr zu reden. Kaum, daß wir ein paar Worte sagten, da fing er schon an zu schreien und zu toben. Nein, nichts zu machen. Wir gingen bald fort, mein Bruder und ich ...«

»Wie reagierte Frau Steinfeld?« fragte Manuel.

»Sie hatte große Auseinandersetzungen mit dem Buben in den nächsten Tagen. Streit! Streit! Streit! Das war die Zeit, in der die beiden sich auseinanderlebten, damals begann das Zerwürfnis.« Tilly schlürfte ihre heiße Schokolade. »Er setzte seinen Willen durch. Schon Ende September erhielt er den Gestellungsbefehl. Er verbat sich, daß ihn jemand zur Bahn begleitete – sein Ausbildungslager war irgendwo bei Preßburg. Valerie stand am Rande eines totalen Zusammenbruchs. Sie hatte ganz zum Schluß noch einen Riesenkrach mit dem Sohn gehabt, sie waren im Bösen auseinandergegangen ...«

»Und was geschah mit dem Jungen?«

»Nach der Ausbildung schickten sie ihn sofort an die Front. Ungarn.«

Manuel fragte leise: »Und verlor er das Leben – noch in diesen letzten Monaten?«

Tilly sah erstaunt auf.

»Das Leben? Nein. Wieso?« Sie zuckte die Schultern. »Natürlich, die Gefahr war sehr groß. Sie können sich nicht vorstellen, wie Valerie damals litt. Heinz schrieb kaum, und zuletzt gingen seine wenigen Briefe auch noch verloren ... Nein, nein, er hatte Glück, er kam durch, er entging sogar der Gefangenschaft. Seine Einheit wurde plötzlich nach Oberösterreich verlegt, an Wien vorbei. Und als in Oberösterreich die Amerikaner kamen, tauchte Heinz bei Bauern unter und versteckte sich eine Weile. Im Juni erhielt Valerie Nachricht von ihm. Er wollte nicht mehr nach Hause.«

»Nicht mehr nach Hause?«

»Nein. Er war doch mit der Mutter zerstritten. Wir konnten alle nicht begreifen, was diese Zeit und dieser Prozeß und dieses elende Ariertum im Kopf des Buben angerichtet hatten. Er wollte auch nicht mehr nach Wien, weil hier die Russen saßen, er fürchtete, doch noch gefangengenommen zu werden. So arbeitete er bei den Bauern, und als dann die Ka-

nadier sagten, sie würden Einwanderer aufnehmen, meldete er sich sofort. Er wollte weg aus Österreich, weg aus Europa! Valerie bettelte ihn
an, zu bleiben. Damals gab es immer Leute, die unterwegs waren und
Briefe mitnahmen. Sie flehte ihn an, wieder gut zu sein. Er antwortete
verbittert. Für ihn war eine Welt zusammengebrochen. Er hatte sich doch
so sehr mit der deutschen Seite identifiziert, er war – schrecklich, das zu
sagen – ein richtiger, fanatischer Nazi geworden, der Heinz. Und da be-
ging Valerie dann den großen Fehler...«
»Fehler?«
»Sie schrieb ihm die Wahrheit. Daß alles Lügen gewesen seien. Daß er
in Wahrheit ein Mischling war.«
»Das schrieb sie ihm?«
»Ja, so hat es mir Martin erzählt. Alles, was ich Ihnen jetzt berichte, habe
ich von Martin. Er war damals immer mit Valerie zusammen im Geschäft,
nicht wahr? Ich sah sie monatelang nicht. Ich mußte doch das Haus in
Hietzing hüten. Und krank wurde ich dann auch. Martin, der hat mir erzählt, wie das war...« Tilly löffelte Schlagobers. »Dieser Brief von Valerie löste bei dem Buben erst den richtigen Kurzschluß aus. Denn da
schrieb er der Mutter, daß er nichts mehr mit ihr oder einem von uns zu
tun haben wollte! Und dann, mit einem der ersten Transporte, emigrierte
er tatsächlich nach Kanada. Schrecklich, schrecklich das alles für Valerie.
Noch schrecklicher: Ein Jahr später kam Heinz in Quebec bei einem Autounfall ums Leben. Valerie war zu der Zeit überhaupt kein richtiger
Mensch mehr. Umsonst, was sie getan hatte, alles umsonst...«
Und immer noch und immer wieder die verschiedenen Versionen über
den Verbleib des Jungen, dachte Manuel. Was ist wahr, was ist Lüge?
Nora Hill hat Valerie Steinfeld erzählt, Heinz sei nach Los Angeles geflo-
gen, um dort zu studieren. Und ihr Mann hätte in England eine andere
Frau geheiratet...
Manuel fragte: »Und Paul Steinfeld? Was geschah mit dem? Wissen Sie
das auch?«
»Ja«, sagte Tilly Landau. »Das weiß ich auch...«

59

»Wydalo mi sie, ze swiat – obojetny dotad na moje sprawy – zwrocil...«
erklang eine junge Frauenstimme aus dem Lautsprecher des großen ›Minerva 405‹. Ohne Decke über sich und dem Apparat, saß Valerie Steinfeld
auf dem Sofa des Teekammerls. Sie hatte BBC ziemlich laut eingestellt.
Martin Landau rumorte vorne im Laden, der wegen der Mittagspause
noch geschlossen war. Man schrieb den 18. Mai 1945, es war 13 Uhr 20,

und in Wien hatte bereits vor mehr als zwei Monaten ein herrlicher Frühling begonnen. Sommerlich warm war es auf den Straßen, zwischen Ruinen und Trümmern blühten Sträucher, Bäume und viele Blumen. Schon der Kampf um Wien war bei solch herrlichem Wetter zu Ende gegangen. In größter Eile hatte man die Toten, Zivilisten, deutsche und russische Soldaten, dazu viele Pferdeleichen, in den Parks vergraben müssen, denn sie verwesten rasch. Valerie war sehr mager, ihr Rücken leicht gekrümmt.

».. . sie nagle ku mnie«, sprach die junge Frauenstimme, dann wurde sie leiser, und während sie weiter ertönte, erklang jene Männerstimme, die Valerie Steinfeld seit Jahren mit klopfendem Herzen hörte, die Stimme, die Paul zu ihr brachte, ihren einzigen Trost in den schweren und dunklen Jahren, die hinter ihr lagen bis zu der bangen Gegenwart, in der sie ohne Nachricht von Heinz lebte, ohne zu wissen, ob er noch existierte, ob er verwundet, gefangen, getötet worden war.

In dieser Sendung der BBC redeten viele Stimmen in vielen Sprachen. Reporter des Senders waren in Deutschland unterwegs gewesen und hatten zwei Dutzend von den Millionen Flüchtlingen und Zwangsverschleppten interviewt, welche nun über die Landstraßen zogen. Die Aufnahmen waren nach London gebracht und zusammengestellt worden. Valerie lauschte dem Stimmenbabel, denn immer wieder, nach den ersten Worten eines Fremden, ertönte die Stimme ihres Mannes, der, während der Interviewte leise weitersprach, seine Worte übersetzte, wie auch jetzt: »Es war, als hätte die abgekehrte Welt sich umgewandt und würde mich plötzlich ansehen. Das Grün auf den Wiesen war in eine jähe Helle gerückt, als sei es aus einem Hintergrund hervorgekrochen . . .«

Draußen klopfte jemand lange und laut gegen die verschlossene Eingangstür, Valerie hörte es deutlich. Dann erklang Martins Stimme. Er rief etwas. Das Klopfen ging weiter. Valerie kümmerte es nicht. Sie lauschte der Stimme ihres Mannes: »Die Rinde der Baumstämme begann silbern zu leuchten . . .«

Im Verkaufsraum ertönte das Glockenspiel. Martin hatte also die Eingangstür geöffnet. Jetzt hörte Valerie ihn und einen Fremden sprechen.

Immer noch lauschte sie der Stimme aus London, die übersetzte, was die junge Polin sagte: »Der Himmel war nicht mehr fern. Er hatte sich in warmer Vertrautheit seiner Erde zugekehrt, belichtete ihre Weiten, beschattete ihre Gründe, folgte dem Flug der Vögel und trat in die Kelche der Blumen ein. Es war die Freiheit . . .«

Während der letzten Worte hatte Valerie Schritte näherkommen gehört. Nun blickte sie auf. Im Eingang des Teekammerls stand ein sowjetischer Offizier.

Der Russe nahm seine Tellerkappe ab und verbeugte sich. Er war knapp vierzig Jahre alt und hatte ein ernstes Gesicht mit großen, dunklen Augen.

Valerie drehte den Tonregler des Apparates zurück, so daß die Stimme aus London ganz leise wurde, und stand auf.

»Der Herr Major will dich unbedingt sofort sprechen«, erklärte Martin Landau, hinter dem Russen stehend, die linke Schulter hochgezogen, sehr unruhig. »Er sagt, es ist dringend.«

»Ja, es ist dringend.« Der Offizier sprach fließend deutsch mit russischem Akzent. »Ich heiße Mossjakow, Frau Steinfeld. Ich habe in der deutschen Abteilung von Radio Moskau gearbeitet. Jetzt bin ich als Kontrolloffizier bei Radio Wien. Wir bauen das Sendenetz wieder auf. Ich komme gerade aus Salzburg. Dort habe ich mit amerikanischen und englischen Rundfunkoffizieren und ein paar Reportern von BBC gesprochen.«

»Und?« Valeries Gesicht war unbeweglich wie eine Maske.

»Einer der BBC-Leute hieß Gordon White. Kennen Sie ihn?«

»Nein.«

»Aber er kannte Ihren Mann. Er bat mich, Sie aufzusuchen, wenn ich wieder in Wien bin...« Mossjakow trat einen Schritt vor, als wollte er Valerie stützen. »Es tut mir furchtbar leid, Frau Steinfeld, aber ich muß es Ihnen sagen. Sie werden es auch noch offiziell erfahren, sobald die anderen Alliierten nach Wien kommen... Das Rote Kreuz ist völlig überlastet... Bitte, verzeihen Sie mir, wenn ich Ihnen die Nachricht überbringe, ich...«

»Welche Nachricht?« rief Martin Landau.

»Herr Steinfeld ist tot«, sagte der Major Mossjakow.

»Was?« Landau fiel mit dem Rücken gegen ein Regal.

Valerie sah den Russen an, als sähe sie ihn nicht.

»Tot, ja«, sagte Mossjakow.

»Aber wann... aber wie...«, stotterte Landau.

»Er ist schon vor einer Woche gestorben, am elften Mai. Er war leberkrank, sagte mir Gordon White.« Mossjakow sprach jetzt schnell. »Vor einer Woche, ganz plötzlich, brach Herr Steinfeld im Studio zusammen, nach einer Sendung. Sie fuhren ihn ins Krankenhaus, aber es war schon zu spät. Eine Krampfader an der Speiseröhre, hinter dem Herzen, war geplatzt. Die Krampfader ist durch die kranke Leber entstanden. Ihr Mann verblutete innerlich, Frau Steinfeld. Gordon White sagte, ich sollte Ihnen versichern, daß Ihr Mann unter keinen Umständen gelitten hat. Er fand einen ganz leichten Tod...«

»Valerie!« rief Martin Landau. »Valerie!« Er trat auf sie zu, an Mossjakow vorbei. »Beruhige dich, Valerie, ich bitte dich, immerhin, es ist ein entsetzliches Unglück, aber du darfst jetzt nicht...«

»Sei ruhig«, sagte die Frau mit dem blonden Haar und den blauen Augen

zu Landau. Zu Mossjakow sagte sie völlig gefaßt: »Das muß ein Irrtum sein, Herr Major.«

»Ich fürchte, es ist kein Irrtum, Frau Steinfeld.«

»Aber ja doch!« Valerie drehte den Tonregler des Radioapparates auf laut. Eine verdeckte jugoslawische Männerstimme und darüber, tönend, die übersetzende deutsche Männerstimme erklangen: »...ich habe das Grauen überlebt. Ich bin auf dem Weg nach Serajewo. Wenn Gott auch ihnen geholfen hat, wie er mir half, dann sind meine Frau und mein Sohn gesund und wohlauf, und ich werde sie wiedersehen, und wir werden alle wieder zusammensein...«

»Da!« rief Valerie Steinfeld, während die Stimme weiter übersetzte. »Da! Wie kann mein Mann tot sein, wenn er gerade spricht! Das ist BBC, Herr Major! Ich habe den Krieg hindurch BBC gehört! Mein Mann war doch schon früher Radiosprecher! Ich kenne seine Stimme – die Stimme, die Sie jetzt hören!«

Der Russe hatte sich auf die Lippe gebissen. Nun sagte er: »Das sind diese Interviews mit Displaced Persons, nicht wahr?«

»Ja.« Valerie nickte. »Warum?«

»Die werden lange vor der Sendung hergestellt, Frau Steinfeld. Bedenken Sie, die einzelnen Interviews haben schon vor vielen Tagen stattgefunden, vielleicht vor zwei Wochen. Den Text zu dieser Sendung müßte Ihr Mann auch schon vor Tagen gesprochen haben... knapp vor seinem Tode...«

Danach schwieg Valerie, während Martin Landau stöhnend auf den Schaukelstuhl sank und eine Hand gegen sein Herz preßte.

Die Männerstimme aus dem Radio erklang: »...und wir werden ein neues Leben zusammen beginnen, ein schönes Leben in Frieden und ohne Bedrohung und Not...«

»Diese Sendungen werden **vorher** zusammengestellt?« fragte Valerie und sah den Russen starr an.

»Ja, Frau Steinfeld. Das sage ich doch. Auf Platten. Wir machen das genauso. Und Gordon White hat es mir erzählt, als wir über unsere verschiedenen Arten von Rundfunkpropaganda redeten. Glauben Sie es doch, bitte. Was Sie da hören, ist eine Aufnahme, die vor Tagen gemacht wurde, und wenn das die Stimme Ihres Mannes ist, dann wurde sie mindestens schon vor einer Woche gemacht.«

»Aber die anderen Sendungen, die ich gehört habe in den letzten Tagen... auch mit seiner Stimme...«

»Verlas er Nachrichten?«

»Nein, das nicht. Kommentare und... und solche Geschichten...«

»Nun, sehen Sie.«

»Das waren alles Platten?«

»Alles Platten!« Wer weiß, was für eine Stimme diese Frau für die ihres

Mannes hält, dachte der Russe beklommen.

»Herr Major«, sagte Valerie Steinfeld, »ich danke Ihnen, daß Sie gekommen sind.«

»Das war doch selbstverständlich, Frau Steinfeld. Wenn sie mich brauchen ... Wenn ich etwas für Sie tun kann ... Mein Büro ist in der Argentinier Straße, im Rundfunkhaus.«

»Sehr freundlich«, sagte Valerie. »Warten Sie, ich führe Sie nach vorne. Die Tür ist verschlossen. Wir haben noch Mittagspause ...«

Damit ging sie sehr aufrecht vor dem Major her durch den schmalen Gang in den Verkaufsraum und sperrte die Glastür auf. Der Russe drückte ihre Hand, verneigte sich und verließ die Buchhandlung. Valerie drehte den Schlüssel der Tür wieder.

»Um Gottes willen! Das ist ja furchtbar! Ganz furchtbar! Du mußt dich hinlegen ... Du siehst ja aus wie der Tod ... Komm schnell ...« Martin Landau war ihr nachgeeilt.

Sie standen jetzt voreinander, neben dem alten Baribal-Bären beim Eingang.

»Ich muß mich nicht hinlegen. Mir geht es ganz gut«, sagte Valerie mit einer Stimme, die seltsam kindlich klang. »Also Paul ist tot. Und das war eine Platte, die ich da gehört ...« Sie sprach den Satz nicht zu Ende. Lautlos glitt sie auf den alten Dielenboden und bewegte sich nicht mehr. Sie hatte das Bewußtsein verloren.

60

»Kollaps«, sagte Ottilie Landau. »Sie hatte einen Kollaps erlitten. Martin rannte, um einen Arzt zu holen. Der kam zum Glück sofort und gab ihr eine Spritze. Danach fand Valerie das Bewußtsein wieder. Der Arzt bestand darauf, daß sie auf dem Sofa im Teekammerl liegen blieb. Bis zum Abend hatte er einen Krankenwagen organisiert – damals ein fast unlösbares Problem! In ihm fuhr Valerie heim. Sie mußte eine Woche im Bett bleiben, der Arzt besuchte sie täglich, Martin auch, ich auch. Die Agnes sorgte für sie. Valerie sprach fast nicht in dieser Woche, mit niemandem. Dann, acht Tage später, stand sie wieder im Geschäft.«

»So sehr hatte sie sich in der Gewalt?«

»So sehr, ja. Sie können sich die Kraft nicht vorstellen, die diese Frau besaß«, sagte Tilly Landau. Im Lokal flammten die kleinen, rotbeschirmten Lämpchen auf allen Tischen und die indirekte Deckenbeleuchtung auf. Es war sehr dämmrig geworden. »Eines tat Valerie nie mehr.«

»Was?«

»Sie hörte nie mehr London. Sie schenkte Martin den Apparat. Nun, Sie kennen ja Martin auch ein wenig, nicht wahr? Er wollte das Radio nicht fortgeben. Deshalb steht es immer noch im Teekammerl...« Tilly Landau hob die Schultern. »Wir haben uns sehr um Valerie gekümmert damals. Aber sie blieb verschlossen – für alle Zeit. Kaum daß sie in den vielen Jahren danach noch einmal mit uns über ihren Mann sprach. Im Sommer 1946 brachten englische Offiziere den Totenschein. Die BBC hatte Paul Steinfeld ein Grab gekauft und ihn bestatten lassen. Sie hatte auch die Instandhaltung des Grabes übernommen. Es wird auf ihre Kosten gepflegt – bis heute.«

»Frau Steinfeld ist niemals nach London gereist, um es zu besuchen?«

»Nein, niemals. Herr Aranda. Sie war... eine ganz außergewöhnliche Frau... Und mit den Jahren, mit den vielen Jahren, in denen sie, wie wir alle, älter wurde, kam eine immer größere Verschlossenheit hinzu. Sogar gegen uns, ihre alten Freunde, sogar gegen die Agnes. Nur Irene Waldegg war sie herzlich zugetan.«

Tilly Landau zuckte die Achseln. »Es wußte schon lange niemand mehr, was wirklich in ihr vorging... was sie dachte... Sie muß ein richtiges zweites Leben geführt haben!«

»Ein zweites Leben?«

»Wie erklären Sie sich sonst das, was sie zuletzt getan hat? Wir können es uns nicht erklären! Darum haben wir ja solche Angst! Und darum wollte ich unter allen Umständen verhindern, daß wir in diese Sache verwickelt werden.«

»Ich verstehe«, sagte Manuel Aranda.

61

Der Lichtkreis einer starken Taschenlampe wanderte langsam über die uralte dunkle Mauer und die unzähligen Jahreszahlen, Initialen und Symbole, die in den harten Stein geritzt waren.

»Hör doch auf«, sagte Irene Waldegg. »Du findest es nie!«

»Ich finde es«, sagte Manuel Aranda, der die Taschenlampe hielt. »Warte nur noch eine kleine Weile.«

Irene und Manuel standen in dem Arkadengang der Minoritenkirche. Kein Mensch außer ihnen war zu erblicken um diese Zeit – halb elf Uhr abends. Es schneite noch immer, doch die Flocken fanden nur selten ihren Weg in die enge Passage. Der Lichtkegel der Taschenlampe glitt weiter über die Wand...

Irene hatte mit Manuel im ›Ritz‹ zu Abend gegessen, danach waren sie noch in die Bar gegangen. Bei ihrem Eintritt hatten die alten Herren des kleinen Orchesters sich verneigt, und der Pianist hatte, langsam und sentimental, ›ihr‹ Lied zu spielen begonnen.

Während des Essens hatte Manuel Irene alles erzählt, was er gehört hatte. Es war sehr viel gewesen an diesem Tag. Manuel fühlte sich müde und mutlos, Forsters plötzlicher Tod machte ihn traurig.

Nun, in der Bar, sagte er: »Mehr und mehr erfahren wir. Und weniger und weniger wissen wir wirklich, was geschehen ist. Ich glaube dabei nicht einmal, daß mich die Menschen, mit denen ich sprach, belogen haben. Sie wissen eben alle auch nur soundsoviel. Das Geheimnis ist geblieben. Warum hat Valerie Steinfeld meinen Vater getötet und danach sich selber?«

›. . . daß unser beider Denken niemand erraten kann‹, spielte, mit Verneigungen, der alte Herr am Flügel, draußen in der Halle.

Manuel nickte ihm zu.

»Und dann dieser Heinz!«

»Was ist mit ihm?« fragte Irene.

»Ich begreife nicht. Waffen-ss! Im Herbst 1944! Als wirklich schon alles verloren war. Der Junge muß schwachsinnig gewesen sein. Es ist nicht zu fassen!«

»Ich kann mich in Heinz hineindenken«, sagte Irene.

Ja, dachte Manuel, du kannst es, du, seine Schwester . . .

Dann waren sie über den tiefverschneiten Ring gefahren. Manuel wollte Irene heimbringen. Nahe dem Burgtheater hatte er plötzlich gesagt: »Diese Kirche, bei der Bianca und Heinz sich trafen, die muß doch irgendwo hier sein.«

»Ja. Rechts.« Er war nach rechts eingebogen.

»Zeig mir den Weg«, hatte er gesagt. »Ich will sehen, ob ich das Herz finde, das Heinz damals in die Mauer geritzt hat.«

»Was für ein Unsinn!«

»Bitte, sage mir, wie ich fahren muß. Ich habe eine Taschenlampe im Handschuhfach.«

»Na schön . . .« Sie hatte lächelnd nachgegeben.

Nun standen sie schon eine Viertelstunde in dem engen Durchlaß, und Manuel suchte, suchte eifrig.

»Komm endlich«, sagte Irene. »Ich beginne zu frieren . . .«

»Da!« rief Manuel. »Da ist es!«

Im Licht der Taschenlampe war, verwittert und teilweise abgebröckelt, ein eingeritztes Herz zu erkennen. In ihm erblickten Manuel und Irene die Buchstaben b. h. und h. s., darunter die Jahreszahl 1941, danach einen waagrechten Pfeil, der auf eine liegende 8 deutete, das mathematische Zeichen für ›Unendlich‹. 1941 hatten Bianca und Heinz sich kennengelernt. Und sie hatten sich lieben wollen – in die Unendlichkeit.

»Du hast es gefunden!« Irene starrte das Herz an.

»Im Dezember 1943 haben die beiden hier gestanden«, sagte Manuel. »Genau hier, wo wir jetzt stehen. Deshalb wollte ich herkommen – mit dir.«

»Weshalb?«

Er wurde unsicher.

»Nun, ich dachte... Ich stellte mir vor... Ach, ich bin ein Idiot...«

Irene nahm behutsam die Taschenlampe aus seiner Hand und knipste sie aus. In der Dunkelheit trat sie auf ihn zu, ihre Arme schlangen sich um seinen Hals, ihre Lippen trafen die seinen. Er hielt sie fest. Der Kuß dauerte lange. In einer unwirklichen Stille standen die beiden, eng aneinandergepreßt, reglos. Er löste seine Lippen von den ihren und flüsterte: »Darf ich zu dir kommen?«

Er fühlte plötzlich, wie ihr Körper erstarrte.

»Nein«, sagte Irene, »bitte nicht, Manuel.«

»Verzeihung«, murmelte er.

Sie sagte, seine Wange streichelnd. »Sei nicht traurig. Ich... ich möchte es so gerne wie du...«

»Nun, was ist es dann?«

»Alles«, sagte sie, sein Gesicht in beide Hände nehmend. »Alles. Das Schreckliche, das geschehen ist. Das Unheimliche, das uns immer noch verfolgt. Ich habe keine Ruhe, Manuel, noch finde ich keine Ruhe. Bitte, habe Geduld. Ich habe dich so gern... Es... es soll erst geschehen, wenn all das vorüber ist, wenn wir die Lösung kennen, den Sinn, wenn es kein Geheimnis mehr gibt. Verstehst du das nicht?«

»Doch.« Er küßte ihre Hände. »Ich verstehe es sehr gut. Und ich will warten – so lange es auch noch dauern mag. Komm jetzt, ich bringe dich heim...«

Hand in Hand verließen sie den Arkadengang, Treffpunkt ungezählter Liebender im Laufe der Jahrhunderte, der finster, verlassen und einsam zurückblieb.

62

Die Hausmeisterin des Gebäudes Kohlmarkt 11 wohnte im Erdgeschoß des Nebengebäudes. Sie war für zwei Häuser zuständig. Am Montag, dem 27. Januar 1969, pünktlich um 21 Uhr, schaltete sie die Flurbeleuchtung beider Gebäude um, so daß die Lampen in den Gängen und Stockwerken nun nicht mehr ständig brannten, sondern nur jeweils sechzig Sekunden, wenn jemand auf einen Lichtschalter drückte. Danach verschloß die Hausmeisterin das alte, grüne Eingangstor von Nummer 11 und ging schnell durch das Schneetreiben in das Nachbarhaus zurück, dessen Eingang sie gleichfalls absperrte. Die ältere Frau begab sich bald zu Bett.

Zehn Minuten nach 21 Uhr standen zwei Männer vor der Eingangstür zur Kanzlei der Rechtsanwälte Dr. Rudolf Stein und Dr. Heinrich Weber. Sie trugen Filzpantoffel. Ihre Schuhe steckten in den Manteltaschen. Es waren Jean Mercier und der große, schlanke Anton Sirus, das legendäre Vorbild aller Schränker Europas. Der Mann mit dem mächtigen Kopf, den scharfen Augen des Chirurgen, den schönen, kraftvollen Händen des Operateurs, dieser leidenschaftliche Liebhaber und Sammler französischer Impressionisten, hatte die letzten beiden Stunden neben Mercier auf dem zugigen, eiskalten Dachboden des Hauses gewartet, in dem nur Büros untergebracht waren. Das Schloß der Tür zum Dachboden hatte der ›Professor‹ mit zwei Handbewegungen geöffnet. Der Mann aus Bremen war mit der Mittagsmaschine gelandet und hatte den Nachmittag in einem Hinterzimmer des Reisebüros ›Bon Voyage‹ verbracht. Getrennt waren sie dann hierhergekommen. Bei der bevorstehenden Unternehmung mußte Mercier dabei sein, denn nur er konnte feststellen, was in dem großen Tresor des Dr. Stein für ihn und seine Auftraggeber von Wert war.

Zitternd vor Kälte hielt er eine Taschenlampe, deren Lichtkreis auf das Yale-Schloß der Kanzleitür gerichtet war. Der ›Professor‹ arbeitete mit zwei Drähten, die Mercier an jene erinnerten, welche man durch Roulladen steckt. Die Drähte hatten allerdings an ihren vorderen Enden spitze Zacken und Verformungen. Sirus schien ein Mann ohne Nerven zu sein. Neben sich, auf dem Boden, hatte er eine große Koffertasche gestellt, wie sie früher von Ärzten benutzt wurde. Nach sechs Minuten schnappte das Yale-Schloß auf. Für das Türschloß brauchte der Professor vier Minuten. Sie traten in die dunkle Kanzlei ein.

Anton Sirus schloß die Tür und versperrte die Schlösser wieder. Er versicherte sich, daß die Vorhänge in sämtlichen Büros ordentlich geschlossen waren – lautlos huschte er von Zimmer zu Zimmer –, dann erklomm er im Sekretariat einen Stuhl und öffnete ein schwarzes Kästchen, das hinter einem Aktenschrank verborgen war. Der Professor hatte es trotzdem sofort gefunden. Mit wenigen Handgriffen schaltete er eine Alarmanlage aus. Nun ging er neben Mercier in das Büro Dr. Steins, wo er die starke Schreibtischlampe anknipste und so drehte, daß ihr Licht die matt glänzende Riesenwand des Tresors traf.

Die Männer zogen ihre Mäntel aus, Sirus auch seine Jacke. In dem Büro war es sehr warm. Mercier setzte sich auf einen Sessel vor dem Schreibtisch. Er trug, wie Sirus, Handschuhe aus schwarzem Trauerflor. Der Professor hatte ihm ein Paar mitgebracht.

»So gibt es keine Fingerabdrücke. Ich verwende nur Trauerflor, niemals Gummi. Man hat bei Gummi nicht das nötige Gefühl in den Fingern.«

Mercier sah schweigend zu, wie der große Mann nun seine Koffertasche öffnete. Zuoberst lag ein blütenweißer Chirurgenmantel, den der Professor schnell über den Kopf streifte. Zwei Gürtelschnüre band er im Rücken zusammen. Er reichte Mercier einige Gazetücher.

»Sie werden mir von Zeit zu Zeit die Stirn abtupfen müssen.«

Mercier nickte nur. Er erinnerte sich, daß der Professor darum gebeten hatte, nicht unnötig angesprochen zu werden. Der Franzose, der das Haus seit Tagen beobachten ließ, wußte, daß es hier keine Männer der Wach- und Schließgesellschaft gab. Die Fenster von Steins Büro gingen zum Kohlmarkt hinaus . . .

Nun holte der Professor ein Stethoskop aus der großen Tasche und hängte es sich um den Hals. Danach breitete er auf dem Schreibtisch ein Tuch aus und legte auf dieses mindestens drei Dutzend seltsam geformte, dünne und lange Stahlwerkzeuge. Das Ganze sah aus wie ein chirurgisches Besteck. Der Professor nahm eine kleine weiße Kappe und setzte sie auf.

»Hält den Schweiß der Kopfhaut zurück«, sagte Sirus. Er trat nun vor, betrachtete den Tresor brütend wie einen Kranken auf dem Operationstisch, wandte sich noch einmal um und nahm einen großen Notizblock und einen Bleistift aus der Tasche.

Die Aufgabe, vor der Anton Sirus stand, war gewaltig – Mercier hatte eine kurze Erklärung des Professors erhalten, während sie auf dem eisigen Dachboden warteten, er wußte ungefähr Bescheid.

Die Tresorwand wies etwa in Brusthöhe ein verchromtes Steuerrad auf. Über diesem befand sich, in Schulterhöhe, ein konischer Knopf von knapp zehn Zentimetern Durchmesser, der etwa ebenso hoch und an der Seitenwand mit Rillen überzogen war. Rund um diesen abgeschnittenen Kegel war an der Tresorwand ein Dreiviertelkreis aus Silber angebracht. Das Viertel links oben fehlte. In das silberne Band waren Zahlen eingraviert. Die erste Zahl lautete oo. Dann folgten neun eingeritzte Striche und danach die Zahl 10. Das ging so weiter rund um den Konus bis zu der Zahl 90. Sie befand sich am Ende des Dreiviertelkreises. Der Konus besaß einen aufgemalten kurzen schwarzen Strich. Er befand sich ganz oben am Rande des Knopfes.

»Nullnull, zehn, zwanzig, dreißig und so weiter sind die Einrastpunkte für die Zahlen null, eins, zwei, drei und so weiter«, hatte der Professor erklärt. »Der Konus läßt sich nach rechts und nach links drehen, normal und um etwa fünf Millimeter herausgezogen. Die siebenstellige Kombination ist nun in unregelmäßiger Folge zusammengesetzt aus Zahlen, die man durch Rechtsdrehen, Linksdrehen, normales Drehen oder gezogenes Drehen des Konus einrasten lassen muß. Kommt man dabei nur einen einzigen Strich über die Zahlenmarke hinaus, dann sperrt sich augenblicklich das Gesamtsystem, und alle Arbeit war umsonst.«

»Was macht man dann?« hatte Mercier gefragt.

»Dann muß man die Sperre wieder lösen.«

»Wie?«

»Indem man alle Bewegungen nach rechts und nach links, normal oder gezogen, die man ausgeführt hat, umgekehrt vornimmt, bis das Schloß im Leerlauf steht.«

»Das bedeutet, man muß sich jede einzelne Drehung genau merken!«

»Darum ist es nötig, sich dauernd Notizen zu machen. Harmlos, wenn man gleich zu Beginn einen Fehler begeht. Aber bei der sechsten oder der siebenten Zahl bedeutet das schon arges Pech.«

»O Gott.«

»Sagen Sie noch nicht zu früh o Gott! Das ist erst der Anfang. Hat man tatsächlich endlich die ganze siebenstellige Kombination, dann öffnen sich nur die kleinen Türchen an der Tresorwand, sie lassen sich beiseiteschwenken . . .«

Je ein solches Türchen aus Stahl, einen Zentimeter hoch, drei Zentimeter breit und acht Zentimeter lang, befand sich über dem Konus und unter dem chromblitzenden Steuerrad.

»Hinter diesen Türchen erblicken wir dann zweimal zwei Öffnungen, die in den Tresor hineinführen. In je einer Öffnung steckt ein Arretierschlüssel – zwanzig Zentimeter lang etwa. Diese Arretierschlüssel lassen sich, wenn die Kombination eingestellt ist, herausziehen. Nun muß man den Tresor oben und unten aber auch noch aufsperren, die beiden Schlösser oben und unten öffnen.«

»Wie?«

»Das werden Sie schon sehen«, hatte der Professor gesagt. »Sind auch sie entsichert, *dann* erst kann man das Steuerrad bewegen! Durch eine Drehung heben sich armdicke Stahlbolzen, die in der Decke, in der Seite und im Boden der Tresorwand stecken, aus ihren Vertiefungen und gleiten in die Panzerplatte zurück. Danach zieht man an dem Steuerrad, und der Tresor öffnet sich.«

»Und Sie glauben . . . Ich meine . . . Das trauen Sie sich wirklich zu?«

Anton Sirus hatte Mercier nur stumm angesehen . . .

Nun steckte er sich die geschwungenen Bügel des Stethoskops in beide Ohren und preßte den Gummipfropf am Ende des langen roten Schlauches dicht neben den Konus und den Zahlenkreis. Er sagte dabei: »Von jetzt an muß ich um absolute Ruhe bitten.«

Mercier saß reglos. Er wagte kaum zu atmen.

Durch das Stethoskop, dachte er, hört der Professor nun, viele Male verstärkt, wie ein Arzt, der das Herz oder die Lunge eines Patienten untersucht, alle Geräusche in der Tresorwand, besonders bei dem Kombinationsschloß. Dem Einrasten gehen gewiß solche Geräusche voraus. Sirus kennt die Bedeutung jedes einzelnen. Er weiß, wann er auf dem rechten Weg ist, wann Gefahr droht, wann er weiterdrehen kann, wann er schnellstens zurückdrehen muß. Mercier starrte zu dem Professor hinüber.

Dessen edle, schlanke Finger hatten begonnen, den Konus zu bewegen, Millimeter um Millimeter gezogen, normal, stockend, pausierend, vor und zurück, je nach den Geräuschen zweifellos, die er über das Stethoskop empfing, Mercier fühlte, wie seine Hände feucht wurden. Der Professor arbeitete methodisch. Er hatte zuerst den Konus nach rechts gedreht, also zur 10 und endlich bis zur 20. Nun drehte er nach links, zur 90 und zur 80. Immer wieder zögerte er, immer wieder korrigierte er. Um Bruchteile von Millimetern bewegte der Konus sich unter seinen Fingern.

Ich hoffe, ich halte das durch, dachte Mercier.

Der Professor arbeitete ohne Anzeichen von Nervosität. Nach 26 Minuten drehte er sich plötzlich um und nahm die Bügel des Stethoskops aus den Ohren.

»Eingerastet«, sagte er gleichmütig.

»Die erste Zahl?« Mercier sprang auf.

»Nicht so laut! Es ist erst die erste Zahl, ja. Die 8.«

»Eine von sieben Zahlen haben wir schon!« Mercier war plötzlich außer sich. »Mit etwas Glück...«

Der Professor hob eine Hand. Die Knöchel der anderen klopften auf den Schreibtisch.

»Sagen Sie dieses Wort nie wieder«, sprach er streng.

»Verzeihung«, stammelte Mercier.

»Die erste Zahl findet jeder Idiot.« Der Professor hob die Brauen über den klaren Augen des scharfgeschnittenen Gesichts. »Wissen Sie, was die erste Zahl ist?«

»Was?«

»Der Eingang in das Labyrinth, sonst nichts.« Sirus nickte versonnen. »Nun sind wir im Irrgarten.« Er trat an den Schreibtisch, und in einer eigenen Kurzschrift hielt er auf dem Block fest, mit welchen Bewegungen des Konus er zu der ersten richtigen Zahl gekommen war. Danach wandte er sich wieder dem Tresor zu. Seine Finger ergriffen neuerdings den Einstellknopf und begannen ihn zu bewegen, Millimeter um Millimeter...

63

Daniel Steinfeld sagte: »Ich sah Valerie zum letztenmal im Juli 1948. Da war ich in Wien bei einem internationalen Treffen ehemaliger Widerstandskämpfer. Ich habe ein paar Tage hier gelebt.« Der Neunundsechzigjährige sah sich in dem großen Zimmer um, in dem er mit Irene und Manuel saß. Daniel Steinfeld machte einen erschreckenden Eindruck. Sein Anzug hing schlotternd an der großen Gestalt. Gelblich spannte sich die Haut über die Knochen des hageren Gesichtes mit den blutleeren Lippen und den eingefallenen Wangen. Gelblich waren auch die müden Augen und die Haut des kahlen, mit braunen Pigmentflecken übersäten Kopfes. Gelblich waren die knochigen Finger. Daniel Steinfeld sprach immer noch mit einem Wiener Akzent. Der ›Chopin-Expreß‹, der ihn nach Wien gebracht hatte, war mit vielstündiger Verspätung erst um 15 Uhr 45 auf dem Ostbahnhof eingetroffen.

»Was ist mit Valerie?« hatte der alte Mann sofort nach der Begrüßung gefragt.

Sie hatten es ihm erzählt, in Manuels Wagen, auf der Fahrt vom Bahnhof in die Gentzgasse. Schweigend hörte Daniel Steinfeld alles an, die Augen geschlossen, so daß man glauben konnte, er sei vor Erschöpfung eingeschlafen. Doch er schlief nicht. Ohne die Augen zu öffnen, stellte er von Zeit zu Zeit Fragen, wenn er nicht gleich die Funktion von Personen oder gewisse Zusammenhänge verstand, nickte dann und lauschte weiter. Er zeigte weder Entsetzen noch Abscheu oder Furcht. Als Irene die letzten Worte ihres Berichtes gesprochen hatte, murmelte er, in die Ecke des Fonds gerückt, die Hände in den Taschen, den Hut tief in der Stirn, frierend und leise: »Gott hat gegeben, Gott hat genommen.«

Sie luden Steinfelds Gepäck – zwei Koffer – aus und fuhren mit dem alten Mann in dem Aufzug, der ruckte, ächzte und wackelte, zur Wohnung hinauf. Heinz' Zimmer war für ihn hergerichtet worden. Steinfeld sagte, er sei etwas müde und würde gerne ein wenig schlafen.

Er schlief bis halb neun Uhr abends, tief und fest. Manuel und Irene, die heute nicht in die Apotheke gegangen war, saßen in dem großen Zimmer, sprachen leise miteinander und warteten geduldig, bis Steinfeld, entschuldigend lächelnd, wieder auftauchte.

»Ich war doch viel müder, als ich gedacht habe ...«

Sie aßen im Speisezimmer – Steinfeld erhielt eine Diätmahlzeit, die Irene entsprechend schriftlichen Anweisungen eines polnischen Arztes zubereitet hatte. Nach dem Abendbrot kehrten sie in das Wohnzimmer zurück. Hier tranken sie Tee. Tee durfte Steinfeld trinken, es war seine ganze Freude. Und während er, die Tasse haltend, von Zeit zu Zeit einen Schluck schlürfend, zusammengekauert dasaß, das Gespenst eines Mannes, der, dies zeigte sein Anzug, einst stark und kräftig gewesen war, hatte er zu erzählen begonnen ...

»... 1948, ja, im Juli ... Schlecht hat sie ausgesehen, die Valerie, elend schlecht. Wie eine alte Frau. Und sie war doch noch gar nicht alt! Einmal war sie ein schönes Mädchen gewesen! Aber nun lebte sie tief versunken in ihren Schmerz. Alles hat sie mir erzählt, damals . . . daß der Paul gestorben ist in London, ganz knapp vor Kriegsende noch, an inneren Blutungen . . . Es war auch für mich ein großer Schock, obwohl wir uns nicht gut verstanden haben, der Paul und ich . . .«

»Warum eigentlich nicht, Onkel Daniel?«

»Nenn mich Daniel, Irene, bitte.«

»Gerne . . .«

»Ja, warum nicht? Wir haben uns nie verstanden, schon als Kinder nicht. Immer haben wir uns geprügelt und gestritten. Über Lächerlichkeiten. Unsere Eltern waren sehr unglücklich. Aber sie konnten auch nichts machen. Paul war der Ältere. Ich habe fest geglaubt, daß meine Eltern ihn mehr liebten als mich . . . Unsinn natürlich, aber ich habe es geglaubt . . .« Der alte Mann, der entschlossen war, noch auszuziehen in das ferne Land seiner Ahnen, hob die Hände. »Und dann die Mädchen . . .« Steinfeld lächelte. »Eine, die liebte ich ungeheuerlich! Sie lernte Paul kennen und verliebte sich in ihn, und er nahm sie mir weg . . . So lief das immer weiter . . . Er hatte schon Erfolg in seinem Beruf, da quälte ich mich noch mit Prüfungen herum . . . Mir ging erst ganz spät der Knopf auf . . . Und ich war neidisch und ungeduldig, ja, ich glaube, ich bin schuld an dieser schlechten Bruderbeziehung . . .« Steinfeld trank, er sagte: »Ich war auch sehr unreif und konnte Rückschläge nicht ertragen . . . Es hat lange gedauert, bis ich gelernt habe: Wer sein Leben will, der braucht dazu ein Herz, das dem Leiden gewachsen ist. Ein Mensch muß wissen, daß die Zeiten bald gut und bald schlecht sind. Und *der* Mensch allein ist achtenswert, der für das Gute dankbar ist und das Böse zu ertragen versteht . . .« Wieder trank Steinfeld. »Wunderbarer Tee«, sagte er. »Als dann unsere Eltern starben, 1919 und 1920, knapp hintereinander, da kamen wir ganz auseinander, der Paul und ich. Wenn es je Momente gab, in denen wir uns wie Brüder benahmen, dann hat diese Momente immer Valerie herbeigeführt, unser guter Engel . . . Jetzt ist auch sie tot . . . 1948 saß sie hier mit mir – so lange ist das schon her! Sie hatte wohl ihre schlimmste Zeit. Denn da war ja auch noch ihr Bub, der Heinz . . . Im Dezember 1945 hat sie alles über ihn erfahren . . . von einem anderen Jungen . . . Ich weiß nicht mehr, wie er hieß . . .«

64

Er hieß Erwin Traun, und er war ein Jahr älter als Heinz Steinfeld, und sie waren Freunde geworden in der Waffen-ss. Sie gehörten zum gleichen Zug der gleichen Kompanie, sie stammten beide aus Wien, und Heinz bewunderte den starken und großen Erwin. Erwin bewunderte an Heinz dessen Intelligenz und Tapferkeit, die schon an Tollkühnheit grenzte.

Der 15. März 1945 war ein warmer, schöner Tag mit Sonnenschein und blauem Himmel. Auf den Wiesen wuchs neues Gras, der Schnee war fortgeschmolzen. An eine in größter Eile westlich der Donau angelegte Verteidigungslinie mit Gräben, Panzersperren, Stacheldrahtverhauen und Mienenfeldern waren starke Einheiten verschiedener ss-Divisionen geworfen worden, denn die Sowjets standen nun, nach der Einnahme von Budapest im Februar, unmittelbar vor dem Angriff auf Wien. Riesige Mengen von Menschen zogen sie in ihren Bereitschaftsräumen zusammen, um beiderseits der Donau vorzustoßen.

Am Vormittag dieses 15. März war es in dem Abschnitt, in dem die Kompanie lag, zu der Erwin Traun und Heinz Steinfeld gehörten, völlig still. Kein Schlachtflieger dröhnte über den Himmel, nicht ein Schuß fiel, die Artillerie schwieg. Es war, jeder wußte das, die Ruhe vor dem Sturm. In einem hastig ausgehobenen Graben hockten Erwin und Heinz hinter einem schweren Maschinengewehr und beobachteten unausgesetzt das andere Ufer der schmalen Raab, die hier, nahe der Stadt Györ, vorüberfloß. Ihr Wasser war klar, an den Ufern sah man helle Kiesel und dunklen, spitzen Schotter. Von der Verteidigungslinie fiel das Gelände flach über Wiesen und Felder zum Fluß ab. Jenseits der Raab gab es dichten Wald. Aus ihm, das war klar, würden in Kürze die Sowjets zum Angriff heraus antreten.

»Mensch«, sagte Erwin Traun, seinen Stahlhelm aus der Stirn zurückschiebend, »wenn es nun losgeht, dann halten wir den Iwan hier keinen halben Tag auf, das ist dir wohl klar.«

»Wir *müssen* ihn aufhalten!« Heinz Steinfeld, an dem schweren MG, sprach leidenschaftlich: »Wir bekommen Verstärkungen.«

»Verstärkungen, mein Arsch«, sagte Erwin. »Woher denn?«

»Von Norden. Eine ganze Armeegruppe. Armeegruppe Donau!«

»Heinz! Im Norden steht der Iwan schon an der Donau! Da kommt kein Schwein mehr durch! Deine Armeegruppe Donau, die gibt's nicht!«

»Es gibt sie! Der Alte hat es gesagt, gestern abend. Und der Alte lügt nicht! Sie haben die Russen zurückgeschlagen im Norden. Wenn die erst hier sind, dann wird vielleicht was losgehen! Warum, glaubst du, wartet der Iwan ab? Warum bleibt er in den Wäldern drüben und kommt nicht über den Fluß?«

»Scheißhausparolen«, schimpfte Erwin. »Wo soll die denn abgezogen worden sein, die Armeegruppe Donau, kannst du mir das sagen? Gibt's überhaupt noch eine heile, eine ganze Armeegruppe? Wir sind verraten und verkauft hier unten! Wir werden den Arsch so vollkriegen, daß wir Gott danken können, wenn wir nicht alle verrecken!«

»Halt sofort deine Fresse, du feige Sau!«

Erwin fuhr herum. Erschrocken sah er seinen Freund an.

»Wie redest du denn?« zischte Heinz. »Bist du verrückt geworden? Wir *müssen* diesen Kampf gewinnen – es wäre sonst das Ende Deutschlands! Das Ende des Abendlands! Aber wir werden siegen – die neuen Wunderwaffen stehen unmittelbar vor dem Einsatz! Wenn wir erst mit ihnen losschlagen, wird die Welt den Atem anhalten! Und da quatscht ein blöder Hund wie du von Arsch vollkriegen! Das ist ... das ist ...« Heinz wischte sich Speichel vom Mund und murmelte: »Entschuldige, ich hab es nicht so gemeint! Sag doch etwas. Sag, daß du wieder gut bist!« Jetzt war Heinz' Gesicht ganz kindlich unter dem schweren Stahlhelm. »Erwin, bitte! Ich hab auch was für dich! Schokolade! Du bist doch so verrückt nach Schokolade. Ich habe einen ganzen Riegel ... warte, ich gebe ihn dir ...«

»Ach, Scheiße. Ist ja schon wieder in Ordnung.«

»Nein, du sollst ihn haben.« Heinz richtete sich auf, um den Brotbeutel zu öffnen, der hinter ihm an einer Wurzel hing. Sein Kopf tauchte dabei über den Grabenrand. Im nächsten Moment hörte man den Abschuß einer ›Ratschbumm‹.

Erwin Traun warf sich auf den Boden, das Gesicht in die feuchte Erde gepreßt. Die Granate, jenseits der Raab abgefeuert, explodierte Sekundenbruchteile später direkt über ihnen. Erwin hörte das Krachen und Schwirren der Splitter. Er preßte sich in den Dreck. Neben sich fühlte er plötzlich den Körper seines Freundes.

»Du dämlicher Hund«, fluchte Erwin. »Was mußt du deine Nase auch in die Luft stecken! Na, ist ja noch mal gutgegangen.« Er richtete sich etwas auf und schrie unterdrückt: »*Heinz!*«

Heinz Steinfeld lag auf dem Rücken, die Augen weit aufgerissen, die Zähne entblößt. Bei jedem Atemzug quoll ein Schwall Blut aus seinem Mund. Blut sickerte auch aus der zerfetzten Uniformbluse über der linken Brustseite, mehr, mehr, entsetzlich viel Blut, der Grabenboden wurde rot, und in dem Blut, das da verströmte, lag ein Stück Schokolade ...

»Heinz ... Heinz ...« Erwin Traun kniete nun neben dem Verwundeten. Er brüllte, so laut er konnte: »Sanitäter! Hierher! Schnell! Beeilt euch, ihr Säcke! Steinfeld hat es erwischt!«

Stimmen aus der Umgebung antworteten.

Erwin neigte sich über Heinz.

»Sie kommen schon, Junge, sie kommen. Gleich sind sie da ...«

Mit einem Verbandpäckchen versuchte er das Blut zu stillen, das aus Heinz' Brust schoß. Der Mull war sofort durchtränkt. Ein großer Splitter mußte Heinz getroffen haben. Sein Atem ging nun plötzlich flacher, langsamer, das Blut quoll hellrot aus seinem Mund. Das Gesicht war weiß.

Erwin Traun legte dem Freund eine Hand auf die Stirn, wischte den Schweiß fort, hörte Heinz etwas sagen, erstickt, unverständlich durch das Blut, das dieser dauernd erbrach.

»Nicht reden... red nicht, Heinz...«

»Deutschland«, gurgelte Heinz Steinfeld plötzlich, deutlich verständlich. Er hob den Kopf und sah seinen Freund aus schon blicklosen Augen an.

»Deutschland wird...«

Der Kopf fiel zurück.

Durch den Graben hörte Erwin Traun Stiefel herantrampeln. Die Sanitäter, dachte er, während Tränen über seine Wangen rollten. Sie kommen zu spät. Er ist tot. Heinz ist tot...

65

»Am nächsten Tag begann der russische Angriff. Ich bin im ersten Durcheinander abgehauen. Habe mich durchgeschlagen bis nach Tirol«, sagte Erwin Traun am 12. Dezember 1945 im Teekammerl der Buchhandlung Landau. »Jetzt habe ich mich wieder nach Wien gewagt... Ich bin seit gestern hier... Heinz hat mir so viel von Ihnen erzählt, Frau Steinfeld... So habe ich gewußt, wo Sie arbeiten...«

Erwin Traun, mager, in einem Monteuranzug, der ihm nicht paßte, hockte frierend auf dem defekten Sofa und sah ängstlich Valerie Steinfeld an, die vor ihm saß. Hinter Valerie stand Martin Landau, der eine Hand an das Herz gepreßt hielt und stammelte: »Entsetzlich... das... das ist ja entsetzlich...«

Erwin Traun war die schmale Frau mit dem hellen Haar und den erloschenen Augen unheimlich. Warum sagte sie nichts? Warum schrie sie nicht? Warum brach sie nicht zusammen? All das hatte er erwartet und befürchtet und war entschlossen gewesen, es in Kauf zu nehmen. Doch diese Stille, diese Starre...

»Heinz hat gewiß kaum leiden müssen, er war gleich tot. Glauben Sie mir! Bitte, glauben Sie mir doch!«

»Ich glaube Ihnen«, sagte Valerie. Sie sah über den Jungen hinweg die Bücherwand an. Ihr Blick blieb auf zwei dicken Bänden haften. Es waren der erste und der zweite Band eines Werkes mit dem Titel: ›Der Glaube der Hellenen‹ von Karlheinz Trockau in der Bearbeitung von Merian und Stähelin.

»Valerie! Ich... ich hole schnell den... den Doktor Billa!« stotterte Landau.

»Unsinn, bleib da!«

»Aber wie du ausschaust... Der Doktor Billa hat gesagt, nach deinem ersten Kollaps müssen wir...«

»Sei still«, sagte Valerie. »Sei still, Martin. Ich habe gewußt, daß Heinz tot ist.«

»Was?« rief der Junge auf dem Sofa.

»Was?« rief Landau. »Wieso hast du es gewußt? Seit wann?«

»Seit der russische Offizier kam und sagte, daß Paul gestorben ist. Damals, bevor ich zusammenbrach, draußen bei dem Bären, ehe ich das Bewußtsein verlor, da habe ich einen Moment lang ganz genau gewußt: Auch Heinz ist tot. Und seither habe ich mit dieser Gewißheit gelebt...«

»Die Granate, die ihn getötet hat...«, begann Erwin, aber Valerie unterbrach ihn: »Es war nicht eine Granate.«

»Ich verstehe nicht...«

»Meinen Jungen hat nicht eine Granate getötet«, sagte Valerie Steinfeld, die beiden Bücher betrachtend, mit denen vor so langer Zeit ein großes Abenteuer begonnen hatte...

66

»›Meinen Jungen hat etwas ganz anderes getötet‹, sagte Valerie, ›und zwar ein Mensch. Ein Mensch hat meinen Jungen auf dem Gewissen!‹« Daniel Steinfeld hielt Irene seine Tasse hin, die sie neuerlich mit Tee füllte. »Danke, liebes Kind. Ja, so war das mit Heinz. So erfuhr es Valerie damals, im Dezember 1945, von seinem Freund. Und das sagte sie ihm – mir sagte sie es drei Jahre später, 1948, als ich sie besuchte.«

Steinfelds Worten folgte eine lange Stille.

Endlich sagte Manuel: »Es war also umsonst. Alles, was Valerie Steinfeld getan hatte, um ihren Jungen zu retten.«

»Vollkommen umsonst.« Der alte, kranke Mann nickte. »Aber damit war die Geschichte für Valerie noch nicht zu Ende! O nein! Sie verrannte sich langsam in eine fixe Idee. Sie war nicht mehr von ihr zu befreien. Nicht eine Granate, ein Mensch hatte ihren Buben getötet!«

»Wer, Daniel? Wer?« rief Irene.

»Dieser Professor Friedjung, der Direktor der Chemieschule.«

»Friedjung?« Manuel starrte Steinfeld an.

»Karl Friedjung, ja. Mit dem hatte alles begonnen. Der hatte ihren Buben aus der Schule geworfen und ihn angezeigt. Und damit erreicht, daß Valerie diesen Prozeß, den sie zuerst unter keinen Umständen führen wollte, dann doch führte – und zuletzt gewann!«

»Ich verstehe«, sagte Irene. »In ihrer Verzweiflung dachte sie nun so: Wenn es keinen Friedjung gegeben hätte, dann hätte es auch keinen Prozeß gegeben, dann wäre Heinz nicht an die Front gekommen, dann wäre er vielleicht am Leben geblieben – wie so viele andere Mischlinge auch...«

»Das dachte sie, ja«, sagte Steinfeld. Er schlürfte den heißen Tee.»Ihr Geist hatte sich völlig verdreht. Was einmal richtig gewesen war, war nun falsch. Was einmal die Rettung bedeutet hatte, bedeutete nun den Untergang, das Unglück, das Ende. Und schuld an allem Unglück, allem Elend, an Tod und Verderben war dieser Friedjung für Valerie, dieser Karl Friedjung. An ihn mußte sie denken, immer...immer...Was haben Sie, junger Mann?«

»Aber dieser Friedjung war doch auch tot!« rief Manuel. »Das mußte Frau Steinfeld doch wissen, wenn sie sich so mit ihm beschäftigte!«

»Sie wußte es. Man sagte es ihr. Man zeigte ihr den Totenschein und alle übrigen Dokumente«, antwortete Steinfeld. »Es änderte nichts. Die fixe Idee wuchs und wuchs. Außerdem: Man muß nicht unbedingt mehr leben, um schuld an etwas gewesen zu sein.«

Manuel stand auf. Er rieb seine Stirn.

›Martin Landau war dabei, als dieser Junge die Nachricht überbrachte?«

›Das erzählte ich doch!«

›Und er war auch dabei, als der russische Offizier die Nachricht vom Tod Paul Steinfelds brachte. Er ist außer Valerie der einzige, der die Wahrheit wirklich erfahren hat. Einmal, als ich ihn fragte, ob Frau Steinfeld den Prozeß gewonnen hätte, sagte er: ›Sie hat ihn gewonnen, und sie hat ihn verloren. Wenn Sie alles gehört haben, werden Sie verstehen, was ich meine.‹ Das verstehe ich jetzt auch. Etwas anderes verstehe ich nicht.«

»Was?«

›Frau Steinfeld hat immer neue Versionen über den Tod ihres Mannes und ihres Sohnes verbreitet.« Der alte Mann nickte. »Warum? Warum tat sie das, Herr Steinfeld?«

Der neunundsechzigjährige Jude, Pole, ehemals Wiener, vertrieben aus Warschau, unterwegs nach Israel, antwortete: »Sie können das nur verstehen, wenn Sie sich ganz in Valerie hineindenken. Wahrscheinlich geht das gar nicht. Eine Frau – Irene! – wird es eher können. Sehen Sie: Valerie hatte *einen* glücklichen Augenblick: Als die Nachricht vom Reichsgericht in Leipzig kam, daß der Prozeß gewonnen sei.«

»Aber noch am gleichen Abend war es mit dem Glück zu Ende. Denn da erklärte Heinz, er würde sich zur Waffen-ss melden«, meinte Manuel.

»Richtig! In diesem Moment muß Valerie einen furchtbaren Schock erlitten haben. So sah das also aus – nach allem, was sie und die anderen getan hatten. Das war der Lohn der Angst, der Dank ihres Sohnes.«

»Es folgte Streit mit Heinz, es folgten Zerwürfnisse...« Irene sah Steinfeld an.

»Eines folgte auf das andere«, sagte dieser. »Der Verzweiflung folgte die

Furcht um Heinz. Wochenlang keine Zeile von ihm, Valerie fing an, sich Vorwürfe zu machen. Hätte sie den Prozeß doch nicht geführt! Aber sie mußte ihn führen – wegen Friedjung! Der war an allem schuld. Aber wie schuldig war sie selber? Sie begann, sich anzuklagen, immer heftiger. Die Nachricht vom Tod ihres Mannes kam. Ein neuer Schlag! Paul tot! Und dann kam die Mitteilung vom Tod des Buben. Das war die Klimax! Das ertrug sie nicht mehr. Begreifen Sie das? *Sie konnte die Wahrheit nicht ertragen!* Die Wahrheit durfte nicht wahr sein. Denn blieb auch Friedjung schuld, so blieb sie schuldig wie er! Das redete sie sich ein, Tag und Nacht. Und sie *wollte* nicht schuldig sein! Sie *ertrug* das nicht!«

»Und deshalb begann sie zu lügen«, sagte Irene. »Ungeschickt. Hilflos. Dem erzählte sie dieses, dem andern jenes. Lügen, um selber nicht schuldig zu sein, ja, ich kann das begreifen. Valerie war nicht schuld, wenn ihr Mann bei einem Luftangriff ums Leben kam, wenn er sich von ihr scheiden ließ, wenn er eine andere Frau heiratete. Sie war nicht schuld, wenn ihr Sohn nach Amerika oder nach Kanada auswanderte, wenn er dort einen Autounfall erlitt. Sie war nicht schuld! Sie war nicht schuld! Das hielt sie in Bann. Das ließ sie lügen, immer neue Lügen erfinden. Kannst du das nicht auch verstehen, Manuel?«

»Doch«, sagte er. »Ich glaube.«

»Nur Valerie und Martin wußten die Wahrheit, und Martin hat sie nie verraten!«

»Agnes«, sagte der alte Mann. »Agnes wußte gleichfalls Bescheid. Diese drei Menschen. Und diese drei Menschen hielten zusammen und schwiegen.«

»Vier Menschen«, sagte Manuel. »Auch Sie, Herr Steinfeld.«

»Ich auch, ja... Ich«, sagte Steinfeld langsam, »weiß sogar Bescheid darüber, was Karl Friedjung und Valerie einst miteinander erlebt haben...«

67

Deutlich erkennbar für das geschulte Gehör des Professors rastete die dritte Zahl ein. Er drehte sich um, nahm wieder die Gabeln des Stethoskops aus den Ohren und sagte zu Jean Mercier, der ihn wie eine himmlische Erscheinung ansah: »Das wäre die 1.«

Mercier schluckte. Er konnte vor Aufregung nicht sprechen.

Der Professor notierte in der ihm eigenen Kurzschrift alle Bewegungen des Konus, die er durchgeführt hatte, um diese dritte Kombinationszahl zu finden, und schrieb sie endlich am Kopf des Blattes neben die beiden anderen.

Jetzt stand da: 8 4 1.

Der Professor setzte sich schweigend in den Sessel des Anwalts Stein. Die Bügel des Stethoskops hingen ihm um den Hals, die Gummischnur baumelte herab. Aus der großen Koffertasche holte Anton Sirus ein blaues Buch.

Mercier verdrehte seinen Kopf und las den Titel: CLAUDE MONET – MENSCH UND WERK.

»Was soll das?« fragte er verblüfft.

»Mein Herr«, sagte der Professor sanft, »Sie können sich vielleicht vorstellen, welche ungeheure geistige Konzentration notwendig ist, um meine Aufgabe zu lösen.«

»Natürlich...«

»Nun. Ich habe erst drei Zahlen gefunden. Der größte Teil der Arbeit liegt noch vor mir. Ich muß mit meinen Kräften haushalten. Darum schalte ich für einige Minuten vollkommen ab. Das habe ich immer so getan.«

»Gewiß... Wenn Sie das so gewohnt sind...« Menschen gibt es! dachte Mercier.

»Und darf ich Sie bitten, wieder zu schweigen«, sagte der Professor.

Mercier sah Sirus an, der, völlig entspannt, dasaß und das Buch geöffnet hatte.

Den Kopf reckend, konnte Mercier die Überschrift des Kapitels erkennen, das der Professor zu lesen begonnen hatte.

Die Überschrift lautete: ›Das Entzücken vor der Natur.‹

68

Zierleiten heißt einer der schönsten Wege durch die dem Süden zugewandten Weinberge unterhalb des Wienerwaldes. Schmal ist dieser Weg, uralt, an seinen Rändern stehen verwitterte ›Weinhauer‹-Madonnen, aus Stein geschlagen, hundert Jahre alt und älter. Die Zierleiten führt, vom Waldrand im Westen kommend, mitten durch die Weingüter direkt nach Osten. Geht man sie so entlang, hat man stets die Stadt vor Augen, die in der Tiefe liegt.

Am Nachmittag des 25. Juni 1922 wanderten zwei junge Menschen über diesen verzauberten Pfad, der immer wieder halb überdacht wird von Brombeersträuchern und Holunderbüschen. Das starke Licht der Sonne ließ hunderttausend Fenster blendend aufleuchten, ließ die Kuppeln von Kirchen und die Gesimse alter Paläste in flammendem Gold erstrahlen. Warm, sehr warm war es, die Rebenstöcke ringsum zeigten dichte, grüne Blätter. Bienen und Hummeln summten. Die beiden jungen Menschen waren in ein ernstes Gespräch vertieft.

»1918, nach einem vierjährigen Heldenkampf, sind wir vernichtend geschlagen worden, zwei große Reiche – Deutschland und unser Vaterland. Die Tragödie war da«, sagte Karl Friedjung. Er sprach erregt und aufgewühlt, achtzehn Jahre war er alt, ein großer, schlanker Junge mit dichtem, braunem Haar, braunen Augen und einem offenen, sympathischen Gesicht. Er trug ein weißes Hemd, Knickerbockerhosen, Wanderschuhe und eine Windjacke.

Valerie Kremser ging dicht an seiner Seite, denn der Weg war schmal. Sie trug ein Dirndl. Ihre blonden Haare strahlten im Licht. Sie war so alt wie Friedjung, genauso alt beinahe. In wenigen Wochen standen ihnen die Matura-Abschlußprüfungen bevor.

»Eines aber«, sagte Friedjung, »hätte diese Tragödie noch zum Segen werden lassen können!«

»Was, Karl?«

»Ich erkläre es dir, Valerie . . .« Er legte einen Arm um ihre Schulter. Sie kannten einander seit einem halben Jahr. Valerie, die bei der Familie ihres Onkels lebte, weil sie nach dem Willen der Eltern ein besonders gutes Lyzeum in Wien besuchen sollte, war schwach in Mathematik und Chemie. Diese Fächer beherrschte Friedjung als Bester seiner Klasse. Er gab Nachhilfeunterricht, denn in diesen schlimmen Zeiten der Inflation war man dankbar, wenn man genug zu essen hatte. Und Karl Friedjung wurde von seinen Schülern und Schülerinnen, zu denen auch Valerie gekommen war, mit Lebensmitteln bezahlt, die er korrekt daheim ablieferte.

»Schau, 1871, nachdem wir 1866 die Schlacht bei Königgrätz gegen die Preußen verloren hatten, schuf Bismarck sein neues Reich – Großpreußen, Kleindeutschland, ja? Wir Österreicher wurden ausgeschlossen aus der Schicksalsgemeinschaft aller Deutschen. 1918, da hatten wir die einmalige Chance, wieder zueinanderzufinden! Und wir wollten sie ja auch nutzen! Am 12. November 1918, ja, da beschloß unsere Nationalversammlung ein kurzes Staatsgrundgesetz – einstimmig. Valerie! *Mit* den Stimmen der Sozialdemokraten! Danach sollte es nun ein Deutsch-Österreich geben, und dieses sollte ein Bestandteil der Deutschen Republik werden, ja? Schluß mit der kleindeutschen Lösung von 1866! Eine großdeutsche Lösung ist die einzig mögliche! Wir Deutschen gehören zusammen! Wir müssen wieder frei sein! Arbeit und Brot für alle! Kein Schiebertum, kein Elend, keine Ausbeutung – das war 1918 das Ziel!«

»Aber es ist nicht erreicht worden.« Valerie streifte einen Holunderzweig zur Seite. Alles, was er sagte, war richtig, fand sie. Karl Friedjung machte großen Eindruck auf Valerie – wegen seiner Klugheit, seines Idealismus, seines Wissens. Er betrug sich überkorrekt. Nie hatte er, seit sie ihn kannte, beim Unterricht oder auf ihren Spaziergängen eine Situation ausgenützt. Noch nicht ein einziges Mal geküßt hatte er sie, obwohl sie manchmal schon darauf wartete.

Und dennoch..

Und dennoch waren ihr Friedjungs Fanatismus, sein politisches Engagement, so sehr sie beides bewunderte, unheimlich. Manchmal empfand sie Furcht vor ihm. Diesem Martin Landau, dem sie in der Albertina begegnet war, zum Beispiel, hatte sie nie etwas von Friedjung erzählt. Ein Instinkt warnte sie. Martin Landau – das war ein anderer Mensch, eine andere Welt. Valerie hielt ihre Freundschaft zu Friedjung geheim. Sie war, trotz aller Sympathie, innerlich unsicher. Sie konnte Friedjung bewundern, gern haben, aber mit ihm *leben* – nein, das würde sie nun nicht mehr können. Denn jetzt war . . .

Sie riß sich aus ihren Gedanken und hörte wieder seine Stimme. ». . . es ist nicht erreicht worden!« Friedjungs Hand verkrampfte sich um Valeries Schulter, es tat weh. »Und warum nicht? Weil der feine Herr Wilson uns mit seinem Friedensplan verraten hat! Die Republik Deutsch-Österreich sollte uns nicht nur mit Deutschland vereinen, sie sollte auch alle deutschen Siedlungsgebiete des alten Kaiserreichs in den Alpen- und Sudetenländern umfassen, ja? So war es besprochen, ja? Und dann kam dieser Schandvertrag von Saint Germain! September 1919« Friedjung trat einen Stein zur Seite. »Artikel 88! Anschlußbestrebungen jeder Art sind verboten! Die Bezeichnung Deutsch-Österreich ist verboten! Sie haben uns belogen, Valerie, betrogen, verraten! Verstehst du das?«

»Ja, Karl, ja.« Was er sagte, leuchtete ihr ein, vollkommen ein, sie empfand wie er. Und trotzdem . . . trotzdem war da noch immer etwas, das sie erschauern ließ, wenn er so sprach. Sie sagte: »Die Folgen dieses Friedensvertrages sind auch entsprechend!«

»Bei Gott!« Friedjung starrte in die Ferne, aber er sah nicht die glühende Stadt, nicht die Schönheit der Natur. Ohne auf den Weg zu achten, schritt er dahin, mit einem abgeschnittenen Ast gegen die Büsche am Wegrand schlagend. »Tschechische Legionäre haben das wehrlose sudetendeutsche Gebiet besetzt, ja? Unterdrücken unsere Brüder dort! Südtirol wurde bis zum Brenner von den Italienern besetzt, ja? Die Südsteiermark von jugoslawischen Truppen! Das geht nicht so weiter, Valerie! Wir müssen kämpfen um den Anschluß! Dafür sind alle! Die Studenten! Die Burschenschaften! Sogar die Sozialdemokraten! Nur die von der alten Generation – unsere Eltern –, die kommen da nicht mehr mit!«

»Meine Eltern in Linz«, sagte Valerie, »das waren Monarchisten. Die haben resigniert. Die meinen, der Vielvölkerstaat hat zerfallen *müssen.*«

»Auf diese Generation ist keine Hoffnung mehr zu setzen! Aber auf die Sozialisten!« rief Friedjung. »Schau, die Nationalen haben bisher nicht erkannt, welche unerhörten Kräfte die Sozialisten besitzen. Aber die sind international. Noch. Das Nationale und das Soziale muß wieder zusammenkommen, ja? Das hat schon der alte Lueger begriffen. Die Arbeiter müssen das auch begreifen! Das ist unsere Aufgabe, es ihnen zu erklären, zu beweisen!« Friedjung war stehengeblieben. Er peitschte die Luft mit einem Ast. »Treue! Glaube! Ehre! Opfermut! Anstand! Pflichtgefühl! Heimat! Familie! Verantwortungsbewußtsein! Vaterland! All diese Begriffe hat man nach dem Krieg in den Dreck gezogen! Darüber lachen sie heute nur noch, die feinen Sieger, diese Betrüger, und der Abschaum in unserem eigenen Volk! Wir, wir müssen dafür sorgen, daß diese Worte wieder Sinn bekommen, daß sie wieder Werte darstellen, für die es sich zu kämpfen lohnt, jawohl!« Er bemerkte, daß sie ihn fasziniert anstarrte, in halber Bewunderung, in halber Furcht. »Was ist?«

»Nichts... nichts, Karl...«

Jäh warf er den Zweig fort und trat dicht an sie heran. Plötzlich war seine Stimme leise, unsicher, er suchte nach Worten, ein verlegener Junge: »Valerie... ich... bitte, entschuldige, daß ich dich so überfalle, aber...«

»Was heißt überfalle?«

»... aber ich habe keinen Menschen, mit dem ich mich so gut verstehe wie mit dir... keinen Menschen... Ich... ich liebe dich, Valerie... glaubst du, daß du mich auch lieben kannst?«

»O Gott«, sagte Valerie.

»Wie?«

»Mein armer Karl.« Valerie strich ihm über die Wange. »Ich habe dich auch gern, wirklich... sehr, sehr gern habe ich dich...«

»Gern. Ach so. Ich verstehe.«

»Nein, du verstehst nichts.« Valerie senkte den Kopf. »Ich habe einen Mann kennengelernt, Karl. Er ist älter als ich. Schon eine ganze Weile kennen wir uns. Ich hätte es dir sagen sollen. Aber ich wußte ja nicht, daß du...« Sie kam nicht weiter.

»Ein anderer Mann.« Friedjung drückte mit einer Hand unter ihr Kinn, so daß sie den Kopf heben mußte. »Was für ein anderer Mann?«

»Er ist sehr verliebt in mich, weißt du...«

»Und du bist in ihn verliebt«, sagte er traurig.

»Vielleicht. Er ist so gut zu mir, so menschlich. Es tut mir wirklich leid für dich. Dieser Mann und ich, wir wollen uns verloben...«

»Was?«

»Ja. Gleich nach der Matura. Ich muß ihn meinen Eltern vorstellen. Die kennen ihn noch gar nicht.«

»Das heißt, ihr wollt heiraten?«

Valerie nickte.

»Und wie heißt dieser Mann?«

»Paul Steinfeld.«

»Der Journalist?«

»Ja, Karl.«

Friedjung sagte leise: »Dieser Paul Steinfeld ist doch ein Jude!«
»Das ist er. Ich verstehe nicht, was...«
Aber er unterbrach sie, und jetzt schrie er wieder: »Bist du denn wahnsinnig geworden? Die Schweine, die uns das alles eingebrockt haben, die alles zerstört haben, denen wir unser Elend verdanken – *das sind doch die Juden!* Und du willst eine *Judenhure* werden?«
Im nächsten Augenblick schlug ihm Valerie mit der offenen Hand ins Gesicht, so fest sie konnte.

69

»Diesen Schlag hat Karl Friedjung niemals vergessen«, sagte der alte Daniel Steinfeld. »Natürlich war von der Stunde an die Beziehung der beiden abgebrochen, und Haß trat an die Stelle von Liebe. Abgebrochen...«
Steinfeld schüttelte den Kopf. »Falsch! Ich glaube, in einem anderen, tieferen Sinn kann man sagen, daß die Beziehung dieser beiden Menschen zueinander niemals abbrach, nein, niemals. Denn was ist Haß anderes als die zweite Hälfte der Liebe?«
»Das hat Valerie dir erzählt?« fragte Irene. Es war 23 Uhr 15, eine schöne antike Uhr mit einem waagerechten Vierkugelpendel, unter einem Glassturz, zeigte die Zeit.
»1948, als ich sie besuchte«, sagte der alte Mann. »Sonst hat sie bis dahin niemandem etwas darüber erzählt – ihrem Mann nicht und nicht Martin Landau. Auch ich hatte 1929 keine Ahnung, daß der Mann, der damals am Chemischen Institut Assistent wurde und dann bei mir arbeitete, daß dieser Doktor Karl Friedjung die Frau meines Bruders kannte. Er sagte mir nie ein Wort.«
»Friedjung wurde Ihr Assistent?« rief Manuel.
»Ja. Bis zu meiner Emigration. Ein hervorragender Biochemiker. Seine politischen Ansichten waren schon 1929 die eines fanatischen Nazis, und sie wurden es mehr und mehr.«
»Wie verhielt er sich dir gegenüber?« fragte Irene.
Daniel Steinfeld zuckte die Schultern.
»Meine Mitarbeiter und ich bildeten immer ein Team. Es gab da Juden, Katholiken, Atheisten, Nazis, Kommunisten. Ich hatte ein für allemal verboten, daß politisiert wurde. So blieb das Klima erträglich. Und dann waren wir auch zu sehr fasziniert von unserer Arbeit. Das verhinderte Feindschaften und Auseinandersetzungen. Ich glaube, ich kann sagen, daß nirgends so lange Frieden herrschte wie in meinen Laboratorien... Ein ausgezeichneter Wissenschaftler«, sagte Daniel Steinfeld. »Sehr begabt. Und mit großem pädagogischem Talent.«

»Er ist auch Direktor der Staatsschule für Chemie geworden«, sagte Irene.
»Ja.« Daniel fuhr sich mit seiner knochigen Hand über den kahlen Schädel. »Und zwar erst, als Heinz schon ein Jahr an diesem Institut war. Das hat mir Valerie erzählt. Sie bekam den Schreck ihres Lebens damals. Sie hätte Heinz sonst doch niemals in die Staatsschule geschickt! Aber als sie ihn anmeldete, war der Chef da noch ein alter, toleranter Herr, zu dem sie Vertrauen empfand. Wegen seines Alters und seiner Toleranz wurde er ein Jahr später in Pension geschickt und durch Friedjung ersetzt.«
»Zunächst verhielt der sich gegen Heinz ganz korrekt«, sagte Manuel.
»Zunächst, ja. Er wartete. Er hatte Zeit. Er wußte, er würde seine Gelegenheit bekommen in den vier Jahren, die Heinz am Institut sein sollte. Eine Gelegenheit, bei der er gegen den Jungen vorgehen konnte, um sich zu rächen für die Demütigung, die er indirekt durch einen Juden erlitten hatte . . . Er war einer von diesen scheinbar integren Überzeugungsnazis. Was heißt Nazi? Eine Frage des Typus . . . eine Frage des Regimes . . . Friedjungs hat es immer gegeben, und es wird sie immer geben . . . Und niemand soll den Hochmut haben zu sagen: ›Bei uns wäre so etwas nicht möglich!‹« Steinfeld seufzte. »Nun ja, und als Friedjung dann die Möglichkeit hatte, nach Recht und Gesetz mit aller Schärfe durchzugreifen, da tat er es. Da nahm er Rache an Valerie, indem er sich an ihrem Sohn, dem Sohn des Juden, rächte. Er wollte ihn vernichten! Wenn er schon Valerie und ihren Mann nicht vernichten konnte, dann sollte die Mutter ihr Kind verlieren, dann sollte Heinz draufgehen! Er hat sein Ziel erreicht, wenn auch anders, als er es sich dachte . . .«
»Und er ist selber draufgegangen dabei«, sagte Manuel.
»Das eben«, sagte Daniel Steinfeld, »wollte Valerie nicht wahrhaben . . .«

70

»Er lebt!« sagte Valerie Steinfeld.
»Er ist tot!« sagte Daniel Steinfeld.
»Er ist nicht tot«, sagte Valerie Steinfeld.
»Herrgott, das redest du dir doch nur ein! Das ist doch nur eine fixe Idee von dir! Nicht die geringsten Beweise hast du dafür, daß Friedjung noch lebt!«
12. Juli 1948.
Der Tag war heiß.
Im Schatten eines alten Baumes saßen Valerie und Daniel Steinfeld auf einer Bank im blühenden Volksgarten, nahe dem Burgtheater. Die Splittergräben, die Bombentrichter hatte man zugeschüttet. Man hatte neues Gras und neue Blumen und Sträucher gepflanzt. Noch in der Zeit des

größten Hungers und Elends waren die Parks der Stadt Wien wieder in Ordnung gebracht worden. Erschöpft saßen die Menschen nun auf den Bänken, Kinder liefen lachend umher, spielten Ball, trieben Reifen.

Valerie trug ein altes Kostüm, Daniel Steinfeld einen ehemals eleganten, nun abgenützten Anzug. Er sah kräftig, stark und gesund aus. Valerie wirkte krank. Ihr Schwager hatte sie in der Buchhandlung abgeholt – zu Beginn der Mittagspause.

»Keine Beweise«, sagte Valerie. »Ich habe eine Menge Beweise!«

»Zum Beispiel?«

»Ich habe mit vielen Leuten gesprochen, die damals den Angriff auf die Chemieschule erlebten. Sie alle sagen, die meisten Toten waren so schrecklich entstellt, daß man sie nur an Hand von Papieren identifizieren konnte, die sie bei sich trugen.«

In der Nähe sangen Kinder: »Laßt die Räuber durchmarschieren, durch die goldne Brücken . . .«

»Aber den Friedjung hat seine Frau identifiziert! *Und* Schüler! *Und* Kollegen!«

»Ja, nach seinen Papieren!«

»Woher weißt du das? Hast du mit allen gesprochen? Auch mit seiner Frau?«

»Mit allen. Nur mit der Frau nicht. Die läßt sich nicht sprechen. Ich habe es schon ein paarmal versucht – umsonst.«

»Wieso umsonst?«

»Friedjung muß ihr von mir und Paul und dem Jungen erzählt haben. Sie weigert sich, mich zu empfangen. Sie haßt mich . . .«

»Valerie!« Steinfeld griff nach einer ihrer Hände. »Du mußt dich zusammennehmen! Diese Frau haßt dich nicht. Welchen Grund hätte sie? Sie will nur nicht an den Tod ihres Mannes erinnert werden. *Du*, du haßt Friedjung! Du *willst*, daß er noch lebt!«

»Er lebt auch!« sagte Valerie starrsinnig.

Ein Mann ohne Beine, auf seinem Rumpf sitzend in der Mitte einer kleinen Plattform aus Brettern mit vier dicken Holzrädern, rollte über den Kiesweg an ihnen vorbei. Er trug Schutzleder an den Händen. Schnell und geschickt stieß der Mann sein Gefährt vorwärts.

»Er lebt *nicht*, er ist *tot*! Ich habe mir gestern die Mühe gemacht, zum Magistrat zu gehen und mir die Sterbeurkunde anzusehen. Und dann war ich auf diesem Friedhof an der Ettinghausenstraße, und da habe ich Friedjungs Grab besucht. Valerie, *bitte*!«

»Es sind viele Leute von der Straße in das Institut gekommen bei diesem Angriff. Das haben mir Schüler und Lehrer gesagt. Als die Bomben das Gebäude trafen, waren alle in den finsteren Kellern lange eingeschlossen. Friedjung hat einem Toten, dessen Gesicht zerschlagen war und der ungefähr dieselbe Statur hatte, seine Kleider angezogen und ihm seine Dokumente in die Tasche gesteckt und ist dann, als die Rettungsmannschaften kamen, davongeschlichen, vorsichtig, so, daß es niemand merkte...«

»Das denkst du dir, weil du *willst*, daß es so war!«

»Es *kann* so gewesen sein. Ganz leicht kann es so gewesen sein, Daniel!«

Jetzt sangen die Kinder: »Ringel, ringel, reiher, sind wir unser dreier...«

Valerie sagte: »Er hatte eine Freundin, der Friedjung. Das weiß ich bestimmt. Auch dieser Sache bin ich nachgegangen. In der Siebensterngasse hat sie gewohnt. Ein Baby hat sie gehabt. Ein uneheliches Kind. Die Hausmeisterin beschwört es. Spiegel hat die Frau geheißen. Höchstens siebenundzwanzig Jahre alt war sie. Friedjung hat sie ständig besucht. Er war ihr Geliebter. Und der Vater von ihrem Kind.«

»Sagt die Hausmeisterin.«

»Ja! Ja!«

»Woher weiß sie, daß es Friedjung war, der die Frau besuchte?«

»Ich habe ihn beschrieben. Sie hat ihn nach der Beschreibung erkannt.«

»Umgekehrt wäre das interessanter gewesen«, sagte Steinfeld.

»Eine Woche nach dem Angriff auf die Chemieschule ist die Spiegel mit ihrem kleinen Kind verschwunden! Nachts! Ein Auto hat sie abgeholt. Alles hat sie zurückgelassen, nur einen Koffer mitgenommen! Die Hausmeisterin hat es gesehen. Ein großer Wagen war das. Mit Chauffeur. Und hinten im Auto saß er, Friedjung!«

»Das hat die Hausmeisterin gesehen? Mitten in der Nacht? Bei völliger Verdunkelung?«

»Etwas Licht war da... im Wagen!« Valerie ließ sich nicht beirren. »Friedjung hat seine Geliebte abgeholt und ist untergetaucht«.

»Wohin?«

»Irgendwohin. Nach Deutschland. Ins Ausland. Ein Bonze! Diesen Leuten war alles möglich damals, knapp vor dem Zusammenbruch. Er lebt, Daniel! Friedjung lebt! Und ich werde ihn finden...« Er schwieg beklommen. Das alles hat keinen Sinn, dachte er. Diese Frau ist durch ihren Kummer ganz und gar verwirrt.

»Und wenn ich ihn gefunden habe...« Valerie sprach den Satz nicht zu Ende. Ihre weißen Hände ballten sich zu Fäusten. Und tausend Blumen blühten ringsum und dufteten und leuchteten in allen Farben, und die Kinder sangen noch immer.

71

Jäh wie der Blitz drehte Anton Sirus' Hand den Konusknopf zurück. Er murmelte einen Fluch. Mercier, der neben ihm stand und dem Professor von Zeit zu Zeit die Stirn trockengewischt hatte, sprang erschrocken zur Seite.

»Was war das?«

»Eine Katastrophe, um ein Haar«, antwortete der Professor, schwer atmend. »Einen halben Teilstrich über die richtige Zahl hinaus. Ich hörte schon, wie sich die Arretierungsvorrichtung öffnete, um zuzuschnappen.«

Mercier wurde blaß.

»Großer Gott. Vier Zahlen haben wir schon.«

Er sah zu dem Schreibtisch und den Blättern mit den Notizen und Berechnungen. Obenan auf einem Blatt standen die bereits gefundenen Kombinationsnummern: 8 4 1 9.

Mercier sagte: »In zwanzig Minuten Mitternacht. Und Sie hätten wieder von vorn beginnen müssen.«

Der Professor nickte nur. Er stand schon wieder vor dem Einstellkonus. Millimeter um Millimeter drehte er den Knopf auf die Zahl zu, über die er hinausgeraten war. Auf einmal stockte er und nahm sich die Stethoskopbügel aus den Ohren. »Die fünfte Zahl ist die 3.« Er schrieb sie in die Reihe der anderen und notierte danach wieder alle Bewegungen des Einstellrades, vor, zurück, normal, gezogen, die er ausgeführt hatte, um die 3 zu erreichen.

»Das ist ein Beruf, bei dem man fromm werden kann«, sagte Mercier. Er hatte das letzte Wort kaum ausgesprochen, da ertönte, schnell lauter werdend, das an- und abschwellende Heulen einer Sirene.

»Licht aus!« zischte der Professor, sehr leise.

Mercier hastete zu der Tischlampe. Das Büro lag nun im Dunkeln. Der Franzose fand den Weg zu einem der Fenster und schob den Vorhang zurück. Über die verschneite, menschenleere Fahrbahn des Kohlmarktes kam eine Funkstreife herangejagt. Ihr Blaulicht kreiste, ihre Sirene heulte. Auf dem Schnee schleudernd, hielt der Wagen direkt unterhalb des Fensters. Zwei Uniformierte sprangen heraus. Sie liefen auf den Gehsteig. Mercier konnte sie nicht mehr sehen.

»Polizei«, sagte Mercier atemlos.

Er erhielt keine Antwort, aber er war so erschrocken, daß ihm das nicht auffiel. Er starrte weiter in die Tiefe. Endlose Minuten verstrichen. Mercier fing an, lautlos zu beten. Wenn jetzt noch alles schiefging, jetzt noch . . .

Plötzlich tauchten die Polizisten in ihren Lederjacken wieder auf. Sie schleppten zwischen sich einen tobenden Betrunkenen, der wüst brüllte. Mit Mühe schafften sie den Mann in den Wagen. Türen flogen zu. Das Blaulicht begann zu zucken, die Sirene heulte auf, als die Funkstreife anfuhr.

Zahlreiche Fenster in den Häusern gegenüber waren erhellt, Menschen beugten sich neugierig aus ihnen. Auf meiner Seite wird das auch so sein, dachte Mercier. Na, egal. Noch einmal gutgegangen. Er ließ den Vorhang zurückgleiten, tastete sich zum Schreibtisch und knipste die Lampe wieder an. Ein heißer Schreck durchfuhr ihn. Anton Sirus war verschwunden!

Ich werde verrückt, dachte Mercier. Das gibt es doch nicht, das ist doch unmöglich. Er kann sich nicht in Luft aufgelöst haben. Dann sah er Sirus. Der Professor saß, im Schneidersitz, mit untergeschlagenen Beinen, auf dem Teppich. Sein Gesicht hatte einen entrückten, sanften Ausdruck angenommen. Er starrte eine offene Bücherwand mit juristischen Werken an, reglos, anscheinend völlig glückselig. Wie Sirus dasaß, erinnerte er Mercier an eine Buddha-Figur. Nur, dachte er, liegen beide Hände des Professors ruhig und locker im Schoß. Bei den Buddhas ist immer eine Hand lehrend erhoben.

»Herr Sirus!«

Keine Antwort, keine Reaktion.

»Sirus, was haben Sie!« rief Mercier, nun schon in gelinder Panikstimmung.

Der Professor bewegte keine Wimper. An Mercier vorbei blickte er die Bücher an.

»Sirus! Sirus! Ich flehe Sie an, sagen Sie etwas! Ein Wort! Ein einziges Wort!«

Doch Anton Sirus sagte nichts, und Mercier ließ sich stöhnend in einen Sessel fallen. Tot ist er nicht, dachte er idiotisch. Tote sitzen nicht so aufrecht. Er muß wahnsinnig geworden sein. Die geistige Anstrengung und der Schrecken jetzt waren zuviel für ihn. Wahnsinnig, ja, das ist er. Ich bin mit einem Wahnsinnigen in einem Büro, aus dem ich allein nicht mehr hinaus kann...

72

An einem Tag Anfang September 1966 saßen zwei Männer in einem modernen chemischen Laboratorium, das an der Rückseite eines großen Gebäudes lag. Durch die Fenster sah man einen alten Park. Das Institut befand sich fünfunddreißig Kilometer südwestlich von Warschau. Es gehörte zur Universität der Hauptstadt. Professor Daniel Steinfeld arbeitete in diesem Haus mit einem ausgesuchten Mitarbeiterstab an der Erforschung von neuen Mitteln gegen Schädlinge von Pflanzen und Tieren. Steinfeld hatte einen Lehrstuhl für Biochemie an der Universität, er hielt sich aber oft und lange hier auf. Trotz seines Alters war er von unglaublicher Vitalität. Sein Gesicht sah aus wie das eines Fünfzigjährigen, die Wangen waren kräftig durchblutet, die Augen blitzten, ein Haarkranz lief um den mächtigen Gelehrtenschädel.

Der andere Mann in dem hellen Laboratorium hatte eine Glatze, hervortretende Basedowaugen und einen ziemlichen Leibesumfang. Er keuchte leise beim Sprechen. Thomas Meerswald litt an leichtem Asthma. Er und Steinfeld kannten einander seit vielen Jahren. Herzliche Freundschaft verband den gefeierten polnischen Wissenschaftler und den Mann aus Wien, der ein Dokumentationszentrum errichtet hatte und in aller Welt nach Nazikriegsverbrechern und geheimen Rüstungsstätten fahndete. Steinfeld wußte an diesem milden Septembertag nicht, daß er ein Jahr später von der Universität gejagt, aller seiner Ämter enthoben und als ›Zionist und amerikanischer Agent‹ unter Anklage gestellt werden sollte. Meerswald ahnte nicht, daß er nur noch etwas mehr als zwei Monate zu leben hatte...

»Ich habe einiges über diesen Karl Friedjung gefunden«, sagte der Wiener. Durch Steinfelds Vermittlung stand ihm das große polnische Archiv zur Verfügung, in welchem Zehntausende von deutschen Kriegsverbrechern dokumentarisch erfaßt und systematisch geordnet worden waren. Steinfeld war Meerwalds Verbindungsmann zu allen Behörden, sie arbeiteten seit Kriegsende gemeinsam. »Die Unterlagen ergeben, daß dieser Friedjung unter den Nazis an geheimen Forschungsaufträgen arbeitete – neben seiner Stellung als Direktor der Chemieschule in Wien, die nur seine Tarnung war. Die Forschungsaufträge wurden in Berlin koordiniert – es handelte sich um Giftgase.« Meerswalds Atem kam leicht rasselnd. »Ich habe bei euch auch sichere Beweise über Friedjungs Versuche an kz-Häftlingen gefunden. Mindestens sechzig Menschen starben durch seine Schuld.«

»Das glaube ich dir alles, Thomas.« Steinfeld stand auf. »Aber dieser Friedjung ist tot! Umgekommen bei einem Luftangriff! In seiner Chemieschule! Ich war selber in Wien – 1948 –, ich habe die Sterbeurkunde eingesehen, ich habe das Grab besichtigt, ich habe mit Friedjungs Witwe gesprochen. Der Mann ist tot...«

»Deine Schwägerin glaubt es nicht.«

»Valerie?« Steinfeld seufzte. »Gibt sie noch immer keine Ruhe?«

»Sie ist zu mir gekommen. Vor zwei Monaten. Sie hat mir ihre Geschichte erzählt.«

»Thomas«, sagte Steinfeld nervös, »laß dich nicht verrückt machen. Die arme Frau hat schrecklich gelitten...«

»Das weiß ich.«

»... und sie war völlig verstört, als ich sie zuletzt sah. Wir haben eine Ewigkeit nichts mehr voneinander gehört. Sie schreibt mir nie. Ich dachte, sie tut es absichtlich – um all das Schreckliche zu vergessen, um durch mich nicht mehr daran erinnert zu werden an das, was sie erlebt hat ...«

»Das ist auch so. Sie hat mir gesagt, ich soll dir nichts von ihren Besuchen bei mir erzählen, denn du würdest mir andeuten, sie sei einfach nicht ganz richtig im Kopf.«

»*Besuchen?* Warst du mehrmals mit ihr zusammen?«

»Mit ihr und einem Mann von der argentinischen Botschaft in Wien. Gomez heißt er. Mein Mann für Argentinien. Wir trafen uns an verschiedenen Orten – Gomez muß bei seiner Stellung achtgeben.«

»Warum war Valerie dabei?«

»Ich wollte, daß auch Gomez sie hörte. Er kennt sich aus in seiner Heimat. Ich hoffte, er würde auf eine Idee, eine bestimmte Person kommen, die in seiner Liste der Verdächtigen steht, wenn Valerie ihm Friedjung genau beschrieb, wenn sie ihm alles über diesen Mann erzählte.«

»Und?«

»Nichts. Gomez ließ verschiedene Leute in Argentinien durch seine Mitarbeiter überprüfen. Alle Untersuchungen sind negativ verlaufen. Nicht die geringste Spur von Friedjung.«

»Das sage ich dir doch!« Steinfeld regte sich auf. »Warum glaubst du mir nicht? Es kann keine Spur von Friedjung mehr geben, er ist tot, tot, tot!«

Meerswald fragte schnaufend: »Warum bin ich dann ständig beobachtet worden, wenn deine Schwägerin und ich mit Gomez zusammentrafen?«

»Ihr wurdet beobachtet?«

»Ich habe ein Gefühl für so etwas, das weißt du. Geschickt überwacht. Sehr geschickt. Dauernd folgte uns jemand.«

»Thomas«, sagte Steinfeld, »ist dies das erste Mal, daß du überwacht wirst?«

»Natürlich nicht ...«

»Also! Ein Mann wie du ist ständig verfolgt ...«

»Ja, wenn ich auf Reisen bin. Aber in Wien! In Wien war es das erste Mal! Und ausgerechnet deine Schwägerin war immer dabei ...«

Steinfeld stand auf und betrachtete sorgfältig eine dunkelrote Flüssigkeit, die in einem Glaskolben brodelte. Ein langer Kühler war an den Hals des Kolbens geschlossen. Aus dem Ende der Kühlerschlange tropfte ein farbloses Destillat. Steinfeld sagte: »Du bist nicht nur hinter Kriegsverbrechern her, Thomas. Auch hinter Wissenschaftlern, die irgendwo in der Welt neue Waffen produzieren. Man hat dich mit Valerie Steinfeld gesehen. Die Leute, die dich beobachten, wissen bestimmt von ihrem Schicksal. Sie wissen von mir. Ich könnte auch B- oder C-Waffen herstellen. Ich bin hochinteressant für den Westen – oder?«

»Das stimmt. Und wenn Friedjung noch lebte ...«

»Hör endlich damit auf!«

»Sofort. Wenn er noch lebte, dann wäre Friedjung interessant für den Westen – und für den Osten, vorausgesetzt, daß er weitergearbeitet hat. Er war ein fanatischer Nazi. Deutschland hat den Krieg verloren. Friedjung würde, wenn er noch lebte, bestimmt weiterarbeiten und die Ergebnisse seiner Forschungen beispielsweise voll Haß auf den Osten an die Amerikaner verkaufen – habe ich recht?«

»Er ist tot, Thomas, er ist tot!«

»Wenn er *nicht* tot wäre! Da müßte doch auch ein enormes Rachebedürfnis mitspielen, wie? Vielleicht irre ich mich, und er haßt die *Amerikaner*. Die haben schließlich auch gegen Deutschland Krieg geführt. Dann würde er seine Arbeiten dem Osten zur Verfügung stellen. Beides wäre möglich ...«

73

»Mit Gott«, sagte der Professor und zog den konusförmigen Drehknopf an der Tresorwand an. »Ich versuche es jetzt so.«

8 4 1 9 3 5.

Diese Zahlen standen nebeneinander auf einem der Papiere, die den Anwaltsschreibtisch bedeckten. Der Professor hatte in der letzten Dreiviertelstunde die sechste Zahl gefunden.

Es war o Uhr 46 am Dienstag, dem 28. Januar 1969.

Der Franzose, erschöpft zum Umfallen, stand neben Sirus und tupfte diesem, der keinerlei Zeichen von Ermüdung zeigte, die Stirn trocken.

Mercier erlebte die anstrengendste Nacht seines Lebens. Der Schreck beim Anblick des reglosen, nicht ansprechbaren Sirus, der die Bücherwand angestarrt hatte, saß dem Franzosen noch in den Knochen.

Sechs endlose, grauenvolle Minuten hatte der Professor im Lotussitz, die Hände im Schoß, aufrecht, mit sanftem, entrücktem Gesicht, einer Statue gleich, zugebracht, während Mercier, am Schreibtisch, die Zähne in die Knöchel seiner Hände bohrte und abwechselnd lautlos fluchte und betete. Dann, so plötzlich, daß Mercier einen leisen Schrei ausstieß, hatte Sirus sich geschmeidig erhoben und den Franzosen angelächelt. Ein unendliches Gefühl des Friedens ging nun von ihm aus.

»Was ... was war los mit Ihnen?« stammelte Mercier. »Was haben Sie da gemacht auf dem Boden, Herr des Himmels?«

»Yoga«, sagte der Professor, die Finger bewegend und Lockerungsübungen veranstaltend.

»Wie?«

»Ich bin ein alter Yoga-Anhänger. Das Wunderbarste, was es gibt. Durch Meditation, geistige Konzentration, durch völlige Herrschaft über den

Körper wird der Geist befreit. In schweren Sekunden meiner Arbeit, nachdem – wie vorhin – ein Unglück gerade noch verhindert werden konnte, setze ich mich stets so hin.«

»Es war also nicht die Sirene, die Sie erschreckt hat?«

»Was für eine Sirene?« fragte der Professor verwundert.

»Sie haben nichts gehört?«

»Ich kann mich nicht erinnern.«

»Aber daß ich das Licht ausknipste...«

»Sie haben das Licht ausgeknipst?«

Mercier hatte nur schwach gestöhnt und abgewinkt. Der Professor war, frisch und mit neuen Kräften, an den Tresor getreten...

Der nun gezogene Einstellknopf drehte sich, unendlich langsam, Mercier konnte es nicht mitansehen. Er blickte zur Seite. Im nächsten Moment erklang die ruhige Stimme des Professors: »Wir haben die siebente Zahl. Es ist die 2.«

Mercier wirbelte herum.

»Die ganze Kombination?«

»Das werden wir gleich sehen.« Der Professor streifte das Stethoskop ab und griff nach dem Türchen über dem Konus. Es ließ sich an einem oberen Drehpunkt zur Seite schwenken und gab den Blick auf zwei Schlüssellöcher frei. In dem unteren steckte eine Stahlstange.

Der Professor bückte sich.

Auch das zweite Türchen ließ sich bewegen.

Sirus zog eine etwa zwanzig Zentimeter lange Stahlstange, die einen Durchmesser von fünf Millimetern hatte und an ihrem Ende einen seltsam gezackten Bart besaß, aus dem einen Schlüsselloch des unteren Schlosses. Danach zog er die zweite Stange aus dem oberen Schloß.

»Die Sperren lassen sich entfernen«, sagte er. »Die Kombination ist also richtig.« Er legte die beiden Stäbe auf das Tuch, das er über den Schreibtisch gebreitet hatte und auf dem seine Instrumente ruhten. »Jetzt müssen wir noch die beiden Schlösser öffnen.«

»Wie?«

Der Professor hob eine Stahlstange auf, sehr ähnlich den beiden, welche er eben aus dem Tresor entfernt hatte. Sie besaß an einem Ende einen Haltegriff und zahlreiche herausragende gekrümmte Enden von Stahlstiften.

»Das ist eine kleine Erfindung von mir. Mit ihr wurde ich... nun ja, sagen wir es ruhig... weltberühmt.« Der Professor bewegte einen der kleinen Stifte. Aus dem glatten anderen Ende der Stange trat zu Merciers Verblüffung das millimeterdünne Teilstück eines Schlüsselbartes hervor. Jetzt sah er, daß dieses Ende der Stange zahlreiche feine Schlitze aufwies. Der Professor bewegte einen zweiten Stift. Ein zweites dünnes Stahlstück, bizarr gerippt, trat aus einem Schlitz.

»Sie verstehen das System«, sagte Sirus. »Ich führe den Stab ein, mit allen Teilstücken des Bartes in seinem Innern. Danach probiere ich ihn aus. In allen Kombinationen der einzelnen Teile des Bartes. Wenn er für das Schloß nicht paßt, versuche ich es mit dem nächsten. Sie sehen, ich habe ein Dutzend hier. Sie alle gehören zu dieser Art von Tresoren. Deshalb mußte ich vorher genau die Type kennen.«

»Sie haben solche Geräte auch für andere Typen?«

»Selbstverständlich. Die gesamte Kollektion stellt ein Vermögen dar, wie Sie sich denken können.«

»Und . . . und wenn Sie die Schlösser einmal geöffnet haben, können Sie sie dann auch wieder verschließen?«

Der Professor sah Mercier mit hochgezogenen Brauen an.

»Natürlich«, sagte er. »Oder wünschen Sie, daß ich den Tresor offenstehen lasse? Da hätten Sie einen anderen Mann engagieren müssen. Wenn ich fertig bin, sieht der Gegenstand meiner Bemühungen genauso aus wie zu Beginn. Ein Anton Sirus hinterläßt keine Spuren . . .«

74

»Ich muß mich gegen diese Frage auf das schärfste verwahren!«

»Na, so aus der Welt gegriffen ist sie ja wohl nicht!«

»Und ob sie das ist! Ich will dir mal was sagen, lieber Paul: Wir, im Institut, treiben reine Grundlagenforschung.«

»Soso.«

»Jawohl, reine Grundlagenforschung! Daß wir uns dabei auf alle schon geleisteten Arbeiten stützen, ist selbstverständlich! Und wenn Ransom bereits 1898 über die Wirkung von Bakterientoxinen auf motorische Nerven schrieb, dann berücksichtigen wir das und ziehen natürlich in Erwägung, daß unsere Untersuchungen einmal praktische Resultate bringen können – eben auf dem Gebiet der Schädlingsbekämpfung!«

»Aha! Und auf militärischem Gebiet . . .«

»Nie! Niemals! Das ist absurd! Das ist vollkommen ausgeschlossen! Hirnrissige Vorstellungen eines Journalisten!«

»Um Gottes willen, hört doch auf!« rief Valerie Steinfeld unglücklich. »Wenn ihr euch schon einmal alle heiligen Zeiten seht, schreit ihr euch sofort an!«

Das war an einem Abend Ende November 1936.

In dem großen Mittelzimmer der Wohnung in der Gentzgasse saßen einander die Brüder Steinfeld gegenüber und stritten. Valerie war aus ihrem Sessel aufgesprungen und versuchte, die Männer zu besänftigen. Zierlich, sehr jung und sehr schön sah sie aus zwischen den um Jahre älteren Brüdern, die bei aller Verschiedenheit der Charaktere einander unglaublich ähnlich waren. Groß und schlank, hatten beide dichtes schwarzes Haar und schwarze Augen, breite Stirnen, hohe Backenknochen und dunkel getönte Haut. Der jüngere Daniel neigte mehr zu Temperamentsausbrüchen als der ältere, ironischere Paul, dessen starke Brauen sich immer wieder spitz und mokant in die Höhe zogen.

»Verzeih...« Daniel wandte sich an Valerie. Er küßte ihre Hand.»Aber ich muß mich so aufregen. Immer legt er es darauf an, daß ich mich aufrege, der Paul! Das ist einer der Gründe, warum ihr mich so selten seht. Weil ich solchen Szenen aus dem Wege gehen will! Aber heute *mußte* ich kommen. Deine Leute vom Funk haben bei uns herumspioniert!«

»Sie haben lediglich ein paar Fragen gestellt.«

»Spionieren nenne ich das! Warum hat *mich* niemand gefragt?«

»Du lehnst Interviews doch immer ab!«

»Ja, weil sie mir zum Kotzen sind! Aber wenn ich höre, daß du vor hast, gegen das Institut loszuziehen im Radio, eine Brandrede zu halten, daß wir Kriegsmaterial – phantastisch allein der Gedanke! –, daß wir Kriegsmaterial herzustellen versuchen... dann ist das etwas anderes! Dann *gebe* ich Interviews! Als Vorstand des Instituts! Ich komme sogar zu dir, damit *du* mich interviewen kannst!«

Paul strich über Valeries Hüfte.

»Setz dich hin, Liebling. Und sei ganz ruhig. Du kennst uns beide doch. Alte Streithähne! Ich bin Journalist. Ich habe mein Berufsethos. Daniel ist Wissenschaftler. Er hat das seine. Wenn er mich überzeugt, wirklich überzeugt, daß sich seine Forschungen nicht eines Tages in einem Krieg benützen lassen, dann werde ich das auch nie behaupten! Aber ich muß *überzeugt* sein.«

»Ich sage dir doch: Es ist denkbar, theoretisch denkbar, daß man, als Ergebnisse unserer Arbeiten, einmal Mittel entwickelt, die Schädlinge bekämpfen und vernichten.«

»Fragt sich nur, was für Schädlinge«, sagte Paul.

»Bitte!« flehte Valerie. »Nicht schon wieder!«

»Was soll das heißen?« rief Daniel.

»Es wird immer Menschen geben, für die andere Menschen nichts als Schädlinge sind«, sagte Paul.

»Du meinst, daß man nach unseren Arbeiten einmal Mittel zur chemischen oder bakteriologischen Kriegführung entwickeln kann?« Daniel holte tief Luft. »Du hast ja den Verstand verloren!«

»Na, Giftgase gab es schließlich schon im letzten Krieg.«

»Aber mit dem, was wir untersuchen, kann doch kein Mensch Giftgase herstellen!« Daniel griff sich an den Kopf. Dann wühlte er in den Taschen seiner Jacke. »Ich bin ganz ruhig, Valerie, hab keine Angst. Ich werde es Paul im Detail erklären. Mein Assistent, der Friedjung, hat mir Stichworte auf einen Zettel geschrieben... Wo habe ich ihn bloß...«

Valerie war bei Nennung des Namens kurz zusammengezuckt. Sie meinte: »Ich verstehe ja nichts davon. Aber wenn Paul sagt, daß schon im letzten Krieg Giftgase eingesetzt worden sind... Die haben ja schließlich auch Chemiker entwickelt, nicht wahr? Und diese Chemiker werden am Anfang ihrer Arbeit vielleicht auch nicht geahnt haben, was einmal aus ihr entstehen soll...«

»Wirklich, Valerie, du sagst es doch selbst: Du verstehst nichts davon!« Daniel lächelte ihr zu. »Da ist ja der Zettel!« Er entfaltete einen Bogen Papier und sah Paul an. »Also hör zu. Wir begannen unsere Überlegungen bei einem weltberühmten Mann – Louis Pasteur. Du weißt doch, daß unter Seidenraupen Seuchen ausbrechen können, nicht wahr? Nun, im Jahre 1870...«

75

»Ist das der Zettel des Herrn Friedjung?«

Manuel Aranda war aufgesprungen und hielt Daniel Steinfeld ein vergilbtes Papier hin, das er aus seiner Brieftasche geholt hatte, während Steinfeld erzählte. Manuel war schon seit langem sehr erregt. Irene hatte ihm Zeichen gemacht, den alten Mann, der bereits recht müde war, nicht zu unterbrechen. Jetzt konnte Manuel nicht länger warten. Der Bogen, den er Groll zusammen mit den Fotografien Penkovics gegeben hatte, damit der Hofrat das ganze Material im Tresor des Dr. Stein deponieren konnte, zitterte in seiner Hand. Manuel dachte: Wie gut, daß ich mir dieses Papier gestern von Stein schicken ließ. Ich hatte eine Ahnung, daß ich es brauchen würde, wenn Daniel Steinfeld eintraf.

Manuel sagte eindringlich: »Bitte! Ist das der Zettel?«

Steinfeld starrte den Bogen an.

»Ja«, sagte er heiser. »Ja, das ist er. Woher haben Sie ihn? Damals, nach meinem Gespräch mit Paul, muß ich den Zettel hier liegengelassen haben, ich erinnere mich jetzt daran, daß ich ihn nie mehr fand... Hat Valerie ihn aufgehoben?«

Manuels Worte überstürzten sich jetzt: »Aufgehoben, ja! Vielleicht hat sie Ihnen das Papier auch weggenommen, als sie hörte, daß Friedjung die Notizen geschrieben hatte...«

»Ich verstehe nicht...«

»...und als sie von ungefähr etwas über Krieg und chemische und bakteriologische Waffen hörte. Ihr Unterbewußtsein muß da gearbeitet haben ... oder auch ihr Bewußtsein ... Sie kannte Friedjung als Nazi ... Er war ihr Freund gewesen ... Nun war er ihr Feind ... Vielleicht wollte sie sich schützen mit diesem Zettel vor Friedjung, wenn der einmal etwas gegen sie unternahm ...«

»Das ist doch verrückt!« rief Steinfeld.

»Leider gar nicht, Daniel«, sagte Irene leise. »Denk an das, was inzwischen alles geschehen ist.«

Der alte Mann senkte den Kopf.

»Wir waren blind, wir Wissenschaftler. Wir sind es immer ... auch heute noch. Wenn wir sehend werden, ist es zu spät. Ich konnte mir 1936 wirklich nicht vorstellen ... unmöglich vorstellen ... Ich überzeugte sogar Paul. Er hielt seinen Vortrag gegen unser Institut nicht ... Das ist der Zettel von Friedjung, ja! Mein Gott, vor dreißig Jahren hat er das geschrieben ... vor dreiunddreißig Jahren ... Wo habt ihr es gefunden?«

Irene sagte, wo.

»Und als Frau Steinfeld das erste Mal zu diesem Doktor Forster ging, da hatte sie den Zettel bei sich! Später, in der Buchhandlung, fiel er ihr aus der Kostümjacke. Martin Landau sah ihn auch.« Manuels Worte waren kaum zu verstehen, so schnell redete er. »Sie hat den Zettel zu Forster mitgenommen in der unsinnigen Annahme, eine Waffe gegen Friedjung zu besitzen, der ja nun zugeschlagen hatte. Bei Forster muß ihr aufgegangen sein, daß das keine Waffe war, nein, daß Friedjung, wenn er an dem Projekt *noch* arbeitete, und zwar für *Kriegszwecke*, das im Auftrag der *Regierung* tat! Darum zeigte sie Forster den Zettel auch nie ... Aber Meerswald wird sie ihn gezeigt haben, da bin ich sicher!« Mit einem Ruck hatte Manuel das Foto aus der Brieftasche gerissen, auf dem sein Vater an Deck der kleinen Yacht zu sehen war, groß, leicht untersetzt, ganz in Weiß gekleidet, sonnengebräunt und mit einer Pfeife in der Hand. »Und dieser Mann da, Herr Steinfeld? Dieser Mann da – wer ist das?«

»Allmächtiger Gott im Himmel«, sagte der alte Mann mit bebender Stimme. »Das ... das ist er ... das ist mein ehemaliger Assistent Friedjung!«

Irene trat neben Manuel. Sie legte eine Hand auf seine Schulter. »Sind Sie sicher, Herr Steinfeld?«

»Ganz sicher ... Älter ... älter als zu meiner Zeit natürlich ... aber diese Lippen, diese Nase, die Stirn, das Lachen ... das ist Karl Friedjung, ich könnte es beschwören.«

»Es wäre nicht mehr nötig«, sagte Manuel, plötzlich mit leiser, beherrschter Stimme. »Der Zettel würde genügen. Diese Handschrift kenne ich nämlich.«

»Der Mann auf dem Foto – das ist Ihr Vater?« fragte Steinfeld. Plötzlich sprach auch er sehr leise.

»Das war mein Vater«, sagte Manuel. Danach setzte er sich. Irene sah ihn an. Lange Zeit war es still in dem großen Raum.

Dann sagte Steinfeld: »Also habe ich ihr Unrecht getan, der armen Valerie... Also hat sie doch recht gehabt mit all ihren Vermutungen und Hypothesen...«

»Karl Friedjung, so heißt mein Vater wirklich«, sagte Manuel mit der flachen Stimme, in der er nun sprach. »Ich bin der Sohn des Mannes, der Valerie Steinfeld einmal liebte und dann haßte. Und meine Mutter ist jene junge Frau, die 1945, eine Woche nach dem Luftangriff auf die Chemieschule, nachts aus ihrer Wohnung in der Siebensterngasse geholt wurde, zusammen mit einem kleinen Kind... und die dann mit Friedjung zusammen spurlos verschwand... Das kleine Kind, das war ich... Sie flüchteten nach Argentinien mit mir... Für Bonzen war das möglich... und er war doch ein wichtiger Mann, mein Vater! Die argentinischen Behörden ließen damals viele Leute wie ihn ins Land... Er bekam falsche Papiere für uns alle... Wir hießen Aranda... Ich war in Buenos Aires geboren... wie meine Eltern... So ist das also gewesen...«

Wieder folgte eine Stille.

Eine bedrückende Stille.

Dann sagte der alte Mann: »Aber Valerie hat nie erfahren, daß Ihr Vater und dieser Friedjung identisch waren. Sie hat nie erfahren, wo er lebte, wie er hieß, was aus ihm geworden war – bis zu dem Moment, in dem er in die Buchhandlung kam, um ein Werk mit Stichen von Wien zu kaufen... arglos, zufällig, vollkommen zufällig... Valerie hat nichts gewußt von Friedjung vorher! Nicht das Geringste! Nachdem Meerswald zum letztenmal bei mir war, flog er nach Südamerika. Er wurde ermordet – vielleicht weil er dem Geheimnis auf die Spur gekommen war. Er hat Valerie nie wiedergesehen...«

»Auf dem Tonband, das da von der Polizei aufgenommen wurde, sagte Valerie, daß sie ein Leben lang auf den Moment gewartet hat... daß der Mann sie nicht wiedererkannte... erinnerst du dich, Manuel?« fragte Irene.

»Ich erinnere mich«, sagte Manuel Aranda und griff nach der Hand, die auf seiner Schulter lag. »Wenn mein Vater nicht in diese Buchhandlung gegangen wäre, sondern in eine andere... in keine... wenn Frau Steinfeld gerade nicht dagewesen wäre an diesem Tag... mein Vater würde noch leben, nichts wäre geschehen...«

Daniel Steinfeld sagte: »Er *ist* aber in die Buchhandlung Landau gegangen und in keine andere. Und Valerie war nicht gerade fort, sie war *da*.«

Langsam mit dem Kopf nickend, sprach der alte, kranke Jude, der unterwegs war, gejagt, vertrieben, auf der Suche nach einer neuen Heimat: »Man soll keinen Menschen verurteilen und keine Sache für unmöglich halten. Denn es gibt keinen Menschen, der nicht seine Zukunft hätte, und es gibt keine Sache, die nicht ihre Stunde bekäme...«

76

Um 2 Uhr 14 in dieser Nacht richtete der Professor, der vor der Tresortür gekniet und an der Öffnung des unteren Schlosses gearbeitet hatte, sich auf. Mercier betrachtete ihn wie hypnotisiert. Der Professor ergriff das verchromte Rad der Tresorwand und drehte es langsam nach rechts. Dann zog er fest an ihm. Ein leises Pfeifen von einströmender Luft ertönte, als die gewaltige, zwanzig Zentimeter dicke Stahltür aufschwang. Im Innern des Tresorraums schalteten sich an der Decke eines ein mal ein Meter um-fassenden, zwei Meter hohen Raumes Neonlichtröhren ein. Regale stan-den an den Wänden des Tresors, ein Tisch stand in seiner Mitte. Pakete, Akten, Papiere und verschiedene Schachteln lagen auf den Regalen und auf dem Tisch.
Gebannt trat Mercier vorwärts. Einen Schritt. Noch einen Schritt. Als er in den Tresorraum stieg, dachte er, daß dies wohl der feierlichste Augen-blick seines Lebens war. Anton Sirus dachte an Claude Monets Gemälde ›Die Mohnblumen‹, das noch im Musée des l'Impressionisme hing, aber nun für ihn zu haben war. Beide Männer fühlten sich sehr glücklich.

77

Gegen 11 Uhr vormittags am 28. Januar 1969 hörte das Schneetreiben über Wien mit überraschender Plötzlichkeit auf, und der graue Himmel begann sich von Westen her mehr und mehr zu verdüstern. Das Licht verfiel langsam.
In dem kostbar eingerichteten Empfangszimmer der ›Vereinigung für österreichisch-sowjetische Studentenfreundschaft‹ in dem alten Barock-palais an der Wollzeile brannten viele Kerzen eines Lüsters. Ein tadellos wie stets gekleideter Fedor Santarin saß an einem Besuchertischchen Nora Hill gegenüber, die einen dunkelroten Hosenanzug trug. Ihr Nerzmantel lag über der Lehne des tiefen Fauteuils. Georg hatte seine Herrin in die Stadt gefahren.
Fedor Santarin war von erlesener Höflichkeit.
»Sie haben ausgezeichnete Arbeit geleistet, Madame. Wir sind sehr zu-frieden mit Ihnen. Es ist anzunehmen, daß wir den Fall Aranda in den nächsten beiden Tagen abschließen können. Der junge Herr war heute bis lange nach Mitternacht bei Fräulein Waldegg. Ich nehme an, Daniel

Steinfeld hatte viel zu erzählen. Herr Aranda dürfte nun vollständig orientiert sein. Sie rufen ihn an und bitten ihn, Sie heute abend zu besuchen. Grant und ich werden auch da sein, wie immer. Ich denke, der Moment ist gekommen, Ihren kleinen Wunsch zu äußern.«

Nora runzelte die Stirn.

»Weshalb haben Sie mich hergebeten? Doch nicht, um mir zu sagen, daß ich Manuel Aranda einladen soll. Das hätten Sie auch telefonisch erledigen können.«

»Gewiß.« Santarin offerierte die Konfekttüte aus Goldkarton. »Darf ich mir erlauben?«

»Nein, danke.«

Der Russe wählte ein Stück Marzipan und aß mit Genuß.

»Nun!« Nora hatte ein unangenehmes Gefühl.

»Ich erkläre es Ihnen gleich. Vorher sagen Sie mir bitte, wie Sie Ihren kleinen Wunsch vorbringen werden.«

»Das wissen Sie doch! Das haben Sie mir selber eingebläut, es war Ihr Plan!«

Santarin kreuzte die Beine und legte die Spitzen der Finger aneinander. Er lächelte höflich.

»Erzählen Sie es mir trotzdem noch einmal, Madame. Ich möchte sichergehen, daß nicht im letzten Moment etwas schiefläuft.«

»Schön.« Nora legte die Hände auf die Krücken, die zu beiden Seiten des Sessels lehnten. »Ich werde Aranda fragen, ob er nun alles über den Tod seines Vaters erfahren hat.«

»Nehmen wir an, er sagt ja.«

»Dann werde ich sagen, man sei an mich mit einer Bitte herangetreten, die ich an ihn weitergeben soll.«

»Nämlich welche?«

»Santarin, wirklich, müssen wir das alles noch einmal...«

»Ja«, sagte er nur.

Sie sahen sich kurz an.

»Wie Sie wollen«, sagte Nora. »Die Bitte nämlich, er möge, nun, da der Fall geklärt ist, die Dokumente seines Vaters und den Film aus dem Tresor dieses Anwalts holen, sie vernichten und heimkehren.« Nora sprach wie eine gereizte Schülerin, die ihre Aufgabe herunterleiert. »Gegen die Tatsache, daß die beiden Supermächte die Erfindung seines Vaters besitzen, kann er nichts mehr tun. Nach Vernichtung aller Unterlagen besteht wenigstens keine Gefahr mehr, daß eine *dritte* Macht die Erfindung bekommt. Ich werde an seine Vernunft appellieren. Wem dient er mit Panikmache?«

»Wenn er sich weigert?« fragte Santarin, wie ein liebenswürdiger Lehrer. Du elendes Schwein, dachte Nora.

»Dann werde ich ihn darauf aufmerksam machen, daß er so seine Freundin in Gefahr bringt. Meine Auftraggeber würden sich ihrer annehmen, haben sie gedroht.«

»Gut. Es ist alles so gelaufen, wie ich hoffte. Der junge Herr hat sich in Irene Waldegg verliebt. Wenn er nun aber dennoch den Helden spielen und die Welt aufklären will?«

»Werde ich ihn noch eindringlicher warnen. Er verschuldet damit den Tod seiner Freundin, und er selber wird auch nicht mehr die Pressekonferenz der Schweizer Botschaft erleben.«

»Wenn er droht, sich an österreichische Behörden zu wenden?«

»Erinnere ich ihn an alle Erfahrungen, die er mit österreichischen Behörden gemacht hat. Daran, daß die nie eingreifen werden in einem solchen Fall. Daß auch seine Botschaft ihm nicht helfen wird. Und daß die beiden Großmächte demnächst feierlich ihren Verzicht auf B- und C-Waffen bekanntgeben werden. Wem glaubt man dann? Ihm oder den Mächtigen?«

Nora sagte achselzuckend: »Ich denke, das sollte genügen. Er wird vernünftig sein.«

»Ich bin ganz sicher«, sagte Santarin. »Und zwar wird er es auch schon ohne jede Drohung sein. Der Fall wäre damit sehr bald abgeschlossen. Und das muß er auch sein, denn Grant und ich haben eine neue Aufgabe für Sie.«

Nora schluckte. Deshalb also hatte Santarin sie rufen lassen.

»Was, schon wieder ich?«

»Schon wieder Sie, Madame. Sie sind eben unersetzlich. Wir benötigen Sie ständig. Es handelt sich diesmal um einen kroatischen Exilpolitiker. Der Mann ist im Begriff, eine große antisowjetische Kampagne in Deutschland zu starten. Noch lebt er in Wien. Angesichts der bevorstehenden Geheimgespräche unserer Regierung mit der amerikanischen will keine Seite eine solche Störung tolerieren. Wir müssen den Herrn also zum Schweigen bringen – und all sein Beweismaterial in unseren Besitz.«

Nora sagte heftig: »Das soll also ewig so weitergehen!«

Santarin nickte freundlich.

»Das soll nie aufhören?« Noras Stimme erhob sich.

Santarin schüttelte freundlich den Kopf.

»Aber ich habe genug! Ich habe genug, sage ich Ihnen! Ich...«

»Nicht so laut, Madame. Sie sind eine so kluge Person. Sie wissen doch, daß Ihnen gar nichts anderes übrigbleibt, als zu tun, was wir von Ihnen verlangen.« Santarin machte eine schnelle Bewegung. In seiner Hand lag plötzlich jene automatische Pistole der Firma Smith & Wesson, Kaliber 6.35, Baujahr 1940, die Jack Cardiff Nora vor siebenundzwanzig Jahren zu ihrem Schutz gegeben hatte. »Muß ich Ihnen wirklich wieder einmal zeigen, daß wir Ihre Waffe haben? Das wissen Sie doch.«

»Ich habe in Notwehr geschossen«, sagte Nora Hill, aber in ihren Worten klang bereits Resignation. Nie, nein, nie werde ich freikommen, dachte sie. »Dieser Ungar hatte alles über das, was sich in meinem Haus abspielte, herausbekommen und wollte Geld, eine Wahnsinnssumme, dafür! Sie wissen es! Sie waren draußen in der Villa! Sie hörten unseren Streit!«

»Gewiß, Madame. 1962, am einundzwanzigsten November.«

»Sie hörten, daß er versuchte, tätlich zu werden! Sie wissen, daß ich in meiner Angst die Pistole zog...«

»Ich weiß das alles, Madame. Sie zogen die Pistole, er lachte und versuchte, sie Ihnen wegzunehmen, ein Schuß löste sich, der Herr fiel tot um.«

»Notwehr, reine Notwehr, ich sage es doch!«

»Sie sagen es. Aber Sie kamen dennoch zu mir und Grant gelaufen in Ihrer panischen Angst, die Polizei könnte Ihnen nicht glauben. Und Grant und ich verschafften Ihnen ein erstklassiges Alibi und ließen die Tatwaffe verschwinden – daran erinnern Sie sich hoffentlich auch noch, Madame.« Nora Hill sah zornig und zugleich hilflos zum Fenster. Draußen wurde es immer dunkler. Ein Windstoß traf die Glasscheiben.

»Antworten Sie!«

»Ja! Ja! Ja! Sie haben mir damals geholfen.«

»*Sehr geholfen.* Wiederholen Sie, bitte.«

»Sehr geholfen.«

»Dank unserer Hilfe hat die Polizei Sie, obwohl zuerst alles gegen Sie sprach, nicht verhaftet. Man konnte Ihnen nichts nachweisen – dank unserer Hilfe. Der Mord blieb unaufgeklärt – bis heute. Und er wird es bleiben, solange wir so hervorragend kooperieren wie bisher. Sollten wir das einmal nicht mehr tun – ich würde es zutiefst bedauern –, dann geht diese Pistole an die österreichische Polizei. Und Grant und ich werden nicht zögern, das Alibi, das wir damals für Sie schufen, zu zerstören. Dann wird man Sie wegen Mordes anklagen können, immer noch. Es ist noch keine zwanzig Jahre her, Madame, bedenken Sie. Ich hasse es, so zu sprechen, aber von Zeit zu Zeit, scheint es, muß ich daran erinnern...« Ein Telefon auf einem anderen Tischchen läutete. »Verzeihen Sie bitte.« Santarin ging durch das Zimmer und hob den Hörer ab.

Nora blickte ihm haßerfüllt nach.

»Santarin!« Der Russe meldete sich. »Aus Paris? Wer will mich... *Mercier!* Was machen Sie in...« Santarin brach ab. Nora sah ihn an. Sie bemerkte, daß der Russe sich auf die Lippe biß, während er lauschte. Nora beobachtete ihn genau. Sie kannte Santarin gut. Hier war etwas geschehen. Hier war etwas Schlimmes geschehen. *Was?* Ihr Herz klopfte plötzlich stürmisch. Mercier in *Paris?*

»Moment...« Santarins Stimme klang stockend. »Ich kann hier nicht sprechen. Ich schalte nur um. Bleiben Sie am Apparat!« Er stöpselte die Telefonschnur aus und ging schnell zu einer Tür, an Nora vorbei. Er lächelte, aber es war ein sehr verzerrtes Lächeln: »Ich bin gleich wieder da, Madame.«

»Aber natürlich«, sagte Nora, tief in Gedanken versunken...

Santarin eilte einen Gang entlang bis zu einer tapetenbespannten Stahltür, die er mit zwei Schlüsseln öffnete. Schnell trat er in den großen, indirekt beleuchteten Raum. Hier befand sich der Kurzwellensender, über den Kontakt zu den Funkwagen gehalten wurde. Zwei junge Männer saßen vor dem Gerät. Einer sprach gerade russisch mit einem Einsatzwagen. Auch hier waren die Möbel antik, die Wände von Seidentapeten bedeckt. Über einem Wandbord, direkt unter einem alten Stich, befand sich eine Telefonsteckdose. Santarin stöpselte den Apparat, den er abstellte, ein und hob den Hörer ans Ohr. Er sprach Französisch.

»Mercier? Da bin ich wieder. Was war das? Wieso rufen Sie *diese* Nummer? Woher kennen Sie die überhaupt?« Das Gespräch war zu einem Apparat gekommen, der einen Zerhacker besaß.

»Ich kenne sie eben.« Merciers Stimme klang an Santarins Ohr, ganz nah, aber völlig verändert – nicht länger bedrückt, nein, triumphierend. »Ich kenne sie schon eine ganze Weile. Wir besitzen hier in Paris einen Apparat mit gleichem Zerhacker. Es kann niemand mithören. Also, Santarin, um es kurz zu machen: Ich habe den Tresor dieses Anwalts knacken lassen. Heute nacht. Mit der ersten Frühmaschine bin ich nach Paris geflogen. Ich komme nicht zurück. Das gesamte Material, das ich im Tresor fand, ist bereits bei meinen Vorgesetzten. Wir kennen AP Sieben nun auch.«

»Sie lügen«, sagte Santarin heiser.

»Ich lüge nicht. Der Anwalt heißt Rudolf Stein. Kohlmarkt elf. Ich fand nicht nur den Film und das chiffrierte Manuskript von Doktor Aranda, sondern auch den Klartext, den die Staatspolizei entschlüsselt hat. Er ist auf Papier der Trans geschrieben. Ich lese Ihnen ein Stück vor, damit Sie mir glauben...«

Santarin lauschte reglos. Ein Muskel zuckte unter seinem rechten Auge. Nach einer Weile sagte er: »Das genügt. Sie haben es also geschafft, Mercier. Gratuliere.«

»Danke. Sie sind mir doch nicht etwa böse?«

»Böse? Keine Spur! Wie kommen Sie auf eine solche Idee?«

»Dann bin ich beruhigt.« Mercier räusperte sich. »Das heißt... ganz beruhigt nicht. Wenn dieser Anwalt Stein seinen Tresor öffnet – ich habe ihn wieder ordentlich verschließen lassen –, dann wird er natürlich entdecken, daß das Material fehlt. Vielleicht hat er es schon entdeckt. Vielleicht entdeckt er es in einer Stunde. Vielleicht in zwei Stunden. Vielleicht morgen. Was geschieht dann? Stein wird Aranda anrufen. Was wird Aranda tun? Reden, nehme ich an. Laut und vernehmlich. In der Schweizer Botschaft. Auf einer internationalen Pressekonferenz. Ich bin ganz sicher, daß er reden wird, wenn er begreift, daß das Material sich nun auch in *unserem* Besitz befindet. Und das muß er begreifen, denn Sie und Grant *hatten* es ja schon. Ein bißchen peinlich, wie?«

»Sie elender...«

»Nicht doch. Jetzt ist nicht die Zeit zu fluchen. Jetzt ist vielmehr die Zeit, zusammenzuhalten, finde ich. Von hier aus kann ich nichts unternehmen, leider. Und es geht wirklich um Minuten jetzt, das sehen Sie doch ein, mein Lieber...« Der Russe drückte die Gabel des Telefons nieder. Die Verbindung war unterbrochen.

»Aranda ist immer noch in der Möven-Apotheke«, erklang eine russische Männerstimme aus dem Lautsprecher des Kurzwellensenders.

»Sie warten weiter, Tolstoi. Bleiben Sie auf Empfang«, antwortete der eine der jungen Männer.

»Verstanden, Lesskow...«

Im Lautsprecher krachte es laut, mehrere Male.

»Was ist das bloß heute?« fragte der zweite junge Mann.

»Schwere atmosphärische Störungen«, sagte sein Kollege.

Santarin stand immer noch reglos. Er sah durch ein Fenster des Raumes in die trostlose Dämmerung hinaus, die sich über die Stadt gesenkt hatte, mitten am Tage. Dann griff er nach dem Hörer, hob ihn auf und wählte schnell.

Fünf Minuten später kehrte der Russe zu Nora Hill zurück. Er entschuldigte sich lächelnd noch einmal für die Unterbrechung.

»Aber das macht doch nichts«, sagte Nora Hill, gleichfalls lächelnd. Santarin setzte sich.

»Also«, sagte er, »um nun auf diesen kroatischen Exilpolitiker zu sprechen zu kommen...«

78

»Jetzt kennst du die ganze Geschichte«, sagte Wolfgang Groll.

Der Weinhauer Seelenmacher lehnte sich in dem großen Ohrensessel des Arbeitszimmers zurück und sah schweigend auf den Teppich. Groll trug einen Pyjama, einen Schlafrock darüber, Socken und Pantoffel. Er war, während er erzählt hatte, zwischen den Bücherwänden auf und ab gegangen, vorbei an einem halb geöffneten Fenster, durch das kalte Luft in den überheizten Raum strömte. Hier brannte gleichfalls elektrisches Licht, denn draußen wurde es von Minute zu Minute düsterer. Groll sah schlecht aus. Während seines Berichtes hatte er ein paarmal nach Luft gerungen und Dragees geschluckt.

Tags zuvor, am Montagnachmittag, war ihm während einer Besprechung mit Kriminalbeamten plötzlich totenelend geworden. Man hatte den Polizeiarzt gerufen. Der kannte solche Anfälle des Hofrats seit Jahren. Er untersuchte Groll und entschied: »Sie fahren auf der Stelle heim und legen sich ins Bett. Da bleiben Sie die nächsten drei Tage. Total überarbeitet.«

»Unsinn. Mir geht es schon wieder ausgezeichnet«, murrte Groll.

»Schon wieder ausgezeichnet! Sie wollen also unbedingt so lange schuften, bis Sie glücklich einen Herzinfarkt haben, wie? Wollen Sie das?«

»Ja«, antwortete Groll. »Das will ich, Doktor. Und zwar einen tödlichen Herzinfarkt natürlich. An meinem Grab sollen keine Reden ...«

»Schluß jetzt!« Der Arzt wurde energisch. Er bestand darauf, daß Groll pausierte, er werde täglich nach ihm sehen.

Sie stritten. Schließlich wurde Groll von seinem obersten Chef aufgefordert, zu tun, was der Arzt sagte.

Der fuhr ihn in seinem Wagen (Groll besaß keinen eigenen) heim und kaufte unterwegs noch verschiedene Arzneien. Er wachte darüber, daß Groll sich auch wirklich auszog, ins Bett legte und die Mittel nahm.

»Es ist doch jeden Winter dieselbe Geschichte, Doktor!«

»Streifen Sie den Ärmel hoch.« Der Polizeiarzt hantierte mit einer Spritze und gab Groll noch eine Injektion. Danach schlief dieser bald. Er verbrachte eine angenehme Nacht. Am Morgen kam der Arzt wieder.

»Hören Sie, Doktor, mir geht es gut, ich kann wirklich in den Laden!«

»Nur über meine Leiche! Sie bleiben im Bett. Abends schaue ich wieder vorbei. Wehe Ihnen, wenn Sie rauchen oder trinken!«

»Wo werde ich«, sagte Groll. Als dann, eine Stunde später (der Hofrat hatte inzwischen Seelenmacher angerufen und gebeten, ihn zu besuchen und mit ihm Schach zu spielen) Manuel Aranda eintraf, stand Groll, entzückt über den Anlaß, auf, zog einen Morgenmantel an und ging mit seinem Besuch in das Arbeitszimmer.

»Im Sicherheitsbüro sagte man mir, Sie seien zu Hause. Verzeihen Sie, daß ich einfach herkomme. Aber ich habe Ihnen so viel zu erzählen ...«

Manuel war sehr aufgeregt gewesen. Er hatte kaum geschlafen in dieser Nacht. »Natürlich, wenn es Ihnen schlecht geht ...«

»Mir geht es ausgezeichnet! Die alte Cognacpumpe macht manchmal Geschichten. Sie haben es ja erlebt. Nichts dahinter. Ich werde hundert ... Zigarre?«

»Nein, danke.«

»Aber ich.« Groll zündete eine seiner geliebten Virginiers an. »Nun erzählen Sie, Manuel!«

Und der erzählte – alles, was er von Daniel Steinfeld erfahren hatte, alles, was er nun wußte. Eine Stunde lang erzählte er. Groll wanderte hin und her in dem mit Büchern angefüllten Zimmer und unterbrach selten durch eine Frage. Zuletzt sagte er: »Das also ist die Wahrheit. Es tut mir leid für Sie, Manuel, es tut mir ehrlich leid.«

»Es braucht Ihnen nicht leid zu tun. Ich kenne die Wahrheit, das ist das Wichtigste.«

»Aber daß Ihr Vater...«

»Darüber werde ich hinwegkommen«, erwiderte Manuel.

»Was machen Sie jetzt?«

Manuel war verlegen geworden.

»Ich bin mit Irene Waldegg verabredet...«

Groll nickte.

»Ich verstehe schon.«

»Ich rufe an, Herr Hofrat. Und ich besuche Sie wieder. Vielleicht morgen?«

»Morgen ist fein.« Groll drückte Manuel herzlich die Hand. »Und alles Gute, mein Lieber...«

Allein, hatte der Hofrat sich in den alten, geschnitzten Sessel hinter seinen Schreibtisch gesetzt und dem Rauch einer zweiten Zigarre nachgeblickt, die ihm nun zwischen den Lippen hing.

Bald war Seelenmacher erschienen. Groll hatte Tee gekocht und den Samowar auf das Tischchen neben den Schreibtisch gestellt. Sie schlürften beide die heiße, duftende Flüssigkeit, während Groll seinen Freund informierte, wobei er wieder auf und ab zu gehen begann, weil er so leichter Luft bekam. Endlich war er fertig gewesen und vor Seelenmacher stehengeblieben.

»Jetzt kennst du die ganze Geschichte.«

Seelenmacher sah auf den Teppich und schwieg lange.

»Was hast du?« fragte Groll zuletzt, wobei er ein Fläschchen Magenbitter hervorholte und öffnete.

»Ich muß an so vieles denken«, sagte der Weinhauer. »Einmal, da erzählte ich deinem Manuel die Geschichte von den sechsunddreißig Gerechten, die es immer auf unserer Welt gibt, immer und zu allen Zeiten, die es einfach geben muß. Doktor Forster ist vielleicht so ein Gerechter gewesen. Daniel Steinfeld ist vielleicht ein solcher Gerechter. Und wenn er stirbt, wird ein anderer seinen Platz einnehmen. Immer wird ein Nachfolger da sein.« Seelenmacher sah auf seine großen Hände. »Ich habe ihm gesagt, daß er Frieden finden wird zuletzt, wenn er alles versteht und alles weiß...«

»Ich glaube nicht, daß Manuel schon Frieden gefunden hat«, sagte Groll.

Er trank das Fläschchen leer.

»Das glaube ich auch nicht.« Seelenmacher sah auf. »Zwei junge Männer gibt es in dieser Geschichte – Manuel Aranda und diesen Heinz Steinfeld. Sie sind einander ähnlich in ihrer Not ... ihrer Unruhe, in ihrem Suchen und Verlangen und Wünschen ... Sehr ähnlich ... Heinz Steinfeld, der hat seinen Frieden ganz gewiß erst im Tod gefunden ...«

»Was willst du damit sagen?«

»Als er gestorben war, war alles gut. Vorher nie, bestimmt nicht. Dein Manuel ist davongekommen. Aber das ist nicht mehr der Mann, der nach Wien kam vor zwei Wochen. Das ist ein anderer Mann, Wolfgang. Und ich glaube nicht, daß er jemals über das hinwegkommen wird, was er nun weiß ...«

»Vielleicht zusammen mit einer Frau, die ihn liebt.«

»Selbst dann nicht ...« Seelenmacher schüttelte den Kopf. »Das, was auch in ihm gestorben sein muß, kann niemand mehr lebendig machen. Er ist ein Gezeichneter geworden ...«

In diesem Moment zuckte ein greller Blitz über den Himmel. Unmittelbar darauf krachte überlaut der Donnerschlag. Jäh kam Sturm auf. Der Fensterflügel klapperte. Groll schloß ihn hastig. Wieder blitzte es, und wieder. Der Donner riß nicht mehr ab.

»Ein Wintergewitter!« Der Hofrat sah auf die Straße hinunter. Es war nun fast Nacht geworden, Autos und Straßenbahnen fuhren mit Licht. »Darum war mir gestern so mies. Ich habe das in den Knochen gespürt!« Kaum hatte er die Worte ausgesprochen, da begann, mit ohrenbetäubendem Lärm, heftiger Eisregen herabzustürzen. So dicht waren die Körner, daß man das Haus gegenüber nicht erkennen konnte. Die Hagelschloßen knallten auf die Fahrbahn und sprangen von ihr empor. Menschen rannten in Hausflure. Autos und Straßenbahnen blieben stehen. Man sah keine fünf Meter weit.

»Der Kreis hat sich geschlossen«, sagte Seelenmacher. »Um die halbe Erde hat sein Weg diesen Doktor Aranda geführt – bis in die Buchhandlung Landau, zu Valerie Steinfeld. Er hatte keine Ahnung, daß sie da arbeitete. Und trotzdem. Und trotzdem! Du bist Naturwissenschaftler. Du magst mein Gerede oft nicht, besonders, wenn ich sage, daß alles vorausbestimmt ist, daß es keine Zufälle gibt ...«

»Ich mag deine Art von *Erklärung* nicht«, sagte Groll, in das Unwetter starrend. »Du bist ein gläubiger Mensch. Ich versuche alles, was mit dem Glauben zusammenhängt, immer weit wegzuschieben. Mir fällt das Glauben eben zu schwer. Ich habe auch eine Theorie über den Zufall, aber die sieht anders aus als deine ...«

»Ja, ich weiß. Ich glaube daran, daß es nur *magische Zufälle* gibt, also keine wirklichen ... Du hast mir erzählt, daß dieser Friedjung Valerie

Steinfeld einmal liebte...«

»Ja.«

»Und sie ihn... Wenn du willst, hast du hier das Liebespaar dieser Geschichte – ein tragisches, böses, aber dennoch das eigentliche... Im Tod berührten sich noch ihre Hände, noch im Tod... Es war eine *Notwendigkeit*, daß die beiden einander trafen, eine metaphysische Notwendigkeit, du magst das alles nicht, ja, ja... und trotzdem... ›Alles Getrennte findet sich wieder.‹ So ähnlich steht es doch bei deinem geliebten Goethe, nicht?«

Groll brummte: »Diesmal ist es nicht Goethe, sondern Hölderlin: ›Versöhnung ist mitten im Streit, und alles Getrennte findet sich wieder.‹« Sein Blick fiel auf den kleinen Rahmen am Fuß der Schreiblampe, er sah das Ginkgo-Blatt an, das da unter Glas lag.

»Ja, Ernst«, sagte Groll. »So heißt es. Das also ist der ›geheime Sinn‹ gewesen...« Der Mann, der sich selbst einmal einen ›frommen Heiden‹ genannt hatte, sprach, während draußen der Hagel prasselte und Blitze zuckten und Donner rollten, langsam: »Gottes ist der Orient, Gottes ist der Okzident. Nörd- und südliches Gelände ruhn im Frieden seiner Hände...«

Ein blendender Blitz erhellte das Zimmer. Sofort folgte der Donnerschlag. Und dann begann das Telefon zu läuten.

Groll hob ab und meldete sich.

»Hier ist Nora Hill«, sagte eine Frauenstimme, kaum verständlich, denn in der Verbindung knisterte und rauschte es.

»Küß die Hand, gnädige Frau. Was verschafft mir...«

»Ich habe keine Zeit.« Die Stimme klang hastig. »Herr Hofrat – ich weiß, Sie werden mich nie verraten –, ich muß Ihnen einen Tip geben. Es ist dringend. Ganz dringend.«

»Sprechen Sie.«

Nora Hills Stimme kam in Bruchstücken, gestört durch Geräusche in der Leitung: »...doch bei einem Anwalt in einen Tresor gelegt, nicht wahr?«

»Ja. Und?«

»Rufen Sie diesen Anwalt sofort an! Sagen Sie ihm, er soll den Tresor öffnen und nachsehen, ob das Material von Manuel Aranda noch darin liegt!«

»Was bedeutet das?«

»Keine Zeit, es zu erklären. . kann ich überdies nicht...«

»Ich danke Ihnen, gnädige Frau. Ich werde sofort... hallo!«

Groll schüttelte den Hörer. Die Leitung war tot.

In einer Telefonzelle am Stadtrand stand Nora Hill, auf ihre Krücken gestützt. Georg wartete draußen im Wagen. Nora sah in das Unwetter. Ich habe getan, was ich konnte, dachte sie...

Groll, hinter seinem Schreibtisch, hatte plötzlich ein dunkelrotes Gesicht bekommen, während er hastig die Nummer der Kanzlei Dr. Stein wählte. »Was ist?« Seelenmacher sah ihn besorgt an.»Wolfgang! Reg dich nicht so auf!«

»Ich erkläre dir alles sofort... Fräulein? *Fräulein!* Dieses elende Wetter!... Ja, ich höre Sie auch kaum! Hier ist Groll. Verbinden Sie mich bitte mit Doktor Stein...« Gleich darauf hatte er den Anwalt am Apparat. Das wüste Gewitter machte die Verständigung schwer. Groll mußte schreien. Schreiend äußerte er den Wunsch, Stein möge seinen Tresor öffnen. Zwei Minuten vergingen. Dann hörte Seelenmacher seinen Freund sagen: »Verschwunden. Alles... Nein, unternehmen Sie nichts... nicht das geringste... Sie hören wieder von mir.« Er legte auf und wählte neu.

»Wolfgang!« rief der Weinhauer.

»Gleich. Es hat sich alles noch einmal gedreht«, sagte Groll. Er telefonierte jetzt mit dem Ministerialrat Hanseder von der Staatspolizei, dem er den Diebstahl der Dokumente und der Filmrolle meldete. Er bat ihn um weitgehende Vollmachten. Hanseder versprach, schnellstens zu entscheiden.

Groll rief im ›Ritz‹ an.

»Bedaure, Herr Aranda ist nicht im Hause... Nein, wir wissen nicht, wo er sich befindet...«

Groll rief die Möven-Apotheke an.

Ein Mädchen erklärte: »Herr Aranda war da. Vor zehn Minuten ist er mit Fräulein Waldegg fortgefahren.«

»Wohin?«

»Das weiß ich nicht. Jemand hat telefoniert. Dann sind sie ganz plötzlich...«

»Danke«, sagte Groll. Er hatte eben aufgelegt, da klingelte das Telefon wieder. Sein Freund Hanseder war am Apparat: »Du hast freie Hand – aber wenn etwas schiefgeht, trägst du die Verantwortung. Wir haben mit der Sache nichts zu tun.«

»Nein, natürlich nicht«, sagte Groll böse.

Seelenmacher war an den Schreibtisch gekommen, während Groll in fliegender Hast die Nummer des Sicherheitsbüros wählte.

»Man hat die Dokumente aus dem Tresor gestohlen?«

»Ja! Und Manuel und die Waldegg sind weggefahren, keiner weiß wohin, nach einem Anruf...«

»Großer Gott!«

Grolls Erschöpfung schien weggezaubert. Staunend hörte Seelenmacher, wie er seinen Chef um Genehmigung einer Großfahndung mit allen verfügbaren Wagen und Mannschaften bat. Er erhielt die Erlaubnis. Bereits

Minuten später fuhren die ersten Streifen, die eine Beschreibung von Irene und Manuel sowie von Manuels Wagen erhalten hatten, aus dem Hof des Sicherheitsbüros. Da telefonierte Groll gerade mit dem Inspektor Schäfer.

»Nehmen Sie sich einen Wagen und holen Sie mich ab.«

»Aber Sie sind doch krank, Herr Hofrat ...«

»Krank, Scheiße! Einer muß das jetzt koordinieren! Holen Sie mich ab, sage ich Ihnen! In zehn Minuten sind Sie da! Ich ziehe mich an und warte auf der Straße! Kein Wort mehr, kommen Sie!« Groll knallte den Hörer in die Gabel und eilte in das Schlafzimmer, wo er sich anzukleiden begann. »Die Schweine«, sagte er dabei. »Sie dürfen es nicht schaffen ... Wir müssen schneller sein diesmal ... wir *müssen!*«

Zur selben Zeit eilte der Inspektor Ulrich Schäfer bereits auf einen Funkwagen zu, der im Hof des Sicherheitsbüros stand. Er startete den Motor und glitt durch einen Torbogen auf die Straße hinaus. Das Unwetter war so arg geworden, daß er, auch mit Licht, kaum etwas erkennen konnte und im Schritt fahren mußte. Plötzlich trat er jäh auf die Bremse. Ein Mann war vor der Kühlerhaube des Wagens aufgetaucht. Fluchend kurbelte Schäfer ein Fenster herunter, um den Passanten anzubrüllen, doch dieser eilte bereits zum rechten vorderen Schlag, öffnete ihn und ließ sich neben den Inspektor gleiten. Er hatte den Hut tief in die Stirn gedrückt und zog jetzt ein dickes Kuvert, einen Bogen Papier und einen Kugelschreiber aus der Tasche.

»Hier«, sagte der Unbekannte. »Hunderttausend Schilling. Keine Zeit, sie nachzuzählen, es stimmt schon. Unterschreiben Sie, daß Sie das Geld empfangen haben.«

Der Inspektor Ulrich Schäfer unterschrieb mit unsicheren Fingern. Der Mann riß ihm Papier und Kugelschreiber aus der Hand und sprang wieder aus dem Wagen. Im nächsten Moment war er in der Dunkelheit verschwunden. Schäfer saß da, das Kuvert in den Händen. Sie haben Wort gehalten, dachte er. Ich habe das ganze Geld. Ich kann das Sanatorium weiter bezahlen. Und vielleicht geschieht ein Wunder, vielleicht finden sie ein Mittel, vielleicht ...

Hinter ihm hupten laut Autos.

Der Inspektor Schäfer steckte den Umschlag ein und fuhr im Schritt weiter. Er war erfüllt von lauter Glückseligkeit.

70

Der Sturm heulte um den Wagen, er rüttelte an ihm, er schüttelte ihn. Der Sturm peitschte die dichten Hagelschauer nun schräg durch die Luft.

ließ sie auf Dächer, gegen Hauswände, auf Straßen knallen, wo sie in kürzester Zeit schon einen dicken, körnigen Belag über dem glattgefrorenen Schnee bildeten.

Manuel schaltete die zweite Stufe des Scheibenwischers ein. Die Gummiblätter flogen auf dem Glas hin und her. Es half nicht viel, er sah kaum etwas. Die andauernd zuckenden Blitze blendeten. Der Donner, der ihnen jedesmal folgte, klang gedämpft durch das rasende Prasseln der Eisstückchen auf dem Wagendach.

»Wir hätten Geduld haben müssen, bis das vorbei ist«, sagte Irene, während Manuel in den Rennweg einbog.

»Aber sie hat gesagt, wir sollen sie so schnell wie möglich treffen! Sie wartet doch schon«, antwortete er, weit über das Steuer geneigt. »Außerdem schau, da hinten wird der Himmel hell.«

»Verrückt, im Januar ... Aber ich erinnere mich, vor drei Jahren gab es auch so etwas, mitten im Winter ...«

Vor vierzig Minuten etwa hatte im Büro der Möven-Apotheke das Telefon geläutet. Manuel saß hier auf einem Stuhl, nahe dem Schreibtisch, er kam von Groll und wollte mit Irene in der Mittagspause essen gehen. Das Telefon schrillte ununterbrochen.

Manuel winkte Irene, die an der Registrierkasse stand. Es befand sich fast ein Dutzend Menschen im Geschäft, viele waren einfach von der Straße hereingeeilt, als das Gewitter losbrach.

Irene kam schnell in das Büro und hob den Hörer ab.

»Möven-Apotheke!« Im nächsten Moment ertönte ein heftiger Donnerschlag. Irene fuhr zusammen. »*Wer?*« Ihr Gesicht erhellte sich. »Oh, Sie sind es. Guten Tag, Frau Barry!« Irene machte Manuel ein Zeichen.

Er nahm den zweiten Hörer, der auf dem Schreibtisch lag. Brausen, Rauschen und Verkehrslärm klangen an sein Ohr. Mit Mühe verstand er die Frauenstimme.

»... schon im ›Ritz‹ angerufen, aber ...« Der Rest war unverständlich.

»Wie?« rief Irene. »Ich verstehe so schlecht! Was sagten Sie?«

»... Herr Aranda nicht im Hotel«, ertönte wieder Bianca Barrys Stimme.

»Nein, er ist hier, bei mir.« Ein besonders greller Blitz fuhr nieder. Der Donner dröhnte. »Was gibt es, Frau Barry?«

»Angst ...«

Und Störgeräusche in der Leitung.

»*Was?*«

»Ich habe solche Angst ... Deshalb rufe ich Sie an ... Bitte kommen Sie ... Kommen Sie ...«

»Wohin? Was ist geschehen?« rief Irene.

Die Verständigung war fast unmöglich, Bianca Barrys Stimme völlig verzerrt und immer wieder für Sekunden unverständlich.

»Er hat mir verboten...« Das Folgende ging unter.

»Wer? Was? Ich höre Sie nicht!« schrie Irene. Ein paar Menschen im Verkaufsraum sahen herüber. Manuel schloß schnell die Tür. »Ein Mann... hat mich angerufen... vor zwei Stunden... Roman ist heute und morgen verreist... das muß dieser Mann gewußt haben...«

»Sind Sie zu Hause?«

»Eben nicht mehr! Ich spreche... Telefonzelle... schon in der Stadt... Schwarzenbergplatz...«

»Was machen Sie dort?«

»...dieser Mann hat uns gesehen... als wir in Fischamend waren... Ich bin schuld...«

»*Sie?* Woran?«

»An allem... habe Sie angelogen...«

»Sie haben uns...«

»*Angelogen*, ja! Ich *konnte* einfach nicht die ganze Wahrheit erzählen...«

»Welche ganze Wahrheit?«

»Über Heinz... und seine Mutter... und den Vater von Herrn Aranda...«

»Sie wissen die ganze Wahrheit über die alle?«

»Ja... ja! Aber ich habe sie Ihnen nicht gesagt...«

»Warum nicht?«

»...zu furchtbar... zu schrecklich... selber dabeigewesen...«

Blitz. Einschlag. Blitz. Einschlag

»...will mich erpressen... dieser Mann... wenn ich nicht tue, was er sagt... braucht mich... muß es tun... sonst sind Sie in Gefahr... Lebensgefahr...«

»Aber...«, begann Irene verstört.

Manuel nahm ihren Hörer und gab ihr den seinen. Er schrie: »Sie *müssen* uns die ganze Wahrheit sagen, Frau Barry! Verstehen Sie? Sie *müssen* sie uns sagen!«

»Das will ich ja... bevor ich den Mann treffe... alles sollen Sie wissen... kommen Sie, kommen Sie, bitte... schnell... er wartet auf mich in einer Stunde... bis dahin...«

»Wo wartet er?«

»Fischamend... ›Merzendorfer‹... dieses Restaurant...«

»Wie wollten Sie da hinkommen?«

»...Straßenbahn bis Zentralfriedhof... dann Autobus... Ich sage Ihnen alles, bevor ich diesen Mann sehe... Angst...«

Manuel sagte schnell: »Wo treffen wir uns?«

»Zentralfriedhof... Haupteingang... Straßenbahnhäuschen...«

»Wir kommen, so schnell wir können«, sagte Manuel. Er legte den Hörer nieder und sah Irene an. »Sie hat uns angelogen! Sie weiß die Wahrheit, die *ganze Wahrheit!* Jetzt werden wir sie erfahren!«

»Aber Daniel hat sie doch schon erzählt!«

Blitz. Einschlag. Blitz. Einschlag.

»Vielleicht kennt auch er sie nicht! Wir müssen jedenfalls zum Friedhof... los, komm, schnell...«

Irene, angesteckt von seiner Aufregung, streifte ihren weißen Kittel ab,
setzte sich, zog die Seehundfellstiefel an, danach ihren Seehundfellmantel
und griff nach der Pelzmütze. Sie liefen in den Verkaufsraum hinaus.

»Ich muß dringend weg!« rief Irene einer Angestellten zu.

»Wann kommen Sie wieder? Wohin...« Das Mädchen brach ab. Irene
und Manuel waren schon aus dem Geschäft geeilt.

Eine Minute später fuhren sie bereits durch das Gewitter.

»Bianca Barry! Also sie wußte immer die Wahrheit«, sagte Manuel, mit
aller Vorsicht den Wagen lenkend. »Die ganze Wahrheit. Wieso *sie?* Und
wer ist dieser Mann? Was will er von ihr?«

»Ich weiß nicht, Manuel... *Achtung!* Der Laster!« Er verriß das Steuer.
Um Zentimeter vermied er einen Zusammenstoß. »Vielleicht weiß Daniel
wirklich nicht alles...«

»Der Mann hat uns in Fischamend beobachtet! Da haben uns auch Leute
von Santarin beobachtet. Santarin hat Groll extra angerufen und ihm das
zur Beruhigung mitgeteilt. Wer also ist...?«

»Wir werden hören, was die Barry sagt... nicht reden jetzt... Wir haben
sonst noch einen Unfall...«

Sie hatten kaum noch geredet auf der langen Fahrt.

Die Simmeringer Hauptstraße schien Manuel endlos.

»Ein Uhr fünfzehn. Sie muß längst da sein. Längst!«

»Wir schaffen es ja, Manuel, beruhige dich... Das Gewitter ist auch
schon vorbei...«

Tatsächlich war das Unwetter über diesen Teil der Stadt bereits hinweg-
gezogen, die Wolkendecke hatte sich gelichtet.

Die Häuser wurden kleiner. Zur Rechten erblickte Manuel nun die kilo-
meterlange Mauer des Zentralfriedhofs. Von Hagelschloßen weiß bedeckt
waren die schmutzigen Schneehaufen an den Straßenrändern.

»Wir sind da«, sagte Manuel. Er fuhr auf den freien Platz vor dem mächtigen Haupteingang. Ein paar Taxen standen hier, die Chauffeure plauderten. Sonst war kein Mensch zu sehen.

»Wo ist Frau Barry?« fragte Manuel. Das gläserne Wartehäuschen bei der
Straßenbahn lag verlassen.

Irene kurbelte ein Fenster herunter und blickte in die Runde.

»Nichts«, sagte sie.

Aus der Pförtnerloge rechts vom geöffneten Portal trat ein Mann und kam winkend, mit strahlendem Lächeln, das seine gelben Zähne entblößte, auf sie zu. Manuel starrte ihn an.

»Wer ist das?« Dann fiel es ihm ein. »Der Pförtner von damals! Als wir uns hier zum erstenmal trafen! Erinnerst du dich?«

»Ja«, sagte Irene. »Und er scheint sich an uns zu erinnern.«

So war es.

»Da sind Sie ja, Fräulein! Und der Herr auch!« Der kleine alte Pförtner in seiner dunklen Uniform hob grüßend eine Hand an die Tellerkappe, während er sich zu dem geöffneten Wagenfenster neigte. Das spitze Gesicht war wieder sehr weiß, die Ohren und die Nase waren gerötet, auch die Augen. Nikotinverfärbt hing der Walroßschnurrbart herab. »Hab schon Ausschau gehalten nach Ihnen. Sie sind doch hier verabredet mit einer Dame, gelt?«

»Ja«, sagte Irene. »Woher wissen Sie das?«

»Frau Barry, stimmt's?«

»Stimmt«, sagte Manuel. »Haben Sie mit ihr gesprochen?«

Der alte Pförtner nickte.

»Wie sie gekommen ist mit dem Einundsiebziger, da hat es noch mächtig gehagelt. Drüben in das Straßenbahnhäusel ist sie gelaufen, ich hab es gesehen. Dann hat das Sauwetter aufgehört. Sie ist so hin und her gewandert. Und auf einmal ist sie zu mir gegangen und hat gesagt, daß Sie kommen werden, Fräulein Waldegg und Herr... Herr Aman...«

»Aranda.«

»Ja. Aber daß das noch eine Weile dauern wird. Furchtbar nervös war sie. Will hier nicht herumstehen, hat sie gesagt. Sie geht zum Grab von der Frau Steinfeld einstweilen, hat sie gesagt. Und ich soll es Ihnen sagen. Möchten so gut sein und hinkommen. Sie wartet dort.«

»Sie ist zum Grab gegangen?« Manuel neigte sich über Irene und sah den Pförtner an.

»Sag ich doch! Weg hier. Hat hier nicht warten wollen. Weiß nicht, warum. War ja auch wieder vorbei, das Gewitter. Wollen der Herr einen Einfahrtschein?«

»Ja, bitte.«

Dröhnend, schon in den Wolken, brauste eine eben gestartete Maschine über sie hinweg.

Der Pförtner riß einen Schein vom Block. Manuel gab ihm zwanzig Schilling.

»Ich danke vielmals, Herr Baron!« Der Pförtner salutierte wieder. Lächelnd sah er dem Wagen nach, der in die Allee hineinfuhr, welche das Haupttor mit der Dr.-Karl-Lueger-Kirche verband.

80

Die Krähen schrien, die Krähen kreischten, die Krähen krächzten.
Zu Hunderten hockten sie, dicht nebeneinander, in dem kahlen Geäst der
alten Bäume an den Alleerändern, groß und scheußlich. Ihr heiseres, lautes Geschrei erfüllte die Luft.
Manuel lenkte den Mercedes um das Rondell vor der Kirche und bog in
die Allee, die nach Südwesten ging. Auf den Wegen hatte sich eine neue
körnige Eisschicht gebildet. Manuel konnte nur ganz langsam fahren.
Noch viel mehr Schnee war gefallen, seit er zum erstenmal hier mit Irene
gesprochen hatte. Der Schnee lag auf Gräbern und Grabsteinen, Sträuchern und Büschen, auf den Ulmen, Zypressen, Platanen, den Ahorn- und
Kastanienbäumen. Da war sie wieder, die weiße, grenzenlose Wüstenei
des Todes...
Manuel sah starr geradeaus, als er sagte: »Irene...«
»Ja?« Auch sie sah nach vorne.
»Ich weiß nicht, was das jetzt wieder zu bedeuten hat, was uns nun bevorsteht. Aber einmal muß das alles doch ein Ende haben, eine Lösung.«
»Ja.«
»Da ist auch noch Nora Hill. Sie will mich um etwas bitten, ich weiß nicht,
worum. Ob ich ihren Wunsch erfüllen kann, hängt nun wieder davon ab,
was Bianca Barry erzählt, was wir tun müssen danach... mit diesem
Mann in Fischamend... was da geschieht... Aber wir werden schon
Glück haben... wir haben doch schließlich immer noch Glück gehabt,
nicht wahr?«
»Ja«, sagte Irene, »ja.«
Er umkreiste ein kleineres Rondell, von dem sternförmig Alleen in alle
Richtungen strebten. Der Wagen glitt an einer weißgestrichenen Bedürfnisanstalt vorüber. Manuel fuhr den Weg, den er, mit Irene am Steuer,
schon einmal gefahren war. Seltsam, dachte er, daß ich ihn mir gemerkt
habe.
Hier draußen war kein Mensch mehr zu sehen.
»Und wenn es soweit sein wird, daß wir alles wissen, daß wir anfangen
könnten, alles zu vergessen...«
»Ich werde es nie vergessen«, sagte sie.
»Nein«, sagte Manuel, »ich auch nicht.« Er schwieg eine Weile. »Aber
da es uns doch beiden geschehen ist«, sagte er dann, »da uns alles, was
geschehen ist und geschieht, beide betrifft, würdest du, wenn es vorüber
ist... würdest du daran denken können, meine Frau zu werden?«
Sie antwortete nicht.
»Bitte, Irene! Ich liebe dich. Ich liebe dich so sehr. Ich möchte dann, am
Ende, mit dir Wien verlassen und in meiner Heimat mit dir leben...«

Immer noch schwieg Irene.

Plötzlich erhellte Sonnenschein die Schneewüste.

»Irene«, sagte Manuel, während er in die Allee zwischen den Gruppen 73 und 74 einbog, »bitte, Irene, antworte mir. Und wenn du nein sagen mußt. Und wenn du nicht meine Frau werden willst. Und wenn du nicht mit mir kommen willst. Bitte, Irene. Warum sprichst du nicht?«

Erstickt antwortete sie: »Ich kann nicht...«

Er sah schnell zu ihr hinüber und bemerkte, daß sie weinte.

»Irene! Was hast du?«

»Nichts«, sagte sie mühsam. »Gar nichts. Ich bin nur plötzlich so glücklich... trotz allem... obwohl wir nicht wissen, was uns erwartet... Ich bin so glücklich, daß du mich gefragt hast...«

Manuel trat hart auf die Bremse.

Der Wagen glitt zur Seite. Er hob den Gang aus dem Getriebe und wandte sich ihr zu.

»Das heißt...«

»Das heißt ja«, flüsterte Irene. »Ja, ja, ja!«

Manuel lächelte glücklich.

Er legte die Arme um sie. Ihre Lippen berührten sich. Und in der Süße dieses Kusses versanken Ungewißheit und Furcht, Trauer und Schmerz, Vergangenheit, Gegenwart und Zukunft für sie beide.

81

Die Mündung des Gewehrs befand sich genau über dem goldenen Buchstaben u in dem Wort VOLUPTAS.

Das Gewehr war eine amerikanische ›Springfield‹, Modell 03, Kaliber 7.62 Millimeter, Patronenlänge 75 Millimeter, Gewehrlänge 1250 Millimeter. Es besaß ein Magazin mit zehn Schuß und ein aufgesetztes Zielfernrohr. Dieses inklusive wog die ›Springfield‹ nur 4,3 Kilogramm.

David Parker trug wieder seinen rostbraunen Dufflecoat und schwere Schuhe. Er war so gekleidet wie am Nachmittag des 16. Januar, als er, aus der Luke einer nahen Bedürfnisanstalt, Alphonse Louis Clairon erschoß, der genau da gestanden hatte, wo nun der einundvierzig Jahre alte David Parker stand, nämlich auf einem Hügel hinter dem mannshohen grauen Marmorquader des Grabes der Familie Reitzenstein, das, zwischen tief eingeschneiten Büschen und Hecken, in der Abteilung L 73 lag. Über dem mächtigen Stein gab es einen Sockel, und auf diesem kniete, mit breit ausladenden Flügeln, ein menschengroßer grauer Marmorengel, welcher weinte. Die Hände hielt er vor das Gesicht geschlagen. Der Griff einer gesenkten Marmorfackel war an seiner rechten Hüfte befestigt, ihre Krone auf dem Sockel. In die Vorderseite des Sockels waren in Großbuchstaben, schwer vergoldet, diese Worte eingeschlagen worden:

EST QUAEDAM FLERE VOLUPTAS

Das geschürzte Gewand des Engels ließ unter dem abgewinkelten linken Bein eine dreieckige Öffnung entstehen. David Parker, groß, mit breitem Unterkiefer, viereckigem Gesicht, Sommersprossen und einer kurzen, wulstigen Narbe, welche ihm, unter dem blonden, zu einer Igelfrisur gestutzten Haar über die Stirn lief, hatte jene Öffnung von Schnee gesäubert, wie einst Louis Alphonse Clairon. So besaß er eine Schießscharte für seine ›Springfield‹. Der Lauf berührte als Fixierungspunkt die große linke Marmorzehe des monströsen Engels.

David Parkers Dufflecoat war durchnäßt, der Stoff war schwer geworden. Parker wartete schon seit einer Dreiviertelstunde hier. Er hatte das Ende des Unwetters im Freien überstanden, fluchend, die Kapuze seines Mantels hochgeschlagen und frierend.

Es ging nicht anders. Diesmal wollte er nicht erst im allerletzten Moment zur Stelle sein, diesmal hatte Gilbert Grant ihn rechtzeitig losgeschickt, gleich nachdem diese Frau namens Gerda mit ihrem Telefongespräch fertig gewesen war. Dann hatte er Gerda, die er zum erstenmal sah, im Wagen mitgenommen bis zu einer Straßenbahnstation auf der Simmeringer Hauptstraße. Er mußte warten, während sie in einer Telefonzelle ein Gespräch führte. Gerda sollte die Tram benützen für das letzte Stück des Weges, das war ihr eingeschärft worden von Gilbert Grant, diesem Versoffensten aller Auftraggeber. Eine Fahne hatte der Kerl wieder mal gehabt, eine Fahne!

Parker schüttelte sich angewidert, als er daran dachte, wie Grant ihm in dem Büro am Ende der riesigen Lagerhalle der Firma AMERICAR seine Aufgabe zu erläutern versucht hatte. Er war zu aufgeregt gewesen, der Süffel, um richtig reden zu können. Ein höchst elegant gekleideter Russe, Sartorin oder so ähnlich – Parker hatte den Namen nicht verstanden –, mußte den Scharfschützen richtig ins Bild setzen und ihm genau sagen, was er zu tun hatte.

David Parker wußte, daß eine Panne passiert war, daß es nun um sehr viel ging, daß er nicht versagen durfte. Ich werde schon nicht versagen, dachte er. Ich habe noch nie versagt.

Parker war bereits einige Zeit in Wien, Grant hatte ihn aus New York hergerufen.

»Routine. Wir wollen dich jetzt nur hier haben. Es wird gar keine Arbeit geben, wir erledigen diese Sache ganz friedlich. Reine Sicherheitsmaßnahme.«

Offenbar eine kluge Sicherheitsmaßnahme, denn plötzlich, sehr, sehr plötzlich, sollte diese Sache nun durchaus nicht friedlich erledigt werden, Parker ahnte nicht, weshalb. Er fragte auch nicht. Er fragte nie, er wußte, daß seine Bosse ihm doch nie die Wahrheit sagten. Grant hatte ihm wieder den großen weißen Lincoln gegeben, den er das letzte Mal benutzt hatte, aber diesmal war Parker vorsichtshalber durch Tor III in den Friedhof eingefahren. Vielleicht tat am Hauptportal der Pförtner von damals Dienst und erkannte ihn. Parker hatte seinen Wagen auch ein weites Stück entfernt stehenlassen und war zu Fuß hierhergegangen.

Clairon hat sich damals einen idealen Ort ausgesucht, dachte der Amerikaner. Wirklich den besten weit und breit. Ob er immer noch hier liegt, unter dem vielen Schnee? Parker trat ein paarmal hin und her. Er glaubte, hartgefrorene Unebenheiten festzustellen. Ich stehe auf ihm, dachte er. Der Gedanke erheiterte ihn.

Parker sah die Allee hinauf.

Immer noch nichts.

Nun, der Wagen würde schon kommen. Es freute Parker, daß plötzlich die Sonne schien. Er dachte an die nicht mehr ganz junge Frau namens Gerda in dem kleinen Raum mit der Stahltür, in dem dieser Russe und dieser aufgeschwemmte Grant vor dem Kurzwellensender gesessen und einen regen Funkverkehr geführt hatten, den sie abbrachen, bevor Gerda, die gewiß ganz anders hieß, ihr Telefongespräch anfing.

Komisches Gespräch. Mit einer Frau Barry oder so ähnlich. Gerda tat, als wollte sie unbedingt ein Bild kaufen – diese Frau Barry, wer immer das war, mußte mit einem Maler verheiratet sein und alle seine geschäftlichen Angelegenheiten erledigen. Es wurde eine lange Feilscherei, dann versprach Gerda, jene Frau aufzusuchen.

Sie hängte ein.

»Hat es genügt?« fragte der Russe.

»Vollkommen.« Gerda nickte.

»Lassen Sie hören!«

Daraufhin begann Gerda, während draußen das Gewitter losbrach, mit einer völlig anderen Stimme zu reden – sie ahmte ohne Zweifel Frau Barry nach. Gerda schien eine Spezialistin für das Imitieren von Stimmen zu sein.

»Ausgezeichnet! Sie fahren also los! In der Simmeringer Hauptstraße gehen Sie in eine Telefonzelle und rufen die Apotheke an. Aranda ist immer noch dort mit der Waldegg, melden unsere Wagen. Sie wissen, was Sie zu sagen haben?«

»Ja.«

»Warten Sie, bis das Gewitter ganz arg geworden ist. Möglichst viele Geräusche von Blitzen in der Leitung! Donner, Krach, Störungen, das ist

636

wünschenswert.« Der Russe wandte sich an Parker. »Sie bleiben solange vor der Zelle.« Er sagte zu Gerda: »Und Sie rufen gleich hierher zurück und melden, ob es geklappt hat.«

»Ja.«

»Hat es geklappt, sagen Sie es Parker. Der fährt zum Grab und erledigt alles wie besprochen.«

»Wenn dieses Wetter aber zu lange so weitergeht«, sagte Parker, »dann kann Gerda nicht in den Friedhof hineinmarschieren. Und was geschieht dann mit den beiden?«

»Das Wetter wird gut sein«, sagte Grant, etwas ruhiger. »Wir haben Wagen auf der Autobahn bei Sankt Valentin und bei Preßbaum. Sankt Valentin ist schon klar. In Preßbaum regnet es nur noch schwach. Das Gewitter zieht genügend schnell über den Wienerwald und die Stadt nach Nordosten.«

»Na schön, mir soll's recht sein.«

»Alle Wagen sind im Einsatz rund um den Friedhof. Wenn du die geringsten Schwierigkeiten hast, melde dich sofort über Funk. Wir bleiben dauernd auf Empfang.«

Nun, es waren keine Schwierigkeiten aufgetreten, dachte Parker. Gerda hatte die Telefonzelle verlassen – da tobte das Gewitter noch mit größter Stärke – und ihm gesagt, er solle losfahren.

Also hat sie die Stimme dieser Barry offenbar gut nachgemacht und damit erreicht, daß die beiden, um die ich mich kümmern muß, nun herkommen, dachte Parker. Zum Abschied haben wir uns noch Glück gewünscht. Gerda hat gesagt: »Ich gehe beim Haupteingang hinein und dann gleich wieder durch das dritte Tor hinaus. Sie fahren durch das dritte Tor.«

»Okay.«

Im Rückspiegel hatte Parker diese Gerda noch einmal betrachtet. Kaum geschminkt, schlank, bestens gebaut. Sicherlich noch keine vierzig. Meine Kragenweite, hatte er gedacht. Sah prima aus in dem hellen Nerz und den hellen Stiefeln. Mit beiden Händen hielt sie einen Regenschirm fest, der umzuklappen drohte.

Diese Bianca Barry muß auch einen solchen Nerz und solche Stiefel haben, überlegte Parker. Gerda soll meine Kunden doch hierherlocken. Bevor sie in den Friedhof hineingeht, wird sie mit dem Portier ein wenig quatschen und sagen, daß die beiden zum Grab kommen mögen. Da könnten die dann fragen, wie die Dame gekleidet war. Gute Organisation. Was dieses versoffene Wrack von einem Grant noch fertigbringt. Ohne den Russen wäre er natürlich verloren...

Ein dumpfes Brausen ertönte. Drüben am Flughafen in Schwechat startet eine Maschine, dachte Parker.

Im nächsten Moment sah er über die Allee einen blauen Mercedes näherkommen. Parker blickte durch das Zielfernrohr. Die Nummerntafel stimmte. Na also, dachte er. Geht ja großartig. Zart hob er die Waffe an. Millimeter um Millimeter wanderte der Lauf der ›Springfield‹ nun so, daß Parker den linken vorderen Schlag des Mercedes stets im Fadenkreuz des Fernrohres hatte. Mit der Engelszehe als Drehpunkt ließ die Waffe sich ganz leicht führen.

82

»Ich sehe Frau Barry nicht«, sagte Manuel, der den Wagen zwischen dem vierten und fünften Weg in die Gruppe 74 hinein ausrollen ließ. Er blickte flüchtig zu dem entfernten Kreuz aus Gußeisen auf einem Grabhügel in der Abteilung F 74, das er, gemeinsam mit Irene, vor zwölf Tagen – vor zwölf Tagen erst! – in die hartgefrorene Erde gerammt hatte.

»Ich sehe sie auch nicht«, sagte Irene. »Was bedeutet das nun wieder? Verstehst du das?«

Manuel hatte den fünften Seitenweg erreicht und hielt an.

»Vielleicht wird sie von einem Baum verdeckt«, sagte er. »Warte einen Moment.« Damit öffnete er den Schlag an seiner Seite und stieg aus. Das Geräusch der anfliegenden Maschine war sehr laut geworden. Die kreischenden Krähen verstummten, die Luft begann zu zittern.

»Frau Barry!« schrie Manuel, vortretend und sich umblickend. Die Pelzmütze hatte er im Wagen liegen lassen. Näher und näher kam die Boeing. Nun fielen schon Schneeklumpen von Ästen und Grabsteinen.

»Frau Barry! Frau Barry!«

Das waren seine letzten Worte. Im nächsten Augenblick sah Irene, die im Wagen geblieben war, Manuel zwei Schritte nach vorn stolpern und dann fallen. Von jähem Entsetzen gepackt beobachtete sie, daß aus der rechten Schläfe seines Kopfes plötzlich Blut über die Eiskruste der Allee schoß, über den Schnee.

»Manuel!« schrie Irene.

Sie sprang ins Freie und rannte zu ihm. Die Blutlache um seinen Schädel wurde rasend schnell größer. Irene kniete neben dem Gestürzten nieder. Ihre Stiefel, ihr Mantel, ihre Hände färbten sich rot, als sie sich verzweifelt bemühte, Manuel auf den Rücken zu drehen. Aus einer großen Wunde an der rechten Stirnseite des Leblosen strömte Blut, Blut, gräßlich viel Blut.

Irene war es unmöglich, aufzuspringen, davonzurennen, zu schreien. Zu sehr hielt das Grauen sie gepackt.

»Manuel«, stammelte sie. »Mein Gott, Manuel . . .«

Die Maschine heulte und kreischte. Sie jaulte und donnerte und schien jeden Moment explodieren zu wollen. Ein Schatten streifte Irene gleich dem des Todesengels. Unendlich langsam hob sie den Kopf. Direkt über der Allee flog nun, in einem strahlend blauen Himmel, die Boeing, vier Rauchspuren ihrer Düsenaggregate hinter sich herziehend. Der Höllenlärm erreichte seinen Höhepunkt. Die Erde bebte. Irene senkte den Kopf, zögernd, ruckweise. Dabei erblickte sie mit tränenerfüllten Augen vor den violetten, schwarzen und grauen Wolkenwänden des abziehenden Gewitters, das noch im Osten der Stadt wütete, sehr hoch, sehr weit gespannt, schimmernd und scheinbar zum Greifen nah, einen Regenbogen.

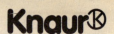

**Alle Menschen
werden Brüder**
Ein psychologischer
Roman um die Untiefen
menschlichen Daseins.
600 S. [262]

**Die Antwort kennt
nur der Wind**
Die atemberaubende
Geschichte eines Mannes,
der die Machenschaften
von Weiße-Kragen-Verbre-
chern enthüllt. 512 S. [481]

Bis zur bitteren Neige
Das bewegende Schicksal
eines in Schuld verstrick-
ten jungen Mannes.
570 S. [118]

**Die Erde bleibt
noch lange jung**
und andere Geschichten.
288 S. [1158]

**Es muß nicht immer
Kaviar sein**
Tolldreiste Abenteuer und
auserlesene Kochrezepte
des Geheimagenten wider
Willen Thomas Lieven.
550 S. [29]

Hurra, wir leben noch
Der Wirtschaftswunder-
Schelmen-Roman.
635 S. [728]

**Lieb Vaterland
magst ruhig sein**
Ein dramatisches Gesche-
hen aus der Welt des
Geheimdienstes.
599 S. [209]

Liebe ist nur ein Wort
Die Geschichte einer
Liebe, die an der Welt der
Großen zerbricht.
544 S. [145]

Niemand ist eine Insel
Die Geschichte eines Man-
nes, der aus einer Welt des
Scheins in die Welt der
Liebe gelangt. 622 S. [553]

**Und Jimmy ging
zum Regenbogen**
Ein großer Buch- und
Filmerfolg – ein Meister-
werk der Erzählkunst.
639 S. [397]

Wir heißen Euch hoffen
Der große Bestseller zum
Thema Drogensucht.
640 S. [1058]

**Zweiundzwanzig Zenti-
meter Zärtlichkeit**
und andere Geschichten
aus 33 Jahren. 254 S. [819]

**Der Stoff, aus dem
die Träume sind**
Ein Roman aus der Welt
jener Industrie, die
Träume für Millionen
macht. 608 S. [437]

Bitte, laßt die Blumen leben
Die Geschichte einer gro-
ßen Liebe zwischen einem
fast fünfzigjährigen »Aus-
steiger« und einer jungen
Buchhändlerin.
576 S. [1393]

Sein neuer Roman:

530 Seiten. Gebunden.

J. Mario
Simmel